DER SCHWARM
Frank Schätzing

群

[德] 弗兰克·施茨廷——著　朱刘华　颜徽玲——译

后浪出版公司 | 四川人民出版社

推荐序　无国界小说

看到《群》，许多读者可能会被它的厚度吓一大跳，望而却步。但是，如果打开第一页，阅读下去，便会很快地、不由自主地被作者精彩的叙事手法给吸引住了，而想要一章接着一章读下去。那种感觉，就仿佛是在经历一趟又一趟壮阔又迷人的海洋之旅，而弗兰克·施茨廷实在是一位最佳舵手或是导游，他从海洋的角度，将地球切割、重组，在读者的面前摊开了一张无比繁复却又令人惊叹不已的世界地图。

阅读《群》，我才知道所谓"无国界"的小说应该是什么模样。除了亚洲以外，《群》所跨越的版图，几乎涵盖了欧、美、非三大洲，故事的《序章》从秘鲁万查科的一位渔夫开始，然后场景逐渐转移，到挪威、加拿大温哥华、法国里昂、德国基尔、美国纽约、加纳利群岛……从极地、格陵兰海、阿拉伯海、克拉阔特湾到西非沿海……从赏鲸船、实验室、独立号到飞行甲板，从海面、大陆架、海沟到海底……全书宛如万花筒，不断地变化出崭新的场景，而将一切国度或自然的疆界，全都消弭于无形。所以阅读起来，实在不禁要让人大呼过瘾。而且在我有限的记忆之中，应该没有哪一本小说，比《群》更包罗万象，更加全球化了吧。这些看似生硬的海洋生物、地质或科技等知识，被弗兰克·施茨廷用流畅且有趣的笔法消化和重组后，成了一则悬疑的冒险故事、惊悚的推理小说，或是科幻传奇，而读者更在不知不觉中吸收了许多海洋和环保新知，甚至被小说结尾处一段语重心长的宗教省思所感染。

和弗兰克·施茨廷一样，我也是热爱海洋，热爱潜水的人，然而，我不得不佩服他为写作《群》所下的苦工，以及他渊博的知识和考证资料的用心，实在大幅超过了绝大多数的海洋文学作家，令人啧啧称奇。而《群》也让我从此对于海洋有了豁然开朗的视野——它再也不是一个抒情的审美对象了，而是一个值得去潜心探索，甚至解读其中密码的巨大生物。而它所能诉说的故事，可能远比我们所能想象的更加神奇、浩瀚、无边和迷人。

近几年来，台湾颇流行环游世界之旅，但与其花大钱，走马观花式地到此一游，还不如打开《群》这本小说，不必一口气读完，只要每日逐页阅读，便会对于全球化的版图和环保议题有更完整的认识。在阅读《群》的过程中，我经常会联想到观赏DISCOVERY影片时的感觉，然而，文字有时还要胜过摄影镜头，因为文字更能创造出想象的空间，在读者的眼前展开比影像更具有说服力，甚至更具有魅力的画面。也因此，钟爱海洋的人，一定不可错过这本小说；而没来得及去亲近海洋的人，更要读这本小说，因为必定会由此认识到海洋的迷人之处，绝对不只是搭乘香蕉船出海，或是穿比基尼拍照而已。海洋就在我们的周围，环绕着我们，但讽刺的是，我们对于它的了解还不如对太空的认识。它到底有多深？多广？在那见不到光的深处，到底有没有潜藏着一种生物，将对人类的世界展开反扑呢？或许《群》不能给我们解答，但它已对那神秘莫测的黑暗，投射下了一束耀眼的光。

郝誉翔
作家、台北教育大学语文与创作学系教授

目　录

爱情，比海洋更深邃

献给莎宾娜

万宗归一
加拿大，温哥华岛，努恰努尔特部落

序　章

1月14日

秘鲁海岸，万查科

某个星期三，胡安·纳西索·乌卡南的命运在没人在乎的情况下改变了。

然而，这起事件在几个星期后还是被注意到了，只不过乌卡南的名字依旧未被提起，他不过是众多牺牲者中的一名罢了。如果能够直接问他，那天早上到底发生了什么事，也许会发现：乌卡南的意外和同一时间地球上其他地方所发生的事件有许多雷同之处。甚至，从乌卡南的观点来看，或许可以看出这些事件之间存在很久以后才逐渐明朗的关联性。

但乌卡南已经无法再对这个秘密提供半点讯息了，而秘鲁北海岸万查科前方的太平洋也无法开口解释。乌卡南就像那些曾经被他捕获的鱼一样，再也不能说半句话；当他成为统计数字中的一员时，整个事件已发展到另一阶段。至于乌卡南的下落，早就无人问津了。

何况在1月14日以前，根本没有人对他和他的重要性感兴趣。

乌卡南对于近年来万查科发展成海滩休闲胜地一事，一点儿也不高兴，而那些天真的外来客把当地居民驾着老式草船出海当作世界太平的想法，对他也没有任何好处。

他们都还这般出海，其实应该叫落伍。大多数的同业早就靠着拖网渔船和生产鱼粉、鱼油为生了。拜这些同业之赐，秘鲁渔获量虽然逐渐下降，但仍有办法与智利、俄罗斯、美国及亚洲几个重要国家并列为渔业王国。完全无视圣婴现象的存在，万查科仍迅速向四面八方扩展，饭店一家接一家盖，就连最后一块自然保育区都肆无忌惮地牺牲掉了。更可怕的是，几乎所有的人都来插一脚，从中牟利。除了乌卡南之外，所有人都被收买了。乌卡南一无所有，仅剩一艘名为卡巴列柁的小船。卡巴列柁西班牙文原意为"小马"，当时西班牙统治者着迷于它特有的船型，而以"小马"命名。但依目前这种情况来看，就连卡巴列柁也快濒临消失了。

这个新的千禧年一开始，乌卡南就已注定要被排除在外。

他开始觉得不知所措。有时他觉得被圣婴现象惩罚，有史以来它便不断造访秘鲁，对此他束手无策。有时他也觉得被渔业会议上的环保人士惩罚，他们只会对过量捕捞及赶尽杀绝高谈阔论。在这类会议上经常可以看到一些政客，形式上是出席会议，眼光却慢慢转移到那些被控诉的渔业大亨，直到他们猛然惊觉，他们看到的不过是镜中的自己，一样都是既得利益者。然后，他们把眼光投向乌卡南，一个对于这场生态灾难根本无能为力的人。他既不祈求海上有大型鱼工厂出现，也不希望日韩渔船徘徊在两百海里外海，伺机猎捕本地渔获。乌卡南没有罪过，但当时他并不十分确定。另一方面，他感到羞耻，好像数百万吨的鲔鱼和鲭鱼全是被他从海里抓上来的。

当时他二十八岁，算是硕果仅存的年轻渔夫。

他的五个哥哥都在利马工作。他们把乌卡南当作笨蛋，因为他竟然愿意驾着一艘比冲浪板还简陋的船只出海，然后在一望无际的海洋中等待压根不会出现的鲣鱼和鲭鱼。他们不断告诉他，对死人吹气是无望之举。但乌卡南有遗传自父亲那种年届七十还每天出海的怪脾气。至少在几个星期前他的父亲还出过海。现在，老乌卡南不再捕鱼了。

他因奇怪的咳嗽症状以及脸上的斑点而卧病在床，除此之外还有逐渐失去意识的征兆。乌卡南坚定地认为，只要他还坚持传统，老爸就会继续活下去。

数千年前，早在西班牙人登陆美洲大陆前，乌卡南的祖先，云加人及莫切人就懂得用芦苇编制草船出海捕鱼。他们居住的范围，从北部海岸一直到现在的皮斯科城地区，其渔获量足以供应百万人所在的大都会昌昌。当时那儿还遍布着瓦嘉库司，也就是邻近海岸的沼泽，因为蕴含了地下淡水，所以芦苇长得非常茂盛。乌卡南和他的族人，就如同他们的祖先一样，利用这些芦苇编制卡巴列柁。

编制卡巴列柁需要巧手与心平气和的性格。这种小船真可说是独一无二，船身长3到4米，船首细长、向上弯曲；重量轻，不容易下沉。过去，上千艘这种有"金色之鱼"美称的小船，来往穿梭在海岸地区。当时，就算在条件不佳的状况下出海，也都能满载而归，而且渔获量恐怕比乌卡南这一代渔夫美梦中的还要多。

但是沼泽正在逐渐消失当中，更别说是芦苇了。

至少圣婴现象还可以预期。每隔几年接近圣诞节之际，寒冷的秘鲁洋流温度上升，热带东风消失，海中养分贫乏，鲣鱼、鲭鱼和沙丁鱼由于没有食物来源都不见踪影。也因此，乌卡南的祖先称这个现象为El Niño，意思是"圣婴耶稣"。有时圣婴只是轻微地扰乱一下自然秩序，但每隔四五年，它就从天而降来个大灾难，好像要把地球上所有人类毁灭一样。龙卷风、30倍的降雨量、致命的土石流——每一回都有数百人丧生。圣婴现象来来去去，一如往昔。虽然人们并不乐见其来访，但总还有个心理准备。然而，自从太平洋地区开始使用开口可容纳12架巨无霸客机并排的大型围网后，连祷告都嫌多余了。

当乌卡南驾着卡巴列柁在波浪中摇摆之时，他正想着自己究竟有多愚蠢。既愚蠢又罪过。应该说所有的人都有罪过，因为我们选择与基督守护神为伍，然而祂却是个既不反抗圣婴现象，也不反抗渔业协会及政府协议的守护神。

从前，在秘鲁有神秘崇拜，乌卡南想着。他听过一些有关考古学家在特鲁希略城附近的前哥伦布时期神殿内的发现：在月亮金字塔的后方躺了90具骷髅，有男人、女人，甚至小孩，有的被击毙，有的被刺死。听说是为了制止公元560年的大洪水，当时的祭司绝望地牺牲了90条人命当作祭品。接着，圣婴现象便奇迹般地消失了。

可我们要牺牲谁来阻止过量捕捞呢？

乌卡南陷入沉思。他是个虔诚的基督徒。他敬爱耶稣基督。但他也祭拜渔夫的守护神圣佩德罗。乌卡南从来没有错过任何一个圣佩德罗日，而且总是全心全意地参加。这一天，木制的圣佩德罗神像被船载到各个村庄。人们白天上教堂，一到晚上便转而投入异教仪式。神秘偶像崇拜正如火如荼地流行着。然而究竟哪个神可以拯救这个圣婴耶稣也不愿伸出援手的地区？圣婴申明祂和渔夫的苦难没有关联，祂的影响力也无法掌控大自然所带来的灾难，至于过量捕捞更是政治家及说客的事了。

乌卡南看看天空，眨了眨眼。看来今天天气会很好。

目前秘鲁西北部就像理想国一样。好几天都是万里无云的天气。这么早，大部分冲浪者都还躺在被窝里。大约半小时前，乌卡南驾着他的卡巴列柂在柔和的波浪里摇摆着，一起出海的还有十来个渔夫。那时太阳都还不见踪影。渐渐地，它从阴暗的山后升起，把整个海面染上了粉彩般的光影。无垠的远方刚才还是银色的，这会儿已慢慢呈现蓝色。在水平线之处，隐约可见正驶向利马的大货船。

乌卡南无视这清晨美景的存在，从后方拿出卡卡，这是一种卡巴列柂渔夫用的红色渔网，长数米，上面挂满不同尺寸的钩子。他上身挺直地蹲在芦苇船上，带着批判的眼神查看织工细密的网。卡巴列柂里没有地方可坐。倒是船尾有个不小的空间，可以堆放渔网和其他捕鱼装备。他把船桨横放在前面，船桨是将一根南美洲特产的竹子剖成两半制成的，秘鲁境内没有其他地区使用这种材料当船桨。这把桨是他父亲的。他带它出来，是为了让父亲感受到他用这把桨向下划水的力量。自从父亲生病以来，每天晚上乌卡南都把桨放在父亲身边，而且是放在右手上，好让他感受到传统的存在及生命的意义。

他希望父亲能认出自己摸到的东西。老乌卡南连自己的儿子都认不得了。

乌卡南停止检查卡卡。他在岸上已经检查过一次。渔网是极有价值的东西，必须好好看管。一旦渔网遗失，即代表结束。在这场太平洋资源游戏中，乌卡南已经是输家，不过他可没允许自己颓废酗酒。他最不能忍受的就是那些绝望的眼神，以及那些把船和渔网荒废在一旁的人。乌卡南心里很清楚，如果从镜中看到自己有那样的眼神，他可能会马上结束生命。

他环顾四周。小小的卡巴列柁船队在海面上分散开来。这些卡巴列柁是今早和他一起出航的，现在距离沙滩大概有一公里那么远。今天没有什么风浪，这几匹小马不像平常那样跳上跳下。接下来几小时里，这些渔夫得耐着性子等，听天由命地等。陆续有些较大的木制渔船及一艘拖网渔船加入，它们行经小草船旁，纷纷朝外海方向驶去。

乌卡南仍在观望，看着同伴一个接一个把卡卡放入水中，然后小心翼翼地用绳索绑在船身上。大红的球形浮标在水面上晃动着。乌卡南知道轮到他下网了，但他的思绪依然停留在过去的日子里。他只是继续呆呆地凝视着，没有任何行动。

寥寥无几的沙丁鱼。就这样。

他的目光随着那艘愈来愈小的拖网渔船而去。今年当然也出现了圣婴现象，但还不算严重。只要谨守界线，圣婴就会摆出另一张脸，一张微笑的脸，一张友好亲善的脸。秘鲁洋流舒适的水温，会吸引黄鳍鲔鱼和锤头双髻鲨误闯秘鲁北海岸，这个它们原本并非很乐意造访的海域。接着，圣诞节便有大餐可吃了。虽然本来该进渔网的小鱼先进了大鱼的肚子里，但天下没有尽是好事的道理。

也许，在这样的日子出海，还是有机会满载而归的。

尽是一些没用的想法。卡巴列柁不适合离岸太远。不过集体行动时，它曾创下出航十公里的纪录，一群小马共同挑战波涛，在浪尖奔驰。到外海去，主要的问题在水流。此外，如果天候不佳又加上逆风，那可就要费上九牛二虎之力才能把卡巴列柁划回岸边。

有些人从此一去不复返。

乌卡南在他的小草船上笔直蹲着。一大早他就等待着鱼群出现，看来今天出现的机率渺茫。于是他又开始在太平洋上搜寻那艘拖网渔船的踪影。他曾经有机会去大型渔船或是鱼粉工厂工作，但这也是过去式了。90年代末期悲惨的圣婴现象过后，很多工厂的工人也丢了饭碗。庞大的沙丁鱼群再也没有回来过。

他该怎么办才好？没有渔获他根本无法生活下去。

你可以教那些小姐冲浪。

这倒是另一种选择。反正古老的万查科早已屈服在众多旅馆的淫威下。随便挑一家旅馆工作，看是钓观光客、穿着一件可笑的夹克调鸡尾酒，还是逗那些被宠坏的美国女人发笑。一同冲浪也好，滑水也好，或者晚一点在旅馆房间里办事也行。

一旦乌卡南跟过去完全切断关联，他父亲便将在那天死去。就算这老家伙头脑不清醒了，也应该感觉得到，他的小儿子已经失去信仰。

乌卡南紧紧握住拳头，握到手指关节处都惨白。他拿起船桨，下定决心跟着快要消失的拖网渔船前进。他的动作急促，充满愤怒。他的船桨每下水一次，就离其他船远一点。他愈划愈快，知道今天不会出现突如其来的大浪、激烈的海流或者西北风阻挡他回程的路。要是他今天不放手一搏的话，恐怕再也没有机会了。至少在水较深的地区还有鲔鱼、鲣鱼和鲭鱼。那些鱼不会只属于大型渔船。他当然也有一份。

过了好一会儿，他稍停一下看看后方。密密麻麻布满房子的万查科变小了。四周包围他的只剩下海水。没有半艘卡巴列柁随后跟来。那些小船仍然停留在原地。

他的父亲曾经提过，以前秘鲁内陆有一个沙漠。如今，我们却有两个沙漠。第二个沙漠就是家门前的海洋。我们竟成了害怕降雨的沙漠民族。

他还是离海岸太近。

乌卡南继续用力划时，又再度拾回信心。他一下子兴奋起来，想象在无边无际的海洋上驰骋他的小马，朝目标前进，那儿有成千上万闪亮的银色背鳍在水面下穿梭，那儿可以看见座头鲸喷气，金枪鱼跳跃。每划一桨，船就带他离渔村腐败的气息更远一些。乌卡南的手臂不由自主地划动着，等到他再度停下往陆地方向看，整个渔村只是骰子那么丁点大的剪影，周围布满了白点——阳光下，渔村被新时代的霉菌，那些度假旅馆重重包围。

乌卡南忽然感到害怕。他以前从来不敢驾着卡巴列栳到这么远的地方来。搭乘大船和蹲在这狭窄的草船里，简直就是天壤之别。在晨雾中很难判断距离，但他离万查科至少12公里远了。

他形单影只。

他向圣佩德罗祈求，祈求祂保佑自己平平安安，满载而归。接着，他深深吸了一口含有盐味的清晨空气。他拿出了卡卡，让它不疾不徐地沉进水里。那带着鱼钩的渔网渐渐消失在朦胧天色里，直到剩下红色浮标在小船旁漂动着。

应该不会发生什么事吧？天气这么好。更何况，乌卡南知道他此刻身在何处。附近海床布满一种由火山岩浆凝结而成的崎岖小山，山顶几乎可高达水面。海葵、贝类及小虾栖息在这些岩石上。许多小型鱼类也在岩缝及洞穴里生活。其他大型鱼类如鲔鱼、鲣鱼及金枪鱼会为了猎捕小鱼而在这一带出没。但对拖网渔船来说，在此捕鱼有触礁的危险，且渔获量恐怕也没办法令人满意。

但对一个勇敢的卡巴列栳骑士而言，这里的渔获绰绰有余。

这天以来，乌卡南第一次露出笑脸。他上下晃动着。这里的浪比近海的高了些，但在小草船上还算舒适。他伸了个懒腰，对着已经跳出山头、金黄耀眼的太阳眨了眨眼。接着，他又抓起船桨划了几下，

9

在海流中控制住他的卡巴列柁。他蹲下来，打算在接下来几小时中观察不远处在水面上跳动的浮标。

不到一小时就捕到三条肥美的鲣鱼。他把它们搁在船上的置物堆里。

乌卡南情绪高昂。这比过去四星期以来的收获还要好。他现在基本上就可以打道回府，但是既然都来了，再多留一会儿也无妨。这一天的开始是如此美好，可能结尾会更好。

更何况世界上没有人的时间比他更多。

他从容地沿着岩石划，把卡卡的线放得更长，然后看着浮标漂得愈来愈远。他不时注意水色较浅的地方，那便是礁石的高处。和它们保持安全距离极为重要，这样才不会钩坏渔网。他打了几个哈欠。

他可以感觉到绳索有轻微的拉扯。接着浮标被波浪的锯齿吞噬。瞬间它们又突然出现，狠狠地被向上抛去，狂野地来回跳动了几秒钟之后，再度被拖下水。

乌卡南抓住绳索。这条绳索很坚韧，他抓得手都快破皮了。他诅咒着。下一秒他的卡巴列柁已经倒向一边。乌卡南松一下手，以保持平衡。在水深处隐约可见浮标的红色踪影。绳索被向下笔直地拉着，像是上了箭的弓弦一样，把这艘小芦苇船的船尾慢慢往下拉。

天杀的，到底是怎么一回事？一定有什么又大又重的东西进了网里。可能是条金枪鱼吧。但是金枪鱼的速度很快，照理会把小船拖着跑。不管渔网里的东西是什么，它显然很想向下冲。

乌卡南急忙把绳索抓回，船身也因此剧烈摇晃起来。他被往前抛入海里。当他沉入水里时，水跑进他的肺部。冒出水面后，他又是咳嗽又是吐水，然后看着进水大半的卡巴列柁。尖形的船首垂直向天。船尾置物处的鲣鱼也滑回了海里。眼巴巴看着鱼溜走，他心中充满气愤与无奈。它们消失了。他没办法跟着潜水追回，因为眼前要做的是抢救卡巴列柁，也就是拯救他自己。

整个早上的心血全都付之一炬。

不远处漂着船桨。乌卡南却无心理会。他可以待会儿再拿。他整个人潜入水里，使尽全力想要拉回往上翘的船首，但卡巴列柁仍然被用力往下扯。他慌张地匍匐至船尾，摸索着右手边的船舱，直到寻获他要的东西。感谢圣佩德罗。他的刀子没有漂走，潜水镜也是，这两样是他除了卡卡以外最有价值的财产。

　　他用力砍了一刀，把绳索切断。卡巴列柁马上往上翘，乌卡南被狠狠甩了出去，在空中翻了几圈。他感到一阵天旋地转，头向下往水面方向坠落。最后，他发觉自己恰好落在小草船上，用力喘息着。小草船轻微地摇摆着，仿佛什么事也没发生过。

　　他迷迷糊糊起身。浮标已消失踪迹。他开始探视水面，寻找船桨。船桨在离他不远的地方。乌卡南用手划着卡巴列柁，朝船桨的方向移动，直到他的手可以够着。把船桨摆好后，他又开始仔细打量周遭环境。

　　就是那儿，那些晶莹剔透的浅水处。

　　乌卡南持续地大声咒骂着。一定是太靠近海面下的礁石了，卡卡才会被钩住。难怪会被往下拉。他一定是做了太多愚蠢的白日梦。浮标所在之处当然也就是渔网所在之处。只要渔网钩在岩石间，浮标当然浮不上来，它们和渔网是相连的。对，这就是答案，准没错。但他还是摸不着头绪，为什么这一切会发生得如此急促，甚至让他差点送命。他保住了一条性命，但弄丢了渔网。他不能弄丢渔网的。

　　乌卡南快速划着卡巴列柁回到出事地点。他往下探视，试图从清澈的水面看出个究竟。除了一些不规则的浅色水块，什么也没有。连个渔网和浮标的鬼影子都看不到。真的是这里吗？

　　他是个讨海人，在海上度过好些日子。就算没有仪器辅助，乌卡南也知道是这里没错。就是在这里，他得把绳索切断，好让小草船不被扯坏。渔网应当在这水面下的某处。他得找回他的渔网。

　　想到要潜水，乌卡南心里一阵不愿意。和大多数渔夫一样，尽管他们游泳技术不错，但基本上还是怕水。没有一个渔夫真的喜欢海。大海每天呼唤他们重新整顿出发，许多靠捕鱼为生的人，根本无法忍

11

受没有海的日子，然而有海的日子其实也过得并不怎么样。大海消耗他们的精力，每捕一回鱼就耗损一些，留下的便是坐在港口酒馆里那些死气沉沉的游魂，对生命没有任何期待的肉身。

但是乌卡南有样法宝。那是一个观光客送的礼物。他从年初就开始带着它出海。他从船舱拿出一副潜水镜，对着它吐了几口口水，接着小心涂抹镜片，好让它在水中不会起雾。接着，他用海水洗了一下潜水镜，然后戴上，并将橡皮带绕到后脑勺固定住。这副潜水镜价格不菲，边缘都有软硅胶垫着。他没有呼吸器或呼吸管。这倒也没必要。他自有能耐憋气憋很久，足够下潜一段时间，把渔网从礁石上解开。

乌卡南衡量了一下被鲨鱼攻击的机率有多大。通常在这区域不会遇到攻击人类的鲨鱼。曾经有少数双髻鲨、灰鲭鲛或鲭鲨掠击渔网的例子，但那发生在更远的海域。还没听说秘鲁有大白鲨出现过。更何况，在开放海域和在礁石附近潜水完全是两回事，后者比较安全。乌卡南推测，他的渔网应该不是被鲨鱼拉走的。这一切要归咎于他自己的粗心大意。就是这样。

他用力吸满气，头朝前跳入水中。要诀是他得快速下潜，否则肺里的空气会使他如气球般停滞于水面。他身体保持垂直，距离水面愈来愈远。虽然从船上探看海底水色颇深，一旦入水后四周却是一片明亮美好的光景，不仅可以清楚看见火山岩绵延数百米，还能看见阳光洒在岩石上的光点。乌卡南几乎没看见什么鱼，当下也没那个心情。他在岩层间一心一意搜索卡卡。他不能在下面待太久，否则会有卡巴列柁漂到远处的风险。如果几秒钟内仍毫无斩获的话，他就得浮出水面，然后再试着找第二次。

倘若需要找十次呢？需要找半天呢？他不可能不带着渔网回家。

接着他看见浮标。大约在十至十五米深处，浮标在一块崎岖突出的山岩上方摆动。渔网就在那正下方。显然有好几个地方被勾住了。小巧的珊瑚礁鱼在网孔间钻来钻去，见乌卡南一靠近，立刻四处逃散。他在水中挺直身体，并尝试用脚踢开纠缠在岩间的卡卡。水流鼓起他敞开的衬衫。

此刻，他注意到，渔网已被扯得破破烂烂了。这绝对不可能单纯是岩石钩坏的。究竟是什么鬼东西在这里肆虐？它现在在哪里？

乌卡南心中一阵不安，赶紧动手拆解他的卡卡。看样子，他有好几天的修补工作要做。氧气愈来愈稀薄。他可能没办法一次完全解开。就算是张残破的卡卡，其价值也不可低估。

他稍稍停顿，想了一下。

这样硬撑下去也不是上策。他得先浮出水面，查看卡巴列柁的位置，然后再卷土重来。

正当他脑中如此盘算着，四周有了些变化。原先，他以为是一片云遮住了太阳。那些在岩石上跃动的光点消失了，岩石和植物也没了影子……

他的手、渔网，所有的东西顿时失色。单单乌云不足以解释这突如其来的变化。短短数秒，乌卡南头上那片天全暗沉下来。他放开卡卡，朝上看。

映入眼帘的是一大群跟人手臂一样长的鱼游过贴近水面之处。乌卡南大吃一惊，又吐出他肺中一些空气。他吐着泡泡往上游，心想这一大群鱼是从哪儿来的。他这辈子还没见过这种事。这些鱼似乎慢慢静止下来，他只偶尔看到摆动的尾鳍，或是快速游动的鱼。接着鱼群突然调整了集体移动的角度，所有的鱼聚集得更紧密了。

其实这是鱼群的典型行为。但，还是不太对劲。乌卡南感到困扰的倒不是鱼群的行为，而是鱼本身。

这数量简直太庞大了。

乌卡南旋转几圈。目之所及是数不清的鱼。数量相当惊人。他缩了一下颈子，发现鱼群和轻拂水面的卡巴列柁背光勾画出的船影之间有个空隙。紧接着这最后一线希望也随即消失。此刻眼前变得更加昏暗，而乌卡南肺中空气不足让他开始感到疼痛不适。

金鲭鱼吗？他不知所措地猜想着。没有人指望曾经丰饶的金鲭鱼群会再度回来。他应该高兴，因为金鲭鱼市场价格不菲，一旦捕获，便足以让一个渔夫养家活口好一段日子。

乌卡南却丝毫不感欢喜。取而代之的是慢慢滋长的恐惧。这鱼群简直太不可思议了。它们从海平面一端分布到另一端。难道是金鲭鱼毁坏了卡卡？一群金鲭鱼？这怎么可能呢？

我必须离开这里，他心想。

他蹬离岩石，镇静、徐缓地往上游，慢慢吐出剩余的空气。他的身体被鱼群紧紧包围，和水面、光线及小草船分开。身在鱼群中，他的每个动作几乎都是枉然，身旁全是一堆外凸无神的鱼眼。乌卡南觉得，鱼群好像是因为他才凭空出现的，是冲着他来的。

它们要拦阻我，这想法突然在他心中闪现。它们要阻挠我回到船上。

他一阵惶恐，心脏急促地跳着。他无法留意自己的速度，无法顾及他的卡卡和浮标，更不用提他的卡巴列柂了。他一心一意只想着如何穿过这密集的鱼群重回水面，回到有光之处，回到有空气的地方，回到安全的所在。

有些鱼开始往旁边扩散。鱼群中有个东西逶迤游向乌卡南。

过了好一阵子，风吹了起来。

空中依旧万里无云。天候良好。海浪比之前稍微大了些，但程度还不至于让小船上的人感到不舒服。

但是，那里没有半个人的身影。

唯独那艘卡巴列柂，同类中硕果仅存的那艘，在宽广的海面上轻轻地漂着。

第一章

异　常

第二位天使把碗倒在海里，海就变成血，好像死人的血；海中所有的生物都死了。第三位天使把碗倒在江河与众水的泉里，水就变成血了。我听见掌管众水的天使说，你这样审判是公义的……

启示录，16：2-5

上星期，智利海岸有具庞大的不明生物尸体被冲上岸，这具尸体正在空气中迅速腐烂。根据智利海防人员报告，这只不过是一具大型生物尸体的一小部分而已。这种神秘的大型生物在海中曾有活体被观察过的记录。智利专家指出，他们并未发现任何骨骼，也就是脊椎动物尸体腐烂后会留下的遗迹。这副尸块和鲸的体积比起来实在大太多，而且两者味道也不相似。由目前所有的认知判断，这种生物和所谓的深海海怪有着惊人的雷同之处，其类似胶质的尸块被冲上岸的例子时有所闻。至于这到底是哪一种生物，最多仅能推测。

CNN，2003年4月17日

3月4日

挪威海岸，特隆赫姆

对高等学校和研究中心来说，这座城市太过舒适了。尤其是巴克兰德特区及莫乐贝格区，简直难以和科技都会联想在一起。在这片由木屋、公园、小教堂、河边小筑以及诗情画意的后院所构成的田园风光中，丝毫感受不到先进感，尽管挪威一所颇具规模的大学——挪威科技大学就坐落在此。

很少有城市可以像特隆赫姆一样，能把过去和未来结合得如此天衣无缝。正因如此，西古尔·约翰逊对于能够居住在此感到幸福。他住在莫乐贝格区古老的教堂街，一栋有白色前阶梯和门楣的黄赭色斜顶屋的一楼。这景致真不知会让多少好莱坞导演激动落泪。尽管约翰逊感谢命运，庆幸自己所热爱的海洋生物学是当今热门的研究方向之一，但是此刻能引起他兴趣的却很有限。

约翰逊是个梦想家，就如其他梦想家一样，他既憧憬未来的新事物，也喜欢缅怀传统。他的生命完全以凡尔纳[1]精神为指标。没有人能

1　Jules Verne，法国19世纪科幻小说家，想象力丰富、崇尚科学又带着浪漫风格，著名作品有《八十天环游地球》《海底两万里》《从地球到月球》等。

像这位法国大人物，可以把对机器时代的狂热、极端保守的骑士精神，及追求不平凡事物的兴趣，结合得如此完美。然而当下生活就好比一只蜗牛，背载着压力及世俗爬行。这种生活和西古尔·约翰逊的梦想世界格格不入。约翰逊做的，仅是认清现实生活对他的要求，不期待它们有什么大作为。

这天近午，他开着吉普车经过冬天的巴克兰德特区，穿越闪闪动人的尼德河，正前往挪威科技大学。他刚从一个偏僻小村的森林深处度完周末回来。

若是夏天，他会开辆捷豹跑车，行李箱摆个野餐篮，里面装着刚出炉的新鲜面包、美食店包装精美的鹅肝酱和一小瓶佐餐酒，最好是1985年的。

自从约翰逊从奥斯陆搬来后，他慢慢找到了属于自己的小天地，那是一些尚未被急需度假的特隆赫姆人及观光客打扰的地方。两年前一个偶然的机会，他在一个荒凉的湖边发现一栋破旧的乡村小屋。为此他欣喜若狂，花了不少时间寻找屋主——那人在挪威国家石油公司工作，属于管理阶级，目前住在斯塔万格。因此，购屋过程快了许多。屋主相当高兴有人愿意接手，于是随意卖了个很低的价钱。接下来几个星期，约翰逊找来一些非法居留的俄罗斯工人整修这栋破屋子，直到它成为想象中的庇护所，就如19世纪那些讲究享乐的生活家所拥有的乡间度假小屋一般。

在漫长的夏日傍晚，他坐在门廊上，面对着湖，阅读托马斯·莫尔、乔纳森·斯威夫特和赫·乔·韦尔斯[1]的经典小说；聆听马勒、西贝柳斯，或是古尔德演奏的钢琴曲、切利比达克指挥的布鲁克纳交响曲。他在屋里布置了个小型图书馆。和他的CD一样，约翰逊所有藏书几乎都有两本，一本放城里，一本放这儿。他希望无论身在何处，都

---

1 Thomas More，20世纪初英国空想社会主义者；Jonathan Swift，《格列佛游记》作者；Herbert George Wells，19世纪英国小说家。重要著作有《时光机器》《隐形人》《世界大战》《拦截人魔岛》等。

能有一份在手。

约翰逊开着车缓缓上坡。眼前是挪威科技大学的主建筑，它宛若一座雄伟的城堡，却坐落在21世纪，屋顶覆着皑皑白雪。校区在这栋建筑后面延伸出去，有教室和实验室，聚集了大约一万名学生，活像个小城市，到处充满热闹喧扰的气息。约翰逊满足地叹了口气。湖边生活十分惬意，寂寞但充满灵感。夏天时他曾带心脏学系主任的女助理去过几次。他们是在巡回演讲时认识的，很快就进入状态，可惜夏末约翰逊便结束了这段关系。他不想定下来，至少他很清楚事实。他五十六岁，她比他小了整整三十岁。这样的关系能够维持几个星期，对他而言算是美好的。要维持一辈子就甭想了，约翰逊也一向不允许其他人闯入他的生活。

他把车停在为他预留的车位上，然后走到自然科学学院。在通往办公室的路上，他脑中仍回想着最近一次停留湖边的情景，因此差点没看见蒂娜·伦德。她站在窗边，一等他进门便立刻把头转向他。"你迟到了，"她开玩笑说，"是因为红酒的关系，还是有人不想让你走？"

约翰逊冷笑了一下。伦德受雇于国家石油公司，但目前大部分工作时间都耗在欣帖夫研究中心，那是欧洲少数由基金会赞助、庞大且具独立性的研究机构之一。而挪威近海工业也特别感谢欣帖夫的襄助，他们因此得以迅速发展。欣帖夫与挪威科技大学的密切合作，也使特隆赫姆这个科技研究重镇因此威名远播。欣帖夫的机构遍布邻近区域。至于伦德的事业可算是一帆风顺，没花多少时间就接任项目经理，负责处理新开发的石油事务。几周前，她才在海洋科技研究所为欣帖夫再添设了一个据点。

约翰逊一边脱外套，一边看着她高挑的身影。他喜欢蒂娜·伦德。几年前他们曾尝试交往，但后来还是觉得维持一般友谊关系比较好。从那时起，他们的往来就仅限于工作上交换意见，偶尔才会一起出去吃个饭。"老男人需要充足的睡眠，"约翰逊回答，"你想喝杯咖啡吗？"

"如果你刚好有煮的话。"

他看了一下秘书室，的确有一壶咖啡在那里。只是秘书不见人影。

"只加牛奶，"伦德嚷着。

"我知道，"约翰逊把咖啡倒入两个大杯子，为她那杯加了些牛奶，然后走回办公室。"我知道你所有的一切。你忘了啊？"

"你还不到这个程度吧！"

"还没啊，真是谢天谢地。坐吧。什么风把你吹来的？"

伦德拿起她的咖啡，啜了一口，没有坐下来的意思。"我认为，是一只虫。"

约翰逊挑了一下眉毛看着她。伦德回看了一眼，好像期待他赶快发表高见似的，但她根本连问题都还没提。毫无半点耐性，真是超典型的伦德。他喝一口咖啡，"什么叫作你认为？"

她没有回答，反而从窗台上拿起一个密闭的钢制容器，放在约翰逊面前。"看看里面有什么。"

约翰逊把栓子拉开，打开盖子仔细观看。容器里半盛满水，有个长形、毛毛的东西在里面打转。

"你知道这是什么吗？"伦德问。

他耸耸肩。"是虫吧。两只相当可观的样本。"

"我们也这么认为。但究竟是哪一种虫，让我们伤透了脑筋。"

"你们又不是生物学家。这是多毛纲。听说过吗？"

"我知道多毛纲是什么，"她迟疑了一下，"你能不能鉴定种类？我们急着交报告。"

"那好吧。"约翰逊弯腰仔细观看，"的确是多毛纲，还挺漂亮的，颜色真鲜艳，海底有一大堆，至于是哪一种，我不知道。你们担心什么啊？"

"如果我们知道就好了。"

"连你们也不知道？"

"它们来自陆架边坡，水深700米处。"

约翰逊抓了抓下巴。容器里的动物抽搐地转动着。它们想吃东西，他猜。不过，没有它们能吃的东西。他认为值得注意的倒是，它们竟然还活着。因为绝大部分的深海生物一旦被带到地表，通常不会太好过。

他又多看了几眼。"我是可以瞧瞧。明天再回报你，行吗？"

"太好了，"她停顿了一下，"你一定是发觉了什么怪异之处吧。从你的眼神可以看得出来。"

"可能吧。"

"是什么呢？"

"不十分确定。毕竟我不是动物分类学家。多毛纲的颜色和形状类别都很丰富。就连我，一个算是知识渊博的人，都还摸不透它们。这个嘛……哎呀，我还不知道。"

"真可惜，"伦德的表情略显黯淡，接着又笑了笑，"你何不立刻着手研究，中午吃饭时告诉我结果？"

"这么急？你以为我在这里没事做啊？"

"我想，你到这个时间才现身，应该不会有一堆工作压着你吧。"

真不巧，竟被她料中。"好吧，"约翰逊叹口气，"一点在餐厅见面。我可以切一小块组织吗？还是你打算和它们进一步交朋友？"

"做你认为对的决定就是了。待会见，西古尔。"

她匆匆忙忙走出去。约翰逊看着她，一面问自己，如果他俩的感情继续发展下去，是否会相当精彩。伦德的生活宛如冲锋陷阵。对他这种要慢慢品味爱情，又不喜欢穷追不舍的人来说，实在太紧张了。

他检查了一下邮件，打了几通早该回的电话，接着把装着虫的容器带进实验室。他绝不怀疑这是多毛纲。多毛纲和水蛭一样都属环节动物门，基本上不算复杂的生物体。尽管如此，动物学家还是为之着迷，其来有自。多毛纲是最古老的生物之一。根据化石考证，它的出现约可追溯至5亿年前，且自寒武纪中期后几乎没有外形上的改变。它们极少在淡水水域或湿地出没，绝大多数分布于海洋，且多在深海。它们翻搅海底土壤觅食鱼虾。大部分人觉得这种动物很恶心，因为保存在酒精里的展示标本完全失去了它们原有的鲜艳色彩。约翰逊看着这深海底下幸存的古老奇迹，相对之下，在他眼里它们可是绝世美女。

他观察容器中带着章鱼般的疣以及白色毛束的粉红色躯体许久。接着，他滴些镁液在虫身上，好让它们完全放松。杀死虫的方法有好几种，最常用的就是把它们丢入酒精、伏特加或是透明的烈酒里。从人类的观点看来，这种死法就如醉死一般，还不算最差。但是从虫的角度来看，可就不一样了。若未先让它们身体放松的话，它们会挣扎抵抗，缩成硬硬的一团。这便是为何要滴镁液的原因。动物的肌肉会因此松弛，接下来就任人处置。

为谨慎起见，他先把一只虫冰冻起来。多留一个样本总是好的，以免日后要做基因分析或是稳定性同位素研究。他把另一只虫放进酒精里，观察了一会儿，再放到工作台上量长度。这只虫将近17厘米长。接着，他纵切剖开虫身，惊讶地发出赞叹声。"天啊！"他说，"你的牙牙可真漂亮。"

从体内构造看来，各种迹象显示这是只环节动物。它的口器缩在身体里面。多毛纲动物觅食时，此部位能快速伸出，包括甲壳质的颌和好几排细小的齿。约翰逊看过这类动物从里到外不下千百次，但这么大的颌可真让他大开眼界。他观察这只虫愈久，就愈加怀疑这个种类曾经有人描述过。只有少数幸运儿可以发现新物种，他想着，也许他的名字将在科学史上永垂不朽……

但他并不十分有把握，于是在网络上搜寻了好一阵子。搜寻结果令他相当惊讶。这种虫的确有人提过，却又找不到进一步资料。约翰逊愈来愈好奇，一头栽了进去，几乎忘了到底为何要鉴定这种虫。当他急急忙忙通过校园里架着玻璃屋顶的廊道赶到餐厅时，已经迟到15分钟。他冲进餐厅，瞥见伦德坐在边桌，便立刻朝她走去。她坐在一棵棕榈树树荫下，对他挥手。

"不好意思，"他说，"你等很久了吗？"

"等了好几小时，我都快饿死了。"

"我们可以吃鸡丝煲，"约翰逊建议，"上周这道菜做得很棒。"

伦德点点头。认识约翰逊的人都知道他讲究品味，听他的准没错。她点了杯可乐，他则允许自己喝杯白酒。当他把鼻子凑近酒杯嗅闻软木塞遗留下的气味时，伦德却明显坐不安席。"怎么样啊？"

约翰逊啜了一小口，嘴唇轻轻啧了一下。"还不错。清新又有味道。"

伦德不解地看着他。接着转了一下眼睛。

"好啦。"他把酒杯放回，两腿交叉。他觉得玩弄伦德的耐心是件有趣的事。至少就星期一上午来指派他工作这件事而言，她是该受点折磨的。"环节动物，多毛纲，我们刚才已经研究到这里。你该不会要我提供一份完整的报告吧。这可是要花上十天半个月的。我暂时把你这两个样本归为突变种或新种，或者，更精确的说法是，两种都是。"

"你的回答还真精确啊。"

"抱歉。你们从哪儿弄来这动物的？"

伦德描述了地点。那里离陆地还有一段距离，就是挪威陆架陷入深海之处。约翰逊听得若有所思。

"我可以请教你们在那里做什么吗？"

"研究大西洋鳕鱼。"

"喔，还有鳕鱼啊。真是令人欣慰。"

"别说笑了。你知道想挖石油会有的问题吧。我们不愿事后因忽略了注意事项而被指责。"

"你们要盖钻油平台？不是早就没有油可挖了？"

"眼前这不是我的问题，"伦德不耐烦地解释，"我的问题是，那个点到底可否建平台。我们还未在那么远的外海挖过，技术尚待评估。无论如何，我们得先证明我们有尊重大自然。所以我们前往预定地勘察，看有哪些动物出没，周围环境如何，才不至于惹上麻烦。"

约翰逊点点头。自从挪威渔业部厉声谴责，每天有百万吨工业废水排入海里，伦德就忙着处理北海会议的结论报告。充满化学物质的工业废水被北海无数抽油站连同海底原油一起抽出，而这些水和原油的混合物在海底下已有好几百万年的时间。一般是用物理方法将水和油团分离，再将水直接排回海里。几十年来从未有人质疑过。直到挪威政府委托海洋科学机构进行一项研究计划，结果让环保人士和石油业者同样咋舌。废水中的某些物质会破坏鳕鱼繁殖周期，作用有如雌激素，使得雄性鳕鱼无法生育或性别变异。似乎也有其他物种遭受威胁。石油业者因此被强制立即停止排放废水，必须另寻他途来解决排水问题。

"完全正确。你们确实有责任调查清楚你们在搞什么鬼，"约翰逊说，"愈清楚愈好。"

"你还真是帮了大忙呀。"伦德叹气，"总之，在大陆坡探测时，我们进入深水区域做了地震测量，还把机器人送到水深700米处拍照。我们真的吓了一跳，万万没想到会在那底下发现它们的踪迹。"

"大惊小怪。本来就是到处都有虫。那么700米以上的地方呢，你们有没有发现什么？"

"没有。"她依旧坐不安席，"这该死的怪物到底是什么啊？我得快点结案，我们还有一大堆工作呢。"

约翰逊用手托住下巴，"你这虫的问题在于，"他说，"它们实际上是两条虫。"

她满脸疑惑地看着他，"当然。我给你的是两条虫。"

"我不是这个意思。我是指这个物种。如果我没弄错的话，这是最近才在墨西哥湾发现的新物种，它在海底出没，并且与借着甲烷维生的细菌共生。"

"甲烷？"

"没错。我接下来要说的才刺激呢。你的虫对这物种而言太大了。当然，有些多毛纲物种身长两米或更长，而且还活得相当久。但你的虫是另一种类型，栖息地属于完全不同的区域。如果你的虫和在墨西哥湾发现的是同种的话，那么它们应该是从被发现后就可观地成长。

24

墨西哥湾种最长5厘米，你的却有三倍长。更何况它们还没在挪威陆架出现过的记录。"

"这下可有趣了。你怎么解释？"

"你别开我玩笑了。我无法解释。目前我能想出的唯一答案，就是你们发现新物种了。恭喜恭喜。它们和墨西哥冰虫外形相似，但从尺寸和其他特征看来却又像是其他物种。说得再贴切一点，是原始虫，而且是我们认为已经绝种的生物———一种小型的寒武纪巨兽。令我觉得奇怪的只是……"

他犹豫着。那地区可说是被石油业者拿着放大镜来回回仔细检查过的，这么大的虫应该很容易被发现啊。

"你想说什么？"伦德追问。

"这个嘛，要不就是我们都没长眼睛，要不就是你这些新朋友以前不曾出现在那地区。也许它们来自更深海处。"

"我们的疑问是，它们怎么上来的？"伦德沉默了一会。接着她问："你什么时候可以交报告？"

"我就知道，你又要施压了。"

"总之我不能等一个月！"

"好啦，"约翰逊轻轻举起手，"我得把你的虫送到世界各地去，这就是有人脉的好处。给我两个礼拜。别想催我。就算我想快也快不了。"

伦德没有回话。她发呆的时候，餐点送过来了，但她仍然一动也没动。"你是说它们吃甲烷？"

"是以吃甲烷的细菌维生，"约翰逊纠正她，"那是个颇为复杂的共生系统，最好由专家来解说。但这也是针对那个物种来说，我认为你的虫是其邻近种，不过目前还不能够证明。"

"如果它比墨西哥湾种大，胃口应该也比较大。"伦德喃喃自语。

"胃口一定比你的大，"约翰逊看着她丝毫未动的盘子说，"对了，如果你还能多弄来几个怪物样本的话，可能挺有帮助的。"

"那可是一点都不缺。"

"你们还有啊？"

伦德点点头，眼神很怪异。然后她开始吃饭。"好几十只，"她说，"但是下面还有更多。"

"更多？"

"我估计应该有好几百万只。"

3月12日

加拿大，温哥华岛

日子来来去去，但是雨终未停歇。利昂·安纳瓦克怎么也想不起来，上回这样阴雨绵绵是什么时候的事。他望着无际的海洋，水面和密布低垂的乌云交界处形成了一道银线。看样子那后方有停雨的迹象。不过没有人敢断言，因为接踵而至的也可能是浓雾。太平洋呼风唤雨，通常不会事先知会任何人。

安纳瓦克开着蓝鲨号继续朝外海前进，他的视线分秒不曾离开过水平线。蓝鲨号是艘高马力的大型橡皮艇，艇上正载满了赏鲸客。12个人穿着防雨装备，带着望远镜和相机，但都一脸扫兴。他们引颈盼望灰鲸和座头鲸出现，已经超过一个半小时了。

每年2月，灰鲸和座头鲸离开温暖的下加利福尼亚及夏威夷海域，集体迁徙至北极区，为夏季觅食作准备。这趟旅程有16000公里。它们自太平洋出发，经过白令海、楚科奇海、北冰洋边缘，最后抵达可以饱食小虾和端足目动物的乐园。当白昼开始缩短，它们便再度远游，回到墨西哥。在那里它们得以不受最大天敌虎鲸的威胁，繁衍下一代。每年，这些巨大的海洋哺乳动物会经过不列颠哥伦比亚省和温哥华岛海域两次，因此一年有好几个月的时间，托菲诺、尤克卢利特和维多利亚等地的赏鲸站都一位难求。

今年却不如往常。

长久以来，至少有一两种鲸会尽义务似的展露头部或尾鳍，让人拍照。往年此时看见鲸群的机率都非常高，使得戴维氏赏鲸站敢打出"看不到退费！"的包票。几个小时内看不到鲸群的情形时有所闻；如果整天都没见着影子，那就算是运气背了；若整个星期都无法一睹风采的话，可就令人忧心了。但最后这种情况，以往倒未曾发生过。

这一次，这些海洋巨兽好像在加州和加拿大之间失踪了似的。所有赏鲸客都收起相机，回家后当然也没什么可炫耀的了。也许，勉强还能提的，就是经过一个岩岸吧。但连这岩岸也毫不赏光，深藏在大雨乌云之后。假如看得见的话，说不定还挺引人入胜的。

安纳瓦克早已习惯对于不同的赏鲸状况做一番讲解及评论。这回他却感觉舌头紧黏上颚，一个字也吐不出来。在这一个半小时内，他说尽了有关这个地区的历史轶事，尽量不让气氛降到冰点。眼前看来，并没有任何人有半点兴趣聆听有关鲸豚或黑熊的故事。安纳瓦克用来转移赏鲸客注意力的伎俩已经用尽。他满脑子想的都是鲸群可能的去处。或许此刻他该关心的，是观光客的去留。不过他本性难移。

"我们回航吧。"他下令说。

接下来是一阵失望的沉默。回程经过克拉阔特湾，需三刻钟左右。他决定尽快结束下午的行程。所有的人，无一幸免，都湿到骨子里去了。这艘橡皮艇的两具艇外马达，能带给他们一场刺激肾上腺素的旅程。此刻，他唯一能提供给游客的就是速度上的快感了。

当托菲诺的高架屋、码头以及赏鲸站映入眼帘时，雨竟然停了。小山丘和山脊看起来像是灰色剪影，山顶则笼罩在浓雾和云层当中。登上码头的梯子很滑。安纳瓦克先协助游客下船，再固定好橡皮艇。赏鲸站前的空地已经挤满了下一批探险家，而他们很有可能又将是徒劳而返的一批。安纳瓦克毫无半点心思顾虑赏鲸客之后的反应。他担心的另有其事。

"再这样下去，我们得变更活动内容了，"苏珊·斯特林格在他走进售票处时说。她站在工作台后方，把活动简章放在架子上。"我们可以改看松鼠，你觉得如何？"

赏鲸站是个颇为舒适的小型商场，贩卖俗气的纪念品、各式工艺品、服饰及书籍。苏珊·斯特林格是办公室经理。她和安纳瓦克之前的想法一样，做这份工作也是为了赚取学费。如今安纳瓦克拿到博士学位已经四年了，仍然忠实地留在赏鲸站担任船长。几年来，他利用夏天的时间做研究，出版了一本有关海洋哺乳类智慧与社会行为的书，相当引人注目，同时他的大型实验也赢得学术界的高度重视。由于安纳瓦克跃升为闪亮新星，这期间优渥的工作机会自然也接踵而至，种种诱人的条件使得温哥华岛平淡的生活，相较之下顿然失色。安纳瓦克知道，他迟早都会屈服而搬到其中一个能够提供较佳机会的都市去。未来的发展似乎已经一步一步设定好了。他三十一岁。很快地，他将担任大学教职或是大型研究机构的研究员，他会在学术期刊发表文章，参加学术研讨会，居住在海边顶级豪宅，地基还不时被上下班尖峰时间海上运输交通所激起的海浪拍打着。

他开始解开雨衣的纽扣。"要是有办法就好了，"他黯然地说。

"什么办法呢？"

"找啊。"

"你不是要跟罗德·帕姆讨论遥测研究的分析资料吗？"

"谈过了。"

"结果呢？"

"跟目前看来的一样，没什么下落。他们1月时在一些海豚和海狮身上安装航程记录器，如此而已。是有一些数据啦，只不过所有的记录都仅止于迁徙开始，之后便音讯全无。"

斯特林格耸耸肩。"别想太多了，它们会来的，我想，成千上万的

29

鲸鱼不可能就这么蒸发掉了。"

"事实上它们确实是从地球上蒸发了。"

她傻笑了一下。"说不定它们在西雅图附近塞车了，那里常常堵塞。"

"哈哈，真好笑。"

"好了，放轻松点嘛。以前它们确实有迟到的记录啊。怎么样，今晚要不要在帆船酒吧聚聚？"

"我……还是算了。我得准备白鲸的实验。"

她严肃地看着他，"如果你征询我的意见的话，我会告诉你，你最近工作量多到有点夸张。"

安纳瓦克摇头，"我必须这样，苏珊。这对我很重要，再说我也不懂股票指数。"

这弦外之音指的是洛迪·沃克，也就是斯特林格的男友。他住在温哥华，是个股票掮客，正在托菲诺度假。他所谓的度假，实质上，大概就是和不同的人打手机，提供所谓的理财讯息，而且，都用非常大的音量。斯特林格早就清楚，他们之间不可能建立什么友谊，尤其是在安纳瓦克被沃克折腾了一个晚上，拿一堆有关他背景的问题轰炸之后。

"你也许不相信，"她说，"洛迪也可以聊别的话题。"

"真的吗？"

"如果好心请求他的话。"

这话听来有点刺耳。"好啦，"安纳瓦克说，"我晚点过来。"

"别傻了。你晚点才不会过来。"

安纳瓦克傻笑，"如果你好心请求我的话。"

他很清楚自己当然不会去。斯特林格对此也十分明白。虽然如此，她还是说："如果你改变主意的话，我们约八点。也许你真该移动一下你那个已经长蛤的屁股。汤姆的妹妹也会来，她对你挺有兴趣的。"

以汤姆的妹妹作为诱惑还不算太差。只不过汤姆·舒马克是戴维

30

氏赏鲸站的经理。安纳瓦克不喜欢那种被一个地方牵制住的感觉，尤其又是个他再过不久即须找理由脱身的地方。"我会考虑考虑的。"

斯特林格笑了笑，摇摇头走了出去。

安纳瓦克继续招呼进来的游客，直到汤姆来换手接班。他走到托菲诺的主街上。戴维氏赏鲸站就位于进城处。是一栋外形美观的典型木造小屋，斜斜的屋顶是红色的，门廊有遮雨棚，前方大草坪上矗立着一具高7米、柏木制的鲸尾鳍。赏鲸站不远处有座浓密的枞木林。这里和欧洲人想象中的加拿大一模一样。当地居民对加深此印象也有不少贡献。他们喜欢在傍晚点着有防风罩的蜡烛，说着黑熊在自家花园出没以及骑乘鲸群的故事。虽然有些纯属虚构，但大部分都是真实事件。关于温哥华岛的传奇，称得上是加拿大的浓缩极品。西岸托菲诺和伦弗鲁港之间的缓坡沙滩、百年老柏，以及枞木林围绕的宁静海湾、沼泽、河川和旷野景色，每年为当地招揽了无数观光客。运气好的话，到海边就能瞥见灰鲸的身影，或是目睹在附近晒太阳的水獭和海狮。即使海洋带来大量的雨水，仍有许多人认为，这儿是离天堂最近的地方。

安纳瓦克根本无暇注意这些风景。

他往城里方向走了一小段路，转个弯到达一个码头。岸边停靠着一艘12米长且老旧失修的帆船。那是戴维家族的船。赏鲸站老板不想花钱修船，就用一笔可笑的价钱租给安纳瓦克。安纳瓦克住在里头。虽然他自己在温哥华有间很小的公寓，但并不常住，只在他到市区办事久留时才会过去看看。

安纳瓦克进船舱拿出一沓文件后，便走回赏鲸站。他在温哥华有辆生锈的福特，在岛上则偶尔跟舒马克借他的老吉普车，这就绰绰有余了。他上车发动引擎开往维可安尼许饭店，这是当地数一数二的饭店，离城里几公里，位于一座岩脊上，有极佳的面海景观。这时云层才逐渐散开，有些地方隐约可见蓝天。通往饭店的路上会经过一片树林，路况很好。

十分钟后他把车停在一个小停车场，然后下车步行。途中有些倾倒腐朽的大树。上坡小路穿梭在幽暗的绿光中，沿途闻起来有湿泥的味道。山泉，布满苔藓的枞木枝，一切看来都很有生命力。

维可安尼许饭店矗立在他眼前，一路上这段短暂的独处发挥了充电作用。现在人少，他可以趁机安静地坐在沙滩上阅读数据。看来这光线还足够看一阵子。他走下饭店通往海边的木制阶梯，这Z字形阶梯盖得很陡。他边走边想，也许待会儿可以犒赏自己一顿维可安尼许饭店的晚餐。他们有顶级的厨房。想象着让沃克找不到人，不必忍受他愚蠢的行为，还可以坐在这里看落日，他的心情就加倍好了许多。

安纳瓦克舒服地靠在一棵倾颓的大树残干上，打开记事本和计算机。才不过十分钟，就看见有个人影走下阶梯缓缓步向沙滩，驻足在银蓝色的水边。此刻正值退潮，黄昏的阳光照在散落着浮木的沙滩上。那人似乎毫不匆忙，但明显地在绕了一大圈之后，渐渐朝他走来。他皱了一下眉头，试着做出很忙的样子。过了一会儿，他听见愈来愈近的轻柔脚步声，尽管他仍埋头阅览数据，但已无法专心。

"你好，"一个低沉的声音说着。

安纳瓦克抬头看。眼前站着一位身材纤细、手里叼着一根烟的迷人女子，友善地对他微笑。她看来有五十好几，短发花白，脸晒得黝黑且满布皱纹，赤脚，穿着一条牛仔裤和深色防风外套。

"你好。"这招呼听来没他故意佯装的生硬。就当他眼光停留在这女子身上的刹那，顿时不觉她的出现是一种干扰。她深蓝色的眼睛，充满好奇，年轻时想必有不少仰慕者。就连现在的她，依然散发出一种难以形容的魅力。

"你在这里做什么？"她问。

通常在这类情况下，他一贯以沉默代替回答，并且闪人。其实，可以让人理解不该自讨没趣的方法很多。相反，他听到自己顺从地回答："我正在做一份有关白鲸的报告，你呢？"

那个女子抽了一口烟，然后坐在他身旁的树干上，好像是他先邀请她坐下一样。他看着她的侧面，鼻梁细细的，颧骨很高，忽然没有了陌生感。他应该见过她。

"我也在做一份报告，"她说，"但是恐怕出版时没有人想读。"她休息了一下，看着他。"我今天在你的船上。"

这就是他看过她的原因。一个娇小的女子，戴着太阳眼镜和连身帽。

"鲸群是怎么了？"她问，"我们今天连一头都没瞧见。"

"是没有半头。"

"为什么没有呢？"

"我一直在想这问题。"

"你也不知道？"

"不知道。"

那女子点点头，一副好像了解这种情形的模样。"我完全可以体会你的感受。我的也没有来，但和你不同的是，我知道原因。也许你不该再苦等下去，而是要动身开始寻找。"她建议，毫不理会他的问题。

"我们是在找啊。"他放下记事本，讶异于自己放松的态度，宛如与熟识的朋友聊天一般。"我们用尽各种办法寻找。"

"你们怎么做呢？"

"利用卫星遥测，我们甚至通过声呐观察鲸群的位置与动向。总之，方法一大堆。"

"尽管如此，你们还是没有成果？"

"没想到它们就这样消失了。3月初还有人在洛杉矶的海岸看见鲸群，接着就毫无下落了。"

"也许你要更加把劲找。"

"是啊，也许吧。"

"全部都消失了？"

"不，也不是全部啦。"安纳瓦克叹口气，"这有点复杂，你真的想听吗？"

33

"不然我就不会问了。"

"这里的确住着鲸群——居留者。"

"居留者？"

"据我们观察，温哥华岛前的鲸种有23种。某些随季节迁徙，例如灰鲸、座头鲸、小须鲸等，其他种类则定居于此。我们光是虎鲸种类就有3种。"

"啊！杀人鲸。"

"这简直是胡说八道，"安纳瓦克气愤地说。"其实虎鲸十分友善，根本没有在自然界中攻击人类的记录。什么杀人鲸、杀手鲸，全是像库斯多[1]这类歇斯底里的人幻想出来的，而且他竟敢肆无忌惮地宣称虎鲸是人类的头号公敌。还有，你知道普林尼[2]在他的《自然史》中怎样描述虎鲸吗？不可思议的巨大肉体，野蛮的牙齿是它的武器。根本就是瞎掰胡扯，牙齿可以用野蛮来形容吗？"

"牙齿是可以用野蛮来形容，"她抽了一口烟，"好了，我懂了。但是orca是什么意思呢？"

安纳瓦克很吃惊。从来没有人问过他这个问题。"是个学名。"

"它的含义是什么呢？"

"Orcinus orca意思是，来自阴间的。看在老天的分上，你可别追问是谁想出这个名称的。"

她暗自微笑了一下，"你提到虎鲸有3种。"

安纳瓦克指向海洋，"近海虎鲸。它的习性我们所知有限。它们大致在靠外海的水域活动，有大群聚集的习性。过境虎鲸则经常迁徙，因此多以小团体的形态出现。这可能比较符合所谓杀人鲸的形象。它们不太挑食，海狗、海狮、海豚、鸟类，统统都吃，甚至还会主动攻击蓝鲸。这地区的岩岸陡峭，它们只待在水里活动，换成在南美洲，你可能不难发现身怀绝技、会在海滩上猎捕海豹的过境虎鲸。非常

---

1 Jacques Cousteau，法国海洋学家、作家与电影制作人，作品有《沉默的世界》。
2 Gaius Plinius Secundus，23-79，古罗马时期史学家，人称老普林尼。

奇妙！"

他内心期待着新问题，但那女子却保持沉默，一面把烟吐到夜晚的空气中。

"第三种生活在岛附近，"安纳瓦克继续说，"居留者，大家族式的。你熟悉岛的环境吗？"

"还可以。"

"东边往陆地的方向有个比较窄的地方，是约翰斯通海峡。那里有居留者虎鲸长期逗留，它们吃鲑鱼，70年代初期我们便研究出了居留者虎鲸的社会结构。"他休息了一下，困惑地看着她，"我们怎么会谈到这里来？我到底要说什么？"

她笑了。"抱歉，是我不好，我打岔了。我总爱追根究底，显然我的问题把你搞烦了。"

"因为工作的缘故吗？"

"天生的。其实你原本是要跟我解释哪些鲸群消失了，哪些没有。"

"对。我本来是要解释的，但是……"

"你没有时间了。"

安纳瓦克迟疑了一下，看了记事本和计算机一眼。他预计晚上完成报告的。但是晚上时间还长得很，而且他现在觉得饿了。"你住在维克安尼许饭店吗？"他问。

"是的。"

"你今晚有事吗？"

"喔！"她挑了一下眉毛，对他笑了一下，"上回有人问我这个问题大概是十年前吧。真是令人期待。"

他也对她笑了一下。"荣幸背后的真相是，我反正也饿了，我想我们可以在用餐时继续我们的话题。"

"这倒是个好主意。"她从树干上溜下来，把烟熄了，烟蒂放进外套口袋里。"但是我警告你，我的话很多。如果无法让我觉得有趣至极，以致哑口无言的话，我可是会一个接着一个问题问。所以你可要好好展现功力了。对了，"她伸出右手，"珊曼莎·克罗夫。叫我珊就可以了。"

　　他们在四周都是玻璃窗的餐厅选了靠窗的位子。餐厅位于饭店前方，高高地坐落在山崖上，好像伸入海中一样。从高起的眺望台上可以看见克拉阔特湾全景、附近的岛屿、海湾和后面的森林。此处确实是绝佳的赏鲸点。纵使如此，今年唯一能看到令人满意的海洋朋友，大概是从厨房端出来的海鲜了。

　　"过境虎鲸和近海虎鲸消失了，"安纳瓦克解释着，"现在我们在西岸根本看不到虎鲸。虽然居留者虎鲸数量仍不少于以往，但即使约翰斯通海峡对它们来说愈来愈不舒适，它们也不会游到这一带来。"

　　"不舒适？为什么呢？"

　　"换做是你，得跟愈来愈多的渡轮、货运船、豪华邮轮及钓客共享你的家，你会做何感想？无从计数的引擎动力船在那里噼啪作响。而且那一带以木材业为生，大型货柜船正运送整座森林前往亚洲。树木一旦被砍伐殆尽，河川便会淤积，鲑鱼也就无处产卵了。而居留性虎鲸绝不吃鲑鱼以外的食物。"

　　"了解。但是你不只关心虎鲸吧？"

　　"灰鲸和座头鲸最让我们伤脑筋。也许它们绕道迁徙，或者受不了被游船上的眼光盯着瞧。"他摇摇头，"但事情没这么简单。3月初这些大英雄们抵达温哥华岛时，胃已经空了好几个月。它们在下加利福尼亚过冬时，全靠身上的脂肪维生，但总有消耗光的时候。游到这里它们才又开始觅食。"

　　"会不会它们迁徙路线绕到更外围的海域。"

　　"那儿的食物来源不够丰富。拿灰鲸来打比方吧，维克安尼许湾提供了它们一个重要的食物来源，这来源是外海没有的，也就是Onuphis elegans。"

　　"Elegans？听来挺炫的。"

安纳瓦克露出微笑。"那是一种细细长长的虫。维克安尼许湾是沙质海湾，这种虫的数量多得惊人。假如灰鲸在这里没有大吃一顿的话，根本无法抵达北极地区。"他抿一口水，"80年代中期曾有它们不再来的记录。但是原因明确。因为当时灰鲸遭到大量掠捕，几乎被赶尽杀绝。之后我们好不容易把数量又拉上来。据我估计全世界应该有两万只左右，大多数都出现在本地水域。"

"它们全都缺席了？"

"灰鲸里也有些是居留者。它们居留在这里，不过数量并不多。"

"那座头鲸呢？"

"同样的情况：无影无踪。"

"你说你正在写一份关于白鲸的报告？"

安纳瓦克盯着她看，"你看怎么样，谈一点关于你的事吧？"他说。

克罗夫用逗趣的眼光看着他。"真的吗？最重要的部分你已经知道了。我是个烦人精，不断问问题。"

服务生出现，同时端上烤明虾配番红花意式炖饭。安纳瓦克心想，原本打算自己躲在这里避免闲人打扰的。但他喜欢克罗夫。"你都问些什么？问谁？为什么问？"

克罗夫正在剥一只虾，那虾散发出一股大蒜香。"很简单。我问：有人在那里吗？"

"有人在那里吗？"

"正确。"

"那答案是什么呢？"

虾肉在两排皓齿间消失。"我还没有得到任何答案。"

"也许你该大声点问。"安纳瓦克暗示她在海滩上的评论。

"我也很想这么做，"克罗夫一边咀嚼一边说，"但是，目前的方法和可能性都把我局限在大约两百光年以内。无论如何，直到90年代中期，我们分析了60兆笔数据。但其中37笔至今仍无法下定论，到底那是自然现象，或是真的有人说了哈啰。"

安纳瓦克盯着她看。"SETI？"他问，"你在SETI工作？"

"没错。搜寻地球外高等智能生物。更精确地说，即凤凰计划。"

"你在聆听宇宙？"

"大约有1000个类似太阳的恒星，都超过30亿岁了。没错。这只是好几个计划中的其中一个。但也许是最重要的一个，如果你容许我自傲的话。"

"我的天啊！"

"这也没有那么特别。你研究鲸鱼叫声，并尝试分析它们到底在海面下说些什么。而我们聆听宇宙，是因为我们相信那里有高等智慧生物存在。显然你们对鲸的一切所知远超过我们对太空的知识。"

"我只有几个海洋，你有整个宇宙。"

"我承认，我们接触的范围大小确实有差异。但我常听说，人们对深海的了解比对太空的认识来得少。"

安纳瓦克对此谈话非常着迷。"你们真的有收到足以推断有高等生物存在的讯号吗？"

"没有。我们所收到的是无法归类的讯号。要建立接触的机会非常渺茫，也许完全不可能。坦白说我得经常接受挫折和沮丧，但我仍乐在其中。就好比你对鲸群一般。"

"不过至少我知道鲸群是存在的生物。"

"现在可不一定啰。"克罗夫微笑着说。

安纳瓦克能够感觉到有上千个问题正准备涌出来。他一直对SETI很感兴趣。寻找外层空间高等智慧生物的计划大概是90年代初期由美国国家太空总署NASA开始执行的。更精确的时间点是哥伦布登陆美洲大陆的五百年纪念日。人类在波多黎各阿雷西博的全球最大无线望远镜上，设定了一个崭新的计划。这些年来该感谢慷慨的赞助者使SETI诞生一些新的寻找外星生物计划。其中凤凰计划最为有名。

"你就是朱迪·福斯特在电影《超时空接触》中所饰演的女科学家吗？"

"我是个想上那艘船的女人，就是把朱迪·福斯特带到外星人那儿的那艘船。你知道吗，利昂，你对我算是例外。通常别人问我从事什么，我都会抽筋。每回都要花上好几小时解释我的工作。"

"我也是。"

"正是。你告诉了我一些事，你还想从我这儿知道什么？算我欠你的。"

安纳瓦克根本不需要花时间考虑。"为什么你们到现在还没有成果呢？"

克罗夫看来很想笑的样子。她把虾放到自己的盘子上，让他等了一会才回答。"谁说我们没有成果？更何况，我们的银河有大约1000亿个恒星。类似地球的行星很难确认，因为它们的光太弱了。我们只能借由科学的技巧推断，但理论上这样的行星有一堆。你先来聆听1000亿个恒星看看！"

"说的也是，"安纳瓦克咧嘴笑着，"比较之下，两万只座头鲸简单多了。"

"如你所见的，这个任务把人弄到年老发白。这就好像是为了证明一种很小很小的鱼类存在，得把海洋里的水一公升接着一公升舀出来仔细观察。但是鱼会动啊。你可以不断重复这个过程直到年老，而得到一个结论，即得证这种鱼根本不存在。事实上它们的数量可多了，只不过老是游到另外一公升的水里，却不是你手上的那一公升。凤凰计划便是同时仔细研究好几公升的水，但是得限制范围。这样说好了，就限定在乔治海峡。你可以了解吗？那外头的确有文明存在，但我没办法证明，不过我坚信数量一定很惊人。愚蠢的是，宇宙无与伦比地宽广，也许是无限宽广。这把我们的机会稀释得更渺茫了。"

安纳瓦克思考着，"难道NASA从未尝试对太空发射讯息吗？"

"原来如此，"她的双眼闪耀着光芒，"你是说，我们不该偷懒只是坐着等、坐着听，而是要自己先发声。是的，1974年我们确实从阿雷西博对M13星系——离我们21000光年的恒星团——发射过信息。但是这依然没办法解决我们的问题。所有信息在恒星间乱撞，我们也搞不清楚，这到底是我们发出的还是其他地方传来的。更何况，消息被接收到的机会真的是偶然中的偶然。此外，监听也比发信便宜。"

"尽管如此，这还是可以提高机会。"

"也许我们根本不想提高机会。"

"为什么不想呢？"安纳瓦克吃惊地问道，"我以为……"

"我们当然想啊。但是很多人对此抱着怀疑的态度。不少机构以及各方人士都认为我们根本不该引起地球外高等智慧生物的注意。它们可能因而夺走我们美丽的地球。呼！还会把我们统统吃掉。"

"无稽之谈。"

"是否无稽之谈我不予置评。我个人也认为，一种有办法航行于星际间的高等智慧生物，应该早就脱离咆哮斗殴的阶段。但是，我想那些机构和人士的论点也不能完全忽视。人类的确该认真思考，要用哪一种形式来引起未知者的注意。否则，可能真的会有某种程度被误解的危险性存在。"

安纳瓦克沉默下来。突然他又想到他的鲸群。"你有时候不会感到沮丧吗？"他问。

"谁不会沮丧啊。就是因为这样才有香烟和录像带的出现。"

"如果你达到目的呢？"

"好问题，利昂。"克罗夫休息了一会，用手指画着桌布，一副出神的样子。"基本上我已经自问好几年了，我们的目的到底是什么。我想，如果我知道答案的话，我就会停止研究了。答案总是追寻的终点。也许我们都被存在的寂寞折磨着。那种独一无二的偶然，世界上没有其他地方重复的偶然。也许我们只想提出反证，证明除了我们之外，世界上没有其他物种跟我们一样拥有特殊地位，只属于我们的地位。我不清楚。你为什么研究鲸豚呢？"

"我……好奇。"不，也不完全如此，他当下马上这样想。那不只是好奇心。那么，我在找什么呢？

克罗夫说得对。原则上他们探索的是同一件事。他们分别在自己的领域里倾听，并且希望获得答案。每个人内心都渴望寻找到一个社会，一个非人类的智慧生物社会。

这一切都很疯狂。

克罗夫好像看透了他的心思。"探索的终点并非其他智慧生物，"她说，"我们不用骗自己。终点的问题其实是：其他智慧生物对人类的想法、它们怎么看人类；届时人类对它们来说，到底是什么或再也不是什么。"她往后靠，露出友善迷人的笑容。"你知道吗？利昂，我想，最后我们是在寻找存在的意义。"

接着他们谈天说地，无所不聊，就是不再聊鲸群和外层空间文明。

十点半左右，他们在沙龙壁炉前喝了一杯饮料后——克罗夫点了波本威士忌，安纳瓦克一如往常只喝水，彼此道别。克罗夫告诉他，她后天早上将会离开。她陪他走到外面。云层终于散开了，头顶上是一片星空，好像要把他们吸进去一样。有好一会儿，他们只是静静地仰望。

"你有时候会不会觉得受够了你的星星？"安纳瓦克问。

"你受够你的鲸豚了吗？"

他笑了，"不不，一定不会。"

"我真的很希望，你可以再寻获你的动物。"

"我会告诉你的，珊。"

"我总有办法知道的。虽然结识匆匆，但今晚过得很愉快。如果哪天在路上巧遇，我一定会非常高兴，但你也知道这得靠缘分。好好照顾你保护的那些动物，我想它们有了你就像拥有一位好朋友，你是个好人。"

"你又怎么知道了？

"在我的认知里，信仰和知识有着相同的频率，它们是互通的。你多保重。"

他们彼此握手。

"说不定下回我们化身虎鲸见面。"安纳瓦克开玩笑说。

"为什么正好是虎鲸呢？"

"卡瓦裘特印第安人相信，每个生前是好人的人，下辈子会转世为虎鲸。"

"真的吗？这我喜欢！"克罗夫笑开了脸。安纳瓦克相信她大部分的皱纹都是笑出来的。"你也信吗？"

"当然不信。"

"为什么不信？你自己不就是一个？"

"一个什么？"他问，虽然他很清楚她指的是什么。

"印第安人啊。"

安纳瓦克感到内心一阵僵硬。他从她的眼里看到自己。中等高度、身材结实的男人，颧骨很宽、古铜色的肌肤，眼睛微细，从前额披下浓密的头发，又直又黑。

"嗯，大概是类似的。"他停了许久才说出。

克罗夫从夹克里拿出烟盒，点了根烟，深深吸了一口。"一切顺利，利昂。"

"一切顺利，珊。"

3月13日

挪威海岸及北海

西古尔·约翰逊一整个星期都没有蒂娜·伦德的消息。这段时间他替一位生病的教授代课，因此上的课比原定计划多。另外，他也为《国家地理杂志》赶写一篇文章。还忙着帮自己的储酒添新货，为此而联络一位很久没消息的旧识，这人是德国阿尔萨斯地区胡格与菲思酒庄的代理商，拥有一些上等珍品。约翰逊请他送几瓶好酒过来。此外，约翰逊还弄来一张1959年乔治·索尔蒂爵士指挥的《尼伯龙根的指环》，借此消磨夜里的时间。至少在没有任何新结果出来之前，伦德的虫毕竟不敌红酒与索尔蒂的魅力，而被摆到第二位。

和伦德见面后的第九天，她终于打电话来了，显然心情很好。

"你的口气听来好像非常轻松，"约翰逊说着，"我有必要担心你科学研究的客观性吗？"

"也许喔。"她愉悦地暗示。

"解释一下吧。"

"待会儿再说。听着，托瓦森号明天会到大陆边坡，我们要放一架机器人下去。你有没有兴趣来啊？"

约翰逊在脑中检视着他的行程表。"我上午有事，得带学生感受食硫细菌的性感魅力。"

"这有点讨厌，船明天一大早开。"

"从哪里出发？"

"在克里斯蒂安松。"克里斯蒂安松位于特隆赫姆西南约一小时车程处，在一个风大浪大的岩岸边。附近有座小机场，直升机可从那里飞抵北海陆架区挪威沿岸的各个钻油平台。单是挪威，为了抽取石油及天然气所建盖的钻油平台就有700多座。

"我可以晚点到吗？"约翰逊建议。

"嗯，也许可以，"伦德沉默了一会儿说，"这主意还不错。让我仔细想想，也许我们两个可以晚点到。你后天做什么？"

"没什么重要的事。"

"那这样吧。我们两个都晚点到，然后在托瓦森号上过夜，这样就有更充裕的时间做观察和分析了。"

"我有没有听错。你也要晚点去？"

"这个嘛……我刚考虑了一下，上午我可以留在海边，下午你早点来跟我碰面，然后我们一起飞到古尔法克斯海上油田，再从那里搭小渡轮到托瓦森号。"

"我真喜欢听你这些即兴故事。我可以请教你为什么要把事情弄得这么复杂吗？"

"复杂？我是在帮你把事情简单化。"

"对啊，是帮了我一个大忙。但你明天一早就可以上船了呀？"

"我喜欢陪你嘛。"

"这谎说得真妙，"约翰逊说，"好吧，你要先待在海边。我要到哪里跟你会合？"

"斯韦格松诺兹。"

"喔，天啊！那个穷乡僻壤，为什么一定要在斯韦格松诺兹会合？"

"那是个很美丽的穷乡僻壤，"伦德带着施压的口气说，"我们在渔乡餐厅见，你知道在哪里吗？"

"斯韦格松诺兹每个有文明的地方我都打探得一清二楚。是不是海边木造小教堂旁的那家餐厅。"

"没错，就是那儿。"

"下午三点？"

"三点很合适。我会找架直升机到那边接我们。"她停顿了一下。"有没有什么结果出来了啊？"

"可惜没有。但是明天很可能会有消息。"

"如果这样就太好了。"

"一定会有结果的啦。别太担心了。"

他们结束对话。约翰逊皱一下眉头。又是它，那条虫。这会儿它又跻身至最前线，夺走约翰逊所有的注意力。事实上，一个新物种从几乎是零的情况下大规模进入人们原本熟悉的生态系统，是一件极令人惊奇的事。虫本身倒是没什么好担心的。它们可能不是每个人的最爱，但是大部分人不喜欢某些生物通常只是心理因素，否则客观来说，虫的用处还挺多的。

它们会在那里出现，其实还蛮有道理的，约翰逊想。如果它们真的是冰虫邻近种，就是间接靠甲烷维生。所有大陆坡都有甲烷，挪威当然也不例外。不过这还是很奇特。

分类学的结果及生化学家将会回答所有问题。在没有任何报告出来之前，他仍旧可以把时间花在从胡格与菲思酒庄那里弄来的美酒上。和虫相比之下，美酒稀少得多，至少某些年份真是可遇不可求。

隔天约翰逊进办公室时，发现两封标明他亲启的邮件。是分类学结果评鉴，他很满意地浏览结果。读完本来要把信搁着，后来又仔细阅读一次。怪异的动物。真的。

他将所有东西统统塞进公文包，然后去上课。两小时后坐上吉普车，经过峡湾前往克里斯蒂安松。雪已经融得差不多。大半雪都消失了，露出灰黑色的地景。这种天气很难拿捏要穿什么衣服。大学里大概有一半以上的人都着凉了。约翰逊有备而来，他在直升机的荷重范围内带了一件饱满的行李。他可没有兴趣在托瓦森号上流鼻涕，不过话说回来，他也没兴趣战战兢兢完全配合天气加减衣服。

如果伦德看见他带着大包小包，一定会和以前一样糗他。但这对他来说无所谓。要是真的照约翰逊的习惯出门，他可能还会带着便携式桑拿吧。除此之外，他的行李里面还有些行头，是在船上过夜时，两个人可以一起享受的。他们虽然只是朋友，但也用不着因此保持距离。

约翰逊开得很慢。他原本可以在一小时内抵达克里斯蒂安松，但他不是急性子。有一半的路程他都沿着水边开，还过了好几座桥，尽情享受着大自然的美丽全景。他在哈尔沙附近搭汽车渡轮过峡湾，然后继续驱车上路。接着是一连串的跨海大桥。克里斯蒂安松有好几座小岛，约翰逊穿过整个城市，抵达颇具历史意义的阿沃岛，这是冰河期过后，最早有人居住的地点之一。

斯韦格松诺兹在岛的最外端，是个美丽的渔村。一到观光旺季，这里的游客便络绎不绝。开往附近小岛的船可是一班接一班。此时这村子没那么多人潮，仿佛正静候着可以大赚一笔的夏天来临。

将近两个小时后，约翰逊开着吉普车进入渔乡餐厅的碎石铺地停车场，当时几乎没有半个人影。渔乡是个前院面海的餐厅，现在还没开始营业。伦德不顾寒冷的天气，坐在外面一张木桌边。她身旁有个年轻男子，约翰逊并不认识。从他们一起蹲坐在木制板凳的样子来看，约翰逊不禁有些怀疑。

他走向前，咳了两三声。"我来早了吗？"

她看了一下，眼神中闪着奇特的光芒。他接着看了看她身旁的男人，不到三十岁的样子，运动健将的体格，深金色头发，脸部轮廓很不错，他几乎可以确定他的怀疑是有道理的。

"我可以等会儿再来，"他拉长语气说。

"卡雷·斯韦德鲁普。"她介绍着。"西古尔·约翰逊。"

46

金发男子露齿微笑并伸出右手，"蒂娜跟我说了一堆有关你的事。"

"我希望，她没有说什么会令你不安的事。"

斯韦德鲁普笑了，"其实有。你是学术界里颇具魅力的代表人物。"

"颇具魅力的老骨头吧。"伦德修正说。

"是个很棒的老骨头。"约翰逊补充。他坐到他们对面的板凳上，拉高防风衣领，把鉴定报告的档案夹放在旁边。"分类学的部分非常详尽。我可以帮你做个总整理。"他看了斯韦德鲁普一下，"我们不想让你觉得无聊，卡雷。蒂娜有告诉你这是怎么一回事吗？还是她只管沉浸在恋爱当中。"

伦德瞪了他一眼。

"我懂了。"他打开档案夹，拿出装有鉴定报告的信封，"是这样的。我把你的虫样本一个寄到法兰克福的森肯博格博物馆，另一个寄到史密森尼研究院。我认识那里两个顶尖的分类学家，他们也都是虫类专家。目前还有一个样本在基尔，他们在那儿用扫描式电子显微镜做分析，这部分结果还没出来。同位素比值的质谱仪分析报告也还在等。但我现在可以先告诉你，这些专家们一致的意见。"

"就是？"

约翰逊往后退了一下，两腿交叉。"就是他们没办法达成共识。"

"还真富启发性啊。"

"基本上跟我原本的推测一样，它们的确和冰虫有关。"

"就是吃甲烷的虫吗？"

"这样的说法不正确，亲爱的。但是算了。以上是第一点。第二点则是，它们特别突出的颌骨和牙齿令人深思。这个特征暗示着它们可能是掠食性动物，并善于钻洞或碾磨。这点就不寻常了。"

"为什么？"

"因为冰虫不需要这样的巨型装备啊。它们虽然有颌骨，却明显小多了。"

斯韦德鲁普笑得很腼腆，"不好意思，约翰逊博士，我对这动物的了解不深，但我很感兴趣。为什么它们不需要颌骨呢？"

"因为它们是共生动物，"约翰逊解释道，"它们吃细菌，那些细菌是活在甲烷水合物里……"

"水合物？"

约翰逊瞥了伦德一眼。她耸耸肩。"跟他解释。"

"其实这很简单，"约翰逊说，"你一定听说过海洋充满甲烷吧。"

"有。最近常会看到这类报道。"

"甲烷是一种天然气。海底和大陆边坡均蕴藏丰富。有些冻结在海床表面。水和甲烷结合成类似冰的东西，就是甲烷水合物。这东西仅出现于高压低温地带，所以要一定深度以下的海床才会有。到此为止听得懂吗？"

斯韦德鲁普点点头。

"好。再来，海洋里到处都有细菌。其中一些靠甲烷维生。这些靠甲烷维生的细菌会在吃掉甲烷之后排出硫化氢。别小看细菌是极小的微生物，一旦它们大量存在，甚至可以像条毯子般覆盖整个海床表面，就是所谓的细菌席，这样的细菌席多半出现在甲烷水合物丰富的地区。有疑问吗？"

"没有，"斯韦德鲁普说，"我猜，接下来要谈到虫的部分了。"

"没错。有些虫的主要能量来源是细菌的代谢物，因此会和细菌建立一种共生关系。也就是说，某些情况下虫吃细菌，但让它们留在体内；另一种情况则是细菌寄生在虫的表皮上。这类虫解决觅食问题的方法不外乎这两种。这也就推演出虫和水合物之间的关系。这种虫日子过得挺舒适，除了大口大口地吞食细菌之外，没有其他事做。它们没有挖掘的必要，因为它们不是吃冰，而是吃冰层表面的细菌。它们唯一的活动，大概就是把自己卷起来，将冰面溶成凹盆状，然后满足地在里面休息。"

"我懂了，"斯韦德鲁普慢慢地说，"这种虫没有理由挖掘得更深。但是其他虫呢？"

"虫有很多不同的种类。有些会吃沉淀物或沉淀物里的物质，有些则会在残屑里动手脚。"

"残屑？"

"就是所有从海洋表面往深海下沉的东西，像尸体啦、小碎屑、各种残余物等。有许多种不和细菌共生的虫都有很大的颌骨，作为猎食或挖掘之用。"

"总之，冰虫是不需要颌骨的。"

"也许还是有需要。可能是用来磨碎少量的水合物，然后滤出其中的细菌。我刚才说有，冰虫有颌骨。只是不像蒂娜样本的那种大獠牙。"

看来斯韦德鲁普开始觉得事情愈来愈有趣了。"如果蒂娜发现的那些虫是和吃甲烷的细菌共生的话……"

"那我们得问，它们这个由颌齿组成的坚强武力作用为何。"约翰逊点头，"现在更刺激了。分类学家找到另一种虫，其颌骨的结构很像这种。那种虫叫作沙蚕，是一种掠食动物，各种深度的海洋都有它们的踪迹。蒂娜的小可爱有沙蚕的齿和颌，不过更让人想到沙蚕的史前始祖，也就是暴沙蚕[1]。"

"听起来怪可怕的。"

"听起来像是混种。我们还得等显微分析及基因分析。"

"大陆边坡的甲烷水合物丰富得很，"伦德抿了抿嘴唇，一副沉思样，"所以，这样还挺有道理的。"

"再等等看吧。"约翰逊清了下嗓子，打量着斯韦德鲁普，"卡雷，你从事那一行呢？也在石油业吗？"

斯韦德鲁普摇摇头。"不是，"他高兴地说，"我对天下能吃的东西都感兴趣，我是厨师。"

"真是太好了。你不知道，成天到晚跟学者专家进进出出是一件多

1　Tyrannereis rex，这是个科学家的冷笑话。Tyrannereis rex的字根取自暴龙的学名Tyrannosaurus rex，用来形容实际上根本不存在的沙蚕始祖。

么累的事啊。"

"他的厨艺超赞！"伦德说。

显然不只是厨艺好，约翰逊心想。真遗憾，他本来打算要和蒂娜分享他带来的那些人间佳酿。老实说他倒是松了一口气。蒂娜·伦德一次又一次地诱惑他，但对他来说，跟她交往真的会很累。

"你们在哪里认识的呢？"他问，其实他并不是真的感兴趣。

"我去年接手渔乡餐厅，"斯韦德鲁普说道，"蒂娜来过几次，我们原本只是打打招呼而已。"他把手放在她的肩上，她也进一步靠近他，"直到上星期。"

"好像是一道闪电。"伦德说。

"是啊，"约翰逊说着望向天空。远处传来噼啪的声音。"可以看得见。"

他们和十几名石油工人坐在直升机里差不多有半小时。约翰逊沉默地望着窗外。下方是单调、灰色的起伏海面，还有一些油轮、运送天然气的大船、货船和渡轮。接着就看见钻油平台。

自从1969年一位美国石油业者在北海发现石油后，整个北海海域便形成了一种建筑在铁桩上的古怪工业景观，一整排钻油平台从荷兰延伸到特隆赫姆。天气好的话，在船上可以一次将十来个巨大平台尽收眼底。从直升机上鸟瞰，则宛如巨人的玩具。

一阵狂风把直升机吹得东摇西晃，忽上忽下。约翰逊把他的耳机戴好。机上每个人都有护耳装备及救生衣。直升机里非常拥挤，大伙儿膝盖互碰，每个动作都要先说好才能做。在这样的噪音下当然也没有人聊天。伦德把眼睛闭上。她飞行次数太频繁了，对这一切早就习以为常。

直升机转了个弯继续往西南方向飞。他们的目的地是古尔法克斯，一群钻油平台的据点，属挪威国家石油公司所有。钻油平台古尔法克斯C是北海北端最大的钻油平台。有人员280名进驻，几乎成了一座小村落。严格说来，约翰逊是不许登上那里的。几年前他来上过课，得知登上钻油平台前必须出示进出许可证，而最近的平台安全措施更加严密了，不过伦德当然运用了自己的关系。更何况他们只是中途停降，马上就要转搭一小时前就停靠在那里的托瓦森号。

又一阵强大的乱流使得直升机骤然下坠。约翰逊连忙抓紧座椅扶手，而其他人却没什么反应。同行的多半是男人，他们甚至习惯更强级的巨风。伦德转头张开眼睛，对他眨了一下眼。

卡雷·斯韦德鲁普也算是幸运虫了。但幸运虫能否跟得上伦德的生活步调，这就要看造化了。

过了一会儿，直升机降低高度重新转弯。大海好像忽然直扑约翰逊而来。一栋白色高楼映入眼帘，感觉像是漂流在海面上。他们开始降落。有好一会儿，可以从侧窗看见整个古尔法克斯C。四根钢筋水泥柱架起的庞然大物，150万吨重，总高接近400米，超过一半的高度位于水中，那里有许多储油槽依附在水泥柱上。白色高楼是生活区，只是这巨无霸的一小部分而已。对约翰逊这个门外汉来说，主体是一层层重叠甲板形成的混乱结构，上面尽是高科技设备和一些谜样的机械，层层甲板用几米粗的管道连接架起，起重机置于两侧，中央是石油界的大教堂——钻油塔。远处的海面上，从一个巨大钢制悬臂的尖端冒出永不熄灭的火焰，燃烧着与原油分离后的天然气。

直升机来到生活区上方的平台，降落得出乎意料地平稳。伦德打了一下哈欠，在允许的范围内伸了伸懒腰，然后等螺旋桨完全静止。"还挺舒服的。"她说。

有人笑了。出口梯打开，他们来到外面。约翰逊走到甲板边缘往下看，海浪在大约一百米下方。一阵冷风吹进他的连身外套。"有什么可以弄翻这平台的？"

"没有任何东西是不会被翻倒的。别啰嗦了。"伦德抓起他的手臂努力跟上其他同行者，他们都快在视线内消失了。一个矮小、强壮、蓄着显眼八字白胡的男人站在钢梯平台上对他们挥手。

"蒂娜，"他喊着，"想念石油啦？"

"那是拉尔斯·约仁森，"伦德说。"监管古尔法克斯C直升机及船运的负责人。你会喜欢他的，他的棋下得很好。"

约仁森朝他们走来。他穿着挪威国家石油的T恤。对约翰逊来说，他看来倒像是加油站的服务员。

"我想念的是你。"伦德笑着。

约仁森笑得合不拢嘴。他热情地拥抱她，结果形成他的白色密发消失在她下巴底下的画面。接着他和约翰逊握手。"你们真是挑对日子了，"他说。"今天天气这么好，我们可以看见整个挪威石油工业的骄傲。一个岛接连一个岛。"

"现在忙吗？"约翰逊边下阶梯边问。

约仁森摇摇头。"不比平常忙碌。你到过钻油平台吗？"

"好久以前的事啰。你们目前产油量多少？"

"恐怕是愈来愈少了。古尔法克斯长久以来产量都很稳定，约20万桶，来自21个钻油孔。其实我们应该对此感到满意了，但我们却没有。可以预见，尽头就快到了。"他指向海面。大约几百米外，约翰逊看见一艘油轮停在一个浮标旁边。"我们正在装油。还有一艘要装，今天就这样了。总有一天会愈来愈少。石油的产量正在逐渐递减当中，没有人有通天本领可以改变这个事实。"

抽油处不在平台正下方，而是在平台四周。油抽上来之后，先用盐和水清洗，与天然气分离，然后送到依附在平台支柱上的储油槽，从那里经由管线，再抽到浮标处。平台周围方圆五百米安全区内，除了维修平台的船只，一律不许任何交通工具经过。

约翰逊东张西望地观察这座钢铁城堡。"托瓦森号不是应该停靠在这里吗？"他问。

"在另一个浮标处，从这里看不见。"

"连研究船也不能开近一点吗？"

"不行。研究船不属于古尔法克斯的船，再说，它对我们来说体积太大了。混账！老是要跟一堆渔船解释，叫他们把屁股放到别的地方去。真是受够了！"

"你们常跟渔夫发生冲突吗？"

"还好啦。上星期我们逮到一些穷追鱼群、一路追到平台下面来的。这种事偶尔会发生。古尔法克斯 A 最近情况比较严重。小型油轮有几处机械故障。结果差点造成油轮撞上平台。我们本来准备送一批人手过去修理，后来他们自己就搞定了。"

约仁森不疾不徐叙述的事，实际上是人人惧怕的潜在危机。如果加满油的油轮脱缰撞上平台，轻微的碰撞就可能让较小的平台产生摇晃，更可怕的是有爆炸的危险。即使平台上都全面装有自动灭火系统，只要有星星之火，便会立刻洒下几吨的水。不过，一艘油轮爆炸就表示没戏唱了。

当然，这种不幸事件很少发生，有的话也多在南美地区，因为那里的安全措施做得太马虎了。北海的石油工业都还算严守规矩。如果风太大，通常油轮就不会装油。

"你变瘦了。"蒂娜在约仁森帮她开门时说。他们进入生活区，走过一条走廊，走廊另一端有扇一样的门，通往住宿区。

"你们这里伙食怎么样？"

"人间美味，"约仁森窃笑着，"厨师真的是太棒了。你应该来参观一下我们的餐厅才对。"他转向约翰逊继续说，"相较之下，丽兹饭店只能算是路边摊。其实是我们平台的主管相当反对北海啤酒肚，他下令要我们把多余的脂肪减掉，否则就禁止工作。"

"真的吗？"

"挪威国家石油的指示。不知道他们会不会来真的。但这威胁果然有效。这里可没人想丢饭碗。"

他们抵达一个狭窄的楼梯间后继续往下。几个石油工人迎面而来。约仁森跟他们打招呼。脚步声铿锵回响在钢铁的空间内。"好了。终点站。你们可以选择往左边走，喝半小时的咖啡聊聊天；往右是研究船。"

"我想喝杯咖啡……"约翰逊开始说。

"不，谢了，"伦德插话进来，"时间太赶了。"

"没有载到你们，托瓦森号是不会开走的，"约仁森念着，"你大可以……"

"我不想摸到最后一分钟才慌慌张张上船。我保证下次一定会抽出时间，而且会带西古尔一起来。也该让你好好赢一盘棋了。"

约仁森大笑并耸了耸肩，一边往外面走。伦德和约翰逊紧跟着他。一阵风扑面而来。他们所在位置是生活区下方边缘处。前方走道是用厚重的钢铁网片焊接起来的，透过网眼可以看见下方澎湃的海洋。这里比直升机降落的地方还嘈杂。空气中弥漫着嘶嘶风声和钢铁隆隆作响的声音。约仁森带他们两个来到上下船用的短舷梯旁。那里的起重机上吊着一艘橘色的密闭式塑料艇。

"你们要在托瓦森号上做什么？"他一边问，"听说国家石油计划到更外海挖油。"

"有可能，"伦德回答。

"一座钻油平台？"

"没说。可能是SWOP吧。"

SWOP是单井近海生产系统的简称。通常，挖掘超过350米深的石油都会用到SWOP。一种类似巨型油轮的船，拥有自己的抽油系统，用一条柔韧的钻油缆和钻孔头相连。利用这个钻孔头可以从海底抽取原油，而这种船也就同时成了中继油仓。

约仁森摸摸伦德的脸颊。"你可别晕船了，小亲亲。"他说。

他们登上船。这艘船还蛮大的，空间很充足，船壳是硬塑料，还有好几排座位。除了他们两个人以外，就只有一个舵手在船上。起重机把船降下时，船身稍微晃了一下，侧窗出现大片灰色水泥墙。忽然间，船已在海面上摆动了。绞盘的钩子跟着松开，他们从平台下方驶过。

约翰逊跟在舵手后面。要站得稳还真不简单。现在他可以看见托瓦森号了。研究船船尾有典型装卸货物的起重吊杆，用来把潜艇和研究器材放入海里。舵手转个弯把塑料艇停靠在船边，然后他们爬上铁制安全梯。当约翰逊勉强拖着他的行李往上爬时，他几乎认为，把半个衣橱的衣服带在行李箱里并不是个好主意。走在前面的伦德转过头来看他。

"看到你的行李，我还以为你要来这里度假哩。"她面无表情地说。

约翰逊叹了口气，一副早就料到的样子。"我还以为你不会注意到呢。"

通常，世界上每个较大的陆块都被相对较浅的海域环绕着，也就是大陆架，水深不超过200米。基本上，陆架就是大陆板块在海底的延伸。有些地方的陆架很短，有些地方的陆架则绵延数百公里，一直延伸直到没入深海。有些又急又陡，有些却像层层梯田，非常平缓。而陆架结束的彼端，则是另一个陌生国度的开端，我们对它所知甚至比太空还少。

和深海不同的是，人类对陆架世界几乎完全掌控。虽然浅海大约只占全球海洋面积的8%，但几乎全世界的渔获都来自这个范围。人类是依水而生的陆生动物，有三分之二聚居在离海岸60公里内。

在海图上，葡萄牙前方和西班牙北边的陆架区属于狭窄地带。不列颠群岛和斯堪的那维亚的陆架则非常广大，这两区陆架交接成北海，平均20到150米深，算是相当浅的海域。这片欧洲北边的小海洋看来并不起眼，它复杂的海流与温度调节作用，几千年来未曾改变。然而在世界经济的舞台上，北海却扮演着重要角色。它是全球海运最繁忙的区域。沿岸为高度发展的工业国，还有世界最大港鹿特丹。仅30公里宽的英吉利海峡，成了全世界航行率最高的海峡。货柜船、油轮、渡轮在这狭窄海道中络绎不绝。

3亿多年前，欧洲大陆与英国之间有许多大型沼泽连接。期间海洋有时扩张，有时缩减。巨大的河川把泥沙、植物和动物残骸冲到北边的盆地，随着时间积累，形成了几公里厚的沉积层。沉积物愈来愈多，层层挤压，底下的沉积层形成砂岩或石灰岩。当陆地持续下降，煤矿层于是产生。同时深海地区的温度也愈来愈高。岩石中的有机物残骸受到高温高压影响，经历复杂的化学变化之后，产生石油和天然气。其中一部分从岩层细缝渗出海床，消失在水里。大部分则储存在地底下的矿层。

几百万年来，大陆架都处于休息状态。

石油带来了变化。挪威原本以渔立国，当渔业渐走下坡路之际，立刻转而跟进英国、荷兰、丹麦的脚步，开发这地底下的宝物。三十年来，挪威已经成为世界第二大石油输出国。欧洲的石油蕴藏，有将近一半都在挪威的大陆架下。挪威的天然气存量也很丰富。因此，他们一个平台接着一个平台盖。技术上的问题常以罔顾环保的方式来解决。他们比照这个模式，愈挖愈深。早期用简单机械盖的钻油塔，如今有帝国大厦那么高。深海工厂与全面遥控的钻油平台，不久也将实现。

照理说，应该是欢庆连连才对。

但是，欢呼停止得却比预料中快多了。石油产量如同渔获量，世界各地都日趋下降。这种花了几百万年才形成的资源，不到四十年的时光竟然就要耗尽。陆架区的石油蕴藏量几乎快消耗光了。巨型废铁场的鬼魂散布在海上。要处理掉那些停止运作的平台，可没那么简单，因为世界上找不到够大的力量，可以把平台从原地运走。只有一条路可以带领石油国家脱离困境，那也是现在各国积极经营的方向。

在陆架的另一端，大陆坡以及深海海盆中，还有尚未开发的油源。不过，传统的钻油平台在那里没有多大用处。伦德所属机构计划的是另一种新型采油技术。大陆坡并非处处陡峭，有些地方反而一层层像梯田般，为海底采油工厂提供了理想的地形。由于考虑到陆架边缘计划的风险因素，人力使用得降到最低限度。随着石油产量递减，石油工人的光芒也跟着黯淡下来，这些人在70及80年代可是人人羡慕的高薪族。古尔法克斯C就计划要把人力删减到二十多人。有些平台，例如月球人，这个在挪威沿海特洛天然气田的世纪大计划，几乎是全自动化作业了。

总之，北海石油业已经出现赤字。但若收手不再经营，带来的耗资问题可能更大。

当约翰逊走出他的舱房时，托瓦森号上弥漫着一股惯常的安静气氛。这艘船并不特别大。研究船界中的巨无霸是可以让直升机直接起降的，像德国不来梅港的北极星号就是，但托瓦森号得把空间留给装备器材。约翰逊缓缓走到船舷栏杆边往外看。在过去两个小时内，他们已经驶离整个平台聚集区，这"群岛"中的每座"岛屿"是由高架桥连接的。目前，他们到了设得兰群岛北方，陆架边缘的那一边。在这样的外围区已经没有任何建筑物了。远处隐约可见零零星星的钻油塔剪影。

整体看来，此处景观又再度有了海洋的感觉，而不是过度泛滥的工业区。船下的水深将近700米。大陆坡虽然有测绘资料，但这永恒的黑暗区对人们而言仍是一团迷雾。虽然在强力的探照灯照射之下可以看见一两块小区域，但这就好比夜里用一盏路灯来探照整个挪威一样，徒劳无功。

约翰逊心里惦记着行李中的波尔多红酒和法国及意大利的上好干酪。他开始寻找伦德。找到她时，她正在检查一个机器人。那具机器挂在一个悬臂上。机器人其实是一个由管状金属杆制成、约3米高的长方形箱子，里面填满了高科技装备。箱子上标着它的名字维克多号。约翰逊认出前端有多架摄影机，还有一个折叠收起的机器手臂。伦德对着他笑，"令人印象深刻吧？"

约翰逊觉得好像有义务一样，绕了维克多号一圈。"好大的黄色吸尘器。"他说。

"你这扫兴的家伙。"

"好啦。事实上我觉得它非常吸引人。这玩意儿多重啊？"

"4吨重。嗨，让！"

一个瘦巴巴的红发男子从缆盘后面探出头。伦德招手叫他过来。"让-雅克·阿尔班是这艘'游动废铁堆'上的首席指挥官。"伦德介绍那个红发男子。"听好，让。我还有一些事情要处理。西古尔对这东西好奇得不得了，他想知道所有关于维克多号的事。行行好，帮我照应一下。"

她很快地跑步离开。阿尔班看着她，脸上露出有趣的无助表情。

"我猜，你应该有比介绍维克多号更好的事要做吧。"约翰逊揣测说。

"没关系。"阿尔班笑着，"你是挪威科技大学来的，对吗？你研究了那些虫。"

"我只是把我的想法说出来而已。你们为什么对这动物大伤脑筋？"

阿尔班做了个不以为然的手势。"我们比较担心大陆坡面的稳定度。虫是偶然发现的，蒂娜想多了。"

"我还以为你们是因为虫，才放机器人下去的。"约翰逊吃惊地说。

"是蒂娜告诉你的吗？"阿尔班看着机器，摇了摇头。"不是，这只是其中一个任务。我们当然不会掉以轻心，但是最主要是我们准备做一个长期测量站，而且要把点直接定在油源的上方。等我们确定那个地方是安全的，便会建一个海底作业站。"

"蒂娜提过SWOP。"

阿尔班看了他一眼，一副不确定要怎么回答的样子。"其实不是。水下工厂计划几乎是定案了。也许还有什么改变是我不知道的吧。"

这样啊。那就不会有浮动平台了。也许，最好不要再深入这个话题。约翰逊转而询问有关潜艇的事。

"它的型号是维克多6000，一台水下遥控载具，简称ROV，"阿尔班解释，"它可以下潜至6000米，并且在那儿工作好几天。我们在上面操作，还能完全经由缆线同步接收所有数据。这回它有任务要在下面待个48小时，当然也要顺便抓一些虫。国家石油公司不愿因破坏生物多样性而遭舆论攻击。"他休息了一下又问，"你对这些畜牲究竟有何看法？"

"没什么看法，"约翰逊避而不答，"暂时还没有。"

机器运作的嘈杂声响起。约翰逊看见悬臂如何移动，如何把维克多号举高。

"麻烦你过来一下。"阿尔班说。

在船身中央有五个和人等高的货柜，他们朝货柜走去。

"其实大部分的船并非针对维克多号而设计。我们从北极星号把它借来，幸好托瓦森号还装得下它。"

"货柜里面装了些什么啊？"

"绞盘用的液压系统、联动装置，还有一些杂七杂八的东西。前面是ROV的控制室。你别撞到头了。"

他们走过一扇低矮的门，货柜里面空间很小。约翰逊环顾一下四周，一半以上的空间被控制面板以及两排屏幕占据。有些屏幕是关闭的，有些显示了ROV的作业数据及导航信息。屏幕前坐了好几个男人，伦德也在那里。

"坐在操作台中间的是导航员，"阿尔班小声地说，"右边是副导航员，也就是正在使用操纵杆的那个。维克多号做起事来敏锐又精确，所以相对地操控技术要很好，才能和它相处融洽。下个位子是协调员的，他负责联络驾驶台的督导官，好让船和机器人在最理想的状态下互相合作。另一边坐的是科学家。那里那个位子是蒂娜的。她负责摄影和画面储存——我们准备好了吗？"

"可以把它放下去了。"伦德说。

屏幕一个接着一个亮了起来。约翰逊认出部分船尾、悬臂、天空和海洋。

"你现在所看到的也就是维克多号看到的，"阿尔班解释着，"它一

59

共有八台摄影机，一台是镜头可以伸缩的主摄影机，两台导航镜头，五台辅助摄影机。即使在好几千米的深海，我们依然可见高画质、色彩绚丽的影片。"

摄影机的角度改变了一下。机器人正在下降，离海面愈来愈近，水溅到镜头上。维克多号继续下沉。

屏幕上显示出一片暗浊的蓝绿世界。

货柜里的人愈来愈多。刚才在悬臂周围的工作人员全进来了，以致空间变得更为狭窄。

"开启探照灯。"协调员说。

维克多号周围突然亮了起来。蓝绿色转成被照亮的黑色。一些小鱼跑进画面，接着到处都是小气泡。约翰逊知道，这些小泡泡实际上是浮游生物，数十亿的小生物。偶尔有红色的水母及透明的栉水母经过。

过了一会，小生物的群体愈来愈稀疏。深度表指着500米。

"维克多号抵达下面时，到底要做些什么？"约翰逊问。

"取水样和沉积物样本，也会收集一些生物样本，"伦德头也没回地答道，"最主要还是拍摄影片。"

崎岖的地形映入画面。维克多号沿着一片陡峭的岩壁往下降。橘红色的龙虾触须朝画面逼近。其实那儿应是漆黑一片，伸手不见五指，然而探照灯和摄影机却让底下动物的原色逼真再现。维克多号继续前进，行经一些海绵和海参，接着地势愈来愈平缓。

"我们到了，"伦德说，"680米。"

"好。"导航员身体向前弯，"咱们'飞行'一圈。"

斜坡消失于画面上。有好一段时间他们只看见水，接着蓝黑色的深海突然出现海床的影像。

"维克多号能够以厘米的精确度导向，"阿尔班对约翰逊骄傲地说，"如果你想要的话，它甚至还可以帮你穿线。"

"谢谢。这方面我的裁缝会处理。它目前的正确方位？"

"位于一个深海海盆的正上方，那底下蕴藏着惊人的原油量。"

"也有甲烷水合物吗？"

阿尔班若有所思地看着他。"对，当然。你为什么这么问呢？"

"没什么，随口问问。这里就是国家石油深海工厂预定地吗？"

"假使没有反对的理由，这正是我们的理想位置。"

"例如，虫。"

阿尔班耸耸肩。约翰逊发觉这位法国先生不喜欢这个话题。他们注视着机器人如何"飞"过这个陌生的世界，超越爬行的海蜘蛛和钻土的鱼。摄影机捕捉到海绵生长区的画面、夜光水母以及墨鱼的栖息地。这个水域的生物种类没有特别繁多，不过海床动物的种类倒是呈现出多样性。过了一会儿，地表满布凹痕而且粗糙。海床上满是条纹状的结构。"沉积物滑坡，"伦德说，"在挪威大陆边坡上看过几次。"

"那一波一波的条纹状结构是什么？"约翰逊问。海床表面又有了一些改变。

"这是跟着洋流来的。我们去海盆边缘。"她停顿一下，"就在离这不远的地方，我们发现了那些虫。"

他们盯着屏幕看。有不一样的东西出现在灯光下。出现大面积的浅色表面。

"细菌席，"约翰逊注意到。

"对。是有甲烷水合物的征兆。"

"那里。"导航员说。一大片白色平面映入画面。此处海底有结冻的甲烷。

突然，约翰逊又认出了什么，其他人也看见了。瞬间，控制室里变得鸦雀无声。

有一部分水合物在爬来爬去的粉红色躯体下消失。一开始还能分辨出个别的形体，接着这些蠕动的身躯数量大增，就多到看不清了。一大堆附有白色毛束的粉红色管状身躯上下重叠地蠕动着。

控制台上有人发出了怪声。人类被灌输"爬虫类令人作呕"的观念已成习惯，约翰逊心想。我们竟然害怕看到蠕动、爬行或是密密麻麻的动物，而这只是大自然的一部分罢了。当我们能够看见成群螨虫在毛细孔上动来动去，吃我们皮脂腺分泌出来的油脂；或者上百万微小的蛛形纲动物霸占床垫，以及肠道里数十亿细菌活动的样子时，所发出的作呕声不震耳欲聋才怪。

尽管如此，他还是不喜欢他所看见的东西。图片数据上显示墨西哥湾种也差不多有这么多数量，但是体型小了点，而且蛰伏在缝隙里。这里的则是在冰上扭来蠕去，庞大的数量盖满了整个海底地表。

"Z字形航线。"伦德说。

ROV开始以一种障碍滑雪赛的路线游动。画面并没有什么改变，看到的除了虫之外还是虫。

突然，海床开始下降。导航员操纵ROV继续朝海盆边缘前进。就算是八盏强力探照灯全开，也没有多少米的能见度。不管如何，看来这个生物是覆盖了整个大陆坡。约翰逊觉得，它们看起来比伦德带去给他研究的样本还要大。

下一刻忽然一片漆黑。维克多号碰到边缘了。从这里又垂直下降约100米。机器人继续高速前进。

"转向，"伦德说，"我们看一下大陆坡壁。"

导航员操控维克多号转弯。探照灯里有些小微生物游来游去。

有个较大的、亮亮的东西，在镜头前隆起，占据整个镜头，停留一秒钟，又像闪电般缩了回去。

"那是什么？"伦德喊着，"回到原来位置。"

ROV往回转。

"不见了。"

"盘旋。"

维克多号停下来，以自己为轴心开始转圈。除了一片诡异的黑暗，以及被圆锥形光束照射下的深海海盆之外，什么也没有。

"刚才有样东西，"协调员确认，"也许是条鱼。"

"那一定是大得不得了的鱼，"导航员咆哮道，"它把整个画面都占满了。"

伦德转头看约翰逊。他摇摇头。"不知道那是什么东西。"

"好。我们继续往下看。"ROV在斜坡壁停了一下。几秒钟后，陡峭的地形就映入画面。可以看到一些沉积物块凸出来，其余面积都被粉红色的躯体占满了。

"它们到处都是。"伦德说。

约翰逊走到她旁边，"你们对当地水合物的出处有概念吗？"

"这里到处充满了甲烷。水合物、地里的天然气泡囊包、海床冒出来的天然气……"

"我是说表面那些冰。"

伦德在她位子上的计算机输入几个字，海床图跳上屏幕。"那里，那些亮点。我们有记录出现的地方。"

"你可以告诉我目前维克多号所在位置吗？"

"大概是这里。"她指着标示出大片亮面的一区。

"好。往那里去，斜对面那里。"

伦德给导航员一些指示。探照灯又照到没有虫的海床。一会儿过后，地势开始上升，很快黑暗中又出现陡壁。"高一点，"伦德说，"慢慢地。"

几米后又看到相同的画面。管状的粉红色躯体，白色的毛束。"典型的。"约翰逊说。

"你是指什么？"

"如果你们的海床图正确的话，这里就是广大的水合物分布范围。也就是说，细菌在冰层上觅食甲烷，虫再把细菌吃了。"

"这也是典型的状况吗？我是说，它们一下子就变成几百万只。"

他摇摇头。伦德往后靠。"好吧，"她跟那个手握操纵杆的男人说，"我们把维克多号放下去。让它先收集些虫样本，然后再继续视察这个地区——如果这里还有空出来的地方让我们看的话。"

过了十点，有人来敲约翰逊的门。门开了。伦德走进来，一屁股坐在沙发上。沙发再加上一张很小的桌子，那便是豪华舱房的配置了。"我的眼睛痛得要命，"她说，"阿尔班会接手一会儿。"

她的眼光落在桌上的干酪盘和一瓶打开的波尔多红酒上。"我早该料到的，"她笑了，"你就是为了这个开溜的啊。"

为了准备这些东西，约翰逊半小时前离开了控制室。"布里干酪、塔拉吉干酪、孟斯戴干酪、羊奶干酪，还有一些意大利皮耶蒙山区的梵堤那干酪，"他一一介绍，"法国面包和奶油。"

"你真是个疯子。"

"你要喝杯酒吗？"

"当然要。这又是什么来头？"

"波亚克红酒。你得原谅我没办法完美地过滤酒渣，托瓦森号上实在是没有像样的水晶酒器。你们还发现了什么有趣的东西吗？"

伦德拿过酒杯，喝掉一半的酒。"那些该死的虫，黏在水合物上，到处都是。"

约翰逊在对面的床沿坐下，若有所思地将面包涂上奶油。"真的值得注意。"

伦德拿了一块干酪来吃。"其他人也认为，我们应该提防这些虫。尤其阿尔班也这么想。"

"你们第一次来这里的时候，没有这么多虫吗？"

"没。我是说没那么多，但以我的品味来说实在够多了。只不过到刚才之前，还只有我一个人这么想。"

约翰逊对着她笑，"你也知道，有品味的人常常是少数。"

"唉，总之，明天一早维克多号会带一些虫样本上来。然后你就可以跟它们玩了，如果你愿意的话。"她一边嚼一边起身看窗外。

这时外面放晴了。海浪上照着一抹月光，光点随着水波到处散播。

"我看那张该死的片子大概看了有一百多遍。就为了那个亮亮的东西。阿尔班也觉得那是鱼。但如果真是这样，那条鱼至少有魔鬼鱼那么大，或者更大。除此之外，并没有任何可以鉴定它体型的线索。"

"会不会是光的反射，"约翰逊提出别的看法。

她转向他。"不是。它距离镜头还有几米，正好在光线边缘。它又大又平，抽回的速度之快，好像是完全不能忍受光一样，或者是害怕被发现。"

"什么都有可能。"

"不。不是什么都有可能。"

"鱼群也可能有迅速抽回的行动。如果它们够密集地游在一起，会看起来像是……"

"那不是鱼群，西古尔。它是平的。一个完整的平面，有点像……玻璃。像一只特大号水母。"

"一只大水母。你找到答案了。"

"不是。不是！"她停了一下又继续说，"你自己看看片子。那不是水母。"

他们沉默地坐了一会儿。

"你对约仁森说谎，"约翰逊直截了当地说。"根本没有SWOP这回事。至少没有石油工人可做的事。"

伦德仰望。她把杯子移到唇边，喝了一口，然后后退一步，表情凝重。"对。"

"为什么？怕伤他的心？"

"也许吧。"

约翰逊摇摇头。"你们迟早要伤他的心的。根本没有工作可以给石油工人做了，对吧？"

"听着，西古尔，我也不想对他说谎，但是……天啊，整个产业现在正在转型，将来根本不需要人力了。约仁森也知道这个事实，他还知道古尔法克斯C的人员要裁到十分之一。重新改装整个平台都比继续养270个员工来得省钱。国家石油甚至在考虑，要把古尔法克斯B所有人员裁掉。之后，我们可以从另一个平台操纵古尔法克斯B，即使这样做，都还未必划算。"

"你是要告诉我，你们的生意做不下去了吗？"

"近海石油业在70年代初期，当石油输出国家组织把油价拉抬上来的时候，还算不错。但是自从80年代中期后，价格就一直下滑。要是油源耗尽，北欧经济会跟着掉入谷底，所以我们得想办法到外面挖，也就是借助ROV和AUV之力在深海区进行。"

AUV是另一个业界中人尽皆知的深海探索词汇缩写，自主型水下载具。原则上和维克多号类似，只是不依靠人工管线和母船相连。近海工业对这类新型潜艇的发展相当有兴趣，它们就如同外层空间用的行星侦察机，可以深入未知的领域，而且非常有弹性，能够自由移动，必要时还可以在特定范围内自动做决定。有了AUV的协助，想要在五六千米下的深海建立抽油站及监测系统，就不再是梦想了。

"你不用道歉，"约翰逊一边倒酒一边说，"你也没办法改变什么。"

"我也不是在道歉，"伦德烦躁地回话，"更何况我们每个人都有办法做些改变。要不是人类肆无忌惮地使用燃料，我们也没有这个问题。"

"这个问题还是存在的，只是会晚点出现而已。但是你的环保意识倒非常值得奖励。"

"是又怎么样？"她恼怒地说。他声音里嘲讽的弦外之音并没有被她遗漏。"你可能不会相信，石油公司也在学习。"

"是啊，但是学些什么？"

"接下来几十年，我们可能都要忙着处理掉六百个以上的钻油平台，因为它们不再合乎经济效益，而且技术也已经落伍了！你知道这要花多少钱吗？好几十亿！到时候大陆架都被抽得精光了！所以呢，不要一副好像我们是什么流氓无赖似的。"

"好啦。"

"现在所有的筹码都摆在不需人力的水下工厂，这是理所当然的。如果我们不这么做的话，整个欧洲，明天开始就得完全仰赖中东和南美的石油运输，而我们则只剩下一座海上坟场。"

"我并不是反对这些。我的疑问是，你们知道自己在做什么吗？"

"你的意思是？"

"你们必须要能解决一大堆技术上的问题，才谈得上经营自动化工厂。"

"当然。"

"你们打算在高压下大量抽出混有高腐蚀性物质的原油，而且最好还不需要有人员看管、维修。"约翰逊迟疑了一下，"但是，你们并不清楚底下的状况。"

"我们会查出来的。"

"就像今天这样查吗？那我很怀疑。在我看来，这就好像是老太婆去旅游，拍了两三张照片，就以为对那个国家很有概念。你们有一种倾向，倾向去找一个地方，划地为王，然后不管怎么看这个地方，都像是心目中的理想国，可以允诺你们想要的结果。其实你们根本不了解，你们现在侵入的是一个怎样的系统。"

"又来了。"伦德叹气说。

"我说的有什么不对吗？"

"对于生态系统这个词，我不但会唱，而且还可以倒着念。真的，就连睡觉的时候都会。你现在彻底反对挖油吗？"

"不是。我只是认为人们应该好好认识自己所处的世界。"

"那你认为我们在这里做什么？"

"我很确定，你们是在重蹈覆辙。60年代末，你们的荷包赚饱了，就在北海海域加盖起来。现在这些东西却变得碍手碍脚，挡了你们的路。你们应该避免再把这种急促的决策用在深海。"

"我们要是这么急的话，又何必把这些讨人厌的虫交给你？"

"说的也是，我赦你无罪。"

她咬着下唇。约翰逊决定换个话题。"卡雷·斯韦德鲁普看起来是个好男人。"

伦德皱一下眉头。然后放松笑了起来。"你这样认为吗？"

"当然，"他张开手，"但是他真不够意思，竟然没有事先问我，不过我完全可以理解。"

伦德让酒在杯子里打转。"这一切都才刚发生，还很新鲜。"她轻声地说。

他们沉默了一会儿。

"恋爱了？"约翰逊在安静的气氛下问。

"你是说谁？他还是我？"

"你。"

"嗯。"她笑着，"我想是吧。"

"你想是吧？"

"我是研究员。我得先做研究。"

她离开时，已经是午夜。在门边，她看了桌上的空杯和干酪一眼。"如果是在几个星期前，也许你用那些东西就可以得到我了。"她说。那语调听来甚至带有遗憾的味道。

约翰逊轻轻把她推到门外走廊。"在我这个年纪已经可以克服了，"他说，"去去去，去研究去。"

她走到外面，然后在他的脸颊上吻了一下，"多谢你的酒。"

生命是由无数错过的机会组成的，得自己从中找到妥协，约翰逊关门时想。然后他冷笑，把这事丢到脑后。对于那些已然错过的机会，他其实没什么好抱怨的了。

3月18日

加拿大，温哥华及温哥华岛

利昂·安纳瓦克屏气凝神。快点啊，他心想，让我们高兴一下。

这已经是白鲸第六次游往镜子的方向。温哥华水族馆地下室的观看区，聚集了一小群记者和学生，空间里弥漫着一股祈祷般的寂静。透过厚厚的玻璃，整个池子的内部一览无遗。斜射进来的阳光在墙上和地板上跳跃舞动。观看区里很暗，水面反射的光影在围观者的脸上施展魔法，变化万千。

安纳瓦克用无毒墨水在白鲸的下颚标出有色的圈圈记号。之所以标在这个位置，是因为白鲸得看着镜中的自己，才能瞧见标记。池里的反射玻璃墙装上了两面镜子，白鲸以平常的速度朝其中一面游去。它这么做一定有目的，安纳瓦克从实验一开始就没有怀疑过。白色的身躯游过时轻轻转了一下，仿佛要向观众展示它做了记号的下颚。接着，它在玻璃墙前面停了下来，稍微往下沉到镜子的高度，而后定住不动，立起身躯，头先朝一个方向摆，随即又摆向另一方。显然是在找最好的角度，以便看见圈圈标记。好一段时间，它用同样的方式在镜子前面浮沉、摆鳍，转动着有着典型额隆的小头。

尽管白鲸和人类的相似处很少，这会儿却使人联想起人类的动作。和海豚不一样，白鲸有各式各样的面部表情。此刻这只鲸鱼似乎在对自己微笑。许多人会根据这种看似微笑的表情，为海豚和白鲸做出诠释。上扬的嘴角和其他的表情事实上具有沟通的功能。白鲸也可以把嘴角往下弯，却不一定是不高兴，它们甚至有办法把嘴唇噘起来，仿佛心情好得吹起口哨来似的。

没多久，白鲸就失去兴致。也许是研究够了镜中的影像。总之，它优雅地转了个弯，游离玻璃墙。

"就这样了。"安纳瓦克轻声说。

鲸鱼不再回来后，一个记者失望地问："这是什么意思啊？"

"它知道自己是谁。我们上楼去。"

他们从地下室出来，重回阳光下。左手边是那个池子，现在只能看见水面。微波荡漾的水里，可见两只白鲸游动的身躯。安纳瓦克刻意有所保留，并未详细解释实验的流程，而是让观众自由发挥，以避免自己过度诠释鲸鱼的行为，尤其是他自己期望看到的。

他的研究百分之百被证实了。

"恭喜了，"他接着说，"各位刚刚观察到的实验，是动物行为研究史上重要的'镜像自我辨识实验'。你们知道什么是镜像自我辨识吗？"

学生都还算清楚，记者就没那么确定了。

"没关系，"安纳瓦克说，"我为各位做个简介。镜像自我辨识起源于70年代。几十年来，这种方法一直应用在灵长类的研究上。我不清楚你们知不知道戈登·盖洛普这个人……"群众里大概有一半的人点头，另一半则摇头。

"好，盖洛普是纽约州立大学的心理学家，有一天，他萌生了一个疯狂的想法，研究起不同的猿猴对镜中自我影像的反应。大部分猿猴都不予理会；有一些则会攻击镜像，因为它们把它当成入侵者。有些黑猩猩认出镜中的自己，利用镜子探索身体。这一点很值得注意，因为多数动物没有办法认出镜像中的自己。它们感觉、行动、反应，可是大多没有自我意识，没有办法把自己当成一个独立的个体，一个与其他同类不同的个体。"

安纳瓦克继续解释盖洛普如何在猿猴的脸部画上记号，然后把它们放到镜子前面。黑猩猩很快就弄清楚镜中的影像是谁。它们检视记号，用手指触摸记号的位置，还想用鼻子嗅出个所以然。盖洛普也将同样的实验用于其他灵长类、鹦鹉及大象，但是通过镜像测试的动物只有黑猩猩和红毛猩猩。盖洛普因此断定这两种动物具有自我辨识的能力，也就是所谓的自我认知能力。

"盖洛普还继续研究下去。"安纳瓦克解释道，"之前很长一段时间，他坚信动物无法感受其他物种的心理状态。但是做过镜像测试后，他完全改观。如今他深信，某些动物不仅具有自我意识，也可以设身处地揣测其他动物的想法。黑猩猩和红毛猩猩不但能观察其他个体的意图，发展同理心，还能根据自己的心理状态来揣摩其他个体。这是盖洛普的主张。这个说法现今有广大的支持者。"

他停了一下，心里很清楚，待会儿得想办法制止记者。他可不想几天后在报上看到"白鲸是更好的心理治疗师"、"海豚救了船难者"或是"黑猩猩下西洋棋"之类的报道。

"总之，"他接着说，"90年代之前，接受镜像测试研究的动物，清一色是陆生动物。虽然早已有人推测鲸鱼和海豚的智力，但去证明此事却始终不是学界的主流。世界上只有很少数的人对猴子感兴趣，而对鲸豚有兴致的人就更少了。何况对猎人而言，猎物显得更聪明并不是什么有趣的事情。某些人对于我们从数年前开始，用镜像测试研究海豚，并不怎么兴奋。当时我们在池里同时装了反射玻璃和真正的镜子，然后用黑笔为海豚做记号。海豚花了很多时间沿着墙游，找到镜子才停下来。光是这件事，就相当令人惊奇。显然它们很清楚，镜面反射愈佳，记号看得愈清晰。后来我们又在它们身上做记号，有时用真正的色笔，有时用无色的笔，避免海豚可能只是对笔的触觉有反应。

71

结果证明，看得见记号时，它们真的在镜前停留比较久。"

"海豚有得到什么奖励吗？"有个学生发问。

"没有。也没有特别训练它们做实验。实验时，记号甚至标在不同的身体部位，好排除学习或习惯效应。几个星期前，白鲸也开始接受同样的实验。我们在鲸鱼身上做了六次记号，其中两次使用根本没有效果的'安慰笔'作为对照。它们完全看见标示记号的过程。每次一标好，就游到镜子前面找记号。有两回什么也没找到，提早中断检测。我认为，实验结果证明，白鲸具有与黑猩猩同等的自我辨识能力。鲸鱼和人类的彼此相似程度，远高于我们的想象。"

有个学生举起手。"你是说……"她犹豫了一下，"是实验结果说，海豚和白鲸都有精神和意识，是吗？"

"是的。"

"理由是什么呢？"

安纳瓦克愣了一下。"你刚才没有听清楚吗？你刚才没有在下面看吗？"

"有啊。那只动物的确注意到自己的镜像。它知道，这就是我。但是，你就能以此推断它具有自我意识吗？"

"你自己已经回答了问题。它知道，这就是我。它有所谓的'我'这个概念。"

"我不是这个意思。"她往前走了一步。安纳瓦克双眉紧皱看着对方。她有一头红发，小而尖的鼻子，微微前突的大门牙。"你的实验，成功证明它们能够观察和识别出自己的身体。但仍不足以支持，这些动物具有持续性的认同意识；也无法就此推断它们与其他生物的相处模式。"

"我也没有这么说。"

"不。你支持盖洛普的理论：某些动物能根据自己的心理状态来揣摩其他个体。"

"我说灵长类。"

"这点，始终备受争议。总之，你谈到海豚及白鲸时，并没有事先设限。或者，是我没有听到？"

"在这种状况下是不需要设限的。"安纳瓦克有点暴躁，"这些动物认得出自己，早已得到证明。"

"有些实验是可以这样推测，没错。"

"你的意思是？"

她耸耸肩，圆圆的眼睛看着他。"嗯，这不是很清楚吗？你可以看见白鲸的反应。但是你如何知道白鲸在想什么？我清楚盖洛普的研究。他认为，我们可以证明动物能够设身处地了解其他动物。不过，前提是，动物具有和人类相同的思考和感知能力。你今天给我们看的，只是试图将鲸鱼拟人化罢了。"

安纳瓦克哑口无言。她就是要烦他，用的还是他自己的理论。"你真的这样想吗？"

"你刚刚不是说，鲸鱼和我们比我们想象中的类似。"

"你为什么没有好好听，你贵姓……？"

"戴拉维。爱丽西娅·戴拉维。"

"戴拉维小姐，"安纳瓦克聚精会神，"我是说，鲸鱼和人类彼此相近的程度，远高于我们的想象。"

"这有什么不同？"

"立足点不同。我们并不是要证明鲸鱼和人类一样，或者把人类当成理想形象来评断动物。重点是寻找根本的相似性……"

"但我不认为，动物的自我意识能与人类的自我意识相比。两者的基本前提本来差异就大。比方说，人类有持续性的'我'这个概念，从……"

"错！"安纳瓦克打断她的话。"就算是人类，也只有在特定条件下，才会发展出一个持续性的自我意识。这点经过证实。幼儿约在一岁半到两岁之间，才会辨识镜中的自己。在这之前，他们完全不懂何谓自我存在，对自己的精神状态也没有意识，比我们刚才看到的鲸鱼还少。请你停止一味引用盖洛普的理论。我们在这里要做的，是去了解动物。你究竟有什么目的呢？"

"我只是想……"

"停！在你想做任何事之前都该先想象一只白鲸会怎样评断你。换做白鲸看你站在镜子前面观察自己，会是什么情况？你在自己脸上做记号，白鲸又有何感想？它将得到一个结论，就是你能认出镜中的自己。其他的行为对它来说，只是愚蠢的动作。比方看到你的穿着和脸上的妆，它甚至会怀疑你是否还认得出镜中的自己，质疑你的精神状态。"

爱丽西娅·戴拉维脸红了起来。她想开口，但是安纳瓦克不让她有说话的机会。

"当然，这些测试只是开始。"他说，"认真研究鲸豚的人，并非要恢复鲸豚是人类的友善好友这种神话。显然，鲸豚对人类一点兴趣都没有。因为它们生活在另一个空间，有别的需求，进化的方向和我们不同。如果我们的研究有助于提升对它们的尊重，保护它们，那么再累都值得。"

他又尽可能简短回答了几个问题。爱丽西娅·戴拉维尴尬地退到后面。最后解说结束，安纳瓦克送走所有人。他和研究团队约好下次碰面的时间，谈论之后该做的事。终于只剩下他一人。他走到池边，深呼吸放松一下。他不是特别喜欢面对公众的工作，然而这是未来他所要学习的。

他的职业生涯正上轨道，他会成为一个声名卓越的年轻有为科学家。未来他得继续和爱丽西娅·戴拉维这类人争执。这些大学新鲜人，书读了一堆，看过的海水却可能还没有一斗。

他蹲了下来，手指轻触白鲸池冰冷的水。那是个曙光初现的清晨。他们喜欢在水族馆的非营业时间，进行测试及学术研究。下了好几个星期的雨终于放晴，3月这几天的天气格外好，太阳暖暖地照在安纳瓦克身上。

那个女学生说了些什么？他尝试将动物拟人化？

这个指责真是让他心痛。他自认始终秉持冷静的态度做学问，生活也尽可能理智，不喝酒、不参加派对、不爱出风头，不信口雌黄；既不相信神，也不接受带有宗教色彩的行为。对他来说，任何一种神秘学都是诡异的。他竭尽所能，避免把人类的价值观投射到动物身上。尤其，海豚成为浪漫想象下的牺牲者，危险性并不低于仇视、鄙视它。这种想象将海豚变成较高等的人类，效法海豚成了人类改善自己的方法。同一种沙文主义，表现成极端方式，就是毫无保留地神化海豚。它们不是被折磨至死，就是被爱到极致。

那个长着兔宝宝牙的戴拉维小姐竟然班门弄斧，想用他自己的理论来教他。

安纳瓦克继续拍着水。没多久，一尾4米长的雌鲸游向他，是那只被做了记号的白鲸。它伸出头来让他抚摸，发出哨音般轻微的声音。安纳瓦克自问，白鲸是否具有和人类一样的感觉，或有能力了解人类的感觉？实际上，此类证据的确很少。爱丽西娅·戴拉维多少是有道理的。

但是，也无法证明它们不具此能力。

白鲸又发出一次叫声后，沉到水底下。安纳瓦克看到人影。他转过头，看见身旁有双绣花牛仔靴。

喔，不会吧，他心想。真是雪上加霜。

"呐，利昂，"一个男人踩上他身旁的池缘，"你们今天在虐待谁啊？"

安纳瓦克站起身，看着走过来的人。杰克·灰狼，一副刚从西部牛仔片跳出来的模样。健美的体格包裹在满是油渍的皮外套下；宽阔的胸膛前挂着印第安饰品；插有羽毛的帽子下，一头及肩的乌亮长发。头发似乎是杰克·灰狼唯一整理的部位，其他地方看来像在荒野中度过好几个星期没水没肥皂的生活。安纳瓦克看着他黝黑、面带揶揄的笑脸，只能淡淡回一个微笑。"谁让你进来的，杰克？伟大的曼

75

尼陀[1]？”

灰狼嘴笑得更开了，“特别许可。”他说。

“喔，是吗？什么时候开始你有特别许可了？”

“教宗本人给了我特别许可。不鬼扯了，利昂，我跟其他人一样从前门进来的。五分钟前已经营业了。”

安纳瓦克一脸困惑看了一下时钟。灰狼说得没错，是他在白鲸池边忘了时间。

“我希望，这次碰面是个偶然。”他说。

灰狼噘起嘴唇。“不完全是。”

“所以，你是来找我的啰？”安纳瓦克慢慢移动，要灰狼跟着他走。第一批参观者陆陆续续踏进展览馆。

“有什么我可以效劳的？”他接着问。

“你很明白可以为我做什么。”

“还是老调？”

“加入我们的行列吧。”

“别想了。”

“别这样，利昂，你我是同一边的。一堆有钱的混账拍鲸鱼拍到死，对你没有什么好处。”

“是没有好处。”

“大家都听你的。你若能挺身反对赏鲸，议题的论述分量就截然不同。你这样的人对我们很有用。”

安纳瓦克停下脚步，挑衅地看着灰狼。“没错，我对你们是很有用。但除了那些真正有需要的人之外，我不想为任何人带来好处。”

“那里！”灰狼伸出手臂，指向白鲸池。“它们就有需要！我看到你窝在这里和被关的动物和平相处，就觉得恶心！把它们关起来，催赶它们，简直是慢性谋杀。只要你们开船出海，就又进一步戕害了

1　印第安语，统治自然界的神。

动物。"

"你吃素吗？"

"什么？"灰狼困惑地眨了眨眼。

"我只是在想，谁因你的夹克而被剥皮。"

他继续走。灰狼惊讶地停了一会儿，才又大步跟上安纳瓦克。

"这是两码子事。印第安人一直与大自然和谐共处，他们用动物的皮毛……"

"省省吧！"

"这是事实啊。"

"你知道你有什么问题吗，杰克？正确来说，你的问题有两个。第一，你假环保人士之名，行捍卫印第安人之实。印第安人的生活形态早就改变了。第二，你根本不是印第安人。"

灰狼脸色苍白。安纳瓦克自问还可以刺激这个大块头到什么程度。灰狼有好几回因为伤害罪，上了法庭。他单凭一双手，就能永远结束这个话题。

"你干吗说这些鬼话，利昂？"

"你只有一半的印第安人血统。"安纳瓦克说。他站在海獭池前，看着水中深色的躯体如巡弋飞弹般快速游过，皮毛在晨光下闪烁。"不，不仅如此。你印第安化的程度大概同西伯利亚的北极熊差不多。因为你不知道自己的归属，因为你一事无成。只是自以为有所谓的环保事迹，就任意在那些被你认为要负责的人头上撒尿。不要把我扯进去。"

灰狼在阳光下眯起眼睛。"你说的话真难以入耳，利昂。"他说，"为什么我听不到人话，只听见废话？到处都是杂音、声响，好像一车车鹅卵石倒在铁皮屋顶上。"

"去！"

"见鬼了，我不是来吵架。我到底想从你这里得到什么？不过是一点支持而已！"

"我没有办法支持你。"

"你看，我还好意来通知你我们下次活动的讯息。我大可不必这么做。"

安纳瓦克竖起耳朵，"你们要做什么啊？"

"赏观光客。"灰狼笑得很开心，洁白的牙齿如同象牙般闪闪发光。

"那是什么玩意？"

"嗯，这个嘛，我们要出去拍你的观光客，惊讶地盯着他们。我们要把船开得很近，用力抓着他们，好让他们体会被人家色迷迷看着、摸着，是什么滋味。"

"我可以禁止你们的行动。"

"你没办法禁止，这是个自由的国家。没人可以管我们什么时候、从什么地方开船。你懂吗？活动是准备好了，但你若稍有反对，我可以考虑让它告吹。"

安纳瓦克凝视着他，接着转过头继续走。"反正也没有鲸鱼。"他说。

"因为你们把它们赶跑了。"

"我们什么事也没做。"

"是啊，人类永远没错，错的是那些愚蠢的动物。它们不断地游入飞来飞去的鲸叉之间，或者不停摆弄姿势，因为它们想为家庭相册多提供些照片。不过，我听说它们又来了。最近几天不是出现了一些座头鲸吗？"

"是有一些。"

"你们的生意很可能一败涂地。你要冒险让我们把你们的业绩曲线再往下拉吗？"

"去你的，杰克。"

"嘿，最后一次机会啰。"

"真令人安慰啊。"

"天啊！利昂！至少随便在一个场合为我们说句话。我们需要钱，我们是靠捐款过活的。利昂！就站一次出来嘛。这是好事一桩，你难道不懂吗？我们追求的其实是同一件事。"

"我们追求的不是同一件事。再会，杰克。"

安纳瓦克加快脚步。他其实很想跑，但不想给灰狼留下逃跑的印象。灰狼那个环保人士站在原地。

"你这个死板的混账！"他从后面吼着。

安纳瓦克不回话，目标坚定地走过海豚馆，往出口去。

"利昂，你知道你的问题是什么吗？也许我不是真正的印第安人，不过，你是！"

"我不是印第安人。"安纳瓦克喃喃自语。

"喔，真抱歉！"灰狼吼着，仿佛听见他的话。"你与众不同，是吧？为什么不留在你的根源地，为什么不在人家需要你的地方？"

"混账！"安纳瓦克咒骂了一声。他气炸了。先是那个笨女人，接着是杰克·灰狼。今天因为实验成功，原本该是美好的一天，然而现在的他，只剩下被掏空和不悦的感觉。

你的根源地……那个没大脑的肌肉男在妄想什么？竟拿他的身世来指责他？

在人家需要你的地方！"我就在人家需要我的地方。"安纳瓦克嗤之以鼻。

一个女人经过，困惑地看着他。他环顾四周，发现自己站在街上，气得发抖。他走去开车，前往萨瓦森的小码头，搭渡轮回温哥华岛。

隔天凌晨六点他就醒了，盯着卧铺舱低矮的天花板好一会儿，决定要去赏鲸站。

粉红色的云层如絮般层积在地平线上。天色渐亮，镜子般的水面映照出四周的山、小屋和船。几个小时后，第一批观光客就会到来。安纳瓦克走向桥尽头的橡皮艇，爬上木制的平台，望着外面好一会儿。他爱死了大自然苏醒时的沉静气氛。没有讨厌的人来打扰。斯特林格那个让人难以忍受的男友，此时仍躺平在床上，不会吵他半句话；而爱丽西娅·戴拉维这种人也还沉睡在无知的梦中吧。

还有杰克·灰狼。他的话回荡在他脑中，久久不去。灰狼也许是个笨蛋，却总有办法在伤口上撒盐。

两艘小艇滑过。安纳瓦克考虑是否打电话给斯特林格，说服她一起出海。的确有人看到座头鲸，显然它们只是姗姗来迟。这事一方面值得高兴，另一方面却无法解释它们前些日子到哪里去了。也许有办法辨认出其中一些座头鲸。斯特林格的眼力很好，安纳瓦克也希望她作陪。她是少数不会对他身世问东问西的人：从不好奇他是不是印第安人、还是比较接近亚洲人，这类有的没的。

珊曼莎·克罗夫也问他同样的问题。奇怪，他应该告诉她更多自己的事才对。她这个SETI研究员现在应该在回家的路上。

你想太多了，利昂。

安纳瓦克决定让斯特林格多睡一会儿，自己出海。他到赏鲸站里拿了笔记本电脑，连同相机、望远镜、录音机、水下麦克风、耳机、秒表，放到防水袋里，还拿了杂粮棒和两罐冰茶，一起带到蓝鲨号上。他缓慢行驶在海湾中，离开房子好一段距离后，才开始加速。橡皮艇的前端翘起。风打在他脸上，一扫思绪。

没有乘客和中途休息站，省时多了。不到二十分钟，就抵达银灰色海面上的小岛群。云和云相距遥远，彼此缓缓移近。他放开油门，减速前进。朦胧晨光中，橡皮艇逐渐远离海岸。

他尽量不让快养成习惯的悲观想法乘虚而入，开始寻找鲸鱼的踪影。的确有人看见鲸鱼。不是居留者，而是来自加州和夏威夷的过渡者。

抵达外围海域后，他关掉引擎。四周立刻陷入一片沉寂。他喝了一口冰茶，带着望远镜坐到船首。

经过很长一段时间，他似乎看到了什么。但是那暗黑的拱起物很快又消失了。

"出来吧，"他轻声低语。"我知道你在这里。"

他使劲搜寻着海面。好几分钟过去，没有任何动静。忽然，远处水面出现两个影子，同时传来枪响般的声音。那拱起的影子上方升起一道白色的蒸气云，宛如烟雾。安纳瓦克瞪大了眼睛。

座头鲸。

他笑了起来，高兴地笑。和其他的鲸豚专家一样，从喷气的形态他就能鉴定种类。大型的鲸鱼，每回换气喷出的水量有好几立方米。肺部的旧空气被压缩，从很窄的喷气孔喷射而出。一出来，马上冷却，凝结成像泡沫般的蒸气团。即使是同一种鲸鱼，气团的形状和高度也有所不同，端看潜水时间和体型大小。此外，风力也是一个因素——但是这种像树丛般的典型气团，的确是座头鲸没错。

安纳瓦克打开笔记本电脑，档案里存了好几百只固定洄游此处的鲸鱼特征。没有经验的人光从鲸鱼的外表，几乎找不到能鉴定种类的线索，更别说要识别单独的个体了。何况还牵扯到视线不佳的问题，例如灰暗的海面、雾气、下雨，或是闪耀的阳光，都有可能影响视线。尽管如此，每只动物仍有它的特征。鲸鱼潜水时尾鳍常会露出水面，因此最简单的鉴定方法就是看尾鳍。尾鳍腹面有其特别的图案，形状、结构及边缘都不一样。安纳瓦克的脑子里自然是存了许多尾鳍的特征，但是计算机里的相片会使工作轻松许多。

他几乎可以确信，以前曾见过远处那两只鲸鱼。

过了一会儿，黑色的背部又出现了。一开始，几乎什么也看不见，只有喷气孔浮起来一点点。接着又是巨响，气团几乎应声出现。这一回，两只鲸鱼没有马上潜入水中，反而把背部抬得更高，矮钝的背鳍也浮出水面，缓缓向前游动一下，又切入水中。安纳瓦克清楚认出它们带有隆起的背脊。鲸鱼又潜进水里，现在，终于渐渐显露出尾鳍。

他快速拿起望远镜，想捕捉尾鳍腹面，但没有成功。无所谓，反正它们在。赏鲸守则第一条就是耐心。游客到来之前，还有一点时间。他打开第二罐冰茶，一边吃杂粮棒。

没多久，他的耐心就有了回报，离船不远处，出现了五个突出物。安纳瓦克听见自己的心跳声愈来愈快，兴奋地等待尾鳍出现。这些动物近在咫尺。他太专注于眼前的演出，完全没注意到船边的影子。影子已比他还高，他转过头来，吓了一大跳。

他忽略了别的座头鲸。

那鲸鱼的头部无声无息抬出水面。它离船很近，几乎碰到橡皮环。它潜出水面的高度将近三米半，紧闭的嘴喙上长了藤壶及节瘤。嘴部上方，拳头大小的眼睛正瞪着橡皮艇里的人，视线几乎和安纳瓦克的脸一样高。有力的胸鳍底部浮在海浪上。

它的头抬出水面，像岩壁一样静止不动。

安纳瓦克从没遇过这样令人难忘的欢迎仪式。他好几次近距离看过这些动物，摸过它们，也攀附在它们身上，甚至还骑过它们。在离船很近的地方，灰鲸、座头鲸和虎鲸经常把头伸出海面，好寻找地标、鉴定橡皮艇。但是这回不同。

安纳瓦克甚至有种感觉，不是他在看鲸鱼，而是鲸鱼在观察他。它的眼皮和大象一样皱褶，眼睛直盯着船里面的人，对橡皮艇似乎一点兴趣都没有。鲸鱼在水里看得很清楚，只要一离开海水，那非常突出的眼睛就成了大近视眼。不过，距离这么近，它看安纳瓦克的清晰度，应该和安纳瓦克看它是一样的。

为了不吓着鲸鱼，安纳瓦克缓缓伸出手来，摸着它光滑、湿润的身体。鲸鱼丝毫没有要潜走的样子，眼睛慢慢转来转去，视线最后又停在安纳瓦克身上。这一幕几乎可说是亲密得有点诡异。安纳瓦克开心得不得了，不禁自问它这样观察良久的目的是什么。一般来说，哺乳类动物环视一圈只需要几秒钟的时间，而且它如此垂立，需要不少力气。

"你这段时间跑到哪里去了？"他轻声问。

船的另一边，传来轻微的拍水声，轻得几乎听不见。安纳瓦克转过头，几乎同一时间，又一个鲸鱼头冒出水面。第二只鲸鱼小一点，但是距离也很近。深色的眼睛同样盯着安纳瓦克。

他忘了摸另一只鲸鱼。

它们要做什么?

渐渐地,他有种不舒服的感觉。这样被盯着看,滋味很不好受,而且很怪异。安纳瓦克从没遇过这样的事。虽然如此,他还是弯下身,很快从袋里拿出一台小型数字相机,高高举着说:"就这样不要动。"也许他犯了个错。若真如此,那么在赏鲸史上,这是第一回座头鲸反抗相机的例子。仿佛有人下命令似的,两个巨大的头部同时潜入水中。两座小岛同时消失在海里。只听见轻微的咕噜声,出现了几个水泡。辽阔的海面上,安纳瓦克又是孤独一人。

他环顾四周。太阳刚升起,雾挂在山间,海面慢慢转成蓝色。

不见鲸鱼的踪影。

安纳瓦克用力吐了口气,才感觉到心跳得很狂野。他把相机放回打开的袋子,再拿出望远镜,思索别的办法。两个新朋友应该离得不远。他拿起录音机,戴上耳机,把水下麦克风慢慢放进水中。麦克风非常灵敏,有办法接收到上升的气泡声。耳机里充斥各种杂声,独独没有鲸鱼的讯号。安纳瓦克满腹期待等着,希望听见典型的鲸鱼讯号,却没有动静。

他只好把麦克风又拉回船上。

过了一段时间,很远的地方出现几个喷气团。它们还在那里。但不管他愿不愿意,回去的时间到了。

回托菲诺的途中,他想象观光客看到这幕演出会有什么反应。消息一定会马上传出去。戴维和他盛装的鲸鱼!恐怕有应接不暇的询问。

太棒了!橡皮艇驶进海湾的平静水面,他看了一眼四周的森林。一切似乎太美好了。

3月23日

挪威，特隆赫姆

西古尔·约翰逊从睡梦中被吵醒。他迷迷糊糊按下闹钟，但铃声未歇，最后才弄清楚是电话铃响。他一边咒骂，一边揉着眼睛起床。方向感还未运作，一阵天旋地转，整个人往后倒。

昨天晚上怎么回事？他和同事，加上一些学生，比原先计划喝的还要多。原本只是想在老城桥附近一家改建过的餐厅吃个饭。人鱼公主餐厅的海鲜料理做得不错，好酒也不少。他回想起来了，的确有一些好酒。他们坐在靠窗的位子，望着河上往陆地延伸的船埠及私人游艇，看着尼德河磅礴流入特隆赫姆峡湾。而流过他们咽喉的东西也不少。途中有人说起笑话，后来，约翰逊和老板一起走到潮湿的地窖，看见保存良好的珍品，那可是平常不轻易拿出来的上等好酒。

约翰逊叹口气。我五十六岁了，他起身时想。这回终于在床上坐直。不该喝成这样。不对、不对，我应该喝，只是事后不该有人这么早打电话给我。

铃声非常顽固地继续作响。他一边呻吟——他不得不承认还挺大声的，幸好家里没有别人——边站起来，步履蹒跚地走到客厅。他今天有课吗？太可怕了！一想到自己在讲台上老态龙钟，连抬头挺胸的力气都没有，就觉得实在吓人。就算舌头肯配合，大概也只能跟自己的领带和衬衫聊天吧。他的嘴巴干涩得要命，似乎拒绝发出任何声音。

他拿起话筒，才忽然想起今天是星期六。心情马上好转许多。"我是约翰逊，"他答话出乎意料的清晰。

"天啊，你动作可真慢。"蒂娜·伦德说。

约翰逊眼睛转了一下，身体沉到沙发里。"现在几点啊？"

"六点半。干吗问这个？"

"星期六耶。"

"我知道今天是星期六。你还好吧？听起来好像不怎么舒服。"

"我是不怎么舒服。这种鬼时间打电话来，有何贵干？"

伦德窃笑。"我要说服你来逖侯特¹一趟。"

"去研究中心？干嘛？有什么天大的理由？"

"一起吃个早餐吧。卡雷来特隆赫姆几天，他一定很高兴跟你碰个面。"她停了一下，"而且，我有问题想问你。"

"我就知道。光是一起吃早餐，实在不像你的风格。"

"不。你误会我的意思了。我想听听你的意见。"

"关于什么事？"

"电话里不方便说。你来不来？"

"给我一小时，"约翰逊边张大嘴巴打哈欠，边担心下颚脱臼。"不对，给我两小时。我还得再去学校一趟。说不定会有关于你那虫子的新报告。"

"好。真是奇怪，一开始是我烦死每个人，现在情势却倒转。没问题，你慢慢来，不过别太慢。"

"遵命。"约翰逊喃喃自语。

他拖着脚步，慢慢踱去冲个澡，头还是很晕。边冲水边打盹了半

1　Tyholt，挪威科技大学的校区之一，该大学由多所院校合并而成，校区散布于特隆赫姆。

小时，终于渐渐苏醒。那酒倒不是真的造成头痛，反倒像是压住他的感官。这种状况下能不能开车，实在值得怀疑。他姑且一试。

外面很温暖，又有阳光。教堂街上冷冷清清。房子的颜色和树木的新绿沐浴在清晨的阳光下，格外明亮。特隆赫姆宛如预示着春天的来临。不寻常的好天气，余雪也将融化。

约翰逊确定今天不比往常，想必会很愉快。他甚至觉得被伦德吵醒，竟然也没那么糟糕。将吉普车开进校区时，他吹起维瓦尔第的曲子，因为心情好上加好。挪威科技大学基本上周末不开放，但没有人遵守规定。事实上，这时才是整理信件及专注工作的最佳时机。

约翰逊走进收发室，翻阅信箱，从中抽出一个大信封。法兰克福的森肯博格博物馆寄来的。似乎是伦德朝思暮想的实验室报告。他没有拆开信，而是放进袋子，然后离开学校，前往逊侯特。

马林帖克海科所是一所海洋科技研究中心，和挪威科技大学、欣帖夫研究中心及国家石油研究中心关系密切。除了不同的模拟水箱、波浪试验槽外，还有世界最大的研究用海水池，可缩小比例模拟风浪。挪威的钻油平台几乎都可在这个80米长、10米深的池子里进行模拟。两种海浪仿真系统能够制造微型的强浪和暴风，模拟浪高甚至可达1米，对钻油平台模型来说，强度已经非常大。约翰逊猜想，伦德大概在这里模拟她们打算设在大陆边坡的水下抽油站。

他果然在海水池找到正跟一群学者讨论事情的伦德。水池的景象看来有点骇人。绿色的水里，潜水员在钻油平台模型间游来游去，迷你油轮穿梭在专家坐的小船之间。这一幕看来像是实验室、玩具店和夏日划船宴会的混合，但实际上非常严肃，近海工业在实际建造任何结构物之前，都得要有马林帖克海科所的许可。

伦德看见他，中断和其他人的谈话，绕过海水池过来。跟往常一样，她还是用跑的。

"你怎么不搭船过来？"约翰逊问。

"我们不是在小湖上，"她回答说，"那得一切都协调好才行。否则一旦我穿越那里，有几百个石油工人会因为大浪而丧命，而那是我造成的。"

她在他的脸颊上吻了一下，"你会扎人。"

"有胡子的男人都会扎人，"约翰逊说，"你应该庆幸卡雷会刮胡子，否则你没有理由把他排在我前面。你们在做什么？解决水下抽油站的问题吗？"

"尽可能地解决。我们只能够在池里模拟海底1000米深处的状况，再深就不准了。"

"对你们的计划已经绰绰有余了。"

"还不够。尽管如此，我们仍用计算机仿真。计算机仿真的结果若和海水池有所出入，就改变各项参数，得出一致的结果后才会停止。"

"昨天报纸写着，壳牌石油打算在水深2000米处设厂。你们有竞争对手啦。"

"我知道，壳牌石油也委托了马林帖克海科所。这可不是件容易的事。来吧，我们去吃早餐。"

走到外面走廊，约翰逊说："我始终不懂，为什么你们不用SWOP。只要从一个浮动平台上，用有弹性的管线链接着，工作不是简单多了吗？"

她摇摇头，"太危险了，浮动的结构体要下锚固定……"

"这我知道。"

"可能会松脱。"

"一堆工作站不是全固定在大陆架上！"

"是没错，但那里的水不深。更深处，波浪和洋流的状况完全不同。何况问题也不只是固定。输油管的位置愈深，稳定度愈低，我们可不想酿成环境灾难。此外，也没人有兴趣在浮动平台上工作。在那种地方，最坚强的硬汉也会崩溃。从这里上去。"

他们爬上阶梯。

"我以为我们要去吃早餐。"约翰逊吃惊地说。

"没错。不过我想先给你看一样东西。"

伦德打开一扇门，两人置身在水池馆上方的一个办公室里。从宽大的观景窗看出去，一排沐浴在阳光照耀下的斜顶小屋和绿地，往峡湾的方向延伸。

"真是个美好的早晨。"约翰逊哼着说。

伦德走到书桌旁，拉了两张椅子，打开一台宽屏幕笔记本电脑。等待程序时，她手指在桌上不耐烦地敲着。屏幕上出现一张图片，约翰逊觉得很眼熟。那是一片模糊的亮光，没入边缘的黑暗中。他忽然认出那图片。

"这是维克多号拍的，"他说，"在大陆边坡上的东西。"

"那个让我心神不宁的东西。"伦德点点头。

"确定它的身份了吗？"

"没有。不过，我们确定了它不是什么。不是水母，不是鱼群。我们用了上千种方法过滤画面。这已经是我们弄出来最清楚的一张。"她放大第一张图片，"我们是在很强的探照灯光下看到那东西。虽然看到了它的一部分，但当然还是跟没有人工光源下的情形不同。"

"没有光源，在这种深度你们根本看不到任何东西。"

"你确定？"

"除非我们看见的是生物光……"他瞠目结舌。

伦德的表情看来非常满意。她的手指在键盘上飞舞，图片又换了。这一回取的景是右上边缘。在明和暗的交界处，好像有什么东西。那是另一种发光形式，深蓝色，中间有些颜色较淡的线条。

"将灯光打在发光体上，就看不见它原本发的光。维克多号的探照灯光线太强，除了灯光照不到的画面边缘可以看出些蛛丝马迹。但那里绝对有某种东西。我认为，这证明我们看到的是发光体，还是个很大的发光体。"

有些深海动物，因为与其共生的细菌关系，而具有发光能力。海面也有一些会发光的生物，如单细胞藻类或小型墨鱼。不过，真正的发光动物却出没在阳光照不到的混沌深海处。

约翰逊盯着屏幕。那个蓝色东西让人猜测的部分比肉眼可见的多。没有受过训练的眼睛是看不见的。但是机器人摄影机抓的画面分辨率非常高，伦德的推测也有道理。他摸了一下胡子，"你猜这东西有多大？"

"很难说。照迅速消失的速度看来，它应该是游过探照区的边缘，有好几米的距离。虽然如此，它的表面仍旧几乎占去整个画面。这表示什么呢？"

"我们看到的部分，就有10到12平方米那么大了。"

"我们看到的部分，"她停顿了一下，"从画面边缘的光线看来，我们还有一大部分没看见。"

约翰逊突然想到，"说不定是浮游生物，"他说，"微生物。有几种微生物是会发光的。"

"那怎么解释它的图案？"

"那些亮亮的线条？巧合吧。那只是我们以为的图案。人们也曾认为火星上的渠道是某种图案。"

"我不认为这是浮游生物。"

"根本没办法看得清楚。"

"可以啊，你看一下。"伦德调出下几张图片。那个东西渐渐退回暗处。真正能被看见的时间还不到一秒钟。第二格和第三格放大图上，依旧有着线条的微弱发光面，位置逐渐变动。第四格里什么都没有。

"它把光源关了。"约翰逊吃惊地说。他陷入沉思。有些软体动物会透过生物光发出讯息。动物遭受威胁时，关闭光源消失在黑暗中，是正常的反应。可是这动物如此巨大，比已知的软体动物都大。

他下了一个自己不怎么中意的结论：这东西不是来自挪威海岸。"大王乌贼"，他说。

"大王乌贼，"伦德点点头，"很难不这样想。这动物很可能第一次出现在此水域。"

"根本是第一次有这种东西活着出现。"

这说法其实并不完全正确。很长的一段时间，大王乌贼的故事被归类为渔夫的惊险经历。冲上岸的腐烂尸体几乎证明了它的存在，因为软体动物的肉跟橡皮一样。拉得愈用力，就愈长，尤其是在腐坏的状态下。几年前，研究人员终于在新西兰东方捕到一些小乌贼，它们的基因和18个月后会变成20米长、1吨重的大王乌贼相近。

唯一美中不足的是，从来没有人看过活体大王乌贼。大王乌贼栖身在深海，会不会发光还有待商讨。

约翰逊皱起眉头，接着摇摇头。"不对。"

"什么不对？"

"很多证据无法支持这个说法。此处不该是大王乌贼出现的地区。"

"没错，但是……"伦德的手在空中挥舞，"我们根本不知道它在哪里出没，我们对这动物一无所知啊。"

"它就是不属于这里。"

"那些虫也不属于这地方。"

忽然一阵沉默。

"好吧，假设你是对的。"约翰逊最后说，"大王乌贼生性害羞。你们在担心什么？到现在为止，还没人被大王乌贼攻击过。"

"目击者的说法可不是这样。"

"天啊，蒂娜！它们或许拉沉过一两艘船，但我们现在探讨的不是大王乌贼对石油产业的威胁啊。你得承认，这有点可笑。"

伦德怀疑地看着放大的图片，然后把档案关了。"好吧。你有什么东西要给我吗？测试结果之类的？"

约翰逊拿出信封，里头一沓厚厚的纸上印有密密麻麻的文字。

"我的天啊！"伦德顺口溜出这句话。

"等一下。应该有一份总结报告——啊，这里！"

"给我看。"

"马上。"他先快速浏览简报。伦德起身走到窗边，然后在房间里走来走去。

"快说。"

约翰逊眉头皱成一堆，翻了翻那沓文件。"嗯。有意思。"

"快说。"

"他们确定那是多毛纲动物。此外还写道，虽然他们并非分类学家，不过得出的结论是，这动物像极了冰虫，Hesiocaeca methanicola。那极端突出的颌让他们相当惊讶。后面还提到……这些都是细节……啊，在这里。他们研究了它的颌。非常有力，显然是用来挖土。"

"这些我们都知道了！"伦德不耐地大叫。

"等一下。他们还做了其他的研究，分析稳定的同位素成分，以及质谱仪分析报告。哈！我们的虫，同位素比值轻了90‰。"

"你可以说直白一点吗？"

"那的确是嗜甲烷生物。它和排出甲烷的细菌共生。等一下，我该怎么跟你解释？呃，同位素……你知道同位素是什么吗？"

"质量数不同、但原子序数相同的化学元素。"

"答案正确。就拿碳来说好了，有碳十二和碳十三。如果你吃的东西，成分多为轻的碳，也就是比较轻的同位素，你就会比较轻。这样清楚吗？"

"如果我吃那样的东西，对，很合逻辑。"

"甲烷里面的碳很轻；而细菌吃甲烷，所以很轻；虫与这种细菌共生，吃了细菌后，它也会很轻。我们这只虫很轻。"

"你们生物学家真是怪人。这是怎么查出来的？"

"做一些可怕的事。我们把虫弄干，磨成虫粉，然后丢进测量仪。好，我们往下看。电子显微镜分析……他们还做DNA染色……非常彻底的分析……"

"快点说下去！"伦德走向他，抽走那张纸。"我不要学术性的长篇大论，我只要知道究竟能不能在下面挖油。"

"你们可以……"约翰逊从她手中拿回纸，看了最后一行。"嗯，了不起！"

"什么？"

他抬起头。"这怪兽全身上下满满的细菌，里面和外面都是。内共生与外共生。你的虫真是满载细菌的大巴士。"

伦德困惑地看着他。"什么意思？"

"这实在很荒谬。你的虫，毫无疑问活在甲烷水合物里，简直要被细菌塞爆了。它不用猎食也不用挖洞，反而懒洋洋地躺在冰里，却还是有挖洞的大颌。不过，大陆边坡上那一堆，在我看来，既不懒也不肥，敏捷得不得了。"

又是一阵沉默。最后伦德说："西古尔，它们在下面做什么？这到底是什么动物？"

约翰逊耸耸肩。"说不定它们真的是从寒武纪爬到我们这里来，我对它们要做什么毫无头绪。"他停了一会儿。"也不知道它们究竟有什么影响。它们做了什么大不了的事吗？它们虽然在那个区域扭来滚去，但是应该不会咬输送管线。"

"那它们咬什么？"

约翰逊盯着报告的结论。"还有一个地方，也许可以给我们进一步的数据。"他说，"如果这地方也没有新发现，我们只得自己想办法了。"

"我可不愿意走到那一步。"

"好吧，我寄些样本过去。"约翰逊伸了伸四肢，打了个哈欠。"说不定我们运气不错，他们会开着研究船亲自过来看看。不管怎么样，你都得耐着性子。这会儿我们什么也做不了。如果你允许的话，我很想吃个早餐，给卡雷·斯韦德鲁普一些对付你的建议。"

伦德微笑。不过很明显，她对这结果不太满意。

4月5日

加拿大，温哥华岛及温哥华

生意又活络起来了。在别的情况下，安纳瓦克绝对会由衷为舒马克感到高兴。老板成天只谈论鲸鱼回来这件事。鲸鱼的确是渐渐出现的，包括灰鲸和座头鲸、虎鲸，甚至是小须鲸。安纳瓦克朝思暮想，就是希望鲸鱼回来，所以他当然也很高兴。但是，他还想知道它们这些日子到底跑哪儿去了，为什么连卫星和声呐探测器都找不到？尤其是，他没办法摆脱那种奇怪的感觉。

那两只鲸鱼专心又仔细地观察他，让他觉得自己像只实验用的小白鼠，躺在解剖台上。

难道它们是侦察员？它们想探听什么消息呢？太荒谬了！

他关上售票口走到外面。观光客已经排到停船埠的末端，他们身穿橘色救生衣，看来好像特种部队。安纳瓦克吸了口新鲜的清晨空气，跟在队伍后面。

后方有人逐渐走近。"安纳瓦克博士！"

他停了下来，转过头。爱丽西娅·戴拉维出现在他身旁，红色的头发绑成马尾，脸上一副时髦的蓝色太阳眼镜。"你可以带我一起去吗？"

安纳瓦克看着她，又看看蓝鲨号的船身。"已经额满了。"

"我是一路跑来的。"

"真抱歉。半小时后维克斯罕女士号就开了。那艘船舒服多了，很大，船舱有暖气，也有点心……"

"那些我不要。你一定还有位子，也许在后船舱？"

"那里已经坐了两个人，苏珊和我。"

"我不需要座位，"她笑了，大牙让她看来很像一只长满雀斑的兔子。"拜托啦！你不会还在生我气吧？我真的很想跟你一起出去。老实说，是只想跟你的团。"

安纳瓦克皱了一下眉头。

"请不要用这种奇怪的眼神看我！"戴拉维翻了一下白眼，"我读了你的著作，非常钦佩你的工作，就这样而已。"

"我可没有这种感觉。"

"你指的是不久前水族馆的事？"她做了一个不以为然的手势。"别再提这件事了。拜托，安纳瓦克博士，我只在这里停留一天。请你让我高兴一下。"

"我们有我们的规矩。"听来像古板的搪塞之词。

"听着，你真是只顽固的狗，"她说，"我警告你，我可是很爱哭的。如果你不带我一起去，我会在回芝加哥的飞机上大哭个不停。你想负这个责任吗？"

她对他笑。安纳瓦克没有办法，也忍不住笑出来。"好吧，你爱跟就跟吧。"

"真的吗？"

"对。但是你可别烦我。你那些深奥的理论自己留着就可以了。"

"那不是我的理论。那是……"

"你最好闭紧嘴巴。"

她本想回答，考虑了一下，点点头。

"请在这里稍等，我去拿一套救生衣来。"

爱丽西娅·戴拉维遵守承诺，整整十分钟没开口。她走到利昂身边，伸出手来，托菲诺的房子渐渐消失在苍郁的山坡后。"叫我丽西娅就好。"她说。

"丽西娅？"

"从爱丽西娅来的，但我觉得爱丽西娅是个很蠢的名字。我的父母当然不这么觉得。取名字的时候，没有人会问你的意见。这名字真是俗得可以，令人作呕。你叫作利昂，是吧？"

他握住她伸出的右手，"很高兴认识你，丽西娅。"

"好。现在我们还得把一些事情说清楚。"

安纳瓦克一脸求助地看着驾驶橡皮艇的斯特林格。她回望他一眼，耸了耸肩，然后又转向前方。

"什么事情？"他小心地问。

"水族馆的那件事。我又蠢又自以为是，真的很抱歉。"

"我已经忘了。"

"但是你也得道歉。"

"什么？我为什么得道歉？"

她眼睛往下看。"在别人面前指出我见解错误，那无所谓，但是不应该批评我的长相。"

"你的长相？我没有……见鬼了。"

"你说，如果白鲸看到我在化妆，会怀疑我的神智。"

"我不是那个意思。那只是抽象的模拟。"

"那是个愚蠢的模拟。"

安纳瓦克抓了抓他的黑头发。他是生戴拉维的气，因为她满怀偏见来到水族馆，肆无忌惮地大放厥词。但是显然他也失去控制，因而怒气填胸地羞辱她。"好，我道歉。"

"接受。"

"你不过是引用波维内利的理论。"他肯定地说。

她笑了。这些话暗示他没把她当小孩子。丹尼尔·波维内利是戈登·盖洛普最著名的对手，对于灵长类与其他动物的智慧和自我意识不断提出怀疑。他同意盖洛普的说法，可以在镜子里认出自己的黑猩猩，的确对于自我形象有些想法。但是他不认同黑猩猩因此能够理解自己的精神状态，进而了解其他动物的精神状态。对波维内利而言，那不足以证明动物具备人类特有的心理认知。

　　"波维内利走的是大胆路线，"戴拉维说，"他的观点永远具有争议性，但是他接受挑战。盖洛普的路比较轻松，因为把黑猩猩和海豚当作与人类对等的伙伴，时髦多了。"

　　"它们是对等的伙伴。"安纳瓦克说。

　　"就伦理学上的意义而言。"

　　"有没有伦理学都一样。伦理学是人类发明的。"

　　"没有人怀疑这一点，波维内利也是。"

　　安纳瓦克环顾海湾，几座小岛映入眼帘。"我知道你想说什么，"他停了一会儿，继续说。"你认为不应该为了想对动物人道一点，就在它们身上寻找人类的特性。"

　　"这种说法太傲慢了。"戴拉维大叫。

　　"我赞成你的想法，那确实无法解决问题。不过，大部分的人类都认为，特征与人类愈相似的生命，愈有保育价值。杀死动物，往往比杀人简单多了。得等到我们认为动物是人类近亲，才会比较难下手。许多人明白人类和动物有关联，但他们喜欢把自己想象成万物之灵；只有少数人愿意承认，其他形式的生命也和人类一样珍贵。所以这就造成了两难：如果认为人类的生命价值比蚂蚁、猴子或海豚还高，要怎么像平等待人一样地对待动物或植物。"

　　"嘿！"她拍起手来，"我们的意见其实是相同的嘛。"

　　"几乎相同。我想，你有一点……教条主义。我个人认为，黑猩猩的心理或是白鲸的心理，和人类有相同的部分。"戴拉维正要开口，只见安纳瓦克举起手来。"好，这么说好了：在白鲸的价值表上，当它们发现愈多人类与它们的相同之处，我们在表上的位置会愈往上爬一点。如果鲸鱼真会在乎什么价值的话，"他咧嘴笑，"说不定有些白鲸会认为我们是智慧生物。这样说会好些吗？"

戴拉维皱起鼻子。"我不确定，利昂。我怎么有种你在引诱我掉入陷阱的感觉？"

"海狮！"斯特林格大叫，"在前面。"

安纳瓦克把手摆到眉头，往她指的方向眺望。他们正接近一座没几棵树的小岛。露出海面的岩石上，一群海狮在晒太阳。有些海狮伸起头，朝着船的方向看。

"那和盖洛普和波维内利都没有关系，我说得没错吧？"他拿起相机，把镜头拉近，拍了一些照片。"我有个建议。我们一致认为各种生命在大自然中没有价值的高下差别，这只是人类的想象，何不就此打住？你我其实都极力反对把动物拟人化。但我深信人类某种程度能够进入动物的内心世界，或者说，理解它们的智能。除此之外，我也认为，某些特定动物和人类的相同处较多，而我们有一天会找到和它们沟通的方法。相反，你相信所有非人类的生命对我们而言永远陌生，中间始终有道鸿沟，我们无法进入动物内心，因此，也就没有沟通的可能性；我们应该安于现状，不要打扰它们。"

戴拉维好一阵子没说话。橡皮艇低速经过海狮的小岛。斯特林格讲解了一些海狮的知识，船上的人和安纳瓦克一样，都在照相。

"我得想一想。"戴拉维最后说。她也真的这么做了。之后的航程里，她几乎没有说话，直到橡皮艇抵达外海。

安纳瓦克很满意。旅程由海狮开始是件好事，毕竟鲸鱼的数量尚未恢复以往的水平。满是海狮的岩岸，给赏鲸团带来点看头，甚至稍微舒缓待会儿可能没什么收获的尴尬。他的担心多余了。在海岸前，马上就遇到一群灰鲸。它们比座头鲸小一点，但仍然大得令人印象深刻。有些鲸鱼离船很近，露出水面，很快地浮窥一下，让乘客又惊又喜。它们看来仿佛有生命的石头，颜色似片麻岩，有斑点，有力的下巴长满了藤壶和水蚤，以及固着的寄生虫。大部分的乘客疯狂地录像拍照，其他人则只是专心欣赏。安纳瓦克还看过成年男子因为看到鲸鱼出现，而眼泪盈眶。

另有两艘橡皮艇和一艘船体坚固的大船，它们关掉引擎，停在不远处。斯特林格用无线电告知对方鲸鱼出现的消息。安纳瓦克他们这种赏鲸方式比较温和，但是杰克·灰狼依旧反对。

杰克·灰狼是个危险的大笨蛋。安纳瓦克不喜欢他的计划。赏观光客？可笑！不过真要硬碰硬的话，赢得媒体名声的人是灰狼。即使他们小心谨慎，安排负责任的赏鲸方式，戴维氏赏鲸站仍会受到抨击。就算是灰狼和他名不见经传的"海洋防卫队"，这种来搅局的保护动物人士也会强化既有的偏见。几乎没有人认真分辨正派团体和灰狼这种狂热分子的区别。等媒体厘清事实后，伤害早已造成。

杰克·灰狼还不是安纳瓦克唯一担心的。他谨慎观察着海洋，照相机在一旁待命。自从遇到那两只座头鲸之后，就一直这样。他不禁自问是否罹患了妄想症。见鬼了吗？还是鲸鱼的行为确实有了改变？

"右边！"斯特林格叫着。

橡皮艇内的人不约而同地转向她手伸出的方向。好几只灰鲸非常接近船身，正在演出精彩的潜水动作。它们的尾鳍好像在跟船上的人打招呼。安纳瓦克拍了些照片存档。舒马克要是知道了，一定高兴得跳起来。这些动物仿佛以精彩的演出，补偿赏鲸者长久的等待，简直是完美的赏鲸之旅。在稍远的地方，三颗巨头露出水面。

"那不是灰鲸吧？"戴拉维一边嚼口香糖，一边问安纳瓦克，那样子好像在等人赞美。

"不是，是座头鲸。"

"我就说嘛。那愚蠢的名字是怎么来的？我根本没看见什么驼背。[1]"

"它们也没有这生理特征。我猜，座头这个形容驼背状态的名字，

1　座头鲸的英文俗名是humpback whale，意为驼背。日文"座头"指的是类似琵琶的弦乐器，也是形容鲸背的形状。

98

来自于座头鲸潜水时弯曲身体的典型动作。"

戴拉维扬了扬眉毛。"我还以为这名字和它嘴上突起的节瘤有关。"

安纳瓦克叹了口气。"我们又持相反意见了，丽西娅？"

"抱歉啦，"她亢奋地摆动双手。"嘿，那几只在做什么？它们在搞什么啊？"

那三只座头鲸的头同时冒出水面，嘴巴大张，所以看得见细窄上颚中间粉红色的软腭。下垂的鲸须也清晰可辨，巨大的咽喉似乎有点鼓起。鲸鱼间扬起了水汽——还有一些闪闪发亮的、活蹦乱跳的小鱼。一群不晓得哪里来的海鸥和潜鸟突然聚集过来，在这场演出的上方盘旋，向下俯冲，好分享一顿美食。

"它们在觅食。"安纳瓦克继续拍照。

"真是疯了！看起来像要吃掉我们似的。"

"丽西娅！你别装笨。"

戴拉维换另一边的牙齿咀嚼口香糖。"你真不懂笑点，"她露出无聊的样子。"我当然知道它们以糠虾和一些小生物为食。我倒是没看过它们觅食的样子，还以为它们只要打开嘴巴，让所有的东西滑进去就好。"

"露脊鲸的确是这样，"斯特林格说。"座头鲸有自己的觅食方法。先在鱼类或磷虾群下方绕圈游行，用气泡包围鱼虾群。鱼虾为了避开水中的乱流，会和气泡网保持距离，密聚在一起。接着，鲸鱼就张开大口，吸咽下去。"

"不用白费唇舌，"安纳瓦克说，"她反正什么都知道。"

"吸咽？"戴拉维重复了一次。

"形容须鲸的觅食动作。吸咽过程中，须鲸撑开喉袋，看起来好像吹气一样。借由这个快速的扩展动作，喉袋成了个大粮仓，好储存食物。鲸鱼吞咽时，糠虾和小鱼会被吸进去；吐出水时，就被留在须间了。"

安纳瓦克走到斯特林格身边。戴拉维似乎知道他想和她单独说话，于是离开驾驶舱，走到其他乘客那里，向他们解释吸咽的过程。

过了一会儿，安纳瓦克轻声说："你有没有发现它们怪怪的？"

斯特林格转过头。"鲸鱼吗？"

"对。"

"奇怪的问题，"她考虑了一会儿，"我猜，和平常没什么两样吧。你有什么看法？"

"你觉得它们正常吗？"

"当然正常啰。它们看来像表演狂，如果你是指这个的话。没错，它们今天的兴致真高昂。"

"看来没有什么……异状吗？"

她眯了一下眼睛。阳光在海面上舞动。靠船很近的地方出现了一个灰斑的背脊，接着又消失了。座头鲸又钻回水面下。"有异状？"她拉长了声音说，"你是指什么？"

"我不是提过两尾megapterae吗？就是突然出现在船边的那两尾。"他忽然随兴用了座头鲸的学名。

他脑袋里想的东西够疯狂了，用学名至少听起来正经一点。

"嗯。那又如何？"

"就是怪。"

"你是提过，一边一尾。真令人羡慕啊，实在太炫了。我竟然不在场。"

"我不确定那是不是很炫。我觉得它们似乎在侦察情势，好像有什么计划一般……"

"你在打谜语啊。"

"那感觉不是很舒服。"

"不是很舒服？"斯特林格惊愕地摇摇头。"你有毛病啊？那可是我梦寐以求的耶。真希望当时在场的是我。"

"不。你一定不会想经历当时的状况，那一点也不好玩。当时我不停地问自己，现在到底是谁在观察谁，目的又是什么……"

"利昂。那是鲸鱼，不是什么秘密情报员啊。"

他耸了耸肩。"好吧，别提了。我一定是弄错了。"

斯特林格的无线电响了。话筒传来汤姆·舒马克刺耳的声音。"苏珊？转到99频率。"

赏鲸站一般使用98频率接收讯号，可实际清楚掌握所有的赏鲸活动。海岸巡防队和托菲诺航空公司也用98频率。可惜也有不怎么喜欢赏鲸活动的海钓玩家用这频率，因此每个赏鲸站另有私人对谈用的频率。斯特林格换了频率。

"利昂在你身边吗？"舒马克问。

"嗯，他在这里。"

她把对讲机交给安纳瓦克。他拿了过来，和舒马克讲上话。"好，我过去——没错，是很突然，但无所谓——告诉他们一回去我就起飞。待会儿见。"

"怎么回事？"斯特林格拿回对讲机的时候问，似乎很想知道。

"英格列伍来问事情。"

"英格列伍？那个船运公司吗？"

"对。他们的总部打电话来，但没有告诉汤姆详细的情形，只说需要我的意见。而且很急——奇怪。汤姆说他觉得对方恨不得我马上现身在他们眼前。"

英格列伍派了一架直升机来。和舒马克通完电话，不到两小时，安纳瓦克就看着下方温哥华岛的壮阔景观愈变愈小。枞木覆盖的山丘交替着险峻的丘顶，河川和蓝绿色湖泊闪耀其中。然而，岛的美丽遮掩不住木材业危及森林的事实。过去一百年来，木材业成为该地区代表性工业，许多地方因此被过度砍伐。

离开温哥华岛后，他们飞过交通繁忙的乔治海峡，豪华游轮、渡轮、货柜船和私人游艇随处可见。更远处，是壮阔的落基山脉，山顶白雪皑皑。提供可以像鸟儿般起降的水上飞机的长形海湾边，排列着为数众多彩色玻璃缀饰的塔台，异常缤纷。

飞行员和地面塔台通话。直升机下降了一些高度，转个弯飞向码头边。不久，他们降落在停车场大小的地面上，两侧堆了许多刚砍下，等着要上货运船的西洋杉。稍远处，硫黄和煤矿堆得四四方方。一艘大型货柜船正在下锚。安纳瓦克看到有个人从人群中走出，朝他们过来，机顶螺旋桨的风吹得他一头乱发。他穿着一件大衣，肩膀耸起，想抵挡冷风。安纳瓦克解开安全带，准备下机。

那个男人打开机门，个子很高很壮，六十出头，脸圆圆的看来很和善，眼睛炯炯有神。他面带微笑，对安纳瓦克伸出手。"克莱夫·罗伯茨，"他说，"常务董事。"

安纳瓦克跟着罗伯茨走向那群人，里面杂有一般船员和身着西装的人。他们正在检查货船。不断仰头查看船右舷，走几步就停下来，指手画脚。

"你能这么快赶来，真是太好了。"罗伯茨说。"通常我们不会提出如此无理的要求，实在是十万火急，请你见谅。"

"不用客气，"安纳瓦克回答，"究竟怎么回事？"

"和一桩意外有关。我们认为是意外。"

"那艘船吗？"

"对。巴丽尔皇后号。精确地说，是要把它带回来的拖吊船出问题了。"

"你知道我是鲸豚专家吧？鲸鱼和海豚的行为研究学者。"

"就是和这个有关，和行为研究有关。"

罗伯茨向他介绍其他人。有三个属于船运公司的管理部门，其他则是技术部门的人。不远处有两个男人满脸担忧，正从货车卸下潜水用具。接着，罗伯茨把安纳瓦克拉到一边。"可惜目前没办法和船上的组员谈话，"他说，"但是一拿到报告，我会给你一份机密的复印件。我们不想把事情扩大。我可以信任你吗？"

"当然。"

"好。我先大概报告一下，听完后，你可以决定是否要留下来。不管结果如何，我们都会给付报酬，补偿你的工作损失。"

"你没有给我添什么麻烦。"

罗伯茨满脸感激看着他。"你得知道，巴丽尔皇后号是一艘很新的船。最近才检查过，在各项领域都算是典范，也通过了认证。这艘货船载重6万吨，大都往返日本。到现在为止都没有出过状况。我们为了它的安全措施，投资了不少钱，甚至高出规定。总之，巴丽尔皇后号在返航途中满载着货物。"

安纳瓦克不发一语，点点头。

"六天前，它航行在距离温哥华两百海里的区域。大概是清晨三点。舵手将船调整了五度，只是例行校正。他觉得没有必要看仪表。前方可见到别船的灯光，用肉眼就能看出方向。照理说，前方的灯光应该往右边移动，却毫无动静。巴丽尔皇后号还是直线前进。舵手又多转些角度，仍旧没有用。最后他转到极限，船突然动了——可惜过头了。"

"撞上别艘船了吗？"

"没有，其他船还离得很远。不过，船舵似乎卡住了，怎么也转不回来。卡死的舵加上20节[1]的速度……我是说，这种大船可不是说停就能停啊！巴丽尔皇后号在极高的速度下，偏移这么大的角度，最后翻斜了。连同船上的货物，侧倾十度。你知道这是什么意思吗？"

"我可以想象。"

"排水口只比水平面高一点点。浪若高一点，船也许会不断进水，但是每一回很快就排掉。倾斜如此严重，排水口很可能一直处于水面下，海水容易灌满整艘船。幸好目前的海面还算平静，但情形仍旧紧急。我们没办法把舵转回来。"

"是什么原因呢？"

---

1 航海速度单位，等于每小时1海里（相当于1.852公里）。

103

罗伯茨沉默了一会儿。

"不清楚，只知道怪事才刚开始。巴丽尔皇后号停下来呼救，然后在原地等待，毫无疑问是没办法操作了。附近的船全改变航道，朝那方向驶去，温哥华也派了两艘拖吊船出发。两天后，午后没多久，船到了。一艘60米长和一艘25米长的拖吊船。工作最难的部分，是如何从拖吊船上把缆绳抛到甲板上固定。如果有暴风，这个工作可能要好几个小时，没完没了。先是丢细绳，然后粗一点的，最后是重的拖吊绳。就这次状况而言……应该不会出什么问题，天气好得不得了，海面也很平静。但是，拖吊工作却被阻拦了。"

"被阻拦？被谁阻拦？"

"这个嘛……"罗伯茨的脸抽搐了一下，似乎有口难言。"那看起来，像是……你听过鲸鱼攻击事件吗？"

安纳瓦克愣了一下。"攻击船？"

"对，攻击大船。"

"很罕见。"

"罕见？"罗伯茨听得很仔细。"可是，的确发生过了。"

"有一个被记载下来的例子，发生在19世纪。梅尔维尔把事情经过改编成了小说。"

"你是说《白鲸》吗？我以为那只是本小说而已。"

安纳瓦克摇摇头。"《白鲸》是捕鲸船埃塞克斯号的故事。船真的被抹香鲸击沉了。一艘42米长的木船，虽然可能很老旧，不过好歹是条船。鲸鱼撞击几分钟后，船就进满水了。据说船员搭乘救生艇在海面上漂流了好几个星期……喔，去年在澳洲海岸也有两起案例，两桩意外的报告都写着鲸鱼把渔船弄沉了。"

"怎么发生的？"

"用尾鳍打，鲸鱼力气最大的部位在尾巴。"安纳瓦克想了一下。"有一个人丧生。不过我想他是掉到水里后，死于心脏衰竭。"

"哪种鲸鱼造成的呢？"

"没有人知道。它们很快就消失了。何况发生这种事情时，每个人看到的都不一样。"安纳瓦克看了下雄伟的巴丽尔皇后号。它看来毫无损伤。

"但是，我怎么也没办法想象鲸鱼攻击这艘船的情形。"

罗伯茨随着他的目光望去。"被攻击的是拖吊船，"他说，"不是巴丽尔皇后号。拖吊船侧面被撞击。鲸鱼很有可能是想把船撞翻，但是没有成功。于是它们试着阻止船员固定拖吊绳，然后……"

"它们主动攻击吗？"

"是的。"

"你别开玩笑了。"安纳瓦克摆摆手。"鲸鱼可以撞翻比它小的东西，或最多跟它一样大的，怎么样也不会是大型物体。除非被迫，否则它也不会发动攻击。"

"船员对天发誓说他们看到的真是这样，那些鲸鱼……"

"什么样的鲸鱼？"

"天啊，什么样的鲸鱼？你刚才自己不是回答过这个问题了吗？每个人看到的都不一样。"

安纳瓦克皱起眉头。"好吧，假设是最大的种类好了，也就是说，拖吊船被蓝鲸攻击。蓝鲸身长约33米，重120吨，算是地球上最大的动物。就假设一只蓝鲸试图要把一艘和它一样长的船弄沉吧。至少它速度得一样快，最好是更快。好，蓝鲸短距离内确实可轻松达到时速50公里至60公里。它的身体呈流线型，不需要克服什么摩擦阻力。那么，它的冲力可达多少呢？而船只的反作用力又有多大？简单地说，如果相撞的话谁会倒下？"

"120吨的力道可是非常重的。"

安纳瓦克扬头示意罗伯茨看看货车。"你有办法举高那辆货车吗？"

"什么？那辆车？当然不行。"

"没错，何况你还有支撑点。游泳的物体是没有支撑点的。当你游泳时，你无法举起比自己重的物体，不管人或鲸鱼都一样。你不可能违反重力加速度，何况还要把鲸鱼的冲力扣掉水的阻力。这样一来，剩下的力道就不多了。只有尾鳍的动力。它很有可能让船偏离航道，却也有可能撞上后自己偏向其他地方。这有点像玩撞球，你懂吗？"

罗伯茨摸摸下巴。"有些人觉得是座头鲸；另外有些人说是长须鲸；在巴丽尔皇后号甲板上的，则认为是抹香鲸……"

"这三种差别可大了。"

罗伯茨犹豫了一下。"安纳瓦克先生，我是个理性的人。我认为拖吊船应该是误闯鲸群，也许不是鲸鱼撞船，而是船撞到鲸鱼，或者是船员胡言乱语。不过，可以确定的是，那些鲸鱼把小拖吊船弄沉了。"

安纳瓦克目瞪口呆地看着罗伯茨。

"就在拖吊绳拉紧的时候，"罗伯茨继续说，"那是一条拉得很紧的铁链，挂在巴丽尔皇后号的船头和拖吊船的船尾间。好几只鲸鱼从水面跳出来撞拖吊绳。这种情况下没有水的阻力可以减少撞击的力道，而且船员说，那些鲸鱼的体型算比较大的。"他停了一会儿。"拖吊船被撞倾，翻了好几圈。"

"天啊。船上的人呢？"

"两名船员失踪。其余的人获救——你想象得到这些动物为什么这么做吗？"

真是个好问题，安纳瓦克心想。海豚和白鲸可以认出自己。但是，它们会思考？懂得计划吗？用什么样的方式呢？鲸鱼有过去和未来的时间感吗？把拖吊船弄翻或弄沉，对它们来说有什么好处？

除非是拖吊船威胁到它们，或者它们的幼鲸。

但是怎么会这样，哪种方式威胁到它们了？"这一切和鲸鱼搭不上关系。"他说。

罗伯茨一脸无助。"我也这么认为，船员却持完全不同的看法。大拖吊船也受到同样的攻击。后来拖吊绳终于顺利固定，后续的攻击行为没再出现。"

安纳瓦克看着自己的脚，陷入沉思。"是个巧合，"他说。"可怕的巧合。"

"你这么觉得吗？"

"如果知道船舵出了什么问题，应该会多点线索。"

"我们请了一些潜水员，"罗伯茨回答说，"再过几分钟就会到了。"

"车里还有备用的器材吗？"

"应该有。"

安纳瓦克点点头，"好，我一起下去。"

港口的海水简直就是梦魇，全世界都一样。浓稠肮脏的污水里，悬浮物和水分子一样多。海底被好几米厚的泥巴盖住，小碎屑和有机物不断从泥层往上跑。安纳瓦克潜入水中后，感觉如同沉入棕色的浓雾中，不禁自问如何能在这里找到东西。他隐约看见前面两个潜水员的身影，他们身后有个深色的模糊平面，巴丽尔皇后号的船尾。

潜水员望向他，比了一个OK的手势。安纳瓦克回以同样的手势。他排掉潜水背心的空气，沿着船尾向下潜。游了几米后，打开头上的探照灯。灯光很强，附近的物体尽收眼底。他继续往下，吐出来的气泡在耳边咕噜咕噜响着。模糊中出现倾斜的船舵，斑驳嶙峋。他摸索着深度计，水深8米。另外两名潜水员消失在舵叶两侧，只见探照灯的光在后面闪着。

安纳瓦克从另一边过来。

刚开始只看见一些棱边和不规则的凹陷，后来他才明白，舵上长满了条纹图案的贝类。他游得更近。在舵叶和舵槽的空隙处，塞满了那些生物被压碎而成的烂泥。怪不得舵没办法转回来，它被卡死了。

他又潜得更深，也到处看到贝类。他小心地伸手去摸。那些生物顶多只有3厘米，紧密相连。他格外谨慎，避免被锐利的壳割伤，用了很大力气才把几个分开。半开的贝壳里，有一些足丝缠在一起，那是贝类的分泌物，帮助附着。安纳瓦克将一些放进腰上的采集袋，心里思索着。

107

他对贝类动物所知不多。某些贝类有类似的足丝，足丝是从贝类足部分泌出来、带有黏性的纤维束。其中最有名的，就是源自中亚的斑马贻贝。过去几年来，斑马贻贝在美洲和欧洲迅速繁殖，破坏当地的动物界生态。它们只要出现在某一地方，马上繁衍成无法想象的数量。如果船舵上真是斑马贻贝，巴丽尔皇后号在这么厚的堆积下若还能动就是奇迹了。

安纳瓦克把破掉的贝壳放在手上。

船舵被斑马贻贝入侵。至少看来是这样。但是怎么可能？斑马贻贝大都破坏淡水系统。虽有办法在海水生存，但仍不能解释它们如何在空荡的大海中袭击行驶中的船只？还是在港口时就侵入了？

这艘船从日本过来。日本有斑马贻贝的问题吗？

在他侧面下方，船舵和船尾间，从黝黑中伸出两片摇摇摆摆的桨叶，大小看来有点诡异不实。

安纳瓦克踢动蛙鞋，继续往下潜，来到桨叶边。一股恶心的感觉涌上来。整个螺旋桨的直径大概4.5米，纯钢制，至少有8吨重。他想起这东西全速运转时的情景。很难想象有什么东西可以黏附在这庞然大物上，而不被搅得粉碎。可是连螺旋桨上都有贝类。

安纳瓦克不由得下了个结论，但他不怎么喜欢。他慢慢移近螺旋桨中央，手指摸到滑滑的东西。一些浅色碎片朝他飘来，他伸手抓了一个，放到面罩前仔细端详。

质感像果冻、橡皮。类似一块动物组织。

安纳瓦克把那东西翻来转去，然后放到采样盒里，继续探索。有一个潜水员从对面游来，面罩上的灯让他看起来像外星人。他比了一个过来的手势。安纳瓦克从舵槽和螺旋桨间游去。

他渐渐下沉，蛙鞋踢到曲柄轴，轴的尾部就是螺旋桨。这里还有更多的黏稠物，像一层紧紧的布，包住曲柄轴。潜水员试图扯下那些像布一样的东西，安纳瓦克也来帮忙，但徒劳无功。大部分还是紧紧缠住整个螺旋桨，光是用手没办法扯下来。

罗伯茨的话语在他脑中响起。鲸鱼试图推倒拖吊船。真是疯狂。

鲸鱼阻止拖吊船进港，有何目的呢？要巴丽尔皇后号沉船吗？海面浪大的时候是有可能沉没的，尤其是那艘船已经故障了。海面不会永远风平浪静，难道鲸鱼想阻止巴丽尔皇后号找到避风港？

还有足够的空气。他伸出拇指，示意那两个潜水员他还要检查船体。对方比了一个没问题的手势。他们一起离开螺旋桨，沿着船身游，安纳瓦克在下方，也就是船身往船底弯曲的部分。头盔探照灯的光线照着钢铁船壳。上面的烤漆看来很新，只有少数地方有点刮痕、变色。他继续往海底方向潜，光线愈来愈暗。

安纳瓦克随意看了上面一眼。两团模糊的光晕指出其他两人正在检查后侧围板。

有什么好担心的？他知道自己现在的位置。尽管如此，胸口还是感觉到一阵不舒服的压迫感。他用手划水，沿着船身漂动。船身没有什么损伤的痕迹。

探照灯忽然一暗。他举起右手正想调整，却发现不是灯的缘故，而是被照的东西。船身的烤漆能均匀地反射灯光，但现在光忽然被参差不齐的暗色贝壳吃掉了。巴丽尔皇后号有一部分船壳消失在贝壳之下。

这数量惊人的贝类是哪里来的？

安纳瓦克考虑回到另外两个潜水员那里，但又改变决定，潜到更深的地方。愈到船底贝类的数量愈多。巴丽尔皇后号的底部若到处长得像这样，一定会增加不少重量。不可能没人发现船的状况有异啊。这种数量，绝对会减缓货轮行驶的速度。

他人已在船底部，必须仰泳才行。下方几米处，就是港口海底的烂泥堆。水混浊得不得了，几乎看不见任何东西，处处只有贝壳山。他快速踢动蛙鞋，继续游往船头，贝忽然失去踪影，就像突然出现一样。安纳瓦克这才真正领悟到它们密集的程度。巴丽尔皇后号尾部的贝壳几乎有两米厚。

究竟怎么回事？贝壳堆的边缘有条裂缝。安纳瓦克停在前方，有点犹豫不决。他伸手去摸胫骨，那儿的袋子里有把刀。然后拔出刀，刺进贝壳山里。

贝壳忽然迸开。有个东西急速射出，抽打到他脸上，差点打掉呼吸器。安纳瓦克向后倒，头撞到船身。眼前一道强光闪烁。他想要起身，但上方就是船底，于是急忙蹬脚，挣脱贝类。一转过身，发现另外一堆贝壳山，边缘处似乎有胶状物黏在船体上。一阵恶心涌上。他试着静下心，企图从一堆乱漂的杂物里认出攻击他的东西。

消失了。除了形状古怪的贝壳山，那里一无所有。

他现在才发现自己的右手紧握，刀子还在手里。刀刃上有个乳状的半透明物。安纳瓦克把它放进采样盒。然后他察觉到自己正逃离现场。冒险意愿到此为止。他让心跳缓缓降慢，小心往上移动，逐渐看到两个潜水员微弱的光线，最后和他们会合。潜水员也正遇到贝壳堆，其中一人用刀挖下一个。安纳瓦克紧张地看着，做好会有东西喷出来的心理准备。但是什么事也没发生。

另一个潜水员拇指往上竖，他们于是慢慢游向水面。愈来愈亮。不过接近水面的最后几米，还是很混浊，接着忽然出现缤纷的色彩。安纳瓦克看着阳光。他把面罩拿下来，心怀感激地呼吸新鲜空气。

码头边站着罗伯茨和其他人。"下面发生了什么事？"他弯身向前，"有发现东西吗？"

安纳瓦克咳了几下，吐出港口的水。"说来话长！"

他们聚在货车后面。安纳瓦克和潜水员彼此协议好，由他来发言。

"贝类卡住船舵？"罗伯茨简直无法相信。

"没错，是斑马贻贝。"

"哎呀，怎么会这样呢？"

"好问题。"安纳瓦克小心翼翼打开采样盒，把胶状物改放在装满海水的较大盒子里。那片组织看来像要腐坏，让他有点担心。"舵手旋了五度，舵却一动也不动，就因为被密密麻麻的贝类给卡死了。这是我的推测，但应该八九不离十。原则上，要让舵瘫痪不难，这你比我更懂。不过，这种事情几乎没发生过。舵手也明白这道理，只是怎么也没想到会有东西卡死船舵，反而以为是自己转的角度不够大，所以继续调整，但船舵就是不动。实际上，船舵没有问题，完全按照指示高速运作。

"最后，舵手把舵盘转到底，导致桨叶松脱。叶片转动时，磨碎了贝壳。虽然如此，还是黏在船舵上。贝壳泥不断阻塞船舵，仿佛东西掉进流沙一样。船舵被卡死，所以没办法转回来。"他拨开额前湿漉漉的头发，看着罗伯茨。"但是，这还不是最让人不安的。"

"那么是？"

"船首的部分很干净，但螺旋桨上却满是贝类。我不知道这些东西究竟怎么上的船，不过可以确定的是：再顽强的贝，也上不了转动中的螺旋桨。如果不是在日本就上了船——这会让我大吃一惊，因为从日本到加拿大这两百海里，螺旋桨完全没有问题——就是在船停摆时立刻涌上来。"

"你的意思是，贝类在一片汪洋中入侵船只？"

"说占领可能更恰当。我试着重建事情经过：庞大的贝群登上船舵；叶片卡住后，船倾斜；几分钟后，螺旋桨停了下来；接着，更多的贝附上船舵，让阻塞更严重，随后更登上螺旋桨和船身其他部分。"

"这么多吨的贝是哪来的？"罗伯茨显得无助，"在海中央耶！"

"为什么鲸鱼攻击拖吊船，还撞拖吊绳？是你先说起诡异的故事，不是我。"

"是没错，不过……"罗伯茨咬着下唇。"所有事情全撞在一起。我也糊涂了，听起来好像其中有关联，却又没什么意义。贝类和鲸鱼。"

安纳瓦克迟疑了一下。"上回检查巴丽尔皇后号船底是什么时候？"

"一直都有检查。巴丽尔皇后号的烤漆很特别。别担心，那是环保

111

材质！不应该有东西爬得上去，顶多是一些藤壶。”

“那可比一些藤壶多出很多，”安纳瓦克突然打住，陷入沉思。“你说的对。那里不应该出现贝类。巴丽尔皇后号看起来像是被入侵了好几个星期，此外，贝里面还有这种东西……”

“哪种东西？”

安纳瓦克描述从贝壳山里喷出来的东西。他说这件事时仿佛又重历其境。他说到自己如何被惊吓、撞到船底的事。他的头还嗡嗡作响。眼冒金星……

不对，不是眼冒金星。是看到闪光。正确地说，一道闪光。

忽然他有个想法，那根本不是他眼冒金星的问题，而是在他面前。那个东西发出闪光。

他完全哑口无言，忘了继续说明发生的事情。他渐渐明白，那个东西是个会发光的生物体。若真如此，应该是来自更深的地方。这样一来，它不可能在港口登上巴丽尔皇后号。应该是和贝类一起从外海来的。也许贝类是食物来源，而引来这东西。如果这是只章鱼的话……

“安纳瓦克博士？”

他眼光再度回到罗伯茨身上。对，一只章鱼，他想着。可能性最大。和水母比起来太快，也太强壮。贝类几乎是被冲开的——看来是个有弹性的肌肉组织。他又回想起，这东西就是在他拿刀刺入贝壳山时跑出来的。刀应该伤到它了。他弄痛它了吗？至少，刀子触发了一个反射动作……

别太夸张了，他心想。你在下面那团浊水里能看见什么？纯粹是自己吓自己。

“你应该派人搜索港口海底，”他对罗伯茨说，“但是先把这样本”——他指着那个关紧的容器——“尽快送到纳奈莫研究中心检验。请派一架直升机来。我一起去。我知道要把东西交给谁检验。”

罗伯茨点点头，然后把安纳瓦克拉到一边。“天哪，利昂！你觉得这些事里到底有哪些是真的啊？"他低声说。"几米厚的贝壳不可能短时间冒出来，那艘船又不是闲置了几个星期。"

"这些贝像瘟疫一样，罗伯茨先生。"

"叫我名字就好，克莱夫。"

"克莱夫，真正的怪兽不是慢慢出现，而是一开始就现出攻击姿态。我们只知道这么多。"

"也不会这么快吧！"

"这种该死的贝类，单一个体每年就能繁衍上千个后代。幼体随着洋流移动，或者搭上鱼鳞或水鸟羽毛的便车。美洲有些海域，一平方米就有90万只贝的幼体，而且真的是一夜之间出现。它们占领饮水系统、河川附近的工业区冷却系统、农业灌溉系统，堵塞管线。很显然，它们在海水里活得跟在淡水里一样好。"

"不错，但是你说的是幼体。"

"上百万的幼体。"

"上亿的幼体也好，在大阪港口也好，外海也好。又有什么关系？你是认真跟我说，它们几天之内就成熟，连壳都长出来？我的意思是，你确定一切和斑马贻贝有关吗？"

"这是许多不确定要素的总和。"他说，"如果鲸鱼真的攻击拖吊船，我们得找出原因。是它们想让某些被打断的事继续吗？像是船在贝类瘫痪后该沉没？还有那个被我发现后逃走的不明物体……你怎么想？"

"听起来像是《独立日》的续集，只是主角不同。你真的认为……"

"等等，不然这么说好了。有点神经质的灰鲸或座头鲸，觉得受到巴丽尔皇后号的威胁。雪上加霜的是，又来了两艘拖吊船撞上它们。它们于是反撞回去。此外，机缘巧合下，船在国外遭遇了生物祸害，而一尾枪乌贼迷路进了贝壳山。"

罗伯茨瞪着他。

"我不信科幻情节，"安纳瓦克继续说，"一切都是诠释的问题。请派一些人下去，把附着在上面的贝类刮一些下来。小心，里面可能还

113

有意外的访客，也一起抓来。"

"什么时候能拿到纳奈莫的报告？"

"几天吧，我猜。顺道一提，要是能给我一份报告，可能会有所帮助。"

"要保密。"罗伯茨强调。

"当然。我也想私下和船上的组员谈话。"

罗伯茨点头。"我不是最后做决定的人，但是我可以试试能做到什么程度。"

他们走回货车，安纳瓦克穿上外套。"请学者来调查这类情况的例子常见吗？"他问。

"一点也不，"罗伯茨摇头，"那是我的主意。我读过你的书，知道在温哥华岛找得到你。调查小组不怎么高兴。但是我想，这样做是正确的。毕竟我们对鲸鱼所知有限。"

"我尽力。我们把样本带上直升机，愈快抵达纳奈莫愈好。东西直接交给实验室负责人苏·奥利维拉。她是分子生物学家，非常能干。"

安纳瓦克的手机响了。斯特林格打来的。"你得尽快赶来！"她说。

"怎么了？"

"我们收到蓝鲨号的讯号。他们在外海出了点问题。"

安纳瓦克猜是坏事。"和鲸鱼有关吗？"

"当然不是。"斯特林格说，似乎觉得他头壳坏了。"我们和鲸鱼能有什么问题？那个讨厌的家伙又来烦人了，那个王八蛋。"

"哪个王八蛋？"

"还能有谁！杰克·灰狼。"

4月6日

德国，基尔

把虫检报告交给蒂娜·伦德两个星期后，西古尔·约翰逊坐在出租车里，前往欧洲最有名的海洋地质学研究中心，吉奥马研究中心。只要是跟海底的构造、起源及历史有关的事情，他一定会前来位于基尔的研究中心请教科学家。电影导演詹姆斯·卡梅隆这类人物经常出入基尔，来确认《泰坦尼克号》及《深渊》等片的内容。

一般大众很难理解吉奥马研究中心的工作内容。在沉积物里面东戳西找、测量海水盐分，乍看之下对人类好像没有实际贡献，至少很少有人可以想象海床长什么样子。毕竟，直到90年代初期，科学家才发现，海底尽管远离光和热，却非空荡的岩漠，而是充满着生命。

虽然人们很早就知道，沿着深海火山热喷泉有独特的物种群居。但是1989年地质化学家埃尔温·聚斯从俄勒冈州立大学被聘请到吉奥马研究中心时，他说的事仍被当成天方夜谭，诸如冷泉被生命的绿洲环绕着、来自地心的神秘化学能源。还有一种大量出现的物质，当时被认为是偶发产物，并不受注意：甲烷水合物。

直到现在，地理学——如同大多数科学领域——才脱离长久以来的阴影。地理学家尝试提供大众信息，希望可以预测自然灾难、气候及环境发展，进而对之产生影响。甲烷似乎是明日能源问题的答案，引起媒体一阵报道热潮。一开始持保留态度的学者，后来也渐渐成为抢手明星，充分利用这股被唤醒的兴趣。

载约翰逊到基尔峡湾的出租车司机，俨然完全不知情。二十分钟前，他就一副不能理解的模样，抱怨怎么把价值一百多万的研究中心，交给每隔几个月就搭着游轮出海的疯子，他们这行连吃饱饭都有问题。

能说一口流利德语的约翰逊没有什么兴趣谈这个话题。但是司机不断轰炸他，说话时还不停比出各种手势，车子好几次偏离车道。

"没有人知道那里的人到底在做什么，"司机语气满是责备，"你是报社来的吗？"

约翰逊没有答话，他又忍不住开口问。

"不是，我是生物学家。"

司机换了个话题，提起最近沸沸扬扬的食品丑闻。显然他把约翰逊当成该负责的人之一。总之，他怒骂基因改造的蔬菜、太过昂贵的有机食物，然后挑衅地看着他的乘客。

"你是生物学家。你知道，我们还能吃些什么吗？我是说，没有后顾之忧地吃！就我所知是没有。市面上卖的东西，没有一样能吃。完全不值得掏腰包。"

车子偏离到对面车道。

"你不吃东西的话，肚子会饿。"约翰逊说。

"那又怎么样？人怎么死无所谓啦，是吧？不吃东西会死，吃了又会被吃进去的东西害死。"

"你说的有道理。但和那辆输油车的引擎盖相比，我个人偏好死在鲜嫩的腓力牛排下。"

司机不动声色地抓了方向盘，速度飞快地越过三个车道，开到交流道。输油车从旁疾驶过去。约翰逊的右手边可以看到海。他们现在沿着基尔峡湾的东岸行驶。对面有些巨大的鹰架伸入天际。

司机忽然不发一语，显然误解了约翰逊刚才说的话。他们横越城外布满尖顶房屋的道路，来到一栋用红砖、玻璃和钢铁建造的长形建筑物。这个建筑和一旁市井小民的景观格格不入。司机急转进研究中心，然后刹车。引擎发出怪声后，突然熄火。约翰逊深呼吸了一下，付钱下车。他确定这五分钟所经历的，比国家石油公司的直升机可怕多了。

"我真的很想知道，里面那些家伙到底在做什么？"司机最后又说了一次。不过是对着方向盘说的。

约翰逊弯下腰，从驾驶座另一边的车窗看着他。"你真的想知道吗？"

"对啊。"

"他们试图抢救出租车司机的生计。"

司机满脸不解看着他，"我们也没有常载到这里的客人，"语气没什么信心。

"但是为了载客人来这里，你得开车。如果没有汽油，你不是得把车拿去报废，就是必须另想办法，而办法就在海底下。甲烷或燃料。他们开发、利用这个资源。"

司机皱了一下眉头，接着说："你晓得问题出在哪里吗？从没有人跟我解释过。"

"报纸上都有登啊。"

"那是登在你看的报纸上，不是登在我看的报纸上，先生。从没有人认真解释这些给我听。"

约翰逊本想回答，后来只点点头，关上车门。出租车司机掉转车头，疾驶而去。

"约翰逊博士。"

一个黝黑的年轻人走出圆形的玻璃建筑，迎面而来。约翰逊和他握手问好。"格哈德·波尔曼吗？"

"不是。我是海科·萨林，生物学家。波尔曼博士正在演讲，会

117

晚十五分钟到。我可以带你过去，或者我们可以看看餐厅有没有咖啡好喝。"

"客随主便。"

"应该主随客意才是。对了，你的虫很有趣。"

"你也研究过了？"

"这里的每个人都研究过了。你一起来吧，待会儿再喝咖啡。格哈德马上就好了，我们先在一旁当个旁听者。"

他们走进一个设计精美的大厅。萨林带着他走上阶梯，经过一座悬空的铁桥。就一个研究中心而言，约翰逊觉得这里得个设计奖也不为过。

"通常在较大的讲堂举行演讲，"萨林解释道，"但是今天有中学生来访。"

"值得嘉奖。"

萨林咧嘴笑。"对十五岁的学生来说，大讲堂和学校教室没什么两样。所以我们今天带他们逛逛整个研究中心，他们可以到处看、随便摸。最后一站安排在集货站，我们存放样本的地方。格哈德正在那里说晚安故事。"

"什么样的故事？"

"甲烷水合物。"

萨林拉开一扇门，另外一边接着桥。他们走上桥。集货站约有一个中型停机坪大。从这里延伸到码头，空间全部开放，约翰逊瞥见一艘很大的船。箱子和器材沿着墙边摆放。

"样本暂时放这里，"萨林解释说，"大都是沉积物和海水样本——归档的地球史。我们还满以此为傲。"

他举了一下手。下面有个高大的男人回礼后，继续忙着应付一群好奇围着他的小大人。约翰逊扶着桥墩，听着传上来的声音。

"……这是我们经历过最刺激的时刻，"格哈德·波尔曼博士正在说，"机器手臂在将近800米的深海，挖了几百磅夹杂白色块状物的沉积物，把碎屑倒在甲板。也就是待会儿上面会看到的东西。"

"事情发生在太平洋，"萨林解释说，"1996年，太阳号。大概离俄勒冈州100公里。"

"我们动作得快点，甲烷水合物是一种很不稳定的物质。"波尔曼继续说，"我猜你们所知应该不多，我会努力解释，让你们不要因为太无聊而睡着。

"那么，天然气产生的时候，深海到底发生了什么事？以生物源性甲烷为例，它是几百万年来动植物残余分解，海藻、浮游生物、鱼类腐化时，释放出的有机碳所制造的。分解的工作多由细菌进行。请注意，深海里温度很低，压力又很高。海水的压力每下降10米就增加1巴[1]。戴氧气筒的潜水员，大概可以潜到50米，最多70米，就这样了。据说也有潜到140米的纪录。但是我不建议这样做，这种尝试多半以悲剧收场。

"而我们这里谈的，可是500米以上的深度唷！那是一个截然不同的物理世界。当甲烷以很高的密度，从地球内部上升到海底时，就会发生很不寻常的事。天然气和冰冷的海水结合成冰。你们多多少少曾在报章杂志上看到甲烷冰这个名词。那说法并不是很正确。结冰的并不是甲烷，而是周围的水。水分子结晶成微小的笼状结构，里面有一个甲烷分子。大量的天然气就这样被压缩到很小的空间里。"

有一个学生迟疑地举起了手。

"有问题吗？"

那个少年犹豫了一下。"500米不是很深，对吧？"他终于说出口。

"你不觉得那有什么稀奇，是吗？"

"没有啦。我只是想……哎呀，雅克·皮卡尔坐潜水艇，下到马里亚纳海沟，有11000米深耶。我是说，那才真的叫深吧！为什么那底下却没有这种冰呢？"

1　海洋学家测量水压的单位，在海平面时，所有物体均承受约1巴的大气压力，海面以下深度每增加10米，水压增加1巴。

"不简单。你把载人潜水的故事研究得很透彻。你觉得应该是什么原因呢？"

那少年考虑了一会儿，耸耸肩膀。

"那还不简单，"另一边有个女孩子说，"下面的生物太少了！1000米以下的深海，可分解的有机物不多，所以也就没有甲烷。"

"我就知道，"约翰逊在桥上喃喃自语，"女人就是比较聪明。"

波尔曼对女孩露出友善的微笑。"对。当然也有例外的情形。事实上，真的有人在更深的深海里发现过甲烷水合物。如果富含有机物的沉积物被冲下去，即使是3000米的深度，也会有甲烷水合物。靠大陆边缘的海洋有这种例子。顺道一提，我们也曾在压力不足的浅水区发现甲烷水合物。只要温度够低，就会有水合物，极地的陆架区就是一个例子。"他又转向大家，"尽管如此，大部分甲烷水合物——也就是被压缩的甲烷——出现在深度500到1000米左右的大陆边坡。我们最近在北美洲海岸研究过一座海底山脉，高500米，长25公里，成分多为甲烷水合物。有些甲烷水合物存在石头里，有些则袒露在海底。我们现在知道，海里全是甲烷水合物；甚至也清楚，整个大陆边坡是靠着甲烷水合物固定的！

"这东西就像是水泥一样。如果把水合物抽掉，大陆边坡就像表面坑坑洞洞的瑞士奶酪。不同的是，瑞士奶酪虽然有洞，形状还是固定的。大陆边坡如果没有甲烷水合物，就会整个垮掉！"

波尔曼停了几秒，让大家消化内容。

"故事还没完。甲烷水合物只有在高压低温的环境下才会稳定。换句话说，甲烷不是都能结冰，而是只有表面的部分。愈往地心，温度愈高，所以沉积物中有个没结冰的大型甲烷气槽。结冰的上层像个盖子，所以气体溢不出来。"

"我读过这类报道，"那女孩说，"日本人想拿这东西，对吧？"

约翰逊觉得很有意思。他想起以前上学的日子。每班总有一个准备特别充分的学生，上课该学的内容大概早已会了一半。他猜想，这个女孩一定不怎么受欢迎。

"不只日本人，"波尔曼回答，"全世界都想要这东西。但是技术上很困难。我们从800米的深度把甲烷水合物拿上来，才到半路，它就从块状变成气体了。后来拿到船上的量，虽然还算大，却只是挖到的其中一小部分而已。我说过，甲烷水合物很不稳定。把500米深度的海水加温个一度，很可能会造成甲烷水合物忽然不稳定。因此我们快速挖掘，把块状水合物放入充满液态氮的密封箱，让它保持稳定。你们到这儿来。"

"他做得很不错。"约翰逊说。

波尔曼带着学生走到由钢架焊接成的架子旁，上面堆了各种大小的容器。最底下有四个看起来像油箱的银色东西。波尔曼拿出其中一个，戴上手套，打开盖子。忽然听见嘶的一声，接着冒出白色蒸气。有些学生不由得往后退一步。

"这只是氮气。"波尔曼把手伸进容器内，拿出一块拳头大小的东西，看起来像弄脏的冰块。几秒钟后，那东西发出嘶嘶声，接着爆出裂开的声音。他招手叫那个女孩子过来，剥下一小块，交给她。

"别被吓到，"他说，"这有点冰。但是不用担心，尽管拿在手上。"

"好臭！"那女孩大声说。

有些学生大笑。

"没错。那味道像坏掉的蛋。那是沼气[1]，正往外泄。"他把那东西分成好几块，分给其他学生。"仔细观察发生的事情。冰里看来脏脏的条纹，是沉积碎屑。几分钟以后，只会剩下那些碎屑和几摊水。冰融化，甲烷分子就逃出笼子。也可以这样说：刚才还是一块稳定的海底，在最短的时间内变为乌有。这就是我要给你们看的东西。"

他停了一会儿。学生专注看着发出嘶声、愈来愈小的块状物，纷

1　甲烷本身无味，但经过硫菌将甲烷"无氧化"反应后的产物——硫化氢，带有很强烈的臭味。有机物分解时会产生许多化合物，其中不少具有恶臭。这些以甲烷为首的各种气体统称"沼气"。沼气的臭味来源并非甲烷，主因在于沼气中的硫化氢。

纷喊臭。波尔曼等到水合物全部融化后继续说，"刚才还发生了一件事，是你们没法用肉眼看见的。这一点是我们赞叹水合物的关键原因。我刚才说过，这个冰做的笼子可以压缩甲烷。1立方厘米的水合物，就是你们刚才拿在手上的，能释放出164立方厘米的甲烷。水合物一融化，甲烷的体积瞬间增加164倍。最后只剩下你们手上那摊水。你用舌尖舔舔看，"波尔曼对那女孩子说，"告诉我们味道怎么样。"

那个女学生疑惑地看着他。"舔这个臭臭的东西？"

"沼气跑掉，已经没有臭味了。你要是不敢试，我来示范。"

一阵窃笑传出。那女孩慢慢低下头，舔了一口。"是淡水耶！"她大叫。

"没错。水结冰时，盐分会被析出。所以南极是世界上最大的淡水储藏区。冰山是淡水做成的。"波尔曼关好有液态氮的加压容器，放回架子上。"你们刚才经历的，就是为什么取用甲烷水合物会有争议的原因。如果因为我们的介入，造成水合物不稳定，将产生一连串的连锁反应。把支撑大陆边坡的水泥抽走，后果会如何？深海地区的甲烷进入大气层，对世界气候有什么影响？甲烷是温室气体，会使大气层的温度上升，而海洋将因此不断暖化。这些问题是我们没有办法处理的。"

"究竟为什么要利用甲烷水合物？"另一个学生问，"为什么不让它留在下面？"

"因为它很有可能解决能源问题。"那个女孩叫着，往前进了一步。"那篇关于日本人的报道中提到，日本没有自己的能源，全靠进口。甲烷也许能解决他们的问题。"

"简直是胡说八道，"那个男孩子反驳，"如果会造成本来不存在的问题，根本不算解决之道。"

约翰逊咧嘴冷笑。

"两位都有道理，"波尔曼举起手，"甲烷有可能解决能源问题。这不再纯粹属于科学课题，能源业已加入研究的行列。我们猜测，海洋里面的天然气水合物所含的可用甲烷，是地球上一般天然气、石油和煤矿加起来的两倍。光是美国附近的水合物层，大概26000平方公里的大小，就有350亿吨的存量。是全美一年天然气消耗总量的一百倍！"

"真令人震撼，"约翰逊低声对萨林说，"我完全不知道竟然这么多。"

"事实上更多，"生物学家回话，"我记不住那些数字，他知道得可清楚了。"

波尔曼像听到他们的对话似地说："很有可能——我们只能猜测——说不定海里结冰的甲烷多达十兆吨。再加上陆地、阿拉斯加和西伯利亚等冰原的库存。换个方式解释，也许你们对这数量会比较有概念：现存可用的碳、石油、天然气，全部加起来是五兆吨，大概只是一半而已。

"难怪能源业者想破头，动甲烷水合物的脑筋。只要动用1%的储量，就能让美国的燃料库存加倍，而美国的能源消耗量可是遥遥领先其他各国的。能源业从中看见了庞大的未开发资源；科学家看到的，却是一颗不定时炸弹。所以我们尝试找到一个平衡点，当然，以大众利益为先。好。课外活动就此结束。谢谢你们来参观。"

他笑了一下，"我是说，谢谢你们的听讲。"

"还要谢谢你们有听懂，"约翰逊喃喃自语。

"希望。"萨林补充说。

"你和我记忆中不太一样，"几分钟后，约翰逊和波尔曼握手时说，"你在网络上的照片有留胡子。"

"剃掉了，"波尔曼摸摸自己的上唇，"这还是你害的。"

"怎么会这样？"

"我一直思考着你的虫。今天早上也一样。我站在镜子前面，又想起了虫，它仿佛跑进我身体。拿着刮胡刀的手不知不觉跟着过去，一小撮胡子就这么掉下来了。为了科学，索性把剩下的也给牺牲了。"

"都是我害你剃了胡子，"约翰逊挑了一下眉毛，"换个新造型嘛。"

"没关系啦。出外勤时又会长出来了。也不知道为什么，在海面上什么都长得快。也许因为我们需要去想象冒险家的长相，才没时间晕船。请跟我到实验室去。你要不要来杯咖啡？我们可以先绕到餐厅。"

"不用了，我很好奇。咖啡等会儿没关系。你又要出外勤了吗？"

"秋天，"波尔曼点点头，两人穿越玻璃玄关和走廊。"我们要到阿留申群岛隐没带[1]和一些冷泉区进行调查。你运气好，在基尔找到我。我十四天前才从南极回来，在海上待了八个月。回来第一天，就接到你的电话。"

"冒昧请教，你在南极八个月都做些什么？"

"把过冬客送到冰里。"

"过冬客？"

波尔曼笑着说，"就是科学家和技术人员。他们12月在工作站有事要做。目前那一队，负责把冰芯从450米的深度挖出来。很不可思议吧？那块古老冰芯可是包含了过去七千年来的气候史唷！"

约翰逊想起出租车司机。"那无法让大部分的人开心，"他说。"他们不懂气候史如何解决饥荒，或者能不能帮忙赢得下次世界杯足球赛的冠军。"

"整个科学界把自己关在象牙塔里，我们多少也要负点责任。"

"你这样认为吗？你刚才的小演讲可不是象牙塔里的研究。"

"我不知道公关活动的效用大不大，"他们走下楼梯，"这种对外开放的活动，其实也改变不了一般人的冷漠。我们最近就经历过一次。来访的人多得不得了，不过，若是接着随便问个人，是不是该继续批准上千万的经费……"

约翰逊沉默了一会儿，然后说："我想，也许真正的问题在于不同学科之间的鸿沟。你觉得呢？"

"因为我们太少对话吗？"

1　海洋板块与大陆板块的边缘聚合，地壳与地函中密度较高的海洋板块潜到密度较低的大陆板块之下，形成了隐没带。

"对。或者就我来说，是科学和工业之间太少对话，也可以是科学和军队。大家的交流实在太少。"

"或者是科学和石油业者？"波尔曼意味深长地看着他。约翰逊微笑。

"我会来这里，是因为有人需要答案，"他说，"不是来压榨出个答案。"

"工业和军队都仰赖科学家，不管他们喜不喜欢。"萨林说，"我们之间其实是有对话的。在我看来，问题反而是彼此没有办法表达自己的观点。"

"而且是不愿意表达！"

"没错。在冰天雪地里进行的事，或许能解决饥荒，却也可能导致新武器的产生。虽然看的是同一个东西，但是每个人看到的却不一样。"

"而且忽略掉他们不想看的部分，"波尔曼点头，"约翰逊博士，你送过来的生物，就是一个很好的例子。我不确定是否要因为它而质疑整个大陆边坡计划。不过，若必须有所抉择的话，我倾向采取保守的态度，不建议执行。也许这就是科学和工业最大的差异。我们的想法是，只要无法证明虫扮演的角色，就不建议挖掘。工业通常也从同样的前提出发，结果却不相同。"

"没有证明虫到底扮演了什么角色之前，就没有什么好担心。"约翰逊看着他，"你认为呢？它到底值不值得担心？"

"我还不知道。你送过来的东西……嗯，这个嘛，说好听点是有点不寻常。我不想让你失望，到目前为止的发现，电话上也可以解释清楚，不过……也许你有兴趣了解更多。在这里，你能看到不同的东西。"

他们抵达一道厚重的铁门前。波尔曼操作墙边的开关，门无声开启。大厅中央有个非常巨大的箱子，大概两层楼高。每隔一段距离有一扇小窗。外围走道及机器以管线和箱子连接一起，数道铁梯延伸其上。

125

约翰逊往前走近。他在网站上看过照片，想不到实物竟如此庞大。一种奇怪的感觉涌上来。装满水的箱子里，压力一定很大。没有人可以在里头活过一分钟。这箱子也是约翰逊把十几只虫送到基尔的原因。这是深海仿真器，一个包括海床、大陆边坡及大陆架的人造世界。

波尔曼在后面把铁门关上。"有人怀疑这机器的目的和意义，"他说，"就连仿真器也只能给个大概的情形，实际出海还是比较准确。海洋地质学研究的最大问题是，我们始终只看到真相的一小角。不过，至少我们能透过模拟来提出普遍有效的假设。举例来说，我们可以研究甲烷水合物在不同条件下的动态。"

"那里面有甲烷水合物吗？"

"大约250公斤。最近我们也能成功制造出甲烷水合物，不过，我们不太愿意提这事。工业界希望仿真器只使用在他们委托的研究上。我们也很想要他们的钱，却不愿意为了钱，出卖自由研究的精神。"

约翰逊抬起头，吃惊地看着大水箱。在他上面有一群学者聚集在外围走道上。这一幕看起来有点不真实，好像是80年代的007情报员电影情节。

"水箱里的温度和压力可以无段调节，"波尔曼继续说，"目前里面的水压和温度相当于800米的深海。在底部有一层稳定的水合物，两米厚，在自然环境下会有它的20到30倍厚。在水合物层下，我们仿真地核的温度来产生地底的天然甲烷气泡。也就是说，这是一个具体而微的完整海床实境。"

"真令人着迷，"约翰逊说，"那么你的工作究竟是做什么呢？我是说，你可以连续观察水合物的发展，但是……"他找不到适合的词。

萨林帮了一个忙，"除了看以外还做些什么？"

"对。"

"目前我们试着重建5500万年前的地球史。大概介于古新世和始新世间，那时似乎有场很大的气候灾难。海洋生态严重失衡，海底70%的生物死亡，主要为单细胞生物。整个深海成了不利生物生存的地区。

相反的，大陆地区却发生了生物革命，例如北极出现鳄鱼，灵长类和现代的哺乳动物从亚热带区迁徙入北美……是一场空前绝后的混乱。"

"你从何得知这么多的事情？"

"深海岩芯。关于整个气候灾难的知识，全得感谢2000米深海的深海岩芯。"

"从深海岩芯也看得出原因吗？"

"甲烷，"波尔曼说，"当时海水一定出现了暖化，使得大量甲烷水合物不稳定，结果造成大陆边坡崩塌，因此又释放出更多甲烷。几千年内，或者几百年内，上亿吨的天然气溢入海洋和大气层。那是恶性循环。甲烷会造成温室效应，比二氧化碳强上30倍。它使得大气温度上升，接着海水温度又上升，融化更多的甲烷水合物。就这样没完没了，整个地球像个大烤箱。深海的温度是15度，和现在的2到4度比起来，有着惊人的差异。"

"对某些生物来说是大灾难，对其他生物来说……这个嘛，某种程度上是个转机。我懂了。我们接下来要聊的话题可能是人类的灭绝。对吧？"

萨林微笑，"还没有这么快啦。但是的确有迹象显示，我们正处于一个极度敏感的平衡动荡阶段。海洋的水合物目前非常不稳定。这也是我们对你的虫如此关心的原因。"

"这虫能改变甲烷水合物的稳定关系吗？"

"应该不会。冰虫栖息在好几百米厚的冰层表面，只会把冰融化个几厘米，而且以细菌维生。"

"但是我送来的虫有颌。"

"这虫是个无意义的产物，你最好自己看一下。"

他们进入位于大厅底部的半圆形控制室，让约翰逊想起维克多号的控制中心，只是大了点。共有二十几部屏幕，一半以上是开着的，正在播放水箱内部情形。正在执勤的技术人员向他们问好。

"我们使用22部摄影机，同步观察里面发生的事。此外，每立方厘

127

米的水随时都有测量数据。"波尔曼解释说，"上排屏幕所显示的白色平面就是水合物。你看见了吗？左下方的画面，则是我们昨天上午放入的两只多毛虫。"

约翰逊眯起眼睛，"我只看见冰。"他说。

"你看仔细点。"

约翰逊仔细研究画面的每个小细节，忽然看见两个比较暗的痕迹。他指着那地方。"这是什么？凹洞吗？"

萨林和技术人员谈了几句话，画面就变了。虫忽然出现。

"像污点一样的东西是洞，"萨林说，"我们先前把影片设定在快转。"

约翰逊看着虫在冰上蠕动，扭来扭去好一会儿，好像在找某个香味的来源。它们的动作，在快转下看，有些陌生诡异。粉红色躯体两侧的刚毛好像被电到一样抖动着。

"现在你注意看。"

有一只虫突然不动了，波浪般的颤动流遍它全身。接着它消失在冰里。

约翰逊轻轻咬着牙，"天啊。它钻进去了。"

另一只虫在稍远的地方，头仿佛跟着听不见的音乐律动。突然间，它的钩吻部往前射出，露出颌来。

"它们要吃冰里的东西，"约翰逊叫了出来。他看着画面，整个人都呆了。

你有什么好吃惊的，他心想。它们和消化甲烷的细菌共生，却还有可以挖洞的颌。

一切只有一个结论。那些虫想吃冰深处的细菌。他兴奋地看着刚毛躯体钻进洞里。从快转的画面看来，它们下半身一直在抖动。一不注意，它们就消失了。只剩下冰里那些洞，那些深色的点。

没有必要紧张，他心想。其他的虫也会钻孔，甚至很喜欢挖洞。有些还会钻船底。

但是它们为什么要钻水合物呢？"虫跑哪去了？"他问。

萨林看着屏幕。"死了。"

"死了？"

"挂了，窒息而死。虫需要氧气。"

"我知道。这也是共生系统的意义。细菌被虫吃，虫搅动水流的动作能提供细菌氧气。但这里是怎么一回事？"

"虫自掘坟墓。它们在冰里挖洞，好像冰很好吃似的，钻到中间储有天然气的地方，就窒息而死。"

"像神风特攻队。"约翰逊喃喃自语。

"看来像自杀行为。"

约翰逊思索着，"或者，它们被某种东西误导了。"

"可能吧。不过，是什么呢？水合物里面没有可能引起这种行为的东西。"

"也许是里面的天然气？"

波尔曼摸摸下巴，"我们也一直思考这个可能性。即使如此，也无法解释它们为什么自杀。"

约翰逊想到虫在海底蠕动的样子，觉得愈来愈不舒服。几百万只的虫钻进冰里，会造成何种后果呢？

波尔曼似乎看穿他的心事，"虫没有办法造成冰层的不稳定，"他说，"海里面的水合物比你这里看到的厚多了。这些疯掉的虫只能抓抓冰层表面，最多是十分之一深，然后就死在里面。"

"现在怎么办呢？还要测试更多的虫吗？"

"对，我们还有一些。也许会利用机会实地勘察。我想挪威国家石油应该会乐见其成。太阳号几个星期内将前往格陵兰，我们可以提前去考察，看看你们发现多毛虫的地方。"波尔曼举起手，"不过，我不是下决定的人，得看其他人。海科和我只是突然有这个想法。"

约翰逊视线越过他们的肩膀，眼睛仍盯着水箱瞧。他心里还想着那些死掉的虫。"这主意不错，"他说。

稍后约翰逊回饭店换衣服。他联络伦德,但是她没接电话。他仿佛看见她在卡雷·斯韦德鲁普的怀里,耸耸肩,把电话挂上。

波尔曼邀请他在基尔著名的小餐厅吃晚饭。约翰逊走进浴室,看着镜中的自己。他觉得该修修胡子,它们至少长了两毫米,其他都还好。他把头发往后梳,还算茂密。以前颜色很深,现渐渐有些灰白。浓眉下的眼睛炯炯有神。几乎有那么几分钟,他自恋地爱上自己的型男形象。他也有认不出自己的时候,尤其是一大早。到目前为止,几杯茶和一点保养就足以还他本来面目。一个女学生一直拿他和德国演员马克西米利安·谢尔[1]比较,约翰逊有被奉承的感觉。后来才知道谢尔已经超过七十岁,他赶快换保养霜。

他翻着行李箱,选了一件有拉链的毛衣,加上西装外套,搭配一条围巾。对他来说,穿得不算得体,但他喜欢。他的穿着很少搭配场合。他培养并享受他的邋遢风格,自鸣得意于不追求流行。另一方面来看,他不得不承认,邋遢也是一种时尚,和别人崇尚巴黎高级时尚没什么两样。他把时间用来塑造凌乱形象,和大部分的人以拥有一头整齐的头发为目标一样。

他对镜中的自己露牙傻笑,离开饭店,搭上预先叫好的出租车。

波尔曼已经到了。他们谈天说地,聊各种话题,喝酒配上可口的鲽鱼。过了一会儿,话题渐渐转到深海。吃甜点时,波尔曼顺道问:"你熟悉国家石油的计划吗?"

"只知道大概,"约翰逊回复说,"我对石油业了解不多。"

"他们打什么主意?这么远的外海不太可能盖钻油平台。"

"不是,不是钻油平台。"

波尔曼喝了口意大利浓缩咖啡,"抱歉,我不是有意打听那么多。我不清楚这些事的机密性,但是……"

"没关系。我本来就是出了名的广播站。只要有人告诉我秘密,很

---

1 Maximillian Schell,主演《纽伦堡审判》的德国名演员。

快就会变成公开的新闻。"

波尔曼大笑，"好吧。你觉得他们在外海盖什么？"

"他们正在考虑水下方案，一座自动化工厂。"

"像SUBSIS之类的东西吗？"

"什么是SUBSIS？"

"水下分离注入系统，一种水下工厂。这种系统已经运用在挪威沿海的特洛天然气田好几年了。"

"从来没听过。"

"你去问问委托你研究的人。SUBSIS也是一种抽油站，建在350米深的海底，就地把石油和天然气从水中分离。目前这项作业还是在平台上进行。油被抽出后，剩下的水直接排回海里。"

"啊，对！"伦德提过这件事，"就是这水造成鱼不孕的。"

"SUBSIS 能解决这个问题。脏水马上被压回钻孔，把更多的油往上压，然后再分离、压回，循环不已。石油和天然气借着输油管直接送回海岸边——本身看来是不错。"

"但是？"

"我不知道有没有'但是'。据说SUBSIS在150米的深度没有什么问题。生产厂商说即使200米也不会有事。但是石油业者的期望是5000米。"

"这种期望实际吗？"

"中程看来还算实际。我认为，小规模能运作的东西，也能大规模执行，而且优点显而易见。很快地，自动工厂就会取代钻油平台了。"

"你却似乎不怎么乐观，"约翰逊注意到。

一阵沉寂。波尔曼抓抓后脑勺，一副不知道怎么回答的样子。"我担心的不是操作系统的部分，是整个手法太天真。"

"工作站是遥控的吗？"

"对，全部从陆上遥控。"

"这表示维修和保养得依靠机器人。"

波尔曼点点头。

"我懂了，"约翰逊过了一会儿才说。

"整件事有好有坏，"波尔曼说，"深入未知的领域，多多少少是种冒险。深海的确是个未知的世界，我们不用自己骗自己。就尝试自动化操作系统的角度来说是对的，至少不会危及人类性命。送潜水机器人下去观察过程、取些样本，这件事也没错。但是这里我们谈的是另一回事。你要怎么处理5000米底下从钻油孔高压喷出的漏油意外？你根本不清楚海底的真实状况，所知道的只是些测量数据。我们在深海就是盲人。借由卫星、声呐或是震波画出的海底剖面图，准确度可到半米内。用海底模拟反射仪，可以侦测天然气、石油的所在，画出一张图，告诉你这里有油可以挖，那里有水合物，再过去那边你得小心……但是下面真正的情形究竟如何，我们始终不清楚。"

"我同意，"约翰逊喃喃自语。

"我们看不见自己行为带来的影响。要是工厂出了问题，不可能扑通一声就跳下水处理。你别误会，我不是反对开采原料，而是反对重蹈覆辙。石油热开始时，从没有人想过如何处理废料，好长一段时间，人们还开心地将废水和化学物质排回海里及河川，一副反正沉下去就没事的样子。结果让辐射物质流入海洋，剥削自然、摧毁生命，根本没有想过彼此间的关联是多么复杂。"

"但是自动化工厂的时代还是会来临？"

"准会来。不仅比较经济，还可以到达人类到不了的地方。接下来大概是一窝蜂的甲烷热。因为它燃烧得比其他的矿物燃料干净——没错！把石油和煤矿换成甲烷，还能减缓温室效应——这也对，全都对，如果一切都在理想状况下进行的话。但是工业常常很喜欢把理想状况和现实混为一谈。他们只找出预估报告的乐观面，以便早日动手，就算不知道进入的是怎样的世界也没关系。"

"但这要怎么进行？"约翰逊说。"如果在运送途中就分解掉，要怎么取出水合物？"

"这时自动化工厂又将派上用场。举例来说，可以先在下面加温，让水合物在深海融化，再把释放出来的天然气收集在桶子里后运上来。听起来好像很完美。但是谁能保证，融化作业不会造成连锁反应，重演古新世的大灾难？"

　　"真有可能吗？"

　　波尔曼做了一个不知道的手势，"未经深思熟虑就着手瞎搞我们的环境，就是一种自杀行为。但这已经开始了，印度、日本、中国都很热衷，"他苦笑，"他们对于深海完全一无所知。"

　　"那些虫。"约翰逊喃喃自语。

　　他想起维克多号在海底拍摄到的蠕动画面，还有那个迅速消失在黑暗里的诡异生物。

　　虫、怪物、甲烷、气候灾难……我们最好趁现在多喝几杯。

4月11日

加拿大，温哥华岛和克拉阔特湾

眼前的景象令安纳瓦克血脉贲张。一只巨大的公兽，从头到尾鳍不止10米，这是他见过最大的洄游虎鲸。它那半张的嘴里，几排紧密的典型小圆锥牙，白森森地发着光。年龄可能已经很大了，看来却老当益壮。仔细近看，才会在黑白的皮肤上发现几处地方光泽不再、粗糙结痂。它的一只眼睛闭着，另一只被遮住。

这只虎鲸就算再巨大，也无法再危害鲑鱼。它侧躺在潮湿的沙上，死了。

安纳瓦克一眼就认出它。在目录里，编号J-19。因为拥有军刀似的弓状背鳍，而赢得成吉思（取自成吉思汗）的昵称。他绕着虎鲸走，在不远处发现温哥华水族馆海洋哺乳动物研究计划的领导人约翰·福特、纳奈莫研究中心所长苏·奥利维拉及一个陌生男子，站在离沙滩不远的树下，正在谈话。福特招手示意安纳瓦克过去。

"加拿大海洋科学及鱼类研究中心的雷·费尼克博士，"他介绍陌生人的身份。

费尼克此行是为了执行解剖。虎鲸成吉思死亡的消息传出后，福特建议改变这次解剖的做法，不再关起门来在实验室里做，而是直接在沙滩上进行。他想让更多记者及学生团体认识虎鲸的身体构造。

"而且在沙滩上效果不同，"他说，"没那么严肃，没有距离感。死的虎鲸和海就在眼前，这儿是它生活的空间，它可以说是停尸在自己家门口。在这儿进行解剖，会唤起更多理解、更多同情、更多震撼。这是噱头，但是很有用。"

福特、费尼克、安纳瓦克，及草莓岛海洋研究站的罗德·帕姆四个人商量解剖事宜。草莓岛位于托菲诺海湾内，是座迷你岛。草莓岛研究站的人在此研究克拉阔特湾的生态系统，帕姆以虎鲸族群学的研究成果闻名。他们很快达成在户外解剖尸体的协议，因为这样会引起关注。天知道虎鲸有多需要关注。

"从外表看来，它死于细菌感染。"费尼克回答安纳瓦克的问题，"但是我不敢贸然诊断。"

"你一点也不冒失，"安纳瓦克沉重地说，"你们记得吧，1999年，七只虎鲸，全都死于感染。"

"酷刑折磨永不停止。"奥利维拉轻轻哼起弗兰克·扎帕的一首老歌。她看着他，摆头做了个动作，好像有什么密谋。"跟我来。"

安纳瓦克跟着她到尸体旁边。两个大金属行李箱和一个运货箱已经放在那儿，都是解剖要用的工具。解剖一只虎鲸和解剖一具人体大不相同，意味着重度劳力、大量的血和可怕的臭味。

"媒体、研究生与大学生就快到了，"奥利维拉瞥了表一眼。"既然我们都在这个伤心地，就趁机赶快谈一下你的样本。"

"有什么进展吗？"

"一点点。"

"向英格列伍说明过了吗？"

"没有，我认为我们应该先私下讨论。"

"听起来你们似乎尚未掌握什么明确的事情。"

"这么说吧，我们一方面很讶异，一方面又束手无策。"奥利维拉答道，"至于那个贝壳，可以确定的是，没有任何文献数据。"

"我可以发誓，那是斑马贻贝。"

"可以说是，也可以说不是。"

"请说明白点。"

"有两种看法，它们若不是斑马贻贝的近亲，便是突变种。看起来像斑马贻贝，也有相同的纹路。但是它们的足丝有些古怪。构成足部的纤维束又粗又长——我们玩笑开惯了，都叫它喷射蚌。"

"喷射蚌？"

奥利维拉做了个鬼脸。"实在想不出来更好的名字。我们有一大群贝类可供观察，而且它们具备……是啦，它们不像一般的斑马贻贝那么容易被驱动，而是要到某种程度才会移行。它们先吸水，然后将水喷出，利用后坐力往前推移。同时也使用足丝固定方向。像小型的、可转动的螺旋桨。这让你想到什么？"

安纳瓦克凝神细想，"靠喷射推动力前进的乌贼。"

"是，还有类似的例子。这可得要头够大才想得出来，我们实验室什么没有，大头的学者最多。我说的例子是鞭毛虫。这些单细胞生物有些身上有两条鞭毛，一条用来控制方向，另一条则转动推进。"

"是不是有点扯远了？"

"大胆来说，这是一种趋同演化的现象。所有的可能性都不能放过。我确实不知道有什么贝类可如此移动。这个东西简直和鱼群一样来去自如，虽然有壳，却充满动力。"

"这解释了为什么它们能从外海附上巴丽尔皇后号，"安纳瓦克恍然大悟，"这就是让你们讶异的事情？"

"是。"

"那又是什么事情使你们束手无策？"

奥利维拉走近死鲸的侧身，伸手抚摸它黑色的皮肤，"你之前从下面带上来的细胞组织碎屑，我们不知道该拿它怎么办。坦白说，也已经不能拿它怎么办了。它的主要成分大都已被分解。从仅能分析的来看，至少可以得知，它和螺旋桨上以及你刀刃上的东西是一样的。除此之外，实在想不出它到底是什么。"

"你的意思是我把E.T.从船身上劈下来了？"

"这组织的伸缩性超乎寻常，异常坚韧又极富弹性。我们实在不知道它是什么东西。"

安纳瓦克皱起眉头。"有迹象显示是生物发光体吗？"

"有可能。为什么？"

"我隐约记得它短暂地发出过光芒。"

"它？当时扑上你的东西？"

"我刺穿那堆贝壳时，它忽然射出来。"

"也许你刚好削到它的身体，这个玩笑它可不欣赏。虽然我怀疑这个像组织的东西是某种神经传导通路，我是说，用来感受痛楚的。它其实只是……一堆细胞。"

人声涌近。沙滩上一群人正往他们这边过来，有些背着相机，另一些带着纸笔。

"开始了，"安纳瓦克说。

"是啊，"奥利维拉有点为难。"现在怎么办？要我把资料传去英格列伍吗？恐怕他们也没办法。最好还是再给我一些样本，尤其是这种物质。"

"我会跟罗伯茨联络。"

"好，现在我们上阵吧！"

安纳瓦克看着一动也不动的虎鲸，既愤怒又无奈。真沮丧，先是好几个星期不见半只，现在终于有一只，却躺在沙滩上，死的。"可恶！"

奥利维拉耸耸肩。费尼克和福特也开始行动。

"别在媒体面前流露出你的郁闷。"她说。

解剖过程长达一个多小时。费尼克在福特帮助下切开虎鲸，一边将内脏、心、肝、肺逐渐暴露在天光中，一边解说它的身体结构。胃切开后露出消化了一半的海豹。不同于居留者鲸种，过渡者虎鲸和近海虎鲸会捕食海狮、鼠海豚和海豚，还会成群猎食大型须鲸。

人群中跑科学新闻的记者不多，但是报纸、杂志及电视的代表全都到齐了。基本上他们大致料到来的会是这些人，当然无法苛求他们具备专业素养。所以费尼克一上来就先解说鲸体构造。

"形体虽然是鱼，却只是大自然创造给陆栖动物移居到水里时的特殊构造。这种情况相当常见，称为趋同演化现象。也就是在完全不同的物种身上，为了适应环境需求，长出作用类似的结构。"

他割去肥厚的皮肤表层，露出底下的油脂。

"还有一个差别是：鱼类、两栖及爬虫类是变温动物，体温与所处环境的温度一样。欧洲最北角或地中海皆有鲭鱼，在欧洲最北角测量的鲭鱼体温是摄氏4度，而在地中海量到的体温是摄氏24度。然而，鲸鱼并不是这样。它们是温血动物，就像我们。"

安纳瓦克打量四周的人。刚刚费尼克说出一句微不足道，但一定产生奇效的话："……就像我们。"这句话令听者动容。鲸鱼就像我们一样。又来了，画上一条紧密的界线，在界线内，人才会将生命视为生命。

费尼克继续说道："鲸鱼不论在北极或是加州海湾，体温一定保持在摄氏37度。它们靠进食长出一层厚厚的油脂，叫作鲸脂。看见这层白花花的油脂没有？水会降温，但是这层油脂能够防止鲸鱼体温下降。"他的眼光巡视一圈，手套沾满鲸血和鲸脂。

"不过，鲸脂却也可能是鲸鱼的死因。搁浅鲸鱼面临的危险，就是体重和这层本来很完美的鲸脂。一尾33米长、130吨重的蓝鲸，是最大恐龙的四倍重，即使是虎鲸也能长到9吨。这样的生物只有在水里才能生存。根据阿基米德定律，物体浸在水中所失去的重量，等于同体积所排开的液体重量。所以鲸鱼在陆上会受到自己的重量压迫，再加上这层隔离外界温度的鲸脂，因为原先的环境温度已经改变，许多搁浅的鲸鱼便死于过热休克。"

"这只也是吗？"一个女记者提出问题。

"不是。最近几年，愈来愈多动物因为免疫系统崩溃而死于感染。J-19，二十二岁。虽然不算年轻，但是健康的鲸鱼平均可以活到三十岁。它算是早死，身上也没有打斗的伤痕。我猜是细菌感染。"

安纳瓦克向前进一步。"若想了解为什么会发生这种事，我们也可以解释。"他努力让声调听起来实事求是。"一连串的毒物学研究指出，不列颠哥伦比亚省沿岸的虎鲸全中了多氯联苯或是其他环境污染的毒素，无一幸免。今年我们在虎鲸的脂肪中检验出超过150ppm的多氯联苯。换做人类，没有一个人的免疫系统能有一丝对抗的机会。"

大家把脸转向他，眼里满是震惊与激动。他刚刚爆了料，知道群众已经在股掌之中。

"这些毒素可怕的是，能溶解于脂肪中。"他说，"也就是说，母牛会经由牛奶传染给小牛。小婴儿一出生得了艾滋病，被大肆报道，人人惊慌不已。请将你们的惊慌范围扩大，也请大家报道这儿发生的事。世界上几乎没有其他物种像虎鲸一样，遭受如此严重的毒害。"

"安纳瓦克博士，"一名记者清了清嗓子，"若是人类吃下这只鲸鱼的肉会如何？"

"毒素会传给人类。"

"会致死吗？"

"长远来看的话，可能会。"

"那是否表示，人若因此生病甚至死亡，那些不考虑后果倾倒废料的企业，例如木材工业，应该间接负起责任？"

福特飞快地瞥他一眼。安纳瓦克迟疑了。这个人当然有道理，但是温哥华水族馆避免直接与在地工业冲突，希望能透过圆滑的方式解决。指称不列颠哥伦比亚省的经济和政治精英为潜在杀手，只会让对立局面更吃紧，何况他不想严厉反驳福特。

"无论如何，食用被污染的肉品，会危害人体健康。"他避重就轻

139

地回答。

"被那些工业有意污染的肉。"

"我们和该负责任的人正共同寻求解决方案。"

"了解,"这名记者写下笔记,"我特别想到你家乡的人,博士……"

"我的家乡在这儿,"安纳瓦克生硬地说。

这名记者不解地看着他。他如何能了解?他只是做了他的功课,事前调查过。

"我不是指这个,"他说,"我是说你出生长大的地方……"

"在不列颠哥伦比亚省已经不太吃鲸肉或海豹肉了,"安纳瓦克打断他的话,"但北极圈的居民却出现严重中毒现象。在格陵兰、冰岛、阿拉斯加及北部各地,在努纳福特区,当然也在西伯利亚、堪察加半岛和阿留申群岛上,只要是以海洋哺乳动物为主食的地方,都是如此。动物中毒还不是最糟糕的事,可怕的是中毒的动物会迁徙。"

"你相信鲸鱼知道自己中毒吗?"一位学生发问。

"不。"

"但你在一篇论文中提到智力问题。如果动物意识到,它们的食物不大对劲……"

"人类非常清楚烟的毒害,仍然抽烟抽到腿被截肢、得肺癌。我们可比鲸鱼聪明多了。"

"你怎么如此确定?也许正好相反。"

安纳瓦克叹息。他尽量放轻语气说:"我们必须把鲸鱼当鲸鱼看。虎鲸是一枚具备最理想流线型的活鱼雷。但是它没有腿、没有抓东西的手、没有表情,也无法将左右两眼所看的空间合而为一。不论是海豚、齿鲸或须鲸等等都一样。它们跟人类并不相似。虎鲸也许比狗聪明;白鲸聪明到能够意识自我;海豚的脑子无疑是数一数二的。但是你们问问自己,它们最终成就了什么?鱼类和鲸豚的生活空间相同,习性也相近,但是它们靠着少得可怜的神经元也活得很好。"

安纳瓦克很高兴听见手机轻响。他给费尼克打个手势让他继续解剖，自己退到一旁接听。

"啊，利昂，"舒马克说，"你那边走得开吗？"

"也许，什么事？"

"他又来了。"

安纳瓦克怒发冲冠。他几天前急忙从温哥华岛赶回，就因为杰克·灰狼和他的海洋防卫队又出航惹恼了两船观光客，他们抱怨有如畜牲般被注视、被照相。舒马克好不容易才将他们安抚下来。有几个他还必须赠送第二趟航程。之后风波好像平息了，但是灰狼毕竟达到了目的，骚动已被挑起。

在戴维那儿，他们检讨过该对这些环保人士采取行动还是忽视不管。经由公共途径解决，反而等于提供一个论坛给他们。对认真的机构而言，灰狼这类人有如眼中钉。然而整个过程最终只会给不解内情的大众一个错误印象。大部分人会同情和赞同灰狼的口号，但对实情毫无所知。

私底下他们本可以参与一个协调会。但和灰狼争论会有什么结果，从他的前科便可得知。不过，是否要受他威胁，是他们自己的决定。那影响不大。他们要忙的事满坑满谷，也许灰狼碰到某个事件，会自动打退堂鼓。因此他们决定，不理他。

安纳瓦克驾着小汽艇沿着克拉阔特湾行驶，心想，也许那是个错误决定。如果至少写封信给他，表达他们的不满，灰狼的狂想或许就此冷却了也说不定。总之，做做动作，告诉他，他们注意到他了。

他的眼光搜寻着海面。汽艇飞快滑过，他不愿冒险吓到鲸鱼，甚至伤到它们。好几次，他远远看见巨大的尾鳍，还有一次在离他不远的地方，黑得发亮的鱼鳍破浪前进。行进中他通过无线电和蓝鲨号上的苏珊·斯特林格通话。"这些人在做什么？"他问，"他们会来硬的吗？"

无线电沙沙作响。"不会，"斯特林格的声音说，"只是照相，像上次一样。还有，辱骂我们。"

"他们有多少人？"

"两艘船。一艘坐着灰狼和另一个人，另一艘船上有三个人。天啊，他们居然开始唱歌了。"

一个规律的声响微弱地透过无线电传来。

"他们在打鼓，"斯特林格叫道，"灰狼打鼓，其他人唱歌。印第安歌谣！搞什么啊？"

"要冷静，听到吗？别为他们动气，我再过几分钟就到了。"前方远处出现白点，是船。

"利昂，这个混蛋是哪门子印第安人？我不懂他在做什么，如果是在召唤祖先的鬼魂，我至少想知道，出现的会是谁？"

"杰克是个骗子，"安纳瓦克说，"他根本不是印第安人。"

"不是？我以为……"

"他的妈妈是半个印第安人，就这样罢了。你想知道他的真名吗？欧班侬。杰克·欧班侬。什么灰狼！"

安纳瓦克全速前进时，交谈停顿了半晌。渐渐地，噪音般的鼓声越过水面，也传到他这儿来了。

"杰克·欧班侬，"斯特林格故意拉长了声音，"太棒了，我要修理他……"

"你什么都不要做。看见我来了吗？"

"看见了。"

"什么都别做，等我，"安纳瓦克放下对讲机，从岸边转一个大弯，向海洋驶去。现场全景尽收眼底。蓝鲨号和维克丝罕女士号停锚在一群非常分散的座头鲸中，四处可见水中泄漏行踪的尾鳍及鲸鱼喷气的云雾。维克丝罕女士号22米长的白色船身在日光中闪烁。两艘漆成大红色的破旧汽艇，围靠在蓝鲨号旁边，紧密得像是要进行攻击。鼓声愈来愈大，单音调的歌吟加入其中。

就算灰狼觉察到安纳瓦克迫近，也没有表现出来。他在船上站得直挺挺，打他的鼓、唱他的歌。两男一女的手下站在另一边跟着帮腔，时而祈愿、时而诅咒。他们对准蓝鲨号上的人不停拍照，还朝他们丢掷一种亮亮的东西。安纳瓦克眯眼细看，那是鱼。不，那只是鱼的残渣。蓝鲨号上的人蹲低身子，有些人把鱼丢回去。安纳瓦克有股冲动，想去撞灰狼的船，看这个大块头落水的样子，但是他只能克制自己。在观光客面前大打出手，不是一个好主意。

他驶近大声喊道："别闹了，杰克，我们好好儿谈一谈。"

灰狼不厌其烦继续敲打，头也没有转一下。安纳瓦克望向神经紧绷、恼怒的观光客脸上。

对讲机传出一个男声："哈啰，利昂，见到你真好。"是维克丝罕女士号的船长，船停泊在约一百米远处。甲板上的人倚着栏杆朝被包围的船看。有些人拿出相机来拍。

"你那边没问题吧？"安纳瓦克询问道。

"我们很好。我们要怎么对付那个混蛋？"

"还不知道，"安纳瓦克答道，"我先试试友好的办法。"

"需要我把他撞成碎片的话，尽管说一声。"

"回头再说。"

红色的海洋防卫队汽艇开始碰撞蓝鲨号，相撞时，灰狼也跟着摇摆，但鼓声始终不断。他帽子上的羽毛在风中颤抖。船后一只尾鳍浮起，接着又一只，但此时没人对鲸鱼有兴趣。斯特林格满怀敌意瞪着灰狼。

"喂，利昂、利昂！"有人在蓝鲨号上对着安纳瓦克挥手，是爱丽西娅·戴拉维。她戴着蓝色眼镜跳上跳下。"这些人是谁？他们在这里做什么？"

他大感意外。她几天前不是才跟他说，那是她在岛上最后一天吗？

他将船转向灰狼，打横停好，拍拍手掌。"好了，杰克，谢谢，你们也唱得尽兴了。告诉我，你到底要什么？"

灰狼唱得更大声。那是一种单音调的起落，音节听起来很古老，幽怨却又凶悍。

"杰克，混账！"

忽然之间他安静下来。大块头放下鼓，转向安纳瓦克。"什么事？"

"转告你的人，叫他们停止。我们谈谈。什么都可以谈，但是叫他们先离开。"

灰狼表情狰狞，叫道："谁都不必离开。"

"这演的是哪一出？你的目的是什么？"

"在水族馆时本来要告诉你，但你根本不屑听。"

"我那时没有时间。"

"我现在没有时间。"

灰狼的人马大笑欢呼。安纳瓦克控制住自己的脾气。"我的建议是，杰克，"他尽力克制自己。"这里的事你就算了。我们今晚在戴维那里碰头，告诉我们，你认为我们应该怎么做。"

"你们该走开，这就是你们该做的事。"

"为什么？我们到底做错了什么？"

两座阴暗的岛屿在船的近处升起，皱皱的、带着斑点，像风化的岩石。是灰鲸。靠得好近。原本可以拍到很好的照片，却被灰狼破坏了。

"请你们离开！"灰狼叫道。他注视蓝鲨号上的人，恳求地举起他的手臂。"请离开这里，不要再打扰大自然。请与自然和谐生活，不要傻盯着她。你们船的引擎污染空气和海水，海里的动物会被船的螺旋桨伤害。你们为了拍照追赶它们；你们的噪音会让它们死亡。这里是鲸鱼的世界。请你们离开，这里没有人类的生存空间。"

滥情，安纳瓦克想。灰狼相信自己说的话吗？他的手下热情鼓掌叫好。

"杰克！容我提醒你，我们为了保育鲸鱼做了多少工作？我们做研究！赏鲸能开拓人们的新视野。你若扰乱我们的工作，等于剥夺动物的利益。"

"你想教我们鲸鱼要什么吗？"灰狼讥讽，"你会读脑术吗？专家！"

"杰克，别再学印第安人装神弄鬼了！你——到底要——什么？"

灰狼沉默片刻。他的人不再朝蓝鲨号对准镜头，也不再抛掷鱼渣。所有的人都望向他。

"我们要让世界知道。"他说。

"拜托，你所说的世界在哪里？"安纳瓦克向后大幅挥动手臂。"就这几个在船上的人！杰克，我们可以好好谈论，但是得先要找到群众。我们彼此交换意见，谁的意见比较不可行，就得认输。"

"太可笑，"灰狼说，"白人都是这么说的。"

"干！"安纳瓦克的耐心到了极限。"我还比你更不是白人呢！欧班侬！不要再自欺欺人了。"灰狼仿佛被雷打到般瞪着他，接着脸上漾开一朵大大的笑容。他指着维克丝罕女士号。"你想，那边船上的人为什么这么努力拍照和录像？"

"他们在拍你和你那可笑的把戏。"

"好，"灰狼笑道，"很好！"

安纳瓦克如被当头棒喝。在维克丝罕女士号上观看的人中有媒体记者。灰狼邀请他们来参观这场闹剧。

这头猪！他想好应对说法打算开口时，发现灰狼仍然目瞪口呆地伸手指着维克丝罕女士号。安纳瓦克随着他的视线看去，不禁屏住了呼吸。

船正前方，一只座头鲸从水中弹射而出，庞大的身体跃出水面带起惊人水波。刹那间，鲸鱼看起来像单靠尾鳍支撑站在水面上，只剩尾鳍前端还在水下。鱼身直挺在空中，比维克丝罕女士号的跳板还突出。腭下的喉腹褶和肚皮清晰可见。巨型长胸鳍张开如翅膀，耀眼的白色缀饰着黑色条纹及节瘤。仿佛为了展示全身而跃出水面。此起彼落的惊叹从维克丝罕女士号上发出。

然后巨大的身体慢慢侧转一圈，落入水中时，水花像炸开一般。

145

甲板上的人纷纷后退。维克丝罕女士号部分消失在一道水沫形成的墙之后。水沫里出现一道暗色的身影。第二只鲸鱼从水底弹出，离船更近，身体被晶亮雾般的水汽包围。在船上发出惊恐的叫声前，安纳瓦克已经料到，这次跳跃落点会出差错。

鲸鱼带来的冲击力相当大，维克丝罕女士号摇晃得非常厉害。巨大的声响，水花四溅，鲸鱼沉回水底。甲板上的人全趴在地上。船四周水沫涟漪重重。多尾座头鲸随后从侧面游近。又有两尾深色的鱼射入空中，用它们全身的重量对付船身。

"报应，"灰狼失去理智地嘶喊，"大自然在报复！"

维克丝罕女士号22米的船身比任何座头鲸还长。它拥有运输局的许可，并且符合加拿大海警船只载客安全条例。就算遇到暴风雨、数米高的怒涛，或偶然间撞上不经心的鲸鱼，维克丝罕女士号都有相关安全措施，但无法防御攻击。

发动引擎的声音传来，飞跃起身的鲸鱼重量逼得船身危险倾斜。无法形容的惊慌笼罩在两处观景甲板上。下层的窗户全成碎片，惨叫声不绝于耳，众人像无头苍蝇般乱钻。维克丝罕女士号开航，走没多远，又一只鲸鱼弹跳出海面，以跃身击浪的姿势砰然撞上船侧。这次攻击还是没有成功将船撞翻，但是船摇晃得更严重，而且碎裂物像降雨般落下。

安纳瓦克快速思考。船身应该已经裂了好几处，他必须采取行动。也许他可以分散鲸鱼的注意力。

他的手架上油杆。

就在这时，空气被一声尖叫划破。不是从白色船上传来，而是从他的背后。安纳瓦克将船掉头。

眼前的景象有些超现实。就在海洋防卫队的汽艇正上方，垂直站着一只巨大座头鲸，看起来似乎处在无重力状态。雄伟的生物，表皮干硬的吻部直冲云霄，还一直往上攀登，超越灰狼那群人的头十余米高。这一瞬间宛如永恒。它就挂在空中，慢慢翻转，长长的胸鳍像在对他招手。

安纳瓦克打量着庞然大物。他没见过如此集恐怖及壮观于一身的东西，没有这么近距离看过。所有的人，灰狼、船上的人、他自己都仰着头等着，看下一步会发生什么事。

"天啊！"他低语。

像电影里的慢动作镜头，鲸鱼渐渐逼近，影子笼罩红色汽艇，蓝鲨号的船首也被收进去，影子愈拉愈长，好像巨人倒地，愈来愈快……

安纳瓦克猛地催油门，橡皮艇咻地射出去。灰狼船上的驾驶员也迅速开船，但是前进的方向错误，破汽艇竟摇摇晃晃往安纳瓦克开过来。两船互相擦撞。安纳瓦克往后一倾，看见对方驾驶员落水，灰狼跌在甲板上，然后船往反方向飞去。他的船则全速向蓝鲨号冲去。

在他眼前，座头鲸30吨重的躯体将汽艇埋在身下，带着船往下沉，还拍打蓝鲨号的船首，激起半天高的喷泉。蓝鲨号的船尾陡直翘起，穿着红色救生衣的人被抛向空中。

安纳瓦克蹲低身子。他的船快速通过翻覆的蓝鲨号，水面下撞上不知道是什么坚实的东西，弹了过去。一时间他感到天旋地转，好不容易握到驾驶盘，赶快把船刹住。

一幅无法描述的景象摆在他眼前。海洋防卫队的汽艇只剩碎片，蓝鲨号船底朝天漂浮着。许多人沉浮在水中，拼命打水呼救，有些人没了声息。他们的救生衣都充了气，暂时还不会下沉。安纳瓦克心想，有些人遭到鲸鱼重击，恐怕已经遇难。再过去一点，维克丝罕女士号明显倾斜，四周布满鲸背和鲸尾。船身忽然被撞击而摇晃，更加歪斜。

安纳瓦克小心将船驶过水上漂浮的躯体，避免伤到人，无线电一边接上98频率，简短报告他的位置。

"发生事故，"他屏息地说，"也许有人死亡，"附近所有船只应该都会听到紧急呼救。他时间不多，更没有时间解释，到底发生了什么事。起码有一打人在蓝鲨号上，何况还有斯特林格和她的助理。再加上3个防卫队人士，总共17个人左右。但是他数了水里的人，明显不到这个数目。

"利昂！"是斯特林格！她朝他游来。安纳瓦克伸出手拉，她又咳又喘地跌进船里。不远处他看见虎鲸背上军刀似的背鳍。黑色的头和背浮在水面上，正高速向船难地点游来。

那种目标明确的固执模样，令安纳瓦克很不舒服。

爱丽西娅·戴拉维扶着一个少年的头，他的救生衣不像其他人充满气。安纳瓦克将船开近她。斯特林格在他身边撑着站起来。他们先拉起失去意识的少年，再将戴拉维拉上船。戴拉维上来后即刻甩开安纳瓦克的手，倚到船边，帮助斯特林格继续把人拉上船来。船很快满了。它比蓝鲨号小很多，已经严重超载。安纳瓦克驾船继续搜寻，其他人则奋力抓紧。

"那边还有一个！"斯特林格叫道。有个人漂在水上，脸朝下动也不动。看身材是名男子，肩膀宽阔。没有穿救生衣。是灰狼的人马之一。

"快！"安纳瓦克伏在船栏杆上，斯特林格在旁边，一起抓着男子的上臂往上拉。

很轻。太轻了。

男子的头向后仰，眼睛已经失焦。安纳瓦克看着死者，立刻意识到他为什么这么轻。他腰部以下的躯体都不见了，腿和骨盆完全消失。体腔外还联结着肉屑、血管和肠子。

斯特林格呛了口气，放开他。死者倾斜一边，滑出安纳瓦克的手，掉回水里。

他们四周被虎鲸隆起的剑鳍包围。至少十只，可能更多。它们猛地一击，摇晃船身。安纳瓦克跳到驾驶座上，加油驶开。前方三条雄健的背脊从浪中拱起，他紧急转了一个几乎足以扭断脖子的大弯。鲸鱼潜下水消失。又有两只从船的另一边游近。安纳瓦克再转一个弯。耳边传来哭声，他自己也怕得要命。恐惧像电流般流过全身，他恶心想吐。另一个部分的他却稳操方向盘，准确地闪躲水面上疯狂的障碍，穿梭在黑中带白、伺机阻挡去路的庞大躯体间。

右边传来巨响。安纳瓦克反射性地转头，维克丝罕女士号在水汽中摇晃倾斜。

事后回想，这一眼让他分了神，命运就此决定。他知道不应该转头去看大船，他们本来很有可能脱险。那么他就看得见灰色带斑的背脊，看见它潜出水面，看见它举起尾鳍往船行进的方向扑下。

等他看见迅雷般扫下的鱼尾时，已经太迟了。

尾鳍在船侧给他们重重一击。通常这样一击还无法让船只偏离航道。但是他们速度太快，回转的弯道又太险，所以撞上浪头。那一击刚好落在船进入极端不稳定状态的时候。船被浪扯得高高的，先是浮在空中，再重重的侧边着水落下，船底朝天翻转过来。

安纳瓦克被离心力甩了出去。他直直飞起，在空中打转，然后啪地掉进水里。有好一会儿他笔直下沉，沉进无边的黑暗，不知方向，不分上下。刺骨的寒冷沁心。他蹬着水，挣扎要回到水面上，呼吸一口气，却又头下脚上沉下去。冰冷的水无情地流进他的肺里。他惊惶失措，更奋力地摆动双脚，像疯子一样划动手臂。

终于回到水面上，喘息，吐水。

水面上不见他的船和船上的人。海岸线上下晃荡，映入眼帘。他转身，被一道浪头托高，终于看见其他人的头，但大概只有半打。戴拉维在那儿，另一边是斯特林格，之间探出黑色虎鲸的剑鳍。它们似采摘水果般，悠游在人群中，一下潜，某个人的头也跟着下潜，不再浮上来。

一个年纪较大的女人发现身边的男人被拉下水，吓得尖声大叫。她拼命划水，眼里有说不尽的恐惧。

"船在哪里？"她叫道。

船在哪里？他们绝对没办法游到岸边。若有船的话，可以提供庇护，翻了的船也行。他们可以爬上船，希望不会再受到攻击。但是船始终不见踪迹，那个女人愈叫愈响，无助地喊救命。

安纳瓦克朝她游去。她看见他游过来，张开手臂伸向他。"拜托，"她哭道，"救救我。"

"我会帮你的，"安纳瓦克喊道，"请你冷静下来。"

"我会沉下去，我要淹死了！"

"你不会淹死的，"他往前伸长手臂游向她，"没事的，你穿着救生衣呢。"

女人好像没有听见他的话。"请救救我吧！天啊！别让我死，我不要死啊！"

"别怕！我……"

她的眼睛忽然睁大。她被拖下水时，只剩下咕噜咕噜的叫喊声。

安纳瓦克感觉腿间有什么东西游移着，无名的恐惧紧紧抓住他。他踢水将身子提高，在海浪间搜寻船在哪儿。船底朝天漂流，落水的人群和可救命的船之间距离不算远，游几下就到了——然而三枚黑色的、活生生的鱼雷，却从那个方向朝他们而来。

他整个人瘫掉，瞪着虎鲸破浪游来。内心不禁抗议：虎鲸在大自然中从未攻击过人类啊。它们对人类的态度是好奇、友善或不在乎，绝对不会攻击船只。它们就是不做这种事。这里发生的事，太过虚幻。安纳瓦克不知所措，虽然听见声响，却没有马上反应。隆隆的声响，愈来愈近、愈来愈大，简直排山倒海。海涛冲来，他和鲸鱼之间忽然射进一个红色的东西。他被人抓住，从舷栏杆上拖进船里。

灰狼没多理会他，开着船驶向其他生还的落水者。他低下身去拉爱丽西娅·戴拉维伸长的手，轻易将她拉出水面，安置在长凳上。安纳瓦克也将身体伸出去，抓住一个喘息不已的男子，使劲拖上船。他在水面上找寻其他人？斯特林格在哪儿？

"在那里。"

她出现在两道浪中，和一名漂流在水中的半昏迷女子一起。虎鲸逐渐包围翻覆的船，从两旁迫近。黑色的头将水道分开。微微张开的吻部里，象牙色的利齿森然发光。再过几秒，它们就会到达斯特林格和那个女人的位置，灰狼毫不迟疑将船对准她们驶去。

安纳瓦克试着去够斯特林格。

"先救这个女的，"她叫道。

灰狼也来帮忙。他们将那女人安全救起。在这当儿，斯特林格试着靠自己的力量爬上船。但她没有办到。鲸鱼出现在她身后。

突然，似乎只剩她孤单一人。

海面上空荡荒凉，除了她没有别的人影。

"利昂？"她伸出手，眼中尽是惊惶。安纳瓦克伸长身子，以便抓住她的右臂。

蓝绿的水面下，一个大面积的东西以不可思议的速度冲上来。大吻张开，利齿罗列在粉红色的咽喉前，然后在水中缓缓合上。斯特林格大叫，用拳头击打咬住她的大嘴。

"走开！"她叫，"滚，你这坏东西！"

安纳瓦克使劲抓住她的救生衣。斯特林格抬头看他，眼里充满对死亡的恐惧。

"苏珊，另一只手也给我，"他抓着她，绝不放弃。虎鲸咬住她的身躯，用不可思议的力道拉扯她。她的喉头迸出哭声，先是低泣、充满痛苦，然后尖叫。她停止击打，只是一直尖叫。接着一股庞大的力量忽地将她扯离安纳瓦克的掌握。他看着她的头没入水中，然后是手臂，最后是颤抖的手指。虎鲸无情地将她拖入海底。有几秒的时间她的救生衣还在水下发光，一块溃散的缤纷，渐渐淡薄、消散，终至不见。

安纳瓦克愣愣地瞪着海水。

一个亮亮的东西从深处上升，是一串气泡。气泡在水面上破裂成碎沫。

四周的水染上红色。

"不，"他呐喊。

灰狼抓住他的肩膀，将他拉回来。"没有人了，"他说，"我们离

151

开吧。"

安纳瓦克似乎僵愣住了。快艇怒吼地开航。他跟跄了一下又恢复平衡。斯特林格救助的那个女子躺在侧边长凳上啜泣，戴拉维声音颤抖地安慰着。她拉上来的那名男子呆滞地看着前方。不远处传来嘈杂的噪音，安纳瓦克转头看到白色的船被剑鳍和拱背包围。看来维克丝罕女士号根本无法航行，倾斜得愈来愈厉害。

"我们得回去，"他叫道，"他们没办法逃生。"

灰狼高速向海岸前进，头也不回地说："想都别想。"

安纳瓦克走到他身边，将对讲机从机座上拉下，呼叫维克丝罕女士号。话筒里杂音不绝。维克丝罕女士号的船长没有接听。

"我们必须救他们，杰克，回头……"

"我说，想都别想。用我的船一点机会都没有。我们如能生还，真是老天保佑。"

可恶的是，这个人说得有理。

"维多利亚湾？"舒马克对着电话大叫。"他们维多利亚湾的人在做什么？——什么叫要问一下？——维多利亚不是有自己的海警队吗？克拉阔特湾乘客落水等待救援、可能有一艘船正在下沉、一名女性落水者死亡，我们要耐心等？"

他边听，边踱着大步测量办公室大小，然后突然站住。"什么叫有空马上过来？——我不管！那就派别人来。——什么？——你给我听好，你……"

听筒里回嘴的声音大到安纳瓦克站在离舒马克几米远的地方都听得见。游客中心内一片混乱，戴维亲自坐镇。他和舒马克一直在线，不是下指令，就是不知所措地倾听。舒马克愈来愈觉得事情不可思议。他挂上电话，摇了摇头。

"怎么了？"安纳瓦克走到他身边，打手势暗示舒马克轻声说。一刻钟前，灰狼将残破的船只开回托菲诺后，办公室就塞满了人。遭受

152

攻击的消息像走火般，一下子传遍整个小地方。在戴维氏工作的船长也一个一个到来。目前无线电频道上已经负荷过重。附近钓鱼的人赶往出事现场，原本说的大话——"喂，年轻人，太逊了吧，躲一只鲸鱼！"——到了那儿后也渐渐止息。去援助的人反而被袭击。攻击事件似乎一波又一波沿着海岸线不停发生。到处乱成一团，没有人真正能说明到底发生了什么事。

"海警队无法派人给我们，"舒马克唏嘘道，"他们正赶去维多利亚和尤克卢利特，据说有很多船只遇难。"

"什么？那边也有？"

"遇难的人似乎很多。"

"我刚刚接到尤克卢利特来的消息，"戴维朝他们这边叫道。他坐在柜台后往后仰，转动短波接收的按钮。"一艘拖网船收到一艘船的求救呼叫，赶去救援，现在却遭到攻击——他们打算开溜。"

"攻击他们的是什么？"

"讯号收不到了，他们走了。"

"那维克丝罕女士号呢？"

"没有消息。托菲诺空军已经派两架飞机去了，我刚刚跟他们简短通过话。"

"然后呢？"舒马克呼吸都停了，"看见维克丝罕女士号了吗？"

"他们才刚刚起飞，汤姆。"

"为什么我们没有一起去？"

"什么笨问题，因为……"

"混账！那些都是我们的船。为什么我们没有在那混账飞机上？"舒马克发疯般走来走去。"维克丝罕女士号情形到底如何？"

"我们只有等待一途。"

"等？我们不能等，我自己去。"

"你自己去？"

"外面不是还停着一艘船吗？是吧？我们可以乘魔鬼鱼号去看

一看。"

"你疯了吗？"某个船长叫道，"你没听见利昂怎么说的吗？这是海岸警卫队的事。"

"但是没有一个混账海警能去！"舒马克大叫。

"也许维克丝罕女士号能靠自己的力量脱险。利昂说……"

"也许！也许！我去！"

"好了！"戴维举起手，他朝舒马克警告地看了一眼。"汤姆，除非必要，否则我不想再让任何人冒生命危险。"

"你的船不会有危险的。"舒马克带着攻击欲乞求。

"先等等看警察说什么，再决定采取什么行动。"

"这个决定就已经是个错误！"

戴维没有回答。他转动接收器按钮，试着跟水上飞机的机长取得联络。在这期间，安纳瓦克客气地将聚集在办公室的人请到外面去。他轻微头晕，膝盖也不时颤抖，也许还处于惊吓状态中。只要能躺下来休息，把眼睛闭上一会儿，他愿意付出任何代价。可是他可能又会看见斯特林格被虎鲸咬下深水的情景。

因斯特林格牺牲而得救的女子不省人事地躺在入口处的长椅上。安纳瓦克无法不恨她。要不是她，斯特林格也能得救。被救起的那个男人坐在一旁轻声哭泣，似乎失去了原本跟着他在蓝鲨号上的女儿。爱丽西娅·戴拉维在照顾他。她自己才从鲸口惊险逃生，却表现得异常坚强。据报，一架直升机正前来接送生还者到最近的医院去，但是这种非常时期谁也料不准会发生什么事。

"喂，利昂！"舒马克说，"你要一起来吗？你最清楚我们应该注意些什么。"

"汤姆，你不能去，"戴维严厉地说。

"你们这些笨蛋一个都不能再出航，"一个深沉的声音说道，"我去。"

安纳瓦克转身。灰狼踏进中心，挤过等待的人群，拂开额前的长发。他将安纳瓦克及其他人送达这儿以后，留在船上检查毁损程度。办公室一下子安静下来。所有人全注视这个穿皮衣的长发大块头。

"你在说什么？"安纳瓦克问，"你要去哪里？"

"到你们的船那儿，接你们的人。我不怕鲸鱼，它们不会伤害我。"

安纳瓦克生气地摇摇头，"很高贵的情操，真的。但是从现在起，也许你该置身事外。"

"利昂，小鬼，"灰狼龇牙咧嘴。"我要是置身事外，你现在已经死了。别忘了，你们才该置身事外。一开始就该如此。"

"置身什么事外？"舒马克吸气。

灰狼垂眼看着这个中心负责人。"大自然啊，舒马克。你们要为这次灾难负责，你们的船还有那些可恶的照相机。你们的人与我的人员，还有那些被你们说服掏腰包的人之所以死亡，是你们的责任。发生这种事是迟早的问题。"

"你这个浑蛋！"舒马克高声说。

戴拉维的视线从低声饮泣的男子那儿移过来，站了起来。"他不是浑蛋，"她语气坚定地说，"他救了我们的性命。而且他是对的，若他置身事外的话，我们现在已经死了。"

舒马克看起来像随时会扑上灰狼的咽喉。安纳瓦克非常明白，大块头是大家的再生恩人，尤其是他自己。但是灰狼过去给他们惹过太多麻烦，因此他选择不语。现场出现了几秒难堪的沉默。最后中心负责人从平台上转身下来，阔步走向戴维。

"杰克，"安纳瓦克轻声道，"你现在出航的话，势必得把人从水里捞上来。你的船都可以摆在博物馆展示了，绝对没办法再来一次。"

"你要叫他们死在外面？"

"我没有意思叫任何人死。就连你，我也不要你死。"

"噢，你还担心区区在下我，我感动得涕泪纵横。我也不想要用我的船，它损伤不小。我要开你们的。"

"魔鬼鱼号？"

"是。"

安纳瓦克翻了翻白眼，"我不能就这么把船借人，尤其是你。"

"那你就一起去。"

"杰克，我……"

"舒马克这只小老鼠也可以跟来。也许我们需要一个饵，尤其是虎鲸终于开始猎食它们真正的敌人时。"

"你真的神经有问题，杰克。"

灰狼俯身向他。"利昂！"他吼道，"我的人也死在那里，你相信我能不在乎吗？"

"你当初根本不必带他们。"

"现在讨论这些没有意义，不是吗？现在要紧的是你们的人。我没有必要去外面冒险，利昂。也许你应该多给我一些感谢。"

安纳瓦克咒骂出声。他看了一眼周围的人。舒马克在讲电话，戴维在讲对讲机，在场的船长和经理没有效率地试着说服挤在办公室的人潮离开。

戴维抬起眼招手叫安纳瓦克过去。"你觉得汤姆的建议怎么样？"他小声地问，"我们是真的能帮上忙，还是自杀？"

安纳瓦克咬着下唇。"机长说什么？"

"女士号已经倾覆，船身在海面上斜倒，进水很严重。"

"天啊！"

"据报，维多利亚湾的海警现在可以派遣一架大直升机进行捞救。但是我怀疑他们能否及时赶到。他们手忙脚乱，何况新状况一直出现。"

安纳瓦克凝思。一想到要回到刚刚逃生的地狱，他就不寒而栗。但是如果不尽一切可能援救在维克丝罕女士号上的人，他一辈子不会原谅自己。"灰狼想一起去，"他轻声道。

"杰克与汤姆在同一艘船上？天啊！我以为我们要解决问题，不是制造问题。"

"灰狼有能力解决问题。他在想什么，是另一回事，我们需要他。他身体强壮而且无所畏惧。"

戴维阴郁地点了点头。"让他们俩离远一点，知道吗？"

"当然！"

"还有，要是一切已经无可挽救，马上回航。我不需要你们充当好汉。"

"是。"安纳瓦克走向舒马克，等到他说完电话，告诉他戴维的决定。

"要带这个冒牌印第安人去？"舒马克愤愤地说，"你疯了？"

"我想，应该说，是他带我们。"

"那是我们的船！"

"你和戴维是老板，但比较能预测会碰到什么情况的，却是我。我确定，我们会很庆幸有灰狼在。"

魔鬼鱼号的大小和机动设备与蓝鲨号相同，速度快、转动灵活。安纳瓦克希望能借此骗过鲸鱼。这些海洋哺乳动物仍占有出其不意的优势，没有人知道它们会在什么时候、什么地方出现。

橡皮艇在珊瑚礁上呼啸而过，安纳瓦克飞快地转着念头问为什么。他一向认为自己对动物很了解，现在却束手无策，找不到合理的解释。不过，这与巴丽尔皇后号事件的相似处不容忽视。很明显，那儿的鲸鱼也企图要让船翻覆。它们一定被某种东西感染，他想。某种类似狂犬病的疾病。只有这个解释。

那么接下来，所有种类的鲸鱼全感染了狂犬病？就他记忆所及，座头鲸和虎鲸——还有灰鲸，都参加了撞击。愈想他就愈确定，将他船撞翻的不是座头鲸，而是一头灰鲸。

难道这些动物吸收太多化学物质而导致行为错乱？难道海水里高含量的多氯联苯和污染严重的食物令它们性情大变？但是，虎鲸中毒的来源是被污染的鲑鱼和其他含有毒素的生物。灰鲸和座头鲸的食物则是浮游生物，它们的新陈代谢作用和肉食动物不同。中毒导致的狂犬病不会是一切的原因。

　　水光粼粼。许多次，他怀着即将与巨型海洋哺乳动物邂逅的兴奋，行驶在这片水域上。每一回他都非常清楚潜在的危险，却不会感到害怕。外海上可能毫无预警地升起浓雾；风忽然转向，掀起怒涛，使船触礁——1998年时，克拉阔特湾有一位船长和一名观光客便因此丧生。当然，鲸鱼虽然友善，毕竟巨大无比，不可预测。有经验的赏鲸人都知道，他们面对的自然力量有多大。

　　不过，畏惧大自然却荒谬无意义。人一定害怕在家被抢，或在街上被车撞，虽然如此，也没有避险的办法。躲开一头生气的鲸鱼却很容易，不要侵入它生活的领域就行了。若执意如此，接受危险发生，是再自然、再原始不过的事。一旦我们心甘情愿接近暴风、巨浪与野生动物，他们便不再可怕。尊敬能克服恐惧，而安纳瓦克一直以来始终尊敬大自然。

　　这次出海，他第一次感到害怕。

　　水上飞机从急驰的魔鬼鱼号头上飞过。安纳瓦克和舒马克站在驾驶舱里。虽然灰狼一再声称他的驾驶技术比较好，舒马克还是不愿驾驶权旁落，亲自驾驶。灰狼蹲在船首侦察水面。左边是小岛上绵延不断的丛林。海狮懒洋洋躺在大石上，似乎没什么事能扰乱它们的平静。船毫不减速从它们旁边疾驶而过，将岩石和树林抛在后面，没多久，宽阔的海洋呈现在他们眼前。一望无际、单调、熟悉，同时又陌生。

　　对面浪花高高打在受保育的珊瑚礁上。魔鬼鱼号砰的一声停下。短短半小时内，海变得严酷。地平线在云堆中卷起。虽然不是暴风雨的前奏，但迅速变天是这一带常有的事。锋面可能正在接近。安纳瓦克的视线搜寻着维克丝罕女士号。刚开始，他很怕船已经沉了。不远处一艘游轮映入眼帘，它停在那儿。这个季节常有游轮经过加拿大西岸开往阿拉斯加。

　　"他们在这儿做什么？"舒马克叫道。

　　"也许他们收到了呼救信号，"安纳瓦克拿起双筒望远镜，"西雅图来的北极号。我知道那船。最近几年他们已经航行过这儿好几次。"

"利昂，那边！"

维克丝罕女士号又渺小又倾斜，在沉浮的浪间几乎失去踪影，船体大部分都已隐入水下。眺望台前和船尾的观景台站满了人。往上喷的水汽模糊了视线。好几只虎鲸围绕着船的残骸，似乎在等着船沉下，攻击乘客。

"天啊！"舒马克惊叹道，"我无法相信我的眼睛。"

灰狼回过身打手势，要船慢下来。舒马克减速。一座起皱的小山丘在他们正前方从水中升起，另两座随后跟进。几只鲸鱼停在水面几秒，喷出丛密、V型的水汽，然后完全没将尾鳍露出水面，便直接下潜。

安纳瓦克知道，它们在水底向他们逼近。他完全可以嗅到威胁性的袭击。

"现在！走！"灰狼叫道。

舒马克马上全速加油。魔鬼鱼号船身挺起，射了出去。他们后面，丰满幽暗的鲸身跃出又落下，没有受伤。船全速靠近维克丝罕女士号。甲板与眺望台上对他们招手的人清晰可见，呼声可闻。安纳瓦克看见船长也在生还的人群中，松了口气。鲸群改变轨道，下潜。

"我们马上会被攻击。"安纳瓦克说。

"你说它们是冲着我们来的？"舒马克瞪大眼望他。他第一次真正明白，这儿到底发生了什么事。"怎么做？把船撞翻？"

"这些动物似乎发展出分工合作的办法。灰鲸和座头鲸将船打沉，虎鲸攻击乘客。"

舒马克脸色苍白地看着他。

灰狼指着游轮。"帮手来啦，"他喊。果然，两艘汽艇离开游轮往这边开近。

"跟他们说，若不加速就滚回去，利昂。"灰狼喊道。"这种速度下，很容易被攻击。"

安纳瓦克拿起无线电。"北极号。这里是魔鬼鱼号。你们要有被袭击的准备。"

好几秒钟没有回音。魔鬼鱼号几乎要笔直撞到维克丝罕女士号,船身击碰浪缘。

"这里是北极号。会发生什么事,魔鬼鱼号?"

"请小心跃起的鲸鱼,这些动物会把船弄翻。"

"鲸鱼?你在说什么?"

"你最好还是回航。"

"我们接到紧急呼救,有一艘船翻了。"

船撞上浪头,安纳瓦克摇晃一下,站稳后继续喊:"我们没有时间讨论这些。重要的是你必须加速。"

"喂,你开什么玩笑?我们现在要开向失事的船。结束。"

船首的灰狼打起手势。"叫他们快走!"他大喊。虎鲸改变了路线,不再朝魔鬼鱼号行进,而是游向外海,笔直朝北极号去。

"可恶!"安纳瓦克骂道。

那两艘往此接近的汽艇正前方,跳出一尾座头鲸,周身一圈水光。有一刻,它停在空中不动,随后侧翻下水。安纳瓦克倒吸一口气。透过溅起的水花,他看见两艘船仍完好地驶来。"北极号!叫你的人快回航。马上。这儿由我们处理。"

舒马克关掉引擎。魔鬼鱼号停在维克丝罕女士号斜斜伸出的眺望台旁。大约有十来个湿透的男女聚在这儿,惊惶地抓紧着,不让自己滑下海。大浪打上来,变成泡沫消失。另一小群人在船尾的观景台上,像猴子一般吊在船栏杆末端,全身被浪打得湿透。

魔鬼鱼号发出突突声,两边来回。白绿色的水面下,隐约是船中段的观景甲板。舒马克尽可能将船靠近眺望台,直到船缘撞到隆起的橡胶。一个大浪打来,把船托高。他们沿着眺望台从下往上升,好像坐电梯似的。有一段时间,安纳瓦克差点碰触到待援者伸出的手。他看到仓皇害怕的脸,惊恐中混着希望,但魔鬼鱼号却又下降。随着魔

160

鬼鱼号下降，大家失望地叫出声来。

"很难。"舒马克从紧闭的牙缝中挤出话。

安纳瓦克紧张地打量四周。鲸鱼似乎对维克丝罕女士号失去了兴趣，群集到外围的北极号附近，那两艘汽艇迟疑疑地闪躲。

动作要快。不能寄望鲸鱼永远保持着距离，何况维克丝罕女士号下沉得更快了。灰狼蹲低身子。一道绿色的、裂开的大浪又将魔鬼鱼号托高。眺望台斑驳的颜色闪过安纳瓦克眼前。灰狼跳离船，一只手抓住维克丝罕女士号的绳梯。水淹上他的胸膛，浪卷过头。等浪退开后，他整个人吊在空中，变成待援者和救生船间的活桥梁。另一只空的手往上高举。

"到我肩上来，"他喊道，"一个一个来。抓紧我，等船升上来，跳！"

船上的人迟疑不定。灰狼重复他的指示。终于有个女人抓住他的臂，缓缓溜下来。下一分钟她让大块头背着，紧紧抱住他的肩膀。船升高。安纳瓦克抓到那女人的手，将她扯过来。

"下一个！"

救援行动速度终于增快。船上的人一个个抓住灰狼宽阔的肩膀，双手交替向前登上魔鬼鱼号。安纳瓦克自问，这个半印第安人还有多少力气，还能吊在绳梯上多久？他负担自己和肩上人的重量，只有一只手当着力点，何况水不时淹过来摆荡着他？眺望台发出可怜的呻吟。维克丝罕女士号上的东西一变形，船里便不断传来悲叹声。钉子砰砰地进开。忽然一声巨响，眺望台受到一击，灰狼重重撞上船板。

这时下沉的船上还剩船长一人，撞击让他失去支撑点，从灰狼身边滑掉。残船的另一边，一尾灰鲸的头从浪潮中浮起。灰狼放开绳梯，也跟着跳下水。船长在离他不远的地方挣扎浮出水面，吃力游向魔鬼鱼号。船上的人全都伸出手帮忙将他拖上船。灰狼也伸手想抓船缘却滑掉，反被浪头卷离。

他身后几米处，水面射出拱形的剑鳍。

"杰克！"安纳瓦克勉力挤过人潮，奔向船尾，在白浪中搜寻。灰狼从潮水中伸出头，吐了几口水，然后下潜，贴近水面，往魔鬼鱼号游。虎鲸的剑鳍改变方向朝他跟来。灰狼肌肉盘纠的手臂伸得长长的，抓住船身的橡皮。虎鲸圆滚发亮的头颅伸出水面。他撑起身子，安纳瓦克抱住他，集众人的力量，终于将两米高的巨人拉扯上船。那把剑转了半圈，往相反方向游去。灰狼不停地诅咒，拒绝帮忙的手，将覆脸的长发甩到身后。

虎鲸为什么不攻击他？安纳瓦克想。

我不怕鲸鱼。它们不会对我怎么样。

这种鬼话难道有什么玄机？

他忽然省悟，沉在水中的甲板水深不够，所以虎鲸无法攻击灰狼，除非它们向它们的南美近亲学习如何猎杀浅水处的猎物。魔鬼鱼号周围就是不会被虎鲸攻击的安全地带。

在维克丝罕女士号完全沉没之前，他们还剩一点救命时间，必须好好利用。

忽然响起集体尖叫声。一尾宏伟的灰鲸打坏一艘从北极号往这边驶近的汽艇，船的残块在水中漂浮。

另一汽艇发动引擎，转身逃逸。安纳瓦克瞪着鲸鱼将船打沉的地方，惊骇地发现多尾灰色座头鲸正从那儿往魔鬼鱼号移动。又轮到我们了，他想。

舒马克像瘫痪了似的，眼睛瞪得快掉出眼眶。

"汤姆！"安纳瓦克叫道。"我们必须将船尾的人接过来。"

"舒马克！"灰狼龇牙说道。"怎么了？吓破胆了？"

舒马克手发颤地握住方向盘，努力将魔鬼鱼号驶近观景台。一道浪打来，将船卷离，又忽然将它送近平台，船身重重撞上待援者紧抓着的栏杆，从维克丝罕女士号深处发出碎裂声。安纳瓦克眼睁睁看着船身继续裂开、设备解体。舒马克气喘吁吁，无法将船停靠在栏杆下，让待援者可以跳过来。

灰色丘群迎面冲撞维克丝罕女士号。残破的船再次遭到可怕的攻击。一个女人抓不稳栏杆,尖叫地掉下水。"舒马克,你这个无能的笨蛋!"灰狼叫道。

船上好几个人赶过去将那个挣扎的女人拉进船里。安纳瓦克自问,这艘伤残的观光船在新一波攻击之下还能撑多久?维克丝罕女士号下沉的速度明显加快。我们办不到,他绝望地想。

就在这时,不可思议的事发生了。

船的两侧,从浪中浮起两座雄伟的背脊。安纳瓦克马上认出其中一座。一列没有长齐的十字形白色疮疤沿着脊椎分布,那是年轻时受伤的痕迹。他们叫这尾灰鲸"疤背"。疤背比同种鲸鱼平均年龄还大得多。另一座鲸背并没有任何可供辨认的标志。两只鲸鱼平静地躺在水中,随浪潮浮沉。噬的一声,一尾先喷出水柱,另一尾随后跟进。细小的水珠飘过来。

这两头鲸的出现,还没有座头鲸的反应那么奇怪。那些鲸鱼忽然下潜,背脊再出现在海面时,已经有一段距离了。取而代之的是虎鲸来围船,不过却小心翼翼地保持距离。

不知道为什么,他觉得不需要害怕两头新出现的鲸鱼。它们赶走了攻击者。和平会维持多久,谁也不知道,但是出乎意料的转机,给了他们一个喘息的机会。连舒马克也镇静下来。这次他目标准确地将船停靠在栏杆下。安纳瓦克看见一道巨浪卷来,他做好准备。如果这次再不成功,他们就输了。

船身被浪头抬高。

"跳!"他大喊,"现在!"

浪卷过来,退回去。一些人成功地跳过来。他们跌成一团,惨叫声不绝于耳。只要有人掉到水里,马上就被船上的人拉扯上来,直到全部到齐为止。

走为上策。

不,并非所有人都跳过来了。栏杆那边还蹲着一个男孩小小的身影。他在哭泣，双手紧紧抓着栏杆。

"跳啊！"安纳瓦克大声叫，他张开手臂，"别怕！"

灰狼站到他身边，"下一道浪来时，我去接他。"

安纳瓦克往后看，一道波涛形成的山峰正往这边卷来。"我想，"他说，"你不用等太久。"

水下深处又隆隆传来充满毁灭的声响，两头鲸鱼缓缓沉回水底。船进水愈来愈严重。水声咕噜，海面充满泡沫，眺望台陡地跟着漩涡消失，船尾高高翘起。维克丝罕女士号的船首开始下沉了。

"靠近一点！"灰狼大喊。

舒马克总算完成灰狼的指示。魔鬼鱼号船头擦上逐渐淹没的甲板，男孩紧紧抱住栏杆，大声哭泣。灰狼跌跌撞撞挤到船尾。那时，巨浪又将船抬高。泡沫形成的帘幕席卷过栏杆。灰狼俯身出去抱住男孩。魔鬼鱼号摇晃不停，他失去平衡跌入一排排的座位中，但是抱着男孩的手丝毫没有放松。他手臂高举，像树干一样，巨掌紧抓着男孩的腰。

安纳瓦克屏息看着。前一秒男孩还紧抱着的栏杆，现在风卷云残陷入水中。维克丝罕女士号消失在深渊下，他们的船也被卷入漩涡中。他感到胃部痉挛，好像坐在云霄飞车上。

舒马克油门加到底。太平洋送来规律舒缓的浪。虽然魔鬼鱼号上满载着人，如果船长小心驾驶，那浪也不会造成危险。舒马克恢复了往常的驾驶技术，眼里惊惶不再。他们起落在浪间，无碍地转向海岸前进。

安纳瓦克回首看北极号。第二艘汽艇已不见踪影。白浪间，一条尾鳍正往下潜，那座头鲸的尾鳍仿佛嘲讽似地向他道别。他以后再也无法看到尾鳍而不想起恐怖的画面了。

无线电线路忙得不得了。几分钟后他们经过一列小岛，与外海之间隔着珊瑚礁。

魔鬼鱼号载着满船劫后余生的受难者在港口靠岸时，戴维安慰自己，至少他没有连魔鬼鱼号也丢了。他们发表失踪名单，一些人不支倒地。接着，像先前一下子人满为患一样，戴维氏赏鲸站很快人去楼空。受难者大都失温过多，让亲友送到附近的医院。还有人伤势严重，但是什么时候能有直升机把伤员送去维多利亚湾的医院，仍是未知数。无线电不断传来失事的消息。

戴维承受了很多难堪的提问、责难、怀疑。斯特林格的男友洛迪·沃克也出现，到处大呼小叫，扬言要告他们。没有人想认真了解事情发生的真正原因。

让人惊异的是，也没人能接受最直接的解释：鲸鱼毫无预警攻击了船只。

鲸鱼是不会做这种事的。鲸鱼非常温驯，是大好人。一般大众一知半解的肤浅此时占了上风，托菲诺的游客纷纷指责赏鲸向导，仿佛乘坐蓝鲨号和维克丝罕女士号的游客遇难是他们的错：因为这些白痴使用老旧的船只，令游客冒不必要的险。维克丝罕女士号是有些船龄了，但并不减损她的性能。

可此时此刻根本没人听得进去。

船上的工作人员和大部分乘客都安全归来了，仍有许多人向舒马克和安纳瓦克道谢，但灰狼才是真正的英雄。他分身各处，安慰倾听，指挥大家分批上救护车，还自愿跟去。他扮演好人的姿态令安纳瓦克倒尽胃口：一个两米高的特里萨修女突变种。

安纳瓦克暗暗咒骂。他必须处理很多事情，感觉到情况失去控制。

灰狼是冒生命危险救了人，大家是应该感谢他，甚至下跪也不为过。安纳瓦克却完全没有心情。他觉得这种突如其来的无私奉献太过突兀。灰狼对维克丝罕女士号乘客的援助，其实不像表面那样出自对人的热心。对他而言，今天可说是成功的一天。人们现在不但相信而且信任他。当初他预言赏鲸观光将有不好的下场，却不被当真，现在逮到机会了：看吧！他之前不是一再警告？目前将有多少人愿意为灰狼的清楚预言挺身作证呢?

灰狼自己也没料想能找到这么有利的舞台吧!

安纳瓦克怒气攻心,走进空空荡荡的办公室。一定得找出鲸鱼异常的原因!他的思绪转到巴丽尔皇后号。罗伯茨原要将报告传给他。他现在比任何时候迫切需要那份报告。他抓起电话拨了查号台,打给海运公司。

罗伯茨的秘书回答老板正在开会,不希望被任何人打扰。安纳瓦克交代了他在巴丽尔皇后号事件调查中扮演的角色,并且暗示她事情紧急的程度。这女人坚持罗伯茨的会议更重要。是,几个小时前发生的灾难她听说了,真可怕。她同情地问候安纳瓦克,像个母亲一样,但就是不接通罗伯茨。她问能替他转告什么?

安纳瓦克迟疑了。罗伯茨答应私下给他报告,他不想让罗伯茨惹上麻烦。也许不要让她知道这个约定比较好。然后他忽然想起一件事。"与一种贝类有关,就是长在巴丽尔皇后号船首的贝类。"他说,"贝类,还有一些其他的有机物,我们已经送一些去纳奈莫的实验室检验,他们需要补给。"

"补给?"

"需要多一些样本。我猜,在这期间巴丽尔皇后号一定从里到外彻底检查过了。"

"是,当然。"她说话含着奇怪的语气。

"船目前在哪里?"

"船坞。"她停顿了一下,"我会转告罗伯茨先生你的事情很紧急。我们该把样本送到哪里?"

"送到研究中心给苏·奥利维拉博士。谢谢,你人真好。"

"罗伯茨先生一有空,会马上跟你联络。"对方挂电话,很明显在敷衍。这意味着什么?

他的膝盖忽然颤抖,之前几小时的经历让沮丧的疲累有机可乘。他倚着柜台闭上眼睛稍事休息。再睁开眼睛时,爱丽西娅·戴拉维就

166

站在他眼前。

"你在这儿干什么？"他很不高兴。

她耸耸肩。"我很好，不需要就医。"

"胡说，你得去看医生。你掉进了水里，水非常冷。快到医院去，免得他们把你膀胱发炎的原因也算到我们头上来。"

"喂！"她生气地看着他，"惹你的人不是我，好吗？"

安纳瓦克撑起身子离开柜台，背对着她走向后面的窗户。外边码头上停着魔鬼鱼号，好像什么事都没发生过。天空飘起小雨。"你先前说在温哥华岛最后一天是什么意思？"他问道，"要不是看你哭得可怜，我根本不会带你。"

"我……"她为之语结，"哎呀，我只是很想去嘛。生气了？"

安纳瓦克转过身，"我讨厌被骗。"

"抱歉。"

"不，你不用抱歉，无所谓。你为什么不快离开，让我们处理事情？"他龇嘴嘲弄地笑道，"跟着灰狼去吧，他会紧紧牵好你们的手。"

"天！利昂！"她走近，他退后，"我只是想跟着出一次海。我很抱歉骗了你，好吗？我在这儿还会待上几个星期。而且我不是芝加哥来的，而是不列颠哥伦比亚省大学生物系的学生。这有什么？我以为，你之后会觉得这个谎还挺有趣的……"

"有趣？"安纳瓦克叫道，"你脑筋有问题吗？被人当猴子耍，哪里有趣？"

他觉得自己失去了控制。虽然她没有错，他却无法不对她吼叫。她没有惹他，一点儿都没有。

戴拉维往后缩。"利昂……"

"丽西娅，为什么你不让我安静一下？走开。"

他等着她离开，但是她不走，仍站在他面前。安纳瓦克觉得昏昏沉沉的，所有的东西都在眼前转。有一刻钟，他以为会支撑不住。但一会儿后忽然视线又清楚了，而且发现，戴拉维正递一个什么东西过来。

"这是什么？"他低吼。

"录像机。"

"我有眼睛。"

"拿去。"

他伸手接过录像机。这是具有防水护镜功能的新力牌掌上型录像机，价值不菲。观光客或是学者如果知道录像机有进水的危险，就会使用这种护镜。"然后呢？"

戴拉维摊开双手。"我以为你们想知道为什么会发生这种事情。"

"我不知道这跟你有什么关系？"

"请你不要再把气出在我身上！"她的脾气也上来，"我刚才几乎死在外面，离现在还不到几个钟头。我可以他妈的坐在医院里哭泣，但是我却在这儿想帮点忙。你们到底想不想知道？"

安纳瓦克吸一口气，"好吧！"

"你看见是哪只鲸鱼攻击维克丝罕女士号吗？"

"有，灰鲸和座头……"

"不是，"戴拉维不耐烦地摇头，"不是哪一种，是哪一只！你能够指认吗？"

"事情发生得太快了。"

她微笑。不是什么高兴的笑，却至少是个微笑。"我们从水里拉起来的那个女子，当时跟我一起坐在蓝鲨号上。她惊吓过度，精神呆滞。不过，如果我决心得到什么，绝对咬定不放……"

"那还用说！"

"……我看见她脖子上挂着这个录像机。固定得很好，所以她落水时，录像机没有掉到海里去。总之，你们再次出海以后，我和她谈了一会儿。事情发生前那段时间她都在录像！灰狼来挑衅叫嚣时也一样。她对他印象深刻，所以没有中断拍摄，当然是拍他。"她休息片刻，"我没记错的话，从我们的角度看出去，维克丝罕女士号在灰狼的后面。"

安纳瓦克点点头，他忽然领悟她想说什么。"她拍下了攻击过程，"他说道。

"而且她拍的是鲸鱼，攻击船只的鲸鱼。我不知道你辨认鲸鱼的本事如何。不过，你生活在这里，认识这里的鲸鱼，而且录像机是很耐操的。"

"我想，你故意忘了问她能否留下这台录像机？"安纳瓦克猜测。

她下巴抬高，挑衅地看着他，"那又怎么样？"

他转动手里的录像机，"好，我看看。"

"我们看看，"戴拉维说，"我要参与整个过程。不准问我为什么，这是我应得的，好吗？"

安纳瓦克瞪着她。

"还有，"她补充，"你从现在开始要对我好一点。"

他慢慢放松紧绷的手臂，噘着嘴观看录像。他必须承认，戴拉维这点子是他们截至目前最好的线索。

"我尽量，"他低声道。

4月12日

挪威，特隆赫姆

约翰逊正在整理要带去湖边的行李时，邀约就来了。他从基尔回来以后，告诉了蒂娜·伦德在深海仿真器里做的实验。那次会谈相当匆促。伦德手边有不同的计划要做，剩下的时间用来和卡雷·斯韦德鲁普共度。约翰逊感觉到她似乎没有认真听，好像有什么心事，跟工作无关的心事。但是他识趣地没问下去。

几天后波尔曼打电话来告诉他最新情况，他们在基尔仍继续进行实验。约翰逊整理好行李后，决定打完一通电话就走，行程却因此延误。他打给伦德想通知她刚刚得到的新消息，但是她根本不让他有机会开口。这次她心情似乎愉快一些。"你不能尽快到我们这边来一趟吗？"她建议道。

"到哪儿？逊侯特吗？"

"不是，到国家石油研究中心。我们有从斯塔万格来的、管理阶层级的访客。"

"我去做什么？跟他们讲那个恐怖故事吗？"

"我已经介绍过了。他们现在非常渴望知道细节。我建议他们，最好由你来介绍。"

"为什么是我？"

"为什么不是？"

"你们不是有一大叠评估报告吗？"约翰逊说，"我也只能告诉你们别人整理出来的结论。"

"你会的更多，"伦德说，"你会……表达你的感觉。"

约翰逊一时无话可说。

"他们知道你不是钻油专家，更不是真正的虫类学家，"她急忙说道，"但是你在挪威科技大学的声誉卓著。你的角色中立，不像我们一样主观。我们下判断的角度跟你就是不一样。"

"你应该说，你们下评断的角度只从可行性出发。"

"不只！但问题在于，一大堆人在国家石油里工作，各有各的专精，而且……"

"专业白痴罢了。"

"才不是！"她听来像是生气了，"专业白痴在这行是混不下去的。这里只是当局者迷，每个人都像把头伸进水里……老天，我要怎么解释……总之，我们很需要外来的意见。"

"你们的专业我不大懂。"

"当然没有人会强迫你，"伦德的口气渐渐失去耐性，"你也可以就这样算了。"

约翰逊转了转眼珠。"好吧，我没打算让你失望。基尔那边的确有些新消息，而且……"

"这么说你是答应了吗？"

"嗯，我以上帝的名字发誓。会议什么时候举行？"

"不久将有很多会议。事实上，我们将时时黏在一起。"

"很好，今天星期五。周末我不在，星期一可以……"

"那……"她吞吞吐吐，"事实上……"

"怎么样呢？"约翰逊拉长声音，有股不好的预感。

她顿了几秒。"你周末究竟打算做什么？"她用闲聊的语气问道，"你要去湖边吗？"

"很聪明。你要一道去吗？"

她笑答，"为什么不？"

"哦喔！卡雷会怎么说呢？"

"他会怎么说关我屁事？"她沉默了一秒，"啊，真烦！"

"真希望你什么事都处理得像你的工作那么好。"约翰逊的声音放轻到他不确定她是否有听见。

"西古尔，拜托！你不能延期吗？我们两小时后要开会，我想……这儿离你那儿也不远，而且也不会花很久时间。你很快就可以走了。你可以今天晚上出发。"

"我……"

"我们必须让事情按照进度表进行。何况你也知道这些花费惊人，而现在已经出现第一个延误，只是因为……"

"好啦，我去就是！"

"你真是好人。"

"我去接你吗？"

"不用了，我会自己过去。哦，我真高兴。谢谢！你人真好。"她挂上电话。

约翰逊感到可惜地望着他整理好的行李。

他走进国家石油研究中心的大会议室时，紧张的气氛几乎伸手就能摸到。在三个男人的陪同下，伦德坐在一张打磨得晶亮的黑色宽桌前。午后照进来的阳光，给玻璃、金属及深色调材质的室内装潢带来一丝温暖。墙上规则地贴着放大拷贝的图表与技术蓝图。

"他到了。"接待处的小姐把约翰逊像圣诞包裹似地带进来。其中一位头发黑而短，戴着时下流行眼镜的男士站起身，伸出手迎向他。

"托尔·威斯登达，国家石油研究中心副所长。"他介绍自己，"不好意思，让你在这么短的时间内赶过来。但是伦德小姐向我们保证，你并没有其他计划。"

约翰逊意有所指地看了伦德一眼，伸手去握托尔的手。"我确实是没事。"他说。

伦德暗笑。她一一介绍在场的人。如同约翰逊所预期，有一位特地从斯塔万格赶来，红发、矮胖，脸上戴着一副浅色具亲和力的眼镜。他是经理部门的代表，同时也是执行委员会的成员。

"芬恩·斯考根。"握手时他低沉地说。

第三位是个眼神凌厉的光头，嘴角法令纹很深。在场唯有他打领带，显然是伦德的直属上司。名字是克利福德·斯通，苏格兰人，新探索计划的主持人。斯通对约翰逊冷冷地点个头，他似乎对生物学者参与计划不怎么高兴。不过，也可能是长相给人的印象。没有迹象显示他曾经笑过。

约翰逊听着客套话，拒绝了咖啡，然后坐下。

威斯登达从身边抽出一大沓纸。"我们马上进入主题吧。情况大家都知道，我们无法判定究竟是陷进了泥淖，还是反应过度。你也许知道，一些法令想尽办法要对付石油公司。"

"北海公约。"约翰逊随口说道。

威斯登达点头。"除此之外，我们还得遵守一长串的限制，污染防治法、技术可行性，当然，还有那些不成熟的公众意见。简短地说，我们得面面俱到。绿色和平组织与各式团体把我们的脖子掐得死死的，但那不构成问题。我们深知钻油的风险，了解探矿会碰到什么情况，懂得计算适当的时机。"

"意思是，我们可以自己来。"斯通说。

"通常是如此，"威斯登达补充道，"当然，并不是每个计划都得实施，原因很多，例子随处可见。沉积物状态不稳定，我们就要冒着误挖天然气穴的风险；或者机械结构并不适合水深和水流阻力，诸如此类。基本上我们很快就能知道，什么可行，什么不可行。蒂娜在马林

173

帖克海科所测试设备，我们分析和采集样本，到水底下探勘一番，接着等鉴定书下来，就可以动工。"

约翰逊往后靠，双腿交叠。"但是这次有虫在里面，"他说。

威斯登达笑容有些僵硬，"是啊。"

"如果这些小东西有影响的话，"斯通说，"就我看是没有。"

"你如何能确定？"

"因为有虫不是新鲜事，虫到处都有。"

"不是这种虫。"

"为什么不是？因为它们啃水合物吗？"他对约翰逊点燃战火，"你在基尔的朋友说，这不是什么值得担心的事，不是吗？"

"他们不是这么说的，他们说……"

"他们说虫不会使冰层不稳定。"

"这些虫吃冰。"

"但是它们不会破坏冰层的稳定！"

斯考根清清喉咙，听起来像火山爆发。"我想，我们邀请约翰逊先生到这儿来，是要听听他的评断。"

他边说边瞥了斯通一眼，"而不是告诉他我们的意见。"

斯通咬咬下唇，瞪着桌面。

"要是我没有误解西古尔的话，还有新的结果出来。"伦德对周围的人笑着说。

约翰逊点点头，"我可以简短说明一下。"

"可恶的虫！"斯通喃喃骂道。

"说得对。吉奥马研究中心又放了六条虫到冰上。每一只都头朝前钻了进去；又将两只放到不含水合物的冰层上，它们动都不动，既不吃也不钻；另外再放两只到虽然不含水合物却有天然气的冰层上，它们不往里头钻，但是却显得很不安。"

"钻进冰里的虫怎么样了？"

"死了。"

"它们能钻多深？"

"除了一只例外，其他全都钻到了天然气穴。"约翰逊看着斯通，对方也皱着眉打量他。"不过，这只是对它们在大自然里行为的有限推断。大陆边坡位于天然气层上的水合物有几十甚至几百米厚。我们模拟的冰层只有两米。波尔曼猜想，没有一只虫能深入三到四米以上。然而在现有的条件下，那很难检测。"

"虫的死因究竟是什么？"威斯登达问道。

"它们需要氧气，在那种狭窄的洞里很难有足够的氧。"

"但是其他种类的虫也会钻洞，"斯考根插话，还补上一个微笑说："你察觉到了，我们也做了一点功课，才不会无知地坐在你面前。"

约翰逊回他一个微笑。斯考根很对他的胃口。"那些虫钻的是沉积物，"他说，"沉积物是松的，里面有足够的氧气。而且没有虫会钻那么深。相对地，虫碰上甲烷水合物就像你撞上水泥，早晚会窒息。"

"了解。你还知道其他生物有这种习性吗？"

"自杀行为？"

"这是自杀吗？"

约翰逊耸耸肩。"自杀必须有目的。虫不会有目的，只是被自己的习性制约。"

"居然有动物会自杀？"

"当然，"斯通说，"笨旅鼠就自己跳进海里。"

"它们不会这么做。"伦德说。

"它们就是这么做的！"

伦德按住他的手。"你别把苹果跟橘子比较，克利福德。很长一段时间之所以认为旅鼠会集体自杀，是因为这种说法听起来很时髦。再进一步观察后发现，这纯粹只是旅鼠的愚蠢。"

"愚蠢？"斯通看着约翰逊，"约翰逊博士，您认为，说一种动物愚蠢，是一般学术上的解释吗？"

"它们愚蠢，"伦德不为所动地继续说，"一大群聚在一起时，会做出像人类一样愚蠢的行为。前面的旅鼠明明看见有危岩，后面还是不断向前挤，跟演唱会上没有两样。它们不断推挤落海，直到骚动停止。"

威斯登达说，"也有动物懂得牺牲自己，无私嘛！"

"是。不过无私一定带有某种意义。"约翰逊答道，"蜜蜂很清楚自己刺了人以后就会死，但这一刺是为了保护族群、保护蜂后。"

"找不出这种虫的行为有任何叫得出名堂的意义吗？"

"找不出。"

"生物课不会有帮助。"斯通叹道，"天啊！你们把这种虫看成怪兽，而因为这样，我们就不能在海里设厂。实在可笑！"

"还有，"约翰逊不看计划主持人，说道，"吉奥马研究中心想在开发区内研究这个专题。当然，与国家石油合作。"

"有意思，"斯考根弓身道，"他们要派人过来吗？"

"一艘研究船，太阳号。"

"太客气了，他们可以使用托瓦森号。"

"反正他们计划要出航考察。此外，太阳号的科技设备也比托瓦森号先进。他们主要想实地比对深海仿真器中做的测试结果。"

"哪些测试？"

"提高的甲烷密度。由于虫钻动，天然气被释放到水里。而且还要挖掘几百公斤重的含虫水合物。他们想在大的生态环境中进行观察。"

斯考根点头，手指交握。"到目前为止我们只谈了虫的问题，"他说，"你看过那段可疑的影片？"

"在海里的那个东西？"

斯考根勉强笑了一下。"那个东西？坦白说，这种说法听起来太像恐怖片。你认为如何？"

"我不知道是否该把虫和那种……生物放在一起谈。"

"你认为那是什么？"

"没有概念。"

"你是生物学者，脑中没有自动跳出任何答案吗？"

"生物光，蒂娜检视数据后这么推断，所以体积较大的生物都被排除，尤其哺乳动物。"

"伦德小姐提过一个可能性，深海大王乌贼。"

"是，我们讨论过。"约翰逊说，"但是不可能。不管是体型大小或结构，都说不通。再者，我们揣测，大王乌贼在别的地区出没。"

"那么会是什么？"

"我不知道。"

沉默如涟漪般扩大。斯通不安地摆弄一支原子笔。

"我可以请问，"约翰逊语气谨慎地问，"你计划盖哪一类工厂吗？"

斯考根看一眼伦德，她耸耸肩。

"我跟西古尔提过，我们目前想做一个水底设备，但还不是很确定。"

"你了解这种设备吗？"斯考根转向约翰逊。

"我知道SUBSIS，"约翰逊说，"最近的事。"

威斯登达抬起眉毛，"那你已经懂很多，快成专家了，约翰逊博士。你再和我们开一两次会的话……"

"SUBSIS只是准备阶段，"斯通吹嘘，"我们的规模更大，而且下潜更深，安全设施也绝不出错。"

"新系统出自挪威孔斯堡的FMC科技，是一家专精深海问题的技术研发公司，"斯考根解释道，"从SUBSIS发展而来的。毫无疑问，我们希望装设新系统。然而犹豫的是，油管该接到现有的平台，或者直接拉到陆地？毕竟还是有极大的距离和深度等问题必须克服。"

"没有第三种可能性吗？"约翰逊问道，"在海底工厂的海面上直接停泊一艘生产船？"

"不管怎么做，油井还是得盖在海床上。"威斯登达说。

"之前说过，我们知道要避免风险，"斯考根继续说道，"如果已经确定是风险的话。因为虫增加了很多无法确认也无法解释的因素。也

177

许就像克利福德所说的，如果只因为一个不知如何归类的新物种，或不明生物从镜头前游过，而必须延迟进度，的确太夸张。但是没有把握以前，我们就应该尽力掌握情况——约翰逊先生，我们不是要你帮忙做决定，不过，若换成是你，你会怎么做？"

约翰逊觉得不舒服。斯通怀着毫不掩饰的敌意瞪着他；威斯登达和斯考根显出很有兴趣的样子；而伦德的脸上看不出丝毫激动。我们之前该先讲好，他想。

但是伦德之前并没有逼迫他表态。也许她觉得这样比较好，也许她希望他推翻计划。也许不是。

约翰逊将手放到面前的桌上，"基本上这个油井我会盖。"他说。

斯考根和伦德惊讶地望着他；威斯登达皱起眉头；斯通则带着胜利的表情躺进椅子里。

约翰逊停顿一阵后，继续补充，"我会盖，但是得等到吉奥马后续的检测完成，绿灯亮了以后才盖。影片里的生物，恐怕无法有结论。可能是另一种版本的尼斯湖水怪吧！我也不确定它是否值得担心。重要的是，这些陌生的、吃水合物的物种一旦增多，对大陆边坡的稳定性和开挖会有什么影响。只要这点仍未明朗，我建议，还是先暂缓计划。"

斯通紧紧抿住嘴唇；伦德微笑；斯考根和威斯登达交换一眼。然后斯考根直视约翰逊，点点头。"谢谢你，约翰逊博士，谢谢你抽空跟我们讨论。"

那天傍晚，当他将行李装上吉普车，最后一次巡视屋内时，门铃响了。

外面站着伦德。下雨了，她的头发贴在头上。"做得好，"她说。

"是吗？"约翰逊退到一旁，让她进屋。她拂过额上湿掉的头发，对他点头。

"其实斯考根早有决定，他只是需要你的认同。"

"我算哪根葱呀，能给国家石油出意见？"

"我告诉过你，你声誉卓著啊。但是，对斯考根而言没有这么简单。他必须负起责任，而为国家石油工作或是与财团有关的人，多少牵扯些利益关系。他要一个手上没有任何牌的人。而你是虫先生，想也知道，你对盖不盖工厂没有兴趣。"

"斯考根冻结计划了？"

"直到吉奥马研究中心的报告下来。"

"真是不得了！"

"对了，他挺喜欢你的。"

"我也觉得他不错。"

"是啊，国家石油该庆幸管理阶层有这么一个人。"她站在玄关，两手悬着。她这种总是忙个不停，有很多目标待完成的人，现在看起来竟反常地犹豫不决。她的眼光巡视室内。

"你的行李呢？"

"干嘛？"

"你不是要去湖边吗？"

"行李已经在车上了。算你幸运，我正要离开。"他打量她，"在我遁入孤独以前，还能为你做什么吗？不过，我一定要去，不会再有任何推迟。"

"我不想耽误你，只想告诉你斯考根的决定，而且……"

"你对我真好。"

"而且我想问你，你的邀约还算数吗？"

"什么邀约？"虽然他已经想到她说的是什么。

"你建议我跟你一起去。"

约翰逊倚着衣帽柜旁的墙，他感觉到局势开始变得微妙起来了。"卡雷会怎么说？"

她没好气地摇头说，"我不需要任何人的批准，如果你指的是这个。"

"我不是这个意思，我只是不希望引起误会。"

"你完全没有责任，"她赌气地说，"是我自己的决定。"

"你在逃避我的问题。"

水一滴滴从她的发上掉落，顺着脸颊滑下来。"那你之前为什么邀我一起去？"她问。

是呀，为什么，约翰逊想。

因为我想这么做。但是得在不会搞砸事情的前提下。他不觉得自己对卡雷·斯韦德鲁普有什么道义。但是伦德忽然决定要去湖边，让他糊涂了。几个星期以前，他还不会考虑这么多，随兴一起做某些事，相约吃饭，都是他们长久以来的调情游戏，但仅止于此，不会有后续发展。

但现在情况不是如此。

忽然间，他知道困扰着他的事了，同时也明白为什么伦德前些日子忙得要命。

"你们两个人要是闹情绪，"他说，"别把我牵扯进去。明白吗？你可以跟我一起去，但是你想给卡雷压力，可不关我的事。"

"你想得太严重了，"伦德耸耸肩膀，"好吧，也许你对。我们就算了。"

"好。"

"这样比较好，我得好好思考一下。"

"去想吧。"

她仍然犹豫不决地站在玄关。

"那好吧，"约翰逊弯身匆匆在她脸颊上亲了一下，轻轻把她推到门外，转身锁上他们身后的门。天色渐暗，细雨绵绵。他将顶着夜色开长程，然而他觉得这样更好。他会在路上听西贝柳斯的《芬兰颂》。西贝柳斯和夜晚，很好的搭配。

"星期一你就回来了？"伦德陪他一起走向车子。

"我想，星期天下午就会回来。"

"你可以打电话给我。"

"当然。你周末有什么计划？"

她耸耸肩，"有一堆工作能做。"

他忍住不追问卡雷·斯韦德鲁普。

这时伦德说，"卡雷周末不在，去看他父母。"

约翰逊说，"你不需要一直工作。"

她微笑，"是的，当然不需要。"

"而且……你根本无法一起来。你没准备到湖边度周末需要的东西。"

"要带些什么？"

"尤其要穿一双好鞋，还有保暖的衣物。"

伦德看看自己。她穿着一双绑鞋带的厚底短靴。"还需要些什么？"她问。

"刚刚不是说了，毛衣……"约翰逊摸摸胡子，"我屋里也有。"

"嗯，有备无患。"

"对，有备无患。"他看着她，忽然笑出来。"好啦，复杂女士，最后上车机会。"

"我？复杂？"伦德微笑打开乘客座的门，"车上我们再好好算账。"

他们开上通往小屋没铺柏油的道路时，天色全暗了。吉普车呼啸过像剪刀口的树下，往岸边驶去。眼前躺着的湖，宛若憩息在树林里的第二片天空。水面浮满星星，云朵追逐其间，特隆赫姆还在下雨吧。

约翰逊把行李搬进屋内后，和伦德并排站在露台上。地板轻轻作响。不管来几次，他都会被这里的寂静震撼。因为寂静，所以充满了声响：树叶沙沙，虫声唧唧和轻微的咔嚓声，远处一只鸟儿啁啾，树丛里的动静，还有不知名的声音。露台下一道短梯通往草地，草地末端缓缓没入水中。一座歪斜的登岸桥伸展在水上，停泊着一艘小船。有时他划着船去钓鱼，或者躺在里面动也不动。

伦德远眺四周景致。"这一切你全自己享受？"她问。

"几乎。"

她沉默片刻。"你很能跟自己相处，我猜。"

约翰逊轻声笑了。"怎会这么想？"

"如果这儿除了你找不到别人……我想，你大概觉得自己一人很舒服。"

"对啊，在这儿，我可以想怎么乱跳，就怎么乱跳；可以喜欢我自己，可以讨厌我自己……"

她转头看他。"有这种时候？讨厌你自己？"

"很少。我更讨厌自己让这种时候发生。进来吧，我来弄个意大利饭。"

他们进屋。约翰逊切碎洋葱，放进橄榄油用小火煎，再加入专做意大利饭的威尼斯卡娜罗莉品种米。他用木制煎匙小心翻动，直到米粒全部浸到油为止。然后倒入高汤，继续搅动，防止锅底烧焦。同时，他将牛肝菌切成长条，跟奶油一起爆香后，转用小火煎。

伦德着迷地看着。约翰逊知道她不会做菜，也没那个耐心。他打开红酒，倒入大肚瓶里稍微醒酒后，再转倒入两只酒杯中。公式化的过程，但是有效。吃、喝、谈心，就会愈靠愈近。一个衰老中的波西米亚男人和一个年轻女人一起到一个罗曼蒂克的偏僻地方时，该发生的就会发生。

可恶的下意识反应！她到底为什么他妈的要一起来？

他内心很希望今晚能按常轨行进。伦德坐在水槽的台子上，穿着他的毛衣，似乎很久没有这轻松了。她的五官罩着罕有的柔软神色。约翰逊迷惑了，他常常说服自己，她并不是他喜欢的类型，太急躁、金白色的直顺头发和眉毛太北方。现在他不得不承认自己错了。

你本来可以有一个静谧美丽的周末，他想。你就是要弄得这么复杂，白痴。

他们坐在厨房。伦德每喝一杯就更放松。两人随意胡闹着，又开了第二瓶酒。

午夜时分，约翰逊说："外面其实不冷，有兴趣坐船吗？"

她双手托住下巴朝他微笑。"也可以游泳吗？"

"我若是你，不会下水，还要一两个月才够暖。我们划船到湖中心，带上一瓶酒，然后……"他停顿。

"然后？"

"看星星。"

他们的眼光交缠在一起。两人各据桌子的一边，撑着手肘，彼此互望。约翰逊感觉内心的武装正在瓦解。他听见自己说出本来不想说的话，看见自己千方百计调情。他唤醒期待，令自己和伦德确信他们跑到偏僻的湖边做该做的事是应该的。他希望她现在就起身回特隆赫姆，却又同时渴望拥她入怀。他愈来愈靠近她，直到脸感觉到她的鼻息。他诅咒一切发生得如此顺畅，却又等不及即将发生的事。

"好，我们走吧。"

外面一丝风也没有。他们走到登岸桥的尽头跳进船里，船摇晃不停，约翰逊扶住她的手臂。他几乎大声笑出来！简直像在演电影，这念头闪过他的脑子。像梅格·莱恩主演的番石榴滥情片，因为绊倒，所以凑成一对。我的天啊！

小木船是跟房子一起买下来的。船头钉了舱板，以存放物品。伦德盘坐在上面，约翰逊发动马达。引擎的声音完全不影响周遭的宁静，反而协调地融进森林热闹活泼的夜晚。马达噗突噗突，像极一只超大型的黄蜂。

短短的航程中两人沉默无语。约翰逊将引擎渐渐调低，让船慢慢停住。他们离开房子好一段距离。露台的灯故意亮着没关，映在岸边光圈荡漾。四下不时传来轻轻的扑水声，是鱼为了捕虫跃出水面。约翰逊小心维持平衡，移到伦德身边，右手提着半满的酒瓶。船身和缓地晃着。

"仰躺下来的话，"他说，"整个宇宙都属于你。试试看。"

她看着他，眼睛在黑暗中熠熠发亮。"你在这儿见过流星吗？"

"常见到。"

"是吗？你许过愿吗？"

"我欠缺浪漫的细胞，"他在她身边躺下，"光是欣赏就够了。"

伦德轻笑，"你什么都不相信，是吧？"

"你自己呢？"

"我是最不可能相信这种事的人了。"

"我知道。花或流星无法取悦你。卡雷要爱你还真难。可以送你最浪漫的礼物大概是深海科技建构平衡分析仪。"

伦德紧紧揪着他。然后，她慢慢向后仰躺，毛衣跟着往上拉，露出绷紧的小腹。"你真的这么认为？"

约翰逊用手肘撑起身子注视她。"不怎么信。"

"你觉得我一点也不浪漫。"

"我觉得，你还没想过浪漫能发挥的效用。"

他们的眼光再次相遇。久久对视。太久了。

在他发觉以前，手指已经滑下她的发梢。

"不如你示范给我看吧。"她细语。

约翰逊弯身向她，两人双唇间热气颤动。她伸长手臂环上他的颈，闭上眼睛。

吻她，就是现在。

千百种声音和念头呼啸过他的脑海，集结形成漩涡，跟他的专注力展开拉锯。他们始终维持这种高度紧张的姿势，好像在等人颁发许可，一式两份，一张给你，一张给你。现在你可以吻新娘，展现你的热情了，真正的热情。好，好，看来很不错。现在，请打从心底相信一切吧！

热情一点，老兄！怎么回事？约翰逊想，什么地方不对劲？

他感觉到伦德温暖的身体，闻着她的体香，芬芳、美好、诱人的体香。

但是，他觉得似乎走错了房间，邀请函上写的不是他的名字。

"我们之间不来电。"伦德同一时刻说道。

有那么一瞬间，他徘徊在投降与顽强抵抗的边缘，觉得好像掉进了冰冷的水里。没多久，短暂的痛苦退去。有些东西破灭了，剩下的余烬消散在湖面洁净的空气中。

他松一口气，"你说的对。"

他们放开怀抱，慢慢地，不太情愿地，仿佛身体还没有接到脑部的决定。约翰逊在她眼中看见疑问，也许她在他眼里也看见同样的疑问：他们之间有多少东西被破坏了？永远失去了？

"你还好吗？"他问。

伦德没应答。他在她面前坐下，背靠着船身。他发现酒还挂在右手上，便将酒瓶递给她。

"显然，"他说，"我们的友谊胜过爱情。"他知道自己听起来既庸俗又做作，但是这有一定的效果。

她轻声咯咯笑起来，先是有些紧张，后来也明显松了口气。她抓过酒瓶，大口灌酒，爆笑出声。她的手拂过脸颊，似乎想抹去不合宜的大笑，但笑声仍然从指缝中流出。

约翰逊也一起笑开了。

"呼——"她吐出一口气。

然后是长长的沉默。

"你生气了吗？"她终于低声问。

"没有。你呢？"

"我……没有，我没有生气。一点都没有。只是……"她顿住。"这一切如此混乱。在托瓦森号上，你知道，那天晚上在你的舱房里。若再多一分钟，就……我的意思是，那时候真的可能发生。但是今天……"

他从她手中接过酒瓶，喝了一口。"不会的，"他说，"我们诚实面对自己吧，那个时候的结果，也会跟刚刚一样。"

"原因是什么呢？"

"你爱的是他。"

伦德环手抱住膝盖。"卡雷？"

"除了他还有谁？"

她凝视前方良久。约翰逊继续就着瓶口喝酒，跟蒂娜·伦德剖析她的感情不是他的义务。

"我以为我逃得过，西古尔。"

一阵沉默。如果她期待他给一个答案，他想，她可有得等了。她必须自己去找答案。

"我们常常有机会，"过了一会儿，她继续说，"我们谁也不愿意定下来，这点其实有助于我们感情的发展——但是我们从没认真选择——我没有那种现在不发生就永远错过的感觉，我……我从没爱上过你，也不想陷入爱情。但是，随时可能会发生爱情的念头是很刺激的。我们各过各的，没有义务，没有约束。我甚至确信，我们就要发生感情了，一度觉得时候到了！然后，卡雷忽然出现。我想：我的天，这就是约束！你不是得到全部，就是什么都没有。爱是约束，而这个是……"

"这是爱。"

"我原以为，这是别的什么，像流行感冒。我无法理智地专心工作，总是在想别的事情，有种脚下的地板被抽走的漂浮感，这跟我的生活方式不合，这不像我。"

"这是你先前的想法。在事情失控以前，赶快做个选择吧。"

"你果然在生气！"

"我没有生气，我明白你在说什么，我也没有爱上你。"他思索着说道，"我对你有某种渴望。尤其是你和卡雷交往以后。但是我是一个老猎人，我想，有人认为我无权占有猎物这件事令我生气，我的自尊受损……"他轻笑。"你知道有部很棒的电影，雪儿和尼古拉斯·凯奇演的《月色撩人》。片子里有人问：为什么男人想和女人上床？答案是：因为他们怕死。咦，我怎么说到这里来啦？"

"因为一切都和恐惧有关。害怕孤单一人，害怕不被需要——最糟糕的恐惧是，有所选择却怕做出错误决定，决定以后就再也不得脱身。你和我，最多也只能是一段情。而卡雷，跟卡雷除了天长地久以外，其他我都不要。我没有花多少时间精力，就明白了这点。你想要某人，这个人你根本不太认识，却千方百计想要他。不过，你要这个人，却也得一起接收他的生活。忽然间，你就迟疑了。"

"而且可能是个错误。"

她点点头。

"你曾经和谁交往过吗？"他问道，"我的意思是，真正的交往。"

"一次，"她回答，"很久以前了。"

"初恋？"

"嗯。"

"发生了什么事？"

"一点也不稀奇，真的。我很想告诉你一个伟大的爱情故事，可惜事实是，到某个阶段后，他就跟我分手了，伤心哭泣的人是我。"

"这之后呢？"

她抵住下颌。在月光的笼罩下，眉头深锁，看起来美极了。约翰逊并不感到遗憾。他不后悔他们尝试了，也不恨结局竟是如此。

"之后先说再见的总是我。"

"复仇天使。"

"胡扯，不是的，有时候男人就是烦。有些动作太慢、有些人太好、有些理解力太差。有时候我只是为了安全先走一步，免得……你知道的，我动作很快。"

"房子不必盖得太漂亮，谁知道什么时候会起风暴，把房子吹倒。"

伦德扯了扯嘴角。"这对我来说太悲观了。"

"也许。不过，适用于你。"

"好，算是吧。"她皱起眉，"还有其他的可能性。你有了漂亮的房子，而在别人把它摧毁之前，自己就先毁掉它。"

"卡雷，就是那栋房子吧。"

"对，卡雷就是房子。"

某处响起一只蟋蟀的唧唧声，离它很远的地方有另一只应和着。

"你几乎成功了，"约翰逊说道，"如果我们今天真的上了床，你就有理由叫卡雷走了。"

她不答。

"你真的相信可以欺骗自己到这种地步吗？"

"我会告诉自己，和卡雷天长地久比起来，与你有一段情较适合我的生活形态。和卡雷在一起，我什么事都做不成。跟你上床有点像是……可以证明。"

"所以说你为了证明这个，出卖你的身体。"

"不是，"她怒视他，"我也的确被你吸引，信不信随你。"

"好啦、好啦。"

"你不是我逃避的工具，如果你这么认为的话。我对你不是随便的……"

"好了啦，够了！"约翰逊举起手，"反正你恋爱了。"

"对。"她闷闷地说。

"不要这么不甘愿，再说一次。"

"对，我是！"

"好多了。"他微笑，"现在呢，我们已经把你里里外外清算完毕，得知你只是一只惊弓之鸟。我们不应该为卡雷干杯吗？"

她歪着嘴笑回去。"不知道。"

"你还不确定吗？"

"有时候有把握，有时候没有。我……很困惑。"

酒瓶在约翰逊的双手中换来递去。然后他说："我也曾经拆了一栋房子，蒂娜。很多年前的事了。拆的时候，人还住在里面。当然受的伤不轻，但是一段时间后，应该是痊愈了——至少两人之中的一个痊愈了。至今我仍然不清楚这么做是否正确。"

"房子里的另一个人是谁？"

"我太太。"

她扬眉。"你结过婚？"

"是。"

"你从没提过。"

"很多事我都没有说，这样我比较自在。"

"发生了什么事？"

"发生了会发生的事，"他耸了耸肩，"就是离婚了。"

"为什么？"

"因为所以，没什么特别的原因。没有能搬上舞台的精彩剧情，没有到处乱飞的盘子，只是觉得越来越狭窄。其实是恐惧，恐惧我可能会依赖。我看见幸福家庭的景象，孩子和一只满嘴流涎的狗在花园里玩，还有我得负起的责任。然后，孩子、狗、责任就将爱情一块一块侵蚀掉……那时我觉得分手是理智的决定。"

"现在呢？"

"我有时候想，这可能是我这辈子所犯的最大错误。"他顺着水面望出去，似乎沉湎在回忆里。然后他挺直身体，举高瓶子。"所以，祝福你！不论你怎么决定，就去做吧！"

"我不知道我该怎么办？"她低声地说。

"千万别让恐惧赶上你。你说得对，你动作很快。那么，就要比恐惧还快。"他看着她，"我当初没有做到这点。只要你下决心时毫无所惧，就是做了正确的决定。"

伦德微笑，然后弓身去取酒瓶。

约翰逊很惊异，他们仍然在湖边一起度过整个周末。那天晚上他们没有善终的罗曼史，之后他想，她应该第二天早上就会立刻动身回特隆赫姆，但事情并不是这样发展。有一件事情弄清楚了，他们之前

189

长久以来的暧昧不见了。他们散步、玩笑胡闹，将大学、油井及虫的世界全抛在脑后，约翰逊甚至煮出他这辈子最好吃的意大利肉酱面。

这是他记忆所及最愉快的湖边周末之一。

星期日傍晚他们开车回去。约翰逊送伦德到她家门口。在城市的保护下他们互相一吻，匆忙而友爱。当约翰逊回到他在教堂街的家时，有几下心跳的时间那么久，他多年来第一次又感觉到孤独和寂寞的不同。他将这感觉留在玄关。自我怀疑和沉重的心情最多只能跟到这儿，多一步都不行。

他把行李提进卧室。这儿也有一台电视，在客厅也有。约翰逊打开电视，频频更换频道直到他找到一场皇家阿尔伯特厅的音乐会转播为止。女高音卡娜娃正在唱《茶花女》中的一段咏叹调。约翰逊打开行李，跟着旋律轻轻哼着，一边迟疑地考虑他睡前必然喝一杯的习性。

过了一会儿，音乐不再流泻。因为叠衬衫的动作难度很高，所以一时间根本没有注意到音乐会已经结束。当他注意到现在是新闻播报时，正在和一只难缠的袖子搏斗。

"……从智利传来的消息。挪威这家人的失踪是否跟同时间分别在秘鲁和阿根廷海岸发生的类似事件有关联，尚未得到证实。几星期以来那儿也有好几艘渔船失踪，或是之后被人发现在海上漂流。船上的人和物到现在仍不见踪迹。这五口之家是在风浪平静、天气晴朗的情况下搭上拖网渔船出海钓鱼的。"

袖子向右折叠，翻到中间。刚刚电视里在说什么？

"阿根廷，目前遭到不寻常的大规模水母群侵袭。数千只葡萄牙战舰水母，也叫作蓝瓶水母，出现在近海。据报，目前已有14人因为接触水母的剧毒而亡，伤者不计其数，其中有两个英国人和一个德国人。失踪人数仍无法确定。阿根廷观光局召开紧急会议，却反对关闭开放给观光客的沙滩，认定目前沙滩上并没有直接的危险。"

约翰逊拿着一只袖子站在那儿发呆。"这些浑蛋，"他喃喃道，"已经有14人死亡，他们早该什么都关闭的！"

"澳洲沿岸也因水母群集造成混乱。此类水母为箱形水母，又称海黄蜂，同样含有剧毒。地方官员强烈警告下海游泳的危险。过去一百年来，澳洲一共有70人中了箱形水母的毒而亡，多过遭鲨鱼攻击死亡的人数。

"另外是伤亡严重的海难事件，发生在加拿大西岸。多艘观光船沉没事件原因不明，可能因为导航仪器故障，导致船只相撞。"

约翰逊转身面对电视，播报员正放下一张稿子，抬起眼睛对着镜头空洞地微笑。"接下来为你播报今天的新闻概要……"

葡萄牙战舰水母。约翰逊还记得在巴厘岛海滩上那个气喘吁吁、因痉挛发颤不止的女人。他自己并没有碰过那东西，其实连那个女人也没有碰到。她在沙滩上散步时，用一根棍子从岸边浅水处挑起某种东西。某种她看来稀奇、异样美丽、随波漂流的布篷。因为她很谨慎，还特别注意保持距离。她用棍子将它翻来覆去，直到它被沙子裹满，失去了吸引力。然后，错误就发生了……

葡萄牙战舰水母是僧帽水母属，一种科学家仍觉得谜一般的物种。正确地说，僧帽水母并不是典型的水母，而是由一大群微小的生物，即分担不同任务的成千上万珊瑚虫，所集结形成的群体。蓝色或是紫色发亮的透明胶状伞，充满气体浮游在水面上，令它们能像快艇一样御风航行。伞下是什么，完全看不见。

但是如果碰上了，就会感觉到。

僧帽水母浮囊体下网状的触手最长可达50米，上面布满几千几百个有触觉的细小刺丝胞。这些刺丝胞的构造和作用真是进化的杰作、高效率的军械库，每个刺丝胞囊里面有曲卷的长刺丝，尖端亦有鱼叉般的倒钩。只要轻轻一触碰此胞针，刺丝便随即舒展开，以约70倍爆胎的压力向外发射。上千个有倒钩的刺丝像皮下注射般，射进受害者的肌肉内，并释出各式酚类蛋白毒剂袭击受害者血液和神经细胞，造成肌肉挛缩，仿佛被灼烫或金属刺进肉里般痛苦，并会造成休克，呼吸困难及心肺衰竭。

巴厘岛那个女人其实除了脚趾碰到黏附着一些刺丝胞的棍子外，什么也没做。光是如此，就足以让她一辈子难忘这次的邂逅了。

然而，跟箱形水母比起来，葡萄牙战舰水母还算是无害的。在毒液进化史上，大自然创下的成绩相当辉煌，箱形水母尤其是完美的例子。它身上的毒液足够毒死250人，极有效的神经毒素能让人马上陷入昏迷。受害者大多死于同时来袭的心跳停止和溺毙，几分钟内甚至往往几秒内就过去了。

他愣在电视机前，这些念头一一闪过脑海。

他们想愚弄大众。短短几星期内，又是14起死亡、又是受伤，哪个海岸曾经发生过这样的事？原因只是单单一种水母？另外，船只凭空消失又是怎么回事？

南美的葡萄牙战舰水母。澳洲来的箱形水母。

挪威的多毛虫进击。

有可能只是巧合，不一定有什么关联，他想。水母常常成群结集出现，世界各地都有。没有一个盛夏不曾发生水母侵扰事件。不过，虫又是另外一回事了。

他心不在焉收完最后一件衣服，关掉电视走进客厅，想听音乐或读点书。

但是他既没有放音乐，也没有选书。反而徘徊了一阵子，走到窗前望着灯火通明的街道。

湖边真是平静。教堂街也很平静。太平静的话，背后一定有什么蠢蠢欲动。

神经，约翰逊想。教堂街和这些事有什么关系？

他给自己斟了一点烈酒，慢慢啜饮，试着不再去想新闻里说的事。

他想起可以打电话给一个人。克努特·奥尔森。他和约翰逊一样是挪威科技大学的生物学者。约翰逊记得，他对水母、珊瑚与海葵很有研究。此外，他还可以问问奥尔森，那些失踪的船只到底怎么回事。

电话响了三声，奥尔森接了起来。

"你已经睡了吗？"约翰逊问道。

"小孩闹得我无法睡，"奥尔森说，"玛丽今天生日，她五岁了。你在湖边过得如何？"

奥尔森一直是个居家型的好好先生，过着模范市民的生活，模范到让约翰逊作呕。不过奥尔森是好人，而且有幽默感。约翰逊觉得，奥尔森也必须靠着幽默感，才能忍受五个孩子及无所不在的亲戚缠身。

"你该跟我去一次湖边了吧，"他建议。这是废话。他一样可以说：你该把你的车子炸掉了吧，或是把你的孩子卖掉吧。

"好啊，"奥尔森说，"看什么时候有机会，我很乐意啊。"

"你看新闻了吗？"

停顿一下。"你是指水母吗？"

"猜中了！我想，你会注意到这个。究竟怎么回事？"

"什么怎么回事？生物入侵总是在发生，青蛙啊、蚱蜢啊、水母……"

"我是指葡萄牙战舰水母与箱形水母。"

"那的确不寻常。"

"你确定？"

"事件若因这两种最致命的水母而起，是不寻常。还有，新闻内容听起来很离奇。"

"一百年内70个死者。"约翰逊插话。

"见鬼！"奥尔森轻蔑地从鼻子里说出来。

"少于这个数字？"

"至少有90人，如果你再把孟加拉国湾和菲律宾加上去，那更无法估计了。当然，澳洲一直跟这种黏糊糊的动物有点纠缠不清，尤其是箱形水母。它们把卵产在洛克汉普敦河的入海口北方。几乎所有的意外都发生在浅滩，三分钟以内就丧命了。"

"季节对吗？"

"就澳洲一地来说，是对的。从10月到次年5月。换成欧洲，只有天气炎热时它们才烦人。去年我们去米诺卡岛，小孩兴奋得不得了，沙滩上有成吨的帆水母……"

"沙滩上有什么？"

"帆水母。很漂亮，如果没有在太阳底下发臭的话。那是紫红色的小东西。沙滩一片紫红，他们用铲子装了几百个袋子，你根本无法想象，而且海上还不断漂来新的。你知道我是一个水母迷，但后来连我也受不了了。总之，欧洲受水母侵扰的月份是8、9月，南半球自然正好相反。不过澳洲这事件，是有点怪。"

"严格说来，怪在哪里？"

"海岸线若是水质清澈且为浅滩，就会有箱形水母。离岸稍远，几乎就见不到它们的踪迹。更别说是大堡礁了。但是，有消息说它们也出现在那儿了。帆水母刚好相反，属于外海物种。至今我们仍然不清楚，为什么它们每隔十几年就漂到沙滩上来。总之，我们对水母了解有限。"

"沙滩不是有护网保护吗？"

奥尔森大笑出声。"对啊，他们以为这样就天下太平了，事实上那根本没用。水母就算被拦在网上，触手仍会脱离，穿过网眼漂进来。如此一来，肉眼反而看不见了。"他顿了一下。"为什么你这么渴望知道这些事情？你的知识也够丰富了。"

"但是你的研究比我更深入。我真正想知道的是，这是不是和异常现象有关。"

"我可以跟你打赌，"奥尔森抱怨道，"水母的问题跟水温和浮游生物的多寡脱离不了关系。你是知道的，水温愈暖，浮游生物愈丰富，而水母以浮游生物为食，一加一嘛。这也是为什么它们在夏末大量出现，几个星期以后又无影无踪，事情就是这样——你等一下。"

电话里传来哭叫声。约翰逊纳闷，奥尔森什么时候才叫小孩上床，这些小孩睡觉吗？他不管什么时候跟奥尔森讲电话，另一头总是很热闹。

奥尔森大喊别吵了、要和好之类的话。有一下子反而吵得更凶，然后他又拿起电话。"抱歉。礼物的问题，分赃不均。所以呢，如果你要听我的意见，这类水母侵扰的原因在于海里养分太多。而错在我们。海水里养分太多，使得浮游生物生长茂盛等等。当吹起西风或西北风时，它们就会出现在我们家门口。"

"对，不过那是正常情况。我们谈的是……"

"别急，你想知道这是不是异常现象，答案：是！而且可能是我们无法察觉的异常。你家里有植物吗？"

"什么？啊，有。"

"有龙舌兰吗？"

"有啊，两株。"

"异常现象。明白吗？龙舌兰不是本地种，是被带进来的。猜猜，谁干的？"

约翰逊翻了翻白眼。"希望你现在谈的不是龙舌兰入侵，我的龙舌兰乖得很。"

"我不是这个意思。我是说，我们已经没有什么依据能评断是自然或异常。2000年，我到墨西哥湾调查水母侵扰。这些泡泡状的东西一群又一群入侵路易斯安那、密西西比、阿拉巴马的产卵地，吃掉鱼卵和鱼苗，连鱼吃的浮游生物也不例外，严重威胁当地的鱼类生态。而危害最大的，却非土生土长的物种，而是太平洋澳洲的水母。被引进的。"

"生物入侵。"

"对。它们破坏当地的食物链，严重影响渔获。大灾难。之前几年，黑海也出现生态灾难。80年代，某艘商船的压舱水带进了栉水母。它们不属于黑海，所以黑海生态不知如何对应，没有多久就完蛋了。现在，每平方米的海域8000只水母在那儿戏耍。你知道那代表什么吗？"奥尔森愈说火气愈大。

"好，现在是葡萄牙战舰水母。出现在阿根廷？那里根本不是它们的领域。中美洲，可以，秘鲁也可以，智利或许也还能算上，但是再往下？竟死了14个人！听起来就像是生物入侵。人仿佛被偷袭。接着，箱形水母。它们在那么远的外海干嘛？简直就像有人变魔术似的，把它们变了过去。"

"我惊讶的是，"约翰逊说，"怎么刚好是最危险的两种。"

"问得好。"奥尔森拉长了声音，"但先别太早下结论，我们不是在美国，请勿捏造阴谋论。有关侵扰事件的增加，还有另一种解释。有人认为是圣婴现象造成的；另外一些则坚称是全球暖化。水母侵扰在加州马里布已经十几年没这么严重了，以色列的特拉维夫海边出现巨大水母。全球暖化、外来种入侵，这些全是原因。"

约翰逊几乎没在听。奥尔森的一句话一直在他脑海中挥之不去。

简直就像有人变魔术似的，把它们变了过去。

那么，虫呢？

"……为了交配到浅滩去，"奥尔森话语未歇，"还有，如果他们说出现的数目多得不寻常，指的绝对不是几千只，而是几百万只。他们完全控制不了情况。一定不止14人死亡，肯定多得多，我跟你保证。"

"嗯。"

"你有在听我说话吗？"

"有啊，死亡人数肯定更多。现在是你热衷捏造阴谋论。"

奥尔森笑道。"胡说。不过，这一定是异常现象。虽然表面看来是某种循环现象，但我不认为如此。"

"好，谢谢，我就想听听你的意见。"约翰逊陷入沉思。要不要告诉奥尔森关于虫的事？可是这跟他没有关系。国家石油或许不急于在这个节骨眼让此一话题公之于世，而奥尔森是有些多嘴。

"明天中午一起吃饭吗？"奥尔森问。

"好啊。"

"我看看能不能多挖一点相关消息，我有些渠道。"

"好，"约翰逊说，"明天见。"

他一挂上电话才想到，他也要问奥尔森对那些消失的船有什么想法。但是他不想再打一次电话，明天知道的事一定够多了。他自问，若非知道虫的事，他会注意到水母侵扰事件吗？

不，可能不会。不是水母，他感兴趣的是事情的关联性，如果它们之间有关联的话。

隔天一早，约翰逊几乎才进办公室，奥尔森就来找他了。开车到挪威科技大学的路上他听了新闻报道，除了已知的事件，没有新的消息：全球各地仍传出人与船只失踪的消息。各种揣测漫天飞舞，真正能提出合理解释的，一个都没有。

约翰逊的第一堂课是十点，九点进办公室还有充裕的时间收发电子邮件，看看信。外面大雨滂沱，天空灰得像灌了铅一样重重罩着特隆赫姆。他打开天花板上的灯，拿了杯咖啡想在寂静中保持清醒，才要坐到桌前，奥尔森就从门外伸进头来。"疯了！疯了！"他说，"接二连三、没完没了。"

"什么没完没了？"

"坏消息一个接一个啊。你都不听新闻吗？"

约翰逊不得不稍微集中一下精神。"你是说那些失踪的船只？我也正要找你问这个。昨天水母来水母去的，给忘了。"

奥尔森摇着头走进来。"我有权假设你会请我一杯咖啡，"他边说边饶有兴味地打量着房间。奥尔森虽然很有用，却必须忍受他的好奇心。

"隔壁。"约翰逊说道。

奥尔森倚在通向另一个办公室的门上，大声点了一杯咖啡。然后他坐下来，眼光还一边继续睃巡。女秘书走进来，把咖啡重重地放在桌上，回去之前，还特意赠送两道怨毒的眼光给奥尔森。

"她怎么了？"奥尔森讶异地问。

"我的咖啡都是自己拿的，"约翰逊说，"咖啡壶放在隔壁，还有牛奶、糖、杯子。"

"这位女士很敏感，对吧？抱歉。我这星期看哪天带自家烤的饼干给她。我太太烤的饼干不是盖的。"奥尔森大声地咂咂嘴。"你真的没听新闻，对不对？"

"有，开车到这儿来的时候。"

"十分钟前有一则CNN的特别报道。你知道我办公室有一台小电视，整天开着。"奥尔森弯下身来。天花板上的灯照着他逐渐稀疏的头顶。"日本有一艘运送液态瓦斯的轮船爆炸沉没。同时在马六甲海峡有两艘货柜船和一艘驱逐舰相撞，货柜船中的一艘沉了，另一艘无法行驶，驱逐舰则起火燃烧。还有一艘军用舰爆炸。"

"我的天。"

"而且是一大早，你看看。"

约翰逊手握着杯子取暖。

"马六甲海峡那边发生的事我不意外，"他说，"奇怪的是，这样的事件其实不常发生。"

"对，但这是令人惊异的巧合，不是吗？"

三处海峡互相争夺谁是世界上船只行走最频繁的地方。英吉利海峡、直布罗陀海峡与马六甲海峡，从欧洲到南亚和日本的海路部分。世界贸易船只的航区问题，尤其出在这些海峡上。光是马六甲海峡一天就有600艘油轮和货船通过。有些日子，甚至多达2000艘船只，必须通过马来西亚和苏门答腊之间的水域。这片水域虽然长达800公里，最窄的地方却只有2.7公里。印度尼西亚和马来西亚坚持，油轮应该往南经过龙目海峡，大家却充耳不闻。若是绕道航行，获利会减少。占世界贸易比率15%的船只，仍然继续挤在马六甲海峡及附近海域。

"知道那边到底发生什么事了吗？"

"不知道，这事几分钟前才发生的。"

"可怕，"约翰逊喝一口咖啡，"消失的船又是怎么回事？"

"什么？这个你也不知道？"

"知道我还问你干嘛！"约翰逊有点激动。

奥尔森弯下身子，降低声音。"南美洲靠太平洋那一边，游泳的人和小渔船持续失踪，显然已经有很长一段时间。但几乎没有相关事件的报道，至少欧洲没有。事情从秘鲁开始。先是一个渔夫失踪，船几天后被发现在外海漂流，一艘草船，不是大船。他们分析他可能被一道大浪卷下了海，但是那个地区好几个星期以来始终天气晴朗。之后持续传出类似事件。最后，一艘拖网渔船失踪了。"

"我们他妈的怎么都没听说呢？"

奥尔森手一摊。"因为他们不想大惊小怪。观光客源很重要。何况发生事情的地方那么远，又住着一些对我们来说全是黑头发黄皮肤、分不清谁是谁的人。"

"却报道了水母。那也是发生在很远的地方。"

"拜托！差别大了。有美国观光客死了，还有一个德国人，天知道还有谁。目前在智利有一个挪威家庭失踪。他们跟着当地的渔船出海。外海渔钓，咔嚓，不见了！挪威人耶，他妈的，珍贵的金发人种耶！这种事怎么能不报道？"

"好了、好了，我明白了。"约翰逊靠回椅背。"当时没有无线电通话吗？"

"没有，夏洛克·福尔摩斯。有几次求救讯号，就只有这么多了。大多数失踪的船只只有很简单的通讯配备。"

"没有暴风雨？"

"我的天啊，没有！没有强烈到能把船打翻。"

"加拿大西岸外海又发生了什么事情？"

"那些听说撞在一起的船只？不知道。不知道是谁认为，这些船遇上了一只心情不好的鲸鱼。我哪知道？世界又神秘又残忍，而你也问得神秘兮兮的。再给我一杯咖啡吧……不，等一下，我自己去拿。"

奥尔森赖在他的办公室里就像腐蚀房子的壁癌。当他终于喝完咖

199

啡离开，约翰逊看了一下表，离上课时间只剩几分钟了。他打电话给伦德。

"斯考根与其他调查机构联络，"她说，"全世界的机构。他想知道对方是不是也在对抗相同的现象。"

"虫吗？"

"正确。另外，他猜测，对于虫的事情，亚洲人至少知道得跟我们一样多。"

"为什么？"

"你自己说过，亚洲人费尽力气想要分解甲烷水合物。这不是你在基尔的人告诉你的吗？斯考根仔细调查了这家公司。"

这个主意不错，约翰逊想。斯考根知道一加一怎么计算。如果多毛虫真的如此渴望水合物，一定会在人类想要获得甲烷的地方被发现。另一方面……

"亚洲人不太可能向斯考根泄漏什么，"他说，"他们的做法会跟他一样。"

伦德顿了一下，"你是说，斯考根也不会向他们透露？"

"或许不会在影响范围内，何况也不会是现在。"

"有其他的办法吗？"

"怎么说呢？"约翰逊想找到恰当的词句，"我不是怀疑你们。不过，我们假设，即使有不明物到处乱爬，仍会有人施压，希望能尽快建设水下工厂。"

"我们不会做这种事。"

"只是假设。"

"你不是听到了吗？斯考根接受你的劝告。"

"算他聪明。但是这里牵涉到的是钱，对吧？若以此考虑，就会说：'虫？不知道。我们没见过。'"

"然后工厂还是继续盖？"

"不一定。然而，若真发生了——我的意思是，可以因为技术缺失，指责某人叫他负责，却绝不会是吃甲烷的小虫。有谁事后会出面证明，在准备工作时碰到了虫？"

"国家石油不会粉饰这种事。"

"先不要说你们。就拿日本人来说好了，营运丰富的甲烷出口，就等于是卖石油，甚至比卖石油还棒。财富挡都挡不住。这样你还相信，亚洲人会光明正大跟你玩牌吗？"

伦德犹豫了，"不。"

"那你们呢？"

"现在说这个对我们没有帮助。在他们从我们这里得到情报以前，我们必须先下手为强。我们需要中立的观察员，需要不会使人跟国家石油联想在一起的人。比如说……"伦德似乎有点为难，"你不能到处打听一下吗？"

"什么？我？找石油公司吗？"

"不是，找研究机构、大学，找像你基尔朋友之类的人。全世界不是都在研究甲烷吗？"

"是没错，不过……"

"还有找生物学者、海洋生物学者、业余潜水者！你知道吗？"她兴奋得大叫，"干脆你就接下这工作，我们可以给你一个职权范围。好，这太好了！我打电话给斯考根，跟他申请经费。我们可以……"

"嘿，慢点、慢点！"

"撇开你要办的小事不谈的话，薪水相当优渥哦。"

"这种狗屎差事，你们的人一样可以做。"

"你来做比较好，因为你立场中立。"

"啊，蒂娜！"

"光我们现在讲电话的时间，你就可以跟史密森尼研究院通三次电话了。拜托啦，西古尔，这真的很简单……体谅一下嘛，如果我们以财团的身份展现出莫大的兴趣，数千个环保组织立刻会涌上来掐紧我们的脖子。这个机会他们等很久了。"

"啊哈！也就是说，你们的兴趣是把脏东西扫到地毯下就好了。"

"你真是他妈的浑蛋。"

"你才是。"

伦德叹气。"按照你的看法，我们应该怎么办？你以为全世界的人不会立刻怀疑到我们头上吗？我发誓，在清楚虫到底扮演什么角色以前，国家石油不会采取任何行动。但是，如果我们敲太多人的门，消息绝对会不胫而走。到时候，焦点将全放在我们身上，我们连一根手指都动不了。"

约翰逊揉揉眼睛，然后看表。

过十点了，他有课。"蒂娜，我得挂了。晚点再打给你。"

"我可以跟斯考根说你答应了？"

"不行。"

一阵沉默。

"拜托嘛，"她最后小声说，听起来仿佛即将被领进屠宰场。

约翰逊深深吸一口气。"至少让我考虑一下，可以吗？"

"可以，当然可以！你对我最好了。"

"我知道，这就是我的问题。我再打给你。"他抓起讲义，往教室的方向跑。

法国，罗阿讷

当约翰逊在特隆赫姆讲课时，离他约两千公里远处，让·热罗姆正用严格的眼光察看12只布列塔尼龙虾。

热罗姆的眼光相当严格，保持批判精神是他的工作所需。三个胖子餐厅是法国三十年来唯一始终高居米其林指南三星级榜的餐厅，这是个殊荣，而热罗姆不希望自己改变这个历史。他的责任范围涵盖来自海里的一切，也就是所谓的鱼达人。

热罗姆一大早就开始工作，跟他交易的中盘商更早开始一天的工作，凌晨三点就到了杭吉。杭吉距离巴黎14公里远，几年前仍是默默无闻的郊区，一夜之间突然成为采买高级菜色必去的圣地。四平方公里大的地方，处处照明如白昼，供应所需给大小城市、商人、厨师，以及能一辈子站在厨房与食物共度一生的狂人。在杭吉，全国的代表食物都齐了：诺曼底来的牛奶、鲜奶油、奶油和奶酪；布列塔尼的精致蔬菜；南方来的香甜水果。为了赶集，贝隆、马雷讷及阿卡松海湾的牡蛎供货商与圣尚德吕兹的鲔鱼贩，驾着货车从高速公路上风驰电掣而来。保存虾蟹的冷藏车在小货车及私家车之间杀出一条血路。这里是全法国最早能买到珍馐佳肴的地方。

质量毕竟还是最终因素。龙虾当然是从布列塔尼来的最好，不过再往南，也时有鲜美不逊的货色。简短地说，必须符合检定条件，才能让来自罗阿讷的尚·热罗姆这类人满意。

他拿起一只只龙虾，翻来转去，全面仔细检查。虾钳被绑了起来，每六只装在铺着蕨类的大保丽龙箱子里，几乎动也不动。当然，它们还活着。

"好。"热罗姆说道。这批是他经手过最鲜美的龙虾。

他满意得不得了，虽然虾比平常稍小一点，但是就体型来说很重，而且有着深蓝色的闪亮盔甲。

最后两只例外。"太轻了。"他说。

鱼贩皱着眉，一手拿起一只让热罗姆喝彩的龙虾，另一手接过不及格的，两边掂掂重量。"您是对的，先生，"他惊愕地说道，"我很抱歉。"他站在那里像是鱼市场的司法女神，下臂平摊，手掌伸出。"但是并没差多少，小意思，不是吗？"

"是没差多少，"热罗姆说，"在小鱼摊上没差多少。可是我们不在小鱼摊。"

"真的非常抱歉，我可以回去……"

"不用麻烦了。我们只能凭感觉来猜测，哪个客人的胃也许比较小。"

鱼贩再度道歉，送热罗姆出店门时也一直道歉。也许他回家的路上仍然在道歉。这时热罗姆已经站在三个胖子堂皇的厨房里，思考晚餐的菜单。他把龙虾暂时放在装着清水的水槽里，它们漠然不动。

　　一个小时过去后，热罗姆决定动手烫龙虾。他先烧一大锅热水。活虾要快速处理，因为这些动物被抓到以后，有自我折磨至死的倾向。

　　烫的意思是不煮透，只是先将龙虾烫死，上菜前再煮熟即可。热罗姆等水滚后，拿起水槽里的龙虾，头朝上很快丢滑入锅。从壳里被逼出来的空气声清晰可闻。一只接着一只，热罗姆照这个方式送虾入锅，很快又捞出来。第九、第十只龙虾纷纷死去。热罗姆手里抓着第十一只，对，是轻了点！——然后把它放进锅里。十秒就够了。他没有仔细看，就把虾捞出锅来……

　　他止不住低声咒骂。

　　这只龙虾是怎么了？虾壳上处处是规则的裂痕，其中一只钳子还碎了。怪事。热罗姆火冒三丈，鼻子里直喷气。他将这只龙虾，正确来说，是龙虾的残骸，放到面前的工作台上，翻到背面。另一面也毁了，里面应该藏着坚实虾肉的地方，外壳却附着一层白色黏稠物。他不知所措，查看锅里。块状物和像纤维一样的东西跟着翻滚的水泡上上下下。就算想象力再强，也无法把这些东西跟虾肉联想在一起。

　　算了，反正他只需要十只。热罗姆从来不会少买食物，他以善于计算闻名，总能准确知道会用掉多少量。这不但有经济，也有安全上的考虑。眼下就是这个主张派上用场的时候！

　　不过，还是叫人生气。难道龙虾生病了？他的眼光落到水槽，里面还剩一只龙虾——他不满意的其中一只。随便啦，让它也下锅吧。可恶，锅里还漂着白色的东西。

　　他忽然想到，那只生病的虾太轻，这只还活着的也太轻，之间有关系吗？也许它们已经开始折磨自己了？或者，病毒或寄生虫把虾给分解了？热罗姆很犹豫。

　　然后他拿起第十二只龙虾，放在水槽的台子上仔细观察。

往后仰的长触须颤动着，绑在一起的钳子虚弱地挥舞。龙虾一旦离开它们的自然生活环境，动作就会变得迟缓。热罗姆轻轻推了推虾，腰弯得更低来观察。虾动动脚，似乎想爬走，但仍维持原来的姿势，末端环节尾巴处好像排出什么透明的东西。

这又是什么？热罗姆坐到小凳子上，离龙虾更近。虾等于跟他的视线同一高度。

龙虾上半身稍稍抬起。有一秒钟，热罗姆以为龙虾黑色的眼睛正盯着他看。

然后，虾爆开了。

离热罗姆只有3米远的地方，有个学徒正遵照他的指示煮着鱼汤。他们之间有个置放厨具和调味料的柜子阻隔了视线，所以他只听到热罗姆凄厉的惨叫声，然后被吓得刀掉到地上。他看到热罗姆跌跌撞撞离开炉边，手紧紧捂在脸上，赶快跳过去扶住他。两人随后一起撞到后面的水槽台。锅子咚咚响，有东西掉到地上，发出巨大的碎裂声。

"怎么了？"学徒惊惶大叫，"发生什么事？"

别的厨师也来了。厨房等于一个工厂，每个人各司其职。一个负责野味，另一个调酱，再一个做内馅，还有一个做沙拉，然后有一个负责小点心。炉子前面一片混乱。热罗姆好不容易把手从脸上拿开，指着炉边的水槽台。糊糊的透明东西黏了他满头满脸，还流到衣领上。

"它……它爆炸了。"热罗姆惊魂未定地说。

学徒走近水槽台，瞪着爆开的龙虾看，一阵恶心。他从没看过这样的东西。几只脚仍然完好。而钳子躺在地上，尾巴看起来像是被高压压碎，裂开的虾壳上还带着锋利的边缘。

"您到底是怎么处理虾的？"他喃喃道。

"处理什么？怎么处理？"热罗姆高举双手五指张开大嚷，脸上还一团糟。"我什么都没做！它自己裂开的，你看，它就这样爆开了！"

他们拿手巾给他擦干净，学徒用指尖去碰散得四处的东西。他的指头所碰之物，类似橡胶般异常坚韧，却又很快溶解掉，流失在水槽台上。他忽然有一个冲动。他从架子上拿下玻璃罐，用汤匙舀了一点果冻般的东西，再舀一点液体滴进去。最后盖上盖子，使劲旋紧。

使热罗姆安静下来不是一件容易的事。

有人倒了一杯香槟，他喝了之后总算稍微恢复冷静。"把这东西清走，"他用仍嘶哑的声音下令。"赶快把这些乱七八糟的东西清走，我去洗一下。"

他离开后，助手马上重整热罗姆的工作领域。他们清理炉子及炉子周围的东西，收走残骸，清洗锅子。当然，他们把脏水倒进原先龙虾丧命前暂居的水槽排水口。脏水循道流入地下，咕噜咕噜排进下水道，在那里和城市其他废水汇合，再经循环过程变成可用的水。

学徒拿着装着胶状物的玻璃罐，不知道该怎么办。刚好热罗姆洗干净了头发、穿着簇新的工作服进来，他就问热罗姆。

"你把这东西留起来也许是对的，"热罗姆若有所思地说，"鬼才知道这是什么东西。"

"您要看吗？"

"你留着，我不要看！不过，应该拿去检验一下。把它送去检验。但是不必描述细节，听到了吗？刚刚的事情没有发生过。我们三个胖子不会发生这种事。"

这件事果然没有从餐厅厨房流出去。还好如此，否则餐厅营运可能会亮起红灯。即使这件事谁都没有错，但若有人开始八卦，说三个胖子的厨房里有一只龙虾爆炸，可疑的胶状物喷得到处都是，对一个顶尖餐厅的名誉可是损害很大，因为没有比厨房里的卫生被怀疑更糟糕的事了。

那个学徒仔细观察玻璃罐里的东西。这东西像先前一样开始溶解消失时，他滴了点水进去。他想反正不会有什么损害。它的成分让他想到——如果能跟任何东西联想在一起的话——水母，因为水母只活

206

在水中，除了水成分以外没有别的。显然滴水是个好主意，这团东西稳定了下来。三个胖子餐厅私下打了几个电话，最后决定把玻璃罐送到附近的里昂大学去检验。

玻璃罐在里昂大学到了分子生物学贝尔纳·罗什教授的桌上。胶状物虽然加了水，却还是持续分解，罐子里几乎快没有固体了。罗什运用剩下的一点，进行各种不同的试验。就在要进一步研究前，连最后一点也分解掉了。他的进展不多，只能看出一些令人惊异和困惑的分子排列。此外，还发现了一种强效的神经毒素。他无法判定，毒素是来自于胶状物，还是玻璃罐里的水。

能确定的是，这水充满有机物和各种不同的化学物。因为他暂时没有时间进一步检验，所以决定先将瓶里的内容物防腐处理，第二天再详细研究。水便进了冰箱。

这天晚上热罗姆就病了。刚开始，他有轻微恶心的感觉。但餐厅里高朋满座，让他渐渐忘了这件事，照惯例跟着餐厅的步调忙碌。那十只没有爆炸的龙虾真的非常美味，分量刚刚好。虽然早上发生的事不太愉快，不过目前一切如三个胖子平日的步调，进行顺利。

十点左右，恶心程度加剧，外加轻微头痛。

不久后，热罗姆觉得难以集中精神。有一道菜他忘了做，有一些指令他忘了给，优雅顺畅的工作流程在不知不觉间卡住了。

幸好热罗姆的专业经验丰富，能及时让一切再上轨道。但是他真的很不舒服，于是将工作交给下面一个能代理他的女厨师，她在巴黎极具威望的杜卡斯餐厅学艺有成。他告知她要去餐厅的花园走走，就离开了。花园就在厨房的外面，布置得美轮美奂。天气和暖时，他们会请客人先在花园喝点开胃酒，食用第一道前菜。然后再经过厨房，将客人领进餐厅就座。他们可以参观有趣的做菜过程，偶尔也有示范表演。可是现在花园里是空的，光线幽暗。

热罗姆走上走下好几分钟。从这里他可以透过整面墙大的玻璃，追踪节奏紧凑的厨房。可是那对眼下的他来说，也很难做到，因为他无法集中视线太久。虽然空气很新鲜，他仍呼吸沉重，胸口有重压。他觉得腿好像橡皮。安全起见，他在一张木桌上躺下来，想着今早发生的事。龙虾的残骸溅到他的头发和脸上。他一定把什么东西吸进体内了，也许是黏液流进嘴里，或者舔嘴唇时经由舌头吃进了什么。

不知是不是因为在想那只爆裂的虾，还是突然不舒服。总之，他猛烈呕吐。吐得七荤八素时，他想，现在好了，吐出来就没事了。喝口水，很快就会好得多。

他起身，周围的东西都在转。

他觉得额头滚烫，视野变窄，他眼前一切旋转变形。你必须站起来，他想，到厨房去查看是不是一切无误。绝对不能出错。

在三个胖子餐厅不允许出错。

他吃力地站起来后，拖着脚步走，但是他去的方向刚好相反。走了两步以后，他完全忘记自己要去厨房。他根本什么都不知道了，什么也看不见了。

他在树下昏倒了。

4月18日

加拿大，温哥华岛

没完没了。安纳瓦克觉得眼睛充血，眼皮肿胀，周围出现皱纹。而他还太年轻，不该出现这些皱纹。刚才他下巴支在桌面上，目不转睛盯着屏幕。

加拿大西岸发生怪事以来，除了盯紧屏幕，他几乎什么都没有做过，只查看了一小部分资料——行为学研究划时代的发现，靠的就是这些：动物遥测技术。

70年代末，研究人员发明了一种观察动物的新方法。在此之前，人类只能粗略说明物种的分布和洄游行为。动物如何生活、猎食、交配，本身有何需求，都只能依靠猜测。当然，也对数千种动物进行过长期观察。但囿于观察条件，几乎无法对动物的自然行为，做出真实的推论。正如狱中囚犯不可能提供他自由生活时的代表性数据一样，圈养动物的行为也不同于它在自然环境时的行为。

即使在动物原始以来的生存空间里对其进行研究，收获也有限。动物不是暂时逃走，就是干脆不露面。事实上，研究人员往往在开始观察动物之前，就被他的研究对象发现了。黑猩猩或海豚之类胆子较

209

大的动物，常针对观察者的不同，做出攻击或好奇的反应，或卖弄风情，或摆出姿势，使得研究人员完全无法下客观的结论。一旦秀够了，就钻进丛林、飞上天空或潜下水底，恢复真实的行为模式——而人类却无法跟到那儿观察研究。

自达尔文以来，生物学家始终渴望了解，海豹或鱼类在寒冷黑暗的南极水域究竟如何生存？怎样才能了解冰层覆盖下的生态群落？如果不是搭飞机，而是坐在雁的背上从地中海飞往非洲，看到的世界会是什么样子？一只蜜蜂二十四小时之内的经历为何？怎样才能得到翅膀挥动的频率、心跳节奏、血压、摄食行为、生理潜水能力、氧气储存的数据，以及船只噪音或水下爆破等人类发展对海洋哺乳动物的影响结果？

要如何才能到人类无法涉足的地方追踪动物呢？

有一种技术应运而生。使用这种技术，运输业者不必离开办公室，就能确定货运卡车的所在位置；它还能帮助汽车司机在陌生城市里找到路。现代人可以说对这种技术相当熟悉，但谁也没有意识到它引发了生物界一场革命：遥测技术。

早在50年代末，美国科学家即发展出在动物身上安装探测器的计划。不久后，美国海军便拿受过训练的海豚做实验，却因机器太大、太重而告吹。背上的发号机原本是要提供与海豚自然行为相关的信息，如果仪器本身就影响了这一行为，那有何意义呢？

有段时间，大家只是在兜圈子，直到微电子学出现，才进步神速。巧克力大小的发号机和超轻型摄影机，直接从野外传回一切数据——动物背着不足15克的高科技产品在热带森林里散步，或潜游在南极洲麦克默多湾的冰层底下，完全没有发现自己身上有异。

大棕熊、野狗、狐狸和北美驯鹿，忠实提供了生活方式、交配、狩猎行为和漫游线路的信息；海鸥、信天翁、天鹅和鹤，带人类走过半个世界。

研究发展到极致，则是给昆虫安装仅千分之一克重的微型发号机。

发号机的能量来源为雷达波，能以双倍的频率传回讯号，在700米开外就能清楚接收到数据。

大部分的测量工作由卫星支持的遥测技术包办。这套系统既简单又了不起。动物身上发射器的信号被送进运行轨道，由法国航天中心的卫星系统ARGOS接收，再送回图卢兹管理中心和美国阿拉斯加的费尔班克斯的地面站，不到九十分钟，就能传给全世界的研究中心——简直就像实况转播。

鲸、海豹、企鹅和海龟的相关研究，迅速发展成独立的遥测领域，让人类得以见到世界上被研究得最少、因而最迷人的生活空间。超轻的发号机能储存相当深度下的数据，记录温度、下潜深度和时间、方位、游泳方向和速度。

不过愚蠢的是，信号不能穿透水。这使得ARGOS的卫星在深海前变成了瞎子。例如，座头鲸一生大部分时间在加州沿海度过，每天在水面最多待一个小时。鸟类学家可以观察迁移中的鹤，接收数据；可是一旦鲸鱼潜下水去，海洋学家就像被蒙眼似的。若要能真正进行研究，就必须打开摄影机一路跟踪到太平洋底。但没有一位潜水员办得到，而潜艇又太慢、太笨。

圣克鲁兹加州大学的科学家最后找到了解决方法，那就是重仅几克的抗压水下摄影机。他们先后将仪器绑在一尾蓝鲸、一只海象、几头韦德尔氏海豹身上，最后还绑在一只海豚身上。结果很短时间内，就公开了惊人的现象。不过几个星期，便大大扩充了海洋哺乳动物的知识。

如果给鲸和海豚安装设备也能像其他动物那样简单的话，就太好了，但事实证明却非如此，甚至不可能办到。有关鲸鱼生态环境的记录，此刻对安纳瓦克来说，实在不太够，但另一方面却又多得可以。由于谁也不知道必须找什么，每一份记录都很重要，其中包含数千小时长的影像与声音数据，以及其他的测量、分析和统计。

约翰·福特称之为"西西弗斯工程"。

安纳瓦克至少不能抱怨时间不够。戴维氏赏鲸站重新启用后又关闭了，只有大型船只行驶在加拿大和北美西部的沿海地带。温哥华岛的灾难几乎立即从旧金山蔓延到阿拉斯加。在最早的攻击事件中，至少有数百艘小船不是下沉，就是严重受损。周末，袭击数量终于减少，因为现在根本没人敢出海，除非他确定自己脚下是一艘渡轮或货轮的龙骨。

相互矛盾的消息继续传来，死亡数量也没有准确的统计。在国家统一管理下，各委员会和危机处理中心陆续运作，导致飞机数量骤增——直升机不断沿着海岸嗒嗒飞行，科学家和政治家召集来的士兵从飞机上盯着海面，一个比一个不知所措。

由于这种危机处理中心的特质殊异，来自政府部门的负责人开始延揽各界专家。福特领导的温哥华水族馆被征用为科学作业中心，相关数据皆汇总至此。各个海洋生物研究所和科研机构也被串联起来。对福特来说，这是个沉重的负担。

他接下一项他不知道内容究竟为何的工作。

从世纪大地震到核武恐怖攻击，资料堆积如山，但完全不适用此处。福特没有犹豫多久，建议聘请在北美和加拿大的科学家中，最了解鲸鱼在想什么的安纳瓦克担任顾问。因为答案或许在于：假如鲸鱼拥有智商，能控制一切吗？如果没有，鲸鱼又出什么事了？

但是，被赋予重托的安纳瓦克也不知道答案。他要求年初以来在大西洋沿岸收集到的一切遥测资料。

在水族馆同事的支持下，他和爱丽西娅·戴拉维二十四小时以来不停分析录像数据。他们研究位置记录，听取水下听音器录到的声音，但没有得出有用的结论。

鲸鱼从夏威夷和下加利福尼亚洄游往北冰洋时，几乎没有一只身上有传感器，除了两条座头鲸，而它们的发号机在离开下加利福尼亚不久就遗落了。事实上，唯一的收获是蓝鲨号上那个女人的影片。他们在戴维氏赏鲸站与其他精于辨认鲸潮的快艇船长，进行过多次研究。在数次播放和放大图像之后，终于认出两只座头鲸、一只灰鲸和几条虎鲸。

戴拉维是对的。影片是条线索。

安纳瓦克对这位女大学生的怒气很快就消散了。她可能大嘴巴、心直口快，但在那随兴的背后，他认出了一种高智商、善于分析的理智。而且，她有的是时间。她父母住在温哥华的高级住宅区，英属产业。

眼睛眨也不眨，就能提供爱丽西娅富足的生活。安纳瓦克认为，他们显然不太关怀女儿，只会用钱弥补，爱丽西娅似乎也不太在乎——那反而让她能够随意花用，做自己想做的事。

总之，这再好不过了。戴拉维认为这意料之外的合作让她有机会结合生物学理论和实践；而在苏珊·斯特林格死去之后，安纳瓦克也需要一位女助手。

斯特林格……

每当他想到这位快艇船长，就会心生羞愧和自责，因为他未能救她。即使他常对自己讲，在虎鲸咬住斯特林格之后，谁也无能为力了。而噬人的疑惑也同样经常出现。他发表过海豚具有自我意识的相关文章和手册，他对鲸鱼的思维脉络究竟了解多少？该如何说服虎鲸放弃它的猎物呢？什么样的论点对一个不同于人类的智慧体有效？会不会有一种方法呢？

虽然如此，他却又告诉自己，虎鲸是动物。虽然智商很高，始终是动物。而猎物就是猎物。

然而，人类并不是虎鲸的猎食对象。虎鲸真的吞食了水中漂浮的乘客吗？或者只是杀死了他们？

谋杀。可以指控一只虎鲸谋杀罪名吗？

安纳瓦克叹了口气。他在兜圈子，眼睛也愈来愈难受。他无力地抓起另一片录有数字影像的光盘，拿不定主意地将它转来转去，最后又放下。已经无法集中注意力了。他在水族馆里待了一整天，不断同某人商谈，或来回打电话，一切始终毫无进展。

他感觉累坏、被掏空，于是疲惫地关掉屏幕，望望手表，七点多。他站起身，去找约翰·福特。那位馆长正在开会，于是他转到戴拉维那儿。她坐在一个改造的会议室里，研究传真数据。

"想来一份多汁的抹香鲸鱼排吗？"他闷闷不乐地问。

她抬起头来，眨眨眼。她将蓝眼镜换成了同样蓝得不太真实的隐形眼镜。若是忽略龅牙，她其实很漂亮。"好啊。去哪里？"

"街角有家不错的小吃店。"

"什么小吃店！"她开心地叫道，"我请你。"

"没必要。"

"去卡德洛。"

"我的天！"

"那地方很好！"

"我知道很好。但首先你没必要请我，另外我觉得卡德洛……哎呀，该怎么讲好呢……"

"我觉得它很棒！"

卡德洛饭店和酒吧位于游艇码头科尔港中央，又大又通风，天花板和窗户挑高，是个相当高级的地方。能眺望周围的美景，享受地道的西海岸美食。衣着鲜亮的年轻人坐在相邻的酒吧里，豪爽地喝着饮料。安纳瓦克知道自己一身破烂的牛仔裤和褪色的羊毛衫，并不合适那里，而且高级饭店让他浑身不对劲。但是他不得不承认，戴拉维很适合卡德洛。

就去卡德洛吧。

他们开着他的旧福特前往码头，运气很好。卡德洛一般需要提前预订，但角落里还有张空桌，位置虽有点偏僻，却也因此符合安纳瓦克的品味。他们点了店里的特餐，以酱汁、红糖和柠檬烧制的香柏烤鲑鱼。

"好了，"服务生离开后，安纳瓦克说道，"我们有什么呢？"

"我除了饥饿，什么也没有，"戴拉维耸耸肩，"没有比之前聪明一点。”

　　安纳瓦克摩挲着下巴。“我可能发现了些东西，那个女人的影片启发了我。”

　　“我的影片。”

　　“当然啰，”他开玩笑地说道，“一切全要感谢你。”

　　“你们至少得感谢我想到那点。你发现什么了？”

　　“跟已确定身份的鲸鱼有关。我注意到，参与袭击的只有过境虎鲸，没有居留者。”

　　“嗯。”她皱起了鼻子，“没错。关于居留者，确实没听到什么负面报告。”

　　“正是。约翰斯通海峡并未发生攻击事件，而那里有独木舟来来往往。”

　　“这么说来，危险来自于洄游的动物。”

　　“过境者或者近海虎鲸。已经确定身份的座头鲸和灰鲸也是过境者。三种鲸全在下加利福尼亚过冬，这有记录。我们将鲸群照片通过电子邮件传给西雅图的海洋生物研究所。他们证实，过去几年多次在那里见过这些动物。”

　　戴拉维疑惑地望着他。“座头鲸和灰鲸洄游，这可不是什么新闻。”

　　“不是所有的。”

　　“噢，我以为……”

　　“那一天我和舒马克、灰狼再次出海，发生了奇怪的事情。我差点将它忘记了。那时维克丝军女士号正在下沉，我们必须尽快救出船上的人，可是却又遭受一群座头鲸袭击。我心想自己应该不可能安全脱险，更别说救人了。突然，我们身旁钻出两条灰鲸。它们完全没有伤害我们，只是待了一会儿，其他的鲸鱼就游走了。”

　　“居留者吗？”

　　“有十几尾灰鲸全年都待在西海岸。它们太老，无法踏上艰难的洄游旅程。南方来的鲸群到达后，老鲸鱼被接纳，以欢迎礼得到接待。

215

我认出其中一只居留者，它对我们明显没有敌意。相反，我相信，是那两只灰鲸救了我们的性命。"

"我无言以对！它们保护了你们啊！"

"哎呀，丽西娅，"安纳瓦克耸耸眉毛，"你就这样把事情拟人化？"

"这三天来我几乎什么都相信。"

"讲保护或许太夸张。但是我认为，它们不喜欢那些攻击者，的确拦阻了其他鲸鱼。因此可以保守推论，参与攻击的只是洄游动物。居留者——不管是哪一类——都行为温和。它们似乎察觉到其他鲸鱼的脑子不太正常。"

戴拉维一脸思索的神情，搓着鼻子。"很有可能。我认为有群动物在从加州来这里的途中失踪了。就在外海。具有攻击性的虎鲸就生活在太平洋外海。"

"没错。不管是什么改变了它们，绝对能在那里找出来。在蔚蓝的海洋深处。"

"不过，会是什么呢？"

"我们会查出来的，"约翰·福特出其不意出现在他们身旁，拉过一张椅子坐了下来。"而且是在那帮政府家伙用电话让我发疯之前。"

"我还想起一件事，"戴拉维在吃饭后甜点时说道，"那些虎鲸可能很享受这件事，可是那些巨鲸肯定不喜欢。"

"你为什么这么想？"安纳瓦克问道。

"这个嘛，"她满嘴巧克力，腮帮子鼓鼓的，"你想想嘛，若一直四处冲撞，想翻倒东西；或者撞到有棱有角的物体上，受伤的危险有多大？"

"她说的对，"福特说道，"动物自己可能会受伤。如果不是为了维持物种或保护后代，没有动物会伤害自己。"他取下眼镜，不厌其烦地擦拭起来。"我们来随便猜猜怎么样？这整个行动会不会是场抗议呢？"

"抗议什么？"

"捕鲸。"

"鲸鱼抗议捕鲸？"戴拉维不可置信地叫道。

"以前的捕鲸人不时遭到袭击，"福特说道，"尤其是捕捉幼鲸的时候。"

安纳瓦克摇摇头。"这连你自己都不信。"

"只是试着丢想法出来嘛。"

"不是个好尝试。至今未有证明，鲸鱼是否理解什么是捕鲸。"

"你认为，它们不知道自己被捕猎吗？"戴拉维问道。

"废话，"安纳瓦克翻翻白眼，"它们不一定认识到那是有系统性的。领航鲸总在同一处海湾搁浅。在法罗群岛，渔民将鲸鱼赶到一处，任意拿铁棒击打，这是真正的大屠杀。再看看日本的博多吧，他们屠杀海豚和鼠海豚。一代又一代以来，这些动物知道了等在前面的命运。那么，它们为什么还要回来呢？"

"这肯定不是什么特殊智能体的标志，"福特说道，"另一方面，人类每年昧着良心排放燃气、砍伐雨林，同样不是特殊智能体的标志。难道你们不这么认为吗？"

戴拉维皱起眉，刮着盘子里剩余的巧克力。

"没错。"一会儿后安纳瓦克说道。

"什么？"

"丽西娅刚刚提到那些动物冲撞船只时，自己会受伤——我认为，如果你突然想干掉别人，会怎么做？你会到某个能纵览全局的地方，架好枪、开火，同时小心不要击中自己的脚。"

"除非你受到了影响。"

"被催眠了。"

"或者病了，发疯了。我就说过，它们疯了。"

"也许洗脑？"

"别再胡说了。"

好一会儿，谁也没讲话，各自坐在桌旁沉思。卡德洛的噪音分贝逐渐上升，邻桌的聊天声传了过来。最近发生的事件成了媒体和公众生活的中心。有人扯着嗓门将沿海事件和亚洲水域的破坏联系起来。日本沿海和马六甲海峡接连不断发生了数起几十年来最严重的船难。大家纷纷猜测、交换意见，丝毫没有被事件破坏食欲。

　　"会不会是毒物呢？"安纳瓦克最后说，"多氯联苯，或其他有的没的。会不会是什么东西让动物发疯？"

　　"也许是愤怒得发疯了，"福特嘲弄道，"我说过，它们是在抗议。因为冰岛人申请捕猎份额，日本人攻击它们，而挪威人根本不理会国际捕鲸委员会，就连马卡人都想再次动手猎捕。嗯，就是这样！"他咧嘴一笑，"也许鲸鱼在报纸上读过这些消息。"

　　"身为科学作业中心负责人，你实在很不称职，"安纳瓦克说道，"更别提你那严肃科学家的名望了。"

　　"马卡人？"戴拉维应声回道。

　　"努恰努尔特人的一个部落，"福特说道，"温哥华岛西岸的印第安人，多年来试图通过法律途径获准重新捕鲸。"

　　"什么？他们住在哪里？他们疯了吗？"

　　"你那文明人的愤怒值得嘉奖。不过，马卡人最后一次猎鲸是在1928年。"安纳瓦克打了个哈欠，几乎睁不开眼。"不是他们造成灰鲸、蓝鲸和座头鲸濒临绝种的。马卡人是要保护自己的传统和文化。他们的理由是，几乎已经没有马卡人还懂得传统的捕鲸方式了。"

　　"那又怎么样呢？谁想吃，去超市买好了。"

　　"你可别误信利昂高贵的答辩。"福特又倒了杯葡萄酒。

　　戴拉维盯着安纳瓦克，眼睛里有些变化。

　　他想，可别这样。没错，他的外表显而易见是个印第安人，不过，戴拉维却开始做出错误的推论。他简直能听到那个问题，然后又得解释一堆。他恨透了这类想法。他希望福特从没有谈起过马卡人。

　　他迅速和馆长交换了一下目光。

福特理解了。"我们下回再谈这件事。"他建议道。没等戴拉维回答，又说："我们应该同奥利维拉、费尼克或者罗德·帕姆谈谈这个中毒理论。不过，老实说，我不相信。污染来自流出的油和倒入海的氯化氢。你和我一样清楚，那会导致什么结果。免疫系统减弱、感染、早夭，却不会导致发疯。"

"不是有位科学家预计西海岸的虎鲸将在30年后灭绝吗？"戴拉维又打开了话头。

安纳瓦克表情阴郁地点点头。"这样继续下去，30到120年内就会发生。另外，不光是中毒的问题，虎鲸还失去了食物来源——鲑鱼。就算不毁于毒物，虎鲸也会离开，前往不熟悉的地区寻找食物、被渔具缠住……一切将同时发生。"

"忘记中毒理论吧，"福特说道，"如果只有虎鲸，我们还可以这么说。但是虎鲸和座头鲸却同时行动……我不知道，利昂。"

安纳瓦克陷入沉思。"你们知道我的观点，"他低声说道，"我根本不认为动物有目的，或者谈论它们的智慧，但是……你们是不是也感觉它们想摆脱我们呢？"

他们望着他。他本以为会遇到强烈反驳，没想到戴拉维却点点头。"对，除了居留者。"

"除了居留者。因为它们没有去过其他鲸鱼所在的地方，那个它们遭遇某事之处。那些掀翻拖船的鲸鱼……我告诉你们，答案就在深海！"

"我的天呐，利昂，"福特身体往后靠，喝下一大口葡萄酒，"听起来像是部烂电影，与人类大作战？"

安纳瓦克沉默不语。

那女人的影片没有带来更多的进展。安纳瓦克深夜躺在温哥华小套房里的床上，辗转难眠，心里有个念头逐渐成熟。他想亲手解剖一尾发生变化的鲸鱼。不管这些动物吃了什么，它一直控制着它们。装上摄影机和发号机，或许能从其中一尾身上获得必要的答案。

问题是，连温和的座头鲸都无法保持安静，要如何才能将仪器固定在一只发了疯的座头鲸身上？

再加上皮肤的问题……给海豹和鲸鱼装上仪器是截然不同的。一来很容易在栖息地捕捉到海豹；二来，自然材质制成的快干胶能将仪器固定在海豹皮毛上，经过一段时期后才自然脱落。最迟在每年一次的换毛时，剩余的黏合剂会跟着消失。

可是鲸鱼和海豚没有皮毛。几乎没有什么比虎鲸和海豚的皮肤更光滑了，感觉就像新去壳的鸡蛋，涂了一层薄薄的胶状物，能够排除水流阻力，预防细菌。最上层的皮层不断更新。只要一个跳跃，就会掉落薄薄一层——连同所有不受欢迎的寄生物和探测仪器。灰鲸和座头鲸的皮肤也提供不了什么支撑。

安纳瓦克没有开灯，起身走到窗前。套房位于一栋古老的高楼里，能眺望格兰维尔岛，俯瞰夜色中闪烁的城市。他逐一思考各种可能性。当然有办法。美国科学家采用吸盘固定发号机和测量仪。他们从船上使用长杆，将仪器固定在附近探头游泳或者随波起伏的动物身上。这样做失败率很高，但总算是种方法。可惜吸盘发号机只能抵抗水流压力几个小时。另一些人则将仪器黏在背鳍上。不管采用哪种方法，问题在于这几天里如何驾船接近一尾鲸鱼，而不会被立即掀沉。

可以麻醉那些动物……

一切都太麻烦了。此外，光有发号机或许还不够。他们需要摄影机、卫星遥测和录像。

他突然想到一个主意。有方法了。

只需要一名优秀的射手。鲸鱼目标很大，真正能够射击的人较为合适。

安纳瓦克突然疯了似的。他快步来到书桌前，连上网络，先后进入不同的网站。他又想到之前读过的另一种方法。他在抽屉的成堆纸片里翻找了一会儿，终于找到东京的水下机器人及应用实验室小组的网址。

不一会儿他就知道可行的方法了。他们必须结合两种方法。危机处理中心将需要花费大笔的钱，不过只要能解决问题，眼下他们不怕花钱。

他的脑子转个不停。

凌晨时分他终于睡着了，脑中最后的念头是巴丽尔皇后号和机器人。他心里始终挂念一件事，那就是尽管多次查问，罗伯茨仍没有回他电话。他希望英格列伍船运公司至少将样品寄去了纳奈莫。

报告到底怎样了？他不会甘于一直被人推来踢去。他上午应该做些什么呢？

我会再次起床，做笔记，他想道。首先……想到这里他便沉入梦中，累坏了。

4月20日

法国，里昂

    贝尔纳·罗什责备自己没有多花点时间检查水样，但他无法改变既成事实。他怎么料得到一只龙虾能够杀死人呢？甚至还可能杀死很多人？

    一只被污染的布列塔尼龙虾从耳旁飞过之后，罗阿讷三个胖子餐厅的让·热罗姆，再也没能从昏迷中醒来。二十四小时过去，仍无法断定死因。可以肯定的是：他的免疫系统失灵了，有可能是严重中毒引起的直接后果。同样难以证明的还有龙虾——或者该说被让·热罗姆吞进肚里的东西——就是罪魁祸首。

    但看起来事实却是这么回事。厨房里的其他人也病了，最严重的是接触和存放那古怪东西的学徒。他们全都晕眩、恶心、头痛，抱怨精力无法集中。这件事本身就够严重了，对于三个胖子餐厅的经营更是有一定的影响。

    不过，让罗什不安的是，自从让·热罗姆死掉后，罗阿讷许多人也患了类似的疾病，还好症状不太严重。然而，在查出热罗姆存放龙虾的水发生了什么事件后，罗什担心会发生最严重的事情。

考虑到餐厅的声誉，新闻界低调处理了此事。即使如此，多少还是做了报道，从其他管道也有谣言传到罗什耳里。显然三个胖子不是唯一有此遭遇的餐厅。巴黎很快传出多人死亡，据说是由于食用腐坏的龙虾肉，但罗什担心那不完全符合事实。他还收到来自勒阿弗尔、瑟堡、卡昂、雷恩和布雷斯特的消息。这段时间，他聘请了一位助手追踪调查，事情逐渐有了眉目。布列塔尼龙虾在整起事件中扮演着不光彩的角色。罗什终于撇开其他事情，专心分析水样。

他又发现了让他费解的异常化合物，必须紧急弄到其他样本才行。他于是联系有关城市。不幸的是，到目前为止谁也没想过要保留那东西，也没有地方传出龙虾爆炸。不过，对方却同时提到无法食用而被丢弃的肉，以及有些人在烹煮前发现，食物中冒出一些有的没的。罗什但愿有人像学徒一样聪明，可惜渔夫、批发商和厨房员工均非实验室人员。因此他暂时只能依赖猜测。他认为潜藏在龙虾体内的，不仅只有一种组织，而是有两种。一种是胶状物，会自行溶解，而后显然彻底消失。而另一种生物活着，密度很大，熟悉得让罗什觉得不祥。

他透过显微镜观看。数千只透明小球像乒乓球一样漫无目的地旋转着。如果他猜得没错，它们内部有个卷在一起的柄、一种食管。是这些生物杀死了让·热罗姆吗？

罗什伸手抓起一根消毒过的玻璃针，迅速刺进自己的大拇指尖。一小滴血淌出来。他小心地将血注射进载片上的样本，再透过显微镜观看。放大700倍时，罗什的血球像红玉色的花瓣，晃晃悠悠地沉入水里，充满了血红素。那些透明的小球立即行动，伸出食管，快如闪电地袭向人的细胞，像针头一样刺进。吸了血球后，神秘的微生物渐渐转红。愈来愈多小球扑向罗什的血。吸空一颗血球后，就换向下一颗。每个透明小球最多能吸进10颗血球。同时，正如罗什担心的，小球也因此膨胀变大。最迟45分钟之后，就能完全吸空血球。他入迷地观察着，发现时间甚至比他预料的还快。

15分钟后，骇人的过程就结束了。

罗什呆坐在显微镜前。然后他记录道：估计是红潮毒藻Pfiesteria piscicida。

"估计"代表着最后的怀疑，虽然罗什肯定，他刚才已经对造成几起伤亡的病原体进行了分类。让他困扰的是，他觉得那些小球似乎是种红潮毒藻的怪物版。若真如此，那可是非常惊人的，因为红潮毒藻本身就已经是怪物了。一个直径为1%毫米的怪物，世界上最小又最危险的食肉动物之一。

红潮毒藻是吸血鬼。

他阅读过许多相关资料。科学界研究红潮毒藻的时间并不长，始于80年代，从北卡罗来纳国立大学实验室里的50条鱼死亡开始。撇开水族箱里一大群微小单细胞生物不谈，箱里供应给鱼的水质显然没有什么好挑剔的。研究人员换掉水，重新放进鱼，却也活不过一天。往往不到几个小时，有时甚至只有几分钟，某种东西便杀死了鱼，包括金鱼、花鲈和非洲鲫鱼，效率非常高。研究人员观察到，鱼痛苦万分地死去之前，总会抽搐扭动。

不知哪里来的神秘微生物每次都会出现，然后又同样迅速消失。

事情逐渐明朗。

一位女植物学家认出那神秘微生物是一种至今种类仍不明的涡鞭毛藻。大多数藻类并无害，但有几种发展成真正的施毒者，会污染整个贝类养殖场。另一些涡鞭目释放出更加危险的"红潮"，将大海染成血红或棕色，同时也会侵袭壳类动物。尽管如此，和新发现的生物相比，那些只是小巫见大巫。

红潮毒藻不同于其他同类，会主动进攻。某种程度上让人想到扁虱，不是外形，而是两者表现出同样的耐心。它们全都死了似地潜伏在水域底部，外覆有保护作用的孢囊。红潮毒藻可以这样子连续数年不进食。直到一群鱼游过，鱼群的分泌物沉到水底，唤醒这些假死的单细胞生物的食欲。

接下来发生的事，只能称之为闪电进攻。数十亿藻类离开孢囊，冲上前去。此时，身体两端的两根鞭毛充当推进器，一根像螺旋桨般旋转，另一根控制前进方向。红潮毒藻一旦黏上一条鱼，会释放出瘫痪神经的毒汁，在鱼的皮肤咬出孔来，将吸喙插进伤口里，吸走正在死去猎物的体汁。吸饱了，就离开牺牲品，返回水底，重新躲进孢囊。

有毒藻类本身是种正常现象，就像森林中的蘑菇一样。

很久以前，人类就知道某些藻类有毒。准确地说，自圣经时代以来就知道了。《出埃及记》里就描写了一种现象，同"红潮"似乎惊人地吻合：所有的水都被变成了血。鱼类死去，水流发臭，使得埃及人无法喝尼罗河里的水。

因此，单细胞生物谋杀鱼类，不是什么特别的事情。新鲜的只是谋杀的方式与残酷的程度。仿佛有种疾病侵袭了世界水域，根据其最引人注意的症状先暂名红潮毒藻。毒杀海洋动物、珊瑚新疾病、海草被感染等等，在在反映出海洋因为水中的有害物、过度捕捞、海岸滥开发和全球暖化，而衰弱的总体状态。红潮毒藻的进攻是种新现象或只是阶段性出现，仍有所争议。

但可以肯定的是，它们以前所未有的方式占据了全世界。在生产新物种这一点上，大自然证明了自己特别丰富的创造力。当欧洲人还在庆幸自己的地盘上未出现红潮毒藻时，挪威沿海已有成千上万的鱼死亡，鲑鱼养殖者陷入毁灭边缘。这回的杀手叫作定鞭藻，红潮毒藻的一个勤奋小弟。谁都不敢预言还会发生什么事。

而现在，红潮毒藻也袭击了布列塔尼龙虾。

不过，真的是红潮毒藻吗？

怀疑啃啮着罗什。单细胞生物的行为证明了此事，虽然他觉得它们比现有数据里介绍的更具攻击性。不过他心想，龙虾如何能存活这么久？那些藻类来自龙虾体内吗？胶状物也是？无论如何，一遇空气就瓦解的胶状物，似乎完全不同于藻类，是某种不明物质。那么，后来龙虾肉发生了什么变化呢？

那真的是一只龙虾吗?

罗什不知所措。只有一点他是绝对肯定的。不管那是什么,有一部分已经进入罗阿讷的饮用水里。

4月22日

挪威海，大陆边缘

除了水和一片与海隔开的天空外，海上的世界就什么也没有了。那儿没有参考点，以至于晴天时浩渺无边，似乎要将人吸入太空；而雨天时，会搞不清楚自己到底是在水面上，还是已经一半泡在水里了。雨单调地落下，就连饱经风霜的海员也觉得沮丧。地平线朦胧不清，黑暗的波涛和变幻的乌云互相交融，让人不禁有一种宇宙没有了光亮、形体和希望的想象。

在北海和挪威海，映入眼帘的钻油塔经常被作为参考点。研究船太阳号已经在外海的大陆坡上方航行两天了，那里大多数的平台和船相距太远，肉眼看不到。即使少数视线范围内的钻油塔，今天也全都消失在蒙蒙细雨中，统统都是湿答答的。湿冷的寒气钻进科学家和船员们的防水夹克和工装裤里。比起蒙蒙细雨，大家反而喜欢来一场噼里啪啦、雨点粗大的豪雨。水似乎不光从天空落下来，好像同时也从海里往上喷。这是约翰逊记忆中最糟糕的日子之一。他拉下风衣帽檐罩住额头，前往技术人员正在收回多功能探头的船尾。途中，波尔曼走到他身旁。

"你是不是慢慢地连做梦都梦见虫子？"约翰逊问。

"还好，"地质学家回答说，"那你呢？"

"我想象我是在演电影。"

"好主意。导演是谁？"

"希区柯克怎么样？"

"深海地质学家版本的《群鸟》吗？"波尔曼冷笑，"这想象蛮不错的。啊，差不多好了！"

他离开约翰逊，快步走去船尾。一根大圆导杆被起重机吊起，导杆上半部装有塑料管。管子里是取自不同水深的水样。约翰逊观看了一会儿，看着他们如何收回多功能探头，取出样本，后来斯通、威斯登达和伦德也都来到甲板上。斯通快步向他走来。

"波尔曼怎么说？"他问。

"休斯敦，我们有麻烦了。[1]"约翰逊耸耸肩，"其他什么也没有多说。"

斯通点点头。他的攻击性被垂头丧气取代了。在测量过程中，太阳号一直顺着大陆边坡的走向，向西南追踪到苏格兰北部，同时由探测器从深海传回照片。那整体是个笨重的支架，看起来像一个乱七八糟塞满机件的钢架，它装有各种测量仪器、强力探照灯和一部摄影机。当整个支架被拖在船尾跟着行进时，摄影机便对海底进行拍摄，然后将影像通过光纤送到监控室。

在托瓦森号上，是由较先进的维克多号提供图片数据。这艘挪威科学研究船沿着大陆边坡的走向朝东北方行驶，针对挪威海直到特罗姆瑟的水域进行分析。两艘船都是从计划兴建的水下工厂所在地出发。目前它们正对向行驶，预计在两天后相遇，届时它们将重新测量整个挪威海和北海的大陆边坡。波尔曼和斯考根决定把这一带当作从未研究过的地区对待，事实上的确如此。自从波尔曼提供了第一批测量值

1　1970年发射的阿波罗十三号宇宙飞船，任务是登陆月球，却发生意外，这是当时船上人员向休斯敦（太空总署所在地）呼叫的话。

之后，一切仿佛都变得陌生了。

前一天大清早，探测器的首批影像尚未出现在屏幕上。他们在湿冷的晨曦中放下多功能探头。当太阳号在波涛中忽起忽落时，约翰逊试图不去理会失重的感觉。第一批水样立刻被送进地质物理实验室分析。不久之后，波尔曼请全组人员到主甲板上的会议室集合，他们围坐在磨亮的木桌旁，不再揉眼睛，或是哈欠连连，而是好奇地不发一语，抱着咖啡杯，咖啡的热度开始慢慢地温暖每根手指头。

波尔曼耐心地等所有人到齐。他的眼睛盯在一页纸上。

"第一批结果出来了，"他说道，"它不具全面代表性，只是概略的快照。"他抬起头来，目光锁住约翰逊一秒钟，又继续移向威斯登达。"大家都熟悉甲烷喷流柱这个概念吗？"

威斯登达小组里的一位年轻人没有把握地摇摇头。

"当气体从海底冒出时，就形成甲烷喷流柱。"波尔曼解释，"它和海水混合之后，便随海潮漂流、上升。通常，我们在大陆板块的边缘会测量到喷流柱，在那里一块大陆板块插进另一块下方，压力将沉积物挤成堆。板块挤压导致了液体和气体冒出。这算是普遍的现象。"他轻咳一声，"可是你们看，和太平洋不同的是，大西洋里不存在这种高压区，挪威沿海也没有。大陆边缘可以说是被动的，不太会挤压。但是今天早晨我们在这一带还是测量到了高密度的甲烷喷流柱。之前的测量中并没有出现过。"

"目前浓度有多高？"斯通问。

"令人担忧。我们在俄勒冈测到过类似的数值。在一个断层特别厉害的地带。"

"很好，"斯通想抚平他额上的皱纹，"就我所知，挪威沿海一直都有甲烷泄出。我们从过去的项目中获知这种情况。众所周知，海底总是有些地方在冒气，对于这些状况，也都能够一一给予解释，我们干吗还要大惊小怪呢？"

"你没有完全说到事情的重点。"

229

"你听我说，"斯通叹息，"我唯一感兴趣的是，你的测量是否真的值得担忧。到目前为止，我不认为有此必要。我们根本就是在浪费时间。"

波尔曼和蔼地笑着。"斯通博士，这一带的大陆边坡，尤其再往北一点，都是靠着甲烷水合物凝结固定住的。水合物层有60至100米厚，形成巨大的冰楔。我们也知道，这些层面少部分有垂直间隙，那里多年来就冒着气体。

"理论上，根据我们对稳定性的计算，它们本来不该冒出来。在这种高压和低温的条件下，海床应该冻结，可是并没有。这就是你说的气体外泄。我们可以与之和平共处，甚至可以置之不理。但我们不能再仅凭几幅图表和曲线，就以为可以高枕无忧。我再重申一遍，喷流柱里自由气体的浓度很高。"

"真的是气体外泄吗？"伦德问，"我是问，甲烷是从地球内部向上升起的，还是有可能来自……"

"融化的水合物？"波尔曼犹豫说，"这是关键问题。水合物开始融化时，参数应该有所变化。"

"目前符合这种情况吗？"伦德问道。

"实际上只有两个参数，压力和温度。我们既没有测量到水温暖化，海平面也没有下沉。"

"我早就说过，"斯通叫着，"我们在担忧不存在的问题。我是说，我们有一批采样。"他热切地环顾四周寻求赞同，"唯一的、该死的水样！"

波尔曼点点头。"你说得很对，斯通博士。一切都是推测。但我们聚在这里，就是为了找出事实真相。"

"真受不了斯通。"之后当他们前往餐厅时，约翰逊对伦德说，"他是怎么回事？好像一直想阻拦这些检测？这是他的专案耶。"

"干脆把他丢下船去算了。"

230

"我们倒进海里的垃圾已经够多了。"

他们端着新鲜咖啡来到甲板上。

"你怎么看这结果？"伦德喝了口咖啡，问道。

"这不是结果，是初步发现。"

"好吧。你怎么看这个初步发现？"

"我不知道。"

"快说呀。"

"波尔曼才是专家。"

"你真的相信，事情和那些虫子有关吗？"

约翰逊想着他和奥尔森的谈话。"我暂时什么都不信，"他谨慎地说，"现在相信什么还为时过早。"他吹吹咖啡，仰起头，头顶上的天空灰蒙蒙的。"我只知道一点：我现在真想待在家里，而不是在这艘船上。"

这是前一天的事。

分析最新一批水样时，约翰逊溜进驾驶台后面的发报室里。通过卫星，他可以从研究船上和世界各地的船只取得联系。几天来，他已经开始建立了一个数据库，向各研究所和科学家们寄发电子邮件，而且还得将整件事伪装成是个人兴趣似的。第一批回信令人颇为失望。没有人对这种新虫子做过观察。几小时前他也曾和正在海上的各考察队取得了联系。他拉过一把椅子，将笔记本电脑放在无线电设备之间，并且打开电子邮件信箱。就连这回收信成果也很低。其中唯一有趣的消息来自奥尔森，他写道，南美和澳洲沿海有水母入侵，显然情况已经失去了控制。

不知道你们在那外面是否也得到消息。昨天夜里，他们送来一则特别报道。成群结队的水母沿着海岸漂流。奥尔森说，看样子它们像是有计划地漂向人类居住的地区。当然纯属无稽之谈。对了，再度发生撞船事件。两艘货柜船在日本海域相撞。另外，又有船只失踪，不

231

过这次记录下了呼救声。一些来自加拿大不列颠哥伦比亚省的奇怪故事神出鬼没，一如既往，透过媒体四处传播，而人们也无法进一步了解更具体的消息。据传在加拿大，鲸鱼猎杀人类。谢天谢地，我们不必事事相信。来自特隆赫姆的开心小节目就讲这么多。别给我淹死。

"谢谢。"约翰逊情绪低迷地咕哝着。

他们确实很少听新闻。待在研究船上仿佛与世隔绝。正式说法他们不听新闻是因为太忙了。事实上，只要波涛在船体下汹涌，他们就不想让城市、政治家和战争破坏了他们的清静。直到在海上漂泊一两个月之后，他们会开始渴望文明世界：高科技、阶层制、电影院、快餐店，以及不会上下颠簸的陆地。

约翰逊确定自己无法集中精神。他开始幻想他们两天来在屏幕上一直看到的东西。

虫。如今他们确信：大陆边坡上全是它们。由凝结的甲烷所构成的地面和岩脉，完全消失在数百万只试图钻进冰里的蠕动粉红色躯体之下。这已经不是地区性现象了。他们成了一次大规模入侵的证人，入侵行动分布在整个挪威沿海。

好像有人变魔术般将它们变到了那里……

一定有谁也遇过类似的现象。

为什么他摆脱不了虫和水母之间存在联系的感觉呢？另一方面，怎样解释才会被认真看待？

真荒唐！

荒唐，对。他突然想到，荒唐是某种事物刚开始的特征。某种我们至今只匆匆一瞥的事物。

这才仅仅是开始。

当伦德走进来，将一杯黑咖啡放到他面前时，他正在浏览CNN网站，核实奥尔森的消息。约翰逊抬头望她。她同谋似地笑笑。自从去过湖边以来，他们的关系有股密谋的韵味，一种伙伴似的保密。

新煮的伯爵咖啡香味飘散开来。"我们船上会有这种好东西？"约

232

翰逊吃惊地问道。

"我们船上没有这种好东西，"她回答，"这种好东西得自己带上来，如果你知道有人非喝它不可的话。"

约翰逊扬起眉毛。"多体贴啊。这回你想要什么报酬呢？"

"一声谢谢如何？"

"谢谢。"

她望一眼笔记本电脑。"你有进展了吗？"

"白搭。上一批水样的分析结果如何？"

"不清楚。我在忙更重要的事情。"

"噢，什么事会更重要？"

"关照威斯登达的助理。"

"那小子怎么了？"

"忙着喂鱼，"她耸耸肩，"用他胃里的东西。"

约翰逊忍不住笑出来。伦德喜欢用船员们的黑话。在研究船上两个世界碰撞在一起——船员和科学家们。他们善意地相互关心，尝试习惯对方的表达形式、生活方式和怪癖。过一阵子就会熟悉起来，但在那之前大家会保持一个客气拘谨的距离，开点玩笑可以拉近彼此的关系。"用胃里的东西喂鱼"是船员们对新手的说法，他们还既不熟悉船员生活，也不熟悉他们的胃在离开结实地面后的反应。

"你头一回也吐了。"约翰逊提醒道。

"你没吐？"

"没有。"

"鬼才信。"

"真的没有！"约翰逊举手发誓道，"你可以去查证。我不晕船的。"

"好吧，"伦德掏出张纸条，放到约翰逊面前的桌上，纸条上写的是一个电子邮件信箱。"你不晕船的话就去一趟格陵兰海吧。波尔曼的一位熟人正在那里，他叫鲍尔。"

"卢卡斯·鲍尔？"

"你认识他吗？"

约翰逊缓缓点点头。"我想起几年前奥斯陆的一次国际性会议。他做了一次报告。我想，他是研究洋流的。"

"他是位工程师。他设计一切可能的东西，深海设备、高压水箱——波尔曼说，他甚至参与发明了深海仿真器。"

"鲍尔停留在格陵兰岛外？"

"已经几个星期了。"伦德说道，"另外，说到他与洋流有关的工作，你是对的。他正在收集数据。是你询问虫子下落的另一位候选人。"

约翰逊拿起纸条。他确实没注意到鲍尔的研究。格陵兰岛沿海是不是也有甲烷矿藏？

"斯考根进展如何？"他问道。

"十分艰难，"伦德摇摇头，"他无法得到如他所愿的进展。他们封了他的嘴，假如你明白我的意思。"

"谁？他的上司们？"

"国家石油公司是国家的。还要我讲得更明白吗？"

"这么说他什么也打探不到。"约翰逊断言。

伦德叹口气。"别人不笨。如果有人只想打听消息却不肯拿自己的情报作交换，他们会发觉的。反正他们有自己的保密习惯。"

"我跟你提过了。"

"对，如果我跟你一样聪明的话。"

外面传来脚步声。威斯登达的一位手下将头伸进门来。"去会议室集合。"

"什么时候？"

"马上。我们拿到分析报告了。"

约翰逊和伦德交换了一下目光。他们的眼里含有对他们已知晓事情的胆怯期待。约翰逊合上笔记本电脑，跟着那人走上主甲板。窗外流淌着雨水。

波尔曼将脚搁在桌面上。"到目前为止，我们在整个大陆架都发现了同样的情形，"他说道，"海里满是甲烷。我们的分析结果和托瓦森号的结果大体相同，虽有点小偏差，但基本上一致。"他顿了顿，"我不想信口开河，水合物开始让很多地方有点不稳定了。"

无人动弹，没有人讲什么。大家全都盯着他，等待着。

后来国家石油公司的人员七嘴八舌地同时询问起来。"这是什么意思？""甲烷水合物会融化？你说过，那些虫子破坏不了冰层的！""你测量到了水温变暖吗？没有变暖……""什么结论……？"

"请安静！"波尔曼举起手来，"事情就是这样的。我仍然认为，这些虫子无法造成严重破坏。另一方面，我们不得不断定，水合物的不稳定始于它们的出现。"

"很有见地。"斯通嘀咕道。

"这事到什么地步了？"伦德问道。

"几星期前我们研究了托瓦森号的考察成果，"波尔曼回答道，尽量用一种安慰的腔调，"在你首次发现虫子的时候。当时的测量结果还是正常的。因此上升是那之后才出现的。"

"现在呢？"斯通问道，"那下面变暖了没有？"

"没有，"波尔曼摇摇头，"稳定程度未变。如果有甲烷溢出，只能是由沉积层深处的变化引起的。无论如何要比这些虫子能够钻进去的要深。"

"你怎么就知道得这么准确呢？"

"我们证明了……"波尔曼顿了一下，"在约翰逊博士的帮助下我们证明了，动物们是缺氧而死。它们只能钻进去几米深。"

"你的结论来自一只水箱。"斯通鄙视地说道。他似乎将波尔曼视作新的死敌。

"如果水没有变暖，会不会是海底变暖了呢？"约翰逊建议道。

"火山作用？"

"这只是一种想法。"

"一种说得通的想法。但这个地区不会。"

"这些虫子分解的甲烷会进入水里吗？"

"量不可能这么大。要达到那种程度，它们必须接触到地底的气泡囊或融化现存的水合物。"

"但它们不可能接触到气泡囊。"斯通固执地坚持道。

"不，我说过……"

"我知道你讲过什么。我要告诉你我的看法。那虫子有体温。每种生命都释放出温度。它的体温融化掉最上层，仅仅几厘米，但它们足够……"

"深海生物的体温等同于它的环境温度。"波尔曼平静地说道。

"尽管如此，如果……"

"克利福德，"威斯登达将手放到这位项目负责人的肩膀上，像是朋友似的，但约翰逊感觉到，斯通刚刚得到了一个明显的警告。"我们干吗不等等其他的调查结果呢？"

"啊，该死。"

"这样不会有任何结果的，克利福德。别再胡乱推测了。"

斯通望着地面。沉默再次出现。

"如果甲烷不停止溢出，会有什么后果？"伦德问道。

"那有很多种可能。"波尔曼回答说，"已知案例有过天然气田全部消失，所有水合物仅在一年之内就融化掉的现象。这里有可能发生同样的事，只不过推动此一过程的可能是虫子。果真如此，接下来的几个月里，挪威沿海会有相当多的甲烷进入大气层。"

"就像5500万年前的一场甲烷大灾难？"

"不是，要达到那地步还嫌少。重申一遍，我不想乱猜。另一方面，我无法想象，在压力不减或温度不上升的情况下，这一变化会无止境地持续下去，这两项证据我们都没观察到。接下来的几小时内我们将派探测器下去。也许那会揭开事情的真相。谢谢大家。"

说完，波尔曼离开了会议室。

约翰逊给格陵兰海的卢卡斯·鲍尔发了封电子邮件。他渐渐觉得自己像一位生物学探员：你见过这种虫子吗？你能描述它吗？如果我们将它跟另外五只排在一起，你能认出它来吗？是这种虫子抢劫老太太的手提包吗？所有的回答都会被当作证言记录下来。

几经犹豫之后，他对那次在奥斯陆的会面写了些客套话，打听鲍尔最近在格陵兰沿海有没有测量到甲烷含量特别高。他在之前对其他人的询问中都没有提过这一点。

当他不久后走上甲板时，看到摄影机架吊在吊车缆绳上晃荡，波尔曼的地质学小组正在做鉴定。他们将摄影机架收了回来。

不远处，几名船员蹲在甲板维修室前的矮柜上聊天。长久下来这只柜子获得了避难所的封号，它位于瞭望塔和客厅之间。柜子上铺着块防水布。有些人干脆叫它睡椅。从这里可以开心地拿科学家和研究员们不稳定的动作开玩笑，但今天没人开玩笑。紧张情绪也感染了船员们。大多数人很清楚科学家在干什么。大陆边坡上有许多不对劲的地方，人人都在担心。

一切都必须分秒必争地进行。波尔曼让船行驶得特别缓慢，要根据拍摄影像和扇形回声探测器的测量数据分析，找出他认为合适的位置进行探勘。太阳号下面就有一片很大的水合物地带。在这里，探勘是指将一个像是来自海洋研究的侏罗纪怪物放下海。

视讯抓斗，一个数吨重的钢钳，绝对不是什么精密复杂的科技。相反的，它是最粗暴、但也最可靠的从海底拖出一截历史的方法。抓斗钻进海床，深深地钻进去，撕开一道伤口，抓出大把的淤泥、冰块、植被和岩石，将这一切拉上来，回到人类的世界。有几个船员生动贴切地叫它暴龙。当你看到它打开颌骨吊在船尾的A型架上，准备扑进海里时，你确实会不由得产生这种联想。

一只为科学服务的怪物。

但是，像所有怪物一样，视讯抓斗虽然能力惊人，却笨拙愚蠢。它的内部装有一部摄影机和强大的探照灯。人们可以在释放它的威力前，看到抓斗看到的东西，这很令人赞叹。愚蠢的是暴龙无法悄悄接近。不管你多么小心地放下它——这小心也有个限度，因为需要一定的重量它才能钻进沉积层——单是它所掀动的巨浪就会吓跑大多数海底居民。当它落向鱼、虫子、蟹和所有动作更快的生物时，抓斗还没伸出，生物的敏感本能就对临近的危险做出反应。再新颖的研究设备也难免暴露自己的行踪。一位美国深海科学家最终绝望暴躁地总结："下面有许多生物。问题在于，每次我们一来，它们就纷纷躲开。"

船尾的A型架正放下抓斗。约翰逊从眼里擦去雨水，走进监控室。坐在绞盘旁的船员正操纵着升降抓斗的游戏杆。过去几小时里他一直在操纵摄影机架，但他显得专注和愉快。他必须如此，连续数小时盯着灰白色的海床画面，会有催眠作用。一不小心，价值相当于一辆全新法拉利的仪器就可能永远留在海底。

室内光线幽暗，屏幕的光线苍白地照着周围人们的脸。世界消失了，只剩下海床，科学家们像研究密码一样研究它的表面，地表里的任何细节都能说明一切，多重密码信息，上帝的暗语。

室外船尾的绞盘上，抓斗在沙沙下沉。

水似乎要从屏幕里喷出来，钢钳穿过密集如雨的浮游物下沉，画面由蓝转绿，最后趋向黑暗。小蟹、小鱼跟不知名的生物，像夜空里的彗星般散开。抓斗的旅程让人感觉像是老片《星际旅行》影集的片头字幕，只是缺少音乐。实验室里死一般静寂。深度仪飞快转动。海床突然出现了，它同样也可能是月球表面，绞盘停住了。

"水下714米，"操纵杆旁的船员说道。

波尔曼身体前俯。"暂时不要操作。"蚌类动物游过画面，仿佛它们喜欢住在水合物上似的。它们大多数躲在隆起、颤动的粉红色躯体下方。约翰逊不由想道，这些虫子不仅钻进冰里，而且钻进蚌类动物的壳里。他清楚地看到，虫子下颌伸出，扯下一块蚌肉，吞进管状的体内。在蠕动虫子的覆盖下，根本看不到白色甲烷冰，但室内每个人都知道，它存在着，就在它们下面。到处都有气泡升上来，将小小的

238

发光体冲上来，那些是水合物的碎片。

"开始。"波尔曼说道。

海底向摄影机飞来。有那么一瞬间，好像虫子在弓起身来，迎接抓斗似的。然后漆黑一团。钢钳挖进甲烷冰，慢慢合拢。"见鬼了……"操作员低声说道。

绞盘的深度计数字不断跳动。顿了一下，然后又继续。"抓斗断了，它往下沉了。"

威斯登达挤上前来。"怎么回事？"

"这不可能，那下面根本就没有阻力。"

"升起来！"波尔曼叫道，"快！"

船员向身边拉操纵杆。深度计停了，然后数字开始减少。抓斗升起，钳合着。外摄影机上有个突然成型的黑洞。黑洞里浮升出舞动的大气泡。紧接着大量气体涌出，冲向抓斗，将它包围，一切突然消失在一个翻滚的漩涡里。

格陵兰海

在太阳号所在地以北数百公里处，卡伦·韦弗刚刚停止计数。她不停来回跑，绕了甲板五十圈，同时注意不致妨碍到科学家。卢卡斯·鲍尔没时间跟她说话，这一度很合她的意。她需要运动。她真想爬冰山或做点其他什么，削减她多余的肾上腺素，然而在一艘探测船上也没什么机会。她试过健身房，但三台健身器令她抓狂，于是她跑起步来，上下甲板，经过鲍尔的助手身旁，他们正在处理第五号漂浮器；从船员身边跑过，他们正在奋力工作，或站成一团望着她，看起来正在嚼舌根。

她开启的嘴唇间冒出了白雾。

上甲板，下甲板。

她必须锻炼她的体力，那是她的弱点，虽然她花了很多时间加强。

她的身体像尊雕像，皮肤发亮，肌肉健壮。在她的双肩之间有幅复杂的猎鹰刺青，一只极罕见的生物，张着鸟喙，爪子前伸。同时卡伦·韦弗又绝不像健身的女人那般魁梧。事实上，只要她个子再高些，肩膀再窄一点，就是个完美的模特儿了。她是头娇小、矫健的豹子，靠肾上激素维生，栖息在某座深渊的边缘。

这回的深渊有3500米深。朱诺号航行在浩瀚的格陵兰深海，这是弗拉姆海峡下方的广阔海床，冰冷的北极水由此朝南流。这片海域就位于冰岛、格陵兰岛、北挪威海岸和斯瓦尔巴群岛之间，是地球的两座主要水泵之一。卢卡斯·鲍尔对发生在这里的事情很感兴趣，而卡伦·韦弗，代表她的读者们，也对这很感兴趣。

鲍尔招手叫她过去。他的头顶秃光了，眼镜镜片很大，胡子灰白，比韦弗见过的任何科学家都更像一位心不在焉的迂腐教授。他六十岁了，已然有些驼背，但仍有不屈不挠的活力。韦弗敬佩卢卡斯·鲍尔这样的人。他们身上有某些几乎是超越人类的东西，他们的意志令她折服。

"看看这东西，卡伦！"鲍尔以清晰的声音呼唤道，"不可思议，不是吗？这里每秒钟有1700万立方米的水翻腾而下。1700万哪！"他满面笑容地望着她，"这足足是地球上所有河水的20倍。"

"鲍尔博士，"韦弗把一只手放在他的手臂上，"这已经是你第四次跟我讲这些了。"

鲍尔眨眨眼睛，"是吗？"

"而你一直没有向我解释漂浮器是如何运转的。如果你要我为你做宣传，你得跟我从头到尾说明一遍。"

"好吧，嗯，漂浮器……就是……漂浮监测器……它们，呃，但是你已经完全清楚了，不是吗？因此你才会在这里。"

"我在这里，是要用计算机模拟水流，好让人们看见漂浮器漂往何方。你忘了吗？"

"当然，哎呀，你也根本不可能，你没有……好吧，可惜我的时间有点紧。我还有许多事要处理。你为什么不亲眼去看……"

"博士！别又来这一套。你答应过要跟我说那是如何运转的。"

"当然了。你知道的，在我的作品里，我……"

"我读过你的作品了，博士，我受过科学训练，而即使是我，也只读懂了一点点。科普文章应该要具有娱乐性，你得用人人都能读懂的语言来写。"

鲍尔看起来像受了伤。"我的论文很深入浅出。"

"对你而言或许是，还有跟你一起工作的二十几位同事。"

"才不是。如果你仔细读那些内容……"

"不，博士。请你解释给我听。"

鲍尔皱起眉，然后宽容地笑了笑，"如果我的学生这么说……但他们都不敢。我可不准他们插嘴，只有我自己能这么做。"他耸耸瘦削的肩承认，"可生活就是这么一回事吧，我想。我又不能拒绝你，我喜欢你，卡伦。你是一位……哎呀，一位……你让我想起……算了，无所谓了。我们去看看漂浮器吧。"

"然后，看完之后，我们再来谈谈你的发现。有人在问。"

"谁？"

"杂志，电视节目和研究机构。"

"真有意思。"

"不，这很正常。做了宣传当然就会这样。你真的理解公关到底是什么吗？"

鲍尔狡黠地笑了笑："或许你可以跟我解释一下？"

"很乐意，哪怕得解释十次。但首先，请你先跟我说。"

"但是不行啊！"鲍尔焦虑地说道，"我们已经把漂浮器降下去，紧接着我还不能忘了要去……"

"说话要算话，告诉我。"韦弗毫不妥协地说道。

"可是，孩子，不只你一个人被问过。我和全球科学家都有通信！他们的问题才叫稀奇古怪。我才收到一封电子邮件，某人向我询问一种虫子。匪夷所思吧，虫子！他甚至想知道甲烷浓度是否比平常还高。而这一点，当然，没错，是这样，但他怎么会知道？我不得不……"

"我可以处理这一切，把我当成你的同伙吧。"

"一旦我……"

"如果你真喜欢我的话。"

鲍尔睁圆了双眼："我明白。所以，就是这么回事儿，是吧？"他抖着下垂的双肩，抑制住笑声，"这就是为什么我一直不结婚，结了婚就会一直受到胁迫。好，接下来我会认真些，我保证。现在呢，我们走吧，你随我来。"

韦弗跟随着他。漂浮监测器从起重臂上吊下来，垂在灰色的水面上。它有数米长，以一座支撑架保护着。整个设计有一半以上是由一根发光的细管组成，顶端是两只球形玻璃容器。

鲍尔揉搓双手。羽绒大衣穿在他身上明显大上好几号，使他看起来像只奇异的北极鸟。"我们将这东西放进水里，"他说道，"它随着洋流漂动，把它想成一颗巨大的水滴。在我们下方就有一颗垂直往下沉，因为水在这里是朝下流的，如我先前所说……不过，你当然看不到，即使如此，水还是往下流……现在，我该怎么解释呢？"

"尽量别用专业术语。"

"好，好。其实非常简单，重点是，水并不总是一样重。最轻的水盐度低而暖。盐度高的水比较重，盐分愈高，愈重。事实上，得考虑到盐本身的重量。另一方面，冰冷的水又比温暖的水重，因为它的密度更高，因此水愈冷就愈重。"

"冰冷的高盐度海水是最重的水。"韦弗插话道。

"正确，非常正确！"鲍尔高兴地说道，"因此，水不光随着洋流而动，它们还在不同水层间上下流动。暖流在水面，最冷的则在海床，之间是深水流。当然，暖流能在水面上流淌数千公里，最后才进入冰冷的地带，然后开始冷却，当水温降下来之后……"

"它会变重。"

"没错，对。它会变重，这使得水开始往下沉，表面的水流变成深水流，甚至海底水流，水流动的方向也随之而变。另一种循环也完全相同，但水是从下往上，从冷变暖。就这样，世界上所有主要洋流都在不停地运动。而且，它们彼此间是相互连动的，所以也不停地进行着交换。"

漂浮器已经降到海平面了。鲍尔快步走近船舷，俯身趴在栏杆上，不耐烦地招手叫韦弗过去。"你还在等什么，过来呀，从这里能看得更清楚。"

她走到他身旁。鲍尔目光炯炯地望着前方。"想象一下，假如每道洋流里都有这种漂浮器。"他说道，"那么，我们获悉的数据将会多得难以想象。"

"那两个玻璃球是做什么用的？"

"它们能让漂浮器一直留在洋流中。漂浮器的另一端也挂有一些砝码，可是这所有的关键是中间的圆筒，所有设备都在那里面。电子控制仪、微处理器、电源设备等。它还有中性浮力。这是不是很了不起？中性浮力！"

"要是你能告诉我这是什么东西，那就更了不起了。"

"噢，呃……当然。"鲍尔扯扯他的胡子，"这么说吧，我们得考虑如何让漂浮器——是这么回事：液体几乎是无法压缩的，也就是，你没办法把液体压得更紧。但水是最大的例外，你没办法，呃，压缩太多，但还是能压缩。我们就是这么做的。我们将水压缩进圆筒中，里面的水量一直不变，但有时会重一些，有时轻一些。这样，漂浮器的重量就可以变来变去，但水量却不变。"

"真是天才。"

"那当然！我们可以为它设计程序，让它全部自行操作：压缩，解压缩，压缩，解压缩，下沉，上升，下沉，根本不用我们动手……很了不起吧？"

韦弗点点头，观看着那个长管沉入灰色波涛里。

"也就是，漂浮器可以长年累月地在海里独自漂浮，发出无线电信号，这样我们就能确定它的方位，重建洋流的速度和流动过程。啊，它在下沉，不见了。"

漂浮监测器消失在海里。鲍尔满意地点点头。

"它现在漂向哪里？"韦弗问道。

"那就是问题的所在。"

韦弗定睛望着他。

鲍尔目光惶恐，叹了口气，投降了。"我知道，我知道，你想听我谈我的工作。"

"而且是现在就谈。"

"我的天哪，你真固执。那好吧，我们去实验室谈。但坦白讲，我的工作成果令人不安……"

"人们喜欢不安。你没听说过吗？水母入侵，科学的反常现象，人类失踪，船难。你有很多好伙伴。"

"是吗？"鲍尔摇摇头，"你可能说对了。我永远不会理解什么是宣传。我只是一名科学家。它对我来说太深奥了。"

挪威海，大陆架

"妈的，"斯通烦闷道，"这是海喷！"

在太阳号的监控室里，所有人都紧张地盯着屏幕。海床上似乎已经大难临头。

波尔曼对着麦克风讲道："我们必须离开此地。通知舰桥，全速前进。"

伦德转身跑出监控室。约翰逊略一迟疑，也跟着她跑走了。突然间，船上每个人都跑了起来。约翰逊迅速跑上工作甲板时滑了一下，那里的船员和技术人员正在伦德的指挥下搬动冷藏箱。当太阳号突然加速时，绞盘上的缆绳直抖动。

伦德看到他，向他跑了过来。

"这是怎么回事？"约翰逊叫道。

"我们撞上气泡涌浪了。看！"

她将他拉向船舷。威斯登达、斯通和波尔曼也来到他们身边。国家石油公司的两名技术人员走到另一端的船尾，站在A型架下方朝下张望。

波尔曼盯着绷紧的缆线看。

"他在那里搞什么鬼？"他低声道，"那笨蛋为什么不停下绞盘？"他快步跑回船内。

就在这一刻，大海开始白浪翻滚，水面上冒出巨大的白色泡沫团。太阳号全速行驶。抓斗的缆索铿铿锵锵地绷紧。甲板上有人跑向A型架，使力挥舞双臂。

"快离开那里，"他对国家石油公司的员工喊道，"快离开！"

约翰逊认出来了，那人是被船员们称为猎犬的大副。威斯登达转过身也打起了手势。接着，一切都在瞬间发生了。一道布满泡沫、嘶嘶作响的热喷泉吞没了他们。约翰逊依稀看到抓斗从水面下浮出。硫黄的恶臭弥漫，令人难以忍受。太阳号的船尾下沉，然后钢钳斜飞而出，倏地射入空中，像巨大的秋千一样飞向干舷。两名技术人员中后面那一位看到了，猛扑到地上，另一位吓呆了，试着后退一步，然后跌了一跤。

猎犬一个箭步冲上前，想将他拉到地上，但钢钳轰地扑向那人，将他抛向空中。接着他落在甲板上，沿着舱板滑出去，躺在地上动也不动。

"我的天啊，"伦德喘不过气来，"不！"

她和约翰逊同时跑向那具纹丝不动的身躯。大副和船员们在那人身边跪下。猎犬抬头望了一眼。

"别碰他。"

"但是我……"伦德张口说道。

"叫医生，快。"

伦德不安地啃着指甲。约翰逊知道她非常痛恨帮不上忙。她走向抓斗，它几乎已经停住摆动，淤泥从上头滴落到甲板上。"张开！"她叫道，"将剩余的全部倒进箱子里。"

约翰逊望着水面。发出恶臭的甲烷仍不断冒出水面，但已渐渐变少。太阳号迅速远离。最后被冲上水面的甲烷冰漂向波涛，粉碎了。

抓斗吱吱作响，张开了钢钳，抛下数百公斤的冰块和淤泥。科学家和船员们围在旁边，试图将尽可能多的水合物投入液态氮钢槽中。水合物蒸发，嘶嘶作响。约翰逊感觉自己一点都派不上用场。他转身走向波尔曼，帮他收集冰块。甲板上满是愤怒的小生物，有些抽搐着、扭动着，向前翘起它们的颌骨。但大多数都没能活过这急剧的上升。温度和环境压力的骤变杀死了它们。

约翰逊捡起其中一块，仔细端详。冰里有水孔。里面躺满了死虫子。他将冰块转来转去，直到听到冰块粉碎发出咔嚓咔嚓声，才想起要赶紧将它密封起来。其他冰块里的孔更多，但真正的破坏很明显来自孔道下方。冰里出现火山口般的裂口，被黏乎乎的细丝覆盖着。

这是怎么回事？约翰逊已经把冷藏箱丢到脑后。他用手指拈碎黏液。那看上去像细菌群的残遗。水合物表面有细菌席，但细菌在冰块里面干什么呢？

冰块很快就融化了。他回头张望。泥浆覆盖了工作甲板。被抓斗击中的那人不见了。伦德、威斯登达和斯通也离开了甲板。但约翰逊看到波尔曼倚在不远处栏杆上，向他走过去。"刚刚出什么事了？"

波尔曼揉揉眼睛。"我们遇上了海喷。事情就这样发生了。抓斗穿过水合物，砸进去二十多米深，然后甲烷跑出来了。你看到监控器上的巨大气泡了吗？"

"是的。这里的冰有多厚？"

"最少有70至80米，起码过去曾有这么厚。"

"那么，冰层已经破掉了。"

"看来是这样，我们应该尽快查出这是否为个别现象。"

"你想采集更多样本？"

"当然了，"波尔曼暴躁地说，"先前的意外不应该发生的。绞盘旁的人在全速行驶时收起抓斗，他应该要停下来的。"他望着约翰逊，"你在甲烷喷上来时注意到什么没有？"

"我感觉我们在往下沉。"

"我也有这种感觉。甲烷降低了水的表面张力。"

"你认为我们可能会沉下去？"

"很难讲。听说过女巫洞没有？"

"没有。"

"十年前，有一个渔夫出海后再也没回来。他用无线电传出的最后一句话是他要去煮杯咖啡。一艘探测船发现了遇难的船，在北海距海岸50海里远一处深得不合常理的麻坑地貌上。船员们叫那个地区女巫洞。那艘船外表没有丝毫损伤，直直坐在海底。它看来仿佛像颗石头般沉了下去，就像是，它突然之间无法漂浮了。"

"听起来像是百慕大三角洲。"

"你讲对了，正是如此，不管怎么说，那是唯一经得起检验的理论。在百慕大群岛、佛罗里达和波多黎各之间常常发生强烈的海喷。有时大气层里甚至有足够的甲烷能点燃飞机的涡轮，那只需要一场规模比我们刚刚所经历大上数倍的甲烷海喷，而水的比重也会降到很轻，足以让船沉到海底。"波尔曼指指冷藏箱，"我们尽快将这东西送到基尔，做些实验，好弄清楚发生了什么事。我们会查出来的，我向你保证。这桩该死的事件让我们损失了一人。"

"他……？"约翰逊望向主甲板的上层建筑。

"他死于撞击。"

约翰逊沉默了。

"我们将用高压器提取下一批样品，而不使用抓斗。这样更安全。我们必须弄清情况，我可不想袖手旁观看着水下工厂横七竖八地盖满海床。"波尔曼从船舷走开，"可我猜，我们对此已经习以为常了。我们总想好好解释这世界究竟发生了什么事，但却没人听。然后，接下来发生了什么事？科学研究被大公司操控在手上。我俩之所以会在这艘船上，只有一个原因：国家石油公司发现了一条虫子。

"政府再也支付不起科学研究的费用，所以钱都来自企业。近年来，科学不再为了解决疑问。这种虫子并不是学术关心的主题，而是他们要我们去解决的问题。科学总是得有立即可见的应用，而且这用途最好还能让企业不受控制。可是，也许问题根本不是出在这些虫子身上。有人会停下来想想吗？真正的问题可能来自别的地方，当我们解决了棘手的虫子，也许会把事情搞得更糟。你知道吗，有时候我真想吐。"

在东北方向几海里的地方，他们终于从沉积层取出了十几块钻探泥芯，没再发生其他的意外事件。

那只高压器，一根五米长的圆柱体，外头覆着一层塑料，四周还围着管子，像管巨大的针筒，将样本由海床抽了出来。高压器还在水下就用气阀将管子密封了起来，将另一个世界保存成完美的标本：沉积物、冰块、淤泥、水合物顶层完好的一部分、孔隙水，甚至栖居的有机体，都平静不受干扰，因为管子里的温度和压力保持不变。波尔曼让人将那根密封的管子垂直放进船上的冷藏室，以免扰动里头每一层的生命。在船上无法检查泥芯。那需要深海仿真器提供合适的条件。在那之前，他们只能分析分析孔隙水，盯着屏幕瞧瞧，聊表慰藉。

纵使之前几个小时还很惊心动魄，覆满虫子的水合物那一成不变的图像看起来还是很沉闷。谁都没兴致讲话。在屏幕苍白的光线下，波尔曼和他的科学家、国家石油公司的人员以及船员们都显得很苍白。

死者在冷藏室里陪伴泥芯样本。原本要在设施预定地跟托瓦森号会合，也取消了，以便直接赶往克里斯蒂安松，他们将在那里移交尸体，同时将样本运去附近的飞机场。约翰逊在监控室和他的船舱间来来回回，埋头整理他收到的答复。现有的文献中都没描述过那种虫子，

248

谁也没有见过。和他通信的人中，有些人提出他们的看法，认为那是墨西哥冰虫，但那丝毫无助于理解真相。

在距克里斯蒂安松三海里时，约翰逊收到了卢卡斯·鲍尔的回信。这是第一封正面的回信，虽然正面二字也不全然正确。他阅读回信，咬着嘴唇沉思。

斯考根负责和石油公司联络。约翰逊需要交涉的对象，只限于和石油没有明显关联的机构及科学家。可波尔曼在抓斗事故后讲的某些话，使这件事发生了变化。

政府再也支付不起科学研究的费用，所以钱都来自企业。近年来，还有哪个机构能负担得起全然独立？

若波尔曼没说错，科学研究仰赖企业维生，那么，几乎所有机构都在为私人公司效力。他们通过赞助增加资金，如果不想关掉实验室，就得这么做。就连基尔也将在不久后得到德国鲁尔天然气公司的资金，这家公司已资助了一个水合物的研究席位。企业赞助听起来很诱人，但私人公司迟早会期望他们援助的研究能够带来收益。

约翰逊回到鲍尔的信上。

他的做法全错了。他不该尽可能四处跟人询问，而是要详细调查科学和企业界之间的非正式联系。当斯考根在公司的会议室提出这个讨论时，他可以询问和他们一起工作的科学家们，迟早总有人会开口的。

问题在于要去找到台面下的非正式联系。但那不成问题，只不过是一堆费力的工作。

他站起来，走出去找伦德。

4月24日

加拿大，温哥华岛和克拉阔特湾

脚跟，脚趾。安纳瓦克不耐烦地踮起脚尖又落下。交替进行，不停地。脚跟，脚趾，脚跟，脚趾。时间是一大早。天空一片湛蓝，这是个像旅游小册子里一样阳光明媚的日子。他有点紧张。脚跟，脚趾。脚跟，脚趾。

一架水上飞机等候在木造码头末端。蓝色的机身倒映在环礁湖的深蓝里，隐入水面的涟漪。这是一架具有传奇色彩的DHC-2海狸型，加拿大的哈维兰公司在五十多年前首次建造的，至今仍在使用，因为那之后市场上再也没有出现过比它更好的了。海狸型达到了设计的高标：它可靠，坚固，安全。正适合安纳瓦克打算做的事情。

他望向漆成红白两色的航站。托菲诺机场离当地开车只要几分钟，它与传统的机场区别很大，它更会让你想起一座猎人和渔夫的传统村落。几座低矮的木屋，如画般地坐落在辽阔的海湾里，周围是树木茂盛的丘陵，丘陵后面群山高耸。安纳瓦克望向从参天大树下的主街通往环礁湖的路面。其他人随时都会赶到。他皱起眉头，一边听着手机里传出的声音，"可是，已经两个星期了。"他回答道，"这段

250

时间里我一次也没能找到罗伯茨先生，虽然他特别强调要我同他保持联系。"

女秘书提醒他，罗伯茨现在是个大忙人。

"我也是，"安纳瓦克叫道。他不再踮脚，尽量让声音客气一点。"你听我说，西岸这边的情况用失控来形容都嫌轻描淡写，我们的遭遇和英格列伍公司的问题之间有着明显的关联。罗伯茨先生也会这么认为。"

出现一阵短暂的停顿。"是怎样的关联？"

"显而易见的，是鲸鱼。"

"巴丽尔皇后号是桨叶被破坏了。"

"对。但拖吊船受到了鲸鱼攻击。"

"一艘拖吊船沉没了，这没错。"那女人以礼貌而不感兴趣的腔调说道，"我不知道什么鲸鱼，不过我会转告罗伯茨先生，你打过电话。"

"请你告诉他，这关系到他的利益。"

"他会在接下来的数星期里回话的。"

安纳瓦克愣住了。"数星期？"

"罗伯茨先生外出旅游了。"

究竟出什么事了，安纳瓦克想道。他努力克制脾气地说道："另外，你的老板答应过，将巴丽尔皇后号船底附着物的其他样品寄去纳奈莫研究所。请别说你对此也一无所知。那东西是我亲自从船身上采摘的。是蚌类动物，可能还有其他东西。"

"罗伯茨先生会告诉我的，如果……"

"纳奈莫的那些人需要这些样本！"

"他回来后会处理的。"

"那就太迟了！你在听吗？——算了。我再打电话吧。"

他恼怒地收起电话。舒马克的吉普车从通道一颠一簸地驶过来。当吉普车拐弯驶上航站前的停车场时，轮胎碾得地面沙沙响。安纳瓦克迎向他们。"你们太不准时了。"他闷闷不乐地叫道。

"哎呀，利昂！才十分钟。"舒马克向他走来，身后跟着戴拉维和一位年轻壮硕的黑人，他戴着太阳眼镜，留个大光头。"别这么小气嘛，我们在等丹尼。"

安纳瓦克和那位壮硕的人握手。那人友好地微笑着。他是加拿大陆军里的弩箭射手，被正式派来为安纳瓦克效劳的。他随身带着他的武器，一支极其准确的十字弓。

"你们这小岛真漂亮啊，"丹尼慢条斯理地说道。他每说一个字嘴里的口香糖就嚼一次，让那些字眼听来像是穿越沼泽地而来。"到底要我干什么？"

"他们什么也没对你讲过吗？"安纳瓦克惊奇地问。

"不，有讲过，要我用十字弓射鲸鱼。我只是感到诧异，我以为这种事是禁止的。"

"是被禁止没错。你过来，待会儿我在飞机里跟你解释。"

"等一下，"舒马克递给他一张打开的报纸，"读过吗？"

安纳瓦克扫了一眼标题。"托菲诺的英雄？"他不可置信地说道。

"灰狼很会作秀，对不对？这混蛋在采访里假装谦虚，但你读读他接下来都讲了什么。你会吐的。"

"……只是尽了我作为加拿大公民的义务，"安纳瓦克低声读道，"我们当然置身于死亡危险中，可我至少想对不负责任的赏鲸行为所造成的后果进行一些弥补。我们小组几年前就指出，这些动物被赏鲸客打扰，处于危险的紧张状态下，导致了不可测的异常行为——他这全是瞎掰的吗？"

"继续往下读。"

"当然不能指责戴维氏赏鲸站恶意欺骗，但也不等于说他们做得对。披着环保外衣、有利可图的鲸鱼旅游业所造成的后果，与日本人隐瞒他们的船队在北极海猎捕濒临绝种的鲸类一样严重。官方说是为了科学研究目的，但2002年有四百多吨鲸肉作为美食落到了批发市场，根据DNA比对，可以追踪到上游来源是所谓的'科学研究'。"

安纳瓦克放下报纸。"这混蛋。"

"他讲得不对吗？"戴拉维问道，"就我所知，日本人确实在用这种所谓的研究项目愚弄我们。"

"当然没错，"安纳瓦克气呼呼地说道，"这正是他的阴险所在。灰狼这么做把我们也扯了进去。"

"天晓得他这样做到底有什么目的。"舒马克摇头说道。

"能有什么？不过就是自我炫耀。"

"好吧，他……"戴拉维双手做了个轻微的动作，"但他毕竟是个英雄。"

听起来她像是踮着脚尖讲这话的。安纳瓦克冒火地盯着她。"是吗？"

"没错，就是这样。他救过人命。我也觉得他现在攻击你们不公平，但他至少是勇敢和……"

"灰狼不是勇敢，"舒马克抱怨道，"这个小人的所作所为都是算计好的。但这回他搞错了。他会惹恼马卡人。自称是他们结拜兄弟的家伙这样强烈反对捕鲸，他们不会高兴的。对不对，利昂？"

安纳瓦克缄默不语。

丹尼将他的口香糖从右颊移动到左颊。"什么时候开始？"他问道。

就在此时，飞行员从敞开的机门里向他们喊了句什么。安纳瓦克转过头，他看到那人在招手。他知道这意味着什么。福特来电，可以开始了。他没有理睬舒马克最后的话，拍拍这位经理的肩，"你驾车回赏鲸站时，能不能帮我一个忙？"

"当然可以，"舒马克耸耸肩，"我依然坚守岗位，还没落荒而逃。"

"你能不能查清最近几星期报刊上登载的，有关巴丽尔皇后号意外的报道？或者网络上的？电视里有没有报道过什么？"

"好的，当然了。但为什么？"

"不为什么。"

"不可能不为什么。"

"因为我相信，什么也没有报道过。"

"嗯哼。"

"反正我想不起来。你呢？"

舒马克仰起头，对着太阳眯起眼睛。"不。只有一些关于亚洲船难的含糊内容。但这不一定能说明什么。自从我们这里谣言四起以来，我就不看报纸了。不过你说得对。我现在回想，整个灾难报道得很少。"

安纳瓦克阴沉着脸盯着飞机。"的确是。"

飞机升起时，安纳瓦克对丹尼说道："你将一个探测设备射进鲸鱼的鲸脂里。鲸脂是鲸鱼脂肪层的科学术语，感觉不到痛。多年来，我们一直很难长时间地将探测设备固定在鲸鱼体表。不久前基尔的一位生物学家想到了这个主意：在十字弓上配备装有记录器和测量仪的特制箭头。箭尖钻进脂肪，鲸鱼拖着这些仪器散步几星期，也不会发觉。"

丹尼望着他。"基尔的一位生物学家？很好。"

"你认为这样行不通吗？"

"行得通。我只是想，是否有人向鲸鱼保证过，真的不会痛。这工作他妈的必须精确无误。你怎么知道，箭尖只会钻进脂肪，而不会钻得更深呢？"

"猪肉。"安纳瓦克说道。

"猪肉？"

"他们用这武器在猪肉上试过。直到他们测准了箭尖钻多深。一切都只是计算的问题。"

"你看看，"丹尼扬起太阳眼镜边缘的眉毛，说道，"生物学家们。"

"如果用它射人，会发生什么事呢？"戴拉维从后座上问道，"箭尖也只会钻进一段吗？"

安纳瓦克向她转过身去。"对，不过深到足够杀人。"

DHC-2拐了一个弯。环礁湖在他们身下闪烁。"我们的出发点毕竟不同，"安纳瓦克说道，"关键是我们能观察鲸鱼一段时间。事实证明用十字弓发射探测设备是最可靠的方法。测量仪会记录下心跳频率、体温和环境温度、深度、游泳速度和其他数据。比较难的是在鲸鱼身上安装摄影机。"

"为什么我们不能也用十字弓发射摄影机呢？"丹尼问道，"很简单啊。"

"因为你永远不知道摄影机会怎样落上去。另外我想看鲸鱼，我想观察它们，这只有让摄影机离它们一段距离而不是装在它们身上才行。"

"因此我们征召了一台浦号机，"戴拉维解释道，"这是一种日本制的新型机器人。"

安纳瓦克开心地嘬起嘴唇。听戴拉维讲话，就好像这设备是她亲自发明的似的。

丹尼转过身。"我没看到机器人。"

"它也不在这里。"

飞机到达海上，紧贴沙丘飞过。平时，温哥华岛沿海总有游轮、橡皮艇或独木舟在行驶，现在哪怕是最勇敢的人也不再出海了。只有鲸鱼无法伤害的大货轮和渡轮还在海上行驶。因此，除了一艘笨重的船，海面一片荒凉。看起来似乎没有什么东西会沉没，更别说其他意外了。飞机离开海边岩石，飞往海上。"浦号机在暗旱獭号上，那艘拖轮上。"安纳瓦克说道，"一旦我们找到了我们的鲸鱼，就轮到它大显身手了。"

约翰·福特站在暗旱獭号的船尾，用手遮住眼睛，抵挡炽烈的阳光。他看到DHC-2快速飞近。数秒后飞机低飞掠过船只，飞了一个大弯。他将对讲机对着嘴，在可以听到的频率上呼叫安纳瓦克。许多频率都被封锁起来，用于军事和科学目的。"利昂？一切正常吗？"

"收到，约翰。你上次是在哪里见到它们？"

"西北方，距离我们不到两百米。大约五分钟前看到了一排，但它们保持着距离。一定有八到十条。我们确定了两只的身份：一只参与过袭击维克丝罕女士号，另一只上星期在尤克卢利特沿岸弄沉了一艘捕鱼船。"

"它们没有试图袭击你们吗？"

"没有。显然它们觉得我们太大了。"

"它们彼此间的互动呢？"

"温和，无侵略性。"

"好。看来都是同一帮，但我们应该将精力集中在已指认出来的鲸鱼身上。"

福特目送着DHC-2的背影，看着它愈来愈小，缓缓地斜侧，拐个大弯飞回。

他的目光扫向暗旱獭号的舰桥。这艘船是一艘来自温哥华的深海打捞拖轮，属一家私人企业所有，长逾63米，宽度15米左右。暗旱獭号连带系船缆绳重达160吨，是世界上最大的拖轮之一。它显然太大，太重了，鲸鱼无法对它构成危险。福特估计，除了猛晃一下，一只灰鲸跳起来连船尾也碰不到。

但他还是感觉不舒服。如果说鲸鱼一开始是见到漂浮物就袭击的话，现在它们好像能准确地判断它们能在哪里造成破坏、哪里不能。截至目前，除了无所不在的虎鲸、灰鲸和座头鲸，长须鲸和抹香鲸也开始袭击船只了。这些动物的袭击技术显然进步飞快、益发成熟。

可以肯定，它们不会袭击这艘拖轮。这正是让福特最不安的事情。疑似狂犬病的鲸鱼不可能有估量目标大小的能力。他感觉这些哺乳动物的行动背后隐藏着智慧，他自问它们会对机器人做出怎样的反应。

福特和舰桥通话。"开始了。"他说道。

DHC-2在他的头顶盘旋。

在透过录像带画面确定了各袭击者的身份之后，他们开始主动观察这些动物。三天以来，这艘拖轮就一直在搜查温哥华岛沿海的航线。今天上午他们终于有了发现。他们在一群灰鲸中又认出了两个熟悉的尾鳍图案，这是他们从进攻动物们的照片和录像上看到过的。

福特自问他们究竟有没有机会及时发现真相。想到渔业公会和船只协会愈来愈强烈的呼吁他就不寒而栗，他们认为科学委员会的怀柔政策远远不够。他们要求动用军事武力——死上几条鲸鱼，别的畜牲就会明白，袭击人类不是个好主意。这种思想既天真又危险，因为它拥有广大的民意基础。

那些海洋哺乳动物目前以粗暴的方式破坏了动物权团体和生物学家奋斗这么久挣得的信誉。危机指挥部还在拒绝这些要求，理由是，只要还不了解动物行为变化的原因，暴力就不起任何作用，唯一的解决之道是针对发狂的症状。

福特不知道政府最后会做出什么决定，事实上，渔民和非法捕鲸者快要独自采取行动了。面对如何行动的问题，争执各方的意见不一加剧了普遍的惊慌失措。这是动用私刑的理想条件。向海洋宣战。

福特端详着船尾的机器人。他很想知道，他们这么迅速顺利地从日本得到的浦号机有什么本领。它开发出来才几年。日本人坚持这种设备是用于研究而不是用来狩猎的。西方的环保团体对这种说法表示怀疑。他们觉得这种三米长的圆筒状设备是屠杀机器，是考虑到1986年的国际捕鲸临时禁令可能会解除而发明的，想探查所有的鲸类。当浦号机在日本冲绳的渡嘉敷岛沿海成功确定了座头鲸的位置、跟踪它们很长一段时间之后，这具机器人在温哥华的国际海洋哺乳动物年会上也受到了欢迎。

但不信任仍然存在。日本人有计划地收买贫穷国家的支持，想废除临时禁令，这不是秘密。日本政府将精心策划的条件交换辩称为"外交"——同一批政府人员，他们大规模地资助研出这台机器人的"浦号机水下机器人应用实验室"所属的东京大学。

"也许你今天在做一件很有意义的事情，"福特低声对浦号机讲道，"在拯救你的名声。"

阳光下，那机器亮闪闪的。福特走近舷栏杆张望。从空中能将鲸鱼看得更清楚，但要先从船上指认。

过一会儿先后有几头鲸鱼钻出来，在波浪中划行。

话筒里传来舰桥观察哨的声音，"露西在我们的右后方。"

福特急转身，举起望远镜，刚好看到一片锯齿状、石褐色的尾鳍潜下水去。是露西！

这是一尾鲸鱼的名字。一尾14米长的庞大灰鲸。露西曾经扑向维克丝罕女士号。也许正是露西撕开了如同薄壁的船体，使船里灌满了水。

"确认完毕。"福特说道，"利昂？"

专用频率将所有人联系在一起。DHC-2上的人员听得到暗旱獭号的通话。

"看到了。"安纳瓦克回报。

福特对太阳眯起眼睛，望着飞机在尾鳍消失的地方飞低。"好吧，"他自言自语地说道，"一切顺利。"

从百米高空俯瞰，就连巨大的拖轮也显得像个可爱的模型。相较之下那些海洋哺乳动物像是被放大般。安纳瓦克看到一群鲸鱼紧贴水面游着，平静而安逸。阳光洒落在庞大的身躯上。能完整地看到每头动物。虽然长度不及暗旱獭号的四分之一，它们却荒谬地显得巨大。"继续向下。"他说道。

DHC-2飞得更低了。他们从鲸群上方飞过，飞近露西下潜的位置。安纳瓦克希望那条鲸鱼不是觅食去了。不然的话他们就得等上很久了。也有可能这里的水不够浅。和座头鲸一样，灰鲸也有非常独特的饮食习惯。它们潜到海底，侧转身，将小蟹、浮游生物及其食物、线蚓等底栖生物吸进体内，吃掉沉积物。这种大吃大喝在温哥华岛沿海的海底留下巨大的沟壑，而那些灰色的庞然大物很少误闯较深的水域。

"准备好吹吹风吧，"飞行员说道，"丹尼？"

射手对着众人笑笑。然后他将侧门打开又关上。一股冷空气钻进来，吹乱了机内人的头发。机舱内顿时嗡嗡作响。戴拉维手伸向后面，将十字弓递给丹尼。

"你时间不多。"安纳瓦克说道。风声呼呼，发动机隆隆，他不得不大声讲话，才能让对方听到。"一旦露西钻出来，你只有几秒的时间将探测设备射到位。"

"这是你们的问题不是我的问题，"丹尼回答道。他将十字弓夹在右手臂，离开座位，直到身体的一半坐到了机翼下面的支承杆上。

"尽量带我飞近点。"

戴拉维睁圆眼睛摇摇头。"我不敢看。"

"什么？"安纳瓦克问道。

"这不行。我已经看到他躺在水里了。"

"别怕，"飞行员笑道，"年轻人本事大得很。"

飞机紧贴着海浪飞行，几乎到了与暗旱獭号的舰桥一样的高度。他们从露西潜下水的位置上方飞过。什么也看不到。"小圈盘旋，"安纳瓦克向飞行员叫道，"露西会相当准确地在它消失的地方钻出来。"

DHC-2 猛地拐弯。大海好像突然向他们倾斜过来。丹尼像只猴子似地吊在支承杆里，一只手抓着门框，另一只手拿着张开的十字弓。他们的身下隐约可见一条鲸鱼正在钻上来。然后一个发亮的灰背钻出水面。"太好了！"丹尼叫道。

"利昂！"这是福特在透过对讲机讲话，"不是它。露西游在我们的右前方。"

"该死！"安纳瓦克骂道。他估计错了。露西显然下定了决心不遵守规则。"丹尼！别射。"

飞机停止盘旋，继续下降。波涛在他们身下翻滚。他们在接近拖

259

轮尾部。有一阵子，看起来好像他们正笔直飞进暗旱獭号突起的建筑里，然后飞行员纠正航向，他们紧贴笨重的拖轮飞过。露西又在前面一点的地方钻了出来，可以看到尾鳍了。这下安纳瓦克也从尾鳍里特有的锯齿认出了这条动物。

"减速。"他说道。飞行员降低速度，但他们还是太快了。我们本来应该使用直升机的，安纳瓦克想道。现在他们将不得不冲到目标前头，再转回来，但愿鲸鱼不会从他们的视线中消失。

可露西没有钻下水。它庞大的身躯在阳光下闪闪发光。"超过它，掉头，下降！"

飞行员点点头。"别呕吐，"他补充道。

他猛地将飞机侧身，好像是将机身倒立在机头上似的。透过敞开的门，只见一道垂直的水墙在闪烁，近得吓人。戴拉维大叫失声，而手拿十字弓的丹尼开心得直欢呼。

安纳瓦克像观看慢动作一样历经了这个瞬间。他从没想到过可以这样掉转一架飞机，如果你将飞机头想象为脚针的话，飞机就像是一个圆规。画一个完美的半圆，又直接倒回了水平位置。

螺旋桨嗡嗡旋转，飞机朝着鲸鱼和接近的暗旱獭号飞去。

福特屏息观看着飞机在令人毛发直竖的转弯之后飞回。起落架几乎碰到了水面。他依稀想起来，托菲诺航空公司雇用的是一位前加拿大空军飞行员。现在他至少知道他是谁了。

舷栏杆外侧，浦号机的筒状躯体悬挂在拖轮的船尾吊车上。他们做好了准备，一旦射手安放好探测设备，就解开机器人。鲸鱼的灰背清晰可见。它没有钻下水。鲸鱼和飞机迅速接近。福特看到丹尼蹲在机翼下，一心只希望他能一箭命中。

露西隆起的背在劈浪前进。丹尼举起十字弓，眯起一只眼，手握冰冷的金属。他的手指渐渐弯曲。

丹尼全神贯注、面无表情地按下扳机。当配有特制箭头的箭以时

260

速250公里从他耳旁飞过时，此时此刻恐怕只有他听到了那低沉的飕飕声。转眼之间金属倒钩就钻进了鲸鱼的脂肪，深深地钻了进去，而露西一点也没有察觉。那动物弓起背，下潜。探测设备成斜角插在背上。

"我们射中了！"安纳瓦克对着对讲机叫道。

福特发出信号。吊车松开机器人，它啪的一声，沉进波涛。

和水的接触触发了传感器，机器开始运转。机器人边沉落边朝着下潜的鲸鱼的方向移动。落水几秒钟后就再也见不到浦号机了。福特欢呼着攥起拳头。"好！"

DHC-2嗒嗒地飞过暗旱獭号旁边。丹尼在机翼的支承杆里举起十字弓大叫着。

"我们成功了！""了不起！""一箭就……哎呀，你看见了没有？难以置信！""哇！"飞机上的人你一言我一语。丹尼转头冲他们笑笑。他重新开始挪回机内。安纳瓦克伸出双手想帮他，这时他看到面前的水里有什么愈来愈大。他呆若木鸡。

一头灰鲸钻了出来，一头跳跃中的动物。那庞然身躯飞速临近。在他们的航线中央。

"拉高！"安纳瓦克叫道。

发动机痛苦地高嚎一声。当飞机陡直上冲时，丹尼的身体仰了下去。安纳瓦克只瞥见一颗硕大的、有疤痕的头颅，看到了一只眼睛、紧闭的颌骨。飞机随即可怕地一晃。右翼和丹尼所在的地方，剩余的杠杆弯了。安纳瓦克试图扶住什么，可一切都在旋转，戴拉维喊叫，飞行员喊叫，他自己喊叫，大海扑向他们。

有东西击打在他的脸上。冰冰凉凉。

他耳朵里嗡嗡响。断钢板发出空洞的格格声。浪花。深绿色。什么都没了。

在50米深的地方，机上计算机在稳定浦号机的筒状身躯。机器人平衡住自己，跟踪离它最近的鲸鱼。

稍远处，其他动物依稀可辨。浦号机的电子眼记录下所有这一切，而计算机暂时忽略掉这些光学数据。

其他功能开始运转。虽然拥有出色的光学传感器，浦号机的真正强项却在于捕捉声音。在这方面，它的创造者表现得真像个天才。这些声学系统使得机器人能够连续跟踪海洋哺乳动物十至十二小时，不管它们转向哪个方向，也不会跟丢它们。

它跟踪它们的歌声。

在这些瞬间，浦号机的四具水听器，高感度水下麦克风，不仅捕捉到动物们发出的各种声音，而且还能捕捉它们的声源坐标。水听器分布在机器人的身躯周围。当一条鲸鱼发出尖细的叫声时，它们先后而不是同时接收到这声音。没有谁的耳朵能分辨出这些细微的时间延滞和相应的减弱，只有计算机才有这能力。因此，声音最先和最响地传到距离最近的水听器，然后再依次传到另外三只。

最后，计算机画出一个虚构空间，给发声源画好坐标。虚构空间按顺序显示出鲸鱼的位置，随动物改变它们所在地的方式而相对移动。可以说是在计算机里仿制鱼群。

当露西消失在海底时，它也发出一系列的声音。计算机里储存了大量的数据：鲸鱼和某些特定的鱼类，而且是每只个体的叫声。浦号机检查它的电子目录，但没找到露西。它从露西坐标传来的声音自动生成一个索引文件，和其他坐标进行比较，将四周的所有动物归类为灰鲸，然后加快些速度，接近它们一点。

正如它靠声音测定鲸鱼的位置一样，机器人开始进行光学分析。在它的数据库里储存有尾鳍的图案和轮廓，另外还有每条鲸鱼的鳍、阔鳍和明显的身体部位。这回这台机器很幸运。电子眼在它前面上下扫描鲸鱼拍打的尾鳍，迅速认出其中一条就是露西。它前不久才加载了所有参与袭击的鲸鱼的数据，因此这台机器人明白它应该全力以赴地注意哪条动物。

　　浦号机将它的方向纠正几度。鲸鱼歌唱的声音能在一百多海里的距离外进行接触。声波在水里的传输速度比在空中快五倍。让露西游好了，不管它游多快，想去哪里。它再也不会跟丢它。

4月26日

德国，基尔

铁门滑开。波尔曼的目光扫视着巨大的仿真器。

深海仿真器似乎将大自然降到了一个能够忍受人类的程度，而没有立即将它流放到纯理论之中。虽然是小范围的，大海变得可以控制了。仿真器创造了一个间接的世界，一个比起现实来让人类感到较为熟悉的理想复制品的世界：既然好莱坞以自己的方式展示它，谁还想知道中世纪生活的真实面貌呢？只要能买到冰冻的鱼块，谁还会关心一条鱼是如何死的？关心它如何淌血、被剖开、取出内脏呢？美国小孩画出了六条腿的母鸡，因为鸡腿是六只装出售的。世界被扭曲了，出现了傲慢。这台仿真器及其各种可能性让波尔曼十分兴奋。同时，那箱子又让他明白了，如果他们一味模仿研究对象，而不是观察它，纯粹为了理解所做的尝试越来越少，却只是想纠正它，就会有盲目研究的危险。

每次走进大厅，波尔曼的脑海里就会闪过同一念头：我们无法肯定究竟可以达到什么样的科学成就，只知道哪些是最好不要插手的事情。而这是我们最不想承认的。

太阳号事故发生两天之后，他又来到了基尔。在埃尔温·聚斯的护卫下，钻探泥芯和冷藏箱分别被迅速运达了，他立即领着一组地球化学家和生物学家检查战利品。当波尔曼来到研究所里时，他们已经在开始分析了。二十四小时以来他们就一直不知疲倦地探索融化的原因。看样子找到答案了。仿真器能将现实理想化，这回，它一定能揭开虫子的真相。

聚斯在监控台旁等着他。陪他的是海科·萨林和伊冯娜·米尔巴赫，后者是一位专攻深海细菌的分子生物学家。

"我们进行了一次计算机仿真模拟，"聚斯说道，"主要不是为了我们，而是为了让每个人都能理解。"

"这么说来，它不再仅仅是国家石油公司的麻烦了。"波尔曼说道。

"不。"聚斯移动监控器上的鼠标，按下一个符号。一张图出现了，它显示的是一个100米厚的水合物层，和它下面的一个天然气气泡的横截面。萨林指着表面薄薄的、黑暗的一层，"这是虫子。"他说道。

"我们放大一下。"聚斯说道。

画面出现一部分冰层表面，一条条虫子清晰可见。聚斯继续放大，直到一只虫子几乎占满了整个监控器。它皮肤粗糙，身体的个别部位颜色刺眼。

"红的是红硫细菌，"伊冯娜·米尔巴赫解释道，"蓝的是古菌。"

"它们是一群内寄生物和外寄生物，"波尔曼喃喃道，"虫子里满是细菌，它们分别寄生在虫子身体里和皮肤上。"

"正是，它们是同伙，多种细菌共同合作。"

"另外，约翰逊带来的那些人也已经明白此事了。"聚斯补充道，"他们撰写了数厘米厚的、有关虫子寄生方式的鉴定，但他们没有得出正确的推论。谁也没有问过，这些同谋到底在做什么。我们一直认为，虫子在破坏冰的稳定性，虽然我们明白它们根本破坏不了。但搞破坏的不是虫子。"

"虫子只是载体。"波尔曼说道。

"就是这么回事，"聚斯按下另一个键，"这就是你们正在寻找的海喷现象的答案。"

那只古怪的虫子动起来。由于时间短、画面粒子粗，看起来更像是连续播放的单张图片，而不是一部动画。钳子似的颌骨张开，虫子开始往冰块里钻。

"现在注意看！"

波尔曼盯着图像，聚斯再次放大画面，可以看到它们正将身体钻进冰里。后来，突然……

"我的天哪！"波尔曼说道。

全场鸦雀无声。

"如果大陆边坡上到处都是这样的话……"萨林开口说道。

"这……"波尔曼低声说道，"甚至有可能会同时发生。妈的，我们在太阳号上时就应该想到的。冰里充满湿黏黏的细菌黏液，让冰逐渐融化。"他此刻看到的和猜测的差不多，原本担心会是这样，也曾希望是他搞错了，但事实似乎还要严重得多——如果这是事实的话。

"这里发生的一桩桩事情，本来都是众所周知的。"聚斯说道，"每个现象单独看起来都不怎样，但新鲜的是这些物体共同作用后的现象。一旦我们将所有因素串联起来，冰的融化就一目了然了。"他打了个哈欠。面对这些可怕的影像，这动作显得很不合适，但过去二十四小时之中没有谁合过眼。"我只是没有想到该如何解释那里面为什么会有虫子。"

"我也没想到，"波尔曼说道，"而且早在你开始想之前就已经想很久了。"

"那现在我们应该通知谁呢？"萨林问道。

"嗯。"聚斯将手指摁住上唇，"怎么回事？这件事很机密，对不对？因此我们最好先通知约翰逊。"

"干吗不立即通知国家石油公司？"萨林建议道。

"不，"波尔曼摇摇头，"绝对不要。"

"你觉得他们会隐瞒事实？"

"通知约翰逊更好，我认为他比瑞士还中立。我们应该让他来决定，如果……"

"没有时间让谁来决定了，"萨林打断他道，"就算此次模拟只是再现了大陆边坡上发生的事情，严格说来我们也必须知会挪威政府。"

"然后再立即通知北海各国！"

"好主意，再加上冰岛。"

"等等！"聚斯抬起双手，"我们并非在进行十字军征战。"

"问题不是这个。"

"问题就在这里，它还只是一种模拟。"

"没错，可是……"

"不，他说得对。"波尔曼打断他道，"我们自己都还不太清楚状况，不能制造恐慌。我是说，虽然我们知道它是如何发生的，但这还只是推测。眼下我们只能讲，大量甲烷将进入大气层。"

"你是在做梦吗？"萨林叫道，"我们一清二楚即将发生什么事情。"

波尔曼不自觉地摸摸他的小胡子长出的地方。"那好吧。我们可以将它公开。这足够登上十几个头版头条了。但会有什么结果呢？"

"这就像假设报纸上刊登地球将被一颗陨石击中，会产生什么后果一样。"聚斯思考道。

"你认为这比喻恰当吗？"

"多多少少是恰当的。"

"我认为，我们不应该单独下决定，"米尔巴赫说道，"我们一步步看着办，先和约翰逊谈谈，毕竟他是联络人。另外，从纯科学的立场来看，这荣誉非他莫属。"

"什么荣誉？"

"是他发现了虫子。"

"不是，是国家石油公司发现的虫子。但我无所谓，荣誉归约翰逊。然后呢？"

"我们得让政府知道。"

"公开这件事吗？"

"为什么不？全部公开。我们知道北韩和伊朗的核能计划，以及一些笨蛋正在施放炭疽病毒，还知道有关狂牛症、猪瘟和基因培植蔬菜的一切状况。在法国，受污染甲壳动物里的某种细菌正让人们以数十、数百的速度染病和死亡，但大家并不会因此马上逃进深山躲起来。"

"不，"波尔曼说道，"当然不会。可是，如果让大家知道我们正推断这可能会导致海底崩移的话……"

"若要这样假设，目前这些资料还太过单薄了。"聚斯说道。

"而模拟仿真显示，虫子身上的细菌溶蚀冰的速度非常快，这就是我们所知道的全部。"

波尔曼想开口回答，但聚斯说的对。他们可以猜测发生了什么事，但无法证明。如果他现在将这个结果公布出来，又找不到能让理论无懈可击的证据，石油集团就会诋毁它，这些论点就会像空中楼阁般不堪一击。离可以公布的时间还早得很。"那好吧，"他说道，"我们需要多久的时间才能拿出一个有说服力的结果呢？"

聚斯皱起眉头。"我想，需要再有一个星期。"

"这够久了。"萨林说道。

"喏，你们听着！"米尔巴赫失望地摇摇头，"这应该够快了。如果你今天想判断一种新虫子的类别，你可以准备无聊上几个月，而我们……"

"就现阶段来说，这样的时间太长了。"

"尽管如此，"聚斯回答道，"报错警没有什么好处，我们继续测试。"

波尔曼点点头。他无法将目光从监控器上移开，类比模拟虽然结束了，但它还在他的脑子里继续融化，继续发展……他最后的想象结果让他不寒而栗。

4月29日

挪威，特隆赫姆

　　西古尔·约翰逊走进奥尔森的办公室。他随手关上门，坐到那位生物学家的对面。"你有时间吗？"

　　奥尔森咧嘴一笑，"我会为你挪出一些时间的。"他说道。

　　"查出什么了吗？"奥尔森神秘地压低声音。

　　"从哪里开始讲好呢？鬼故事吗？还是自然灾害？"

　　他故弄玄虚。也好。

　　"你想从哪里开始？"

　　"那好吧。"奥尔森对他狡黠地眨了眨眼睛，"福尔摩斯，你先说说为什么要我连续这么多天为你扮演华生？"

　　约翰逊想了想自己可以透露多少给奥尔森，知道他好奇得快要爆炸了，其实自己也一样。但那样一来，大概几小时内全挪威的科技大学就都会知道了。

　　他突然想到一个主意，虽然听起来很不合理，让人难以相信，而奥尔森会认为他是神经不正常，就算那样也无所谓。他同样压低声音，说道："我考虑是否要讲出新发现的理论。"

"什么理论？"

"这一切都是受到操纵的。"

"什么？"

"这些反常现象——水母、船只失踪、死亡和失踪案，让我马上想到，这所有的一切似乎存在着更密切的关联。"

奥尔森不解地望着他。

"我们就称之为某个更高的计划吧。"约翰逊向后靠去，想看看奥尔森有何反应。

"你这么说有什么目的？你在觊觎诺贝尔奖，或科学领域里的一席之地吗？"

"都不是。"

奥尔森继续盯着他，"你要我。"

"不是。"

"正是。你讲的就像是……鬼？黑势力？小绿人？X档案？"

"这只是一个想法而已。我认为它们一定有某种关联，各种现象同时发生，你认为这是巧合吗？"

"我不知道。"

"你看，你不知道，同样的我也不知道。"

"那你认为有什么关联呢？"

约翰逊双手轻轻一挥，"这又取决于你会讲出什么内幕。"

"啊，原来如此。"奥尔森努努嘴唇，"你真是煞费苦心呀，果然不是个傻瓜，西古尔。肯定还有其他情况。"

"告诉我你发现了什么，然后我们再看可能性。"

奥尔森耸耸肩，打开抽屉拿出一沓纸来，"网络上的数据。"他说道，"如果我不是这么一个该死的务实主义者的话，我马上就会相信你胡扯的瞎话。"

"是吗，有什么状况吗？"

"眼下中美洲和南美洲的所有海滩都被封锁了，人们不再下水，渔夫的渔网里都是水母。哥斯达黎加、智利和秘鲁都在谈论一种可怕的水母——继葡萄牙军舰上的水母之后，又出现了另一种很小、触须极长、有毒的水母。刚开始，人们认为是箱形水母，但仔细看更像别的什么东西，也许是新品种。"

又是一个新品种，约翰逊想道，从未见过的虫子，从未见过的水母……

"澳洲的箱形水母？"

"应该是同一回事，"奥尔森在他的纸堆里翻找，"渔民的灾难事件越来越多，旅游业大概完蛋了。"

"当地的鱼呢？水母不会附在它们身上吗？"

"全部没了，原本栖息在沿海附近的一大群鱼说消失就消失了。拖网渔船的工作人员声称，它们离开原栖地游去公海了。"

"但它们在那里找不到食物。"

"我怎么知道？也许它们正在减肥。"

"没有任何解释？"

"到处都成立危机指挥部，"奥尔森说道，"但什么答案都没有，我试着找过。"

"也就是说，这一切比想象的还要严重许多。"

"也许。"奥尔森从纸堆里抽出一页来，"看看这些，你就会知道这些头条新闻不久之后就无人闻问了。西非沿海出现的水母，或许日本沿海也有，但菲律宾肯定是有的。对死亡案例先是怀疑，然后是辟谣，最后则是默不作声。请注意，有趣的事这才真正开始：有一种海藻，它已经让传媒好奇好几年了。这种杀手藻或称杀鱼藻，你要是碰上了，人类和动物都无法幸免，灾情简直无法遏制，原本主要在大西洋沿海蔓延，但最近法国也开始出现，而且已有不少灾情。"

"有人死亡吗？"

"肯定有。法国人虽然没有大肆宣扬，但这种藻类显然是随着龙虾入境的。这里什么数据都有，你看。"

他将一部分数据推给约翰逊。"接着船只消失，虽然记录到一连串呼救的案例，但大多数毫无用处，它们中断得太早了。不管到底发生了什么事，一定是一切都发生得太快。"奥尔森挥挥另一张纸，"可是，如果我知道的比其他人还少，那我算什么？我从网络中找到三个呼救记录。"

"上头写了什么？"

"好像是有什么东西袭击那些船只。"

"袭击？"

"确实是这样。"奥尔森揉揉鼻子，"这证实了你的同谋理论，大海团结起来反抗人类了。我们只是在那里埋了一点垃圾，捕了一些鱼类和鲸鱼。对了，提到鲸鱼——我听到的最新消息是，它们在东太平洋凶猛地袭击船只，据说已经没人敢出海了。"

"知道是什么……"

"别问这种傻问题。不，不知道，根本什么都不知道。天啊，你知道我多用功了吧！有关碰撞和油船灾难的起因同样没有消息，消息被全盘封锁。说到这些已公开报道的事件，你的理论有一定道理，眼下一定有谁在这上面涂上禁止透露的标记，会不会就是X档案呢？"奥尔森皱起眉头，"太多的水母、太多的鱼，某种程度上这些生物都是超规模地出现。"

"有谁知道为什么会这样吗？"

"谁也不敢像你这样公开推测它们之间可能存在着关联性，最后，危机指挥部便将责任推给圣婴现象或全球暖化，入侵生物学受到鼓舞，他们发表推测性论文。"

"常见的推测。"

"是的，但这一切都不具意义。水母、藻类、类似的生物多年前就随着船底下的水流周游全世界了，我们早就熟悉这些现象。"

"这我知道，"约翰逊说道，"我正想说明这点：一个地方忽然出现箱形水母群是一回事。如果全球都同时发生最不可思议的事情，这就完全是另一回事了。"

奥尔森十指交叠,望着前方沉思。"那好,如果你一定要找出关联性的话,我就不谈生物入侵,宁可谈谈行为反常,这是袭击模式,而且是人们至今仍不熟悉的那种。"

"你没发现其他什么新种类吗?"

"我的天哪!这还不够吗?"

"我不过是随便问问。"

"那你是怎么想的呢?"奥尔森慢条斯理地问道。

约翰逊想,要是现在打听虫子的事,他就会猜到大致的情况了。他或许不会知道到底怎么回事,但马上就会联想到,世界上是否有什么地方发生虫子入侵事件。

"没有什么具体想法。"他说道。

奥尔森斜睨着他,然后将剩余的纸堆推向他,"你能找机会告诉我,那些显然是你不想讲给我听的事情吗?"

一听这话,约翰逊站了起来。"我们为此干一杯。"

"当然了。如果我找得到时间的话,你知道的,还有家庭义务……"

"谢谢你,克努特。"

奥尔森耸耸肩。"别客气。"

约翰逊来到门外的廊道上。大学生们从教室里蜂拥而出,身旁有些人谈笑风生,有些人表情严肃。

他停下来,望着他们的背影,突然觉得,"所有一切都受到操纵"的想法不再是那么不合情理了。

格陵兰海,斯瓦尔巴群岛,斯匹茨卑尔根岛沿海

月光洒照在水面上。这天夜里,辽阔的冰面是那样美丽迷人,将全体人员都吸引到甲板上,这是很少见的,但卢卡斯·鲍尔根本不晓得此事。他在他的小房间里埋头钻研资料,就像谚语所说的"在稻草

273

堆里寻找针"的人，只不过那草堆有两座海洋大。

卡伦·韦弗做得不错，真正帮了他大忙，但两天前她在斯匹茨卑尔根岛的朗伊尔城下了船，去那里进行调查。鲍尔觉得她总是过着不安定的生活，虽然自己的生活并不比她的安定。身为科学记者，她将重点放在海洋题材上。

鲍尔猜测，韦弗之所以选择这个职业，完全是因为这样一来，她就可以免费去世界上偏僻的地区旅游。她喜爱极端，这是两人不同的地方，他打心里厌恶极端，但却十分热爱自己的工作，觉得新奇的知识比舒适的生活更重要。许多科学家都是这样的。他们被误解为冒险家，为获取知识不惜冒险。

鲍尔思念舒适的沙发椅、树木、鸟儿和一杯新鲜的德国啤酒，但他最思念韦弗的陪伴。他将这位倔强的姑娘锁进了心里，此外，他开始理解新闻工作的意义和目的——如果你想让广大的社会大众关心你的所作所为，你就必须转用一种也许不是高度精确、但却通俗易懂的词汇。

韦弗让他明白了，许多人因为根本不知道他所研究的海湾洋流是如何形成及在哪里形成的，而无法理解他的工作内容。他本来不相信是这样，也无法相信没人知道漂浮监测器是什么东西，直到韦弗说服他相信几乎没有人会知道，因为漂浮监测器太先进、太专业了，他最后承认了这一点。可是海湾洋流耶！孩子们在学校里到底都在学什么呀？

但韦弗是对的。他最终的目的毕竟是希望社会大众和他一起关心，一起施压给应该负责任的人。

鲍尔忧心忡忡。

他忧心着墨西哥湾流，这一股从非洲北部温暖面向西流的洋流，再沿着南美海岸流向加勒比海，在赤道附近加温后继续流往北方。这股温暖的洋流含盐量虽然相当高，但由于水温较高，反而得以留在海水表面没有下沉。

这股洋流是欧洲的远程暖器，像是带着10亿兆瓦的温暖，热功率相当于25万座核电站。它一直奔流到纽芬兰，而冰冷的拉布拉多寒流从侧面汇入，形成涡流——旋转的温水，之后又继续北流，成为北大西洋暖流。西风吹拂使得海水大量蒸发，带给欧洲丰沛的降雨，也将盐分带到空中。洋流继续北流来到挪威海岸，形成挪威暖流，将足够的温暖送往北大西洋东边，使得船只即使在冬天也能驶往斯匹茨卑尔根岛的西南部。

这股暖流直到格陵兰和挪威北部之间才结束分送温暖的任务，它在这里和冰冷的北极海水相遇，又在冷风的支持下，暖流迅速冷却，原本含盐量就高的海水，因为冰冷变重而往下沉落，几乎可说是垂直下沉，就像空气被限制在烟囱中流动一样，即所谓的烟囱流，它们会随着波浪而变换位置，因此很难确切标示出来。烟囱流的直径在20至50米之间，每平方公里约有十个左右，但它们确切的位置在哪里，得取决于海洋和风。最大关键是在沉降的大量海水所形成的巨大漩涡，墨西哥湾流北流的秘密就是这个，它并非真的流向北方，而是被吸向这里，被北极下面巨大的漩涡吸过来，然后在水底2000至3000米处继续潜行，再次环绕地球一圈。

鲍尔释出一批漂浮监测器，希望借由它们标示出海流的走向，但是连想标出第一个都相当困难，觉得它们好像到处都可能存在。但是奇怪的是，那个巨大漩涡似乎中止了活动或不知搬去了何处。

鲍尔来这里，是因为他熟悉这些问题及其影响。他没有指望一切正常，但更不会指望什么事都没有。

这确实让他无比担忧。

韦弗离船之前，他将这个担忧告诉了她。从那之后，他每隔一段时间就将新状况寄电子邮件给她，将他最害怕的部分告诉她。几天前他的小组就发现北海的气体含量骤然升高了，他寻思这和火山口的消失会不会有关联。

现在，单独待在小卧室里，他对此几乎是肯定的。

275

他不停地工作，北极的夜空让饱经风霜的海员们倚着栏杆眺望远方。他弓着背埋首于一堆计算、公式和图表的印表纸上。有时他发电子邮件给卡伦·韦弗，只是为了打声招呼，将最新消息告诉她。

他忘我地沉浸在工作中，因此好长一段时间都没有发觉那震动——直到茶杯滑落到桌子边缘，泼了他一裤子的茶。

"见鬼了！"他骂道，茶水滚热地顺着大腿往下流，他推开椅子后站起身来，想仔细看看这场灾难。

然后他呆住了，双手抓紧椅子靠背，倾听舱外。是他听错了吗？

不，他听到喊叫声，沉重的靴子在甲板上奔跑。外面出事了，震动更强烈了，船身抖个不停。是什么东西突然使他失去了平衡撞上桌子，他呻吟着。瞬间，他身下的舱底没了，整船好像掉进了一个洞里似的。鲍尔仰头倒在地上。他吓坏了，他挣扎着爬起来，跌跌撞撞地走出舱室来到走廊，更大的喊叫声直往他耳里钻。机器被发动了，有人在用冰岛语喊叫什么，鲍尔听不懂，虽然他只会英语，但他听得出那声音里的惊骇，回答声更骇人。

一场海啸？

他迅速沿着走廊跑向楼梯，爬上甲板。船身剧烈地左右摇摆，他好不容易才站稳，在跌跌撞撞地向外走去时，一股可怕的恶臭扑面而来，卢卡斯·鲍尔霎时明白发生什么事了。

他走到舷栏杆，望向前方。周围大海白浪鼎沸，他们像坐在一只锅里似的。

这不是波涛，不是风暴。这是上升的巨大气泡——气泡涌浪。

船身重新落下。鲍尔向前跌倒，脸重重地磕在地板上，头痛欲裂。当他重新抬起头来时，眼镜摔碎了，没了眼镜他就像个盲人，但就算是这样也看得见大海在吞没船只。

天哪！我的天哪！老天爷啊，帮帮我们吧。

4月30日

加拿大，温哥华岛

夜晚呈现暗绿色，既不冷也不热，温度适中，舒舒服服的。在穿过暗绿色的宇宙坠落了好长一段时间之后，安纳瓦克亢奋了起来。他像个将深渊当作天空的伊卡鲁斯[1]一样伸出双臂，陶醉于失重的感觉。深渊底部有什么东西在闪烁，浩瀚、冰冻的地形，暗黑、绿色的海洋变成了一座夜空。

他站在冰原的边缘，眺望黑色、静止的水面，头顶星辰密布。他心情平静。

就这样站在这里，是多么奇妙的感觉啊！冰缘脱离陆地成为浮冰，漂浮在北部的海洋，越升越高，载着他漂向那再没有累死人的问题等着他解答的地方，那是一个温馨的家，他的家，他将待在那里。安纳瓦克涌起一股思念之情，泪水夺眶而出，晶莹刺眼的泪水蒙住了他的眼睛，他试着眨掉它们——它们果然滴入了黑暗海洋里，开始发光。深处有什么东西朝他涌了上来，水变成一个人影，它似乎在某个他无

---

1 希腊神话中以烛液黏合羽毛做成翅膀的人，最后因飞行时太过靠近太阳，翅膀融化而坠死。

法前往的遥远的地方等着他。它一动不动地站在那里，通体透明，星光照耀着它的表面。

我找到它们了，那人影说道。

它没有脸没有嘴，但声音让安纳瓦克感觉熟悉。他走近它，但这里是冰原边缘，黑色的水里浮游着某种吓人的庞然大物。

你找到什么了？他问道。

他被自己的声音吓了一跳，那些话顽强地从他的嘴里钻了出来，像粗暴的动物一样挤了出来。那人影所讲的、也许仅仅和所想的话相反，它们破坏了冰原上的完美宁静，寒意如刀割，蓦然袭向安纳瓦克。他的目光在水里寻找那东西，可是它却消失不见了。

找什么呀？有人在他身旁问道。

他转过头，看到了凤凰计划的研究人员珊曼莎·克罗夫。

你相当不善言辞，她说道，其他的一切你都很擅长，但老实讲，这听起来很可怕！

对不起，安纳瓦克结巴道。

是吗？那好吧，也许你该开始练习了。我找到了我的外星人。你知道吗？我们终于可以进行联系了，这是不是很伟大？

安纳瓦克打了个寒战，觉得这事一点不伟大，反而更害怕克罗夫发现的外星人，却不知道为什么。

那……他们到底是谁？他们又是什么？

那位凤凰计划研究人员指着冰缘对面的黑色的水。

他们在那里，她说道。我想，他们会乐于认识你的，因为他们喜欢建立联系，但你必须想办法走过去他们那里。

我不能去，安纳瓦克说道。

你不能去？克罗夫不解地摇了摇头。为什么不能？

安纳瓦克盯着水中游着的黑色巨背。有数十条，数百条。他明白，它们是因为他才出现的，他恍然大悟，它们以他的恐惧为生。它们吞食恐惧。

我……就是不能。

你只需要跨出脚步就行了，胆小鬼！克罗夫讥笑道。这可是最简单的事情了，比我们的简单得多，我们必须倾听他妈的整个宇宙。

安纳瓦克战栗得更厉害了，他一直走向边缘，向远方张望。在黑暗海洋和星空交会的地平线上，一个光源远远地照耀着。

快走吧，克罗夫说道。

我是飞来的，安纳瓦克想道。穿过一座充满生命的暗绿色海洋时，我完全不害怕，能出什么事呀？水会像结实的地面，我会驾驭着我的意志，到达这道光里。珊曼莎讲得对，这很简单，没有什么好害怕的。

一只鲸鱼在他的眼前下潜，一片巨大的尾鳍伸向星星。

我没什么好怕的。

但他踌躇得过久了，一见到尾鳍又让他失去了信心。无论是他的意志还是梦想的力量，都不能使自然规律失效，他终于向前迈进一步，暂时掉进了冰冷的海洋里。海水淹没他的头顶，只剩下黑暗。他想喊，却被一口海水给呛到了，海水钻进他疼痛的胃里。不管他怎么挣扎，水无情地将他往下拉。他的心脏狂跳，太阳穴跳动着，嗡嗡地，像锤击……

安纳瓦克跳起来，头咚地撞在厚木板上，"倒霉。"他叹息道，又是那种跳动。嗡嗡声消失了，换成一种指骨敲在木头上的和缓跳动声。他翻身，看到了爱丽西娅·戴拉维略弯着身子望向他的寝室。

"对不起，"她说道，"我不知道，你会马上像火箭似地弹起来。"

安纳瓦克盯着她。戴拉维？

原来如此，他慢慢回想起自己在什么地方，抱住头难受地叫了一声，倒回床上。"几点了？"

"九点半。"

"该死。"

"你的样子很可怕，你做噩梦了吗？"

"好像是的。"

"我可以煮咖啡。"

"咖啡？对，好主意。"他伸手摸摸头上被撞痛的位置，会出现一个大包的。"该死的闹钟到哪儿去了？我记得很清楚，我有拨闹钟，调在七点的位置。"

"你没听到，在发生了这一切之后这似乎已经不奇怪了。"戴拉维走进小小的厨房查看。"放在哪里……"

"吊橱，左边。咖啡、滤纸、牛奶和糖。"

"你饿不饿？我真想好好吃一顿早餐……"

"不饿。"

她耸耸肩，将水倒进咖啡机的壶里。安纳瓦克看了她一会儿，然后坐了起来。

"你转过身去，我得穿上衣服。"

"别小题大做了，又不会少块肉。"

他做个鬼脸，一边找他的牛仔裤。它堆在桌旁的椅子上。他头晕，加上伤腿疼得厉害，想弯脚穿上裤子时，却显得困难重重。"约翰打过电话来了吗？"他问道。

"是的。先前打过。"

"真糟糕。"

"怎么了？"

"任何一个老头儿穿裤子都会比我快。见鬼了，我怎么会没听见闹钟响呢？我一定要……"

"你知道吗？你神经错乱了，利昂。真的神经错乱！两天前你从一场飞机坠毁事故中幸存下来。你膝盖肿得厉害，而我的大脑似乎不大灵光了，怎么样？我们真幸运。我们原本有可能像丹尼和飞行员一样死去，但我们却活着。而现在，你却因为找不到那该死的闹钟而大肆抱怨。你到底穿好了没？"

安纳瓦克在椅子上坐下来。"好了，约翰说什么？"

"他搜集所有的数据，也看了影片。"

"太好了，还有呢？"

"没有了，你应该试着厘清自己现在的想法。"

"就这些？"

戴拉维将咖啡粉倒进滤纸，再将滤纸放到壶上，打开机器。不一会儿，传出轻轻的咂舌声。

"我告诉他你还在睡觉，"她说道，"他要我别叫醒你。"

"为什么？"

"他说，你必须恢复健康。他说得对。"

"我是健康的。"安纳瓦克固执地反驳道。

实际上他对此并不真的那么肯定。当跳起的灰鲸和DHC-2相撞时，它撞毁了飞机的右机翼。那位神射手丹尼没有及时回到机舱内，可能当场就死去了——暗旱獭号没能找到他的尸体。飞机坠落时安纳瓦克从侧门弹射了出去，他之所以还活着，得感谢当时侧门是敞开着的。之后的一切他就想不起来了，也想不起他膝盖上的严重扭伤是怎么造成的。直到来到暗旱獭船上，他被剧痛疼醒了，才恢复了知觉。

紧接着，他就看到了躺在那里的戴拉维，他再也顾不得疼痛了，她看上去像死了似的。他还没来得及惊惧，人们就告诉他，她没死，她比他还幸运，飞行员的身体成了她的靠垫，缓冲了冲撞的力道。她恍恍惚惚地钻出下沉的飞机残骸，小飞机里转眼就进满了水，暗旱獭号的员工将安纳瓦克和戴拉维从水里捞了出来，但遇难的飞行员和他的DHC-2永远消失在海里了。

虽然很惨，但这次行动还算成功。丹尼成功安置了发射机，浦号机得以跟踪鲸群，二十四小时的录像数据显示那些动物没有造成袭击事件。安纳瓦克知道，清晨的这些记录已寄给约翰·福特。另外，国家宇宙研究中心已接收到露西背上速度仪的遥测数据，要不是最后飞机坠毁，他们完全有理由拍拍彼此的肩膀庆贺。

但现实情况恰恰相反，这一切越来越恐怖，愈来愈多人死去，他本人已经两次死里逃生了。也许他对灰狼的怒火烧尽了其他一切感觉，他必须好好地处理斯特林格的死亡。现在，在坠机两天之后，他感觉很难受。像受到一种被压抑了多年、要求突围的疾病的侵袭。它的症状是没有信心、自我怀疑和令人不安地疲倦无力。有可能惊吓仍未过去，但安纳瓦克并不相信是这样。一定还有其他什么东西，让他自从被抛出飞机残骸之后就不时感到晕眩、胸口作痛，频频恐慌。

不，他并不健康，膝盖扭伤也不是真正的问题，安纳瓦克感觉内心最深处受伤了。

昨天他就几乎昏睡了一整天。戴维、舒马克和快艇船长们前来看望他，福特也多次打电话了解他的情况。当爱丽西娅·戴拉维被她的父母和大批熟人催着离开温哥华岛时——甚至有一位密友直接赶来，确定了一段两年的恋爱关系——同情安纳瓦克的命运的人似乎仅限于同事。

他病倒了，他知道没有哪位医生能帮助他。

戴拉维将一杯现煮的咖啡放到他面前，透过蓝色镜片打量着他。安纳瓦克喝了一口，烫到舌头后，要求拿手机给他。

"我可不可以问你一件私事，利昂？"她说道。

他摇摇头，"以后吧。"

"为什么要以后？"

安纳瓦克耸耸肩，拨打福特的号码。

"我们还没有看完，"馆长说道，"不要急，好好休息。"

"你对丽西娅讲过，要我说出自己的看法。"

"对，我们看完一切信息之后，大多数很无聊。在你专程赶来之前，我们宁可先看完其他的，到时候说不定你就可以不必过来了。"

"那好吧，你们什么时候看完？"

"不清楚，我们四个人坐在带子旁，给我们两个小时，不，三个。最好是我中午过后让你飞过来，很棒吧？这是危机指挥部的好处，随时有一架直升机待命。"福特笑道，"我们还没习惯呢。"他停顿一下，"我有别的事交给你办。但眼前我没时间说明，不过，你最好打电话给

282

罗德·帕姆。"

"帕姆？为什么？"

"他一小时前和纳奈莫和大洋科学研究所讨论过，你也可以和苏·奥利维拉谈谈，但我想，帕姆可能更适合。"

"妈的，约翰！既然有事情，为什么没人打电话告诉我？"

"我想等你睡够了再说。"

安纳瓦克闷闷不乐地结束了通话，打电话给帕姆。那位草莓岛研究站站长立即就来接电话了。

"啊！"他叫道，"福特跟你提过了？"

"对，他讲了一些，据说你们遇上了某种轰动世界的东西，你为什么没打电话给我？"

"谁都知道你需要休息。"

"什么呀，废话。"

"就是，我要等你睡够了。"

"这是我在一分钟内听第二遍了。不，第三遍，如果算上丽西娅的话。我再说一遍，我很好。"

"你为什么不过来一下呢？"帕姆建议道。

"坐船？"

"就几百米呀，海湾里一切正常。"

"好，我可以十分钟后过去。"

"太好了，待会儿见。"

戴拉维从她的咖啡杯上方望着他，皱起眉毛。"有什么消息吗？"

"全世界都把我当成需要照顾的人。"安纳瓦克骂道。

"我不是这意思。"

他站起来，拉开床下的抽屉，找出一件干净衬衫。"他们显然在纳奈莫发现了什么，"他咕哝道。

"发现什么？"戴拉维问道。

"我不知道。"

283

"噢。"

"我去罗德·帕姆那里。"他犹豫一下，说道，"如果你有兴趣、有时间的话，可以一起去。要去吗？"

"你想带我去？太荣幸了。"

"别说傻话。"

"我才不傻。"她皱着鼻子咬着唇。安纳瓦克又想，迫切需要拿这些牙齿做点什么，一直有种想寻找胡萝卜的感觉。"你这两天心情坏透了，简直无法和你好好地交谈。"

"如果你……"他打住了话头，戴拉维望着他。

"我也坐在飞机里。"她平静地说道。

"对不起。"

"我快吓死了，任谁都会立即回家找妈妈，但你失去了你的女助手，所以我没回家而是留在你身边，你这个愚蠢的唠叨鬼，你刚刚想对我讲什么？"

安纳瓦克再一次摸着他头上肿起来的包，很疼，看来肿得更厉害了，他的膝盖也疼。"没什么。你冷静下来没有？"

她眉毛一扬，"我根本没激动。"

"好，那走吧。"

"但我还是想问点你的私事。"

"不行。"

乘坐鸢虹号去草莓岛，有点不太真实，仿佛过去几个星期的袭击事件没发生似的。这座小岛仅是一座长着杉树的小山，五分钟就能绕行一周。今天风平浪静，骄阳射出白色的光芒。安纳瓦克随时准备看到一片尾叶或一个又黑又高的背鳍出现，但自从袭击事件以来，托菲诺沿岸只见到过两次虎鲸，都是毫无攻击迹象的居留者。显然安纳瓦克的理论得到了证实——只有洄游鲸鱼的行为发生了奇怪的变化。

问题是这种现象还会持续多久。

橡皮艇停靠在岛屿的码头旁。帕姆的研究站就在码头对面，设在一座搁浅在沙滩上的旧帆船里，最早的英属哥伦比亚号渡轮。它现在横在岸边，美丽如画，由枯树支撑着，被浮木和锈迹斑斑的铁锚包围在中间，是帕姆的办公室以及他和两个孩子居住的房间。

安纳瓦克咬牙撑住，戴拉维一声不吭，显然在生他的气。

一会儿后，他们三人围着船头一张桦树皮编织的小圆桌坐着，戴拉维用吸管喝着可乐，他们望着当地的吊脚屋。虽然草莓岛距离托菲诺仅几百米，这里却安静许多，几乎没有噪音，因而能听到大自然制造出的各种声响。

"你的膝盖还好吧？"帕姆关心地问道。他和蔼可亲，长着白胡子，前额光秃，似乎出生时嘴里就衔着烟斗似的。

"我们不谈这个，"安纳瓦克伸伸双臂，试图不理会头颅里的嗡嗡声。"你最好告诉我你们发现了什么。"

"利昂不喜欢别人只注意他的身体状况，"戴拉维开玩笑地解释说。

安纳瓦克含糊地嘀咕了几句，她讲的当然没错，他的情绪像暴风雨时的气压计一样直线下降。

帕姆轻咳一声。"我和雷·费尼克以及苏·奥利维拉谈了许久，"他说道，"自从公开解剖编号J-19的鲸鱼成吉思以来，我们就保持着密切的联系，当然也不只是因为这件事。你们坠机的那天又有一条鲸鱼被冲上了岸，一条我不认识的灰鲸，本地没有任何有关它的记录。费尼克没空过来，因此我亲自带着几个人锯开那只动物，再将样本寄去纳奈莫，让他们分析。我告诉你，那可是件苦差事。心脏出现之后，我直身站在胸腔里，还滑了一跤，血和黏液钻进靴子，也从头顶上往下直滴，就像正在用餐的活死人，当然我们也从大脑取了些样本。"

一想到又死了一条鲸鱼，安纳瓦克心头涌起莫大的悲伤，他怎么也没法因为它们的行为而恨那些动物。在他眼里，它们还是原来的样子——神奇的生物，需要保卫和守护。

"它是怎么死的？"他问道。

帕姆双手一摊："我认为是死于一种感染，费尼克对成吉思所做的诊断也一样。但滑稽的是，我们在这些动物身上发现了一些它们身上根本不可能有的东西。"他指指他的太阳穴，用食指画了一圈。"费尼克在它们的大脑中发现了凝块，准确地说，是在脑骨上，脑浆和头盖骨之间有出口。"

安纳瓦克倾听着。"是血块吗？两只动物都有吗？"

"不是血，虽然我们一开始也是这么想的。费尼克和奥利维拉都认为噪音是鲸鱼反常行为的原因。在没找到其他证据之前，他们不想谈，但费尼克有段时间坚决认为这是声呐试验的后果……"

"SURTASS LFA（低频主动声呐列阵感应系统）吗？"

"没错。"

"不会吧！"

"我可以问问你们在谈什么吗？"戴拉维插问道。

"几年前美国政府给了海军一个特殊授权，"帕姆解释道，"批准海军使用一种低频声呐来测定潜艇的位置。它叫作SURTASS LFA，一直在进行试验。"

"真的吗？"戴拉维惊叫道，"但是，海军也得遵守哺乳动物保护协议呀。"

"每个人都有义务遵守各种协议，"安纳瓦克淡淡地笑着说道，"当然也有各式各样的后门可走，美国政府可以公开抵制80%想控制全球海洋的诱惑，但SURTASS LFA却是被允许的。美国总统允许海军不受任何协议的束缚，因为这种新型设备已经耗资30亿美元了，主事者保证这样做不会伤害鲸鱼。"

"但声呐对鲸鱼是有害的，每个傻瓜都知道此事。"

"可惜没有充分的证据可以证明。"帕姆说道，"从前只证明了鲸鱼和海豚对声呐的反应特别敏感，但还不能明确说明它对它们的猎食、繁殖和洄游行为有何影响。"

"可笑，"安纳瓦克气呼呼地说道，"180分贝以上的噪音就会震破鲸鱼的鼓膜。而这种新型设备的每个水底喇叭造成的噪音是215分贝，全部的信号强度加起来甚至更高。"

戴拉维看看这个再看看那个。"那……动物们怎么办呢？"

"这正是费尼克和奥利维拉想到这个噪音理论的原因。"帕姆说道，"几年前海军的声呐试验就造成了世界各地的海豚和鲸鱼搁浅，甚至死了好几条鲸鱼。全都是大脑和内耳骨严重出血——这是典型的强噪音伤害。环保团体每次都发现，这些死亡案例的直接影响范围内正巧是北约组织的演习地点。你去找海军抗议吧！"

"他们否认？"

"海军多年来都在否认有任何关联，如今不得不承认至少有几桩案例他们绝对有责任。关键是，我们掌握的案例还是太少了。我们只知道死鲸身上的伤痕，各有各的理论。比如，费尼克相信，海底噪音也能导致集体疯狂。"

"无稽之谈，"安纳瓦克咕哝道，"噪音只会让动物们失去方向感，不会突然袭击船只，只会搁浅在沙滩上。"

"我觉得费尼克的理论值得考虑。"戴拉维说道。

"是吗？"

"为什么不呢？动物们疯了。先是只有几条，然后集体患上精神病，而且愈来愈多。"

"丽西娅，别胡说！我们知道，当北约组织施行过巫咒之后，鸭嘴鲸搁浅在加纳利群岛海滩上，有哪一种动物对噪音的反应比鸭嘴鲸还敏感吗？它们惊慌失措，离开原始栖息地之后，就会不知如何是好，它们全都搁浅在沙滩上。难道鲸鱼会回避噪音？"

"或袭击肇事者。"戴拉维固执地反驳道。

"哪个肇事者？带有推进器的橡皮艇吗？请问那样怎么可能吵到鲸鱼？"

"或许有其他噪音，水下爆破？"

"这里没有。"

"你怎么知道？"

"我就是知道。"

"万一错了，你能承受后果吗？"

"这是你讲的！"

"此外，数百年前早就出现过搁浅案例了，也是在不列颠哥伦比亚省沿海。那是一则古老的传说……"

"我知道。每个人都知道。"

"还有什么？印第安人也有声呐吗？"

"见鬼了，这和我们的话题有什么关系？"

"关系很大，不能胡乱将鲸鱼搁浅和意识形态挂钩……"

"这么说我是胡说了？"

戴拉维气冲冲地望着他，"我想说的是，集体搁浅不一定非要和人类噪音有关，反过来噪音也可能造成其他影响，而不一定是搁浅。"

"嗨！"帕姆抬起双手，"你们别再吵了，如今费尼克也觉得他的噪音理论有漏洞。好吧，他倾向于这是集体疯狂，可是……你们有在听吗？"

他们望着他。

"嗯，"知道他们有注意听他讲话之后，帕姆接着说道，"费尼克和奥利维拉发现这些凝块，推测是外来影响造成的变形，表面看起来像出血。后来他们切除凝块，进行例行性检查，发现那东西只是鲸血，一种原本无色的物质，一遇空气就迅速融化。"帕姆向前弯下身子，"但还剩下一些可用来检查，结果和几星期前进行的样本检查相吻合，他们已经在纳奈莫的鲸鱼头颅里见过这种物质了。"

安纳瓦克沉默了一会儿，声音沙哑地问道："到底是什么东西呢？"

"和你在巴丽尔皇后号船上的蚌类内发现的东西一样。"

"从鲸脑和船体上发现的东西……"

"是相同的物质，有机物。"

"一种外来生物吗？"安纳瓦克喃喃道。

"一定是某种外来物。没错。"

虽然才外出几个小时，安纳瓦克却感觉累坏了。他和戴拉维一起驾车回到托菲诺。当他们沿着停泊处的木梯子爬上码头时，疼痛难忍的膝盖妨碍了他的行为和思考，心情十分沮丧。

他咬紧牙根，一拐一拐地走进冷清的戴维氏赏鲸站营业室，从冰箱里拿出一瓶柳橙汁，坐上吧台后的沙发椅，满脑子理不出头绪的想法，就像小狗绕圈子想咬住自己尾巴一般没有意义。

戴拉维跟着他走进来，犹豫地四处张望。

"你自己随便拿吧！"安纳瓦克指指冰箱。

"使飞机坠毁的那条鲸鱼……"她开口说道。

安纳瓦克打开瓶子，喝下一大口。"对不起，你自己拿吧！"

"它受伤了，利昂，也许它已经死了。"

他思考着此事。

"是的，"他说道，"有可能。"

戴拉维走向橱柜，上面放着各式各样尺寸的塑料鲸鱼模型，从大拇指长的到手臂长的都有。多尾座头鲸和睦地支撑在它们的阔鳍上。她拿起一条，在指间转来转去。安纳瓦克斜睨着她。

"它们不是自愿这么做的。"她说道。

他揉揉下巴，然后向前弯下身子，打开无线收音机旁的小电视机，想着也许不用开口她就会自动离开。他不反对她的陪伴，事实上还为了自己的恶劣情绪、为了粗暴地拒绝她而羞愧，但他越来越渴望独处。

戴拉维小心翼翼地将塑料鲸鱼放回橱里，"我可以问你件私事吗？"

又来了！安纳瓦克原本想粗鲁地回应，后来他耸耸肩，"随你吧。"

"你是马卡人吗？"

他惊讶得手中的瓶子差点滑掉，原来她想问他的是这个呀，原来她想知道，他怎么会长得像印第安人。"你为什么这么想？"他脱口问道。

"飞机快起飞前你说了一句话，对舒马克讲的，说灰狼会毁掉他和马卡人的关系，因为他坚决反对捕鲸。马卡人是印第安人，对不对？"

"是的。"

"你的族群？"

"马卡人？不，我不是马卡人。"

"你是……"

"听我说，丽西娅，你先别生气，但是我实在没心情谈论家族史。"

她咬紧嘴唇。"好吧。"

"如果福特打电话来，我再联络你。"他咧嘴笑笑，"也许他为了不吵醒我，会先打电话给你，到时候换你打给我。"

戴拉维摇了摇头，缓步走向门口，在门旁停下来。"还有一件事，"她头也没转说道，"你快去向灰狼道谢，谢谢他救了你的命，我已经去过了。"

"你去过……"他发怒道。

"是的，当然。你可以因为其他的一切而憎恶他，但这一句道谢是他应得的，没有他你早就死了。"她说完就走了。

安纳瓦克盯着她的背影，将瓶子砰地放到桌上，深深地吸了一口气。

道谢？向灰狼？

当他胡乱转台瞄到这几天有关不列颠哥伦比亚省沿海的众多专题报道之一时，他还一直坐在那里。从美国也接收到类似的报道。在那里，船只遭到袭击也使地区性的海上交通基本上瘫痪了。电视正采访一位身穿海军制服的女人。她的黑色短发整齐地向后梳，脸色严峻漂亮，亚洲脸型，也许是个中国人。不，半个中国人。一个关键性的细节不大协调：眼睛。它们有着一种淡淡的，绝对不是亚洲人会有的水蓝色。

屏幕下边打出一行：美国海军总司令朱迪斯·黎。

"难道我们必须让出不列颠哥伦比亚省沿海的水域吗？"主持人正在问道，"交还给大自然？"

"我不认为我们必须将什么还给大自然，"朱迪斯·黎回答道，"我们想和大自然和睦相处，虽然还有些地方需要改善。"

"虽然现在还谈不上和睦相处。"

"这个嘛，我们一直和国内外最有声望的科学家和研究所保持着密切联系。动物出现集体的行为变化令人担心，但夸大形势，引起惊慌，同样是错误的。"

"你不相信这是一种集体现象？"

"要猜测这是哪一种现象，前提是它真的是一种现象。现况我要说这是类似事件的一种累积……"

"对外几乎没有公布，"主持人打断她道，"为什么不公布？"

"正在公布呀，"黎微笑道，"此时此刻。"

"这让我们既高兴又吃惊，无论是你还是我们国家的情报政策最近几天都糟糕至极，几乎无法听到任何专业人士的意见，因为你的情报部门封锁了所有消息。"

"不对，"安纳瓦克嘀咕道，"灰狼不是流出了口水。没有听到吗？"

可是有人请求过采访福特？或者雷·费尼克？罗德·帕姆？这些举足轻重的虎鲸研究专家，最近几个星期有哪家报刊或电视台找过他们吗？且本人，利昂·安纳瓦克，不久前还在《美国科技杂志》上讨论过海洋哺乳动物的智慧研究，但谁也没来找他，将一支麦克风放在他面前。

直到这时候他才注意到这整件事情的荒谬之处，换成其他情况——恐怖袭击、飞机坠毁、自然灾难——无一不是事件发生后的二十四小时内，每一位专家或自认为是专家的人都会被拖到摄影机前发表看法。

相反，这次他们反而无声无息。

后来不得不承认，自从上一次报纸采访以后，灰狼也再没有公开露面过。之前这位激进的环境运动成员几乎不放过任何一个装腔作势的机会，但现在几乎没有人谈论这位托菲诺英雄了。

"你这样看问题有点太过片面，"黎平静地说道，"现在的形势肯定是不正常的，几乎没有可以比较的例子。我们慎重地不让每个专家匆匆下结论，不为别的，就因为我们怕来不及更正。撇开这件事不谈，我不认为目前有什么无法对付的威胁。"

"你是想说所有一切都在掌控中吗？"

"我们正在努力。"

"有些人认为，这起不了什么作用。"

"我不清楚人们期待我们做什么，但政府是不会动用战舰和黑鹰计划去讨伐鲸鱼的。"

"我们每天都听到新的灾难，但加拿大政府到目前为止仅将不列颠哥伦比亚省沿海水域宣布为危险地区……"

"这还是就小型船只来说，普通的货轮和渡轮交通不包括在内。"

"最近不是常有船只失踪的新闻吗？"

"再说一遍：那些是渔船、小型内燃机船。"黎以极其耐心的腔调解释道，"不断失踪毁损的船只，我们正着手调查，当然也会不计任何代价地寻找幸存者。但我还是想事先提醒，别轻易将深海里每一桩未澄清的事件和动物的袭击联想一起。"

主持人推了推眼镜。"如果我错了，请你纠正我——但是，温哥华的英格列伍公司的一艘大货轮不也在海上出事、沉没了。"

黎将手指交叠在一起。"你是指巴丽尔皇后号吗？"

主持人瞟一眼右手里的笔记。"对，这件事几乎什么消息都没有。"

"当然没有。"安纳瓦克叫道。他早就知道会这样。过去这两天，他忘了和舒马克谈谈这件事。

"巴丽尔皇后号，"黎说道，"桨叶坏了。由于没挂好，这艘拖轮就因此沉没了。"

"不是袭击的后果吗？我的笔记上……"

292

"你的笔记错了。"

安纳瓦克愣住了，这女人他妈的在讲什么呀？

"那好吧，将军，你能不能至少谈谈两天前托菲诺航空公司一架水上飞机坠毁的事呢？"

"一架飞机坠毁了，是的。"

"据说它是撞上一条鲸鱼。"

"我们也调查了这件事故，但请你原谅我不能对每件事发表看法，我的工作最重要的是……"

"当然了。"主持人点点头，"那我们就谈谈你的工作吧。你真正的工作范围是哪些？你要如何说明这件事？目前你显然只能做出反应。"

黎露出高兴的神色，"我可以这么讲，向大众说明，这还不是危机指挥部的主要工作。我们对危机状况做出反应、负责和处理它。这包括及早认识、完整和明确地说明、预防、转移等，所有这一切——不过，我已经说过，我们这里要对付的是某种新情况，肯定不可能像从前处理熟悉的事情那样可以预防和及时认识。除此之外，一切都在我们的控制之下，再没有船只会行驶到有那些危险动物的海上去了。我们将影响最多的船运改成了近海的飞机运输，较大的船只则由军方护送，我们的空中监视万无一失，也核准了大量经费进行科学研究。"

"你排除了军事行动的可能性……"

"没有排除，我们只是觉得不大可能。"

"环保分子们认为，动物的反常行为是因为人类文明所造成的。噪音、倾倒有毒废弃物、海运……"

"我们正在努力查明。"

"目前有何进展？"

"我重复一下：只要没有具体的证据，我们就不会去胡乱臆测，我们也不允许任何人这样做，同样不允许被激怒的渔人、工业界、船业公司、赏鲸公司或捕鲸拥护者们单方面插手并激化它。动物们之所以袭击，要么是被逼急了，要么是生病了，两种情况下对它们使用暴力都没有意义。我们必须找出原因，然后这些症状就会消失，在此之前我们要避开水。"

"谢谢，将军。"主持人将脸转向摄影机。"这位是美国海军总司令朱迪斯·黎将军，几天前她就任了加拿大和美国的联合危机指挥部和调查委员会军事顾问，现在请继续收看今天的其他新闻。"

安纳瓦克调低电视音量，打电话给福特。"这位朱迪斯·黎是谁呀？"他问道。

"噢，我还不认识她本人，"福特回答道，"她一直在这一带飞来飞去。"

"我根本不知道，加拿大和美国成立联合危机指挥部。"

"你不必事事知道，你是生物学家。"

"有人就鲸鱼袭击的事采访过你吗？"

"有过没有结果的询问，他们曾经多次想让你上电视。"

"什么时候！为什么没有人提过……"

"利昂，"福特的声音显得比上午更疲倦，"我该怎么讲好呢？黎封锁一切消息，这样也许更好。一旦你支持国家或军方指挥部，他们就希望你保密，你的所作所为都必须保密。"

"那我们俩为什么能不受限地交谈呢？"

"因为我们是同一阵线的。"

"但是这位女将军乱讲！比如巴丽尔皇后号……"

"利昂，"福特打个哈欠说道，"事发当时你在场吗？"

"不谈这事了。"

"我根本不想谈。我和你一样怀疑，事情会和英格列伍公司的罗伯茨先生讲的一模一样。尽管如此，你考虑考虑吧：一场蛙类动物的入侵战争，有趣的小动物，没有科学介绍。可疑的黏液。一条鲸鱼扑向一根钢索。这一切加起来就成了巴丽尔皇后号事件——哎呀，别忘了，在船坞里有东西抽打你的脸后逃走了，费尼克和奥利维拉在鲸鱼脑里发现了胶状物。你想就这样公布一切？"

安纳瓦克沉默不语。"我为什么联系不上英格列伍公司？"他最后问道。

"不清楚。"

"你一定知道什么事情，你是加拿大指挥部的科学顾问。"

"没错！所以他们将一摞摞的卷宗堆在我的桌上。利昂，我不清楚！他们对我们严加限制。"

"英格列伍公司和危机指挥部处境相同。"

"好极了，这件事我们可以讨论上数小时，但我巴不得尽快解决那该死的录像带，时间耗费比我想象中还多。我们的员工刚刚拉肚子上床睡觉去了，由衷地恭喜，今夜大概无法再继续了。"

"妈的。"安纳瓦克咒骂道。

"听着，我会打电话给你，或者打给丽西娅，万一你要小睡……"

"可以随时找我。"

"另外，你不觉得她很棒吗？"

她很有责任感，你找不到责任感比她更强的人了，"是的，"安纳瓦克咕哝道，"有什么我能做的吗？"

"思考，也许你该出去散散步或去拜访几位诺特卡人酋长。"福特咯咯地笑道，"那些印第安人肯定知道些什么。如果他们突然告诉你，这一切一千年前都已经发生过，那就太精彩了。"

开玩笑！安纳瓦克结束通话，盯着电视画面。

几分钟后他开始在房间里走来走去，膝盖依旧疼痛，但他继续走，好像要惩罚自己此时竟不能全力投入似的。

再这样下去他会变成妄想狂，甚至怀疑大家都想躲着他。只要他不问，就没有人打电话找他，告诉他什么。他们把他当成需要照护的病人，而他只不过是无法正常地行走。好吧，最近这段时间发生太多事情了，先是被从船里抛下海，几天后又从一架坠毁的飞机里抛下海，好吧，好吧……

他在塑料鲸鱼前面停下来。

没人对他隐瞒什么，没人将他当病人对待。只要福特还没看完全部数据，就没办法让他看什么东西，不想麻烦安纳瓦克去水族馆帮他，而戴拉维尽最大的努力支持他。大家都小心谨慎，恰到好处，反而是他自己将自己当成受伤者。

该怎么办？他想，当你在兜着圈子时，该怎么做呢？冲破圈子，做点什么将你重新带上直线的事，做点不是要求别人而是你要求自己去做的事情，做点反常的事情。

他能做什么反常的事情呢？

福特怎么讲来着？他应该去访问几位诺特卡人酋长，那些印第安人肯定知道一些情况。

他们真的知道什么吗？加拿大的印第安人代代相传的知识，直到1885年的印第安行动才中断了口头传授的链带。人们开始将他们赶离他们的家乡，将他们的孩子送去寄宿学校，说是要让他们融入白人的群体。那场印第安行动是一条口是心非的毒蛇：某种外来的东西，一只慷慨的手。虽然他们是融入了自己的群体，但那条蛇不喜欢这样。印第安行动噩梦的影响仍未消失，几十年来，印第安人日渐重新掌握自己的生活。许多人在被割断近百年的地方重新串起了传说的纽带，而加拿大政府也在尽力弥补，但还谈不上文化重建。

熟悉古老传说的印第安人越来越少。他能去问谁呢？老人。

安纳瓦克一拐一拐地走上码头，眺望主街。

他和诺特卡人几乎毫无联系，他们自称努恰努尔特：依山生活的人。诺特卡人是除希姆希安人、吉斯坎人、斯基纳人、海达人、卡瓦裘特人和科斯萨利希人之外的主要部落之一，居住在不列颠哥伦比亚省西海岸。外人几乎无法理清各部落、氏族和语族之间的正确关系。在涉足所谓的印第安文化时，大多数到这一步后就失败了，其实他们根本还没进入海湾之间互不相同的地区方言和生活方式的王国呢。

他可以将福特的提示解释为玩笑，这是个拍摄神秘传说破解谜语的故事片的好主意。想要了解关于温哥华岛大西洋沿岸的情况，只要问岛上西部的印第安诺特卡人就行了。也许会找到什么，也许在诺特卡人各部落的神话里纠缠不清。

这些部落各自居住在自己的领土上，诺特卡人的传统和温哥华岛的地形是密不可分的，神话之根深深地扎进大自然里。但这样就会十分棘手，因为诺特卡人的创世记主角是变形人，狼仅在迪迪达特人的部落里才具有重要意义，当然也有关于虎鲸的故事。

不过，如果谁不理会狼的故事，一心只想了解有关虎鲸的事情，就犯下大错了，因为在变形人的轮回里，人和动物精神上是相通的。不仅所有的生物都有可能变形为另一种生物，有的甚至具有双重特征：狼到了水里，当然就变成虎鲸，虎鲸来到陆地上，就会变成狼。虎鲸和狼是同一种生物，讲述虎鲸的故事而不提到狼，这在诺特卡人看来真是荒唐透顶。

由于诺特卡人自古捕鲸为生，他们拥有无数和鲸鱼有关的故事。

但是，并不是每个部落都讲相同的故事，而所到之处不同，相同的故事又会有不同的讲法。此外，马卡人属诺特卡人——但也可能像有些人认为不是那样，至少双方都讲瓦卡桑语——他们是除了爱斯基摩人外，北美洲唯一有权捕鲸的部落，现在更成了主要讨论话题，因为将近一百年禁捕后他们又想行使这一权利。马卡人不住在温哥华岛上，而是住在对面华盛顿州的西北角上，他们的传说里有各种关于狼的故事，而岛上的诺特卡人也流传着相同的故事，但一说到鲸鱼的动机、思维、感觉、意图，则是各持己见。就像人们不能简单地认为它只是只鲸鱼，而必须当作"秘密"生物一样看待。

做点反常的事情。

好吧，去向印第安人请教绝对是反常的，他倒要看看这样做能不能带来意外的收获。

安纳瓦克苦笑，偏偏是他。

对于一个在温哥华生活了二十年的人来说，他对当地印第安人了解得很少，因为什么都不想知道。他只是偶尔会向往他们的世界，而这感觉每次都让他觉得难堪，因此总趁着壮大之前将它扑灭。戴拉维认为他是马卡人，而且是差劲的人，可想而知他不适合去研究当地的传说。

灰狼就更不合适了。

灰狼真是可悲，他无比厌恶地想道。如今没有哪位印第安人还会取这样愚蠢的狂野西部姓氏跑来跑去。部落酋长们都叫作诺曼·乔治、沃尔特·迈克尔或乔治·弗兰克。没有谁自称二羽·约翰或劳伦斯·游泳鲸鱼。只有杰克·欧班侬这样的狂妄者才忍受得了这种自以为是的浪漫。偏偏杰克到处宣称自己是印第安人，他太蠢了，蠢得不能真正取个印第安人的名字。

灰狼是位愚昧分子。

那自己呢？他不开心地想道。一个长得像印第安人，具有印第安人的所有特征；另一个不是，却想尽办法要做个印第安人。我们俩都很愚昧。

每个人都很可笑。

该死的膝盖！让他陷入沉思。他不想沉思！他不需要爱丽西娅·戴拉维，用那多嘴的大学生神情将他推回走来的那条道路。

他可以问谁吗？乔治·弗兰克？

这是他认识的酋长。无论白人还是印第安人，除了工作中的必要和偶尔喝杯咖啡，都还有大量接触，但他们不是敌对关系。两个世界和平共处，偶尔也会形成友谊。乔治·弗兰克算不上朋友，但毕竟是个熟人：一个和善的家伙，更是威卡尼尼希周围地区的一支诺特卡人部落的塔依哈维尔。哈维尔是酋长，塔依哈维尔比酋长地位还要高，可以说是最高首领，有点像英国的王室，头衔是继承所得。现今生活中，大多数部落是由选举产生的酋长管理，但世袭酋长仍然深受尊重。

安纳瓦克思考着，岛屿北部将最高首领叫作塔依哈维尔，南部叫作塔依恰恰巴特。他实在不想出丑，有可能乔治·弗兰克是个塔依恰恰巴特，但谁还记得住这些呀？

最好是避免使用印第安人的说法。

他可以拜访乔治·弗兰克，他住在离威卡尼尼希客栈不远的地方。他考虑越久，就越喜欢这主意。他不必再等待福特的电话，而是可以冲破漩涡，看看会走向哪里。他翻开电话号码簿，寻找弗兰克的号码。

那位塔依哈维尔在家，他建议一块儿去河边散步。

"这么说你是来打听有关鲸鱼的情况的。"当他们在浓荫蔽日的参天大树下穿行了半个小时之后，弗兰克说道。

安纳瓦克点点头，告诉弗兰克他为什么来这里。那位酋长搓着下巴，身材矮小，满脸皱纹，一对友善的黑眼睛，头发和安纳瓦克的头发同样乌黑。他在风衣下穿着件T恤，上面印着：鲑鱼回家。

"你应该不至于要我跟你讲印第安人格言吧？"

"不，"安纳瓦克对这一回答很高兴，"这是约翰·福特的主意。"

"谁的？"弗兰克微笑道，"温哥华水族馆的编辑或馆长吗？"

"我们到处碰运气，只要你们的故事里能说明类似事故的内容就行。"

弗兰克指着他们散步的河流，水潺潺地流淌着，裹挟着树枝和枝叶。这条河起源于荒凉的高山地区，部分淤塞了，"那里有你的答案。"他说道。

"在河里吗？"

弗兰克笑笑，"Hishuk ish ts' awalk。"

"好吧，还是印第安人谚语呀。"

"就讲一个。我想，你知道它。"

"我不懂你们的语言。偶尔学会了几句，就是这样。"

弗兰克盯着他看了几秒钟，"那好吧，这几乎是所有印第安文化的核心思想。诺特卡人要求将它归还给他们，但我猜，其他地方的人们用不同的话讲着相同的意思：万宗归一。河流发生的事情，也发生在人类、动物、海洋身上。一个人的遭遇，也是所有人的遭遇。"

"没错，其他人叫它生态学。"

弗兰克弯下身体，将落水的一根树枝拉上岸，它被缠在河边的树根里。"你要我说什么给你听，利昂？我们知道的东西你全都知道。我乐意为你打听，给你几个人的电话。我们有许多歌曲和传说，但不知道哪一个对你们有用。我是说，在我们的所有传说里，你都可以找到你要的东西，但问题也就在这里。"

"我不明白你的意思。"

"这样说吧，我们看待动物的眼光不同。诺特卡人从没有随便杀害过鲸鱼，鲸鱼给了我们生命，这都是有意识的行为，你理解吗？诺特卡人相信，整个自然界都有自我意识，一种彼此交流的庞大意识。"他走上一条泥泞的道路，安纳瓦克跟在后面。森林变开阔了，出现一块光秃秃的大空地，"你看看这个，一桩耻辱。森林被砍伐了，雨水、太阳和风使得土地荒芜，河流变成了排水沟。如果想知道是什么在折腾鲸鱼的话，就看看这个吧。Hishuk ish ts' awalk。"

"嗯。我告诉过你我是做什么的吗？"

"我知道，你在寻找意识。"

"寻找自我认同。"

"对，我记得。你在一个美丽的傍晚讲过话，那是去年，我喝啤酒你喝水。你总是喝水，对吗？"

"我不喜欢酒。"

"从没喝过？"

"几乎没喝过。"

弗兰克停下脚步。"是啊，你是一位杰出的印第安人，利昂。你喝水不喝酒，你来找我，因为你以为我们拥有秘密。"他叹口气，"人们何时才能不再用怀疑的眼光互相看待呀？印第安人有过酗酒问题，有些人仍然有，但也有些人只是喜欢偶尔喝点小酒。如果今天一位白人看到印第安人手拿一杯啤酒，他马上就会说，多么可悲，多么可怕，我们教会了他们喝酒。我们一下子是可怜的引诱者，一下子又成了高级智慧的守护者——你到底是什么，利昂？你是基督教徒吗？"

安纳瓦克并不感到意外，他和乔治·弗兰克相处的次数不多，每次都是这样的。和这位塔依哈维尔交谈似乎没有逻辑，像只松鼠似地从这个话题跳到另一个话题。

"我不信教。"安纳瓦克说道。

"你知道吗，我曾经研究过圣经，全书都是高深智慧。你去问一位基督教徒，森林为什么起火，他会回答你，是上帝在火焰中现身。他会引用那些古老的传说，于是你会真正地发现一束燃烧的荆棘丛。你认为基督教徒会这样解释一场森林大火吗？"

"当然不会。"

"尽管如此，如果他是一位虔诚的基督教徒的话，燃烧的荆棘丛的故事对他还是很重要的。印第安人也相信自己的传说，但我们非常准确地知道，这些故事和现实会有多少落差。重要的不是某样东西是什么样子，重要的是它透露出什么样的想法。在我们的传说中你可能会找到一切，或许什么也找不到，凡事你都不能只是望文生义，但这一切又都别具意义。"

"我知道，乔治。我只是觉得我们走进死胡同了，我们绞尽脑汁，想弄清到底是什么东西让动物们发狂了！"

"你相信你们的科学找不出解答吗？"

"某种程度上是的。"

弗兰克摇摇头，"你们没有真正看懂。科学是一个伟大的东西，人类从中获利匪浅。问题在于视角，当你运用知识时，看到了什么呢？你看着的那些发生变化的鲸鱼，却没有真正认出它，为什么它成了我们的敌人？是什么使它变成这样的？你伤害它了吗？或者它的世界伤害了它？鲸鱼是生活在哪个世界里呢？你寻找对它产生直接伤害的原因，你找到了一大堆。这些毫无意义的屠杀、水被毒化、赏鲸旅游失控事件，是不是因为我们破坏了它们的食物来源，用噪音玷污了它们的世界，我们夺走了它们抚养子孙的地盘——下加利福尼亚不是正在

301

兴建一座采盐场吗？"

安纳瓦克沉着脸点点头。1993年联合国教科文组织，将下加利福尼亚的圣伊格纳西奥环礁湖宣布为世界自然遗产，它是最后一座原始的、未遭破坏的太平洋灰鲸的分娩栖地，也孕育了一大批其他的濒临灭绝的动植物种类。现在，日立公司不顾这一切，在那里建造一座采盐场，未来，每秒钟将从这座湖里抽出两万多公升海水，流入116平方海里的盐池，析出盐后的废水再流回海里。没有人知道，这对鲸鱼会有什么影响。无数科研人员、环保团体和诺贝尔奖得主组织纷纷抗议，它有可能成为一个悲剧的先例。

"你看，"弗兰克接着说道，"这就是你熟悉的鲸鱼世界，它们生活在其中，但是，这世界永远存在更多让鲸鱼感觉舒适或不舒适的各种环境，说不定问题根本不在鲸鱼，利昂，也许它们只是我们所看到的问题的一部分。"

温哥华，水族馆

当安纳瓦克听那位塔依哈维尔讲话时，约翰·福特正观看着两台屏幕。他必须同时监视两台屏幕，而且已经持续好几个小时了。一台放的是浦号机拍摄露西和其他灰鲸的录像带，另一台是一个雷达影像，一个由线条组成的坐标图，图上有十几盏绿灯，像是投影进去的似的。它显示的是鱼群，不停地更换位置。下水后，机器人很快比对了露西的尾鳍样本和它的特殊叫声，这样就能利用声呐找到露西与它的所在位置，并以点的形式出现在坐标图里。这样一来，哪怕是在一团漆黑中，也不会追丢露西。

第二台屏幕显示的是侦测设备传回的信息，它仍然插在鲸鱼的脂肪里：心脏频率、下潜深度、位置数据、温度、压力和光线。侦测设备和浦号机一起提供了露西二十四小时活动的完整的图像。一条疯狂鲸鱼二十四小时的生活。

监控实验室可供四人分析资料，福特和两位助手坐在昏暗的光线中，屏幕光照着他们的脸孔。第四个位置空着。一种无害的肠胃病毒使得小组只剩下三人，这让他们加起了夜班。

福特目光不离屏幕，手伸进一只硬纸盒，抓起一把冷薯条塞进嘴里。

其实露西看起来并不像发狂。

过去几小时以来，它做着海洋动物都会做的事情：它进食，陪伴它的是五六条成鲸和两条正在成长的幼鲸。每当露西在藻类垂帘之间潜入海底，穿过软沙沉积层，翻出虫子和端足目动物时，都会扬起大量淤泥。它侧过身来，用它细长的弓形头颅在沙地里铲出一条条沟壑。开始时他还陶醉地坐在屏幕前，虽然这根本不是他看到灰鲸进食的第一部片。但浦号机提供的是全新的图片，因为它就像是鲸群的一分子似地跟踪着鲸鱼。许多东西都很清晰，在海底跟踪抹香鲸，等于是进入最黑暗的深海。

但灰鲸喜欢浅水，因此福特连续几小时就只看到明亮和幽暗光线不停切换。露西在水面休息了几分钟，从鲸须间挤出淤泥，深吸空气又吐出，然后沉到水底。它来到离海岸很近的地方，大部分照片都是在不到30米深的地方拍到的。

福特看到那些锯齿形、条纹的身体匍匐着穿过沉积层，水变混浊了。机器人跟踪起那些动物来毫不费劲，因为它们实际上没有游到什么地方去。它们不停地变换方向，这里游几英里，那里游一小段，上升、下潜、进食、上升、下潜。福特习惯讲，温哥华岛是鲸鱼的高速公路休息站，它们懒洋洋地躺在那里，实际上这样正好。

上升、下潜、进食，终于变得无聊起来。

有一回，远方钻出几条虎鲸黑白交织的侧影，但很快又消失了。一般情况下，这种相遇都是很平和的，虽然虎鲸属于巨鲸中少数要严阵以待的敌人之一，它们连蓝鲸都不怕，通常都是多条一起进攻，特别残酷。它们吞食牺牲者的舌头和嘴唇，留下濒死的、残废的庞然大物，任它们慢慢沉向海底。

进食、下潜、上升。

不知何时，露西睡着了。至少福特相信它是睡了。天色渐暗，因为傍晚来临了。只剩下一个影子，几乎无法和黑暗的背景区分开来。露西的身体垂直地悬在水里，缓缓下沉，又同样缓缓升起，许多海洋哺乳动物都是这样休息的。它们每隔几分钟就在半睡半醒状态中回到水面呼吸，再沉下去睡觉。值得注意的是这些动物每次睡觉绝不超过五至六分钟，但它们能够让这一次次短暂的休息累计成一场恢复性睡眠。

屏幕终于黑了。只有坐标图还在显示鲸群的分布。

黑夜来临。

什么也看不到，但还是必须观看，这特别乏味。不时有什么东西闪一下，一只水母或一条墨鱼。再有就是漆黑，第二台屏幕上的数据在继续闪跳，显示出露西的代谢和物理环境。绿点在模拟空间里缓缓移动。夜里，绝对不是每只动物都在睡觉，而鲸鱼的睡眠时间更是千差万别。数据屏幕显示出高度和深度的变化，表示露西和其他鲸鱼此刻也在下潜和进食。不同水深温度的变化在半度左右，没有太大的变化。灰鲸的心脏一直在跳，时缓时急。浦号机的水底录音器捕捉到海里面各式各样的声音，潺潺声和咕噜声，虎鲸的呼叫和座头鲸的歌声"呼哧"、"咕咕"，还有远方渔船螺旋桨的"哗哗"声。全都是熟悉的。

福特就这样坐在他的黑色屏幕前面，打着哈欠，直到颌骨喀喀作响。

他抓起最后的薯条，弯曲着的、胖乎乎的手指停住了，然后松开薯条。

数据屏幕上有什么在动。

探测设备显示的深度一直都是在0到30米之间。现在它显示为40米，又突然变为50米。露西改变了位置。它向公海游出去，边游边下潜；别的鲸鱼迅速跟随它，再也不是悬浮在水里了。这是洄游速度！

304

你这么快要去哪里呀，福特想道。

露西的心跳变缓，它在下潜，而且速度很快。此时它的胃里大概只含有十分之一的氧气储量，也许还要更少，其余的都储存到了血液和肌肉里，准备着深潜的最佳储量。

露西超过100米了。

现在，这条鲸鱼将要暂停身体内某些非重要部位的血液循环了，这些血液被引进张力极佳的血管网络里，因而可以在不需要消耗氧气的情况下进行肌肉运动和物质代谢。数百万年来，这惊人的转换作用使得这曾经的陆地居民能够在水表和深水之间毫无困难地往返来回数百米和数千米，而大多数鱼类在100米水深变化时就有生命危险了。露西继续下沉，150米，200米，离陆地愈来愈远。

"比尔？杰克？"福特没转身，回头对两位助手说道，"你们过来看看这个。"

助手们聚集在两台屏幕周围。"它在下潜。"

"对，相当快，已经离开陆地3公里了，整个鲸群正游向公海。"

"也许它们只是在洄游。"

"可为什么要下潜这么深呢？"

"因为夜里浮游生物下沉，不是吗？还有鱼卵，所有的美食都在下沉。"

"不是，"福特摇摇头，"这对其他鲸鱼有意义，但对以底栖动物维生的灰鲸不重要。它们没有理由……"

"你们快看！300米了。"

福特身体后靠。灰鲸不是特别快，但有能力进行一次短距离冲刺。平常时候在上层水域为每小时十公里。只要不需要逃跑或洄游，它们都是懒洋洋地漂游的。

是什么在催促着这些动物呢？

他可以肯定终于观察到不正常的行为了。灰鲸几乎仅靠底栖动物为食，它们洄游时从未离开过海岸两公里，大多数要近得多。福特不知道，它们如何能下潜到300米深度。只是灰鲸竟能深潜超过120米，真是太离谱了。

他们盯着屏幕，虚拟格状结构的下边突然有什么东西一亮。一道绿色闪电，它闪亮了一下又熄了。

一张光谱图！声波的光谱图。

又闪了一次。"这是什么东西？"

"噪声！一种相当强烈的信号。"

福特停住记录，将程序倒回，他们再一次观察那个频率，"这信号甚至相当强，"他说道，"像是爆破引起的。"

"这里没有爆破，如果有爆破我们会听到的。这是次声[1]。"

"我知道，我只是想，怎么可能……"

"看！又来了！"

坐标图里的绿点不动了。那强烈的偏转第三次出现，然后消失了。"它们停下了。"

"它们有多深？"

"360米。"

"不可思议。它们究竟在那下面做什么呢？"

福特的目光移向左侧播放浦号机的录像记录的屏幕。望向那黑暗的屏幕。他的嘴巴张开，再也合不拢了。"你们看看这个。"他自言自语道。

那个屏幕不再黑暗了。

温哥华岛

安纳瓦克感到弗兰克的陪伴特别令人放松。

他们沿着沙滩逛向威卡尼尼希客栈，他们谈了一会儿弗兰克积极

1　频率低于16赫兹、人耳听不见的声音。

306

参与的环境项目。塔依哈维尔实际上是一家饭店的老板，出生在渔民家庭。但是为了减缓树木砍伐殆尽造成的危害，他的族人发起了"让鲑鱼回家"活动，尝试复育克拉阔特湾原本的完整生态系统。

木材工业摧毁了大部分森林，没有人幻想能够让消失的雨林重新恢复。砍伐树林的代价是，裸露的林地被太阳晒焦了，沙土被雨水冲走，倾倒的树木被冲进河流和湖泊，和石头以及巨树剩下的残枝一起堵塞了河道湖泊，使得鲑鱼再也找不到产卵地而慢慢消失，相对的也让其他动物的食物来源短缺。

为此，"鲑鱼回家"活动以饭店为基地培训志愿者清理河流、挖开堵塞河道的废弃道路。人们沿着河道修筑起有机垃圾防护墙，并种植生长迅速的赤杨。这些积极分子慢慢找回了曾经在森林、动物和人类之间维持平衡的东西，他们孜孜不倦，不指望迅速成功。

"你知道，由于你们又想狩猎鲸鱼，许多人都在攻击你们。"一会儿后安纳瓦克说道。

"那你呢？"弗兰克说道，"你怎么认为？"

"这样做并不是很聪明。"

弗兰克沉思地点点头，"你也许说得对，鲸鱼受到保护，为什么要狩猎它们呢？我们当中也有许多人反对重新开始捕鲸，谁懂得如何捕捉鲸鱼？谁还会有精神准备？另一方面，近一百年来我们都没有捕过鲸，今天重提此事，谈的是五六只动物，这是一个微不足道的份额，是少数。我们的祖先曾经靠鲸鱼为生，在出发捕鲸之前，他们洁净自己的精神，对鲸鱼以生命馈赠他们表示尊重。他们也没有用鱼标射中最优秀的鲸鱼，而是通过一种无比神秘的力量，射中命中注定的那一条，一种幻觉，鲸鱼和捕鲸人在幻觉中认出彼此。你能理解吗？这就是我们想维护的精神。"

"另一方面，鲸鱼带来一笔收入，"安纳瓦克说道。"马卡人的渔业经理估计一条灰鲸价值50万美元。他直言不讳地指出，肉和油在海外深受欢迎，他指的当然是亚洲，同时他又强调马卡人的经济问题和高失业率。这样做不太聪明，甚至是愚蠢的，根本没提到精神。"

"也对，利昂，你想怎么看就怎么看吧——不管马卡人想重新狩猎是出于对传统诚实的爱还是由于贪财——可以肯定的是，他们不接受一种书面承认的权利，不让白人管控他们的库存。是白人们开始将生命视作货物的，我们从没这么想过。现在，在所有人都使用过钱之后，我们当中有一位大胆谈起钱，人们就攻击我们，好像我们应该自然生存似的。

"你没有注意到吗？自然民族总是依靠分配给他们的东西为生，而白人们浪费这些东西。他们浪费了之后，揉揉眼睛，突然想起来要保护它。他们在从来不会伤害它们的东西面前保护它们，装腔作势。如果鲸鱼再继续被滥捕，责任都在日本和挪威这些国家身上，但他们还是可以不受阻挠地继续出海，射出他们的鱼标。我们从没有消灭过一个物种，而现在受惩罚的却是我们。总是这样的，全世界都是这样。"

安纳瓦克默不作声。

"我们是个不知所措的民族，"弗兰克说道，"许多事情虽然获得改善，但我经常想，我们被困在一种连自己都无法摆脱的矛盾里。在每一次撒网捕鱼之后、在成功地做成的每一笔生意之后，在每一次节日之后，我都要留一点食物给乌鸦，因为乌鸦始终挨饿。我讲过吗？"

"没有。这事你没讲过。"

"你知道这事吗？"

"不知道。"

"乌鸦根本不是我们岛屿传说中的主角，那是生活在高纬度地区的海达人和特林吉特人才有的。在我们这里你只会听到变形人的故事，但我们也喜欢乌鸦。特林吉特人说，它代表穷人讲话，就像耶稣基督所做的一样，因此我永远为总是挨饿的乌鸦留下一小块肉或鱼，它曾经是动物人的儿子，被他的父亲塞进了乌鸦的皮肤，取名维格耶特。在它吃穷了它的村庄之后，维格耶特被派到世界上，它带着一块石头上路，这样它就有了个休息的地方，那块石头变成了我们生活在其上的土地。它耍诡计偷到阳光，将它带到地球上，它将乌鸦的真实面目还给乌鸦。

"另一方面我知道，乌鸦是一个进化结果，它源于蛋白质、氨基酸和单细胞组织。我喜欢我们的创世记神话，但我也看电视、阅读，知道大爆炸是怎么回事——基督徒们也知道这事，他们在教堂里宣讲创世记的七天、讲十诫。他们能够允许慢慢改变思想的奢侈时间，历经数百年找到了一条将神话和现代科学和谐地结合一起的途径，却反过来要求我们在极短的时间内这么做。我们被抛进了一个原本不属于我们，且永远不会属于我们的世界里，现在我们返回自己的世界，却发现我们并不熟悉它。

"这是被逐出家园的惩罚，利昂。到头来哪里都不是你的家，在他乡不是，在家乡也不是，印第安人被逐出了家园。如今白人想尽办法弥补一切，但是由于他们自己也被逐出了家园，他们怎么帮得了我们呢？他们在毁坏创造他们的世界，他们也失去了自己的家乡。我们殊途同归。"

弗兰克盯视安纳瓦克良久，然后他满脸皱纹地笑了。"这是不是一场精彩的、热情洋溢的印第安人报告，我的朋友？来吧，我们去喝点东西吧。哎呀，我忘了——你不喝酒的。"

5月1日

挪威，特隆赫姆

在去上面开会之前，他们本来计划好在咖啡厅里碰头的，但是伦德还没到。约翰逊喝了杯咖啡，看了看吧台后方时钟上的指针。虫子也像勤劳的指针不断地爬行着，同样地固执，坚定不移，爬个不停。此时此刻，随着时间一秒一秒地推移，它们也往冰里愈钻愈深，没有什么办法能阻止它们。

约翰逊忽然冷了起来。他心里的某个声音低语，"时间停止，停住不要动！"

某种东西开始了。一个计划。一切都受到操纵……

离奇的想法。什么计划？当蝗虫吃掉一整个夏天的收成时，它有什么计划吗？什么也没有。它们肚子饿，所以它们来了。虫子有什么计划？藻类或水母有什么计划？

国家石油公司有什么计划？

斯考根从斯塔万格飞过来，他要一份详细的报告。看样子他有了一点进展，所以迫切地想比较结果。他事先私下找约翰逊谈过，以便采取一致行动，这是伦德的主意，但是他现在一个人在喝咖啡。

她有可能是有事耽搁了。他想，一定是被卡雷绊住了，在船上和那件事之后他们再没有谈过她的私生活，约翰逊避免问她这类的事。他痛恨纠缠和冒失，因为她目前似乎忙得不可开交。

他的手机响了，是伦德。"见鬼了，你在哪里？"约翰逊叫道，"我不得不帮你喝掉咖啡。"

"对不起。"

"这么多咖啡我可受不了。说实话，到底怎么回事？"

"我已经在上面的会议室里了。我一直想打电话给你，但是我们忙得抽不出空来。"她的声音听起来怪怪的。

"一切正常吗？"约翰逊问道。

"当然啦，你愿意上来吗？你应该知道路怎么走了。"

"我马上到。"

这么说伦德已经到了。那他们可能是商谈了一些不适宜让约翰逊知道的事情。

管它呢。这该死的钻探专案是她的。

当他走进会议室时，伦德、斯考根和斯通站在一张大地图前，图上标着计划钻探的地区。项目负责人压低嗓门地跟伦德说话。当约翰逊一走进去，他马上转过头来，嘴角露出敷衍的微笑。威斯登达在后面打电话。

"我来早了吗？"约翰逊小心地问道。

"不，你来得正好。"斯考根一手指着桌子，"我们坐下吧。"

伦德抬起目光，似乎直到现在才注意到约翰逊。她没等斯通讲完就向他走来，吻了吻他的脸颊。

"斯考根想撤掉斯通，"她耳语道，"你得帮助我们，听懂了吗？"

约翰逊毫无反应。她希望他缓和气氛，将他扯进这种场合，她疯了吗？

他们坐下来。威斯登达两手交握。约翰逊真想拔腿就走，让他们自己去应付他们的麻烦。他冷淡地说道："好吧，首先，我的调查比原

311

先谈过的更有针对性了。我专门挑选了科研人员和研究所，它们接受了能源公司的委托或接受这些公司的咨询。"

"这样做是明智的吗？"威斯登达惊问道，"我想，我们希望尽可能不引起注意……呃，进行调查。"

"目标太大了，我必须圈出一个范围。"

"但愿你没对任何人讲过，我们……"

"别担心。我只是问了问挪威科技大学的一位好奇的生物学家。"

斯考根嘟起嘴唇，"我猜，你没有获得多少信息。"

"可以这么说。"约翰逊指指夹着传真纸的活页夹。"字里行间已经很明白。科学家们不擅长撒谎，他们痛恨玩政治。我这里掌握的是一沓非正式的信息，有时候会看到被限制发布的消息。无论如何我深信不疑，其他地方也发现过我们的虫子。"

"你深信？"斯通问道，"但是你不确定。"

"到目前为止没有人直接承认过，但是曾有几个人突然变得非常好奇。"约翰逊直盯着斯通，"那些与研究所和原料工业密切合作的研究人员无一例外。其中有一位甚至专门研究甲烷的开采。"

"谁？"斯考根厉声问道。

"东京的某个人，松元良。说得更准确些，是他的研究所。我没有和他本人谈过。"

"松元良？这是谁呢？"威斯登达问道。

"日本重要的水合物研究人员。"斯考根回答道，"几年前他就在加拿大的永冻土里进行过取样钻探，寻找甲烷。"

"当我将有关虫子的资料寄给他的手下时，他们忽然变得非常积极。"约翰逊接着说道，"他们提出反问，想知道那虫子能不能破坏水合物的稳定性，它是不是大量出现。"

"这样不一定就表示松元良知道虫子的事，"斯通说道。

"他确实知道，因为他为日本国家石油公司工作。"斯考根含糊地说道。

"日本国家石油公司？他们在寻找甲烷吗？"

"这还用问？松元良2000年就开始在南海海槽里试验各种开采技术。试验结果都被严格保密，但从那以后他反而大肆宣布，要在几年后开始进行商业化开采。他为甲烷时代大唱赞歌，没有第二个人像他那样的。"

"那好吧。"斯通说道，"但他没有证明发现过虫子。"

约翰逊摇摇头。"请你立场对调换个角度设想一下，当人家来问我们，名义上我是独立研究的代表，而询问的当事人也是自由的研究人员，同时又是日本国家石油公司的顾问。尽管他是以科学的好奇或随便什么理由为借口提问，我当然不会告诉他我们知道这些动物，但我一定会吓一跳。如果我想知道他是如何发现的，我就会追问他，就像松元良的手下追问我一样。但是我若这样做，就是犯了大错误——提出的问题过分具体，太明显了。如果我的谈话对象不笨的话，他很快就会想到，他一定是歪打正着了。"

"如果是这么回事的话，"伦德说道，"我们和日本都遇到了相同的麻烦。"

"这不能算是证据。"斯通坚持道，"约翰逊博士，你没有任何证据能证明除了我们还有人发现了虫子。"他向前弯下身子，镜框闪了一下。"谁也不能拿这种说法证明什么。不，约翰逊博士！事实的真相是，谁也不能预见虫子的出现，因为它在别的地方都没有出现过。谁告诉你，松元良不是只是纯粹的感兴趣呢？"

"我的直觉……"约翰逊面无表情地答道。

"你的直觉？"

"它也告诉我，还有更多情况。南美人也发现了虫子。"

"真的吗？"

"对。"

"他们也向你提出了怪问题？"

"没错。"

"你让我失望，约翰逊博士。"斯通嘲讽地撇撇嘴，"我以为你是位科学家呢。你从什么时候开始满脑子只有直觉了？"

"克利福德，"伦德看也不看斯通说道，"你最好闭嘴。"

斯通睁大眼睛，怒冲冲地望着伦德。"我是你的上司，"他吼叫道，"如果这里有人应该闭嘴的话，应该是……"

"停！"斯考根高举双手，"我一个字也不想再听了。"

约翰逊打量着正努力压下怒火的伦德。他心里想，斯通到底怎么伤害了她。他那明显的沮丧模样不可能是她发火的唯一原因。

"不管怎样，我想，日本和南美都禁止消息外露。"他说道，"就像我们一样。如今通过海水分析得到有关深海虫子的可靠资料要容易得多。出于种种原因，各地都在对水进行分析。有关这样的信息我打听过其他的消息来源，他们都证实了。"

"什么？"

"喷流柱里的甲烷浓度高得出奇。"约翰逊犹豫道，"说到日本人——请你原谅我的直觉经常突然冒出来，斯通博士——我也还有一种感觉，我觉得，松元良的研究人员好像想告诉我内幕似的。他们遵守了保密的义务，可是如果你们想听听我的诚实看法的话：没有哪位自由的研究人员，没有哪间研究所，会想出这个巧妙处理这些对许多人的生存可能至关重要的信息的主意。没有任何正当的理由需要对这种东西保密，只有……"

他双手一摊，没有将那句话讲完。斯考根紧锁眉头望着他，"只有当它关系到经济利益的时候，"他补充道，"你是想这么讲。"

"没错，我正想这样说。"

"你还有什么要补充的吗？"

约翰逊点点头，从他的卷宗里抽出一份传真。"我们显然仅在挪威、日本和拉丁美洲东部，发现甲烷溢出的数值超乎寻常许多。但是，卢卡斯·鲍尔也发现了。"

"鲍尔？他是谁？"斯考根问道。

"他研究格陵兰的洋流。他让漂浮器随海浪漂流，记录下数据。我发了一则讯息到他的船上给他。他回信了。"

约翰逊朗读道："亲爱的同事，我不知道你的虫子。但在格陵兰沿海，我们确实在不同的位置测量到了异常的甲烷溢出，高浓度的甲烷进入了海洋。这可能跟我们在这里观察到的间歇性有关。我们相信碰上了糟糕的事情。请原谅我不能细说，我忙得要命。随信附上卡伦·韦弗的一封详细报告文档。她是记者，在这里协助我，烦我，是个勤快的女孩，她会乐于继续帮助你查询。请你联系kweaver@deepbluesea.com。"

"他讲的间歇性是指什么？"伦德问道。

"不清楚。我在奥斯陆时就感觉鲍尔常常会有点心不在焉，虽然他和蔼可亲，具有高超的职业水平。他忘了附上答应给我的文档，我回了邮件，但是到现在都没有收到回复。"

"或许我们应该查清楚鲍尔在忙什么。"伦德说道，"波尔曼一定知道，你们说呢？"

"我猜那位女记者知道。"约翰逊说道。

"卡伦……？"

"卡伦·韦弗，这名字我很熟悉，曾经看过她的一些数据。她的求学经历十分有趣，学过信息学、生物学和体育。她喜欢海洋题材，兴趣是最大的因素。海洋测量、大陆板块运动、气候变化……，这些都是最近她写过有关海洋的文章。说到波尔曼，如果他到周末还没有消息的话，我会打电话给他。"

"这一切将把我们带往何处呢？"威斯登达询问所有在座的人道。

斯考根的蓝眼睛盯着约翰逊。

"约翰逊博士的话你也听到了。工业界要封锁影响人类幸福和会带来痛苦的信息的行为，相当卑鄙。昨天下午，我和海军最高层进行重要谈话，我提了一个明确的建议。国家石油公司随即通知了挪威政府。"

斯通的头抬了起来，"什么？我们根本还没找到明确结果，没有……"

"关于虫子，克利福德，关于甲烷的融化，关于一个甲烷地带的危

315

险，关于一场深海崩塌的可能性。你想想，就连深潜机器人发现了不明生物都值得一提。我认为结果够多了。"斯考根阴郁地望着众人，"约翰逊博士的直觉是真实情况的可靠指标，他听到这话肯定相当高兴。今天早晨，我有幸跟日本国家石油公司的技术董事讲了一个小时电话。日本国家石油公司当然是不容置疑的。让我们假想一下，日本一心想领先开采甲烷，他们不惜一切代价地想率先做到。其次，我们再大胆设想他们会不惜冒着一定的风险，隐瞒专家们提出的担忧。"

斯考根的目光扫向斯通，"另外，我们承认那可能性不大，却也是荒谬至极的情况，确实会有人出于纯粹的虚荣心不顾警告，隐瞒意见。如果这一切全部属实，那就太可怕了！那我们就必须假定日本国家石油公司以不光彩的方式对发现虫子采取保密做法，因为一旦公布这虫子带来的影响，会让他们想博得甲烷国称号的梦想一夜之间幻灭。他们肯定早已为此缄默好几个星期了。"

没人出声。斯考根咬着牙，"但是我们不想这么严格，假如登上月球的阿姆斯特朗仅仅因为一条荒唐的虫子而留在了舱内，那最后会有怎样的结果呢？我之前说过，这些只不过是假设。因此日本国家石油公司再三向我保证，确实在日本海见到了类似的动物，但他们确确实实是三天前才发现它们的。这是不是很了不起？"

"鬼扯。"威斯登达低声说道。

"日本国家石油公司想怎么办？"伦德问道。

"噢，我估计他们会通知政府，他们和我们一样都是国有的。如今他们知道我们什么都知道了，就无法再继续隐瞒下去。这——对不起！——当然没有人想这样，无论是在这里还是在那里。我肯定，今天如果和南美人讨论相关话题，相当有可能明天也会有一只虫子忽然钻进他们的网里。他们一定会相当吃惊地立即打电话通知我们——为了不被谁以为我只会污辱别人，其实和他们相比，我们也好不到哪里去。"

"好吧。"威斯登达说道。

"还有其他意见吗？"

"我们最近才知道形势多么险恶。"威斯登达显得气呼呼的，"还有，是我自己提议报告政府的。"

"我也根本没有指责你。"斯考根慢条斯理地说道。

约翰逊开始感觉大家像在演戏似的。他的想法是，斯考根策划了这场枪决斯通的戏码，伦德的脸上浮现出心满意足的表情。

可是，难道不是斯通发现了虫子吗？

"克利福德，"伦德打破短暂的宁静说道，"你第一次见到虫子是在什么时候？"

斯通的脸色有点苍白了，"这你是知道的，"他说道，"你也在场。"

"之前从没见过？"

斯通注视着她，"之前？"

"之前。去年。当你自作主张乘坐FMC科技的样机潜到海底时。在1000米的水深处。"

"什么意思？"斯通低声问道。他望向斯考根，"那不是单独行动。有人支持我，芬恩。他妈的，我到底有什么好怀疑的？"

"肯定有人支持你。"斯考根说道，"你建议设计一种最大水深1000米的新型海底工厂进行测试。"

"正是。"

"是理论上的设计。"

"当然是理论的，在首次试验之前，所有东西都是理论的。但事实上，是你们同意亮绿灯的。"斯通看着威斯登达。"你也是。你们在水池里测试过托瓦森号这东西。"

"是没错。"威斯登达说道，"我们是同意了。"

"那还说什么。"

"我们委托你调查这个地区，"斯考根接着说道，"写一份鉴定书，鉴定是否真正值得建造一台没有充分试验过的设备……"

"这真是卑鄙！"斯通吼叫道，"是你们同意建造这台设备的。"

"……尝试运转。对，我们承担这场冒险的责任。前提是，所有的鉴定必须很明显地对它有利。"

斯通跳了起来。"是有利的啊！"他叫道，激动得浑身抖动。

"你坐下吧。"斯考根冷冷地说道，"昨天晚上，和FMC样本机的全部联络都中断了，你对这消息肯定十分感兴趣。"

"这……"斯通呆住了，"我对监控不是很在行。设计这座工厂的不是我，我只不过推了它一把。你到底在指责我什么？怪我到现在还不知道这件事吗？"

"不是。但迫于一桩桩事件的压力，我们也极其精确地检查了FMC样本机当时的安装过程。复查时我们发现了两份鉴定，你当时……该怎么讲呢？忘记了？"

斯通的手指抓紧桌面，有一瞬间约翰逊确信自己看到此人倒下去。斯通身体晃了一下，后来他控制住自己，神情冷漠地缓缓坐回椅子里。"我毫不知情。"

"有一份鉴定提到，这个地区的水合物和油田分布图很难绘制。报告里声称，在石油开探过程中遇到天然气的风险虽然微乎其微，但不能百分之百地排除。"

"几乎是可以排除掉的。"斯通沙哑着声音说道，"一年多来的结果，超出了所有的期望。"

"几乎不是百分之百。"

"但是我们没有钻到气体呀！我们开采石油。工厂在正常运转，FMC科技大获全胜，非常成功，所以你们决定再建一座工厂，这回是正式的。"

"第二份鉴定里提到，"伦德说道，"你们发现了一种从没有见过的虫子，它筑巢于水合物里。"

"是的，妈的。那是冰虫。"

"你对它进行过检查吗？"

"为什么我要检查？"

"你们对它进行过检查吗？"

"这……我们肯定对它进行过检查。"

"那份鉴定说，不能确认那虫子就是冰虫。发现的数量很大，无法明确认定它对当地环境的影响，反正在它的周围地带有甲烷渗透到水里。"

斯通变得脸色苍白，"这不……不完全正确。那些动物出现在一个很有限的范围。"

"但是大量出现。"

"我们那时已经在那旁边盖好工厂了，我认为这份鉴定……它并不重要。"

"你们确定那虫子是哪一种吗？"斯考根平静地问道。

"肯定是……"

"你们确定它是哪一种了吗？"

斯通的颌骨磨动着。约翰逊觉得，接下来斯考根会大发脾气。

"没有。"好一阵子之后他压低声音说道。

"很好，"斯考根说道，"克利福德，你暂时解除一切职务，由蒂娜接替你的工作。"

"你不能……"

"这事我们以后再谈。"

斯通求助地望向威斯登达，可威斯登达呆呆地望着前方。

"托尔，见鬼了，工厂运转正常啊！"

"你这个笨蛋。"威斯登达低声说道。

斯通一副垂头丧气的样子，望望这个再望望那个。"对不起。"他说道，"我不想……我真的只希望我们的工厂能有进展。"

约翰逊感觉很尴尬。为此，斯通一直在努力缩小虫子的影响。他知道他当时犯了错误，想做一个让样本机器成功运转的创始人。这座海底工厂是斯通的孩子，是他飞黄腾达的一个难得的机会。

它成功运转了一段时间，成功地进行了一年的秘密测试，然后公开试行运作，最后成功量产，推进到新的深度。它原本可以让斯通功成名就，但后来那些虫子再次出现了，这回它们不仅仅局限于少数几平方米上。

约翰逊突然为他感到难过。

斯考根揉揉眼睛，"我也不想拿这些事来麻烦你，约翰逊博士。"他说道，"但你是小组成员。"

"是的，这只是名义上的。"

"世界各地都失去了常态。不幸事故，异常行为……国家石油公司总是扮演着代罪羔羊，我们现在不可以出错。我们还能继续信赖你吗？"

约翰逊叹息一声，点点头。

"很好。事实上我们对你也没有别的期待——请你别误会我的话，这完全由你自己决定！不过你可能将不得不投入更多时间完成你身为科学调查员的任务，因此，为预防起见，我们擅自跟挪威科技大学谈论了此事。"

约翰逊直起身子，"你做了什么好事？"

"说实话，我们请求将你暂时免职，然后我又向政府部门推荐你。"

约翰逊先看着斯考根，再看着伦德。

"等等。"他说道。

"那可是个名副其实的研究机构，"伦德急忙插言说道，"国家石油公司拨出专款，全力支持你。"

"我宁可……"

"你生气了，"斯考根说道，"这我理解。但是你也看到了，大陆边坡上的情势多么紧张，现阶段几乎没有谁比你和吉奥马研究中心的人员更了解情况。你当然可以拒绝，但是那样一来……请你想想，这是一项关乎大众生存的紧要任务。"

约翰逊差点气晕过去。他想厉声反驳，又强忍住了。"我完全明白。"他硬生生地说道。

"你怎么决定？"

"我当然不会不理睬这项任务。"

他瞟了伦德一眼，希望至少能用视线将她大卸八块。她顶住了一会儿，然后看向一旁。

斯考根严肃地点点头。"你听着，约翰逊博士，国家石油公司对你感激万分。你过去为我们所做的一切，赢得我们高度的赞赏。但有一点我想让你知道：说到我个人，我是你的朋友。挪威科技大学这件事，我们给了你一个大打击。但反过来，如果有必要，我也将接受你的任何突发状况，我会为了你两肋插刀。"

约翰逊望着粗壮结实的斯考根，直视他清澈的蓝眼睛。"好吧，"他说道，"我会记住的。"

"西古尔，快给我站住！"伦德跟在他身后跑过来，但约翰逊还是继续沿着通往停车场的柏油路大步往前。研究中心位于树林正中央，在礁石附近的一座小山上，宁静而致远，但约翰逊无心欣赏这秀丽的风景，他只想尽快回到他的办公室里去。

"西古尔！"她赶上来。他继续走。

"怎么回事呀，你这头倔强的驴子？"她叫道，"你真的想让我跟在你身后猛追吗？"

约翰逊突然停住脚步，转过身来。她险些撞到他身上。"为什么不呢？你平时一直动作很快呀。"

"笨蛋。"

"是吗？你讲话快，思考快，你动作快得甚至在你的朋友们还没有来得及说好或不好的时候，就将他们列入计划。小小的追赶，不会怎样的。"

伦德怒瞪着他。"你这个自以为是的混蛋！你真以为我想改变你那该死的怪僻生活吗？"

"不想？那我就宽心了。"他扔下她，继续往前走。伦德略一迟疑，又紧紧跟在他身旁。

"好吧，我应该先告诉你的。对不起，真的。"

"你们应该问问我的！"

"我们本来是这样想的。斯考根太直接了，你将一切都理解错了。"

"我的理解是，你们在拿我做交易，好像我是一匹马似的。"

"不是。"她抓住他的袖子，强迫他停下来，"我们不过是想先探探口气，假使你同意了，他们会不会无限期地免除你的职务。"

约翰逊气呼呼地说道，"这听起来完全是两码子事。"

"事情很不幸地进行得很顺利。老天，我向你发誓。我还能怎么做呢？告诉我，我该怎么做？"

约翰逊沉默不语。两人的目光同时移向她仍然抓着他夹克的手指，她松开手，望着他。

"谁也不想忽然给你一拳，你要是能换个角度想就好了，就会不一样了。"

有只不知从哪里飞来的鸟儿啁啾着，风从海湾吹来声音愈来愈远的快艇马达声。

"如果我换个角度想，"他最后说道，"你的处境也不会变得更好，对吧？"

"哎——"她抚平他的上衣衣袖。

"说吧。"

"你别为我操心，我不得不忍受。我本来没有必要一定要推荐你，是我自己决定的……算了，你是了解我的。我答应斯考根答应得太快了。"

"你对他讲什么了？"

"说你一定会做的。"她微笑道，"纯粹荣誉作祟。我已经说过，你没必要惹这麻烦。"

约翰逊感觉到怒气散了，他真想再多生一会儿气，仅仅是碍于原则，不想让伦德就这样脱身。但现在怒气消失了，她总是能达到目的。

"斯考根信任我，"伦德说道，"我没去咖啡馆和你碰面，就是因为我们先私底下开会，他告诉我，他们在斯塔万格查出了斯通隐瞒的鉴定报告。斯通，这该死的混蛋，全是他的责任。如果他当时公开讲出来，我们现在的处境就不一样了。"

"不，蒂娜。"约翰逊摇摇头，"他从不认为虫子会构成危险。"他不喜欢斯通，但他突然听见自己正在替这位工程负责人辩白，"他只不过是想让事情有进展。"

"如果他认为它们没有危险，那他为什么不干脆将那份鉴定放在桌上呢？"

"那样可能会拖住他的工程进度，你们也不会认真对待虫子。但你们一定会尽到义务，推迟工程。"

"你看到我们是认真面对虫子事件的。"

"是的，那是因为现在数量太多，你们害怕了。但斯通当时仅在一小块地方发现了虫子，对吗？"

"嗯。"

"虽然分布密集，但面积有限。这种事天天发生。小动物常大量出现，几只虫子又能造成什么危害呢？相信我，你们根本不会采取任何措施。当他们在墨西哥湾发现冰虫时，也没有立即宣布进入紧急状态，虽然那些虫子密密麻麻地躺在水合物里。"

"将所有一切公开出来，这是原则问题。他责无旁贷。"

"这是一定的，"约翰逊叹息道，他眺望着海湾，"现在换我扛责任了。"

"我们需要一位懂科学的负责人，"伦德说道，"除了你，我谁也不信任。"

"我的天哪。"约翰逊说道，"你喝醉了吧？"

"我是说真的。"

"我也是认真的。"

"想想看，"伦德喜形于色，"我们终于可以合作了。"

"你别想再说服我了，接下来到底该怎么办呢？"

她犹豫了一下，"这个嘛，你听到了——斯考根要我取代斯通。他可以暂时这样命令，但不是最后的决定。为此他需要斯塔万格的同意。"

"斯考根，"约翰逊沉思道，"他为什么要这样惩罚斯通呢？要我做什么？为他提供火力支持吗？"

伦德耸耸肩，"斯考根相当正直，有些人认为他正直得过了头，眼里容不下一粒沙。"

"如果是这样的话，也得先让他有点人性。"

"实际上他的心肠很软，如果我建议他再给斯通最后一次机会，他可能会同意的。"

"我知道了，"约翰逊拖长声调说道，"你正在考虑要不要这样做。"

她没有回答。

"太好了，你真是个大好人。"

"斯考根让我选择，"伦德不理睬他说笑，继续说道，"斯通非常了解这座海底工厂，比我多很多。斯考根现在想让托瓦森号出海，去看看那下面发生什么事了，为什么我们再也接收不到记录。本来斯通必须负责这次的行动，但如果斯考根免除了他的职务，这工作就落到我头上了。"

"另一个选择是什么？"

"我说过，我们给斯通一个机会。"

"打捞那座工厂附近。"

"如果还能打捞到什么的话。或者让它重新运转。不管怎样，斯考根一定要帮我。但如果他睁一只眼闭一只眼，斯通就会留下来，上托瓦森号。"

"那你做什么呢？"

"我前往斯塔万格，去向董事会汇报，这让斯考根有机会将我安插在那里。"

"恭喜！"约翰逊说道，"你快飞黄腾达了。"

一阵短暂的沉默。

"我希望这样吗？"

"我怎么知道你希望什么？"

"妈的，我会这样吗？"

约翰逊想到在湖边度过的周末，"不清楚。"他说道，"你既可以拥有一位男友，又能照样飞黄腾达，如果你是因为这个拿不定主意的话。顺便问一下，你的男友还在吗？"

"这事还不确定。"

"可怜的卡雷知道你们两个是怎么回事吗？"

"我们不常在一起，自从……自从我和你……"她不情愿地摇摇头，"当我们待在熟悉的斯韦格松诺兹或驾船去岛上时，但这毕竟和真正的生活毫无关系。我总觉得自己像某场表演的一部分。"

"那至少是一场精彩的表演吧？"

"好像总是朝着一个自己爱恋的地方去似的，"伦德说道，"每次你都被吸引过去。每当落幕又得离开时，泪水就滚出来。很想留在那里，但又不断反问自己是不是真想生活在世界上最美丽的地方，世界上是不是还有更美丽的地方。我们习惯了，我们的相处模式……天哪，该怎么讲好呢？失去了魅力！每天失去一点点，因此我们在寻找某种根本不存在的东西。你能理解吗？"她腼腆地笑笑，"对不起，这一切听起来，相当乱七八糟。我不擅长讲这种话。"

"不，真的不是。"约翰逊看着她，寻找不知所措的迹象，但他看到的是个心意已决的人，只不过她还不知道而已。"如果你不准备落脚在一个地方，你就是不爱它。"他说道，"你还记得我们在湖边曾说过相同的话吗？当时谈的是房子，对象上是可以替换的。也许你应该快点去找卡雷，告诉他你爱他，想和他白头偕老。你这样做也算是帮我一个大忙，否则我每隔几天就得和你再蹚进泥淖里一次。"

"如果失败呢？"

"平常的你可不是一个胆小鬼。"

"不，"她低声说道，"我本来就是个胆小鬼。"

"你怀疑幸福的感觉，我也曾经这样过。这样很不好。"

"那你今天觉得幸福吗？"

"是的。"

"不折不扣？"

约翰逊抬起手臂，做了一个无助的手势。"谁会不折不扣地幸福呀？你这个傻瓜。我不欺骗自己，也不欺骗别人。我要打情骂俏，我要我的葡萄酒、我的快乐，我要自己决定该怎么做。我喜欢沉默，每位心理学家和我在一起都会无聊死，因为我确定我只想要自在。我的内心生活五彩缤纷，但是我就是我。我的幸福和你的幸福不一样，我知道我想要什么样的幸福，这部分你还得多学学，而且要快。卡雷不是一个地方也不是一栋房子，他不会一直等下去。"

伦德点点头。风吹拂着她的头发，约翰逊发现自己很喜欢她。他很高兴那一次湖边的约会没有成为主宰他爱情生活的休止符。

"如果斯通出海前往大陆边坡的话，"她沉思道，"我将在斯塔万格承担责任。这样好。托瓦森号已经做好准备了，斯通明后天就可以上船了。斯塔万格，还要过一段时间。为此我必须写份详细报告。我因此有几天时间前往斯韦格松诺兹……去那里工作。"

"去工作。"约翰逊淡淡一笑道，"为什么不去？"

她抿紧嘴唇。"我得考虑考虑，得跟斯考根谈谈。"

"你考虑吧，"约翰逊说道，"要快点！"

回到桌边他检查刚收到的电子邮件，几乎没什么有用的，直到看到最后一封的发信人时才引起了他的兴趣：kweaver@deepbluesea.com

约翰逊打开邮件。

你好，约翰逊博士，谢谢你的邮件。我刚回到伦敦，只能告诉你，

326

我丝毫不清楚卢卡斯·鲍尔和他的船出了什么事。我们失去一切联络。如果你愿意，我们可以短暂碰个面，可能对彼此会有帮助。下星期三左右，你可以到我伦敦的办公室里找我——如果你有兴趣在那之前碰面的话，现在我正在设得兰群岛上，我们可以安排在那里碰面，请告诉我你觉得哪一种方式比较好。

卡伦·韦弗

"看啊，"约翰逊呢喃道，"竟能这样跟新闻界的人合作。"

卢卡斯·鲍尔失踪了吗？

也许他应该再找一下斯考根，如果告诉对方他的更高联系的密谋理论，最多是让自己出丑罢了。但是那真的是一种理论吗？

如果他想认真思考这个问题，就应该立即建立一份卷宗。

他想，应该尽快和卡伦·韦弗见面。为什么不现在就去设得兰群岛呢？飞过去可能会有点麻烦，但不会有问题，国家石油公司会支付一切的。

不，他突然想道，这一点都不复杂。斯考根几个小时前不是讲过，他将为约翰逊两肋插刀吗？

根本没有两肋插刀这么严重，只要准备一架直升机就够了。

这是个好主意！一架公务直升机，一架供管理委员会使用的直升机。不是那种班机，而是某种迅速、舒适的东西。既然斯考根强行征用了他，他也应该出点力。

约翰逊往后靠向椅背，看看表。一小时后他有个讲座，然后要跟实验室的同事们碰面讨论DNA分析。

他拿起一个新活页夹，写上文件名：第五日。

那是瞬间的灵感，也许有一点诗意，但他确实想不出什么更好的名称了。圣经上说，上帝在第五日创造了海洋及其居民，大海及其居民正在惹是生非。他动笔写起来，他愈写愈冷……

327

5月2日

加拿大，温哥华和温哥华岛

四十八小时以来，福特和安纳瓦克一直在研究这个频率。

一开始漆黑一片，然后是非人类听力范围内的音频讯号。共三次。

接着是云团。一道荧光闪闪的蓝色云团突然出现在屏幕中央，像是膨胀的宇宙。那不是强光，而是一种朦胧的蓝色，一种淡淡的、漫射的闪光，但足以让人看到云团前那些动物的庞大身影。云团迅速弥漫开来，它一定相当巨大，最后占据了整个屏幕，鲸鱼像被吸引住了似的悬浮在云团前。

几秒钟过去。

云团深处有了动静。突然有东西从里面窜出，像一道蛇行的闪电，头部愈来愈细。它抚摸一条鲸鱼的头侧，是露西。整个过程还不到一秒钟。更多的闪电掠向其他鲸鱼，来得快，去得也快。

影像仿佛在倒转。云团重新聚集，缩小，消失，屏幕暗了下来。福特的人员一次又一次地放慢速度。他们想尽办法将影像调整到最佳的分辨率，并提高画面的亮度，但经过数小时的分析后，鲸鱼夜游的录像仍然是一团谜。

最后，安纳瓦克和福特向危机指挥部起草了一份报告。指挥部批准他们从纳奈莫找来一位专攻生物光的生物学家，他花了些时间弄清楚这一切之后，得出了相同的结论：云团和闪光可能来自生物。生物光专家认为，这些闪光一定是云团组织的一种连锁反应，但它到底是由什么引起的？到底为什么会形成？他也说不清楚。它弯弯曲曲的形状和愈来愈细的情况让他联想到大王乌贼，但那动物体型必定很大。此外，大王乌贼会不会发光也很值得怀疑。即使大王乌贼会发光，也无法解释这个云团，更难以解释这道蛇形闪电是从哪里发出来的。

但直觉告诉他们一件再明确不过的事：一定是云团导致了鲸鱼的异常行为。

这些他们在报告里全都提到了，那报告就这么消失在黑洞中，一如蓝光消失后的黑色屏幕。近来，他们将国家危机指挥部取名为"黑洞"，它真的像个黑洞似的吸进一切，但什么也不曾透露。

一开始，加拿大政府曾经与科学研究人员联手。几天前，加拿大和美国的危机指挥部正式统归美国领导，从那之后，事情看起来更像是在利用他们得出某种结论。水族馆、纳奈莫研究所，就连不列颠哥伦比亚省大学都被贬为单向的知识供货商，什么也不告诉他们，只要他们从事研究，将他们的认识、猜测和无可奈何写进报告里。无论是约翰·福特、利昂·安纳瓦克、罗德·帕姆还是苏·奥利维拉、雷·费尼克，任谁也无法了解，他们所提供的信息到底分析出了什么结论。他们甚至不知道危机指挥部究竟持什么态度。他们也不被允许同其他国家和军方组织的研究结果作分析、比较。

"这一切都发生在那位朱迪斯·黎接手主导以后，"福特骂道，"她虽然是危机指挥部的领导，但天晓得她在领导什么，我觉得她根本是在耍我们。"

奥利维拉打电话给安纳瓦克，"要是我们还能再弄几只那种蚌类的话，一定会有很大的帮助。"

"可是我联系不上英格列伍公司的任何人，"安纳瓦克说道，"他们

329

不和我谈，黎在交接仪式时曾公开讲过那是一桩误解，根本没有提到贝类。"

"可是你潜下去过。你知道我们需要更多这种东西，还有那种奇怪的生物。他们为什么要阻挠我们？我以为我们是在帮他们呀！"

"你为什么不自己联系危机指挥部？"

"一切都要通过福特。我不了解，利昂。这些指挥部到底能干什么？如果美加双方共同组织一个由黎总司令负责的指挥部，它的作用是什么呢？"

原因显而易见：双方要解决相同的麻烦，双方都依赖上级的指示，双方都对一切保密到家。或许不得不如此。

也许这就是调查委员会和危机指挥部进行地下工作的天性。安纳瓦克这么想着。

调查委员会何曾面临过类似的难题？这种指挥部的成员对付的是恐怖主义、飞航灾难和绑架人质，对付政治和军事叛乱——除了机密任务，还能是什么？然而，当一座核电厂或大坝出了问题，当森林起火或洪水泛滥，当发生地震、火山爆发和饥荒横行，危机指挥部就会展开行动。这也是机密任务吗？也许，但为什么呢？

"火山爆发和地震的原因是公开的，"这天上午当利昂发火时，舒马克说道，"你可以畏惧地球，但你不必怀疑它。它不策划肮脏事，不会欺骗你。只有人类才会这么做。"

他们三人一起在利昂的船上用早餐。太阳从高挂的白云间露出脸来，天气温和宜人。微风从山上吹来，拂向海岸。这一天本该是个美好的日子，只是早已没有人能感觉得到何谓美好。只有戴拉维不顾时局艰难，胃口正常，吃下了大量的炒蛋。

"你们听说天然气船的事了吗？"

"在日本沿海爆炸的那艘吗？"舒马克喝下一口咖啡，"旧新闻了。"

戴拉维摇摇头。"我指的不是那艘。昨天又一艘沉没了。在曼谷的港口里着火。"

"知道是什么原因吗？"

"不知道。"

"或许只是技术性故障，"安纳瓦克说道，"不必什么事都疑神疑鬼的。"

"你讲话愈来愈像朱迪斯·黎了。"舒马克砰地放下杯子，"不过你说的对。新闻对巴丽尔皇后号确实没有什么报道。他们写的主要是沉没的拖轮。"

这在安纳瓦克的意料之中。危机指挥部让他们眼巴巴地挨饿，或许这也是游戏的一部分。让你自己找吃的。那么，他已经找到了。飞机坠毁之后，戴拉维便开始上网搜寻。世界上有别的地方发生过鲸鱼袭击吗？假如果真发生过的话。或者，正如乔治·弗兰克，那位印第安人塔依哈维尔所讲的：也许问题根本不在鲸鱼，利昂。也许它们只是我们看到的问题的一部分。

显然弗兰克这话一针见血，然而在戴拉维将首批调查结果给他看过后，安纳瓦克更加不知所措了。她在南美、德国、北欧、法国、澳洲和日本的网站上进行搜寻。看样子其他地方的问题是水母，而不是鲸鱼。

"水母？"舒马克忍不住笑起来，"它们怎么了？它们扑向船只了吗？"

最初安纳瓦克也没有看到这些事情之间的关联。以鲸鱼和水母形象出现的这些问题算什么问题呀？但也许毒性极强的水母入侵和发疯的鲸鱼攻击可能彼此有些关联。同一问题的两种症状，异常行为的累积。

戴拉维找到了阿根廷科学家所持的观点，它猜测在南美洲沿海捣乱的根本不是葡萄牙战舰水母，而是一种相似的陌生品种，更危险，更致命。

问题远不止这些。

"差不多就在这里发生鲸鱼事件的同时，南美和南非沿海也有船只

331

失踪，"戴拉维说道，"是水上摩托车和快艇。只找到一些碎片，其他什么也没有。假如你现在将一桩桩事件累积起来……"

"你会发现有很多鲸鱼，"舒马克说道，"为什么我们这里都不知道这些事？加拿大与世隔绝了吗？"

"我们不大关心其他国家的麻烦，"安纳瓦克说，"我们不关心，美国更不会。"

"反正，发生的船难远比我们从媒体上得知的多得多，"戴拉维说道，"碰撞、爆炸、沉没。你们知道最奇怪的是什么吗？是法国发生的传染病。那是由龙虾身上的某种藻类所引起的，现在，一种他们无法控制的病原体已经迅速扩散开来。我相信其他国家也遇上了。可是你愈想把它看清楚，它就愈模糊。"

安纳瓦克不时揉揉眼睛，心想，他们正在丢人现眼。当然，他们不是第一批落入科幻妄想的人，那是最受美国人欢迎的阴谋论。每四名美国公民就有一人怀有这种幻觉。有人说前总统克林顿做过俄国人的间谍，许多人相信有不明飞行物。但一个国家为什么要隐瞒那些令成千上万人着迷的事件呢？何况这种事根本不可能彻底保密。

舒马克也表示了他的怀疑："这里不是罗斯威尔[1]，没有从天空掉下的小绿人，也没有什么地方藏着飞碟。哈里森·福特的电影我们看多了。这整件阴谋只有电影院里才有。如果今天什么地方有鲸鱼扑向船只，明天全世界就全知道了。假使别处发生了事情，我们一定也会知道。"

"那么，你仔细想想，"戴拉维说道，"托菲诺有1200名居民，只有三条主要街道。尽管如此，他们仍然不可能对彼此都一清二楚。对不对？"

"对，但那又如何？"

"一个小地方就已经大到让你无法获悉一切，更别提一整个星

1　据传美国政府放置外星人遗体的空军基地。

332

球了。"

"拜托！这道理谁都知道。"

"我认为，政府不可能永远封锁消息，但可以让大事化小。你充其量只能控制新闻报道。我敢断定，我在网络上查到的绝大多数新闻，本地媒体一定也报道过，只不过我们没注意到罢了。"

舒马克眯起眼睛。"真的是这样吗？"他迟疑地说道。

"不管怎样，"安纳瓦克说道，"我们需要更多的信息。"他闷闷不乐地戳着他的炒蛋，在盘子里推来推去。"虽然我们已经掌握了一些信息，但黎也有，她知道的肯定要比我们多。"

"那就问她呀。"舒马克说道。

安纳瓦克扬起眉毛。"黎吗？"

"为什么不？你要是想知道，就去问她好了。你能得到的就是她一句'不知道'，要不就是避而不答。说句老实话——不可能比现在更糟糕了。"

安纳瓦克沉默不语。黎什么也不会告诉他的，福特也不会。他大可以去问，直到自己沮丧地知难而退。另一方面，舒马克提到一个重点，那就是在提问时不让任何人察觉的方法。也许是去揭开谜底的时候了。

当舒马克离开之后，戴拉维将一份《温哥华太阳报》放到他的桌上。

"我得等汤姆走了才能拿给你看。"她说道。

安纳瓦克瞟了一眼大标题。是前天的报纸。"我读过了。"

"从头到尾？"

"没有，只读了重要片段。"

戴拉维莞尔一笑。"那就读读不重要的吧。"

安纳瓦克将报纸翻过来。他马上就看出她指的是什么了。那是一则不起眼的小消息，仅有几行，还配了张幸福家庭的照片，父亲、母亲和一名少年，他们无比感激地抬头望向一位个子很高的男人。父亲握着那人的手，大家都在对着相机笑。

"真令人难以相信，"安纳瓦克喃喃自语道。

"随你怎么想，"戴拉维眼睛一亮说道，它们在黄色镜片后面发光，镜框上饰有人造宝石十字架，"但他并不是如你所想的大混蛋。"

4月11日，从沉没的维克丝罕女士号游船上被救出的最后一位生还者小比尔·谢克利（五岁），再度展露笑颜。他被救出后，留在维多利亚接受医疗小组数日观察，今日由父母迎接出院。救援行动进行时，比尔遭受严重冻伤，因而染上肺炎，显然受到了疾病的折磨和意外发生时的惊吓。今天，他的父母特别感谢温哥华岛的热心环保分子杰克·灰狼·欧班侬，是他领导整个救援行动，事后又亲切关心小比尔的复原状况。从那以后，欧班侬被称作托菲诺的英雄，他将永远活在这位少年的心中。

安纳瓦克合上报纸，扔在餐桌上。"舒马克会抓狂。"他说道。

一阵沉默，没有人作声。安纳瓦克望着天空中的白云缓缓飘离，试图煽起他心中对灰狼的怒火，但这回没有成功。他唯一气恼的人，只有那位傲慢的黎将军和他自己。

更正确地说，他真正气的是自己。

"你们一个个跟灰狼到底有什么过节呀？"戴拉维终于问道。

"你见过他干了什么好事。"

"你是说他们抛鱼的那次行动吗？好吧，这是一件。他是过分了点，也可以说他有深刻关注的议题。"

"灰狼深刻关注的是找麻烦。"安纳瓦克揉揉眼睛。虽然是上午，他又已经感觉疲乏无力了。

"你别误会，"戴拉维小心地说道，"可是，正当我以为自己这下完蛋了时，他把我从水里救了出来。两天前我去找过他，他不在家。他蹲在尤克卢利特的一家酒馆吧台前，于是我去了……好吧，就像我曾经说过的，我向他道谢了。"

"然后呢？"安纳瓦克不感兴趣地问道，"他说什么了？"

"他很惊讶。"

安纳瓦克望着她。

"他没料到我会去向他道谢，"戴拉维接着说道，"他很高兴。然后打听你怎么样了。"

"我？"

"你知道我是怎么想的吗？"她将胳臂交叉在桌面上，"我想，他朋友很少。"

"也许他应该问问自己为什么。"

"而他喜欢你。"

"丽西娅，别说了。怎么？难道要我感激涕零，称他是圣人吗？"

"跟我讲讲他的事情吧。"

天哪，为什么？安纳瓦克想着。为什么我现在偏偏得谈灰狼？我们就不能谈点令人愉快的事情吗？随便什么让人高兴的事情，比如说……他想了一下，什么也想不起来。"我们曾经是朋友。"他勉强开口。

他指望会看到戴拉维欢呼着跳起来——哈，猜中了，我猜对了——但她只是点了点头。

"他叫杰克·欧班侬，来自华盛顿州的汤森港。他父亲是爱尔兰人，娶了一个拥有二分之一印第安人血统的女人，我想应该是苏夸米希人——无论如何，杰克在美国什么事都做过，他曾在旅馆里负责撵走无理取闹的旅客，做过卡车司机、平面设计师和保安人员，最后在美国海军的海豹特种部队做潜水员。他在那里找到了他的天职——海豚训练员。他干得很好，直到后来被诊断出心脏有毛病。不严重，只是海豹特种部队必须体格强健。杰克在那里做得不错，他家里有满满一柜子勋章，不过，他的海军生涯到此为止。"

"他为了什么来到加拿大？"

"杰克一直偏爱加拿大。一开始，他想在温哥华电影界立足。他

335

想，也许他能靠着身材和脸蛋当个演员，可是杰克百分之百没天分。实际上，他在生活里做什么都不成功，因为他老是容易冲动，有一次甚至把人打进了医院。"

戴拉维噢了一声。

安纳瓦克咧嘴一笑。"如果我玷污了你的偶像，那对不起，我不想这么做的。"

"没关系，后来呢？"

"后来？"安纳瓦克给自己倒了一杯柳橙汁，"后来他入狱了。长话短说，他从没有欺骗过谁。让他进去的是他那暴躁脾气。当他出狱后，生活当然更加困难了。入狱期间他读了有关自然保育和鲸鱼的书，他觉得这就是他该做的。于是他去找戴维，他们是他有一次去尤克卢利特旅游时认识的，他问戴维是否还需要一位快艇船长。戴维说只要他不惹麻烦的话，当然很欢迎——只要他愿意，杰克其实也很迷人的。"

戴拉维点点头。"可是他过去并不迷人。"

"有段时间蛮多人对他着迷的。那时候突然有许多女人朝我们蜂拥而来。一切都好得不能再好了——直到他后来又将一个人打进了医院。"

"该不会是一位客人吧？"

"你说对了。"

"哎呀！"

"没办法。戴维很想开除他。我说尽好话才劝动他再给杰克一次机会。因此才没有赶走他。但这傻瓜做什么了？"他对灰狼的怒火又起来了，"三个星期后老毛病又犯了。这下戴维不得不叫他走路。换作是你会怎么做呢？"

"我相信，在第一次发生的时候，我就会把他扫地出门了。"戴拉维低声说道。

"我至少不必替你擦屁股。"安纳瓦克开玩笑道，"反正，如果你全力支持某人，而他这样回报你，不管再怎么有好感，迟早都会耗尽耐心。"他一口气喝下果汁，呛得咳嗽起来。

戴拉维伸手轻拍他的背。

"那之后他就彻底失控了。"他喘息道，"杰克还有第二个麻烦，就是他无法正视现实。一连串的挫折中，那位伟大的曼尼陀不知怎么找到了他，对他说，从今天起你叫灰狼，负责保护鲸鱼和一切飞禽走兽，去战斗吧。真是愚蠢到家了！当然，他生我们的气，因此他说服自己必须与我们为敌，而且他相信，我站错了立场，只是没有发觉而已。"安纳瓦克越说越火大，怒气一发不可收拾。

"他将一切都混在一起。他根本不懂自然保育或印第安人。印第安人暗地里嘲笑他。你去过他家里吗？噢，没有，你是在酒馆里找到他的！那酒馆，全是印第安人的赝品。没错，他们笑死了，除了那些无所事事的人、闲荡的年轻人、拒绝工作者、打架成性者和酒鬼——他们钦佩他，觉得他很了不起，还有那群白人老嬉皮和冲浪员——从前的游牧民族，他们现在不能再随地大小便、乱扔垃圾了——他们想摆脱观光客的打扰。

"灰狼将两种文化的渣滓聚集在他周围：无政府主义者和失败者，遁世者和反对国家权力的激进分子，因败坏名声而被赶出绿色和平组织的环保爱好者，连自己的部落都不喜欢的印第安人，犯罪分子。这些二流货色大多数根本就不在乎鲸鱼，他们只想闹点新闻，出出风头，只有杰克被蒙在鼓里，真心真意地相信他的海洋防卫队是个环保组织。

"你想想，他做伐木工和驯熊员，自己住在一个连狗都不会住的破草棚里，却出钱资助这些流氓。这真是胡闹！他为什么容忍大家取笑他？杰克这样的人怎么会成为悲剧角色呢？这个大笨蛋！你能告诉我吗？"安纳瓦克停下来喘口气。一只海鸟在他的上方叫着。

戴拉维拿起一块面包涂上奶油，抹上果酱，塞进嘴里。"很好，"她说道，"我看得出，你仍然在乎他。"

尤克卢利特的名字源自诺特卡语，相当于"安全码头"的意思。就像托菲诺一样，尤克卢利特也坐落在避风的自然海湾里，随着岁月的变迁，这座小渔村也成了优美迷人的赏鲸据点，有漂亮的木屋，可爱的酒馆和饭店。

灰狼的住所属于尤克卢利特不大适合观光的部分。大路旁有条布满树根的小径，宽度足够一辆汽车驶过，也足够破坏掉所有的避震器。沿小径走上几百米，就会来到一块林中空地，四周长有参天古树。那座房子位于空地中央，一座即将倒塌的旧屋，连着一座空棚。从镇上看不到这房子，得知道路才行。

屋里的居民只有一位，任谁都比他更清楚，这屋子绝对不舒适。只要是好天气——灰狼对坏天气的定义介于龙卷风和世界末日之间——他就待在室外，穿过森林，带游客去参观黑熊，做各种临时工。在这里碰见他的可能性几乎是零，哪怕是在夜里。他要么睡在野外，要么睡在那些渴望冒险的女游客房间里，她们坚信自己引诱了这位高贵的野人。

安纳瓦克是在午后到达尤克卢利特的。他计划坐舒马克的车去纳奈莫，再从那里乘渡轮前往温哥华。基于种种原因，这回他宁可放弃搭直升机。主因是舒马克计划在尤克卢利特和戴维碰头，这给了安纳瓦克一个在那里歇会儿的适当借口。戴维这几天一直在考虑将赏鲸站转型为陆上冒险之旅：如果你无法让人们在海上待两个小时，就让他们在陆地上待整整一星期吧。安纳瓦克拒绝参与戴维和舒马克商讨企业新计划的谈话。他有种感觉，无论事情如何发展，他在温哥华岛上的日子就快结束了。有什么能令他恋恋不舍呢？停止赏鲸之后还剩下什么？只剩下一种麻痹，伪装成对岛屿的爱。

没有意义。他一生中有好多年是花在改变自己。不错，那让他得到一个博士头衔和社会的承认。但他还是浪费了这段时光。

问题在于，不能真正地生活是一回事，面对死亡又是另一回事。过去几星期，他有两次差点就这么死去。坠机事故后一切都变了，在安纳瓦克的内心深处，埋伏了危机。像是察觉到他的恐惧似的，以为早被自己遗忘的过去重新浮现骚扰他。他有最后一次机会把握自己的人生，一旦失败，后果就是孤独和痛苦。这讯息再明显不过了：打破循环。

　　安纳瓦克步上树根密布的小径，他走得并不快。沿着大路走，却在最后一秒钟拐了弯，好像一时兴起似的。此刻，他伫立在林中空地上那座寒碜的小屋前，暗自问自己，究竟为什么到这里来。他登上通向寒酸阳台的几级台阶，然后敲门。灰狼不在家。

　　他绕屋子走了几圈。隐约感到有点失望。当然，他早该想到不会遇见任何人的。他思忖着是不是就这样走掉算了，或许这样更好。不管怎样，至少他试过了，虽然是一次没有成果的尝试。

　　但他没有走掉。他的脑海里突然浮现出一个牙痛病人的画面，那人按响牙医的门铃，却因为门没有立即打开来而逃走了。他走回去伸手按下门把。门咯咯地向里打开了。这一带的人经常不锁门。一抹回忆冰冷地掠过他的身体。曾经，有另一个地方的人们也是这样生活的。

　　他踌躇片刻，然后犹豫地走了进去。

　　他好久没来这里了。正因为如此，眼前的情形就让他更加吃惊。在他的记忆中，灰狼的住所龌龊而混乱。然而，安纳瓦克看到的是个收拾得简单舒适的房间，墙上挂着印第安人面具和壁毯。一张低矮的木桌，周围摆放着色彩鲜艳的编织藤椅。一张沙发上铺有印第安坐垫。两只橱柜里塞满了各式各样的日常用品，还有诺特卡人举行仪式和歌唱时使用的鼓。安纳瓦克没看到电视机。两只电炉说明这个空间同时也兼作厨房。有条走道通向另一个房间，安纳瓦克记得灰狼是睡在那里面的。

　　他想去那里看看。他还在想他来这里到底是干什么的。这房子带他进入了一段时光，将他带回了比他能想到的更遥远的过去。

　　他的目光落在一只大面具上。它似乎在俯视着整个房间。面具注视着他。他走上前。许多印第安人面具都以象征性的夸张手法强调了某些特点——巨大的眼睛，过分弯曲的眉毛，鸟喙一样的鹰钩鼻。眼前这只是一张人脸的忠实复制。那是一个年轻人平静的面庞，修直的鼻梁，丰满的弯嘴，高挺光滑的额头。头发显得乱蓬蓬的，却好像是真的。为了让戴的人能看到，面具的瞳孔部分被挖了出来，眼球则被涂成白色，若除去这个部分，眼睛显得栩栩如生。它们平静严肃地望着前方，像是处于入定状态。

安纳瓦克一动不动地站在面具前。他熟悉大量的印第安人面具。各部落分别用杉木、树皮和牛皮制作面具。它们属于必买的旅游纪念品。但这只面具与众不同，纪念品店里是找不到这样的。

"它是帕切达特人做的。"

他转过身来。灰狼就站在他身后。"对于一个很想当个印第安人的人来说，你很擅长静悄悄地走路。"安纳瓦克说道。

"谢谢。"灰狼咧嘴一笑。他看起来一点也没生这位不速之客的气。"我无法回敬这句恭维。对于一个完全的印第安人来说，你是个绝对的粗心鬼。或许我会害死你呢，你不会发觉的。"

"你在我身后站多久了？"

"我刚进来。你应该知道，我从不玩游戏。"灰狼后退一步，打量着利昂，好像这才发觉他并没有请他进来。"顺便问 句，你到底想了什么？"

问得好，安纳瓦克想道。他情不自禁地将头转向面具，好像它能代替他进行这席谈话似的。"你说它是帕切达特人的？"

"你对他们不熟，对吗？"灰狼叹口气，宽容地摇摇头。他把长发一撂。"帕切达特人……"

"我知道帕切达特人是谁。"安纳瓦克生气地说道。这支诺特卡人小部落的领土在温哥华岛南部，在维多利亚上方。"我对这面具感兴趣。看样子它很古老，不像卖给游客的那种破烂货色。"

"这是件复制品。"灰狼走到他身旁。他穿的不是油腻的皮西装，而是牛仔裤和一件洗得发白的衬衫，衬衫的方格图案依稀可见。他手

340

指拂过那只杉木面具。"这是一位祖先的面具。原件由奎斯托家族保存在他们的胡普卡努姆里。需要我向你解释胡普卡努姆是什么东西吗？"

"不必了。"安纳瓦克知道这个词，但实际上他并不清楚它是什么意思。某种神圣的东西。"一件礼物吗？"

"我亲手制作的。"灰狼说道。他转身走向沙发。"想喝点什么吗？"

安纳瓦克盯着面具。"你自己……"

"最近这段时间我雕刻了一大堆东西，新的嗜好。奎斯托家族的人不反对我复制这张面具——你到底想不想喝东西？"

安纳瓦克转过身。"不想。"

"嗯。那你来这里有什么事呢？"

"我是来道谢的。"

灰狼眉毛一扬。他坐到沙发边上，像只随时准备伺机而跃的动物一样。"谢什么？"

"感谢你救了我的命。"

"噢！这个呀，我还以为你不会注意到呢。"灰狼耸耸肩，"不用谢。还有别的事吗？"

安纳瓦克手足无措地站在房间里。在此之前，他连续数星期都在逃避这件事，这下办完了。谢谢，不用谢。他可以走了，他已经做了他必须做的。"你有什么可以喝的？"相反地，他问道。

"冰啤酒和可乐。上星期冰箱坏了，过了一段苦日子，现在又好了。"

"好，可乐。"

安纳瓦克突然注意到，这位巨人显得有些没有自信。灰狼端详着他，好像他不知道该怎么做才好。他指了指水槽台旁边的小冰箱。"你自己动手吧，帮我拿罐啤酒。"

安纳瓦克点点头，打开冰箱，拿出两罐饮料。他有点生硬地坐在灰狼对面的一张藤椅上，他们喝起来。

有那么一下子，谁都不肯先开口。

"还有别的事吗，利昂？"

"我……"安纳瓦克来回转动着可乐罐，然后将它放下，"听我说，杰克，我是认真的。我早就该来这里了。你将我从水里捞了出来，而……哎呀，我想你知道我对你和你那些印第安人举止有什么看法。我不否认我对你很恼火，但这是两回事。没有你，好几个人就没命了。这比其他的事都来得重要……我是来告诉你这句话的。他们称你为托菲诺的英雄，我认为，某种程度上你确实是位英雄。"

"你真的这么认为？"

"是的。"

又是一段长时间的沉默。

"利昂，你所说的印第安人举止，是我信仰的某种东西。需要我解释吗？"

若换成别的场合，谈话大概会到此结束。安纳瓦克会筋疲力尽地起身离去，而灰狼会对着他的背影吼上几句伤人的话。不，这不符合实情。应该是安纳瓦克会起身离去，同时先说出伤人的话来。

"好啊，"他叹息道，"你解释给我听吧。"

灰狼盯视他良久。"我有一个我所归属的民族，是我自己选的。"

"噢，太好了。你给你自己选了一个。"

"对。"

"还有呢？他们也选了你吗？"

"我不知道。"

"请恕我大胆直言，你就像你归属民族的化装舞会版本，像一个拙劣西部片里的小角色。你的民族怎么说？他们觉得你是在帮他们吗？"

"帮助某个人不是我的任务。"

"是你的任务。如果你想属于一个民族，你就要对这个民族负责。就是这么回事。"

"他们承认我。我没有别的要求。"

"他们嘲笑你，杰克！"安纳瓦克俯身向前，"你不明白吗？你在你周围集聚了一群失败者。那里面可能有几个印第安人，但他们都是些连自己族人也不想和他们打交道的货色。没人了解你在想什么，我也不了解。你不是印第安人，你只有四分之一的血统是，其余的是白人，更多的是爱尔兰人。你为什么不觉得你属于爱尔兰？至少名字适合。"

"因为我不想。"灰狼平静地说道。

"没有哪个印第安人还使用你给自己取的这种鬼名字。"

"我取了。"

吃饱了撑的，安纳瓦克想道。你是来道谢的，你已经道谢了，其他的一切都是多余。你为什么还坐在这儿？你该走了。可他没有走。"好吧，请你给我解释一点：既然你如此重视能够被你所选中的民族承认，那你为什么不试着换个花样，做个货真价实的印第安人呢？"

"像你这样吗？"

安纳瓦克把话挡了回去。"别把我扯进来。"

"为什么？"灰狼满含挑衅地叫道，"这该死的问题是你自己的。我不知道为什么我该受责备。"

"因为我正在替你上课！"他心里的怒火突然又烧了起来，比先前更加猛烈。但这回他不打算像往常那样将它带回家，窝在心里，让它化脓。太晚了，没有回头路了。他必须正视自己，他明白这意味着什么。每战胜灰狼一次，他自己也就经历一次失败。

灰狼垂着眼帘看向他。"你不是来道谢的，利昂。"

"我是来道谢的。"

"你信吗？是的，你确实这么相信。但你来这里还有别的事。"他嘲讽地咧咧嘴，手背在胸前交叉，"好吧，吐出来吧，你有什么要事要说？"

"只有一件事，杰克。你可以叫自己灰狼一千次，但你仍然还是原来的你。从前印第安人取名是有规矩的，没有一条规矩可以用在你身上。你在那里挂了一只漂亮面具，可是它并非原件，而是一件赝品，和你的名字一样是假的。还有，你那愚蠢的自然保育组织，一样也是个赝品。"他突然脱口而出，他原本不想说的。至少，不想在今天说。他不是来这里骂灰狼的，但他无法阻止此事的发生。"你唯一拥有的，就是那群靠在你肩头享福的游民和无赖。难道你一点都没发觉吗？你一点成绩都没有。你对保护鲸鱼的想象太天真了。你挑选的民族？算了吧！你选中的民族将永远不会理解你那可笑的想法。"

"随你怎么说。"

"你心里清楚得很，你所选的民族还是会再度猎杀鲸鱼。你想要阻止他们这么做，看起来是很光荣，可是你显然背叛了你自己的人。你是在反对这个民族，这个你自称……"

"胡说！利昂。马卡人当中有许多人和我有相同的看法。"

"没错，可是……"

"部落长老同意我的看法，利昂！不是所有的印第安人都认为一个民族应该通过屠杀仪式来体现它的文化。长老们说过，马卡人同样也是21世纪社会的一部分，和华盛顿州其他所有居民一样。"

"我知道这个论述。"安纳瓦克轻蔑地驳斥道，"它不是出自你和某位部落长老之口，而是出自《海洋牧者保护协会》的一份公关稿，一个动物保护协会，而且一字不差。你连自己的论述都没有，杰克。我的天啊，简直难以相信。你甚至伪造你的论述！"

"我没有，我……"

"另外，"安纳瓦克打断他道，"你偏偏拿戴维当靶子，这太可笑了。"

"啊！我们已经愈来愈接近你真正的目的了。你就是为这事才来的。"

"你自己也曾经是我们中的一员，杰克。难道你什么也没学到吗？赏鲸让人们明白——活着的鲸鱼和海豚要比死的更有价值。它让世界关注这个在过去永远不会被公开讨论的议题。赏鲸是保护自然的行为！

现在每年差不多有几千万人到海上赏鲸，了解鲸鱼是多么了不起的生命。就连日本和挪威，当地反对捕鲸的呼声也逐渐高涨，因为我们给了人们这个机会去接触鲸鱼。你能理解吗？你听懂了吗？数千万！那些原本只能从电视里认识鲸鱼的人，假如他们真能够认识的话。我们的研究工作让我们能够在鲸鱼的生活空间里保护它们，如果不让人们赏鲸，问题永远不可能改善。"

"呵！"

"为什么是我们？你为什么偏偏要跟我们作对？就因为你当年是被赶出去的吗？"

"我不是被赶走的，是我自己选择离开的！"

"你是被赶走的！"安纳瓦克叫道，"被开除，被炒鱿鱼，被撤职。你做错事，戴维将你解雇。你那该死的小小自尊无法承受，就像一旦剪掉了头发、拿走皮装和那愚蠢的名字，杰克·欧班侬会崩溃一样。你全部的意识形态就建立在误解和伪造上，杰克。你的一切都是伪造的。你是一个零，一个虚无的存在。你只会做错事！你在伤害自然保育，你在伤害诺特卡人，你到哪里都找不到家，到哪里都没有家的感觉，你不是爱尔兰人，不是印第安人，这就是你的问题所在，我们被迫得应付你的问题，好像我们没别的事心烦似的，这让我很痛心！"

"利昂……"灰狼低声说道。

"看到你这样子真叫我痛心。"

灰狼站起来。"利昂，住嘴。够了。"

"我还没讲完呢。天晓得，你可以做许多有意义的事情，你浑身充满干劲，你也不蠢，因此……"

"利昂，给我闭嘴！"灰狼绕过桌子向他走来，迈着大步，紧握着拳头。安纳瓦克抬起头看他，心里想着，自己能不能一拳将他打昏过去。灰狼当年可是轻易就打碎了游客的下巴。可以肯定的是，他要为他多管闲事的嘴巴付出几颗牙齿的代价。

但是灰狼没有出手。相反，他将两只手按在安纳瓦克的座椅扶手上，向他弯下身来。"你想知道，我为什么选择这种生活吗？你真想知道？"

安纳瓦克盯着他。"很想知道。"

"不，你其实一点也不想知道，你这个自以为是、不要脸的家伙。"

"这不是事实。可你什么也没讲。"

"你……"灰狼的下巴动了动，"该死的笨蛋。对，我是爱尔兰人，可我从没去过爱尔兰。我母亲有一半血统是苏夸米希人。她既没有得到当地白人的承认，也没得到印第安人的承认，于是她嫁给了一位移民，他也没有得到任何人的承认。"

"很感人，你已经跟我说过了。来点新鲜的吧。"

"不，我要告诉你事实，你给我听好了！你说得对，就算我的行为像个印第安人，我也不会成为印第安人。但是，就算我开始一升一升地猛灌健力士啤酒，我也不会成为爱尔兰人，更不可能因为我们家族里有白种美国人，就能因此成为一名普通的白种美国人。我没有可靠的身份，没有真正的归属，你知道吗？他妈的我根本无法改变这个事实！"此刻，他目光如炬。"而你只需要挪挪屁股就能够改变。你只需要将你的故事倒转过来，但我却永远没有这种机会。"

"胡扯！"

"噢，没错，我本来可以彬彬有礼，学样正经的东西。我们生活在一个开放的社会里，如果你成功了，没有人会问你的来历，可是我没有成功。有些混血儿得到了全世界最好的东西，他们到处都有家的感觉。但我父母是缺少信心的普通人。他们永远不知道应该要给他们的儿子自信和归属感。他们只感觉到自己失去了根，遭到误解。我得到全世界最烂的东西！一切都搞砸了，唯一做对的事情也搞砸了！"

"哎呀。海军，你的海豚。"

灰狼愤怒地点点头。"海军不错。我是他们有史以来最优秀的训练员，那时候没有人问我那些愚蠢的问题。可是我一出去就又开始了。我的母亲用印第安人的传统逼得我父亲发疯，他没完没了地思念家乡，这也逼得我母亲发疯。每个人都各持己见。我相信，他们并不是要为他们的出处感到骄傲，他们只是想有个来处，可以说句'操！我不是私生子！这里是我的家乡，喂，这里是我家！'"

"这是他们的问题，你没必要将这个当成你的问题。"

"是吗？"

"哎，杰克。你像座橱柜一样耸立在我面前，声称你父母的纠纷给你留下了深刻的创伤，你敢说你一点好处都没有得到吗？"安纳瓦克愤怒地叫道，"你是个印第安人，半个印第安人或是其他什么人，这有什么区别呢？除了自己，谁也不能对他内心的家乡负责，他的父母也不能，没有人能。"

很意外，灰狼沉默了。接着，他的眼神里显露出得意，安纳瓦克知道，他输了。这是必然的结果。"我们现在到底在谈谁呀？"灰狼不怀好意地笑着问道。

安纳瓦克不作声，望向一旁。

灰狼慢慢直起身。他脸上的微笑消失，渐渐被憔悴和疲惫所取代。他走向面具，停在它前面。"好吧，也许我是个傻瓜。"他低声说道。

"你别生气，"安纳瓦克抹了抹眼睛，"我们俩都是傻瓜。"

"你比我更傻。这面具来自乔纳斯首领的胡普卡努姆。你不清楚这是什么，对吧？我告诉你。胡普卡努姆是只盒子，一个保管面具、头饰、仪式用具等东西的地方。但这还不是全部，胡普卡努姆里存放着哈维尔和恰恰巴特这些首领的世袭权力。胡普卡努姆记录他们的领土，他们的历史身份，他们继承的权力。它告诉其他人你是谁？你来自哪里？"

他转过身，"像我这样的人，永远不可能得到一只胡普卡努姆。你能得到的，你可以骄傲。但你否认一切，否认你是谁、来自哪里，你应该为你归属的民族负责。你属于一个民族，却抛弃了它！你指责我不真实，可我不过是想为一点点的真实而奋斗。相反，你是真实的，但你却不想做你自己。你不是你想做的那个人。你告诉我，我看起来像来自一部拙劣的西部电影，但那至少是对某种生活的认同。然而，如果有人问你是不是马卡人，你却会因此胆战心惊。"

"你怎么知道……"戴拉维。当然，她来过这里。

"你千万别指责她，"灰狼说道，"关于你的事，她不敢再问第二次。"

"你跟她说什么了？"

"什么也没讲。你这个该死的胆小鬼，你要跟我谈责任？你来到这里，竟敢跟我谈这种狗屁倒灶的事？谈什么除了你自己连父母亲都无法为你内心的家乡负责？为什么偏偏是你来谈？利昂，我过的生活或许可笑，可你……你根本就已经死了。"

安纳瓦克呆坐在那里，回味着最后几句话。"是的，"他缓缓地说道，"你说得对。"

"我说得对？"

安纳瓦克站起身。"对，我再次感谢你救了我的命。你是对的。"

"喂，等等。"灰狼不安地眨着眼睛，"你……你现在打算做什么？"

"我要走了。"

"是吗？呃……利昂……我，说你已经死了，我不是……该死，我本来不想伤害你的，我……可恶，别傻傻站在这里，你坐下来吧！"

"做什么？"

"你的……你的可乐！你还没喝完。"

安纳瓦克顺从地耸耸肩。他重新坐下，拿起可乐喝了起来。灰狼望着他，向他走过去，又重新坐回沙发上。

"那个小男孩到底是怎么回事？"安纳瓦克问道，"看样子你很关心他。"

"你说我们从船上救出的那个？"

"对。"

"能怎么样？他很害怕，我照顾他。"

"就这么简单？"

"没错。"

安纳瓦克微微一笑。"我更觉得你是一心想上报。"

有一会儿，灰狼似乎有点生气。然后他笑笑，"我当然是想上报。我觉得登在报纸上很刺激，两者并不冲突。"

"托菲诺的英雄。"

"怎么了？当托菲诺的英雄真是不错！素昧平生的人都会来拍拍我的肩膀。不是每个人都能通过海洋哺乳动物划时代的考验而出名的。我不过是随缘罢了。"

安纳瓦克喝下罐里的最后一口可乐。"你的……呃，组织怎么样？"

"海洋防卫队吗？"

"对。"

"解散了。有一半的人死于鲸鱼袭击，其余的全作鸟兽散。"灰狼皱起眉头，好像他正在倾听内心的声音似的。接着他的目光又落到安纳瓦克身上。"利昂，你知道我们这个时代的问题是什么吗？人类失去了意义，每个人都是可以被取代的。再也没有了理想，没有理想就没有什么能让我们比现在的我们更伟大。每个人都在寻找证据，证明有他存在的世界与没有他的世界会有一点点差别——我为那个男孩做了点事，也许这是有意义的，也许，它会给我一点意义。"

安纳瓦克缓缓地点点头。"对，这是肯定的。"

温哥华，码头区

拜访过灰狼数小时之后，安纳瓦克站在微弱的自然光中沿着码头眺望。空无一人。像所有的国际海港一样，温哥华港也是个规模庞大、自给自足的宇宙，里面似乎什么也不缺——只缺开阔的空间。

它背后的装柜集中码头沉浸在不真实的色彩里，码头上货柜堆积、像座四方形的小山。在傍晚银蓝色的天空下，装卸货的吊车映下黑色的阴影。货柜的剪影像巨大的鞋盒子一样耸立着，中间是装柜集中船、大货轮和漂亮的白色冷藏运输船。安纳瓦克的右方排列着仓库，可以看到稍远处堆着水管、铁皮和液压设备。这里过去就是面积很大的干船坞，再远的地方是浮船坞。一阵微风吹来化学涂料的气味。

他显然离问题的本质愈来愈近了。

在这里，没有汽车就像没有脚一样。安纳瓦克不得不向几个人问路，一开始有很长的时间都白问了，因为他很难清楚描述他所寻找的目标。他们告诉他浮船坞的位置，因为他认为能在那里找到他要找的目标。温哥华港口里布满大大小小各种船坞，包括世界第二大的浮船坞，它的吞吐量超过五万吨。但令人意外的，当他迫不得已将目标说得更明确时，人们又叫他去干船坞，那座人造码头在海水排出之前，是用闸栏密封的。

两次开错方向之后，他终于来到目的地。他将车子停放在一幢长形商务大楼的阴影里，背起鼓满的运动袋，顺着铁栅，一直来到一道半开的铁卷门。他从门底钻进去。

映入眼帘的是铺着石块的地板，两边是简易的隔板屋。远方，一艘巨船像是直接从地下钻出来似的。那是巴丽尔皇后号，它停靠在一座足足250米长的码头里，两侧的吊车耸立在滑轨上，强烈的探照灯照耀着四周。远近不见一人。

他警觉地走在灯光照亮的空地上，小心地四处张望，暗自想着这次行为是不是太仓促了。那艘船已经在旱地上停了几个星期了。估计船底的附着物应该已经被清除掉了，包括里头的所有东西，少量残余在裂缝里的也早已干涸。贝壳里的东西，应该是一点都没有留下来。其实，安纳瓦克自己也不清楚，再检查一次巴丽尔皇后号到底能发现什么。他只是来碰碰运气，只是一种朦胧的希望。万一真的发现什么或许对纳奈莫有用的东西，他会将它带走；如果不能，他不过是为这场冒险损失一个晚上的时间。

附着船体上的那东西。

它很小，最多不过像一条虹鱼或一条墨鱼那么大。那生物曾经闪闪发光。许多海洋生物都会这样，头足纲动物、水母、深海鱼类。但安纳瓦克依然坚信，当他和福特一起观看浦号机拍摄的照片时，他们再度见到了这种闪光。闪光的云团要比这东西大得多，但奇怪的是，云团内部所发生的一切，让他想起了他在巴丽尔皇后号船体下面的经历。如果真是同一种生物，这事情就有趣了。因为，鲸鱼头颅里的东西、船体上的那种物质和那逃走的生命，三者似乎是相同的。

鲸鱼，只是我们所看到问题的一部分。

他提高警觉，回头张望着，在较偏僻的角落看到几辆吉普车停在一座隔板屋前。房子的窗口里亮着灯。他停下来。

那是些军车。军方在这儿做什么？他突然意识到自己是站在灯火通明的空地中央，赶紧弓身往前跑，一直跑到干船坞边缘才停下脚步。军方的出现让他百思不得其解，他盯着码头看了好一会儿也无法真正理解他所看到的情景。接着，他惊讶得睁大了眼睛。他忘了那些车辆，不由自主地走上前去。

船坞被淹没了。巴丽尔皇后号根本不是停在旱地上。本来应该能看到制动器上方龙骨的地方此刻正微波荡漾。船坞里的水至少有八至十米深。安纳瓦克蹲下去，盯着那些呈现黑色的水。

他们为什么放水进去？船舵修好了吗？那他们可以让巴丽尔皇后号下水呀。他思忖着。

突然间，他明白这一切是为了什么。

发现真相的情绪激动之余，他迅速把背包滑下，无声地打开，一边惊慌地望着孤寂的码头。天色越来越暗，淡绿色的探照灯沿着船坞冷冷地照映着。他侧耳听看有没有脚步声，但是，除了随风吹来的城市喧嚣外，什么也听不到。

现在，眼看着灌满水的船坞，他突然怀疑起自己是不是犯了大错。将他引到这里来的，是他对危机指挥部故作神秘的恼恨，可是，他算哪根葱呀？竟敢怀疑指挥部的决定？眼下他可是孤军奋战，状况很可能对他极为不利。他有些后悔没事先考虑到这一步。

然而另一方面，既然他人已经在这里了，又还能发生什么事呢？二十分钟之后，他会像来时一样，神不知鬼不觉地离开。唯一不同的是，他比来的时候知道更多事情。

安纳瓦克打开运动背包。背包里家伙一应俱全。他并没有排除需要潜水的可能。如果巴丽尔皇后号是停泊在浮船坞里的话，就必须从公共水域来到这里。不过现在的状况当然更简单。太好了！

他脱掉牛仔裤和上衣，取出潜水面罩、脚蹼、手电筒和一只防水采样盒，他将盒子系在腰部，把刀鞘挂在腿上，一切装备齐全。他不需要氧气筒。他将背包放在一根系缆桩下方，把装备夹在腋下，沿着码头快步前进，一直来到一道向下延伸的窄梯。他回头，最后望了一眼码头。隔板屋里的灯光还亮着，没看到人影。

他悄无声息地爬下梯子，穿戴上面具和脚蹼，悄悄地滑进水里。

水寒冷刺骨。没有橡胶潜水衣他就得抓紧时间，反正他也不打算在水下停留太久。他用力拍打着脚蹼，打开手电筒，潜下水底，游向船的龙骨。这里的水要比他在港口下水时显得清澈一些，他清楚看到了钢铁船体，手电筒的灯光照得船表的油漆发红。他用手指抹过表面，待了一会儿，离开，继续往前游。

过去几米之后，船舷就被密密麻麻的蚌类动物所覆没。

他被吸引住，继续往前游去。龙骨上也覆盖着厚厚的一层蚌类。向船头游了将近一半距离，他发现附着物甚至有增加的现象。

原来如此，他们根本没有将它清除掉，他们直接在船上研究这东西，以及可能还藏在里面的一切。所以巴丽尔皇后号会停泊在干船坞里，因为和浮船坞不同的是，干船坞可以严密封锁，不让任何不该外漏的东西漏进海里。他们将巴丽尔皇后号改建成一座实验室。为了让附着在船上、住在里面的东西能继续生存，于是他们在船坞里放进海水。

这下子，他终于恍然大悟那些军用车是怎么回事了。既然作为民间研究所主持人的纳奈莫不再过问此事，这只意味着一件事——由军方自己来研究，其余一切统统保密。

安纳瓦克在犹豫。他再度开始怀疑这么做是否正确，现在还来得及脱身。但他随即摆脱掉这个念头。他不需要花太长时间。他迅速拔出刀子，开始剥下蚌类。他小心地不损坏壳部，谨慎地将刀刃插到强而有力的蚌足下，猛地用力一撬，专注并有条理地取下那些动物。一只又一只蚌类被放进了采集盒。收获丰富，奥利维拉会高兴得扑进他怀里。

他透不过气来了。安纳瓦克收起刀子，浮上去换气。清凉的空气钻进他的肺里，头顶的船舷黑暗而陡峭，他猛吸了几口。接下来他要去那发光体向他袭来的位置附近寻找。或许船底附着物里还藏有这种生物呢。这回他将有备无患。

当他正想重新潜下水时，他听到了轻轻的脚步声。他在水里转了个身，顺着码头的堤岸向上张望。岸上有两个人影正在行走，就在两盏探照灯柱的中间。他们在向下观看。

安纳瓦克悄悄潜下水。可能是值班的，或是两名晚班工人。肯定有许多人有足够的理由在这时候还在这里行动。待会儿当他离开码头时，一定要小心提防。

后来他想起来，他们可能会看到水底下手电筒照射出的灯光。他灭了灯，让黑暗将他团团包围。

真蠢。那两人跑哪里去了？他们朝着船尾走去。也许他可以游向船首，在那里继续他的调查。他开始均匀地扑打脚蹼。

一会儿后，他重新浮起，仰面朝上吸气，眼盯码头堤岸，但这次却看不到任何人影。

他在锚的位置重新潜下水。手指小心触摸船舷，蚌类动物也在这里形成了奇怪的附着。他希望能找到一道缝或一个较大的凹坑，但找不到类似的东西。最好还是继续装满一盒子的蚌类，然后尽快离去。仓促之间，他切割这些动物时的动作也无法像开始时那么谨慎了。他的手在发抖。他心里清楚，整个行动是一个半吊子的计划。他冻得要命，指尖一点感觉都没有了。

他的手指尖……突然间他注意到，他能看得见它们。他沿着身体向下看去，也看得见自己的手脚。它们发亮！不，是水开始发亮。它在深蓝色里发出荧光。我的天哪！安纳瓦克暗惊。

紧接着，刺眼的光亮照花了他的眼睛。他本能地抬臂遮住眼睛。闪光！云团！他怎么了？他到底在做什么？但那不是闪光。刺眼的光线依然存在。安纳瓦克认出来，照着他的是一盏水下探照灯。船坞底部的其他探照灯也纷纷亮起，照得巴丽尔皇后号的船体明亮如昼。他清楚地看到由蚌类动物组成的多皱不平的硬壳，直打冷战。

是针对他的，他被发现了！一时间他不知道如何是好。但只有一条路，他必须设法回到船头，从梯子爬上去，回到他放背包的地方。他的心怦怦直跳，他从刺眼的光线旁穿过。耳朵里水声哗哗作响，他透不过气来，但在赶到梯子之前，他不想钻出水面。

到了，Z字形的梯子伸向船坞底部。他双手抱住栏杆，奋力爬上去。他听到上面传来大声喊叫和奔跑的脚步声。他匆匆摘下脚蹼和面具，将手电筒紧挂在腰带上，弓身往上爬，直到能够越过堤岸边缘张望。

三支枪口正瞄准他。

他们在隔板屋里给了安纳瓦克一床被子。他曾想向士兵们解释他是危机指挥部的科学队员，可是他们根本不听他解释。他们的任务是看管他。由于他没有反抗，显然也不打算逃跑，于是他们将他带进隔板屋里，那里有更多的士兵和一名值勤军官，那军官纠缠不休地盘问他。安纳瓦克知道，此时编造故事毫无意义，反正他们是不会放他走的。于是他老实道出他是谁、他为什么来这里——一句话，实话。

军官沉默地思量着他的说辞。"你能证明你的身份吗？"军官问道。

安纳瓦克摇摇头。"我的证件在背包里，背包在外面。我可以将它取来。"

"你告诉我们它放在哪里就行了。"

他告诉士兵们运动背包放在哪里。五分钟后，那位军官就拿到了他的证件，仔细研究起来。

"如果你的证件不是伪造的话，你名叫利昂·安纳瓦克，住在温哥华……"

"我从一开始就是这么说的。"

"你说过很多东西。要来杯热咖啡吗？看样子你冻坏了。"

"我是冻坏了。"

军官从他的办公桌旁站起来，向一台自动咖啡机走去，他按下一个键，一只纸杯从下方掉出，杯子里装着蒸汽腾腾的黑色液体。安纳瓦克小口地喝着，感觉麻木的体内逐渐有了一点暖意。

"我不知道该如何判断你的故事，"那位军官说道，一边缓缓地绕着他来回走动。"如果你是危机指挥部的成员，那你为何不申请正式来访呢？"

"你去问你的上司吧。几个星期以来，我一直在设法跟英格列伍公司取得联系。"

军官皱起眉头。"你是指挥部的委托合作者？"

"对。"

"我明白了。"

安纳瓦克转身环顾四周。他估计，这间放有塑料椅子和简陋桌子的房间原本是船坞工人的休息室，现在显然被改建成了一个临时指挥所。他对整个形势的分析完全错了。"现在怎么办？"他问道。

"现在？"军官在他对面坐下，手指交叠在一起，"恐怕我得请你暂时留在这里。这事没这么简单，你潜入了军事禁区。"

"请允许我说明一下，那里并没有设立警告牌。"

"这里同样也没有允许闯入的牌子呀，安纳瓦克博士。"

安纳瓦克无奈地点点头。他有什么好抱怨的呢？那是个心血来潮的蠢主意，或者也不是，毕竟，现在他已经知道军方接手处理此事，他们在研究船体上的生物，让它们活着。只要负责人继续封锁，他为奥利维拉冒险收集的蚌类，就永远到不了纳奈莫。

军官从腰带上抽出一具对讲机，简单应了几句话。

"你真幸运，"他说道，"马上有人来处理你的事情。"

"你为什么不干脆没收我的证件，放我走呢？"

"事情没这么简单。"

"我又没做什么违法的事。"安纳瓦克说道。这话听起来不怎么令人信服，他自己也觉得没有说服力。

军官笑了笑。"如果从民法意义上来讲的话，擅闯私宅的条款也适用于任何一名危机指挥部成员。"

那名军官走了出去。安纳瓦克和其余的士兵们一起留在隔板屋里。他们并不跟他说话，只是紧紧地看守着他。热腾腾的咖啡和把事情搞砸的怒气，让他渐渐发热。他的表现就像个大傻瓜。唯一值得安慰的就是，不管是谁来"处理"他的事情，至少他有希望得到一些信息。

在无事可做的沉默等待中，半小时过去了。他听到一架直升机飞近，转头望向朝着码头的窗外。光线涌进隔板屋里，一盏强烈的探照灯紧贴水面来回扫射。当直升机飞过房屋上空，愈飞愈低时，马达的轰鸣震耳欲聋。轰鸣声渐渐变成有节奏的震颤。飞机降落了。

安纳瓦克叹了口气。现在他又得把一切从头讲起。他是谁？来这儿寻找什么？

脚步踩着柏油路面走来，间杂着断断续续的谈话声。两名士兵走进来，那位军官跟在他们身后。"有人来看你了，安纳瓦克博士。"

军官向旁边让开一步，一个人影出现在灯光照亮的门框里。安纳瓦克立即认出她来。她在那里停了一下，像是想弄清情况似的。随后她缓步走近，最后在他面前停下。安纳瓦克看到一对水蓝色的眼睛，一张亚洲面庞上的两颗海蓝宝石。"晚上好。"一个沉稳、有修养的声音说道。是总司令朱迪斯·黎。

5月3日

挪威大陆架，托瓦森号

克利福德·斯通出生于苏格兰的阿伯丁，在三个孩子中排行老二。他从一岁起就比同龄的孩童来得矮小。瘦弱、不可爱，而且难看得不像个小孩。他的家人疏远他，好像他是桩意外事故似的，一个令人难为情的故障，只要避而不谈，事情就不那么明显。克利福德不必像老大一样承担责任，也不像他的妹妹一样得到宠爱。也不能说他受到虐待，基本上他的成长过程里什么都不缺。

除了温暖和关怀，他从未经历过在什么方面比别人优秀的感觉。

孩提时没有朋友，长大后交不到女朋友，十八岁头发就开始稀疏脱落。就连他中学时以优异的成绩毕业似乎都没有人关心。学校的主任带点惊讶地将毕业证书递给他，好像他是头一回看到这个长着野性黑眼珠的男孩，成绩很优秀，因此他友好地向斯通点点头，笑了笑，转眼就忘记了那张消瘦的脸庞。

斯通在大学里主修工程学，这证明了他对工程极有天分。终于，一夜之间——他得到了他渴望的承认。但这承认仅限于他的职场生活，私生活中的斯通愈来愈苍白，不是因为没有人肯跟他打交道，而是他根本不允许自己有私生活。一想到私生活他就害怕，私生活意味着他依然得不到重视。当工程师克利福德·斯通凭着他的睿智在国家石油公司飞黄腾达时，他开始因为对自身的害怕而瞧不起那个晚上独自回家、头顶光秃的人，直到最后他剥夺了自己私生活的权利。

公司成了他的生命、他的家庭、他的满足，因为它带给斯通某种在家里从不曾体验到的东西——比别人出色，以及地位领先。

那是一种令人陶醉同时又折腾人的感受，一种不停的追逐。时间一长，那种绝对领先的渴望深深地控制着斯通，使他无法对任何成功真正感到高兴，因为他根本不知道，如何庆祝成功或者能和谁一起庆祝。每当他到达了一个目标，他无法逗留。他像着魔了似地继续前行。逗留，也许意味着必须再度看到那个长着古怪五官的瘦弱少年，他长期受到忽视，乃至到最后连他本人也无视自我的存在。斯通最怕的就是望进那对充满桀骜不驯的黑眼睛。

几年前，国家石油公司成立了一个专门试验新技术的部门。斯通很快就意识到，迅速将设备更新、全面自动化这件事，背后蕴含着什么样的机会。在他向企业最高层提出了一系列建议之后，他最终受命在深海海底建造一座由挪威孔斯堡著名的FMC技术公司开发的工厂。

当时世界上已经有许多水下工厂，但FMC的样品是个崭新的系统，相当节约成本，适合革命性的海洋开采。建设是在挪威政府知情和允许的情况下进行的，但在官方文献里根本不存在。

斯通知道，严格来说，运转测试进行得太早了。尤其是绿色和平组织会要求进行一系列额外的检测，将会耗费数月甚至数年的时间。这些团体的怀疑是可以理解的，在人性和道德堕落的程度，石油开采业可说是达到了难以超越的成就。只要一出现无处不在的利益纠纷，马上就会被扼杀，就如同现代化企业一贯的强烈要求。

因此，这项工程是绝对保密的。即使孔斯堡在网站上作为概念机介绍这座工厂时，也没有提到国家石油公司早已开始运行，它是藏在深海里的秘密。

一台样机在深海海底工作，它的建造者之所以能安稳地睡大觉，不过就是因为它运转完全正常。

这正是斯通所期望的。经过一连串没完没了的测试，他坚信，绝对没有任何风险存在。这些额外的测试能有什么好处？反正他们已经犹豫得够久了，他感觉到，这家国营企业的组织结构已经开始动摇，他像瞧不起所有优柔寡断的人和事一样瞧不起它。

另外有两个因素，可以帮助斯通把"等候指示"的障碍彻底排除。一个是斯通发现了作为技术人员进入管理阶层宽敞办公室的机会；第二个因素是，尽管国际政治局势互相倾轧，屡屡有对国家主权的武装干预，但在石油战争中，所有的人都是输家。重要的不是最后一滴油何时流出，而是开采工作何时会进入边际效应，不敷成本。

油田特有的开采量是遵循物理规律的。第一次钻挖后，石油在高压下喷出，经常一喷数十年。但时间一长，压力渐减。地球似乎不想再让油流出，通过微弱的压力将它们留在微小的孔里，最初是自己涌出的石油，现在不得不大费周章地将它抽出来。这么做的耗费巨大，储量还没用完，开采量就迅速下降。不管那下面有多少——只要为了开采这些油而耗费的能量高于它所能提供的，最好的方法就是让它留在地下。

这就是为什么许多能源专家在上个世纪结束时的估计严重错误，他们宣称地下储量足够开采。准确来说，他们的推测并没有错。地下到处是石油。可是要么开采不到，要么就是产量和投入不成正比。

本世纪开始，这样的两难造成了一个可怕的局面。

80年代一蹶不振的石油输出国组织像死尸还魂一样复活了。不是因为它解决了矛盾，而仅仅是因为它拥有较大储量。因此，不想听任石油输出国组织规定价格的北欧国家只能降低开采成本，在深海里使用全自动设备，而深海又以一系列崭新的问题回击，用极端的高压和低温开始考验人们。也给解决这些问题的人带来新的宝山。新的宝山撑不到天长地久，但对于一个像瘾君子般继续依赖石油和天然气的行业来说，已经够了。

渴望绝对领先的念头支配了斯通全部的生活，当时他撰写了一份报告，加速研发样机，建议全面安装，国家石油公司听从了他的建议。

一夜之间，他的职权范围和他的贷款额度都被慷慨地扩大了。他与开发公司保持密切联系，好让对方优先考虑国家石油公司的愿望和意见。

他一直很清楚，他所走的独木桥有多危险。只要没有人挑剔公司，他就是一位受董事会欢迎的征服者。然而，遇到麻烦时，第一个被牺牲的也会是他。因为，最出色的人通常也是最大的罪人。斯通知道，他必须抢在有人想牺牲他之前，尽快弄到一把董事座。一旦他的名字代表了创新和利润，所有的大门都会为他敞开。那时的问题就只是看他肯赏脸走哪道门了。

至少他曾经是这么想象的。

现在他坐在这艘该死的船上。他不知道自己还可以更气恼什么。气出卖他的斯考根？还是气他自己？是他没有遵守游戏规则吗？他何必激动？他很早以前就知道脚本会怎么写，现在最糟的情况出现了，人人但求自保。斯考根比谁都清楚，大陆边坡上的灾难迟早会公开。如果不想冒最后被揭发的风险，就不能再保持沉默。国家石油公司在各企业间广泛征询意见，更使事情一发不可收拾。

现在大家都在相互施压，任何密谋磋商都解决不了即将到来的环境浩劫。这么做唯一的目的，就是看谁在这种走投无路的形势下能够安然脱身，而又是谁会被抓去当代罪羔羊。

斯通怒火中烧。当斯考根表现出一副老好人模样时，他真想吐。芬恩·斯考根是最混账的，他的把戏要比克利福德·斯通在最坏时所能想到的还要阴险得多。他做错什么？他当然只会在被扩大授权的许可范围内行事，那又是为什么？就因为他们给了他这些权限！可笑，他压根儿还没有充分利用这些权力。

一种陌生的虫子，那又怎么样？

他当然"忘记"那份愚蠢的鉴定了。世界上有哪一种虫子全然不曾危及过航海安全，或是对钻油平台构成威胁？每天都有数十亿浮游生物在数千只船舶之间往来穿梭。人们会因为持续发现新的桡足类动物，就待在家里不出门了吗？那么公海早就是空的了。

还有水合物那件事。笑死人了。气体溢出完全正常。可是，一旦呈上了那份鉴定，会发生什么事呢？

该死的官僚分子，他们在热腾腾端上桌的所有东西里翻来戳去，直到剩下一盆冷糊糊的不知所以。他们会无缘无故地延迟建厂计划。

斯通愤怒地想，该怪罪的是整个制度。带头的正是斯考根，还有那些讨厌的假仁假义。董事会的那批流氓会微笑着拍拍你的肩说，了不起，伙伴，继续干下去，但千万别让谁逮住，因为到时候我们不承担责任，他们将责任转嫁给无辜的斯通。

而蒂娜·伦德，她也有责任，为了得到这份工作，她拍斯考根的马屁，有可能还让那混蛋上了她！对，一定是这么回事。她能做些什么？他妈的婊子。他甚至还装出感激她的样子，好让斯考根再给他一次机会，让他重返他业已失去的工厂。但他很清楚，那不是机会，而是陷阱。

所有人都出卖了他，所有的人！

不过他会给他们点厉害瞧瞧的。克利福德·斯通还没垮，还早得很。无论工厂会发生什么事，他都会查出来，一一处理好。到时候他们会看到，谁才会吃不了兜着走。他会亲自出手，查清此事！

这期间，托瓦森号已经使用扇形声呐仪扫描了工厂所在地。设备依然不见踪影。它曾经的所在地，海底地貌似乎发生了变化。下面裂开了一条几天前才出现的沟痕。斯通不能否认，一想到深海，他与船员、技术小组一样感到不舒服，但他赶走了恐惧感，只专注于他的下潜和最后将如何揭露真相。

克利福德·斯通。无所畏惧。说做就做！

潜水艇在托瓦森号的后甲板上等着将他送到900米深的水下去。他当然本该先派机器人下去调查。让-雅克·阿尔班及船上其他人都严肃地建议他这么做。维克多号装有性能极好的摄影机,一架非常敏感的机械手臂和迅速分析数据所必需的所有仪器。可是如果他自己下去,给人的印象就会更加深刻。企业里的人就会明白,克利福德·斯通不是个做事虎头蛇尾的人。

此外他不同意阿尔班的看法。他在太阳号上同格哈德·波尔曼谈过载人潜水艇的旅行。波尔曼在俄勒冈沿海乘坐传奇性的阿尔文号下潜过。每当谈起此事,他的眼里就会出现如梦似幻的神情。他说:"我看过数以千计的录像纪录。机器的纪录都很感人,可是当自己坐在那里面,亲自下去,这种三维空间的临场感——我从没想到过会是这样子——机器拍的根本没法比。"

他也讲过,没有什么机器能完全代替人类的感官和本能。

斯通阴险地笑了笑。这回轮到他了。他做得很漂亮。透过他出色的关系,很快就弄到了潜水艇。那是一艘DR1002,美国深海工程公司的一艘深海海盗,是全新一代既小又轻的潜艇。它的球形结构上安装有两根机械手臂,结构里有个完全透明的球体。内部是两张舒适的座椅,操作设备安装在一侧。走近深海海盗时,斯通对他的选择感到非常满意。它系在悬臂的锚索上,架在那里,可从底部舱口爬进去。

驾驶员是位矮胖的退役海军驾驶员,大家都叫他埃迪,他已经蹲在舱内,正在检查仪表。像往常一样,每当有潜水艇下水时,甲板上就聚满了船员、技术人员和科学家们。

斯通回头张望,看到了阿尔班,吹了声口哨将他叫过去。"摄影师在哪儿?"他不耐烦地叫道,"带摄影机的那个家伙呢?"

"不清楚,"阿尔班边走近边说道,"我刚刚还看到摄影师在什么地方闲逛的。"

"他应该到这里来,"斯通发火道,"不将这里记录下来,我们不下去。"

阿尔班皱起眉，望向海上。天气雾蒙蒙的，能见度很差。"有臭味。"他说道。

斯通耸耸肩，"这是因为沼气。"

"味道愈来愈浓了。"

大海上确实弥漫着一股硫黄味。那底下一定有大量的气体释放出来，使得上面的气味如此难闻。他们全都看过大陆边坡上发生的事情，他们看到了虫子和上升的气泡。没有人能够或者愿意想象，这一切发展到最后会是什么结果，但是，如果整个大海都闻起来像有人把一车臭鸡蛋倒了进去，显然不是什么好兆头。

"一切都会搞定的。"斯通说道。

阿尔班望着他。"你听着，斯通，如果我是你，我会放弃。"

"什么？"

"不坚持下潜。"

"胡说！"斯通愤怒地转过身来。"那位该死的摄影师在哪里？"

"太冒险了！"

"废话。"

"而且气压在下降，降得很低。我们会遇上风暴的。"

"难道还要我向你解释，风暴对潜水艇的影响是微不足道的吗？别啰唆，我们下去！"

"斯通，你这个傻瓜！你为什么非要这么做？"

"因为这样我们才能更快更清楚地掌握情况。"斯通教训他道，"我的天，让，请你别这么愚蠢好不好。没有什么能让潜水艇服输，更别提几只虫子了。艇下潜4000米深……"

"在4000米的深度外壳会被挤压凹陷的"，阿尔班无奈地纠正他道，"这艘潜水艇只允许下到1000米。"

"我知道。那又怎么样呢？我们要下到900米，谁说4000米了？我的天，到底能发生什么事呀？"

"我不知道。我只知道海底发生了变化，愈来愈多的气体进入喷流柱里。声呐测不到工厂的位置，我们根本不知道下面出什么事了。"

"也许有什么掉了，或者断了。最糟糕的就是我们的工厂有一块脱落了。这种事会发生的。"

"是的，也许。"

"好吧，你的问题在哪里呢？"

"问题是一台机器人就可以做到"，阿尔班激动地说道，"可是你却一定要扮演英雄。"

斯通用两只手指了指自己的眼睛。"我只有靠它们才能真正分析出了什么事。你懂吗？去到现场。要想解决问题就得走过去，抓住它。"

"行。你说了算吧。"

"好了，我们什么时候下去？"斯通看看手表，"啊，再过半小时……不，二十分钟。好极了！"

他朝潜水艇里的埃迪挥挥手。驾驶员抬抬手回应，重新检查控制台。斯通笑了笑。

"你到底还在担心什么？我们有所能找到的最好的驾驶员。必要时，我自己会操纵这玩意儿。"

阿尔班沉默不语。

"不会有问题的，我想再研究一下潜水图。有什么事请到我的舱室里找我。让，请你快将那些该死的摄影人员找过来。只要他们没有掉下水，就请你将他们找过来。"

挪威，特隆赫姆

他的刮胡水会不会真的用完了？不可能。他是西古尔·约翰逊，生活品味收藏家，永远都备有葡萄酒和男士保养品。他一定在什么地方还有一瓶。

他不耐烦地走回浴室，在盥洗台上翻找。他知道，是该慢慢准备离开这房子了。直升机在研究中心的停机坪上等着，要带他去跟卡伦·韦弗碰头。但对一个故意不修边幅的人来说，收拾一只皮箱要比一个打理整齐的人困难得多。打理整齐的人不会碰上像夹克掉色这种突发状况。

找到了。在两瓶洗发精后面。他将瓶子收进盥洗包，将小包连同一本惠特曼诗集和关于葡萄酒的书塞进行李袋里，拉上拉链。那是一只手提行李样式的昂贵提包，是19世纪初伦敦贵族去乡下度周末时喜欢使用的款式。皮革是手工缝的，把手看上去有点旧了，但深得约翰逊喜欢。

第五日！

他将光盘片装进去没有？他刻录了一片支撑他疯狂想法所需的数据。也许有机会跟那位女记者谈谈它们。他再次查看。它在那里，裹在衬衫和袜子下面。

他脚步轻盈地离开他位于教堂街的房子，钻进停在对面马路的吉普车里。不知什么缘故，他一大早就感觉心里喜滋滋的，充满近乎歇斯底里的行动欲望。在他要发动引擎之前，目光再次扫过房屋的正墙。大拇指和食指夹着钥匙的右手，正放在点火器前面。

他突然明白了，到底是什么在折磨他。他想分散自己的注意力。以多动来驱赶脑中的念头，那些念头像是暗夜中的风啸声。潮湿的雾岚笼罩着特隆赫姆，什么东西都看不见。就连路对面他的房子也似乎比平时矮了。看上去就像一幅画。他那些心爱的东西怎么样了？

他为什么会经常在凡·高的画前一站数小时，内心里感觉到一种宁静，好像它们不是一位绝望的忧郁症患者而是一位无比幸福的人画出来似的。没有什么能破坏掉这些画给人的感觉。

一幅画当然可以被毁掉。可是只要它存在着，那油彩留下的瞬间就是永恒的。向日葵永远不会枯萎；不会有炸弹落在阿尔勒附近的吊桥上。即使在上面再着色一次，也都无法夺走画的主题，下面的原画会留下来。可怕的东西依然可怕，美妙的东西永远不会失去其美。那个表情严峻、耳缠绷带的自画像，他以深邃的目光凝望着、欣赏着，就连这幅画像也拥有令人愉悦而持续不变的本质，因为，至少在画里，他不可能更不幸了，因为他不可能衰老。他体现了那永恒的瞬间，他胜利了。他终于战胜了敲诈勒索者和愚昧的人，他终于靠他的笔和他的天才胜过了他们。

约翰逊打量着他的房子。为什么时间不能就这样停留在此刻呢？他想着。但愿那是一幅画，而我，也在画里。可他不是生活在一幅画里，不是生活在一个可以巡视他生活舞台的画廊里。湖畔的房子，它本来可以成为一幅绝美的画，旁边是他已离异妻子的肖像，以及他所认识其他女性的肖像，有些会是他的朋友们，当然也有一幅蒂娜·伦德的，与卡雷·斯韦德鲁普手着挽手。带着永恒的安详。

对失去一切的忧惧骤然向他袭来。外面的世界正在变化，他想道。它们联合起来对付我们。在一个秘密的地方做出了什么决定，我们不在场。

人类不在场。

多么美丽的房子啊。多么宁静啊。他发动引擎，驱车离去。

德国，基尔

埃尔温·聚斯跟着伊冯娜·米尔巴赫走进波尔曼的办公室。"打电话给约翰逊，"他说道，"马上。"

波尔曼抬起头。他认识这位地理研究所主任很久了，看得出他肯定遇到了什么不寻常的事情。某种令聚斯深为震惊的事情。"发生什么事了？"虽然已有预感，他还是问道。

米尔巴赫拉过一张椅子坐下来。"我们让计算机重新计算全部的数据。崩坍的来临会比我们以为的更早。"

波尔曼皱起眉。"崩坍？上次我们甚至还无法肯定会不会发生崩坍。"

"目前的迹象看来很不妙。"聚斯说道。

366

"只是因为细菌的共生？"

"对。"

波尔曼往后靠去，感觉额上渗满了冷汗。这不可能，他想道。只不过是细菌罢了，微小的生物。他突然开始像个孩子一样思考起来。这种微小的东西，怎么能够破坏掉数百米厚的冰层呢？不可能的。一只微生物能在数千平方公里的海底造成什么危害呢？什么危害也没有。

无法想象。不切实际。这不会发生。

他们对生物知道得太少了。但可以肯定的是，在深海有各种微生物结合成共生现象。譬如，硫细菌和古菌的共生。古菌是已知最古老的单细胞生物，这种在水合物上的共生，直到几年前才被发现：硫细菌透过氧气来分解吸收古菌，津津有味地吃着美食时，所排泄出的产物为氮气、二氧化碳和各种碳氢化合物。

古菌的美食是甲烷。这样，某种程度上硫细菌也是靠甲烷维生，只不过它们不亲自动口。因为大多数甲烷存在于不含氧气的沉积层里，没有氧气，硫细菌就无法生活。但是古菌可以。它们能够在没有氧气的环境下强行打开甲烷层，钻到地表以下数千米深。估计它们每年大约转化三亿吨水下甲烷，有利于世界气候的稳定，因为分裂后的甲烷无法再作为温室气体进入大气层。这么看来，它们简直就是环保警察。

至少，当它们只停留在海底的时候。

但它们也和虫子共生。而这种颌骨巨大的怪虫身上却满是硫细菌和古菌。它们生活在虫子的身体内外。当虫子向水合物里每钻入一米，它就会将这些微生物带下去，它们开始从内部瓦解冰层，像癌症一样。时候到了，虫子死去，然后是硫细菌，但古菌不为所动地继续在冰里向四面八方吞噬，直到产生自由气体。它们将本来紧密的水合物变成多孔易碎的物质，气体溢出。

波尔曼听到自己的声音说着，虫子无法破坏水合物。对。但那并不是它们的任务。虫子只完成将古菌运到冰里的目的。就像公共汽车：下一站，甲烷水合物，五米深，全部下车，开始工作。

我们为什么从没想到这点呢？波尔曼想道。海水的温度变化、静水压的减少、地震，所有这些现象都是水合物研究的末日预言。但就是没有人认真考虑过细菌，虽然大家都知道它们。做梦都没有人会发现这种侵袭的场面，没有人会认为存在这么一种甲烷自杀者的虫子。它的数量之大，扩散到整座大陆边坡，太荒谬了，无法解释！这支太古生物军队，在其致命食欲的驱使下，数量之惊人真是匪夷所思！

他无法不去想：这些东西到底是怎么到那里的？它们为什么在那里？又是什么将它们带去了那里？

或者是谁？

"问题是，"米尔巴赫说道，"我们的第一次模拟，很大程度是建立在线性方程式基础上的，而现实状况却不是线性的。我们所面临的，有部分是混乱的发展，甚至呈指数成长。冰层裂开，冰下的气体在高压下喷出，水合物爆裂开来，海床开始下沉，因此崩坍的时刻迅速……"

"很好，"波尔曼抬起手，"还有多久？"

"几个星期，几天，几……"米尔巴赫迟疑着，然后耸耸肩，"一切都无法预测。我们仍然不知道它是否真的会发生。几乎一切现象都说明了它会，但气氛如此异常，我们几乎只能进行纯粹的理论猜测。"

"我们放弃外交式的捉迷藏吧。你个人意见如何呢？"聚斯望着米尔巴赫。

"我没有意见，"她停顿一下说道，"如果三只行军蚁遇到一头哺乳动物，它们都会被踩死。如果这同一只哺乳动物碰上了成千上万只行军蚁，它会被活活地啃得只剩下骨头。我是这么想象微生物的。明白吗？"

"打电话给约翰逊，"聚斯又说道，"告诉他，我们预料会有海底崩移效应。"

波尔曼叹口气，默然地点点头。

挪威，特隆赫姆

他们站在停机坪边缘，从那里能看到海湾。几乎无法看清对岸有什么东西。天空愈来愈暗，他们面前的大海像没有光泽的钢板。"你是个势利鬼。"伦德望着等待的直升机说道。

"我当然是个势利鬼，"约翰逊回答道，"谁被你们强行征来，就有资格表现出一定程度的势利，你不觉得吗？"

"又来了。"

"你也是个势利鬼。接下来的几天，你可以开一辆高级吉普车上路。"

伦德微笑。"将钥匙给我吧。"

约翰逊在他的口袋里摸着，取出车钥匙放在她的手掌心里。"我不在时你要小心。"

"别担心。"

"千万别想跟卡雷在里面亲热。"

"我们不会在汽车里亲热。"

"你们到哪里都可以亲热。不过，你真的得好好地听从我的建议，为可怜的斯通辩护。现在他可以亲自将他的工厂从水里捞出来了。"

"我不想让你失望，但你的建议起不了作用。赦免斯通由斯考根决定。"

"他被赦免了吗？"

"如果他能重新控制局面，他依然可以在公司里待下去。"她看看表。"这时候他可能乘潜水艇下去了，我们祝福他吧。"

"他为什么不派机器人下去？"约翰逊好奇地问道。

"因为他没有那么多机器人。"

"真的？"

"我想，他是想证明，这样的危机只有靠他才能解决。克利福德·斯通是不可被取代的。"

"你们允许了？"

"为什么不？"伦德耸耸肩，"他还是项目领导人。另外，有一点他是对的。如果他自己下去，他就能更仔细地判断形势。"

约翰逊想象托瓦森号停在茫茫的灰色中，斯通朝海底沉去，四周一片漆黑，脚下是个巨大的谜团。

"他真勇敢。"

"对，"伦德点点头，"他是个混蛋，但勇气他还是有的。"

"那就再见吧，"约翰逊抓起他的旅行袋，"别把我的车弄坏了。"

"别担心。"

他们一起走向直升机。斯考根果然为他提供了公司的旗舰———一架大型Bell 430，在舒适度和飞行平稳度上，它都是无与伦比的。

"那个卡伦·韦弗，她是怎么样一个人？"伦德在机舱门口问道。

约翰逊向她挤挤眼睛。"她既年轻，又漂亮……"

"白痴。"

"我怎么知道？我不清楚。"

伦德犹豫着，然后用她的手臂搂着他。"好好保重，明白吗？"

约翰逊抚摸着她的背。"不会有事的。我能出什么事呢？"

"什么事都不会，"她沉默一会儿，"另外，你的建议有点效果了。你说的那句话，它起作用了。"

"去找卡雷？"

"看些其他东西。对，还有去找卡雷。"

约翰逊微笑着。然后他在她脸颊两侧各亲了一下。"我一到那里就用电话跟你联络。"

"好。"

他钻进机舱，将他的旅行袋扔到飞行员身后的座位上。直升机有十个位置，但乘客只有他一人。不过它也要飞上整整三个小时呢。

"西古尔！"

他向她转过身去。

370

"你是……我相信，你真是我最好的朋友。"她有点不知所措地抬起手臂，又重新放下。然后她笑起来。"我是说，我想说……"

"我知道你想说什么，"约翰逊笑道，"你不擅长这种事。"

"是的。"

"我也不擅长，"他身体前倾，"我愈是喜欢一个人，愈是不知道如何告诉她。只要和你有关的事情，我的所作所为恐怕是有史以来最大的傻瓜。"

"这算是一种恭维吗？"

"对我而言是的。"他关上门。飞行员发动螺旋桨。直升机慢慢升起，伦德挥手的身影愈来愈小。直升机低下机头，飞到海湾上。后面的研究中心看起来像个玩具房屋似的。约翰逊舒服地坐好，望向外面，但视线极差，看不到什么东西。特隆赫姆消失在云团里，水和山苍白地在他们的身下后退，天空看上去好像想吞掉他们似的。那种含糊的感觉再度向他袭来。

害怕。害怕什么？

这不过是一次直升机飞行罢了，他对自己说道。飞往设得兰群岛。又能发生什么事呢？

有时这种念头会一闪而过。过多的甲烷和怪事，再加上天气。也许他早餐时该好好吃一顿的。

他从旅行袋里取出诗集读起来。螺旋桨在他的头顶嗡嗡响。他的大衣卷成一团放在后排座位上，手机在大衣里，再加上他沉浸在惠特曼的诗句里，所以没有听到手机铃响。

挪威大陆坡，托瓦森号

斯通决定在进去前先讲几句话，让摄影师拍下他，其他几人正拍着照片。这些记录将成为此次行动过程的准确文献。它们应该能让国家石油公司想起来，克利福德·斯通工作起来是多么专业，他是何等

371

负责任。

"向右一步。"摄影师说道。

斯通顺从地照做，同时将两名技术人员赶出画面之外。后来他改变主意，又招手叫他们过去。"站在我斜后方。"他说道。画面中有技术人员，他看上去可能会更好。绝对不该让人感觉这是一个赌徒和冒险家在一意孤行。

摄影师将脚架调高。

"我们可以结束了吗？"斯通叫道。

"再等一下。画面看起来很滑稽，你挡住了驾驶员。"

斯通又往旁边跨了一步。"怎么样？"

"好些了。"

"别忘记照片。"斯通指示第二人道。摄影师靠近来，像是安慰这位考察队长似地按下了快门按钮。

"好了，"摄影师说道，"开始。"

斯通坚定地望着镜头。"我们现在将下去看看我们的样机怎么样了。此刻，工厂好像离它原先的……呃……它先前所在的位置……妈的！"

"没关系，再来一遍。"

这回一切顺利。斯通冷静地解释他们打算下去寻找工厂几小时。他概括介绍了目前掌握的信息，简单地谈了大陆边坡的地形变化，发表自己的看法，认为工厂一定是因沉积层不稳而滑走了。一切立论听上去都很合理，也许太过客观了。

斯通并不是个表演人才，他想到，在他们行动之前或之后，所有伟大的探险家都说过某句伟大的话——一句听起来了不起的话。例如"这是我的一小步，却是人类的一大步"，诸如此类的。真是太棒了，他们事先当然要求阿姆斯特朗说得好像是他自己想到似的，不过无所谓。我来、我看、我征服，这样也不坏。尤利乌斯·恺撒。哥伦布说过什么没有？潜入12000米深海的雅克·皮卡尔呢？

他努力回想着。什么也想不起来。

但不必什么都自己发明。波尔曼有关载人下潜的那番令人深思的言论听起来也不错。斯通轻咳一声。

"我们当然可以派一台机器人下去，"他总结说道，"但那是两码事。我见过许多机器人的录像纪录，都是很出色的资料。"还有呢？对了："自己坐在里面，自己下去，这种三维效果——那是无法想象的。那是没法比的。还有……它确实带给我们更好的……呃……更好的……理解，……能看到下面发生了什么事……嗯，以及我们能做什么。"最后那句话变得很卑微。

"阿门。"阿尔班在背后低声说道。

斯通转过身，爬到潜水艇下，从孔里钻进去。驾驶员向他伸出手来，但斯通不理会他的帮助。他直起身，坐下来。有点像坐在一架直升机里，或者是在迪士尼的高科技玩具里。最奇怪的是那种仍旧像先前一样在外面的感觉，只有甲板上的噪音不再往耳朵里钻了。数厘米厚的丙烯酸球，严密封闭，什么也进不来。

"需要我向你说明什么吗？"埃迪客气地问道。

"不用。"

埃迪事先已经对他进行过培训。他用他特有的平静方式做得很彻底。斯通瞟了他们面前的计算机操纵台一眼。他的右手滑过椅子右侧的操作设备。摄影师在外面一个劲地拍照，另一个在录像。

"好极了"，埃迪说道，"那就开始享受吧。"

船身一颤。他们突然漂浮在甲板上方，正缓缓地滑开。身下可以看到起伏的水面，风浪相当大。有一会儿他们一动不动地悬浮在那里，望着托瓦森号的船尾。阿尔班竖着大拇指，举起手。斯通朝他点了点头。接下来的几小时，他们只能靠水下通信系统联系。没有光纤缆绳连着潜水艇和母船，除了声波之外什么也没有。只要悬臂松开，他们就只能完全靠自己了。斯通的胃开始蠕动起来。

又一下震动。缆绳脱开时，他们头顶传来哐当一声。潜水艇落下去，随即被一个波浪抬起，然后，埃迪开始在水箱灌水，海水咕咕地涌进桶里。深海海盗像块石头一样开始下沉，每分钟下沉30厘米左右。斯通两眼盯着外面。除了电力槽的两枚指示灯，所有的灯光都关闭了。这是为了节省电力，他们在下面需要足够的电。

几乎看不到鱼类。下降到100米后，大海的深蓝色变得更深了，成为丝绒般的黑暗。

外面有什么像爆竹似地闪光。先是一下，后来四周到处都在闪光。

"发光水母，"埃迪说道，"是不是很美？"

斯通被吸引住了。他已经下潜过几回，但还没有坐深海海盗下潜过。

确实，他们和大海之间好像什么分隔也没有。就连操纵台上红色的控制灯和操纵仪器似乎也想加入舱外游过的、一群群发着磷光的小生物。想到他的工厂将竖立在这个陌生的宇宙里，他突然觉得无比荒唐，差点儿笑出声来。我是这个专案的倡议人，他想道。难道我应该老是坐在办公桌旁，乃至我自己都无法想象现实是什么样子吗？

他尽量伸直双腿。潜艇继续下沉，他们很少交谈。随着深度增加，艇内的温度也在下降，但不至于令人感到不舒服。比起下潜到6000米深的阿尔文号、米尔型或深海号这些潜水艇，深海海盗调节舱内的温度系统算得上是奢侈了。为预防起见，斯通穿上了厚袜子——在潜水艇里不允许穿鞋，以防脚不小心踩坏仪器——和一件暖和的羊绒衫。他身旁的埃迪显得轻松和专注。喇叭里不时传来噪声，托瓦森号上的技术人员在进行检查呼叫。话能听懂，但声音变形了，因为那些声波同水下的数千种其他声响混在一起。

他们一直向下。二十五分钟后，埃迪打开声呐。舱内充满轻微的呼呼声和喀喀声，还有电流的嗡鸣声。

他们正在接近海底。

"准备好爆米花和可乐，"埃迪说道，"电影要放映了。"

他打开艇外的探照灯。

挪威大陆架，古尔法克斯C

在连接直升机降落场和居住区的钢铁楼梯间最上层平台，拉尔斯·约仁森正望着钻塔。他双臂抱着栏杆，白色胡尖在风中颤抖。晴天时，这座塔似乎伸手可及，但今天它好像正逐渐远去。随着风暴即将来临，云团愈加浓厚，每个小时都变得更不真实，好像它想彻底消失，成为单纯的记忆。

自从伦德上次来访之后，约仁森就感觉愈来愈忧伤了。

他琢磨国家石油公司到底想在大陆边坡上兴建什么。毫无疑问，他们计划盖一座全自动工厂，也许会跟一艘生产船有关。伦德大概认为她的回答能瞒过他，可约仁森并不笨。他甚至了解他们采取的措施——通过用机器取代人来节约人力。这样做很有意义。机器不像拉尔斯·约仁森这样重视美食，它不用睡觉，可以在有生命危险的条件下工作，不要求报酬，也不抱怨，一旦使用年限到了之后，必要时可以将它扔进垃圾堆，不必再保证它可以继续获得幸福。

另一方面，他暗自想象机器人如何取代眼睛和耳朵，并且可以本能地做出决定。没有人类，就没有人类的失误，这是肯定的。但如果机器失灵了，没有人在一旁，就会出现反乌托邦电影里的情节。深夜，当海浪拍打着柱子，他经常看这种电影。人类会失去控制，机器不懂生活和环境，它不理解其建造者的利益，并且冷酷理智、毫无人性。

光线慢慢消失。天色愈来愈灰暗，下起毛毛雨。多么讨厌的一天啊，约仁森想道。

这段时间以来，海上不断散发出臭味，好像水里充满了化学物质，光这些还不够！现在，阴郁的天气也在和他的情绪竞逐意志消沉的顶点。

我们其实是在一个废墟上工作。约仁森想道。犹如海里的一座鬼城，充满各式妖怪，并被一个接一个地拖拉出来。一旦储量抽完了，就剩下一具没有作用的空骨架。石油工人将被清除掉，平台将被清除掉，整个产业的未来就如同屏幕上的画面，一个我们无法进入的世界。

约仁森叹了一口气。这样就能有助人类的信心吗？计划太简单？太片面？太目光短浅？太自以为是？

汽车的发明结束了人力马车。于是当时市面上出现许多便宜的马肉，某种生存的价值被消灭了。但谁还想着马车呢？也许总体看来，其他人是对的——他是旧时代的老人，只是痛恨退休罢了。

他回忆着，很早以前曾经有过这种美妙的时刻。乌黑发亮的人们身上滴着石油，相互拥抱，在他们身后的灰质地里，一座喷泉斜喷向天空，意味着无限的财富。真的是这么回事吗？《巨人传》里由詹姆斯·迪恩演出这一幕。约仁森喜爱这部影片，他喜欢迪恩表演的这一幕，远胜过喜欢布鲁斯·威利斯在《世界末日》里演出的那一幕，虽然后者发生在一座真正的钻油平台上，而《巨人传》则是在得州沙漠里。看到那个哈哈大笑、疯狂地跳来跳去、黑斑点点的詹姆斯·迪恩，有点像坐在爷爷的大腿上，听他讲自己年轻时关于一切都如此美好的年代的故事。听着，要相信每句话都是真的，但同时又不能相信。

爷爷。是啊！转眼他也是一位爷爷了。

没几个月了，约仁森想道。到时候我就结束了。完了，结束了。无论如何我会过得比现在那些年轻人都要好。他们不能再将我精简掉，是我自己不干的，还能拿退休金。在群岛的末日来临之前逃走，他几乎感觉有点愧疚。但那不再是我的问题了，到时候我会有别的问题可以烦恼。

遥远的海岸传来一阵噪声。一种有节奏的嗡嗡声，随即又变成一架直升机的嗒嗒声。约仁森仰起头。他熟悉这里来往的各种机型。尽管距离很远，天气状况很糟，他看到一架Bell 430正从古尔法克斯上方飞过，消失在云团里。螺旋桨的旋转声又变成了嗡嗡声，远去，最终完全消失。

灰尘般的细雨点打落在栏杆上，湿淋淋的。约仁森考虑着他是不是该走进去。他无所事事了一小时，这种现象很少见，他可以看电视、阅读或找人下棋。可是他没有兴趣走进去。今天不行，因为他觉得自己好像住在一具钢铁棺材里。不想再进去让人埋葬。至少大海看起来和平时一样，灰灰的，起伏不定。

在钻塔的后面，悬臂顶部，燃着苍白的天然气火焰。失落的航光——唉，这不错！听起来像一部电影名字！对于一个逐年累月监视直升机和船只往来的老家伙来说真不简单。

也许他在退休后该写本书。写那再过几十年人们就几乎想不起来的时代——伟大的平台时代。

书名就叫作：失落的航光。

爷爷，给我们讲个故事吧。

约仁森的情绪好了一些。这主意不坏，或许今天也没有那么糟糕。

德国，基尔

格哈德·波尔曼感觉像在流沙里下沉。他不断往返于聚斯和米尔巴赫身边，他们不停地让计算机核对新的资料，得出的结果每况愈下。这期间他试图联系上西古尔·约翰逊，但对方没接电话；他试图打到挪威科技大学约翰逊的秘书室，人家告诉他，博士外出了，恐怕也不会出席讲座。准确地说，他根本不知道何时会回来，说他有事请假了，显然是受政府的委托。波尔曼差不多可以想到那会是什么样的任务。他打到约翰逊家里试试；然后又打手机。没有任何结果。

最后他再次跟聚斯商量。

"除了约翰逊的影响范围，肯定还有其他人能够做出决定。"聚斯说道。

波尔曼摇摇头。"全是国家石油公司的人员。那我们还不如自己做决定。说到秘密——如果我们继续秘密处理的话，到时候发生了海底崩移，人家最后会全怪到我们头上，谁也受不了。"

"那我们怎么办？"

"反正我不会去找国家石油公司。"

"没错，"聚斯揉揉双眼，"你说的对。我们去找研究发展部和环境机构。"

"奥斯陆的吗？"

"还有柏林、哥本哈根、阿姆斯特丹。哎呀，伦敦！我有漏掉什么吗？"

"芬兰。"波尔曼叹息道。"那好吧，就这么做！"

聚斯盯着他办公室窗外。从这里可以眺望基尔的海湾——望到装卸船只的巨大吊车，望到航运公司和仓库。海军的一艘驱逐舰在一片乌云和水色的灰里，愈来愈模糊。

"关于基尔，你的计算机仿真怎么说？"波尔曼问道。他根本还没认真考虑过此事，真是奇怪。就在这里，离水这么近。

"会没事的。"

"这也算是个安慰。"

"但还是要想办法联系上约翰逊。继续试吧！"

波尔曼点点头，走了出去。

挪威大陆坡，深海海盗

当埃迪打开六只艇外探照灯时，艇外的一切还感觉不出大海的辽阔。一个半径25米左右的区域，笼罩在各为150瓦的四盏卤素灯，以及两盏400瓦的HMI灯所交织的炽烈光线下。看不到结实的结构。斯通在长时间的航行之后，迷惑地透过黑暗观看。深海海盗穿过一堵闪耀着光芒的珍珠垂帘下沉。

他身体前倾。"那是什么东西？"他问道，"海底在哪里？"后来他认出了周围上升的东西。那是气泡。它们旋转着升向表面，有些小小的，像排在线上似的，另一些比较粗大，像鸡蛋一样。

声呐继续发出它特有的呼呼声和咔嚓声。埃迪眉头紧皱地研究着操纵台上的液晶显示器，剩余电量、艇内外温度、氧气存量、舱内压力等等，读取艇外感触器的测量数据。"恭喜！"他咕哝道，"是甲烷。"

气泡串成的珠帘愈来愈密。埃迪卸下两侧的支架好减轻重量，继续往箱子里增压气体，好让潜水艇保持稳定状态。他们本应该上浮的，然而此刻却还在继续下沉。

"见鬼了，我们无法将这破烂升上去。"

在探照灯的灯光下，海底在他们身下出现了，向他们迎面而来，速度比他们所想的快得多。斯通瞟见了一道缝隙和小孔，后来一切又重新充满了气泡。埃迪咒骂着，继续从箱子里往外排水。

"怎么回事？"斯通问道。"我们碰上了浮力问题吗？"

"估计是气体造成的，我们陷入一场海喷了。"

"他妈的。"

"别担心。"驾驶员发动螺旋桨。船只开始穿过气泡形成的线前进。

有那么一阵子，斯通感觉自己是坐在一架缓缓停下的电梯里。他的目光寻找着深度仪。深海海盗还在下沉，但速度减缓了。不过，它还是以很高的速度在接近海底，不用多久他们就会跌落海床。

他咬着嘴唇，听由埃迪处理。在这种情形下，讲太多废话会使驾驶员情绪失去控制，这是最不明智的。斯通看着气泡愈来愈大，垂帘愈来愈密，在海喷中勉强看到的海底部分正缓缓向一侧倾斜。潜艇右翼消失在强劲的漩涡中，潜水艇倾斜了。他屏住呼吸。

后来他们通过了。刚才周围还在一个劲儿地冒泡，现在海底却无比平静地横亘在他们面前。有一会儿，潜水艇又开始爬升。埃迪不慌不忙地操纵着潜水艇，向水箱里放进一些海水，直到深海海盗获得平衡，紧贴大陆边坡上。

"一切恢复正常。"埃迪说道。

他以两节的最高速度行驶，换算过来是每小时3.7公里。任何一个慢跑者都可以比他们更快，但这里重要的不是行驶距离。正确地说，他们相当精确地处在当初斯通建置工厂的位置。它应该离此地不远。

驾驶员微笑着。"这在我们意料之外，对吧？"

"没料到会这样强烈。"斯通说道。

"没有？既然大海已经像阴沟一样臭气弥漫，什么地方一定有气体在溢出。喏，这就是你要的，是你说一定要下来的。"

斯通不理睬他。他挺直身体，寻找水合物迹象，但此刻什么也看不到，只有零星的虫子。海底躺着一条大鲽鱼。当他们接近时，它懒懒地浮升，搅起一点云似的淤泥，从光线里游了出去。

当外头将近一百公斤的水压压在丙烯酸球体的每一平方厘米上时，坐在里头的感觉是如此不真实。这场面的一切都是人造的——深海海盗缓缓移动时，陆架上被照亮的地区连着它漫游的影子。靠机器维持的舱内压力。呼出的二氧化碳被化学物质分解后，氧气瓶里源源不绝地供应氧气。

这下面没有什么能引人逗留的。

斯通干渴地喷着嘴。他的舌头黏在颚骨上。他想起在下潜前几小时，他们什么都没有喝过。为防万一，船上备有"人体极限延展器"，在别无办法时专用的瓶子，每个进入潜水艇的人事先都被建议，要清空膀胱，而且是要让它空一段时间。另外，从一大早起，他和埃迪只吃过花生奶油三明治、骨头一样硬的巧克力块和压缩饼干。潜水食品，有营养，容易饱，像撒哈拉沙子一样干。

他想放松一下自己绷紧的神经。埃迪向托瓦森号发了一封简短的汇报。他们不时看见蚌类或海星。驾驶员伸手指着外面。"是不是很令人吃惊？我们在水下九百多米深的地方，周围漆黑一片。但人们还是将这个范围叫作'余光地带'。"

"有没有什么地方的水如此清澈，光线确实能射进上千米深的地方？"斯通问道。

"肯定有。只是人类的眼睛无法认识这一点。我们的眼睛最多只能看到100米、150米深。你到过上千米深的水下吗？"

"没有。你呢？"

"去过几次，"埃迪耸耸肩。"跟这里一样漆黑一团。我宁可去有光线的地方。"

"怎么了？没有下潜的骄傲感？"

"何必要有？雅克·皮卡尔潜到10740米的水深，那又如何？我根本没兴趣。虽然那是一流的科学成就，但那里几乎什么也看不到。"

"你怎么知道？"

"我不知道。但我无法想象那里会有许多生物。我认为即使有，海底生物区也比海沟有趣热闹多了。"

"对不起，"斯通说道，"皮卡尔到达的深度不是11340米吗？"

"噢，是这样的，"埃迪笑道，"我知道教科书里都是这么写的。错误信息。取决于测量仪器，它是在瑞士校准的，在淡水里。你明白吗？淡水密度不一样。他们唯一一次载人下潜到地表最深点时，那个测量结果是错的。他们……"

"等等。那儿！"他们面前的光束消失在一片阴影里。接近时他们认出来，这里的海底陡直陷落。光线消失在深渊里。"请你停下来。"

埃迪的手指在键和按钮上迅速移动，形成反作用力，深海海盗停下来，开始慢慢旋转。

"水流相当急。"埃迪说道。潜水艇缓缓地旋转，直到探照灯照亮深渊边缘。他们正盯着一个断崖。

"看上去像是不久前有什么东西从这里掉下去了，"埃迪说道，"相当新的缺口。"

斯通的眼睛不安地扫来扫去。"声呐怎么解释？"

"至少有40米深，左右两侧根本无法看清。"

"也就是说，这台地……"

"这里已经不是台地了。它陷了下去。"

斯通咬着他的下唇。他们一定就在工厂附近。但一年前，这里没有深渊，有可能在几天前都还没有。

"我们再潜深一点，"他决定道，"看看它通向哪里。"

深海海盗开始行驶，沿着断崖下沉。不到两分钟后，探照灯再度照亮了底部。看上去像是一座废墟。

"我们应该上升几米，"埃迪说道，"这下面裂缝很多。我们可能会撞进去。"

"好，马上行动！——该死的，前方！你看。"

他们看到一根裂开的管子，大约有一米粗。它弯弯曲曲地在巨大的岩块上方穿过，消失在光束外面。多根细细的黑色油柱从中垂直射出。"是一根输油管，"斯通激动地叫道，"我的天哪！"

"曾经是一根输油管。"埃迪说道。

"我们跟着它走。"斯通感到不寒而栗。他知道这根输油管通向哪里，尤其知道它来自哪里。

它们原来是在工厂区的。但工厂区再也不存在了。

他们面前突然出现一堵裂缝很多的墙。埃迪在撞上去的前一刻拉高潜水艇。墙壁似乎没有尽头，然后他们危险地紧贴边缘航行过去。直到这时斯通才看清楚，那不是墙壁，而是一大块垂直竖立的海底。在地块后面再度陡峭地下陷。光线下的沉积物浮动着，妨碍了视线。然后灯光又照见了一条迅速上升的气泡水流。它们从一条边缘锐利的沟里大量冒出来。"我的天哪！"斯通低呼道，"这里发生什么事了？"

埃迪没有回答。他拐了一个弯，从气泡流旁绕过。能见度愈来愈差。有一会儿，输油管从他们的视线中消失，然后又重新出现在探照灯光束里，继续向下。

"该死的水流，"埃迪说道，"我们正被海喷的拉力吸进去。"深海海盗摇晃起来。

"继续追踪输油管。"斯通命令道。

"你疯了！我们应该升上去。"

"工厂就在这里，"斯通坚持道，"它肯定马上就会在我们面前钻出来。"

"这里根本不会有什么东西钻出来，一切都毁了。"

斯通一声不吭。在他们面前,输油管像被一只巨手打了结,末端伸进一艘被扯坏的船体里,钢片被撕成奇形怪状。

"你还想继续吗?"

斯通点点头。埃迪一直将潜艇驶到贴近管子。有一阵子他们漂浮在锯齿形的孔上方,然后潜水艇经过输油管道。

"这里通向无底洞。"埃迪说道。他们周围又开始冒泡了。

斯通捏紧拳头。他意识到阿尔班说的没错,他们应该派机器人下来的。但现在放弃让他觉得更荒谬。

他必须查明!没有一份详细的报告,他绝不会走到斯考根面前去。这回他不会被轻易吓退。"埃迪,继续。"

"你真的疯了。"

在撕裂的管子后面,废墟陡峭地跌落,沉积物形成的雨阵正在增大。这下子,头一回看出埃迪有点紧张了。随时都可能会有障碍出现在他们面前。

然后他们看到了工厂。准确地说他们只看到了几块横的支撑架,但斯通当时就知道,FMC科技的样机再也不存在了。工厂位于坍塌台地的废墟之下,比它原先的所在地深陷了五十多米。

他仔细观看。似乎有什么东西正在离开支撑钢架,向他们接近。是气泡。

不,不只是气泡。斯通想起他从太阳号上观察到的巨大气旋。在录像抓斗断裂后观看到的海喷情形。

他霎时惊慌起来。"快离开!"他喊道。

埃迪抛掉剩余的重量。潜水艇一下子向上蹿起,后面跟着巨大的气泡。然后他们来到了漩涡中间,潜艇失灵了。他们周围的大海正在沸腾。"妈的!"埃迪吼道。

"你们下面出什么事了?"是托瓦森号上的技术人员沙哑的声音,"埃迪?快回话!我们在这里测量到了奇怪的东西,大量气体和水合物升了上来。"

埃迪按下回答键。"我扔掉外壳了！我们正在爬升。"

"出什么事了？你们……"技术人员的声音被隆隆的噪音淹没了。嘶嘶、砰砰。埃迪扔掉了电池和部分外壳。这是迅速减轻重量的最后紧急措施。有着丙烯酸球体的深海海盗剩余船体开始旋转，再度上升。后来，一阵强烈的撞击，潜水艇停止行驶。斯通看到身旁出现一个巨大的岩块，它是被气体冲上来的。

舱内原本最下面的东西冲到了最上面。当他们再一次被撞时，他听到驾驶员在喊叫。这次的撞击来自右侧，它从一侧将他们撞出了海喷。深海海盗顿时得到了浮力，向上射去。斯通抱紧扶手，此刻他不是坐着而是躺着了。埃迪闭着眼睛向他倒来，他的脸在流血。斯通惊骇地意识到，他现在得完全靠自己了。他拼命回想怎样才能使艇身恢复平衡。他要埃迪将操纵设备推过来给他，可是怎么操纵呢？

埃迪指给他看过。这是按钮。斯通按下它，同时想办法从身上推开埃迪。他无法肯定，在抛弃外壳后，螺旋桨是否还能正常运转。深度仪上的数字飞速转动，告诉他潜水艇正在迅速上升。原则上，他转向哪个方向都无关紧要，重点是它在上升。在深海海盗内不必害怕解压问题。机舱压力相当于水面的压力。

一盏警告灯亮起来。右边的探照灯熄灭了。接着，所有的灯光都熄了。

斯通周围一团漆黑。

他开始发抖。保持冷静，他想道。埃迪解释过各种功能，有一台紧急发电机，是操纵台最上排的按钮之一。不是它自动打开，就是他必须手动打开它。他的手指摸索着开关，一边继续盯着黑暗。

那是什么？没了潜水艇的灯光，这里应该是漆黑一团。可是那里有光亮。

他们已经离水面这么近了吗？按照灯熄灭前深度仪的最后显示是七百多米。潜艇仍在沿着大陆边坡行驶。他们还在大陆架边缘下方很远的地方，在任何日光都照不到的地方。是幻觉吗？他眯起眼睛。

那亮光很微弱，发出幽蓝，弱到应该只能意识到而不是用双眼看到。它从深处升上来，它有形状，一种漏斗形的管子，它的尾端消失在深渊的黑暗中。斯通屏住呼吸——真是疯了，可是他突然坚信不疑，相信愈是接近这东西就会愈亮。光波的大部分被水吸收了。如果是这样，那它一定离得相当远。

因此它一定很大。管子在移动。

那漏斗似乎正在扩大，整个物体慢慢弯曲。斯通一动不动，手指在寻找紧急电源开关的途中僵住了，着魔似地盯着前方。他在那里见到的，是生物光，毫无疑问，穿透了数百万立方米的水、浮粒和气体而来。可那发光的是什么海洋生物呢，它竟能大到这般无法想象？一条大王乌贼？那东西比所有的乌贼都要大得多，比人类所有对乌贼的大胆臆测都还要大。

或者这一切都只是他的想象？是视网膜的幻觉，由突然的明暗变化引起的？探照灯熄灭后视觉暂留的鬼影？他盯着那发光的物体愈久，它愈显得微弱。那根管子慢慢地向下消失。然后它不见了。

斯通立即重新寻找紧急发电机。潜水艇平稳均匀地上升，他感觉松了一口气，现在他很快就要到达水面，噩梦即将结束了。

无论如何，当埃迪抛弃外壳时，没有丢掉摄影机。它们会不会也拍摄下了那发光的物体呢？它们能感应如此微弱的光线刺激吗？它出现过。他没有搞错。他突然想起了维克多号拍摄的奇怪录像。那出其不意地从光柱中消失的另一种东西。我的天，他想道。我们到底撞见什么了？

啊！找到开关了。紧急发电机嗡嗡启动。先是操纵台上的控制灯亮起，然后是艇外探照灯。深海海盗转眼间又被光亮包围了。埃迪睁眼躺在他身旁。

斯通向他侧过身去，这时在埃迪身后的光线里有什么东西钻了出来，块状，云团似的，泛红。它朝潜艇倒下来，斯通的手迅速伸向操纵台，因为他以为他们会撞上那斜坡。随后他明白了，大陆坡正向船撞来。

大陆边坡飞速向他们撞来!

这是那只丙烯酸球体被巨大的撞力撞成数千碎片之前,斯通最后的意识。

挪威海,Bell 430

离开特隆赫姆时像是一次平静的飞行。如今摇晃得如此激烈,约翰逊很难再专注于惠特曼诗集了。过去半小时里,天空戏剧性地变暗,不停地压下来。它压迫着直升机,好像要将它逼进海里去。狂风大作,摇得直升机晃来晃去。飞行员望望四周。"一切还好吗?"

"很好。"约翰逊合上书,望向外面。海面上一片浓雾。他隐隐看到钻探平台和船只。他估计,这一刻海浪真正变凶猛了。一场大风暴正在形成。

"你不必担心,"飞行员说道,"我们根本没必要害怕。"

"我不会害怕。天气预报是怎么讲的?"

"有风,"飞行员瞟了一眼操纵台上的气压计。"看样子我们遇到了一场小飓风。"

"你没有事先告诉我,谢谢你的好意。"

"我也不知道,"那人耸耸肩。"天气预报也不是准确无误的。你害怕飞行吗?"

"一点不怕,我觉得飞行真爽,"约翰逊强调道,"只是下降时让我担心。"

"我们不在下降中。海上飞行是小儿科。今天除了使劲摇晃了几次,我们不会遇上什么严重的情况。"

"我们还要飞多久呢?"

"已经飞一半了。"

"那好吧。"他重新打开书。引擎声中混杂着数千种其他的声响。

砰砰，哐当，呼呼……甚至好像还有叮铃铃的声音。一种每隔一段时间就响起的声音，来自他身后的某个地方。风能创造出多少声响啊！约翰逊扭头望向后排椅子，但那声响消失了。他重新投入惠特曼的世界里。

海底崩移

18000年前，在冰河纪末期的鼎盛阶段，世界各地的海平面都要比现在低120米左右。全球大量的水都冻成了冰川。当时大陆架地区的水压相对较低，今天的一些海洋当时还不存在。另一些随着结冰则愈来愈浅，有一些最终干涸了，变成了辽阔的沼泽地形。

世界各地持续的水压下降导致甲烷水合物的稳定关系发生剧变。特别是在大陆边坡上方的地区，大量气体在极短的时间内被释放出来。将它们囚禁和压缩在其中的冰笼子融化了。数千年像水泥一样固定在大陆边坡里的东西，成了它的炸药。甲烷从水合物中逃逸后，瞬间膨胀成其体积的164倍，在向外挤压的途中将沉积物的细孔和裂缝撑开来，留下多孔的废墟，再也不能承受自身的重量。

于是大陆边坡开始坍塌滑落，连带瘫倒部分大陆架。量大到难以想象的物质以土石流的形式在深海奔涌数百公里远。气体进入大气层，在那里引发气候改变，但这些滑落还有其他的间接影响——不仅对海洋里的生命，对大陆和岛屿的沿岸地区也发生影响。

直到20世纪后半段，科学家们才发现了一段惊人的过去。在挪威中部沿海，他们发现了多次滑塌的痕迹，在4000年内冲走了大半的大陆边坡。许多因素导致此事的发生，在暖化时期，当时大陆边坡附近海水的平均气温上升了，或者像18000年前的冰河时期，当时虽然气候很冷，但水压减低了。

从地球史的角度严格地说，水合物的稳定阶段是例外。可是，所谓现代的人类就生活在这样的例外当中，并将这种平静的虚假状态误解为常态。

当时挪威大陆架有5500立方公里的海底被冲入深海，发生了多次巨大的滑崩。在苏格兰、冰岛和挪威之间，科学家们发现了一个800公里长的淤泥堆。令人不安的是，这些滑坡事件中最严重的一次，发生时间距今不久，连一万年都不到。

人们给这一事件取名海底崩移，希望它再也别发生。

这当然是毫无意义的期望。但也许还会再有数千年的安静。如果不是一夜之间，某种虫子连同它运载的细菌出现了，新的冰河期或暖化时期只会引发在人类忍受范围内的滑坡。

当联络中断之后，托瓦森号上的让-雅克·阿尔班就有预感，他将再也见不到那艘潜水艇了。但他无法想象在科学研究船体下方仅数百米处发生的事件有多严重。毫无疑问，水合物的融化进入一个惊人的阶段——而最后一刻钟，臭鸡蛋的味道也增加到了难以忍受的地步，海浪愈来愈高，上面漂浮着泛着白沫的白色块状物，它们愈来愈大。阿尔班也知道，继续在大陆边坡上方停留等同于集体自杀。更多的气体会降低水的表面张力，他们会因此下沉。水下不管发生什么事，都是不可预料的。

阿尔班痛恨必须放弃深海海盗及其艇内人员的念头，但是他隐约知道，他们已经失去斯通和驾驶员了。

此时科学家和船员们都极度不安。并不是每个人都懂得水面泛起的泡沫和这臭味的真正含意。是风暴，风暴造成了普遍的不安。它像一位愤怒的神灵从天而降，猛烈刮起挪威海上愈来愈险峻的大浪。它们哗哗地撞击托瓦森号的船体，碎裂成无数发光的水滴。人们很快就几乎无法站立了。

在这种情况下，阿尔班必须权衡许多事情。托瓦森号的安全不能仅从船主的角度来观察，或者以科学价值来测量。只能以人命的价值来判断。另外，还有潜水艇里两个人的生命，关于他们的命运，阿尔班的直觉比他的大脑更可靠。留下和逃走都是错误的，但两者又同时都是正确的。

阿尔班眯眼望着黑暗的天空，伸手从脸上拭去雨水。与此同时，翻涌的大海平息了片刻。那不是风暴减弱了，而是它在以双倍的威力继续进攻之前的喘息。阿尔班决定留下。

海的深处，灾难正在发生。

转眼间，遭到破坏的水合物碎裂了——先前还是稳定的冰原和沉积物细孔里的纹理，现在被虫子和细菌吞食成废墟。在大约150公里的范围内，水和甲烷的冰状结晶爆炸般地变成了气体。当阿尔班做出留下的决定时，气体冲出，冲破悬崖峭壁，将裂缝撕开，力量将整个大陆架抬了起来、向前滑崩。立方公里大的岩石在数秒之内崩坍。随着不断有沉积层坍落塌陷，整个海床沿着大陆架边缘都被撼动，开始滑崩。

在一场巨大的连锁反应中，板块推挤着板块，轰然撞向最后的稳定结构，将它们碾成淤泥。

苏格兰和挪威之间的大陆架连同它的油井、输油管和钻油平台，开始出现裂缝。

有人穿过风暴朝阿尔班喊话。他急忙转身，看到首席科学员在发疯地挥着手臂。风暴中几乎听不清他的话。"大陆边坡！"阿尔班只是听到，"大陆边坡。"

在风暴短暂欺骗性的安宁之后，大海真正地变狂野了。汹涌的海洋纠缠着托瓦森号。阿尔班朝着悬臂的方向绝望地瞟了一眼，那是他们将深海海盗放下水的地方。潮水泛着泡沫。甲烷的臭气变得更加难以忍受了。他移开目光，跑向船中央。那人抓住他的衣袖。"过来，阿尔班！我的天哪！你得去看看。"

船在颤抖。一阵沉闷的声响钻进阿尔班的耳朵。来自大海内部深处的一种声响。他们穿过狭窄晃荡的楼梯间，跟跟跄跄地走向舰桥。

"那里！"

阿尔班盯着装有声呐探测的仪表板，声呐不停扫描着洋底。

他不相信他的眼睛。海床消失了。

他像是望进一个漩涡里。"大陆边坡在滑塌"，他低语道。同时他也体认到，他再也不能为那位发疯的工程师和埃迪做什么了。他的预感变成了可怕的事实。"我们必须离开这里"，他说道，"马上离开。"

舵手转头向他。"去哪里？"

阿尔班急切地想着。现在他坚信不疑，他知道那下面发生什么了，因此他也知道他们接下来会遭遇到什么。驶进一座港口是不可能的。托瓦森号唯一的机会就是尽快朝着较深的水域驶去。

"发电报。"他说道，"挪威，苏格兰，冰岛，所有邻国。他们应该疏散沿海地区。不停地发！能发给谁就发给谁。"

"那斯通和……"副队长说道。

阿尔班望着他。"他们死了。"他不敢想象这次滑塌规模有多巨大。但光是声呐的显示就足以让他打了一个寒战。他们目前还处在危险区域。只要再朝岸边行驶几公里，他们就会翻船。驶到深海上，除忍受风暴的狂怒外，至少还有希望侥幸逃脱。

阿尔班回想大陆边坡的地貌。海底在西北方向呈多个大台地地形下降。如果他们运气好，崩坍会在上面范围停歇下来。可是，如果是海底崩移那就停不住了。整个大陆边坡会滑到深海里去，一滑数百公里远，直到3500米的深处。坡体会一直滑到冰岛东部的深渊里，启示录般的地震会撼动北海和挪威海。

他们该驶往哪个方向呢？阿尔班从仪器上移开目光。"驶往冰岛方向。"他说道。

数百万吨的淤泥和坍崩奔涌向下。当滑塌的第一批分流冲进法罗-设得兰海峡时，在苏格兰和挪威之间的浅海区就再也没有大陆边坡了，只剩下松脱的坡体，它们哗哗地猛跌，卷走在此之前尚有结构和形状的一切。滑坡的一部分在法罗群岛以西，最后被海底下围着冰岛盆地的堤岸拦住了。滑塌的另一部分则在冰岛和法罗群岛之间的山脉。

但大多数都沿着法罗-设得兰海峡轰隆隆而下，像是滑行在一块巨大的滑板上。数千年前遭遇了海底崩移的同一块深海盆地，现在被一次更大的崩坍填满了，它不可阻挡地前进，同时形成了一股巨大的吸力。然后大陆架边缘塌了。一下子塌了50公里宽。而这才只是刚开始。

挪威，斯韦格松诺兹

就在约翰逊起飞之后，蒂娜·伦德就将她的行李装进了约翰逊的吉普车开走了。她开得很快。天空下起雨来，污泥弄脏了道路。约翰逊可能会抗议，但伦德认为应该充分发挥车辆性能。灰蒙蒙的天气中反正看不清什么。每接近斯韦格松诺兹一公里，她便感觉愈来愈轻松。

事情终于搞清楚了。在解决完斯通一事之后，她立即给卡雷·斯韦德鲁普打了电话，建议他一起去海边过几天。斯韦德鲁普很高兴，让她觉得他似乎有点吃惊。他的反应让她意识到约翰逊是对的。她在最后一刻将过去几星期的弯路修直，要不然卡雷·斯韦德鲁普就会走了。有一瞬间她害怕自己错失了机会，她听到自己对自己讲了几句话，那些话语听起来似乎对他们的关系具有安慰作用。

约翰逊拆掉了一座房子。那好吧。还可以想办法再建一座。

当吉普车在一阵疾驰后沿着通向堤岸的斯韦格松诺兹大路行驶，她感到她的脉搏在加速。她将车停到渔乡餐厅上方的停车场。那里有一条小径通向海边。那看起来不像一片真正的沙滩。苔藓和蓟草长满了鹅卵石和平坦的岩石。斯韦格松诺兹周围的风景虽然不出色，但很狂野浪漫，渔乡就坐落在海边，让人感觉特别美，即使是在今天这样的雨中和视线不好的时候。

伦德走了几步一直走到餐厅，进去。卡雷不在那里，餐厅也还没有开门。一位厨房学徒正在搬运装满蔬菜的箱子，他告诉她，卡雷去镇上办事。也许他去了银行，或去理发，或者别的什么事，反正他没有留下口讯，不知道他预计什么时候回来。自找的，伦德想道。

他们相约在这里见面。也许是因为约翰逊的吉普车性能太好，她来早了一小时。她怎么会估计错误呢？她不得不坐在餐厅里等。这么做太傻了，看上去会不太合适：哎呀，快看，谁坐在那儿！或者更糟糕：嗨，卡雷，你哪儿去了，我一直在等你呢！

她出门来到渔乡的平台上。雨水打在她脸上。要是换成其他人，一定会很快返回室内去的，但是伦德对恶劣天气没有感觉。她的童年是在乡下度过的。她喜欢艳阳高照的日子，也喜欢风暴和雨滴。准确地说，她现在才注意到，过去半小时里剧烈摇晃吉普车的狂风已经变成了凶猛的暴风。不再那么雾蒙蒙了，但天空奔涌的云团更低了。目光所及，海面上波涛澎湃，满是白色泡沫。

有什么让她觉得奇怪。她经常来这里，对这一带非常熟悉。但她还是觉得堤岸似乎比平时宽。鹅卵石和岩石在海里伸展得比平常更远，尽管海浪仍然奔涌过来。好像是一场计划外的落潮。

一定是自己搞错了，她想道。她坚决地掏出手机，拨了卡雷的手机号码。她也可以告诉他，她已经到了。就算没有了惊喜也好。可能她是顾虑太多了，但她更愿意让他知道这件事。她并不希望今天必须忍受一张拉长的脸，或者，哪怕只是一点点的不开心也不行。

铃声响了四声，然后接到他的语音信箱。也好，命运有别的计划。那就等吧。

她从额上拂去被雨水打湿的头发，又重新走进餐厅，希望至少咖啡机准备好了。

海啸（津波）

海洋里满是怪物。自从有了人类思想以来，它就为神话、隐喻和原始恐惧提供了空间。奥德修斯的战友们沦为六头海妖的牺牲品；海神波塞冬因为气愤卡西奥佩娅皇后的傲慢而创造了海怪凯图斯；为了报复特洛伊的背叛，让一条巨大的海蛇吞噬拉奥孔；只有耳朵里塞上蜡，才能从歌声会魅惑水手的赛壬女妖们旁安全经过。水怪、蛇颈龙和大王乌贼攫取了人们的想象。就连《圣经》里长角的动物也是从海里诞生的。

最后，连以怀疑精神为核心的科学，在发现腔棘鱼尚存活，以及证明了大王乌贼的存在之后，也将真理的讯息灌输到传说故事中。现代的科学精神觉得没有什么是神圣的，连害怕也不再神圣。这些怪物成了人们的新欢、科学家的绒毛玩具，真实得如同想象出来的一样。

除了一样。那是最严重的。它让最理性思考的人也惊慌。不管它何时从海里升起、登陆，都会带来死亡和破坏。它的名称来自日本渔夫，他们在远洋上，未曾经历过对它的恐惧，当他们返乡时，只见他们的村庄被毁，亲人们死光了。他们为这怪物找到一个词，按字面翻译过来就等于"码头里的海浪"。"津Tsu"是码头的意思，"波Nami"是海浪的意思。学名叫作海啸（Tsunami，津波）。

阿尔班决定朝向深水水域行驶，表明他熟悉这怪物和它的怪癖。最大的错误莫过于驶进所谓的防护码头。因此他做了唯一正确的事情。

当托瓦森号艰难地穿过汹涌的大海时，大陆边坡和大陆架边缘正在彻底塌陷。形成的吸力使大面积的海平面下陷，沉陷处产生的波浪扩散开来，一圈圈涌向四面八方。在震中上方，一个数千平方公里的地带上，它们还浅，乃至在汹涌的风暴中感觉不出来。振幅高出海平面将近一米。

后来他们到达大陆架水浅的地区。

阿尔班过去学过海啸波浪与传统波浪的区别，那就是——几乎都一样。另外，海浪是通过空气流动形成，当阳光加热大气层，热量不会均匀地分布在整个地表，而是形成调和的风，它们在水面生成摩擦，从而生成波浪。

就连飓风也无法在大海掀起15米高的浪。恶名昭彰的疯狗浪这样的巨浪是例外。一般风浪的最高速度在每小时90公里左右，风的影响仅限于较上面的水层。200米以下就风平浪静了。

但海啸的波浪不是生成于表面，而是在水下。它们不是风速的结果，而是源自一场地震的震动，地震波移动的速度完全不同。更糟的是海啸波浪的能量是由直达海底的水柱一路传上来的。这样不论海有多深，波浪都与海床的每个点有所接触，全部的水都会振动起来。

想象一场海啸的最好例子，不是在计算机上示范，而是以更简单的方式。将一只铁皮桶里装满水，从下面用脚踢它。结果是水面扩散出许多波浪。桶底的震动传到全部的水，以波浪的形式向外传送。要想象海啸，就把这效应扩大数百万倍。

滑塌引发的海啸以每小时700公里的速度开始向四面八方扩散，浪峰极长，很低。第一道浪就运输了一百万吨的水和相当巨大的能量。几分钟后，它到达大陆架断裂的边沿。海底变浅，截住浪潮，使它的前沿速度变缓，开始堆积。水愈浅，海啸就愈高，而它的波长却同时大幅缩短。浪尖骑着波涛。当它到达北海大陆架上的第一批钻油平台时，它的速度只剩每小时400公里，但已经有了15米高。

15米根本不足以让平台上的人真正操心——如果那是普通海浪的话。相反，由海底传到水面的地震波，挟着一座15米高的水丘以时速400公里冲过来，威力有如一架坠毁的大型喷射式客机。

挪威大陆架，古尔法克斯C

有一会儿拉尔斯·约仁森在想，他太老了，老得无法在古尔法克斯上熬过最后的几个月。他全身颤抖，发生什么事了？他颤抖得那样厉害，护栏似乎也跟着他一起发抖，他一点也不清楚为什么。自己并没有感觉到任何不适。也许是因为沮丧，但不是生病。心脏病发作是这样的吗？

后来他明白了，颤抖的是护栏。不是他。

古尔法克斯C在震动。这体认使他如遭电击。他盯着上升井架，然后又眺望海洋。风暴在下面咆哮，可他已经经历过比这严重的事情了。要严重许多，而平台上却没有觉察多少。约仁森只听人说起过这种颤抖，当钻错地方引起爆炸，油或气体在高压下穿射上来时，就有可能发生整个平台剧烈颤抖的状况。但在古尔法克斯不可能发生这种事。他们从半空的水库里将油抽进水下的油箱，它不是直接在平台下方进行，而是在很大的周围地带。

在近海工业中有像"十大灾难"这种东西。许多在平台上面的钢架横梁可能断裂。还有疯狗浪，最高的波浪，风和洋流将大海堆起，被视为石油工业的最高危机事故。人们同样也会害怕与挣断的漂浮码头和失控油箱发生碰撞。这些都排在恐怖的热门名单上，排名第一的则是几乎无法探测到的气体外泄。人们经常是在为时已晚，直到它们与火接触时才发觉。这种情况下，整个平台都会爆炸，就像当年英国阿尔法钻油平台事件一样，这场石油工业史上最大的灾难夺去了160条人命。

但海啸也是噩梦。约仁森察觉到，这是一场海啸。现在什么事都有可能发生。大地震动时，人们失去一切控制。物体变形断裂。出现泄漏，起火。当一场地震让一座平台颤抖起来时，只能希望它不会更严重，海底不会坍塌或滑落，用锚固定的设备能经受住震动。但即使那样也还存在另一个问题，灾难是随地震而产生的，人们没有任何办法对付它，一点办法都没有。

此刻，平台正面临着这个问题。约仁森眼看它即将来临，知道自己几乎没有任何机会。他转过身，想赶紧沿钢梯下去，离开风大的廊台。一切发生得令人如此措手不及。

他的双脚站立不稳跌倒了，双手本能地抓紧地面的铁栅。地狱般的嘈杂爆发，轰轰隆隆，好像整个平台正在裂开。只听到喊叫声，空中传来震耳欲聋的声响，约仁森被抛得撞在护栏上。剧痛掠过他的身体。他吊在铁栅上，看见海洋似乎突然竖立起来。金属在他的头顶嘎嘎地爆炸。他在万分惊骇中明白,这座巨大的平台倾斜了,他的理智消失,只剩下一个惊慌无助的生命。

他毫无意义地向上爬,想离开愈来愈接近的海水。他爬上刚刚还是底部的斜面,但斜面变得更陡峭了,约仁森喊叫起来。他的力气用光了。右手指松开滑下去。一阵可怕的撞击掠过他的右臂。他现在靠一只手吊着。他仍在喊叫,仰着头,看到正在倾倒的提升井架和挂着天然气灯的悬臂,它不再在水面上方耸起,而是斜插进漆黑的天空。

有一会儿,那孤独的火焰几乎让人感觉崇高,仿佛对众神发出问候:上界的诸神,你们好。我们来了。

后来,在一团淡黄色的火云中,一切分崩离析,约仁森被抛进了海里。他手臂被刮破的地方感觉不到疼痛,因此他的右手一直抓在廊台的格栅里。在火球攫住他之前,汹涌而至的海啸已经呼啸着冲进下沉的平台,古尔法克斯C粉碎了,水泥柱子连同陷落的大陆架边缘一起消失在海底。

爷爷,给我们讲个故事吧……

挪威,奥斯陆

女人皱眉倾听着。"你怎么看?"她问道,"像连锁反应这样的东西吗?"

她属于环境部常务灾难指挥部,习惯了面对最激进的理论。她知道吉奥马研究中心,也知道那里的人敢于胡思乱想,因此她试图尽快理解那位德国科学家在电话中告诉她的事情。

"还不是真的,"波尔曼回答,"只是一个模拟过程。破坏沿着大陆边坡前进,到处都会同时发生。"

女人吞了口唾沫,"那……哪些地区会受害呢?"

"取决于断裂发生在哪里,有多大长度。我估计,挪威沿海的大部分。海啸波浪宽达数千公里。我们通知所有的相邻国家,冰岛、英国、德国，所有的国家。"

女人从政府大楼的窗户盯着外面。她想到海上的平台。数百座，一直北上到特隆赫姆。"对沿海城市会造成怎样的后果呢？"她低声问道。

"应该进行疏散。"

"对海上工业呢？"

"请你相信我，这一切都很难说。最好的情况是发生一系列小滑坡。那就只会轻轻地摇晃。最严重的情况下……"

这一刻门打开了，一名脸色苍白的男子冲了进来。他将一张纸放到那女人面前，向她做个结束通话的手势。她拿起那张纸，扫了一眼简短的内容。那是一封电讯。是一艘船发出来的。托瓦森号，她读道。

然后她继续读下去，感觉脚下的地面开始晃动起来。

"有警告性现象。"波尔曼正在说，"如果要发生的话，沿海的人应该知道他们要注意什么。海啸来临前会有预兆。在它到达前夕可以看到海平面的上升和回落。先后多次。训练有素的眼睛会注意到的。然后，在十到二十分钟之后，海水突然从岸边撤退。可以看到礁石和岩石，会看到平时看不到的海底。最迟现在他们就必须前往较高地带。"

那女人一句话也不讲，她几乎没在听了。她曾经试着想象如果电话中那人所言属实，将会发生什么事情。现在她正想着刚刚发生的事。

挪威，斯韦格松诺兹

伦德无聊得要命。闲坐在空荡的餐厅里喝咖啡很傻。她觉得任何形式的无所事事都像一种折磨。厨房学徒态度和善，专门为她启动了咖啡机。咖啡味道很好，虽然遇到暴风雨，能见度很差，不过从大落地窗眺望大海的景色仍旧感人。但伦德还是觉得这样一个劲儿地等待无聊透顶。

当有人进来时，她正用汤匙舀出她杯子里的奶泡。一阵风冲进屋来。

"你好，蒂娜。"她抬起头。那人是斯韦德鲁普的一位朋友。她只知道他叫奥克，不知道他姓什么。他在克里斯蒂安松有个生意兴隆的船只出租店，在夏天的几个月里可以挣一大笔钱。

他们谈了几句天气，然后奥克问道，"你在这儿干什么？你是来看卡雷的吗？"

"我是这么打算。"伦德咧嘴笑着说道。

奥克吃惊地望着她。"那你怎么还一个人坐在这儿？那傻瓜怎么没有待在他应该待的地方，和你在一起呢？"

"是我的错，我到得太早了。"

"打电话给他呀。"

"我打了，语音信箱。"

"哎呀对了！"奥克抬手拍拍额头。"他现在所在的地方无法接收讯号。"

伦德竖起耳朵，"你知道他在哪儿？"

"是的，我刚刚和他一起在豪芬。"

"豪芬？那家酒厂？"

"对。他去买酒。我们品尝了几种，可是你了解卡雷的。他喝的酒比斋戒期的僧侣还少，我不得不负责单独品尝。"

"他还在那里吗？"

"当我离开时，他们一起站在地下室里聊天。你为什么不开车过去呢？你知道豪芬酒厂在哪里吗？"

伦德知道。那家小酒厂生产一种不供出口的优质茴香酒，它位于一座低矮的高地以南，走路十分钟就到。开车的话，两分钟就可以到达，如果她走通向内陆的那条路的话。但不知为什么，她更喜欢一次短距离散步的想法。她在汽车里坐得够久了。"我走过去。"她说道。

"在这种糟糕的天气？"奥克做个鬼脸，"嗨，你得知道，你会长出蹼来的。"

"总比待在这里生根好，"她站起来，谢谢这消息，"再见。我去将他带回来。"

来到门外，她竖起上衣领子，向沙滩大步走过去。在晴天，从这里能很清楚地看到酒厂。现在它在斜雨中只显出灰色的轮廓。他见到她会高兴吗？难以想象。她像个热恋中的少女一样想道。蒂娜·伦德，毫无理智。他当然会高兴。还会怎么样呢？

离开渔乡时，她的目光扫向海上。她注意到先前一定搞错了。她曾经想，那岩石沙滩比平时宽了，可它跟往常一样。不，事实上它甚至显得更窄。她呆立片刻。

怎么可能搞错呢？也许是风暴的错。波浪时多时少地冲过来。可能它正在变强。她耸耸肩，继续走。

当她落汤鸡似地走进酒厂时，小小的接待室里没有任何人。后墙上一道木门开着。光线从地下室射上来。她没有犹豫，径自走下去，在那里遇到两位男子，他们倚在酒桶上交谈着，每人手上端了一只杯子。那是拥有酒厂的两兄弟，友好的老家伙，脸孔饱经沧桑。在那里也没见到卡雷。

"对不起，"两人中的一位说道，"他两分钟前离开了。你刚好错过了他。"

"他是徒步来这儿的吗？"她问道。或许还能赶上他。

"不是，"另一人摇摇头，"开了货车。他买了点东西。太多了，无法拿。"

"他说过他要开车回餐厅吗？"

"对，他要去那里。"

"好吧。谢谢。"

"嗨，等一下。"那老人离开酒桶，向她走来，"既然你已经白来了一趟，至少要陪我们喝一杯。你来到一家酒厂，又清醒着出去，这可是不近情理呀！"

"谢谢，太客气了，可是……"

"他说得对，"他弟弟大力附和道，"你多少得喝点。"

"我……"

"外面的世界不会沉下去的，孩子。肚子里没有点暖东西，你想怎么回去呀？"

两人用猎獾犬似的眼睛盯着她。伦德知道，如果她喝上一杯，一定会让老人高兴的。为什么不呢？

"一杯。"她说道。

两兄弟笑笑，彼此点点头，好像他们刚刚征服了伊斯坦布尔似的。

英国，设得兰群岛

直升机准备降落。约翰逊望向窗外。他们正飞过陡峭的海岸上方，顺着海岸走向，朝着小小的停机坪飞去，卡伦·韦弗将在那儿迎接他。礁石朝着东方和缓地下降，结束在一座弧形海湾里。从这里开始陆地就平坦了。无数沙滩和碎石滩交互排列着，后面则是设得兰典型的荒凉苔藓风景。低矮、漫长的丘陵，它们之间的道路像是刻出来似的。

停机坪属于一所海洋观测站，有五六位驻站科学家，但这里几乎不配这称呼：灰绿色旷野中央，是一块近似圆形的碎石地，海洋观测站本身只有一排被风吹歪的简易木板房。一条小路从丘陵中通下来，走到底是一座码头。约翰逊没看到船。木板房旁停着两辆吉普车和一辆生锈的大众巴车。韦弗在写一篇关于海豹的文章，因此选中了这地方。她定期和科学家们一起出海潜水，平常住在小屋里。

最后一阵风暴使得直升机一颤，轮胎接触到地面。直升机弹跳着降落。"我们撑过来了。"飞行员说。

约翰逊看到一个小人影站在降落区边缘。她的头发在风中飘扬。他猜那是卡伦·韦弗。他喜欢她那站在荒凉中等待的样子。离她不远处停着一辆摩托车。一切都合他的口味。一座远古的岛屿，岛上有个孤独的女人，两者相互统治。他伸展四肢，将惠特曼诗集装进旅行包里，伸手拿他的大衣。

"我们还可以再转上几圈，蛮好玩的，"他说道，"但我不想让那位女士等。"

飞行员转过身来，皱起眉头问约翰逊："你是装酷，还是真的一点事儿都没有？"

约翰逊试图将手伸进他的大衣衣袖，"这你得自己搞清楚。你可是有跟董事们打交道的经验。"

"是的，的确有。"

"那么，我酷吗？"

"我不知道。也许你只是惊讶。他们出来时，多半会对着我的耳朵大吐怨言。"

"斯考根也是吗？"

"斯考根？"飞行员沉思了一会，他们头顶的螺旋桨慢下来了。"不。我相信什么也打动不了斯考根。"

能打动我才会觉得奇怪呢，约翰逊想道。"你明天下午可以再来这儿接我吗？我们约好十二点。"

"没问题。"

他等门弹开来，沿着小梯子爬下去。他酷吗？双脚重新踩上结实的地面，内心深处他很高兴。飞行员还得飞，但他显然已习惯了恶劣的天气。他将只休息一会儿，就飞往勒威克加油。约翰逊背起他的旅行包，向那个等候的女人走去。风吹得他的大衣鼓起来，贴在他的腿上。至少现在没下雨。

卡伦·韦弗慢慢向他走来。奇怪的是每走一步她似乎变得更小了。当她终于站在他面前时，他估计她身高最多一六五。她的线条紧实，充满魅力。紧身牛仔裤绷在修长匀称的双腿上，皮夹克下露出宽阔的肩膀。约翰逊看得出来，她根本没有化妆。黑黝黝的小麦色皮肤是风吹雨打出的那种，还有火辣辣的太阳和盐的作用，另外还造成宽颧骨和额头上的无数雀斑。风扯着她一头栗色的鬈发。

她好奇地打量着他。"西古尔·约翰逊，"她确认道，"飞行怎么样？"

"糟透了。我不得不依靠惠特曼的安慰陪伴，"他望望直升机，"可是飞行员认为我装酷。"

她莞尔一笑。"你想吃点东西吗？"

怪问题，他想，才打过招呼就这么问。然后他注意到他果真饿了。"好啊。去哪吃？"

她的头朝摩托车的方向一摆。"我们可以去最近的镇上。如果飞行没有让你累坏的话，那你也就能够忍受这辆哈雷摩托车。在研究站吃会更快，如果你喜欢罐装牛肉和豌豆汤的话。"

约翰逊望着她，发现她的眼睛有着特别浓的蓝色。深海的蓝色。"为什么不呢？"他说道，"你的科学家们出航了吗？"

"不，气候太糟了。他们去镇上买东西。我可以在这里自由行动，来去自如，我也可以开一罐罐头。我的烹饪艺术讲完了。走吧。"

约翰逊跟着她走过停机坪的碎石地，走向研究站。从这下面看，建筑物不像从空中鸟瞰时那样显得被风吹得歪七扭八。"船在哪里呢？"他问道。

"我们不喜欢让它晾在外面。"她指着一座离水最近的房子，"海湾几乎得不到保护，因此我们每次使用过都将船运进海边的棚屋里。"

海……海在哪里？

约翰逊一愣，停了下来。刚刚波涛还在拍打沙滩的地方，出现一块泥泞的平地，散布着低矮的岩石。大海撤退了，但那一定是几分钟前才发生的。很大一片面积上只能见到陆地。

没有哪次退潮能在这么短的时间里变成这样。海水后退了数百米。

韦弗又走几步，向他转过身来。"怎么了？不饿？"

他摇摇头。一种声响钻进他耳朵里，增强，愈来愈响。开始时他以为有架大飞机正低飞过水面，向岛屿飞去。但声音听起来不像飞机。更像滚滚而来的雷霆，只是比雷霆均匀，不停地……

他突然明白那是什么了。

韦弗顺着他的目光望去，"到底怎么回事？"

约翰逊张口想回答。在这一刻他看到地平线暗了下来，韦弗也看到了。

"快上直升机！"他叫道。

女记者似乎僵住了。然后她跑起来。他们一起向直升机跑去。约翰逊看到飞行员在座舱后检查仪器。

转眼间他的目光就落在奔来的两人身上。他愣住了。约翰逊打手势要他放下梯子。他知道飞行员看不到海上来的东西。直升机机头朝着内陆方向。那人皱起眉，然后点点头。门嘶的一声打开，梯子放了下来。

雷声愈来愈近。此时听起来好像岛屿对面的世界全动了起来似的。正是如此，约翰逊想道。

错误的地点，错误的时间。他既惊骇又着迷，呆立在梯脚下，望着大海返回，泥泞的平原又被淹没。天哪，他想道，真是不可思议！它根本不属于这个时代，不适合文明的人类。基本道理。每个人都知道，陨石、地震、火山爆发和洪水历经数百万年改变了地球的面貌，但根据一项神秘协议，随着科技时代的开启，这种事情似乎是永远结束了。

"约翰逊！"有人推了他一下。他回过神来，匆匆沿着梯子上爬，韦弗跟在他身后。直升机颤抖起来。他看到了飞行员眼里的震惊，叫道："发动飞机。快！"

"这是什么声音？这是怎么回事？"

"快，升起飞机！"

"我不会变魔术。这到底是怎么回事？要我飞往哪里？"

"无所谓。升高。"

螺旋桨嗒嗒地开始转动。Bell 430摇摇晃晃离开地面，升起一两米。后来飞行员的好奇战胜了他的害怕。他将直升机转了个一百八十度，让他们能望见海上。他的面部表情霎时变了。

"我的天哪。"他脱口叫道。

"那儿！"韦弗从窗口指向木板屋方向，"看那远方！"

约翰逊转过头。有人从主建筑里向他们跑来。一个穿着牛仔裤和T恤的男子。他的嘴大张着，拼命向他们跑来，边跑边挥动双臂。约翰逊吃惊地望着韦弗，"我以为……"

"我也是。"她惊呆地盯着跑近的那人，"我们得下去。天哪，我发誓我不知道史蒂芬留在这里，我真的以为他们全都……"

约翰逊使劲摇头。"不行，他没办法上来的。"

"我们不能丢下他不管。"

"妈的！你看看远处。他没办法上来，我们也没办法救他！"

韦弗推开他，从他身旁挤向门口。紧接着，当飞行员将直升机侧飞过沙滩上方，飞向奔跑的那人时，她失去了平衡。飞机开始旋转颤抖，先后遭到一连串强风袭击。飞行员大声咒骂。那位科学家从他们的视线中消失了一会儿，突然间又离他们很近。

"他做得到。"韦弗叫道，"我们必须下去！"

"不行。"约翰逊低声道。

她不听他的。也听不到他的。就连螺旋桨的杂音现在也被滚滚而来的海洋雷声淹没了。约翰逊知道，他们再也救不了那位科学家。他们失去了非常宝贵的时间，现在他怀疑他们是否能逃离。他强迫自己将目光离开那个奔跑的人，望向前方。

波浪巨大。可能有30米高，一堵由咆哮的、深绿色的水组成的垂直墙壁。它离海岸仅几百米，正在快速逼近中，这意味着，距离相遇最多只剩几秒钟了。时间明显不足以将那人接上飞机，同时逃脱涌来的洪水。但飞行员还是做了最后一次尝试，驾驶直升机接近那个逃跑者。也许他是希望，他可以一跃而上钻进打开的门到机舱里，或是抓住一根起落架，随便什么我们经常在电影院里看到的场面，如果你的名字叫作布鲁斯·威利斯或皮尔斯·布鲁斯南的话，就会成功的。

那位科学家绊了一下，直挺挺地摔倒在地。

这下完了，约翰逊想。

他们面前突然一片黑。透过座舱板再也看不到天空了，除了浪尖，什么都看不到了。目光所及的都是海，正疾速向他们推进。他们错失了逃命的机会，一切可能性都没了。垂直上升会使他们在一半高度便与那巨大的激浪相撞；如果他们紧贴地面逃向内陆方向，虽然能节省爬升的时间，但水还是会赶上他们。无论如何，海啸永远都比你更快，更何况他们还得先将Bell 430掉头。剩下几秒钟也不够将飞机掉头了。

约翰逊带着一丝抽离感想道，他如何能目睹垂直的水锋而不会因此丧失理智。然后，飞行员做了唯一正确的事情：将直升机同时后退、上升，此时，现实又再度追上了他。直升机的机头下降。一眨眼的工夫，能透过座舱板看到地面。他们以边飞升边后退的方式远离地面和临近的波涛。直升机大声号叫着，好像传动装置爆炸了似的。约翰逊从不相信一架直升机能进行这种动作——也许连飞行员都不相信——但它做到了。

虚脱的波浪像一头饥饿的动物对他们垂涎欲滴。它卷过沙滩，开始跌落。白色泡沫的山追踪着落荒而逃的Bell 430。海啸怒吼着，尖叫着。紧接着直升机可怕地摇晃了一下，约翰逊被摔到了侧面机壁上，倒在敞开的门旁。水打在他脸上。他的头咚地撞到了机壁，眼冒金星。他的手指抓住了一根支撑物，紧紧地握住。他感到刺痛，尽量不去想耳朵里可怕的嗡嗡声到底是来自波浪还是来自他的脑袋，他们是在上升还是在下降。他唯一的念头就是，海浪终究抓住了他们，现在要将他们击碎了，他等待着结局。

然后他的目光一亮。机舱里满是水珠。一缕缕灰云飘浮在直升机上方。

他们成功了。

他们脱身了。他们没有跌进海啸，而是好不容易来到了堤坝上方。直升机继续上升，同时拐了一个弯，这样他们就能看清底下的海岸。但海岸再也不存在了。下面除了汹涌的潮水什么都没有，它速度不减地继续向前，吞没了陆地。海洋研究站、车辆和那位科学家消失了。在右首很远的地方，在陡峭海岸开始处，闪耀着光芒的泡沫撞击着礁石，高高地冲上天空，远高出Bell 430的飞行高度，好像它们已跟云朵融为一体似的。

韦弗挣扎着爬起来。当水柱击中Bell 430时，她狠狠跌在座位上。她盯着前方，不停地说着："噢，天哪！"

飞行员沉默不语。他的脸死灰般的苍白，不由自主地打着哆嗦。可是他成功了。

他们正在追逐海浪。海水在地面翻腾前涌，比直升机跟踪的速度更快。看到了一个高坡，海潮从坡上涌过，泛着泡沫跌落在坡后的平地上，速度丝毫未减。这一带地形如此平坦，浪潮会逼进内陆好几公里。约翰逊看到平原上满是白点，认出来那是被汹涌的潮水卷走的绵羊，后来那些绵羊也消失了。

一座沿海城市将会被彻底摧毁，他想道。

不，错了。正被彻底摧毁的城市不只一座。坐落在北海沿岸的每一座城市都将陷落在强劲的漩涡里。不管海啸是如何形成的，但此刻它正呈环状扩散，完全符合自然定律的脉冲波。它的破坏威力将直达挪威，直到荷兰、德国、苏格兰和冰岛。他震惊地意识到，世界正在发生怎样的灾难——他弯下身，就像有人拿一把烧红的烙铁捅进了他的下体。

他想起了谁此时正在斯韦格松诺兹。

挪威，斯韦格松诺兹

伦德发现自己不能否认豪芬兄弟具有一定的娱乐价值。他们想尽一切办法说服她留下来，甚至声称他们俩都是比卡雷·斯韦德鲁普更优秀的情人，说时相互捉弄捅捅腰，眨眨眼睛，伦德不得不再陪他们喝一杯，最后他们才同意让她走。

她看看表。如果现在出发，她可以准时到达渔乡。但她突然觉得，这样准时赴约，简直到了有点难为情的地步。也许，迟到几分钟会让她更有尊严。

傻瓜。但她也没必要匆匆赶去渔乡。

两位老人坚持要跟伦德讨一个拥抱。他们发誓，能够喝了优质茴香酒而不吐出来的女人，肯定是最适合卡雷的人选。伦德不得不听完他们各式各样的恭维、玩笑和自认有趣的建议，直到其中一人终于将她从地下室带上去，为她打开屋门，望着噼里啪啦斜打下来的大雨，又说没有雨伞她就出不去。她努力想向他说明，平常下雨时她就不习惯打伞外出，但都是徒劳。在各种气候下去外头兜圈子，属于她职业的一部分。但她知道这是在对牛弹琴。老人取来一把伞，接下来是再次拥抱，然后她终于摆脱了酒厂老板的关怀，大步穿过雨水走向饭店，右手拿着合拢的伞。

这一定会很有趣的，她想道。天色变得更黑了，风力愈来愈强，她不禁加快了脚步。刚刚不是还不慌不忙的吗？你根本无法慢下来，她想道。约翰逊说的完全正确。你一直开足了马力在过生活。

好吧，那就这样吧。她就是这样的人，至少，她现在终于想去找那个她决定爱上的男人了。

不知道什么地方传来一声轻微的信号。她停下来。是她的手机！他打电话来了！该死，铃声响多久了？她上气不接下气地拉下她的夹克拉链，从里面掏出电话。有可能他已经打过好几通了，但刚才在地下室里是收不到讯号的。找到了。她把手机取出来，接听，期望听到卡雷的声音。

"蒂娜？"

她愣住了。"西古尔。噢，这是……你打来的，真是太好了，我……"

"搞什么，你上哪儿去了？我一直打电话找你。"

"对不起，我……"

"你现在在哪里？"

"在斯韦格松诺兹。"她迟疑地说道。他的声音听起来变形得很厉害，显然他正对着某种巨大的轰隆声讲话，但似乎还有其他什么东西，某种她不曾在他的声音里听到过、让她害怕的东西。"我正沿着海滩走，天气糟透了，但你知道我的……"

"快逃！"

"什么？"

"尽快离开那里！"

"西古尔！你是不是疯了？"

"快，马上！"他继续气喘吁吁地叫道。

这些话像雨一样落在她身上，仍然受到大气的咔嚓和呼呼声的摩擦，以至于她一开始以为自己听错了。然后她渐渐理解到那些话的意涵，有一阵子她的双腿似乎变成橡胶。

"我不知道震中在哪里，"他声音刺耳地叫道，"海浪到达你们那里的时间显然要长一点，但不重要，已经没有时间了。快逃，我的天哪！赶紧离开那里！"

她盯着海面。风暴推来大片大片的浪花。

"蒂娜？"约翰逊喊道。

"我……好吧。"她吸口气，将肺里吸满了空气。"好吧，好吧！"她扔掉伞，奔跑起来。

透过雨，她能看到餐厅的灯光，黄黄的，很诱人。卡雷，她想道。我们必须开一辆车，你的或者我的。她将吉普车停在饭店上方500米处，但卡雷在渔乡旁边有几个停车的地方，他的车通常会停放在那里。雨水流进她的眼睛里，她愤怒地将它拭去。后来她想起来，餐厅的专用停车场在建筑物的另一边，从这里看不到，她跑得更快了。

一种新的声响掺进了风的呼啸和浪花的咆哮。一种大声的啜泣。她脚步不停地转过头。

某种不可思议的事情正在发生。伦德踉跄地跑着，没有办法，只能停下来，眼看着大海消失，好像有人从什么地方拔掉了塞子。目光所及，出现了沟壑纵横的黑色底土。

大海飞快退去。

接着她听到了轰轰声。她眨眨眼，重新拭去眼角的雨水。遥远的地平线上，某种模糊巨大的东西在恶劣天气中出现，渐渐有了形状。最初她以为那里正在形成一个更黑、更深的云锋。可是这个锋在迅速逼近，而且它的上沿也太平直了。

伦德情不自禁地后退一步。重新奔跑起来。

毫无疑问，没有汽车的话，她输定了。必须到小镇后面，朝陆地方向，道路才会通往较高的地带。她均匀而深沉地呼吸，试图逼回心中升起的恐慌，她感觉到肌肉里的肾上激素在蹿升。她的力气足够继续不停地奔跑，只不过这对她毫无用处。因为无论如何，波涛永远比你更快。

她的面前出现了岔路，左面继续通往餐厅，右面有一条快捷方式从海岸向上通往约翰逊吉普车停放的公用停车场。如果她现在向上跑去那里，就能跑到车子旁。然后沿道路向上，越过高坡，加足马力驶去。

可是，如果她把车开走，卡雷怎么办呢？他就完了。不行，不可能，她难以想象，她不能就这么离开，将他留在这里。没有他，她不会离开的。酒厂里的两个老人说过，他是直接开车去渔乡的。这样好，这样他就会在那里，他在那里等着她，不应该单独抛下他。她不应该继续孤独下去。没有人应该这样。

她大步跑过岔路口，继续跑向亮灯的房子。离渔乡不远了。她迫切希望他的车停在那里。轰隆声迅速逼近，但她不想理会，不能让自己被海浪吓得瘫痪。她也很快，她要比那该死的波涛更快，她的速度要加倍。餐厅的平台门弹开。有人冲出来，伫立着，张望大海。是卡雷。

她开始呼叫他的名字。她的声音淹没在风的号叫和快速逼进的波涛隆隆声中。斯韦德鲁普盯着大海，没有反应。他都没想到向她的方向张望，不管她多么绝望地呼叫他的名字。然后他跑走了。

　　他消失在房子的另一侧。伦德大声呻吟。她不知所措地继续奔跑。接下来她听到引擎发动的声音穿过风暴传过来。数秒钟之后卡雷的车子出现在餐厅后方，高速开上大路，驶向高坡。

　　她的心脏快要停止了。不能这样做。他不能不带着她就开走。他一定，一定看到她了！

　　他没有看见她。卡雷会成功的。也许。

　　绝望淹没了她。她继续奔跑，不再跑向餐厅，而是穿过灌木丛和石块跑向停车场。在她错过了岔路之后，不得不穿过一块带状的多岩石地带，在这里她的速度快不了。但这是她剩下的唯一一条路了。她最后的机会就是吉普车。几米之后她来到一道障碍物旁，一道两米高的铁栅栏。她抓住网眼往上爬，一跃来到另一边。她又失去了珍贵的几秒钟，在这几秒钟里，海浪愈来愈近。但这时她突然透过雨帘看到了吉普车的黑色轮廓，它比她想象的要近，伸手可及。

　　她跑得更快了。岩石地形结束，变成了草地。她的双脚下是停车场的水泥地。好极了！车就在那里。

　　也许还有100米。不到100，也许是50米。40米。快跑，蒂娜。

　　快跑！

　　水泥地在颤抖。血液在伦德的耳朵里轰鸣，砰然翻滚。快跑！

　　她的手伸进上衣口袋，抓住汽车钥匙。靴底敲打出均匀的节奏。她在最后的几米处滑倒了，但无所谓，她到了，她的身体撞到车子了，打开车门，快！

　　她感觉钥匙从她手里滑落。不！她想道，千万不要，别这样！她惊慌地摸索钥匙，急转过身。天哪，该死的钥匙哪儿去了，它一定是在这里的，在某个地方。求求你了！

　　黑暗压下来。她慢慢地抬起头，望着波涛。

突然，她不再急了。

她知道为时太晚了。她的生活总是快节奏，而她也将迅速死去，至少她希望她死得迅速。有时她问自己，当一个人明确认知到末日已到、躲不过去时，那种死亡前的感觉会是怎样的情况？脑袋里会想些什么？

当死神说："我来了，你有五秒钟的时间，随便想点什么吧，我们今天慷慨大放送，如果你想，你可以让整个一生回放一遍，我们会给你这时间。"不是这样吗？比如在一辆翻倒的汽车里、面对一颗出膛的子弹、在一次致命的跌落过程中——有些人会吃惊地看到他的一生从身旁掠过，童年时代的画面，初恋的片段，一种"精彩回放"？

每个人都这么说，因此这一定是真的。

可是伦德唯一能感觉到的就是害怕，死亡可能会让她很痛苦，她将不得不忍受疼痛。然后她会感觉到一定的羞耻，因为她竟然不得不这样可怜地死去。她把事情搞砸了。就这些。没有好莱坞，没有伟大的思想，没有尊严的结束。

在她的眼前，海浪哗啦地涌进卡雷·斯韦德鲁普的餐厅，将它砸成废墟，又从废墟上方涌过。

水墙到达停车场。数秒钟后，它冲上了高坡。

大陆架

当海浪扩展到周围的陆地时，它先在大陆架上造成巨大的破坏。

直接建在大陆边缘的钻油平台和泵站，随着滑落的大陆边坡消失在深海里。仅仅这件事就在几分钟内夺去了数千人的性命，但这只是海啸在大陆架上造成灾难的前奏。就像一场连环车祸一样，后面涌来的海水堆积成一道垂直的浪峰，水愈浅，堆得越高。在它的撞击下，按照鹰架方式建筑的钻油平台，上面的立杆就像根火柴棒一样折断了。

不到十五分钟的时间，有八十多座平台倾覆，因为它们承受不了这种巨大的负荷。而给它们带来灾难的不是水墙的高度——北海钻油平台的设计能禁受四十多米高的海浪，因此不会造成真正的破坏，按照统计，这种情况是百年难见的——而是其他的因素。

一般海浪中测到的压力就能达到每平方米20吨。这样的能量足以冲脱码头的堤坝，潮水会在市中心落下，将较小的船只掀上天空，将大型货轮和加油船击成两半。那是风力生成的海浪，它们能造成这些破坏。但它们的撞击力不同于海啸形成的海浪。也就是说，与相同强度的海啸海浪相比，这种碎浪堪称温顺。滑塌引发的海啸在抵达大陆架中段时，达到了20米的峰顶高度，但它仍然能够从平台的甲板下穿过。

而它拍打平台的后果就更加严重了。钻油平台，跟远洋船只和其他必须长期在海上的结构体一样，必须承受一种以年为单位来表达的明确荷载。如果以平台设计所预期百年一遇的40米海浪为依据，依此建成的平台是能够禁受住这种海浪的。

因此根据一种不是很能让人信服的逻辑，平台符合百年要求的条件。从统计上看，它们将可以禁受百年风浪的负荷。这当然不是说它们将能够不停地经受一百年的大浪，事实上它们也许连一次大浪都承受不住，因为造成长期磨损结果的很少是巨浪，通常是较小的海浪和海流对钢架日复一日的侵蚀。如此一来，钻油平台或其他结构体很快就会出现致命弱点，大多数情况下，人们无法准确说出弱点在哪。如果在最初的十年里就不得不禁受五十年的负荷，那么只要一场普通的海浪就会突然成为问题。

这个问题根本无法计算。海洋工程学引用的统计学平均值，针对的只是合乎理想条件的报告，不是符合现实的报告。平均荷载在办公室和设计师的大脑里也许有效，但是大自然不知道平均值，它不需遵守统计资料，它是一连串不可预料的瞬间情况和极端变量。同一个水域也许可以计算得出平均10米高的波浪，但如果遇到一个统计资料里根本不存在的30米大浪，平均值根本派不上用场，会死人就是会死人，意外是无法统计出来的。

当海啸横扫过钢塔时，瞬间能量就超过了它的荷载极限。支架折断，焊缝裂开，甲板上的建筑物倾覆。尤其在英国，那里的平台主要是钢管结构，海浪的冲击几乎粉碎了所有的设施，并且造成了巨大损害。

挪威在几年前就开始全面使用钢铁水泥柱。海啸在这里所能找到的破坏点较少，但灾难的威力也不小，因为海浪将巨大的物体抛进了油井架里：船只。

理论上来说，大多数船只无法抵御20米高的海浪，一般船体的坚固性是以16.5米的统计学浪高为标准，不过实际情形却略有不同。

90年代中期，苏格兰北部的巨浪在3000吨的含羞草号加油船上砸出了一个房子大的洞，但那艘船却仍幸免于难。2001年，南非海域的一道35米高的海浪险些击沉不来梅夫人号邮轮，但也只是有惊无险。同一年，一艘长90米的奋发号大船在马尔维纳斯群岛北方成为某种自然现象的牺牲品，科学界将这种现象叫作"三姐妹"——三道各30米高的疯狂浪。奋发号船体严重受创，但它最后仍成功地逃进了港口。

然而大多数的情况下，这些遭遇类似巨浪袭击的船只，人们再也听不到有关它们任何消息了。因为真正阴险的庞然大物是所谓"海洋之洞"——浪峰前涌，出现一个深槽，一道深渊，船只陷进去，无论船头或船尾在前。如果这些波浪相隔很远，一般状况下，深陷其中的船只会有足够的时间重新升上来，爬上后续的浪峰逃离"海洋之洞"。但是波长过短时情况就不同了，船只一旦掉进槽里，受到后续波浪密集地夹杀，就会被冲进水墙，被它一口吞没、掩埋。

可是，即使一艘船能侥幸逃出深槽，重新浮上来，也只能期望波浪不要太高或太陡，否则终究会翻覆。最绝望的时刻，甚至两种情况同时出现，极陡、极高。但人们总是试图做些不可能的事，例如爬上一道垂直的水面。

"海洋之洞"的牺牲品主要是较小的船只，但是当浪高大于船只的长度时，就算是大型船只也经常无法钻出浪阵，越过浪峰。它们依旧会被浪涛打翻，头朝下栽进无底深渊里。

这种巨浪源自风力和水流的共同作用，它的速度可以达到每小时50公里，很少会超过这个极限。不过这已经足以造成巨大的灾难，但是与此刻横扫过大陆架的20米海啸浪峰相比，根本是小巫见大巫。

那些正行驶在北海的倒霉拖轮、加油船和渡轮，大多数都会被当成玩具似地抛来抛去。有几艘被击碎了，另一些则被砸烂在平台的水泥柱子上，或撞在被铁锚系着的货运浮标上，就连钢筋水泥的支撑也抵不住撞击的威力。许多大柱子开始断裂，即使历经摧残依然屹立不摇的，一旦那些相互碰撞、部分满载的船只爆炸，巨大的火云卷上平台时，也什么都不剩了。整个油井架飞上天空，产生一连串破坏的连锁反应。燃烧的废墟被抛出数百米之远，海啸扯掉了用锚固定在海底的平台，将它们大剌剌地推翻。这一切都发生在环状波浪从海底崩移中心涌向周围大陆海岸之后的数分钟之内。

无论如何，每一桩事件都象征着航海业和近海工业的噩梦。而那天下午发生在北海的事故，远不止于一场偶然成真的噩梦。

那是世界末日的预言。

沿海地区

大陆架崩塌后八分钟，海浪剧烈地拍打法罗群岛的礁石，四分钟后抵达设得兰群岛，又过了两分钟，它已然拍打着苏格兰大陆和挪威西南部的山丘。

要想将挪威全部淹没，估计需要一颗彗星——人们认为如果有一天彗星掉进海里，就会让人类文明灭绝。挪威这个国家由整座山脉组成，周围尽是陡峭的海岸，没有什么海浪能如此迅速地拍打到海岸上沿。

但挪威依水为生，生活在水上，大多数的重要城市都坐落在大山脚下海平面的高度，只有低矮的小岛将它们和海洋隔开，或者它们就坐落在岛屿上。像南方的埃格尔松、海于格松以及桑内斯，远在北方的奥勒松和克里斯蒂安松这些港口城市，以及数百个较小的城镇，同样遭到滚滚而来的浪涛袭击。

最严重的是斯塔万格。

海啸到达海岸后会如何发展，取决于各式各样的因素。包括礁石、河流入海口、水底山脉和沙滩，挡在前面的岛屿或海滩坡度。一切都可以让海浪产生减弱或加强的作用。斯塔万格，挪威海上工业中心，贸易和航海的重要城市，也是挪威最古老、最漂亮和最富裕的城市之一，几乎毫无遮拦地坐落在海边。

港口周边只分布着几座低矮的小岛，由一座座桥梁将小岛连接在一起。海啸来临前夕，挪威政府向城市各部门发出了警报，虽然警报立即通过广播、电视和因特网传播开来，但时间少得可怜。

疏散民众几乎是不可能的任务。海啸警报在街头造成了前所未有的混乱，任谁也想象不出斯塔万格将遭遇到什么命运。

与那些自从人类诞生以来就与海啸共存的太平洋周围国家不同，在大西洋地区，在欧洲和地中海，没有海啸警报中心。太平洋海啸警报系统总部设在夏威夷，在二十个沿太平洋国家设有办事处，从阿拉斯加经日本、澳洲，直到智利和秘鲁，差不多每个沿海国家都归属于这个系统之内。

然而挪威这样的国家对海啸却毫不知情。斯塔万格会在最后的几分钟陷入毫无招架之力的惊骇中，这是主要原因。

海浪涌进城里，谁也没能及时逃出。它一边摧毁岛屿桥梁的桥桩，一边继续上涨。海啸在城外堆起整整30米高，但由于它的波长极长，并未断续，而是垂直地轰然落向码头的加固设施，将堤坝和建筑物砸碎，然后飞速涌进城里。拥有17世纪晚期和18世纪中期深具历史价值的木造古城，被地震夷为平地。

在古老的韦根码头，波涛堆积，落进内城。而斯塔万格最古老的建筑物——盎格鲁诺曼人的教堂，在墙壁倒塌之前，海浪先是冲掉了全部的窗户，随即也毫不留情地冲走了这座废墟。凡是挡它路的，都被浪潮以火箭般的威力冲走了。

毁灭这座城市的不光是水，还有水中携带的淤泥，数吨重的石头、船只和汽车，它们像炮弹似的落在这座城市里。

这期间，那堵垂直的水墙成了一座浪花翻滚的海山。海啸卷过街道时放慢了速度，在巷弄中不停旋转。空气被卷在浪花里，在碰撞时受到压缩，形成15巴以上的压力，足以将坦克车板压坏。树林像火柴似地被海水折断，成了这场轰炸的一部分。在海浪撞击第一道加固设备后不到一分钟，整个码头设施就毁于一旦，后面的地区也遭到破坏。当水流在城里奔窜时，第一批爆炸便使得这座城市摇晃起来了。

对于斯塔万格的居民而言，没有任何能够幸存下来的机会。任谁想逃避突然矗立的水墙都是徒劳。绝大多数的牺牲者是被水压死的——水成了水泥——人们什么也感觉不到。那些奇迹般从撞击中幸存下来，却在房屋上摔死或在废墟中被压碎的人，情形也是一样。奇怪的是，撇开那些被困在灌满了水的地下室里的人，几乎没有人是淹死的。即使在那下面，大多数人也是被进水的庞大压力杀死，或是被另外钻进的淤泥埋没窒息而死的。

最后淹死的人都死得很惨，但至少很迅速。

他们之中几乎没有人发现遭遇到了什么。被困者的供氧全被切断，他们的身体漂浮在黑暗低温的水里。心脏的跳动失去了规律，供血愈来愈少，最终停止，同时新陈代谢变得极其缓慢，因此大脑还继续活了一会儿。直到一二十分钟后，最后的脑电活动结束，死亡降临。

又过二十分钟，浪花到达斯塔万格郊区。它分布的面积愈广，汹涌的潮水就愈浅。海水咆哮着穿过街道，谁掉进去，就毫无希望，但大多数房屋暂时经受住了压力，可是谁若因此以为安全了，那就高兴得太早了。因为海啸不光是在到达时散播它的恐惧。

当它离开时，灾难还要更严重。

克努特·奥尔森及其全家在特隆赫姆经历了海浪的后撤，海啸是在几分钟之后到达那里的。

斯塔万格的地理位置像是放在一只展示托盘上似的毫无障蔽，特隆赫姆恰恰相反，坐落在避风的特隆赫姆峡湾里。峡湾两侧有较大的岛屿护卫，另有一座陆岬保护，峡湾向内陆延伸近40公里后，才敞开成一座宽阔的盆地，特隆赫姆城就修建在盆地的东部边缘。挪威许多城市和乡镇都位于和水面等高的峡湾内陆边缘或尽头。任何人只要望一眼地图，就会得出这样的结论：即使是百年一遇的30米大浪，也无法对特隆赫姆构成真正的威胁。

但事实证明，这个海湾才是死亡的陷阱。

一旦海啸进入海峡或漏斗形的海湾里，水量就不再是从下面堆积起来，而是突然从两侧堆积涌进。数万吨海水挤过一道狭窄的运河，其影响是巨大而难以预测的。群山北侧的松恩峡湾虽长，但很狭窄，两岸是悬崖峭壁，在这里，海浪的高度再次剧增。峡湾沿岸的多数村镇都位于高原的礁石上方。水一直溅到那里，但没有造成太大的损失。

然而，将近100公里长的峡湾尾部就不一样了，那里的一座低矮半岛上挤着许多小城和村庄。波涛扩散开来，直到背后的陡峭山峰才将它挡住。浪花因此激起200米高，将所有的植物连根拔起，飞落而下，栽进相邻的河流里。

特隆赫姆峡湾比松恩峡湾宽，它的山壁没有那么高。由于它愈向后愈宽，更利于潮水的分散。尽管如此，到达特隆赫姆的浪尖还是将码头扫荡殆尽，破坏了古城的一部分。尼德河漫过河堤，涌进巴克兰德特区和莫乐贝格区。雪崩似的浪花将老房子压塌了。

在教堂街，几乎每一座房子都沦为水的牺牲品，包括西古尔·约翰逊的房子。它漂亮的正墙被压坏了，护墙板破碎，屋顶倒进了崩溃的浪锋里。废墟被冲走，现在，浪花翻滚的波涛，直到撞上挪威科技大学的基墙才削弱了力量，部分潮水停驻，在原地旋转不已，然后开始往回流淌。

奥尔森一家住在教堂街背后的一条街上。他们的房子跟约翰逊的一样，也是用木材修建的，很勉强地顶住海啸的冲锋，颤抖着、摇晃着。房子里的家具倒了，餐具碎了，前面房间的地板倾斜了。孩子们惊慌失措地哭叫，奥尔森喊他的妻子将孩子们带进房间里去。

实际上他也不知道如何是好，但他想，如果水从前面涌进房屋，后面的部分也许会比较安全。当全家逃到后面去时，他喘着气，大胆地来到前面的一扇窗前向外张望。他脚下的木地板继续弯曲，咔嚓声清楚可闻，所幸没有塌陷。奥尔森抓紧窗框，决定万一再有一道海浪涌向房子，就立即跑到后面去。

他不知所措地望着被摧毁的城市，望着漂浮在漩涡里的树木、汽车和人，听着喊叫声和墙壁倒塌的破裂声。然后连续多次的爆炸使得空气震动，黑红色的云团在港口冲天升起。

那是他这辈子所见过最恐怖的场面。但他还是战胜了震惊，想着如何保护他的家庭。不管他们还会遭遇什么，重点是他的孩子们和妻子能够活下去。

可能的话，还有他自己。

可是，看来潮水停下来了。

奥尔森又向外张望了一会儿，然后小心地走进后屋。他立即就被棘手的问题所包围。他望着孩子们因为害怕而睁大的眼睛，安慰地抬起手，虽然他心里也怕得要命。他说，大概一切都已经结束了，他们不用担心。当然，结束后的什么都不正常，一切都不正常。他们得想办法离开房子。他想到从屋顶上逃走，逃往未被水淹没的地方。

他的妻子认为他希区柯克的影片看太多了。她问他，带着四个孩子要怎么逃法？奥尔森答不出来。她建议干脆耐心等候，他也想不出更好的主意来，于是同意了，再度走回前室的窗旁。

当他再次向外张望时，发觉潮水正在后撤。水流加快涌回峡湾。我们总算挺住了，他想道。

他的身体继续前倾。就在这时，房屋猛地一震。奥尔森赶紧用手抓住窗框。地板正在裂开。他想跳回去，可是那里什么也没有了，客厅地板上出现一个巨大的窟窿。雨水打进来。奥尔森向前翻倒。一开始他以为自己是被扯出了窗户。后来他明白，房屋的整个前墙都脱开了，像是一块没有黏牢的硬纸板，向着海水倒下去。他拼命喊叫。

夏威夷群岛上世世代代与这怪物一同生活的人们，相当清楚它的撤退意味着什么。回湍的水流会形成一股巨大的吸力，将所有还站着或想停下的东西卷进海里。

水流会卷走一切。熬过了这灾难第一幕的人们依然会在这一阶段中死去，他们的死亡要比死在滚滚波涛中更加残酷。那是在汹涌水流中绝望的求生挣扎，朝着与无情吸力相反的方向拼命游泳，力量不断削弱，直到肌肉瘫痪，人们会被旋转的物体击中，骨头断裂。

在绝望的反抗中，人们随手抱紧什么东西，然后被拉开，继续在淤泥和废墟之间漂浮。

海洋里的怪物来到陆地上吞食，当它撤走时，会带走它的猎物。

当房屋的墙壁倒进漩涡里时，所有这些情况奥尔森都不知道，但他一下子醒悟过来，大声喊叫，为求生而喊叫。他知道，他就要死去了。当他跌落时，码头上其他爆炸轰然传来，被击毁的船只和钻油设备被抛上天空。城市的供电系统几乎全部瘫痪，电路爆出火花。也许他会死于水中的强烈电流。

他想到他的家庭，想到他的孩子们，他的妻子。

然后他想到西古尔·约翰逊和他的奇怪理论，他感觉心里升起一股怒火。这是约翰逊的错！他向他隐瞒了什么——某种能挽救他们的东西。那婊子养的肯定知道什么事！

后来他不再想了。只想一件事：死定了。

墙壁发出一阵震耳欲聋的噼啪声，倒在一棵还挺立着、令人讶异的大树上。奥尔森头朝下地被抛出窗框。他的双手乱抓，抓到了树叶和树皮。他看到下方泥泞的洪水汹涌而去。他抱紧树枝，吊在空中，手舞足蹈，开始往上拉。墙壁的碎片、厚木板、灰尘从头顶纷纷落下，险些击中他。

流走的水拖走了正墙的大部分，那曾经是他房屋正面的东西，变形、破碎，戛然裂开。惊慌中，奥尔森企图接近树干。他身下一侧突出一根更粗的树枝，他可以够到它，也许可以双脚站在那上面。他感觉那棵巨树在呻吟和摇晃，他气喘吁吁，双手交替着前移。

房屋的最后一截墙壁连同树叶和树枝哗地塌进潮水里。奥尔森手里的树枝猛地抖了一下。他的手指滑脱了，突然间全身的重量只吊在一只手上。他从双腿之间望过去，感到筋疲力尽。

如果他现在跌下去，命运就注定了。他吃力地转头，想瞥一眼他的房子，尤其是看看那里还剩下什么。

求求祢，他想道。别让他们死去。

房屋还在。然后他看到了他的妻子。

她双手双膝着地，一直爬到边沿，望着他。她的表情里有种狂怒的果决感，像是想马上跳进水里，前来帮他。她当然一点也帮不了他，但她在那里，叫喊他的名字。她的声音坚定，几乎是盛怒，仿佛他最终应该将他该死的屁股挪到安全的地方，回家来，大家在等着他。奥尔森就那样望了她好一阵子。

然后他绷紧肌肉，空着的手向上伸去，死命抓住。他手指抓紧木头，继续前移，直到双脚在粗树枝上方摆动。他慢慢地站上去。这下抓牢了。他站着，肩头掠过一阵悸动。他松开手指，抱住树干，感觉到树木想在潮水里挺住的困难，他脸贴树皮，继续凝望他的妻子。

漫长的时间过去。那棵树还有房子挺过去了。

当海水将它的祭品拖进大海时，他终于颤抖着回到充斥着废墟和淤泥的荒漠里。他帮助他的妻子和孩子们离开房子，带上必需品，信用卡、钱、证件，和一些匆匆收拾起来的个人纪念品，装进两只背包里。

奥尔森的汽车消失在潮水中的某个地方。

他们必须走路，但一切都要比留在这里好。

他们默默无语地离开被摧毁的街道，走向河的对岸，离开特隆赫姆。

崩坍

海浪继续扩散。淹没大不列颠的东海岸和丹麦西部。与爱丁堡和哥本哈根同纬度的大陆架特别低矮。多格滩就直接耸立在那里，它是北海的一部分，是北海还是干燥陆地时代的遗物。多格滩很长时间曾经是一座岛屿，无数的动物曾经被愈涌愈高的潮水逼到那上面，最终全数溺毙。现在的沙滩低于海平面13米，它将涌来的波涛拦截成新的高度。

在多格滩以南，钻油平台密密麻麻，特别是英国东南海岸、比利时和荷兰北部沿海。波涛在这里比北面部分肆虐得更加厉害，但是大陆架沟壑纵横的结构，连同沙滩、裂缝和岩峰减缓了海啸的速度。

海啸到达荷兰、比利时和德国北部时威力已较为减缓。当水墙最后到达海牙和阿姆斯特丹时，速度只有每小时不足一百公里，仅破坏大部分的沿海地区。

汉堡和不来梅则经历了一场浩荡的洪灾。它们位于大陆内部，而易北河和威悉河入海口则几乎不设防。海啸沿着河道翻滚，淹没了周围的土地，最后到达这些自由贸易城市。就连伦敦的泰晤士河也在短时间上涨，漫出河岸，导致船只撞上桥梁。

潮水的末梢穿过多佛的街道，在诺曼底和布列塔尼海岸仍然可以感觉到，只有东海的哥本哈根和基尔幸免于崩坍。虽然汹涌的海水也涌到这里，但海啸在斯卡格拉克海峡和卡特加特海峡汇流处形成漩涡，瓦解了。海浪在北方拍打冰岛的海岸，一直到达格陵兰岛和斯匹茨卑尔根群岛。

灾难一结束，奥尔森一家就来到较高的地带。克努特·奥尔森后来回想起来，说不出他们为什么采取这样的行动。那是他的主意，可能是他对某部关于海啸的影片，或一篇他不知何时读过报道的模糊记忆，也可能仅仅是直觉，但救了全家的性命。

大多数从海啸涨退中幸存下来的人，最后还是死于灾难之中。因为他们在第一次海浪之后返回村庄和房子里，想看看剩下什么。但海啸以多重后续的浪涛扩散开来，下一道海浪在人们以为已经熬过了灾难时才到来，这要归罪于那极大的波长。

这回也是这样。一刻钟后，海浪卷土重来，威力不比前一次小，解决了前一波没有完成的攻势。

二十分钟后，第三波高度只剩下一半，然后是第四波，之后就再也没有了。

在德国、比利时和荷兰，疏散措施仍停留在开始阶段，虽然那里曾经有更多的时间。但是，差不多每个人都有一辆汽车，每个人都认为使用它逃跑是好主意，而这恰恰是个坏主意。在警报发出后不到十分钟，所有的街道都绝望地堵塞了，直到海浪以它特有的方式排除了塞车。

在大陆坡崩塌后一小时，北欧全部的近海工业就不复存在了。几乎所有周围大陆的沿海城市都部分或全部被摧毁。数十万人丧生，只有人口本就稀少的冰岛和斯匹茨卑尔根群岛幸免于难，没有人牺牲。

托瓦森号和太阳号的联合科学考察发现，在北方，那些虫子也瓦解了水合物，直到特罗姆瑟。

陆块滑崩发生在南方的大陆边坡，由于海啸的影响使得他们暂时无法研究北方边坡是否会有危险。也许格哈德·波尔曼会找到答案。但就连波尔曼也不知道，海底崩移究竟是从哪儿开始的。还有让-雅克·阿尔班，他成功地将托瓦森号带到遥远的公海上，带到了安全地带，他对大海深处到底发生了什么事也不清楚。

海上和沿海城市废墟里的爆炸持续回响着。

幸存者的喊叫和哭泣声中夹有直升机的轰隆、警笛的鸣叫和喇叭的广播。那是恐怖混乱的声音，但在所有这些噪音之上笼罩着一层沉重的寂静——死亡的寂静。

三个小时过去，最后一波海浪终于流回大海。

然后，北方的大陆边坡也崩塌了。

第二章

灾难城堡

虽然1994年已颁布禁令，核废料仍然持续被倒进海洋里。绿色和平组织的潜水员在法国拉黑格核废料再处理厂的排水管上，发现超出未受污染水域1700万倍的放射物质。而在挪威沿海，蟹类和海藻也同样遭到放射性同位素锝-99污染。挪威的放射防护专家鉴定，污染源为英国位于塞拉菲尔德的老化核废料再处理厂。此外，美国地质学家企图将高放射性的核废料倒入海底，他们通过一根数公里长的管线将放射性容器投入海床，以地质沉积物掩埋。

自1959年以来，苏联人就将巨量的核废料包括废弃的核子反应炉倒进北极海中。一百多万吨的化学武器正在500至4500米深的海底深处不断锈化腐蚀，其中最具危险性的，是莫斯科在1947年沉进海里的毒气罐。数十万桶来自医疗、科技和工业界的弱放射性废料倾倒于西班牙沿海海床。大西洋中部的海洋研究人员已经在四千多米深的海底发现了南太平洋原子弹试爆残留下来的铈。

环境杀手DDT对海洋生物的危害比对其他生命的危险来得更为巨大。它通过海流扩散到全球，积聚在海洋食物链里。用来作为计算机和电视机壳阻燃器的聚溴二苯醚，在抹香鲸的脂肪里被发现。被捕获的剑鱼中，90%都含汞，其中有25%呈现多氯联苯中毒的状态。在北海，雌性的筐峨螺长出了阴茎，而罪魁祸首可能是船舶油漆中所含的三丁基锡物质。

平均每座油井都会造成20平方公里面积的海底污染，其中三分之一几乎没有任何生物存在。

深海电缆的带电区干扰了鲑鱼和鳗鱼的方向感。此外，电流也影响卵的孵化。全世界发生藻类开花和鱼类死亡的现象都大幅增加。在以色列拒绝签署禁止工业废弃物倾倒海洋的规定之后，截至1999年，光是哈伊发化学公司就有每年60000吨的有毒废弃物倒进大海中：铅、汞、镉、砷和铬，随着水流一路漂到黎巴嫩和叙利亚。在非洲突尼斯的加贝斯港，工厂每天将12800吨的磷酸盐从化肥厂排进大海。

世界食品组织FAO认为，在200种重要的海洋鱼类中，有70种受到污染的危害。同时，从事渔业的人数仍在增加。从1930年的1300万人，到1997年已经达到3000万人。通常用来捕捉鳕鱼、裸玉褶鱼和阿拉斯加湖鲑的海底拖网对海洋环境是场灾难，整个生态系统因此彻底改变，海洋哺乳类、海鸟，以及海洋肉食性动物再也找不到足够的食物。

使用最普遍的船舶燃料C级重油，在其燃烧殆尽之前就会先析出灰烬、重金属和沉积物质，并且产生大量的废物，多数的船长并不会按规定处理，而是一声不响地倒进海里。

德国科学家在秘鲁沿海4000米深处，模拟进行锰瘤开采商业计划。他们的考察船拖着巨型铁耙，纵横交错地犁过11平方公里的海床。计划结果导致无数生物死亡，即使经过多年，该地区的生态依旧没有复原。

佛罗里达群岛的延伸建造工程导致土壤被冲进海中，像浮尘一样覆落在珊瑚礁上。聚居珊瑚礁的大多数生物都因此窒息而死。

海洋研究人员发现，燃烧石化燃料会导致大气层中的二氧化碳浓度增加，不利于珊瑚礁生长。当二氧化碳分解，会使得水的pH值降低成酸性。尽管如此，主要的大型能源企业依然继续它们的计划，将大量的二氧化碳排进深海中，以避免进入大气层。

——摘自环保组织的年度报告

5月10日

加拿大，惠斯勒堡

一条讯息正以每秒30万公里的速度离开基尔。埃尔温·聚斯在基尔的吉奥马研究中心，输入笔记本电脑的字句，以数字形式进入网络。被一束激光二极管转换成光学脉冲，通过粗如健壮男子手臂的海底光纤缆线传送。官方名称TAT 14的光纤是横跨大西洋的光纤之一，它连接了欧洲和美洲大陆，是世界上功率最高的光纤，光是北大西洋里就有数十根。全世界共数十万公里的光纤构成了信息时代的脊梁。地球被一捆捆光纤缆线包围着，虚拟世界的位和字节以电话、影音、电子邮件等形式实时周游世界。

是光纤创造了地球村，而非卫星。

聚斯的电子邮件自北欧和大不列颠之间向北穿射。在苏格兰北部，TAT 14向左转，穿过赫布里底陆架时，缆线是大剌剌地蜿蜒在深海海床上的。如今，大陆架和海床不见了，这道来自基尔的讯息仅在法罗群岛下方地带传输不到一百二十分之一秒，便终止于一根破碎的光纤。坚固的金属外壳、橡胶护套和强化金属丝断成两半，震碎了玻璃纤维。消息只能送进百万吨的淤泥和卵石里。

正常情况下，这条讯息会通过光电二极管转成电子邮件，出现在波尔曼的计算机里。但在北欧灾难后的一星期，横跨大西洋的网络几乎彻底瘫痪，电话也只能通过卫星接通，如果还连得上卫星的话。

此刻，波尔曼坐在惠斯勒堡酒店的大厅里，盯着计算机屏幕等候聚斯的数据：虫量的增长曲线，和对各地出现类似侵害时可能状况的预测。一场震惊过后，基尔的科学家们全数投入研究这起事件。

他咒骂着。所谓的小世界再度变得巨大无比。他们宣称今天可以通过卫星接收电子邮件，现在看来，邮件都还困在坏损的电缆中。尽管危机指挥部已尽全力在处理，但因特网还是一再崩溃。他拿起指挥部提供的手机，通过卫星拨往基尔，等候。终于接通了研究所的线路后，他对聚斯说："什么也没收到。"

聚斯的声音传来，虽然清晰，但对答之间无法同步的短暂延滞还是让波尔曼不耐。卫星电话的信号必须由发射器发到36000公里的高空中，再向下传给接收器，使得通话常有间隔和重叠。"我们这里也全都不行。通话状况每小时都在恶化。再也联系不上挪威了，苏格兰像死城一般寂静，而丹麦充其量只是地图上的一个地名罢了。我相信根本没有采取任何应变计划。"

"至少我们在通话。"波尔曼说道。

"我们能通电话，是美国人安排的，你正在享受强权的军事优势。在欧洲——算了吧！每个人都想打电话，每个人都无法得知亲友的现况。流量全部堵塞，几条闲置网络都被危机指挥部和政府部门占领了。"

"那我们能怎么办？"在一筹莫展的停顿之后，波尔曼问道。

"不知道。也许伊莉莎白女王号还在行驶，六周后可以到你那里，派一名信差骑马去海边拿吧。"

波尔曼苦涩地笑笑，然后叹息道，"这样吧。你说我写。"

这时，波尔曼身后有一队穿制服的人马经过酒店大厅朝电梯走去。

带队的是位身材高大的黑人，有张埃塞俄比亚人的脸。他佩戴一枚美军少将肩章和写着皮克的名牌。这队人马大多在二楼和三楼便出了电梯，萨洛蒙·皮克少将则继续往上，到九楼顶级的高级套房区。这层楼有550间惠斯勒堡酒店最豪华的房间，不过皮克住的是楼下的次高级套房。其实普通的单人房就可以了，他并不重视享受，但酒店经理坚持要将指挥部安排在最好的房间里。他边走边在脑子里将下午预定的活动流程顺一遍。

每道门都敞开着，可以看见被改造成办公室的套房内部。几秒钟后皮克来到一扇大门外，两名士兵向他行礼，皮克摆摆手。其中一人敲了门，等候里面的回答，然后动作利落地开门让少将进去。

"你好吗？"朱迪斯·黎问道。

她叫人从饭店的健身中心搬了一台跑步机进来。皮克知道，黎在跑步机上的时间要比在床上多。她在那里看电视，处理邮件，对着语音识别系统口授备忘录、报告和讲话，打长途电话，聆听报告或是思考。

现在的她也在跑步。黑发平滑光亮，用发箍束着。她跑的速度很快，但呼吸均匀。皮克不断提醒自己，跑步机上的那个女人已经四十八岁了。这位女总司令看起来比实际年龄少了十岁。

"谢谢。"皮克说道。"还可以。"

他四下张望。这间套房有一座豪宅那么大，经过精心布置。传统的加拿大风格——许多木材，朴素舒适，敞开的壁炉——和法国的优雅交织在一起。窗前有一架大钢琴，是黎叫人跟跑步机一起搬进来的。左边有道拱门通向一间巨大的卧室。皮克没看到浴室，但听说里面有按摩浴缸和桑拿。

对皮克来说，唯一有意义的东西，是那台摆在设计精巧的客厅里的笨重黑色跑步机。皮克出身平民阶层。他从军不是因为他懂艺术，而是为了离开那条经常只通向监狱的街区。坚韧和勤奋最终让他获得大学毕业证书，为他打开了军官的辉煌前程。他的经历被许多人视作榜样，但丝毫改变不了出身对他的影响。他仍和从前一样，觉得待在帐篷或廉价旅馆里比较舒服。

"我们收到国家海洋与大气局卫星的最新分析，确定浦号机接收到的声讯和1997年的不明光谱图相似。"他边说边走过黎的身旁，从大片落地窗望向河谷。太阳照耀在雪松和冷杉林里。景致的确很美，但皮克并不关心风景。他更关心接下来的几个小时。

"好。"黎神情满意地说道，"很好。"

"我不知道这样好不好。这是一个线索，但这解释不了什么。"

"你期望什么？海洋会向我们解释为什么吗？"黎按下跑步机的停止键，跳下来。"正因为如此，我们才组织这一切，将它查明。大家都到齐了吗？"

"到齐了。最后一位刚刚抵达。"

"谁？"

"挪威那位发现虫子的生物学家。我得看看，他叫……"

"西古尔·约翰逊。"黎走进浴室，披了一条毛巾后走出来。"请你快记住这些名字，萨洛。我们在酒店里共有300人，其中75位是科学家，这些总该记住吧。"

"你是想告诉我，你大脑里有300个名字吗？"

"如果必要的话，我可以记住3000个。你最好快点适应吧。"

"你在开玩笑。"皮克说道。

"你想试试吗？"

"有何不可？陪约翰逊来的是一位英国女记者，我们希望她能对北极圈的事件做出结论。你也知道她？"

"卡伦·韦弗，"黎说道，擦干头发，"住在伦敦。科学线记者，对海洋学有兴趣。计算机狂。她曾经随一条船到格陵兰海上，那条船后来全体沉没……但愿每次都能拍到像那次沉船那么美的图片就好了。"

"那还用说。"皮克微笑，"每次提起这些照片，范德比特就激动得面红耳赤。"

"我一点也不讶异。中情局不能忍受他们无法解释的东西。他到底现身了没有？"

"他已经准备好了，现在正在直升机上。"

"哇噢，我们飞机的运载性能总是教我大吃一惊，萨洛。每次不得不从事远距离飞行时，我都会焦躁不安。如果还有什么爆炸性的发现传到惠斯勒堡，别忘了通知我。"

皮克犹豫着。"我们要怎样才能让所有人都发誓保守秘密呢？"

"这件事已经讨论过一千次了。"

"我知道讨论过一千次了，一千次还太少。那下面坐了太多不懂守口如瓶的人。他们有家庭和朋友。成群的记者会闯进来发问。"

"那就让他们全加入军队。"黎双手一摊，"这样他们就必须遵守军法。谁泄密就枪毙谁。"

皮克愣了一下。

"开玩笑的，萨洛。"黎向他眨眨眼睛，"哈啰，不过是个小玩笑。"

"我没心情开玩笑。"皮克回答道，"范德比特很希望这一大群人全受制于军事法规下，但是不可能。里面至少有一半是外国人，绝大多数是欧洲人。如果他们不遵守约定，我们也不能怎样。"

"我们就做得好像我们可以怎样就好啦。"

"你想施加压力？行不通的，压力之下更没有人愿意合作。"

"谁谈施压了？我的天，萨洛，你哪儿来这么多问题呀。他们是来帮助我们的，他们知道保持沉默。况且，他们会基于某种信念相信自己被拘禁了，遵守保密声明，那就更好了。信仰使人强大。"

皮克一脸狐疑。

"还有什么事吗？"

"没有。我想，我们可以开始了。"

"好。待会儿见。"黎望着他离去的背影，露出微笑，这家伙真是不了解人性。皮克是优秀的士兵和杰出的战略家，但却很难区分人和机器的差别。他似乎相信，人身上有个按钮，可确保命令得以执行。

美国最优秀的军事学院以残酷的训练著称，训练的结果只有服从，单击按钮就会出现的无条件服从。皮克的顾虑也不是完全没有道理，但群众心理学可不是他所以为的那样。

黎想起杰克·范德比特。他是中央情报局的主要负责人。黎不喜欢他，臭气熏人，总是满身大汗，还有口臭，但工作表现极其出色。最近几个星期，特别是淹没北欧的海啸灾难发生之后，范德比特和他的团队对这些混乱事件都能快速掌握。

她在想，要不要给白宫一通电话。其实并没有多少新消息可以汇报，但总统喜欢跟黎闲聊，因为他欣赏她的聪明。当然她从未对外提起。在美国众多将军当中，黎是为数不多的女性将军之一。此外，她的存在也把指挥官阶层的平均年龄大幅降低了。这些已经足够许多高层军人和政治家怀疑，她因为与世界上最有权势的人关系密切而拥有特权。

因此，黎极其小心地致力于她的目标。她从不公开露面，从不公开暗示总统有多么仰赖她。她总是会用简单的话语，为他解释复杂的世界。当他难以理解国防部长或安全顾问的意见时，他便来问黎，她马上就能毫无困难地为他解释。黎绝不会公开总统的主意其实都来自于她。每当被人问起，她总是响应"总统相信……"或"总统对此的看法是……"，至于，她是用什么方法将智慧的视野带给白宫的主人、同时也是她的老板，甚至让他形成主张和见解，这没有人感兴趣。

不过，最核心的成员还是知情的。

1991年，施瓦茨科普夫将军在海湾战争中发掘了这位具有政治和战术才华的智慧女战略家。当时的黎，已经历了一段惊人的养成教育：首位西点军校毕业的女性，主修自然科学，在海军学校受训，就读陆军总参谋学院和军事学院，并在杜克大学取得政治和历史双博士学位。施瓦茨科普夫将黎置于自己的羽翼下，安排她出席讲座和国际性会议，以便结识大人物。他本人对政治并不感兴趣，但还是帮她铺出一条平坦顺遂的道路，让她得以走进军事和政治相结合、权力版图不断重绘的新世界。

强大的靠山为她带来中欧联合陆军部队副司令的角色。黎很快就在欧洲外交界大受欢迎。

教育、训练和天生的才华，终于为她带来数不清的好处。

黎的父亲是美国人，出身于颇具声望的将军家族，他因健康原因被迫退出政坛之前，在白宫安全部门的地位举足轻重；她的母亲是中国著名的大提琴演奏家，在纽约歌剧院崭露头角，参加过无数演出。父亲遵守的长老教会守则，和母亲深受佛教影响的生活哲学，创造了一段和谐婚姻。但令人吃惊的是，父亲在结婚时便决定使用他妻子的姓，甚至因此导致了一场与官方的漫长斗争。他勇于追求恋情和努力保护着为爱情离开祖国的女人，在黎心底唤起了莫大钦佩。

这对夫妻对独生女儿的要求很高。黎学过芭蕾舞和花式溜冰，学过钢琴和大提琴。她陪伴父亲去欧洲、亚洲旅行，很小就了解到文化的多样性。她十二岁时使用她母亲的语言——中文，就已经完美无缺了；十五岁时，她可以流利使用德语、法语、意大利语和西班牙语；十八岁时，她的日语和韩语便说得很不错。她的父母重视她的应对进退、穿着和社交礼仪，一丝不苟。性格不够坚强的人可能会在这个事事要求完美的家庭中崩溃。但这小姑娘伴着它长大，跳级，以优异的成绩从名校毕业，坚信她能实现一切目标，哪怕是要她当美国总统。

90年代中期，她被任命为美国陆军统帅部作战计划指挥部副参谋长，并兼任西点军校的历史讲师。

这让她在国防部里深受重视。她唯一缺少的就是军事上的重要成就。五角大厦相当重视实战经验，有足够的历练才能担任更高层级的职位。

黎打从心里向往一场全球性的危机。

她没有等太久。1999年，她成了科索沃纠纷的副总司令，把自己的名字铸印上光荣的史册。

回国之后，随之而来的是刘易斯堡军事基地司令的职务。她撰写了一篇关于国家安全的备忘，令总统钦佩得五体投地，从此进入总统的安全参谋部。黎是鹰派代表。事实上，她在许多方面的思想比起共和党的行政机构更难以妥协，但她的想法始终基于爱国主义。她真心相信，世界上再也没有比美国更好、更公正的国家。

突然，她已置身权力核心。黎，这个冷酷的完美主义者体内热烈不驯的激情，对她有利有弊，就看接下来怎么做了。在这种情形下，她绝不能显露出任何一点虚荣或过分表现才能。

在某些夜晚的白宫里，她将将军服换成了露肩晚礼服，为那些深受吸引的听众们演奏肖邦、勃拉姆斯和舒伯特；在宴会厅陪总统跳支舞，让他以为自己像弗雷德·阿斯泰尔[1]般潇洒；她为家族和年老的共和党朋友们演唱创党歌曲。她灵活擘画，建立起密切的人际关系，与国防部长分享对棒球的热爱，和国务卿畅谈欧洲历史，还常接受私人邀请，在总统的牧场度过周末。

对外她保持谦逊，从不公开表达对政治事务的个人观点。她在军事和政治之间踢球，表现得有教养、妩媚和自信，衣着始终得体，从不生硬傲慢。有人捏造她跟那些深具影响力的男人有着数不清的暧昧关系，但她始终没有。黎对这些耳语报以惯有的自信，不予理睬。

她将容易消化、确凿可靠的信息提供给新闻记者、议员和下属，始终准备充分，搜集大量细节，像提取文件一样随时调阅出来，只使用常用而清楚的惯用语。

虽然她完全不知道海洋发生了什么事，但仍能成功向总统提供一幅准确的形势图。她将中情局的大量资料精简为几个关键词。结果是黎现在坐镇在惠斯勒堡酒店里。她十分清楚，这是她攀向高峰的最后一步。

也许她应该拨电话给总统。随便拨一通。他喜欢这样。她可以告诉他，科学家和专家们已经到齐，也就是说，他们全部接受了美国非

---

1 好莱坞早年歌舞片之王。

官方的邀请，尽管他们各自的老家刚发生浩劫。或者说，美国海洋与大气局在不明声响之间发现了相似性。他喜欢听这样的内容，听起来就像是："长官，我们又向前迈进一段。"

谈几句对反监听卫星的信任和赞美，总统会开心的，只要总统开心就有用了。她决定这么做。

在比她所在位置低九层楼的地方，安纳瓦克注意到一位长相潇洒、头发斑白、留着络腮胡的男子向酒店走来。陪伴他的女子娇小、宽肩，皮肤晒成了棕色，身穿牛仔裤和皮夹克，大约二十八九岁，栗色鬈发披散在肩上。那女子和络腮胡简单交谈了几句，转头四顾，目光在安纳瓦克身上停留了一秒钟。她从额前拂去一缕散落的鬈发，消失在大厅里。

安纳瓦克失神地盯着她方才站立的地方。然后他仰头，抬手挡住斜射而下的阳光，将目光转向新古典主义风格的惠斯勒堡立面。这家豪华酒店坐落于人人梦寐以求的加拿大梦中，在群山环抱中，即使正值盛夏，附近山巅仍是白雪皑皑。惠斯勒黑梳山被视为世界上最美丽的滑雪胜地之一，周围是宁静的湖泊。

在这与世隔绝的地方，人们什么都可以期待。就是没料到会出现十几架军用直升机。

安纳瓦克两天前就到达了。他和福特一起帮黎的说明会做准备。四十八小时来，福特一直在水族馆、纳奈莫和惠斯勒堡之间飞来飞去，观察材料，分析数据，汇总最后的结论。

安纳瓦克的膝盖还在痛，但走路已经不跛了。不到两星期前，他认识了黎，在很尴尬的情况下。当他开车沿船坞行驶时，军方巡逻队早就发现了。他们观察了好一阵子，想知道他要做什么。然后黎出现。

自此，安纳瓦克不再将他的发现回报给一个黑洞。

他又可以跟英格列伍公司的罗伯茨讨论了。罗伯茨向安纳瓦克表达歉意，他因为被黎禁止发表意见，迫不得已躲了起来。有几次，当女秘书正在应付安纳瓦克时，他就站在电话旁边。

说明会已经准备好了。现在安纳瓦克除了等待之外无事可做。于是，当全世界陷入混乱，欧洲沉到水底时，他去打网球，想看看他的膝盖还能不能跑。对手是个长着浓眉和大鼻子的法国人，名叫贝尔纳·罗什，是昨晚才从里昂飞抵的细菌学家。当北美与这颗星球上最大的生物奋战之时，罗什正在跟最小的生物进行一场看似无望的战斗。

安纳瓦克看看表。半小时后就要开会了。政府接管之后，酒店就禁止观光客投宿，但它看起来就像旅游旺季那样住满了人。酒店里住了数百人，其中一半以上跟美国情治单位有关。

中情局将惠斯勒堡改建成临时指挥中心。国家安全局，美国最大的秘密情报机构，派来整整一个部门，负责各式各样的电子信息、数据安全和秘密文件。国安局住在四楼，五楼被美国国防部和加拿大情报机构的工作人员占用，上面一层是英国秘密情报局代表，另外还有德国联邦国防军和联邦情报局的代表团。法国派了一组领土安全指挥部代表团，瑞典的军事情报机构和芬兰的情报机构也来了。这是一次史无前例的情报机构大聚会，一场无与伦比的人才和信息战，目的是要重新理解我们所处的世界。

安纳瓦克按摩着腿，他突然又感到剧痛。他不该这么快就勉强打球的。当一架巨大的军方直升机压下机头准备降落时，一道影子从他头顶掠过。安纳瓦克看着它落下来，伸伸懒腰走进室内。

到处都有人在走动，宛如大厅教堂正演出一场忙碌的芭蕾舞剧。有一半的人忙着打电话；还有些人坐在各个角落里使用手提电脑。安纳瓦克走进隔壁酒吧区，福特和奥利维拉也在那里，和一个长着小胡子、神情忧虑的高大男子一起。

"利昂·安纳瓦克，"福特介绍道，"这位是格哈德·波尔曼。握手别太用力，不然他的手会掉下来。"

"打太多字了吗？"安纳瓦克问道。

"是钢笔握太久了，"波尔曼闷闷地笑着，"整整一个小时，我都在

436

听两星期前一按鼠标就能调出来的东西。感觉像是回到了中世纪。"

"到了明天，一切都会好转。"奥利维拉喝着一杯茶，"我刚刚听说，他们为酒店接通了一条专线。"

"我们在基尔对卫星的准备不足。"波尔曼阴郁地说。

"任何人对这一切都没有准备。"安纳瓦克叫了一杯水。

波尔曼摇摇头，"这间酒店像块瑞士奶酪，到处是通道。你研究的专业是什么？"

"鲸鱼和动物智能。"

"利昂跟座头鲸有过几次不愉快的经历。"奥利维拉说道，"它们显然欺骗了他，使他不断想钻进它们的脑袋里一探究竟……噢，你们看！他在那儿做什么？"

他们一起转头。有个人正从大厅走向电梯。安纳瓦克一看，是刚才与栗色鬈发女子一起抵达的络腮胡。

"他是谁？"福特皱眉问道。

"你们从来不看电影吗？"奥利维拉摇摇头，"他是一位德国演员。叫什么来着？萧尔……不对，谢尔。是马克西米利安·谢尔。他长得真帅，你们不觉得吗？本人比在屏幕上还要帅。"

"真是够了，"福特说道，"一个演员来这里干什么？"

安纳瓦克说道，"他是不是演过那部灾难片？《天地大冲撞》！地球被一颗陨石击中……"

"我们全都参与出演一部灾难片。"福特打断了他，"别说你还没注意到这一点。"

"如此说来，我们待会儿还能见到布鲁斯·威利斯呢！"

"你别费心去要签名了，"波尔曼微笑道，"那不是你的德国明星。他叫西古尔·约翰逊。挪威人。他可以告诉你们北海发生的事。他、我和基尔的几个人，还有国家石油公司的另外几个人……不过，在他主动开口之前，你最好别去问他。他住在特隆赫姆，那儿已经被摧毁得没剩多少了。他失去了他的房子。"

这就是恐怖的现实。证明电视上的画面是真实的。安纳瓦克默默喝着他的水。

"好吧。"福特看看表,"时间差不多了。走吧,听听他们说什么。"

黎选了一个中等大小的会议室,对于出席会议的情报机构人员、国家代表和科学家们来说几乎太小了点。她对这种场面很有经验,当人们紧紧靠坐在一起,要么发生争执,要么就会形成一股强烈的团体感。

绝对不让他们有机会产生距离。座位也经过安排。在场的人不分国籍或专业领域全混在一起。每个座位都有一张专用的小桌,备有记事本和笔记本电脑。简报内容会投影在一个三乘五米的屏幕上,连接一个通过简报软件遥控的喇叭。在豪华的传统样式家具间,大量的高科技显得陌生,催人清醒。

皮克出现。身后跟着一个穿着皱西装的圆滚滚男子。他的上衣腋下有黑斑。稀疏的头发一缕缕盖在宽大的头颅上。他向黎伸出右手,五根手指短短的,像是五根充满气的小气球。"你好,苏丝黄[1]。"

黎向范德比特伸出手来,克制自己想要马上在裤子上擦手的冲动。

"杰克,见到你真是太好了。"

范德比特咧嘴笑道,"好好表演一番,孩子。如果没有人鼓掌,你就跳一段脱衣舞。我肯定会为你鼓掌。"他摸摸汗淋淋的鼻子,眨着眼睛竖起大拇指,在皮克身旁坐下。黎冷笑望着他。范德比特是中情局副局长。一个好人,当局少不了他。必要时她会慢慢除掉他,不管他曾经多么出色。

房间里渐渐坐满了人。与会者大都互不相识,大家默默就座。她走到讲台前,微微一笑。

"大家请放松。我知道,你们处于极大的压力之下。"她接着说道,

---

1 对东方女性带着贬义的、轻佻的说法,出自爱情小说《苏丝黄的世界》,曾改编为电影及舞台剧,讲述西方男人对东方女子的迷恋。

"这次会议得以成功，我要特别感谢聚集在这里的科学家们。由于你们的合作，我深信，我们可以在希望的光芒中看待那些刚过去不久的事件。是你们给了我们勇气。"黎不带任何激情，友善而平静，目光一一扫过每个人的脸。

"很多人会问，为什么不在五角大厦、白宫或在加拿大政府大楼召开这次会议？我们想为大家提供一个舒适的环境。除了惠斯勒堡的环境优美之外，更重要的是，它位于山区。山区是安全的，沿海地区不安全。目前可以召开这类会议的加拿大或美国的滨海城市，没有一座是安全的。

"另一个原因是，这里离不列颠哥伦比亚省海岸很近。我们面临的是行为异常、突变、大陆边坡的水合物改变……简单说，所有问题都在那里同时出现了。我们从这里出发，可以在最短时间内搭直升机到大海，可以动用顶尖的研究机构，特别是纳奈莫的实验室。我们在惠斯勒堡里建了基地，用来观察鲸鱼的行为。我们决定，将这个基地扩建成全世界的危机处理中心。各位，最好的危机管理人员就是你们。"

她停顿了一会儿。"第三个原因是，这里不会有人来打扰。酒店隔绝了新闻媒体。当然，一家知名酒店突然关门，到处有直升机盘旋，不可能不被发觉。如果有人问，我们就说是军事演习。记者可以写得天花乱坠，却不会有任何根据。"她要房间里的人培养出一种精英意识，以便让他们对外保密。

"不可以、也不建议将一切公开给社会大众。恐慌将是末日的开始。我们处于一场必须先理解它才有可能打赢的战争之中。因此，我们必须对自己和全体人类负责，也就是说，从现在起，你们不可以跟任何人谈论你们在这个指挥部里的工作，包括最亲密的家人。

"会后每个人都要签署保证书。在说明会开始之前，欢迎你们提出心中的顾虑，因为每个人都有权拒绝签署这份保证书。这不会给谁带来坏处，但他应该离开这个房间，我们会立刻让人送他回家。"

她跟自己打赌，谁也不会站起来走人。但绝对会有人提出问题。

她等着。

有人举起手来。米克·鲁宾，来自曼彻斯特，是个生物学家，专长是软体动物。

"这是不是表示，我们不可以离开这里？"

"惠斯勒堡酒店不是监狱。"黎说道，"你们随时想去哪儿就去哪儿。只是，不可以谈论工作。"

"那么，如果……"鲁宾吞吞吐吐道。

"如果你还是说了呢？"黎做出一副忧郁的表情，"我理解你为什么提出这个问题。那样的话，我们会否认你的言论，好保证你不能再次破坏保证书里的规定。"

"这……呃……你有权这么做吗？我是说，你……"

"有人授权我吗？大家都知道，三天前德国提出欧盟进行联合调查，北大西洋公约的备战条款也启用了，挪威、英国、比利时、荷兰和丹麦，都宣布进入紧急状态。加拿大和美国也进行了合作。随着世界形势的发展，不排除由美国主导的可能性。面对这种特别的形势——是的，我们有授权。"

鲁宾抿了抿下唇，点点头。再也没有其他问题了。

"好。"黎说道，"那我们就开始吧！皮克少将，请。"

皮克按了遥控器，一张卫星图出现在大屏幕上，展示的是从高空拍摄到被村镇包围的海岸。

"也许它是从别的地方开始的，"他说道，"也许它更早就开始了。但今天我们要谈的是它在这里，秘鲁，万查科。"他用光笔指着海里不同的位置。"这地方在几天中损失22名渔夫，而且是在非常晴朗的天气。快艇、游艇和帆船都相继失踪，有些地点还发现了残骸。"

皮克放映一张新的照片。

"我们一直在对大海进行观测。"他接着说道，"海里有许多漂浮监测器和机器人，通过无线电发送有关洋流、含盐量、温度、二氧化碳含量……和各种没完没了的资料。海底测量站记录了海床与海水间的

440

物质交换。我们在太空中有数百座军用和民用卫星。这样看来，查出船的失踪事件好像不成问题，但事情没这么简单。因为我们的太空侦察员跟所有长眼睛的东西一样，都有盲点。"

图像展示的是地球表面的一部分。上方悬挂着大小和飞行高度各不相同的卫星，就像巨型昆虫。

皮克说道，"共有3500颗人造天体，还不包括麦哲伦号探测卫星和哈勃望远镜。在那上面盘旋的大都是废铁。运转正常的约有600颗，你们通过其中一些来存取讯息。另外也通过军事卫星。"

光笔移到一个有太阳能板的桶形物上。"美国的KH-12匙孔光学卫星，白天可提供精密至五厘米的高分辨率，只差无法辨认人脸。夜间拍摄另装有红外线和多光谱系统，可惜有云时根本没用。"皮克指着另一颗卫星。"因此，许多侦察卫星用雷达来工作，尤其是微波。乌云不会妨碍雷达。这些卫星扫描行星表面，仿真出三维空间。可惜的是，雷达图像需要解释。雷达不懂颜色，看不穿玻璃，它的世界里只有形状。"

"为什么不将这些技术结合起来呢？"波尔曼问道。

"做了，但很麻烦。事实上，这是整个卫星监视的主要问题。为了至少能覆盖整个国家或整个特定海域的一天，需要很多个能够扫描大面积的系统合作。一旦你需要的是一个狭窄地区的详细图像，就得在准确的时间拍照。卫星位于轨道上。大多数需要九十分钟左右才能重新回到同一位置的上方。"

一位芬兰外交官发言道，"不能将一些卫星固定在危急地区的上空吗？"

"太高了。静止卫星仅在35888公里的精确高度才能稳定。它们从那里识别的最小距离为八公里。哪怕黑尔戈兰岛沉入大海，也看不见。"皮克停顿一下，说："但是，如果知道目标，就可以安排。"

他们看到一个从较低高度拍摄的水面。阳光斜照着海浪，将大海映射得如同流动的玻璃，上面有小船和细微的狭长形。仔细一看，原来是些芦苇编织的船只，上面各蹲着一个人。

"KH-12 的变焦镜头。"皮克说道，"万查科沿岸的大陆架地区。这一天有多名渔夫失踪。因为在早晨，反光有限，因此我们才能拍下这张图。"

下一张图，一个银色块面分布在极广大的面积。图上孤单地漂泊着两艘芦苇船。

"是鱼，一大群。它们游在水面下三米左右，因此我们还看得到。问题是，海水几乎不传输电磁波，幸好如果水质够清澈的话，我们的光学设备至少能望进水里一小截。我们还能用红外线在30米的深度拍到一条鲸鱼的热量图。因此军方才会如此钟爱红外线，因为它能让人看到下潜的潜水艇。"

"金鲭鱼吗？"一名黑发的年轻女子问道，名牌说明她是来自冰岛的雷克雅未克环保部生态学家。

"可能是。也可能是南美沙丁鱼。"

"一定有数百万条。太惊人了。我以为在南美的海域，这类鱼群早就被过度捕捞殆尽了。"

"没错。"皮克说道，"但我们主要是在游泳者、潜水者或小渔船失踪处发现这些鱼群，令人百思不得其解。这是集体异常行为。比如说，三个月前有鲱鱼群在挪威沿海将一艘19米长的拖网船弄沉。"

"这消息我听说过。"那位女生态学家说道，"是史坦因霍姆号，对吗？"

皮克点点头。"那些动物钻进网里，从拖网船下方游过，当船员们正想将他们的收获拉上甲板时，船被倾覆了。船员们试图砍断网绳，但无济于事。船在十分钟内就全部沉没了。"

"过没多久，冰岛沿岸也发生一桩类似案例。"女生态学家沉思着说道，"两名船员因此溺毙。"

"是。全是奇怪的个案。而且如果把全世界的个案加在一起，最近几星期内被鱼群弄沉的船只要比以往多。有人说是巧合，只是鱼群为求生而奋斗。也有人发现过程几乎相同，仿佛鱼群是有计划性的行动。我们不排除这种可能：这些动物听任被捕，是因为它们想弄翻船只。"

"这是无稽之谈。"一位俄罗斯代表表示不相信，"鱼从什么时候开始有心机了？"

"自从它们弄沉拖网船之后。"皮克简洁地回答道，"它们在大西洋里这么做。到了太平洋，好像还学会了如何从旁边绕过拖网。鱼群好像突然理解了一张拖网或围网代表什么，以及，要如何使用它。可是，就算它们的行为能力突然增强好了，这些动物还得先学会目测才行。"

"没有哪种鱼或哪个鱼群能看到网上有个110米高、140米宽的洞。"

"但它们似乎真的认识这些网。反正渔业船队抱怨损失惨重。整个食品业都大受影响。"皮克轻喘一声，"船只和人员失踪的第二个原因是众所周知的。可是KH-12记录这个过程需要一点时间。"

安纳瓦克盯着屏幕。他知道会发生什么事。他已经看过这些图片，甚至也提供了信息，但每次看都还会感到一阵窒息。他想到苏珊·斯特林格。

照片是连拍的，像在放映电影。海面上漂着一艘12米长的帆船。风平浪静。船尾坐着两个人，有个女人躺在前甲板上晒太阳。一个硕大阴影紧贴着船浮游。那是一只成年座头鲸，另两只跟在后面。

"注意这里。"皮克说道。鲸鱼游过了船。左舷出现深蓝色的东西，慢慢靠近水面。那是另一尾垂直上冲的鲸鱼。它从水里钻出，张开尾鳍。船上的人掉头一看愣住了。那巨大的身躯一翻转，横打在帆船上，将船击碎成两截。碎块在旋转。人们像木偶似地飞向空中。桅杆折断了，两条鲸鱼跃上残骸。田园风光顿成混乱的地狱。船只下沉。碎片孤零零地漂浮在白色浪花扩散的水圈里。再也见不到那些人了。

"在场有极少数人直接经历过这种袭击。"皮克说道，"因此才有这些图片。现在动物的袭击不再局限于加拿大和美国，而是出现在全球小型船只的航路上。"

安纳瓦克闭上眼睛。当DHC-2水上飞机与鲸鱼相撞时，从空中看下去是怎样的情形？这部分也会有幽灵般的编年史吗？他没能鼓起勇气询问。一只无动于衷的玻璃眼睛目睹了一切，这让他无法忍受。

像是响应他的想法似的，皮克接着说："这种数据可能会让人觉得很讽刺。我们并不是偷窥癖者。凡是力所能及之处，我们都尽力提供立即的帮助。"他抬起目光，眼里没有表情，"只可惜，基本上都太迟了。"

皮克继续说："如果我们把袭击的传播想象成一种传染病，那么，这种传染病源就始于温哥华岛沿海。最早的确凿案件发生在托菲诺附近。虽然听起来不可思议，但几乎可以看到它们的战略：灰鲸、座头鲸、长须鲸、抹香鲸和其他大型鲸鱼负责袭击船只，然后，更小更快的虎鲸负责消灭漂浮在水中的人。"

那位挪威教授举起手来。"是什么让你认为那是一种传染病呢？"

"我们没有说，那是一种传染病，约翰逊博士。"皮克回答道，"而是它传的方式就像传染病。在几个小时内从托菲诺向南传播到下加利福尼亚，向北直到阿拉斯加。"

约翰逊摇摇头。"我想说的是，这种表面现象会误导我们做出错误的结论。"

"约翰逊博士。"皮克耐心地说道，"如果你愿意多花点时间听我接下来的说明……"

约翰逊不为所动地接着说，"有没有可能，我们要对付的是一桩同时发生的事情，只是它们彼此间衔接得不是太流畅呢？"

皮克望着他。"是的。"他不甘心地说道，"这是有可能的。"

黎就知道，约翰逊有他自己的理论。而皮克，他不喜欢平民打断军官的话，肯定会因此而生气。

她感到开心。她跷起二郎腿，身体靠回椅背，感觉到来自范德比特一道询问的目光。这位中情局副局长似乎认为她事先跟约翰逊说过什么。她回望他一眼，摇摇头，继续听皮克的说明。

"我们知道，"皮克正讲道，"那些攻击性鲸鱼主要是非居留者。居留者可以说是某个地区的固定班底。相反的，过境者洄游很长的距离，就像灰鲸和座头鲸一样，或像虎鲸一样在深海漂游。因此，我们有所保留地形成一种理论：深海里能找到动物行为变化的起因，在公海里。"

接着出现一张世界地图。它注明每一处发现过鲸鱼袭击的地方。一条红线从阿拉斯加延伸到南美洲最南端的合恩角。其他地区则分布在非洲大陆两侧和澳洲沿岸。然后那张地图消失，换成另一张。这里的海岸地区下面也描绘了彩色的线。

"整体说来，行为有目的地针对人类而来的海洋物种，数量正在大幅增加。澳洲沿海的鲨鱼袭击增加，南非沿海也是。再没有人敢去游泳或捕鱼。能够拦住那些动物的拦鲨网被摧毁，谁也无法可靠地讲出到底是什么破坏了那些网。我们的光学侦测系统对解释谜团也没有多大帮助，而第三世界国家技术落后，更无法满足我们对深潜机器人的需求。"

"你不相信是偶然的累积吗？"一名德国外交官问道。

皮克摇摇头。"长官，你在海军里学到的第一件事，就是正确评估鲨鱼的危险。这些动物虽然危险，但不完全具有攻击性。我们不太合它们的胃口。大多数鲨鱼很快又会将一只手臂或一条腿吐出来。"

"多么令人感到安慰啊。"约翰逊嘀咕道。

"但是，各种动物似乎改变了它们对人肉美味的看法。仅几星期内，鲨鱼袭击的案例就增加十倍。成千上万本是深海居民的蓝鲨出现在大陆架。鲭鲨、白鲨和双髻鲨像狼一样成群出现，造成巨大损失。"

"损失？"一位带着浓重口音的法国议员问道，"什么意思？死亡事件吗？"

皮克似乎在想：不然还能是什么，你这白痴！"对，死亡事件。"

他说道，"它们攻击船只。通过撞击和啃咬弄沉小船。鲨鱼也会攻击救生艇。如果几只鲨鱼一起发动袭击，船与人都没有存活的希望。"

他指着一张漂亮的小章鱼照片，它的表面罩上了发光的蓝环。

"另外，Hapalochlaene Maculosa，蓝斑章鱼，体长20厘米，生长于澳洲、新几内亚和所罗门群岛。世界上最毒的动物之一。攻击时会将含有剧毒的酶射进伤口。你几乎感觉不到，但两个小时后就会全身僵硬而死。"接着是一组生物照片。"石鱼、龙、龙首、红虫、锥形蜗牛——海洋里的有毒动物难以计数。大多数情况下，这些剧毒仅用于自卫。但这些剧毒动物明显增加，统计数字超越了我们所知的上限，原因很简单，就是以前多半隐蔽和躲藏的物种，现在开始群起攻击我们。"

罗什向约翰逊侧身低语："问题是，改变鲨鱼的那种物质，有没有可能也会改变一只甲壳纲动物呢？"

"这点毋庸置疑。"约翰逊回复他。

皮克继续谈到入侵近海的水母群，它们在南美洲、澳洲和印度尼西亚已达到堪称危害的程度。"为方便说明，我们将事件分为三类：异常行为，突变，环境灾害。三种是互为因果的。到刚刚为止谈的都是异常行为，而水母主要是发生突变。箱形水母一直都能导航，但最近成了导航专家。感觉就像是一支巡逻舰队，要将所有人类从海域拔除似的。潜水旅游业因此瘫痪，受害最严重的则是渔民。"

接着，画面出现一艘水产加工船，就是在甲板上当场将渔获加工成罐头的船只。

"这是安塔尼亚号。十四天前，船上人员将满满一网箱形水母拖上甲板。他们打开网子，结果等于是把数吨的纯毒素倒在甲板上了。数米长、细如发丝的触须在甲板上四散，几名船员几乎当场死亡。雨水将水母冲往船舱各处。没有人知道毒素到底是如何掺进饮用水里的，总之安塔尼亚号最后成了一艘幽灵船。从此，拖网渔船备有专用防护装，但问题并没有根除。现在，许多船队捕到的不再是鱼，而是毒物。"

他们不再捕鱼，因为再也没有鱼了，约翰逊心想。

他想到那些虫子。一瞬间，这些突变的生物似乎知道自己在做什么。人类将大海捕捞一空，现在，这些潜在的危险分子学会避开死亡陷阱，当身怀剧毒的军队在鱼网里执行它们的任务时，同时毒杀了渔业。

海洋在屠杀人类。

而你杀死了蒂娜·伦德，约翰逊悲恸地想。是你鼓励她不要放弃卡雷·斯韦德鲁普的。她听从了你的话，否则她也不会开车去斯韦格松诺兹。

是他的错吗？他怎么可能知道会发生什么事呢？如果伦德留在斯塔万格，她可能也已经死了。如果他建议她搭乘下一班飞机，飞往夏威夷或佛罗伦萨呢？他现在会坐在这里，自以为救了蒂娜·伦德吗？

在场每一个人，都在跟自己心中的魔鬼战斗。波尔曼为他没有提前警告这世界而折磨自己，当然，他应该提出警告。可是警告什么呢？警告他怀疑有可能发生灾难？在某日某时，灾难即将来袭？他们用尽全力想找出可靠的答案。但结局是，他们不够快，可是他们毕竟尝试过了。波尔曼有错吗？

那么国家石油公司又怎么说呢？斯考根死了。当海浪来袭，他留在码头。如今约翰逊以另一种眼光来看这位石油老板。斯考根曾经是个擅于操弄的人，标榜自己是这个邪恶产业里唯一的良心，但他采取正确措施了吗？斯通也成了灾难的牺牲品，而他真如斯考根所谴责的那样，是个自私自利的魔鬼吗？

虫子，水母，鲸，鲨鱼。

有计划的鱼群。联盟。战略。

约翰逊想起特隆赫姆那栋被毁的房子。失去房子并没有让他太难过。租赁的屋子永远不会成为真正的家。他真正的家在别处，在晴朗的夜空中，在傍着镜子般平滑的水面里，那儿包含着宇宙万物。他在那里看到了自己，打造一切美丽与真实。自从和蒂娜一起度过那个周末之后，他再也没去过那间屋子。

皮克出示一张新图片。是一只龙虾。那动物看上去像是爆炸了。

"好莱坞会把它称作死亡使者。"皮克冷笑着说道，"然而在这起事故中，这说法一点都不夸张。在中欧，有一种传染病正在扩散，而病因便潜伏在这样一只动物的体内。感谢罗什博士，现在我们得以知道这位偷渡者的真相。最接近的分类，是一种叫作红潮毒藻的单细胞藻类，属于目前已知近60种有毒鞭毛虫中的一种。红潮毒藻是有毒藻类里最可怕的一种。

"多年前，美国东岸沿海曾经因它引发一场浩劫——红潮毒藻导致数亿只鱼的死亡。对渔民来说，这不只是经济上的灾难，也危害到他们的健康。他们的手脚布满血淋淋的脓疮，甚至还会丧失记忆，最后不得不放弃工作。研究红潮毒藻的科学家，身体健康也长期受到损害。"他停顿一下。

"1990年，一位藻类研究人员霍华德·格拉斯哥，在北卡罗来纳大学里的实验室清洗鱼身，结果发生很古怪的事。他的大脑功能正常，但肢体动作却像是慢操作表演一般，四肢不听使唤。他的发病证明了红潮毒藻毒素也能入侵空气，因此格拉斯哥将这些生物运去一个安全的实验室里。不幸的是，建筑工人竟然将实验室的一道通风管接反了。他呼吸了整整六个月的有毒空气而不自知。他的头愈来愈痛，后来丧失了平衡功能，肝和肾也开始腐烂。出门找不到回家的路，忘记电话号码，甚至自己的名字。后来去检查，才发现他的神经系统连续数月遭到化学物质的攻击。其他接触过红潮毒藻的研究人员，后来都罹患了肺炎和慢性支气管炎。所有人正逐渐丧失记忆力。一种令人无法理解的生物使他们丧失了记忆。"

皮克出示一组电子显微影像，上面显示着各种生物。有些看起来像有着星状赘生物的变形虫，另一些则像有鳞片或带刺的球，又有一些像汉堡，两片之间有螺旋形的触须在扭动。

"这些都是红潮毒藻。"皮克说道，"它可以长到十倍大，包在囊肿里，从中破茧而出，由一种无害的单细胞生物变成含有剧毒的孢子。它们能在数分钟之内改变外形，有多达24种形状，每种都有不同特性。我们已经成功地将毒物隔离，罗什博士正在全力破解。但是那种进入下水道的生物似乎根本不是红潮毒藻，而是更危险的变种。罗什博士给它取名为Pfiesteria homicida——杀人藻[1]。"

皮克总结要点：这种新生物似乎计划要加快它的繁殖周期。一旦流入水中，你就永远无法摆脱它的影响。它会渗进土壤，分泌无法被滤出的毒物。受害者成了喂养杀人藻的食物，受到感染后，伤口化脓无法愈合，溃烂发炎布满全身。而藻类会释放出更多毒物。当局尝试全面清洗下水道和水管，但不管怎么做都无法阻止它们重新繁衍，继续分泌毒物。

红潮毒藻会损害神经系统，但这种新品种更具杀伤力，数小时就能使人瘫痪、昏迷，进而死亡。罗什希望能解码抗体的基因，但时间不断在消逝。这种疾病的传播似乎能逃避任何拦截。

"这种藻类大都藏在特洛伊木马里。"皮克说道，"在甲壳动物体内。在特洛伊龙虾体内，如果你们想这样称呼的话。更准确地说，是在某种像龙虾的东西体内。当它们被捕获时，这些东西显然还活着，只不过它们的肉变成某种胶状物。藻类大军就躲在那躯壳里。欧盟如今已经下令禁止捕捉和出口甲壳动物。现在病变和死亡事件仅限于法国、西班牙、比利时、荷兰和德国。我目前拿到的数据记载死亡人数是14000人。在美洲大陆，龙虾似乎还是龙虾，但我们也在考虑禁止出售甲壳动物。"

"可怕。"鲁宾低声道，"这些藻类是从哪儿来的？"

1　红潮海藻的学名为Pfiesteria piscicida，种名piscicida在拉丁文里是"杀鱼"，杀人藻的种名homicida在拉丁文则是"杀人"。

罗什转身面向他。"是人类创造了它们。"他说，"美国东岸的养猪场将大量粪便直接排入海里，藻类在营养富足的海水中迅速繁殖。它们靠磷酸盐和硝酸盐为食，随着动物粪便流过田野，进入河流。它们也喜欢工业废水。显然，大城市的下水道很适合这些怪物。我们没有发明它们，但允许它们变成怪物。"

罗什停顿一下，转而看着皮克，"最近几年来，波罗的海突然发生变化，海里的鱼类纷纷死亡，原因就在于丹麦养猪的饲料。粪水使得藻类爆炸式地繁殖。海水的含氧量因此降低，鱼类开始死亡。但这些有毒藻类真他妈厉害，似乎没有任何地方能免受其害。我们碰上了最致命的品种。"

"可是之前为什么没有采取措施呢？"鲁宾问道。

"之前？"罗什笑了，"噢，他们试过了，我的朋友。但科学家不但得不到继续研究的掌声，取而代之的是嘲笑，甚至遭受生命威胁。顾虑到那些刚好是养猪业者的政界代表，北卡罗来纳的环境部门故意隐瞒藻类事件，直到几年前才揭发出来。当然，我们问的问题永远是，到底是哪个疯子送给我们被毒藻污染过的龙虾？但这丝毫改变不了我们是灾难帮凶的事实。某种程度上，我们一直都是。"

"这些蚌类有着斑马贻贝的所有典型特征。但它们具有一些普通斑马贻贝没有的本领，就是导航。"

被毒藻折腾过后，皮克公布了同样令人震惊的资料。一张世界地图上交织着一根根彩色线条。

"这是贸易船只航行的主要交通海路。"皮克解释那幅图，"决定走向的是运输货物的分布。一般情况下，原料总是被运往北方。澳洲出口铝土矿，科威特出口石油，南美洲出口铁矿。所有这些都经过长达11000海里的距离运往欧洲和日本，好让斯图加特、底特律、巴黎和东京能够生产汽车、电气设备和机器。这些商品又被装进货柜里运回澳洲、科威特或南美洲。

"世界贸易约有四分之一在亚太地区进行，相当于5000亿美元的货物，大西洋也差不多。航海交通的主要集散中心用黑线标示出来。美国东海岸的重点是纽约，欧洲北部是英吉利海峡、北海直到整个地中海。另外，地中海也是从北美东海岸穿过苏伊士运河前往东南亚的主要航道，也不能忘记日本群岛和波斯湾，然后是中国海，它是除了北海之外，地球上交通最密集的水域。

　　"要理解海洋上的世界贸易过程，就必须先理解这个网络。我们必须知道，当在地球的另一端有一艘货运轮船沉没时，对地球这一端而言意味着什么，哪些生产渠道会受阻、哪些人无法生活或失去性命、谁能从灾难中获利？航空交通结束了客轮的航行，但世界贸易仍然依赖海洋。没有什么可以取代水路。"

　　皮克停顿一下。

　　"每天有2000艘船只挤过马六甲海峡及其邻近海峡，每年穿过苏伊士运河的大小船只将近20000艘，但这只相当于世界贸易的15%。每天有300艘船穿梭于英吉利海峡，通往世界上航运最繁忙的海洋，进入北海。地球上每年有数万艘货轮、加油船和渡船在来往，更别提捕鱼船队、快艇和帆船了。数百万艘船挤满了公海、近海、运河和海峡。所以，如果偶然有艘超大型加油船或货轮沉没，就联想成一场严重的航海危机，显得有点夸张。没有人会轻易被吓到，然后便不再把锈迹斑斑的船注满油，发船启航。

　　"你知道，全世界有7000艘油船的状况都很差。其中一半以上已经服役二十多年，许多大型油船完全可以用废铁来形容。但有些事情被默许。人们心里打着算盘：一切都会顺利的，对吧？人们衡量着可能性，一切成了一场赌博。一艘300米长的油船如果掉进一个浪谷里，船身会变形超过一米，损害所有的内部结构。但油船依旧按照计划航行，一切都像没事似的。"

　　皮克淡然一笑，"如果造成不幸的，是无法解释的因素，可就无法计算了。风险无法评估，就形成一种特殊的鲨鱼心理学。我们永远不知道鲨鱼刚好在哪里？它接下来会吃谁？只消一条鲨鱼就足以阻止数千名游客下水。从统计学来看，一只食人鲨不可能对旅游业造成冲击，但事实上结果可能是毁灭性的。

"现在请你们想象一下，贸易航行在几个星期之内发生的事故比以前多四倍，而且是不明原因造成的。无法解释的惊人现象造成船只沉没，甚至那些性能良好的船只也难逃劫数。我们永远不知道下一个会是谁，人们不再谈论生锈、暴风雨的损失或导航误差，街谈巷语讨论的是：别出海。"

此时屏幕上展示的是蚌类动物。

皮克指着从蚌壳中伸出的纤维状赘生物。"这是足丝，贝类的某种足部。当斑马贻贝在水中移动的时候，会用足丝吸附于物体表面。准确地说，足丝由具黏性的蛋白质所组成。但是现在照片中，这些新的蚌类竟然能将足丝进化成螺旋桨。这种移动的推进方式其实跟之前提到的藻类有相似性。大家知道，生物的进化需要花上数千、数百万年。这些蚌类要不是过去隐藏得太好，就是一夜之间获得了新能力。在许多方面，它们依然还是斑马贻贝，只不过它们似乎确切知道自己的目标。比如说，巴丽尔皇后号船身上虽然没有，但螺旋桨上却满布着蚌贝。"

皮克报告了海难造成的损失，以及鲸鱼对拖轮的攻击。虽然巴丽尔皇后号幸免于难，事实却证明，蚌类动物和鲸鱼的合作战略是多么有效，就像灰鲸、座头鲸和虎鲸之间的合作一样。

"这简直太荒谬了。"联邦国防军的一位上校在背后说道。

"绝不荒谬。"安纳瓦克向他转过身去，"它们是有计划的。"

"荒唐！你该不是想告诉我，鲸鱼跟蚌类是商量好的？"

"不是。但它们明显结合了各自的势力。如果你经历过这种袭击的话，你就不会这么想。我们认为，它们对巴丽尔皇后号的攻击只是一次测试。"

皮克按下遥控，画面出现一艘横倒的巨船。暴风带着高浪扑上船体。倾盆的大雨模糊了视线。

"商数号，日本最大的汽车运输船之一。"皮克说道，"最后一批运的货物是卡车。这艘船在洛杉矶沿海陷入一群蚌类的包围。跟巴丽尔皇后号一样，它们紧紧吸附在舵上，但这回是在深海里。商数号受到巨浪袭击，开始全速行驶。接下来的事只能靠推测。在怒涛的威力下，有些卡车滑了出来，掉进舱底水箱里，其中一辆击穿船舷。这张照片摄于船桨卡住后十五分钟。又过了一刻钟，商数号撕裂开来，沉没了。"

他停顿一下，"此后类似的事故清单一天天增加。拖轮受到攻击，对船舰发出求救，但救援行动几乎都失败了。安纳瓦克博士说对了，这些疯狂的事情是一种计划。因为，近来我们又发现另一种变体。"

皮克播放一张布满数公里乌云的卫星图。乌云向陆地涌来，从离岸很远的海上，渐渐凝聚为一柱灰红的烟雾，好像一座火山在大海里爆发。"云下藏着阿波罗号的残骸。这艘天然气运输船属于超巴拿马级[1]，是同型船中最大也最高级的船型，经常维修保养，状态极佳。它在东京外海50海里处，机舱突然起火，火势蔓延到四个油箱，引起一连串的爆炸。希腊船行想知道具体情况，派了一个机器人下去确认。"

一道闪光映过屏幕。接着，灰蒙蒙的背景突然出现暴风雪。

"一般油轮爆炸之后，不会剩下多少残骸。这艘船在水面下断成四截。本州岛岛外海水深9000米，残骸漂散在好几平方公里的海面上。最后机器人找到船尾的部分。"雪花中出现一样模糊的物体。一只桨板，扭曲的船尾，还有部分船体。机器人从上面游进去，沿着钢壳下潜。唯一的一条鱼游过画面。

"底部有着大量有机物：浮游生物、微生物腐质，你叫得出名字的都在那里。"皮克解释那些照片，"我们不用看完全部的照片，但这一

---

1 "巴拿马级"是以船身能否通过巴拿马运河作分界，这是运输船很重要的指标。"超巴拿马级"的船只则远远大于此。

453

张你们会感兴趣的。"镜头一下子移近船体。船壳上厚厚地覆盖着什么。在探照光下，它们发着亮光，像融化的蜡油一样闪熠着。

鲁宾表情激动地俯身向前。"那里怎么有这东西？"他叫道。

"你认为那是什么呢？"皮克问道。

"水母。"鲁宾眯起眼睛，"小水母。那里一定有好几吨。但它们为什么会钉在船壳上？"

"那斑马贻贝又为什么学会导航呢？"皮克回敬道，"海底门躺在淤泥下，显然是彻底被堵塞了。"

一位外交官犹豫地举起手来。"到底，呃……那是什么……？"

"海底门吗？"什么都得解释，"是水底输送系统里一个矩形凹槽，外头有孔盖保护，以防冰块和植物跑进去。里头连接着输送管。在船舱内部，输送管线会将吸入的海水转化成淡水，分送到所有需要的地方，例如消防水箱，但主要还是送进机器所在的冷却水循环系统里。这些动物是何时黏附在船体上的？很难说，也许是在船下沉之后。

"另一方面……我们可以设想一下以下的场景：水母群漂向油轮，挤得紧密而扎实，就像个密封的东西似的。几秒钟后，这些动物就堵住海底门，再也没有水输进去。同时，这种有机的糊状物穿过盖板的孔挤进去。愈来愈多的动物跟来。管子里剩余的水被送进机器后便全干了，阿波罗号的冷却水供水系统顿时中断。主机愈转愈烫，机油灼热，气缸里的温度不断上升，一支排气阀掉了下来。着火的燃油冲射而出，引发连锁反应。然而消防系统失灵，因为它们同样也抽不到水。"

"因为水母堵塞海底门，于是一艘高科技的油船爆炸了？"罗什问道。

皮克想，这问题多可笑啊。一群高水平的科学家们坐在一起，面对起不了作用的科技，表现得像失望的孩子似的。"油轮和货轮一半由高科技组成，另一半则是史前技术。船用柴油机和舵机可能是复杂但技术高度发达的结构，它们主要用于转动螺旋桨，将一块钢板移来挪去。人们使用GPS导航，但冷却水确实是通过一个孔抽进去的。有何不可呢？因为它行驶在水里呀，就这么简单。

"有时候，当水草或其他什么东西不巧被卷进去时，会有一只海底门合上，但清理掉就好了。一个堵住就用另一个。大自然从未对海底门发起任何公开的攻击，那我们何必要去改进这个系统呢？"他停顿片刻，"罗什博士，如果微小的昆虫明天决定针对你的鼻孔发起攻击，你那神奇的、高度复杂的身体就有致命的危险。你曾经想过会发生这种事吗？我们遭遇的问题就在这里——我们曾想过它会发生吗？"

接下来谈的，是虫子和甲烷水合物。当皮克讲话时，约翰逊零零散散地在笔记本电脑里记下他的思路："神经元系统的影响，通过……"通过什么呢？他必须为此找个字眼。他心不在焉地盯着屏幕。指挥部会入侵他的计算机吗？黎和她的手下可能正在监视他，一想到这念头就让他不舒服。他有他的理论，他要在一个由他决定的时间点把他的理论告诉指挥部。

他左手的无名指和中指突然打出了几个字，纯粹是个巧合。计算机屏幕上出现了Yrr。约翰逊正想删除，又停了下来。为什么不用呢？任何一个字都可以。但它甚至比一个真正的单字更好，因为没有人能破解。事实上他也不确定自己在写什么。反正没有现成的概念，就只能取个抽象字眼。

Yrr。Yrr好听。暂时就用它吧。

韦弗一边听，一边咬碎了她的第三支铅笔。皮克望向众人，房间里一片死寂。

"人类史上有许多洪水、海啸和火山爆发，但没有一次灾情比得上这次北欧的海啸。北欧沿海全都是高度发达的工业国，共有两亿四千万人居住，且大多数住在海边。那里的地形突生大变。整体影响目前还不清楚，但对于经济的影响是毁灭性的！鹿特丹几天前还是史上最大的水上贸易城，北海是远古能源最重要的仓库之一。这里每天有45万桶石油被开采出来。欧洲的石油资源有一半在挪威沿海，另一部分在英国沿海，另外，还占有天然气储量的绝大部分。这一庞大的工业在几秒钟之内就被摧毁了。保守估计，死亡人数在200到300万，伤者和失去家园的人数远远高于这个数字。"

皮克像报道一则天气预报似的宣读那些数字，神情冷漠，丝毫不带感情。

"但我们不明白的是，到底是什么引发了崩移。毫无疑问，这些虫子是目前最值得注意的突变之一。没有任何自然过程能够解释，为什么数十亿只虫子会和细菌联盟组成部队，横扫大陆边坡。尽管如此，我们在基尔的朋友们和约翰逊博士都认为，这块拼图还缺一小片。虽然由于虫子的侵袭，水合物变得很不稳定，但绝对想不到会发生这么大规模的灾难。一定另有原因在作怪，海浪只是问题的表象。"

韦弗直起身。她感觉颈背上的毛发竖起。虽然此刻出现在屏幕上的卫星图是从很高的地方拍摄的，对比不明显且轮廓不甚清晰，但她还是一下子就认出了那艘船。

"这些照片证明了我所言。"皮克说道，"我们通过卫星监视这艘船……"

他说什么？她不敢相信她所听到的。他们监视了鲍尔？

"一艘叫作朱诺号的科学考察船。"皮克接着说道，"这些照片是夜里拍摄的，出自一颗名叫EORSAT的军方侦察卫星。幸运的是，我们的能见度极好，湖面很平静，但这对于该地区来说很不正常。朱诺号当时停泊在斯匹茨卑尔根群岛外。"

船上的灯光苍白地扫过黑色的水面。突然，海面溅起亮斑，它们扩散开来，仿佛大海沸腾了起来。

朱诺号向左倾倒，翻动。然后像块石头一样下沉。

韦弗呆住了。没有人告诉她要做好心理准备。她终于知道鲍尔上哪儿去了。朱诺号葬身格陵兰海的海底。她想起他令人困惑的记录，他的担心和害怕。她在痛苦中明白了一切。

"这是第一次，"皮克说道，"我们能够清楚地观察这现象。当然，我们对这地区发生甲烷海喷的现象其实已经知道一段时间了，不过……"

韦弗举起手。"朱诺号沉没时，你们有采取什么措施吗？"

"没有。"皮克定定地看着她。他的脸像雕像似的，毫无表情。

"你们让一颗卫星监视着这个地区和这艘船，却什么行动都没有？"

皮克缓缓摇头。"我们监视许多船只以累积资料。不可能立刻赶到每个地方……"

韦弗打断他，"但想必你早知道会发生海喷了吧？这简直就是发生在自家门口的百慕大三角洲。你们知道过去是海喷造成船只失踪，也知道北海甲烷的释放在加剧，难道没有意识到挪威大陆架会坍塌吗？"

皮克盯着她。"你到底想说什么？"

"我想知道，你们本来是不是能做点什么！"

皮克的目光死死地盯着韦弗。室内安静得让人难受。"我们对局势判断错误。"他最后说道。

黎很熟悉这种状况。除了承认空中侦察的失败，皮克别无选择。该是支援皮克的时候了。"我们根本无法采取什么措施。"她站起来，平静地说道，"我想请你先听少将的报告，而不是直接作判断。或许我可以提醒你，我们是从两个角度去挑选这屋子里的科学家：专业水平和经验。他们当中，有人直接卷进这些事件。波尔曼博士本来能阻止什么呢？约翰逊博士？国家石油公司？你又能阻止什么呢？韦弗小姐。从空中摄影机看到，并不代表我们就有无所不在的特勤小组能够在任何时候、任何地点前往营救，无论情况有多危急。难道我们愿意眼睁睁放着他们不管吗？"

女记者皱了皱眉头。

"我们不是来这里相互指责的。"黎不管韦弗反驳什么，加重语气说道，"无辜的人最先扔石头。这是我学会的。《圣经》里是这么写的。我们聚在这里是为了阻止更多的灾难发生。如果我们能够的话……"

"哈利路亚。"韦弗嘀咕道。

黎沉默片刻。"我了解你的心情，韦弗小姐。"然后她微笑，缓和一下气氛，"皮克少将，请继续。"

有那么一下子，皮克感到有些激动。军人不会以这种方式提出批评或怀疑。他并不反对批评或怀疑，但他痛恨这样被批评一番，却不能以一道简短的命令来重新校正关系。他突然对那位女记者产生起隐隐的敌意。他问自己，该如何才能应付这群科学家。

"你们刚才看到的，"他说道，"是较大量的甲烷外泄。虽然我对水手们的殉职深表难过，但气体外泄所带来的麻烦更大。由于滑塌的缘故，有数百万倍导致朱诺号沉没的东西进入了大气层。万一全世界所有的甲烷都以这种方式漏出的话，那就有好戏看了。结果相当于判处全人类死刑。大气层会翻覆！"

他沉默片刻。尽管皮克经验丰富，但他现在要宣布的事，连他自己也感到十分害怕。

"我不得不告诉大家，"他犹豫地说道，"大西洋和太平洋也都出现那些虫子了。尤其是南美、北美、加拿大西岸和日本沿海的大陆边坡，都发现了这种虫子。"

鸦雀无声。

"这是坏消息。"这时有人轻声咳嗽。听起来就像一次小小的爆炸。

"好消息是，其他地方的侵袭规模不像挪威沿海那么严重。这些生物只占据了个别地区。在这种密集度下，它们绝对没有能力造成严重的破坏。但我们必须了解它们会增强，不管是以哪种方式。很可能，挪威沿海在去年就发现少量的虫子，就在国家石油公司选来试验新型工厂的地带。"

"我们的政府不能证明此事。"最后一排的一位挪威外交人员说道。

458

"我知道。"皮克讥讽地说,"但跟这事有关的人似乎都死了。我们的消息来源仅限于约翰逊博士和基尔的研究小组。好吧,我们收到了数据。应该妥善利用,以便尽快采取什么措施来对付这些该死的虫。"

他突然住口。该死的虫——听起来不太妥当,太情绪化了。可以说他在最后关头失言了。

"它们的确该死!"一个男子站起来,像块岩石一样挺立,高大魁梧,披着一件橙色风衣。棒球帽下,粗粗的黑色鬈发卷绕向各个方向。一只超大的有色眼镜困难地架在过小的鼻子上,鼻尖上翘,顽强地与青蛙一样宽的嘴巴抗衡着。只要这张嘴巴一张开,庞大的下巴向下压去,你不禁会联想起木偶表演来。

巨人的名牌上写的是斯坦利·福斯特,火山学家。"我一点也不喜欢它们。"福斯特说,听起来好像他是在主日崇拜时讲道似的,"但我们的注意力似乎全集中在人口密集区周围的大陆边坡上。"

"是的,因为这符合挪威模式。先是少数动物,然后一夜之间变成一大群。"

"但我们不应该'只'关注它。我觉得这态势很明显,魔鬼有不同的计划。"

皮克搔搔后脑勺。"你能说得更详细点吗,福斯特博士?"

那位火山学家深吸口气,胸腔绷紧起来。"不能。"他说道。

"我没听错你的话吧?"

"我倒希望如此。难不成我们应该制造恐慌吗?我得先搞清楚才行。但请你想想我说的话。"

他眼神坚决地看了看在座的众人,大下巴前挺着,重新坐回去。

好极了,皮克想道。笨蛋一个接一个来。

范德比特圆嘟嘟地滚向讲台。黎眯眼望着他的背影。她眼看着中情局的这位副局长将一副小得可笑的眼镜戴到鼻梁上,让她既感到有趣又厌恶。

"'该死的虫子'十分符合我对它们的描述，萨洛。"范德比特快活地说道，"但我们要点一把火，让这些小混蛋的屁股着火。好，来谈谈我们所掌握的。目前为止，不多。我们的宝贝石油，全都完蛋了！至于国际航线运输遭到自然界的卑鄙诡计破坏，造成损失，正如皮克啰啰唆唆报告的那些。但人们知道什么？恐惧凌驾了一切。鲸鱼和鲨鱼的攻击，老实说只是小孩的恶作剧。是啊，一个体面的美国家庭不能再出海垂钓，的确是很可恨，但并不影响人类的生存。当然，在第三世界国家，一些靠着捕沙丁鱼来养活他十七个孩子和六个老婆的贫穷渔夫，现在只能待在沙滩上，因为他们害怕一出海就会被吃掉，这也很糟。但除了深表遗憾之外，我们也别无他法。"

范德比特狡猾的目光透过他的镜框观察着。"人类有其他的麻烦。各位，如果你想毁灭世界，只要针对最大的、最有钱的国家下手，让他们自顾不暇，就可以毁掉三分之二的世界。第三世界国家能够生存下来，全是因为他们仰赖富国的支持。仰赖着美国的恩威——你知道，所有那些小小的权力交换，全都是靠和毒品头子谈判，以及答应经济上援助而成的。不过，这种好日子已经结束了。当鲸鱼全面攻击船只时，我们也许会窃笑，因为我们经济的繁荣不是依赖独木舟和芦苇船。

"但是西方的生活标准并不具代表性。当你们在今晚餐会上随心所欲地大快朵颐时，请记住这点。对于第三世界来说，异常现象就等于完蛋！管它圣婴是男是女，圣婴现象就等于完蛋！对照近来大自然所带给我们的乐趣，这些过去既有的灾难算是对我们很好的了。嘿，或许圣婴可以喝杯啤酒就闪人。但这次别傻了，我们的新客人很难伺候。

"欧洲部分地区宣布进入紧急状态。这代表什么意思呢？是天黑后谁都不许上街，以免因此把脚弄湿吗？当然不是。紧急状态意味着，欧洲无法控制这场人类的浩劫。红十字会、灾难救援机构、联合国教科文组织，不再输送帐篷和食品了。文明的欧洲将死于饥饿和瘟疫！还有！噢，天啊！挪威会爆发霍乱！紧急状态代表着伤员无法获得医疗照顾，星期六晚上看着电视益智游戏的可爱欧洲观众，溃烂的伤口

460

上爬满小白蛆，叮满了苍蝇，它们落在哪里就在哪里散播着病菌。

"你们觉得很难受吗？这根本不算什么。一场海啸会让你全身湿透了！但当它结束后会发生什么呢？各种东西开始爆发出来！消防救援不再继续。沿海地带先是泡水，接着又陷入一片烈焰当中。噢，还没结束呢！回退的潮水截断那些建在沿海的该死核电厂的冷却水供给。挪威会发生一桩核能事故，接着英国发生另一起。你们厌烦了吗？我还没有谈供电系统的全线崩溃呢。各位女士先生们，我很抱歉，但是请你们暂时别指望欧洲，更别想指望第三世界。欧洲整个报废了！"

范德比特掏出一块白手帕擦拭着额头。皮克快吐了。他痛恨这个人。从来就没有人喜欢范德比特，可能连他都不喜欢他自己。一个悲观主义者，一个冷嘲热讽者，一张臭嘴。而皮克最痛恨的是，范德比特所讲的一切几乎都有道理。他跟朱迪斯·黎少有的共通点，就是同样厌恶范德比特。

"好了，接着，"范德比特得意地说道，"欧洲的饮用水里充满了可笑的小藻类。怎么办？用化学武器吗？我们永远可以把水煮沸或在里头下毒，这么做或许可以杀死那些小畜生，但我们会跟着一起挂掉。用水严重短缺。人们再也不能在莲蓬头底下一站几小时，哼上两遍小夜曲，再也不会有了。有谁会知道，在这里的第一批龙虾何时会爆发，诸位，但上帝最喜爱的国家最好等着看吧！祂已经对我们失去耐心。"范德比特低声地咯咯笑起来，"或者，我们讲真主好了！诸位，真理就要出现了！你们等着瞧这轰动的谜底揭晓吧。广告之后马上回来！"

他在讲什么呀，皮克想道。范德比特疯了吗？这是唯一的可能。只有疯子才会说出这种话。

一张世界地图投映到屏幕上，线条串起各国和各大洲，从英国和法国横穿大西洋一直延伸到波士顿、长岛、纽约到新泽西一带。另一张网分布得很散，穿过太平洋，将美国西部和亚洲连在一起。粗线沿加勒比海群岛和哥伦比亚延伸，穿过地中海和苏伊士运河直到东京。

"深海光纤。"范德比特解释道，"信息高速公路，我们通过这个打电话聊天。没有光纤就没有因特网。挪威沿海的崩坍破坏了欧洲和美国之间的部分光纤网，至少有五条最重要的跨大西洋线缆无法再传输数据。前天，一条有着漂亮名字的FLAG Atlantic-1电缆也断了。它联结纽约和布列塔尼，每秒钟能够传输160GB。抱歉，是曾经！注意到什么没有？有人在拿深海电缆当早餐，我们的信息桥梁中断了。电来自插座里？没那回事；这世界很小？才怪！我们给加尔各答的姊姊打电话，祝她一声生日快乐吧。忘了这回事吧！全世界的通信都瘫痪了，我们却不知道为什么。不过有一点是肯定的。"

范德比特露出牙齿，肥胖的身体向前一倾，"这不是巧合，诸位。是人为操纵，好让我们一点一滴脱离文明。"他朝众人愉悦地点点头，双下巴又多出几层。"不谈我们失去的了，来谈谈我们拥有的吧。"

安纳瓦克从范德比特接下来的话里找到些许安慰。在他短暂地失去对世界的信心之后，这些话让他觉得自己正举着一块牌子大步走在前面，牌子上用不容忽视的大写字母写着：利昂，我们相信你。

"安纳瓦克博士发现了一种发光的生物。"范德比特说道，"扁的，没有固定形状。我们在巴丽尔皇后号的船底附着物里没能找到其他类似的生物，但我们的英雄没有放弃，自一小片动物组织里有所斩获。这种物质跟费尼克博士和奥利维拉博士在暴动鲸鱼头颅里所发现的一种不定型胶状物是一样的。

"我们联想到被污染的甲壳动物。红潮毒藻躲在里面，像坐着一辆出租车被运送，但这位出租车司机不是龙虾表兄，而是某种取代它的东西。壳里装满一遇新鲜空气就全部融化的东西。但罗什博士还是成功地将之分析出来。猜猜那是什么？是我们的老伙伴——胶状物。"

福特和奥利维拉将头凑近。奥利维拉以她低沉的声音说道："没错，来自鲸鱼大脑的物质和船上的一样。但大脑里的那东西要轻得多，细胞密度似乎也小得多。"

"我已经听说过关于这种胶状物有不同的观点。"范德比特说道，

462

"好了，诸位，这是你们的问题。我要说的是，我们将巴丽尔皇后号隔离在一个船坞里，以免让可能的偷渡客溜走。从那之后，我们经常在船坞的水中观察到一道道蓝色的闪光。每次闪光的时间都不是很长。当安纳瓦克博士在我们的禁区里度过他今年的潜水假期时，他也看到了。水样显示的是我们在任何一滴海水里都会见到的相同微生物。

"那么那闪光从何而来？由于缺少更合乎科学的精确术语，我们称它为蓝色云团。感谢约翰·福特，是他证明了这个，用一台名叫浦号机的水下机器人拍摄录下来。"范德比特出示露西鲸群的照片。

"这些闪电似乎既没有伤害也没有吓着鲸鱼。显然这种云团对它们的行为有所影响。云团的中心可能藏着什么东西，刺激着那些动物大脑里的物质。或许对它们进行注射，用一种长着发光、鞭子样触须的东西。现在我们进一步认为，这触须不仅注射胶状物，它们本身就是胶状物！如果是这样，我们这里所看到的东西，就是安纳瓦克博士在巴丽尔皇后号船体上发现的小东西的放大版。

"我们发现了一种陌生的生物，它能控制甲壳动物，让鲸鱼发狂，在那些让船只沉没的蚌类之间捣乱。你们看，诸位，我们已经走出一条路了！现在你们只需要查出它是什么？它为什么在那里？这种胶状物跟云团之间是什么关系？对了，还有，到底是哪个浑蛋在他的实验室里胡搞？这些也许能帮助你们。"

范德比特将照片重新播放一遍。这回图片下方出现一幅光谱图，可以看出强烈的频率变化。

"这台浦号机是个天才的小家伙。就在云团出现前不久，它的水下声呐系统就记录下一些东西。我们无法用这对可怜的、被塞住的人类耳朵听见任何声音。不过，如果你懂得一些把戏，便可以让超声波和超低频波被听见。对那些SOSUS的家伙而言是小事一桩。"

安纳瓦克侧耳倾听。他知道SOSUS，还跟他们合作过几次。美国海洋与大气局从事一系列致力于捕捉和分析水下声学现象的项目。它们都归属在一个声学监测工程的大概念下进行。海洋与大气局用于水下监听措施的工具，可说是冷战时期的遗物。

SOSUS是声音监测系统的缩写，一个敏感的水下声呐系统，是美国海军在60年代为跟踪苏联潜艇而安装在世界海洋里的。当冷战时期因为苏联瓦解而结束之后，自1991年起，海洋与大气局的民间科学研究人员也可以检阅这个系统里的数据。

感谢SOSUS，科学家们因此发现，辽阔的深海底下其实一点也不安静。尤其是在低于16赫兹的频率范围，那里充满了难以忍受的喧哗。人类的耳朵要想能听到这些声响，必须以16倍的速度播放它们。一场水下震动突然变得像滚滚雷鸣，座头鲸的歌唱让人想到鸟儿的啁啾，而蓝鲸则以嗡嗡的间奏向远在数百公里外的同类发出讯息。每年的录音数据中，有将近75%是一种有节奏的、特别大的隆隆声——这声响发自石油公司用来探勘深海地质结构所使用的高压空气枪。

如今，海洋与大气局通过自己的系统对SOSUS进行补充。这个组织每年都在继续扩建水下声呐系统的网络，好让科学研究人员能听到更多。

"今天，我们仅靠声呐就能说出那是什么东西。"范德比特解释道，"那是一条小船吗？它行驶的速度快吗？它使用哪种驱动装置？它来自哪里，相距多远？水下声呐告诉我们一切。你们也许知道，水介质传播声音的效果非常好，速度极快，每小时可达5500公里。如果在夏威夷沿海有一只蓝鲸掉进水里，不到一小时后，一只位于加州的耳机里就会出现咕咚声。

"但SOSUS记录的不光是脉冲，也告诉我们它来自哪里。也就是说，海洋与大气局的声音档案馆里存放着成千上万的响声：咔嚓声，隆隆声，呼呼声，咕噜声，叽叽声和飒飒声，生物和地震的声响，环境的噪音，这一切我们都可以翻译，只有少数例外。而各位知道吗？海洋与大气局的默里·尚卡尔博士正在我们当中，他会乐意对接下来的情况进行分析的。"

一位个子矮小、显得害羞的男子从第一排起来，他长着印度人的脸型，戴着金框眼镜。范德比特调出另一张光谱图，播放了人工加速的声音。房间里充满一种沉闷的、逐渐升高的嗡嗡声。

尚卡尔轻咳一声。"我们将这种声音叫作上移。"他轻声说道，"这是1991年录下的，出处似乎在南纬54度，西经140度。上移是SOSUS最早捕捉到、无法辨认的声音之一，它相当大声，整个大西洋都接收到了。我们至今不知道那是什么。有一种理论认为，那可能是由海水和液态熔岩在水下共振形成的，在新西兰和智利之间的海底山脉里的某个地方——杰克，请播放后面的例子。"

范德比特放出另两幅波谱图。

"茱莉亚，录于1999年。还有刮擦声。两年前由一组独立的水下声呐系统在近赤道的大西洋录下。该振幅在方圆五公里内很容易听到。茱莉亚让人想到动物的叫声，你们不觉得吗？声响的频率变化很快。它们分解成一个个的声调，像鲸鱼的歌唱。可是那不是鲸鱼，没有哪种鲸鱼能发出这种音量。相反的，刮擦声听起来好像一根唱针正滑向槽里，只是，那台唱片机可能有一座城市那么大。"

接下来的声音是一声拖长的、不断降低的叽叽声。

"录于1997年。"尚卡尔说道。"这是渐慢。我们估计，源自最南端的什么地方。不是船只和潜艇。渐慢可能是巨大冰原擦过南极岩石上方时产生的，但它也可能完全是另一种东西。海洋与大气局也研究生物声学的起因，就是与动物有关的声响。有些人乐于根据这些声响证明大王乌贼的存在，但以我的经验来说，这些动物根本无法发出声响来。没人知道那是什么，不过……"他害羞地笑了一下，"不过，今天我们可以从帽子里变出一只小兔子来。"

范德比特将浦号机录下的波谱图重放一遍。这回他让它可以被人类听见。

"听得出这是什么吗？是刮擦声。你们知道浦号机怎么说吗？声源就在蓝色云团里！由此我们可以……"

"谢谢你，默里，你可以得奥斯卡奖了。"范德比特喘着粗气，拿起手帕擦拭额头。"剩下的就是猜测。好，我们今天就到这里吧。女士先生们，让你们的脑袋动起来吧！"

后面展示的是来自黑暗深海的影像。探照灯下有东西闪着亮光。接着，有个外形平坦的生物翻涌进画面中，顷刻又退回去。

"这段影片是处理过的版本，是挪威马林帖克海科所不幸被冲进海里前拍摄的。看了他们的版本，清楚发现两件事：第一，它相当巨大，第二，它会发光，更准确地说，它在闪烁，而且一进入镜头就熄灭。它在靠近挪威的大陆边坡近七百米深的位置嬉戏。诸位，你们仔细想想，这会不会正是我们的胶状物朋友呢？请你们得出结论。我们对你们的期望，就是希望你能拯救上帝创造出的人种。"

范德比特对着一排排的听众冷笑。"我不想隐瞒你们——我们马上就要面对世界末日。因此，我建议分头进行。由你们去设法阻止这种突变动物，看是找出什么驯服方法，或者喂它吃下什么穿肠烂肚的东西。而我们则去想办法找出捣鬼的大坏蛋。但无论你们做什么，别妄想登上头版新闻。欧洲和美国已经达成协议，会在适当时机放出假消息。小小的恐慌就像粪便上的糖衣，如果你们理解我所说的。任何动荡都不是我们乐见的。所以，当我们放你们出去玩的时候，请记住你们承诺黎阿姨的话。"

约翰逊清了清喉咙。"我想代表大家为这番极其有意思的报告向你致谢。"他和善地说道，"让我打开天窗说亮话。你希望我们能告诉你们深海里的那东西究竟是什么。"

"没错，博士！"

"你猜那是什么东西呢？"

范德比特微微一笑。"胶状物。和一种蓝色云团。"

"了解。"约翰逊也报以微笑，"你希望我们自己去倒数过新年……你知道我说的是什么，范德比特。我想你已经得出一个推论。如果你要这里的人一起合作，也许你应该告诉我们，不是吗？"

范德比特揉揉鼻梁，跟黎交换了一个眼色。

"好吧。"他拖长声调说道，"过新年怎么可以不发年终奖呢？真是的！我们要问的：哪里会是灾难的热门地点？哪个地区状况较轻微？哪个地带幸免于难？嘿！怪了，未被破坏的是近东、苏联地区、印度、巴基斯坦、泰国，以及中国、韩国。北极和南极这两个冰柜也没有。很明显，主要受害者是西方。仅是毁掉挪威的海上工业，就给西方造成了长远的损失，使我们处于微妙的附属位置。"

"如果我理解得没错，"约翰逊慢慢说道，"你在谈恐怖主义。"

"真聪明！你知道，恐怖主义有两种，两者都是以大屠杀为目的。第一种不惜一切代价进行政治和社会革命，尽管成千上万人会因此丧生。比如，伊斯兰教极端分子认为，异教徒有氧气能呼吸就不错了。

"第二种是念念不忘最后审判，四处散布有罪的人类在上帝美丽的星球上逗留太久了，是该将他们消灭的时候了。这种人可以支配的金钱、技术愈多，情况就愈危险，例如杀手藻类，这种东西也许能够人工养殖。既然我们可以训练狗来咬人，基因研究已经能够窜改DNA，为什么不能用来修改行为呢？

"想想看，这么多突变全集中在短时间内发生。你们怎么看？如果你问我，我觉得其中有实验室的味道。一个外来生物，它为什么没有形状呢？也许，因为它根本不想要有形状？我们来想象一种原生质，一种有机结合物，一种黏糊糊的玩意儿，具有跟分子一样小的束状组织，占据了动物大脑或者龙虾。我告诉你们，这是一桩阴谋。想想看，北欧石油工业崩溃对中东国家意味着什么，就能找出他们的动机。"

约翰逊盯着他。"你疯了，范德比特。"

"你这么想？连接波斯湾和阿拉伯海的霍尔木兹海峡至今没有发生意外或海难。苏伊士运河里也没有。"

"但为什么要用瘟疫和海啸？为什么要消灭那些花大钱买阿拉伯石油的买主，这有什么意义呢？"

"噢，我同意，"范德比特回答道，"这的确很疯狂。我从没说过这么做有意义，只不过是合理的推论。你也知道，地中海至今幸免于难，波斯湾到直布罗陀海峡的航道也未遭到袭击。但请你注意发现虫子的地方，全都是想开采石油的南美洲和西方世界。"

"别忘了，美国东北海岸也出现虫子了。"约翰逊说道，"一场毁灭全欧洲的海啸，会把他们的石油贸易客户从市场上冲走。"

"约翰逊博士。"范德比特微笑道，"你是科学家，习惯用科学逻辑来思考。中情局早就不管逻辑。自然法则可能有其意义，但人类没有。我们都知道，一场核能战争意味着人种的灭绝，但这样的威胁依然存在，达摩克利斯剑[1]一直悬在每个人头上。约翰逊博士，007电影里的大反派是真实存在世上的，只不过现实中可没有詹姆斯·邦德。当海珊在1991年点燃科威特油田时，就连他自己的人都预言，一场长达数年的核能寒冬将会来临。他们猜错了。不过那不是重点，重点是他们的警告并不能阻止他。

"无论如何，请你问问你基尔的同事们，如果海里的甲烷全部释放出来，会发生哪些'事实'？你很清楚，这些全是推测。海平面一旦上升，欧洲就玩完了，比利时、荷兰和德国北部会变成水上运动胜地，但荒芜贫瘠的中东地区会怎样呢？这些沙漠也许会繁花盛开、欣欣向荣。你只需要多几次这样的海啸就能把西方世界彻底摧毁，但仍会有足够的人去购买阿拉伯的石油。或许这些恐怖活动并不打算引发世界末日，而是要削弱西方，让世上的权力关系重新分配，无需任何人为此发动战争。这颗星球终有一天又会安静下来……怪物可能来自海洋，但我跟你打赌，它们的主人来自陆上。"

黎关掉投影机。"我要感谢所有促成此次高峰会的各国外交代表和情报机关大使。"她说道，"我知道有些人今天就要动身出发，但大多数人于接下来几周将继续在此作客。我想我不必提醒你们，保密机制

---

1 Sword of Damocles，希腊传奇故事。达摩克利斯是意大利一位僭主狄奥尼修斯的朝臣，善于歌功颂德，当他盛赞僭主洪福齐天的时候，狄奥尼修斯安排了盛宴，邀他入座，而在他头顶上用马鬃悬挂一把利剑，喻示大权在握的人往往朝不保夕。

适用于我们每个人，请务必对我们的工作和发现保守秘密，这会对各国政府有利。"

她顿了顿。"至于科学家们，我们将尽可能给你们支持。从现在起，请你们只使用你们面前的笔记本电脑。酒店里到处都有网络接头，无论是酒吧、你们的房间或健身中心都有。不管你们在哪里，都可以登录。跨大西洋的联机又恢复了。酒店楼层装有卫星接收天线，一切都正常运转。电话、传真、电子邮件和因特网，从现在起都会通过NATO-Ⅲ卫星来发送。过去，它用于北约合作伙伴各政府之间的联系，现在也被列入你们可使用的配置之中。

"为此我们建立了一个封闭的网络，一个密中密、谜中谜，只有成员可以进入。你们可以使用它互通讯息，提取最高机密。进入需要一组个人密码，在签完保密声明之后就可以得到这组密码。"

她严肃地望着众人。"请注意，绝不可以将这个密码告诉未经授权者。一旦登录后，你们就可以在民间和军事卫星上进行存取，包括海洋与大气局和SOSUS的数据库，所有已归档的和现行的遥测资料，中情局和国安局有关全世界的恐怖活动、生物武器研制和基因技术项目的数据库……等等。

"我们已经为你们总结了深海技术的现状，以及地质学和地球化学的基础知识，还编有所有已知生物的目录，你们可以观看海军档案里的深海地图。当然也会将今天的会议及所有相关数据都纳入。一有最新消息、最新进展都会主动传送给你们。我们会和你们保持联系，当然，希望你们也能做到这点。"

黎停顿了一会儿，向众人报以鼓励的微笑。"祝你们好运。后天同一时间我们会再见面。这期间有谁需要交换意见的，随时可以来找我和皮克少将。"

范德比特望着她，扬起一道眉毛。"希望你会乖乖地向杰克大叔汇报。"他说得很小声，只有黎听到。

"请你别忘了，杰克。"黎边收拾她的资料边回答道，"我是你的长官。”

"我很抱歉，亲爱的。我想你误会了。我们是合作伙伴，是平等的。"

"噢，我忘了说，在智力方面可不平等。"她没打招呼就离开房间。

约翰逊

大多数人都向酒吧走去，但约翰逊一点加入的兴致都没有。也许他该利用这个机会来熟悉这个团队，但他脑袋里正想着别的事。才刚回到自己的套房就传来敲门声，韦弗没等他应门，直接走了进来。

"在你闯进来之前，该给老头子一点时间穿上他的紧身束腹，"约翰逊说，"我不希望你的幻想破灭。"

他拿着笔记本电脑穿过布置舒适的客厅，寻找网络接头。韦弗打开迷你酒吧，取出一瓶可乐。

"接头在书桌上方。"她说道。

"噢。真的。"约翰逊接上笔记本电脑，打开程序。她从他肩膀后方看着屏幕。

"你赞成恐怖分子的看法吗？"她问道。

"绝对不赞成。但我能理解中情局的歇斯底里，"约翰逊先后打开几个文件，"他们在那里只学到这个。此外，范德比特说，科学家们倾向于想象人类行为会如同自然法则般有规律可循，这点他说得没错。"

韦弗侧过身来。一绺鬈发落到脸上，她伸手拨了拨。"你必须告诉他们你的理论，西古尔。"

约翰逊犹豫着。他在一个图标上点两下鼠标，输入他的密码：
CHATEAU DISATER 000 550 899-XK/0

"啦啦啦啦，"他哼唱道，"欢迎进入异想世界。"

好个个人密码，他想。满满一城堡的科学家、秘密情报人员和军队，所有的尝试都是为了拯救这个充斥怪物、洪水和天气灾难的世界。

灾难城堡，真是贴切的名字。

屏幕上到处都是图标。约翰逊研究着文件的名称，轻轻吹了声口哨。"老天！真的可以进入卫星。"

"真的吗？我们也能操纵它们吗？"

"很难！不过可以调出它们的数据。你看，GOES-W和GOES-E，整个海洋与大气局的资源调度都在弹指之间。这个是QuikSCAT，这也不赖。这里确实是Lacrosse系列卫星。如果他们连这些也给我们，表示他们真的是破釜沉舟，背水一战。这里，SAR-Lupe雷达卫星。这是……"

"你可以回地球来了。你真的相信他们会让我们不受限制地使用情报部门和政府的资源？"

"当然不是。我们只能使用他们要让我们看的东西。"

"为什么不把你的想法告诉范德比特？我们时间不多了，西古尔。"

约翰逊摇摇头。"卡伦，你必须说服黎和范德比特这种人，他们要的是结论，不是猜测。"

"我们有结论！"

"但时机不对。今天是他们唯一可夸耀的时刻。他们将所有东西汇总起来，唱作俱佳地把灾难装饰成庆典——范德比特不仅从帽子里变出一只肥嘟嘟的阿拉伯小兔子，而且，妈的，还对此自鸣得意！那论点听起来根本就矛盾重重。我想让他们对自己的小小阴谋论产生怀疑，要不了多久的，比你想的还要快。"

"好吧。"韦弗点点头，"你有多少把握？"

"对我的理论吗？"

"我是说，你确定有把握吧？"

"我有把握。可是我们必须找出令人信服的方法，证明美国人的观点是错的。"约翰逊沉思了一会儿。

"而且，我觉得范德比特不是重要角色，黎才是我们要说服的对象。我确信她会不顾一切得到她想要的。"

黎

　　她做的第一件事就是踏上跑步机。她将计算机程序设在每小时九公里，这是舒服的小跑。是拨电话给白宫的时候了。两分钟后，耳朵里传来总统的声音。"朱迪！听到你的声音真是太好了。你在做什么？"

　　"我在跑步。"

　　"你在跑步！果然是领袖人才，你是最优秀的，朱迪，每个人都应该以你为榜样，除了我之外。"总统亲热地大声笑着。"你真是太热爱运动了。对了，说明会你还满意吗？"

　　"十分满意。"

　　"你跟他们说了我们的猜测吗？"

　　"很抱歉，长官，他们现在已经获悉范德比特的猜测了。"

　　总统还在笑。"噢，朱迪，请你别再提你和范德比特之间的小别扭了。"他说道。

　　"他是个浑蛋。"

　　"但是他工作认真。我又不是要求你嫁给他。"

　　"如果是为了国家安全，我会嫁给他。"黎生气地回答道。"但我不会因此同意他的观点。有谁会在精英群聚的会议上，炫耀自己的推论，提出没有证据的恐怖分子假说来装腔作势？现在，科学家们已经先入为主了。他们跟在一个理论后面，而不是自己去发明一种理论。"

　　总统沉默不语。黎知道他正在认真思考她的话；他不喜欢单独行动的人，范德比特犯了他的禁忌。

　　"你说得对，朱迪，继续保密可能比较好。你去找范德比特谈谈。"

　　"噢，还是你跟他谈吧。他不会听我的。"

　　"好，我会跟他谈的。"

　　黎在心里暗笑。"听我说，呃……我并不想给杰克惹麻烦……"她客气地补充道。

"不要紧。不谈范德比特了，谈谈你那群科学家吧。他们有办法胜任吗？目前为止有任何想法吗？"

"他们全都是佼佼者。"

"有特别突出的吗？"

"有个挪威分子生物学家。西古尔·约翰逊。我还不知道他的特出之处，但他对这件事有自己的看法。"

总统跟房间里的某人说了句什么。黎调快跑步机的速度。

"我刚刚跟挪威内政部部长通电话，"他说道，"他们也不知道怎么办才好。他们当然欢迎欧盟倡议，可是我相信他们更希望美国一起参与。德国人也持同样的观点，他们经过投票，同意成立一个汇集所有力量、拥有广泛权力的全球委员会。"

"由谁主导？"

"德国总理建议让美国来主导。我认为这建议不坏。"

"噢，这是非常好的建议。"她停顿一下。"我记得你不久前曾说过，联合国有史以来还没出现过如此懦弱的秘书长。这是在三个星期前的大使招待会上，之后，我们受到来自各国一贯的指责。"

"那家伙是个脓包，这是事实。他们对这件事的态度真是该死的自大！不过你的重点是什么，朱迪？"

"我只是说说。"

"少来了，快说吧！你有什么替代方案？"

"你指的替代方案，是让数十名中东代表主导参与调查委员会吗？"

总统沉默了。"我想，或许我们可以主导这个会议。"他最后说道。

黎在响应之前，装出一副需要时间考虑的样子。"我认为这个主意非常好，长官。"她说。

"可是这么一来，我们又再一次把全世界的问题都揽在自己身上了。真令人作呕，你不觉得吗？"

"反正我们也摆脱不了。我们是唯一的超级强权，如果想继续保持这个地位，就必须拿到主导权。毕竟就权力斗争来说，疾风知劲草，路遥知马力。"

"你和你的中国谚语啊。"总统说道。"人家不会端着银盘子拱手送上的。我们必须花点时间让大家相信，为什么偏偏是美国来主导这个委员会。想想阿拉伯世界会有什么反应？更别提中国和韩国。对了，说到亚洲，我看到你那些科学家的档案，有一个看起来像亚洲人。我们不是说好不找亚洲人和阿拉伯人吗？"

"亚洲人？叫什么名字？"

"滑稽的名字——瓦卡瓦卡，或者类似的名字。"

"你说的是利昂·安纳瓦克。他不是亚洲人。就某种层面来说，我才是整个惠斯勒区最亚洲的人啦。"

总统笑了。"哎呀，朱迪，就算你是从火星来的，我也会让你全权处理。可惜你不能来看球赛。如果没有意外的话，我们要去牧场举行烤肉餐会。我太太已经腌好烤肉了。"

"下次吧，长官。"黎衷心地说道。

他们继续聊了一会儿棒球。黎不再坚持要美国主导世界共同体的事。最迟两天之后，总统就会相信那是他自己的主意，到时只要给他一个提醒就够了。

她全身汗湿地坐到钢琴旁，将手指放上琴键，集中精神，让莫扎特的G大调钢琴奏鸣曲流泻而出。

KH-12匙孔卫星

就像风中捎来的香气，黎的琴声从套房半开的窗户飘了出去，弥漫在空气中，传遍惠斯勒堡第九层的每个角落。离地面100米处，声波呈环状向各方扩散。在饭店的最高处，有一座像童话故事里会出现的那种尖型塔楼，在这里，任何一只敏锐的耳朵都能听到琴声，尽管它如此微弱。琴声飘过更远的塔墙，声波开始散开。100米之后，它会和其他声波混在一起。

离地面1000米处，仍能听到汽车引擎的声音、飞机螺旋桨的嗡嗡声，以及位于惠斯勒村中、现在被列为禁区的长老教堂钟声。最后是城堡与外界最主要的联系工具——军用直升机——的呼呼声。

从这高度眺望，城堡依然清晰映入眼帘，坐落在向西缓升的森林中央。邻近的山脊上，沟壑纵横的积雪闪耀着银色光辉，宛如路德维希二世[1]梦想中的世界。

当琴声消失在春天的空气中时，黎与总统的谈话早就从太空中绕一圈回来了。通话高峰时，他俩在太空外围进行交谈，交换同样来自太空的信息。没有大批的卫星，美国就不可能进行海湾战争，不能进行科索沃战争和阿富汗战争。没有来自太空的支持，空军就不可能准确击中目标。没有代码KH-12的水晶号高分辨率电眼，最高司令部便无法获悉敌人在隐秘山区的活动。

KH代表匙孔（Keyhole），是美国最精密的间谍卫星，Lacrosse雷达系统的光学对应体，能识别四至五厘米大的物体，还可以替换成红外线拍照，使得它的活动时间扩大至深夜。与大气层外的卫星相反，它们装备有火箭驱动装置，以便能够停留在极低的运行轨道上。此外，它们在340公里的高度绕着行星旋转，能够在二十四小时之内拍摄整个地球。

随着温哥华岛沿岸袭击开始，有些卫星下降到200公里的高度。9·11之后，美国为反制恐怖主义，发射了24颗光学卫星，和匙孔卫星、Lacrosse卫星共同组成无可匹敌的侦察网络。

当地时间晚上八点，在科罗拉多的丹佛市附近，巴克利空军基地的一间地下室里，两名男子接到一通电话。这两人坐在一个巨大的卫星接收器下面，身处屏幕的包围之中，实时接收匙孔卫星、Lacrosse和其他探测设备的数据，经过分析和评估后，发送给负责部门。两人都

1　Ludwig II，19世纪德国巴伐利亚地区的青年国王，建造了童话般的新天鹅堡。

是秘密间谍，虽然跟人们想象中的间谍根本不一样。他们穿着牛仔裤和运动鞋，看上去更像摇滚乐团的团员。

打电话的人通知他俩发自长岛东北角一艘渔船的报警电话。如果报警属实，在蒙托克附近发生了一起船难，推断是遭到抹香鲸攻击。无论如何，他们无法保证这个求救信号是否真实。之前歇斯底里的氛围，使得到处充斥类似的假警报。据说有一艘较大的船正在失事地点附近，与船上人员的联络在报警电话数秒钟后就中断了，依然无法确知真假。

KH-12-4，匙孔卫星之一，正在接近长岛的东南方。打电话的人指示地面人员，立即将望远镜对准可能的失事地点。其中一人正在输入一连串的指示。

KH-12-4掠过大西洋海岸上方195公里；一个15米长、直径4.5米的柱状望远镜，加上燃料将近有20吨重。巨大的太阳能电池板在两侧展开。巴克利空军基地方面指示将一面可移动的镜子移到望远镜头前方，如此一来，卫星就能朝各个方向、在多达一千公里的范围内进行扫描。在这种情况下，只需要微调即可。由于正值傍晚，影像照明装置打开来，将图面照得像正午一样亮。KH-12-4每隔五秒钟拍一张照片，将这些数据发给中继卫星，再转发给巴克利空军基地的数据中心。

两人盯着屏幕。

他们看到蒙托克横卧在下面，这个风景如画的古老名胜，有座著名的灯塔。不过，从195公里的高空看下去，蒙托克显然不比公路地图上的一个景点漂亮。线条般纤细的道路穿过分布着浅色斑点的风景。斑点是建筑物，而沙岬尽头的灯塔，看起来只是一个几乎不存在的白点。

此外，只剩下延伸至地平线的大西洋。操控卫星的人锁定了据说船只遭受攻击的地区，输入坐标，放大显示比例。海岸从视线中消失。只能看到水。没有船只。

另一人边看边吃着纸袋里的炸鱼。"快点，"他说道，"他们马上要知道消息。”

"妈的，管他们要什么。"负责操纵的那只手将望远镜前的镜子移动一点点。"你找得到吗，麦克？真他妈的，总是要快！这怎么可能？我们必须在一整片该死的大海里寻找一艘小渔船。"

"不需要。卫星报警电话是通过国家海洋与大气局打的，只会在这里。如果没有，就是船沉了。"

"那更糟。如果那艘船真的沉了，就他妈的要开始寻找残骸了。"

"科迪，你是个不折不扣的懒鬼。"

"你说对了。"

"嘿，那是什么东西？"麦克用一根粗手指指着屏幕。水里依稀可以看到某种黑色、长形的影子。

"我们快点找出来。"

望远镜对焦，直到他们在浪涛之间辨认出一条鲸鱼的轮廓。还是看不到船。其他的鲸鱼出现了。浅色斑点在它们的头顶上方散开，鲸鱼正在喷水。然后它们潜下水去。

"我猜这就是了。"麦克说道。

科迪调到最高分辨率。一只海鸟掠过波涛。或者应该说是二十个正方形像素挤在一起，但看起来像只鸟。

他们搜索四周，既没发现船只也没发现残骸。"也许被冲走了。"科迪猜测道。

"不可能。如果消息准确，我们一定能在这里看到什么。也许他们继续向前行驶了。"麦克打个哈欠，将纸袋揉成一团，瞄准字纸篓。投偏了，差得很远。"可能是假警报。无论如何，我现在想待在那下面。蒙托克。那是个漂亮的城市。我去年跟孩子们去过那里，是在桑迪毕业的时候。在太阳西沉时躺在礁石上真的很酷。第三天晚上，我跟码头酒吧里的女服务生上床。那日子真是爽毙了。"

"你的愿望就是我的命令。"

"什么意思？"

科迪笑着看他。"我是说，我们有管理天上该死的军团的权力。既然已经在这里……"

麦克的眼睛一亮。"去灯塔，"他说道，"让你看看我在哪里上她的。"

"哎呀呀。"

"呃……等等，我看还是算了吧。我们会惹来一大堆麻烦的，如果……"

"为什么？我们只是凑巧在这里。寻找残骸，这是我们的分内事。"

他的手指在键盘上飞快动着。望远镜对焦。沙岬出现了。科迪寻找灯塔的白点，将镜头拉近，直到它清晰可见。灯塔投下一道极长的影子，礁石浸润在微红的光芒里。在蒙托克，太阳正西沉。灯塔前，一对恋人紧拥在一起散步。"现在是最好的时刻。"麦克兴奋地说道。"浪漫极了。"

"你就直接在塔前上了她？"

"废话，当然不是！是在下面很远的地方，在那两人走过去的那边。那里是出了名的做爱地点，每天傍晚都有人在那里做爱。"

"也许我们能看到些什么。"科迪将望远镜移到那对恋人的前面。黑色礁石上再也看不到别人，只有海鸟在上空盘旋，或在岩缝之间啄食可食的东西。有什么别的东西进入了画面。某种扁平的东西。科迪皱起眉头，麦克靠近来，两人等着下一张照片。

照片变了。"这是什么呀？"

KH-12-4再度发送图像数据。风景又发生了变化。"我的天哪。"科迪低喊道。

"这他妈的是什么呀？"麦克眯起眼睛。"它在蔓延。它正沿着该死的礁石往上爬。"

"他妈的！"科迪重复道。事实上他什么都会加上他妈的，哪怕是他喜欢的东西。当科迪说他妈的时候，已经不会引起麦克注意，但这次不容他不注意。这个他妈的听起来真是惊慌失措。

美国，蒙托克

琳达和达里尔·胡珀结婚三个星期了，他们正在长岛上度蜜月。自从岛上住的渔夫多于电影明星的时期结束之后，长岛的物价就变贵了。数百家高档海鲜餐馆坐落在一公里长的沙滩上。纽约的名人们在这里也表现得奢侈大方，符合别人对他们的期望。他们与美国的实业巨贾们一起瓜分东汉普顿的别墅区，成为一座装潢得可以上风景明信片的村庄，一般中等收入者几乎无法在那里生活。

位于遥远西南方的南汉普顿也不便宜。但达里尔·胡珀是个努力上进的年轻律师，已经闯出了名号。在曼哈顿市中心的大型律师事务所里，他被视为年老合伙人的继承者。相较之下，他的收入还是偏低，但胡珀知道，他就快要飞黄腾达了。此外，他娶了一位可爱的姑娘。琳达曾是所有法学系学生追求的对象，但她选中了他，虽然他年纪轻轻就秃头，而且因为不适应隐形眼镜，还必须戴着厚厚的眼镜。

胡珀是幸运的。他清楚即将到来的幸福，于是他决定和琳达先小小预支一笔钱。南汉普顿的饭店太贵了，光是每晚去餐馆吃饭的花费就将近一百美元。尽管如此，这感觉还是很棒。他俩做牛做马地辛苦工作，他们有资格奢侈。不用多久，这个新成立的胡珀家庭就能随时享受最昂贵的消费。

他紧抱着妻子，眺望大西洋。太阳刚刚消失，天空变成紫罗兰色。高高的雾岚在地平线闪耀出玫瑰般的色泽。海洋将浅浪冲上沙滩，顾虑到这个需要安静的大城市，它得宜地轻拍着，而不是大声汹涌。胡珀考虑他们是不是该在这里待一会儿，晚些再回南汉普顿。这个时候，主要道路正值交通巅峰，但一小时后就会畅通。如果他加速的话，开五十公里用不到二十分钟。现在出发实在是太可惜了。

何况，正如人们所说的，这个地方在太阳下山后属于爱情。

他们慢慢地在平坦的礁石上闲逛。几步之后，他们面前出现一个大洼地。一块理想的隐蔽之处。胡珀深陷爱河，这里根本没人会发现他们，他很中意。他听到礁石后的涛声。看来他们是周围唯一的一对。海滩实际上是在拐角后面。浪漫的情侣们大多数可能正在那里，但是这里只属于他俩。

胡珀这辈子绝对不会想到，巴克利空军基地的一间地下室里，有两位男人正从195公里的高空偷窥他亲吻他的妻子，将双手伸到她的T恤下，从她身上褪下，看着她解开他的腰带，他俩赤裸着身体，相拥躺在衣服上。他亲吻和抚摸琳达的身体。她转过身，仰面朝上，他的唇从她的乳房移向腹部，一边用手抚摸各处。她窃窃低笑。"别这样，我怕痒。"

他将右手从她的大腿内侧移开，狂热地继续亲吻她，捕捉她迷乱的目光。

一只螃蟹爬上了琳达的胫骨。

她惊叫一声，将它抖落。那只蟹仰面落在地上，张开双螯，又向腿爬来。"我的天，吓我一跳！"

"宝贝，它大概是想加入我们。"胡珀咧嘴笑道，"算你倒霉，小家伙。找你自己的老婆去吧。"

琳达笑了，用手肘撑在地上。"滑稽的小家伙。"她说道，"我还从来没见过这样的螃蟹呢。"

"这有什么滑稽的呀？"胡珀仔细观看。那只螃蟹不是很大，大约十厘米长，纯白色。它的甲壳在深色的地面上发光。那色调很特别，但另外还有什么让胡珀感到困惑。琳达说得对。它的样子看起来很滑稽。后来他意识到为什么。"它没有眼睛。"他说道。

"对。"她翻过身，用膝盖和双手爬向那只动物，它仍然坐在那里不动。"怪了，它是不是有病啊？"

"看起来更像是从未长过眼睛。"胡珀让他的手指从她的脊柱往下滑，"无所谓。不管它，它反正又不会伤害我们。"

琳达端详那只螃蟹。她捡起一颗小石子向它投去。那动物既不后退，也没有其他反应。它挥挥螯又迅速抽回，像什么事也没有发生过。

"它也许是逆来顺受。"

"来，别管这只笨螃蟹了。"

"它根本不反抗。"

胡珀叹了一声，在她身旁蹲下来，帮她继续逗弄那只螃蟹。"真的。"他确定道，"不得安宁。"

她莞尔一笑，转头亲吻他。胡珀感觉到她的舌尖在顶他，逗弄着他的舌头。他闭上眼睛，陶醉其中……

突然，琳达跳回去。"达里尔！"

他看到那只螃蟹突然爬上她的手，她仍然用那只手支撑身体。而那后面坐着另一只螃蟹。旁边还有一只。他的目光沿着那块将洼地和沙滩区隔开的岩石上移，以为自己是在做噩梦。

黑色岩石消失在无数有壳的躯体下。有螯无眼的白色躯体，举目所至全挤在一起。一定有数百万只。

琳达盯着一动不动的螃蟹。"天哪！"她低呼道。

这时，那群动物集体动了起来。胡珀一直以为螃蟹走起路来慢吞吞的。但这些螃蟹速度快得惊人，像一道朝他们涌来的浪潮。它们坚硬的脚爪啪嗒啪嗒地落在岩石地面上。

琳达赤裸着身体跳起来，往后退去。胡珀想抓起他们的衣服。脚步一踉跄，一半衣服又从他手里掉落。飞奔的蟹群爬到衣服上，胡珀后退一大步。那些动物跟着他移动。

"它们不会伤害我们的。"他没有信心地叫道，但琳达已经转过身，向礁石上跑去。

她绊了一下，摔倒在地。胡珀向她跑去。紧接着，螃蟹蜂拥而上，从他们身上爬过，沿着他们向上爬。琳达开始尖叫，声音凄厉恐慌。胡珀用手拍掉她背上和他手上的螃蟹。她表情扭曲地跳起来，还在尖叫，双手抓着她的头发。螃蟹从她头上爬过。胡珀将她往前推。他不想弄痛她，只是想让她逃出那些从礁石上倾倒下来、无穷无尽的蟹螯重围。可是琳达再度绊倒，把他也拉住了。

胡珀失去支撑，跌在地上，感觉到那坚硬的小身体在他的重压下碎裂。碎片钻进他的肉里。他感觉数百只尖脚从他身上掠过，发现他的手指上有血。他终于重新站起来，拉起琳达。

她好不容易站起来。当她一丝不挂地跑向摩托车时，双脚踩得蟹壳咔嚓作响。胡珀边跑边转头，大声惊呼起来——目光穿过灯塔的瞭望台，整个沙滩触目所及都是螃蟹。它们来自大海，数都数不尽，而且还在不断地爬上岸来。最前头的已经到达停车场，在光滑的地面上，螃蟹似乎爬得更快。胡珀拼命跑，身后拖着琳达。他的脚掌上满是碎片。令人恶心的黏液沾满了他的双脚。他不得不小心以免滑倒。他们终于抵达摩托车旁，跳上车座，胡珀发动车子。

他们冲出停车场的围栏，奔向通往南汉普顿的大道。摩托车在被压碎的蟹肉泥里绕行，他们冲了出来，沿着柏油路飞驰。琳达紧紧地抱着他。迎面驶来一辆货车，方向盘后坐着一位老人，他不可置信地瞪着他们。胡珀飞快地想着，这种情节平时只会在电影里看到——两个人一丝不挂地骑着一辆摩托车。如果一切不是这么可怕的话，他会因为这情节而放声大笑。

蒙托克的第一批房子终于出现在视线里。长岛东面的尖岬只不过是一条窄长的地带，实际上道路是与海岸平行延伸的。当胡珀驶往蒙托克时，他看到在左侧布满白色螃蟹的潮水正在接近。看来其他地方的螃蟹也从海里爬上岸了。它们分布在岩石上，朝着公路移动。

他加快速度。但白色的潮水更快。就在离小镇标示牌没几米的地方，它们已经到达车道，将柏油路面变成一片蟹海。就在此时，一辆卡车从大门入口处倒驶出来。胡珀发现摩托车开始打滑，他想绕过那辆卡车，但摩托车再也不听使唤。不！他想道，噢，我的上帝，请不要这样。

卡车横在公路上，继续往后倒驶，摩托车朝着它滑去。胡珀听到琳达在喊叫，将车头扳过来。他们以毫厘之差擦过卡车镀铬的外壳。摩托车旋转着。几秒钟后，胡珀终于成功地将摩托车稳了下来。行人纷纷让路。他管不了他们了。眼前的道路空了出来。他们继续疾驶逃往南汉普顿。

美国，巴克利空军基地

"这他妈的到底是什么东西呀？"科迪的手指在键盘上忙乱地敲着。他先后将不同的滤镜效果套在图片上，但他们还是只看到某种亮光，快速从海里往内陆移动。

"看起来像汹涌的海浪，"他说道，"一道巨大的海浪。"

"我们没有看到海浪。"麦克说道，"这不是海浪。一定是动物。"

"那么是他妈的什么动物呢？"

"那是……"麦克盯着图像。他指着一处。"这儿，放大这里，拉近，缩到一平方米范围。"

科迪选取那块区域放大。屏幕满布了深浅不一的像素。麦克眯起眼睛。"再近一点。"

像素放大。一些是白的，另一些是浅灰色调。

"你就当我是疯了吧。"麦克缓缓地说道，"但这可能是……"这可能吗？但它还能是什么呢？还有别的什么会从海里来，而且移动得如此迅速呢？"螃蟹。"他说道，"这可能是带鳌的螃蟹。"

科迪盯着他。"螃蟹？"科迪张着嘴愣了一下。接着他命令卫星搜索其他海岸。

KH-12-4从蒙托克向东汉普顿搜索，然后继续搜向南汉普顿，直到马斯蒂克海滩和帕楚格。探测设备拍摄的每一张新图像都让麦克更加惶恐。"这不可能是真的。"他说道。

"不是真的？"科迪看着他，"这他妈的就是真的！那下面有什么正从海里爬上来。长岛的整个海岸线上都有什么东西在从他妈的海里爬上来。你现在还想去蒙托克吗？"

麦克揉了揉眼睛。他伸手抓起电话，打给总部。

483

美国，大纽约[1]

过了蒙托克，27号国道便过渡到长岛495号高速公路，公路笔直地通往皇后区。从蒙托克到纽约将近两百公里，越接近大都市，交通就越繁忙。离开帕楚格后行驶到一半，交通就大幅壅塞了起来。

波·亨森为他自己的私人快递公司开车。他每天在长岛这段道路上行驶两趟。在帕楚格，他从那里的机场取了几个包裹，送到机场附近。现在他正在返城的途中。天色晚了，但为了跟联邦快递这样的企业竞争，没办法要求能准时下班。今天亨森准备收工了。一切都办完了，甚至比原先计划的还要早。他累了，想喝上一杯啤酒。

在离皇后区近四十公里的阿米提村，前面的一辆汽车打滑了。

亨森紧急刹车。那辆车似乎控制住了，但开得更加缓慢，信号灯闪个不停。路面上大块大块地覆盖着什么东西。暮色中，亨森一开始无法认清那是什么，只看得出它在动，不断从左侧的灌木丛中跑出来。后来他发现，高速公路上到处都是螃蟹。雪白的小蟹。它们钻动着，试图横越公路，但那只不过是无望的冒险。泥泞的痕迹和粉碎的甲壳显示，它们之中有许多已经为这种尝试付出了代价。

交通缓缓地流动。那东西像块肥皂一样。亨森咒骂着。他想着这些畜生是突然从哪里钻出来的。他在一本刊物里读过，圣诞节岛上的陆蟹每年一次会从山里前往海洋进行繁殖。那时，世界上有将近一亿的螃蟹在迁徙。可是圣诞节岛位于印度洋，而且图片上显示的是红通通的大螃蟹，而不是像这样白色的一小团。亨森从没见过这种事情。

他边骂边打开收音机。调了几个频道后，他找到一个乡村音乐台，把身体往后靠，听天由命。桃莉·巴顿[2]尽她最大的努力让他习惯现状，可是亨森的情绪已经被破坏。十分钟过去了，然后是新闻，但根本没

1　Greater New York，纽约市、长岛及附近卫星城市和市郊所形成的都会区，面积17405平方公里，将近台湾的一半大，人口1800万人。
2　Dolly Parton，乡村音乐歌坛常青树。

有提及螃蟹的入侵。突然有辆铲雪车在蠕动的车阵之间开路，试图从公路上清除爬行物。结果是彻底的堵塞。有一阵子，车子根本动不了。亨森在各种可能的地方电台频道间调来调去，没有一台播报任何相关的新闻，这令他怒不可遏，因为陷在困境中的他感觉自己被忽视了。空调将一股腥臭的气味送进车内，他最终关掉了空调。

过了左往汉普斯顿、右通长堤的交叉路口，车速终于又快了起来。显然那些动物尚未到达这里。亨森踩紧油门加速，比他预期的晚了一个多小时才到达皇后区。他的心情坏透了。快到东河时他向左转，穿过牛顿小溪，开车前往布鲁克林的老酒馆。

他打开车门下来，当他看到车况时几乎要心脏病发作。轮胎和侧面直到窗户都涂满蟹泥。那样子真可怕，他明天一大早还得上路呢！这样子不可能出去送件的。

反正已经晚了。亨森耸耸肩。现在也可以让啤酒等一等，等他将车子送到附近的二十四小时洗车站去。

他再度上车，又行驶了三条街，来到洗车站，叮嘱洗车人员要仔细冲洗轮胎，一定要把脏物彻底洗干净。然后他告诉他们在哪里能找到他，就徒步走去他的酒馆，喝他的啤酒去了。

这家二十四小时服务以工作认真彻底而出名。亨森的车子上的蟹泥非常牢固，但经过较长时间的热高压蒸汽喷射之后，终于流了下来。手拿蒸汽喷射枪的小伙子感觉，那一块块污垢像真的融化了一样。就像阳光下的果冻，他想道。

一切都流向下水道。纽约有个独特的下水道系统。当公路和铁路隧道在近三十米深的地下横穿东河时，废水和饮用水的管道则一直通到地下240米深。隧道建设者借助巨大的钻头不断地穿过地下修建新的运河，借以保证大城市的排供水不会受阻。

有效的管道系统之外，另有一连串的旧管道，但已经废弃不用了。专家们声称，如今谁也说不准，纽约的地下到底哪里铺有管道。没有下水道的整体网络图。有些隧道只有一些无家可归的人知道，他们守着这个秘密。另一些给电影制片人拍摄惊悚片的灵感，在电影里它们被用作各种怪物的温床。但能肯定的是，在纽约的下水道里，所有排进去的东西，某种程度上都失踪了。

这个夜晚和接下来的几天里，在布鲁克林、皇后区、斯塔滕岛和曼哈顿，大量从长岛来的汽车被送去冲洗。许多废水排进了这座大都市的内脏里，在里面分流，与其他的废水混合，又被抽进污水处理厂，然后送回水公司。就在二十四小时服务店将亨森的汽车洗得亮丽如新交回之后，不到几小时，所有一切就不可分离地混在一起。

六小时后，第一批救护车开始在街头疾驰。

5月11日

加拿大，惠斯勒堡

人总能适应变化的，至少他可以。失去家园令他痛苦万分，不过还能忍受。他婚姻的终点是迁往特隆赫姆的起点，不断换新的恋爱关系，原则上，任何关系不会带给他麻烦和牵绊，几乎没有什么事真正地对他造成伤害。凡不符合约翰逊美学品味的东西，或是不和谐的事物，都被扫进垃圾堆。他与别人分享表面的东西，只将深处的位置留给自己。这是他的生存之道。

现在才大清早，令人不悦的记忆从过去的时空里浮现出来。他出于偶然，睁开了左眼，用一只眼睛的视角打量这个世界，回想着生活当中那些被变化所击溃的人。

他的妻子。

人们总以为他们掌握着自己的人生。他离开她之后，她才被迫发现什么都不属于她，对人生的掌握纯粹是假象。她争辩、恳求、哭叫、表示理解、耐心倾听、请求关心，用尽一切办法，到头来，被抛弃、被剥夺、从共同的生活中被赶了出去，像是被赶出一列行驶的火车。她筋疲力尽，不再相信努力能有所改变。生命是一场赌博，而她是输家。

她说，如果你不再爱我，那你为什么不能至少假装爱我？

这样你会好过点吗？他问道。

她的回答是：不会。如果你从来没有爱过我，我会好过点。

当你发现自己不再爱了，该自责吗？情感超越了个人的无辜和罪过，情感只是人对于周遭环境的化学反应，这听起来一点都不浪漫，但脑内啡胜过任何的浪漫。那么错在哪里？错在不该给承诺吗？

约翰逊张开另一只眼睛。

对他而言，变化是人生的特效药，但对她而言，变化只是逃避人生。他安身特隆赫姆的这几年间，朋友告诉他，她终于走出阴霾，站稳了脚步。她重新开始为自己而活。最后听说，她的生命里有了新的男人。之后他们通过几次电话，没有相互吼叫或提出要求。痛苦自行消失了，沉重的罪恶感终于离开了。

但它又回来了，化为蒂娜·伦德美丽白皙的脸庞迫害他。抉择总是在他的人生岔路上不断重演。他们在湖边应该上床的，一切都会不一样：也许她会和他一起飞往设得兰群岛。同样的，一切也可能被毁掉，那么她将再也听不进他的任何建议，譬如，那个前往斯韦格松诺兹的建议。这样一来，她今天可能还活着。

他一再对自己说，这样想是错误的。但他依然一再地这么想。

清晨的阳光洒进房间。他将窗帘打开，他总是这么做。拉起窗帘的卧室像是墓穴。他考虑是不是该起床吃早餐了，但他根本不想动。伦德的死让他充满悲伤。他并不是爱上了伦德，但某种程度上他还是爱过她，她无法安定下来，她对自由的渴望吸引了彼此，但也拆散了彼此。因为将自由和自由拴在一起，本身就是矛盾的。也许他们两个都太胆小了。

现在想这些有什么用呢？

我有一天也会死去，他想道。自从伦德丧生以来，他就经常想到死亡。他从未感觉自己老过。现在，他感觉命运好像在他身上压了一个印戳，一个保存期限。他五十六岁，身体出奇地好，一直躲过了意外事故和疾病死亡案例的愚蠢统计。他甚至从一场汹涌而来的海啸中活了下来。但他时日将尽是毫无疑问的。他人生的大半部分已经埋藏在过去。他突然问自己，他是否真正地活过。

这一生有两个女人信赖过他，一个曾经死过，另一个永远死去。两个女人他都无力守护。

但卡伦·韦弗活着。她让他想到伦德。没有那么急躁、谨慎、寡欢，但同样坚强、没耐性。

在她逃过那次巨浪之后，他将他的理论告诉了她，她也将卢卡斯·鲍尔的工作告诉了他。最后他飞回挪威，去进行失去家园者登记，但挪威科技大学的建筑还在，人家分派给他大堆工作。但他还没来得及重返湖边，加拿大来的电话就找上他。他建议让韦弗一起加入小组里，因为她对鲍尔的工作知道得比任何人都多，能够将它继续研究下去。不过那不是真正的理由。

没有直升机她就不可能活下来。这么说来是他救了她。韦弗救赎了他在伦德那里的失败，他决定要证明他是值得的，他要守护着她，因此最好让她待在自己身边。

过去的回忆在阳光下变得苍白。他起身淋浴，于六点半出现在早餐吧台，发现他不是唯一早起的人。士兵和情报人员在宽敞的餐厅里喝着咖啡，吃水果和麦片，低声交谈。约翰逊装了满满一碟奶油炒蛋和培根，寻找一张认识的脸孔。他很想跟波尔曼一起用早餐，但没找到人。相反，他看到总司令朱迪斯·黎独自坐在一张双人桌旁。她翻着一本档案，不时从碗里拿起一片水果，看都不看就塞进嘴里。

约翰逊端详着她。不知为什么黎吸引了他。他推估她的外表要小于她实际的年龄。稍微化妆，穿上相称的衣服，她会成为每场派对的焦点。他问自己，要怎么做才能跟她上床，不过最好是什么也别做，黎看上去不像是会接受别人主动的人。另外，跟美军总司令谈恋爱，这有点想太多了。

黎抬起头，"早安，约翰逊博士。"她叫道，"睡得好吗？"

"睡得跟婴儿一样好。"他走到她的桌旁，"怎么回事，一个人用早餐？高处不胜寒？"

"不，我在思考问题。"她微笑着，用水蓝的眼睛盯着他，"坐下来陪我吧，博士。我喜欢有想法的人。"

约翰逊坐下来。"你怎么会觉得我有想法？"

"显而易见。"黎放下手里的资料，"要咖啡吗？"

"好的。"

"你昨天在说明会上表现出来的。在场的科学家们至今没有谁关注过自己本行以外的东西。尚卡尔专心于他无法归类的深海声波；安纳瓦克琢磨着他的鲸鱼怎么了，虽然他比其他人看得更全面；波尔曼看到另一场甲烷灾难的可能，试图避免第二次崩移。诸如此类的。"

"那样的科学家可是一大堆。"

"但他们当中没有谁创造出一种理论，足以说明这一切之间的关联。"

"这我们现在知道了。"约翰逊冷静地说道，"是阿拉伯的恐怖分子。"

"你也这么相信吗？"

"不。"

"那你相信什么呢？"

"我相信，我还需要一两天时间才能告诉你。"

"你不是很肯定？"

"八九不离十，"约翰逊啜饮一口咖啡，"但这是个棘手的问题。你的范德比特先生认定是恐怖分子。在我讲出我的猜测之前，我需要支持。"

"谁能够支持你呢？"黎问道。

约翰逊放下咖啡杯。"你，将军。"

黎看来并不吃惊。她沉默片刻，然后说道："如果你想说服我，那也许我该知道那是什么。"

"是的。"约翰逊淡淡一笑，"在适当的时间。"

黎将档案夹推给他。约翰逊看到里面有多张传真。"这也许会加速你的决定，博士。这是今早五点收到的。我们还不知道情况，谁也没把握说那里究竟发生了什么事，但我决定在接下来的几小时里宣布纽约和周围地区进入紧急状态。皮克已经在那里指挥一切。"

约翰逊盯着档案夹，沉浸在另一场海浪的画面中。"为什么？"

"如果沿着长岛海岸有数十亿的白色螃蟹从海里爬上来，你怎么看？"

"我会说，它们在进行一次员工训练。"

"好主意。哪家企业的员工？"

"这些蟹怎么了？"约翰逊没有回答她的问题，问道，"它们要干什么？"

"我们还不肯定。但我猜测，它们要做的事情类似于欧洲的布列塔尼龙虾。它们带来一场瘟疫。这符合你的理论吗，博士？"

约翰逊思考着，然后说道："附近哪里有生物性危害实验室，可以在里面检查这些动物？"

"我们在纳奈莫中心修建了一座。蟹的样本正在送来这里的路上。"

"活体样本吗？"

"我不知道它们是否还活着。最后得到的消息是，它们被捕住时是活的。为此很多人中毒身亡，这种毒似乎比欧洲藻类的毒素作用快。"

约翰逊沉默了一会儿，"我飞过去一趟。"他说道。

"去纳奈莫吗？"黎满意地点点头，"那你什么时候告诉我你是怎么想的呢？"

"请给我二十四小时。"

黎噘起嘴唇，考虑了一下。"二十四小时。"她说道，"一分钟也不能多。"

温哥华岛，纳奈莫

　　安纳瓦克与费尼克、福特和奥利维拉一起坐在研究所的大放映室里。投影机投影出鲸脑的三维模型。奥利维拉将它存入计算机，标出她们发现胶状物的位置，再绕着大脑旋转，用一把虚拟的刀刃纵向切片。她们已经进行过三次模拟。第四次呈现出胶状物如何侵入大脑中央的脑回。

　　"理论如下，"安纳瓦克眼望奥利维拉说道，"假设你是一只蟑螂……"

　　"谢谢，利昂。"奥利维拉扬起眉，这使她的脸拉得更长了，"你真会恭维女人。"

　　"一只没有智慧和创造力的蟑螂。"

　　"继续说下去吧。"

　　费尼克笑了，搓搓鼻梁。

　　"控制你的只有反射作用。"安纳瓦克不为所动地继续说道，"对于一名神经生理学家来说，控制你易如反掌。他什么也不用做，只要控制你的反射，在需要时引发它。关键是按对你身上的按钮。"

　　"不是有实验曾切下一只蟑螂的头，再给它装上另一只的头吗？"福特问道，"我记得它还能行走。"

　　"很接近了。他们切下一只蟑螂的头，切下另一只的腿。然后他们将身体的中央神经系统连接一起。有头的蟑螂负责控制行走机器，好像它的头没有换过一样。这正是我想说的。简单的生物，简单的过程。在另一个例子里他们用老鼠进行类似试验。为一只老鼠移植另一颗头。它存活得惊人地长，我记得有几小时甚至几天，两颗头似乎都运转正常，不过老鼠无法协调动作，能行走，但显然不能控制方向，通常走几步就跌倒了。"

　　"恶心。"奥利维拉嘀咕道。

　　"也就是说，技术上每种生物都能控制。只不过，愈是复杂，难度就愈大。想象一下你要控制的生物体有知觉、智能、创造力和自我意识，要将你的意志强加于它是非常困难的。好了，你会怎么做？"

"我设法破坏它的意志，将它的意志重新降为一只蟑螂。这对男人有效，只要掀起裙子来就好。"

"对。"安纳瓦克笑道，"因为人和蟑螂的差异不大。"

"有些人是这样。"奥利维拉议论道。

"不，是所有人都这样。我们虽然对人类的自由意志感到骄傲，但你只要开启某些足以妨碍自由意志的开关。譬如，按疼痛中心。"

"这意味着，那个研制出胶状物来的人对鲸鱼大脑的结构一定了如指掌。"费尼克说道，"我想，你是以此为出发点的？这东西刺激神经中心。"

"对。"

"但要这样做就必须知道是哪些神经。"

"这是有办法查出来的。"奥利维拉对费尼克说道，"你想想约翰·利里的工作吧。"

"很好，苏！"安纳瓦克点点头。"利里是率先将电极移植到动物大脑里，刺激疼痛和快感区的人。他证明了控制大脑各区，能诱发动物的快乐和舒适或疼痛、愤怒和害怕。而说到复杂性和智慧，猴子跟鲸鱼和海豚最接近，通过电极刺激不同的感觉作为惩罚和奖赏，就能完全控制它们——他早在60年代就已经做到了！"

"尽管如此，费尼克说得对。"福特说道，"当你将猴子放在手术台上任意摆布时，注入胶状物必须穿过耳朵或颅骨，如此一来，外形定会发生变化。即使你在一条鲸鱼的头颅里发现这种东西——你怎么能肯定，它如愿地分布在正确的……按钮上？"

安纳瓦克耸耸肩。他坚信鲸鱼大脑里的那种物质绝对就是这么做的，但他当然完全不清楚它如何做到。"也许你根本不必按那么多的按钮。"一会儿后他回答道，"也许，只要……"

"奥利维拉博士吗？"一位实验室助手探头进来。"很抱歉打扰你，但隔离实验室找你过去。立刻。"

奥利维拉望着其他人。"几星期前我们还什么事都没有。"她摇着头说道，"当时我们可以舒适地坐在一起，现在让人觉得是在007电影里。警戒！警戒！请奥利维拉博士前去隔离实验室！呸！"她站起来拍拍手。"那好——走吧，宝贝。有人愿意陪我吗？反正我不在你们也不会有进展。"

生物性危害隔离实验室

那些蟹运抵不久，约翰逊的直升机就降落在研究所旁。一位助手带他坐电梯到地下二楼，出电梯后顺着荒凉的走道往前走。助手打开一道沉重的门，走进一个满是屏幕的房间。只有钢门上的警告标示指出那后面潜伏着死神。约翰逊认出了罗什、安纳瓦克和福特，他们低声交谈着。奥利维拉和费尼克在跟鲁宾和范德比特讲话。当鲁宾望见约翰逊时，他走过来向他握手。"一刻也停不下来，是不是？"他笑着说道。

"是啊。"约翰逊转过身来。

"我们直到现在都没什么机会交流。"鲁宾说道，"你一定得告诉我有关那些虫子的事。我说，我们在这种场合下认识，这真是可怕，不过一切还蛮刺激的……你听到最新消息没有？"

"我正是为此而来的。"

鲁宾指指钢门。"是不是令人难以置信？不久前这里还是仓库，虽然是军队在最短的时间内建起的一座隔离实验室，但不用担心，各方面的安全水平均符合第四级标准。我们可以毫无风险地检查那些动物。"

第四级是实验室的最高安全级别。

"你会一起进来吗？"约翰逊问道。

"我和奥利维拉教授。"

"我以为，罗什是甲壳动物的专家。"

"这里每个人都是各方面的专家。"范德比特和奥利维拉加入谈话。那位中情局官员身上有股汗味。他亲热地拍拍约翰逊的肩，"我们挑选这群极其聪明的诸葛亮，是要让各方面的专业知识结合成一块总汇比萨。另外黎不知怎么地迷恋上你。我敢打赌，为了搞懂你在想什么，她会日夜陪伴着你。"他哈哈大笑起来，"你是不是也对她有意思啊？"

约翰逊报以冷冷的微笑，"你为什么不问问她？"

"我已经问过她了。"范德比特镇定地说道，"我的朋友，我替你担心，你必须明白，她确实只对你的头脑感兴趣。她认为你知道一些事情。"

"是吗？知道什么呢？"

"请你告诉我。"

"我什么也不知道。"

范德比特轻蔑地盯着他。"没有成熟的理论？"

"我觉得你的理论够成熟了。"

"只要没有更好的出现，它就是成熟的。你马上就要进去了，博士，请你想着某种我们称作海湾战争症候群的东西。1991年美军在科威特损失很小，但后来在那里作战的士兵有近四分之一患上神秘疾病。事后他们显示出像红潮毒藻所引发的轻微症状——记忆丧失、注意力不集中、脏器受到伤害。我们推测，这些人接触到某种化学物质，伊拉克的弹药库爆炸时，他们就在附近。当时我们猜是沙林，不过或许伊拉克人使用了某种生物病原体。半个伊斯兰世界都拥有病原体。通过基因改造将无害的细菌或病毒变成杀手，这不成问题。"

"你认为，我们要对付的就是它们？"

"你最好跟黎阿姨开诚布公。"范德比特挤挤眼睛，"私下说说，她有点疯。懂吗？不要惹到疯子。"

"我不觉得她哪里疯。"

"这是你的问题。我已经警告过你了。"

"我的问题是，我们知道得仍然太少。"奥利维拉说道，指指门，"进去干活吧。罗什也一起进来。"

"那我呢？你们不需要保镖吗？"范德比特冷笑道，"我很乐意加入。"

"谢谢，杰克。"她打量着他，"可惜符合你尺寸的隔离衣目前缺货。"

他们四人一起穿过钢门走进三个闸室中的第一个。这个系统设计使得闸门可以相互拴死。天花板装有一台摄影机。一堵墙上挂着四套亮黄色的隔离衣，配有透明头罩、手套和黑胶鞋。

"你们都熟悉如何在一间隔离实验室里工作吗？"奥利维拉问道。

罗什和鲁宾点点头。

"理论上熟悉。"约翰逊承认道。

"那好，正常情况下我们必须培训你，但没有时间了。这套隔离衣能保障你性命三分之一。你不必担心它，它由PVC焊接而成。另外三分之二是小心谨慎和集中注意力。我来帮你穿上。"

那东西很笨重。约翰逊钻进一种马甲，目的是要让输入的空气在隔离衣里均匀分布。他难受地穿上黄色外套，并顺从地听着奥利维拉的解释："穿好之后，你会接上一根管子，将空气灌入你的隔离衣。这空气经过排湿、调温，在负压状态下通过活性炭滤网，它能阻止外漏意外时的空气流入。多余的则从一只阀排出去。你可以自己调节入气阀，但没有这个必要——全明白了吗？感觉如何？"

约翰逊低头看着自己。"像个米其林宝宝。"

奥利维拉笑了。他们走进第一道闸门。约翰逊听到奥利维拉还在低声讲话，注意到他们现在是通过无线电联系："实验室里是负50巴的低压，里面不会出现霉菌。断电时我们还有备用发电机，几乎不会有问题。地板是涂漆水泥，窗户使用防弹玻璃。实验室里的所有空气都经过高科技滤网消毒过。这里没有下水道，废水马上在大楼里消毒。我们不是用无线电就是通过传真和计算机与外面联系。所有的冷冻柜空气调节器都装有警报系统，警报系统同时连接了控制室、病毒室和出入管制。每个角落都有摄影机监视。"

"这样说吧，"范德比特的声音在喇叭里解释，"如果你们当中有一位倒下死去，就会给孩子们留下一卷漂亮的家庭电影做纪念。"

约翰逊看到奥利维拉在翻白眼。他们先后穿过三道闸门，走进实验室，穿着隔离衣就像是要登陆火星。那房间约有30平方米大，布置得像饭店厨房，有冷藏箱、冷冻柜和白色壁橱。汽油桶大小的钢桶沿墙摆放，里面装有用液态氮保存的病毒和其他生物。工作台提供足够的位置，所有设施边缘都是圆的，以免不小心刮破隔离衣。奥利维拉指着三个警报系统用的红色按钮。她带他们去工作台，打开一个盆状容器。

里面盛满白色小蟹。它们浮在30厘米深的水里，看起来相当呆滞。"妈的！"鲁宾脱口说道。

奥利维拉拿起一把金属镊子，依次碰碰那些动物，但动也不动。"我想，它们死了。"

"真不幸。"鲁宾摇摇头，"非常不幸。不是说我们会得到活的吗？"

"据黎说，它们上路时是活的。"约翰逊说道。他俯下身，仔细地逐一观察那些蟹。然后他戳奥利维拉的手臂。"上面左边第二只的腿刚刚抽动了一下。"

奥利维拉将那只蟹弄到工作台上。它安静不动了几秒钟，然后突然快速跑向桌边。奥利维拉将它抓回来后，它又开始逃跑，来来回回好几次，然后将那只动物放回盆里。"有什么想法？"奥利维拉问道。

"我得检视一下体内。"罗什说道。

鲁宾耸耸肩。"似乎表现正常，但我还从没见过这品种。你也许见过，约翰逊博士？"

"没有。"约翰逊想了想，"它表现不正常。正常情况下，它会将那镊子当成敌人而张开螯，做出威胁的姿势。我认为运动机能正常，但感觉器官不正常。它让我觉得像是……"

"好像有人给它上了发条。"奥利维拉说道，"像玩具似的。"

"对。像某种机械。它跑起来像只蟹，但它表现得不像一只蟹。"

"你能确定是哪一种吗？"

"我不是分类学家。我可以告诉你们它让我想到什么，但你们不要全盘信任我讲的。"

"尽管讲吧。"

"有两个明显的特征。"约翰逊拿起镊子，先后碰了碰几只没有生命迹象的身体。"第一，这些动物是白色，也就是无色。颜色从不是用来装饰的，颜色始终有作用。我们熟悉的大多数无色动物，之所以没有颜色，是因为它们活在不会被看见的地方。第二个特点是根本没有眼睛。"

"意思是，它们要么来自洞穴，不然就是来自深海？"罗什说道。

"对。有些动物生活在没有光线的地方，它们的眼睛退化得很严重，但器官还是会在，还能留下从前的一些特征。相反地这些蟹……好吧，我不想太早下结论，它们让我感觉好像从未有过眼睛。如果这是对的，它们就不只是栖居在漆黑的世界，而是在那里演化的。我只知道一种符合这些情况的蟹类。"

"火山口蟹。"鲁宾点点头。

"那它们来自哪里呢？"罗什问道。

"来自深海热泉，"鲁宾说道，"海底火山热液喷口形成的生命绿洲。"

罗什皱起额头，"那样说来，它们在陆地上应该是不可能存活的。"

"问题在于，存活下来的是什么东西。"约翰逊说道。

奥利维拉从盆里捞起一只死蟹，将它仰面放到工作台上。她先后从托盘里取出一整套让人联想到吃龙虾的工具，再用一把电池驱动的微型圆锯从甲壳的侧面开始锯，体内立刻喷出一种透明的东西。奥利维拉不为所动地继续锯开甲壳，拎起连着腿的下半身，放到一旁。

他们盯着那具被锯开的动物体内。

"这不是蟹。"约翰逊说道。

"不是。"罗什说道。他指指那一团团半流质胶状物，它占了甲壳里的大半空间。"这跟我们在龙虾体内发现的鬼东西一样。"

奥利维拉开始用勺子将胶状物装进容器里。"你们看，"她说道，"从头部后面看起来像真蟹，但你们看到背部的纤维状分叉了吗？这是神经系统。这动物的感官都还在，但是少了使用它们的东西。"

"有的，"鲁宾说道，"它们有胶状物。"

"好吧，它无论如何不是完整意义上的蟹。"罗什俯身在沾有无色黏液的壳上方，"更像是一具发条蟹。能运转，但没有生命。"

"这解释了它们为什么表现得不像蟹，除非我们能证明体内这东西是一种新型的蟹肉。"

"绝对不可能。"罗什说道，"这是一种外来组织。"

"那么，就是这种外来组织让这些动物爬到陆地上。"约翰逊解释，"我们可以想想，是不是它钻进已死的动物体内，让它们复活……"

"或者这些蟹是这样被养出来的。"奥利维拉补充。

出现一阵令人难受的沉默。最后罗什打破沉默说："不管它们为什么在这里，有一点是肯定的。如果我们现在脱下隔离衣，很快就会挂掉。我猜，我们会发现这些畜生体内充满毒藻，或者某种更严重的东西。无论如何，这个实验室里的空气被污染了。"

约翰逊想起范德比特讲过的某种东西。生物武器。他说得对，完全正确，只不过事实跟他想的南辕北辙。

韦弗

韦弗很兴奋。她只需要输入密码，就可以获取一切想象得到的信息，这里的内容平时需要查上几个月。真是太棒了！她坐在她房间的阳台上，连接太空总署的数据库，埋首于美国军方的卫星图。

80年代初，美国海军开始调查一种令人吃惊的现象。地质卫星，一颗雷达卫星，被发射到靠近极地的运行轨道上。它的任务主要是测量大海的表面，精确到仅有几厘米的误差。人们希望知道，撇开潮汐的变化的话，海平面是否到处都一样高。

地质卫星扫描的结果，超乎所有的期望。

科学家曾预估，即使是在绝对的风平浪静的状态下，海洋也不完全是平的。人们长期以来都以为，全世界海洋的水量是均匀地分布在地球表层，地质卫星图像提供了完全不同的想象——地球的外形像颗表面凹凸不平的马铃薯，满是洼地和隆起。比如，印度以南的海平面要比冰岛沿海的低170米。在澳洲以北，大海隆起成一座山，超出平均海平面85米。海洋水面的高低起伏似乎和海底地貌相似，巨大的海底山脉和海底凹陷处的海平面高度就有好几米的落差。

结论很诱人。熟悉水面的人大致就能知道那海底下是什么样子。

问题出自万有引力的不均匀。一座海底山脉对海水的吸力就比一座海底盆地高。它将周围的水吸近，堆成一个隆起，若海底是山巅，海面也同样隆起；若海底是凹陷的，海面的高度相对就较低。偶尔会有例外，比如，当一座深海平原上方的水高高堆起时，人们会知道那边地层下的岩石有部分密度极重。

这些洼陷和隆起都无法明显得让人从一艘船的甲板上看到。如果没有卫星绘图，没有人会发现。但现在的技术，不仅能绘出海底地形，而且能从表面的情况推测海底的样貌。地质卫星显示，海洋会形成直径达数百公里的巨大漩涡，像一杯被搅动的咖啡，中央旋转形成洼陷，愈向边缘隆起得愈厉害。除了重力变化外，这种涡流也会使海面隆起，涡流又组成更大的漩涡。将地质卫星视角拉远还会发现，整个海洋都在旋转。巨大的环状系统在赤道上方以顺时针方向旋转，在赤道以南改变方向，离两极愈近，旋转得愈快。

于是科学家们得以证明海洋动力学的另一个原则：地球自转影响了环流的速度和角度。

墨西哥湾流根本不是真正的洋流，而是一个巨大的、缓缓旋转的涡流边缘，一个由无数小涡流组成的巨大环流，以顺时针方向挤向北美洲。由于巨大漩涡中心位于大西洋偏西处，墨西哥湾流就被挤向美洲海岸，在那里堆高、隆起。强烈的风和向着极地的流向加快了涡流的速度，海岸巨大的摩擦力又将它减缓。北大西洋涡流就处于一种稳定的旋转之中，符合角动量的定律：除非受到外力影响，否则旋转运动将守恒不变。

鲍尔所害怕的，就是他观察到的外力影响，但他不敢肯定。海水不再涌入格陵兰海，这让人不安，但证明不了什么。只有从全球测量的数据来判断，才能证明全球性的变化。

1995年冷战结束后，美军渐渐公开地质卫星绘图。一连串更现代化的卫星取代地质卫星系统。现在摆在卡伦·韦弗面前的是自90年代中期以来的全部资料。她花了好几个小时，比较测量数据，数据细节上存在差异——有可能某颗卫星雷达将一次特别厚的飞溅浪花误认为海浪表面——但大致来说结果是一样的。

愈是深入，她最初的兴奋慢慢转变成深深的不安，最后知道鲍尔的担忧是对的。

他的漂浮监测器只运作了很短时间，短到还无法识别出它们随洋流漂流的位置，就一个个忽然失灵。

鲍尔几乎没有收到任何回传的信息。她问自己，那位不幸的教授是否明白他的推论多么正确。他全部的知识都压在韦弗的肩头上，让她现在能从字里行间读出对其他人没有意义的讯息，足以看到灾难正逐渐形成。

她从头计算一遍，确保自己没出错。又重算了第二遍、第三遍。事情比她担心的还要严重。

在　线

约翰逊、奥利维拉、鲁宾和罗什穿着PVC隔离衣站在浓度1.5%的过氧乙酸里淋浴好几分钟，再将这腐蚀性液体用水冲净，然后用氢

501

氧化钠溶液中和处理，在离开闸室前，蒸汽无情地杀死每个可能的病原体。

尚卡尔小组正在破译那些不明声响。他们将福特拉了过去，不停地播放刮擦声和其他的波谱图。

安纳瓦克和费尼克在一起散步，讨论外界对神经系统影响的可能性。

福斯特出现在波尔曼的房间里，硕大的身体几乎占满了房间，高声喊着："博士，我们得谈谈！"

然后他向波尔曼讲解他对那些虫子的看法，两人谈得投机，转眼喝光了几大杯啤酒。他们刚刚通过卫星和基尔联系过，那模拟结果明确得令人不安。在网络联机正常之后，基尔提供了一次又一次的模拟。聚斯尽可能详细地还原挪威大陆边坡上的事件，结果几乎无法产生这样大的一场灾难。那些虫子和细菌肯定造成了严重后果，但拼图里少了一块，一个外因。

"上帝作证，只要我们没查出真正的原因，"福斯特说道，"祂就冲走我们的屁股！"

黎坐在计算机前。她独自待在大套房里，但又无处不去。她观看了隔离实验室里的工作，听到那里的交谈。惠斯勒堡的所有房间都受到监听和录像监视。纳奈莫中心、温哥华大学和水族馆也一样。附近一些私人住宅也装有监听器，还有福特、奥利维拉和费尼克的房间，再加上安纳瓦克住的那艘船和他在温哥华的小公寓，里面统统装有眼睛和耳朵。只有在室外讲的话，在酒吧和餐厅里讲的话，没有被捕捉到。这让黎气恼，但要让她满意的话，必须在科学家体内植入发送器才做得到。

指挥部内部网络的监测功能就更好了。波尔曼和福斯特在线上，卡伦·韦弗也在，那位女记者，这一刻她正在比较墨西哥湾暖流的卫星数据。这非常有趣，就像基尔的模拟一样。网络真是个好东西。黎当然无法知道网络的用户在想什么。但他们在研究什么、调出哪些数据，都被储存下来，能随时追踪。如果范德比特的恐怖分子假设是正确的——黎对此表示怀疑，监听这批队伍里的每个人甚至是合法的。表面看来大家都是清白的。没有人和极端分子或阿拉伯国家有联系，但风险依然存在。即使那位中情局副局长猜错了，偷偷监视这些科学家们也很有用。实时掌握情况总是好的。

她切回纳奈莫，监听约翰逊和奥利维拉，他们正向电梯走去。两人在谈论隔离实验室里的安全措施。奥利维拉议论说，如果没有隔离衣，酸液淋浴后离开时就会是一具清清爽爽、漂白过的骨架，约翰逊对此开了个玩笑。他们哈哈大笑，坐电梯上楼。

约翰逊为什么不向任何人谈他的理论呢？他差点就谈了，在他的房间里跟韦弗交谈时，就在第一次说明会之后。但后来他仅仅是暗示罢了。

黎打了一连串电话，与纽约的皮克谈一会儿，看了看表。范德比特汇报的时间到了。她离开套房，走向惠斯勒堡南端的一个防监听房间。这房间跟白宫内的战情室规格相当。范德比特和两名手下在里面等着她。这位中情局副局长刚搭直升机从纳奈莫飞回来，显得比平时更不安。

"我们可以接通华盛顿吗？"她没有打招呼就问道。

"可以，"范德比特说道，"但不会有什么用……"

"你别搞得这么紧张，杰克。"

"……如果你打算跟总统通话。总统不在华盛顿了。"

温哥华岛，纳奈莫

奥利维拉和约翰逊走出电梯后，她在大厅里遇见费尼克和安纳瓦克。"你们刚刚去哪了？"

"我们散步去了。"安纳瓦克对她眨眼睛，"你们在实验室里开心吗？"

"笨蛋。"奥利维拉做个鬼脸，"看起来好像欧洲的麻烦被冲到我们这边来了。蟹里的胶状物确实是我们的老朋友。另外罗什隔离了一个蟹体内携带的病原体。"

"杀人藻?"安纳瓦克问道。

"差不多。"约翰逊说道,"可说是突变的突变。这个新品种比欧洲的毒性要大得多。"

"我们不得不牺牲几只老鼠,"奥利维拉说道,"把它们和一只死蟹关在一起。所有老鼠都在几分钟内就死了。"

费尼克情不自禁地后退一步。"这种毒会传染吗?"

"不会,如果你高兴的话可以亲我,它不会通过人传染。我们对付的不是病毒,而是细菌入侵。但只要这些毒藻进入水里,就会失去控制,爆炸性地繁殖,即使携带它们的蟹早已死去多时。"

"神风特攻蟹。"安纳瓦克沉思道。

"它们的任务就是将这些细菌带到陆地上,就像那些虫子的任务是将细菌带到冰里一样。"约翰逊说道,"然后它们就死去。水母、蚌类,就连这些胶状物,全都不会存活很久,但都达到目的了。"

"目的就是用尽手段打击我们。"

"对,那些鲸鱼也有自杀攻击的特性。"费尼克说道,"进攻通常是求生策略的一部分,就跟逃跑一样。但没有看过这种战略。"

约翰逊微笑了。他的黑眼睛一亮,"这我不敢肯定。一定有谁在非常明确地执行某种求生策略。"

费尼克注视着他,"你讲起话来简直就像范德比特。"

"不,这只是表面现象。范德比特有些地方讲对了,其他方面跟我的观点截然不同。"约翰逊顿了顿,"但我愿意打赌,范德比特讲的话很快就会跟我一模一样。"

黎

"这是什么意思?"黎坐下时问道,"总统不在华盛顿的话,人在

504

哪里?"

"他前往内布拉斯加的奥福特空军基地。"范德比特说道,"切萨皮克湾和波塔马克河出现了蟹群。它们显然想溯河而上。我们收到情报,有些蟹群已到了陆地上,但尚未确认。"

"去奥福特是谁下的决定?"

范德比特耸耸肩。"白宫参谋长担心首都或许会遭遇和纽约一样的命运。"他说道,"你是知道总统的。他拼命反对。他恨不得亲自向那些讨厌的畜生宣战,但他最后同意去过健康的乡下生活。"

黎心想,奥福特是战略指挥部所在,控制美国核武器。此据点地处内陆,远离来自海洋的所有威胁,是保护总统的最佳地点。在那里总统可以通过防监听录像电话和国安会通话,行使政府的一切权力。

"这事太草率了。"她加重语气说道,"以后这种事我要立刻知道,杰克。如果什么地方有东西从海里探出头来,我要马上知道。不,我要在它将头从海里伸出来之前就知道。"

"我们办得到。"范德比特说道,"我们可以和当地的海豚建立良好关系……"

"另外,如果有人想将总统送去哪边,请务必告知我。"

范德比特轻佻地一笑,"如果我能提建议的话……"

"我要弄清楚华盛顿的现况,"黎打断他的话,"而且是未来的两小时内。一旦这消息得到证实,我们就疏散受害地区,将华盛顿变成纽约那样的封锁区。"

"我正想这么建议。"范德比特温和地说道。

"那我们看法一致。你还有什么别的要向我报告吗?"

"一堆狗屎。"

"这我习惯了。"

"正是。我不想改变你的习惯,因此我努力将所有的坏消息搜集起来。我们就从乔治滩开始,海洋与大气局为了捞些虫子上来研究,在那一带沿海试着将两只机器人放下去。这……呃……成功了。"

黎扬起眉。

"好吧，成功捞到那些动物了。"范德比特说道，一边享受地拖长每个字，"但不是捞到船上。它们一被捕获就出事了，联络中断，我们失去两个机器人。日本也传来类似的消息。他们在本州岛和北海道沿海的某个地方，也因想捞虫子而损失一艘潜水艇。日本人说，它们的数量变多了。整体说来，这件事有了变化，之前只有潜水员被攻击，但未曾有潜水艇、探测设备或机器人受过袭击。"

"我们发现了什么可疑事物吗？"

"没有直接相关的。没有发现敌人的探测设备或潜水艇，但海洋与大气局船只在700米深处发现一块延伸数公里大的移动物体。考察队长认为，那八成是浮游生物群，但他不敢保证。"

黎点点头。她想到约翰逊。他没在这里听范德比特的报告，让她感到遗憾。

"第二点，深海电缆又被扯断了，包括CANTAT-3和几根TAT电缆等跨大西洋的所有重要通信线路。在大西洋里我们还损失了对澳洲主要线路PACRIM WEST。另外，过去两天内发生的船只事故比任何时候都多，全都发生在交通繁忙地区。在我们所知的近两百条水上要道中，受波及的将近一半，特别是直布罗陀海峡、马六甲海峡和英吉利海峡，巴拿马运河也遭受了一点……好吧，事情是发生了，但我们也许不该对此事评价过高：霍尔木兹海峡有一起碰撞事件，另一起在苏伊士湾，这是……嗯……"

黎看着范德比特。他不像平时那样冷嘲热讽和傲慢，她知道是为什么，"苏伊士湾位于红海苏伊士运河之间。也就是说，阿拉伯世界有两个重要的交通枢纽失陷了。"

"了不起，宝贝。航海业出现了麻烦。顺便说一下，这是新鲜事，重建现场很难，在霍尔木兹海峡看起来像是七艘船撞在一起，因为当中至少有两艘搞不清楚自己驶向哪里。测速仪和水深声呐都故障了。"

每艘船上都有四个至关重要的系统：水深探测声呐、测速仪、雷达和风速表。雷达和风速表在吃水线以上工作，水深探测声呐的小窗口装在龙骨上，测速仪也一样，这是一根装有探测设备的全静压管，测量行驶过程中涌进的水。测速仪向船上的雷达系统报告船的航线和速度，雷达在这基础上计算跟附近船只碰撞的风险，提供避让的航线。一般情况下是盲目地服从这些仪器。盲目，是因为七成的海上航行是在夜里、雾天或深海里进行，在那里望望窗外是没用的。

"有一起事故显然是海底生物堵塞了测速仪。"范德比特说道，"虽然周围船只往来频繁，但测速仪不再显示行程，导致雷达没发出碰撞警告。另一起是水深声呐发疯似的报告水深在减少，虽然他们是航行在深水域，但却据此判断会搁浅，愚蠢地更改航线。两艘船都砰地撞上了别的船，由于天很黑，很快又有几艘赶来凑热闹。别的地方也发生了类似的玩笑。有人声称观察到鲸鱼在船下游动，游了很长一段时间。"

"当然。"黎沉思道，"如果长时间有大型物体紧靠在水深声呐下，很容易将它和坚固的海底搞混。"

"另外，船舵和推进器被侵蚀的案例增加了。海底门被堵塞的情形愈来愈多。在印度沿海，在连续数星期的附着物导致了快得不寻常的腐蚀之后，又一艘铁矿船沉没，前货舱在平静的海里断了。诸如此类的事情层出不穷。一切都在不断恶化，再加上瘟疫。"

黎交叠着手指沉思。

实在可笑。但仔细想想，船才可笑。皮克说得没错，过气的铁棺材，使用高科技导航，透过一个孔吸进冷却水。在别的地方，蟹钻进高度现代化的大城市里，被碾成糊状，将数吨剧毒藻散布到下水道里。结果他们不得不封锁这座城市，现在或许又要封锁另一座，而美国总统逃进了内陆。

"我们需要更多该死的虫子。"黎说道，"另外，必须对藻类采取行动。"

"你说得太对了。"范德比特故意回答道。

他的手下面无表情地坐在旁边，眼睛盯着黎。范德比特应该是要向她提出建议，但就如同黎痛恨他一样，范德比特也不喜欢黎。他会听任她跑到海里去。

"首先，"她说道，"一旦消息得到证实，我们就疏散华盛顿。第二，我想往受害地区运送饮用水水箱，严格定量。我们排干下水道，用化学武器腐蚀掉那些畜生。"

范德比特哈哈大笑，他的手下也跟着微笑，"排干纽约？下水道？"

她望着他，"对。"

"好主意，而且化学武器同时也会杀死所有纽约人，我们可以出租这座城市。租给中国人好不好？我听说中国人多得不得了。"

"这件事应该怎么做，你会想出办法来的，杰克。我会请求总统召开一次安全委员会全体会议，宣布实施紧急状态。"

"啊！我明白了。"

"所有的海岸都将被封锁，由侦察机负责巡逻。我们派出部队，身穿隔离衣，携带喷火器。从现在起，凡是想爬上陆地的，就将它们变成烧烤。"她站起来，"至于鲸鱼，我们应该停止像受惊吓的孩子一样。我要重新夺回我们船只的航行权。我倒要看看，来点心理战会有什么结果。"

"你打算怎么做呢，朱迪？你要好好劝说那些动物吗？"

"不是。"黎淡淡地一笑，"我要驱逐它们，杰克。好好教训它们或那个背后的驯鲸师。让动物保育去死。从现在起要向它们射击。"

"你想找国际捕鲸委员会的麻烦？"

"不是。我们用声呐炮轰它们，直到它们停止攻击我们。"

美国，纽约

一名男子当着他的面倒地而死。皮克在他笨重的隔离衣下淌汗，全身每一寸都被保护着，透过一张防毒面具呼吸，在防弹玻璃后望着一夜之间成为地狱的城市。

坐在他身旁的下士驾驶吉普车缓缓行驶在第一大道上，碰到被军方驱赶在一起的人们，东村有些区段像是人全死光了。他们现在只要未确定这种瘟疫是否会传染，就不能放任何人出去。皮克注意到，许多死者身上都有硬币大的皮肉伤。如果这是袭击纽约的毒藻造成的，那它们不仅散布毒雾，还黏附在受害者身上。理论上毒藻会存在于任何体液里，能在水里生存，能适应不同的温度变化，根据他所知道的，它们飞快繁殖。皮克不是生物学家，但他在想，假如一位病人亲吻别人、散播他的唾液，会发生什么事。

他们紧张地为这座城市和长岛订定检疫条件，对病人和正常人给予同等待遇。起初他们十分乐观。纽约似乎做好了准备。在1993年世贸中心首次被袭后，当时的市长成立了一个处理各种紧急情况的特殊机构，紧急事务处。90年代末举行了这座城市史上最大的灾难演习，仿真一次虚构的化学武器袭击，成果是600名警察、消防队员和联邦调查局探员身穿隔离衣"抢救"纽约市民。演习进行得很顺利，参议院慷慨地批准了新器材。紧急事务处发现自己有1500万美金的预算，来建设一座具有独立空调的防弹防炸办公室，四十多名高水平的工作人员在里面等待真正的世界末日——他们将它建在世贸中心的23层，就在2001年9月11日前不久。之后，紧急事务处不得不重新改组。它仍在起步中，几乎没有能力解决问题。人们死得很快，谁也来不及救助。

吉普车绕过死尸，接近第十四街路口，许多汽车狂按喇叭飞驰而过。人们想逃出城去。他们走不远，到处都被封锁了。到目前为止，军方差不多只控制了布鲁克林和曼哈顿的少数几个区，但是，未经特许，没有人能离开大纽约。

他们继续沿着军事封锁线行驶。数百名士兵像外层空间入侵者一样走在城里，头戴防毒面具，看不到脸，身穿鲜黄色的核生化防护衣，动作笨拙，样子古怪。到处有人被抬上担架、军车和救护车，也有人横尸街头。城里大部分地区无法通行，因为相撞的汽车和被弃汽车堵死了道路。直升机不停的轰鸣声在街道里回响。

皮克的司机颠簸了一段，开了几百米后停在东河岸的林荫大街医疗中心门外，一个临时救护中心就设在那里。皮克快步走去，走道里到处是人，撞见无比害怕的目光后，他走得更快了。有些人将亲人照片递给他，喊叫声淹没了他。他在两名士兵的护卫下通过封锁，走向医院的计算机中心。那里为他提供连接惠斯勒堡的防监听卫星通信线路。几分钟后他打电话给黎，不容她多讲，"我们需要解毒剂，而且要快。"

"纳奈莫正在全力以赴。"黎回答道。

"太慢了。我们守不住纽约。我看了下水道蓝图，请你忘掉抽干这里的想法，还不如排干波塔马克河。"

"你有足够的医疗支持吗？"

"怎么支持啊？我们无法用医药治疗任何人，根本不知道什么会有效。顶多开些增强免疫系统的药，希望病原体死去。"

"你听着，萨洛。"黎说道，"我们会控制住的。我们几乎能百分之百肯定地说，这种毒不会传染。受害者几乎没有传染危险。我们必须彻底将这些畜生赶出下水道，腐蚀、烧光、恳求，什么方法都可以。"

"那你就开始吧。"皮克说道，"不会有什么用的。城市上空的毒雾还是小问题，风会吹开毒物，将它冲淡。但那些毒藻……每个人都需要水，淋浴、洗涤、喝水，照顾金鱼，我哪知道做了些什么。汽车清洗过，救火车开出去用水灭火。这些毒藻分布全城，它们污染了室内的空气，分布在空调系统和通风口。即使再也没有一只蟹来到陆地上，我还是不知道该如何阻止藻类的繁殖。"

他张口喘气，"我的天，朱迪，美国有6000座医院，只有不到四分之一做好了应付这种紧急情况的准备！没有哪家医院有能力隔离这么多病人，让医生迅速治疗。贝尔维医院超过负荷，这可是他妈的一座大医院呢！"

黎沉默一秒钟，"好，你知道该怎么做。请将大纽约变成一座超级监狱，任何东西任何人都不能出来。"

"我们在这里无法帮人们什么，他们都会死去。"

"是的，这很可怕。那你就为别处的人做点好事，请你设法将纽约变成一座孤岛。"

"我该怎么做呀？"皮克绝望地叫道，"东河流进内地。"

"东河我们会想到办法解决的，暂时……"

皮克感觉到了那场爆炸。他脚下的地面颤动，传来沉闷的轰隆声，声波好像一场地震似地掠过整个曼哈顿。"有什么东西爆炸了。"皮克说道。

"你去看看是什么东西。请在十分钟后向我报告。"

皮克骂了一句，跑向窗前，但什么也看不到。他对他的手下打个手势，从计算机中心奔回走道，跑向医院后方。从这里能眺望到紧临布鲁克林和皇后区的东河。

他朝左望向河上游，人们向医院跑来，在大约一公里外、联合国的总部附近，他看到一朵巨大的蘑菇云升向空中。起初皮克担心它被炸上了天。后来他发现，那朵云来自很远的市中心。

它是从皇后区城中隧道的入口处升起的，隧道横穿东河，将曼哈顿与河对岸连接在一起。

隧道在燃烧!

皮克想到那些毁坏的汽车，它们无所不在、互相卡在一起，冲进橱窗或撞在灯柱上。受感染的人们在里面失去了知觉。他预感到隧道里发生了什么事，那是他们现在还在使用的最后一座隧道。

他们奔回大楼，穿过大厅，跑向他们的吉普车。穿着隔离衣奔跑很费劲，因为你始终得注意衣服不要被刮破。但皮克还是成功地钻进敞开门的吉普车，他们急驰而去。

同一时间，在他头顶三层楼高的地方，私人快递公司的司机、想和联邦快递竞争的波·亨森刚断气。胡珀夫妇则死去好几个小时了。

511

加拿大，温哥华岛

"你们到底在惠斯勒山上做什么？"

那本来应该是回到正常生活的一次旅游，但当然绝非这么顺利。曾离开几天的安纳瓦克坐在戴维氏赏鲸站，看着舒马克和戴拉维因他来访而喝光的两瓶喜力。戴维暂时关闭了这个站，陆上考察行程无人问津，几乎没有人还会有兴趣去观赏动物。如果欧洲受到海啸的席卷，那会对大西洋沿岸带来什么威胁呢？大多数游客离开了温哥华。舒马克一个人孤零零地追讨应收回的款项，尽可能让这个站维持营运。

"我真的很想知道，你们在那里做什么。"他不断追问道。"干吗这样神秘？"

安纳瓦克摇摇头。"别再问了，汤姆。我答应过要保密，我们谈点别的事吧。"

"我很想知道，我应该什么时候从这里挪开我的屁股逃跑。"舒马克说，"因为海啸什么的。"

"没有人谈海啸。"

"没有？妈的！这早就传开了。一定有关联的。人们可不那么蠢，利昂。纽约传来集体得病的可疑、恐怖故事，欧洲不断有人死掉，船只排队似地沉没，这一切都是瞒不住的。"他弯身向前，朝着安纳瓦克眨眨眼。"我以为，宝贝，我们可是在同一条船上。你能理解吗？都是圈圈里的人。"

戴拉维喝下一大口，擦擦嘴巴。"你就别烦利昂了吧。"

她戴着橘黄色圆镜片的新眼镜。安纳瓦克发现，她的头发不知为什么不那么卷了，而像波浪似地披在肩头。真的，尽管牙齿有点大，她还是很漂亮，相当漂亮。

舒马克抬起双手，又不知所措地将它们放回大腿之间。"你们应该带我去的。真的，利昂，我一定有可用之处的。在这里我只能干坐着，掸旅游小册子上的灰尘。"

安纳瓦克点点头。他感觉不自在，因为尽管他不喜欢却又不得不故弄玄虚。刚刚他还问自己，是不是干脆就说一下在惠斯勒堡里的工作。不过他没有忘记黎闪烁的目光。她虽然通情达理、和气友善，但他肯定，如果事机败露，将会有天大的麻烦。

她的猜测甚至有可能是对的。

他目光扫过展售室，突然感觉到，在短短几天之内瞬息万变的情势让他觉得陌生。自从他与灰狼和好之后发生了很多变化。安纳瓦克意识到，他的生活彻底改变了。他感觉自己就像是个坐在出发之后不可能中途停下来的云霄飞车里的孩子，害怕，惊奇，和一种几乎无法形容的兴高采烈与好奇交织在一起。从前，赏鲸站就像他生活的一道壁垒，现在则感觉自己就像是一丝不挂，毫不设防。他的生活中少了一个间、一道门，可以通过它进入隔壁房间，与世隔绝。现在发生的一切对他来说，显得太吵、太刺眼。

"你还是继续替你的旅游小册子掸灰吧！"他说道，"你十分清楚自己的位置在这里，而不是在专家委员会里。在那里，当你想讲什么时，人家只会跟你说客套话。但戴维如果少了你，他就糗了。"

舒马克望着他。"这是小小的赞美？"他问道。

"不是。我为什么要花精神赞美你？反而是我被迫必须闭嘴，什么都不可以向朋友们讲。你为什么不试着鼓励我呢？"

舒马克转动着手里的啤酒瓶，笑了笑。"你准备待多久？"

"多久都可以，"安纳瓦克说道，"我们像国王似的，只需要一通电话，随时可以使用直升机。"

"他们真的在拍你马屁，是吗？"

"对，他们是在拍我马屁。为此他们希望我值得他们这样做，或许我应该待在纳奈莫、水族馆或其他什么地方工作，但我想见你们。"

"你在这里也可以工作。好吧，换我来鼓励你。今晚过来吃饭，我烤块大牛排给你，我亲自烤喔！"

"听起来很诱人，"戴拉维说道，"几点？"

513

舒马克向她投去一道难以解释的目光，"你也来吧。"他说道。

戴拉维眯起眼睛，没有回答。安纳瓦克暂时让自己置身事外，答应舒马克七点到达后，两人分道扬镳。舒马克前往尤克卢利特，去找戴维。安纳瓦克沿着大马路回到船上，很高兴有戴拉维陪他。某种程度上他真的想念这个烦人精。

"吃牛排的邀请。听汤姆的口气，好像不希望你作陪。"他问道。

戴拉维看起来十分尴尬，把玩着一束头发，皱起鼻子。"没错。你离开的这几天发生了一件事。我是说，生活总是充满意外，不是吗？有时候你自己就很愚蠢。"

安纳瓦克停下来，望着她。"是啊，那么……"

"好吧，就在你前往温哥华、不再露面的那天——我是指，你失踪了一夜！没有人知道你去哪里，大家都很担心。其中，呃……杰克。杰克打电话给我，应该说，他本来是想打给你的，可是你不在……"

"杰克？"安纳瓦克问道。"灰狼？杰克·欧班侬？"

"他说你们该好好谈谈。"他还没来得及接话，戴拉维就匆匆说道，"那会是场相当愉快的交谈。无论如何他很高兴，想跟你聊聊，而且……"她直视安纳瓦克的眼睛，"那是一场愉快的谈话，不是吗？"

"曾经是。你现在能不能不要再绕好几千个弯，直接回到正题呢？"

"我们在一起了。"她脱口而出道。

安纳瓦克张大嘴又合上。

"我就说过，人有时候很蠢！他来到托菲诺——因为我将我的电话号码给他，你知道的，我总觉得他有点了不起……对，我对他的立场有一定的理解……"

安纳瓦克感觉他的嘴角抽动着，他想保持严肃。"一定的理解，当然。"

"因此他来了。我们在帆船酒吧喝点东西，然后去了栈桥。他将他的情况全告诉我，我向他讲点我的情况，就像平时那样聊啊聊啊，突然……一下子就……你知道的。"

安纳瓦克咧嘴笑了起来，"而舒马克根本不喜欢这样。"

"他恨杰克！"

"我知道。这你不能怪他，因为我们开始喜欢灰狼也是最近的事——尤其是你——这根本改变不了他表现得像个坏家伙的事实。这么多年了，如果你真的想知道的话，他一直是个坏东西。"

"不比你坏。"她脱口说道。

安纳瓦克点点头，然后笑了。尽管世界上有这许多痛苦，他笑戴拉维的错综复杂的故事，也笑自己和对灰狼的恼怒，实际上它只是一场失去友情的怒火，他笑自己最近几年的生活，笑自己的麻木，他笑得几乎发痛，却又感到痛快。他愈笑愈大声。

戴拉维歪着头，不解地看着他。"什么事这么好笑？"

"你说得对。"安纳瓦克咯咯笑道。

"什么叫你说得对？你喝醉了吗？"

他觉得他笑得快要歇斯底里了，但没有办法。他笑得全身颤动。实在回想不起来，他上回这么开怀大笑是什么时候。他有没有这么笑过。"丽西娅，你真是太可爱了。"他喘息道，"你真他妈的说得太对了。坏东西。正是！我们都是。你和灰狼在一起，而我做不到。我的妈呀！"

她的眼睛缩小了，"你在取笑我吗？"

"不是，绝对不是。"他喘息道。

"就是。"

"我发誓……"他突然想起什么来，他早就该想到的。他停止大笑。"杰克现在到底在哪里？"

"我不知道。"她耸耸肩，"也许在家里？"

"杰克从不待在家里。我以为，你们在一起了？"

"我的天哪，利昂！我们开心地在一起，谈恋爱了，但我可不想监视他的每一步。"

"不是说这个，"安纳瓦克咕哝道，"这他也不会喜欢。"

"那你为什么要问？你想跟他谈谈吗？"

"对。"他抓住她的肩，"丽西娅，听着。我得处理一点私事，今晚之前想办法找到他。如果可以，让我们一起去破坏舒马克饭局的好兴致。告诉他，我……我会很高兴见到他。这是真心话！"

戴拉维犹豫不决地微笑着。"好，我告诉他。你们男人真滑稽。老天！你们真是一对滑稽的猴子。"

安纳瓦克上船，收了电子邮件，再去帆船酒吧待了一会儿，在那里喝了杯咖啡，和渔夫们聊天。他离开后有两个人驾着一艘橡皮艇在海上遇难身亡。尽管严令禁止，他们还是大胆出海，不到十分钟就被虎鲸撞伤。一人的遗体后来被冲上岸，另一位则无影无踪，谁也不敢出海去找他。

"他们就没有这种麻烦。"一名渔夫说道，指的是大渡轮、货轮和工厂拖网船的经营者和海军。他愤愤地喝着啤酒，好像相信自己找出了罪人，没有理由能让他改变主意，然后看着安纳瓦克，好像在等他证明似的。

他们当然有这种麻烦，安纳瓦克想说，那些船只的命运也一定糟。他没出声。该回答什么呢？他不可以讲出影响有这么大，托菲诺的人只看到自己的小小世界，他们不知道皮克向指挥部公布的严重灾难正持续增加。

"年轻人，这事发生的时间再巧合不过了！"那人含糊地说道，"大型捕鱼船队不断扩大他们的王国，现在发生这种事，他们捕获了我们的库存，当我们这些小船都无法再出海后，又继续清空所有。"然后，他喝了一口说道："我们应该射杀这些该死的鲸鱼，应该让它们瞧瞧问题出在哪里。"

到处都一样。自从他来到托菲诺的这几个小时里，不管走到哪里，安纳瓦克听到的都是相同的要求。

我们要杀死鲸鱼。

难道之前的一切努力都白做工吗？几年来的辛劳，迫使政府制定出几条微不足道的、漏洞百出的保护规定？坐在帆船酒吧吧台旁的这位失望的渔民以他的方式说到重点了。从小渔民的角度看，现在的情势，只对大人物有好处，因为大型船只是现在唯一还能在捕鱼区航行的，那些视国际捕鲸委员会的条令、限量捕钓和狩猎禁令为眼中钉的人，终于能重新出示捕鲸的证明。

安纳瓦克走回赏鲸站。游客中心没有人。他在柜台后舒服地坐下，打开计算机，开始上网搜寻军方训练项目。很难。有些页面无法开启。在惠斯勒堡里他可以获取任何想要的信息，但这里少了深海电缆。

安纳瓦克不气馁。不一会儿他找到了一则有关苏联一项军事项目的报道。冷战期间，大量的海豚、海狮和白鲸被用于寻找水雷和遗失的鱼雷，用于保护黑海舰队。苏联解体后，这些动物被送到克里米亚半岛上的一个海洋馆里，在那里进行马戏表演，直到经营者面临没有钱买食物和药物，得决定杀掉动物或卖掉经营权为止。就这样，一些动物被运用到自闭症孩子的治疗项目，另一些则被卖给伊朗。它们失踪了，据猜测它们成了新的军事试验白老鼠。

在谋略战争中，哺乳动物显然经历了一场生物科技革命。在冷战期间，美苏之间不断进行军备竞赛，看谁能组织有效率的海洋哺乳动物团队。随着结盟国家时代的结束，海豚间谍似乎完成了它们的使命，但列强之间的竞争没能改善世界秩序。

事实显示，海豚、海狮和白鲸在这方面远远超出了潜水员或机器人。海豚寻找水雷的效率要比人类高12倍，海狮寻找鱼雷的成功率高达95%。人类在水下的工作能力有限，方向辨别不准确，必须在减压室里待好几个小时，而这些海洋动物原本就生活在水里，在光线极差的情况也能辨认方向、物体。一小队海豚取代价值数百万的船只、潜水员、船上人员和设备，且它们总是会返回。三十年内美国海军仅损失七条海豚。

因此，美国采取新的训练方法。听说俄罗斯又重新开始训练哺乳动物，印度军方也开始驯养和训练项目，目前连近东也加入了这项研究。

到了最后，是不是范德比特说对了呢？

安纳瓦克坚信，在网络深处能找到他在美国海军的网站上徒劳寻找的信息。他不是头一回听说军方想尝试控制鲸豚，那不是传统的驯兽训练，而是约翰·利里曾经开始的崭新研究。全世界的军方都对海豚的声呐兴趣盎然，它胜过任何人类的系统，人们还无法理解它到底如何运作。

鲸鱼们怎么了，哪里可以找到这些问题的答案。

但因特网也保持缄默。它固执地沉默着，伴着断线和页面加载错误。它沉默三小时了，直到安纳瓦克终于快要放弃。他的眼睛感到刺痛，再也无法集中精力，险些就错过了屏幕上闪烁的《地球岛周报》的那则短新闻。"美国海军对海豚之死负有责任？"这份周报是由地球岛研究所出版的，这是个环境保护组织，它研究维护自然的新方法，从事各种工程。地球岛的人员在气候讨论中具有代表性，并揭露环境丑闻。它的工作有一大半是研究海洋里的生活，专攻鲸鱼的保护。

这篇短文谈的是90年代初的一件事，当时有16条死海豚被冲上法国地中海海岸。所有尸体上都有相同的神秘伤口。颈部后侧有个剜得很利落的、拳头大的洞，洞下面能看到赤裸裸的颅骨。当时没有人能够解释这神秘的伤口是怎么回事，但无疑它们应该是这些动物死亡的主要原因。这件事发生在第一次海湾战争期间，在美国的大型舰队横穿地中海的时候，地球岛断定与美国海军的秘密试验有关，认为这些试验一定是在这时候进行的。很显然他们未能取得预期的成功，最后不得不加以掩饰。

当时一定出了大错，周报写道。

安纳瓦克将那篇文章打印出来，试图在档案里找到抨击这件事故的其他文章。他沉浸在工作中，几乎没听到赏鲸站的门被打开来。直到眼前变黑，他才抬起头，看到从一件敞开的皮夹克下鼓出来的健壮肚子和一个多毛的胸膛。他头后仰。对方太高了，他不得不这样做。

"你想和我谈谈？"灰狼说道。

他庞大身躯上的皮衣就像往常一般，油腻而破旧，长发系成一根发亮的辫子。眼睛和牙齿亮闪闪的。安纳瓦克好几天没看到这位半印第安人了。他感觉到这个巨人的力量，他的光彩，他的自然魅力。难怪戴拉维会迷恋上这份男子气概。可能灰狼也没有存心这样。

"我还以为你在尤克卢利特的什么地方呢。"他说道。

"我是去过了。"灰狼拉过一张椅子坐下来，坐得椅子嘎吱嘎吱响，"丽西娅认为你需要我。"

"需要？"安纳瓦克微微一笑，"我对她说的是，见到你我会很高兴。"

"讲白了是你需要我，而我现在来了。"

"你身体还好吗？"

"你要是有什么好喝的东西，我的身体会更好。"

安纳瓦克走向冰柜，拿出一瓶啤酒和一瓶可乐放到柜台上。灰狼一口喝下半瓶喜力，擦擦嘴巴。

"你来这里不会耽搁你什么事吗？"安纳瓦克问道。

"别瞎猜了。我和几个来自比弗利山庄的富翁去钓鱼。说到你们的赏鲸站，你们的赏鲸生意正转向我涌了过来。没人认为他的船会受到一条鳟鱼袭击，因此我改行了，提供河流钓游。"

"我看得出，你对赏鲸的看法没有太多的改变。"

"没有，为什么要变呢？但我不给你们惹麻烦。"

"噢，谢谢。"安纳瓦克冷冷地嘲笑道，"不过这样很好。我认为，你仍然在为受折磨的大自然进行你的复仇战役。请你再为我简单说明，你在海军里都做些什么。"

灰狼吃惊地盯着他。"这些你都知道的呀。"

"再说一次给我听吧。"

"我是训练员。我们训练海豚，用于战略性活动。"

"在哪里？在圣地亚哥吗？"

"对，也包括那里。"

"你因为心脏衰弱或类似的疾病被开除了。请说实话。"

"正是。"灰狼喝下一口后说道。

"这不对，杰克。你不是被开除的，你是自己离开的。"

"你怎么会这么想？"

"因为在圣地亚哥太空站和水下武器系统中心的文件里是这么记录的。"安纳瓦克说道，并在房间里慢慢踱步。"我知道圣地亚哥太空站和水下武器系统中心是名为海军指挥、控制和海洋系统中心等机构的组织之一，同样设在圣地亚哥的洛玛岬。经济上得到一个组织的资助，当今的美国海军海洋哺乳动物系统就由那个组织发展而来。当你重新阅读海洋哺乳动物项目资料时，这些机构都不约而同被提及，却又总是撇清关系般提到它们和这些可疑的计划毫无关系。"安纳瓦克歇了歇。然后他决定来一招虚吓，"在你所驻扎的洛玛岬进行的那些试验……"

灰狼窥探的目光跟着安纳瓦克来回走动。"你干吗对我讲这一大堆废话？"

"圣地亚哥正在研究饮食习惯、狩猎和交流行为、驯养能力、野外放生的可能性等。但军方更感兴趣的是哺乳动物的大脑。这兴趣可以回溯到60年代，第一次海湾战争期间才又被重新点燃。你当时已经参加好几年了。你离开海军时是少尉，最后是负责两个海豚梯队MK6和MK7，两队共有四只海豚。"

灰狼皱起双眉。"那又怎么样？你们的委员会里就没有其他事好操心了吗？比如说欧洲的形势？"

"你的下一个任务本应是负责整个项目，"安纳瓦克接着说道，"而你却抛弃了这一切。"

"我根本没有抛弃什么，是他们将我赶走的。"

安纳瓦克摇摇头。"杰克，我享有一些重要的特权，可以接触所有

520

绝对不用怀疑可信度的数据。你是自愿走的，我很想知道为什么。"他找出那篇地球岛的文章递给灰狼。灰狼瞟一眼，又将那张纸放下。

好一阵子都鸦雀无声。灰狼望着地面，沉默不语。

"杰克，"安纳瓦克低声道，"你是对的。我需要你的帮助。你当时遇到什么事？为什么离开？"

这位半印第安人又陷入沉思。然后伸直腰，双臂交叉在脑后。"你为什么想知道这个？"

"因为这能帮助我们弄清楚鲸鱼到底怎么了。"

"那不是你们的鲸鱼，不是你们的海豚，没有什么是你们的。你想知道发生了什么事吗？它们在报复，利昂。我们终于得到了早就该得的报应。它们不再服从了。我们将它们视为私有财产，折磨它们，滥用它们，好奇地看它们。它们终于受不了我们了。"

"你真的相信，它们这么做都是出于自由意志吗？"

灰狼开口想讲话，后来他摇了摇头。"我对它们为什么这么做不再感兴趣。我们对它们的好奇已经过头了。我不想知道，利昂，我只希望大家能留给它们安静的空间。"

"杰克，"安纳瓦克缓缓地说道，"它们是被迫的。"

"废话。谁会……"

"它们是被迫的！我们有证据。我根本不可以将这件事告诉你，但我需要信息。你不想让它们痛苦，你就继续保持沉默吧。现在它们正遭遇到比你能想象到的更大的痛苦……"

"比我能想象到的？"灰狼跳起来，"你懂什么呀？你懂个屁！"

"那你解释给我听。"

"我……"他的下巴扭动着，攥起拳头，内心似乎很挣扎。接着，他的身体放松了。"你跟我来。"

他们默默无语地并肩走了一会儿。灰狼选了一条穿过树林通向水边的小道。走了几步之后，穿越灌木丛，沿着一座摇摇晃晃的小栈走过去，尽头是海湾明亮的美景，托菲诺只露出沙岬右边的赏鲸站码头和几座高脚屋。他们在栈道尽头坐了一会儿，望着暮色中色彩鲜艳的山脉。

"你的数据不完整，"灰狼最终说道，"公开的有四个组，MK4到MK7，但还有一个第五组，化名MKO。海军喜欢用梯队代替小组这个概念。每个梯队分配有特定的任务。对，各梯队的中心位于圣地亚哥，但我大多数时间是在科罗拉多州、加州训练动物。军方将它们养在海湾或海港设施里，它们在那里生活得很好！定时喂食，享有最佳的医疗条件，比大多数人能享受到的还要多。"

"你负责这个第五小组……第五梯队？"

"你想错了。MKO是另一回事。总括说来，一个系统有四到八条动物，有明确的任务。比如说MK4的任务就是搜索和标出洋底的水雷，成员全都是海豚，另外，它们还被训练来报告对船只的破坏企图。MK5是个海狮梯队，MK6和MK7同样寻找水雷，但主要用于狙击敌人的潜水员。"

"它们攻击潜水员吗？"

"不是。它们用鼻子顶一下入侵者，同时将一条线系在潜水员身上，线的尾端系着一个连着闪光灯的浮标。这样就能知道潜水员的位置。有时候它们还会带着一块系着细绳的磁铁潜下去，将它放在地雷上，再将绳子带回船上。虎鲸和白鲸将水雷从一公里深的位置取上来，真感人——你得想想，对人类来说，寻找水雷是桩致命的任务。主要不是因为这东西会在你耳旁爆炸，而是因为差不多得在近海寻找，而且都是激烈作战的区域，容易遭到陆地的扫射。"

"水雷不杀这些动物吗？"

"官方说法是没有一只动物死于这种方式。实际上有可能例外，一开始我只听说过MKO，它被视作天外的神话。那不是真正的梯队，而是一整组专案和试验的代名词，这些试验是在不同的地点不断换新动物进行的。MKO动物也不和其他动物接触，但有时候也会从民间征用，然后它们就永远失踪了。"灰狼停顿一下。"我是个优秀的训练员，MK6是我的第一个梯队，我们参加每次较大的演习。1990年我接管MK7，大家纷纷祝贺我。最后有人想到，也许该让我多了解情况。"

"关于MKO。"

"我当然早就知道，海军训练的海豚最初的成功案例是在70年代初期，它们在越南保护金兰湾，阻止越共的水下破坏——在海洋哺乳动物梯队里，他们最先告诉我的也是这件事，对此深感骄傲。他们只字不提泳者失力项目。那些动物被训练来扯下敌方科研人员的面罩、蹼与氧气管。而在越南时，它们的吻部和鳍上装有特别长的、剑一样的刀子，有些背上装有梭镖。在水下袭击你的，不再是海豚，而是一具杀人机器。比起这些，海军后来的方法则是小巫见大巫，他们在这些动物的吻部装上皮下注射器，要它们用来撞击潜水员，它们也照做不误。注射器将3000psi的二氧化碳，也就是压缩碳酸，注射进潜水员的体内。这气体在数秒钟内扩散开来，受害者就会爆炸。有四十多名越共分子被我们的动物以这种方式杀害，还误杀了两名美国人。"

安纳瓦克觉得他的胃在痉挛。

"类似的事于80年代末发生在中东巴林，"灰狼接着说道，"那是我头一回上前线。我的海豚梯队训练得很出色，但对MKO一无所知。也不知道他们在无法到达的地区上空用降落伞投下那些动物，有时候是从3000米的高度，不是每只动物都能活下来。有些不用降落伞而从直升机直接扔下时，距海面仍有20米高。另有一些被他们绑上水雷，让它们吸附在船体和对手的潜艇上。有时候他们让一群动物靠得很近，通过遥控引爆水雷。简直就是动物敢死队。不久后我知道了这些情况。"灰狼沉默了一会儿，"我当时就该停止的，但海军是我的家。我在那里过得很好。不知你是否理解，但事情经过就是这么回事。"

安纳瓦克不语。他绝对可以理解。

"总司令部认为，让我继续参加MKO项目更合适。这些坏小子认为，我有与动物打交道的天赋。"灰狼吐出一口痰，"这一点他们说对了，那些婊子养的，我是个傻瓜，因为我同意了，而没有给他们一记耳光。我劝自己说，战争就是这样的。人类倒在炮火中，他们踩上地雷、被枪打死或烧死，因此有必要为几条海豚伤心吗？于是我来到圣地亚哥，在那里他们正在研究在虎鲸身上绑上核弹头……"

"你说什么？"

"你感到惊讶？我对这种事早就不吃惊了。"灰狼看着他，"有些项目就是派遣身上装有核弹的虎鲸出去。这么一颗七吨重的弹头，一只成年虎鲸能带着它游上几海里拖进敌方的海港。几乎无人能阻止一只核子虎鲸。当年他们还在试验，如今不知到了什么阶段。海军很喜欢播放鲸鱼嘴衔一颗水雷游出去又高兴地将它带回来的录像带给记者看，强调不是带去炸掉俄罗斯潜艇艇长的屁股。海军据此声称，没有这种杀手命令。事实上这种事会发生，只是不多。最严重时是一艘三人船飞上天，这点海军还可以承受，因此没有停止进行这种试验。"灰狼停顿一下，"如果你不能好好控制一只核鲸的方向，情况就不一样了。那东西性子很烈，一旦它返回来，你就麻烦了。海军可以想派出多少只虎鲸就派出多少只，但必须保证这些鲸鱼不会产生愚蠢的念头。避免愚蠢念头的最佳方法，就是根本不允许它们产生。"

"约翰·利里，"安纳瓦克呢喃道。"在60年代拿海豚进行过脑试验。"

"我记得什么时候见过这名字。"灰狼沉思着说道，"无论如何，我曾在圣地亚哥目睹他们如何打开海豚的头颅。那是1989年，他们用锤子和凿子在海豚头盖骨上敲出小孔。那些动物完全清醒，得由几个强壮的男人按住，因为它们一直想从桌子上跳下去。他们向我解释说，这不是因为疼痛，而是因为敲击让这些动物紧张。事实上这一过程比实际情况要痛苦得多。然后他们将电极插进孔里，通过电刺激使大脑兴奋。"

"对，那是约翰·利里！"安纳瓦克兴奋地叫道，"他曾经尝试绘制一种大脑的地图。"

"相信我，海军制作了那样的地图。"灰狼苦涩地说道，"他们成功通过电子信号控制这动物。我必须承认这很惊人。他们能让海豚向左或向右、腾跳、进攻、袭击敌人的陷阱。那动物是不是出于自由意志做的，这不重要。这只海豚再也没有自由意志了。它就像一辆遥控汽车，像个儿童玩具。一切看起来都好像这件事大获成功。1991年我们带了二十多只遥控海豚前往波斯湾，而他们在圣地亚哥同时进行核鲸的研究。我还继续参与，我还闭着我平时爱张扬的嘴巴，告诉自己，这不是我的项目。我的海豚寻找水雷，并得到很好的喂养和照顾。他们催促我加入MKO，我想办法要求给我考虑的时间——"考虑"在军队里不是特别受欢迎的，这个词背后隐藏着思考！不过，他们同意了。我们经过直布罗陀海峡，在深海进行一系列的测试。一开始一切都进行得很顺利。后来第一批问题出现了。在圣地亚哥的实验室和水族馆里遥控毫无问题，但在公海上这些动物受到另一些刺激，失败案例层出不穷。在大自然中就是不行，无论如何不同于项目领导人对此事的想象，这些动物变成了安全风险。我们不能带它们回美国，又没有人愿意带它们去海湾。"

灰狼停下来。他巨大的胸腔里传出一种无法定义的声响，有点像一声无可奈何的叹息。

"回船后开会讨论，决定扔掉这些海豚。我们就那么将它们扔进了海里，在离船几百米之后，有人按了一个小按钮——他们在电极设备里装进引爆弹，避免这技术落到敌方手里。不多，但足以炸掉设备和电极。那些动物就这样被杀死了。然后我们继续行驶。"

灰狼紧咬下唇。然后他望着安纳瓦克。"这就是被冲到法国海岸上的那些海豚。你在《地球岛周报》上看到的消息。现在你知道了。"

"那你……"

"我告诉他们我受够了。他们当然不喜欢在档案里看到记录，说他们最好的海豚训练员因不明原因递上辞呈。否则碰到这种事马上就会有一堆记者扑过来。最后我们达成共识，他们给我一大笔钱，我让他们用健康理由将我开除。一个战斗潜水员如果因为心脏衰弱被开除，没人会问傻问题。于是我离开了。"

安纳瓦克望着外面的海湾。

"我不是个像你这样的科学家，"灰狼严肃地说道，"但我了解一些海豚的特性，知道如何与它们打交道，但根本不懂神经学这类混账事。我无法忍受一个人对一只鲸鱼或海豚产生太过明显的兴趣，就这么回事，哪怕他只是想拍一张照片。我无法忍受，我无法改变这个看法。"

"舒马克至今还认为你是想整我们。"

灰狼摇摇头。"我曾经有段时间这么想过。赏鲸是可以的，但是你也看到了，这行不通。我开除了我自己。我只是设法让他们这么做。"

安纳瓦克双手撑住下巴。这里真美啊。这座海湾和群山，这整座岛屿，美得令人难以置信，几乎令人疼痛。"杰克，"一会儿后他说，"你必须改变思考方式。又出事了。你的鲸鱼不是在报复或清算，它们是受了操纵，某个人在用它们执行自己的MKO项目。比海军用它们所进行的一切还要严重许多。"

灰狼一声不吭。他们离开栈桥，默默沿着林中小道走回托菲诺。灰狼在赏鲸站前停了下来。"就在退出前不久，我听说核鲸试验向前迈进了一大步。这与库茨魏尔博士有关。这个名字与神经学和某种他们叫作神经元计算机的东西有关。他们说，想要彻底控制这些动物，必须服膺库茨魏尔的说法。我想，我干脆告诉你好了。不知道能否对你有所帮助。"

安纳瓦克思考着。"有，"他说道，"我相信有帮助。"

加拿大，惠斯勒堡

傍晚时韦弗来敲约翰逊的房门。她习惯性地按下把手想进去，但房间锁着。

她有看到他从纳奈莫回来。约翰逊应该会去找波尔曼。韦弗乘电梯下到大厅，在酒吧里找到他，他正跟那位德国人和斯坦利·福斯特坐在一起。他们俯身在一堆图表上，激烈地讨论着。

"嗨。"韦弗加入进去，"你们有进展吗？"

"我们卡住了。"波尔曼说道，"我们的式子中有太多未知数。"

"啐，我们会发现它们的。"福斯特含糊地说道，"上帝不丢骰子。"

"这是爱因斯坦说的。"约翰逊议论，"他说得不对。"

"上帝不丢骰子！"

她等了一会儿，然后指着约翰逊。"我能不能——请原谅我的打扰，我能不能和你私下谈一谈？"

约翰逊犹豫着。"马上吗？我们正在讨论斯坦利的模拟场景。让人额头上冒冷汗。"

"对不起。"

"你为什么不陪陪我们呢？"

"你能不能至少挤出几分钟呢？我们不需要太长时间。"她对在座其他人微微一笑，"然后我再加入进来，用聪明十倍的评论折磨你们。"

"去哪里？"当他们离开桌子时，约翰逊问道。

"无所谓，去大厅里。"

"有什么重要的事情吗？"

"重要这样的措辞太无力了！"

他们向外面走去。太阳斜挂天空。沉落时它将粉红色的光芒洒在惠斯勒堡和落基山脉白雪皑皑的峰顶。酒店前的直升机看起来像正在休息的巨型昆虫。他们朝着惠斯勒方向散步了一段。这整件事突然让韦弗尴尬起来。其他人一定以为她和约翰逊之间有秘密，但事实上她只是想听听他的意见。

"在纳奈莫怎么样？"她问道。

"令人毛骨悚然。"

"听说长岛爬满了杀手蟹。"

"带有杀手藻的蟹。"约翰逊说道，"跟在欧洲差不多，只是毒性要厉害得多。"

"听起来像新的一轮攻击。"

"是的，奥利维拉、费尼克和鲁宾开始进行分析。"他轻咳一声，"谢谢你的关心，不过本来是你想对我讲什么的。"

"我一整天都在研究卫星数据。然后我将雷达扫描和多光谱影像作比较。我很想调出鲍尔的漂浮监测器数据，但它们再也没有下文了。不过这些足够了。你知道表面环流吗？"

"知道一点。"

"海平面随着环流而起伏，墨西哥湾流也是，它是环流边缘的一个洋流。鲍尔在担忧某些改变正在发生。他无法标出北大西洋的烟囱流位置，那是海水垂直降到深处的地方。他推测有什么东西在影响洋流的流向，但他不是十分肯定。"

"然后？"

她停下来，望着他，"我计算、比较、检查、重算、再检查、从头再算……墨西哥湾流消失了。"

约翰逊皱起额，"你认为……"

"那环流不再像从前那样旋转，如果你细看这张多光谱影像，你会发现温度正在下降。毫无疑问，西古尔。我们正面临一个新的冰河期。墨西哥湾流停止了流动。有什么东西拦住了它。"

安全理事会

"真他妈的卑鄙！有人得为此付出代价。"

总统想见血。他来到奥福特空军基地，首先和国家安全理事会举行一次防监听电视会议。华盛顿、奥福特和惠斯勒堡被接在一起。惠斯勒堡临时作战部的视讯屏幕上能看到其他与会者。大多数人一股果敢的神情，有几位显得无动于衷。

总统毫不掩饰他的愤怒。下午他的副手建议他委托总参谋长来领导一个危机内阁，但他坚持要自己主持国安会这次的全体会议。他坚决不肯从手里交出决定权。

他这样做跟黎的想法不谋而合。

在顾问的等级制度里，黎的声音并不重要。参联会主席拥有最高的军衔。他是总统的首席军事顾问，他也有一位副手。每个傻瓜都有一位副手。不过黎知道，总统喜欢听她的，这让她十分骄傲。

她时时幻想着未来的人生道路，即使是现在，在她聚精会神地关注会议进展时。她想象着她将由总司令升为参联会主席。现任主席即将退役，他的副手明显只是个摆设。然后她可以担任国务卿或在国防部里从政，最后参加总统竞选。如果她做好她现在的工作——也就是，绝对维护美国利益——那竞选差不多是稳操胜券。世界面临着深渊，黎面临着晋升。

"我们对付的是一个无形的敌人。"总统说道，"有的人认为我们必须留意世界上其他的角落，威胁似乎是他们造成的。另一些人怀疑，这后面隐藏的东西远远超过一连串天灾所累积成的悲剧。至于我自己，我不想长篇大论，而只有准许。我想看到计划，想知道它花费多少，耗时多长。"他眯起眼睛。从他眯眼的样子仍能看出他的愤怒和坚决的程度。"我本人不相信大自然失去控制的童话。我们处于战争中。这是我的观点。美国处于战争中，我们该怎么办呢？"

参联会主席说，必须走出防御，过渡到进攻。听起来非常坚决。

国防部长皱眉望着他。"你想进攻谁？"

"我们将进攻某个人。"主席坚定地说道，"这要视情况而定。"

副总统解释说，他认为目前个别组织几乎没有能力发起这样大规模的恐怖攻击。"如果是的话，那背后隐藏着一个国家。"他说道，"或者一个政治体。也许是多个国家，谁知道呢。杰克·范德比特是最先表达出这种想法的，我认为这种事是可能的。我认为，我们应该特别注意谁有能力办到这种事。"

"某些人有能力。"中情局局长说道。

总统点点头。自从这位局长在就职前夕向他作了一篇关于中情局优缺点的长篇报告以来，他眼中的世界就住着不信上帝的罪犯，他们计划要让美国没落。"问题是我们是否应该在我们的传统敌人当中寻找。"他强调道，"被攻击的是自由世界，不仅仅是美国。"

"自由世界？"国防部长粗声说道，"哎呀，这就是我们呀！欧洲是自由美国的一部分。日本的自由就是美国的自由。加拿大，澳洲……如果美国不自由，他们也就没有自由。"他放一张纸在面前，一巴掌拍在上面。它汇总了他几天的笔记。他认为，没有什么事复杂到不能在一页纸上写完的。"我提醒一下，"他说道，"我们和以色列都拥有生物武器，我们是好人。其他还有南非、中国、俄罗斯、印度，它们是讨人厌的。另外是朝鲜、伊朗、伊拉克、叙利亚、利比亚、埃及、巴基斯坦、哈萨克斯坦和苏丹。这些是邪恶分子。这是一场生物进攻。这很邪恶。"

"化学化合物也可能扮演着重要角色。"国防部副部长说，"你们认为呢？"

"等等。"中情局长抬起手，"首先我们认为，我们遭遇的攻击需要一大笔钱和资源投注。化学武器制造起来简单便宜，但生物武器需要大量的资源。我们不是瞎子。巴基斯坦和印度和我们合作。我们培养了一百多名巴基斯坦情报人员从事秘密行动。在阿富汗和印度有几十名间谍在为中情局工作，许多关系极好。你们可以将那一带全部排除。我们在苏丹派有准军事部队，他们跟那里的反对派合作，南非政府里有我们的人。那里没有什么地方公开有较大的行动。因此我们必须检视，过去这段时间哪里有大笔资金流动，哪里有过行动。我们的任务是画出范围，而不是清点这个世界上的所有流氓。"

"对此我可以说明，"联邦调查局长说道，"没有资金流动。"

"怎么说？"

"你知道，监视恐怖分子资金来源能让我们了解到很多情况。我们相当清楚哪里有较大数目转移。"

"结果呢？"范德比特问道。

"没有线索。无论是在非洲、远东或中东都没有。没有迹象表示有某个国家卷在里面。"

范德比特轻咳一声。"他们可不会明目张胆地做。《华盛顿邮报》上也不会登。"

"再说一遍，我们没有……"

"如果我不得不让谁失望的话，对不起。"范德比特打断他，"但有谁真的相信，如果一个人有能力让北海崩塌，让纽约中毒，他还会将他的钱包拿给我们的人看吗？"

总统的眼睛眯成一条缝。"世界在变化。"他说道，"在这么一个世界上我期盼我们能望进每只钱包里。不是那些杂种聪明就是我们自己太笨了。我知道他们当中有些极其聪明，但我们的工作正是要更加聪明。而且是自今天起。"他看着反恐中心主任，"好吧，我们有多聪明呢？"

那位主任耸耸肩。"我们得到的最新情报是印度人警告我们当心巴基斯坦的伊斯兰教极端分子，他们想炸毁白宫。我们已经知道这些人了。没有危险。我们跟踪过各种金融转移，每天送来有关国际恐怖分子的情报堆积如山。总统先生。没有什么事情是我们不知道的。"

"目前是平静的？"

"从来没有平静。但也没有发生任何计划或经济活动的迹象。——我承认，这并不能说明什么。"

总统的目光在那位主任身上停留了，又移向调查局长。"我期望你们的部下加倍努力。"他厉声说，"不管他们是在哪个边缘组织或者基地。不能因为这里有人没有做他的家庭作业，就让美国公民遭受损害。"

"是，长官。"

"请允许我再提醒一下，我们遭到了攻击。我们处于战争中！我想知道，是在对谁作战。"

"请你看看中东吧，"范德比特不耐烦地叫道。

"这我们会做的。"他身旁的黎说道。

胖子叹口气，没有看她。他知道黎有不同的看法。

黎说道，"如果有人针对我们，在世界上其他地方来点恐怖肯定更有意义，那会引开人们的注意力，让人察觉不出是针对美国的。但现况并非如此。"

"我们不这样看。"中情局长说。

"我知道。这是我的看法：我们不是主要目标。发生的事情太多，发生的事情太离奇了。控制成千上万的动物，培养数百万的新生物，在北海引发一场海啸，破坏捕鱼，让澳洲和南美洲爆发水母瘟疫，破坏船只，这有多麻烦？谁也不会从中获得经济或政治好处。它就是发生了，不管杰克赞不赞成，它在中东也发生了。我们必须面对它，但我拒绝将责任推给阿拉伯人。"

"几艘货轮沉没了。"范德比特咕哝道，"在中东。"

"不止几艘。"

"我们要对付的会不会是个疯子？"国务卿建议说，"一位犯罪分子。"

"这倒有可能。"黎说道，"这么一个人可以打着高尚的幌子悄悄地转移巨额数目，使用所有的科技手段。如果问我意见的话，我会说，有人让虫子爬到我们脖子上，我们就发明出什么整治这些虫子的东西。有人养杀手蟹和毒藻，我们就采取相应的措施。"

"你采取了什么相应的措施呢？"国务卿问道。

"我们……"国防部长开口道。

"我们封锁了整个纽约。"黎打断他，她不喜欢别人炫耀她的家庭作业。"我刚刚收到，华盛顿遭杀手蟹入侵的消息被证实了。这要感谢直升机的侦察。我们也将隔离华盛顿。因此白宫人员应该以他们的总统为榜样，在危机期间另找基地。我在所有沿海城市周围派驻了携带喷火器的部队。另外我们也在考虑化学解药。"

"那潜艇和潜水机器人怎么样了？"中情局长问道。

"没有一点消息。近来我们放进海里的一切统统失踪了，无影无踪。我们无法控制下面的状况。水下遥控载具仅仅通过电缆跟外界相连，自从摄影机之前拍摄到一个蓝色发光体之后，我们从水里拖出来的都是碎的。有关自主型水下载具的去向根本没有消息。四名大胆的俄国科学家上周搭乘米尔级潜艇下去，在1000米的深度被什么东西撞了，沉没。"

"所以我们放弃了？"

"现在我们试着用拖网对被虫子袭击的地区进行地毯式搜索。另外还在沿海架起了网，一个额外措施，以阻止长岛上那样对陆地的侵略。"

"我觉得相当原始。"

"我们遭到的袭击本来就是原始的。另外我们开始用声呐来逼迫温哥华岛沿海的鲸鱼。我们使用低频主动声呐对它们发送声音。有什么东西操纵着这些动物，因此我们来个反操纵，直到它们被声响弄得头颅爆炸。看看谁会掌握主动权。"

"听起来真卑鄙，黎。"

"如果你有更好的主意，我们欢迎。"

有一阵子没有人说话。

"卫星监测对我们有帮助吗？"总统问道。

"有限。"那位行动负责主任摇摇头，"军方擅长的是在丛林里搜寻伪装的碉堡。只有少数系统能识别出蟹这种尺寸的小东西。好，我们有KH-12和新一代匙孔卫星。另外还有Lacrosse卫星，欧洲人让我们分享海神卫星和SAR-Lupe卫星，但它们是雷达运作。而最基本的问题在于：我们必须将镜头拉近，来侦察这么小的东西，但这让我们只能将注意力集中在小面积的区域。只要我们不知道从海里爬出来的是什么东西，从哪里爬出来，我们就只能绝望地望着相反的方向。黎建议派直升机在海岸上方巡逻。我认为这是个好建议，但直升机也看不到所有的东西。国家侦查局和国安局在尽他们最大的努力。有可能我们在分析讯息方面会取得进展。我们在研发新的讯息情报系统。"

"这是我们的问题。"总统拖长声调说道,"也许我们应该多使用人工情报试试。"

黎挤出一个微笑。人工情报是总统最喜欢的概念之一。在行话里,讯息情报系统代表着使用电信技术收集情报,解读和分析所有接收到的讯息。人工情报指的是最传统的情报收集方式:间谍,大量的人工。总统在技术上没有经验,他喜欢简单的方式,像是直视别人的眼睛。虽然他指挥着世界上技术最先进的军队,但他更喜欢被埋伏在树丛里的情治人员保护,而不是被卫星保护。

"请你们动动脑子。"他说道,"有些人很喜欢藏在计算机程序后面。我希望少来点程序,多动点脑筋。"

那位中情局长将指尖交叉在一起。"现在,也许我们还是不该这样重视中东假设。"

黎看着范德比特。这位中情局副局长呆望着前方。"你是不是有点太急了,杰克?"她低声说道。

"闭嘴!黎!"

她向前俯身。"我们谈点积极的东西好不好?"

总统微微一笑。"所有积极的东西对我们都会有用,朱迪。"

"长官,目前的危机会不会永久地持续,取决于我们能不能看清下一步棋。在结束之后重要的是谁胜出了。无论如何,世界将会是截然不同的样子。许多国家和地区会局势动荡,其中甚至有些动荡对我们是有利的。世界处于严重的局势,但危机也是转机。如果我们看谁不顺眼,可以促成其政权崩溃,从旁推波助澜,然后安排适当的人选接任。"

总统嗯了一声。

国务卿考虑了一会儿,说道:"因此,问题不在于谁发起这场战争,而在于谁赢得它。"

"别误解我的意思，我认为，文明的世界该团结起来和无形的敌人作战。"黎强调，"我们不应操之过急，但应该准备好。提供合作——可是赢的最终会是我们。过去威胁我们、反对我们的所有人都会输。我们对目前形势的结局影响愈大，这之后的角色分工就会愈明朗。"

"立场鲜明，朱迪。"总统说道。

桌旁有人在赞同地点头，也有轻微的恼怒。黎往后靠回去。她讲得够多了。比她的职位允许她讲得更多，但它产生了应有的影响。有几个人的任务本来就是讲这些事，她侮辱了他们。不重要，轮到奥福特基地那边了。

"好。"总统说道，"我想，目前我们可以暂时将这建议摆在心里头。但无论如何我们不能留给世界舆论这种印象，以为我们想接手领导。——你的科学家们进展如何，朱迪？"

"我想，他们是我们最大的资本。"

"我们什么时候会看到结果？"

"明天大家再次开会。我通知皮克少将回来参加。他将从这里指挥纽约和华盛顿的危机形势。"

"你应该向全国发表一番演说。"副总统对总统说道，"你该讲讲话了。"

"对，这倒是真的。"总统拍拍桌子，"公关部应该让拟稿人员上工了。我要点诚实的东西。不要安抚的废话，但要能给人希望。"

"我们要提及可能的敌人吗？"

"不，还没到这一步，将此事当作天灾处理，人民已经够不安。我们必须向他们保证，我们会尽一切努力保护他们——我们也能够保护他们。我们有计划和能力。我们做好了一切准备。美国不只是世界上最自由的国家，也是最安全的，不管从海里钻出什么来，美国是安全的。要让他们相信这一点。——我还要向大家提个建议，请你们向上帝祈祷。这里是祂的国土，祂会与我们同行。祂会给我们力量按我们的意愿去处理这一切。"

美国，纽约

我们无法应付。当萨洛蒙·皮克登上直升机时，他只有这一个念头。我们没有准备。我们没有什么足以用来对付这场恐怖的东西。我们无法应付。

直升机从夜晚的华尔街直升机场起飞，飞过苏活区、格林尼治村和曼哈顿的切尔西，向北飞去。城市灯火通明，但能看出有点异常。许多街道淹没在泛光灯下，再也没有川流不息的交通。从空中俯瞰，整个混乱的局面一览无遗。纽约处于紧急事务处和军队的统治之下。不停地有直升机起降。码头被封锁了，只有军方的船只还在东河里往来。

愈来愈多的人在死去。

他们没有办法。他们无法进行任何反抗。紧急事务处公布了一大堆规定和建议，遇到灾难时民众如何能够自我保护，但持续的警报和公开演习似乎没有一点效果。人们中毒致病，这种毒物是从下水道升起，或从洗脸盆、厕所或洗碗机里漫开的气体。皮克唯一能做的，就是将还健康的人从危险区运送到一个巨大的隔离营，关在那里。纽约的学校、教堂和公共建筑物被改造成医院，城市像座巨大的监狱。

他望向左方。隧道里还在燃烧。一辆军队加油车的司机未按规定戴上防毒面具，在全速行驶时失去了知觉。事故引发连锁反应，数十辆车被炸上了天。现在隧道里的温度像火山内那么高。

皮克责备自己未能阻止这起事故。隧道里被瘟疫传染的风险当然要比街道上高得多，街道上的毒可以散开。不过他又怎么能将自己分身去救人呢？他又能阻止什么呢？

如果有什么东西是皮克打从心底深处痛恨的，那就是这种无力感。现在华盛顿也开始了。

"我们无法应付。"他在电话里对黎这样讲道。

"我们必须应付。"这是唯一的回答。

他们飞过哈德逊湾上空，飞向哈肯萨克机场，那里有架军方飞机在等候皮克，要将他送去温哥华。曼哈顿的光照在身后。皮克问自己明天的会议会有什么结果。他希望至少能有一种药物脱颖而出，结束纽约的惨剧，但有什么在警告他不要抱希望。那是他内心的声音。

他的头在螺旋桨的节奏中嗡嗡作响。皮克身体向后靠，合上眼睛。

加拿大，惠斯勒堡

黎十分满意。面对到来的世界末日她应该感到痛苦或震惊。但这一天进行得太顺利了。范德比特被迫防守，总统听从她的意见。在没完没了的电话之后她弄清了最新局势，极其不耐烦地等着和国防部长通话。她想商量船只的使用，它们将在次日出海进行首次声呐袭击。那位国防部长被一场讨论拖住了。于是她面对星光灿烂的背景演奏起舒曼来。

时间将近凌晨两点。电话铃响起来。黎跳起身接电话。她在等五角大厦的电话，当她听到那个声音时愣了一下。"约翰逊博士！我能帮你什么忙吗？"

"你有时间吗？"

"什么时候？现在吗？"

"我想与你私下谈谈，将军。"

"现在时间不巧。我得打几个电话。我们约在一小时后如何？"

"你不好奇？"

"你可以给我多一点提示？"

"你曾经认为我有一个理论。"

"噢，对！"她略加考虑，"好，你过来吧。"她微笑着挂断电话。这正是她所期望的。约翰逊不是那种拖到期限最后一秒钟的人。他要按自己的意思指定时间，哪怕是在半夜。

她打电话到总机。"请将我和五角大厦的电话往后挪半小时。"她略一思索，又改变心意，"不，往后一小时。"

约翰逊会有很多事要谈的。

温哥华岛

听完灰狼的叙述后，安纳瓦克没什么胃口。但舒马克的胃口比平常好。他烤了牛排，拌了一盆不错的沙拉，洒上小面包片及核果。他们三人一起坐在他家的阳台。戴拉维避免将话题引到她的新恋情上，显得特别健谈，不惜将最愚蠢的笑话都讲得绘声绘影，简直可以登台表演。她真的很有趣。

这个傍晚，像是坐落在一片苦难海洋中的绿洲。

如果是中世纪的欧洲，黑死病蔓延时，人们会跳舞、举办酒宴。现在他们也相去不远，天南地北地聊天，就是不谈海啸、鲸鱼和杀人藻。安纳瓦克很感激这份调剂。舒马克讲了戴维创业之初的故事。他们边笑边聊，享受这个温和的傍晚，在走廊眺望着海湾的黑色水面。

大约两点左右安纳瓦克告别了。他沿着夜晚的马路向赏鲸站走去，在那里打开计算机，上网。

几分钟后他就搜寻到了库茨魏尔教授的数据。拂晓时开始有些眉目。

5月12日

加拿大，惠斯勒堡

约翰逊心想，这会是个转折点。或者我被当成老疯子。

他站在屏幕左侧的小讲台上。投影机关掉了。他们等了在托菲诺过夜的安纳瓦克几分钟，现在人都到齐了。皮克、范德比特和黎坐在最前排。皮克显得筋疲力尽。他是连夜从纽约飞回来的，看起来像是在那里耗尽了大半精力。

约翰逊半辈子都是在讲台上度过的，习惯了对着听众讲话。不时用自己的认知和假设补充课本知识。讲台是全世界最轻松的地方，你将别人的发现传授给别人，最后用别人找到的答案去回答之前的提问。

这天早晨他意外地产生了自我怀疑。他该怎么讲他的理论，而不至于让所有人笑得从椅子上跌倒呢？黎承认他可能有道理，这已经很不错了。带点谨慎的乐观主义甚至可以说，她接受他的想法。但他心存犹豫，不知道做得对不对、会不会失败，这份犹豫在他心里发酵，使他大半夜的时间都在一遍又一遍地改写报告。约翰逊不敢幻想，他只有这一次机会。不是他以突袭虏获人心，就是人们宣称他疯了。

众目睽睽，盯在他身上。室内笼罩着死一般的静寂。

他瞟一眼手稿的最上页。导言很详细。现在，在三个小时的睡眠之后，他突然觉得它们深奥复杂。他真的应该这样报告吗？夜里，当他累得几乎无法清楚地思考时，他曾经感到满意。但现在读起来理由牵强附会，废话连篇，拐弯抹角。

约翰逊犹豫不决。

后来他放开讲稿。一下子感到无比轻松，好像那薄薄的几张纸有数吨重似的。他的自信像准备作战的骑兵一样回来了。他向前走上一步，扫视众人一眼，确定了每个人的注意力都集中在他身上，他说道："非常简单。结果会让我们绞尽脑汁，不过事实真的很简单浅显。我们经历的不是一连串的天灾。我们要对付的也不是恐怖组织或流氓国家。演化也没有发疯。这一切都不正确。"

他换口气。"我们所经历的是在神话中被传诵歌咏的世界大战，战争双方的两个世界，因为被系在一起，长久以来我们都以为是同一个世界。当我们仰望天空，期盼看到外层空间来的智慧生命时，另一种智慧生命其实一直与我们并存，栖居在地球上我们不曾探访的角落。两种截然不同的智慧生命共处在这颗星球上，一直相安无事直到今天。其中一种智慧生命自远古以来就看着另一种的发展，另一种却至今仍无法捉摸水下世界。

"水下的世界，就是共同和我们分享这颗地球的陌生宇宙。遥远的宇宙就在地球上，在海洋里。外星人不再是来自缥缈的银河，而是形成于深海海底。陆地还是一片荒凉时，水中的生命就存在已久。这个种族会比我们要来得古老许多。我不清楚它们是什么模样或者它们如何生活、如何思想、如何沟通。但我们得开始习惯这个想法：存在着上帝创造的另一个物种，我们不是地球上唯一聪明有智慧的。几十年来我们一直在破坏它们的生存空间。——女士先生们，下面的那些生命似乎对我们气得要命。"

没有人讲话。

范德比特盯着他。他松弛下垂的面颊在发抖。他庞大的身躯战栗起来，好像里面晃荡着一阵大笑，肉嘟嘟的嘴唇抽动着。范德比特张开嘴来。

"这想法给了我启发。"黎说道。

就像有人在那位中情局副局长的肋骨间捅进一把刀子。他的嘴又合上。他吓一大跳，失神地望着黎。

"你不是当真的吧？"他喘息着说道。

"是当真的。"黎平静地回答说，"我没讲约翰逊博士说得对，但我觉得听他讲很有意思。我想，他能够解释他的猜想。"

"谢谢，将军。"约翰逊轻轻地一鞠躬，说道，"我确实能够。"

范德比特吓呆了似的。约翰逊的目光一排排地扫过人们，他尽量做得自然，免得人家以为他在观察他们的反应。几乎没有人表现出公开的拒绝。大多数人脸带惊奇，有些被吸引住了，另一些不相信，有的面无表情。现在他必须迈出第二步了。他必须让他们接受他的想法，独立发展下去。

"过去几天和几星期里我们的主要问题，"他说道，"在于将各种各样的事件联结起来。事实上，直到我们发现一种胶状物之前，联结似乎不存在。它出现的数量不等，一遇新鲜空气就融化掉。但这一发现只是让我们更迷惑，因为无论是在蟹和蚌类，还是在鲸鱼头颅里都发现了这东西，三种差异极大的生物体内。可能性解释是一种瘟疫。一种霉菌，一种物质化的狂犬病。但这一切又无法解释船只的沉没或蟹体内为何会有杀人藻。没有发现大陆边坡上的虫子有任何胶状物。而它们身上有蚕食甲烷的细菌，造成了大量温室气体的释放，最终导致了大陆架边缘的滑塌，引发海啸。同时，世界很多地区都出现了突变的生物，鱼群的表现有违常态。

"这一切都无法统一起来。杰克·范德比特坚信有个阴谋的幽灵对这一切负有责任，这在某种程度上是对的。但他判断错误，没有哪位科学家对海洋生态体系知道得如此详细，能这样操纵。人们喜欢声称，

541

我们对太空的了解多于对深海的了解。没错。我们还应该补充说明事情为什么会是这样：因为我们在太空比在海洋里能更轻易移动、看得更清楚。哈勃望远镜能毫不费劲地望进陌生的星系。相反的，最强的探照灯在水下世界里也只能照出顶多几十米的范围。穿着宇宙飞行服在太空里就能到处自由走动，但一位潜水员到达一定的深度就会被压碎，哪怕是穿着最精良的潜水衣。潜水艇、自主型水下载具和水下遥控载具，它们都得在特定条件下才能发挥作用。

"最后，我们没有将数百亿只虫子放置在水合物上的技术，我们更缺乏必要的知识，为一个我们几乎陌生的世界去养殖它们。——深海电缆遭到破坏，不仅仅是由于滑塌。从海底深处升起一群群蚌类动物和水母。是的，假设有一个阴谋的幽灵，我们可以简化对这些现象的解释，但那样的阴谋之所以能发生，是因为某个物种对水下的世界，如同我们对陆地一样熟悉。某个生活在深海、统治着另一个宇宙的人。"

"我对你的理解正确吗？"鲁宾激动地叫道，"你想说，我们和另一个智慧物种共享着这颗星球？"

"对。我相信是的。"

"如果是这样的话，"皮克问道，"为什么我们至今从没听说过或看过这个物种呢？"

"因为它不存在。"范德比特阴沉着脸说道。

"错。"约翰逊使劲摇头，"至少有三个原因：第一，深海隐匿现象。"

"什么？"

"深海里的大多数生命看到的不比我们多，但它们形成各种能取代视觉的感官。它们对最轻微的压力变化做出反应。它们能接受数百、数千公里外的声波。每艘潜水艇在自己能看到什么之前，就已经被注意到了。理论上，某个地区可能生活着数百万条某个特定种类的鱼，但如果它待在黑暗处，我们就看不到它们。在这里我们面对的是智慧生命！只要它们不愿意，我们就永远观察不到它们。

"第二个原因是，我们不清楚这种生命是什么形状。我们将一些神秘的形象录了下来：蓝色云团，闪电状的发光，挪威大陆边坡上的东西。它们体现了一种陌生智慧吗？这种胶状物是什么东西？默里·尚卡尔无法归类的那些声响是什么东西？

"还有第三个原因。以前人们以为，只有阳光能穿透的海洋较上层是可以居住的。如今我们知道，所有水层都有生命群集。在11000米的海底都有生命。许多生物根本没有理由住到上面来，到了上面也无法存活，因为对它们来讲上层的水太暖，压力太小，没有它们需要的食物。而我们调查了水的表层，但也有几个人乘坐潜水艇加上几只机器人到过很深的地方。如果我们将这些偶然的出游比作大头针的话，我们就得将我们的星球想象成干草堆那么大。——就像外星人乘着宇宙飞船拿摄影机对着地球，它的镜头只能拍摄几米范围内看得见的东西。这些摄影机中有一架拍下了蒙古荒原。另一架瞬间拍了一张喀拉哈里沙漠，第三架放在南极上空。还有一架确实进到了一座大城市里，我们就说是纽约中央公园吧，在那里拍到几平方公里的草地和一条对着树撒尿的狗。外星人会得出什么结论来呢？一个无人居住的星球，在上面偶尔可以碰到原始的生命。"

"它们有什么科技啊？"奥利维拉问道，"要做到这一切，它们必定拥有某种科技。"

"我想过这问题。"约翰逊回答道，"我相信，那会是一种足以完全替代我们现有技术的科技。我们将无生命的物质加工成技术设备、房屋、移动工具、收音机、服装等等。但海水比空气更残酷。那下面只重视一件事：优化适应。一般情况下生物是适应得最好的，因此我们可以假想一种纯生物技术。如果我们认为它们是一种高等智慧，那它们也具备了高度创造性，并对海洋生物学有着熟稔而精密的知识。

"想想我们自己怎么做到的？人类数千年来就在利用其他生物。马匹是活的摩托车，骡子拖着重物翻越阿尔卑斯山。我们一直在训练动物。今天我们改变它们的基因。我们复制羊，种植转基因玉米。如果我们将这个想法继续发展下去会怎么样呢？何况是一个文化和科技完全建立在生物学基础上的物种！它们需要什么就养殖什么：为了日常生活需要，用以代步，或者，进行战争。"

"我的老天。"范德比特叹息道。

"我们培养伊波拉病毒，拿天花进行试验。"约翰逊接着说道，不理会那位中情局副局长，"人类也将生物应用在战争上。我们还将它们装进炸弹，但这很复杂，一颗导弹，即使是卫星操纵的，也不一定就能命中目标。如果我们训练体内带有这种病原体的狗，这或许是造成破坏的有效途径。或者鸟儿。还可以训练昆虫！你们能拿一群染上病毒的蚊群或被传染的蚂蚁怎么办？或是数百万只运输杀人藻的蟹？"

他停顿一下，"大陆边坡上这些虫子是基因工程培养出来的。我们以前从未见过它们，这毫不意外。以前它们不存在。它们的目的只在于将细菌运到冰里，因此我们某种程度上是被古老生物的巡弋飞弹袭击了。某个全部文化都建立在操纵有机生命基础上的物种，我们面临的是它们研制出来的生物武器。——所有突变的解释就迎刃而解了！一些动物只做了少许改变，另一些完全是新产物。譬如这种胶状物：它是一种可塑性极高的生物产品，但肯定不是自然演化的结果。它也有一个目的：入侵其他生物的神经网络，控制它们。它不知以什么方法在改变鲸鱼的行为。相反的，蟹和龙虾从一开始就被简化得只剩下机械功能，带有残余神经的空壳。胶状物控制它们，杀人藻是船上的货物。这些蟹或许从未真正活过。它们被培养成有机宇宙飞行服，以便能闯进外层空间，我们的世界。"

"这东西，这种胶状物。"鲁宾说道，"难道人就培养不出来吗？"

"不太可能。"安纳瓦克插话，"约翰逊博士的解释，我觉得更合理。如果是人类躲藏在背后，那他为什么绕过深海这条弯路来攻击城市呢？"

"因为杀人藻出现在大海里。"

"那他为什么不试试其他东西呢？谁能够培养毒性比红潮毒藻还厉害的杀人藻，他就能找到某种不必以水为介质的病原体。如果他用蚂蚁、鸟或老鼠就能做到，那他为什么要培养蟹呢？"

"老鼠无法造成海啸。"

"胶状物来自一座人类实验室。"范德比特坚持道，"那是一种合成物质……"

"我不相信。"安纳瓦克叫道，"我相信连海军都办不到，而天知道他们最擅长教坏哺乳动物了。"

范德比特摇摇头，好像患了帕金森氏症似的。"你在讲什么啊？"

"我讲的是代号MKO的实验。"

"没听过。"

"你想否认，海军多年来一直在试验操纵海豚和其他海洋哺乳动物的脑电流吗？通过将电极插进颅盖下……"

"鬼扯！"

"只不过到现在都尚未成功，至少不及期望的那样，于是人们研究雷·库茨魏尔的论文……"

"库茨魏尔？"

"神经信息学和人工智能的权威之一。"费尼克插进来说，他的神情忽地一亮，"库茨魏尔发展了一种远远超过目前神经研究水平的未来观点。如果你想知道，人类为什么能够……不，不止，他的论文能让人理解另一种智慧物种如何控制大脑！"费尼克明显地兴奋起来，"库茨魏尔的神经元计算机！这确实是一种可能性。"

"对不起。"范德比特说道，"我不清楚这里在谈什么。"

"不清楚？"黎会心地一笑，"我一直以为，中情局对洗脑兴趣浓厚呢。"

范德比特呼吸困难，望望周围的人。"他在讲什么呀？我不知道。有谁他妈的能替我解释一下吗？"

"神经元计算机是完整复制一颗大脑的构想。"奥利维拉说道，"我们的大脑由几十亿神经细胞组成。每个细胞又和无数其他的细胞相连。它们相互之间透过电脉冲交流。知识、经验和情绪就借由这种方式不断更新、排序或归档。在我们生命中的每一秒，哪怕是在我们睡觉时，我们的大脑都在不断进行重构。现代的扫描技术能将活动的脑区域精确表现到一毫米。像一张地图。我们可以看到大脑如何思维、如何感觉，在一个吻、一场疼痛或一次回忆的瞬间，哪些神经细胞被同时启动。"

"扫描显示了大脑的哪一部分负责什么，海军就可得知必须在哪里用电施加脉冲，引起期望的响应。"安纳瓦克接过话题，"但这仍然很粗糙。比作地图的话，大概只能够看见50平方米大的物体。但库茨魏尔相信，我们很快就有可能扫描一整颗完整的大脑，包括每个单独的神经突触、每个神经传送和所有化学信息物的浓度——一直到每个细胞的完全细节！"

范德比特哦了一声。

"一旦有了完整的信息。"奥利维拉接着说，"就可以将一颗大脑连同全部的功能安装到一台神经元计算机里。计算机会完整地复制那个大脑被扫描的人的思维，连同他的回忆和能力。一个完整的复制。"

黎抬起手。"我向你们保证，MKO还没到这一步。库茨魏尔的神经元计算机暂时只是一种想象。"

"朱迪。"范德比特吃惊地低语道，"你为什么在这里讲这话？这是极高机密啊。"

"MKO是军事上不可或缺的。"黎平静地说，"另一种选择就是牺牲人。我想你会了解，我们没有选择战争的权利。实际上这个项目陷进了一条死胡同，但这只是暂时的停滞。已经导向人工智能的道路了。医学距离使用芯片取代人体器官已经不远，盲人已经能透过这种移植物模糊地看到了。这将会产生全新形式的智慧。"她顿了顿，将目光盯在安纳瓦克身上。"这就是你所说的，是不是？如果人类到了库茨魏尔所想的这一步，一切证据都会赞成中东假设，我们就使用这个讨

546

厌的字眼吧。但人类还没有。没有人能培养这种胶状物，而它作用起来显然是一台神经元计算机。"

"神经元计算机实际上就等于完全控制每一个思维。"安纳瓦克说道，"如果这种胶状物是这样的东西，那它不仅控制动物，它会成为这种动物。它会成为它大脑的一部分。这种物质的细胞替代了脑细胞的功能。它们如果不是增加大脑的容量……"

"就是它们取代掉大脑。"奥利维拉总结，"利昂说得对。这种有机物不可能出自人类的实验室。"

约翰逊心跳加快地听着。他们在考虑他的理论。他们研究它，用新的观点补充它，随着讲过的每一句话，都使这理论更加扎实。他开始想象这台能复制脑细胞的生物计算机，直到罗什跳起来讲话。"有一点我还不理解，约翰逊博士。海底的那些生物对我们所知甚详，这如何解释呢？我认为，你的理论很了不起，但一个深海居民如何能获取这些信息？"

约翰逊看到范德比特和鲁宾在附和地点头。"这不难。"他说道，"当我们解剖一条鱼时，是在我们的世界，而不是在水里进行。这些生物为什么不能在它们的世界里获得它们的知识呢？每年都有许多人淹死，如果需要更多样本，同样可以抓几个。

"另一方面你说得对：它们到底知道我们多少呢？直到大陆架滑塌前不久，我才开始相信这是有组织的攻击行动。奇怪的是我从没有考虑过人类会躲在背后。我觉得这整个战略太不寻常了。北欧的基础设施一下子就被摧毁了，计划得很出色，带给我们严重的后果。相反地，用鲸鱼沉没小船就显得天真。剧毒的水母群也无法阻止人们滥捕。船业灾难重重地打击我们，不过我怀疑，这些突变的水母群是否真能让全世界的航海业瘫痪。格外令人注意的是，它们对船只的情况很清楚。和它们的生活空间有着直接接触的一切它们都很熟悉。但布列塔尼龙虾开始时，其实是失败了。显然它们没有考虑到压力的问题。当这种胶状物在水下钻进龙虾体内时，它被高压压缩。离开水面后自然就膨胀开来，有几只龙虾就炸开了。"

"蟹似乎就吸取了教训，"奥利维拉议论，"它们很稳定。"

"那好吧。"鲁宾噘起嘴唇，"它们一到陆地上就死了。"

"为什么不呢？"约翰逊回答道，"它们的任务完成了。所有这些培养物都注定要迅速死去的。它们是要与我们的世界战斗，而不是在我们的世界居住。——在这场战争中，不管你怎么看，人类都不会这样做！为什么要绕道海洋？为什么人要进行这种试验呢？他有什么合理的原因，偏偏要改变生活在水下数千米的生物，比如火山口蟹的基因？这当中找不到人为因素。它们不断尝试，是为了找出我们的弱点。首先是引开注意力。"

"引开？"皮克重复道。

"对。这位敌人同时开辟许多战场。一些给我们噩梦，另一些其实是小麻烦。完美的是，它们隐瞒了实际发生的事情。我们仅仅为降低损失，就看不到真正的危险。我们成了马戏团小丑，将碟子放在棍子上旋转，不让它们掉下来。他不得不在棍子之间来回奔跑。刚稳住最后一只碟子，第一只又开始摇晃。碟子愈多，他就跑得愈快。碟子的数目远远超过了小丑的能力。

"我们应付不了这么多同时的袭击。如果这些现象继续扩大，整个国家都会失去控制，其他国家就会利用这局势，会出现大规模的区域性冲突，情况将失控，谁也不会赢。我们在削弱我们自己。国际援助会自行崩溃，医疗网络会瘫痪。我们将不会有足够的医药、力量、知识，最后会没有足够的时间来阻止悄悄进行的事情。"

"阻止什么？"范德比特感到无聊地问道。

"毁灭人类。"

"你说什么？"

"这还不够明显吗？它们决定以人类对待害虫的相同方式来对待我们。它们要灭绝我们……"

"够了！"

"……在我们灭绝大海里的生命之前。"

中情局副局长猛地站起身，将一根颤抖的食指指着约翰逊，"这是我遇过最愚蠢的事！你以为你在这里是做什么的？你电影看太多了吧？你想告诉我们，这个……这个来自深海《无底洞》的外星人坐在那里，用手指威胁我们，因为我们没有教养吗？"

"《无底洞》？"约翰逊考虑道，"哎呀没错。不，我指的不是这种生物，这些是外星人。"

"一样愚蠢。"

"不，在《无底洞》里，来自宇宙的生物降落到我们的海洋里。那部电影将它们当作更好的人。它们在传递一个道德讯息。关键在于，它们不会将我们从地球进化的峰顶放逐。但任何一群与人类平行发展而且共享这颗星球的种族都会这么做。"

"博士！"范德比特掏出一块手帕，从额上和上唇拭去汗水，"你不像我们是专业的私家侦探，你没有我们的经验。谢谢你成功地取悦我们十五分钟，可是你必须先自问，它们用于什么目的。谁能从中得到好处！这会让你找到正确的线索！而不是这样探查，在……"

"谁都不会得到好处。"有人说道。

范德比特困难地转过身去。

"你搞错了，范德比特。"波尔曼站了起来，"昨晚基尔完成了设想模拟，即别的大陆边坡滑塌的话，将会发生什么情形。"

"我知道。"范德比特没好气地说，"海啸和甲烷。我们会遇上小小的气候麻烦……"

"不。"波尔曼摇摇头。"不是小麻烦。我们会得到死刑判决。5500万年前，当所有的甲烷挥发到大气层里，地球上发生了什么，这是众所皆知的……"

"你他妈的怎么知道5500万年前发生了什么事呢？"

"我们重建当时的情况。现在我们预估的是，海啸将越过海岸涌入，消灭沿海居民。然后地球表面会慢慢地变热，热得难以忍受，大家都会死去。还有中东，范德比特先生。还有你的恐怖分子。光是美国东海岸和西太平洋甲烷的挥发就足以左右我们所有人的命运。"

顿时出现了死一般的寂静。

"而你，"约翰逊继续望着范德比特，轻声说道，"对此根本没有办法，杰克。因为你不知道怎么做。你没有机会去思考，因为你疲于应付鲸鱼、鲨鱼、蚌类、水母、蟹、杀人藻和无形的食电缆兽，它们消灭我们的潜水员、潜水机器人和我们能用来瞄水底一眼的任何东西。"

"大气层被加温到对人类构成真正的威胁，需要多久？"黎问道。

波尔曼皱起额头，"我估计，几百年。"

"多么安慰人啊。"范德比特呢喃道。

"不，绝对不是。"约翰逊说道，"如果这些生物发动战役的理由是我们威胁到它们的生存空间，它们就必须尽快摆脱我们。从地球史的角度来看，几百年根本算不了什么。但它们又悄悄地前进了一步——它们成功地拦截了墨西哥湾流。"

波尔曼盯着他。"它们做什么？"

"墨西哥湾流已经被阻断了。"韦弗说道，"也许还有一点在流动，但已经奄奄一息了。过上几年，世界就可能准备进入一个新的冰河期。"

"等等。"皮克叫道，"我们知道，甲烷会使地球变暖。大气层会倾覆。可是，如果墨西哥湾流停止，就会出现一个新的冰河期，这怎么吻合呢？我的老天，到底会出现什么事啊？一场恐怖平衡吗？"

韦弗望着他。"我宁愿说是恐怖的扩大。"

一开始似乎范德比特是唯一冷淡拒绝的人，但随后一小时里形势发生了变化。科学家分裂成两个阵营，他们针锋相对。一切又都被翻了出来。最早的突变。最初的鲸鱼袭击。发现那些虫子的情形。相互提供证据，双方交替领先，不断用新的观点包围对手，试图说服对方。一种安纳瓦克感觉熟悉的争辩出现了：人们拒绝接受另一种平行的智慧在与人类争夺控制权。没有人公开讲出来。但安纳瓦克对关于动物智慧的争辩很有经验，他感觉到每句话里较深的攻击性。

约翰逊的理论不仅分裂了科学，也分裂了科学家们的认同。范德比特周围聚集了鲁宾、福斯特、罗什、尚卡尔和有点犹豫的皮克。约翰逊得到了黎、奥利维拉、费尼克、福特、波尔曼和安纳瓦克的支援。起初，情报人员和外交官们坐在那里，好像他们眼前在上演一出荒谬剧似的。后来他们慢慢地加入。

真叫人吃惊。偏偏是这些人，职业间谍，保守得要命的安全顾问和恐怖主义专家，几乎全部站在约翰逊这边。其中有一位说："我是一个理智思考的人。只有当我听到了某种给我启发的东西时我才相信它。如果有什么反驳需要先修正才能符合我们的经验，那么我是不会相信的。"

皮克率先逃离范德比特。跟着是福斯特、尚卡尔和罗什。最后范德比特筋疲力尽地提议休息一下。

他们走到室外，那里准备了果汁、咖啡和点心。韦弗来到安纳瓦克身旁。"你毫不怀疑约翰逊的理论，"她说道，"为什么呢？"

安纳瓦克看着她，微笑道，"要咖啡吗？"

"好的。加牛奶。"

他倒满两杯咖啡，将一杯递给她。韦弗只比他矮一点。他突然发现自己喜欢她，虽然他们到目前为此几乎没有交谈过。从他们的目光在惠斯勒堡大门外相遇的那一刻，他就喜欢她了。

他讲道，"这理论是深思熟虑过的。"

"仅因为这样吗？或者是因为你多少相信动物的智慧？"

"不是这样的。我是相信智慧，但动物是动物，人就是人。如果我们能够证明，海豚跟我们一样聪明，结论将是：它们不再是动物。"

"你这么认为吗？"

安纳瓦克摇摇头。"但只要我们从人类的角度来判断，我们就永远无法证明海豚是不是跟我们一样聪明——你认为人类是智慧的吗，韦弗女士？"

韦弗笑了。"单独一个人是智慧的。但许多人聚集在一起就会变笨。"

这话他喜欢。"你瞧？"他说道，"正是这样，我们也可以……"

"安纳瓦克博士？"一名男子快步向他跑来，是个安全人员。"你是安纳瓦克博士吗？"

"对。"

"有电话找你。"

安纳瓦克皱起眉来。惠斯勒堡里的成员与外界基本上是失联的。但有一个号码，成员们可以留消息或在情况紧急时打电话。黎要求指挥部的成员将它流出去时要谨慎。舒马克有这个号码。还有谁？

"在大厅里。"那人说道，"或者你想将电话转到你的房间吗？"

"不用，这样就行。我马上来。"

他跟随那位安全官员穿过大厅。厅侧安装了一排临时电话亭。"第一个。"那人说道，"我让人将电话转过来。铃会响。你拿起来就行了，你就和托菲诺接通了。"

托菲诺？那就是舒马克了。安纳瓦克等着。铃声响起。他拿起听筒。"哎呀，利昂。"传来了舒马克的声音，"我真的很抱歉。我知道你有很重要的事情在忙，可是……"

"没关系，汤姆。昨晚很愉快。"

"是的是的。还有……这件事也很重要。是……呃……"舒马克似乎在字斟句酌。然后他轻叹一声。"利昂，我必须告诉你一个坏消息。我们接到一通来自多塞特角的电话。"

安纳瓦克霎时觉得像是有人抽去他脚下的地面。他知道是什么在等待他。在舒马克开口前就知道了。

"利昂，你父亲去世了。"

他麻木地愣在电话亭里。

"利昂？"

"一切正常，我……"一切正常。像一贯的那样。一切正常，一切正常。

该怎么办？一切都不正常！

黎

"外星人？"总统镇静得出奇。

"不是。"黎再次重复，"不是外星人。这颗星球上的居民。人类的竞争对手，如果你想这么讲的话。"

奥福特空军基地和惠斯勒堡是相连的。除了总统，在奥福特的还有国防部长和国务卿等。现在再没有人怀疑华盛顿将遭受和纽约同样的命运。这座城市正在疏散。内阁绝大部分搬去内布拉斯加。第一批死亡事件已经发生，撤入内陆的行动在悄悄地进行，大致上是按计划进行。这回准备得比较好。

惠斯勒堡里，黎、范德比特和皮克正在开会。黎知道，奥福特的那些人痛恨自己得闲坐在那里。中情局局长想念在波托马克河畔情报局大楼六楼他的办公室。暗地里他妒忌他那负责反恐的处长，这位处长拒绝疏散他的手下人员。

"请将你的手下带到安全的地方去。"他曾经下命令。

"这是一场人为操纵的危机。"对方回答道，"一场恐怖攻击。反恐中心的人员必须守在他们的计算机旁工作。他们必须完成一项重要任务。他们是我们用来观察国际恐怖主义的眼睛。我们不能疏散他们。"

"袭击纽约的是生物杀手。"中情局长回答，"你看看那里发生的事情吧。华盛顿也会一样。"

"成立反恐中心，不是为了在这种形势下逃之夭夭的。"

"好，不过你的手下可能会死去。"

"那就让他们死去好了。"

还有国防部长也宁愿从他的宽敞办公室里指挥形势。总统更是这

553

样一个人，你必须拉紧他，不让他搭乘下一架飞机飞回白宫去。你可以说他许多坏话，但不能讲他胆小。正确地说，他是那样的大胆，以至于他的一些对手怀疑他因为太迟钝了，而感觉不到害怕。

奥福特空军基地布置得就像是第二个政府所在地。但他们是被迫逃到那里去的。因此黎预估，他们会主动接受大海里存在高等智慧的假设。而不用在人类的对手面前落荒而逃，这是行政机构无法忍受的耻辱。约翰逊的理论让这件事发生了彻底的变化，它排除了对于政府能力的指责和怀疑。

"你们怎么认为？"总统问在座众人，"有可能发生这种事吗？"

"我个人认为有没有可能，无关紧要。"国防部长生硬地说，"专家们坐在惠斯勒堡。如果他们得出了这样的推论，我们就必须认真对待，问接下来该怎么做。"

"你要认真对待此事？"范德比特惊愕地问道，"异形？小绿人？"

"不是外星人。"黎耐心地重复道。

"我们面临新的两难。"国务卿议论，"让我们就当这理论是正确的吧。可以向社会公布多少呢？"

"什么？什么也不能公布！"中情局副局长使劲地摇头，"不然全世界会乱成一团。"

"反正已经乱成一团了。"

"尽管如此。媒体会用舆论把我们吊死，会认为我们疯了。第一、他们不会相信我们，第二、他们不肯相信我们。这么一个物种的存在会动摇人类的意义。"

"这主要是一个宗教问题。"国防部长打断他，"与政治无关。"

"政治的确是无关紧要了，"皮克说道，"剩下的只有害怕和痛苦。你应该去曼哈顿亲身经历。你想象不到那些一生从未进教堂的人都在怎样地祈祷。"

总统沉思着望向天花板。"我们必须想一想，"他说道，"上帝的旨意到底是什么。"

"我想提醒你，长官，上帝不坐在你的内阁里。"范德比特说道，"祂也不站在我们这边。"

"这不是个好观点，杰克。"总统紧锁着眉毛说道。

"只要事情听起来有道理，好坏已经不重要了。这里的每个人显然都认为，这理论有点道理。我不禁自问，我们之中谁吓坏了……"

"杰克。"中情局长警告道。

"……我承认我是吓坏了。尽管如此，我还是要等有了证据才让步。等我跟这个水里的讨厌鬼讲过话之后。在那之前我强烈地警告，不要排除一场大规模恐怖攻击的可能性，不要松懈我们的警惕心。"

黎将手放到他的小臂上。"杰克，为什么恐怖攻击要从海里来呢？"

"为了让像你这样的人相信是外星人在搞鬼。妈的，你真的信了！"

"这里没有人是天真的。"安全顾问生气地说道，"我们不会放松警戒，不过老实说，你的恐怖主义心理学让我们毫无进展。我们可以不停地寻找发疯的穆斯林神学士或国际要犯。但有几座大陆边坡将要崩塌，我们的城市会被淹没，无辜的美国人将死去，请问你有什么建议呢，杰克？"

范德比特恼怒地将双臂交叉在肚子上。

"我刚刚听到杰克提了一个建议。"黎慢条斯理地说道。

"什么建议呢？"

"与那些讨厌鬼谈话。取得接触。"

总统将手指交叉，慎重地说道："这是一场考验。对人类的一场考验。也许上帝是将这颗星球指定给两个物种的。但是也许圣经说得对，它讲到了从海里爬上来的动物。上帝说，请你们征服地球，祂不是对海里的随便哪种怪物说的。"

"不是，绝对不是。"范德比特嘀咕道，"他是对美国人讲的。"

"也许这是与邪恶的战争，那常被预言的大战。"总统坐直，"我们被选中来进行这场战役，打赢它。"

"也许，"黎接过这个想法，"谁打赢这场战役，就会赢得全世界。"

皮克从一侧望着她，不吭声。

"我们应该对北约国家和欧盟各国的政府公开讨论约翰逊的理论。"国务卿建议道，"然后报告联合国。"

"也为了让他们明白，他们几乎没有能力应付这种局面。"黎迅速说道，"我建议，也通知结盟的阿拉伯和亚洲国家。无论如何这会给人一个好印象。同时也是我们借机领导这个世界集体的时候了。这不是会将人类从地球上统统扫走的彗星撞击。这是一场可怕的威胁，但我们要勇敢地面对它、战胜它，只要我们不出错的话。"

"你的应对措施有效果吗？"安全顾问说。

"世界各地都在马不停蹄地研究免疫物质。我们则设法采取措施反击蟹的入侵和鲸鱼的攻击，捕捉那些虫子，这相当困难。我们做了很多事来控制风险，但如果我们继续墨守成规的话，这是不够的。截断墨西哥湾流让我们手足无措。甲烷灾难无法停止。即使我们成功地将数百万只虫子从海里捞出来，我们也无法看到它们是从哪儿冒出来的，它们还会卷土重来。已经无法再将机器人、探测器和潜水艇放下水去，我们成了瞎子。我们完全不清楚那下面发生了什么事。今天下午我得到消息，我们在乔治滩沿海损失两张拖网。我们和三艘清除海底的拖网渔船彻底失去联络。"她停顿一下，"这是数千起事故中的两例。几乎所有的消息都反映了我们的失败。直升机侦察进展顺利，我们已经多次用喷火器阻止了蟹群，但这样一来它们可以从别处爬出来。而现在……"

"那声呐袭击呢？"

"我们在继续，但尚未取得真正的成功。只有杀死那些动物时才有效。鲸鱼不像任何一只具有正常听力的动物那样会逃避噪音。我猜想它们很痛苦，但它们受到操控，依然在威胁水域。"

"既然讲到了操控，朱迪。"国防部长说道，"你在这一切背后有发

556

现任何策略吗？"

"策略是有的，五个阶段互相衔接。第一步是从海面和海底赶走人类。第二步加剧消灭和驱逐沿海居民。看看北欧吧。第三步毁灭我们的基础建设。同样是看北欧，那里的海上工业受到惨重打击。第四步目标是大城市，人类文明的支柱，将民众逼回内陆——最后一步：气候颠倒，让地球不适合人类居住。人们将冻死或淹死，被热死或冷死，也许一起来，具体情况我们还不知道。"

出现一阵压抑的沉默。

"那样一来，是不是整个动物界也无法居住？"

"在地球表面——是的。或者我们说，大部分的动物界可能会因此灭亡。但是5500万年前这种事已经发生过一次，最终后果是导致了一批动植物的灭绝，让位给新的物种。我想，这些生物会考虑周详地让自己安然无恙躲过这场灾难。"

"这么一场浩劫，这太极端了，这……"国土安全部长竭力搜寻适当的话语，"……这相当不人道。"

"它们不是人类。"黎耐心地说。

"那我们怎样才能阻止它们？"

"找出它们是谁。"范德比特说道。

黎转头向他。"你终于想通了？"

"我的立场不变。"范德比特冷漠地说，"认出一个行动的目的，你就知道谁在执行它。在这件事上我承认，你提出的五步策略目前是最具说服力的。因此我们必须进行下一步。它们是谁，它们在哪里，它们在想什么？"

"我们怎样才能对付它们，"国防部长补充道。

"邪恶。"总统眼睛眯紧地说道，"怎样才能战胜邪恶？"

"我们和它们谈判。"黎说道。

"进行接触？"

"就算是魔鬼也可以谈判。现在我看不到其他的途径。约翰逊认为，它们在骚扰我们，让我们没空去思考解决方法。我们不可以让事情这样发生。我们还有行动能力，因此我们应该寻找它们，取得接触。然后，我们出击。"

"对深海生物出击吗？"国防部长摇摇头，"我的天。"

"大家是否都同意这理论有点道理呢？"中情局长问众人道，"我们谈论着此事，好像一切怀疑都已经排除了。我们真的愿意相信，我们是和另一个智慧物种共享着这颗地球吗？"

"只有一个信仰上帝的物种。"总统坚决地强调，"这就是人类。大海里的这种生物有多聪明，这是另一个问题。它是否有权和我们一样共享这颗星球，我们可以深表怀疑。圣经没有预言过这种生物。地球是人类的世界，是为人类创造的，上帝的计划就是我们的计划。但是，这一切的责任归罪到一种外来生物，我觉得可以接受。"

"再说一遍，"国务卿问道，"我们怎么告诉世界？"

"要告诉世界什么，现在还为时太早。"

"人们会提出各种问题。"

"你就自己发明答案，这是你身为政治人物该做的事。如果我们告诉世界，在海洋里住有另一个智慧生物，人们会吓坏的。"

"另外，"中情局长转向黎说道，"我们到底该怎么称呼海里的这个异形？"

黎莞尔一笑："约翰逊有个建议：Yrr。"

"Yrr？"

"这是一个偶然的名字。手指在键盘上无意识的结果。他认为，这名字和其他任何名字一样好，我赞同他的看法。"

"好吧，黎。"总统点头道，"我们会看到这个理论如何修正成熟。我们得考虑到各方意见，各种可能性。但是，如果最终的结果是，我们的确在和一种姑且称之为Yrr的异形战斗，那我们会战胜它，我们会对Yrr宣战。"他望望在座众人，"这是一个机会。一个很大的机会。我希望好好把握这个机会。"

"在上帝的保佑下。"黎说道。

"阿门。"范德比特咕哝着。

韦 弗

军事封锁的这段日子里，惠斯勒堡的好处就是什么都一直开着。特别是科学家必须日夜工作，黎规定，就算是清晨四点也要能供应丁骨牛排。结果是全天候都有热食，饭店、酒吧和会议室时时都有人，包括桑拿和游泳池统统二十四小时开放。

韦弗在游泳池里游了半小时。此时已经是一点多。她光着脚，头发湿淋淋的，裹着一条浴巾，穿过大厅走向电梯，这时她从眼角瞟见了利昂·安纳瓦克。他坐在酒吧的吧台旁，她认为那是最不适合他的位置。他失落地缩在那里，面前放着一罐没有动过的可乐和一盘花生，每隔几秒捡起一粒，望望，又放回去。

她迟疑着。自从上午的谈话中断后她就没有再见过他。也许他不想受打扰。大厅和隔壁房间里仍是一片忙碌，只有酒吧几乎是空的。

安纳瓦克看起来很不快乐。

当她还在考虑回到自己的房间时，她人已经踏进了酒吧。她双脚轻踩在木地板上，走到他所坐的吧台尽头，说声："嗨！"

安纳瓦克转过头。他的目光一片空洞。

她不由自主地停住脚步。你会破坏一个人的隐私，自己却意识不到，然后会永远背上一个讨厌的名声。她倚在吧台上，将肩膀的浴巾拉紧。他们之间隔着两张高脚椅。

"嗨。"安纳瓦克说道，他的目光闪了一下。直到这时他似乎才发现她。

她微笑着。"你在……呃……做什么？"蠢问题。他在做什么？他坐在一张吧台前，玩着花生。"今天上午你突然不见了。"

"是的。对不起。"

"不，没必要说对不起。"她慌忙说道，"我是说，我不想打扰你，只是我看到你坐在这里，想……"

有什么东西不对劲。她最好是赶快离开。

安纳瓦克似乎完全从他的发呆中苏醒过来。他伸手拿杯子，高高举起，又将它放下。他的目光落在身旁的高脚椅上。"想喝点什么？"他问道。

"我真的不会打扰你吗？"

"不，绝对不会。"他迟疑道，"另外我叫利昂。利昂·安纳瓦克。"

"好，那么……我叫卡伦，那……请来杯百利甜酒加冰块。"

安纳瓦克挥手叫来吧台服务员，点了掺水的酒。她走近些，但没有坐下。冷冷的水滴从她的头发之间沿脖子流下来，聚在她的双乳之间。通常她不在乎半裸着身体跑来跑去，但她突然感觉到不对劲。她应该尽快喝光离开。"你还好吗？"她问道，一边啜饮着那冰淇淋似的液体。

安纳瓦克额头皱起。"我不知道。"

"你不知道？"

"不知道。"他拿起一粒花生，将它放在面前，用手指弹开，"我父亲去世了。"

哎呀该死。她早就知道。她不应该走进来的。"怎么去世的？"她小心问道。

"不清楚。"

"医生们还不知道吗？"

"我还不知道。"他摇摇头。"我不确定我是不是想要知道。"

他沉默了一会儿，然后说道："我今天下午去森林里。连续走了好几个小时。有时慢慢踱步，然后又发疯般奔跑。在寻找一种……感觉。我想，一定有适合这种情境的情感状态，但我那段时间就只有对自己的怜悯。"他望着她，"你有过这种感觉吗？不管你身在何处，你都坐立难安想赶快离开。似乎一切都在催促你，但你突然发现不是你想离开，是那些地方要摆脱你、排斥你、说你不属于那里，就是不会跟你解释你属于哪里，于是你只好继续跑啊跑啊……"

她跟着酒吧里的音乐不停地轻声哼唱着。"你和你父亲关系不好吗？"

"我和他根本没有任何关系。"

"真的吗？"韦弗皱起眉头，"一个人可以和一个你认识的人没有一点关系吗？"

安纳瓦克耸耸肩。"那你呢？"他问道，"你父母亲还好吗？"

"他们过世了。"

"噢……对不起。"

"没关系。根本没什么。我认为，人都会死去，父母亲也是。事情发生时我十岁。澳洲沿海的潜水意外，一切都很平静，突然间被暗礁上的激流拖进海里。他们是经验丰富的潜水者，但是……哎呀。"她耸耸肩，"大海总是变幻莫测。"

"后来有找到他们吗？"安纳瓦克低声问道。

"没有。"

"那你呢？你是如何适应的？"

"有一段时间相当苦。我的童年过得很幸福。我们一直在不停地旅行。我们什么都做了，在马尔代夫驾驶帆船，在红海里潜水，在尤卡坦探洞。我们甚至在苏格兰和冰岛沿海潜水。如果有我在，他们就待在离水面较近的地方。只是危险的潜海时他们不带我下去——一次潜海后他们再也没有回来。"她微笑道，"不过你看到了，我还是熬过来了。"

"是的。"他对她微微一笑。

那是一种伤感、无奈的微笑。有一会儿他只是望着她。然后从他的高脚椅上滑下来。"我想我该去睡觉了。明天我要飞回去参加葬礼。"他犹豫着，"那好，晚安……谢谢。"

之后她坐在喝了一半的百利甜酒前，想着她的父母和那一天的情形，饭店管理人员走过来，一位女经理告诉她，她现在必须非常勇敢。勇敢的小姑娘。坚强的小卡伦。

她来回晃动杯子里的酒。她没有跟安纳瓦克说那有多难。她的祖母将她领回去，一个茫然吓坏的孩子，她的悲伤化成了怒火，让那个老太太不知拿她如何是好。她在学校里的成绩变差了，同时变差的还有她的交友情形。不断的逃跑和游荡，第一根自制的大麻烟，在街头混朋克，一直醉醺醺地和随便一个对她有兴趣的男人上床。事实上男人总是对她有兴趣。还有当扒手，被赶出学校，一次草率的流产，毒品，偷车，少年看守所。全身满是穿孔和伤疤。心灵和肉体都是一座战场。

但这场事故并没有中断她对海洋的爱。相反的，它对她更具有一种说不清的吸引力，在召唤她下到深处，她的父母在那里等候她。大海是如此强烈地引诱着，于是她一天夜里拦车坐到布莱顿，远远地游离岸边，当月光下黝黑的水几乎吞没了小镇照来的光晕时，她让自己缓缓地下沉，想淹死自己。

但要淹死没那么容易。

她漂浮在运河的黑暗中，屏住呼吸，数着她的心跳，直到耳朵嗡嗡响。大海没有吸走她的生命力，而是告诉她：这颗心脏十分强大！它那么固执地跳动着，反对她顺从于那冰冷的拥抱。

她被冲了上来，从她十岁那年开始的梦魇中逃了出来。被冲到一艘渔船旁，人们将体温过低的她送进医院，在那里她有足够的时间来鼓起勇气下定决心。出院后她在镜子里凝视了她的身体足足一小时，决定不想再看到它这样子。她摘掉穿孔的金属环，不再剃光头发，试着做了十个伏地挺身，瘫倒在地。

一星期后她就能做二十个。她努力想夺回她失去的东西。她重新上学，条件是她得接受心理治疗，她同意了。表现得好学、守纪律。对谁都和善客气。手边的书统统都读，特别爱读关于地球和海洋生态

562

的书。自从运河将她从噩梦中释放之后，她没有一天不锻炼身体，她跑步、游泳、拳击、攀岩，企图消灭失落时间的最后痕迹，直到再也没有人会联想到那个消瘦的、目光空洞的女孩。当她十九岁那年获颁优秀毕业证书、在大学里修生物学和体育时，她的身体已如一具古希腊运动员的塑像。

卡伦·韦弗脱胎换骨了。

怀着一股久远的渴望。

为了帮助自己对这世界的运行有更好的理解，她另外学习信息科学。计算机通过程序得以仿真复杂的运作让她很兴奋，她不肯休息，直到能够模拟出海洋和大气层的运作过程。她的第一件工作是重现了一张完整的洋流图，它没有为已知的研究增添新东西，但非常清晰和准确：献给她曾爱过却失去的两个人。

她成立了自己的工作室深蓝海洋，为《科学》和《国家地理杂志》撰稿，得到科普杂志的专栏，引起研究单位的关注，受邀去考察，因为它们需要有人能清晰表达出他们的想法。她乘坐米尔级潜艇下海探勘沉没的泰坦尼克号，阿尔文号带她前去大西洋深海背脊的热泉，还乘坐北极星号去南极采访过冬客。她四处跑，凡事尽力而为，因为自运河里的那一夜以来她就无所畏惧。没有什么还会让她害怕。

除了孤独。有时候。

她从酒吧的镜子里看到自己，湿淋淋的，被浴巾裹着，有点不知所措。她迅速喝光甜酒，回去睡觉。

5月14日

安纳瓦克

安纳瓦克很难下决心启程，再说黎也可能不让他走；但事实是，她强迫他回去。

"谁有家人过世，就得回家。如果你留在这里，你会永远无法原谅自己。家庭优先，它是你唯一可以依赖的。我唯一的要求是，随时保持联络。"

现在，安纳瓦克坐在飞机里，纳闷黎为何如此颂扬亲情。他缺乏她那股热情。

他邻座的人开始打鼾。安纳瓦克将椅背调低些，望向窗外。他从温哥华搭机抵达多伦多时，这儿已有一长串飞机等着起飞。暴雨侵袭多伦多，使所有航班都停摆了。这是个坏兆头。他焦躁地坐在候机楼，盯着外面被形似手风琴的登机桥紧扣住的一架架飞机。然后，误点两小时的班机终于起飞。

接下来一切都很顺利。至少有些征兆让他明白自己正要进入另一个世界。

自安纳瓦克上机后，已经飞行两个多小时，飞机始终轻微晃动。大半的旅程他们都飞行在浓密云层上方，直到接近哈德逊海峡，密集的乌云才散开，露出底下黑褐色的冻土地带——高山峻岭、雪原及浮冰四布的湖泊。然后终于看到海岸。哈德逊海峡在他们底下掠过，一股复杂的感情淹没他。每段冒险都有一个折返点，过了就回不去了。峡湾对面就是那个他发誓再也不回去的世界。

安纳瓦克正往他的出生地前进，往极圈里的故乡——努纳福特前进。

他远眺，试图放空心思。半小时后，窗外出现一片熠熠发光的冰原。飞机右拐后迅速下降，随即出现一座黄色建筑和一座低矮的航标塔。在丘陵起伏的阴暗景色中，这一切看来像是异星上一座孤独的人类前哨站，但其实是努纳福特首都伊魁特（在当地的意思是多鱼之地）的机场。

安纳瓦克背起装得鼓鼓的背包，慢步走过候机大厅，穿过宣传因纽特艺术的壁饰和滑石雕刻展场。大厅中央有一具比人还高的雕像，巨大坚实，穿着靴子和传统服装，一手将一面扁鼓高举过头，另一手拿着鼓槌，样子像是正张大嘴歌唱，充满活力和自信。安纳瓦克在雕像前停下，阅读雕像下的介绍："北极地区的人们只要聚在一起，就会打鼓跳舞，用喉音歌唱。"

伊魁特。

已经好久了。有些事物他还觉得熟悉，但大部分都没印象了。云层似乎留在魁北克，这里天空碧蓝，艳阳高照，温度适宜。车辆多到吓人，他记得从前没这么多车。街道两旁都是典型的极区木屋，由于地面是永冻土，房屋均用矮桩架高。若将木屋直接盖在地面上，冻土会被散发的热量融化，引发塌陷。

70年代萧条抑郁的伊魁特已经消失了。人们十分友好地用因纽特语和他打招呼。他简短回应。他不停地在大街上走着，到尤尼卡尔维克游客中心转了一下，在那儿看到一座更大的鼓舞者雕像。

鼓舞者。他小时候经常跳鼓舞。但那是很久以前的事了，是一切还正常平静的时候——前提是，真的有过那样的时候。无聊！这里什么时候有什么正常过呀！

一小时后他回到机场，跑道上有架小型双引擎螺旋桨飞机等在那儿。这架飞机只有六个座位，行李得盖上网子堆在后面。驾驶舱和客舱之间没有任何分隔物。小飞机摇摇晃晃地升空。他们越过部分冰雪覆盖、冰河纵横的群山向西飞去。左边是阳光照耀的哈德逊海峡，右边是波光闪烁的大湖，阿玛朱瓦克湖。

他去过那里几次。回忆如暴风雪中的剪影般涌现，将安纳瓦克卷入他不愿想起的过往。

地势开始下降，接着是海面。他们在海上飞行了二十分钟，然后，透过驾驶舱的窗户看见陡峭的地形。泰利克茵莱特湾上的七座岛屿映入眼帘。其中一座岛上刻着一条细线，那是多塞特角的跑道。

落地了。安纳瓦克感觉心像要跳出来似的。

他到家了。他到达他永远不想返回的地方。飞机滑向航站时，他心里交织着反感、好奇和害怕。

多塞特角，因纽特语称"金盖特"，意思是高山，人口不到1200，是因纽特人的艺术中心及首都，人们会半欣赏半开玩笑地称它为"北方的纽约"。这是她现在的样子，当年可完全不是这么回事。

他提起背包，走出飞机。

一名男子跑上前迎接跟他搭同一班机的夫妻，团聚场面热情洋溢；但因纽特人几乎总是这样热情过头。因纽特人有许多表达欢迎的说法，却没有一句表示再见。十九年前也没有一个人对安纳瓦克讲过一句告别的话，就连那个饱经风霜的男人，在其余送行者都离去后，独自留在停机坪的时候也没说。

艾吉恰克·阿克苏克明显衰老了，安纳瓦克差点认不出来。那张皱脸展开笑颜，以前一向刮得干净的脸上，现在留着稀疏的灰胡子。他快步迎向安纳瓦克，一把抱上来，嘴里吐出一长串因纽特话。然后他想起来，改用英语说道："利昂，我的孩子。好一个年轻英俊的科学家！"

安纳瓦克任他拥抱，然后敷衍地拍拍阿克苏克的背。"艾吉舅舅，你好吗？"

"发生了这么多事，能好到哪里去呢？你旅途顺利吗？路上一定花了好几天……我根本搞不清楚，你得先经过哪些地方才能到达这儿……"

"我得转几次机。"

"多伦多？蒙特利尔？"阿克苏克放开他，喜形于色地望着他。安纳瓦克看到他那因纽特人特有的门牙缝。"你跑了不少地方，对不对？我好高兴。你得多讲给我听听。你会跟我们住，对吧？孩子。"

"呃，艾吉舅舅……我在极地小屋饭店订了房。"

老人脸上掠过失望，随即又眉开眼笑，"我们可以取消。我认识经理，没问题的。"

"我不想给你添麻烦。"安纳瓦克说。我来就只为了将我父亲埋到冰里去，他想道，埋了就赶快离开这鬼地方。

"一点也不麻烦。"阿克苏克说，"你是我外甥。你要待多久？"

"两晚。我想这就够了，你说呢？"

阿克苏克紧皱眉头，将他上上下下打量一遍，然后拉着他穿过大厅。"这事晚点再谈。玛丽安做了炖驯鹿肉，还有海狮汤饭。真正的大餐。你最后一次吃海狮汤是在什么时候，嗯？"

安纳瓦克任他拖着往前走。机场外停着好几部车，阿克苏克朝一辆货车走去。"背包放到后面吧。你记得玛丽安吗？一定不记得了。她从塞卢伊特搬过来和我结婚时，你已经离开了。孤独真难受啊。她比我年轻，我觉得这样挺好。你结婚了吗？我的天啊，你离开这么久了，我们可真得好好聊聊。"

安纳瓦克坐在司机旁边的座位上，沉默不语。他努力回想这老家伙以前是不是也这么健谈。后来他想到，舅舅可能也跟他一样紧张。

567

一个默不作声，一个滔滔不绝。人和人不一样。

他们沿着大路颠簸而行。起伏的山势将多塞特角切成一个个小村庄。他家当时在柯加拉克。他舅舅阿克苏克当时住在金盖特。他们七弯八拐。他舅舅几乎对每栋建筑物都要给点评语，安纳瓦克突然醒悟，阿克苏克是在带他参观这地方。"艾吉舅舅，这些地方我都认得。"他说道。

"胡说，你什么都不知道。你离开十九年了。一切都改变了。那对面，你记得这家超市吗？"

"记不得。"

"你看吧？它以前根本不在那儿，这是新开的！现在还开了间更大的。从前我们总是去极地商店，这你没忘吧？那后面是我们的新学校，呃，其实也不是很新，但对你来说是新的。——你看右边！那是小区中心。你肯定不敢相信，谁来这儿观赏过喉音演唱和鼓舞。美国总统克林顿、法国总统希拉克和德国总理科尔。科尔真是个巨人，我们跟他一比都成了小矮人。我想想，他是什么时候来的……？"

就这样，他们开车经过圣公会教堂和墓园，他父亲将葬在那里。安纳瓦克看到一位因纽特妇女蹲在家门前，雕刻一尊巨鸟石雕，这让他想起了诺特卡艺术。当地的村办公室是栋蓝灰色的两层楼房，门廊建成未来主义风。努纳福特的分布式管理使得每个稍具规模的小区都有这么一间办公厅。眼前的多塞特角已非他的童年家园。

他突然听到自己说："去港口吧，艾吉。"

阿克苏克迅速掉转方向盘。多塞特角的港口只有一个码头有起重机，而一年会有一两次，补给船载着重要物资停泊在此。退潮时，可以步行横越泰利克海湾，前往邻近的马里克亚格岛，那座生态公园里有坟墓、独木舟架，还有湖泊，从前他们常在那儿露营。

他们停下来。安纳瓦克钻下车，沿着码头边走边眺望湛蓝的极地海洋。

这座码头是安纳瓦克离开多塞特角时看到的最后一景。不是搭飞机，而是搭乘补给船。当时他十二岁。那艘船载着他和他的新家庭，充满希望地前往新世界，同时又对已然失落的冰雪天堂充满感伤。

五分钟后他缓步走回，默默上了车。

"是的，我们的老港口。"阿克苏克低声说道，"老港口。我永远都不会忘记。利昂，你离开的样子，大家都心碎了……"

安纳瓦克严厉地望着他。"谁心碎了？"他问道。

"呃，你的……"

"我父亲？你们？某位邻居？"

阿克苏克发动车子。"好了，"他说道："我们回家。"

阿克苏克还住在那座位于保留地的小房子。浅蓝色的墙搭深蓝色的屋顶，整洁漂亮。屋后的山丘平缓上升，直升至几公里外的"高山"金盖特，山壁刻着一条条积雪。说是高山，它更像一座大理石雕塑。在安纳瓦克的回忆中，金盖特高耸入云；但远方这凸起的石块像是在邀请够格的登山者徒步去探索它。

阿克苏克走到后车厢，抢在安纳瓦克前拎起背包。虽然他矮小瘦弱，但他似乎一点都不觉得背包沉重。他一手拎着背包，另一只手打开了门。"玛丽安，"他对着室内叫道，"他来了！那孩子回来了！"

一只小狗摇晃着来到门前。阿克苏克从它身上跨过，钻进屋子，几秒钟后又在一个丰满女人陪伴下出现，她友善的脸庞撑在一个肥大的双下巴上。她拥抱安纳瓦克，用因纽特语问候他。

"玛丽安不讲英语。"阿克苏克抱歉地说，"我希望你没忘了你的语言。"

"我的语言是英语。"安纳瓦克说道。

"是的，当然……现在是。"

"但我能听懂一些。够我听得懂她在说些什么。"

玛丽安问他饿不饿。

安纳瓦克用因纽特话回答饿了，玛丽安微笑，露出一嘴有毛病的假牙。她抱起在安纳瓦克的靴子上嗅来嗅去的狗，示意他跟她走。门厅里有好几双鞋子。安纳瓦克机械地脱下靴子，摆放在一起。

"你还是保持着良好的习惯，"他舅舅笑道，"他们没把你变成一个夸伦纳克。"

夸伦纳克，复数形夸伦纳特，是所有非因纽特人的总称。安纳瓦克低头看看自己，耸耸肩，跟着玛丽安走进厨房。他看到现代化的电炉和烹饪器材，样式跟温哥华设备齐全的家庭所用的没两样。这里完全不同于当年他那贫困凄楚的家。没有什么让他想起他当年那个家的凄凉景象。阿克苏克和妻子聊了几句，便将安纳瓦克带到布置温馨的客厅。几张单人大沙发围着电视机、录像机、收音机和波段发射机摆放。透过一扇小窗可以看见厨房。阿克苏克带他看浴室、洗衣间、储存室、卧室，和一间摆有单人床的小房间，它床头柜上的花瓶插上了鲜花：极地罂粟、虎耳草和石南。

"是玛丽安摘的。"阿克苏克说道。听起来像是希望他把这儿当家。

"谢谢，我……"安纳瓦克摇摇头，"我想，我最好住饭店。"

他原以为舅舅听后会生气，但阿克苏克只沉吟着望了他一会儿。"要喝杯酒吗？"他问道。

"我不喝酒。"

"我也不喝。那就喝果汁吧。"阿克苏克将两杯浓缩果汁兑水。玛丽安声明还要十五分钟才能开饭。

他们拿着饮料走上阳台，阿克苏克点燃一支烟，"玛丽安不准我在屋里吸烟。结婚就是这样。不过这样也好。吸烟不健康，但是要戒掉还真难。"他笑起来，心满意足地深深吸进一口烟。

他们默默望着山脊和山上的积雪。白得发亮的象牙鸥在天空下飞掠，不时陡斜地俯冲下来。

"他是怎么死的？"安纳瓦克问道。

"他摔跤了。"阿克苏克说，"那时我们在母地，他看到一只兔子，想追，然后就跌倒了。"

"你将他运回来？"

"他的尸体，对。"

"他当时是不是烂醉如泥？"安纳瓦克提问时的无情，连他自己都震惊。阿克苏克的目光掠过他身旁，望向群山，躲进烟雾中。"伊魁特的医生说他是心脏病发作。他有十年没碰过一滴酒了。"

炖驯鹿肉真是鲜美，吃起来有童年的味道。相反的，安纳瓦克从来就不喜欢喝海狮汤，但他仍努力吃着。玛丽安神情满意地坐在旁边。安纳瓦克想复习他的因纽特语，但效果不佳。他几乎都能听得懂，可是讲起来就是结结巴巴的。因此他们主要都用英语谈最近发生的事，谈鲸鱼攻击、欧洲的灾难和其余远播到努纳福特的事。阿克苏克翻译。他几次想谈安纳瓦克死去的父亲，但安纳瓦克不理睬他。葬礼定于傍晚在圣公会教堂的小墓园举行。这个季节人们总是迅速安葬死者，但在冬天则经常停灵在葬地附近的草棚里，那时地面太硬，无法挖掘坟墓。在严寒的北极，尸体保存的时间长得惊人，但看守人必须持枪守灵。努纳福特这块土地很原始，狼和北极熊，尤其在饥饿的驱使下，无论活人还是死人它们都不怎么怕。

饭后安纳瓦克前去极地小屋饭店。阿克苏克没再坚持让他住下。只从小房间里将花儿拿到前面来，放在餐桌上，对他说了句："你还可以再考虑考虑。"

离葬礼还有两小时。安纳瓦克躺在饭店房间的床上，昏沉沉地睡着了。直到他的旅行小闹钟响起。

他走出极地小屋饭店时，太阳已沉到地平线上，但天色仍明亮。越过冰封的湖面，他看到马里克亚格岛伸手可及。他沿街朝市中心的方向边走边逛。一栋房子前，一个老人坐在木板凳上雕琢一座潜海员的雕像，再远点有个女子用白色大理石打磨一只鹰隼。两人都向他打招呼，安纳瓦克边走边回答他们的问候。他感到他们的目光在望着他的背影。

他的到来一定像野火般在当地传开了。根本没必要向人介绍他，每个人都知道，死去的马努迈·安纳瓦克的儿子回多塞特角了，也许众人早就在背后议论纷纷，他为什么住在饭店而不是住在舅舅家。

教堂前已聚集了一群人。安纳瓦克问舅舅，他们是不是都为他父亲而来。

阿克苏克诧异地望着他。"当然了，你以为呢？"

"我不知道他有这么多……朋友。"

"这是和他共同生活的人们。是不是朋友，这有什么关系？人死去，是离开所有人，所有人都陪他走完最后这一段。"

葬礼短而不伤感。安纳瓦克在葬礼前不得不和许多人握手。那些他从未见过的人，向他走过来，拥抱他。一位牧师从圣经里朗读了一段，做了祷告，棺材便放进一个浅坑里，深度刚好可以容纳它。然后铺上蓝色塑料膜。人们开始在上面堆石头。坑尾的十字架像所有墓地上的十字架一样斜插在坚硬的土里。阿克苏克将一只玻璃盖小木盒塞进安纳瓦克手里，里面有几朵褪色的塑料花、一盒香烟和镶嵌金属的熊牙。阿克苏克推推他，安纳瓦克顺从地慢步走向坟墓，将盒子放到十字架下。

阿克苏克问他想不想再见父亲一面，他拒绝。牧师讲话时，他试着想象躺在棺材里的那人是谁。他突然知道了，死者不可能再犯错，不管他在世时做过什么，是罪恶还是无辜，都不重要了。面对冰冷的地下棺木，一切都失去意义。对安纳瓦克来说，老人早在多年前就已经死去，这场葬礼只是过期的仪式。

他不想去感觉什么。他只希望尽快离开这里。回家去。但家在哪里？

周围的人开始唱歌时，一种孤寂和恐慌的冰冷感觉悄悄向他袭来。让他打战的不是极地的严寒。他想到温哥华和托菲诺，但那儿不是家。他害怕极了。

"利昂！"阿克苏克抓住他的手臂。他茫然地望着那张长有银色小胡子、皱纹密布的脸。

"我的天哪！你都快站不稳了。"阿克苏克同情地说道。唁客们望过来。

"不要紧。谢谢，艾吉。没事。"他望着众人，知道他们会怎么想——他们错得离谱。他们认定那是丧亲之痛，站在心爱的人的墓旁，谁都会昏厥，哪怕你是个高傲得不向任何事物屈服的因纽特人。

只可能屈服于酒精和毒品。安纳瓦克觉得恶心。

安纳瓦克告诉舅舅他想独处。老人只点点头，就将他送回饭店。他眼神哀伤，却不是由于相信安纳瓦克是想静静追忆亡父。

从噩梦醒来时，闹钟指着两点半。他从冰箱拿出一瓶可乐，走向窗户。

极地小屋饭店坐落在一座小山上，因此他能望到金盖特和部分相邻地区。晴朗的夜空像梦里一样万里无云，但不见星辰，只有朦胧的夜光笼罩着多塞特角，为房屋、冰原、积雪和大海披上一层不真实的金色。这季节，天色不会全黑，景物轮廓显得更软、色彩更柔。

安纳瓦克顿时明白这里有多美丽。他入迷地望着难以置信的天空，目光扫过群山，扫过海湾。泰利克湾的冰像铸银般闪烁着。马里克亚格岛黑乎乎地、起伏不平地横亘在岸边，像条沉睡的鲸鱼。

现在该怎么办？

他忆起几天前与舒马克和戴拉维一起吃饭时的疏离感。赏鲸站、托菲诺、周遭的一切。他似乎一直缺乏一个空间好避开这个世界。某件至关紧要的事物浮现了，这是他确定的。他等着，既期待又害怕。

结果是他父亲死了。这就是改变一切的那件大事？返回北极地区安葬父亲？

他还有远比这事更大的挑战要处理。他正面临人类有史以来遭遇的最大挑战。但这和他的生活毫无关系。他的生活完全是另一回事，海啸、甲烷灾难和瘟疫在其中不占一席之地。父亲过世，把他的生活

573

推到最前面。如今，安纳瓦克头一次意识到，他有机会在努纳福特重获新生。

一会儿后他穿上衣服，戴上一顶镶毛边帽，走进月夜。他漫步整个城镇，直到疲惫袭来，比电视机的麻醉更沉重更友好。最后他返回温暖的饭店，随手将衣服扔在地上，钻进被窝，头一沾枕就睡着了。

第二天早晨他打电话给阿克苏克。"一起吃早餐吧？"他问道。

他舅舅似乎很吃惊。"我和玛丽安正要开动，我以为你在忙……等等，我们才开始，你为什么不过来，尝尝一大份培根炒蛋呢？"

"好。待会儿见。"

玛丽安端给他的那一份，分量多得安纳瓦克光看就饱了，但他还是吃了起来。玛丽安喜形于色。

握住阿克苏克和他妻子伸给他的手，感觉真是奇怪，似乎将他拉回了家庭。安纳瓦克思忖着这算不算好事。月夜的魔力消逝了，努纳福特早就不能让他内心平静了。

饭后，阿克苏克转着半导体收音机的旋钮，听了一会儿说："很好。"

"什么很好？"安纳瓦克问道。

"气象预报接下来几天天气晴朗。天气预报不太可信，但只要有一半准，我们就可以开车去母地。"

"你们想去母地？"

"是的，明天出发。如果你愿意，我们今天可以一起做点什么。顺便问一下，你到底有什么计划？或是你想提前回加拿大？"这只老狐狸猜到了。

安纳瓦克不厌其烦地搅着咖啡。"老实说，昨天晚上我差点就回去了。"

"这不意外。"阿克苏克淡淡地说道，"那现在呢？"

安纳瓦克耸耸肩。"我也说不清楚。我想，我要不去马里克亚格

574

岛，要不就去伊努克苏克角。我在多塞特角就是感觉不舒服，艾吉。别生气。我不喜欢回忆这地方，有这么一个……这么一个……"

"一个像你父亲这样的父亲。"他舅舅补充道。"其实我很讶异你会回来。十九年来，你没跟我们任何人联系。我打电话，是因为我认为应该通知你，但我并不相信你会来。你为什么回来呢？"

"天知道。没有什么事将我拉回到这里。或许温哥华想摆脱我一阵子。"

"胡说。"

"无论如何不是因为他！你很清楚，我不会为他流一滴眼泪。我做不到。"

"你对他太冷酷了。"

"他的人生走错了，艾吉！"

阿克苏克盯视他好久。"没错，利昂。但当时没有正确的人生可以选择。这件事你忘记说了。"

安纳瓦克默不作声。

他舅舅喝下咖啡杯里残余的咖啡，而后微笑。"你知道吗？我给你一个建议好了。我和玛丽安要出门。我们这回要去完全不同的地方，去西北方的庞茵莱特——你和我们一起去。"

安纳瓦克盯着他。"不行。你们要去好几个星期。就算我想去，也不可能离开这么久。"

"那不成问题。我们一起出发，过几天你可以一个人飞回去。我不必到哪里都牵着你，你长大了。"

"这太麻烦了，艾吉，我……"

"我受够你的麻烦了。带你去冰原有什么麻烦？一切都打点好了，我相信我们会为你的文明屁股找到一块小地方。"他向他挤挤眼睛，"不过别以为此行会很轻松。你也跟大家一样会分配去放哨防熊。"

安纳瓦克向后靠，考虑此事。这邀请让他措手不及。他计划再待一天，是一天，而不是三四天。他该怎么向黎说明？其实黎已经明白告诉他，他想待多久就待多久。

庞茵莱特。再待三天。其实也不久。从多塞特角最多飞两小时。在母地待三天，回程两小时，直接去伊魁特。"你这样做指望什么呢？"他问道。

阿克苏克笑了。"喏，你想呢？带你回家啊，孩子。"

在母地。这个词表达了因纽特人全部的人生哲学。在母地的意思就是离开保留地，整个夏日在海滩或冰沿扎营，垂钓，猎捕鲸鱼、海狮和海豹。因纽特人获准为了生活需要而捕鲸。人们带着远离文明所需的一切，将衣物、装备和狩猎用具装载到雪橇或船上。他们去的那块陆地尚未被驯服：广袤无垠的平原，人们数千年来就在其上漫游。

母地上没有时间感，城市和保留地固定好的世界秩序不再存在。距离不再用公里或英里作单位，而是以天数计算。两天到这里，半天到那里。如果路途上有无法预见的障碍需要克服，例如冰堆和壕沟，50公里有什么意义呢？大自然是无法计划的。

人们在母地上只活在现在，因为下一瞬间丝毫无法预料。母地有其韵律，因纽特人顺从它。数千年的游牧生活让他们学会，顺从即为主宰之道。直到20世纪中期，他们都自由自在地漫游在母地上，居无定所仍比落地生根更符合他们的本性。

如今情况改变了。世界期望因纽特人从事固定的活动，成为工业化社会的一员，因纽特人似乎同意了；而回报是，因纽特人获得承认，不再像安纳瓦克孩提时代那般受拒。世界把它取走的部分事物还给他们，更重要的是给了他们一个视角。在这个视角里，古老传统和西方标准可以并驾齐驱。

安纳瓦克当年离开的地方，只是一个没有认同或自我价值的地理区域，人民的精力被剥夺，丝毫不受尊重，最后也失去了自尊。只有他父亲可能纠正这一印象；但他父亲却是构成这印象的主谋。现在埋在多塞特角墓园里的那人，成了心灰意懒的象征——酗酒、形容枯槁、

576

自怜自艾、动辄发怒，甚至无法保护家人。安纳瓦克乘船离去时，曾站在甲板上对着雾大喊："继续这样啊！干脆去死吧！免得继续丢脸！"有一会儿他真想以身作则从甲板上跳下海。

但他没这么做，反而成了加拿大西岸人。抚养他的家庭在温哥华定居下来，他们是好人，尽力供他上学，虽然彼此并没有真正适应，纯粹是形式上的家人。利昂二十四岁那年，他们移居阿拉斯加安哥拉治。他们一年写一张问候卡，他回复几句和善的闲聊。他从没去探望他们，他们似乎也没期望过。不能说他们变得生疏——实际上他们从未亲近过。他们不是他的家人。

阿克苏克建议一起去母地，在安纳瓦克心里唤起新的回忆。那火堆旁的漫漫长夜，有人讲故事时，全世界似乎都复活了。他很小的时候，还把雪后和熊神当真。他听过在爱斯基摩圆顶冰屋里出生的男男女女谈话，想象有一天他也会横越冰原去狩猎，与极地神话合一——累了就睡；如果天气允许就工作和狩猎；饿了就吃。在母地上，有时本来只想走出帐篷透透气，最后却变成狩猎一天一夜。有时整装待发，却始终没成行。这种明显缺乏组织的行为总是令夸伦纳特怀疑：没有规划时间表和配额，人怎么可能生存？夸伦纳特建立新世界取代现存世界，为了人造的进程排斥自然律，凡不合他们意的，便忽视或消灭。

安纳瓦克想起惠斯勒堡和他们想在那里完成的任务。他想到杰克·范德比特。这位中情局副局长是多么固执坚持最近几个月的事件都是人类的计划和行为啊。谁想理解因纽特人，就必须学会摆脱文明社会拥有的控制心态。

但这至少还与人类有关。而海底那股未知的力量，并不具有人类特质。约翰逊是对的。输掉这场战争，意味失去人性。像范德比特这样的人看不到自身以外的观点。一只海豚就已经无法理解了，又怎么理解约翰逊以他的达达主义命名的Yrr物种呢？他瞬间明白，没有正确的团队，就无法解决这次的危机。

少一个人。他也知道少了谁。

当阿克苏克为出发做准备时，安纳瓦克正在极地小屋饭店里想办法与黎取得联系。电话转了很多次。黎不在饭店，而是在西雅图沿岸一艘海军巡洋舰上。他不得不等候了漫长的十五分钟，才接通她。

　　他问她，能不能再请三到四天假。在伪称必须照料亲人之后，她准了假。他良心不安，但告诉自己，拯救世界与否不可能取决于他接下来三天在不在场。再者他也在工作：人虽身在北极地区，头脑仍然忙碌运转。黎告诉他，他们在对鲸鱼进行声呐袭击。"我知道你不喜欢听这种事。"她说道。

　　"那么，有效吗？"他问道。

　　"我们快要中止试验了。它没有产生预期的效果。但我们必须什么方法都试试。只要能赶开这些动物，我们就有更大的机会派潜水员和机器人下去。"

　　"你要扩大机会吗？那就扩大团队吧。"

　　"你有人选？"

　　"三个人。"他深吸了口气，"我要求召集他们。我们需要更多行为研究和认知科学专家。我需要一个我可以信赖的助理。我要让爱丽西娅·戴拉维加入。她目前在托菲诺，是个学生，主修动物智能。"

　　"没问题。"黎快得惊人地同意，"第二人呢？"

　　"尤克卢利特的一名男性。如果你看看MK档案，会找到他，名叫杰克·欧班侬。他擅长与海洋哺乳动物打交道。他有些知识会对我们有用。"

　　"他是科学家吗？"

　　"不是。美国海军前海豚教练。海洋哺乳动物计划。"

　　"明白了。"黎说道，"我会查查。我们自己有不少该领域的专家，你为什么要他？"

　　"我就是想要他。"

　　"那第三个人呢？"

　　"她是最重要的人。我们这件事与外星生命有一定的关系。你需要某个专门考虑如何与非人类生物交流的人。请你联络珊曼莎·克罗夫博士，她领导阿雷西博的凤凰计划。"

黎笑了。"利昂，你很聪明。我们已经决定要向凤凰计划征召人手。你认识克罗夫博士？"

"认识，她很棒。"

"我会想办法。好好做，利昂，请务必安全回到我们身边。"

飞机不是直接向北飞，而是先向东飞一段。阿克苏克说服了飞行员拐这么个小弯，让安纳瓦克可以欣赏库亚克大平原，一处有许多圆形水沼的自然保护区，那里有世界上最大的雁群。来自多塞特角和伊魁特的其他乘客，都要前往庞茵莱特这个荒野探险的起点。大多数人都熟悉这风景，在打瞌睡。

安纳瓦克却看不够。他觉得像是从多年沉睡中苏醒了。

他们沿海岸飞行了一段，然后穿越北极圈。地理学上的北极地区就从这里开始。他们身下是福克斯盆地冰冻的月下景色，有大大小小的冰原，间或一块未结冰的水域。一会儿后又出现陆地，沟壑纵横，有悬岩和垂壁。雪在阴暗的深谷底闪烁，一道道融化的雪水流进冰封的湖泊。夕阳下的景色越来越壮观。陡峭的褐色山脉与积雪覆盖的山谷交替，山峰拔地而起，几乎全部覆雪。突然，几乎是没有过渡地，飞机穿过一道蓝而泛白的海岸线，他们看到一座封闭的冰海，伊克利普斯湾。

安纳瓦克忘记了周围的一切，眺望着神奇的北极区。巨大雪白的水晶山挺立在海湾的白色平原上。下面有两只很小的北极熊跑过，像是被冰面上飞机的影子追逐。白点惊飞而起，是海鸥。远方耸立着巍峨的悬崖和拜洛特-加龙省岛的冰河。他们低飞向大理石状的褐色地景接近，一簇房屋，一座陆岬——庞茵莱特。

太阳刺眼地挂在西北方向的地平线上。这个季节它不沉落，仅在凌晨两点左右才接触地平线几分钟。他们到达目的地时是晚上九点，但安纳瓦克已经失去了一切的时间感。他看着他童年时代的景致，某种重负似乎从他胸口掉落了。

阿克苏克说得对。他舅舅做到了安纳瓦克二十四小时前还以为不可能的事。他带他回家了。

庞茵莱特的面积和人口与多塞特角差不多，四千多年来就一直有人在此生活。阿克苏克解释说，努纳福特这区的因纽特人比其他地区的人都更重视传统。他谨慎地补充道，在这样的北方，许多人还信奉萨满（即巫师），当然，他们也都是虔诚的基督徒。

夜里他们住旅馆。阿克苏克一早就唤醒他，嗅嗅空气，然后宣称好天气会持续，可以好好打猎。"今年春天提早报到了。"他满意地说道，"旅馆的人说，这里跟冰沿只有半天路程。也许一天，要看情况。"

"看什么情况？"

阿克苏克耸耸肩。"什么事都可能发生，谁也说不准。你会看到许多动物，鲸鱼、海豹、北极熊。今年化冰比往年来得早。"

比起现在发生的事，这些没什么好奇怪的，安纳瓦克心想。

这一队有十二人。已经有四架雪橇为此行安顿妥当。在安纳瓦克记忆中的雪橇，是由狗来拖拉的，现在前面装上了雪地发动机，用两根缆绳拉着。雪橇本身看起来同从前一样：四米长的木制滑板，前头往上弯，水平的横木紧紧绑着，没有使用一颗螺丝或一根钉子。整个雪橇用绳子和皮带绑成，这样修起来就方便多了。三架雪橇有木造敞篷车厢，用来避风躲雨，第四架雪橇用来拉货。

"你穿得不够暖。"阿克苏克望着安纳瓦克的风衣说道。

"我看过温度计了，是六度。"

"你忘记行驶时的风了。你穿了两双袜子吗？我们这里可不是温哥华。"

他确实将这些事都忘记了。真让人羞愧。保持脚的温暖当然是最重要的，一向都是。他加了件毛衣，和第二双袜子，直到觉得自己像个移动的桶子。他们穿着厚厚的防护服，戴着防雪镜，颇像极地航天员。

阿克苏克与向导一起最后一次检查装备。"睡袋、鹿皮……"

他眼神发光，高兴得灰色小胡子似乎要竖起来。安纳瓦克看着他忙忙碌碌地从一架雪橇跑往另一架。艾吉恰克·阿克苏克和他父亲截然不同。有他相伴，因纽特人和他们的生活方式突然又有了意义。

他的思绪转向海洋深处的力量。

一旦冰上之旅启程，他们将只遵循自然法则。想在母地上生存，必须接受基本原则：不能自以为了不起。你只是有灵世界的组成分子之一，这世界化身为动物、植物和冰的形象，偶尔也化身为人的形象。

也化身为Yrr的形象，他想道。不管它们是谁，不管它们生活在哪里。

机动雪橇开始在冰封雪盖的海面上滑行。鱼群在雪橇下面游弋。安纳瓦克明白，他们不是在横跨陆地，而是在横跨海洋结冻的表面。一会儿后，开路雪橇改变了航向，队伍跟在后面，原来他们正绕开一道开裂的冰缝，裂缝很大，雪橇跃不过去。淡青色的冰崖对面可以看到深不见底的黑乎乎的水。

"这可能要花一点时间。"阿克苏克说道。

"是的，我们损失了一点时间。"安纳瓦克点头，他明白驾雪橇绕过裂缝是什么意思。

阿克苏克曲起鼻子。"不不，我不会那么说。不管我们现在是向东还是向北，时间都一样。你全忘了吗？在这北方，你前进多快并不重要。你绕道时，你的生活仍在进行。时间没有损失。"

安纳瓦克沉默不语。

"也许，"他舅舅微笑着补充道，"夸伦纳特们带给了我们时间，是我们过去一百年来最大的问题。夸伦纳特相信等候是浪费时间，因而是浪费生命。在你小的时候，我们曾这么相信过。你父亲也相信过，因为他看不到机会可以做点什么有意义和有价值的事，他最后坚信他的生命没有价值，因为它由未被利用的、浪费掉的时间组成。没有价

581

值的一生。不值得活的生命。"

他们不得不多行驶了几公里，裂缝才变窄。一位因纽特驾驶员卸下他的机动雪橇，快速越过裂缝。他从那里将缆绳扔向雪橇，陆续将它们拉过裂缝，继续前行。

阿克苏克毫不在乎地将一根油腻的东西塞进嘴里，将罐子递给安纳瓦克。是独角鲸皮。当他们从前去冰沿时，总要带上独角鲸皮，它富含维生素C，远多于橘子或柳橙。他嚼着，吃出新鲜栗子的香味。

这味道引来一系列画面和感觉。他听到声音，但不是探险队员们的声音，而是二十年前和他一起出去的人们的声音。他感觉他母亲的手在轻抚他的头发。

"这里不是高速公路，"舅舅笑道，"孩子，老实说吧，你真的一点都没有想念过这一切吗？"

安纳瓦克摇摇头。也许只是因为固执。

北冰洋像座奇怪的地狱，虽然很美，但自行其是，对每个妄想可以征服它的人来说都很致命。

即使像他这样不向上帝祈祷、更相信任何科学解释的理性主义者，都恍然大悟，为什么老因纽特传说中北极熊会缓慢、忧伤地越过冰原。因为它迷恋上一个已婚人类女子，对现实盲目了。那女子的丈夫连续狩猎数星期都没有收获，出于同情，她泄漏情人的藏身地。而熊听到了。当猎人前来，它悄悄潜向情人的圆顶冰屋，抬起爪子想杀死她。但悲伤霎时淹没了它。毁掉她的生命又有什么意义呢？

她已经出卖了。它孤独地、步履蹒跚地离开了。

寒气砭骨。大自然试图接近人类，却遭人类出卖，据说，熊开始袭击人类。野外本是熊的王国，但人类还是打败了它们，同时也打败了自己。来自亚洲、北美洲和欧洲的工业化学物质，如DDT或剧毒的多氯联苯，随着风和洋流一直漂到北冰洋。这些有毒物质累积在鲸鱼、海豹和海象的脂肪组织里，而北极熊和人类食用它们，于是大家都病了。在因纽特妇女的母乳里测量到的多氯联苯值，比世界卫生组织公布的上限值高出二十倍。孩童神经系统受损，平均智商越来越低。大自然被毒化了，因为夸伦纳特不懂或不想理解这世界运行的原则——一只由气流和洋流组成的巨大滚筒，里面的一切早晚都会分布到各处。

在那海底的某一位决定结束这一切，这奇怪吗？

地面缓缓上升。一位雪橇驾驶员带他们登上一座高原，眺望大海和白色群山，为他们指出古老图勒时代的聚落遗址。几只希克希克——北极的钻地鼠，在高原上互相追逐。玛丽安找到几块石头，灵巧地丢耍起来。这是因纽特人的体育活动，和这群山一样古老的传统游戏。安纳瓦克想模仿她，结果很可怜，惹得大家哄堂大笑。因纽特人就是这样，仅因为有人滑了一跤，就会笑得前仰后合。

简单吃过三明治和咖啡午餐，他们又继续前行，越过一条更宽的沟缝，驶向拜洛特-加龙省岛。在雪橇践踏下，雪水飞溅。冰层堆积成罕见的障碍，强迫他们不断绕路。但没过多久，他们就来到了拜洛特-加龙省岛的悬崖下方。天空充满鸟鸣。成千上万只三趾鸥在岩缝里筑窝，一群群上下翻飞。

阿克苏克指出他们头顶上方一条岩缝里白色的鸟粪痕迹。"白隼。美丽的动物。"说完他发出几声特别的引诱哨声，但白隼没有现身。

"往里走进去点，就有机会看到它们。会碰上狐狸、雪鹅、猫头鹰、鹰隼和鸮。"阿克苏克嘲讽地笑道，"也可能碰不上。北极地区就是这样。根本无法相约。不可靠的东西，动物和因纽特都一样。不是吗，孩子？"

"我不是夸伦纳克，如果你指的是这个。"安纳瓦克回敬。

"噢。"他舅舅嗅嗅空气，"那好吧。我想，我们不再往上爬了。既然你不是夸伦纳克，你必定会回来。我们前往冰沿吧，这么好的天气得好好利用。"

从现在起时间终于消失了。

他们向东挺进，将拜洛特-加龙省岛抛在身后。寒风使雪水洼又结上薄冰。叮叮当当，仿佛行驶过玻璃似的。

午后天空变幻出因纽特人口中的太阳犬。那是阳光经过细小冰晶的折射，在太阳两侧形成的大光环。远方的冰层堆积成沟坎纵横的巨大障碍。他们的右首突然出现了未冻封的平滑水面，一只海豹钻出来，望一眼又消失了。它的头在稍远处探出来，好奇地盯视着。他们经过水坑，前往下一座更大的，最后安纳瓦克认出来那根本不是水坑，而是冰沿。冰沿后面就是公海了。

队伍在一处营地停下。到处是热情的问候。有些人以前就彼此认识。营地的队伍皆来自庞茵莱特和伊格卢利克。他们刚捕了一条独角鲸，一块块鲸皮和狩猎趣事互相来回传递。两名猎人加入，他们驾着机动雪橇刚从冰沿返回，正要回家。他们将狩猎橡皮艇和两条前天射杀的海豹绑在雪橇上。其中一位认为，海豹会随着退缩的冰凌，比往常更早返回捕食和产卵地。说时他挥着一把温切斯特5.6型猎枪，建议他们要小心。他的帽子上写着"对狩猎一窍不通的人才工作"。安纳瓦克问他有没有发现鲸鱼的行为异常，是不是攻击性特别强，甚至袭击人。猎人们否认。全营地的人突然围在他们周围。所有人都知道那些报道，每个人对震惊世界的那些事都了如指掌，但目前为止，北极地区似乎并未出现任何突变。

傍晚时他们离开营地，继续驶向冰沿，直到距冰沿三十米左右处才停下扎营。向导从雪橇上搬下箱子，支起无线设备，以免失去对外联络，并在转眼间支好五顶帐篷，四顶供旅人住，一顶用来做饭。

"是时候了。"阿克苏克喜滋滋地说道。

他头一个坐到蜂蜜桶上，这是因纽特人对移动厕所的称呼。三片木板隔出一间临时厕所，里面有只桶，挂着个蓝色塑料袋，上置一张刮痕累累的搪瓷坐垫。

玛丽安将大家赶出做饭的帐篷，于是他们聚在外面聊天。一位年轻女子开始说起一则因纽特人的故事来，那种每次讲来都有点不同的故事。这种故事有时能讲上几天。故事很长，冰上的日子也很长。

玛丽安将晚饭端上桌来时，都快午夜了。她拿出她的看家本领，美味诱人，有烤漫游红点鲑、北美驯鹿排加米饭和烤爱斯基摩马铃薯。还有热红茶。大伙儿一直吃到快撑破肚皮为止。

一点半左右，只剩安纳瓦克、他舅舅和轮值守夜的人还醒着。

阿克苏克从他的行李最下面掏出一瓶香槟。"我们喝掉它。"他狡黠地向安纳瓦克眨眨眼。

安纳瓦克摇摇头，"我不喝酒。"

"哎呀，对啊！"阿克苏克遗憾地望着酒，"你肯定吗？我特意珍藏起来，等你回家来，我想……"

"我不想失控，艾吉。"

"控制什么？你的生活，还是此时此刻？"他耸耸肩，将酒收了起来，"那好吧。还有别的特殊机会。也许我们会有好收成，可能是一只白鲸，或是肥胖多汁的海象。"

银色的海洋横亘在他们面前，蓝背鲳鱼紧贴水面下穿过。安纳瓦克默默地望着前方，阿克苏克也沉默不语。两人听任时间流逝。突然，好像大自然决定酬赏他们的耐心似的，两支螺旋状的独角有如交叉的匕首般钻出水来。两只雄性小独角鲸在离冰沿没几米处现身。带深灰色斑点的圆头钻出，然后那些动物又缓缓钻了下去。至多十五分钟后还会再钻出来。这是它们的节奏。

安纳瓦克被吸引住了。在温哥华岛沿岸几乎看不到独角鲸。它们的角其实是延长的门牙，由纯粹的象牙质组成，因此造成了它们连续几世纪遭人类屠杀的命运，至今仍为濒危物种。

受到水的冲击，冰发出吱吱咯咯声。温和的阳光照耀着拜洛特-加龙省岛的岩石和冰河，在冰封的海上投下阴影。一轮苍白冰冷的太阳低悬在地平线上空。

"你曾经问我是否想念这一切。"安纳瓦克说道。"我曾经恨过它，艾吉。我憎恨、鄙视过它。"

585

他舅舅叹息一声。"你鄙视的是你父亲。"他说道。

"可能吧。但你如何向一个十二岁的少年解释他父亲和他的民族之间的区别？尤其两者的苦难不相上下。我父亲软弱，一直醉醺醺的。他叹气，喊叫，深深地拖累我母亲，让她看不到出路，只能自尽。你告诉我，当时有哪个家庭没有人自杀？家家都一样。他们不断讲骄傲、自力更生的因纽特故事给你听，很动听，很好，但我体会不到。"他望着阿克苏克，"如果父母在短短几年内成了废物，染上毒瘾，丧失生活的勇气，你如何忍受呢？如果你母亲悬梁自尽，你父亲除了唉声叹气和酗酒就无所事事？我去找过他，要他别再这样。我的力量足够两人用的。我说我会找个工作，我什么都做，只要让他丢开酒瓶，能重新像从前一样清醒地思考，但他只是盯着我，然后一切照旧！"

"我知道。"阿克苏克摇摇头，"他再也控制不了他自己了。"

"他将我过继给人。"他说出多年来的痛苦，"我想留在他身边，但这可怜的家伙却将我送人了。"

"他不是和你断绝关系。他是想保护你。"

"那又怎样？他有想过我怎么调适这一切吗？他该死！妈妈因忧郁症而死，爸爸被酒精击垮，他们俩将我赶出他们的人生。有谁帮助过我？大家全忙着瞪视雪景抱怨因纽特人的苦难。你是有趣的艾吉舅舅，总有许多故事可说，但也只有故事，只有因纽特民族自由灵魂的童话。一个高贵的骄傲的民族！"

"没错，"阿克苏克点头说道，"我们曾是骄傲的民族。"

"什么时候？"

他等着阿克苏克发脾气，但他舅舅只摸了几下小胡子。"在你出生之前。"他说道，"我这一代人还是在圆顶冰屋里出生的，每个人都能盖一座，这是理所当然的事。我们用燧石生火而不是火柴。我们不是用枪打死驯鹿，而是用弓和箭。人们在一架木雪橇前面架起的不是机动车头，而是狗。这一切听起来是不是很浪漫？"阿克苏克摇摇头，"而这一切才过去半世纪。你回头看看，孩子。我们今天是怎么生活的？当然这也有它的好处。没有哪个民族对这世界的了解有我们多。每两座房子就有一座里面有计算机连网络，我的房子也有。我们还得到了自己的国家。"

接着他咯咯一笑，"最近在nunavut.com网站有个谜语，乍看没什么坏处。你还记得旧的加拿大两元纸币吗？伊莉莎白女王像在前，后面是一群因纽特人。其中一位男子站在轻便独木舟前，手拿鱼叉。颇具田园色彩。问题是：这个画面真正呈现了什么？你觉得呢？"

"我不知道。"

"但我知道。它呈现的是一幕驱逐场景，孩子。渥太华的政府为此找到了一个更动听的词，称之为'移民'。冷战现象。渥太华的政客害怕美国和苏联想占有加拿大无人居住的北极地区，于是他们将游牧的因纽特人从极地南部的祖居地迁到北极附近的雷索卢特和格赖斯峡湾，骗他们说，那里的猎场更好，但事实正好相反。因纽特人必须佩戴铁皮的登记号码，就像狗牌一样。你知道这件事吗？"

"我不记得了。"

"许多今天的孩子，都不清楚他们的父母所生活的环境。在20年代中期，白人的军队到来，带来了枪支。美洲驯鹿和海豹遭到大量捕杀。子弹代替了弓箭。贫穷降临到因纽特人头上。他们过去从没有患什么疾病，但现在出现小儿麻痹症、肺结核、麻疹和白喉，于是他们离开帐篷，搬进保留地。

"50年代末，我们的人成群死于饥饿和传染病，政府什么事都没做。直到军方开始对西北领土产生兴趣，在传统的猎区建立秘密雷达站。住在那里的因纽特人当然妨碍了他们。在加拿大政府的促成下，我们被装进飞机，运往数百公里外的北方，没有帐篷、独木舟、皮筏和雪橇。我也是年轻时被移民的，还有你父母。他们采取这一措施的理由是，北方的生存条件比军事雷达站附近更适合饥饿的因纽特人。事实上，这些新地区远离所有驯鹿的迁移路线，也远离动物夏天习惯产子的地方。"

阿克苏克停下来，沉默良久。这之间不时有独角鲸钻出来。安纳瓦克看着它们斗剑，直到他舅舅重新开始："之后，他们将推土机派进古老的猎区。所有能够回想起我们生活的事物都被夷为平地，为了让我们彻底放弃回去的念头。驯鹿当然不来遥远的北方。没有食物，没有衣物。如果你只有几只钻地鼠、兔子和鱼可以猎获，你的勇气再大又有什么用？如果你看着你的民族在死去，以你全部的力量和坚决也无法反对它，会是什么感觉？短短几十年内，我们就变成了领社会救济金的人。我们无法再过自己的生活，又从没学过其他的生活方式。

"差不多就在你出生时，政府又感到对我们有责任，为我们建造了盒子——房子。这对夸伦纳特很自然。他们生活在盒子里，移动时是坐在一只盒子里，同样也为盒子建了个盒子，好将它停放在里面。他们在公共盒子里吃饭，他们的狗生活在盒子里，他们自己生活于其中的盒子，被其他盒子、墙和篱笆包围着。这是他们的生活，不是我们的，但现在我们也生活在盒子里。失落的自信会导向哪里呢？通向酒精、毒品和自杀。"

"我父亲当年为因纽特人的权益抗争过吗？"安纳瓦克问道。

"我们都抗争过。我们被驱逐时我还是个小伙子。我参与了争取赔偿的抗争。我们起诉抗争整整三十年。你父亲也是，但他到头来却被毁掉了。如今，我们有了我们的国家，努纳福特，我们的国家。没有人再劝说我们，没有人再将我们移民。但我们的生活，那唯一适合我们的生活，已经失去，无可挽回。"

"因此你们必须寻找一种新的生活。"

"这你说对了。再悲叹又有什么用？我们一直是游牧民族，自由自在，但我们设想的是一个有限的领土。直到几十年前我们还不懂得松散的家庭关系之外的组织形式，我们既没有头目也没有领袖，现在因纽特人统治着因纽特人，就像一个现代化的行政国家一样。我们当年没有财产，现在我们要成为现代化工业国家。我们恢复传统，有人购买雪橇狗，重新传授建造圆顶冰屋和用燧石生火。

"这些价值重新恢复，这很好，但我们这样做不能停止时间。我想告诉你，孩子，我并不是不满。世界在变化。今天我们作为游牧人生活在因特网里，穿行在数据高速公路的网络上，寻找搜集数据。我们在全世界游牧。年轻人与来自世界各地的人聊天，向他们叙述努纳福特。这个国家仍有许多人在自尽，太多了。好吧，我们需要消化一场噩梦。应该给我们时间，不拿活人的希望祭献死者，你认为呢？"

安纳瓦克望着太阳轻轻地接触地平线。"你说的对。"他说。

然后，他一阵冲动，就将他们在惠斯勒堡里发现的一切告诉了阿克苏克，告诉他指挥部在做什么、他们对海洋里的陌生智慧有什么猜测。就那样喷涌而出。他知道，他这样做违背了黎的严厉诫令，但他无所谓。他沉默一生了。阿克苏克是他最后的家人了。

他舅舅倾听着。"你想听听一位萨满的建议吗？"他最后问道。

"不。我不相信萨满。"

"好吧，谁还相信呢？但这问题你们无法用科学来解释，孩子。萨满将会告诉你，你们遇到的是神灵，钻在生物体内移动的那个有灵世界的神灵。夸伦纳特开始灭绝生命，他们惹恼那些神灵，海洋女神赛德娜。不管海洋里的这些生物是谁，如果你们想反对它们，你们绝不会成功。"

"为什么？"

"把它们当成你们的一部分吧。在这个所谓的网络密布的星球上，每种生命对另一种生命来说都是外星人。进行沟通吧。就像你与陌生的因纽特民族进行沟通一样。如果一切重新联结，这难道不好吗？"

"它们不是人类，艾吉。"

"这不是关键。它们是这世界的一部分，就像你的手脚是你的一部分。争夺统治权的战争只会造成牺牲，却无法打赢。许多物种在分享地球，谁在乎它们多有智慧呢？要学会理解它们，而不是消灭它们。"

"听起来像基督教的教义。左脸，右脸。"

"不是，"阿克苏克低声笑道，"是一位萨满的建议。我们还有萨满，只不过不再大肆吹嘘了。"

"哪位萨满能给我……"安纳瓦克眉毛一扬，"该不会是你吧？"

阿克苏克耸耸肩，微笑道，"总得有人负责神灵的咨询。"说着他抓起风衣，拿出一尊小塑像，放进安纳瓦克怀里。"我就在等着这一刻。你知道吗？送礼要看时机。也许现在就是将它给你的合适时机。"

安纳瓦克拿起那尊塑像端详。一张长着羽毛的人脸，后脑延伸成一具鸟身。"鸟神？"

"对。"阿克苏克点点头，"夏尔基做的，我的邻居，现在是大名鼎鼎的艺术家，作品都进入当代艺术博物馆了。拿着它。你还有许多事要做。你会需要它，孩子。必要时，它会导引你到正确的方向。"

"什么是必要的时候？"

"你的意识会飞翔。"阿克苏克双手做翅膀状扇扇，笑了笑，"不过你离开这里太久，有点荒疏了。也许你需要一个介质来告诉你鸟神看到的东西。"

"你讲话像打哑谜。"

"这是萨满的特权。"

一只鸟掠过他们头顶。

"哎呀，玫瑰海鸥。"阿克苏克笑道，"你真是幸运啊，利昂，真正的幸运！每年有数千名爱鸟人从世界各地赶来，为的就是想看这种海鸥，但它们太少见了。你不必担忧，真的不必。神灵给你预兆了。"

后来，当他们终于钻进睡袋时，安纳瓦克还清醒地躺了一会儿。夜里的太阳照亮了帐篷壁。他呼吸平静地漂浮在一座睡眠的海洋上，最后到达一座巨大冰山的山顶。梦中，安纳瓦克从一条积雪覆盖的狭窄小路攀爬上山顶，看到那里有座雪水融化成的翡翠绿的内陆湖。目光所及，湖面蔚蓝，平滑如镜。冰山将会融化，他将掉进这座平静的湖泊，掉进众生的起源，那里有个谜语等着破解。

也许那儿会有位萨满帮助他。

5月24日

福斯特

福斯特一如往常那样持相反意见。据大西洋原料开发工业估计，甲烷主要分布在北美西海岸和日本沿海，另外鄂霍次克海及白令海峡也有。在大西洋，美国的大部分蕴藏量就在大陆附近。加勒比海和委内瑞拉沿海有较大储量，南美洲和南极之间的德雷克海峡里浓度很高。人们也知道挪威水合物，并探测到地中海东部和黑海也有矿藏。

非洲西北沿海分布较少，特别是在加纳利群岛周围。但福斯特不认同这种观点。因为那里有冷水从海底升上来，水里含有适合浮游藻类的食物，形成加纳利优良渔场的基础。因此，他推测加纳利群岛地区应该有大量的水合物——凡是有机生命大量繁殖的地方，早晚都会在深海里形成甲烷。

加纳利群岛的问题是，群岛附近海域太陡峭，无法形成生物残骸的沉积层。这些岛屿是数百万年前火山爆发时形成的，它们像高塔似的耸立在海上。大加纳利岛、帕尔马岛、戈梅拉岛和费洛岛……全都从深度3000至3500米的海底钻出水面，火山岩针、沉积物和有机残渣被涡流从它们旁边一冲而过。现有地图都没有标出加纳利群岛地区有甲烷矿藏。福斯特认为，这是第一个错误推测。

其次，他认为当这些岛屿的山尖钻出海面时，早就不像人们以往认为的那样陡峭了。或者说，至少不像房屋的墙壁般光滑、垂直。福斯特研究火山，知道即使最陡峭的圆形火山也有山脊和台地。他坚信这些岛屿周围一定储有大量甲烷，只是从没有人仔细勘察过。这种水合物不是以大块的形状出现的，而是如同纤细血管般网状地贯穿岩石，聚积在被沉积物覆盖的山脊上。

福斯特虽是火山学家，却不是水合物专家，他在惠斯勒堡里请教了波尔曼。他们一致认为应深入研究此事。福斯特列出一张他觉得有危险的岛屿名单。除了帕尔马岛，还包括夏威夷群岛、佛得角、南方的特里斯坦-达库尼亚岛和印度洋中的留尼汪岛，每一座都是定时炸弹，而帕尔马岛始终都是名单上的榜首。如果福斯特的担心是对的，深海里的这些生物果然如这位挪威教授所说那般狡猾的话，帕尔马岛上的别哈山火山带就像一把2000米高的达摩克利斯剑，正悬挂在数百万人的头顶上。

在波尔曼的努力下，福斯特和他的小组得到了著名的北极星号进行考察。这艘德国科学研究船和太阳号一样，甲板上也有一架维克多6000型。北极星号够大，鲸鱼无法对它构成威胁，另外还配备有水下摄影机，可以及时辨认蚌类动物群、水母或其他有机物的攻击。福斯特不清楚，当什么东西一到海下都失踪之后，如果他将维克多放下水去，是否还会再见到它。只能碰运气。

维克多号在帕尔马岛西侧潜下水。下水时，北极星号停泊在从陆地上能看到的地方。那架机器人仔细地搜索火山陡峭的侧面，最终在不到四百米的水下发现一组排列有序的台地，像是从墙上伸出的阳台，有大面积的沉积物覆盖层。

果然，在那里发现了福斯特预言的水合物矿藏。它们被拥挤、有粉白色螯的身体覆盖着。

6月8日

西非沿海，加纳利群岛，帕尔马岛

"这些虫子为什么要如此勤奋地在一座度假岛屿的底部忙碌呢，它们在日本沿海或我们的家门口就可以制造更多的破坏呀？"福斯特说道，"我认为，东海是个人口稠密地区。美国东海岸和本州岛也是，但那里的虫子数量还远远不足以惹麻烦。现在我们又在这里发现了它们。在非洲西部的一座度假岛屿的沿海。这一切到底是怎么回事呢？这些畜生在休假吗？"

他像平时一样头戴棒球帽、身穿石油工人的工作服，站在贯穿全岛的中央山脉西侧的上方。

陪伴他的，是波尔曼和戴比尔斯企业集团的两位代表，一名女经理和一位名叫扬·凡·马尔滕的技术经理。直升机停在他们身后。他们眺望着一座美丽迷人的、长满绿色植物的火山口。圆形山峰鳞次栉比。黑色的熔岩区向下延伸到海岸。帕尔马岛并非定期喷吐熔岩，但下一次喷发随时都可能发生。从地球史角度看，这些群岛是年轻的陆地。直到1971年最南边才出现一座新火山——别哈山。

"问题是，"波尔曼说道，"必须从哪里开始才能造成最大的破坏。"

"你真的认为有人存有这种想法吗？"那位女经理皱着眉头。

"一切都是假设。"福斯特说道，"但如果真的有位智慧之神躲在幕后的话，那他的策略很巧妙。经历了北海的灾难之后，大家理所当然认为下一场不幸将发生在人口密集的沿海和工业区附近。我们确实在那里发现了虫子，但数量偏少。由此可以推断，敌方军队的实力——我们姑且这么讲吧，减弱了。或者他需要时间制造更多这种虫子。他不停地将我们的注意力引到错误的位置。我和格哈德现在坚信，北美和日本沿海的那些有一搭没一搭的袭击只是佯攻。"

"可是，破坏帕尔马岛沿岸的水合物，有什么好处呢？"女经理问，"这里确实不怎么热闹呀。"

当福斯特和波尔曼寻找一个现成的、可用来吸去食冰虫的设备时，戴比尔斯集团的人员开始加入。几十年来，从纳米比亚到南非，人们就在海底寻找钻石。许多公司都曾参与，尤其是国际钻石业龙头戴比尔斯，从船上或建在海里的平台上一直挖到180米的深度。几年前戴比尔斯开始研究可以潜得更深的新设备：带吸管的遥控水下推土机，吸管能将沙子和石头吸进护卫船只的管子里。最新的研究成果是个灵活的设备——一根遥控的吸管，甚至不需要基本的行驶工具，也能在斜坡上操作。理论上它能推进到数千米的深度，但首先得建造有这种长度的吸管。

指挥部决定将情况通报给钻石跨国企业中从事该项目的研究小组。那两位戴比尔斯的代表目前只知道，面对全球的自然灾害，他们的设备会扮演一个重要的角色。而如今急需一根长达数百米的吸管。福斯特建议飞来别哈山，因为他想尽可能让那些人明白，如果这一任务失败了，人类将会遭遇什么。

"请你别搞错了，"他说道，"这里发生了很多事情。"

他的头发从帽子下散乱地钻出，被凉爽的风吹起。天空映照在他的墨镜里。他站在那里的样子，像是摩登原始人和魔鬼终结者的混合物，他的声音嗡嗡地在长有宁静松树丛的斜坡上回响，好像他要宣布新的十诫似的。

"我们站在这里，是因为火山在200万年前将加纳利群岛吐进了大海里。这里的一切都给人一种宁静安逸的印象，但这是假象。在山下的蒂加拉夫——顺便说一下那是个漂亮的小巢——他们于9月8日庆祝魔鬼的节日，魔鬼吵吵闹闹地奔跑着，将火吐向村广场。为什么呢？因为岛上的居民熟悉他们的别哈山。因为吵闹和喷火属于日常生活。制造了虫子的智能同样也知道此事。它知道这座岛屿是如何形成的。"

福斯特走近山坡边缘几步。松脆的熔岩在他的马丁大夫靴子下咯吱咯响。在他们下方深处，大西洋波光粼粼。

"1949年别哈山再一次无比优雅地苏醒了，这只古老的睡狗，准确地说，是这里的一个火山口，桑璜火山。凭肉眼几乎看不出来，但从此就有一条数公里长的裂缝沿着西山坡延伸到我们脚下。它有可能一直通到帕尔马岛下面。别哈山的部分山体当时向海里坍塌了四米左右。我过去几年经常测量这里。很有可能，西部将随着下一次的喷发彻底被冲掉，因为一些岩层含有相当多的水。一旦炽热的新岩浆从火山口里升起，这些水会一阵阵地扩散和蒸发。形成的压力可以轻而易举地炸掉不稳定的地方。结果将是近500立方公里的岩石发生滑坡，掉进海里。"

"这我读过，"凡·马尔滕说道，"加纳利群岛的官方代表认为这个理论不可信。"

"不可信，"福斯特像是末日的号角一样吼道，"他们充其量不过是在官方布告里逃避明确表态，怕吓坏了游客罢了。人类无法躲开这一章。已经发生过几起较小的例子了。1741年，日本的渡岛大岛火山爆发，造成了30米的海浪。1888年，当新几内亚的里特尔岛滑塌时，坍塌的岩石只相当于我们这里会滑塌的十分之一！夏威夷群岛的基拉韦厄岛上多年来就布满了GPS观察站，记录着每一个最细微的活动，它在动！几乎每一座岛屿火山都倾向于年龄愈大愈陡峭。当它太陡时，就会有一部分断裂。帕尔马岛的政府在装聋作哑。问题不在于它会不会发生，而是它什么时候发生。百年之后？千年之后？我们不知道。这里的火山爆发通常没有预告。"

"如果半座山滑进海里，会发生什么事呢？"女经理问道。

"岩石将挤开大量的水，"波尔曼说道，"它们会愈堆愈高。坠落速度估计达每小时350公里。碎石会飞落公海60公里远的地方。会形成巨大的气泡，那时排出的水会比坠落的岩石还要多得多。到底会发生什么，确实大家的意见不尽相同，但没有一种情况让人有理由乐观以对。在离帕尔马岛不远处，崩塌将会生成巨浪，浪高可能在600到900米之间。以每小时1000公里的速度汹涌移动。和地震相反，山崩和滑坡是点状事件。波浪会放射状地在大西洋上扩散，分散它们的能量。离出发点愈远就愈低。"

"听来颇能安慰人。"那位技术经理含糊地说道。

"有限。加纳利群岛转眼间就会消失。滑塌后一小时，一场100米高的海啸会袭击非洲的西撒哈拉海岸。看看北欧的海啸，在峡湾里高达40米高，这是众所周知的。六至八小时后，一道50米高的海浪涌过加勒比海，摧毁安的列斯群岛，淹没纽约和迈阿密之间的海岸，紧接着又以相同的强度袭击巴西。较小的海浪到达西班牙、葡萄牙和英国的岛屿。后果将极其严重，这些地区的经济将整个崩溃。"

戴比尔斯人员的脸色苍白了。福斯特冲着众人笑笑。"有谁碰巧看过《天地大冲撞》？"

"那部电影吗？但海浪要高得多呀，"女经理说道，"数百米呢。"

"要毁掉纽约，50米就够了。撞击时释放出的能量足够全美国用上一年的。你一定忽视了房屋的高度，海啸只破坏地基。其余的自行倒塌，不管它有多高。我们当中没有人是布鲁斯·威利斯，如果我可以补充这句话。"他停顿一下，沿斜坡向下一指。"要想让这里的西侧不稳定，既不需要别哈山的爆发，也不需要海下的坍塌。这有虫子们来做。它们足以让海下的火山柱部分坍塌，滑进深海。后果是一场小规模的地震，足以打乱别哈山的静态。这场地震甚至可能导致喷发，反正西坡将失去支撑。不管怎样，它会移动。会出现灾难。那些虫子在挪威沿海花了几个星期，在这里可能会更快。"

"我们还有多少时间呢？"

"几乎没有。这些狡猾的小东西找到了海洋里人们不会立即想到的地点。它们利用了公海里脉冲波的延续能力。北海是一大成功，可是，只有当在世界的另一头，一个看上去无害的小岛坍塌时，人类文明才算真正的完了。"

凡·马尔滕搓着下巴。"我们造了一根样品管子，能下到300米的地方。它功能正常。要再深的话，我们还没有试过……"

"我们可以将管子延长，"女经理建议道，"实际上必须变戏法似地变出来。可是，更让我担心的是所需要的船只。"

"我不相信用一艘船就能装得下。"波尔曼说道，"几百万只虫子是个庞大的生物群。你得将它们抽到什么地方去。"

"这不是我们的问题。我们可以设计往返交通。我指的是我们用来控制管子的船。如果我们将它延长到400或500米，就必须有地方放它。这是一根半公里长的管子呀！非常沉重，比深海电缆还要粗些。另外，船只必须很结实，当移动管子时，要能承受这一动作。我们不会再害怕袭击，但流体静力学不容易对付。你不可能只是将管子吊在船的左侧或右侧，而不影响浮力的稳定性。"

"挖泥船怎么样？"

"不要那么大，"那人考虑道，"也许一条钻探船吧？不，太重了。最好是个浮动平台。我们已经在用这种东西工作了。一个浮动码头，最好是传统的半潜式结构，只是我们不用浮筒固定它们，而是像一艘真正的船在海上移动。这东西必须可以灵活驾驶。"他向旁边走开一点，开始低声呢喃共振频率和海浪之类的东西。然后他走回来。"半潜式结构很好。海浪稳定性最大，灵活，是必须举起相当重量的吊车悬臂最理想的载体。纳米比亚沿海有这么一座，它有6000V的喷气螺旋桨，我们可以迅速改造，必要时还可以再安装几个侧面辐射器。"

"海莱玛平台吗？"女经理问道。

"对。"

"我们不是想将它扔掉吗？"

"还没报废。海莱玛平台有两个主置换体，甲板建在六根柱子上，一切应有尽有。它建于1987年，但也够了。这是最快的办法。我们没有提升井架，只有两根吊车悬臂。可以用其中一个将管子放下去。上抽同样没有问题。我们可以将船靠岸，将虫子清除掉。"

"听起来不错，"福斯特说道，"我们什么时候可以开始呢？"

"正常情况下要半年之后。"

"在这种情况下呢？"

"我什么都不能承诺。六到八星期，如果马上行动的话，"那位技术经理望着他，"我们将在能力范围内竭尽所能。尽管如此，如果我们能及时做成，你最好将它视为一桩奇迹。"

福斯特点点头。他望着大西洋面。它蔚蓝美丽地横亘在他面前。他试图想象海水突然升高600米的情形。"很好，"他说道，"现在急需要奇迹。"

第三章

独立号

就像数学的基本定律一样，我坚信有一种普遍的权利与价值，尤其是生命的权利，独立存在于人类的道德伦理之外。矛盾之处在于，除了人类还有谁能发现它们、建立它们？即使我们承认那种权利与价值存在于人类感知的极限之外，但我们却受限于我们的感知。就像要求猫去决定，吃老鼠是否符合正义伦理一样徒劳无益。

摘自利昂·安纳瓦克《自我认知与意识》

8月12日

格陵兰海

珊曼莎·克罗夫放下笔记本,望向窗外远方。CH-53 超级种马迅速降落中。一阵强风狂暴袭来,30米长的运输直升机剧烈颠簸,好像就要降落到架在海上的浅色平台上。

冰岛东北950公里处,USS独立号LHD-8正驶向北极深海盆地,位于格陵兰海上的一座飘浮城市;如同电影《异形》中的宇宙飞船,透露着黑暗与不安的预感。美国海军惯于宣称,这是两公顷的自由和97000吨的外交。珊曼莎·克罗夫和这艘世界上最大的战略直升机航空母舰USS独立号LHD-8,接下来几星期将待在这里,他们的新地址:北纬75度,海底上方3500米。

任务是:进行一项会谈。

超级种马向下转弯,快速转向着落点,向上弹了一下降落了。一名身穿黄色工作服的男子,正指挥直升机进入停放位置。机组人员帮她解开安全带,卸下装备、带耳机的头盔、救生衣、防护眼镜。由于飞行颠簸得很厉害,克罗夫脚步不稳地从机尾的梯子走下飞机,从机尾部钻出来时，仍不忘回头观看。

停机坪上的飞机不多。空洞感增强了超现实的印象，一片单纯而没有尽头的沥青地面，257.25米长，32.6米宽。克罗夫对此一清二楚。她是个数字专家，特别擅长准确的数字观念。因此，她在预备时就尽可能多地查到了有关USS独立号的资料。空气中弥漫着一股浓烈的石油和汽油味，掺有热橡胶和盐味。烈风吹上甲板，扯着她的外衣。

没有人喜欢来这地方旅游。

穿着亮色衬衫、头戴耳套的人们来回穿梭。士兵拖着她的行李向外走时，其中一位身穿白上衣的男士向她走来。克罗夫试图用经验与记忆去判断。白衣是负责安全的人员。黄衣指挥甲板上的直升机，穿红衣服的负责燃料和作战物资。有没有褐色的？褐色同时还负责什么？紫色的呢？

寒冷直侵她的骨髓。

"请你跟我来。"那人在螺旋桨逐渐减缓的噪声中喊道。他指向航空母舰上唯一的建筑。如同一座安装有超大型天线和探测设备的多层房屋，建在舰的右侧。克罗夫右手机械式地向臀部摸，一边跟在他身后走。后来想起来，隔着外套她摸不到香烟。直升机上不可以吸烟。在大冷天飞到北极，她倒不在乎，但她很不喜欢连续数小时吸不到尼古丁。

那人打开一扇舱门。克罗夫走上舰桥，经过一道复式闸门，清新的空气向她扑来。舰桥非常窄，像个洞穴。那人将她交给一位身穿制服的高个子黑人，萨洛蒙·皮克少将。两人握手致意。皮克显得生硬，像是不习惯与平民打交道似的；过去几个星期里，克罗夫曾与他多次讨论事情，但仅用电话联络。他们穿过一道弯曲的通道，从陡峭的扶梯下到船内，士兵拎着行李跟在后面。一堵墙上醒目地写着"第二甲板"。

"你要冲个澡吗？"皮克打开一道小门说。门后是个宽敞得惊人的温馨房间。克罗夫在数据中读过，航空母舰上的私人空间条件极差，士兵们睡的是集体宿舍。她提起此事，皮克扬了扬眉毛。"我们不会将你塞到海军里去的。"他唇角浮起一丝微笑。"这里是指挥区。"

"指挥区？"

"我们的精华区，是海军上将及参谋人员的住所。考察队的女成员被安排在指挥区，男成员安排在军官区。借个路？"他从她身旁走开，推开另一道门，"独立卫浴设备。"

"我好感动。"

士兵们将她的行李拎进来。

"电视机下有个小冰箱。"皮克说道，"非酒精饮料。半小时够不够你换装梳洗，到时候我来接你去绕一圈？"

"足够了。"

皮克一离开，克罗夫就急忙寻找烟灰缸，在橱柜里。她脱下外套，往运动服里摸香烟。等到她从被压扁的烟盒里拿出一支、点燃、使劲吸上一口之后，才感觉整个人回来了。

她坐在床边猛吸。一天两盒真是悲哀，她无法成功戒烟也很悲哀。她试过两次都没成功。

也许她根本就不想戒掉。

吸完第二支烟后她去淋浴。之后，她穿上牛仔裤、运动鞋和汗衫，又吸了一支，边检视抽屉和橱柜。

敲门声响起时，她已经将舱室内部彻底研究过了，详细得可以制定完整的清单。她很喜欢明明白白。

门外站的不是皮克，而是利昂·安纳瓦克。"我就说过我们会再见的。"他微笑道。

克罗夫笑起来。"我说了，你会重新找到你的鲸鱼的。见到你真是太好了，利昂。我能来这里应该感谢你，对不对？"

"这是谁说的？"

"黎。"

"没有我你也会来这里的。但我的确稍微帮了一下。你知道吗？我

603

梦到了你。"

"天哪！"

"别怕，你在我的梦中是非常友善的。飞行状况如何？"

"颠簸。我是最后一位到达的吗？"

"我们其他人在诺福克就上船了。"

"我知道。但我根本无法离开阿雷西博。你无法想象，停止一个项目有多麻烦。凤凰计划刚被搁置，目前无法找到资金，让我们继续去太空搜索小绿人了。"

"也许会有机会找到比你预期中更多的小绿人。"安纳瓦克说道，"走吧。皮克一分钟后就来了。我们带你看看独立号上有什么。然后就轮到你了。大家都很期待。另外，你已经有个绰号了。"

"我的绰号？叫什么呢？"

"异形小姐。"

"我的天哪。当朱迪在影片里演了我之后，有一阵子所有人都喊我福斯特小姐。"克罗夫摇摇头，"也好，为什么不呢？反正我早就准备好签名笔了，我们走吧。"

皮克领着他们参观第二甲板。他们从舰首开始，往中央走去。克罗夫对舰首的大健身房十分惊奇，那里摆了许多跑步机和健美器，但却空荡荡。"通常这里非常拥挤。"皮克说道，"独立号上可住满三千人。但现在还不到两百。"

他们穿过年轻军官居住区，每个舱室四至六人，有舒服的床铺，宽松的储物间，有折叠桌和椅子。

"舒适。"克罗夫说道。

皮克耸耸肩。"看你怎么看这个问题。如果屋顶上十分忙碌，就没办法那么快地合眼了。就在你上方几米，是直升机和喷气式飞机起降处。刚来时，会被搞得筋疲力尽。"

"什么时候能习惯嘈杂呢？"

"永远习惯不了。但你会习惯不能一觉睡到天亮。我上过航空母舰多次，每次都待好几个月。一段时间后，一直处于待命状态是很正常的事。太安静反而会睡不着觉。回家后的第一晚真是地狱，会习惯性等着涡轮机的轰响，车辆和固定钩的撞击，通道里的奔跑，不停的通知。但实际上只有闹钟滴答作响。"

他们穿过宽敞的餐厅，来到舰中央一道有密码锁的舱门外。门后是个幽暗的大房间。那是克罗夫看到的第一个有人在工作的区域。坐着的男男女女，眼睛盯着墙上的大屏幕。

"大多数命令室和指挥室都在第二甲板上。"皮克解释，"以前一切都安排在舰桥里，但那样有潜在的风险。敌方的火箭系统搜寻器多盯着舰上最热、最大的建筑，舰桥成了明显的目标物。如果被命中几次，就会像脑袋被轰掉一样，于是我们将大部分指挥室搬到了屋顶下。"

"屋顶？"

"海军用语。飞行甲板。"

"你在这里主要负责什么任务？"

"噢，这个房间是CIC……"

"原来如此。作战情报中心。"

瘦小脸庞上的眼睛闪亮了一下。克罗夫莞尔一笑，准备继续闭嘴。

"作战情报中心是我们船舰的神经中心。所有船舰收发数据都要透过这个——母舰自身的感应系统、卫星、导弹、雷达扫描、灾难指挥及通讯数据。当然，一切都是实时的。一旦发生战斗，这里将会非常热闹。看到那边的空位置吗？你将在那里度过很多时间，克罗夫博士。"

"叫我珊曼莎，或者珊好了。"

皮克未理她的提议，继续说道："我们从潜水艇监测、SOSUS声呐网、主动式低频声呐等系统观察水面下的动静。不管什么东西接近独立号，我们都会发现。"皮克指着甲板下一台巨大的监控器，上面可以看到图表和地图的修改工作。"这张大图包括船里传输的所有数据，制定概况图。舰桥监控器上的舰长也会看到同样的图，只不过是缩小版。"

皮克继续带领他们穿过相邻的房间。大屏幕显示器、监控器发出闪光。作战情报中心的隔壁是LFOC——登陆部队行动中心。"每个作战单位都有自己的屏幕。情况危急时由卫星照片和侦察飞机指示敌军的位置。"皮克的声音里含有明显的骄傲。"登陆部队行动中心可以迅速调兵遣将，制定战术。指挥官通过中央计算机随时和现场部队联系。"

克罗夫在一些监控器上认出了飞行甲板。她不由得想到一个问题，可能会让皮克不开心，但她还是提了出来："这一切对我们有什么用呢，少将？我们的敌人在深海里呀。"

"对。"皮克恼怒地盯着她，"我们就从这里指挥深海行动。你的问题在哪里呢？"

"请原谅。我待在太空的时间可能太久了。"

安纳瓦克笑笑。他到目前为止未做任何评论，只是跟着走。有他在旁边，让克罗夫感觉很舒坦。皮克继续带他看其他的监控室。作战情报中心隔邻是JIC——联合情报中心。

"在这里破译和解释情报系统的数据。"皮克说道，"任何接近独立号的东西都会被仔细分析，如果小伙子们不喜欢它，就会将它击落。"

"责任很大。"克罗夫咕哝道。

"你说的没错，"皮克做了一个无所不包的手势，"有些东西计算机会预先做出解释，作战情报中心和联合情报中心是科学工作领域。另外，世界各地还有消息源源不断地传来，CNN和NBC等十几家电视台持续通过屏幕向我们提供消息。你能接触任何可以想象到的信息和国防地图制作室全部的数据库。这就是说，你将有权使用海军的深海地图——那比自由考察能得到的一切要准确得多。"

他们继续向下走，先后参观了舰上的购物中心，无人的卧室、会客室和第三甲板上的大医疗区，一个有600张床、六个手术室和一个规

606

模庞大空无一人的抗菌急救站。克罗夫设想战争时这里会是什么样子。流血的、喊叫的人们，匆匆来去的医生和护士。她愈来愈觉得独立号像一艘幽灵船——不对，更像一座鬼城。他们向上回到第二甲板，继续走向舰尾，最后来到一处宽得足以在上面行驶汽车的斜板。

"这条隧道呈Z字形，从舰腹通向舰桥。"皮克说道，"独立号的设计可以让一辆吉普车在具有重要战略意义的楼层上活动。海军也经由这个隧道开上甲板。我们下去。"

他们的脚步声从钢壁回响着，令克罗夫感觉像在一座停车场。斜板隧道通到一座大型机库。克罗夫知道，它至少占整艘航空母舰的三分之一长，有两层甲板高。机库两端的大门打开来，通向外面的平台。淡黄色的灯光与钻进来的日光混合成一种混乱的氛围。侧边分布着用玻璃隔开的小办公室和控制台。单轨带钩的悬吊系统挂在顶部，里面有大型叉架起货机和两辆军用悍马吉普车。

"一般情况下，机库甲板上停满了飞机。"皮克介绍道，"但执行这次使命，只要有停放在屋顶上的六架超级种马直升机就够了。发生紧急情况时，每一架疏散50人。舰上有两架超级眼镜蛇战斗直升机可以迅速参战。"他指着两侧的大门状通道。"外平台是升降机，可将飞机升到屋顶上。每台30吨重。"

克罗夫走向右侧的机库门，望向海面。海面灰蒙蒙的，一直延伸到空洞的地平线。这一带很少有冰山。东格陵兰岛洋流让冰山沿着海岸漂浮，距离这里300公里外。这里只偶尔出现杂着淤泥的浮冰。

安纳瓦克来到她身旁。"一个包含各种可能的世界，对不对？"

克罗夫沉默地点点头。

"在你的方案中，是否有关于水下外星文化的资料？"

"我们的数据里什么都有，利昂。不过，我首先观看的是我们的星球。我望进深海和地心，望向两极，望向空中。只要你还不认识自己的世界，就无法想象另一个世界。"

安纳瓦克点点头："我想，这是我们最大的问题。"

他们跟着皮克沿斜板往下走。它像个巨大的楼梯间，串联着各楼层。隧道连接一个通向舰尾的底层通道。他们现在处于独立号的心脏深处。一侧有扇舱门开着，里面射出冷冷的灯光。走进后，克罗夫认出了最近几个星期通过视讯电话与她通过话的那位女生物学家。苏·奥利维拉站在实验桌旁，正与两个男人交谈，他们自我介绍为西古尔·约翰逊和米克·鲁宾。

甲板似乎被改造成了实验室。桌子和仪器像岛屿似的分成一组组。克罗夫看到了水池和冰柜。两只相连的大型集装箱上贴有生化危机的警告牌。显然是高度隔离区域。中间有个大小像座小房子的东西，外面箍着一个转盘。安全钢梯通向上面。粗管子和电缆将箱壁和柜式设备连接在一起。一个椭圆形大窗子让人能看到灯光朦胧的内部，里面好像有水。

"船上有个水族馆吗？"克罗夫问道，"多美呀。"

"是深海仿真器。"奥利维拉解释道，"原件在基尔，更大一点。这台有扇防弹玻璃窗，里面的压力能杀了你，但别的生物却靠它维生。眼前箱子里生活着几百只蟹，是在华盛顿沿海捕捉到，用高压容器立即运送来的。这是我们第一次成功地让这种水中生物活下来，至少我们相信已经做到了。到目前为止，我们还没见到压力改变的影响，但我们肯定它躲在蟹体内，并控制着它们的行动。"

"真有意思。"克罗夫说道，"但这台仿真器来到舰上不只是因为蟹吧？"

约翰逊神秘地笑了笑。"你永远不知道钻进你网里的会是什么。"

"也就是一座战俘营。"

"战俘营！"鲁宾笑道，"还真不错。"

克罗夫回头张望。大厅除了门以外，四面封闭。"这里不是停放车辆的甲板吗？"她问道。

皮克扬扬眉。"是的。穿过这道门，就来到独立号后半部了，头顶上就是机库。你阅读过很多资料，是吗？"

"我只是好奇。"克罗夫谦虚地说道。

"但愿你的好奇会转化为知识。"

"这是什么牢骚啊。"当他们离开实验室，沿底层通道走向舰尾时，克罗夫对安纳瓦克低语道。

"别当真。"安纳瓦克摇摇头，"善良的萨洛实际上人不错。只是有点不太信任自以为聪明的文明人。"

通道连着一个比机库还要高且长的大厅。他们走上人造堤坝，其后是个厚木板铺成的深水池，很深，像座巨大的长形游泳池横卧在他们面前。旁边有个宽敞的水槽，微波荡漾，映射着厅里的灯光。水里有修长、水雷形的身影穿梭。

"海豚。"克罗夫惊叫道。

皮克点点头，"我们的特别中队。"

他抬头上望。天花板上也有一个分叉的轨道系统，未来式的飞行器就挂在上面，好像是一种由潜水艇和飞机衍生出来的超大型的赛车。水槽两侧延伸着如防波堤的走道。每隔一段距离，就有安全梯连接大厅地面。墙边堆放着设备和材料盒。克罗夫看到了探测设备、测量仪器和放在敞开窄橱里的潜水衣。

水槽的前端有四只橡皮艇搁在没水的地方。

"有人拔掉了塞子，是不是？"

"是的，昨天晚上。塞子在那里。"皮克指指圆顶。克罗夫目测它有八乘十米大。"闸门，通向大海的大门。它设有双重门以保险，大厅地面用的玻璃门，外面用的实心钢门，之间是一个三米高的网关。这系统十分安全。一旦有船进入网关，就关闭玻璃盖，打开钢门。船升进闸室，钢门合上。我们可以透过玻璃门观看有没有什么讨厌的东西跟进来。同时对水进行化学分析。闸室内安装有探测设备，负责检查脏物和毒物。检查结果会传输到两台监探器上，一台在闸边，一台在控制板上。船在网关里约停留一分钟，一切都安全无误后，玻璃顶才打开，将它放回甲板。我们以同样的方式让海豚进出。你们过来。"

他们沿着右侧码头往前走。走到一半时有个支架从甲板上突起，紧贴池边，装有监控器和各种操作功能。一个瘦骨嶙峋、小胡子外翘的戴眼镜男子从一组穿制服的人当中向他们走来。

"路德·罗斯科维奇上校，潜水站负责人。"皮克介绍他。

"你就是异形小姐，对吗？"罗斯科维奇露出发黄的长牙齿问。"欢迎来到巡洋舰上。你在哪里耽搁了这么久？"

"我的宇宙飞船晚到。"克罗夫转身四顾，"操作台真漂亮。"

"我们利用它来操作闸门，升降潜水艇。另外从这里操纵水泵，让甲板沉下水。"

克罗夫搜索她记忆中有关独立号的信息。她的头朝舰尾方向关闭甲板的钢门一摆，"那是舱门，对吗？"

"正是。"罗斯科维奇微笑道，"我们可以放水淹没舰尾的压舱箱，放下独立号舰尾的活门，使船下沉。海水淹进，我们就有了一座漂亮的码头，包括进口通道。"

"这个工作真有趣。我喜欢。"

"你别搞错了。通常这里挤着登陆艇、重型拖轮和气垫船，一下子变成一个狭窄的狗窝。可是为了这次使命，我们不得不将一切彻底改造。我们需要一艘船，重量够，不会随便就被弄沉，经得起巨浪，并拥有完备的现代化通信设施，有平台供飞机起降，同时也是一个潜水基地。很幸运，我们刚好在建造LHD-8。有史以来最大、最强的水陆两用船，差不多接近竣工。密西西比的造船厂真先进，短时间内改造了底层甲板，安装闸门，改造泵系统。现在往水槽里放水，不必打开活门。只有要乘橡皮艇出去时，才需要它。"

克罗夫向下望进水槽。两名身穿潜水衣的人站在池边，一位是娇小的红发女子；另一位是黑发、扎着马尾、有着运动员体魄的巨人。一只海豚游到池边，头从水里伸出来发出叫声，他用手轻轻抚摸它光滑的额头。海豚任他抚摸了几秒钟后，又钻下水去。

"他们是谁呀？"克罗夫问道。

"他们是海豚中队的爱丽西娅·戴拉维和……"安纳瓦克犹豫了一下后说："和灰狼。"

"灰狼？"

"对，或是杰克也可以。"安纳瓦克耸耸肩，"你想怎么叫他就怎么叫吧。他都能接受。"

"这个中队做什么用的？"

"海豚是海底的摄影机。当它们出去时，它们将影像录在磁盘上。因为海豚有着比我们灵敏得多的感官，早在我们觉察到之前，它们的声呐就能发现其他生物。杰克任职前就和几种海豚打过交道。海豚掌握某种特殊的讯息，几乎能辨认它们熟悉的每一种较大生物的身份，并加以分类，虎鲸、灰鲸、座头鲸等等，遇见不认识的，就会报告是陌生生物。"

"了不起。"克罗夫微笑道，"那个长头发的俊男真的懂海豚的语言吗？"

安纳瓦克点点头，"有时候，更胜于了解我们的语言。"

会议在登陆部队行动中心对面的指挥中心会议室里进行。克罗夫已经认识大多数与会者，有些人先前就从视频会议上认识了。现在她又结识了默里·尚卡尔，SOSUS的声学主任，卡伦·韦弗和米克·鲁宾。另外还有独立号的舰长，一位名叫克雷格·布坎南的矮胖白发男子，他的神情仿佛是他发明了军队似的，还有大副弗洛伊德·安德森。她不喜欢长着牛脖子和眼睛像黑色纽扣的安德森。最后，她和一个汗流浃背的胖男人打招呼，他迟到了几分钟，头戴着棒球帽，穿着运动鞋，肚子上还绑着大黄色T恤，上面写着：吻我吧，我是一位王子。

"杰克·范德比特。"他自我介绍，"老实讲，我想象中的外星人之母不是你这样子。"

"说女儿更好听。"克罗夫冷淡地回答道。

"你别指望长得像我这样的人说恭维话。"范德比特咯咯地笑着，"克罗夫博士，你终于有机会，将你对太空的希望和担忧转变成令人快乐的期望了。"

大家各自就座。黎简短致辞，对每个人都知道的情况进行了一番总结，并提及美国向联合国递交了申请书，在一次秘密会议上全票通过获得授权，在物资和技术上领导与那神秘力量的战争。日本和欧洲的一些国家如今也与惠斯勒堡持类似的结论：不是人类在威胁人类，而是一种外来生物。

"有迹象表明，我们即将发明一种让人类对杀手藻毒免疫的药物，不过目前还无法控制它的副作用。此外，有些地方又出现了携带突变病原体的蟹，大多数受灾国家的基础设施面临崩溃。美国乐于担起责任，但不幸的是，我们必须体认到，我们几乎没有能力保护自己的海岸。

"与此同时，虫子聚集在大陆架上，在帕尔马岛这样的火山群岛，周围情形更是严重。福斯特博士和波尔曼博士，正在那里试图用一种深海吸尘器清除受害的大陆架。说到鲸鱼，声呐袭击对受到外来生物控制的动物起不了任何作用。即使有作用，我们既不能阻止甲烷灾难，也不能让墨西哥湾流动起来。在海底行动被彻底破坏之后，至今仍无法找到原因。我们无法了解那下面发生什么事。另外，海底电缆一根接着一根失踪。这场战争中令人沮丧的打击是，我们处于又瞎又聋的状态。老实说，我们打输了。"

黎歇了一下，"我们该去攻击谁？如果帕尔马岛坍塌，海水淹没美国、非洲和欧洲的海岸，再斗争又有什么用呢？简而言之，只要不能更清楚认识对手，就只能寸步不前。而我们根本不认识它。因此，我们的使命不在战斗，而在交涉。我们要与这种外来生物取得接触，让它停止恐怖活动。按我的经验，每个对手都可以谈判。有许多迹象表明它就在这里——在格陵兰海里。"她微笑，"我们希望能和平解决。无论如何，我非常高兴地欢迎考察队的最后一名成员珊曼莎·克罗夫博士。"

克罗夫将手肘撑在会议桌上。

"谢谢友好的问候。"她瞟了范德比特一眼,"你们也许知道,凤凰计划至今不是特别成功。我们可以观测到的宇宙估计有一百亿光年,面对这样浩瀚的空间,要发送到对的方向、找到某个正在听的人,真是难上加难。不过这回情况要好些。首先,已找到迹象证明对方是存在的。第二,我们对它们生活的环境有一个大体的想象,即在海洋里的某个地方,也许就在我们脚下。即使它们是居住在南极,我们也已经设定了范围。它们不能离开海洋,从北极地区发出的强烈声响,在非洲都能听到。这一切令人振奋。但最重要的一点是,我们已经在接触了。几十年来我们一直向它们的生存空间发送信息。不幸的是,它们以破坏作为回应,不表态地带给我们恐怖,这是极其讨厌的。但我们还是暂时放弃糟糕的感觉、将恐怖当作一个机会吧。"

"一个机会?"皮克应和道。

"对。我们必须以它的真实面貌来对待它——当作一种外来生物,才能从中理解它们的思维。"

她将手放在一沓纸上。

"说明一下我们的做法。可是,如果你们希望迅速成功,我不得不泼冷水。过去几星期里,你们每个人都绞尽脑汁,思考到底是谁在那下面带给我们灾难性的折磨。你们看过《第三类接触》《E.T.外星人》《异形》《独立日》《无底洞》《超时空接触》等电影,我们要对付的不是魔鬼就是圣者。想想《第三类接触》的结局吧。众人想象超凡的天人下来,带领他们走向一个更美好的光明未来,许多人从中获得安慰。有谁觉得这熟悉的话……对,这事情表面看来有点宗教色彩。凤凰计划也有这一色彩。这使我们看不到另一种陌生智慧的存在。"

克罗夫让听众有空琢磨这番话。她考虑过很长时间,该如何着手这项工程。最后她坚信,如果不能够让考察组成员揭除迷思,她就注定会失败。

"我的意思是，几乎没人认真研究科幻小说里陌生文化的差异。事实上，外星人几乎都是以人类既希望又害怕的荒诞形象出现的。《第三类接触》里的外星人象征我们对失乐园的向往。原则上它是天使，也表现得像天使。一些精英被引向了光明。但没有人对外星人的文化感兴趣。它们采取最简单的宗教想象。

它们的一切都像极了人，包括其形象的夸张在内——白色、强烈的光芒，完全是我们想要的。

"《独立日》里的外星人并不是外星人。他们只是用来满足我们对邪恶的想象的。好坏是人类制定的价值。除了这些，几乎没有一部科幻电影能引起其他的兴趣。我们很难想象，我们的价值并不等于其他生命的价值，它们的是非判断也许不符合我们的。为此你们根本不必先倾听太空。每个民族，每种文化的屋门外都有自己的异形人，也就是始终在界外的人。如果无法理解这一点，将不可能和外来智能对话。因为很有可能不存在共同的价值基础，没有通用的好坏，甚至连可以用来沟通的感觉器官都没有。"

"如果我们想考虑与外星人真正对话，也许就该去想象一个蚂蚁国家。我言明在先，蚂蚁有着高度的组织性，但这并非真的智慧。我们且先认为它们很有智慧吧。它吞食生病和负伤的同类，而不会有道德上的愧疚；它进行战争，却不理解我们的和平思想。对于它们来说个体的延续完全是闻所未闻的事情，交换和消费分泌物被当作一桩圣事对待——一句话，它在各方面的运转都完全不同，但它在运转！

"现在请你们再进一步想象，我们也许不会认为一种外来智慧是外来智慧！比如说利昂想知道，海豚是否有智慧，因此他进行复杂的测试，但这能让他更确信吗？反过来，它们又怎样看我们呢？Yrr 和我们斗争，但它们认为我们有智慧吗？我希望我表达得够清楚了。不管我们在这里做什么：只要将我们的价值观视为世界和宇宙的核心，我们就不能成功接近Yrr。我们必须将自己降为真实的我们——无数可能的生命中的一个，没有大一统的特殊需求。"

克罗夫发觉黎正用轻蔑的目光看着约翰逊。她觉得，她是想钻进他的头颅里。舰上的有趣关系，她想道。她发现了杰克·欧班侬和爱丽西娅·戴拉维之间的目光交流，当场就了解这两人之间存在某种关系。

"克罗夫博士。"范德比特边翻阅他的讲稿边说道，"你认为到底什么是智慧呢？"

他的问题像个陷阱。

"一个机遇。"克罗夫说道。

"一个机遇？你这么认为吗？"

"许多条件错综复杂的结果。你想听多少种定义呢？有些人认为，智慧是文化里备受重视的一种东西。关键就在这里，它的定义至少和文化与性格一样多。一些人研究精神活动的基本过程，另一些试图用统计的方式测量智能。另外还有它是天生的还是后天获得的问题。20世纪初智能被当成征服特殊情况的方式。今天又有些人重拾这种观点，将智慧定义为对不断变化环境的适应能力。按照这种观点，它就不是天生的，而是学来的。许多人反对智慧是人类固有的，认为智慧是积累经验适应环境要求的能力。另外还有那巧妙的定义，认为智慧是追问智慧是什么的能力。"

范德比特缓缓地点点头。"明白了。这就是说，你不知道。"

克罗夫笑笑。"好了，请你允许我对你的T恤做一番评价，范德比特先生——仅从外表上，人们大概不会认出一个有智慧的生命是这样的。"

会议桌爆发出哄堂大笑，又很快平息。范德比特盯着她，然后也咧嘴笑了。"你说得对，我服了。"

冰破之后，进展就快了。克罗夫介绍了接下来的步骤。她在过去几个星期里和默里·尚卡尔、朱迪斯·黎、利昂·安纳瓦克和舰上的几名海军成员一同起草了这个方案。它的基础是现有的少数与外星球生物建立联系的尝试。

"太空让我们工作轻松。"克罗夫解释道,"可以目标明确地向微波区域发送大量数据。光是透明的,以每秒30万公里的速度运行,不需要缆线。但在水下一切都不同,因为短波信号的能量被分子分离了,长波信号需要巨大的天线。通过光进行通信虽然可行,但距离较大时不行。只有声呐了。可是它也存在麻烦,我们称之为回音效应——各种地方都可能反射声呐信号,结果是出现干扰。信息重复,变得不清楚了。为了避免这一点,我们使用一个特制调制解调器。"

"这方法我们是从哺乳动物那里学来的。"安纳瓦克说道,"海豚某种程度上用唱歌平衡回声和干扰。"

"我以为,只有鲸鱼才唱歌。"皮克说道。

"说鲸鱼唱歌,这是人类的解释。"安纳瓦克回答道,"它们有可能根本就不懂音乐。但珊有不同的看法。唱歌的意思是指这些动物不停地调节它们的频率和声调。这样,它们不仅能排除干扰,也有效地增加传送讯息的数量。因此我们使用同样有唱歌功能的调制解调器。目前在三公里的范围内达到30KB,相当于一根ISDN线的一半功率。这甚至足以传输高解析的影像。"

"那我们跟它们讲什么呢?"皮克问道。

"物质的普遍定律是以数学形式存在。"克罗夫说道,"宇宙秩序导致了意识的突变,使它能够重新创造数学,从而以合适的方式解释自己的起源。数学是全球通用的唯一语言,存在于有效物理框架条件下的每一种智慧生物都能理解。"

"你想做什么?做数学作业吗?"

"不是,用数学来包装思想。1974年我们扎成了一束高能量的地球无线电信号,发到猎户座一个球形星丛里。我们必须想办法将这些信号编成密码,让外星球上的生命能理解它,也许我们有点操之过急了——要破译这个密码,必须有很先进的发展。不过,使用数学方法是可行的。我们总共发出了1679个二进制符号,就像摩斯密码的点和线。1679只能由23和73的积组成，两个质数。这样接收者就理解人类数字系统的基础了。1679个符号的排列顺序分成73列，每列各23个符号。你瞧，一点数学就能解释很多东西，如果现在将点和线转换成黑色和白色的话——多么神奇啊——就会得到一个图案。"

她举起一幅图，看起来像粗劣的计算机打印，有点抽象，但勉强可以辨识出一些形状。

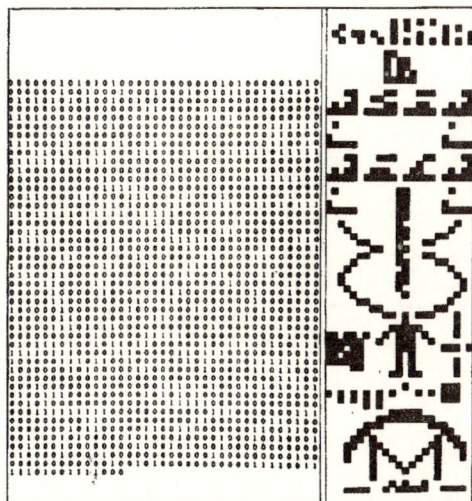

"最上面一行是数字一到十的信息，也就是有关我们十进制系统的信息。下一行是化学元素的原子序：氢、碳、氮、氧和磷。它们对于我们的星球和地球上的生命非常重要。然后是地球生物化学的大规模密码，DNA和糖的公式，双螺旋体结构等等。下面三分之一处的轮廓像个人，直接连着DNA结构，说明了本地的进化。外星球的接收者可能不熟悉地球上的单位，因此我们使用了传输无线电信号的波长来表示人类的平均身高。还有一幅我们的太阳系图。最后，我们画出了发射这一切的阿雷西博望远镜形状、工作方式和大小。"

"这是在邀请对方飞到这里来吃掉我们。"范德比特议论道。

"对，你的上司不断对我们这么说。每次我们的回答都是：不需要这一邀请。几十年来，无线电波就一直被发射进太空。不必破译电波，就能理解它们可能来自一个技术文明。"克罗夫放下手里的图，"阿雷西博信息将运行26000年，因此我们最快将在52000年后得到回复。这回你放心，会更快。我们将分多步骤进行。第一个信息很简单，事实上只有两道数学题。如果海底那些生物具有运动精神，它们就会回答。这最早的交流是为了证明Yrr的存在，确定能否进行对话。"

"它们为什么要回答？"灰狼问道，"对方已经知道我们的全部情况了呀。"

"它们可能知道了一些，但不一定知道最重要的事，即我们是有智慧的生物。"

"你说什么？"范德比特摇摇头，"它们破坏船只，应该知道我们能建造这种东西，怎么会怀疑我们的智慧呢？"

"制造技术产品，并不证明我们有智慧。只要想想白蚁堆就行了，那也是一件建筑杰作。"

"这是另一回事。"

"你别老是高高在上了吧。如果事实如约翰逊博士所说，Yrr的文化仅建立在生物学基础上，我们就不得不怀疑，它们到底是不是认为我们有能力进行有目的、有组织的思维。"

"你觉得它们认为我们是……"范德比特厌恶地噘起嘴唇，"动物吗？"

"也许是当作害虫。"

"真菌感染。"戴拉维冷笑道，"也许我们要对付的是室内害虫消灭者。"

"我只是努力解释它们的思维结构，推断它们的生活方式。"克罗夫说道，"我知道，这一切都很值得怀疑，但我们得专注于提升联系的效用。因此我思考它们在这许多战斗接触之前为什么没有进行外交接触。那可能意味着它们不重视外交，也可能表示它们根本就没有这么想过。好，一群红蚂蚁也不会和它们袭击的动物讲外交礼节的。只不过，蚂蚁仰赖高度的直觉。

"相反，Yrr证明了自己的行动是有计划的，具有认知能力。它们制定天才的战略。那么，如果它们是有智慧的，并知道自己的智慧，似乎就与流行的道德、伦理和善恶观无关。它们的逻辑里也许只有一个结论，就是要顽强地消灭我们这个物种。只要我们不让它们有理由重新考虑这个结论，它们也就不会考虑。"

"既然它们已经在啃吃深海电缆，为什么还要发消息呢？"鲁宾问道，"这些畜生应该能从电缆里吸到所有的信息呀。"

"你这样讲就将事情搞混了。"尚卡尔微笑道，"只有当外来智慧能够破译SETI的阿雷西博讯号时，才能理解它。我们平时进行数据交流没有这么麻烦。而对于一个外来智能，这些信息只是一团乱。"

"对。"约翰逊说道，"不过我们继续往下看。我想到了生物技术，珊接受了这个想法。为什么？因为它很明显。没有机器，没有技术。只有纯粹的遗传，以生物当武器，有目的的突变。Yrr与大自然的关系一定完全不同于我们。我可以想象，它们远不像我们这样疏远自己的自然环境。"

"也就是高贵的野人吗？"皮克问道。

"我不想讲高贵。我认为，用机器废气来污染空气，是该受到诅咒的。为了自己的目的而养育动物，改变它们的遗传基因，同样该受到诅咒。我只是想说明对方如何感觉我们威胁到了它们的生存空间。我们在思考对热带雨林的砍伐，有些人反对，但另一些人照做不误。从延伸意义上来看，它们也许就是热带雨林。它们对待生物的方式就说明了这一点——在这一点上还有些让我觉得引人注目的地方。

"我们撇开鲸鱼不谈，它们几乎每次都使用成群出现的生物。虫子、水母、蚌类、蟹——全都是群居生物。为了达到目的，它们牺牲数百万生命，不在乎个体。人类会这么思维吗？我们培殖病毒和细菌，但主要是用于数量有限的人造武器上。集体大屠杀的生物工具不是我们的主要目的。相反，Yrr似乎对此很熟谙。为什么？会不会它们本身就是群居生物？"

"你认为……"

"我想，我们要对付的是一种群体智能。"

"一种群体智能是什么感觉呢？"皮克问道。

"一条鱼是什么感觉呢？落在网里的鱼会问自己何时具备这种反应能力吗？"安纳瓦克说道，"它和数百万其他的鱼为什么必须窒息而死？这不是集体屠杀吗？"

"不是。"范德比特说道，"这是炸鱼块。"

克罗夫抬起双手。

"我同意约翰逊的看法。"她说道，"结论是，Yrr们做出了一个集体决定，这个决定不存在道德责任和同情的问题。我们不能睁着无辜的大眼睛对付它们，只有在电影里这招才能打动异形的心肠。我们只能设法：呼唤出它们宁可与我们沟通而不杀死我们的兴趣。如果没有物理和数学的知识，Yrr 不可能做到如今的地步，因此我们要求与它们进行一场数学决斗——直到它们的逻辑，甚至是它们的某种道德要求它们三思而后行为止。"

"它们肯定知道我们是有智慧的。"鲁宾坚持，"如果有谁能杰出地掌握物理和数学，那就是我们了。"

"对，但我们的智慧有自觉吗？"

鲁宾茫然地眨眨眼睛。"你这话什么意思？"

"我是说，我们知道自己的智慧吗？"

"那当然了！"

"或者我们是有学习能力的计算机呢？我们知道答案，可是它们也知道吗？理论上你可以使用电子对称物取代完整的大脑，再植入人工智能。我们能做的一切，人工智能也能做到。这台计算机可以设计出一艘超光速宇宙飞船，打败爱因斯坦。但这台计算机知道它的能力吗？1997年，深蓝，一台IBM计算机，打败了当时的世界西洋棋冠军卡斯帕罗夫。深蓝因此就具有意识吗？计算机有可能虽然赢了，却不知道为什么呢？仅仅因为我们建筑城市、铺设深海电缆，就是有自觉智慧的生命吗？无论如何，在从事凤凰计划时我们绝不排除会遇到一种机器文明，它的寿命超过了它的设计师，数百万年来持续独立地发展。"

"下面的那一种呢？我认为，如果你讲的是正确的——也许Yrr只不过是长着鳍的蚂蚁。没有意识、没有伦理，没有……"

"对。这就是我们分阶段进行的原因。"克罗夫微笑着说，"首先我想知道，那里是不是有人。第二，能否跟它们进行对话。第三，那些Yrr是否会意识到对话，乃至意识到它们自己。然后，当我推断出它们除了知识和能力之外，还具备想象力和理解力时，我才准备将它们当作智慧生物。到那时候，考虑价值才有意义。即便这样，我们这会议室内的人也不应该指望它们和我们一模一样。"

一阵沉默。

"我不想搅和进科学讨论。"黎最终说道，"纯智慧是冷酷的。将理智与意识结合在一起，则是另一回事。我认为从中必然会形成价值观。如果Yrr是一种有自觉的智慧体，那它们必须至少承认一种价值，即生命的价值。而它们的确是这样的，因为它们试图保护自己。因此它们是有价值的。这样一来，问题在于它与人类的价值是否有交集，不管那交集有多小。"

克罗夫点点头。"对。不管交集有多小。"

傍晚时分，他们向深海里发射了第一组声波封包。他们选择了一个尚卡尔确定的频率，位于SOSUS人员取名刮擦声的不明声响范围内。

调制解调器调节频率。信号从各地被反射，出现干扰。克罗夫和尚卡尔坐在作战情报中心，重新微调调制解调器，直到满意为止。一小时后，克罗夫确保了他们的信息可让某个能处理声波的人一目了然。Yrr会不会在其中发现一种意义，是另一码事。

它们会不会认为有必要对此做出回答呢？

克罗夫坐在作战情报中心的椅子边上，一想到她突然离几十年来一心向往的接触那样近，就出奇地骄傲。同时她害怕，她感觉有种压迫人的责任压在自己和考察队成员身上。这不同于阿雷西博和凤凰计划的冒险。这是在试图阻止一场灾难，拯救人类。

枯燥无味的梦变成了噩梦。

朋　友

安纳瓦克从船体内爬上舰桥，横越狭窄的通道，走上飞行甲板。

旅途中飞行甲板变成了一条林荫道。只要有时间，想松松腿，就在那里晃晃，想自己的心事或和其他人讨论。世界上最大的直升机航空母舰的起降场，变成了安静和交流思想的场所，似乎有些荒谬。六架超级种马和两架超级眼镜蛇战斗直升机孤零零地停在铺有沥青的甲板上。

灰狼在独立号上也保持着他的异族人生活方式。戴拉维在其中扮演的角色愈来愈重要。这两人悄悄地愈来愈亲近。戴拉维很聪明，不去打扰他，这反倒使灰狼来找她陪伴。他们对外装成是朋友。但安纳瓦克发现双方的信赖在增长。戴拉维现在愈来愈不常当他助手，而是跟灰狼一起照顾海豚。

安纳瓦克在舰尾发现了灰狼，他盘坐在那里，目光望向海上。他在他身旁坐下，发现灰狼在雕刻东西。"这是什么？"他问道。

灰狼将它递给他。它相当大，差不多快完成了，一截雕刻得很有艺术感的香柏木。一侧有根柄，主体是两个搂抱在一起的造型。安纳瓦克认出了两个长有利齿的动物、一只鸟和一个人，人显然成了动物们的玩物。他用手指抚摸木料。"漂亮。"他说道。

"这是个复制品。"灰狼笑道，"我只进行复制。我没有原创的天分。"

"因为你还不够印第安人。"安纳瓦克微笑道，"我明白了。"

"你总是不能理解。"

"好吧。这表现什么？"

"你看到什么就是什么。"

"别他妈的这么傲慢。要不就解释一下，不然就算了。"

"这是一根仪杖，原件是用鲸骨做的。来自19世纪末期的一个私人收藏。你所看到的，是祖先流传下来的一则故事。一名男子有天遇见一只无比神秘的笼子，笼里装有各种各样的生物，他将笼子带进村子。不久就生病了。他发高烧，无人能治。没人知道是什么让他病得那么重，后来他自己梦到了原因。他看到原因出在笼子里的那些动物。它们在他梦里袭击他，因为它们不仅仅是动物，还是变形者。"灰狼指着一只圆鼓鼓的动物，它一半是哺乳动物一半是鲸鱼，"你看到的这个是狼鲸，在梦里它扑向那位男子，抓住他的头。然后是一只风暴鸟，想救那位男子。你可以看到，它用爪子戳刺那只狼鲸的腰。但是，在它们搏斗时，出现了一只熊鲸，成功地抓住了病人的双脚。那人醒来，将做的梦讲给他儿子听。不久后就死去了。儿子雕刻了这根木棒，用它打死了6000个变形者，为他父亲的死报仇。"

"有什么更深的意义呢？"

"什么事都得有更深的意义吗？"

"这个故事里是有一个的。那就是永恒的斗争，是不是？在善与恶的力量之间。"

"不是。"灰狼从额上拂去头发，"这故事讲的是生与死。这就是全部。你最终会死去，这是肯定的，在那之前只有起起落落。你自己是无力的。你的一生可以活得好、活得懒，但你会遭遇什么，得由更高的力量决定。如果你与大自然和谐生活，它会治愈你；如果你对抗它，它会毁灭你。最重要的认识是，不是你统治大自然，是大自然统治你。"

"那男子的儿子似乎没有认识到这一点。"安纳瓦克说道，"要不然他为什么要为父亲的死复仇呢？"

"故事中没有说他做得对。"

安纳瓦克将仪杖还给灰狼，将手伸到风衣里，掏出一尊鸟神来。

"你也能告诉我一些有关它的事吗？"

灰狼端详着鸟神，将它捧在手里，旋转。"这不是来自西海岸。"他说道。

"不是。"

"大理石材质。它来自完全不同的地方。来自你的家乡吗？"

"多塞特角。"安纳瓦克犹豫道，"我是从一位萨满那里得到它的。"

"你接受一位萨满的礼物？"

"他是我舅舅。"

"他对你说什么？"

"很少。他认为，必要时这个鸟神会将我的思想带往正确的方向。他说，为此我可能需要一个介质。"

灰狼沉默了一会儿。

"所有的文化里都有鸟神。"他说，"风暴鸟是一则古老的印第安传说，代表了许多方面。它是创世史的一部分，是一位自然神，一种更高的存在，也代表一个氏族的身份。我认识一个家庭，他们的姓可以回溯到一只其祖先曾经在尤克卢利特附近山顶见到的风暴鸟。但鸟神还有其他意义。"

"鸟神总是和头颅一起出现，是不是？"

"对。令人吃惊，是不是？在古埃及画像上，经常可以发现一个类似鸟的头饰图。在那里，鸟神等于意识，被关在头颅里，像被关在一只鸟笼里一样。一旦头颅被打开——从隐喻上讲——鸟神就会逃脱，但你还是可以将它重新引回头颅里。那样你就又恢复意识或清醒了。"

"这是说，睡眠时我的意识出窍。"

"你做梦，但你的梦不是幻想。它们告诉你，意识在较高的世界里看到的东西，你一般情况下是看不到的。你见过一位印第安族长的羽冠吗？"

"老实说，只在西部片里见过。"

"好。羽冠象征着他体内的灵将故事刻记在他头颅里。简单地说，那头颅有许多好想法，因此他是首领。"

"他的心灵会飞翔。"

"透过羽毛。其他部族经常一根羽毛就够了，它具有相同的意义。鸟神代表意识。因此印第安人绝不可以丢掉他们的带发头皮或者羽冠，因为那样就遗失了自己的意识，最严重的情况下是永远遗失了。"灰狼皱起眉，"既然一位萨满将这具雕像给了你，那他是在暗示你的意识，暗示你的思想力量。你应该利用它，为此你必须开启你的灵，让它与潜意识结合起来。"

"那你的头发里为什么没有羽毛呢？"

灰狼扮了个鬼脸。"因为，正如你一针见血说中的，我不是真正的印第安人。"

安纳瓦克沉默。

"我在努纳福特做了一个梦。"一会儿后他说道。

灰狼一声不吭。

"应该说，我的精神出游了。我穿过冰层沉进黑暗的海洋。那海洋幻化成天空。我沿着一座冰山向上爬，最后看见冰山漂浮在蓝色的海洋里，四面八方都是水。我们一起在这座海洋上旅行，我认为冰山会融化。奇怪，我并不感到害怕，只有好奇。我知道，如果那样的话我会沉下去，但我不怕被淹死。我只是觉得，我好像会钻进某种陌生的东西里。"

"你期望在那下面发现什么呢？"

安纳瓦克寻思着。"生命。"

"什么样的生命？"

"我不知道。只要是生命就行。"

灰狼望着他手里的大理石鸟神雕像。

"说实话，我们到底为什么来船上呀，我和丽西娅？"他直接

625

问道。

安纳瓦克眺望着大海。"因为需要你们。"

"不是真的，利昂，你也许需要我，因为我能对付海豚，但你们同样可以聘用海军的训练员。丽西娅根本没有作用。"

"她是一位优秀的女助手。"

"你聘用她的吗？你需要她？"

"不是。"安纳瓦克叹息道。他仰起头，望向天空。"你们在船上，是因为我提出了这样的要求。"

"是你提出了这样的要求。为什么？"

"因为你们是我的朋友。"

又是一阵沉默。

"我猜，我们是朋友。"灰狼点点头。

安纳瓦克笑了。"你知道，我实际上和所有的人都相处得很好，但我想不起来我什么时候有过朋友。真正的朋友。我更没有想过，我会将一个勤勉的、什么都比我更懂的女研究生称作朋友。或者把一个我几乎和他打起来的高个儿疯子当作朋友。"

"那位女研究生做了朋友做的事情。"

"那是什么呢？"

"她对你愚蠢的生活产生了兴趣。"

"是的。她确实是这样的。"

"我们俩一直就是朋友。只是……"灰狼迟疑着，然后他举起那尊雕刻，咧嘴一笑"……只是我们的头颅封闭过一段时间。"

"你认为我为什么做这个梦呢？"

"你的冰山梦吗？"

"我为此绞尽了脑汁。你知道，我什么都是，但不是神秘主义者。我恨这种玩意儿。但在努纳福特就是有我无法解释的东西，这个梦最后是在外面的冰上，在那时，世界的某些事情改变了。"

"你自己认为是什么呢？"

"这种不明力量，这种威胁，就生活在水下。在深海里。也许我会在那里碰到。也许那是我的任务，下去和……"

"拯救这个世界？"

"哎呀，别提了。"

"你想知道我的想法吗，利昂？"

安纳瓦克点点头。

"我想，你大错特错了。你连续多年将自己掩埋了起来，做着愚蠢的爱斯基摩噩梦。你成了自己和所有人的累赘。你对生活一窍不通。在上面孤独漂移的冰山，是你自己。一个冰冷、不可接近的冰块。但你说得对，你在那里遭遇了一些事，冰块开始融化，你将沉下去的那座海洋，不是Yrr住在里面的大海，那是人类生活，你属于那里。那是等着你的冒险、友谊、爱情、所有的一切。还有敌人、仇恨和愤怒。你的角色不是扮演英雄。你不必向别人证明你的勇气。这个故事里的英雄角色已经分配好了，那是给死者的角色。而你属于活人的世界。"

夜 晚

他们每个人的休息方式都不同。

克罗夫，娇小柔弱，将自己紧紧地裹在床单里，灰白色的头发有一半露在外面。她几乎消失在床单里。而韦弗是趴着睡的，一丝不挂，未盖被子，头转向一侧，小臂用作枕头。栗色的鬈发披散着，只能看到半张着的嘴。尚卡尔是掘土动物，睡眠中弄乱了半个床单，同时发出零星的、窒息的呼噜和呢喃。

鲁宾大多数时间都醒着。

灰狼和戴拉维也睡得很少，因为他们一直在做爱，主要是在船舱的地板上。灰狼大多数时候仰面躺着，铜褐色，强壮，像只神秘的动物，托着戴拉维乳白色的身体。隔两个舱室安纳瓦克侧身躺着，穿着一件T恤。奥利维拉也保持一般睡姿。两人都呼吸平静，在夜里翻了一

627

两次身，就这样。

约翰逊仰面躺着，手伸得远远的，手掌向外。只有指挥区和军官区的床铺允许这种需要大空间的习惯。这位挪威人的睡相很独特，以至于多年前一位情人半夜将他叫醒，只为了对他讲，他睡起来像个大地主。他每天夜里都这样睡，闭着眼睛也显得像是他想拥抱生命。

他们全都或睡或醒地出现在一排闪烁的屏幕上。每台监视器都监视着一个完整的舱室。两名穿制服的男子坐在屏幕前的昏暗中，监视着这些科学家们。他们身后站着黎和中情局副局长。

"最纯洁的天使。"范德比特说道。

黎不动声色地看着戴拉维进入高潮。声音被调小了。尽管如此，还是有一些做爱的呻吟声传进控制中心冷酷的氛围中。

"我很高兴这让你喜欢，杰克。"

"那个结实的小家伙更合我的胃口。"范德比特说道，指指韦弗。"那屁股真迷人，你不觉得吗？"

"爱上她了？"

范德比特咧嘴笑笑。"这可不行。"

"你动用你的魅力呀。"黎说道，"你可是有不少机会呢。"

中情局副局长拭去额上的汗。他们又观看了一会儿。如果范德比特喜欢看的话，就让他开心去吧。屏幕上的人们是否打呼、做爱或春光泄露，黎无所谓。他们哪怕双脚朝天或怒扑向对方，她都无所谓。

关键是知道他们在哪里，在做什么，他们相互交谈什么。

"继续。"她说道，转身离去。向外走时她补充："所有舱室都要监看。"

8月13日

访　客

　　没有回音。讯息不停地向海里发射，到目前为止没有结果。七点钟的起床号将他们赶出了舱房。大多数人都没睡够。一般情况下这艘巨舰会晃得让人睡过去，由于没有飞机起降，飞行甲板上就没有噪声。空调轻轻地嗡鸣着，带来宜人的恒温，床很舒服。偶尔有人走动时，会听到走道上的脚步声。船腹内的发电机颤动着。然而，多数人都像约翰逊一样半梦半醒地思索着，他试图设想，那讯息会在格陵兰海深处引起什么反应，直到那些梦魇般的想象侵袭了他。

　　他们会在格陵兰海，而不是位于往南几千公里的地方，是他的提议，并得到韦弗和波尔曼的支持。安纳瓦克、鲁宾和其他人建议直接在中大西洋脊的火山带上方进行接触。鲁宾的重要论据是生活在那里的火山口蟹与袭击纽约和华盛顿的蟹相似。而且深海里几乎再没有符合高等生物生存条件的地方。相反，海底热泉的条件很理想。热水从海床上巨大的火山道涌出，使矿物和对生命重要的养分从火山里暴露出来。虫子、蚌类、鱼和蟹在那里的生活条件可以跟一颗外星球相比——为什么Yrr不能也生活在那里呢？

约翰逊在大多数方面都赞成鲁宾，但有两个理由反对鲁宾的建议。其一，火山带虽然是深海里最适合生活的地带，同时也是最不适合的——当海洋板块移动时，熔岩会不断流出。岩浆喷发会将群落生态彻底破坏掉。不久新的生命会在那里立足。一种复杂、智慧的文明不会定居在这样的环境。

第二个理由是，离Yrr愈近，接触的机会就愈大。对于它们具体的位置，有不同的意见。每个人似乎都有道理。有些人认为它们生活在海底生物里，在最深的海洋区域。近来许多现象都发生在这种深海海沟附近。同样有许多人赞同是在巨大的深海海盆。鲁宾提到大洋中央的热泉是创造生命的绿洲，当然也有道理。最后约翰逊建议，不要去管Yrr的自然生存空间，而是选出一个它们肯定会在的位置。

格陵兰海里的冷水停止了降沉。结果是墨西哥湾流瘫痪了。只有两个原因可以解释这一现象：海水本身变暖；或北极南流的淡水过量，稀释了北大西洋海水，使它变得太轻，无法降沉。两者都说明当地的情况受到了强烈的操纵。在北极海的某处，Yrr正忙于推动这一巨大变化。

就在附近的某个地方。

只剩下安全考虑。就连惯于作最坏打算的波尔曼也认为，格陵兰深海盆地里的甲烷海喷危险性很小；鲍尔的船在斯瓦尔巴群岛附近海域遇上了，那里的大陆架上储存着大量水合物。但独立号下面水深3500米，相较而言，这么深的地方储藏的甲烷很少，无论如何不足以弄沉独立号这么大的船。尽管如此，为防万一，独立号在行驶过程中不停地进行地震测量，探清海底的甲烷储量，靠这种方式找到了一个似乎根本没甲烷的地点。不管一场海啸在陆地上会有多高，在这么远的地方，也几乎让人觉察不到——只要不是帕尔马岛崩塌。

真要那样的话，一切都太迟了。

基于以上原因，他们现在待在这里，在常年不化的冰里。

他们坐在空得令人打哈欠的巨大军官餐厅里，吃着早餐。安纳瓦克和灰狼不在。约翰逊被叫醒后和波尔曼通了几分钟电话，波尔曼到了帕尔马岛，在准备使用吸管。加纳利群岛要晚一个时区，但波尔曼已经起床好几个小时了。

"一台500米长的吸尘器正在工作。"他笑着说。

"角落里也请吸一吸。"约翰逊建议道。

他想念这个德国人。波尔曼是个好伙伴。另一方面，独立号上值得注意的人物不少。当弗洛伊德·安德森大副走进来时，他正在和克罗夫交谈。安德森端着一只罐子大的保温杯，走向饮料吧，灌了满满一杯咖啡。"有客人来了。"他对着众人叫道。

大家都望着他。

"接触吗？"奥利维拉问道。

"我知道还没接触。"克罗夫平静地将一片吐司塞进嘴里。她的第三根或第四根香烟在烟灰缸里冒着烟。"尚卡尔坐在作战情报中心里。他会通知我们的。"

"所以呢？异形登陆船只？"

"你们到上层来吧。"安德森无比神秘地说道，"你们自己去看吧。"

飞行甲板

外面，寒冷如面具般蒙上了约翰逊的脸。天空染着淡白色。灰色的海浪涌着泛白沫的浪尖。一夜之后风势增强了，像大头针一样细的冰雹洒落在沥青甲板上。约翰逊看到裹得厚厚的一组人站在右侧。走近后他认出了黎、安纳瓦克和灰狼。他马上就明白是什么吸引了他们的注意力。

在同独立号相隔一段距离的地方，顶部尖尖如箭的影子钻出水面。

"虎鲸。"当约翰逊走到他身旁时，安纳瓦克说道。

安纳瓦克对着冰雹雨眯起眼睛。"它们包围这艘船快三小时了。海豚报告了它们到来的消息。我想，它们在观察我们。"

尚卡尔跑出舰桥，加入到他们旁边。"出了什么事？"

"有东西盯上了我们。"克罗夫说道，"也许是个回应。"

"对我们讯息的响应吗？"

"还能是什么呢？"

"一道数学作业的滑稽答案。"那个印度人说。

虎鲸和船保持着一定的距离。约翰逊估计有数百条。它们速度一致地游着，不时将它们黑油油的背脊钻出海浪。确实给人一种巡逻的印象。

"它们会不会受到了感染？"

安纳瓦克擦去眼里的水。"有可能。"

"你说……"灰狼搓着下巴，"如果那东西控制着它们的大脑……你们有没有想过它也能看见我们？或听见我们？"

"你说得对。"安纳瓦克说道，"它利用它们的感官。"

"正是。胶状物用这种方法替自己造了眼睛和耳朵。"

他们盯着前方。

"看样子真像要开始了。"克罗夫吸着她的香烟，将烟吹进冰冷的空气里，烟散开。

"开始什么？"黎问道。

"角力。"

"也好。"黎的嘴唇周围浮起一丝微笑，"我们准备好了应付一切。"

"应付我们熟悉的一切。"克罗夫补充。

实验室

带着鲁宾及奥利维拉往甲板下面走时，约翰逊问自己，一个精神病患者是否能伪装自己的真面目。

是他起头的。当然——如果不是他，也会有其他人提出这个理论。无论如何他们开始在这假说上诠释讯息。一群虎鲸包围着独立号，他

632

们在里面看见了异形的眼睛和耳朵。事实上，他们到处都看见异形。这引导他们发送讯息，并开始期望一个回答。

第五日。我们并没有取得真正的进展，他心灰意懒地想道。必须做点什么，某种给我们信心的东西，好让我们不被理论迷惑，跑向反方向。

他们走下斜板，脚步传出回声，经过机库甲板，继续往下。实验室的钢门锁着。约翰逊输入一个密码，门嘶嘶响着轻轻打开了。他先后打开顶灯和立灯，冰冷的白光照亮了工作区。仿真器传来电气设备的嗡嗡声。

他们爬上高压箱的环形道，走到椭圆形的大窗前。从这里可以眺望整个水槽。人造海底上方，箱内探照灯照出长着蜘蛛腿的白色小躯体，有些缓慢地动着，明显没有方向感。它们转着圈或爬上几步又停下，好像它们不太清楚它们到底想去哪个方向。箱里愈深的地方水愈混浊，看不清楚。箱内的摄影机在拍连续的特写镜头，将照片传送到对面操纵台的屏幕上。

他们茫然地观察那些蟹。

"从昨天到现在没有多少变化。"奥利维拉说。

"没有，它们蹲在那里，让我们猜谜。"约翰逊搓着胡子，"我们应该解剖几只，看看是怎么回事。"

"解剖蟹？"

"为什么不？我们已经确认能使它们在高压下存活。"

"是确认能保持它们处于有生命力的状态，"奥利维拉纠正，"我们甚至还不清楚，它们能否真活着。"

"它体内胶状物是活着的。"鲁宾沉思着说，"但身体的其他部分不会比一辆汽车更有活力。"

"我同意。"奥利维拉说道，"可是体内这种胶状物是什么东西呢？它为什么没采取行动？"

"你认为它应该采取什么行动？"

"来回跑。"奥利维拉耸耸肩。"或晃动螯吧。我不知道。也许脱壳而出。你看看这些生物。我认为，如果给它们设计的程序是爬上陆地，去搞破坏，随后死去，那么目前的形势就让它们面临着真正的麻烦。没有人来颁布新的命令。它们实际上是在空转。"

"的确。"约翰逊不耐烦地说道，"它们冷漠，无聊，表现得像是电池驱动的玩具。我赞同米克的观点。这些蟹体内只配备了一丁点神经，胶状物的一块操作台。我要将它们引出来。我想知道，如果强迫它们离开蟹壳，它们在深海条件下会如何反应。"

"好。"奥利维拉点点头，"我们开始屠杀吧。"

他们离开环形道，爬下去，走向操纵台。计算机使他们能监视在箱内工作的多台机器人。约翰逊选了一台名叫球体机器人的双组件遥控潜水机器人。操纵台上方许多高分辨率的屏幕亮了起来。一台显示仿真器的内部。球体机器人的广角镜头能看到整个箱子，传输回鱼眼变形的影像。

"我们要杀几只？"奥利维拉问道。

约翰逊双手在键盘上滑动，相机的视角轻轻上移。

"就像高档的蟹餐。"他说道，"至少一打。"

箱内狭长的侧边像座敞开的车库，里面装有各种各样的深海设备，有许多台大小和功能不一的潜水机器人，可从箱外操控。在人造世界里只能这样动手术。

约翰逊启动控制，一台机器人的下侧闪了一下，二支螺旋桨开始旋转。一台购物车大小的箱形滑架缓缓地从车库里驶出。它的上半部配备着技术设备，其余则是有着细网格护条的空篮。它从人造海底滑向群蟹，在一批纹丝不动地蹲在那里的动物面前停下来。可以清清楚楚地看到那些长有结实的螯、没有眼睛、弓着身子的甲壳动物。

"我把摄影机切换到球体。"约翰逊说道。

模糊的影像被明亮、高解析度的特写镜头取代。

吊在蟹群上方的滑架里伸出一颗红球，体积比足球小。摄影机的物镜直直地对准前方，它滑出来的样子令人想到《星球大战》里天行者路克用来练习光剑战斗的飞行机器人。这台球体机器人有六只小喷嘴，确实很像影片里的原型，行驶一会儿后缓缓下落，最后紧贴着蟹停住了。那些动物没有因为那颗奇怪的红球慌乱，当它的下侧滑出，从体内伸出两只细长的多关节机械臂时，它们依然不为所动。

　　机械臂末端的仪器开始旋转。左侧伸出一把钳子，右侧伸出锯子。约翰逊双手握着两根操作杆，小心翼翼地推向前，箱里机器人的机械臂跟随着他的动作。

　　"再会了，宝贝。"奥利维拉用阿诺德·施瓦辛格的口吻说着。

　　钳子落下，夹住一只蟹的腹背，举到摄影机镜头前。屏幕上那动物放大成怪物般的比例，它的嘴在动，腿乱蹬，但螯软软地摆荡着。约翰逊让钳子旋转360度，仔细观看旋转中蟹的反应。

　　"运动机能完善。"他说道，"行走器官功能正常。"

　　"却没有一只蟹该有的反应。"鲁宾说。

　　"没有。螯没有张开，没有威胁姿势。这只是一台自动机器，一台行走机器。"他移动第二根操作杆，按下按钮。圆锯开始旋转，从一侧切入壳里。蟹腿使劲抽搐了一阵。

　　蟹壳被破开了。滑出一些乳状物质，在被毁的动物上抖动着停留了一会儿。

　　"我的天哪。"奥利维拉脱口叫道。

　　那东西什么都不像，既不像水母也不像章鱼。它根本没有形状。它的边缘卷曲，鼓胀，变扁。约翰逊觉得它的内部闪烁了一下，但箱里灯光强烈，这可能是错觉。当他还在思考此事时，那东西忽然变成长形蛇状物，飞快地逃走了。

　　他骂了一声，拎起下一只蟹，将它破开。这回一切发生得更迅速，他们还来不及看，壳内的胶状物就逃走了。

　　"哎呀，天哪！"鲁宾明显很激动，"真是疯了！这到底是什么东西呀？"

"从我们手里溜掉了某种东西。"约翰逊咕哝，"太愚蠢了。我们到底怎样才能捉住这团黏液囊？"

"为什么？我们已经捉住它们了呀。"

"是的，在水槽里比网球小、无形无色的两团。祝你寻找愉快。"

"下一只我想直接于载机器人的细网格篮里打开。"奥利维拉建议道。

"篮子前面开着。它会溜走的。"

"不，它不会。篮子可以关闭。只要你够快。"

奥利维拉说得对。载机器人的箱型架前有个网格篮。约翰逊抓起下一只蟹，将球体机器人旋转180度，让它驶回滑架，直到它能将机械臂伸进篮子。在那里，圆锯切进蟹的一侧。

蟹壳爆裂。什么事都没有发生。

"空的？"鲁宾奇怪道。

他们等了几秒钟，然后约翰逊又让球体机器人慢慢驶回来。

"妈的！"

胶状物从蟹体内蹿出，但它选错了方向。它重重地撞在笼子后壁，缩成一只颤动的球，在栅网前上下晃动。它的困惑——如果它有像困惑这种东西的话——只持续了瞬间。然后伸展开来。

"它想逃！"

约翰逊倒驶球体机器人。一只机械臂抓住网格篮的罩子关上。

那东西完全变扁了，冲出来。在罩子前几厘米的地方弹回去，又重新改变形状。它的边缘向四面铺开，最后像个透明的钟吊在水里，几乎占据了半只篮子，身体弯曲。有几秒它的样子像只水母，然后它卷起来。紧接着又变成一颗球吊在篮子里。

"真不可思议。"鲁宾低语道。

"你们看看这个。"奥利维拉叫道，"它在萎缩。"

那颗球果然在收缩，同时透明度愈来愈小，渐渐变成乳白色。

"这组织在收缩。"鲁宾说道,"它能改变分子密度。"

"你们想到什么没有?"

"很简单的珊瑚虫原始形式。"鲁宾思考,"在寒武纪。现在仍然有些生物能做到。大多数章鱼收缩它们的组织,但不变形。我们还得捉几只,看看它们如何反应。"

约翰逊往后靠。"再来一次我做不到了。再做一次这东西会溜掉。它们太快了。"

"也好。有一个暂时够用来观察了。"

"我不知道。"奥利维拉摇摇头,"观察固然好,但我想检查它,而不是检查仅存于溶液中的残余部分。也许我们应该将这东西冰冻,做成切片。"

"当然。"鲁宾着迷地盯着屏幕,"但不是马上。我们先观察一会儿。"

"我们还有其他两只。有谁看到吗?"

约翰逊打开所有屏幕,从不同的角度显示出箱体内部。

"失踪了。"

"胡说。它们一定在什么地方。"

"那好吧,我们再打开几只。"约翰逊说道,"我们反正都要打开的。水槽里的黏稠物愈多,我们能看到的机会就愈大。为安全起见,我们先让我们的囚犯待在笼子里。以后看情况再说。"他咧嘴一笑。

他们又破开了十几只蟹,没有想去捉住溜出来的物质。蟹壳一裂开,那些胶状物就溜走了,消失在箱子里的某个地方。

"至少毒藻对它们没有伤害。"奥利维拉断定。

"当然没有。"约翰逊说,"Yrr会想办法让它们能彼此容忍。这种胶状物控制着蟹,毒藻是运载物。它们不会派出乘客会杀死司机的出租车,这是理所当然。"

"你觉得,这种胶状物也是一种基因突变的养殖物吗?"

"不清楚。也许它早就已经存在了。也许它是被培养出来的。"

"它会不会就是……Yrr呢？"

约翰逊摆动球体机器人，让摄影机能拍摄篮子。他盯着捕捉住的物体。它维持形状不动，像一颗乳白色的乒乓球待在篮子底部。

"这些东西？"鲁宾不相信地问道。

"为什么不呢？"奥利维拉叫道，"我们在鲸鱼头颅里找到一些，它们原先待在巴丽尔皇后号的船身附着物里，在蓝色云团内部，它们无所不在。"

"蓝色云团？为什么跟这有关？"

"云团有某种功能。这些东西是藏在那里面。"

"我更觉得，胶状物和虫子、其他突变一样是生物武器。"鲁宾指着篮子里动也不动的球，"你们觉得它死了吗？它不动。也许当它死时，它会将组织缩成球。"

就在此时，天花板上的喇叭里响起一声尖锐的信号，他们听到皮克的声音透过舰上的广播说道："早安。由于克罗夫博士到了，我们已经全员到齐，定于十点半在底层甲板碰头。要向你们介绍潜水艇和装备，希望大家能来参加。另外我想提醒一下，十点钟我们在指挥区会议室开例行会议。谢谢。"

"幸好他提醒我们。"鲁宾匆匆地说，"不然我真的忘了。我一开始研究就会忘记时间。"

奥利维拉无聊地说，"真想知道纳奈莫有没有什么新消息。"

"你为什么不打电话给罗什，"鲁宾建议道，"告诉他我们的发现，或许他也有什么要透露的。"他笑笑，亲热地轻轻推了约翰逊一下。"也许我们会比黎先知道，可以在会上拿来炫耀一下。"

约翰逊向他笑了笑。他不是特别喜欢鲁宾。这家伙工作出色，但是个马屁精。约翰逊猜想，只要对他的飞黄腾达有利，他连他的奶奶都会卖掉。

奥利维拉走近操纵台旁的对讲机，拨了号码。舰桥上方的卫星天线能接收各种范围的通信信号。舰上可以接收到电视节目，可以连接

638

袖珍电视或收音机，接上笔记本电脑，或透过防监听线路与世界各地通话。也能毫不费事地接通遥远加拿大的纳奈莫。

奥利维拉和费尼克谈了一会儿，然后是罗什，他们又与全世界的许多科学家保持着联系。看样子他们已经圈定了杀人藻的突变范围，但未能取得突破。相反的，大量蟹群袭击波士顿。奥利维拉谈了目前状况，挂上电话。

"糟透了。"鲁宾骂道。

"也许我们箱里的朋友会帮助我们。"约翰逊说道，"肯定有什么保护它们不受毒藻传染。我们轮流观察隔离实验室。一旦我们知道我们的犯人……"他盯着屏幕。

笼子里的那东西不见了。

奥利维拉和鲁宾顺着他的目光望去，睁大了眼睛。

"不可能！"

"它怎么出去的？"

屏幕上除了蟹和水什么都看不到。

"那些东西没了！"

"它们跑不了的！"

"等等！我们已经看过十几只在水里飞。它们不可能完全隐身。"

"它们会出现的。可是篮子里的那只在哪里？"

"将自己减肥了。"

约翰逊端详着屏幕，神情一亮。"减肥？好主意。也许是这样。它能改变形状。网眼很密，但对于某种很长很细的东西可能还不够密。"

"这是多么不可思议的东西啊。"鲁宾低声说。

他们开始分工搜索箱子。每人负责一台屏幕，同时检查整个水槽，调整摄影机的焦距，但哪里也见不到胶状物。最后约翰逊一一升起所有潜水机器人并驶出车库，但也没东西藏在那里。

它们失踪了。

"也许我们的管路有问题。"奥利维拉问，"它们会不会堵塞在哪根水管里？"

鲁宾摇摇头。"不可能。"

"不管怎样，"约翰逊咕哝，"我们得上去开会了。也许我们会想到它们可能的去处。"

他们茫然沮丧地关掉仿真器里的灯，走向外面。鲁宾熄掉实验室照明，准备跟他们一起走。

但他没有走成。

约翰逊看到他停在打开的闸室里，眼盯着黑暗的实验室。他看到鲁宾的嘴大张着。他慢慢走回去，奥利维拉跟在他身后，他看到了鲁宾看到的东西。

深海仿真器椭圆形的窗后有什么在发光。一种微弱、模糊的光。

"蓝色云团。"鲁宾低语道。

他们同时摸黑跑向仿真器，不顾障碍物，匆匆爬上阶梯，挤在玻璃前。

蓝色发光体悬在水中。如同黑暗太空中的一朵宇宙云，只不过那太空是个箱子，装有水。它有好几平方米大。约翰逊眯起眼睛，仔细观察。他觉得那里似乎出现微细的亮点，向云团内部涌去，愈来愈快。

像处于一个黑洞引力区内的物质。

蓝色愈变愈深。然后萎缩。

那团云像逆转的大霹雳一样迅速收缩。一切都向内部涌去，内部愈来愈亮愈来愈密。亮光在里面闪烁，形成复杂的图案。那团云被飞速吸进它自己的中央，吸进一个湍急的漩涡，然后……

"我不信。"奥利维拉说。

他们眼前悬着一个球形。一个结实物质组成的蓝色物体。脉动着发光的胶状物。

他们找到了那些生物。

它们合为一体。

指挥区会议室

"单细胞生物！"约翰逊叫道，"是单细胞生物！"

他激动无比。这组人默默地盯着他。鲁宾在他的椅子上蹭来蹭去，一个劲地点头，约翰逊则来回走动。一旦碰上这种情况，他是不可能坐得住的。"我们一直都以为胶状物和云团是两种不同的东西，但它们是同一种东西。这东西是一个单细胞生物的结合。胶状物不仅能随意变化形状，还能完全溶解，最后又同样迅速地聚集。"

"这些生物溶解？"范德比特应声问道。

"不是，不是！不是生物，我是说，这些单细胞生物就是那些生物，它们相互结合在一起。我们剖开了蟹，让一些胶状物现身，它们全都溜到仿真器的某个角落。我们只抓住了一个。后来所有的都突然消失了，一个不剩。什么都没有剩下来——我的天，我这个傻瓜，我竟然没有马上想到！我们当然无法将单细胞生物关在一只篮子里。也无法用肉眼观察，太小了。由于仿真器内部被灯光照亮，我们就无法看到生物光，什么也看不到。在挪威沿海，那个巨物出现在摄影机前时，我们遇到相同的问题。当时我们只看到了发亮的表面，被维克多号的探照灯照着，但实际上它在闪烁。它闪烁，那是一个发出生物光的微生物的凝结。此刻漂浮在下面箱子里的，是我们从蟹体里取出的东西的合体。"

"这就找到一些问题的答案了。"安纳瓦克说道，"巴丽尔皇后号船身上的无定形生物，温哥华岛沿海的蓝色云团……"

"浦号机的照片，没错！大部分细胞自由漂游在水里，但其他的结合成一个中心，形成触须，它们将自己注射进鲸鱼的头颅。"

"等等。"黎抬起手来，"胶状物之前就在里面了。"

"那么……"约翰逊思考道，"一定有什么联系。无论如何，我推测它是以这种方式进去的。也许我们见到的是一次交换。老的胶状物出来，新的进去。或者有类似检查这样的东西。也许头颅里的那东西将什么传给整体。"

"信息。"灰狼说道。

"对。"约翰逊叫道,"对!"

戴拉维拱起鼻子。"这就是说,它想有多大就多大?想要怎么变化就怎么变化?"

"任何大小任何形状。"奥利维拉点点头,"要操纵一只蟹,一把就够了。温哥华岛沿岸鲸鱼们聚集在它周围的那东西,有一座房子大,而……"

"这是我们的发现中最关键的东西。"鲁宾打断她。他跳了起来,"这胶状物是一种用来完成特定任务的原料。"

奥利维拉显得很恼怒。

"我非常仔细地观看过挪威大陆架的照片。"鲁宾上气不接下气地说,"我相信,我知道那里发生了什么事!如果这东西不是大陆架崩塌的最后动力,我就不是人养的。我们快要掌握全部真相了!"

"你们找到了一种完成了一大堆坏事的物质。"皮克不为所动地说,"很好。Yrr在哪里?"

"Yrr就是……"鲁宾顿住了,自信突然烟消云散,目光没有把握地扫向约翰逊和奥利维拉,"哎呀……"

"你们认为它们就是Yrr?"克罗夫问道。

约翰逊摇摇头。"不清楚。"

一阵沉默。

克罗夫噘起嘴唇,吸她的香烟。"我们还没有收到回答。谁会回答我们?一个智慧生物还是一个智慧生物的群体?你认为呢,西古尔,箱里的那些东西表现得有智慧吗?"

"你自己也知道这问题是多余的。"约翰逊回答道。

"我要听你讲。"克罗夫莞尔一笑。

"我们又怎么会知道?一群对数学一窍不通的人类俘虏着一个外星的智慧生命,它害怕、嫌恶、呻吟或冷漠地坐在牢房角落里,要如何评价它呢？"

"我的天哪。"范德比特低声叫苦道，"他拿日内瓦公约来折磨我们的耳朵了。"

"公约也适用于外星人吗？"皮克冷笑。

奥利维拉轻蔑地望了他一眼。

"我们将继续检查箱子里的物质。"她说道，"另外，我们花了这么长时间才理解此事，这让我费解。利昂，当你在侦察码头的巴丽尔皇后号时，你发现什么了？"

安纳瓦克看着她。

"在他们将我捞出来之前吗？一个蓝色发光体。"

"我问的就是这个。"奥利维拉转向黎说道，"你非得要独自行动，将军，在那里的码头上，你们在巴丽尔皇后号的船体里探查了好几个星期，没有取得什么成果。现在成功一半了。你的手下检查码头里的水样时一定忽视了什么关键。谁也没有注意到这个发光体吗？或水样里的一堆单细胞生物？"

"注意到了。"黎说道，"我们当然对水进行了检查。"

"结果呢？"

"什么也没有。普通的水。"

"那好吧。"奥利维拉叹息道，"你能再将报告送给我一份吗？包括所有的实验室结果。"

"当然。"

"约翰逊博士。"尚卡尔抬起头来，"你认为，这种结合是如何形成的？我是指，是什么将它们溶解了？"

"而且还是同时。"罗斯科维奇惊奇地说道，这是他头一回发言，"这是怎么进行的？有什么目的呢？这些细胞中一定有哪一个必须说，嗨，伙计们，全都到这儿来，我们举办一场晚会。"

"不一定。"范德比特狡黠地说道，"最高级的合作是在人类身体细胞里，对不对？那里也没有谁讲要往哪里走。"

"你是在谈中情局的组织结构吗？"黎微笑道。

"小心点，苏丝黄。"

"嗨！"罗斯科维奇抬起双手，"各位，我只是个潜水艇驾驶员。我想弄明白这件事。人的细胞总是漂漂亮亮地黏在一起，这不一样，我们不是不停地随意溶解。另外有一个中央神经系统，它是整件事的老板。"

"身体细胞的交流是通过化学讯号进行的。"戴拉维说道。

"那是什么东西？我们必须将这些细胞想象成大家都同时游向同一方向的鱼群吗？"

"鱼群的行为仅仅表面看来是同时的。"鲁宾解释，"鱼群的行为与压力有关。"

"这我知道，伙计，我只是想……"

"鱼体的侧面有体侧器官。"鲁宾不为所动地教育他，"当一个身体改变姿势时，它就将压力波传给它的邻居，它会自动地转向相同的方向，就这样，直到整个鱼群一起转。"

"我说了，这我知道！"

"没错！"戴拉维的神情一亮，"就是它！"

"什么？"

"压力波。有了它，较大一群的胶状物就能简单地引导整个鱼群。我是说，我们想过，需要什么样的魔力才能让鱼群不再往网子里游，这倒是个解释。"

"让一大群改变方向？"尚卡尔怀疑地说。

"对，她说得对。"灰狼叫道，"她讲得对极了！既然Yrr能控制蟹和将数百万只虫子运到大陆架上，它们也能改变鱼群的方向。使用压力波能做到这种事。感觉压力实际上是鱼群拥有的唯一保护。"

"你是指，下面箱里的那些单细胞生物对压力做出反应吗？"

"不是。"安纳瓦克摇摇头，"那样讲太简单了。鱼能产生压力，可是单细胞生物呢？"

"但这结合一定是由什么引起的。"

"等等。"奥利维拉说道，"细胞有着类似的交流形式。比如 Myxococcus xanthus。一种底栖类。它由松散的集体组成。如果个体的单细胞生物找不到足够吃的东西，就发出一种饥饿信号。一开始队伍几乎对此不做反应，但饿死的细胞愈多，信号就愈强烈，直到超过一定的极限。队伍的成员开始聚集。慢慢形成一个复杂的多细胞物质，一个用肉眼就能看到的实体。"

"这信号是什么东西？"安纳瓦克问道。

"那是它们释放的一种物质。"

"是一种气味吗？"

"对。某种程度上是的。"

交谈停了下来。每个人都皱起眉头，手指交叉，噘起嘴唇。

"好。"黎说道，"我很感动。这是一大成功。我们现在不应该用交流基本知识来浪费我们的时间。接下来有什么步骤呢？"

"我有个建议。"韦弗说道。

"请讲。"

"利昂在惠斯勒堡时有一个主意，你们还记得吗？海军对海豚大脑的实验。不是由简单的微芯片而是由密集组装在一起的人造神经细胞组成，它们照本宣科地模仿大脑各部分，相互之间通过电子脉冲联络。我在想，如果这种胶状物真是一个单细胞生物的结合体，这些单细胞生物某种程度上就具有脑细胞的功能，或取代它——那它们相互之间就能联络。它们甚至必须联络。否则它们就不能够结合跟变形。也许它们能创造一个人工大脑，包括化学信息物。也许……"她犹豫着，"……它们甚至接收了它们宿主的情感、特征和知识，以这种方式学会控制它。"

"要这样它们必须具有学习能力。"奥利维拉说道，"但单细胞生物怎么学习呢？"

"我和利昂能尝试在计算机里仿真创造一群单细胞生物，赋予它们

645

特征。直到它开始像颗大脑一样运作。"

"一种人工智能吗？"

"在生物学的前提下。"

"这听起来有用。"黎决定道，"你们去做吧。还有什么别的建议？"

"我想办法在史前生命形式里寻找相似的生物来。"鲁宾说。

黎点点头，"你们有什么新消息吗，珊？"

"没有。"克罗夫的声音从一团烟雾里传来，"只要我们得不到回答，我们就致力破译之前的老信号。"

"也许你该给你的Yrr寄些比数学题更高档的东西。"皮克说道。

克罗夫盯着他。烟雾散去，她那有着数千条小皱纹的美丽而苍老的脸笑了。"别急，萨洛。"

底层甲板

罗斯科维奇在美国海军里过了一辈子，而且不打算改变现状。他认为，每个人都应该做他最擅长的事情，由于他喜欢水下世界，他选择当潜艇驾驶员，并一路当到了指挥官。

但罗斯科维奇也认为，在人类的所有特点当中，好奇最特别。他尽忠职守、热爱祖国，但很不喜欢愚忠的军人行为。有一天他明白了，大多数潜艇驾驶员都是行驶在他们一无所知的世界里，于是他开始去了解，尽管他不是生物学家，这件事传到了海军的科学部门，他们正好在寻找这样的人，他具备的士兵品格与行为举止，及思维上极度的灵活，足能承担科学研究的领导工作。

在决定为格陵兰使命改建独立号后，他受托为这艘船创造最大的潜水条件。独立号被许多人当成最后希望，因此不在乎花钱。罗斯科维奇得到的不只是预算，而是一封特许证。要他购买他找到的和他认为合适的东西，如果可以，要他列出那些买不到、但他想要的东西来。

谁也料不到他会认真考虑载人潜水艇。水下遥控载具是不二选择，像在挪威沿海发现虫子的维克多号那样；或是自动水下载具，不需要线缆连接母船的新产品。这些自动装置大都装配有高分辨率摄影机，有抓臂，甚至有敏感的人造关节。在潜水员受到攻击、被杀死后，谁也不想危害到人命。

罗斯科维奇仔细听了，说："我们什么时候靠机器最终赢得过一场战争吗？我们可以发射智能飞弹，让无人驾驶的轰炸机飞到敌方上空，但一位飞行员在一架战斗机里做出的决定是机器替代不了的。在执行这场任务的过程中总有些重要时刻，我们必须自己去确认。"

他们问他想要什么。他说，水下遥控载具和自动水下载具，再加上载人潜艇。另外他请求一个海豚中队，满意地得知MK-6和MK-7已经安排就绪了。当他听说将由谁来负责这些中队时，就更高兴了。

杰克·欧班侬。

罗斯科维奇并不认识欧班侬本人。但他具有一定的知名度。有人认为，他是中队曾有过最优秀的训练员。后来他坚决地离开了海军。罗斯科维奇非常清楚，欧班侬所谓的心脏衰竭是怎么回事。因此，听到此人又上船了，他就更为惊讶了。

他的上司们试图劝他放弃载人潜艇，他坚持这个决定，他一次又一次地重复说："我们需要它们。"直到他们最终首肯。

然后他再给他们一个意外。

海军部或许认为，他会在那艘庞大的航空母舰船尾塞满大名鼎鼎的潜水艇，像俄罗斯的米尔型潜艇，日本的深海型或法国的鹦鹉螺型。全世界只有几艘船能下潜超过3000米，它们都名列其中。但罗斯科维奇认为这种船对他不会有多大用处，用深海型虽然能下达6500米的深度，但它只能透过灌满和排空平衡箱来控制它的垂直运动，像米尔型和鹦鹉螺型一样。罗斯科维奇考虑的不是传统的深海考察，他规划的是战争和一个无形的敌人，他想象使用热气球进行一场空战是什么情形。大多数深海潜水艇都太笨重了。他所需要的是深海直升机，战斗直升机。

不久后，他找到一家企业的产品符合他的理想。加州瑞奇蒙区的霍克海技术公司，不仅在业界拥有毋庸置疑的声誉，而且还经常参与好莱坞产品的制作，为那些想象创造一个坚实的基础。葛林·霍克，著名的工程师和发明家，在90年代中期创办了这家公司，以实现飞行的梦想——在水下。

罗斯科维奇将订单和一笔丰厚的钱摆在桌上，条件是设计师必须在限定时间内完成。钱发挥了作用。

当那些科学家们十点半踏上底层甲板的码头，人人裹着一身保暖只露出脸来的橡胶潜水衣时，罗斯科维奇很高兴能向这些聪明人讲点新鲜的东西。士兵和船上员工已经在诺福克受训。他们大都是经验丰富的海军老兵。但罗斯科维奇下定决心要让这些科学家们也掌握驾驶和战斗技术。他知道，这种远征中也许会发生一位平民到最后将扮演关键性角色的事情。

他指示布朗宁将四艘潜水艇中的一艘从天花板上放下来，深飞一号缓慢落下。这艘艇的下方看来像一辆没有轮胎的超大型法拉利，配备有四根细长的管子。他等它到达眼睛的高度，甲板的地板上方4米，刚好在水池上方。从这个角度看，它也不大像一艘传统潜艇。矮而扁，近乎正方形，后侧有四只驱动和控制喷口，两管镶有玻璃的圆筒斜升出表面，透明圆顶下伸出多节抓臂，两侧的短翼引人注目，让人想到一艘宇宙飞船。

"你们认为它看上去像架飞机。"罗斯科维奇说道，"没错。与飞机同样灵活。机翼具有同样的功能，只存在很小的区别：方向相反。机翼在飞行时形成浮力。相反的，深飞的翼生成一股向下的吸力。操作机械也是对航空飞行的模仿。你不是像块石头一样下沉，而是以高达60度的倾斜度移动，飞出优雅的曲线，飞、升、降，呼，呼！"他用扁平的手掌展示，指着艇壳，"和飞机的主要区别是，人不是坐着，而是躺着。这样，边缘尺寸三乘六米，我们还有1.4米的高度。"

"它能下潜多深？"韦弗问道。

"想多深就多深。它可以直线飞往马里亚纳海沟底部，用不到一个半小时。这宝贝的设计速度是12节。外壳是陶瓷做的，圆顶是丙烯酸酯做的，外层涂钛，完全适合下潜。你能四面观看，这也就表示，可以随时逃跑或开火。"

他指指下侧，"我们的深飞安装了四颗鱼雷。其中两颗爆炸力有限，能让一只鲸鱼受重伤，甚至杀死它。另两颗则撕出较大的洞，可以炸毁金属和石头，能轰炸一大群。但请你们把鱼雷留给驾驶员来控制，除非他死了或失去知觉，而你们别无选择的时候。"

罗斯科维奇拍拍双掌。"好了。现在你们可以抢当第一个试飞者。哎呀，你们可能还想知道：燃料足够潜行八小时。如果你们被困在什么地方，生命维持系统能供应96小时的氧气。不过别怕：在那之前，上帝自己的军队，海军，早就将你救出来了。谁想先试？"

"没有水吗？"尚卡尔问道，怀疑地望着下面。

罗斯科维奇笑笑。"你认为15000吨够吗？"

"我，呃……我想够了。"

"好。我们替甲板放水。"

作战情报中心

只要科学家们待在罗斯科维奇的王国里，克罗夫和尚卡尔的位置就由两名无线电操作员接替。他们在打发时间，只不过是闭上嘴巴张开耳朵地打发时间，因为他们可以全然仰赖计算机，不管深海传来什么，都会被复杂的电子系统捕获，预先分类，初步分析，做出评论，透过卫星发回独立号。虽然克罗夫的信息是从舰上发出的，独立号也在倾听，但只是许多倾听站之一。Yrr可能的回答会传进所有的大西洋水下声呐。根据空间分配和到达时间的交错，计算机会计算出信号发出点，传送给作战情报中心。

这两个人对科技的力量深信不疑，他们开始讨论起音乐来。很

649

快地就专注于白人嘻哈乐手的评论激辩起来，再也没有望一眼屏幕，直到其中一位伸手拿起咖啡时，偶然转了一下头。他的目光停住了。"啊，那是什么？"

两台屏幕上有彩色频率线在跳动。

另一位睁大眼睛。"出现多久了？"

"不知道。"那位报务员盯着那些线条，"我们一定收到了陆地上传来的什么消息。他们为什么没有报告？他们一定也接收到了。"

"这是克罗夫发出的频率吗？"

"不清楚她发出的是什么。什么也听不到。一定是超音波或超低频波范围里的什么东西。"

另一位思考着。"好吧。下一具水下声呐在纽芬兰沿海。声音传播需要时间。如果其他的还没有接收到，我们最先接收到。这表示……"

他的搭档望着他。"它来自这里。"

深 飞

当舷外的平衡箱进水时，液压系统的声音很大。海水涌进，独立号的尾部缓慢下沉。

"我们可以开闸放水进来。"为了盖过杂音，罗斯科维奇提高声音解释道，"那样的话就必须同时打开所有的进水管。基于安全理由，我们会避免这么做。相反地，我们采用一个专用抽水系统。一个独立循环管道将水抽进甲板内，水经过多次过滤，和闸一样，水池里也安装有高感度的传感器，会告知我们，是否可以在大浴缸里无忧无虑地戏水。"

"我们要在甲板上测试这些船吗？"约翰逊叫道。

"不，我们出去。"

在海豚报告了虎鲸的撤退之后，罗斯科维奇坚信可以冒险进行几次真正的下潜了。

"我的天哪。"鲁宾着了魔似地盯着水池里,水池里翻着的白沫越来越满。"这就好像我们在下沉。"

罗斯科维奇冷笑地望着他。"你想错了。我已经随一艘战舰一起下沉过。请相信我,那是两码事!"

巨舰的尾部一米一米地下沉。独立号太大了,让人没法真正感觉到倾斜。倾斜度非常细微,只有水平仪检测得出来,但效果却很惊人。水位愈涨愈高,最后漫出码头边缘。几分钟内甲板就变成了一座水深四米的游泳池。海豚馆也在水下,这样整个水池都可以供那些动物使用。橡皮艇被缆绳系得牢牢地漂在人造水池上。深飞一号在波浪上轻晃。

布朗宁从天花板上放下另一艘潜水艇。她站在操纵台旁,移动一根操作杆。她通过轨道依次将船只移向码头边缘,打开筒盖。它们像喷射飞机的圆盖一样打开来。"每个密闭舱都可以单独打开和关闭。"她解释道。"进去很简单。尽管如此,不习惯的还是会弄湿脚的。抽水过程中水池里的水被加热,现在温度是能够忍受的十五度,这不会令人想要丢掉潜水衣。万一你们因为某种原因被抛在公海上,身边没有潜水衣没潜水艇,就会很快死去。格陵兰海的水温最多两度。"

"还有问题吗?"罗斯科维奇分组,每组都有一位飞行员和一名科学家。"那就出发吧。我们待在母舰附近。我们谙水性的海豚中队朋友们虽然认为我们不必担心,但情况也可能发生变化。利昂,跟我走。我们乘深飞一号。"

他跳上艇。艇身剧烈摇晃。安纳瓦克跟着他,失去平衡,头朝下栽在水里。冰冷袭上他的脸,让他透不过气来。他轻咳着浮上水面,引来一阵轰笑。

"我指的正是这个。"布朗宁冷淡地说。

安纳瓦克爬到艇身上,趴着钻进舱内。令他吃惊的是舱里舒适而宽敞。不是完全水平地躺着,而是微抬着,身体姿势更像半空中的滑雪运动员。他面前有个一览无遗的仪表板。罗斯科维奇启动系统,盖子无声地关闭。

"这不同于丽兹酒店里的套房，利昂。"上校的声音从喇叭里传到安纳瓦克的耳朵。他转过头，身旁一米处，罗斯科维奇正从他的玻璃圆顶里微笑着望过来。

"你看到面前的操纵杆了吗？我说过这是一架飞机，操纵也像飞机。你必须学会如何驾驶一架飞机升降转弯，也就是向各个方向滑翔。另外，下侧有四个喷射器能生成足够的推力，使深飞漂浮一阵子。第一圈我来飞，然后你来飞，我会告诉你做错了什么。"

他们突然向前翻倒，水淹过丙烯酸圆顶，他们小角度地向下，艇首和艇身的探照灯亮起来。安纳瓦克看到甲板的地板在他身下离去，然后他们就来到闸的上方，玻璃门打开，他望进一个几米深被灯光照亮的网关，它的底部是黑色的钢板。深飞徐徐沉进闸室，玻璃门在他们上方关上。一股不安的感觉向他袭来。

"别怕。"罗斯科维奇说道，"出去比进来快。"

钢门咕隆隆移动。巨大的钢板分开来，露出黑洞洞的洋底。深飞从独立号掉进陌生之中。

罗斯科维奇加速，拐弯。艇身侧过来。安纳瓦克被吸引住了。他操纵过传统的小潜水艇，都是为较上层水位设计的。这艘完全不一样。深飞表现得确实像一架飞机，而且快！坐在一辆汽车里，时速二十公里会显得慢，但对于一架水下飞机，深飞飞出了惊人的速度。他入迷地看着他们从独立号的舰身下钻出，看到汹涌的水面。罗斯科维奇将潜水艇的头部降得更低了。他又拐一个弯，飞往母舰舰尾，在那儿潜了下去。巨大的桨叶在他们的头顶飞走了。

"感人吗？"罗斯科维奇问道。

"嗯。"安纳瓦克声音不踏实地说道。

"我知道你在想什么。你害怕。我们大家都害怕。但底层甲板上太窄，无法练习。深度太小。我们可不想让这些宝贝马上就变成废铁。"

下一个弯度罗斯科维奇拐得较小。安纳瓦克随时期待着看到一条虎鲸黑白交杂的圆脸在面前钻出来，但游过来的是两条海豚，它们向圆顶里窥望，头上装有摄影机，傲慢地绕着潜水艇游动。

"微笑，利昂！"罗斯科维奇笑道，"在给我们拍照呢。"

一个信号灯在闪烁，告诉安纳瓦克他正在驾驶深飞。

"你来飞。"罗斯科维奇说道，"如果有什么过来，想吃掉我们，我们就拿鱼雷喂它当早餐。但你驾驶，我来发射，明白吗？"

安纳瓦克起初有点不知所措。他不由自主地将操纵杆抓得更紧。罗斯科维奇没有告诉他该怎么做，因此他先继续往前开。

"嗨，利昂！别睡着了。我坐过比这还刺激的公交车。"

"我该怎么做呢？"

"随便。随你怎么做。你带我们飞往月球吧！"

此时月球是在下面，安纳瓦克想道。那好吧。他向前推动操纵杆。

深飞的头猛地一沉，他们向下面飞去。安纳瓦克盯着黑暗中。拉回操纵杆，这回谨慎了。船竖起来。他试着拐一个弯，太小，又飞了一个更大的。他知道动作太猛，但确实很简单。纯粹是靠练习。

他看到第二架深飞在稍远一点的地方。他突然喜欢上这件事。他可以继续飞上几个小时。

"彻底放松，利昂。时间一长，你这种飞法会让任何乘客晕船。但你可以改过来，现在请水平飞。就这样，让它轻漂。我教你如何操作抓臂。这很简单。"

五分钟后罗斯科维奇重新驾驶，将艇慢慢开回网关。网关关闭后的那一分钟慢得要命，然后他们自由了，钻了出来。安纳瓦克某种程度上感觉放心了。尽管兴奋，一想到早晨包围航空母舰的虎鲸他就不舒服——更别说海洋里可能有更多的意外。

罗斯科维奇打开圆顶。他们钻出座舱，跳上码头。

弗洛伊德·安德森站在他面前。"喏，怎么样？"他不是特别关心地问道。

"好玩。"

"可惜我不得不打断这种乐趣。"大副看着第二只艇钻上来,"你的头才钻下水,就有事情发生了。我们接到了一个信号。"

"什么?"克罗夫走过来,"一个信号?哪一种?"

"宝贝,这得你告诉我们。"安德森冷漠地从她身旁望过去。"不过信号很响。相当接近。"

作战情报中心

"这是一个低频率范围的信号。"尚卡尔说道,"一个刮擦声模式。"

他和克罗夫匆匆赶到了作战情报中心。这期间他们已经收到了地面站来的证实。根据计算,信号源确实位于独立号附近区域。

黎走进来。"这对你有用吗?"

"暂时还没有。"克罗夫摇摇头。"我们必须问计算机。计算机会将它分解,检查模式。"

"那又过一年了。"

"这是在批评我吗?"尚卡尔生气地嘀咕道。

"不是,但我正在问自己,你如何能在几天内破译一个你的手下自90年代初就在解的信号。"

"你现在问这个?"

"别争了,孩子们。"克罗夫掏出香烟,心平气和地点燃一支,"我说过,跟外来物种沟通是另一回事。很可能我们昨天向Yrr发出了第一封它们能破译的信息。它们以同样方式回答。"

"你真的相信,它们是以相同的密码回复的?"

"如果是Yrr,如果这是一个回复,如果它们懂密码,在它们对沟通有兴趣的前提下——是的。"

"那它们为什么用低声波而不是直接用我们的频率回答呢?"

"它们为什么要那样做呢?"克罗夫吃惊地问。

"外交。"

"你为什么不用俄语回答一个用结巴英语和你讲话的俄国人呢？"

黎耸耸肩。"好。接下来怎么办？"

"我们暂时先发出讯息。告诉它们我们收到了答复。如果它们使用我们的密码，我们很快就会知道。它们会让我们尽可能容易地破译密码的。我们的知识是否足够来理解回复，那又是另一回事。"

联合情报中心

韦弗在做不可能的事情。她试图不顾关于智慧生命演化的既有知识，同时又证明它。

克罗夫和她争论，有关外星文明的所有假设，最后总集中在相同的问题上。其中一个：智慧生物体积到底能多大或多小？凤凰计划研究星际通信的可能性，主要是思考那些将目光投向天空，知道另一个世界存在不知什么时候决定进行接触的生物。这种生物极有可能生活在地面上，这明显限制了它们的体积。

目前，天文学家和生物学家们得出结论，一个星球不得小于地球的85%、不得大于133%，才能形成可以在十亿至二十亿年内进化出智能生命来的表面温度。从这个虚构星球的大小又得出了重力的各种资料，再反推出生活在那里的物种身体结构。理论上，在一个类似地球的星球上生物可以无限大地生长。实际上，它只能生长到无法承受自身的体重为止。恐龙的骨骼特别大，但大脑多少就吃亏了——整个组织只是为了拖着笨重的身体漫游进食。因此，灵活、智能的生物有个简单的法则，它们大约不会超过十米。

生长下限的问题更为有趣。蚂蚁有可能发展出智慧吗？细菌会吗？病毒会吗？

凤凰计划的人员和生物学家们就此进行争论。几乎可以肯定，在熟悉的银河系里不存在类似于人类的文明，至少太阳系里没有。因此人们更期望在火星或一颗木星、月球上至少能发现几种孢子生物甚至单细胞生物。于是人们寻找可以称作生命、功能正常的最小单位，最后不可避免地发现一个复杂的有机分子，是具有独立结构、可以想象到的最小信息储存单位，进而探询一个分子能否产生智慧。

一个分子显然不能产生这种东西。

可是，人脑里的单个神经细胞也不是智慧生物。为了让一个人有智慧，大脑必须由一千亿个神经细胞组成。比人小的智慧生物有可能需要较少的细胞，但形成细胞的分子大小是相同的，不足一定数量的细胞就不足以形成智慧的火花。这就是蚂蚁的问题，人们虽然猜测它们有一种潜在的智慧，但它们的脑细胞数量太少，无法形成较高的智慧。

另外，由于蚂蚁不是通过肺呼吸，而是直接透过体表将氧气输进细胞，它们无法长大——长到一定尺寸时身体就不能呼吸了，因此发育不出较大的头脑。这样它们就连同其他所有的昆虫一起钻进了进化的死胡同。科学得出结论，智慧生物的体型下限在十厘米，因此，遇到一个爬行的亚里士多德机会近于零，更别说一个单细胞生物了。

当韦弗替计算机设计将单细胞生物和智能有意义地结合在一起的程序时，所有这些她都知道。

在实验室里发现后，独立号上对胶状物是否有智慧充满怀疑。单细胞生物没有创造性，不会形成自我意识。但一大群单细胞生物理论上相当于一颗大脑或一具身体。温哥华岛外被浦号机拍下的蓝色云团毫无疑问是由数十亿细胞组成。但它因此就能思维吗？它如何学习？细胞如何交流？是什么导致了一个细胞聚集物变成一个高等的个体？

是什么让人类走完了这一步？

这种胶状物如果不是愚蠢的一团，就是拥有一种伎俩。可以成功控制鲸鱼和蟹的伎俩。一定有！

库茨魏尔技术公司开发了由亿万位元建成人工智能的计算机系统，它模拟脑神经从而模拟一颗大脑。世界各地的人工智能研究都已取得不同的成绩，有学习能力，某种程度上能独自创造性地发展。不过至今为止，没有哪位研究人员试着创造意识，但眼前的问题是，什么时候最小单位的凝聚会被视为生命，到底能不能通过这种方式创造生命。

韦弗和雷·库茨魏尔进行过联系，因此她拥有最新一代的人造大脑。她做了安全备份，将原件拆成一个个电子组件，切断信息桥，变成一群零零散散的最小单位。她想象，如果用同样的方式肢解一颗人脑会怎么样，必须怎么做这些细胞才能重新变成一个思维的整体。一会儿后数十亿电子神经元就占据了她的计算机，微小的数据单元，互不相连。

然后她开始假想单细胞生物。

数十亿单细胞生物。

她仔细考虑接下来怎么做。愈接近现实越好。思考了一阵之后她设计了一个三维空间程序，输入水的物理特征。单细胞生物是什么样子的呢？它们有各种各样的形状，棒状、三角形、星形有齿、有的有鞭毛有的没有，最好的办法恐怕是先选最简单的。圆的不错。那就圆的吧。现在它们有形状了。只要实验室里的那些人没有别的发现，就暂时用圆形吧。

计算机渐渐变成一座海洋。韦弗的虚拟单细胞生物居住在一个它们可以滚动的世界上。也许她应该设计出水流的程序，直到这个虚空间各方面都与深海相符。但这不急。她得先回答核心问题。

这许多的单元，从中怎样形成一种会思维的生物呢？大小无关紧要。对于生活在水里的生物来说，最大身体的简单法则不适用，因为那里适用的是另一种重量比例。一种智慧的水生生物可以比陆地上的任何生物大得多。凤凰计划里几乎没有水生文明出现，因为无线电波照射不到它们，可能它们对太空和其他星球不会感兴趣——或者它们应该在飞行的水族箱里穿越太空吗？

当安纳瓦克在半小时后走进联合情报中心时，他发现她仍在呆呆地望着，额头上聚满皱纹。看到他，她很高兴。他从努纳福特回来后他们交谈过多次，谈他和她的过去。安纳瓦克显得自信，充满信心。

"你到什么阶段了？"他问道。

"满脑打结。"她摇摇头，"我不知道我该从哪里开始。"

"问题在哪里？"

她将她所做的告诉他。安纳瓦克仔细听着，没有打断她。然后他说道："你当然没有进展。你擅长计算机仿真，但缺少一些基本的生物学知识。使一颗大脑成为思维单位的是它的结构。我们大脑的神经元基本上是相同的，让它们思维的是联结的方式。这就像……嗯……你想象一座城市吧。"

"那好。伦敦。"

"现在，所有的房屋和街道突然失去了联系，乱成一团。现在你将它们重新连接起来。有无数种方式，但只有一种方式会成为伦敦。"

"不错。但怎么知道每座房子属于哪里呢？"韦弗叹口气，"不，我们换个方式再来吧。不管细胞在大脑里是如何联结的——总而言之，为什么它们会成为某种比整体结合更厉害的东西呢？"

安纳瓦克搓着下巴。"我该怎么为你解释呢？好吧，回到我们假设的城市。那里在修建一座大楼……我们就说，有一千名工人吧。他们全都一样，可以说是复制人。他们每个人都有特殊的任务，某种他必须掌握的技巧。但没有人熟悉整个计划。但他们还是一起盖了这座房子。一旦你换掉谁就会出现问题。十名工人组成一串队伍，搬运石头，如果突然有个应该锁螺丝的人来顶替其中一位，就会出现混乱。"

"明白了。只要各守其位，事情就会成功。"

"他们齐心协力。"

"但他们晚上还是得回家。"

"慢慢走散。各回自己的方向。第二天早晨所有人又重新出现在工地上，继续工作。你可以说，这能运作，是因为有人在替工人分配工作，但没有工人他就无法盖房子，相辅相成，由计划产生合作，再由合作产生计划。"

"因此有个计划者。"

"或者工人就是计划。"

"那每个工人的密码肯定都和他的同事有点区别。不管他是什么。"

"正确。因此工人们只是表面相同。我们再从头开始吧。有一个计划，好吧，他们被编了密码。但要由此形成一张网络，你需要什么呢？"

韦弗思考。"参与的意愿？"

"更简单。"

"嗯。"她突然理解安纳瓦克指的是什么。"沟通。大家都理解的语言。一种讯号。"

"当早晨大家从床上爬起来时，那讯号会是什么？"

"我去工地工作。"

"还有呢？"

"我知道我属于哪里。"

"正确。好，那是工人，不能做复杂的交谈。辛苦工作的小伙子们。他们不停地淌着汗，即使夜里躺在床上、早晨起床时他们都在流汗，整天在流。他们凭什么相互认识呢？"

韦弗望着他做个鬼脸。"从汗味。"

"对极了！"

"你真会幻想。"

安纳瓦克笑了。"这是奥利维拉的错。她先前讲过那种组成菌落的细菌……Myxococus xanthus。你记得吗，它分泌出一种气味，大家都靠拢。"

韦弗点点头表示有意思，气味是一种可能。"我去游泳池里好好想这件事。"她说，"你一起来吗？"

"游泳？现在？"

"游泳？现在？"她学着他说，"听着，一般情况下，我不会将自己关在房间里，呆坐不动的。"

"我想，这对于计算机迷来说是正确的呀。"

659

"我的样子像个计算机迷吗？脸色苍白，脚步不稳？"

"噢，你肯定是我遇过脸色最苍白脚步最不稳的人。"安纳瓦克笑道。

她注意到了他眼里的闪光。这人个子小而结实，虽然不是乔治·克鲁尼，但在这一刹那他给韦弗的印象是高大、自信、英俊。"傻瓜。"她微笑着说。

"谢谢。"

"只因为你在水里度过了你的半生，你就相信，计算机人是跟他们的椅子黏在一起的。大部分时间我都在野外，思考。行李装着笔记本电脑，出发，在悬崖边你也可以写作。坐在这里让我紧绷，让我的肩变得像钢梁一样。"

安纳瓦克站起来，走到她身后。有一瞬间韦弗以为他想走。后来她突然感觉到他的双手放在她的肩上。手指抚摸着颈部肌肉，大拇指掐着肩胛骨周围。

他在为她按摩。韦弗感觉到她很紧张。她不确定她是否喜欢这样。

不错，她喜欢这样。她只是不清楚，她是不是想要这样。

"你并不紧绷。"安纳瓦克说道。

他说得对。那她为什么要这么讲呢？

就在她猛地从椅子里站起、他的双手滑下她肩膀的那一瞬间，她就知道了她犯了个错误。她更想坐着不动，让他继续。但她却有点粗暴地结束了这一切。"那我走了。"她尴尬地说道，"游泳去。"

安纳瓦克

他心神不宁地问自己做错什么了。他很想一起去游泳池，但气氛说变就变。也许他在按摩她的肩膀前应该先问问。也许他从一开始就错估了这整件事。你不擅长这种事，他想。留在你的鲸鱼身边吧，愚蠢的爱斯基摩人。

他不去想她，考虑去找约翰逊，继续和他讨论单细胞生物智慧。但不知怎么突然没了兴趣。他决定去作战情报中心看看，灰狼和戴拉维大部分时间都在那里，对海豚中队进行观察和声音分析。只是那里除了从水下拍摄的朦胧舰体就没别的好看。自从虎鲸早晨包围过母舰后没有发生多少事，而虎鲸又像它们出现时一样离开了。尚卡尔戴着一副超大耳机孤独地坐在屏幕前倾听深海，屏幕上掠过一排排数字。旁边一人告诉他，灰狼和戴拉维在底层甲板，让MK-6跟MK-7换班。

于是他大步从斜板隧道下去，到达空洞的机库甲板。虽然日光透过舷外升降机的孔钻进来，钠气灯苍白、微黄的暗淡灯光还是笼罩着这里。他努力想象这个大厅停满直升机、喷射机、货车和设备时是什么样子，彼此停放得只相隔几厘米，只留下可以从一道门、一扇窗或一个活门溜进去的位置。想象吉普车和装载机嗒嗒地在这斜板上上下下时是什么样子。想象数百名勤快的海军，一旦飞机停在飞行甲板上，就检查武器和装备，迅速而专注，就像独立号的整个庞大机械一样交错进行。

荒唐，这么个巨大的空间空空如也。高高的、灰暗的天花板上，钢架里的黄灯独自照耀着。

"有时候，当健身房里拥挤时，我们会将几台跑步机搬到这里来。"当他们在诺福克一起在舰上散步时皮克说那才叫真的舒适，他当时皱着眉站在那里。后来他说："我恨它，恨机库这么空洞洞的。我恨不该空着的房间的这种荒凉。某种程度上我痛恨这整个使命。"

那是他唯一一次目睹到皮克这样。安纳瓦克想道，最空洞的房间似乎是在一个人的体内。

他不急不忙地穿过大厅，来到右侧升降机的平台上。升降机突起在波涛上方，像座大阳台。安纳瓦克眯起眼睛。风猛吹着他。狂风能将人直接从地面吹起，吹过平台边缘，那里没有护栏。相反，升降机电梯周围拉着捞网。母舰周围围着一大圈，以防一场暴风或飞机排出的废气把人吹到海里去。

尽管如此还是有风险。在他身下十米的地方大海汹涌，能见度很差，但冰雹雨停了。目光所及，水里有一条条的浪花。有着白色脉络的蓝灰色海洋起伏不停。

他的人生超过一半在加拿大西海岸的宜人气候中度过。命运先后两次将他抛进了冰里。

风扯着他的头发。他渐渐感觉皮肤冻麻了。双手遮在嘴前吸进温暖的呼吸。然后走回舰内。

实验室

约翰逊答应奥利维拉，在摆脱这一切之后，就请她吃一顿真正的龙虾餐。然后他让球体机器人从仿真器里捞出一只蟹。看着机器人将那只纹丝不动的动物抓在它的夹钳里，移回机库，放进准备好的可密封PVC涂层盒。看着那台机器以明显的厌恶伸出那只蟹，让它掉进一只盒子，关起来，那样子真奇怪。

盒子通过一道闸驶进一个干燥室，喷洒醋酸，用水洗净，放入氢氧化钠溶液，再通过一道闸运出仿真器。不管箱里的水会有多毒，这盒子现在是干净的。

"你确定一个人能应付？"约翰逊问道。他和波尔曼约好了电话会议，波尔曼正在帕尔马岛上准备使用吸管。

"没问题。"奥利维拉拿过装有蟹的容器。"如果不行，我会叫人的。希望你来帮助我，而不是鲁宾那个混蛋。"

约翰逊会心地一笑。"难道我们一样讨厌他？"

"我并不真的讨厌米克。"奥利维拉说道，"他只是老想拿诺贝尔奖。"

"我也有这感觉。但如果我们能从这里活下来，我们大家都会有点名气的。"

"我绝不反对来点粉丝。科学够枯燥的了。"奥利维拉停下来，"顺便问一下，他在哪儿？"

"谁？鲁宾吗？"

"对。他要来隔离实验室里看我进行DNA分析的。"

"他会做点有意义的事。"约翰逊和好地说，"我认为，他不是个坏人。他身上没有怪味，没有杀死过人，橱里摆着一堆奖杯。只要他能让我们有进展，我不必喜欢这家伙。"

"他能让我们有进展吗？你觉得他到目前为止做过什么有意义的事吗？好吧。他想怎样就怎样。谁知道这有什么好处呢？"

赛德娜

安纳瓦克走到水池边。甲板还淹在水里。他看到戴拉维和灰狼穿着潜水衣在水里，取下海豚的仪器。大厅里一片嘈杂。舰尾方向有一艘深飞正从天花板上放下来。罗斯科维奇和布朗宁在操纵台上监督。扁平、宇宙飞船状的艇体缓缓下沉，终于触到水面，轻晃着落下。水面泛着涟漪，底部的闸发亮。

罗斯科维奇向他望过来。

"你要出去吗？"安纳瓦克叫道。

"不。"这位潜水站站长指指小艇。"这宝贝有点毛病。水平操纵设备有问题。不是大毛病，但最好是查查。"

"我们是开着它下海的吧，对不对？"

"别怕，你没有搞坏什么东西。"罗斯科维奇笑道，"有可能是软件故障。几小时后一切就又正常了。"

一股水浪打在安纳瓦克的腿上。

"嗨，利昂！"戴拉维从水池里冲着他咧嘴笑，"你站在那儿干吗？进来呀。"

"好主意。"灰狼说道，"你可以做点有意义的事情。"

"我们正在这上面做许多有意义的事情。"安纳瓦克回答道。

灰狼抚摸着一条偎在他身上轻轻低叫的海豚。"你穿件潜水衣吧。"

"我只是想来看看你们。"

"谢谢你。"灰狼轻拍一下海豚，看着它跃开。"现在你看见我们了。"

"有什么新消息吗？"

"我们正在给第二中队做准备。"戴拉维说道，"MK-6 没有发现什么不正常的情况，除了今天早晨它们报告了虎鲸的出现。"

"而且是在计算机装置看到它们之前。"灰狼不无骄傲地议论道。

"是的，它们的声呐……"

安纳瓦克又被水溅了一下，这回是一只动物像鱼雷似地从水里钻出，把他喷湿了。那只海豚显然因此很开心，吱吱嘎嘎地叫着，伸长嘴巴。

"你别费劲。"戴拉维对那动物说，好像它能理解她的话似的。"利昂不会下来的。他宁可让屁股冻掉，因为他不是真正的因纽特人，而是个吹牛大王。他根本不可能是因纽特人。否则他早就……"

"好了，好了！"安纳瓦克抬起双手，"该死的潜水衣在哪里？"

五分钟后，他就在协助戴拉维和灰狼帮第二中队安装摄影机。他突然想起，戴拉维曾经问过他是不是马卡人。"你当时怎么想到问这问题？"他问。

她耸耸肩。"你没有表态。你一定是印第安人之类的。无论如何你看起来不像白人。现在，我知道得更清楚了……"她笑吟吟地望着他，"……我有样东西送给你！在网络上发现的。想给你一个欢喜。我将它背熟了，你想知道那是什么吗？"

"快讲出来吧！"

"你们家乡的历史！"听起来像有着阵阵军号的伴奏。

"我的天哪。"

"不感兴趣吗？"

"感兴趣。"灰狼说道,"利昂对他心爱的家乡兴趣浓厚,他只是死也不愿承认。"

"别争了,孩子们!"戴拉维仰面朝上,漂在水里。"我想问,你们知道所有这些鲸鱼、海豚和海豹都是从哪儿来的?你们想听真实的解释吗?"

"别折磨我们了。"

"好吧,在古代,当人类和动物还是一体的时候。当时在阿尔维亚特附近住着一位姑娘。"

安纳瓦克注意听着。她找到的是这个呀!他小时候听到这故事的各种版本,但后来和他的童年时代一起失落了。

"阿尔维亚特在哪里?"灰狼问道。

"努纳福特最南方的移民区。"安纳瓦克回答道,"那姑娘是叫塔丽拉尤克吗?"

"对,她叫塔丽拉尤克,她就叫这个名字。"戴拉维有点激动地接着说道,"她长着漂亮的头发,许多男人都对塔丽拉尤克表现出很大的兴趣,但只有一个狗人赢得了她的芳心。塔丽拉尤克怀孕了,生下了因纽特人和非因纽特人。直到一天,狗人外出取肉时,一个长得极其俊美的风暴鸟人,乘着一艘独木舟出现在塔丽拉尤克的帐篷外。他邀请她登上他的船,接下来他们展开热恋。"

"老套。"灰狼在检查一架摄影机的镜头,"鲸鱼什么时候加入进来呢?"

"等等。但不知什么时候塔丽拉尤克的父亲来看她,发现女儿失踪了,狗人大声吠叫。老人划着桨在海上寻找,最后来到风暴鸟人的帐篷,远远就看到她坐在帐篷外,大吵一场,要她立即回家。塔丽拉尤克登上爸爸的船,他们划着桨回家。一会儿之后她发觉大海开始汹涌起来,波浪愈来愈高,刮起一阵风暴!

远近不见陆地。巨浪打进船里,老人开始害怕他们会沉下去。这是风暴鸟在报仇,它就飞在他们上方,爸爸不想就这样淹死。由于他还在气恼女儿，这一切灾难都是她的错，他抓起塔丽拉尤克，将她扔下船。塔丽拉尤克绝望地抱紧船舷，老人喊叫着要她松手，但她抱得更紧。这下他疯了，他抓起斧头，挥斧砍断她的上指节！当它们一落到水里，变成了独角鲸，手指甲变成了独角鲸长牙。塔丽拉尤克不想松手，于是老人再次砍下她一截指关节，它们变成了白鲸。塔丽拉尤克还吊在船舷。老人不得不砍掉她最后的指关节，它们变成了海豹。塔丽拉尤克不放弃。她仍然用她手的残余部分抓着船，船开始进水了。这下老人惊慌了！他用桨拍打她的脸，打出了她的左眼，她终于松手，沉进了波涛里。"

"粗暴的民间神话。"

"但塔丽拉尤克没有死，没有真的死去。她变成了海洋女神赛德娜，从那以后统治着海洋里的动物。她独眼，在水里滑行，伸出残余的手臂，她还有漂亮的头发，可惜她没有手，无法梳理。因此头发经常是乱的，可以看得出她很愤怒。只要有谁帮她梳头发，编成一根辫子，就能安慰赛德娜，她就放出她的海洋动物让他狩猎。"

"在我小时候，那些漫长的冬夜里，人们经常讲述这个故事，每次都有点出入。"安纳瓦克低声说。

"你喜欢它吗？"

"我喜欢听你讲。"

她满意地嫣然一笑。安纳瓦克问自己是什么让她翻出赛德娜的这则古老传说。他觉得这不仅仅是网站上的一个偶然发现，她特意去找，这确实是给他的一件礼物。是他们友谊的证明。他有点感动。

"荒谬。"灰狼吹口哨呼唤还没有装上摄影机的最后一条海豚过来，"利昂是个从事科学研究的人。你的海洋女神无法说服他。"

"你们的愚蠢摩擦。"戴拉维摇着头说道。

"另外这故事不对。你们想知道一切到底怎么产生的吗？当时没有陆地。只有一位首领，他居住在水下的一个草棚里。他是个大懒虫，从不站起来，总是背向火堆躺着，火堆里面烧着某种水晶。他独自一人生活在那下面，他叫神奇造物者。有一天他的助手冲进来，认为鬼和超自然生命找不到土地定居，他应该采取点措施才不负此封号。首领从地上捡起两块石头，交给他的助手，指示将它们扔进水里。助手按照吩咐做了，石头生长起来，形成了夏洛特王后群岛和整片陆地。"

"谢谢。"安纳瓦克咧嘴笑道，"终于有了一个科学性很强的说法。"

"这说法来自一则古老的海达人传说：乌鸦的旅行。"灰狼说道，"诺特卡人有类似的故事。许多都以海洋为主题。不是来自海洋，就是被海洋毁灭。"

"也许我们最好认真听听，"戴拉维说道，"如果我们的科学没有进展的话。"

"你什么时候开始对神话感兴趣了？"安纳瓦克惊奇道。

"它带给人乐趣。"

"你比我还迷信呀。"

"那又怎样？至少这些传说非常明确地说明了如何和大自然和平相处。谁在乎这里面是否有一句真话？你拿取东西再还回东西。这就是全部真理。"

灰狼咧嘴笑着，轻抚着海豚。"那样我们就解决问题了，对不对，丽西娅？你只需要多用一点体力。"

"为什么呢？"

"我刚好熟悉几种白令海的古老传统。他们是这样做的：当猎人去海里狩猎之前，鱼叉投掷者必须和船长的女儿睡觉，以吸纳处女气味。只有这种处女气味能将鲸鱼吸引到船旁，安抚它，让它听任杀死。"

"这种东西真的只有男人想得出来。"戴拉维说道。

"男人，女人，鲸鱼……"灰狼笑道，"Hishuk ish ts'awalk——万宗归一。"

"好吧。"戴拉维叫道："我们潜到海底，去寻找赛德娜，替她梳头。"

万宗归一，安纳瓦克的头脑里回响道。

阿克苏克说过：这问题你们无法用科学来解释，孩子。萨满将会告诉你，你们遇到的是神灵，钻在生物体内移动的那个有灵世界的神灵。夸伦纳特开始灭绝生命，他们惹恼那些神灵，海洋女神赛德娜。不管海洋里的这些生物是谁，如果你们想反对它们，你们绝不会成功。它们是这世界的一部分，就像你的手脚是你的一部分。争夺统治权的战争只会造成牺牲，却无法打赢。

当罗斯科维奇和布朗宁在远处修理深飞时，他们在这里和海豚游泳，讲着海洋女神的古老传说。他们哈哈大笑，来回划行，渐渐地，尽管有温度调节和潜水衣，海水不知不觉地使他们身体变凉了。

他们该怎样替海洋女神梳头呢？至今，人类一直在向赛德娜抛掷有毒物质和核废料。一次又一次的油轮意外粘住了她的头发。他们不询问就狩猎她的动物，将其中的许多都灭绝了。

安纳瓦克感觉到他的心脏在冰冷的水里跳动。他发抖。这幸福的瞬间不会持久。他获得了朋友，感觉摆脱了错误生存的包袱。他隐隐地预感到有什么正在结束。他们永远不会再这样聚在一起。

灰狼重新检查最后一条动物身上的设备，满意地点点头。"行。"他说道，"我们放它们出去吧。"

生物性危害隔离实验室

"我这个白痴一定是瞎了眼！"奥利维拉盯着屏幕，荧光显微镜在传输放大的影像。她在纳奈莫多次检查了胶状物，他们将那东西从鲸鱼大脑里掏出后剩下的部分、安纳瓦克潜下巴丽尔皇后号后沾在刀上的碎片。但她绝对想不到，一种分裂的物质会是单细胞生物聚集而成。

真是太难为情了！

而她早该知道的。在毒藻的瘟疫中大家只看到杀人藻。就连罗什都没发现，那流散的胶状物并未消失，反而在他的显微镜载片上看到，一直都可以看到，变成了单细胞生物、已死的或正在死去的。在龙虾和蟹体内一切就都已经出现过，一切都混合在一起，杀人藻、胶状物、海水。

海水！

若非任何一滴里就藏有生命的宇宙，罗什也许会发现这种陌生物质的。数百年来，人们只注意到鱼、哺乳动物和甲壳动物，而忽视了99%的海洋生命。事实上统治海洋的不仅是鲨鱼、鲸鱼和大章鱼，还有微生物。在1公升的表层水里拥有一百多亿病毒，100亿细菌，500万原生动物和100万海藻。即使取自不适合生命存在的6300米水深下的水样也还含有数百万病毒和细菌。

科学研究在微生物的宇宙里越深入，就越是无法一目了然。海水是什么东西？透过一架现代化的荧光显微镜望一眼就会得出结论，是一种稀薄的胶状物，相互之间连接在一起的大分子编织的网络像吊桥似地贯穿每一滴水。要想测量到两公里长的DNA分子、310公里的蛋白质和5600公里的多糖，只需要1毫升水。某种可能有智慧的生物就藏在那之间的什么地方。它们隐藏在那里，表现成无所不在的微生物。不管那种胶状物多么罕见，绝对不是由神秘的生命组成，而是由极其普通的深海变形虫组成。

奥利维拉叹口气。罗什什么都没有搞懂，她自己没弄懂，分析取自干码头水样的人也没有谁弄懂，原因很明显。谁也没有想到，深海变形虫会凝聚成集体，控制蟹和鲸鱼。

"这不可能，"奥利维拉说道。她的话听起来特别无力。她重新比较分类学结果，但这丝毫改变不了她已经知道的事实。胶状物显然是由某种变形虫组成。一个绝大部分是出现在3000米以下、量大得无法想象的种类。

"荒唐。"奥利维拉低声说，"你在捉弄我吗？小东西。你化了装。你看起来像只变形虫。我绝对不相信你！你他妈的到底是什么东西？"

DNA

约翰逊返回后，他们开始一起隔离胶状物的单个细胞。他们不断地冰冻和加热那些变形虫，直到细胞壁裂开。加入蛋白水解后蛋白分子破裂成氨基酸链。他们加进酚。离心样本，一个烦琐漫长的过程。过滤出剩余蛋白和细胞壁的溶液，进行沉淀，最后得到一种不太清澈的含水液体，理解外来生物的钥匙。

纯DNA溶液。

第二步他们需要更大的耐心。要想破译DNA，必须将其中一部分分离和复制。整个染色体组无法阅读，因为太复杂，因此他们投入对特定部分的序列分析。

工作一大堆，而据说鲁宾生病了。

"这混蛋。"奥利维拉骂道，"现在他倒真能帮忙的。他到底哪里有毛病？"

"偏头痛。"约翰逊说道。

"听起来有点安慰人。偏头痛很痛的。"

奥利维拉将样本滴进定序仪。需要好几个小时才能分析清楚。暂时他们无事可做，于是穿过人造的酸雨，大口呼吸着来到室外。奥利维拉建议在机器计算时去机库甲板上抽支烟休息，但约翰逊有个更好的主意。他钻进舱房，五分钟后拿着两只杯子和一瓶红酒回来了。

"我们走。"他说道。

"你从哪里弄来的？"奥利维拉惊问道，他们沿着斜板往前走。

"这种东西是弄不来的。"约翰逊微笑，"这种东西是带来的，我是一位携带违禁品的能手。"

她好奇地瞪眼望着那瓶酒。"这好吗？我对酒懂得不是太多。"

"1990的克利奈酒庄，法国波美侯，让你的钱包和心情都变松。"约翰逊在船骨间的棚子下望见一个金属箱，向它走过去坐下来。周围不见有人。他们对面通向右侧平台的大门开着，能看到海上。大海平静光滑地横在极地朦胧的夜色中，被雾岚的面纱笼罩着。机库里很冷，但在隔离实验室里工作这么久后急需新鲜空气。约翰逊打开瓶塞，斟酒，端起杯子轻碰她的杯子。一声清脆的锵传到黑暗的远方。

"真好喝！"奥利维拉评判。

约翰逊咂着嘴唇。"我带了几瓶用来庆祝特殊事件。"他说道，"这是一桩特殊事件。"

"你相信我们发现这些东西了？"

"也许我们是发现了。"

"Yrr吗？"

"问题就在这里。我们那水槽里是什么东西？能想象一种由变形虫组成的智慧吗？"

"当我这么观看人类时，我有时就在想我们和变形虫有什么区别。"

"复杂性。"

"这是优点吗？"

"你以为呢？"

奥利维拉耸耸肩。"一个多年来只和微生物打交道的人，该相信什么么。我不像你一样是教授。我自恋，不和血气方刚的年轻学生交换看法，不告知广大公众，是一只披着人皮的实验室鼠。可能我戴着眼罩，但我只见到微生物在四周。我们生活在细菌时代，三十多亿年来它们从没改变形状。人类是一种时髦现象，可是，如果太阳爆炸，还会有几对微生物存在某个地方的。它们是星球上的真正成功者，不是我们。我不知道人类和细菌相比有什么优势，可是，如果我们现在再拿出证据，说微生物拥有智慧，那我们可就倒大霉了。"

约翰逊从他的酒杯里抿一口。"是啊，那将是致命的。教会怎么去向教徒们解释啊。上帝的创世在第五日达到高潮，而不是在第七日。"

"你到底怎么适应这些事的？"

"只要有几瓶精品葡萄酒，我就看不到值得一提的麻烦。"

"你不气愤吗？气下面的那些生命。"

"我们该用气愤解决这个问题吗？"

"绝对不是，噢苏格拉底啊！"奥利维拉咧嘴笑道，"我是说，它们夺走了你的家园呀。"

"对，其中的一部分。"

"你不怀念你在特隆赫姆的房子吗？"

约翰逊摇晃他杯子里的酒。"不如想象中的怀念。"沉默片刻后他说，"不错，那是座很漂亮的房子，摆满美妙的东西——但它并不包含我的生命。很奇怪，有这么一瓶酒和一座好的图书馆就能解脱自己。另外，虽然听起来很奇怪，我及时地放开了。在我飞往设得兰群岛的那一天，我一定就已和我的房子告别，自己也没有注意到是怎么告别的。我锁上门开车走了，在我的头脑里同时有什么被锁了起来。我想，如果你现在必须死去，你会最思念什么呢？——不是这座房子。"

"还有一座吗？"

"是的。"约翰逊喝口酒，"在内地的一座湖畔。当我坐在那里的露台上，眺望着水面，耳朵里听着西贝柳斯或勃拉姆斯，喝一口这东西……那感觉完全不一样。我真的想念这滋味。"

"听起来真美。"

"你知道我为什么能安然地站在这儿吗？为了回到那里去。"约翰逊伸手抓起酒瓶，将他们的杯子倒满。"你得去那里，看看夜空的星星倒映在水里的样子。你就不会忘记。你的整个生命都系在这孤独的闪耀里。一种特殊的经历，但你只能单独这么做。"

"海啸之后你又去过那里吗？"

"只在回忆里。"

奥利维拉喝口酒。"我到现在一直很幸运。"她说道，"没有可以抱怨的损失。朋友和家人身体健康，一切都还在。"她停下来，微微一笑，"而我在湖畔没有房子。"

"每个人都有一座湖畔的房子。"

她感觉约翰逊好像还想补充点什么。但他没有，只旋转着杯里的葡萄酒。于是他们坐在那里，喝着酒，看着雾岚在大海上弥漫。"我失去了一位朋友。"约翰逊最后说道。

奥利维拉沉默不语。

"她有点复杂。做什么都雷厉风行。"他微笑道，"奇怪，事实上我们在彼此放弃之后才真正喜欢上对方。算了，不谈了。事情总是这样。"

"我为你难过。"奥利维拉低声说道。

约翰逊点点头。他看着她，然后望向她身后。他的目光有点呆滞了。奥利维拉眉头一皱，掉过头来。

"有什么事吗？"

"我看到鲁宾了。"

"哪里？"

"那边。"约翰逊指着船中央机库的墙壁，"他走进那里面去了。"

"走进去了？那里没有什么可以走进去的。"

大厅尽头灯光幽暗。一堵数米高的墙将机库和那后面的甲板隔开。奥利维拉说得对。根本没有门。

"是不是酒里有什么东西呀？"她开玩笑。

约翰逊摇摇头，"我可以发誓，那是鲁宾。他一钻出来就不见了。"

"你肯定？他有看到我们吗？"

"不可能。我们坐在这儿的黑暗角落里。他要很仔细看才能看见。"

"等他来堤坝上时，我们直接问他。"

约翰逊继续望着墙壁，然后耸了耸肩。"对，我们问他。"

当他们走回实验室时，他们已经将酒喝光半瓶了，但奥利维拉没有一点喝醉的感觉。这东西在冷空气中不知怎么的没什么作用。她只是情绪亢奋，一心想着伟大的发现。

她是有了伟大的发现。隔离实验室里的机器结束了工作。他们将结果传到实验室外的计算机。屏幕上显示着一排排DNA序列。奥利维拉的瞳孔Z字形地来回移动，从上往下一行行地阅读，每看一行她的下巴就往下拉一点。"这不可能。"她低声说道。

"什么东西不可能？"约翰逊从她的肩头弯下身来。他阅读。他的眉毛之间形成两个陡峭的皱纹。

"它们统统不一样！不可能！相同生物具有相同的DNA。"

"同种生物——是的。"

"可它们是同种生物啊。"

"自然的突变比例……"

"别提了！"约翰逊显得不知所措，"早就超过了。这是些不同的生物，全部是！没有一个DNA和另一个完全相同。"

"至少它们不是普通的变形虫。那怎么办？"

他盯着结果。"我不知道。"

"我也不知道。"奥利维拉揉揉眼睛，"我只知道一点。瓶子里还有一点酒。我现在需要它。"

约翰逊

他们在数据库里搜索了一阵子，将胶状物DNA的序列分析和别处介绍过的分析进行比较。一开始奥利维拉就找到了她自己检查鲸鱼头颅里那东西当天得出的结论。当时她未能发现基因对序列有区别。"我该多检查那些细胞的。"她诅咒道。

约翰逊摇摇头。"也许那样做你也发现不了。你怎么能意识到我们面对的是单细胞生物的聚合物呢，算了，苏，这是没办法的。你往前看吧。"

奥利维拉叹息道，"对，你说得对。"她望一眼分析。"好吧，西古尔。你睡觉去吧。有一个人熬夜够了。"

"那你呢？"

"我继续做。我想知道，别的什么地方有没有介绍过这种DNA紊乱。"

"我们可以分工。我不要紧的。"

"绝对不行，西古尔！你去睡吧。你需要你的美容觉，我不需要。我四十岁时，大自然给了我皱纹和泪囊。我睡不睡没差别。你走吧，在我因喝掉它而错过研究目标之前，请你带走你剩余的上等红酒吧。"

约翰逊感觉她好像想独自攻克这件事。她对她自己不满意。她当然毫无理由责备自己，但也许他最好不去烦她。他拿着酒瓶离开实验室。出来后他发现自己一点不累。极圈以北没有时间感。明亮让白天变得漫长，只有几个小时的朦胧光线。太阳刚刚消失，钻到了地平线以下。勉强可以称为夜。从心理上来讲是去睡觉的最佳时机。但约翰逊不想睡觉。相反地，他迈着沉重的脚步沿斜板往上走去。

还是看不到谁。他瞟了一眼他们开酒的地方，看到箱子藏在黑暗中。

鲁宾不可能看到他们。但他看到鲁宾了！

干吗睡觉？他要再看看这堵墙壁。令他失望和惊奇的是搜查没有结果。他沿着墙走了很多遍，用手指抚摸铆住的钢板，摸管子和箱子，但奥利维拉似乎是对的。他一定是看错了。那里什么也没有，既没有一道小门也没有通道。"我不会看错，"他低声对自己说。

他是不是该去睡觉了？那样的话这事会在头脑里盘旋。也许应该去问问谁。比如说黎或皮克，布坎南或安德森。但如果他真的看错了，怎么办？多少有点尴尬。你是研究人员，他固执地想，那就研究吧。

他不疾不徐地走回舰尾的机库部分，坐到他们用来当临时酒吧的箱子上等候。这位置不错。即使最后发现受偏头痛折磨的同事没有穿过墙壁，在这里眺望海面一会儿也很舒服。

他拿起瓶子喝上一口。红酒让他发暖。他的眼皮开始沉重，每分钟增加一克，直到他几乎无法让它们睁开。事实上他是累了，只不过约翰逊属于那些拒绝任自然统治自己身体的人。当瓶子里空空如也后，他终于蒙眬入睡了，他的精神飘到了雾蒙蒙的格陵兰海上。

一声轻微的金属响声将他吓醒了。一开始他不知道他在哪里。然后他的腰部疼痛地感觉到机库的钢壁。海上的天空亮起来。他挣扎着站起，望向墙壁。

墙壁的一部分开着。

约翰逊睡眼惺忪地滑下他的箱子。那里打开了一扇门，正方形。门后黑色的钢板被照亮了。

他的目光移向箱子上的空酒瓶。他在做梦吗?

他慢慢地走向明亮的正方形。走近时他认出来，那里有条墙壁光秃的走道。灯管射出冷光。几米后走道来到一堵墙前，拐向一侧。

约翰逊向里窥视，谛听。

里面传来人声。他不由得后退一步。他考虑是不是最好尽快离开这里。毕竟他是在一艘战舰上。这一区肯定有什么蹊跷。某种不要让平民知道的事情。

后来他想到了鲁宾。不! 如果他现在逃走，这问题将会不停地缠着他。鲁宾到过这里!

约翰逊走进去。

8月14日

加纳利群岛，帕尔马岛沿海，海莱玛平台

波尔曼试着享受美好的天气，可惜什么都没法享受。脚下400米处，数百万虫子和数十亿细菌正在迅速钻进帕尔马岛火山纤细的水合物，这种情况下是无法享受的。他从平台走向正屋。

海莱玛平台是个半浮潜装置，一座有数个足球场大的浮动平台。正方形甲板建在6根坚固浮桥交叉的柱子上。在旱地上平台像笨拙的超大号双连舟。现在浮码头部分淹在水面下，看不见。6根立柱仅部分竖在海浪上方。这座浮动岛屿吃水21米，排水量10万吨。十分稳定，即使遭到严重的风暴袭击，也禁得起下潜和颠簸。最重要的是海莱玛平台灵活的速度，两具推进器让行驶速度高达7节，过去几星期来，它就以这速度从纳米比亚一直驶到了帕尔马岛。

船尾是一座两层建筑，结合了员工住处、餐厅、厨房、驾驶室和控制室于一体。正面高耸着两架大吊车。每架能吊起3000吨。右边的吊车负责放吸管，另一架放下光岛——一个内建摄影机的独立照明系统。

有四个人在高悬的驾驶室里负责协调操作吸管和光岛。

"格——哈德！"

福斯特从一架吊车向他跑过来。为简单顺口，波尔曼要求他叫自己"格"，但福斯特坚持要用德州口音喊他全名。他们一起走向船尾大楼上灯光黯淡的控制室。在场有福斯特小组和戴比尔斯的技术人员，还有扬·凡·马尔滕。这位技术经理在最短的时间内完成了奇迹似的承诺。人类史上的第一只深海吸虫器准备就绪。

"好，伙计们。"福斯特喊叫道，他们站到技术人员的后方，"上帝与我们同在。如果这件事成功，我们就去夏威夷。昨天下去一台机器人，在东南侧发现大量虫子。然后联络就中断了。其他火山岛也受到类似袭击，和我想的一模一样。但它们没有机会，为了清除全世界的害虫，我们将用管子清走它们！"

"很正面的想法。"波尔曼低声说，"我们这里的状况还能控制。但你想用这设备清除整个美洲大陆坡吗？"

"当然不是！"福斯特吃惊地望着他，"我这么说只是为了鼓舞士气。"

波尔曼扬扬眉，又将他的目光投到屏幕上。他希望这样做会有效。即使他们清除了那下面的虫子，许多细菌同伙钻进冰里的问题仍旧存在。要阻止别哈山的坍塌早已为时太晚，这种担忧暗暗地折磨着他。夜里他梦到一座高耸入云的巨大水柱，从海上向他冲来，他每次都汗淋淋地醒来。但波尔曼还是努力保持着成功的乐观。也许独立号上的人可以说服外来力量让步。如果Yrr有能力破坏整座大陆边坡，它们也有能力修好。

福斯特继续热情洋溢地发表反对敌人的演讲，盛赞戴比尔斯小组。然后发出放下吸管和光岛的信号。

光岛是个巨大的多层泛光灯。它现在悬挂在波涛上方的吊车臂，由横杆与斜撑组成坚固的捆扎，十米长，收纳有灯具和摄影镜头。吊车将它放了下去，消失在海里，通过光缆与海莱玛平台相连。十分钟后福斯特望望水深仪的屏幕，喊："停。"

凡·马尔滕下达命令给操作员。"展开。"他补充,"先展开一半。如果我们不会碰到障碍物,就全部展开。"

在400米的海底发生了优雅的变化。那捆扎展开为一具结构架。拉杆没有遇到阻力,光岛持续展开,最后半个足球场大的格状架悬浮在水面下。

"准备完毕。"操作员报告。

福斯特瞟了一眼设备。"我们应该要紧靠在火山侧面的。"

"灯光和摄影机。"凡·马尔滕命令道。

设备上一排排强烈的卤素灯亮起来。八台摄影机同时启动,将一幅灰暗的全景图传输到屏幕上。浮游生物在画面上飘浮。

"靠近一点。"凡·马尔滕说道。

在小螺旋桨的推动下,泛光灯慢慢移近。几分钟后一堵有缺口的结构被照亮,露出奇形怪状的黑色熔岩石壁。

"往下。"

光岛继续下沉。操作员操作得特别小心,最后声呐显示出一个梯形突出物。突然钻出一条山脊,伸手可及。表面布满蠕动的身躯。波尔曼盯着八台屏幕,感到沮丧自心中升起。在这里又邂逅了自从挪威大陆边坡坍塌以来一直缠着他的噩梦。如果到处都像灯光照出的这40米范围,他们就可以走人了。

"该死的小臭虫。"福斯特咕哝道。

我们来晚了,波尔曼想。然后他为他的害怕羞愧。目前还不确定运载细菌的虫子是否卸货了,或者细菌已经多到足以造成破坏。何况,另外还需要那最终引发滑塌的未知因素。一切还来得及。只不过他们要赶紧加油。

"好极了。"福斯特说,"我们将光岛倾斜四十五度,升高一点,好看得更清楚。然后放下吸管。我希望,这东西食欲很好。"

"它饿死了。"凡·马尔滕说道。

吸管全部驶出，伸进海里半公里，一根直径三米、分为数节的庞然大物，管身以绝缘橡胶制成，末端是一张深渊似的大嘴，周围安装有探照灯、两台摄影机和多个螺旋桨。透过遥控可将管子尾端升降、进退和侧移。光岛和吸管的拍摄影像汇总在操作室里，可以充分看到全部的细节。尽管视线良好，使用操纵杆的工作还要求指尖感觉，并有一位副手注意不让操作员漏看什么。

吸管穿过浓郁的黑暗下沉了好长一段时间。探照灯关掉了。看到光岛上的泛光灯。一开始在黑暗的深海中只看到微光，然后愈来愈亮，露出光岛的正方形，最后显出大陆边坡的台地，台地的巨大让波尔曼联想到一座太空站。吸管继续下沉，接近拥挤的虫子，直到它们遮住了屏幕。每具暴躁的身体都很清晰，每个部分都看得明明白白。穿梭扭动着，下颌前突，成钩状。

控制室里笼罩着透不过气来的静谧。

"了不起。"凡·马尔滕低声道。

"清洁女工才不会被屋里的灰尘迷住呢。"福斯特冷笑着摇摇头，"你快开启你的吸尘器，清除掉这些害虫吧。"

正确地说，吸管是一根吸泵，它产生真空，吞进出现在它咽喉前的一切。吸管开始工作了，起初没有任何反应。显然要过一段时间才开有效。至少波尔曼希望如此。那些虫子继续它们的破坏，什么事都没有。控制室里深切的失望慢慢弥漫开来。虽然没有人敢讲话，结果却是显而易见的。波尔曼目不转睛地盯着吸管摄影机的监控屏幕，感觉到绝望正在返回。原因何在？这设备太长？吸管太弱？

正当他还在苦思时，屏幕上出现了变化。似乎有什么在拉扯那些动物。它们的后身抬起来，垂直弓起，颤动着……突然向摄影机飞来，从一旁掠过。

"成功了！"波尔曼举起双拳。他一反常态地叫了起来。他真想在室内跳上一圈，大大庆祝一番。

"哈利路亚！"福斯特使劲地点头。"多么神奇的玩具！噢上帝啊，让我们清除掉这世界上的邪恶吧！也清除掉困难！"他一把摘下头上的棒球帽，摸摸卷发，又重新戴上。"把那些畜生给扫掉！"

更多的虫子被吸走了。那么快、那么大量地被吸进管子，屏幕上很快就只能见到苍白的闪烁。光岛摄影机清晰地显示出吸管末端正发生的事情。沉积物被一起吸了起来，高高地旋转着。

"继续向左。"波尔曼说道，"或者往右。无所谓了，继续吸好了。"

"我们转换为缓慢的Z字形动作。"凡·马尔滕建议道，"从灯光照亮的一端到另一端。等吸空了能看到的范围，就继续移动光岛和吸管，进行接下来的40米。"

"很好！就这么做。"

吸管移动着，不停地将虫子吸进体内。所到之处，水都变得十分混浊，让人看不清海底。

"只有当浊水变清了，我们才能看到成功。"凡·马尔滕说道。他显得无比轻松。几星期的紧张随着一声深深的叹息消失了，他几乎是冷静地往后靠回去，"我想，我们都会对结果满意的。"

格陵兰海，独立号

咚——！星期天上午特隆赫姆的钟声。教堂街的教堂钟楼在阳光下迎向天空，自信的塔楼，将影子投在赭红色的小屋屋顶上，屋前的台阶被漆成了白色。

叮咚，神圣的世界。起床了。

枕头继续蒙住头。谁会让教堂规定他什么时候该起床。他可不会听从该死的教堂！昨天跟同事和学生们一起喝多了吗？

咚——！

"八点。"

播音系统。再也没有提醒人时间的教堂街了，没有了自信的小塔楼，没有了赭红色的房子。他头颅里咚咚敲的不是特隆赫姆的钟，而是讨厌的头痛。出了什么事？

约翰逊睁开眼睛，看到自己躺在一张陌生的床上，床单乱成一团，周围摆着的其他床全是空的。房间很大，堆满设备，没有窗户，像是一间消毒过的病房。

见鬼，他在一间病房里干什么？

他抬起头，又倒回枕头上。眼睛又主动合上。一切都比他头颅里的嗡嗡声好。他很难受。

"九点。"

约翰逊坐起来。他跟先前一样是在房间里。现在他感觉好多了。恶心消失，钳子夹紧般的疼痛变成一种隐约但能够忍受的压迫。只是他不知道如何来到这里的。

他低头看自己。衬衫，裤子，袜子，一切都是昨晚的。他的羽绒夹克和羊毛衫放在身旁的床上，床前摆着鞋子，摆得整整齐齐。

他双腿搁在床沿上。一扇门很快开了，医务部负责人席德·安杰利走了进来。安杰利是位矮个子意大利人，秃头，嘴角有明显的皱纹，他在船上担纲最无聊的工作，因为没有人生病。这种情况最近似乎发生了变化。"你感觉怎么样？"安杰利侧起头问道，"一切正常吗？"

"不知道。"约翰逊摸摸他的颈背，猛地打了个战。

"还要痛上一段时间的。"安杰利说道，"你别担心。这算轻的了。"

"到底发生了什么事？"

"你不记得吗？"

约翰逊回想，但回想起来的只有疼痛。"我相信，我可以服用两颗阿司匹林。"他呻吟道。

"你不知道出了什么事吗？"

"不清楚。"

安杰利走近来，端详地望着他的脸。"你是在机库甲板上被发现的。一定是滑倒了。这里的一切都在摄影机监视下，真是幸运，要不然你还躺在那里呢。大概是脖颈和后脑撞在地面的斜撑上。"

"机库甲板？"

"是的。你全忘了？"

当然，他到过机库甲板。跟奥利维拉一起。之后又去了一趟，一个人。他还记得他回到那里，但再也想不起为什么了。更想不起后来发生的事。

"幸好没有造成严重的后果。"安杰利说道，"你……呃……是不是碰巧喝什么酒了？"

"喝酒？"

"因为那个空瓶子。那里有个空瓶子。苏·奥利维拉说，你们俩一起在那里喝酒。"安杰利张开手指。"你别误解我，博士，这没什么大不了的。但航空母舰是个危险的地方。又潮湿又黑暗。可能滑倒或掉进海里。最好是别一个人上甲板，尤其，当你……呃……是不要……"

"当你喝了酒后，"约翰逊补充道。他站起来，一阵头晕。安杰利赶过来，扶住他的手肘。

"谢谢，没问题。"约翰逊甩开他，"我到底是在哪里？"

"在救护站。你能走吗？"

"如果你给我阿司匹林的话……"

安杰利走向他的药橱，取出一小盒止痛药。"拿去吧。只是撞个大包。你很快就会好起来的。"

"很好，谢谢。"

"你真的感觉很好吗？"

"是的。"

"你什么也记不起来？"

"记不起来，妈的。"

"太好了。"安杰利咧开嘴笑了。"你慢走，博士。请你别客气，有

683

事马上来找我。"

指挥区会议室

"超变区？我一个字也听不懂。"

范德比特想弄清楚。奥利维拉发现自己有苛求听众的倾向。皮克茫然地望着。黎没有表情，但让人担心这场报告超出了她掌握的遗传学知识。

约翰逊像个幽灵似的坐在他们中间。他来晚了，鲁宾也是，他难为情地呢喃着坐下来，为他的缺席道歉。约翰逊的样子看来真的很糟糕。他目光闪烁，回头张望，好像他每隔几分钟就得确认一下，周围的人都是真的而非幻觉。奥利维拉打算会后找他谈谈。

"我要以一个普通的人类细胞为例来说明。"她说，"事实上，它只不过是一只周围有层膜、装满信息的袋子。细胞核里有着染色体，所有基因的总和、所有的遗传信息都在其中。染色体由DNA组成，那著名的双螺旋体。一种生物发展得愈高级，这个建筑蓝图的区别就愈小。透过DNA分析你可以引渡一位杀人凶手或澄清亲属关系，但整体来说所有人的蓝图都一样：脚，腿，身躯，手臂，手等等。也就是说，单一DNA的分析会告诉我们两样东西——总体上：这是一个人；具体上，这是哪个人。"她在其他人脸上看到了兴趣和理解。看来，以遗传学的基础知识开场是个好主意。

"当然，两个人类之间的区别要比两个同种单细胞生物的区别大。根据统计，我的DNA会和室内的其他任何人存在着300万个区别。人类所有的1200组基因对都有些微差异。如果你检查同一个人的不同细胞，也会发现少量的变异，DNA里的生化变异，由突变引起。如果你分析我左手的一个细胞和我肝脏的一个细胞，结果也存在相应的区别。但每个细胞都一目了然地说明：这是苏·奥利维拉。"她停顿一下，"单细胞生物的这种问题要少些。它只有一个细胞。它组成整个生物。因

684

此也有一个染色体组，由于单细胞生物是透过分裂而不是透过交配繁殖的，也不存在妈妈和爸爸的染色体组杂交，而只是连同遗传讯息一起复制生物，就这么回事。"

"这就是说，如果是单细胞生物的话——一旦知道了一个DNA，就知道所有的了。"皮克以骄傲的口吻说道。

"对。"奥利维拉对他微微一笑，"那本该是理所当然的。一群单细胞生物的大部分染色体组都会相同。忽略很小的突变率，每个个体里的DNA都相同。"

她看到鲁宾在他的椅子上不安地扭动，嘴巴开开合合。一般情况下，这时候他早就抢过去做报告了。多么愚蠢啊，奥利维拉得意地想到，你患偏头痛卧床了。结果你根本不知道我们知道的情况。你不得不闭上嘴，听我讲。

"但我们的问题就出在这里。"她继续说道，"胶状物的细胞乍看显得是相同的。它们是生活在深海里的变形虫。这没什么特别奇怪的。要介绍它们全部的DNA，我们必须使用不同的计算机算上两年，因此我们仅限于抽样。我们隔离出DNA的一小部分，获得部分遗传密码，专业术语称为扩增子。每个扩增子都向我们显示一串序列，遗传学词汇。我们分析不同个体相同DNA段的扩增子，将它们相互比较，就得到有趣的信息。同一群体的多个单细胞生物的扩增子大致如下图。"

她举起一张她为会议放大的图。

A1: AATGCCA ATTCCA TAGGATT AAATCGA

A2: AATGCCA ATTCCA TAGGATT AAATCGA

A3: AATGCCA ATTCCA TAGGATT AAATCGA

A4: AATGCCA ATTCCA TAGGATT AAATCGA

"你们看，全段上分析出来的序列是一致的。四个相同的单细胞生物。"她放开那张纸，拿起另一张，"相反地我们得到了这个。"

A1: AATGCCA CGATGC TACCTG AAATCGA

A2: AATGCCA ATTCAT AGGATT AAATCGA

A3: AATGCCA GGAAAT TACCCG AAATCGA

A4: AATGCCA TTTGGA ACAAAT AAATCGA

"这是我们的胶状物的四个样本的扩增子的序列。DNA相同——除了有些许出入的超变区。没有一点共同处。我们检查了几十个细胞。有些超变区内的区别很小，另一些截然不同。不能用自然突变来解释此事。换句话说：这不可能是巧合。"

"也许是不同种类呢。"安纳瓦克说道。

"不是。肯定是同一种类。每种生物在生前都绝不可能改变它的遗传密码。总是先有建筑蓝图。有了蓝图才进行建筑，造出的东西只能和这张蓝图相符而不是和别的蓝图相符。"

时间停滞了好长一段，没有人说话。

"如果这些细胞还是不一样，"安纳瓦克说道，"那它们一定是找到一种在裂变后改变DNA的方法。"

"可是为了什么目的呢？"戴拉维问道。

"人为目的。"范德比特说道。

"人为？"

"在座的都是瞎子吗？"奥利维拉博士说，大自然不会做这种事，这她是知道的，"我也没听到约翰逊博士有异议。那么，谁会聪明得想出这种东西来呢，嗯？这东西是一种生物武器。只有人类能造出这种东西。"

"我反对。"约翰逊说道。他摸摸头发，"这没有意义，杰克。生物武器的优点是仅需一张基本蓝图。剩下的就是复制……"

"如果病毒发生突变，完全可能会有好处，难道不是吗？艾滋病毒

686

在不停地发生突变。每当我们相信找到了它时，它就又变了。"

"这是两码子事。我们在此面临的是一个超级生物，而非病毒感染。它们之所以不同，一定另有原因。这些DNA裂变后遭遇过什么。它们的密码被改变了，互不相同。有谁在乎这是谁的责任吗？我们必须查出它有什么意义。"

"它的意义就是杀死我们所有人！"范德比特激动地说道，"这东西是用来毁灭自由世界的。"

"没错。"约翰逊嘀咕道，"那你就开枪打死它呀。让我们看看它们是不是穆斯林细胞？也许你的DNA就有伊斯兰基因。这事将是合法的。"

范德比特盯着他。"你到底站在哪一方？"

"站在理解的一方。"

"你也理解，你昨天夜里为什么一头栽倒吗？"范德比特嘲讽地冷笑道，"记住，是在享受了一瓶红酒之后。你感觉如何呀，博士？头疼吗？你为何不将眼睛闭上一会儿？"

"为了让你没有太多的机会张嘴。"

范德比特呼吸困难。他在出汗。黎用嘲讽的目光从眼角扫了他一眼，向前侧过身来。"你说，这是不同的密码，对吗？"

"对。"奥利维拉点点头。

"我不是科学家。可是，这密码可不可能和人类的暗号有着相同的目的呢？比如说战争时的暗语。"

"是的。"奥利维拉点点头，"这是可能的。"

"彼此辨认的暗语。"

韦弗在一张纸上写着什么，将它递给安纳瓦克。他阅读，点点头，又放开了。

"它们为了什么目的相互辨认呢？"鲁宾问道，"为什么要搞得这么复杂呢？"

"我想，这很明显。"克罗夫说道。

有一会儿，室内只听到吸烟时发出的卷烟纸的嘶嘶声。

"你认为是什么？"黎问道。

"我相信，是用来交流。"克罗夫说道，"这些细胞彼此交流。这是一种交谈形式。"

"你认为，这东西……"灰狼盯着她。

克罗夫将打火机的火苗对准香烟，猛吸一口，吐出烟雾。"交流。对。"

斜　板

"昨天夜里发生什么事了？"当他们往下走向实验室时，奥利维拉问道。

约翰逊耸耸肩。"我一点记忆都没有。"

"你现在感觉怎样呢？"

"奇怪。头痛减轻了，但我的记忆里出现了一个机库甲板那么大的缺口。"

"真是太巧了，是不是？"鲁宾边走边转过身来，露出牙齿，"我俩都头痛。两个人！老天，我痛死了，痛到没办法请假。我真的很抱歉，可如果倒在那里……砰！晕倒了！"

奥利维拉以说不出的神色端详着鲁宾。"偏头痛？"

"是的。可怕！突然时好时坏。一旦发作起来，什么都太迟了。那时唯一有用的就是吃药，关灯。"

"一觉睡到今天早晨？"

"当然。"鲁宾一副内疚的样子，"对不起。但我失控了，真的。否则我一定会来的。"

"你没有来？"

她提问的样子听来滑稽。鲁宾茫然地微笑着。"没有。"

"真的没有？"

"这我应该是知道的。"

约翰逊的头脑里喀噔了一下。像一台坏掉的幻灯机，想抓住一幅图，但滑架滑偏了。

奥利维拉为什么这样问？

他们在实验室门外停下来，鲁宾输入密码。门弹开。当他走进去开灯时，奥利维拉低声对约翰逊说："怎么回事呀？你昨天晚上明明说有看到他的。"

约翰逊盯着她，"有吗？"

"当我们喝着葡萄酒坐在箱子上等序列分析仪的排序时，"奥利维拉低语道，"你说你见到他了。"

喀噔。滑架想抓住那张幻灯片。喀噔。

他的头脑里像装满海绵。他们喝过葡萄酒，这他记得。交谈过。然后他……看到了什么？

喀噔。

奥利维拉扬起眉毛。"天哪。"她边往里面走边说道，"你真的生病了。"

神经元计算机

他们在联合情报中心里坐在韦弗的计算机前。"注意，"她解释道，"编码的事情给了我们全新的线索。"

安纳瓦克点点头，"细胞并不全部相同。它们不像神经元。"

"不仅是它们的连结方法。如果它们的DNA出现带密码的序列，那也有可能是它们结合的关键。"

"不是。这结合一定是由其他什么引起的。某种可遥控的东西。"

"昨天我们谈到了气味。"

"好吧。"安纳瓦克说道，"试试这个。给它设定程序，让它产生一种代表结合的气味。"

韦弗思考着。她拨打实验室里的电话。"西古尔吗？嗨！我们正在用计算机仿真。你们想出来这些细胞是怎样相互结合的吗？"她听了一会儿。"正是。——我们试试。——好的。有情况就告诉我。"

"他怎么认为？"安纳瓦克问道。

"他们在做相态测试。他们要将这种胶状物溶化，再结合。"

"那他们也相信，这些细胞排出一种气味吗？"

"是的。"韦弗皱起眉，"问题是哪个细胞开始排出？又是为什么？既然出现连锁反应，必须有引发者。"

"一种遗传程序。"安纳瓦克点点头，"只有特定的细胞能引导这一结合。"

"大脑的一部分比其他部分能力大……"韦弗沉思道，"说得通。但还不够充分。"

"等等！有可能我们还是走在错误的轨道上。我们的出发点一直是这些细胞组合成一颗大脑。"

"我相信是这样。"

"我也是。我只是突然想到……"

"什么？"

安纳瓦克使劲想着。"它们彼此不同，你不也觉得这很奇怪吗？我只是想不到这么一种密码设置有什么理由。有人设计了它们的DNA程序，让它们能执行特殊任务。但如果是这样——那每个细胞就都是一颗独立的小脑子了。"他思考下去。这太神奇了！他不清楚这怎么可能。

"这就意味着，每个细胞的DNA就是大脑。"

"一个能思考的DNA？"

"某种程度上是的。"

"那它肯定也能学习。"她满脸怀疑地望着他，"我愿意相信一些新东西，可是，要我连这个都信吗？"

她说得对。这太离谱了。如果这样真的可行，结果将是一种全新的生物化学。某种不存在的东西。

"再问一下，神经元计算机通过什么学习呢？"他问道。

"透过分布式平行运算。行为方案的选择数量随经验而增长。"

"那它如何记住这么多事呢？"

"把它储存起来。"

"所以每个单位都得有一个储存单元。然后在储存单元的网络里产生人工智能。"

"你想说什么？"

安纳瓦克对她做了解释。

她听着，不时摇摇头，让他再解释一遍。"你在改写生物学，这就是我能做的判断。"

"我是在改写。但你能设计一种以类似方式运转的东西吗？"

"我的天哪。"

"也许小规模的。"

"小规模的也已经够大了。我的天啊，利昂！这理论多么荒谬啊。可是好吧。——好吧！我来做。"

她伸出被晒成褐色的手臂，金色的寒毛在小臂上发亮。T恤的布料下肌肉紧绷。安纳瓦克想，他多么喜欢这个宽肩、结实的女人啊。

与此同时她也望着他。"这你可得付出代价的。"她威胁道。

"说吧。"

"肩和背。放松按摩。"她咧嘴笑道，"而且是现在。在我写程序的时候。"

安纳瓦克被感动了。大方自然，毫不害羞。不管他的理论有无意义——把它说出来就已经值得了。

鲁 宾

午餐时他们一起去楼上的军官餐厅。约翰逊的状态看样子是好些了。他跟奥利维拉很谈得来。当鲁宾告诉他们，偏头痛发作后就感觉不到饥饿时，两人都没有显得特别伤心。"我去屋顶上散步。"他说道，望着前方，试图博得一点同情。

"你小心了。"约翰逊笑着说道，"这里很容易绊倒。"

"别担心。"鲁宾笑道。他边说边想，要是你们知道了我一直以来有多么小心的话，你们的下巴会掉到底层甲板上去的。"我会抓住船帮的。"

"我们还需要你呢，米克。"

"那好吧。"他听到奥利维拉一边跟约翰逊往前走，一边轻声说道。

鲁宾攥紧拳头。随他们大家怎么胡说去吧。到最后他会得到他应得的。拯救了人类的功绩将归于他的光环。他早就在等着可以摆脱中情局控制的那一天了。等他们处理完这件事，就没有理由再向世界隐瞒他的成就了。任何保密都将是多余的。他会随心所欲地发表作品，得到所有人的欣赏。

当他沿斜板往上走时，他的情绪变好了。他在三层甲板由一条岔道来到一扇关闭的小门外。他输入一个密码。门弹开来，鲁宾走进门后的通道。他一直走到底，出现另一扇锁着的门。当他这回输入密码时，操纵台上的一盏小绿灯亮了。那上面的一块玻璃板后嵌有一个摄影镜头。鲁宾走上前，右眼望进镜头，透镜扫描他的视网膜，予以放行。

成功确认过身份后这道门也为他打开了。他来到一个摆满计算机和屏幕的昏暗大房间，这房间和作战情报中心很相似。身穿制服和不穿制服的人们坐在操纵台旁，嗡嗡声不绝于耳。黎、范德比特和皮克一起站在一个大地图灯桌前。

皮克抬起头来。"你进来吧，"他说道。

鲁宾走进去。他突然感觉他的自信动摇起来。从来，夜里他们只相互通过电话，交换过简单的信息，腔调是不带表情的。现在却变成了冷漠。

鲁宾决定先发制人。"我们有了进展。"他说道，"我们一直领先一步……"

"你请坐。"范德比特说道，他以一个简短的手势指指桌子对面的一张椅子。

鲁宾服从了。那三人站在那里，让他很是局促不安。他感觉自己像是站在审判台上。"昨晚的事的确很愚蠢。"他补充道。

"愚蠢？"范德比特拿臂肘撑在桌面上，"你这个愚蠢的傻瓜。换在其他情况下我会将你扔下船。"

"等等，我……"

"你为什么要将他打昏？"

"那我该怎么做呢？"

"好好监视。你这个傻瓜。根本不该让他进来。"

"这可不是我的错呀。"鲁宾叫道，"监看谁睡觉时替屁股抓痒的是你的人呀！"

"你为什么打开那个该死的门呢？"

"因为……哎呀，我想，我们也许需要……考虑到……"

"什么？"

"你听好了，鲁宾。"皮克说道，"你很清楚通向机库甲板的门只有一个作用，搬进笨重的东西。"他双眼一瞪，"昨晚什么事让你觉得那么重要，非要打开那道门呢？"

鲁宾咬着嘴唇。

"你就是太懒，不肯从船内走。问题就在这里。"

"你怎么能这么讲呢？"

"因为这是事实。"黎绕过桌子走过来，骑坐到鲁宾面前的桌沿上。她宽容地、几乎是友好地看着他。

"你告诉别人你去呼吸新鲜空气的。"

鲁宾缩在他的椅子里。他当然讲过这话。监视系统当然将它记录了下来。

"甲板上看上去不像有人的样子。"他辩护道，"你的手下也没有报告说那里有人。"

"那又怎么样呢，米克？监视系统没有报告任何消息，是因为它没有接到询问。但你每次开门都必须得到允许。没有连续打开两次。它们无法向你报告。"

"对不起。"鲁宾含糊地说道。

"为公平起见，我也承认这上面还是一切都在按计划进行。另外我们在准备此次使命时犯了个错误，没有安装完美无缺的监听系统。比如说，我们不知道奥利维拉和约翰逊在机库甲板上喝酒时讨论过什么，可惜我们也不能监听斜板上和飞行甲板上的交谈。但这一切丝毫改变不了你像个愚蠢的傻瓜的事实。"

"我保证再也不……"

"你是一个危害安全的败类，米克。一个没有脑子的混蛋。虽然我和杰克并不总是意见一致，如果这种事再发生一次，我会协助他将你扔下船去。我会为此亲自引来几条鲨鱼，开心地看着它们扯出你的心脏来。你听懂没有？我会宰了你。"

黎水蓝色的眼睛看起来还是很友好，但鲁宾意识到，她执行起这项威胁绝对不会犹豫。他怕这个女人。

"我看到，你明白了。"黎拍拍他的肩，走向其他人。"好，减少损失。药物有效吗？"

"我们给约翰逊注射了十毫升。"皮克说道，"再多会让他发疯的，现在我们不可以这么做。这东西在脑子里像块橡皮似地生效，但不能保证他不会再回忆起来。"

"风险有多大？"

"难讲。一句话，一种颜色，一阵气味——如果大脑得到一个触点，就有可能完全恢复。"

"风险相当大啊。"范德比特嘀咕道，"我们至今未找到不管在什么情况下都能抑制回忆的药物。我们对大脑的运行方式懂得太少了。"

"这么说我们必须监视他。"黎说道，"你怎么看呢，米克？你估计，

694

我们还将依赖约翰逊多久？"

"噢，我们取得很大的突破了。"鲁宾热切地说道。这回他又可以弥补了。"韦弗和安纳瓦克认为是一种费洛蒙结合物。奥利维拉和约翰逊也发现可能是一种气味。我们今天下午就进行相态测试，找到证据。如果结合真是透过一种气味进行的，那么就有了一个可以将我们迅速带到理想目的地的起点。"

"如果。假如。可能。可以。"范德比特嗤之以鼻，"你什么时候能有这该死的东西呢？"

"这是科学研究，杰克。"鲁宾说道，"当年也没有人坐在亚历山大·弗莱明的怀里，问他需要多长时间才能发现青霉素。"

范德比特正要反驳什么，这时一位女子从她的座位上站起，向他们走来。

"他们在作战情报中心破译了那个信号。"她说道。

"刮擦声？"

"好像是的。克罗夫对尚卡尔说，他们破译了它。"

黎向作战情报中心的监控屏幕望去。从隐藏摄影机的角度能看到尚卡尔、克罗夫和安纳瓦克正在交谈。正好韦弗走进来。

"那我们马上就会收到好消息了。"她说道，"再见了。先生们，我们应该装出适当的惊喜。"

作战情报中心

大家都挤在克罗夫和尚卡尔周围看那个回答。那不再是一幅光谱图的形式，而是前天接收到的信号的光学转换。

"这是回答吗？"黎问道。

"问得好。"克罗夫说。

"刮擦声到底是什么东西呀？"灰狼拖着戴拉维也赶来了，"是一种语言吗？"

"刮擦声也许是的，但肯定不是这种密码。"尚卡尔解释道，"这跟阿雷西博讯息完全一样。地球上没有人用二进制密码交谈。原则上不是我们向太空发射了一则讯息，而是我们的计算机。"

"我们所能查明的，"克罗夫说道，"是刮擦声的结构以及为什么它听起来像唱针在唱片上移动。那是低频范围的一个断音，能传遍整个海洋。低频率的波传送距离最远，特别迅速的断音强度更强。次声的问题是，对于100赫兹以下的声音，得加速很多倍人耳才能听到，断音更要加速。不过，理解的关键却在于减速。"

"我们必须将它拖长，"尚卡尔说道，"以便区别细节。因此我们将它播放得极慢，直到刮擦声变成一系列不同长度、不同强度的单一脉冲。"

"听起来像摩斯密码。"韦弗说道。

"它似乎也是这样运作的。"

"你怎么表现那东西呢？"黎问道，"透过光谱图吗？"

"这是一方面，但还不够。为此我们采用了一种方法，类似卫星图像显示雷达捕捉到的假颜色。在这里，我们保留它的长度和强度，用一个我们能听见的频率替代。如果原声存在不同的频率高度，就进行相应的换算。我们就是以这种方式处理刮擦声。"克罗夫向键盘里输入一个指令，"我们接收到的东西，现在听起来是这样。"

响声嗡嗡，像有人在水下击鼓。连续不断，快得让人无法将音分开，但响度和长度不同的脉冲，明显有着不同的顺序。

"听起来真像是个暗号。"安纳瓦克说道，"这是什么意思呀？"

"我们不清楚。"

"你们不清楚？"范德比特问道，"我还以为你们已经破译了呢？"

"从正常情况来说的话，我们不清楚这是怎样一种语言。"克罗夫耐心地说道，"到目前为止，我们完全不清楚近几年记录的刮擦声信号意味着什么。但这不重要。"她从鼻孔里喷出烟来。"我们有更好的东西，即接触。默里，将第一部分给他们看看。"

尚卡尔调出一幅计算机图。一行行的数字覆盖整个屏幕。有些<u>整</u>排整排的数字全都相同。

"正如你还记得的，我们向水下发送了几道家庭作业。"尚卡尔说道，"数学作业。就像智力测试做的一样。内容有继续二进制数列，破译对数，更换缺少的因子。我们设想，最好的情况是下面那些生命觉得这件事好玩，向我们发来回音。若是如此，就说明了：我们听到你们了——我们在这里——我们懂数学，能够使用数学。"他指着一排排数字，"这些就是结果。出色的满分。它们完成了每一道题目。"

"哎呀呀。"韦弗低语道。

"这告诉了我们两点。"克罗夫说道，"第一，刮擦声确实是一种语言。刮擦声信号极有可能包含着复杂的信息。第二点是关键性的！证明它们能够改变刮擦声的结构，使它对我们具有意义。这是最重要的成绩。那表示它们各方面都不比我们逊色，不仅能破译密码，而且能编制密码。"

众人好长时间都只是盯着一行行数字。沉默，却又激动和震惊。

"那又证明了什么？"约翰逊打破宁静问道。

"这很明白。"戴拉维回答道，"那里有人在思考和回答。"

"难道一台计算机就不能做出这些回答吗？"

"你认为，我们是在跟一台计算机交谈吗？"

"他说得对。"安纳瓦克说道，"那证明有人出色地完成了数学作业。这很让人激动，但并不一定能证明对方是存在自觉的智慧生命。"

"否则谁还能发出这些回答呢？"灰狼扫兴地问道，"鲭鱼吗？"

"废话，不是。再好好想想吧。我们这里遇到的，是对符号的巧妙使用。那并不能证明存在较高级智慧。变色龙为了适应环境变色时，说白了，是一种极其复杂的计算能力。事实上它什么也没有记住。不知道变色龙多有智慧的人，有可能得出结论：要掌握一种今天像一丛树叶、明天像岩石的程序，必须具备一定智能。人们会认为它具有高度的认知能力，因为它可说是破译了它周围环境的密码，具有创造性行为，因为它能按照环境，来校正自己的密码。"

"那我们这是什么？"戴拉维不知所措地问道。她显得失望。

克罗夫会心地一笑。"利昂说得对。"她说道，"掌握符号并不保证也理解了这些符号。真正的精神和创造力体现在对真实世界的想象力和知识上。而且是透过较深层的理解。一台计算机，不管能力有多强，也无法应用基本法则，不能进行违反逻辑的行为。它不会与环境冲突，没有经验。我估计，Yrr回信时，也这么对自己说过。它们寻找过某种能向我们表明它们具有较高理解力的东西。"克罗夫指着计算机图像，"这是两道数学题的答案。如果你们仔细看，会发现答案一先后出现了十一次，然后是两次答案二，一次答案一，又是九次答案二。在一个位置，答案二差不多重复了三万次。但为什么呢？对方将每种答案不止一次地寄给我们，让信息长得足以被记录下来，光这一点就是有意义的。可是为什么是这种看似混乱的次序呢？"

"异形小姐此时参加了进来。"尚卡尔说道，无比神秘对着在座众人咧嘴一笑。

"我的老朋友朱迪·福斯特，"克罗夫说道，"我不得不承认，当我想到那部电影时，我想到了答案。这次序同样是一种密码。如果你能正确解读，就会得到一幅由黑、白字节组成的画——也就是跟我们在凤凰计划里做的一模一样。"

"但愿不是阿道夫·希特勒。"鲁宾说道。

这回他笑了。如今所有人都看过了朱迪·福斯特的电影《超时空接触》。里头外星人向地球发送了一张图，其中包含着建造说明书的一部分。它们只是将人类在技术进化过程中向太空发射的东西拼成一张图，结果偏偏是一张希特勒的照片。

"不。"克罗夫说道，"那不是希特勒。"

尚卡尔给计算机输入一道指令。一排排数字消失，出现一张图形。

"这是什么？"范德比特俯身向前。

"你认不出来？"克罗夫对着在场的众人笑笑，"其他有谁想出来

了吗？"

　　"看起来像座摩天大厦。"安纳瓦克说道。

　　"帝国大厦。"鲁宾回答。

　　"荒唐。"灰狼说道，"它们怎么会认识帝国大厦的？那样子像枚火箭。"

　　"它们从哪里认识火箭的？"戴拉维说道。

　　"海洋里有很多。装有核弹头，化学武器……"

　　"这周围是什么呀"奥利维拉问道，"云团？"

　　"也许是水。"韦弗认为道，"也许是来自深海的某种东西。"

　　"水这想法倒是不错。"克罗夫说道。

　　约翰逊搓着他的胡子。"它给我的印象更像一座雕像。也许是一个符号。某种……宗教符号。"

　　"人性，太人性了。"克罗夫似乎在窃喜，"为什么你们不能换个角度看这幅图像呢。"

　　他们继续盯着。黎猛地想到。"你能将它转动九十度吗？"

　　尚卡尔的手指滑过键盘，图形侧过来。

　　"我还是看不出这是什么东西。"范德比特说道，"一条鱼吗？一只

大型动物？"

黎摇摇头，发出一声低笑。"不是，杰克。它周围的图案是波浪。海浪。从下面进行的一张瞬间抓拍。从海底向水面拍的。"

"什么？这个黑色东西？"

"很简单。这是我们。是我们的船。"

加纳利群岛，帕尔马岛沿海，海莱玛平台

也许他们不该这么兴奋。过去的十六个小时，吸虫器不停地工作，将数吨粉红色的虫子运到了日光下，它们看来很不适应这样迅速换地方。大多数上来时已经死了，剩下的也抽搐扭动着，鼻孔外翻、颌骨颤动着死去。福斯特一开始就跑了出去，在那里，水向下流走，多毛虫连同被抽上来的海水从软管哗哗喷出，扑通落进大张的网里。它们经滑道进入一艘货轮，货轮就停在海莱玛平台旁边，正愈装愈满。福斯特兴奋地伸手进去，黏滋滋地抓了十几具尸体出来，胜利地高举着它们。"只有死虫才是好虫。"他吼叫，"好好听我的话！耶！"

所有人都鼓掌，波尔曼也鼓掌。

一会儿后被搅起的淤泥沉淀了，他们望见大理石纹的熔岩。小水泡零星地升上来。光岛的摄影机对好焦，这样波尔曼相当准确地认出了那大理石纹是怎么回事。"细菌席。"他说道。

福斯特望着他。"这是什么东西呀？"

"很难讲。"波尔曼用他的指关节揉着下巴，"只要它们居住在表面，就不存在危险。我不知道，这东西有多少已经钻进了沉积层内。另外，那之间的暗灰色线条，是水合物。"

"这么说它还存在呀。"

"就我们看到的，的确是存在。但我们不知道，先前有多少数量，又有多少融化了。气泡溢出在可以容忍的范围内。保守地讲，我要说，我们至少不是毫无成果。"

"双重否定也是一个肯定。"福斯特满意地点点头，站起来。"我倒两杯咖啡。"

随后他们连续数小时观看吸虫器工作，直到眼睛火辣辣地作痛。最后凡·马尔滕将福斯特赶上了床，让他休息。福斯特和波尔曼有三整夜几乎没睡觉了。福斯特边抗议，眼睛边合上了，最后只得脚步不稳地走进他的舱室。

波尔曼和凡·马尔滕一起留了下来。时间是晚上十一点整。

"接下来你去睡觉。"荷兰人讲道。

"我不能去睡觉。"波尔曼抹一把眼睛，"除了我，没有人对水合物有足够的了解。"

"才不是，我们很熟悉。"

"就快结束了。"波尔曼说道。他真的累坏了。操作员小组已经换了三次了。但再过几小时埃尔温·聚斯将乘直升机从基尔赶到，他坚持必须再撑到那时候。

他打起哈欠。夜色降临。房间里充满轻微的嘤嘤声。光岛和吸虫器在过去几小时里速度变慢了，但一直在向北挺进。如果北极星号考察队的数据正确的话，只有这块台地上有虫子。他预估，还要几天才能将它们全部吸净，但这同时他心里又萌生出希望。气泡溢出值高于期望值，但并没有理由真的去担心。一旦没了虫子和细菌群，被蚕食的水合物也许又会稳定下来。

701

他低垂眼睫观察屏幕，监看好一会儿后他才意识到了变化，这是因为他累坏了。他身体向前倾去。

"那里有东西在闪烁。"他说道，"请你移开吸虫器。"

凡·马尔滕眯起眼睛。"在哪里？"

"你看看屏幕吧。混乱中有什么闪了一下——那里，又闪了一下！"

他一下子清醒过来。这时光岛摄影机也显示出有什么不正常。吸虫器吸嘴周围的沉积物明显鼓胀了起来，内有黑块和气泡在旋转，上涌。

吸虫器屏幕变暗。吸管的吸嘴歪向一侧。

"见鬼了，那里出了什么事？"

广播里传来驾驶员的声音。"我们吸进了较大的东西。吸虫器不稳定了。我不知道是否……"

"清除它！"波尔曼叫道，"离开大陆边坡！"

又来了，他绝望地想道。像那回在太阳号上一样。一次海喷。他们在这个位置待的时间太久了，使得台地变得不稳定。真空搅乱了沉积物。

不，不是海喷。比海喷更严重。

吸管试图撤出沉积物的尘雾。尘雾继续膨胀，瞬间发生爆炸。压力波袭向光岛。影像上下晃动。

"我们碰上滑塌了。"驾驶员叫道。

"关闭吸虫器。"波尔曼跳起来，"收回来。"

他看到较大的岩块正从上面滚落，熔岩涌向台地。隐隐地能看到吸管在淤泥和废墟的雾团里掉头。

"吸虫器关掉了。"凡·马尔滕确认。

他们睁大眼睛瞪着滑塌，愈来愈多的岩石噼哩啪啦地滚落下来。如果持续不断的话，从火山几乎垂直的崖壁上会落下愈来愈大的岩块。火山岩细孔很多，一场小滑塌会在顷刻间变成大滑塌，最后将会造成恰恰是他们想阻止的后果。

我们应该冷静，波尔曼想道。逃走反正已经来不及了。

一座600米高的水山……

噼哩啪啦声停止了。

很长时间没有人说话，一个个默默盯着屏幕。台地上方尘雾弥漫，将汞光灯里的灯光散射，投了回来。

"停了。"凡·马尔滕带着不易察觉的颤音说道。

"是的。"波尔曼点点头，"看来是停了。"

凡·马尔滕呼叫驾驶员。

"光岛刚刚剧烈摇晃。"照明小组报告道，"有盏聚光灯掉了。不过，不知道的人不会注意到的。"

"吸管呢？"

"好像挂得牢牢的。"这是另一架吊车里的情况，"系统仍像先前一样接受指令，但显然不能执行了。"

"吸嘴应该是被埋在了废墟下。"另一位驾驶员猜测道。

"被埋了多深？"凡·马尔滕低声问道。

"先得等尘雾散开。"波尔曼回答道，"看样子我们侥幸脱险了。"

"好。那我们就必须等了。"凡·马尔滕对着麦克风讲道，"不要再试图拔出吸管。休息。我不想在那下面引起不必要的震动。先等会儿，看看情况再说。"

三个小时后，他们还在继续观察。沉积物尚未完全沉淀，只能从不同的地方分别看到一点状况，但吸管的吸口还算能看清。福斯特也回来了，头发乱蓬蓬的。

"卡得很紧。"凡·马尔滕议论道。

"对。"福斯特挠挠头，"但看样子没坏。"

"发动机堵住了。"

"怎么将它重新弄出来？"

"我们可以派架机器人下去，清理掉那些东西。"波尔曼建议道。

"我的天哪，"福斯特讥讽道，"这要花费我们多少时间呀。偏偏就挑在一切都很顺利的时候。"

"只要我们动作快一点就行。"波尔曼将头转向凡·马尔滕，"多快能将兰博准备好？"

"很快。"

"那就动手吧。我们试试。"

兰博的名字一点也不科学，完全源自西尔维斯特·史泰龙的电影。这架无人遥控载具看上去像维克多6000型的较小版本，有四台摄影机，装在稳定的尾部和两侧天线上，还有两根特别有力、灵活的抓臂。这设备最大适用深度仅为800米，但很受海上工业青睐。一刻钟内兰博就做好了准备。不久后就沿着圆形火山沉向台地，一根光缆将它连接着海莱玛平台的驾驶舱。光岛出现了。机器人继续下潜，开始行驶，移向被埋的吸管。从近距离可以清楚看到，吸管的发动机和摄影系统失灵了。更不幸的是有几块火山岩卡在那里，毫无希望地将它卡死了。

兰博的抓臂开始清除石块。开始时机器人看样子似乎能救出吸管。它连续清除废墟，直到挖到一个斜竖的轮板。它钻进了台地的沉积物里，将吸管顶在一块突出的岩石上。抓臂伸缩、转动，想拔出轮板。真是不可思议。

"机器人做不到。"波尔曼断定道，"它无法产生脉冲。"

"太好了。"福斯特低声道。

"如果驾驶员硬拉出吸管呢？"波尔曼提议道，"施点压力，它总会出来的。"

凡·马尔滕摇摇头。"太冒险了。管子会断。"

他们让机器人从不同的角度撞击那块岩石，想试试运气。直到半夜，他们终于明白了这台机器做不到。这期间被清除干净的部分又爬满从四面八方的黑暗中出现的虫子。

"我很不喜欢这样。"波尔曼咕哝道，"尤其是在这个不稳定的地方。我们得想办法救出吸管，否则情况很不乐观。"

福斯特皱起眉头。一会儿后他说道："好，那我们就面对黑暗吧。而且是亲自。"

波尔曼满脸疑问地望着他。

"我要潜下去。"福斯特耸耸肩。"海底是黑暗的，不是吗？我只想说，如果兰博做不到，那就只能我们来做。那儿有400米深，但船上有抗压力装。"

"你要自己下去？"波尔曼惊愕地问道。

"当然。"福斯特伸伸双臂，它们咯咯直响，"有什么问题吗？"

8月15日

格陵兰海，独立号

Yrr 的回答让克罗夫有理由向深海发出第二道更复杂的讯息。它包含了有关人种、人类进化和文化的信息。范德比特对此不是很高兴，但克罗夫终于让他了解到，他们反正不可能做错什么。而Yrr快要打赢了。"我们依然只有一个机会。"她说道，"我们必须向它们说明，我们值得继续存在下去。所以必须尽可能多向它们自我介绍才行，也许有什么它们至今没有考虑过的东西。让它们思考。"

"价值的一个交集。"黎说道。

"不管交集多么小。"

奥利维拉、约翰逊和鲁宾将自己关在实验室里，想让箱里的胶状生命自行分裂，完全扩散。他们不停地和韦弗与安纳瓦克讨论。韦弗替虚拟Yrr体内安装了一个人造DNA和一条费洛蒙信息。他们这样做，理论上证明了单细胞生物的结合需要一种气味，但是，说到实验证明，胶状物却拒绝任何合作。这种生物——更准确地说，是生物的总体变成一块大饼，沉到了箱底。

这期间，戴拉维和灰狼在分析海豚中队拍摄的图片，除了独立号的船体、零星的鱼和相互拍照的，看不到其他什么东西。他们轮流待在作战情报中心的屏幕前或底层甲板上，罗斯科维奇和布朗宁仍在底层甲板上忙着修理深飞。

　　黎知道，如果不隔一段时间就强迫他们停下工作，想点其他事情的话，就连最出色的人也有累坏或累垮的危险。她请人报告天气，数据显示到第二天早晨为止，都将风平浪静。现在，跟今早相比，海浪已经减弱了。

　　她跟安纳瓦克聊了几分钟，发现他对这北方的菜懂得不多，于是将责任下放给皮克。这下他在他的军事生涯中头一回不得不关心起伙食来。

　　皮克打了一系列电话。两架直升机飞往格陵兰海岸。傍晚时黎宣布，主厨请大家于晚上九点赴宴。直升机返回来，带来安排一次格陵兰晚宴的各种材料。在舰桥前面的飞行甲板上摆好了桌子、椅子和自助餐，大家将一台乐器拖到外面，在场地周围摆了一圈取暖器抵御寒冷。

　　厨房里忙作一团。黎最出名的，就是会突然生出古怪念头，并坚持要在最短时间内做出来。驯鹿肉进了罐里和锅里。脆脆的独角鲸皮被切开，海豹肉炖汤，煮绒鸭蛋。独立号上的糕点师傅试着烤班诺克，一种不加酸的、可口的饼，因纽特人每年举行烘焙比赛来做地道的班诺克。鲑鱼和洄游红点鲑被制成鱼排，加上香草烧烤，烤冰冻海象肉，炒了大堆米饭。让皮克过问烹饪事务真是难为他了，他干脆让人弄来了库存里没有的东西，同时盲目相信格陵兰的顾问。只有一种风味菜让他觉得可疑：生海象肠，虽然备受赞赏，却属于他认为可以放弃的东西之列。

　　他在舰桥和机舱里安排了应急人员，在作战情报中心也有所安排。晚上九点整，独立号上的其他人全体准时出现在飞行甲板上：船员，科学家和士兵们。这艘巨舰的船舱里白天虽然空空如也，此刻飞行甲

707

板上却是满满的人。将近一百六十人前来参加不带酒精的鸡尾酒会，分散在高、低桌旁，直到冷餐会开始。大家渐渐交谈起来。

这是黎举办的一场罕见的晚会——背对舰桥的钢铁高楼，四周是荒凉和辽阔的海洋。雾消散了，地平线上出现超现实主义的云山，低垂的太阳不时从云中钻出。空气凉爽明净，蔚蓝的天空笼罩着一切。

有一阵子大家好像都在回避他们之所以来到舰上的话题。谈论其他事情让人感觉愉快。大家试图表面客套交谈，内容不深，好像他们在一场艺术展览会开幕偶然撞上似的，存在某种紧张、近乎绝望的气氛。快到半夜时，在即将降临的曙光中，阻止他们谈论来此目的的脆弱保护破碎了。大家逐渐亲密起来。桌上的防风灯释放出它们巨大的力量。人们聚成一组组，围绕在启蒙的巫师们周围，获取巫师们不能给予的安慰。

"现在说真的。"午夜一点刚过，布坎南对克罗夫说，"你总不会真的相信存在着智慧的单细胞生物吧？"

"为什么不呢？"克罗夫问道。

"那好吧，但这怎么可能呢？我们谈的是智慧生命，对不对？"

"好像是的。"

"好吧……"布坎南寻找着合适的句子，"我不指望它们长得和我们相像，但至少是某种比单细胞生物更复杂的东西。人们说，黑猩猩有智慧，鲸鱼和海豚，它们也有一个复杂的身体构造和一颗大头颅。蚂蚁，我们学到了，太小，无法形成真正的智慧。单细胞生物怎么行呢？"

"你是不是将一些东西搞混了，舰长？"

"什么？"

"可行的东西和你喜欢的东西。"

"我不理解你的意思。"

"她认为你的意思是，"皮克说道，"如果人类一定要交出统治权，对手至少应该是强壮、巨大的。长得高大英俊，肌肉强健啦。"

708

布坎南一巴掌拍在桌子上。"我根本不相信。我不相信低级生物将统治这颗星球，不相信它们具有人类的智慧。这不可能！人们是进步的生命……"

　　"进步？复杂性？"克罗夫摇摇头，"你指的是什么？进化是进步吗？"

　　布坎南神色痛苦。

　　"好吧，我们看看吧。"克罗夫说道，"进化，引用达尔文的话，是为了生存而战斗，是适者生存。两者都是反抗的结果，要么和其他生命斗争，要么反抗自然灾害。因此存在竞择的进化。但可以因此认为那就自动形成更高级的复杂性吗？更高的复杂性就是一种进步吗？"

　　"我对进化不是很精通。"皮克说道，"我觉得，在自然史的发展中，大多数生命都愈来愈大、愈来愈复杂。无论如何人类是这样的。依我看，这明显是一种趋势的结果。"

　　"一种趋势？错了。我们看到的只是历史的一小部分，这部分刚好在拿复杂性做实验。但谁告诉我们，我们不会结束于进化的死胡同呢？我们自视为一种自然趋势暂时的高潮，这是我们的自我高估。你们大家都知道，进化的谱系是什么样子，是一张张有着主干和支干的枝杈丛生的图。好吧，萨洛，当你想象这么一棵树时，你会看到人类在哪里呢？在主干上还是支干上？"

　　"毫无疑问是主干。"

　　"不出我所料。那符合人类的看法。当一门动物的许多分支发生纷争，最后只剩一个幸存下来，其他的全部死光，我们就倾向于将幸存下来的宣布为主支。为什么？只因为他——还——幸存着吗？但是，也许我们只看到一株不重要的支干，长得比其他的稍微长一点。我们人类是曾经茂盛的进化灌木丛留下的唯一一种。一次发展的残余，而其余的树枝枯死了；一次试验的最后幸存者，名叫Homo（人）。南方古猿人：死光了。直立人：死光了。尼安德特人：死光了。智人：还在。我们暂时获得了对星球的统治权，但小心！进化的暴发户不应

709

将统治权和内心的优越感与较长期的幸存搞混。我们有可能很快就消失，比我们想的要快得多。"

"你说得有可能是对的。"皮克说道，"但你忽视了某种关键的东西。唯一幸存下来的种类也是唯一拥有高度发达意识的物种。"

"同意。可是请你将这种发展放大到大自然里来看。你真的认得出一种进步或一种杰出的趋势吗？多细胞生物中有80%的进化要比人类成功得多，却没有自以为是所谓产生较高级神经复杂性的趋势。仅从我们的主观世界观来看，具有精神和意识才是一种进步。到目前为止，人类这种奇特的、不可思议的边缘动物只给地球的生态系统带来一样东西：麻烦。"

"我还是坚信，有人在幕后操纵着这一切。"范德比特在邻桌上说道，"可是好吧，我接受指教。如果没有的话，我们就要侦察Yrr了。我们要将那讨厌的黏状物一直置于中情局的监视之下，直到知道它是如何思维，在计划什么。"他和戴拉维和安纳瓦克站在一起，被士兵跟其他成员包围在中间。

"忘记它吧。"戴拉维说道，"这连你的中情局也做不到。"

"呸，小姐！"范德比特笑道，"只要有耐心，就能钻进每一颗头颅里。即使它属于一个愚蠢的单细胞生物也一样。一切只是时间问题。"

"不，是一个客观性问题。"安纳瓦克说道，"前提是你能够扮演一个客观的观察者角色。"

"我们能够。因此我们才是有智慧而且文明的。"

"你可能是有智慧的，杰克。但你不能客观地对待自然。"

"严格说来，你也像动物一样是主观的、不自然的。"戴拉维补充道。

"你们想到的是哪一种动物呢？"范德比特咯咯地笑道，"一头海象吗？"

安纳瓦克低声笑起来。"我是认真的，杰克。我们还是比我们以为的更接近自然。"

"我不是。我是在大城市里长大的。从没到过乡下。我父亲也没有。"

"无关紧要。"戴拉维说道，"我举个例子：蛇。它们一方面受到畏惧同时又受到崇拜。又例如鲨鱼，有许多鲨鱼神灵。人和其他生命的情感联系是天生的，也许甚至是遗传来的。"

"你们谈的是自然民族。我谈的是城市人。"

"好吧。"安纳瓦克思索片刻，"你有怪癖吗？随便什么可以称作怪癖的东西？"

"这个嘛不一定是一种怪癖……"范德比特讲道。

"一种厌恶？"

"是的。"

"厌恶什么？"

"天哪，那并不很奇怪。大概每个人都有。厌恶蜘蛛。我恨这些畜生。"

"为什么？"

"因为……"范德比特耸耸肩，"它们就是令人恶心。你不觉得它们令人恶心吗？"

"不觉得，但我们要谈的不是这个。关键是，我们文明世界里的怪癖，多半是针对那些在我们生活在都市里之前威胁过我们的危险。我们对峭壁、雷雨、急流、混沌水面，对蛇、狗和蜘蛛产生怪癖。为什么对电缆、左轮手枪、弹簧刀、汽车、炸药和插座没有呢，这些统统都要危险得多呀？因为一个规律烙印在我们的大脑里：你必须小心提防蛇形物和有许多条腿的生命。"

"人类大脑是在自然环境而不是在机械环境里发展成的。"戴拉维说道，"我们的精神进化历经了两百万年，和自然保持着密切的接触。也许这个时代的求生规律已经影响了遗传，反正我们的进化史只有微小的一部分反映在所谓的文明里。你真的相信，只因为你父亲和你的祖父一直生活在城市里，你大脑里所有古代的信息就被消除了吗？我们为什么害怕草里爬行的小动物呢，你为什么厌恶蜘蛛呢？因为在人类发展过程中这种害怕救了我们的命。比其他生物更可怕的人类很少陷入危险，所以能生育更多后代。就是这么回事。我说得对吗，杰克？"

范德比特看看戴拉维，再看看安纳瓦克。

"这跟Yrr有什么关系？"他问道。

"它们也许长得像蜘蛛。"安纳瓦克回答道，"别跟我们说客观性了。不管它们会是什么模样，只要我们厌恶Yrr，厌恶胶状物，厌恶单细胞生物和有毒的蟹，我们就无法了解它们的思维，因为我们根本就不理解。我们只关心消灭别的物种，以免它们夜里爬进我们的洞穴，夺走我们的孩子。"

不远处，约翰逊站在黑暗中，当黎向他走来时，他正试图回忆昨夜的细节。她递给他一只杯子。杯子里是葡萄酒。"我以为我们不喝酒的。"约翰逊惊奇地说。

"我们是不喝酒。"她跟他碰杯，"但不是教条式的。另外我关心我的客人们的喜好。"

约翰逊品尝。酒很好。甚至是上等的。"你到底是怎样一个人呀，将军？"他问道。

"你叫我朱迪吧。每个不必在我面前立正的人都这样叫我。"

"我看不透你，朱迪。"

"问题在哪里呢？"

"我不相信你。"

黎得意地嫣然一笑，喝一口酒。"这是互相的，西古尔。你昨天夜里发生什么事了？你想告诉我，你什么也回忆不起来吗？"

"我什么也回忆不起来。"

"你那么晚在机库甲板上想干什么呢？"

"放松。"

"你跟奥利维拉在一起也是放松。"

"是的，工作太多了，偶尔得放松放松。"

"嗯。"黎望着他身后的海洋，"你还知道你们谈的什么吗？"

"谈我们的工作。"

"没谈别的？"

约翰逊望着她。"你到底想做什么，朱迪？"

"控制这场危机。你呢？"

"我不知道，我是不是想像你这样。"约翰逊略一犹豫后说道，"控制住危机后，还会剩下什么呢？"

"我们的价值。我们社会的价值。"

"你指的是人类的社会吗？还是美国人的？"

她将头转向他。她那漂亮亚洲人脸孔上的蓝眼睛似乎在闪烁。"这有区别吗？"

克罗夫得到了奥利维拉的支持，讲得很激动。当下大多数听众都围在她俩的周围。皮克和布坎南明显地处于防守位置，但当皮克愈来愈陷入沉思中时，布坎南却怒火中烧。

"我们不是大自然某种高级发展的必然结果。"克罗夫正说道，"人是一个偶然的产品。我们是宇宙一次巧合下的成果，一颗巨大的彗星击中地球，让恐龙灭绝。没有这个偶然，今天居住在这世界上的也许是智慧的恐龙，或者只是随便哪一种动物。有利的自然条件形成了我们，但这不是必然。自从寒武纪的进化创造了最早的多细胞生物以来，在数百万可以想象的发展之下，也许只有一种发展导致了人类的出现。"

"可是人类统治着这颗星球。"布坎南坚持道，"不管你愿不愿意。"

"你确定吗？现在是Yrr统治着它。你快点回到现实中来吧，我们不过是还算不上进化成功的哺乳动物种类中的一小群。最成功的哺乳动物是蝙蝠、老鼠和羚羊。我们并不代表地球史圆满的最后一段，而仅仅是普通的一段。大自然不存在圆满阶段的倾向，只有竞择。时间可能会让这颗星球上某物种的身体和精神的复杂性暂时增长，但从总体看来这不是趋势，更谈不上是进步。总体说来生命不是在进步。它给生态空间增加一个复杂的因素，但同时，30亿年来它又保存了像细菌这样的简单形式。生命没有理由想要改良什么。"

"你如何让你说的这些符合上帝的计划呢？"布坎南几乎是威胁地问道。

"如果有一位上帝，一位智慧的上帝的话，祂就是像我描述的这样安排的。那样我们就不是祂的杰作，而是一种变体，只有当这变体意识到自己的变体角色，才能存活下来。"

"祂按照祂自己的形象创造了人类的说法呢？你也想怀疑这个说法吗？"

"你真的这样死抱着你的偏见，以至于不考虑，祂可能是按照祂的形象创造了Yrr吗？"布坎南的眼睛一闪。克罗夫不给他讲话的机会，而是将一团烟吹向他脸上。"但这整个讨论都是过时的，亲爱的朋友。如果上帝不想创造出尽可能好的物种，那祂是按照什么计划创造自己最喜欢的物种呢？不错，人类相较之下体积很大。大身体就是更好的身体吗？在物竞天择的过程中，有些物种确实像是愈来愈大，但大多数虽小也能生存得很好。至少在大灭绝的年代，较小的物种更容易幸存，大型动物每过几千万年就消失，进化又重新规定一个大小的下限，重新开始生长，直到下一颗彗星撞上来。砰！这就是上帝的计划！"

"这是宿命论。"

"不，是现实主义。"奥利维拉说道，"在极度变化时，因为不能适应而灭绝的，是跟人类一样高度专业化的物种。一只袋鼠很复杂，只能食用桉树叶。一旦桉树死光了，它怎么办呢？它就不再进食。相反的，大多数单细胞生物能忍受冰河纪和火山爆发、氧气或甲烷过剩，它们可能数千年来都生活在一种假死状态，又重新复活过来。细菌生活在数千米深处的岩石里，生活在滚烫的泉水里，生活在冰川里。没有细菌，我们就无法活得更久；但没有我们，它们还是能活更久。

"哪怕在今天，空气中的氧气也是细菌的产物。影响我们生活的所有元素，氧气、氮气、磷、硫黄、二氧化碳，只有透过微生物的活动才对我们有用。细菌、真菌、单细胞生物、小食尸动物、昆虫和虫子处理死去的植物和动物，将它们的化学成分重新输入生命的整个系统中。在海洋里和在陆地上都一样。微生物是海中的主要生命形式。我们箱里的这种胶状物肯定比我们更古老，也许更聪明，不管这话你爱不爱听。"

"你不能拿人类生命和一个微生物比较。"布坎南嘀咕着，"人具有不同的意义。如果你连这也不理解，那你为什么要加入这个小组？"

"为了做正确的事情！"

"但你已经在用言语出卖人类了。"

"不，是人类在出卖世界，摆错了生物及其意义之间的关系，他是唯一这么做的物种。我们评判，分出邪恶的动物，重要的动物，有用的动物。我们根据我们看到的来评断大自然，但我们看到的只是微小的一部分，赋予它过高的意义。我们的感觉针对的是大动物和脊椎动物，主要是针对我们自己。因此我们到处都见到脊椎动物。事实上，科学介绍的脊椎动物种类的总数将近43000种，其中有6000多种是爬行动物，将近10000种鸟类和4000种左右的哺乳动物。而至今已知的无脊椎动物将近100万种，其中仅甲虫类就有29万种，超过了所有脊椎动物种类的七倍还多。"

皮克望着布坎南。"她说得对，克雷格。"他说道，"承认吧。你俩都对。"

"我们不是非常成功。"克罗夫说道，"如果你想看到成功，请你看看鲨鱼吧。它们自泥盆纪、自从4亿年以来生活到现在，外形一直未变。它们比人类的任何祖先都要古老百倍，有350种。可是，Yrr有可能比鲨鱼还要古老。如果它们是单细胞生物，如果它们找到了一种群体思维的方法，那它们就比我们领先得太多了。我们永远赶不上这一领先。不过我们可以杀死它们。——但你想冒这个风险吗？我们知道它们对我们的生存有何意义吗？——或许，没有这个敌人我们还无法生存呢。"

"你想维护美国的价值，朱迪？"约翰逊摇着头，"那我们会失败的。"

"你有什么反对美国价值的呢？"

"什么也不反对。但你也听到了克罗夫讲的话：其他星球上的智能生命也许既不像人也不像哺乳动物，也许它们甚至都不是建立在DNA基础上的，因此它们的价值系统会完全不同于我们的。你以为你在那下面会遇到哪种道德和社会模式呢，在深海里？在一个文化有可能是建立在细胞分裂和群体牺牲的物种之上。如果你眼里只看到连人类也不能理解的价值的话，你如何能够沟通呢？"

"你错怪我了。"黎说道，"我明白我们并不独享道德。问题是：我们一定必须理解其他生命是怎么想的吗？或者，干脆竭尽所能来尝试和平共处，是不是更好呢？"

"互不干扰吗？"

"对。"

"马后炮，朱迪。"约翰逊说道，"我想，美国、澳洲、非洲和北极地区的原住民会欢迎你的立场。我们已经灭绝的各种动物也会欢迎的。形势肯定要复杂得多。我们都快无法理解别人是如何思考的了。但我们必须大胆尝试，因为我们已经互相妨碍了。我们共同的生存空间已经变得太狭窄了，无法并存，我们只能共同生活。只有当我们大力缩减我们所谓上帝赋予的权利时，这才有效。"

"你认为应该怎样呢？透过我们养成单细胞生物的生活习惯吗？"

"当然不是。遗传学上我们根本做不到。即使我们叫作文化的东西，也是输入在我们基因里的。文化进化始于远古时代，那时我们头脑里就确定了方向。文化是生物学的，难道我们以为设计战舰的是新

716

的基因吗？我们建造飞机、航空母舰和剧院，但我们这么做是为了跟上我们的远古活动的所谓文明水平，自从人们用第一把石斧交换肉以来：战争，部落大会，贸易。文化是我们进化的一部分。它用于将我们维持在一种稳定状态……"

"……直到一种更稳定的状态证明自己是优越的。我了解你想说什么，西古尔。在远古时代遗传物就给文化加上了烙印，相应地改变了基因。也就是说基因控制着我们的行为。它们创造了我俩进行这番交谈的基础，不管我们是多么憎恨这些想法。我们引以为傲的所有智慧，是基因控制的结果，文化只不过是社会行为的保留节目，与求生的斗争捆绑在一起。"

约翰逊不语。

"我说错什么了吗？"黎问道。

"没有。我听得很感动很入迷。你说得完全对。人类进化是基因变化和文化变迁的交替。导致我们大脑发育的是基因的变化。让我们能够讲话的是纯生物学，大自然于50万年前改变了我们喉头的结构，在大脑皮层形成了语言中心。而这一基因变化导致了文化的形成。语言表达认识、过去、未来和想象力。文化是生物学变化过程的结果，生物的转变又反映了文化的继续发展。虽然推迟了很多，但情况正是如此。"

黎微笑着。"我有幸站在你面前，真是太好了。"

"我没有别的期待。"约翰逊迷人地说道，"但你自己讲了出来，朱迪：我们深受赞美的文化多样性受到基因的限制。限制就在智慧的非人类文化开始的地方。我们形成了多种文化，但它们统统是保护我们人类的基础。我们不能接受这么一个物种的价值，它的生物学与我们的相反，在争夺生存空间和资源斗争中必然就是我们的敌人。"

"你不相信在银河系联盟，我们会和走路的蜂巢一起在吧台上喝酒？"

"《星球大战》吗？"

"对。"

"一部了不起的影片。不。我相信，只有经过很长、很长时间的克服这才会有效。当与其他生命的文化交流深深影响了我们的基因程序的时候。"

"这表示我说对了！我们不应该想去理解Yrr。我们应该找到一个互不打搅的方向。"

"你说得不对。因为它们不让我们安宁。"

"那我们就输了。"

"为什么？"

"难道我们不是一致认为，人类和非人类不能达到意见一致吗？"

"我们也一致认为，基督徒和穆斯林不可能达到意见一致。你听着，朱迪：我们不能也不必理解Yrr。但我们必须将位置让给我们不理解的东西。这不同于让一方的价值完全支持另一方的价值。解决方法在于撤退，目前需要我们的撤退。这办法可能有效。它不是透过感情的理解——这行不通。但要透过改变视角。透过一种对世界的理解，我们离开自己的理解方法愈远，就愈全面，一步一步，想办法跟我们自己保持距离。没有这种距离，我们就不能让Yrr放弃用它们现在的眼光来看我们。"

"我们不是正在想办法撤退？不谈别的，就说我们在设法和它们接触。"

"说到你，你这么做想取得什么结果呢？"

黎沉默不语。

"朱迪，请你告诉我一个秘密。为什么我非常尊敬你又极端不信任你呢？"

他们四目相对。从其他桌传来交谈的嘈杂声，像一阵波涛涌来，淹过甲板，有力地向他们扑下来。交谈声变成呼唤，然后是喊叫。此时广播里一个声音在甲板上回响："海豚警报！——注意！——海豚警报！"

黎首先挣脱了目光的对峙，转头望向朦胧的大海。"我的天哪。"她低声道。

大海不再朦胧了。它开始闪烁。

蓝色云团

四面八方的海浪闪着荧光。深蓝色的深渊从水下浮出水面，扩散，流到一起，看上去像是天空向大海里倒水。独立号漂浮在光芒里。

"如果这是对你上一封讯息的回答，"灰狼对克罗夫说道，目光未能离开这幕好戏，"你一定给海底的某人留下了很深的印象。"

"真是太美了。"戴拉维低语道。

"你们看！"鲁宾叫道。

蓝光形成的帷幕搅动了起来。光线开始闪烁，里面形成巨大的涡流，先是缓慢旋转，然后愈转愈快，最后像漩涡状星云，吸进蓝色的水流。中心愈来愈紧密。似有数千颗星星在里面闪烁、又消逝……

突然一道闪电。飞行甲板上惊呼连连。

画面霎时起了变化。强烈的放电掠过水里，扩散到迅速远去的涡流。一阵无声的雷暴在水面下咆哮。紧接着涡流开始将独立号往回拉。蓝色云团向着地平线远去，速度快得惊人，再也看不见了。

灰狼第一个从惊滞状态中恢复，向舰桥跑去。

"杰克！"戴拉维跟在他身后。其他人跟着他们。灰狼沿扶梯跑下去，大步穿过安全区走道，冲进作战情报中心，皮克和黎接踵而至。舰体摄影机的屏幕上只有墨绿色的水面，后来画面上出现两条海豚。

"怎么回事？"皮克嚷道，"声呐怎么说？"

有一位转过身来。"海上有个大东西，长官。某种东西，我不知道……很难说……不知怎么地……"

"某种东西，不知怎么地？"黎抓住那人的肩。"你快报告，你这个蠢蛋！要精确！那里怎么回事？"

那人脸色苍白了。"是……是……我们屏幕上什么都没有，然后出现一大块。它们凭空出现，我发誓，水突然变成了物质。它们连成一堵墙，形成一个……它无所不在……"

"让眼镜蛇直升机升空。立刻。大范围侦察。"

"你们收到了海豚的任何消息吗？"灰狼问道。

"不明生物。"一位女兵报告说，"它们先侦察到它的。"

"位置呢？"

"同时出现。正在远去，现在于海上一公里处，持续后撤。声呐显示四面八方都有巨物存在。"

"海豚此刻在哪里？"

"在独立号下面，长官。它们挤在闸外。我想它们很害怕！它们想进来。"

愈来愈多人来到作战情报中心。

"请将卫星图投映到大屏幕上。"皮克命令道。

大图显示的是KH-12角度的独立号。它漂在黑暗的水面上。蓝光和闪电无影无踪。

"刚刚那下面还一片亮光。"负责卫星分析的那人说道。

"我们能收到其他卫星的图像吗？"

"现在无法收到。长官。"

"好吧。让KH-12调节焦距。"

那人将命令传到控制站。几秒钟后独立号在屏幕上缩小。卫星将那一部分拉远了。铅灰色的格陵兰海向四面延伸。喇叭里传出海豚的尖叫和敲打声。它们还在报告一种不明生物的存在。

"还不够。"

KH-12继续调整焦距。物镜这下捕捉到了100平方公里的范围。整整250米长的独立号在里面像截漂流木。他们屏住呼吸盯着屏幕。

现在他们看到它了。辽阔的四周形成一个闪着蓝光的细圈。里面一烁一灭。

"这东西有多大？"皮克低语道。

"直径4公里。"屏幕旁的那女人说道，"甚至更大。像是一条软管。我们在卫星图上看到的是开口，一直通到海底。我们可以说是坐在……食道里。"

"那么这是什么东西？"

约翰逊在他身旁钻了出来。"要我说，是胶状物。"

"哎呀太好了。"范德比特喘息道，"妈的，你向那下面发送了什么呀？"他冲克罗夫嚷道。

"我们要求它现身。"克罗夫说道。

"这主意好吗？"

尚卡尔恼怒地转向他。"我们不是想接触吗？你抱怨什么？你以为它们会寄来快递吗？"

"我们接收到一个信号！"

众人猛地转向讲话者。是负责监视声音的人。尚卡尔往他那里赶过去，俯身在屏幕上方。

"是什么东西？"克罗夫向他叫道。

"从光谱图形看是个刮擦声信号。"

"一个答复吗？"

"我不知道是不是……"

"那个圆圈。它在收缩！"

所有的头都仰起来望向大图。那个闪烁的圆圈开始缓缓地向船移来。同时有两个微小的点离开独立号远去。两架战斗直升机开始了侦察飞行。喇叭里的口哨和叽叽声愈来愈强烈。

众人顿时议论纷纷起来。

"住嘴。"黎呵斥道，皱起眉谛听海豚的声音，"另外还有个信号。"

"是的。"戴拉维垂着眼睫倾听，"不明生物，另外……"

"虎鲸！"灰狼喊道。

"多只巨大的身躯正从下面接近。"声呐旁的女人证实，"来自管子

721

内部。"

灰狼望着黎。"我看情形不妙。我们应该将海豚叫上船来。"

"为什么偏偏要现在?"

"我不想拿这些动物的生命冒险。我们还需要照片。"

黎犹豫了一下。"好。你将它们叫进来吧。我通知罗斯科维奇。皮克,请你带四个人,陪欧班依去底层甲板。"

"利昂。"灰狼说道,"丽西娅。"

他们快步赶了出去。鲁宾目送着他们。他向黎弯过身来,压低声音讲了句什么。她听着,点点头,又重新转向屏幕。

"等等我!"鲁宾在那组人背后叫道,"我一起去。"

底层甲板

罗斯科维奇比科学家们早赶到底层甲板,陪伴他的有布朗宁和另一位技术人员。当他看到损坏的深飞时,他大声叫骂起来。他们还是没有修好它。它的舱盖开着,漂浮在水面,只有一根铁链伸向天花板固定着。"就不能快点修好吗?"他对布朗宁嚷道。

"事情比我们想的要复杂。"那位女技术主任一边沿着码头奔跑,一边辩护道,"操作机械……"

"哎呀,该死。"罗斯科维奇打量着那艘船,它一半位于四米水深的闸上方,"它开始妨碍我了。每次我们让那些畜生进出时,它都愈来愈碍路。"

"恕我直言,长官,它不碍路,等我们修好,会重新将它吊在天花板上。"

罗斯科维奇嘀咕了一句含糊的话,站到操纵台后面。船就在他眼前。从这个角度他看不到底闸。他依赖操纵台上的显示器。他又用了更有力的开骂。他们匆匆地改装了独立号,做得很马虎!见鬼,为什么一切功能不正常的东西都要在实战中才出问题呢?如果一艘漂浮的潜水艇会让人看不到闸门，他们在虚空间里做那么多测试干什么用？

机库甲板上传来脚步声。灰狼、戴拉维、安纳瓦克和鲁宾沿斜板下来了，后面跟着皮克和他的手下。士兵们分立在码头两侧。鲁宾和皮克走向罗斯科维奇，灰狼和其他人换上他们的潜水服，戴上防护镜。

"完毕。"灰狼说道，用大拇指和食指做个圆圈，表示准备好了。"我们让它们进来。"

罗斯科维奇点点头，打开自动引诱叫声。他看到科学家们跳进水池，身体被水下探照灯照着。他们游近闸门，先后潜了下去。罗斯科维奇打开底门。

戴拉维头朝下潜向闸边的仪表显示器。他们还在下潜，玻璃盖下方三米处的厚重钢板就动起来了。她看到钢门分开，露出大海。立即有两只海豚溜了进来。它们显得很紧张，用吻部顶撞玻璃。灰狼打个再等等的手势。另一只海豚游进了闸。

此时钢门全开。玻璃圆顶下的深渊张着大嘴。戴拉维使劲地望进黑暗里。看不到任何异常的东西，没有发光体，没有闪电，没有虎鲸，不见其余三只海豚。她继续下潜，直到双手摸到玻璃面，在深水里寻找。第四只突然冲过来，原地一个转身，游进网关水池里。灰狼点点头，戴拉维将这信号传给罗斯科维奇。钢板慢慢地重新合拢，随着一声闷响关上。网关内部的测量仪开始运转，检查水的干净程度和污染状况。几秒钟后探测设备亮起绿灯，将释放指令传给罗斯科维奇的操纵台。两扇玻璃门无声地滑开。

门一开到足够的宽度，那些动物就挤了进来，受到灰狼和安纳瓦克的迎接。

皮克看着罗斯科维奇重新关闭玻璃圆顶。他的目光盯在屏幕上。鲁宾走到水池边，盯着下面的闸。

"只剩两只了。"罗斯科维奇哼道。

喇叭里传来还在外面的海豚尖叫声和嚓嚓声。它们愈来愈不安。灰狼的头钻出水面，然后安纳瓦克和戴拉维钻了出来。

"那些动物讲什么？"皮克问道。

"还是同样的内容。"灰狼回答道，"不明生物和虎鲸。屏幕发现什么新东西没有？"

"没有。"

"这并不能说明什么。我们将最后两只接进来吧。"

皮克愣住了。屏幕边缘开始发出深蓝色的闪光。"我想你们动作要快。"他说道，"它愈来愈近了。"

科学家们重新潜向闸门。皮克呼叫作战情报中心。"你们在那上面看到什么？"

"那个圆圈在继续收缩。"操纵台的喇叭里传出黎沙哑的声音。"飞行员说，那东西在下潜，但卫星图像上还能清晰地看到。看样子它想钻到船下去。你们那下面应该很快就能看到蓝色光芒。"

"周围已经变亮了。我们遇到什么东西？蓝色云团吗？"

"萨洛？"这是约翰逊，"不，我想那不再是云的形状。细胞结合了。这是一根由胶状物组成的坚固软管，它还在收缩。我不知道那里头在发生什么事，但你们真的要赶紧结束。"

"我们马上结束。罗斯科维奇？"

"准备好了。"罗斯科维奇说道，"我将门打开。"

安纳瓦克中邪了似地浮在玻璃顶上方。这回钢板分开时的情形不一样。他们头一回看到的是深绿色的黑暗。现在海里到处漫着淡蓝色光晕，光的强度还在慢慢增加。

这东西看上去不像云团，他想。更像是向四周辐射的光亮。他想到了他们在作战情报中心看到过的卫星图片。想到了独立号就位于其中央的巨大咽喉。

他恍然大悟，他是在望进那根管子内部。想到软管的尺寸他就反胃。他突然害怕起来。当第五条海豚猛然跃进水池时，他吓得后退一步，几乎无法掩饰逃跑的欲望。海豚挤到玻璃盖下。安纳瓦克强迫自己保持镇静。紧接着第六只海豚进闸。钢板滑拢，探测设备检查水质，向罗斯科维奇发出"正常"的指令，玻璃门打开。

布朗宁大步跃上深飞。

"怎么回事？"罗斯科维奇问道。

"动物们进来了。我在做我的工作，就这样。"

"喂，刚才可不是这么说的。"

"没错，是这么说的。"布朗宁蹲下去，打开艇尾的盖子。"我现在就修好这该死的东西。"

"有更重要的事情要做，布朗宁。"皮克生气地说，"请你别做蠢事。"他无法从屏幕上移开他的目光。愈来愈亮了。

"萨洛，你们下面结束了吗？"传来约翰逊的声音。

"是的。上面出什么事了？"

"管子边缘插向船下。"

"这东西会伤害我们吗？"

"几乎不可能。我想象不出哪种生物能让独立号抖动一下的。这东西也不会。它是胶状物。像是没有肌肉的橡胶。"

"它就在我们下面。"鲁宾从水池边说道。他转过身来，他的眼睛闪闪发亮。"请你将闸门再打开一次，路德。快。"

"什么？"罗斯科维奇眼睛大睁，"你疯了吗？"

鲁宾几步来到他身旁。"将军？"他对着操纵台的麦克风叫道。

线路里传来沙沙声。"什么事，米克？"

"这里正出现一个得到大量胶状物的绝佳机会。我要求再次开闸，但皮克和罗斯科维奇……"

"朱迪，我们不能冒这种险。"皮克说道，"我们无法控制。"

"我们只打开钢门，等上一会儿。"鲁宾说道，"也许那生物好奇。我们抓上几块，再将门关上。一大块研究样本，你认为这主意怎

725

么样？"

"如果钻进来的东西已经受到了污染呢？"罗斯科维奇问。

"我的天，到处都是怀疑论者！这我们会查出来的。在弄清之前，我们当然关闭玻璃盖！"

皮克摇摇头。"我不认为这是个好主意。"

鲁宾翻着白眼。"将军，这是个千载难逢的机会啊！"

"好吧。"黎说道，"但要小心。"

皮克不高兴地望着前方。鲁宾笑出声来，走近池边，挥着手臂。

"嗨，你们准备好。"他向灰狼、安纳瓦克和戴拉维喊道，他们正在水里从动物们身上取下设备。"你们……"他们听不到他讲话，"哎呀，无所谓了。来吧，路德，请你打开该死的门。只要盖子关闭着，就不可能出什么事。"

"我们是不是该等到……"

"我们不能等。"鲁宾对他嚷道，"你听到黎的话了。如果我们等，它就消失了。你就放点胶状物进闸，再将闸关上。我有一立方米左右就足够了。"

无耻的家伙，罗斯科维奇想道。他真想将鲁宾扔下水去，但这混账有黎的授权。是她指示这样做的。

他按下闸门操作键。

戴拉维处理的是只特别不安的海豚，它不耐烦地蹦跳着。在要从它身上取下摄影机时，那只海豚溜走了，潜向闸门，身后拖着一半设备。她看到它在玻璃盖上方打转，就奋力游过去追它。上面商量的事情她一句没听到。

你怎么了？她想道。过来。你没必要害怕呀。

然后她看到发生了什么事。

钢门重新打开。

她吓呆了，忘记游泳，向下沉去直到脚趾尖碰到了玻璃。她身下

726

的门在继续滑开来。大海在浓厚的蓝色里闪烁。电光掠过水下。

罗斯科维奇他妈的在干什么呀？他为什么打开门？

那只海豚发疯地在闸门上方转圈。它游过来顶撞了她一下。显然它是想将她从闸门口挤开。当戴拉维没有立即做出反应时，它急转身蹿开了。

她盯着闪闪发光的深渊里。

那下面是什么东西？她隐隐认出了穿掠过的影子，然后一块东西在接近、变大。

很快地接近。

那东西终于有了形状，具有了形象。

她突然明白向她冲来的是什么东西。她认出了那颗巨大的头，黑额，下体白色，嘴唇半张，牙齿齐整。这是她见过最大的一只。它从水下直线上蹿，似乎愈蹿愈快，显然丝毫没有回避的打算。她的脑海里在飞速运转。她所掌握的情况在瞬息之间汇整。玻璃门厚而坚固，但还不够强大，无法顶住一颗有生命的炸弹。这动物一定不止12米长。它上蹿的速度最高能达到每小时56公里。

它太快了。

她绝望地想离开闸门。

那只虎鲸像颗鱼雷似地砰的一声穿过玻璃盖。压力波将戴拉维冲得转了一圈。她依稀看到钢框的残骸和碎片旋转着向她射来，还有从被毁的玻璃圆顶钻出来的鲸鱼白腹，撞击几乎没有影响到它的速度。有什么狠狠击在她肩胛骨之间。她大叫一声，呛了水，她拍打着，方向感消失了。她惊惶失措。

罗斯科维奇简直来不及理解形势。当虎鲸破门而入时，码头在他的脚下嗡嗡颤抖。一座巨大的水山托起深飞。当虎鲸一沉，又重新加速时，他看到布朗宁站立不稳，手臂划着水。

"闸！"鲁宾喊道，"关闸！"

虎鲸头撞潜水艇，将它抛起老高。固定的铁链哗地绷断了。布朗宁的身体被抛到空中，重重地撞在操纵台上。她一只靴子击中罗斯科维奇的胸部，撞得他直后退。他连同皮克一起撞在机库墙上。

"潜水艇！"鲁宾喊道，"潜水艇！"

布朗宁额头淌血栽回水里。在她的上方，深飞的尾部垂直竖起，潜水艇眨眼间灌满水，沉没了。罗斯科维奇挣扎着爬起来，试图赶到操纵台。有什么向他呼啸而来。他一抬头，看到被扯断的铁链像鞭子般挥来。慌张中他想闪开，感觉链尾擦过他的太阳穴，缠在他的脖子上。他无法呼吸了。

他被拽向前，从水池边沿滑了下去。

灰狼离得太远，无法看清是什么引发了这场灾难，由于浮在水里，他也丝毫没有感觉到震动。他看到潜水艇被拖出了托架，布朗宁和罗斯科维奇出事了。鲁宾站在操纵台旁嚷嚷边打手势。皮克在他身后钻了出来。士兵们举起武器，跑向出事地点。

他的目光匆匆地在水面寻找戴拉维。安纳瓦克就在他身旁，但他四处都找不到戴拉维。

"丽西娅？"

没有回音。

"丽西娅？"冰冷的害怕刺中他的心脏。他猛地潜下水，飞射向闸门。

戴拉维游错了方向。她的背疼得要命，她害怕淹死。她突然又来到了闸门上方。玻璃盖的两半被拉开了，钢壁正开始合拢。下面的海洋是一团光。

她仰面朝上。

噢不！

深飞舱口开着向她落下来，船头在前。像块石头一样落下来。她使尽全力双脚拍水。它会撞上她的。她看到折叠在一起的抓臂愈来愈

728

近，于是她像只水獭似地伸开四肢，但够不到。船擦过她的身体。她感觉肋骨断了，张嘴喊叫，呛进更多的水。船无情地将她往下压，穿过闸，往外压进大海。寒气砭骨。她半昏迷地看到钢门咚地撞上潜水艇，深飞停止下沉。它被卡死了，而戴拉维在继续下沉。她伸出双臂，想抓住远去的船，但她的手指滑脱。她再也没有力气了，她的肺像铅一样沉重，腹腔里的东西似乎全被挤碎了。

求求你，她想到，我想回去。回船里去。我不想死。

她在被堵住的闸门和卡住的船之间依稀看到了灰狼的脸，但这可能是一个想象，一个希望获救的美梦。

某个黑色的大家伙从侧面而来。张开的颌骨，一排排圆锥形的牙齿。

虎鲸的牙齿咬碎了她的胸部。

她再也看不到那发光物掠过她身旁了。当那生物钻进闸时，戴拉维已经死了。

皮克愤怒得一拳砸在操纵台上。他想关闸，但失败了。深飞堵住了两块钢板。他不得不将它们重新分开，牺牲那艘潜水艇，不然就得冒险，天知道什么东西会钻进舰来。

布朗宁不见踪影。罗斯科维奇颤抖着吊在链子上，双腿拖在水里，双手抱紧了脖子。

该死的虎鲸在哪儿？

"萨洛。"鲁宾嚎叫道。水奔腾着，浪花翻滚。士兵们来回奔跑，乱作一团，毫无计划。灰狼潜下了水。安纳瓦克不见踪影。还有戴拉维呢？戴拉维怎么样了？有人顶了一下他的腰。

"萨洛，该死的！"鲁宾将他从操纵台旁挤开了。他的双手在键盘上飞弹，按下按钮。"你为什么还不快关上该死的闸？"

"你这个蠢蛋。"皮克嚷道。他缓过气来，一拳砸在鲁宾的脸中央。生物学家摇晃了一下，栽进水里。水花飞溅，皮克看到鲸鱼剑状的背鳍钻出泡沫，向自己游来。

鲁宾的头气喘吁吁地钻出水面。他也看到了那根鳍，喊叫起来。

皮克按下按钮，想打开钢门，让深飞掉下大海。

应该有盏控制灯在闪烁。没有反应。

灰狼相信自己发疯了。一群虎鲸从独立号下游过。其中一只张口咬住戴拉维，将她的身体拖远直至看不见。他没有多想就向被卡住的闸门之间的空隙游去，看到有什么东西从下面蹿上来。他的眼前金星乱冒，然后他像是被只巨拳打了一记，向后飞去，上下颠倒。安纳瓦克在他的左侧一闪，又消失了。那里有一双腿在水里乱蹬。一副身躯向他撞来。一个白色腹部——钻进过舰里的那只虎鲸从他头顶游走了。然后又是被潜水艇卡住的闸门……

还有从张开闸门之间挤进来的那东西。

它看上去像根超大珊瑚虫的触手。只是没有哪个珊瑚虫有这种触手。没有哪个珊瑚虫大到有一根直径三米的触手。某种无定形的物质涌上底层甲板，速度飞快，愈来愈多。一种胶状肌肉，一过闸门就分成了细细的一束束，它们光滑的表面有明亮的图纹在闪烁。

鲁宾逃命般游着。

那根鳍尾随着他。他又咳又吐地游到码头，惊慌失措地想爬上去。他弯起臂肘。他听到枪声，又跌落水里，看到自己面对着难以置信的一幕。他顿时明白他的愿望刚刚实现了。异形钻了进来，只是钻进来的情形和他的预期完全不同。

到处是发光的触须。有树那么粗。

触须之间是虎鲸张开的咽喉。

鲁宾往上爬。就在他面前有一双脚在踢水。罗斯科维奇眼睛鼓突地盯着下面的他。看上去他像是吊在绞索上似的。他想用双手松开缠住脖子的铁链。

他嘴里发出可怕的咕噜声。噢我的天哪，鲁宾想。这时，那根鳍都快到他身旁了，转身……

虎鲸随着浪涛钻上来，嘴巴大张着。罗斯科维奇的腿掉进去。颌骨合拢。那动物不动地在空中停了一会儿，又沉了下去……罗斯科维奇鲜血淋淋的躯体在水面摆动，鲁宾不由自主地呆望着他。他听到一声持续不断的长嚎，明白是他自己在嚎叫。

他不停地哭嚎。那根鳍又出现了。

作战情报中心

黎不敢相信自己的眼睛。几秒钟内底层甲板上就乱成一团。她惊愕地看着皮克沿码头奔跑，将士兵们盲目地赶下水，并看到罗斯科维奇被咬碎的躯体。"建立无线电联络！"她命令道。

指挥中心突然回响起枪声和喊叫声。周围的人脸上都是恐惧。大家七嘴八舌，作战情报中心里也跟底层甲板上一样紊乱。她绞尽脑汁思考怎么做。派人增援，当然。这回带上炸弹。那下面的人干吗用传统的枪噼啪地射击呀？

她必须重新控制住。她要亲自下去。她一言不发地跑进隔壁的登陆部队行动中心。战时她用作水陆两栖行动的指挥中心。如果底层甲板控制失灵，可以从这里灌满和排空浮箱，打开舰尾的活门。登陆部队行动中心唯一不能控制的是底闸，仓促改建独立号时的另一道愚蠢指示。

"好吧。"她指示操纵台吓坏的人员，"排空舰尾浮箱。放空舰尾的水。"她思考。底层甲板底部的闸是关着还是开着？水能流出去吗？屏幕上的恐怖景象没有这方面的信息。一般情况下，升高舰尾就足够了，人造码头的水就会透过开着的闸或船尾活门流出去。万一两者都堵住了，还有应急排水系统，需要长一点时间，但能达到同样的目的。

黎吩咐开动水泵，跑回作战情报中心。

底层甲板

闸门毫无反应。他暂时无法思考为什么。皮克上气不接下气地跑向一个武器柜，取出一根带雷管的标枪。士兵们发疯地向水里射击。某种章鱼似的巨物穿过敞开的闸游进舰内，轻捷灵活地紧贴在水面下穿行，而虎鲸咬掉了罗斯科维奇的双腿。

他从眼角看到鲁宾在从水里往上爬。皮克既松了一口气又感到厌恶。他恨这位生物学家，但他不可以听任自己的冲动将他推下水里去。无论如何都必须保住鲁宾的性命。他必须将任务执行到底。

背鳍游离码头。安纳瓦克和灰狼游到很远的地方。他们奋力游向对岸。闪光的触须尾随着他们。事实上这些东西无所不在，在所有的方向闪烁，而那只虎鲸一目了然是看准了逃跑者。

他必须在这畜生再杀死人之前将它干掉。

皮克突然感觉内心平静了下来。别的可以不急。现在最重要的就是干掉这堆有牙齿的肉。

他举起标枪，张望着。

安纳瓦克眼见虎鲸愈来愈近。人造码头里白浪滔滔，水花喷溅，似乎自己有了生命。波浪汹涌，蓝光闪烁，虎鲸目标明确地破浪向他和灰狼追来。

当那动物猛吸气时，就露出黑色的头颅。可以肯定的是，他们到不了码头。他们必须采取什么行动。

在克拉阔特湾里虎鲸袭击时，灰狼驾着他的船及时赶到了，但灰狼现在的情况并不比安纳瓦克好。他们得想办法干掉虎鲸。

鲸鱼潜下水去。

"我们让它过去！"他对灰狼喊叫道。

不是很精确，他想道。不清楚，杰克不知能否明白。但反正已经没时间解释了。

安纳瓦克深呼吸，沉下水去。

皮克咒骂着。那畜生消失了，灰狼和安纳瓦克也不见踪影。他沿着码头跑了很远，寻找那具庞大的身躯，但水池变成了一座超现实主义的移动监狱，光线、无法定义的形状和喷溅的浪花让人再也看不清楚。他面前的一位士兵对着水里的蛇形物射击，显然没有效果。

"别做蠢事了！"皮克将那人推向操纵台方向，"你去发警报。然后设法打开闸门，放下潜水艇。"他的目光搜寻着水面，"然后请你关上他妈的闸门。"

士兵停止射击，跑走了。

皮克走到码头边缘，眯紧眼睛。握在手里的标枪很沉重。虎鲸在哪儿？

再也不见它的踪影。只有颤抖蠕动的东西，蓝色和白色的光。安纳瓦克一钻下水面，刺耳的噪音就变成了沉闷的呼呼声和扑打声。灰狼在他身旁划水。他的嘴里冒着气泡。安纳瓦克还抓紧着这个半印第安人的手臂，将灰狼一起拖下水面。他不知道他的主意是否行得通，但在水面上必死无疑。

某种东西向他涌过来，像条巨大的无头蛇。一束束的光线在这个半透明蓝光闪闪的组织上方有节奏地律动。从中伸出数百根细细的、鞭子状的触须，扫过甲板的地面，安纳瓦克突然明白那东西在做什么。它在扫描它的周围。那些鞭子照亮了水池的每一个点。当他还在既惊骇又入迷地观看时，蛇体里又长出新的触须，朝着他的方向挥舞。

虎鲸的嘴张开在它们之间。

安纳瓦克心里在迟疑。他的一部分离开他，非常冷静地提问，这个进攻者有多少成分还是鲸鱼，有多少是胶状物？它不再按自然本性而是按钻进它体内的外来意识行事，他们还能期望这样一只生物什么？他必须将这只虎鲸视作发光体的一部分，它不再是具有自然反射能力

733

的鲸鱼。但这样或许有好处。也许他们能成功地迷惑这只动物。

虎鲸箭也似的蹿来。安纳瓦克回避开，推了灰狼一下，看着他射向相反的方向。他听懂了他的喊叫！

在猎物意外分开之后，那只鲸鱼从他们中间穿过去了。

赢得了几秒钟的时间。

安纳瓦克没有再看虎鲸，他游进杂乱的触须中间。

鲁宾气喘吁吁，四肢着地爬上了码头。那位士兵从他身上跳过，匆匆赶向操纵台。他扫了一眼屏幕，判断了一下，按下开闸的按钮。

系统卡住了。

像他队伍里的每位战友一样，这位士兵接受过船上所有技术系统的培训，熟悉它们的运行方式。布朗宁的身躯被抛向操纵台的画面深深地印在他的脑海里。他弯下身，仔细观看那个按钮。卡住了。歪向一侧。也许是被布朗宁的靴子踢的。他并不需要做多少纠正。他抓起武器，用枪托砸它。

按钮恢复原位。

安纳瓦克漂浮在一个陌生的世界里。

他的周围扭动着细韧触须的垂帘。他根本不知道，游进这团触须是不是个好主意，但这问题是多余的。也许胶状物会做出侵略性反应，也许根本不会。很可能这东西也被污染了。那样他们反正都死定了。不管怎样，在这里，那只虎鲸暂时较难发现他。

发光的触须朝着他的方向弯过来。一切都动了起来。安纳瓦克被抛来抛去。触须的网愈来愈密，他突然感觉有根鞭子状的东西在抚摸他的脸。他拂开它。

其余的蜿蜒而来，摸他的头顶和身体。他的头脑里蹦蹦跳，嗡嗡响。他的胸口渐渐痛起来。如果他不能尽快找到机会钻上去，他就得听凭这东西摆布了。

他双手抓进那团东西，撕扯开来。好像他是在跟一条蝮蛇作战似的。那生物像块极富弹性的结实肌肉，同时又在不停地变化。那些刚才还缠着他的触须，开始变形，撤回去，溶入在大物体里，同时又生出其他的肢体来。这东西实在难以预料，它显然喜欢上了利昂·安纳瓦克。

一个细长优雅的身躯掠过他身旁。

一张微笑的脸。一只海豚。安纳瓦克本能地伸手抓住背鳍。海豚没有停下，带着他窜出触须。他抱紧，看到虎鲸从一侧冲来。海豚向上跃起。巨大的颌骨在他们身后咬来，差点就咬到，然后他们钻出水面，游向人造堤坝。

士兵按下按钮。

只不过用枪托修理了一下就成功了。钢门慢慢移动，放开了潜水艇。潜水艇又开始下沉，经过从闸门挤进的那个生物身旁。深飞无声地从舰里掉出去，消失在大海深处。

有那么一瞬间，那位士兵怀疑让闸开着是不是更好，但他接到的命令不是这样的。命令要他将它关闭，于是他服从了。这回没有潜水艇卡住闸门。在闸门强大的发动机的驱动下，钢板挤进树一样粗的生物，将它截断。

皮克举起标枪。他刚才看到安纳瓦克。虎鲸似乎抓住了他，但后来安纳瓦克又出现了，而那畜生游向对面。士兵们射击黑色的背；虎鲸沉到了水下。

他们杀死它了吗？

"闸门关闭。"那位士兵从操纵台向这里喊道。

皮克抬手示意他明白了，缓缓地沿着码头走着。他的目光在搜索对面。没有什么子弹对付得了这只章鱼怪，他又不敢向胶状物里发射炸弹。水池里还有人呢。他走近池沿。

灰狼学着安纳瓦克的样子游进触须。他拼命游向水池另一侧。几米后那个生物的身躯挡住了他的路，他不得不改变方向。他彻底丧失了方向感。

触须向他盘来，缠住他的肩。灰狼顿感恶心想吐。他心慌意乱。戴拉维死去的画面永远刻在他的视网膜上，像一部影片似地不断在重复播放。他扯下身上的胶状物，猛转身，想离开。

他突然漂浮在闸门上方了。潜水艇不见了。他看到闸门正在关闭，挤进胶状物，一米粗的胶状物被整齐地截断了。那东西的反应很明显：它很不高兴。

一股巨浪扑向皮克。虎鲸就在他面前钻了出来。太吃惊了，来不及害怕，皮克看到了粉红色的咽喉。他吓得直后退，与此同时整个甲板似乎在飞离。那生物发怒了。发狂的巨蛇一直旋升到天花板，拍打着墙壁，扫荡了码头。皮克听到士兵们在喊叫和开枪，看到身体在空中翻滚，掉进了水池，然后有什么东西打在他的腿上，他仰面跌倒了。他痛得透不过气。虎鲸的身体向他压下来。皮克呻吟着，将标枪抓得更紧，被一下拖进了水池。

他随着一个气泡的漩涡下沉。他的双腿插在一个闪着蓝光的物体里。他用标枪捅它，钳子松开了。在他的头顶，虎鲸啪的一声掉回水里。一股巨大的压力波震住皮克，使他连转几圈。他看到鲸鱼的牙齿一排排地张开，相距不到一米，他将标枪插进它嘴里，使劲往下压。

有一会儿，一切似乎都停止了。

虎鲸的头颅里传出沉闷的爆炸声，不特别响亮，但世界被染成了红色。皮克随着一堆鲜血和肉块被向后抛出。他在空中转圈，撞在墙上，一个优美的动作又重新回到了码头上。他喘息着从池边爬开。到处是血。红色血污掺在脂肪组织和碎骨头里。他想站起来，脚一滑，又一屁股坐倒在地。疼痛掠过周身。他的左脚扭伤了，但现在他连这也没注意到。

他不可置信地盯着眼前的画面。

那生物似乎发狂了。触须狂抽乱打。橱柜倒下，设备满天飞。只有一个士兵边射击边沿着码头跑，直到一根触须将他拖进水里。当一个半透明物贴着他的头上方扫过时，皮克蹲下身，那东西既不是蛇也不是触须，不是任何他见过的东西。他睁大眼睛看到那尖尖的东西边飞边发生变化，先是变成鱼身子，然后又变成一根根舞动的细线。似乎水池里有大动物似的，背鳍钻出，又消失了，畸形的头将它们的嘴伸向空中，奇怪地黏糊糊的，又变成软软的一团，啪地落进水里。

皮克揉揉眼睛。是他的错觉还是水面下沉了？杂音里掺进了机器的隆隆声，他明白：他们在抽空甲板！水被排出浮箱。独立号的舰尾悄悄升起，人造水池里的东西在流回大海。乱抽的触须收回去。那东西又突然变成整体潜下了水。皮克爬上墙，左脚一用力又倒下去。两只手抢在他跌倒之前抓住了他。

"抓紧。"灰狼说道。

皮克抱住巨人的肩，一跛一跛地试着走。虽然他并不矮小，但在灰狼身旁他还是感觉孱弱无力。他叹口气。灰狼果断地抱起他，沿码头跑向人造堤坝。

"停下。"皮克喘息道，"这么远够了。放我下来。"

灰狼轻轻地将他放下地。他们就在通向实验室的走道前。从这里可以望到整个水池。皮克发现，又能看见海豚馆的侧墙了。抽水泵还在轰鸣。他想起水池里的人们，他们恐怕全死了，想起士兵们，想起戴拉维和布朗宁……

想到安纳瓦克！他的目光在水面搜寻。安纳瓦克在哪儿？

他气喘吁吁地钻了出来，就在堤坝前面。灰狼扑过去，协助他爬了上来。他们看着水位继续下降。这下他们看到了一个大生物，它发出淡蓝色的光，游遍水池，好像在寻找一条出去的路。它的形状让人想到一只细长的鲸鱼或一条短而肥的海蛇。它的身体上方不再闪光，体内不再长出触须。它游进每个角落，弯弯曲曲地沿着墙壁游动，迅速地寻找不存在的出口。

"该死的畜生！"皮克喘息道，"这下子要被排干了。"

"不。我们必须救它。"这是鲁宾的声音。皮克转过头，看到那位生物学家在走道里钻出来。他颤抖着，双手抱着身体，但他眼神又像他坚持将胶状物放进船里来时闪亮了一下。

"救它？"安纳瓦克应声问道。

鲁宾脚步迟疑地走近来。他警惕地望着水池，那东西在里面转得愈来愈快。水深最多只剩两米了。那东西扩大了身体的面积，大概是为了减少吃水。

"这是一个难得的机会。"他说道，"你们就不理解吗？我们必须将深海仿真器消毒。拿走蟹，放进新鲜水，尽可能多放进这种东西。这要比蟹好得多。这样我们就可以……"

灰狼一步奔到鲁宾身旁，双手卡住他的脖子，用力。生物学家张开嘴巴和眼睛，舌头呕了出来。

"杰克！"安纳瓦克想将灰狼的手臂往后拉，"快停下！"

皮克支撑着爬起来。他的左脚沉重如铅。没断，但痛得要命，这使他几乎寸步难挪。尽管如此。不管他愿不愿意，他必须帮那个混蛋。

"杰克，这样没用。"他叫道，"请你放开这家伙。"

灰狼不予理睬。他举起鲁宾。鲁宾的脸色开始发紫。

"够了，欧班侬！"黎从隧道里走出来，身旁跟着几名士兵。

"我要杀死他。"灰狼平静地说道。

女指挥官走近一步，抓住灰狼的右手腕。"不，欧班侬，你不会这么做。我不管你和鲁宾有什么账要算，但他的工作很重要。"

"现在不重要了。"

"欧班侬！请你不要逼我伤害你。"

灰狼眼中冒火。他的眼睛落在黎身上。他显然知道她这么说是当真的，因此他又缓缓放下了鲁宾，双手松开他的脖子。生物学家气喘吁吁地跪倒在地。他作呕，想吐。

"是他害死了丽西娅。"灰狼低沉地说道。

黎点点头。她的脸部表情突然一变。"杰克,"她近乎温柔地说,"对不起。我向你保证,她不会白死。"

"死亡都是白死。"灰狼低声答道,转过身去,"我的海豚在哪儿?"

　

黎和她的随从人员大步走上码头。皮克真是个大笨蛋。他为什么没有从一开始就让他的人员配炸弹标枪呢?因为无法预见这种事吗?愚蠢!这正是她曾经预料到的,一堆麻烦。她不知道麻烦会以什么方式出现,但会出现,这一点她很清楚。早在第一批科学家到达惠斯勒堡之前,她早就知道了,并采取相应的预防措施。

水池里只剩下几个水洼。那景象真恐怖。就在她脚下四米深的地方,横躺着虎鲸的尸体。曾经是头颅和长有利齿的吻,淡红色血浆弥漫开来。再远一点她看到几名士兵纹丝不动的身体。海豚,除了三只外,其他的都了无踪影。有可能在闸门开着时慌乱离开了船。

"真是糟透了。"她说道。

水池中央那团无形的东西几乎一动不动,变得苍白。在边缘,那东西最后浸在水里的地方,出现短短的触须,它们像蝮蛇一样趴在地面上。那东西在死去。它变形和在水面挥舞触须的力量是那样不可思议,现在的样子却显得无比绝望。胶状物的上侧开始显示出溶解的迹象。蜡一样透明的液体往下滴落。黎回想到,这堆搁浅的庞然大物不是单个生命,而是数十亿个单细胞生物的集合体,它们刚刚分散开来。鲁宾是对的。他们必须尽量多保留它。他们行动越快,群体能够生存下来的量就越大。

安纳瓦克轻轻地来到她身旁。黎继续搜索水池。她没有理睬罗斯科维奇晃动的身体,更准确地说,是身体的剩余部分。她眼角看到水池底部有东西在动,一直走到码头尽头,爬下梯子。安纳瓦克跟在她身后。有什么东西引起了她的注意,现在又看不到了。她保持适当的距离,走过开始发出难闻气味的残躯,这时她听到安纳瓦克在另一侧喊叫。她急忙绕过尸体，险些被布朗宁绊倒。这位女技术员睁大着眼睛，一半的身子躺在正在融化的那东西下面。

"帮帮我。"安纳瓦克说道。

他们一起从那东西下面拖出布朗宁。那东西非常缓慢和不甘心地放开她的腿。黎觉得死者特别沉重。

她的脸像油漆过似地发亮，黎弯下身去，想更仔细地看看。

布朗宁上身坐起。

"妈的！"

黎跳回去，看到布朗宁的脸开始癫痫似地抽搐，做鬼脸。那位女技术员抬起手臂，张开嘴，又仰面跌倒了。她的手指弯曲。她踢腿，弓背，连续多次使劲摇头。

不可能！绝对不可能！

黎见多识广，但现在她真的怕得要命。她盯着那具活死人，安纳瓦克带着明显的厌恶在布朗宁身旁蹲了下来。"朱迪，"他低声说道，"这你应该看看。"

黎克服住她的厌恶，走近去。

"这儿。"安纳瓦克说道。

她仔细观看。布朗宁脸上发亮的一层开始一滴滴地掉落，她突然认出了那是什么，块状、融化的束状组织沿着女技术员的肩和脖子延伸，钻进她的耳朵里……"钻进去了。"她低声道。

"这东西想接收她。"安纳瓦克点点头。他脸色惨白，对于一名因纽特人来说，这表情变化很明显。

"它很可能想爬进去，了解情况。但布朗宁不是鲸鱼。我猜测，她脑中剩余的一点电流在对接收尝试做出反应。"他停顿一下，"随时都会结束。"

黎沉默。

"它操纵所有可能的脑功能。"安纳瓦克说道，"但它不理解人类。"他直起身，"布朗宁死了，将军。我们所看到的，是一场快要结束的试验。"

加纳利群岛，帕尔马岛沿海，海莱玛平台

波尔曼怀疑地打量着小潜水站里的抗压装。外衣银光闪闪，头盔、组合关节和夹钳镶有玻璃。它们像没有生命的木偶一样挂在打开的大箱子里，盯着虚无。"我本来不希望飞往月球的。"他说道。

"格哈德，"福斯特笑道，"400米的水下和月球上相似。你非去不可，所以就别埋怨了。"

本来福斯特是想带凡·马尔滕一起下潜的，但波尔曼提醒他考虑那位荷兰人最熟悉海莱玛平台的设备，上面需要他。他不言自明地说出了下面有可能出麻烦。

"另外，"他议论说，"我不喜欢看着你们在那里瞎忙。你们可能是出色的潜水员，但精通水合物的仍然是我。"

"因此你才应该留在这里。"福斯特还击道，"你是我们的水合物专家。如果你出了什么事，我们就再也没有水合物专家了。"

"不对。我们有埃尔温。他和我一样精通，甚至更精通。"

这期间聚斯已经从基尔赶到了。

"但潜水不是去散步。"凡·马尔滕说道，"你潜过水吗？"

"很多次。"

"我是指，你真的下潜很深过吗？"

波尔曼迟疑着。"我曾背着传统的氧气瓶下潜到50米。但我现在的状态好极了，更何况我也不是傻子。"他固执地补充道。

福斯特沉吟起来。"两个强壮男人足够了。"他说道，"我们带上小炸药包和……"

"会爆炸的……"波尔曼惊叫道，"炸药包。"

"那好，那好！"福斯特抬起双手，"我看，这事没有你不行。你一起去。可是，如果不舒服，你肯定会埋怨得我耳朵长茧的。"

此刻他们站在右侧浮船里，位于水下18米。浮船放水淹没了，但凡·马尔滕空出了一小块地方，它通过梯子连着平台。机器人也是从这里被放下水去的。因为凡·马尔滕知道，不能排除载人下潜，要潜到数百米的水下，传统的潜水设备根本没办法做到，因此向温哥华的纽特科研究所——一家以划时代创新著名的企业，订购了防护服。

　　"看样子很重。"波尔曼说道。

　　"90公斤，主要成分是钛。"福斯特几乎是含情脉脉地抚摸头盔正面的玻璃罩，"潜水衣是件重家伙，但在水下你就一点都感觉不到。你可以随心所欲地上下。潜水衣里会充入空气包裹着全身，因此血管不会因压力太大而爆裂，可以省去愚蠢的解压时间。"

　　"它有蹼。"

　　"天才创举吧？这样你就不会像块石头似地下沉，而可以像蛙人般游泳。"福斯特指指那许多的关节圈，"这设计保证可以让你在400米的水下还享有充分的行动自由。双手被保护在半球里，里面没有手套，但两只手臂连接着计算机控制的抓取系统，可以马上感应到衣服里面的手的细部动作，十分灵敏，你还可以用它来写遗嘱。"

　　"我们可以在下面待多长时间呢？"

　　"四十八小时。"凡·马尔滕说道。

　　当他看到波尔曼的惊讶表情时，他咧嘴笑了，"别害怕，你用不了这么长时间。"他指着两架鱼雷形机器人，每台将近1.5米长，装有螺旋桨，尖头上装有玻璃。上侧伸出一根好几米长的绳索，连着一块装有手柄、屏幕和按钮的控制板。

　　"这是你们的水猎犬，自动水下船。它们已被设定好光岛位置的程序，目标误差仅几厘米。请你们不要尝试纠正它，而是任它拉着你们。这些东西在你们前方4海里处，你们三分钟后就会到达那里了。"

　　"这种设定有多可靠？"波尔曼怀疑地问道。

　　"非常可靠。水猎犬有不同的探测设备，用来探测下潜深度和自身位置。无论如何你们不会驶错方向，万一你们遇到了什么麻烦，水猎犬就会避开。你们可通过绳尾的控制板启动程序前进、后退，很简单。按下标示○的按钮会启动螺旋桨，无需程序。在这种情况下你们可以用下面的手柄操纵水猎犬的方向，你们想去哪里，这只小狗就跑向哪里。还有问题吗？"

波尔曼摇摇头。

"那出发吧。"

凡·马尔滕帮他们穿衣服。他们从背部的盖子开口处钻进潜水衣，盖子上装有两只空气瓶。波尔曼感觉自己像个身穿盔甲想去月球上散步的骑士。关上潜水衣后，有一会儿几乎听不到任何声音，一阵子后他才听到一些。他透过弧形的大眼罩看到福斯特正对着潜水衣里的他讲话，也能听到他说话的嗡嗡声，外面的噪音也重新钻进他的耳朵里。

"使用对讲机，"福斯特解释道，"要比比手画脚好得多。你适应手爪吗？"

波尔曼在球里动动手指，人造钳手跟着做一切动作。"我想还可以。"

"试试去抓凡·马尔滕递给你的控制板。"

第一次尝试就成功了。波尔曼轻松地吸口气。如果一切都像操作这个钳手一样简单的话，他就大可以放心了。

"还有件事。你往下看会在腰部地方看到一个凸起的四方形板子，像个扁平的开关。它是一个POD。"

"一个什么？"

"不是什么你得为它绞尽脑汁或不安的东西。一种安全措施。我们几乎不可能遇上这种情况，但是若不小心遇上了，我告诉你它可以做什么。要打开它，你必须使劲推它。行吗？"

"POD是什么东西？"

"下潜时的备用设备。"

"我真的想知道……"

"以后再说吧。你准备好了没有？"

"准备好了。"

凡·马尔滕打开网关。灯光照亮的浅蓝色的水漫到他们脚下。"直接跳下去就行。"他说道，"我随后抛下水猎犬。等你们出了闸，就轮流启动你们的水猎犬，福斯特先。"

波尔曼踩着蹼脚慢慢走到边缘。穿着潜水衣，任何最细微的动作都得很使劲。他深呼吸，让身体向前倒下。水迎面扑来。他一个前翻，看到闸门的灯光从头顶掠过，又重新恢复直立姿势。他慢慢下沉，钻出网关潜到海里，掉进一个鱼群中间。数千条发光的鱼一哄而散，变成一个不断旋转的螺旋形。鱼群先后多次改变队形，聚集又散开。波尔曼看到了身旁的水猎犬，继续下沉。在他的头顶，浮船的黑暗船体里的闸门亮着灯。他让蹼前后拍打着，发现姿势稳定，似乎感觉不到潜水衣的重量了，实际上十分舒服。一艘携带型潜水艇。

福斯特跟随在后面的气泡里。他下沉到波尔曼的高度，透过头盔的玻璃望着他。直到这时波尔曼才注意到，这位美国人在潜水衣里还戴着棒球帽。

"你感觉怎么样？"福斯特问道。

"像是R2-D2（电影《星球大战》里的机器人）的哥哥。"

福斯特笑了。他启动水猎犬的螺旋桨，机器人马上低下头，将火山学家往下拉。波尔曼也启动程序，猛地一动，头朝下往下潜，四周一下子就变暗了。凡·马尔滕说得对。确实很快，一会儿后就黑黝黝的了。除了水猎犬发出的微弱光线，什么都看不到。

令他吃惊的是黑暗令他不舒服。他曾经数百回地坐在屏幕前，监视机器人闯进深谷或继续钻进海底生物当中。他也曾随具有传奇色彩的阿尔文号潜艇下潜到4000米。但和塞在这套潜水衣里，被一只电子狗拉向陌生地带相比，完全是两回事。

但愿他手中这东西的程序设计正确，不然谁知道会跑到哪里去。

探照灯照亮密密麻麻的浮游生物。陡直向下。波尔曼的头盔里响起水猎犬的嗡嗡声。前面很远的地方发现一个金色生物，它正以一跳一跳的缓慢动作行进着。它十分美丽，一只深海水母，像艘宇宙飞船一样发出环状光的信号。波尔曼希望那不是害怕某种跟踪它的较大怪物的信号。后来那只水母从他的视线里消失了。更远的地方又有其他水母漂游闪烁，突然，面前弥漫开一朵闪烁的白色云团，他吓了一跳。但这云团是白色的而不是蓝色的，是它在消失前发出微弱的生物荧光。波尔曼明白他看到了什么。那是一只Mastigotheutis，一种墨鱼，它通常在1000米左右的深度才会出现。它会向入侵者喷出白色的墨，这绝对是有意义的——在漆黑一团的黑暗中，黑墨完全不管用。

水猎犬继续不停地拉。

波尔曼在前方的深海里寻找光岛的光，但撇开福斯特赶上来的亮点不谈，这里除了黑暗还是黑暗。两道站立的光，他的和福斯特的，在一个没有星星的太空里。

"斯坦利？"

"什么事？"

迅速的回答给了他安慰。"我们应该很快就能看到什么了，对吗？"

"你不耐烦了吗？我的朋友。看看屏幕吧，这才游了200米。"

"噢。我知道，当然了。"

波尔曼不好意思再问福斯特是否相信水猎犬的程序，于是不再出声，设法压抑正逐渐浮现的不安。他开始希望有几只水母游过来，但什么东西都看不到。机器人嗡嗡响个不停，突然明显地改变方向。

有东西。波尔曼仔细观看，远方亮起一道幽暗的光。一开始只能隐隐看到，后来有了朦胧的正方形。

他深感轻松，真想夸赞了不起。了不起的狗。好狗。

光岛显得多小啊。

当他还在琢磨这件事时，它移近了，变亮了，能够看出细部来，一个个的点，排列在拉杆上。他们继续向它漂去，光岛突然巨大地悬浮在他们上方，闪闪发光。当然，实际上是他们漂浮在岛上方，但头下脚上的潜行将上下颠倒了过来，乍看之下，光岛就好像悬在他们的头上了。福斯特的身影出现了一下，一个被绳子上的鱼雷拖着的影子，射向灯光通明的足球场。他们面前的一切都清清楚楚。大陆坡台地、吸管、黑色的蛇形躯体从黑暗中钻出来……

拥挤的虫子。

"冲进光亮之前，关掉你的狗。"福斯特说道，"最后几米我们游过去。"

波尔曼活动一下空着的那只手的手指，试图用手爪操纵键盘。这回不太灵巧，没能一下子成功，从放慢了速度的福斯特身旁飞了过去。

"嗨，格哈德，见鬼！你想去哪里呀？"

他重新试了一次，手爪滑脱，最后终于将狗停下来了。波尔曼拍打脚蹼，使自己维持垂直姿势。他确实离光岛相当近了。它无限地向四面八方延伸。几秒钟后他恢复了方向感，光岛和大陆坡就在他身下。

他缓缓游向被卡住的软管，在管子旁边下沉。光岛现在就在他头顶15米左右。虫子马上开始爬上他的蹼。他不得不强迫自己忽视它们。虽然它们根本损坏不了潜水衣的材料，但看起来就是很恶心。这么一条虫子不会对任何他这么大的生物构成危险的。

但话又说回来，人们对本来不该有的虫子又知道些什么呢？

水猎犬在他身旁沉到了海底。波尔曼将它停在一块突起的岩石上，顺着软管往上看。一人高的黑色大熔岩堵塞了发动机的螺旋桨。这是可以解决的。让他担心的是将吸管顶在悬岩上的较大的楔石。它约有4米高。波尔曼怀疑合两人之力能不能搬得动它，尽管在水下一切都变轻，就像很轻的多孔熔岩。

福斯特来到他的身旁。"讨厌，"他说道，"到处都是魔鬼的儿子。"

"谁，请你再说一遍好吗？"

"虫子！爬虫。人类有史以来的灾难。我建议，我们先取出较小的石块，看看我们能做到什么地步。凡·马尔滕？"他喊道。

"我在这儿。"凡·马尔滕破锣似的声音传来。波尔曼完全忘记他们也和海莱玛平台号保持着联系。

"我们现在要稍微整理一下。我们先清理出发动机。也许这样就够了，管子能靠自己的驱动脱身。"

"好。波尔曼博士，你身体还好吗？"

"很好。"

"你们保重。"

福斯特指着一块接近圆形的石头，它挡住了螺旋桨的铰链接合。"我们就从这里开始。"

他们将那块石头滚往一旁，一阵又拖又拽之后，它滑开来，露出发动机的铰链，同时压碎了下面的几百只虫子。"太棒了。"福斯特满意地说道。

另外两块也被以同样的方式移走了。下一块石头较大，但是经过一番努力后，最终也滚开了。

"人在水下的力气有多大呀，"福斯特高兴地说道，"扬，我们只剩一台发动机还没清理好，看起来它们没有受损。你可以拉动铰链旋转它们吗？不发动，先旋转！"

几秒钟后出现一阵嗡嗡声，一台涡轮机一圈圈转动着铰链。随后其他的也跟着旋转起来。

"很好。"福斯特叫道，"现在再试试发动这些家伙。"

他们离开软管几米，保持安全距离，看着螺旋桨启动。

软管跳动了一下后，又没有动静了。

"不行。"凡·马尔滕说道。

"嗯，这我也看出来了。"福斯特快快不乐地看着，"再试试，换个方向转动这些家伙。"

这样也不行，螺旋桨反而搅起了淤泥。眼前变得一片混浊。

"停下！"波尔曼挥着他的一节节手臂。"上面停下来！这样做没有效，它只会破坏我们的能见度。"

螺旋桨停下。淤泥散开，出现浅色的黏状物。几乎看不到吸管的下端。

"那好吧。"福斯特打开潜水衣一侧的扁盒子,从中拿出两个铅笔大小的东西。"我们的问题是那块大的。我知道你不喜欢这样做,格哈德,但我们必须炸掉这该死的东西。"

波尔曼的目光转向那些愈来愈多的虫子,重新占据原本已清空的海底。

"这相当冒险。"他说道。

"我建议在大石头的底部钻一个洞,再放进一颗小炸药,我们这样做可说是连根拔起。"

波尔曼先上升、游开一米,再游向大石头。他周围变得泥泞混浊了。他打开头盔灯,眼前是一片混浊的尘雾。他小心弯曲腿,将头盔尽可能贴近石块插进海底的地方。他用手爪扫开虫子,有一只迅速躲开并反身想咬这个人造的肢体。波尔曼甩掉它们,检查沉积物结构。他看到纤细的岩脉,并将手爪捅过去,捅碎了周围的岩石,小小的气泡冒了出来。

"不,"他说道,"这不是好主意。"

"你有更好的主意吗?"

"是的。我们使用那颗大炸药,从岩石的三分之二处找到一个凹洞或缝隙,从那里将它炸开。运气好的话会炸掉上半部的石头,而不会影响到海底。"

"可行。"

福斯特来到他身边,来到尘雾里。他们往上漂升一点。能见度好了。他们开始逐一在大石头上寻找合适的位置。最后福斯特发现了一个深槽缝隙后,将某种结实、灰色、像口香糖的东西塞进去,然后将一根铅笔一样细的小棍子插进那东西里。

"这应该足够了。"他满意地说道,"会噼里啪啦响的,我们应该离远点。"

他们打开水猎犬,让它们将自己一直拉到灯光照亮区域的边缘,而几米远的海底早就黑得看不见了。

微粒光束的投射距离相当有限，这样光波才不会受藻类或其他漂浮物影响而偏斜，尽管如此，明与暗之间的变化还是相当突然。光线以波长长短的顺序消失在水下——先是两三米之外就消失的红色，然后是橙色，最后是黄色。十米之外就只剩下绿色和蓝色，而当它们完全被水所吸收或分散之后，从那里开始世界就不存在了。

波尔曼真不想从这相对安全的亮光处进入绝对的不存在的黑暗虚无中。他松了一口气发觉，福斯特认为不需要更大的安全距离了。在蓝色变成墨黑的地方，他隐约发现有一道缝隙，或许那后面有个洞。他想象这块岩石当年通红地流出的情形，一堆黏稠的岩浆，慢慢冷却，凝结成奇怪的形状。穿着潜水衣的他不由得冷了起来，因为想象着必须在这下面度过一生而感觉到冷。

他抬头望向光岛。灯柱里的白色探照灯只散发出一种蓝色的光晕。

"好，"福斯特说道，"我们动手吧。"他按下点火装置。

一大堆气泡从巨石中央飞散开，夹着碎片和尘土。波尔曼的头盔里嗡嗡响。一个黑色圆圈扩散开来，其他的气泡接踵而至，将废石块带向四面八方。

他屏住呼吸。

巨石的上半部开始缓慢、极度缓慢地倾斜。

"太好了！"福斯特叫道，"上帝作证！"巨石被自身的重量牵引着，倒得愈来愈快。它在还竖着的那一半的中间位置脱落，掉到软管旁的地面，重新搅起更混浊的沉积物尘雾。福斯特穿着沉重的潜水衣成功地跳开来，挥着手臂。他看上去就像那位为了美国在月球上蹦蹦跳跳的阿姆斯特朗。

"哈利路亚！嗨，凡·马尔滕！我的上帝啊！我们打败了那该死的家伙。快，试试你的运气吧。"

波尔曼满心希望这震动不会带来其他的崩塌。在卷起的淤泥中他听到发动机转了，吸管突然开始移动。他弯下腰，吸管突然像只巨虫的头从雾里抬起，慢慢地上升。管口转向他的方向，后又转向相反的方向，好像那东西在侦察周围。要是波尔曼不知道他面前的是什么东西的话，他会感觉自己被吃掉了一半。

"成功了！"福斯特嚷道。

"你们是最棒的。"凡·马尔滕干巴巴地说道。

"这不是什么新闻了。"福斯特向他保证道，"请你先关掉它，别让它吃掉我和格哈德。我们再去检查确认一下，看完我们就回去。"

软管又上升了一些，垂下它的圆嘴巴在灯光中摇晃。福斯特游开了，波尔曼跟在他身后，目光移向光岛，又移回来。好像有什么地方怪怪的，但他说不上来是什么。

"一片混浊。"福斯特对着尘雾说道，"看看右侧吧，格哈德，你在这浓雾中总能看得比我多。"

波尔曼打开他的水猎犬的探照灯，略一思索，又将它关闭了。

那是什么东西？

他的目光重新移向光岛，这回他凝望的时间更长。他觉得那些灯射出的光线好像比先前强烈，但是这不可能。它们一直是开在最强档。

不是灯的事，是那蓝色的光晕。它变大了。

"你看到没有？"波尔曼用手指着岛。福斯特的目光顺着动作望过去。

"我什么都不……"他愣住了，"有这种事？"

"灯光，"波尔曼说道，"蓝色发光体。"

"我的天哪！"福斯特低语道，"你说得对，它在扩大。"

岛周围形成了一个深蓝色的大圈圈。在水下很难估测距离，尤其是光线折射指数使一切显得近四分之一倍、三分之一倍，但那蓝色发光体一目了然是位于岛后很远的地方。拉杆上的卤素灯照着它，但波尔曼感觉仿佛看到了闪电掠过，然后那蓝色光突然失去了强度，愈来愈弱，消失了。

"我觉得这事不妙。"波尔曼说道，"我想，我们应该升上去。"

福斯特没有回答，继续盯着岛。

"斯坦利？你听到我讲话吗？我们应该……"

"别这么急。"福斯特缓缓地说道，"我们有客人了。"

他指着岛的上缘。两个长影子在那里飞掠，被灯光照成蓝色的腹部。它们随即消失了。

"这是什么东西？"

"别紧张，孩子。打开你的POD吧。"

波尔曼按潜水衣腰部的传感器。

"我当时不想引起你的不安。"福斯特说道，"我想的是，如果我告诉你了它是做什么用的，你也许会紧张，不停地观看……"

他未能再讲下去。灯柱中间射出两个鱼雷形身躯，波尔曼看到了形状古怪的头。那些动物向他们直奔而来，速度快得令人难以置信。恐惧就像从冰里伸出的拳头一般，击中了他的心。他避开，向后急转身，保护性地抬臂挡在头盔前。这些反应动作没有一个具有实际意义，但直觉就是胜过文明、高度技术化的思考。这让他大声叫了出来。

"它们无法伤害到你。"福斯特强调地说道。

攻击者就在他身前转身了。波尔曼喘口气，克制惊慌。福斯特迅速游到他身旁。

"我们已经检查过POD，"他说道，"它发挥作用了。"

"他妈的，POD是什么鬼玩意呀？"

"一个防范鲨鱼的保护性装置。POD建立起一个电子磁场，它像一堵壁垒包围着你，使它们无法靠近你五米之内。"

"它们比五米近。"他说道。

"仅在第一回。现在它们受到教训了。你别紧张。鲨鱼有着高度敏感的传感器官，这个电子场已带给它们很大的刺激，破坏它们的神经系统，让它们的肌肉痛苦地痉挛。我们用饵诱测试过白鲨和虎鲨，然后启动POD，它们无法穿过这个磁场。"

"波尔曼博士？斯坦利？"凡·马尔滕的声音。"你们没事吧？"

"一切正常。"福斯特说道。

"POD来，POD去的，你们应该上来了。"

波尔曼的眼睛神经质地搜索光岛，福斯特讲的内容他大部分都知道。鲨鱼的头颅前部的感觉器官劳伦氏壶腹，即使其他动物透过肌肉运动生成的最弱的电子脉冲它们也能接收到。他只不过不知道能用这个POD，来破坏鲨鱼的电子感觉。"这是双髻鲨。"他说道。

"对，是大双髻鲨。我估计每只都差不多有四米。"

"妈的。"

"它对双髻鲨特别管用。"福斯特咯咯笑道。

"现在怎么办？"

又有动静了，两只鲨鱼重新从岛后的黑暗中出现了。波尔曼一动也不动，他在观察这些动物如何进攻。目标明确，没有一般鲨鱼跟踪水里味道时，会有头部来回摆动的典型动作，它们直冲过来，又突然停住，好像它们在对着一堵墙游。它们的嘴被电歪了。它们困惑地朝相反的方向游了一段，然后返回，开始不安、但保持一定距离地绕着潜水者转圈。

它果然管用。

福斯特的估计有可能是正确的，每只鲨鱼都有足足四米长。身体是典型的鲨鱼，但头颅形状非常独特，它的名字就是因头部形状而来的。看起来像锤子一般的头，向两侧延长成扁平的翼，翼的最外侧是眼睛和鼻孔。锤头的前缘又平又直，像把斧头。

他慢慢地开始感觉好些了，刚刚大概表现得像个傻瓜。他猜测，那些动物根本弄不坏潜水衣。

但他还是想离开。

"我们上去需要多久时间？"他问道。

"有水猎犬几分钟就行。不会比下来时间长。我们从光岛上方游，在那里启动程序，让水猎犬将我们拉上去。"

"好。"

"你听到没有，别太早打开。"

"好的。"

"你没事吧？"

"没事，妈的！好得不能再好了。这保护装置能持续多久？"

"POD的蓄电池可以持续四小时。"福斯特用右臂手爪抓着水猎犬的控制板，缓缓地拍打着蹼上升。波尔曼跟着他。

"哎呀，你们这些宝贝。"福斯特说道，"可惜我们得离开你们了。"

鲨鱼开始跟踪，试图接近。它们的身体发着抖，嘴被电歪了。福斯特哈哈大笑，继续向光岛划去。他的身影小小的、发蓝地悬在照着这些身形的巨大光圈前。

波尔曼想到了他们远远看到的蓝色云团。

他突然又想到了它。他吓得差点忘记它就是在鲨鱼出现前形成的，它和鲨鱼的变化一定有关，有可能也和其他一系列异常和灾难有关。如果是这样的话，他们要对付的就不是普通的鲨鱼。

这些动物为什么会在这里？鲨鱼听觉特别好，也许是声响将它们引来的。但它们为什么攻击呢？无论是他还是福斯特都没有释放出什么气味来。他们和鲨鱼猎物的外形并不雷同啊！而在深水区，鲨鱼袭击人类又特别少见。

他们逐渐接近岛的上方。

"斯坦？这两个家伙有点不正常。"

"它们伤不了你的。"

一只鲨鱼转过它扁而宽的头，向旁边游了一点。

"尽管如此，你说得不是完全没有道理。"福斯特深思道，"让我吃惊的是这水深。在超过80米的水域从没有观察到过大的双髻鲨。我在想，它们在这里……"

那只鲨鱼转过身来。它停止了一会儿，头略微抬起，脊背上拱，传统的威胁姿势。然后它多次使劲摆动尾巴，箭一样笔直地向福斯特冲来。火山学家十分意外，连反抗的尝试都没有。那动物猛一下弓起身，然后游进电子场，用它身体宽的一侧撞向福斯特。

福斯特四肢伸展、像个陀螺似地绕着身体转了一圈。

"嘿！"控制板从他的手爪里脱落了，"这他妈的是……"

第三个身躯像从虚无中出来似的从拉杆上方钻出，它以极其优美的姿势从上排探照灯上方跃出。黑黑的、高高的背鳍，锤形的头部。

"斯坦！"波尔曼喊叫道。

新来的那只比其他两只鲨鱼要大得多。它的头锤向上张开，露出一排排牙齿，咽喉大张。它抓住福斯特的右上臂，开始摇晃它。

"该死。"福斯特咒骂道，"这是个什么畜生呀？地狱怪物！你放开我，你……"

那只双髻鲨疯狂地摆动它的四角形大头，一边用尾鳍反方向操纵着。它一定有六七米长。福斯特像片树叶一样被卷来卷去。他穿着潜水衣的手臂直到肩都消失在了鲨鱼嘴里。"滚开！"他吼道。

"我的天哪，斯坦。"凡·马尔滕叫道，"攻击它的鳃，想办法刺到它的眼睛。"

当然，波尔曼想道。他们在上面观看。他们全都看到了！

同时他在想，碰上这么一个怪物，被它袭击或亲眼看到其他人受它袭击，是什么样的感觉。想象因现实而落败了。波尔曼既不是特别勇敢，也不是非常胆小。有些人认为他是个冒险家。他自己只会形容他大胆，不怕冒险，但也不挑战风险。不过，不管过去的形容怎样特别，在这一刻，面对庞大的袭击者，什么都没用了。

波尔曼没有逃走，他游过去。

一只小鲨鱼从侧面接近他。它的眼睛跳动着，颌骨痉挛似地张开。显然，游进电子场让它很费劲，但它还是加快速度，撞击波尔曼。那感觉好像是和一辆奔驰而来的汽车相撞似的。

波尔曼被撞开了。他游向光岛。他唯一的念头就是，他不可以放开控制板，不管发生什么事。水猎犬是他的回程车票。没有航向程序他会迷失在黑暗里，直到他的氧气储备用光。

要是他活得足够长的话。

突然而来的水压袭击了他，将他向下压去，大鲨鱼的尾巴从他的头顶拍打而过。波尔曼试图重新控制住自己的动作，看到两只小鲨鱼一起游过来。它的颌骨张张合合。现在它离光岛那样近，因此在蓝色的海洋里能看到它们的自然颜色——发白的腹部上方是青铜色的背脊，牙龈和咽喉内部像新切开的鲑鱼肉一样呈淡黄色，上颌里有典型的三角形牙齿，下面是较尖的犬齿，以及前后五排像钢一样硬的牙齿，准备将掉进嘴巴里面的猎物咬碎。

"格——哈德！"福斯特喊叫道。

波尔曼逆着卤素灯的灯光看到福斯特正用空着的手爪敲打大双髻鲨的头。然后，鲨鱼头部一扯动，突然从肩部撕开了潜水衣装有铠甲的手臂，抛掉了。氧气变成大气泡从孔里涌出。它再度张开颌骨，咬住福斯特没有保护的手臂，在肩关节下方将它咬断了。

鲜血弥漫开来，同气泡混合在一起。血多得令人不敢相信，鲨鱼鞭打的动作很快将它散开了。福斯特不再喊话了，只是含糊地尖叫，然后，当海水钻进、灌满潜水衣时，只剩下了咕噜声。叫声没了。小鲨鱼暂时对波尔曼失去了兴趣。不管是什么操纵着它们，天然食欲又暂时地控制了它们的行为。它们冲进白浪滔滔的涡流，咬起火山学家已死的身躯。翻转着他，试图透过铠甲咬进去。

凡·马尔滕也在喊叫，杂有噪音。

波尔曼思绪飞转。他除了感觉到那令人瘫痪的震惊，同时他的理智的一部分仍清醒地工作着，告诉他不可以相信这些动物的本能。它们的力量和食欲是受到操纵的。这不是为了吃。现在虽然本能占了上风，但那在它们头颅里的东西，唯一想做的就是杀死这海底下的人。

他必须回到悬崖那里去。

他的左手按着控制板的按键。如果他现在按错开关，他就会启动将他带上海莱玛平台的开关。那么，在POD不能再阻止鲨鱼之后，他就完蛋了。可他按对了键，螺旋桨呼呼转。他仓促地转动控制杆，让

755

水猎犬将他拖离光岛，拖向悬崖。他虽然感觉到加速，但和下沉时小机器人的灵活迅速的感觉相反，他现在觉得慢得难以忍受。

波尔曼拍打着蹼，对着台地，滑进蓝色。这种情况下能做的事情不多，但潜水员的规则之一说，岩石就是掩护。波尔曼游向黑色的熔岩悬崖。他在悬崖前转过身来，抬头盯着光岛。血雾弥漫开了，里面有颤动的尾巴和鳍，泛着泡沫的漩涡。福斯特的潜水衣碎片沉下去。那景象很恐怖，可真正让他害怕的，不是这屠杀本身，而是只剩下两只小鲨鱼在咬着福斯特的事实。

大尾的不在了。

波尔曼吓得快要瘫痪了。他关闭螺旋桨，转头寻找。

大双髻鲨从沉积物尘雾里冲出来，嘴巴大张着。它速度惊人地冲过来。这回波尔曼已经无法思考了，他不知道是不是应该重新打开水猎犬，此时那锤形的头也已经重重地撞上了他。波尔曼被撞得摔在悬崖上。他闷声落在岩石上。鲨鱼继续游，拐一个小弯，以赛车的速度返回来。波尔曼大叫。世界变成了一个咽喉和牙齿的深渊，然后他全身左侧消失在张开的嘴里，从肩到臀。

完了，他想道。

鲨鱼没有停，滑翔在大陆坡上方，在水里推着他往前。他的耳机里呼呼、嗡嗡地响。可以听到牙齿咬得潜水衣的钛壳吱吱响。鲨鱼的头来回摆动，使得头盔多次撞在岩石上，擦碰着他。一切都在旋转。钛合金足够坚固，能够抵抗这种撞击一段时间，可里面波尔曼的头重重地撞在头盔内侧，让他听不清也看不见。他完全束手无策，他的命运注定了会被咬碎肢解。他的生命快要结束了。

正是这"束手无策"激起了他的怒火。

他还在呼吸。

他还能抵抗！

双髻鲨的直线形身影在他上方延伸。鲨鱼的头宽有它体长的四分之一多，使得侧面的赘肉分得很开。

波尔曼只看到侧边，看不到眼睛，看不到鼻孔。他开始拿控制板砸它。鲨鱼将他继续往前推，推向光的边缘，推向他们原本等待爆炸的地方。一旦进入黑暗的水里，他就无法再看到这只动物。

他们不可以离开灯光。

波尔曼怒不可遏。他抬起陷在鲨鱼咽喉里的左臂，撞击它的腭。实际上，他可以说是幸运的，鲨鱼直接咬住他整个的半边身子。如果它只咬住一只手臂或一条腿的话，他早会和福斯特的结果一样，但身体中央的铠甲不是像关节处一样薄弱。它大而结实，即使是这只大鲨鱼也难以一口咬穿。鲨鱼似乎也明白这一点，更加用力摇晃头颅。波尔曼快要失去知觉了。有可能他已经断了好几根肋骨，但这动物愈是疯狂地折腾他，他就愈愤怒。他右臂后弯向锤头所在的地方，缩回，拿控制板多次用力地敲下去……

他突然自由了。

鲨鱼将他吐了出来。显然是他砸中了一个敏感部位，一只眼睛或一只鼻孔。巨大的身躯向上蹿过他身旁，将他抛得撞在岩石上。有一阵子看上去那只鲨鱼好像确实在逃跑。波尔曼紧张地考虑他该如何利用这一形势，根本不抱幻想上升回海莱玛平台。他暂时摆脱了那动物，但他至多也只有几秒钟的时间。他匆匆地将水猎犬拉近自己，双臂抱住那根细长的管子。

他无论如何不能将它弄丢。

鲨鱼消失在黑暗中，又在远一点的地方从黑暗中钻了出来，一个蓝色的身影。

波尔曼惊慌地望向悬崖。有个洞口！

远处，双髻鲨的巨大身躯更深地潜进公海。波尔曼沿着悬崖向洞口移动。他看到另外两只鲨鱼还在光岛下方争夺福斯特的遗骸。它们下沉，离开了光线照亮的区域。他问自己，它们什么时候会放开被咬碎的身体，游过来。然后他干脆什么都不再想。朦胧光线中，那只鲨

757

鱼速度快得惊人地一个转弯，又游了回来。

波尔曼钻进洞口。

里面很窄。背部有瓶子的潜水衣妨碍着他，使他几乎进不去。他的手臂像老虎钳似地被压在两侧。他想更深地挤进洞里，这时那只鲨鱼也过来了。

锤头的骨板咔嚓撞在岩石边缘，那动物弹了回去。它的头太宽，进不来。它游了一圈，圆圈那么小，看上去好像它在追自己的尾巴，再次冲上前来。

洞口的熔岩块掉落进尘雾里，模糊了视线。波尔曼将手臂更紧地贴住身体。他不清楚，这条缝深入岩石里有多深。鲨鱼在外面对着悬崖发威，卷起沉积物和碎石。尘雾包围了洞里的波尔曼。光岛射进的蓝光几乎完全消失了。

"波尔曼博士？"凡·马尔滕。声音很微弱。"波尔曼，天哪，你快回答吧！"

"我在这里。"

凡·马尔滕发出一种声音，也许是一声松了一口气的叹息。在鲨鱼造成的嗡嗡声中几乎无法听懂它。噪声在水下和在空气中完全不同，一种由各种可能的、互相重叠的震动组成的沉闷、空洞的杂音。波尔曼开始颤抖，冲击突然停止了。他夹在岩缝里，黑色的尘雾下什么也看不见，只能隐约看到岛上的光。

"我躲在一个岩缝里。"他说道。

"我们派机器人下来。"凡·马尔滕说道，"再派两个人。我们还有两套潜水衣。"

"算了。POD不管用。"

"我知道。我们看到福斯特……"凡·马尔滕的声音没有说下去，"那两人还是要下来，他们会携带着装有炸弹的标枪……"

"炸弹？这主意太妙了！"波尔曼呻吟着说道。

"福斯特坚信，你们不需要这种东西。"

758

"明白了。"

"POD一直是无懈可击的……"

有什么东西撞着了波尔曼的正面，将他猛地往缝里撞得更深了。他非常吃惊，忘记了喊叫。他在混浊的余光中看到了锤头。它是垂直着撞过来的，那只鲨鱼想侧身游进洞里来。

聪明的小家伙，他恐怖地想道。他的心快跳出来了。但是可没那么容易让你得逞。

他敲打锤头，死也不松开水猎犬。他模糊地看到鲨鱼的颌骨被他捶得开开合合。鲨鱼无法往回游。四角形的头上上下下，但颌骨够不到他。上端的眼睛使劲地转来转去。波尔曼抬起拿控制板的手爪，拿控制板飞快地砸下去。

锤头往回抽。

靠自己他绝对无法成功逃脱，波尔曼想道。他开始使劲用水猎犬顶那个头颅，鲨鱼还无法钻进这么深。胶状物的控制力量有多强大？它操纵着动物的行为，甚至能让一只鲨鱼倒退着游吗？

显然是的，因为锤头从洞里消失了。

这是那只大鲨鱼。

波尔曼等候着。

又有什么东西从尘雾里钻了出来。锤头水平地冲过来，是较小的那一只。它的头"砰"地撞在头盔拱形的眼罩上。颌骨张开，一排排牙齿撞在安全玻璃上。鲨鱼将洞口搅得那样混浊黑暗，波尔曼现在几乎什么都看不到了，但只有这一点点也就足够了。他试图挤进洞里更深的地方，而悬崖似乎一下子不见了。他仰身跌进了虚无之中。

漆黑如墨。

他慌张地在控制板上移动左手爪。水猎犬的灯的开关位于程序键的上方。那个该死的键哪儿去了？他刚刚还……

那儿！探照灯亮了。就着移动的灯光，他发现那条缝变成了一个宽敞的洞。他将光柱对准洞口，看到鲨鱼的头在洞口钻着，锤头摆来摆去，但它始终进不来。

发生什么事了？波尔曼想道。他随即明白了。

鲨鱼卡住了。

他松了一口气，发疯地敲打那箱形的头颅。看样子那东西有一半已经卡在缝里了。他突然意识到，这样打得鲨鱼出血不是个好主意，他用他全身的重量去顶它。在水下这样做效果不大，于是他让开，扑上张开的头颅，用胸脯、肩和手臂，不停地，直到鲨鱼慢慢退了回去。水猎犬的光柱来回颤动着。

你的问题是从这里出不去，波尔曼想道。但我要你从这儿出去！这是我的洞，快滚开！"滚开！"

"波尔曼博士？"

鲨鱼继续后退，然后消失了。

波尔曼后退。他的手臂颤动着。他太紧张了，有一阵子他不清楚如何才能平静下来。他突然感到说不出的疲惫向他袭来，膝盖一软跪倒了。

"波尔曼博士？"

"请你别丢下我不管，凡·马尔滕。"他咳嗽道，"请你想办法将我从这里救出去。"

"我们马上派机器人和救援人员下来。"

"为什么需要机器人？"

"我们将能吓唬这些动物和引开它们注意力的所有东西都带下来。"

"这不是好主意，那只是动物的外壳。它们知道机器人是什么，它们很清楚我们在这里做什么。"

"鲨鱼吗？"

福斯特显然没有将全部情况告诉凡·马尔滕。

"对，鲨鱼。就像那些鲸鱼不是鲸鱼一样，它们也同样不是鲨鱼了。有什么操纵着它们。那些人应该做好准备。"他忍不住又咳嗽，"我在这愚蠢的洞里什么也看不到，外面发生什么事了吗？"

凡·马尔滕沉默了一会儿。"我的天哪。"他说道。

"咳！你快告诉我。"

"又有别的动物出现了。十几只、数百只！它们在毁掉光岛的探照灯。它们在破坏一切东西。"

它们当然要这么做了，波尔曼想道。目的就是这个呀，阻止我们吸走虫子。这才是唯一的目的。

"那就算了吧。"

"你说什么？"

"放弃你的援救行动吧，凡·马尔滕。"

头盔里的噪声那样大，凡·马尔滕不得不重复他的回答。"但人员已经准备好了。"

"请你告诉他们，下面等着他们的是有智慧的生命。这些鲨鱼有智慧。它们头颅里的那东西有智慧。两名潜水员和一台铁皮同志是不会有用的。请你想想别的办法。我的氧气差不多还够用两天。"

凡·马尔滕迟疑不决。"那好。我们观察此事。也许那些动物在接下来的几小时里会撤走。你想你待在洞里还安全吗？"

"我怎么知道呀？在正常鲨鱼面前我是安全的，可是我们的朋友们的想象力是没有止境的。"

"我们会救你出来的，格哈德！在你的氧气用光之前。"

"谢谢你。"

渐渐地又有一点灯光落进岩缝里了。火山脚的水流冲走了沉积物。如果凡·马尔滕讲得正确，灯光很快就会熄灭。

然后他就会独自待在黑暗的海里，直到什么时候有人来和数百只双髻鲨搏斗，和外来智慧搏斗。

如果它天生的感官还在，没有哪只鲨鱼会游进电子场，没有哪只双髻鲨会攻击两名穿着潜水衣的潜水员，如果可能这样做，它也很快就会放开他们。双髻鲨向来很危险，但不是很好奇，它们大多数会绕过让它们觉得可疑的一切。

一般情况下它们也不游进岩缝。

波尔曼躲在洞里，携有还够二十个小时的氧气和一个不管用的防鲨装置。他希望，当凡·马尔滕的人员下来时，不会再有浴血战。不管他们何时到来。

黑暗中的浴血战。

为了节约电池，他关闭水猎犬的探照灯。墨黑立即将他包围了，只有微弱的光线钻进缝来。

格陵兰海，独立号

约翰逊无法平心静气。他到过底层甲板上，在那里，黎的人员正在鲁宾的监督下准备将胶状物送进仿真器，箱子已彻底清空和消毒过了，被毒藻污染的蟹在液态氮里移动。一切都在最高的安全措施下进行。约翰逊和奥利维拉一致同意，一旦那东西进了箱子里，就开始相态试验。当克罗夫和尚卡尔一起破译第二个刮擦声信号时，他们在商量，确定测试顺序。

"恐惧影响很大，"黎在一次简短、即兴的致辞中说道，"我们都深受影响。人家想要挫伤我们的勇气，毁灭我们。但我们不能被它吓倒。你会问这艘船是不是还是安全的，我可以回答你们：对，它是安全的！只要我们不再给对手入侵的机会，我们在独立号上就没什么好害怕的。但还是必须加紧脚步。我们不可以放松建立联系的努力。现在绝对不能放松。我们必须说服对方，停止针对人类的恐怖活动！"

约翰逊走上飞行甲板，船上的服务人员正在清除被中断晚会的残余物。太阳悬挂在天空，大海看上去和平时一样。没有蓝色发光体，没有闪电，没有光的梦转变成噩梦。

在黎为他端酒过来、试图逼他说出夜里的冒险之前，他重新回到思绪的起点。有两点他很快就理解了。第一点，黎知道到底发生了什么事。第二点，她不确定他记得些什么，他是不是说了真话，这让她担忧。

她骗了他。他不是跌倒的。

原本他几乎快要相信这个说法了。要不是奥利维拉在斜板上对他说，他在前夜声称看到过鲁宾，看到他穿过机库甲板里的一道暗门，他也许就再也想不起来，而会满足于安杰利和其他人给他的解释。但奥利维拉的提示启动了某种东西，他的大脑开始重新编辑程序。谜一样的画面出现又消失了。当他盯着单调荡漾的大海时。他突然又看到自己和奥利维拉坐在箱子上，一起喝着葡萄酒，他看到鲁宾走进机库墙里的门。这道门有一点远，但另一个画面暗示他就站在门前——这对约翰逊来说足够证明那个神秘通道的存在了。

但那之后发生了什么事呢？

他们去了下面的实验室。然后他返回了机库甲板。去做什么？和这道门有什么关系吗？

或者这一切只是他的幻想？

你有可能老了，脾气古怪，而自己不觉得，他说道。这当然很难为情。去找黎质问，才能弄清楚她是不是控制着一切，不要只是想象。

当他还在为此绞尽脑汁时，命运为他派来了韦弗。当约翰逊看到她小巧结实的身影从甲板上走向自己时，他很高兴。如果她一开始让他觉得是个同盟者的话，他很快就不得不承认，她不是伦德的替代品。他们沟通良好，但没有形成一种更深的关系，无论是在惠斯勒堡还是在独立号上。也许他希望过，希望在她身上能对伦德的遭遇弥补点什么。如今事情不一样了。约翰逊根本不再肯定他是不是真的要赎偿一种罪过，也不肯定他和韦弗之间是否存在他与伦德拥有过的亲密。这段时间他更觉得她和安纳瓦克之间正发生什么事。

但信任是某种完全不同的东西。信任韦弗，只会得到报酬。她太清醒了，无法在无比神秘的情况下获得浪漫的满足。她会听他讲，让他明白她相信他，或者认为他是疯了。

他向她简单描述了他能回忆什么，什么让他困惑，在哪几点上他怀疑自己，他对黎试图从他嘴里套出话来是什么感受。

韦弗思考了一下，然后问道："你去查看过吗？"

约翰逊摇摇头，"我还不曾有机会。"

"你有过足够多的机会。你害怕去查看，因为你担心什么也找不到。"

"有可能你说得对。"

她点点头，"好，那我们现在一起下去。"

她说到重点了。他们每往下走向机库甲板一步，约翰逊就确实感到害怕，犹豫不决。如果他们现在真的什么也发现不了，怎么办呢？他现在大概不会在那下面找到门，那样他就不得不认为自己患上歇斯底里症了。他五十六岁了。他是个潇洒的男人，智慧、性感、有魅力，在女人面前无往不利。

显然他也是一个衰弱的老头。事情正如他害怕的一样。他们多次沿着墙走过，但他找不到任何像个通道的东西。

韦弗望着他。

"好吧，"他呢喃道。

"没问题。"她回答道。然后她令他吃惊地补充道："这墙是铆接的，到处都是管子和焊缝，有数千种可能在这里安装一扇看不见的门。你想办法回忆一下你确切是在哪里看见这道门的！"

"你相信我？"

"我很了解你，西古尔。你不是个爱胡说八道的人。你不是酒鬼、不吸毒。你是个会享受的人，会享受的人能看见别人看不见的细节。我是个粗心的人。有可能当这道门在我面前打开时我都不会看到，因为我根本没想到会有这种事情。我虽然不知道你看到的是什么，但……我相信你。"

约翰逊微微一笑。他冲动地在韦弗脸上吻了一下，有点兴奋地走下斜板，前去实验室。

实验室

鲁宾的脸色仍很苍白，讲起话来像是一只鹦鹉在嘎嘎叫。他不在时确实也没有少什么东西。灰狼差点将他送上西天，这位生物学家表示可以理解。他生硬地微笑着，让约翰逊觉得很像《飞越疯人院》里的弗莱彻护理长，在杰克·尼科尔森将双手扼住她的脖子时的模样。当他望向左或右时，他的上身一起跟着转，让所有人都感觉到他那令人同情的身体状态，他宣告不生灰狼的气。

"他们是在一起的，对不对？"他喘息道，"这对他来说一定很恐怖。是我想再次开闸。我认为，他不应该袭击我，但我非常理解他为什么这么做。"

奥利维拉和约翰逊交换了几次目光，其他时候都闭着嘴。

箱里漂浮着大块物质。它们又开始发光了。但三位生物学家此刻关心的不再是胶状物本身，而是那块云团。当黎的人马将2.5吨胶状物铲进仿真器时，也有大量已溶解的物质一起游进去了。在自由浮游的微生物和物质团之间有台机器人，装满高度敏感的传感器，它们不停地测量水的化学成分，将数据不断地传到操纵台的屏幕上。机器人身上布满管子，一按按钮就会驶出、打开、关闭、重新驶进。这整个设备不比球体机器人大多少，特别坚固，灵活。

约翰逊以一名宇宙飞船船长的姿势坐在操纵台旁等待着，双手抓着两根控制杆。为了能观察得更清楚，他们将箱子和实验室的光线亮度调到最暗。于是他们目睹了那物质如何慢慢恢复原状。胶状物块更强烈地闪烁，蓝色的光电一跳一跳地穿过它的内部。

"我相信它开始了，"奥利维拉低语道，"它在变化。"

约翰逊操纵机器人来到一个块状物下面，打开一支试管，将它伸进那团物质里。试管边缘磨削得像刀子一样锋利。它切下一点胶状物，又自行合拢，驶回操纵台里。块状物对这局部切割没有反应。它略微变形，躲进蓝色云团。约翰逊等了几秒钟，在另一个地方重复了这一过程。

细小的亮光在胶状物块中闪烁，它有一只成熟海豚那么大。在往试管里灌装时，约翰逊观察的时间越长，他就越肯定，这估计是准确的。有一只海豚那么大。不，还不止这样。有一只海豚的形状。

与此同时奥利维拉说道："不敢相信，看样子像只海豚。"

约翰逊入迷地观察其他的块状物如何也在变形，差点忘记引导机器人。有一些让人想到鲨鱼，另一些似乎是在模仿枪乌贼。

"这怎么可能呀？"鲁宾咕哝道。

"程序设计，"约翰逊说道，"只可能是这样。"

"它们怎么知道如何设计程序的呢？"

"它们就是知道，它们学过。"

"什么？"

"既然它们能够模仿形状和动作，"奥利维拉说道，"它们一定是伪装的大师。你们怎么认为？"

"我不知道。"约翰逊怀疑，"我不肯定，我们看到的这东西，是不是为了伪装。我更觉得它们在回忆某种东西……"

"回忆。"

"你知道，当我们思考发生什么事时，特定的神经元会闪烁、联系，最后会出现一个模式。我们的大脑无法改变它的形象，但神经元的模式已经有了一种形状。如果我们懂得读它的话，就可以相当具体地说出当事者正在想什么。"

"你认为，它们在想一只海豚？"

"这看起来不像一只海豚。"鲁宾议论道。

"像，它是……"约翰逊顿住了。鲁宾说得对，那形状变成了另一种。现在它像魟，它在模拟箱里缓慢拍打着翅膀上升，翅尖里长出摸索的细丝。

"你们看这个！"魟形变成某种蛇状的东西。一下子那群物质散开，似有数千条小鱼动作相同地游走，又聚集一起，这群东西愈来愈快地变化着外形，似在播放一个节目。眨眼间熟悉的形状就变成了陌生的形状。这种奇怪现象发生在所有胶状物块身上。它们同时游向对方。出现熟悉的闪电，在可怕、神秘的一瞬间，约翰逊相信自己在它飞快的变形中看到了一个人影。

一切涌现，物质和云丝。

"它在溶解！"鲁宾叹息道。他目光炯炯地盯着面前屏幕上的窗口。数据在上面闪过，"水里满是一种新物质，一种化合物！"

约翰逊让机器人在萎缩的宇宙里拐弯，不停地提取样本，就像一场汽车拉力赛。他会得到多少呢？什么时候应该撤回呢？那群物质似乎完全恢复了，形成一个中心，一切都涌到中心。它们目睹过的小东西，现在凝聚成大东西。由单细胞创造一种生物。一个没有明显的眼睛、耳朵和其他感觉器官的有机物，没有心脏、大脑和内脏，是均质的一群，但它还是能够完成复杂的过程。

某种巨型物出现了，足足有进入底层甲板的那东西的一半被泵抽回了海里，但剩下的仍有一艘小运输船那样大。透过箱子的椭圆形窗户他们看到胶状物凝成群，变结实了。约翰逊将机器人拉进溶解物的边缘区域，那里有蓝色烟缕在奋力飘向中心。还有三根小管子没有取样。他将它从圈里伸出，重新推进那一群。

那群东西闪电样迅速缩回，伸出十几根触须缠住机器人，约翰逊失去了对机器的控制。它在那生物的钳子里一动不动，向箱底沉去，同时一只团状的脚伸出来，它突然让人想到一朵巨大的蘑菇，有着一圈可以弯曲的手臂。

"妈的，"奥利维拉诅咒道，"你太慢了。"

鲁宾的手指在计算机的键盘上滑行。"我这里有许许多多的资料。"他说道，"一场分子的狂欢派对。这东西使用一种费洛蒙！看来我是对的。"

"安纳瓦克是对的，"奥利维拉纠正他说，"还有韦弗。"

"当然，我是想说……"

"我们全都猜对了。"

"我就是想这么讲的。"

"某种我们认识的东西吗，米克？"约翰逊问道，目光没有离开屏幕。

鲁宾摇摇头，"不清楚。成分是认得的，但配方我说不出来。我们需要样品。"

约翰逊眼看着那群东西的上侧伸出一根粗绳，绳尖分叉成一丛细细的触须。绳索向机器人垂下来。触须触摸机器人和试管。

一切看起来都像一次设计好的可疑检查。

"我没看错吧？"奥利维拉向前侧过身来，"它想打开那些小管子吗？"

"它们不是那么容易打开来的。"约翰逊试图重新夺回对机器人的控制。抱着它的触手做出反应，将机器抱得更紧了。

"显然是缠住了。"他叹息道，"那好吧。我们等等再说。"

触须继续它们的调查。

"它能看到机器人吗？"鲁宾问道。

"用什么看？"奥利维拉摇摇头，"它可以变形，但不能长出眼睛。"

"也许它根本就不需要眼睛，"约翰逊说道，"它在触摸这个世界。"

"孩子们也是这么做的，"鲁宾怀疑地望着他，"但他们有一颗大脑，来储存已经触摸过的东西。这东西如何理解它触摸过的东西呢？"

那东西突然放开机器人。触须和触手全部缩回，钻进了大身体内。它变扁，最后剩下薄薄的一层覆盖着整个箱底。

"浮动的无缝地面，"奥利维拉开玩笑道，"它也能这样做。"

"再见。"约翰逊说道，将机器人驶回机库。

作战情报中心

"你们到底想告诉我们什么？"克罗夫双手撑着下巴。不可缺少的

768

香烟在她右手的食指和中指之间冒着烟雾，但这回它几乎一口没吸地烧光了。克罗夫找不到时间来吸它。她和尚卡尔一起，想弄懂Yrr发给他们的信息。

一道伴随着攻击的信息。

计算机破译了第一道信息之后，处理起第二道来相当快。Yrr像第一次一样以二进制的密码回答了。还不清楚这些资料是否又是一幅图。到目前为止似乎只有一个唯一的顺序有意义，面对陌生的思维，这信息显得简单得可笑。

那是一个分子的名称，一个化学公式。H_2O。

"很简单。"尚卡尔不开心地说道，"我们早就知道它们生活在水里了。"

不管怎样，Yrr将其他信息同这道水的公式联系在了一起。计算机发疯地计算，克罗夫渐渐地明白了这有可能是什么意思。"有可能是一张地图。"她说道。

"你指什么？一张海底地图吗？"

"不是。那将意味着它们生活在海底。如果仿真器里我们的暴力的客人是陌生智慧的一部分的话，它们的生活空间有可能是自由的水域。深海是一个它们穿越、漂浮的宇宙。均质，四面八方都一样。"

尚卡尔考虑了一下，他说道，"除非将它们拿到放大镜下，分析它的特殊组成：矿物质、氨基酸、基因等等。"

"它们不是到处都一样。"克罗夫点点头，"第一回它们寄给了我们一张由两个数学答案组成的图。这一个要复杂得多。可是，如果我们猜测得对的话，要变化也是有限的。我无法保证，但我想，它们又寄了一张图给我们。"

联合情报中心

韦弗发现安纳瓦克坐在计算机旁。虚构的单细胞生物在屏幕上慢慢滚动，但她觉得他好像不是真的在观看。"你的朋友的遭遇让我很难过。"她低声说道。

安纳瓦克望向甲板。"你知道，最可笑的是什么吗？"他的声音听起来沙哑，"她的死对我的打击太大了，死亡从没有给我留下过特别的印象。当我母亲死去时，那是我最后一次哭泣。我父亲死了，我震惊于自己不能为他的死悲伤。丽西娅呢？你知道那件事的。我的天哪！我万念俱灰了。一位让我在习惯喜欢她之前也让我烦的女大学生。"

韦弗迟疑着，胆怯地摸摸他的肩。安纳瓦克的手指也抚摸着她的手。"顺便说一下，你的程序管用。"他说道。

"这就是说，他们现在在实验室里只需要进行相应的生物学分析研究了。"

"对。问题就在这里。那仍然是一种假设。"

他们给虚拟的单细胞生物增加了一个具有学习能力的DNA，它能够不断地发生突变。事实上，每个符合这个模式的细胞都是一只独立的小计算机，不停地改写它的程序，每个新信息都在改变分子的结构。如果一定数量的细胞形成一种相同的经验，这种经验就会改变基因结构。将改变后的细胞同其他细胞结合到一起，将新的信息传下去，其他细胞的DNA做出相应的变化。这样，整群集体不仅不断地学习，这一结合还造成不断的信息平衡。单细胞生物的每种新知识都不断更新集体全部的经验信息。

这思想相当于一次革命。它将意味着，知识是可以继承、传递的。在他们和约翰逊、奥利维拉和鲁宾讨论过这件事之后，大家出现了前所未有的不知所措，但好消息是这主意被接受了。

另一方面它存在一个巨大的症结。

监控室

"一个DNA发生突变，就导致遗传信息的变化。"鲁宾解释道，"这

770

对所有生物都是个问题。"

在测试分析当中他偷偷离开了实验室，佯称他的偏头痛又犯了。相反的，他现在和黎、皮克和范德比特一起坐在秘密的监控室里。他们在研究监听记录。监控室里的人当然全都知道韦弗和安纳瓦克发明的程序，也知道他们的理论，但除了鲁宾谁也无法将它派上什么用场。

"一个生物依赖于健全的DNA，"鲁宾说道，"否则它就生病，或者它的后代生病。比如说放射性光线就会给DNA造成不可弥补的损伤，结果是生出畸形儿或让人们罹癌。"

"演化论的发展呢？"范德比特问，"既然我们从猴子进化到了人，DNA不可能永远不变的。"

"对，但进化要经过一段相当长的时间。它总是选中其自然突变率最适合当时状况的那些，几乎谈不上进化失败，但大自然还是免不了淘汰掉许多。然而基本的基因变化和淘汰之间存在"修复"，请你想想晒斑，阳光改变皮肤最上层的细胞，导致DNA里的突变，变成褐色，如果我们不注意，我们会发红、灼伤。这种情况下身体就淘汰掉被毁坏的细胞，否则就修补它。如果不存在这种修补，我们就没有生活能力。所有这些小小的突变都会出现，那就什么伤都治不好，什么疾病也都无法忍受。"

"明白了。"黎说道，"但是单细胞生物又是怎样的情况呢？"

"正是如此。"鲁宾说道，"当它们的DNA突变时，它必须得到修复。你看，这种细胞通过分裂复制。如果DNA得不到修复，就没有一种物种是稳定的。无论你用哪种细胞，大自然都想将突变率控制在一个可以忍受的程度。只是，现在就出现了安纳瓦克理论里的困难了。一个分子总是全面性地修复，不管它有多长。你得想象，修复酶像警察巡逻队一样沿着整个DNA巡逻，寻找故障，一旦发现一个损坏处，它们就开始修复。为了保留原始正确状态的信息，修复分子可以说是基因组知识的侍卫。检查过程中它们会立即辨认出，这里的基因是原先的、那里的是有毛病的。就像你想教一个孩子讲话一样，他还没学会一句话，修复酶就来了，将大脑的程序设回原始状态，也就是设到无知状态。不可能形成知识。"

"那么安纳瓦克的理论就是无稽之谈。"黎议论道，"只有当单细胞生物里的DNA的变化得到留存时，它才有效。"

"一方面这是对的。每种新讯息都被修复酶视为损坏，基因一下子就被修复。也就是说，回到原点。"

"我猜，"范德比特冷笑道，"现在轮到另一方面了。"

鲁宾迟疑着点点头，"另一方面……"他说道。

"那是什么呢？"

"不清楚。"

"等等，"皮克说道，他吓了一跳从椅子里直起身来，脚缠绷带，看上去相当疲累。"你刚刚不是……"

"我知道！但这理论实在是太好了。"鲁宾叫道。他的声音愈来愈嘶哑。每当他较长时间地讲上一段之后，灰狼扼杀袭击的后果就会影响到他。"它将解释一切。那样我们就确知了，箱里的那东西确实是我们的敌人Yrr。带来这一切灾难的生物，我肯定，就是它们！今天早晨我们目睹了奇怪的事情。这东西检查一台潜水机器人，事情的本身没什么，也和本能行为或动物的好奇根本无关。这纯粹是为了认识所引发的智慧行为！安纳瓦克的解释应该是对的，韦弗的计算机模型是有效的。"

"谁会想得到呀？"范德比特叹息道，擦干额头。

"哎呀呀，"鲁宾双手一摊，"可能性在于异常行为，修复酶也可能出错。虽然可能性很小，但每一万起修复会有一起失败，会有一个基因对回不到原始状态。这很少见，但足以让有人一生下来就有血友病，或患有癌症或咽喉裸露。我们认为这是残障，但它证明了恢复策略并非绝对有效。"

黎站起来，在房间里缓缓踱步。"这么说，你坚信那些单细胞生物和Yrr是一体的？我们找到了我们的对手吗？"

"两个前提。"鲁宾迅速说道，"第一，我们必须解决DNA问题。第二，必须找到像女王般让这一群拥有不断成长的智慧的领导首领，但我们在下面看到的，我认为只是整体的一个领导部分。"

"一位Yrr女王？应该怎么想象她呢？"

"同类，但又不一样。你就以蚂蚁为例吧。蚁后也是一只蚂蚁，然而是一只特殊的蚂蚁。一切都从她出发。Yrr 是一种群居生命，集体的微生物。如果安纳瓦克说得对，它们代表了进化成智慧生命的第二条道路——但一定有什么控制着它们。"

"如果我们找到这位女王……"皮克开口道。

"不，"鲁宾摇摇头，"我们不欺骗自己，可能不止一个，可能有数百万个。如果它们狡猾，它们不会在我们附近出现的。"他停顿一下。"而要想行使女王的权力，它们必须同其余的Yrr 拥有相同的原则——结合和遗传性记忆。现在，我们在准备提炼一种细胞分泌物作为它们结合标志的气味，一种费洛蒙，奥利维拉和约翰逊正在加紧找这个配方。透过这种费洛蒙、这种气味，那些细胞肯定也会同女王结合。气味是Yrr之间联络的钥匙。"鲁宾沾沾自喜地笑了，"它可能会成为解决我们的所有问题的钥匙。"

"很好，米克。"范德比特欢呼地向他点点头，"我们又开始喜欢你了，即使你在底层甲板上出过错。"

"这根本不是我的错。"鲁宾生气地说道。

"你是中情局的人，米克。你在我的组织里，这里没有'这根本不是我的错'。我们在征选时忘记提起此事了吗？"

"没有忘记。"

范德比特笨拙地将手帕塞进口袋里，"这话我爱听。朱迪马上就要跟总统报告。她可以告诉他，你是个多么听话的孩子。谢谢你的来访，回去工作吧！"

指挥区会议室

克罗夫和尚卡尔不像在破译第一个信号时那样自信了。团队里笼罩着一种压抑和紧张的气氛，它不仅是因底层甲板上的可怕事件引起的。事情愈来愈明显，谁也无法理解Yrr的行为。

"为什么它们既发信息来又同时攻击我们呢？"皮克问道，"人类绝对不会做这种事的。"

"请你快停止这种思考方式吧，"尚卡尔说道，"那不是人类。"

"我只是想弄明白。"

"如果你采用人类的逻辑思考，你根本就不可能会明白。"克罗夫说道，"也许第一道信息是一次警告。我们知道你们在哪里，至少它们这样回答了我们。"

"这会不会是一种骗局呢？"奥利维拉建议道。

"那你认为欺骗的目的是什么呢？"安纳瓦克问道。

"引开我们的注意力。"

"从什么方面引开呢？从发现它们不久之后将装扮得像棵圣诞树吗？"

"才没这么夸张，"约翰逊说道，"有一件事它们毕竟成功了。我们曾相信过它们有兴趣交流。萨洛说得对，人类绝对不会做这种事的。也许它们知道这一点，所以表现得花枝招展，让我们失去了警惕，我们友好地期待着宇宙的启示，反而吃了大亏。"

"也许你们应该向海里发送其他东西，而不是发送愚蠢的数学作业。"范德比特对克罗夫说道。

自安纳瓦克认识她以来，克罗夫似乎头一回失去了冷静，她怒冲冲地瞪着那位中央情报局副局长。

"你知道什么更好的办法吗，杰克？"

"知道什么更好的办法，不是我来舰上的任务，而是你的。"范德比特挑衅地说道，"和它们交流对话是你的责任。"

"和谁？你总不会还在相信，那后面隐藏着某位穆斯林神学士吧。"

"如果你发送的信息除了出卖我们的位置外，就没有别的效果，这他妈的就是另一个你必须解决的问题了。你将有关人类的详细信息包装在那愚蠢的声音脉冲里。你向它们发送了进攻我们的邀请信！"

"你得先认识某人才能和它交谈呀！"克罗夫回击，"你还无法理解这一点吗？你这蠢驴？我想知道它们是谁，于是我讲些我们的情况让它们知道。"

"你的信息是条死胡同……"

"我的天哪，我们才开始呢！"

"……就像你们整个自大的凤凰计划一样是条死胡同。才刚刚开始吗？恭喜恭喜，当你真正联系成功之后，还要死多少人呢？"

"杰克。"黎说道，听上去像是命令"坐下。"

"这个该死的接触计划……"

"杰克，请你闭嘴！我不要争吵，而要结果。请问在座的哪位有什么进展？"

"我们，"克罗夫闷闷不乐地说道，"第二个信息的核心是一个公式：水。H_2O。其余的是什么意思，我们也还会找出来的——只要没有人催我们！"

"我们也取得了一定的进展。"韦弗说道。

"还有我们！"鲁宾抢着说道，"我们取得了很大的进展，呃……靠西古尔和苏的大力协助。"他忍不住咳嗽，声音还未恢复。"你汇报一下好吗，苏？"

"你不要打断别人。"奥利维拉低声对他说道，又大声讲道："我们提取了细胞们结合时散发的气味，那是一种费洛蒙，我们也知道它是如何发生作用的。这要感谢西古尔，在他和怪物的不怕死的争战中取到了组织和样本。"

她将一个透明、密封的容器放到桌上，里面盛有半瓶像水一样清澈的液体。

"这里面就是费洛蒙。我们破解了它的密码，将它制造了出来。配方简单得惊人。我们还不能百分之百肯定地说明那些生物如果是通过它联系的，也说不出是谁或什么在指挥这一结合的过程。但前提是，是什么——为简便起见，我们说是女王——决定开始这样的改变的，要解决的任务是，如何将数百亿没有眼睛、没有耳朵的、漂浮的单细胞生物一起召唤过来。就是使用这种费洛蒙。在水下气味本来就不适合交流，分子容易扩散太快而消失，但在短距离时费洛蒙的呼唤效果非常好。看起来，单细胞的费洛蒙交流就局限于这么一种气味。它没有其他词汇，而只有单一个字词：结合！

"虽然我们还没有弄明白已经结合的细胞之间如何交流。但可以肯定的是，它们使用一种交流形式，这在神经元计算机里或人类的大脑里都没有区别，每个单位都需要一个信使。在生物学上这种信使物质叫作配合物。如果一个细胞想告诉另一个什么讯息，彼此很难沟通，因此它会发出一道讯息，这个讯息会透过配合物传输给另一个细胞。相对的，它又像每栋房子都需要一道有门铃的门那样，科学上称之为感受器。配合物按下感受器的铃后，讯息透过铃声感受器接收后在细胞内部传送，增加一个新的信息给染色体。"

她停顿了一下。

"看来，箱子里的微生物透过配合物和感受器进行交流。那些细胞就像有门的房子一样，派出一位客气地微笑的使者，使者负责按门铃。每个细胞都释放出一大堆气味分子，它不仅有一个感受器，而是有大约20万个感受器，它们接收费洛蒙，再转传给群体。20万个铃，和相邻的细胞交换信息，这已经够可观了。结合的过程是按照一种接力赛跑的方式进行的：一个细胞接受费洛蒙，再转给下一个细胞。在转交的瞬间它本身制造出费洛蒙，到达最近的细胞，不断地循环。这一过程由内向外。为了更好地理解这一切，我们进行最后的论证，假设那些我们检查过的细胞确实是我们猜测中的敌人，我们先将它们当作Yrr。"

776

她将指尖交叉在一起。

"我们立即注意到，这些细胞并不是只有感受器，而是有双感受器。我们绞尽了脑汁，思考为什么是这样的，但后来我们想到了。这和维持集体的健康有点关系。因此我们按照作用替感受器取了名字。泛用感受器负责识别：我是Yrr。专用感受器说：我是一个能行动的健康的Yrr，有着有效的DNA，适合于这个群体，适合大型集会。"

"这种事难道不能透过一个单独的感受器发生吗？"尚卡尔皱着眉头问道。

"不，可能没办法。"奥利维拉思考道，"那是一个非常巧妙的系统。根据我们的样本模型，我们必须将一个Yrr细胞想象为一个周围有防护墙的士兵帐篷。当一名士兵从外面接近时，它透过一个泛用标识证明自己：穿制服。它告诉帐篷里的士兵：我是你们当中的一员。但我们都看够了迈克尔·凯恩主演的战争片，都知道穿在制服里的可能是叛徒，一旦他脱掉制服，就会击毙所有的人。因此迈克尔·凯恩必须通过一个特殊标识证明自己——他必须熟悉口令。我在军事方面的描述正确性够吗，萨洛？"

皮克点点头。"完美无缺。"

"那我就放心了。因此，如果两个Yrr结合，就发生下列事情：已经同集体结合的Yrr产生一个气味分子，一个费洛蒙。细胞们透过这个费洛蒙连接上它们的万能感受器，建立初始的联系。'我是Yrr'的辨认步骤发生了。第二步必须通过连接特殊接收器说出'我是一名健康的Yrr。'这样就行了。但还是存在功能不正常和不健康的Yrr，换句话说，它们的DNA有毛病。我们的敌人是一个群体出现的生物，它显然正不停地发展成高等智慧生物，因此必须淘汰掉不能向更高智慧发展的细胞。这秘诀似乎在于，虽然所有的细胞都有一个泛用感受器，但只有健康的有能力向更高级发展的细胞才能形成专用感受器。有病的Yrr根本就没有它。这下就出现了必然令我们害怕的真正的奇迹。

"有病的Yrr没有口令。它不被允许结合，而是遭到排斥，但仅仅是这样还不够——Yrr是单细胞生物，像所有的单细胞生物一样它们透过分裂繁殖。一个不断地向更高智慧发展的物种当然不能允许形成第二个有毛病的群体，因此它们必须阻止有毛病的细胞找到时间繁殖。在这一点上费洛蒙具有双重功能。当细胞被排斥时，它便附着在不健康的Yrr的感受器上，变成一种发作效率奇快的毒。它带来所谓的细胞程序死亡，一种一般单细胞生物不存在的现象——不健康的细胞瞬间死去。"

"你如何认出一个单细胞生物死了呢？"皮克问道。

"这简单，当它的新陈代谢结束了。另外，从它不再发光，就能认出Yrr死了。发光对Yrr来说是生物化学上的需要。一个有名的例子就是多管水母，一种淡水海蜇。为了发光，它制造出一种费洛蒙。这就像：我们释放出某种气味，从而引起某种闪光，强烈的发光、闪电，是细胞组织里强烈的生化反应特征。如果Yrr发光，就表示它们正在交流和思考。当它们死去时，闪光就停止。"

奥利维拉望望众人。

"我想告诉你们这件事是什么该让我们害怕——Yrr靠少数工具创造了复杂的竞择方法。如果一个Yrr是健康的，拥有一个健全的双感受器，费洛蒙就进行结合。如果它没有专用感受器，费洛蒙就发挥它的致命的效果。一个物种，它看待死亡的角度和人类不同，在Yrr社会里死亡是件强制要求的事情。Yrr永远不会想到要保护不健康的Yrr，因为这是无法理解的，而且是愚蠢的。必须杀死威胁到自己的继续发展的东西，这完全合乎逻辑。当群体受到威胁时，Yrr以死亡逻辑做出反应，没有求饶，没有同情，没有例外。就像杀死弱者的逻辑和残酷对Yrr来说并没有多大关系，它们根本不熟悉这样的思考模式，只因我们对它们产生威胁，所以它们无法理解为什么要保护我们。"

"因为它们的生物化学作用不允许死亡伦理的存在，"黎做结论道，"不管它们多么有智慧。"

"好吧。"范德比特议论道，"现在我们发现了一个小小的秘密，我们能从这里得到什么具体的帮助呢？我们可以和它们结合，如果我的理解没错的话。太好了。我可以和它们结合！"

克罗夫以异样的目光打量着他。"你相信它们会这样想吗？"

"你可以相信我。"

"如果高兴，你们可以继续争吵下去。"安纳瓦克说道，"我和卡伦有个让这些单细胞生物思维的主意。西古尔、米克和苏正为此绞尽脑汁。从生物学上这样做不合适，但它将会回答许多问题。"

"我们替虚拟细胞设计了一个人造DNA程序，它能不停地突变。"韦弗继续接着说，"这也等于是学习的意思。我们突然又回到了开始的地方，即一台神经元计算机。还记得我们将电子大脑分解成了具有编辑能力的最小存储单位，想过它们如何能够重新变成一个思维的整体。如果单个细胞不能自己学习，那这件事花再长的时间都无法达成。可是，一个生物细胞生前学习的唯一途径就是透过DNA突变，而这是不可能的。但我们还是给模拟细胞增加了这种可能性。用一种苏刚刚介绍过的费洛蒙。"

"我们不仅重新获得了完整的、能够正常运行的神经元计算机，"安纳瓦克继续说道，"我们也突然见到了自然条件下的真正的、有生命的Yrr。我们的小小的创造物有一些特殊——细胞在三维空间里慢慢滚动。我们给这个空间增加了深海里的特征，如压力、水流和摩擦等。不过，首先我们必须找出一个群体里的成员如何相互识别这个问题的答案来。费洛蒙只是真相的一半。另一半是，限制一个群体的大小。这里，苏和西古尔发现的东西加入进来了。即小群体的Yrr彼此透过超变区辨识密码。你们还记得这个结论吧：这些细胞一定是在生出后才改变它们的DNA的。我们相信，正是因为这样，超变区变成了彼此辨认的密码，而群体的大小也因而有了限制。"

"有着同样密码的Yrr彼此辨认，较小的集体又能结合成较大的集体。"黎推论道。

"正是。"韦弗说道，"我们替细胞编制了密码。每个细胞在这时候已经具有一种有关其生活空间的基本知识。现在它们得到不是所有细胞都拥有的额外信息。不出所料，首先是同样密码的全部细胞结合成群体。然后我们进行新的尝试，试图将不同密码的两个群体结合一起。它成功了。随后不可思议的事情发生了：不仅结合成功了，另外两个群体的细胞还交换它们各自的密码，彼此达到相同的程度。它们重新编制程式，形成一个统一的新密码，所有的细胞都达到较高一级的认识，最后两个群体合二为一了。我们将这一个群体同第三个群体结合，又出现了某种先前不存在的新东西。"

"下一步我们观察Yrr的学习行为。"安纳瓦克说道，"我们组成不同密码的两个群体。我们帮一个集体增加一种特殊的经验，例如敌人进攻。不是特别传统，但我们决定选一只鲨鱼，咬群体一大口，教会它下回回避鲨鱼。当鲨鱼来时，我们命令这个集体：放弃球形，变得像比目鱼一样扁扁的。我们没有将这个诡计教给另一个群体，它被咬了。然后我们让两个集体结合成一个，派鲨鱼去咬它——它回避了。整群都学会了。随后我们将这个群体分成许多小群，所有的都突然知道了如何躲开鲨鱼。"

"这么说它们是透过超变区学习了？"克罗夫说道。

"是又不是。"韦弗望着她的笔记本说道，"它们有可能是这样做的，但在计算机里这一切持续时间太长了。无论如何，在底层甲板上进攻的那种物质反应特别迅速，有可能它们思维传递的过程也同样迅速。

一个超导的物质，一个巨大的多变的大脑。不，我们不能仅仅局限于小范围。我们将所有的DNA都输入了具有学习能力的程序，从而惊人地提高了它们的思考速度。"

"结果呢？"黎问道。

"依据这次会议前进行过的少数几次试验，已足够证实下列说法：一个Yrr群体，不管它多大，以新一代模拟计算机的速度思维，个体的知识被统一起来，陌生的知识得到检查。一开始有几个群体不适应新的挑战，但它们经过交换学会了。一定时间内学习进展是线性的，那之后群体的行为就再也无法预料了……"

"等一下。"尚卡尔打断她道,"你是说,程序开始过一种自主的生活吗?"

"我们带给Yrr的是完全陌生的情境。问题越复杂,它们结合的频率就越高。短期之后它们就开始形成策略,其基础不是我们为它们输入的。它们具有了创造性。它们变得好奇了。它们以加倍的速度学习。我们只能进行少数的实验,毕竟只有一种计算机程序——但我们的人造Yrr学会了接受任何想要的形状,模仿和变化出其他生物的形状,形成四肢,和它们的敏感性比起来我们的十指只不过是棍子,以毫微为单位来检查目标,将每一个这些经验同每一只其他的细胞交换,解决人类不能解决的问题。"

出现一阵惊慌的沉默。从大多数人的神情可以看出他们眼前浮现着底层甲板上的这些过程。最后黎说道:"请你为我们举例说明这种解决方法。"

安纳瓦克点点头。"那好,我是一个Yrr群体,明白吗?一整座大陆坡被虫子侵袭了,它们是我养殖后塞满细菌带到那里的,让它们破坏那里的甲烷水合物。我的问题在于,这些虫子和细菌虽然能造成许多破坏,但要造成这么大的崩塌我还需要最后的临门一脚。"

"对。"约翰逊说道,"我们从没解开过这个结。虫子和细菌做前期工作,但缺少造成大灾难的一件小事。"

"是不是让海平面轻微下沉,将压力沉降在水合物上,或使大陆边坡附近的水升温。对不对?"

"正是。"

"升高一度?"

"有可能这样就够了,但我们姑且说两度吧。"

"好。我们学聪明了。在挪威大陆边坡附近1250米的海底坐落着哈根-莫斯比泥火山。泥火山不会喷出熔岩,而是从温暖的地球内部将天然气、水和沉积物送到海底表面。泥火山火山口的水不烫,但比其他地方热。于是我加入一个大的群体,一个很大的群体。我变形为一个两端敞开的软管，由于我想成为一根非常大的软管，因此外壁的强度限于少数细胞层。为此我还需要非常多的自己，几十亿的细胞，但要薄壁的，像我这样，我成功地将自己延长数千米。我的大小相当于中央火山口的大小——近五百米。我将泥火山的暖水吸进我体内，让它经由这根巨大的软管导到虫子和细菌做好了前期破坏工作的地方，然后我想要的崩塌就发生了。我也可以用这种方式加热格陵兰海的水或极地的水，导致冰川融化，墨西哥湾暖流停止。"

"如果你计算机里的Yrr能这样做，"皮克一脸不相信的神情说道，"那么真正的Yrr能做什么呢？"

韦弗嘟起嘴唇，望着他。"我猜测，做得更多一些。"

游　泳

韦弗感觉身心因压力而相当紧绷。离开会议室时，她问安纳瓦克有没有兴趣去游泳池里游上一圈。她的肩膀疼得厉害，即使她没有做任何的暖身，身体还是习惯性地完成所能做的每一种运动。也许这是自己的问题，她想着，也许应该从事的是一种不超过负荷的运动。

安纳瓦克陪她。他们分别在更衣间里换上游泳衣，裹着浴袍又碰头了。韦弗在去游泳池的途中真想拉着他的手——她真想在这一刻跟他一起做点别的事情——但她不知道这种事要怎么开始，做法才不会像个傻瓜。在她生命彻底转型之前，她会不加选择地接受一切，但从没跟爱情有过关系。现在她觉得害羞和腼腆。怎么调情？如果昨夜有人死了，整个世界陷进了一座深渊，还怎么一起上床？

人有时多么愚蠢啊。

对于一艘战舰来讲，独立号的游泳室巨大无比，舒适得惊人，游泳池有一座小湖泊那么大。当她褪下浴袍时，她感觉到安纳瓦克的目光在背后望着她。她马上想到了这是他头一回这么看她。泳衣很小，背后开口很深，他一定看到纹身了。

她尴尬地走近池边，一个弹跳，动作优雅地潜下水去。她伸开手臂，紧贴水面游走，听到安纳瓦克从她身后过来了。她想，也许会在这里发生。她的心一下子悬了起来。她既期待又害怕他会赶上她，拍打双脚，游得更快了。

胆小鬼！为什么不敢呢？干干脆脆地潜下去，在水下做爱。

肉体在水底结合……

她突然想到一个主意。

它简单得可笑，只可惜也相当不敬。可如果管用，那就很了不起。那样就可能成功地以和平的方法说服Yrr撤走，或至少说服它们重新考虑它们的行为。

这个主意真的很了不起吗？

她的指尖触到了游泳池的瓷砖壁。她浮上来，揉去眼里的水。她很快就觉得那念头太粗俗，随着安纳瓦克一米一米地游近，她就愈来愈犹豫不决，那主意让她觉得卑鄙。

她不得不再考虑考虑。

他突然离她很近。

她贴着池边，胸口剧烈起伏，她的心像她那回漂浮在冰冷的运河水里一样跳着——这上下起伏的感觉和心脏的蹦蹦跳，它似乎在说：现在……现在……现在……

她感觉到有什么在抚摸她的臀部，嘴唇微张。

害怕！说点什么吧，她想道。一定会有什么可以随便聊聊的话题。"西古尔似乎又好些了。"

这些话就像青蛙一样从嘴巴里蹦了出来。安纳瓦克的眼睛里掠过一丝失望，刻意离她远了一点，将湿头发往后拨去，笑笑。"是啊，他的奇怪遭遇。"

你这个愚蠢至极的傻瓜呀！

"但他有个疑问，"她将臂肘撑在池边，爬了上去。"你别说出去。没必要让他知道我在宣扬，我只是想听听你的看法。"

西古尔有疑问？是你有疑问！你这个傻女人！笨女人！

"什么疑问？"安纳瓦克问道。

"他看到过某种东西。说得更准确些，他认为他看到过它。依他的描述，我相信他，但那样一来疑问就是，这意味着什么……注意，我告诉你。"

监控室

黎听着韦弗将约翰逊的怀疑告诉安纳瓦克。她一动不动地坐在屏幕前，听着他俩的交谈。多么匹配的一对呀，她开心地想道。

谈话内容让她不是太开心。鲁宾这条愚蠢的狗危害了整个使命，只希望约翰逊想不起来他们要从他的脑回沟里抹灭掉的东西。现在韦弗和安纳瓦克又在探讨这个话题了！

你们为什么要关心这种故事呀，孩子们，她想着。约翰逊叔叔可怜的鬼话！你们干吗不赶快上床？就算是瞎子也看得出来，你们想上床，只是你们自己还拿不定主意。黎叹息。自从男女同僚在海军里服役以来，她经常碰到这种不知所措的接触。每次都是这样地一目了然！单调而平常。所有人都想找机会一起上床。游泳池里的那两位除了为约翰逊绞尽脑汁就想不出有更好的事情来做吗？

"我们该弄清楚鲁宾消失的事。"她对范德比特说道。

那位中情局副局长手端一杯咖啡，站在她的斜后方。房间里只有他们，皮克在底层甲板上督促清除工作，检查潜水设备。

"然后呢？"

"这件事的选择很清楚。"

"我们还没到可以那么做的地步，朱迪宝贝。鲁宾还没到这一步。另外，如果我们根本不必这样做的话，那当然就更好了。"

"怎么回事，杰克？你有所忌惮吗？"

"放轻松点。那可能是你的该死的计划，但我的责任是确保它能成功。你可以放心，我的忌惮在合理的范围之内。"他低声笑了，"毕竟会有损名声。"

黎向他转过身来。"你有名声吗？"

范德比特文雅地喝着他的咖啡。"你知道我最喜欢你什么吗，朱迪？你的讨人厌。你让我觉得我自己是个好人。这真的很不简单！"

作战情报中心

克罗夫和尚卡尔在苦思冥想。计算机显示出交缠的图像。平行的线条，突然分开、弯曲、合为一起。中间出现大片大片的空白。刮擦声由一连串这种图像组成，看上去仿佛只要它们重叠就会形成一幅图，只是它形成不了。线条彼此不吻合。另外，克罗夫仍然不清楚那些线条是什么意思。

"水是基础。"尚卡尔思考道，"每个水分子上都附带了一个额外的信息。有什么用？表示一个水的特性吗？"

"有可能。指的会是哪种特性呢？"

"温度。"

"是的，比如说。或者含盐量。"

"也许和物理或化学的特性无关，而只和Yrr本身有关。这些线条有可能是表示它们的群体密度。"

"是说它们住在哪里吗？是这样吗？"

尚卡尔揉搓着下巴。"好像不是。"

"我不知道，默里。我们该告诉它们我们的城市在哪里吗？"

"不需要。它们不像人类一样思维。"

"谢谢你提醒我这件事。"克罗夫吐出一个烟圈。"好，再来一次。H_2O。水。这一部分信息不难理解。水是我们的世界。"

"这是对我们传送讯息的对应回答。"

"对。我们向它们透露了我们靠新鲜空气生活。然后我们描述了我们的DNA和我们的形状。"

"我们姑且认为它们是对应回答我们的讯息吧。"尚卡尔说道,"这些线条会不会是在介绍它们的形状呢?"

克罗夫噘起嘴唇。"它们没有形状。我认为,单细胞生物当然有一个形状,但它们几乎无法定义自己的形状。它们在集体里才感觉到有形状,对此它们无法定义。那胶状物有数千种形状,又没有形状。"

"好。形状不谈。别的还有哪些信息有意义?个体数目?"

"默里!这个数目后面的零会多得能写满独立号的船体。另外它们不停地分裂,它们不停地死亡……也许它们自己也不知道确实数目。"克罗夫将香烟咬在牙齿间晃着。"个体没有用。个体根本不重要。群体才重要。这是Yrr中心思想,你也可以说是Yrr本质论。或Yrr基因。"

尚卡尔从他的眼镜上方望着她。

"你别忘了,我们只告诉它们我们的生物化学是建立在DNA的基础上。你期待它们回答:我们的也是。然后为我们解开它们的基因序列吗?"

"有可能。"

"它们为什么要这么做呢?"

"因为这是唯一能做的关于它们自己的陈述。DNA和结合是它们整个存在的中心点,一切都可以回溯到这上面来。"

"是的,但你要如何形容一个不停突变的DNA呢?"

克罗夫无计可施地望着线条图案。"也许它们是地图呢?"

"什么东西的地图?"

"好吧,"她叹息道,"我们重新开始。——H_2O是基础。我们生活在水里……"

四只眼睛

朱迪斯将她的跑步机调到最高速度。别的情况下她会在健身房里跑步，因为能表现出团队精神。但现在她不想受人打扰。她在与奥福特空军基地进行每天的交谈。

"士气如何，朱迪？"

"好极了，长官。袭击给我们带来了重大损失，但一切都在我们控制之下。"

"队员有受到激励吗？"

"前所未有地积极。"

"我在担心。"总统显得疲累。他孤单单地坐在基地的作战指挥室里。"波士顿全部疏散了。纽约和华盛顿我们放弃了。我们收到了来自费城和诺福克最新的恐怖报告。"

"我知道。"

"国家秩序乱了，所有人都在谈论大海里的一种非人智慧。我真想知道是谁关不住他的嘴巴。"

"这有什么关系呢，长官？"

"这有什么关系？"总统一掌拍在桌上，"既然美国负责领导，我就不允许联合国的某个混蛋单独行动，仅仅因为每个人都认为必须让他屁大的国家能参与其中。你知道外面发生什么事吗？这会产生多大的影响。"

"我很清楚发生了什么事。"

"或者是你内部圈子里的某人讲出去的？"

"长官，恕我直言。别人最后也能自己推演出同样的假说来。不过就我所知，全世界大部分的猜测仍是围绕在自然天灾和恐怖主义。只有今早某位平壤的科学家……"

"他说我们是流氓。"总统打断了，"我全知道。我们驾驶超轻的潜艇来回行驶，进攻我们自己的城市，以便嫁祸于无辜的共产党。这是多么弱智啊。"他身体前倾，"但原则上我也不在乎这个。我才不管别人喜欢不喜欢。我只想看到问题得到解决，我要看到新的机会！朱迪，再说一次，这个国家还能够帮助别国！美国必须自救！我们遭到踩躏、毒化，我们的人民逃进内地。我必须像只鼹鼠似地躲进一座安全大楼。城市里出现抢劫和无政府主义。军队和警察工作繁忙。人们只能在被污染的食品和无效的药品之间抉择。"

"长官……"

"虽然上帝仍用祂保护的大手护住西方世界。但只要你的脚一下水，就会有东西咬掉你的脚趾头。美国和亚洲沿海的虫子密度越来越大，在帕尔马岛他们快要完蛋了。有些地方政局不稳，我并非对此不高兴，但那里的武装组织会落在谁手中，目前我们根本无法研究这个问题。"

"你最近的演讲……"

"别提了。我从早到晚都在发表热情洋溢的演讲。那些撰稿人没人采纳它们。他们谁都不理解我想向这个国家和上帝的世界说什么。我说，增强信心。美国人民应该看到一位总司令的果敢，哪怕魔鬼有无数的面目，他也会采取一切必要措施赢得这场战役。世界应该积蓄力量。不，我们不想麻痹谁，我们必须做好最坏的准备，但我们会搞定一切！我告诉撰稿人这些，可是当他们向大众传播信念时，这些信念变得不值得信赖和情感做作，中间还夹进他们自己的害怕。我问自己，他们当中到底有没有人在听我讲！"

"但人们在听你讲话。"朱迪斯保证，"你是当前还有人会倾听的少数人之一。只有你和德国人……"

"对，那些德国人。"总统的眼睛眯细了，"听说德国人在计划一桩独立的使命？"

朱迪斯险些从跑步机上跌倒。这又是什么闲话啊？"不，他们没有这么做。我们领导着这个世界。我们是联合国授权的。德国协调欧洲，但他们和我们密切合作。你看看帕尔马岛。"

"那么中情局为什么告诉我这些情况呢？"

"因为杰克·范德比特在散布谣言。"

"哎呀，朱迪。"

"没错。他现在是，将来是，也一直是个阴谋家。"

"孩子，如果你得到了你应得的位置，范德比特就不会在你视线内了。"

朱迪斯缓缓地呼出一口气。她激动起来了。她走出了掩护，在这一刻也许将自己暴露得太多了。这样不好。她必须提醒自己稳重。"当然。"她微笑着说，"我不认为杰克是个麻烦，而是个合作伙伴。"

总统点点头。"俄国人向我们派来一个小组，向中情局详细汇报黑海沿岸的情况。我们和中国进行密切交流。德国的事大概是胡说。我实际上不觉得他们有自己的算盘。但你也知道，这种时候媒体的谣言有多么夸张。不过，我们应该感恩，当魔鬼从海里钻出来时，不同国家的这么多人都相信上帝，这真是奇妙。"他抹一把眼睛，"那我们到什么程度了呢？我不想当着其他人的面问你这事，朱迪，我不想让你尴尬地去美化什么东西，但现在请你对我开诚布公地讲吧。我们进展如何？"

"我们面临突破。"

"何为突破？"

"鲁宾认为，如果一切顺利的话，他在一两天内就可以准备好。我们在实验室里取得了成功。有一种费洛蒙，Yrr透过它进行交流。我们现在知道它的配方并用人工制造了这东西……"

"你不必讲细节。鲁宾说他能解决？"

"他非常肯定，长官。"朱迪斯说道，"我也是。"

总统噘起嘴唇。"我信任你，朱迪。你的科学家们还有别的麻烦吗？"

"没有。"她撒谎，"一切都很顺利。"

他为什么问这个问题呢？是范德比特……

冷静，朱迪。一句偶然的话。这不符合范德比特的利益。这头肥猪虽然爱骂人坏话，但范德比特不会自己搬石头砸自己的脚。

"长官，"她说道，"我们远远地领先。我向你承诺过，要想尽一切办法解决这件事，我还要再向你保证，我们将拯救这个世界。美国将拯救这个世界。你将拯救这个世界。"

"就像电影里一样，是不是？"

"还要好。"

总统阴沉地点点头，转眼又笑了。这不完全是往常的灿烂微笑，但那里面有种绝对必要的胜利意志，她欣赏和尊敬他的正是这一意志。"上帝与你同在，朱迪。"他说道。

他挂掉了。朱迪斯停在跑步机上，突然怀疑他们是不是真的能成功。

作战情报中心

不管有关海底敌人的信息透露了什么——尚卡尔那咕咕叫的胃强烈宣告着人类生理的物质性强迫，克罗夫终于再也听不下去了，让他吃饭去。

"我没必要去吃饭。"尚卡尔坚持道。

"帮我个忙吧。"克罗夫说道。

"我们没有时间去吃饭。"

"这我自己知道。可是，如果别人有一天发现我们变白的骨头，我们也不会得到什么好处。我至少还有好彩香烟抽。去吧，默里。吃点东西，填饱肚子再回来，以建设性的动力解决我们的问题。"

尚卡尔走了，她独自一人。

她需要独自待会儿。不是讨厌尚卡尔，他很优秀，能帮大忙。只是尚卡尔扎根于声学，不懂非人类的思维方式。而当身边除了烟雾就没有其他人或事情时，克罗夫总能想到最好的主意。

她吸着香烟，重新思考事情。H_2O。我们生活在水里。

这信息看起来像幅壁毯图案，由H_2O组成的图案。但每个H_2O又被结合了某种附加数据。数百万个资料对排列在一起。在图形翻译中它们变成了线条。那些资料让人联想到水的特性或某种生活在其中的东西。

但那想法也许是错的。Yrr要讲述什么呢？水。还有呢？

克罗夫思索着。她突然想到了一个例子。有两种陈述。第一，这是个桶子。第二，这是水。合起来就是一桶水。所有水分子都是相同的，而描述桶的数据却依据桶的形状、表面结构，以及图案而有所不同。一组描述桶的数据，被译成数千个不同的陈述，因此可说是完全不同的事情。但现在要陈述装满水的桶子并不难，只要在每个桶的陈述上贴上"水"的附加数据就可以了。

反过来：H_2O被添加了介绍某种和水毫无关系的东西的资料。也就是桶。

我们生活在水里。

这水在哪里呢？怎么才能陈述某种本身没有形状的东西位于何处呢？

透过描述限制它的东西。

海岸和海底。

空着的面积是大陆，它们的边缘是海岸。

克罗夫的香烟几乎掉落。她开始给计算机输入指令。她豁然明白为什么那一块块东西加起来形成不了图像。因为它描述的不是二维空间，而是三维空间。必须将它弯曲，才能使其相合。尽量弯折，直到变成某种立体的东西。

一颗球。地球。

实验室

此时，约翰逊正在分析他从Yrr组织里取出的样本。奥利维拉经过十二小时高度紧张的实验室工作之后，再也无法睁开眼睛对着一台显微镜看了。之前几夜她睡得很少。这次考察终于开始向她讨回代价。

虽然他们大步前进，不安的因素仍然陷在骨子里。每人都以自己的方式做出反应。灰狼返回底层甲板，照顾剩余的三条海豚，分析它们的资料，回避接触。有些人表现出明显的神经质，有些却相当冷静。鲁宾则是用偏头痛抵偿恐惧——除了奥利维拉必要的美容睡觉，这可能是约翰逊单独坐在幽暗的大实验室里的第二个原因。

他关掉大灯。台灯和计算机屏幕是唯一的光源。嗡鸣不已的仿真器释放出几乎感觉不到的蓝光。那东西依然覆盖着底部。很容易让人以为它死了，但他知道并非如此。

只要它在发光，它的生命力就特别强！

斜板上传来脚步声。安纳瓦克探头进来。"利昂。"约翰逊从他的资料上抬起头来。"太好了。"

安纳瓦克笑笑。他走进来，拉过一把椅子，骑坐上去，胳膊交叉搁在扶手上方。"现在是凌晨三点。"

他说道，"你到底在这儿干什么呀？"

"工作。你又在这儿干什么呢？"

"我睡不着。"

"也许我们应该喝点红酒。你认为呢？"

"噢，这……"安纳瓦克突然有点难为情。"谢谢你。只是，我不喝酒。"

"从来不喝？"

"从来不喝。"

"有意思。"约翰逊皱起眉，"一般情况下这种事会引起我注意。但现在我们都有点不安，是不是？"

"可以这么讲。"安纳瓦克停顿了一下，似乎想讲什么。但后来他问："你有进展了吗？"

"很好。"约翰逊回答道，又像是附带地补充道："我解决了你们的问题。"

"我们的问题？"

"你和韦弗。DNA记忆的问题。你们说得对。它的确有效，而我也已经发现是怎么运转了。"

安纳瓦克睁大眼睛。"这种事你就这么无关痛痒地说出来？"

"你得原谅我。我太累了，实在兴奋不起来。但你当然是对的，的确应该庆祝一下。"

"你怎么想到的呢？"

"你记得那些神秘的超变区吗？它们就是簇。基因组上到处都有，是某种蛋白质的密码——呃……你知道我在讲什么吗？"

"再多说一些。"

"簇是基因的次级，具有特定功能，比如负责感受器的培养或某种物质的生产。如果一团这种基因存在于一截DNA上，我们就叫它簇。而Yrr基因组有大量的簇。可笑的是，Yrr细胞是完全可以修补的。但Yrr的这种修补不适用于全部的基因组，酶也不会去检查整个DNA的毛病，而是对特殊的信号做出反应。就像火车行驶在轨道上一样。当它们识别出启动信号时，就开始进行修理；收到停止的信号时，它们就停止。因此在那里……"

"簇。"

"正是。这些簇是受到保护的。"

"它们能保护部分基因组不被修补？"

"通过修补感受器——也可以说是生物学上的保镖——遮住簇，挡掉了修复酶。因此这些范围是空的，能不停进行突变；而DNA的其他部分乖乖被修补，以保住物种的核心信息。狡猾，对不对？就这样，每个Yrr都成了有着无限进化能力的大脑。"

"它们相互如何交换呢？"

"就像苏所讲的，从细胞到细胞。透过配合基和感受器。感受器从别的细胞接受配合基，然后发送脉冲，向细胞核传送信号。接着，基因组突变，将这些脉冲再传给下一个细胞。过程像闪电般迅速。水箱里的那堆胶状物以超导的速度思维。"

"真是非常新的生物化学啊。"安纳瓦克低语道。

"或是非常古老的。只是对我们而言是新的。实际上它可能已经存在数百万年了，也许从生命一开始就有了。一种平行的游戏方式。"约翰逊低笑一声，"一种非常成功的游戏方式。"

安纳瓦克双手托着下巴。"那现在要怎么处理呢？"

"问得好。我很少像今天这样情绪坏透了。懂这么多，却不能带给我多大的进展，只是证明了我们一直担心的事情。不管从哪一方面看，它们和我们完全不一样。"他伸展胳膊，打了个大大的哈欠。"我只是不知道克罗夫的联系试验能否带给我们进展。我觉得它们很开心能同时跟我们交谈，却又消灭我们。或许这对它们而言并不矛盾。但无论如何，那不是我的对话方式。"

"别无选择。我们必须找到一条沟通的途径。"安纳瓦克吸着他的腮帮。"随便问一句——你相信舰上的人全是一条心吗？"

约翰逊竖起耳朵。"你怎么会这么想？"

"因为……"安纳瓦克做个鬼脸。"好吧，你别生气，但韦弗告诉了我你发生神秘事故前那一夜看到的东西——或者你认为看到过的。"

约翰逊用责备的目光打量着他。"她对此怎么想？"

"她相信你。"

"我也有这种印象。你呢？"

"难讲。"安纳瓦克耸耸肩，"你是挪威人。你们也坚定不移地声称世上有鬼。"

约翰逊叹口气。"没有苏，这整件事我根本就不会再想起来。"他说道，"是她让我回想起来的。那天夜里，我们坐在机库甲板的箱子上，我见到了鲁宾。虽然他之前声称偏头痛，回去休息了。就像他现在又患上了偏头痛一样。声称！——之后的事情我只有零星的记忆。我想起来的回忆，不可能是梦到的事情。有时候我已经快要看到一切了，却又……我站在一道敞开的门外，望见白色的亮光，我走了进去——记忆中断。"

"是什么让你这么肯定不是做梦呢？"

"苏。"

"可是她自己什么也没看到。"

"还有朱迪斯。"

"为什么偏偏是朱迪斯？"

"因为她在晚会上对我的记忆力过度关心。我猜，她想巧妙地试探我的情况。"约翰逊望着他，"你刚问这里的所有人是否全都一条心。我不相信。我在惠斯勒堡时就没有相信过。我从一开始就不信任朱迪斯。如今我一样不相信鲁宾患有偏头痛。我不知道该相信什么——不过，可以确定的是，的确有事发生！"

"男人的直觉。"安纳瓦克不安地咧嘴笑道，"朱迪斯有什么计划呢？"

约翰逊望向天花板。"这她比我更清楚。"

监控室

约翰逊此刻正好直接望进一台隐藏的摄影机。他在不知情的情况下望着坐在朱迪斯位置上的范德比特，说道："这她比我更清楚。"

"你真是个聪明的小家伙。"范德比特咕哝道。然后他透过防监听的电话打到朱迪斯的房间。他不知道她是不是在睡觉，但是他无所谓。朱迪斯出现在屏幕上。

"我就说过没有保障的，朱迪。"范德比特说，"约翰逊快要恢复他的记忆了。"

"是吗？那就恢复吧。"

"你一点都不紧张？"

朱迪斯淡淡地笑笑。"鲁宾工作得很辛苦。他刚来过这里。"

"然后呢？"

"真了不起，杰克！"她的眼睛发亮。"我知道，我们不是太喜欢这个小混蛋。可是我不得不讲，他这回超越了他自己。"

"已经进行过实践测试吗？"

"在小范围内。不过小范围和大范围一样有效。再过几小时，我就要通知总统，然后和鲁宾下去。"

"你要亲自去做吗？"范德比特大叫。

"还能怎么样呢？反正你钻不进一艘小艇的。"朱迪斯说完就挂断了。

底层甲板

电子设备幽灵似的在空机库和独立号甲板上嗡嗡响着，使得闸门微微震动。在巨大空洞的医院里，在空无一人的军官食堂里，都能听到这些震动；在船员卧室里将指尖放在一根锭子上，就可以感觉到它们产生的轻微颤动。

声音一直向下传到船腹里。在那里，灰狼睁大眼睛躺在堤边上，盯着天花板。为什么总是失去呢？他十分悲伤，感觉什么都做错了。单是出生到这世上来就是个错误。一切都错了。现在他连丽西娅都没能救得了。

你什么都保护不了，他想道。什么都没有。你有的只是个大嘴巴，嘴巴后面是更大的害怕。一个号哭的小男孩躲在一个很想对自己和别人有点意义的魁梧身躯里。

有一回，在医院里，同他从维克丝罕女士号上救下的孩子在一起，他当时真的很骄傲。他在维克丝罕女士号上做了一件好事。他帮助了许多人，利昂也成了他的朋友。有位摄影师拍了一张照片，次日就登在报刊上。

现在鲸鱼又继续发疯，海豚遭罪，整个大自然都在受苦，丽西娅死了。

灰狼感觉空虚无用。他讨厌自己。不过他不会和任何人谈论此事，只会完成任务，直到战胜这整个的噩梦。然后……

泪水夺眶而出。他面无表情，继续盯着天花板，但那里只有钢架。没有回答。

全　貌

"这球，"克罗夫说道，"是地球。"她将多张放大的打印纸挂在墙上，慢慢地从一张走向另一张。"这些线条标记一开始就困住我们，但我们相信，它们呈现的是地球磁场。空白部分肯定是大陆。我们基本上破译了这个讯息。"

朱迪斯眯细眼睛。"你肯定？这些所谓的大陆和我们熟悉的大陆一点都不像。"

克罗夫微笑。"它们也不可能像，朱迪。这是1亿8000万年前结合成一体的大陆的模样。太古大陆。原始大陆。磁场线条的排列有可能也来自这个时间。"

"你查过吗？"

"磁场的排列很难恢复。不过，当时陆地的分布是众所周知的。我们之前花了点时间确认对方送来的是地球模型，之后一切就吻合了。原则上十分简单。它们选择了水作为核心信息，赋予它地理学数据。"

"它们怎么知道1亿8000万年前地球是什么样子呢？"范德比特奇怪道。

"透过它们的回忆。"约翰逊说道。

"回忆？回忆古代海洋？但那是一个只有单细胞生物的时代……"范德比特顿住了。

"正确。"约翰逊说道，"只有单细胞生物，以及几次早期阶段的多细胞试验。昨天夜里我们找到了拼图里的最后一张图。Yrr拥有一种超突变的DNA。我们这样说吧，在侏罗纪初期，整整两亿年前，它们开始有意识。从那之后，它们不停地学习——你知道，科幻影片里有

797

几句受欢迎的经典名句如'我不知道那是什么东西，但它正向我们飞来！'或'请帮我接总统。'这些寓意深刻的句子背后其实是：'它们胜过我们。'电影或图书几乎总缺少解释。这一回我们可以补充解释了。Yrr胜过我们。"

"因为它们的知识沉积在DNA里吗？"朱迪斯问道。

"对。这是它们与人类之间的重要区别。我们没有物种记忆。我们的文化建立在口头，或书面流传，或图画的基础之上。但我们无法直接传递亲身的经历，因为我们的精神随着身体死去。如果我们说，永远不可以忘记过去的错误，其实讲的是一个无法满足的愿望。一个人只能忘记他回忆起的东西。但没有人能够回忆起他之前的人经历过的事情。我们能够记录和调出回忆，但我们不在现场。每个人都得重新学会一成不变的东西，他必须将手放在热锅上才能理解锅是烫的。Yrr就不一样了。一个细胞学习和分裂。它复制它的基因组与所有的信息，就像我们复制我们的大脑与所有的回忆一样。新的细胞不继承抽象的知识，而是直接的经历，仿佛它们就在现场。自从它们存在以来，Yrr就能够进行集体记忆。"约翰逊望着朱迪斯，"你明白了谁在和我们作对吗？"

朱迪斯缓缓地点点头。"只有毁掉它们的全体，才能夺走Yrr的知识。"

"我担心，那样的话我们势必毁灭掉一切。"约翰逊说道，"由于种种原因，那样做是不可能的。我们不知道它们的网有多密。它们有可能组成数百公里长的细胞链。数量超乎寻常。它们跟我们不一样，不只是生活在现在。它们不需要统计，不需要中间值，不需要漏洞百出的感官图。它们的组织特别庞大，本身就是统计，所有值的总数，也就是自己的编年史。它们认识数千年的发展，而我们却对自己的孩子和孙子的利益无能为力。我们是入侵者。Yrr依靠一种一直存在的回忆进行比较、分析、认识、假设和行为。没有什么创造性的贡献会消失，一切都用来发展新的策略和处方！一个永不终止的竞择过程，寻找更好的解决办法。向过去抓取，优化，改善，从错误中汲取教训，与新事物取得平衡，高度计算——然后行动。"

"这是一件多么冷酷讨厌的事啊。"范德比特说道。

"你这么认为吗？"朱迪斯摇摇头，"我钦佩这些生命。它们数分钟内就能制定出让我们忙上数年的策略。单是知道什么东西行不通，就非常了不起了！简而言之，因为你是在回忆，因为是你自己犯下错误——哪怕从物理学角度看，你还根本不存在。"

"因此，Yrr在它们的生存空间里，可能要比我们在我们的生存空间里更加适应。"约翰逊说道，"它们的每一种精神成就都是集体的，积淀在基因里。它们同时生活在所有的时代。相反的，人类错认过去，且忽视未来。我们的生存着眼于个体及当下，为了目标，牺牲更高的观念。我们无法胜过死亡，于是让自己在节日、图书和祭品里永存。我们试图给自己书写历史，留下记录，在我们死去很久之后还让人传说、误解、伪造、引爆意识形态的雪崩。我们迷恋永恒，以至于我们的目标不吻合对人类有用的目标。我们的精神执着于美学、个体、知识、理论。我们不想当动物。一方面，身体是我们的庙宇，另一方面，却将它蔑视为单纯的机能单位。因此我们习惯看重精神，贬低身体；我们怀着憎恶和自我鄙视，来看待让我们生存下去的客观限制。"

"而Yrr不存在这种分离。"朱迪斯深思道。不知什么原因，她显得特别满意。"身体就是精神，精神就是身体。没有哪个Yrr会做什么违背普遍利益的事情。幸存下来是为了物种的利益，而不是个体的，行动是集体的决定。了不起！没有哪个Yrr会为一个好主意得到一枚勋章。对结果的参与让人满意。没有Yrr要求更多的荣誉。我问自己，个体的细胞到底有没有个人意识之类的东西？"

"和我们熟悉的不一样。"安纳瓦克说道，"我不知道说单个细胞有自我意识是否正确。但每个细胞有独立的创造力。它是传感器，能将经验转变为创造性，然后带进集体里。有可能，只有当脉冲相当强烈时，一个思想才会被考虑。也就是说，够多的Yrr一起带进同样的思想，才会被拿来同其他主意一起比较，然后较强的主意便能生存下来。"

"单纯的进化。"韦弗点头道，"进化思维。"

"多可怕的对手啊！"朱迪斯无比钦佩地叫道，"没有虚荣，没有情报损失。我们人类总是一叶蔽目，它们却能纵览时空。"

"因此我们在破坏自己的星球。"克罗夫说道，"因为我们认识不到自己在破坏什么。海底那种生物一定知道这点，也知道了我们没有物种记忆。"

"是的，一切都有其意义。它们为什么要和我们交涉呢？也许明天我们就会死去。那时它们又要和谁交谈？如果我们有物种记忆，它会阻止我们干蠢事。偏偏我们不是这样。要弄懂人类，纯属幻想。这点它们学懂了。这是它们知识的一部分，是反对我们的决定的基础。"

"没有哪个敌人能够消灭这个知识。"奥利维拉说道，"在一个Yrr集体里，单一的个体是熟悉全部事物的。不存在要夺走对方的信息基础就必须干掉他们的聪明头脑，不存在科学家、将军和领袖。你想杀死多少Yrr，就杀死多少——但只要有几个存活下来，它们的知识就会跟着保存下来。"

"等等。"朱迪斯向她转过头来。"你不是讲过，有女王吗？"

"对。之类的东西。也许每个Yrr都拥有集体的知识，不过集体行动却可能由中央决定。我推测应该有所谓的女王。"

"同样的单细胞生物吗？"

"它们一定与我们认识的胶状物有相同的生物化学。很可能是单细胞生物，一个高度组织化的团体。我们只有与它沟通，才能接近它。"

"为了得到谜一样的信息。"范德比特说道，"这么说，它们寄给我们一幅史前地球的图。为什么？想要用那图告诉我们什么呢？"

"所有东西。"克罗夫说道。

"能讲得精确一点吗？"

"它们告诉我们这里是它们的星球。它们至少已经统治了1亿8000

万年，甚至更久；说它们拥有物种记忆，以磁场来判断方向，凡有水的地方就有它们。它们说，你们生活在此时此地；而我们永远存在，无处不在。这就是事实。那个信息告诉我们这些。我觉得，它透露出相当多的讯息。"

范德比特挠着肚子。"我们该回答对方什么呢？要它们将它们的统治权塞进屁眼里去吗？"

"它们没有屁眼，杰克。"

"是吗？"

"好吧。我想，不能用我们的想生存下来的逻辑，去应对它们的想消灭我们的逻辑。我们唯一的机会在于向它们发信号，说我们承认它们的统治地位……"

"单细胞生物的统治地位？"

"说服它们，我们对它们不再构成危险。"

"但实际上我们是危险的。"韦弗说道。

"没错。"约翰逊说道，"讲废话一点用没有。我们必须给它们信号，撤出它们的世界。必须停止使用毒剂和噪音污染海洋，而且要快。要快得让它们也许会想到，也可以和我们一起和平共处。"

"这必须由你来决定，朱迪。"克罗夫说道，"我们只能这么建议。你必须将这建议转达上去。或者做些安排。"

大家全望向朱迪斯。

朱迪斯点点头。"我非常赞成采用这个方法。"她说道，"只是不可以操之过急。如果我们从海洋里撤退，必须向它们发出非常准确和具有说服力的相关信息。"她望望众人，"我希望大家群策群力，绝不可以仓促慌张。切勿操之过急。现在重要的不是时间问题，而是句子的准确性。我未料到我们完全不熟悉这物种。不过，只要有一点点机会能够与它达成和平协议，都应该加以利用。好吧，请各位尽最大的努力吧。"

"朱迪，"克罗夫微笑道，"你让我喜欢上美国军方了。"

当朱迪斯带着皮克和范德比特离开房间时，她低声说道："鲁宾那东西制作得够多了吗？"

"是的。"范德比特说道。

"好。我要他给深飞加油。哪一艘，我无所谓。要在两三个小时内完成这件事。"

"为什么突然这么赶？"皮克问道。

"约翰逊。他眼睛里的神情，好像快要揭露什么似的。我没心情讨论，就这么回事。依我看来，明天他可以想怎么吵就怎么吵。"

"真的走到这一步了吗？"

朱迪斯看着他。"我向美国总统许诺过我们已经走到这一步，萨洛。那我们就是走到了这一步。"

底层甲板

"嗨。"安纳瓦克向海豚馆走去。灰狼抬了一下头，又埋首于他拆下来的小摄影机。安纳瓦克走近时，两条动物从水里伸出头，用嘎嘎声和吱吱声问候他。它们游过来接受抚摸。

"我妨碍你了吗？"安纳瓦克问道，一边将手探过池沿，抚摸那些动物。

"不，没有。"

安纳瓦克停在他身旁。发生袭击之后，这不是他头一回来这儿了。他每次都想与灰狼交谈，但总是徒劳。这位半印第安人似乎封闭起自己。他不再参加会议，而是看看海豚的录像，做简短的书面评论。只是从影片上也看不出个所以然。移近的胶状物的照片令人失望。蓝光，消失在深处。隐约有几只虎鲸。然后海豚害怕起来，挤到船体下面。其他的就只有钢板了。灰狼主张将剩下的动物用作生物预警系统外放去巡逻。安纳瓦克越来越怀疑这个中队的作用，但他什么也没讲。私下里他怀疑灰狼只是希望像以前一样继续做下去，以免掉进无所事事的黑洞。

他们默不作声地站了一会儿。很远的后面，一队士兵和技术人员正从底层甲板中央上来。他们拆下了被毁的玻璃门。一名技术人员走向码头的操纵台。泵开始工作。

"我们离开吧。"灰狼说道。

他们爬上梯子。安纳瓦克看着甲板上慢慢地进满水。

"他们又在放水了。"他强调着。

"对。如果甲板上进水，就更容易将海豚放出去了。"

"你想派它们出去吗？"

灰狼点点头。

"我帮你。"安纳瓦克建议道，"如果你愿意的话。"

"好主意。"灰狼打开摄影机，拿一把微小的螺丝刀伸进里面。

"现在就放出去吗？"

"不是。我得先修理这东西。"

"你不想歇歇吗？要不要去喝点什么。我们大家都需要休息一下。"

"我没做什么事，利昂。我一直在休息。"

"那一起来开会吧。"

灰狼扫他一眼，又默默地干他的活儿。交谈中断。

"杰克，"安纳瓦克说道，"你总不能一直躲避呀。"

"谁一直躲避？"

"好吧，那又是什么呢？"

"我做我的事。"灰狼耸耸肩，"我留心海豚的报告，分析影片。如果有人需要我，我都在。"

"你不在。你甚至不知道我们过去二十四小时里发现了什么。"

"不对。我知道。"

"真的？"安纳瓦克吃惊道，"从谁那里听来的？"

"苏有时过来。就连皮克偶尔也来看看是否一切都好。每个人都给

803

我讲点什么，我根本不必问。"

安纳瓦克盯着前方，心里突然生起怒火。"喏，那你就不需要我了。"他反抗地说。

灰狼没有回答。

"这么说你想在这里消沉下去了？"

"你知道，我更喜欢动物作陪。"

哪怕其中有一条杀死了丽西娅？安纳瓦克想问，但他在最后关头咽了下去。他该怎么办呢？"我和你一样失去了丽西娅。"他最后说道。

灰狼愣了一下，然后对着摄影机一挥螺丝刀。"和这无关。"

"和什么有关呢？"

"你在这儿想干什么呀，利昂？"

"我想干什么？"安纳瓦克沉吟道。他的火气渐渐高涨。不公平。在灰狼遭受过许多不幸之后，这样实在不公平。"我不知道，杰克。老实讲我也这样问自己。"他转身离开。

当他快回到隧道里时，听到灰狼低声说道："等等，利昂。"

回 忆

约翰逊朦朦胧胧睡去。他累坏了。昨夜对他的影响还没有消退。他坐在装有屏幕的支架前，奥利维拉在消毒实验室里继续制造浓缩的Yrr费洛蒙。他们决定将其中一些倒进仿真器。看不到多少那种物质，只有众多的单细胞生物让水变混浊。它显然暂时融化，停止发光。等他们加进费洛蒙浓缩液后，或许可能产生结合作用，接下来他们再对合成物进行测试。

也许，约翰逊想道，他们应该将克罗夫的消息发送进箱子里，看看对方会不会回答。

他的头有点疼。他知道头疼的原因，既不是劳累过度，也不是睡眠不足。而是那些不安的想法。挥之不去的回忆。上次会议之后就越

804

来越严重。朱迪斯的一句话让他内心的幻灯机又开动了。只有几句话，却占据他全部的思维，妨碍他集中精力工作。这种冥思特别费神。最后，约翰逊的头缓缓地向后落下，轻轻睡着了。他漂浮在意识的表面，被困在朱迪斯的话连接成的漫长飘带里。

切勿操之过急。切勿操之过急。切勿……

什么地方有响声钻进他耳朵里。奥利维拉已经合成完费洛蒙了吗？他从不安的微睡中钻出来一会儿，朝着实验室灯光眨眨眼睛，又重新闭上了。

切勿操之过急。

昏暗。机库甲板。

一种金属声，摩擦的声音，很轻。约翰逊被惊醒。一开始他搞不清楚自己在哪里，然后他感觉到腰下的钢板。大海上方的天空渐亮。他挣扎着坐起身，望向墙壁。有一部分开着。

一扇大门打开了，灯火通明。里面射出白色的光。约翰逊从箱子上滑下来。他一定在上面睡了好几个小时，全身骨头痛得要命。老人。他慢慢走向明亮的正方形。那儿连接一条通道，有着光溜溜的墙壁，他现在认出来了。顶上装有一排霓虹灯管。几米后有一堵墙，拐向一侧。

约翰逊向里面窥望，倾听。人声和噪声。他后退一步。那个拐弯后面是什么？他应该走进去吗？

约翰逊犹豫着。

切勿操之过急。切勿操之过急。

犹豫。

突然，一道障碍倒下。他走进去。两侧除了光溜溜的墙，什么都没有，那里是拐弯。他向右。还有一个弯，这回弯向另一侧。这条通道很宽，可以行驶汽车。又是噪声，人声，这回更近了。声源一定就在第二个拐弯的后面。脚步将他慢慢领往拐弯，向左，那儿是……

实验室。

不，不是这座实验室。是另一座实验室。较小，天花板更低。不过一定位于改装过的车辆甲板上方，他们将仿真器安排在那里。这个实验室也有一台仿真器，一台小得多的设备，不比一只箱子大，里面浮着蓝色、伸着触须的发光体……

他不可置信地盯着。整个空间是它底下那座实验室完美的小型复制品。多张实验桌排列在一起。仪器，装有液态氮的容器。一个安装有屏幕的支架。一台电子显微镜。防弹玻璃门后是生化危机符号。再后面有一扇敞开的门连接一条更窄的通道。

那里有人。三个人站在小仿真器前面。他们交谈着，没有注意到进来的人。两位男子背对着他，一个女人侧身站着，在一个本子上记录着什么。她的目光在男人和仿真器之间来回移动，扫进房间，落在约翰逊身上……她的嘴巴张开来，男人们蓦地转过身来。他认识其中的一个。是范德比特的手下，没有人具体知道他究竟做什么。但中情局的情报员能做什么呢？

第二个男人他就熟悉了！

是鲁宾。

约翰逊太意外了，只能呆呆地站在那里。他看到了鲁宾眼里的惊惧和如何补救这一局面的疑问。事实上，正是这道目光让约翰逊摆脱了愣怔。因为他突然明白，这里正在进行一场奇怪的游戏。游戏利用了他和其他人，奥利维拉、安纳瓦克、韦弗、克罗夫……

或者，他们当中还有谁在游戏中扮演着某个角色？而且又是为了什么目的呢？

鲁宾缓缓向他走来。他的脸上浮起一丝生硬的微笑。"西古尔，我的天！你也睡不着在乱转吗？"

约翰逊的目光在室内扫动，扫向其他人。他只看了一下他们的眼睛就知道了，他绝对不该出现在这里的。"你们在这里干什么呀，米克？"

"噢，没什么，这只是……"

"这是怎么回事？这里在干什么？"

鲁宾站到他跟前。"我可以向你解释，西古尔。你知道，我们实际上不打算使用这第二座实验室，只是大实验室若因为某种缘故突然不行了，还可以防止万一。我们只是在检查设备，做好准备，万一……"

约翰逊指着仿真器里的东西。"你们有一块……箱里的那东西！"

"啊，这个吗？"鲁宾头转向后面，又转了回来。"这……呃……哎呀，我们得试试，以确保正常。我们没有告诉你，因为没有必要，因为……"

句句都是谎言。约翰逊或许不是十分清醒，但他看出鲁宾正在拼命解释。他转身大步沿通道向外走去。

"西古尔！约翰逊博士！"他身后传来脚步声。鲁宾走近他身侧，神经质地扯着他的衣袖。"你等等。"

"你们——在这里——干什么？"

"事情不是你想的那样，我……"

"你怎么知道我想什么，米克？"

"这是安全措施。"

"什么？"

"一项安全措施！这座实验室是一项安全措施！"

约翰逊挣脱开来。"我相信，我应该找朱迪斯谈谈这件事。"

"不，这……"

"或者最好是找奥利维拉谈。废话，也许我应该跟所有人谈谈，你认为呢，米克？你们在这里欺骗我们吗？"

"绝对不是。"

"那就请你解释这是怎么回事。"

鲁宾的眼睛里出现了真正的恐慌。"西古尔，这不是个好主意。你千万不可以操之过急。听到没有？切勿操之过急！"

约翰逊望着他，不由得叹了口气，然后离开鲁宾。他听到对方跟在他身后，感觉到背后鲁宾的害怕。

切勿操之过急！

白色的灯光。他的眼前发生了爆炸，一股隐隐的疼痛在他的头颅里弥漫开来。墙壁，通道，一切都模糊了。地板向他迎面而来……

约翰逊盯着实验室的天花板。一切又重新出现了。

他跳起身。奥利维拉还在消毒实验室里工作。他粗气直喘地望着模拟机，操纵台，工作台。重新望向天花板。那上面有另一座实验室。就在他们上方。不可以让任何人知道。鲁宾一定是将他打倒在地，然后给他服用了什么东西，以消灭他的记忆。

为了什么？这里到底在干什么？

约翰逊攥紧拳头。他怒火中烧，三步并两步，沿斜板跑上去。

底层甲板

"我去你们那儿干什么呀？"灰狼说道，"我帮不了你们。"

安纳瓦克的怒火消失了。他转过身，又慢慢走回去，池子里正在进水。"不是这样的，杰克。"

"是的，就是这样。"他讲话的口气听起来很冷，几乎是冷漠。"在海军里他们折磨海豚，我无法反对。我全力支持过鲸鱼，但鲸鱼是另一种力量的牺牲品。我曾决定将动物当作更好的人类，这很愚蠢，但毕竟是条妥协的途径。而现在我的丽西娅却被一条动物吃掉了。我帮不了任何人。"

"不要自怜自艾了，见鬼。"

"这是事实！"

安纳瓦克重新坐到他身旁。"你离开了海军，这绝对是对的。"他说道，"你是他们海豚项目里最出色的培训员，结束合作是你的决定，不是他们的。你操纵着一切。"

"对，不过我离开之后，事情有变化吗？"

"你自己发生了一些变化。你证明了你的骨气。"

"我这样做取得了什么成效？"

安纳瓦克哑然无语。

"你知道，"灰狼说道，"最可怕的是没有归属的感觉。你爱一个人，你失去她。你爱动物，却是它们杀死了她。我渐渐开始恨起这些虎鲸了。你明白我在讲什么吗？我开始恨鲸鱼了！"

"我们所有人都有这个问题，我们……"

"不！我眼见丽西娅死在虎鲸的嘴里，却没有任何办法帮助她。这是我的问题！如果我此时此地倒地死去，这对世界的延续和沉沦没有任何影响。谁在乎呢？我没有取得任何成就，可以声称我存在于这个星球上是个好主意。"

"我在乎。"安纳瓦克说道。

灰狼盯着他。安纳瓦克指望的是一句冷嘲热讽，但除了一个轻微的响声，灰狼喉咙里的一声咕噜，像是被打断的叹息，什么也没有发生。

"趁你还没忘时告诉你，"安纳瓦克说道，"丽西娅也在乎过。"

约翰逊

如果遇到鲁宾这个生物学家，他的怒火足以让他抓住鲁宾，并将其拖上飞行甲板，从舰上扔下海。他是极有可能会这么做的。可是没看到鲁宾的影子，反而遇到正要下去的韦弗。他暂时不知道该做什么，只能叫自己冷静。"韦弗！"他微笑道，"你正要去我们那儿吗？"

"老实说，我是要去底层甲板。找利昂和杰克。"

"哎呀呀，杰克。"约翰逊强使自己镇静，"他的情况不好，是吗？"

"嗯。我相信，他和丽西娅的关系比他自己想的还深。很难接近他。"

"利昂是他的朋友。他会做到的。"

韦弗点点头，探询地望着他。她很快理解了这席谈话还没有结束。"你还好吧？"她问道。

"好得很。"约翰逊抓住她的胳膊。"我刚刚想到一个相当了不起的主意：我们怎样才能强制Yrr进行联系。你一起来甲板上好吗？"

"我本来要……"

"十分钟。我想听听你的意见。一直待在关闭的房间里让我发疯。"

"要去甲板上，你穿得太薄了。"

约翰逊从上到下望望自己。他只穿着毛衣和牛仔裤，厚厚的羽绒衣挂在实验室。"锻炼。"他说。

"为什么？"

"防流感。防衰老。防愚蠢的问题！我怎么知道？"他注意到他的声音大了起来。冷静，他想。"你听我说，我真的必须讲出这个主意，它和你们的模拟有很大关系。我没有兴趣在这斜板上讲。你来不来？"

"好的，当然来。"

他们一起踏上斜板，来到舰桥内。约翰逊强迫自己不要不停望向天花板，寻找隐藏的摄影机和话筒。他反正看不见。他故意低声说道："朱迪当然说得对，现在不可以操之过急。我估计，还需要几天时间，这主意才会成熟，因为它是建立在……"

等等，诸如此类。他讲些听起来像是教诲人的废话，将韦弗拉出舰桥来到室外，然后甩开手，走在她前面，一直来到右舷上的直升机降落点。天气变凉，风也大了。雾岚弥漫在海面。波浪更高了，像远古时代的动物在他们下面滚向远方，灰灰地，懒懒地，将冰冷的海水味送上来。约翰逊冷得要命，但他的怒火使他心里热乎乎的。他们终于离开舰桥够远了。

"老实讲，"韦弗说道，"我一句话也听不懂。"

约翰逊迎风而立。"你也不必懂。我想在这外面他们听不到我们讲话。要想监听飞行甲板上的交谈，得大费周章。"

韦弗眯起眼睛。"你到底讲些什么呀？"

"我想起来了，韦弗。我知道前天夜里发生的事情了。"

"你找到了你的门吗？"

"不是。但我知道它是存在的。"

他向她简单讲了整件事。韦弗神色不变地倾听着。"你认为，船上有个类似于第五纵队的东西。"

"对。"

"为什么呢？"

"你听过朱迪讲的话了。切勿操之过急。我认为，我们所有人，你和利昂，我和苏，当然还有米克，珊曼莎和默里，我们向他们提交了一份Yrr的完整通缉令。有可能我们是欺骗自己，也许我们大错特错，但是有许多现象证明了相反的事情：我们至少理论上知道要对付的是怎样的智慧，对方又是如何运作。我们全力以赴地工作，要找出方法。现在却突然要我们慢慢来？"

"因为人家不需要我们了。"她低声说道，"因为米克在另一座实验室里带着其他人在继续工作。"

"我们是配件供应厂。"约翰逊点点头，"我们完成任务了。"

"可是，为什么？"韦弗疑惑地摇摇头，"米克会有什么不同于我们的目的呢？有什么可能性呢？我们必须同Yrr达成一个协议！除此之外，还能有什么目的呢？"

"这里在进行某种竞争。米克扮演着双重角色，但这一切不是他的主意。"

"是谁的呢？"

"朱迪在幕后操纵。"

"你从一开始就严密注意着她，是吗？"

"她也在严密注意我。我相信，我俩很快就明白谁也不能把对方当傻瓜。在她面前，我始终有这种感觉，只是这让我觉得可笑罢了。我想不起可信的理由来怀疑她。"

他们默不作声站了一会儿。

811

"那现在呢？"韦弗问道。

"现在我有时间让头脑冷静一下了。"约翰逊说道，双臂抱住身体。"朱迪会看到我们站在这里的。我想她特别监视着我。她不敢肯定我们在谈什么，但绝对认为我迟早会恢复记忆。她时间紧迫，今天早晨才叫我们大家撤退。如果她在执行自己的计划，她现在必须行动了。"

"这就是说，我们必须迅速查明他们有什么计划。"韦弗思考，"我们为什么不将其他人召集起来？"

"太冒险了。马上会引起注意。我确信船上所有房间都受到监听了。事后他们会锁起所有的门，扔掉钥匙。如果可行的话，我要逼朱迪就范。我想知道这里在进行什么事，为此我需要你。"

韦弗点点头。"好。我该做什么？"

"在我叫来朱迪当面训斥时，你找到鲁宾，逼他说出实情。"

"你有预感可以在哪里找到他吗？"

"或许在那间奇怪的实验室里。我知道它在哪里，可是不清楚怎么进去。他也可能在舰上闲逛。"约翰逊叹口气，"我也明白，这一切听起来像是劣质电影。也许是我在幻想。也许我真患有妄想症，但若是那样，以后再来补偿。现在我要知道这里发生什么事！"

"你没有妄想症。"

约翰逊注视着她，感激地笑笑。"我们回去吧。"

在回舰桥的途中和船内他们又谈起神秘的信息与和平联系。

"我下去找一下利昂，"韦弗说道，"看看他有什么想法。也许今天下午可以一起制定计划，然后实施。"

"好主意。"约翰逊说道，"回头见。"

他看着韦弗走下斜板。然后他从一道矮通道走到第二甲板，瞟了一眼作战情报中心里面，克罗夫和尚卡尔正蹲在他们的计算机前。"你们在做什么？"他以聊天的口吻问道。

"思考。"克罗夫从她那必不可少的烟雾里回答,"你们的费洛蒙有进展了吗?"

"苏目前要再合成出一批来。可能已经有二十多瓶了。"

"你们的进度比我们快。我们渐渐开始怀疑,数学是不是唯一让人幸福的途径了。"尚卡尔说道,他褐色的脸上发出苦笑,"我相信,它们肯定比我们更会计算。"

"其他选择呢?"

"情感。"克罗夫鼻孔里喷出烟来,"可笑,是不是?想赋予Yrr感情。不过,如果它们的感情是生物化学的本性……"

"就像我们的一样。"尚卡尔说道。

"……这气味也许能继续帮助我们。对,谢谢,默里。我知道,爱情也是化学。"

"你曾有对她施加过化学影响的人吗,西古尔?"尚卡尔开玩笑道。

"没有,目前我只对自己产生交互作用。"他转身,"哎,你们有看到朱迪吗?"

"她之前在登陆部队行动中心里。"克罗夫说道。

"谢谢。"

"对了,米克在找你。"

"米克?"

"他们一起坐在那儿聊天。米克想进实验室,几分钟之前。"

很好。那韦弗就能找到他了。

"好极了。"他说道,"米克能帮助我们合成。只要他的偏头痛不再发作。可怜的家伙。"

"他应该养成吸烟的习惯。"克罗夫说道,"吸烟能治头痛。"

约翰逊咧嘴笑笑,走进登陆部队行动中心。电子测量到的大部分数据都转到那里,好让作战情报中心里的克罗夫和尚卡尔不受干扰。喇叭里传出微弱的啸声和偶然的呼呼、咔嚓声。一条海豚的影子从屏幕上掠过。显然灰狼又将那些动物放出去了。

无论是朱迪斯，还是皮克和范德比特，哪儿也找不到。约翰逊继续走进联合情报中心，里面一样是空的。他打算去军官食堂看看，但是在那里他可能只会遇到范德比特的人或几名士兵。朱迪斯同样也可能在健身房或她的房间里。没有时间去搜遍全舰。

如果鲁宾正往实验室去，韦弗很快就会发现他的。他必须先和朱迪斯谈谈！

好吧，他想道。就算我找不到你，你也能找到我。他不急不忙地走进他的客舱，站在房间中央。

"你好，朱迪。"他说道。

摄影机会在哪里呢？麦克风在哪里呢？找它们毫无意义，但它们确实存在。

"请你猜想一下刚才发生了什么事。我一切都想起来了。大实验室上方还有另一座实验室，每当偏头痛发作时，米克就喜欢钻进那里。撇开他将同事打倒不谈，我很想知道，他在那里做什么？"

他的目光扫过家具、灯、扫过电视机。"我想，你不会主动告诉我的，是不是，朱迪？所以我做了一些预防措施。短时间内，小组里的人都可能分享到我的回忆，而你没有办法阻止这件事。"这饵撒得太大了，但他希望朱迪斯会吞下去。"这样做符合你的利益吗？或者你的利益，萨洛？——哎呀，杰克，我差点将你忘记了。你对此怎么想呢？"

他在房间里慢慢来回走动。"我有时间。你们也有吗？肯定没有。"他双手一摊，微笑。"我们也可以秘密处理这件事。你的人在这里建立了一个影子世界，也许是为了争取荣誉。也许一切都是为了国际安全——我只是不喜欢被人打倒在地，朱迪。这你能理解吗？我很想找你谈谈，不过看样子鲁宾的偏头痛瞬间传染了所有人。你们全都头痛无力，躺在床上吗？"

他停顿了一下。如果朱迪斯现在无所谓呢？如果她根本没听到他讲呢？那他不就像个傻瓜似的在客舱里乱转？

"朱迪？"他转身。不对，他们在听他讲。他们肯定在听他讲。

"朱迪，我注意到了，你也请米克捐了一台深海仿真器。我发现它比我们的小得多，但它在这里检查什么东西，是在我们的仿真器里不能检查的呢？你们总不会背着我们与Yrr结成联盟吧？请你指点指点我吧，朱迪，我根本不清楚，什么……"

"约翰逊博士。"

他转过身。门口站着皮克黑色、高大的身影。

"啊呀，多么意外呀。"约翰逊低声说道，"善良的老萨洛！要我沏壶茶吗？"

"朱迪想与你谈谈。"

"啊，朱迪。"约翰逊嘴角一歪笑道，"她找我有什么事吗？"

"请跟我走吧。"

"好吧——我想，这事可以做到。"

韦 弗

韦弗走进实验室里，奥利维拉正端着一个金属盒走出隔离实验室。"你见到米克没有？"

"没有，我眼里只有费洛蒙。"奥利维拉高举起盒子，两侧开着。一个样本盒，内置管形瓶的架子，里面排列着数十根盛有透明液体的小管子。"不过他之前广播通知，威胁过他会出现。一定随时会出现。"

"Yrr气味？"韦弗望着管形瓶问道。

"是的。今天下午我们拿一些放进水箱，看看能不能说服细胞结合。这可以说是我们的理论的升华。"奥利维拉回头反问："你见到西古尔了吗？"

"刚刚在飞行甲板上。他想到了一些能帮助珊曼莎的有趣主意——我马上再过来。"

“好的。”

韦弗考虑着。她可以去看看机库甲板。但如果约翰逊是对的，那立即会引起注意。另外，不能指望她在那里溜达时，密门会再一次打开来。

她从隧道走向底层甲板。水池差不多满了。罗斯科维奇小组其他的技术人员在突码头上监视整个过程。她看到灰狼和安纳瓦克在水里。“你们将海豚放出去了？”她喊道。

安纳瓦克爬上来。“是的。”他向她走过来，“你这段时间在做什么？”

“老实讲，不多。我想，我们都得厘清一下思绪。”

“我们可以一起厘清。”安纳瓦克低声说道。

她迎着他的目光，她多想现在就将他抱进怀里呀。忘记这里的可怕故事，做想做的事情。

可是，那故事压迫着所有人。灰狼也在这里，他失去了丽西娅。

她笑了笑。

第三甲板

皮克一瘸一拐地走在前面。约翰逊默默地跟在他身后。他们往下去，穿过医院，沿着一条通道往前。拐完一个弯之后，来到一扇关闭的门外。“这是什么区域？”当皮克的手指滑过一个电键盘时，约翰逊问道。电子的尖啸声钻进他耳朵里。

“作战情报中心就在我们头顶。”皮克说道。

约翰逊试图辨别方向。很难判断船的大小。如果作战情报中心在他们头顶，那座秘密实验室很可能就在他们脚下。

他们到达第二道门。这回皮克必须接受视网膜扫描，他们才能进去。约翰逊看到一个房间，与作战情报中心很像，充满了电子嗡嗡声。至少有十几个人在这里工作。他在许多屏幕上看到卫星和水下摄影机的图片，斜坡的各部分，布坎南和安德森所在的舰桥内部，飞行甲板和机库甲板。他看到克罗夫和尚卡尔坐在作战情报中心里，韦弗和安纳瓦克和灰狼在底层甲板，奥利维拉在实验室里。其他屏幕显示的是客舱内部。从角度推论，摄影机位于门上方。他自言自语站在房间中央的样子，一定很好看。

朱迪斯和范德比特坐在一张灯光明亮的大桌旁。那位女司令站起来。

"你好，朱迪。"约翰逊客气地说道，"见到你太好了。"

"西古尔。"她也对他一笑，"我相信，我们得请你原谅。"

"不值一提。"约翰逊吃惊地回头张望，"我深深被打动了。所有重要的东西似乎都有两份。"

"如果你感兴趣的话，我可以让你看看蓝图。"

"解释一下就够了。"

"会向你解释的。"朱迪斯一脸尴尬的神情，"在这之前我想说，很抱歉你不得不通过这种方式获悉此事。鲁宾实在不该这么过分。"

"请你忘记他做的事情。他现在在干什么呢？他在这座实验室里做什么？"

"他在寻找一种毒剂。"范德比特说道。

"寻找一种……"约翰逊愣住了，"一种毒剂？"

"我的天啊，西古尔。"朱迪斯搓着双手，"我们不能指望与Yrr达成和平的解决方案。我知道，这一切在你听起来一定很可怕，像是在滥用信任和错误的游戏。但是……我们不想将你和其他人引向错误的方向。要想了解Yrr的情况，让你们研究一种和平的解决方案是绝对必要的。你们全都做出了伟大的成绩。但是，如果任务是要研制一种武器的话，你们永远不可能做到。"

"见鬼，你在谈什么呀？一种什么武器呢？"

"战争与和平是两码事。致力于和平的人，是不允许想到战争的。米克通过你们的研究成果，研发另一种可能性。"

"一种消灭Yrr的毒剂吗？"

"难道我们应该委托你来做吗？"范德比特说道，"那会发生什么事情呢？"

"等等。"约翰逊抬起双手，"我们的任务是建立一种联系。让下面那些生命明白，它们应该停止行动。而不是要消灭它们。"

"你这个梦想家！"范德比特轻蔑地说道。

"但那是可能办得到的，杰克！见鬼，我们……"约翰逊失望地摇摇头。他实在无法理解。

"你认为该怎么办到呢？"

"我们几天内学会的东西多得令人难以相信。总会有个办法的。"

"如果没有呢？"

"你们为什么不告诉我们？为什么不公开谈论此事？我们追求的可是同一目标呀！"

"西古尔。"朱迪斯严肃地盯着他，"我们在这里所做的，不完全符合联合国的委托。我知道，我们应该建立联系，我们也正如此尝试。另一方面，如果我们彻底消灭掉这个敌人，也不会有人伤心的。你不认为应该同时考虑两种方法吗？"

约翰逊盯着她。

"对，我是这样认为。不过，为什么要搞这一套把戏呢？"

"因为最高司令部不信任你们。"朱迪斯说道，"因为他们担心，如果你们知道自己为和平联系进行的努力，其实是为一场军事进攻做准备的话，你和其他人会从中梗梗。因为他们也相信，科学家会像相关影片中一样，想要保护、研究陌生物种，而不是消灭它，哪怕那是邪恶和危险的……"

"影片？你是指那些军方总想立即向它无法理解的东西开火的影片吗？"

"这一说法也表明我们多么正确。"范德比特说道，摸摸肚皮。

"请你理解，西古尔……"

"你们策划了这场欺骗，就因为你们认为，我们会表现出好莱坞影片里的行为吗？"

"当然不是。"朱迪斯使劲摇头，"是因为不想将你们的全部注意力从联系和研究的内容上引开。"

约翰逊大动作指指室内的屏幕。"所以你们才监视我们？"

"鲁宾所做的事情，是个错误。"朱迪斯恳切地说道，"他没有权利这么做的。这个监视只是为了你们的安全。我们暗暗从事军事解决的工作，是为了不危及你和其他人，不将你们的注意力从你们真正的任务上引开。"

"这……任务是什么呢？"约翰逊走到朱迪斯面前，直视着她的眼睛。"是创造和平，还是白痴似的为一场早就决定的进攻，向你们提供必要的知识呢？"

"我们必须考虑两方面。"

"米克和他的军事任务有了什么进展？"

"他有几种或许有用的主意，但还没有具体成形。"她深吸口气，坚决地直视着他。"为安全起见，我请求你暂时不要告诉其他人。请你给我们时间，不要让我们的工作停顿下来，那可是维系着数十亿人的希望啊。我们很快就能一起研究所有的方法了。现在，在你做出难以置信的贡献、让敌人露出了真相之后，我们再也没有理由保密了——如果我们一起研制武器，那是希望我们永远不会被迫……"

"我能不能对你讲句话，朱迪？"约翰逊低声道。他走得离她相当近，两张脸之间连手都插不进。"你的话我一句也不信。一旦你得到了该死的武器，就会使用它们。你根本无法想象，自己将要承担什么责任。这是单细胞生物啊，朱迪！数十亿的单细胞生物！打从有了世界，它们就存在了。我们一点都不清楚，它们对生态系统有什么影响。我们不知道，如果毒杀了它们，海洋会发生什么事。我们也不知道，自己可能遭遇到什么。但最主要的还是，我们将没有能力阻止它们开始的事情！你想过没有？没有Yrr，你想如何让墨西哥暖流重新流动？没有Yrr，你想如何对付那些虫子呢？"

"如果我们能打败Yrr，"朱迪斯说道，"也会向虫子和细菌宣战。"

"什么？你想向细菌宣战？这整个星球就由细菌组成！你想将微生物斩草除根吗？你到底有多狂妄啊？如果你成功了，就是将地球上的生命判处死刑。毁灭星球的将是你，而不是Yrr。海洋里的所有物种都将死亡，然后……"

"那就让它们死吧！"范德比特嚷道，"你这个愚蠢无知的家伙！你这个书呆子狗屁科学家！如果死去几条鱼而我们可以生存下来……"

"我们不会生存下去！"约翰逊吼回去，"你真的不明白吗？一切都是互相作用的。我们不能与Yrr作战。它们胜过我们。面对微生物，我们束手无策。我们甚至对付不了普通的病毒感染，但这不是重点。人类之所以能独特地生活，是因为地球是由微生物统治的。"

"西古尔……"朱迪斯恳求道。

约翰逊转过身。"请你将门打开。"他说道，"我没有兴趣再谈下去。"

"好吧，"朱迪斯眯着眼睛点点头，"你就继续自以为是吧。萨洛，请你为约翰逊博士开门。"

皮克迟疑着。"萨洛，你没有听到吗？约翰逊博士想走了。"

"我们就不能说服你吗？"皮克问道，听起来无奈而痛苦，"说服你相信我们做的是正确的？"

"开门，萨洛。"约翰逊说道。

皮克不情愿地按下墙里一个开关。门滑开来。

"如果可以的话，请将后面的门也打开。"

"当然。"

约翰逊向外走去。

"西古尔！"

他停下来。"什么事，朱迪？"

"你指责我不懂得评估我的责任。也许你是对的。不过，你也评估一下你的责任吧。如果你现在去找其他人，将会严重妨碍舰上的工作。这你是知道的。我们也许没有权利欺骗你，但请你也好好考虑考虑，是否有权利揭发我们。"

约翰逊慢慢转过身来。朱迪斯站在监控室的门框里。"我会仔细考虑此事。"他说道。

"就这么说定了。请你给我时间找到方法，在那之前请你对一切保密。今天晚上的事只有在场的人知道。事情有所解决之前，我们谁也不会做出让对方陷入困境的事情——你同意这个建议吗？"

约翰逊咬紧牙关。如果他引爆这颗炸弹，会导致什么结果？如果他当场拒绝，自己会出什么事？

"没问题。"他说道。

朱迪斯嫣然一笑，"谢谢，西古尔。"

韦 弗

层层考虑后，她还是留在底层甲板上。安纳瓦克正在这儿尽他最大的努力安慰灰狼。而她因为受到安纳瓦克的吸引，想待在他身边，加上眼见灰狼承受偌大伤痛，她不忍离去。然而最可怕的，还是约翰逊告诉她的事情。她愈想，就愈感到独立号上发生的事情简直骇人听闻，她深深相信，他们全都置身于高度危险之中。

也许这时鲁宾已经回到实验室了。

"回头见。"她说道，"我去处理点事。"

话一出口，她自己都觉得假。故作平静。

"有事？"安纳瓦克皱眉问道。

"没什么大事。"

她就是不擅长这种事！她迅速走上斜板，沿斜板后的走道往前。实验室的门开着。她走进去，看到鲁宾站在一张实验桌旁，正和奥利维拉交谈着。

鲁宾向她转过身来。"嗨。你找我有事？"

韦弗一按内门框里的开关，随手关上了舱门。"是的。我想请你说明一些事。"

"那你挑对人啦。"鲁宾咧嘴笑道。

"那太好了。"

她走到两人身旁，目光扫过实验桌。那里堆满各种东西。一只架子上插着各种尺寸的解剖刀。她说道："我想你一定可以告诉我，为什么上面有个秘密实验室。你在那里做什么？还有，为什么你要把西古尔打昏呢？"

机库甲板

约翰逊怒气冲冲。他气得不知如何是好，于是跑上机库甲板去，搜索那堵墙。他清楚记得那扇门的位置，但还是没找到密道的伪装痕迹。朱迪斯已经承认了秘密实验室的存在，他大可不用浪费时间找密道。但他不准备就这么算了。

突然，他注意到墙上的灰漆里有长形的生锈痕迹。或者应该说，他其实早就知道这些锈斑，只是没有特别去注意，因为铁锈或掉漆在船舰上不是什么特别的事。现在他顿时省悟是哪儿不对劲了。新船不会有锈斑。而独立号正是一艘崭新的船。

他往回走几步再看。沿左侧的管子往上，可见到一处长条形的锈斑。再远一点的地方挂着一只保险箱。那下面的漆也剥落了。

门就在那里。

伪装得太好了，令人难以置信。如果不是他这么坚持要找，根本永远也不会注意到。就连他跟韦弗一起检查这道墙时，也被这些巧妙的伪装瞒过了。即使是现在，他也没办法真的认出轮廓来，只能从一些表面看来像是巧合的细节排列，拼凑出这里适合隐藏一道门。鲁宾是从这里进去的。

韦弗！她找到鲁宾了没？他该怎么办呢？将她叫回来，遵守他跟朱迪斯的约定吗？这个约定有什么价值呢？他到底该不该答应和那位女司令做交易呢？

他拿不定主意，气喘吁吁地在空旷的大甲板上来回踱大步。他突然觉得这整艘船像一座监狱。就连这昏暗的、被光线照得黄黄的机库也让人感到压抑。

他得深思。他需要新鲜空气。

他大步走向右舷方向，走出通道，来到舰外升降机的平台上。海风猛拉着他的衣服和他的头发。海洋更不平静了。飞溅的浪花扑上了他的脸。他一直走到平台边缘，向下望着格陵兰海汹涌的月夜风景。

他该怎么办？

监控室

朱迪斯站在屏幕前。她看着约翰逊检查墙壁，最后心灰意懒地穿过机库。

"这个愚蠢的约定是什么意思？"范德比特咕哝道，"你真的相信他会保密到今天晚上吗？"

"我相信他会的。"朱迪斯说道。

"如果不呢？"

当约翰逊钻进了舰外升降机的出入口时，朱迪斯也向范德比特转过身来。"多此一问，杰克。你理所当然会解决这个问题的。而且是现在。"

"等等。"皮克抬起手，"计划不是这样的。"

"什么叫作解决？"范德比特不怀好意地问道。

"解决就是解决。"朱迪斯说道，"暴风要来了。暴风来时不应待在外面。一阵大风……"

"不。"皮克摇摇头，"当初没有说要……"

823

"够了，萨洛。"

"朱迪，我们可以把他关起来几小时。那样就够了！"

"杰克。"朱迪斯对范德比特说道，望都没望皮克一眼。"请你去处理你的工作。请你亲自去处理。"

范德比特冷笑，"遵命，小宝贝。非常乐意。"

实验室

奥利维拉本来就是长脸，现在变得更长了。她先盯着韦弗，然后看着鲁宾。

"你怎么说？"韦弗说道。

鲁宾脸色发白。"我根本不清楚你在说什么。"

"米克，你听着。"韦弗站在他和桌子之间，友善地用手臂搂着鲁宾的肩。"我不是个伟大的演说家。我也一直不擅长私下交谈。没有人会邀请我这种人去出席鸡尾酒会，更不会请我上台讲话。我喜欢迅速简洁的谈话。再说一遍，别拿借口搪塞我。就在我们头顶上，有一间实验室，通到外面的机库甲板上，伪装得很好，但有一次西古尔看到了你进出。因此你在他脑袋上挥了一拳。对不对？"

"原来是真有其事啊。"奥利维拉厌恶地望了鲁宾一眼。那位生物学家甩着头，想摆脱开韦弗搂着他的手，但没有成功。

"这真是我所听过最大的无稽之谈……没有！"

韦弗用空着的那只手从架上抽出一把解剖刀，刀尖对着他脖子上的动脉。鲁宾直发抖。韦弗将刀尖向他的肉里捅深一点，使肌肉绷紧了。那位生物学家被她搂着就像是被一把老虎钳夹着似的。

"你疯了吗？"他呻吟道，"这是怎么回事？"

"米克，我从不扭扭捏捏。我力气很大。小时候，我曾经抚摸过一只小猫，不小心将它压死了。可怕不可怕？我只是想抚摸它，咔嚓……你好好想想再说。因为我不想抚摸你。"

范德比特

杰克·范德比特既不是特别想杀死约翰逊，也不特别在乎让他活着。某种程度上，他甚至喜欢这个人。不过无所谓。事关任务，任务至上。只要约翰逊构成安全风险，情况就不一样了。

弗洛伊德·安德森跟着他。这位大副像船上的大多数人一样有着双重职位。他确实是一个受过训练的水手，但他主要是为中情局工作。除了布坎南和几名船员之外，这船上几乎人人都以某种方式为中情局工作。安德森参与过在巴基斯坦和波斯湾的秘密行动。他是个好探员。

也是一名杀手。

范德比特在想，事情怎么会急转直下的。直到最后他一直抱住与恐怖分子斗争的想法不放，但现在他不得不承认，约翰逊从一开始就是对的。杀死他本身是一桩耻辱，尤其是受朱迪斯的委派。范德比特讨厌那位蓝眼睛的女巫。朱迪斯有妄想症，阴险狡猾，一个病态的脑子。他恨她，但又逃不脱她肆无忌惮的阴险逻辑。她很疯狂，却总是对的。这回也是。

他突然想起，他曾经警告过约翰逊要当心她，那回在纳奈莫。

她是疯子，明白吗？

约翰逊显然没有听明白。

那又怎么样呢？一开始没有人理解朱迪斯有什么问题。在阴谋论和野心狂的作祟下，她常反应过度。她撒谎欺骗，为了达到自己的目的，不惜牺牲所有事物和所有的人。这才是美国总统的宠儿，朱迪斯·黎的真面目。那个全世界最有权力的人也看不透她的真面目，完全不知道他所宠爱的黎是怎样一个人。

我们都得小心，范德比特想道。得有人拿起武器，解决这个问题。当时机来临时。

他们迅速横越走道。约翰逊就在舰外升降机的平台上，这帮了他们一个大忙。那个疯子说得多自然呀。一阵暴风……

监控室

范德比特刚刚离开房间，支架旁就有人唤朱迪斯过去。他指着一个屏幕。"实验室里有事发生。"

朱迪斯望着屏幕上发生的事情。韦弗、奥利维拉和鲁宾站在一起，靠得很近。韦弗的手臂放在鲁宾的肩头，紧搂着他。这两人什么时候关系这么亲密了？

"大声点。"朱迪斯吩咐。

可以听到韦弗的声音了。虽然很轻，但足够清晰。她向鲁宾询问秘密实验室。仔细看，还能看到鲁宾眼里的恐惧，以及韦弗手中那个闪闪发亮、紧贴着鲁宾脖子的东西。

朱迪斯看够了听够了，"萨洛！你带三个人来。要带枪。快。我们下去。"

"你要做什么？"皮克问道。

"维持秩序。"她背转向屏幕，向门口走去。"你的问题花了我两秒钟，萨洛。请你别浪费我们的时间，要不然我就枪毙你。叫人过来。我要在一分钟内让韦弗停止胡扯。科学家的禁猎期结束了。"

实验室

"你这猪猡。"奥利维拉说道，"是你打昏西古尔的？这到底是怎么回事？"

鲁宾的眼里呈现出赤裸裸的恐惧。他的目光搜寻着天花板。"不是这样，我……"

"你不用看摄影机，米克。"韦弗低声说道，"没人来得及帮你。"

鲁宾颤抖起来。

"再问一遍，米克——你们在那里做什么？"

"我们，研制一种毒剂。"他吞吞吐吐地说道。

"一种毒剂？"奥利维拉重复道。

"我们利用了你的研究成果，苏。应该说是你和西古尔的。在你们找出费洛蒙的公式之后，就很容易自己生产出足够的量……我们把它跟一种放射性同位素结合了。"

"你们做什么了？"

"对这种费洛蒙进行了放射性污染……Yrr没发现。我们做一些实验……"

"你的意思是，你们那儿也有一台高压箱？"

"只是一台小模型……韦弗，请你拿开刀子，你没有机会的！他们听得见也看得到这里发生的所有事情……"

"少啰唆。"韦弗说道，"接着讲，然后你们做什么了？"

"那种费洛蒙会杀死不健康的Yrr细胞。因为它们没有那种特殊的感受器，就像苏所说的那样。既然现在很明显的是，程序性细胞死亡属于Yrr的生物化学的一部分，那我们就得找出也能让健康的Yrr细胞死亡的方法。"

"通过费洛蒙吗？"

"这是唯一的方法。因为我们还没有完全破译Yrr的染色体结构，所以不能直接混入染色体组，而那需要几年的时间。因此我们以一种Yrr认不出的方式，在气味里加入了放射性同位素。"

"这种同位素是做什么用的？"

"它使特殊感受器的保护性作用失效。这样一来这种费洛蒙就能杀死所有的Yrr，包括健康的Yrr细胞。"

"那为什么不告诉我们？"奥利维拉无奈地摇摇头，"本来就没人喜欢这些畜生。我们可以一起找到解决方法的。"

"朱迪斯有自己的计划。"鲁宾低声道。

"但这行不通啊！"

"可以的。我们实验过。"

"真是疯了，米克！你们不知道你们在做什么。如果这种物种灭绝了，会发生什么事呢？Yrr统治着我们这颗星球70%的地方，拥有从远古以来就高度发达的生物技术。它们还藏在其他的生物体内。你可以说，它能够存在于任何一种海洋有机生命体中。如果消灭它们，会不会也失去了甲烷或二氧化碳呢？天知道消灭了它们，这星球会发生什么事！"

"但为什么会杀死全部呢？"韦弗问道，"这种毒剂是只杀死个别的Yrr细胞？还是整个群体？"

"不，它会引起一种连锁反应。"鲁宾喘息道，"程序性细胞死亡。当它们聚合时，就会相互灭杀。一旦与费洛蒙结合，就太迟了。一启动，整个过程就再也无法停止。我们改编了Yrr的密码，那就像一种相互传染的致命病毒。"

奥利维拉抓住鲁宾的衣领。"你们必须停止这些试验。"她告诫地说道，"无论如何不可以走这条路。看在老天的份儿上。难道你们看不出来，主导权是在它们手上呢？这是它们的星球。它们就是地球！一种超级生物。感谢它们，海洋有了智慧。你们根本不知道自己在做些什么。"

"但如果我们不这么做呢？"鲁宾发出一声干笑，"别跟我来这套自鸣得意的伦理课。我们都会死去！你们想等待下一场海啸吗？等待甲烷灾难？等待冰河纪？"

"我们来这里还不到一个星期就已经有了接触。"韦弗说道，"为什么不想办法继续沟通呢？"

"太晚了。"鲁宾叹息道。

她的目光扫过墙壁和天花板。她不知道，在朱迪斯或皮克出现之前，她还有多少时间。也许来的是范德比特。不会太久的。

"什么叫太晚了？"

"太晚了，你这个白痴！"鲁宾吼道，"两小时之内，我们就要使用这种毒剂了。"

"你们一定是疯了。"奥利维拉低声道。

"米克，"韦弗说道，"我需要知道你们确实的做法，否则我会失手。"

"我没办法……"

"我是当真的。"

鲁宾颤抖得更厉害了。"深飞三号里有两根鱼雷管，是为那毒剂准备的。我们将它们装在火箭筒里……"

"已经装上船了吗？"

"还没有，我的任务是马上装备那艘船，以便……"

"谁下去？"

"朱迪斯和我。"

"朱迪斯亲自下去？"

"这是她的主意。她不允许任何偶然。"鲁宾强作笑脸，"你们斗不过她的，韦弗。你们阻止不了的。我们将拯救这个世界。人们回忆起的将是我们的名字……"

"闭嘴，米克。"韦弗将他向门的方向推去，"现在就带我去那间实验室。毒剂哪儿也不能去。刚刚改剧本了。"

底层甲板

"你和韦弗之间有什么吗？"灰狼问道，一边将零件设备放入工作箱。

安纳瓦克一愣。"没有，真的没有。"

"真的？"

"我们很合得来。我想，就这么多。"

灰狼注视着他。"也许你至少应该开始做点正确的事情。"他说道。

"万一她对我没有兴趣呢？"安纳瓦克猛然意识到，他刚刚当着自己和灰狼的面承认了。"我真的不知道，杰克。我在这方面是个白痴。"

"我明白。"灰狼讥讽地说道，"你父亲得先死去，你才能降生到活人的世界里。"

"喂……"

"别激动。你知道，我说得对。你为什么不追她呢？她在等你追呢。"

"我来这里是找你的，不是找韦弗。"

"我非常感激。快去吧。"

"见鬼了，杰克。"安纳瓦克摇摇头，"你别老躲在这里了。一起上去吧，趁你身上还没长出鳍来。"

"现在我更喜欢鳍。"

安纳瓦克犹豫地望向隧道。他当然想追韦弗，但除了他刚招认的感情之外，他还确定有什么事在困扰着她，使她显得古怪、紧张，情绪激动。他不由想起韦弗告诉他的有关约翰逊的事。

"好吧，你在这儿消沉吧。"他对灰狼说道，"如果你改变了主意，我在上面。"

他离开底层甲板，经过实验室，门是关着的。他临时想进去看看。也许他会遇到约翰逊。他很想将事情多了解一些。后来他改变了主意，继续沿斜板跑上机库甲板，想去看那堵神秘的墙。

但他没有去看。当安纳瓦克走上机库时，他看到了范德比特和安德森，他们正从通道里走向外平台。

他突然升起一种不祥的感觉。他们在这里干什么？

韦弗到底钻到哪儿去了？

无底洞

西风怒嚎，从冰岬吹来。白浪滔滔，沿着独立号船体涌过，吸走海洋里最后的温暖。

汹涌的水面下形成漩涡和急流，但随着深度的增加变安静了。几个月前这里的水冰冷，含盐量使水变重，成瀑布状沉降下去。现在水温依然寒冷，但因为温度变暖，融化冰山析出的淡水将海水的盐分稀释。这个北大西洋巨泵，海洋之肺，借由沉降的冷水使大量氧气进入深海，它正慢慢地停顿。大海的传输静止不动，来自热带输送温暖的洋流干涸了。

不过，这个泵还没有完全停止工作。虽然无法侦测到烟囱流，仍有少量冷水在流动。它们穿越黑暗的宁静落进格陵兰盆地的深渊，一米一米地，数百米地，数千米地。

在3500米的深度，就在淤泥海底的上方，黑暗被一股深蓝色的光晕取代了。

它的延伸面积十分巨大：不是云雾，而是一种薄壁的管状物，有无数胶状触角黏在海底。管子内部，数百万触须状的畸形物在随着海浪有规律地起伏，一块整齐波动着的胶状触手原野。原野上，某种白色物质正朝着一个大型物体输送过去。蓝光几乎让人看不出它的形状，只是依稀照亮了两个打开的圆顶。那架斜陷在深海沉积物中的深飞，露出的就只有这么多了。

一段时间以来，那生物就在将白色的凝固体灌进潜水艇。现在几乎灌满了，后备队伍停止。管子的一部分束紧，向船落下来，开始包住它。透明物质在船体周围收缩，变浓，将圆顶往下压。闪着蓝光的面积扩大，互相融合渗入，直到整船被包进一个封闭的壳子，一根细长的软管向它蜿蜒而来。

软管开始脉动。来自远方的水被抽进管内。薄如蝉翼的胶状物将它从一只巨大的有机水球里吸来，水球悬浮在潜水艇上方一段距离的地方，里面盛满较暖的水，是胶状物从挪威沿海的淤泥火山吸来的。由于它里面的水暖而轻，水球本应升向水面的，但它的重量使它完美地悬浮着。

温暖涌进包围潜水艇的胶状物袋子。

白色凝结的固体开始反应。数秒钟之内水合物的结晶笼子就融化了。压缩的甲烷爆炸般地膨胀成现在体积的164倍，使深飞里充满气体，吹开胶状壳，直到它膨胀、绷紧。这只胶状物的茧切断与软管的联结，封闭起来。再也没有气体可以溜出来了。气体奋力向上，先是慢慢地，后来，随着周围压力的减小，越来越快，后面拽着茧和包在里头的潜水艇。

实验室

韦弗搂着鲁宾，用刀抵着他的脖子，还没走到门外，实验室门就滑开，三名荷枪实弹的士兵冲进来，瞄准了她。她听到奥利维拉发出惊叫声，停下脚步，但没有放开鲁宾。

朱迪斯走进实验室，身后跟着皮克。"你哪里也不能去，韦弗。"

"朱迪斯，"鲁宾呻吟道，"你他妈的来得可真是时候！请你拉开这个疯子。"

"闭嘴！"皮克呵斥他道，"要不是你，我们就不会有这些麻烦。"

朱迪斯微微一笑。"说实话，韦弗，"她以和蔼可亲的腔调说，"你不认为你的反应有点过激吗？"

"和米克讲的那些话相比吗？"韦弗摇摇头，"不，我不这么认为。"

"他讲了些什么？"

"噢，米克很健谈。对不对，米克？将一切都泄漏给我们了。"

"她在说谎。"鲁宾哑声说道。

"他谈了连锁反应，谈了鱼雷管里的毒剂，谈了深飞三号。另外他也提到了，你们俩要出游一趟。在一两个小时之后。"

朱迪斯发出啧啧声，向前走上一步。韦弗抓住鲁宾，将他拽回奥利维拉旁边。那位女生物学家呆了似地站在实验台旁，手里还抱着装有费洛蒙试管的盒子。

"你知道吗？米克·鲁宾有可能是全世界最出色的生物学家，但可惜他有自卑感。"朱迪斯说，"他特别想出名。一想到他可能无法扬名后世，就让他发疯。这解释了他夸张的通知欲望。但你看看他，鲁宾会为了一点点荣誉而出卖他妈妈。"她停下来，"不过现在这无关紧要了。因为你知道，我们有什么计划，你也会理解到这背后的必要性。我尽了我最大的努力，不让事情激化，但最近似乎所有人都知道了情况，我也就别无选择了。"

"请你理智点，韦弗。"皮克恳求地说道，"请你将他放开。"

"我不会这么做。"韦弗回答道。

"他还有用。事后我们可以好好谈谈。"

"不，我们绝对不再谈了。"朱迪斯拔出她的武器，瞄准韦弗，"放开，韦弗。快放开，不然我就开枪打死你。我说到做到。"

韦弗望着黑洞洞的小枪口。"你不会做得这么过分。"她说。

"不会吗？"

"没有理由这样做。"

"你在做错事，朱迪斯。"奥利维拉声音更沙哑地说道，"你不可以使用这种毒剂。我已经向米克解释了……"

朱迪斯把枪一挥，对准奥利维拉，扣下扳机。女生物学家弹到实验桌上，沿着桌子滑倒了。试管盒子从她手里滑脱。她疑问的目光盯了胸口拳头大的洞一会儿，然后她的眼睛模糊了。

"不！"皮克喊叫道，"我的天哪，你这是做什么呀？"

枪口重新指向韦弗。"放开。"朱迪斯说道。

舰外升降机

"约翰逊博士！"

约翰逊转过身。他看到范德比特和安德森从平台上走来。安德森显得冷漠安静，黑色纽扣般的眼睛愣愣地，而范德比特咧开大嘴笑着。

"你一定很气我们。"他说道。慢条斯理的微笑走近，哥们儿似的。约翰逊皱眉看着两人走来。他站在平台尽头，离台沿只有几米远。暴风吹打在他的脸上。身下波涛在上涨。他正想返回船内。

"你来这儿有什么事，杰克？"

"没什么事。"范德比特抬起双手，做个道歉的手势，"你知道，我只想对你说声对不起。这一切都是不必要的，这整桩愚蠢的争吵。你不也这么认为吗？"

约翰逊沉默。范德比特和安德森越走越近。他向旁边让开一步，来人停下了。

"我们有什么事要谈吗？"约翰逊问道。

"我先前伤害了你。"范德比特说道，"我想道歉。"

约翰逊眉毛一扬。"你太高尚了，杰克。我接受。还有别的事吗？"

范德比特脸迎着风。他淡黄色的短发野草似地纷飞着。"这外面真他妈的冷。"他说道，又慢慢动起来。安德森跟着他。两人之间形成了一定的距离。看上去像是他们想包围约翰逊的样子。他既无法从他们之间穿过也无法从左右两侧闪开。

他们的企图是那样明显，让他几乎感觉不到吃惊。只是十分害怕，他一点办法也没有。害怕中有绝望的怒火。他不由得后退一步，马上知道这是一个错误。他离台沿很近。他们不需要太费劲，用力一推就能将他送进周围的网里或越过网抛下海去。

"杰克，"他缓缓地说道，"你们总不会想害死我吧？"

"我的天哪，你怎么会这么想呢？"范德比特假装吃惊地睁大眼睛，"我想和你谈谈。"

"那安德森来干什么？"

"噢，他刚好在附近。纯属巧合。我们想……"

约翰逊扑向范德比特，蹲身，突然右转。他离开了台沿。安德森扑上来。有一会儿，这即兴的佯攻似乎成功了，随后约翰逊感觉被抓住了，拖了回去。安德森的拳头飞来，挥在他的脸上。

他跌倒，在平台上滑行。

大副慢条斯理地跟过来。他的大手伸进约翰逊胁下，将他举起。

约翰逊想将他的手指插到安德森的手掌下，掰开他的手，但他抓住的好像是水泥。他的双脚离开了地面。他发疯地蹬腿，安德森将他举向台沿，范德比特站在那里，用责备的目光望着下面。

"今天的风浪真他妈的大。"这位中情局副局长说道，"我希望我们将你扔下去不会给你添麻烦，约翰逊博士。你需要游泳。"他转过头，咬牙切齿，"不过别害怕，时间不会长。水至少有两度。你甚至会感觉舒适。一切恢复平静，失去所有的感觉，心跳速度减慢……"

约翰逊大声喊叫。"救命！"他使尽全力叫道，"救命！"

他的双脚在台沿上方晃荡。他下面是网。网伸出去不到两米。不够远。安德森不费吹灰之力就能将他从网上掷出去。

"救命！"

令他意外的是，救兵来了。他听到安德森发出呻吟。约翰逊突然又落到了平台上。当安德森仰面倒下，将他拽倒时，他看到了倾斜的天空。大副的双手还抱紧着他，后来它们松开了。约翰逊一滚身，爬离安德森，跳了起来。

"利昂！"他脱口叫道。

他看到了恐怖的一幕。安德森挣扎着想爬起来。安纳瓦克从背后抓住了他的上衣。他们一起跌倒了。安纳瓦克正想从跌倒在地的那人身下爬出来，双手却不肯放开，这是绝对不可能的。

约翰逊想扑过去。

"停下！"范德比特挡住他的路，举着一支手枪。他围绕地上的两人慢慢移步，直到他背对走道。

"你尽力了。"他说道，"够了，安纳瓦克博士。请你赏光让我们的安德森先生站起来。他只是在尽他的义务。"

安纳瓦克不情愿地松开安德森的风衣领子。大副跳起身来。他不等对手自己爬起来，就将他像只袋子般举了起来。安纳瓦克的身体随后向平台边沿飞去。

"不！"约翰逊叫道。

安纳瓦克想抓紧。他落在地上，滑开去，一直重重地滑到平台边缘。

安德森的头朝约翰逊一伸，眼睛无神地盯着他，伸出一条胳膊，将约翰逊拉过去，一拳捅进他的胃部。约翰逊透不过气来，体内扩散开阵阵疼痛，让他像把折刀一样弯曲，跪倒。

他痛得难以忍受，再也站不起来了。

他窒息般蹲在那里，风吹乱耳旁的头发，他等着安德森再次挥拳。

第四章

下　潜

　　研究显示，人类对于智能的认知，仅存在于特定范围之内。智慧必须符合我们的行为框架，才能为人类所知悉。如果我们碰到程度超出该框架（比方说微宇宙里）的智慧，将会完全不知其存在。同样的，如果我们与更高等的智慧接触，一个比我们更加优越的心智，我们将只看见混沌，因为这种心智的理路非我们所能参透。

　　较高智慧所做出的决定，因为其基准参数已经超过人类理解的范围，故非我们的思维所能测知。试想一条狗对我们的看法为何。在狗看来，人并没有什么所谓的心智，只有一股它必须顺从的力量。在它眼里，人类的行为毫无脉络可循，因为我们行动背后的考虑，是狗的感官所无法领会的。

　　因此，如果上帝存在的话，我们也就无法得知祂明察秋毫的能力，因为神意所涵盖的因素太过复杂，非我们所能理解。于是，上帝在我们眼中成了一股混沌的力量，倘若要棒球队赢球，或是挫败战争，我们也几乎不可能把希望放在祂身上。这样的本质可能存在于人类理解极限之外，而这无疑又引发出一个问题，那就是智慧位于上限的上帝，是否能察觉位于下限的人类之智慧存在。也许我们真的只是培养皿里的一项实验罢了。

摘自珊曼莎·克罗夫《日志》

深　飞

但安德森没有挥拳打来。

很快海豚们报告发现了一个不明物体，独立号进入全员高度戒备状态。紧接着声呐系统也捕捉到它。某种形状和大小不定的东西正飞速接近。它不像鱼雷一样有声响，无法判断是从哪儿来的。最让人不安的是，那东西不仅速度愈来愈快、悄无声息，而且是从海底垂直升上来的。他们盯着屏幕，看到黑暗的深谷出现一颗蓝色的圆球，摇摇晃晃地接近，直径大于十米，愈来愈清楚，愈来愈大。

当布坎南下令射击那怪东西时，为时已晚。

那球在舰体下爆炸了。

最后几分钟，球内的气体不停地膨胀，加快了它的上升速度。一只薄薄的、绷到要爆炸的胶状物球，当它高速飞来时，上侧突然破了，打开，只剩下飘浮的碎片。自由的气体继续向水面回旋而来，后面拖着一个大大的四方形物体。失踪的深飞艇首在前，翻滚着撞向独立号，它那足以炸毁坦克的鱼雷则钻进了舰体里。

永恒的心跳消逝。随后是爆炸。

舰　桥

巨舰在颤动。目睹这场灾难的布坎南紧紧抱住地图桌，好不容易才站稳了。其他人找不到牢靠的东西可抓，纷纷跌倒。舰桥下面的监控室里，由于舰体震动是那样剧烈，使得监控屏幕破碎，设备在空中乱飞。作战情报中心里，克罗夫和尚卡尔从椅子上摔了下来。眨眼间，独立号就到处乱成一团，尖锐的警报声和人的喊叫声，脚步声和叮当声，隆隆声和沙沙声此起彼落，沉闷的嗡嗡声在走道、房间和甲板间回荡。

撞击发生后几秒，大多数油鹩——海军行话对锅炉和传动技术人员的称呼——都死了。舰中央的货舱和装有两台LM 2500汽涡轮机的机房之间，炸开了个巨洞。船壳裂口长达二十多米。海水哗哗涌入，夺走舱房中未被刚才的爆炸当场杀死的人的生命。那时还存活的人，将发现自己所面对的，是紧闭的舱门。现在，唯一能拯救独立号的方法，是牺牲船下墓穴里的人，将他们连同咆哮的水流一起关在里面，以便阻止潮水继续扩散。

舰外升降机

平台受到猛撞，一下子像跷跷板似的弹了起来，把安德森从约翰逊头上抛了出去。大副划着手臂，手指张开，却抓了个空，身体不由自主翻了个筋斗，换在别种情况下会显得很可笑。他的额头咚的一声磕在平台上，整个人瘫在地上一动不动，眼睛还呆呆睁着。

范德比特一个踉跄，手枪从他手里滑落，滑向边上，在离台沿几厘米处停下。他看到约翰逊正要挣扎爬起，跑过去一脚踢在他的肋骨上。科学家没能喊出声就侧身跌倒了。范德比特丝毫不清楚发生了什么事，只知道这可能是最糟糕的状况，但他下定决心要完成除掉约翰逊的任务。他弯下身，想拎起那个流着血倒在地上呻吟的人，从保护网上扔出去。这时有人从侧面撞过来。

"你这头猪！"安纳瓦克叫道。

安纳瓦克发疯了似的朝他打来。范德比特吓坏了，好一阵子才回过神来，一边举臂护头，一边侧身避开，踢向攻击者的膝盖骨。

安纳瓦克摇摇晃晃，站立不稳。范德比特便扑了上去。大部分人都错估了范德比特的力气和灵活度。一般人只看到他臃肿的体态。实际上这位中情局副局长接受过所有攻击和防卫训练，虽然有一百公斤重，仍能做出令人惊讶的跳跃。他起跑，腾空跃起，拿靴子踹安纳瓦克的胸骨。安纳瓦克仰面跌倒，嘴巴张开成O形，但没有叫出声来。范德比特知道，对方透不过气来了。他俯身抓住安纳瓦克的头发，一把拎起，手肘捅进他的腹腔神经丛里。

暂时这样就够了。现在去找约翰逊，送他下海。回头再来处理安纳瓦克。

当他直起身时，看到灰狼向他走来。范德比特摆好攻击姿势，原地转身伸出右腿猛踹——结果弹开了。

怎么回事？他茫然地想道。一般人受这一击，不是跌倒，就是疼得弯下腰去。这个巨大的半印第安人居然还能奔跑。灰狼眼里有种不容置疑的表情。范德比特顿时明白了，他必须赢得这场战争，否则就活不了。他双臂交叉，再次攻击，拳头伸出，却被轻轻地化解掉。紧接着灰狼的左拳就落在他的双下巴里。范德比特抬脚踢去。印第安人速度不减地将他推向边缘，抡臂击来。

范德比特的脸爆炸了。一切都成了红色。他听到鼻梁骨断裂的声音。下一拳打碎了他的左颧骨。他的喉咙里发出咕咕声。拳头又向他飞来，这次是颌骨。牙齿碎了。这下弄得范德比特又痛又怒地大叫起来，无奈他被巨人抓在手里，除了听任一张脸被打成肉饼，也别无办法。

他的双腿弯下去。灰狼放开他，范德比特趴倒在地。他能看到的不多，只能透过一层血纱，看到一点天空、画有黄色标记的平台的灰色沥青，还有那里，很近，是枪。他伸出右手，勾到了，抓住枪柄。他抬臂射击。

瞬间的安静。

到底击中没有？他再次扣下扳机，但这次却射向了空中。他的手

841

臂被迫后弯。安纳瓦克出现在他上方，手中的枪被击落，接着他再次望见灰狼那双满含仇恨的眼睛。

周身疼痛。

发生什么事了？他不再是仰面躺着，而是直立地站着，或者，是悬挂着？他分不清哪里是上哪里是下。不，他在飞翔。在往回飞。透过一层血雾他认出了平台。那里是边缘。他为什么在边缘外呢？它在他上方飞过，向上远去，连同保护网，范德比特明白他的生命快要结束了。

寒冷和震惊同时袭击了他。喷溅的浪花。充满泡沫的绿色，许多气泡。范德比特动不了，掉下去。海水拭去他眼里的血，他的身体下沉。没有船了，什么都没有，只有不定型的、愈来愈深的绿色，一个影子正在接近。

那影子很快。它就在他面前张开大嘴。然后什么都没了。

实验室

"我的天哪，你这是做什么呀？"

"放下。"

这些话在卡伦·韦弗的头脑里回响：就在整个实验室猛地一晃、歪斜之前，皮克万分惊骇、脱口而出的话，还有黎粗暴的命令。随着轰轰爆炸声而来的，是无法形容的混乱。四周的一切都跌落摔碎了。韦弗摔倒了，鲁宾也是。仪器和容器纷飞，并排落在实验桌后面。巨响滚过房间。一切都在震动。什么地方的玻璃哗哗破碎了。韦弗担心高级安全实验室，希望防弹玻璃的保护和严密栓死的闸能够顶住。她挪动屁股，从鲁宾身旁爬开，他正转过身，发疯似的回头张望。

她的目光落在装试管的金属盒上。它一直滑到了她的脚前。她看到了，鲁宾也看到了。

有一会儿他俩都在判断各自的机会。然后韦弗冲上前，但鲁宾更快。他抓到了盒子，跳起身，跑进房间。韦弗咒骂着，躬身离开她的藏身地。不管刚才发生了什么事，不管会有什么后果，也不管黎有什么打算——她必须拿到那个盒子。

地板上有两名士兵。一个动也不动，另一个正挣扎着爬起来。第三名士兵站在那里，仍然保持着准备射击的姿势。黎弯腰从他手里摘下枪，一支笨重的黑色家伙。紧接着她瞄准了韦弗。皮克呆呆地倚在被栓上的门旁。"卡伦！"他喊道，"你站住。你不会有什么事的，该死的，你快站住！"

枪声淹没了他的声音。韦弗像只猫似的跳到另一张实验桌后面。她不清楚黎是拿什么射击，但子弹打碎了桌子，好像它是硬纸板做的。碎玻璃从她耳边飞过，一只沉重的显微镜在她身旁哐当摔碎。在这地狱般的响声中还夹杂了舰上均匀的警报声。她突然看到了一脸惊慌的鲁宾向她跑来。

"米克！"黎叫道，"你这个笨蛋！你到这儿来。"

韦弗从她藏身的地方冲出来。她扑向生物学家，从他手里夺走了盒子。这时船又晃了一下，房间倾斜了。鲁宾滑了一跤，沙沙地撞进一个橱柜里，将柜子也翻倒了。样本容器和玻璃朝他身上哗哗落下。他大声嚎叫，像个甲虫似的仰身扑腾。韦弗瞥见黎举起武器，余光还扫到第三名士兵举着一把笨重的黑家伙，从被打烂的桌子上跳过来。

她无路可逃，就在鲁宾身旁趴下来。

"别开枪！"她听到黎叫道，"太……"

那士兵开火了。他没有打中她。子弹有如钟声般，打中了深海模拟器的防弹玻璃，从左向右划过椭圆形的玻璃板。突然出现了可怕的寂静。只有警报每隔一会儿冷漠地响着。所有人的目光都像中了邪似的盯着盒子。韦弗听到了一声很响的咔嚓声。她掉转头，看到大玻璃板在碎裂。愈裂愈厉害。

"天哪。"鲁宾呻吟道。

"米克！"黎叫道，"快过来！"

"我过不去。"鲁宾痛哭道，"我的腿。我卡死了。"

"无所谓了。"黎说道，"我们不需要他。离开这儿。"

"你总不能……"皮克开口道。

"萨洛，请你将门打开！"

虽然皮克回答了句什么，但没人听懂。玻璃板迸裂时发出震耳欲聋的声响。数吨的海水向他们冲来。

韦弗拔腿狂奔。在她身后，海水穿过实验室，毁掉了还没有破裂的一切。

"卡伦！"她听到鲁宾说道，"请别丢下我不管……"

他的声音断了。到处都是泡沫。她看到皮克一瘸一拐地穿过实验室敞开的大门。黎跟在他身后，出去时她的手在门旁一按。韦弗突然惊惧地认清这意味着什么。

黎要将他们锁在里面。

潮水拍打着她的背，将她向前冲出一段距离。她重重地跪倒，又站了起来。她全身湿透，仍紧抱金属盒不放。她气喘吁吁，努力不让水拉回去，艰难地走向正缓缓合拢的门。最后几米她使劲一跃，撞上门框，整个人向外翻跌在斜板上。

舰外升降机

灰狼和安纳瓦克扶起约翰逊。这位生物学家摔得很重，但神志清醒。"范德比特在哪里？"他含糊问道。

"钓鱼。"灰狼说道。

安纳瓦克感觉像是掉进了一架快速电梯里。他几乎没有能力站立起来，范德比特击中他的地方痛得太厉害了。"杰克，"他不停重复道，"我的天哪，杰克。"灰狼救了他。灰狼救他，这似乎成了传统。"你从哪儿钻出来的？"

"我先前有点粗暴。"灰狼说道，"你肯原谅我吗？"

"粗暴？你疯了吗？你根本没有必要为什么事道歉！"

"我觉得他想道歉这样很好。"约翰逊哑声说道。

灰狼痛苦地笑了。铜色皮肤下，他的脸色如白蜡一般。他怎么了？安纳瓦克想道。这时灰狼的肩往前倒下，眼睫跳动着……

他突然看到灰狼的T恤上满是血。有一会儿他误以为那是范德比特的血。但血斑愈来愈大，他开始了解，这些血全是从灰狼腹部涌出来的。他伸出双臂，想托住这位巨人，这时独立号舰体内再次发出一阵巨响。船在摇晃。约翰逊摇晃着向他走来，灰狼则倒向前，越过舰缘，消失了。

"杰克！"他跪下，滑向灰狼消失处。半印第安人挂在一张网里，抬头望向他。网下波涛汹涌。

"杰克，把你的手给我。"

灰狼一动不动。他躺在那里，双手按着肚子，盯着安纳瓦克，手指间涌出更多的血。

范德比特！那头该死的猪击中了他。

"杰克，一切都会好的。"像是一部影片里的对白，"把你的手给我。我拉你上来，一切都会变好的。"

约翰逊从他身旁爬过来。他趴在那里，试图够到网里，可是太深了。

"你得想办法站起来。"安纳瓦克束手无策地说道。然后他做出一个决定，"不，躺着别动。我下来接你。我把你举起来，西古尔从上面拉。"

"算了吧。"灰狼挣扎着说道。

"杰克……"

"这样更好。"

"别说蠢话。"安纳瓦克呵斥他道，"别跟我讲电影里的这些废话，说什么丢下我吧，你们别再管我了！胡说八道！"

"利昂，我的朋友……"

"不！我说不！"

灰狼嘴里流出一丝血。"利昂……"他微笑，突然显得很放松。然后他挺身滚过网的边缘，跌进波涛里。

实验室

鲁宾既听不到也看不见。仿真器里的水从他头顶涌过。他在心中回想这最后几秒发生了什么事。一切都失控了。突然他感觉到，湍急的水将他脚下的橱柜抬了起来，他自由了，呼哧呼哧浮了上来。

谢天谢地，他想道。他熬过来了。仿真器里的水不至于形成真正的洪水。水量很大，但在这房间里流散开来，就不到一米深了。他揉揉眼睛。黎到哪儿去了？

一名士兵尸体漂浮在他身旁。还有一个士兵正挣扎地从水中爬起。黎离开了。她抛弃了他们。

鲁宾不知所措地坐在水里，盯着紧闭的门。他的思绪渐渐返回。他必须从这里出去。船里有东西爆炸了，很可能正在下沉。如果不能赶紧往高处走，那才是真的危险。他想站起来。这时周围亮了起来。

闪电。

他霎时明白了，从水箱里出来的不光是水！他想爬起来，脚一滑，跌了回去。水花飞溅。鲁宾的头浮在水面，双手扑打着。

光滑。灵活。他眼前在闪烁。当胶状物爬上他的脸时，他突然无法呼吸。鲁宾发疯似的撕扯，但抓不住那东西。它滑开来，不管他在哪里抓到它，它转眼就变形了，或溶解了，新的生物接踵而来。

不，他想道，不，不！

他张开嘴，感觉那东西在往里爬。这下他彻底疯了。一根纤细的触须沿着他的食道蜿蜒向下，另一根钻进他的鼻孔。他窒息，乱扑乱打，挺身站起，耳朵突然痛起来。很痛，像是有个无情的刽子手拿刀子在里面剐。最后的清醒意识告诉他，胶状物正进入他的头颅。

究竟是这生物单纯的好奇，还是有计划地在检查人脑，抑或是数百万年来的习惯，要爬进所有它认为值得检查的东西里？自从底层甲板上的事故以来，鲁宾就一直在思考这些问题。现在他什么都不再思考了。

灰　狼

好恬静，好安宁。范德比特的感觉可能不一样。他害怕。他的死很恐怖，那是报应。但没有害怕时，感觉绝对不一样。灰狼往下沉去。他屏住呼吸。尽管腹部疼得要命，他还是尽量屏住呼吸。不是他相信这样会延长生命。那是意志的最后一次行为，一个控制行为，将决定水何时进入他的胃。丽西娅在下面。他曾经想要的一切，曾经对他重要的一切，都在水下。事实上他走这条路，只是必然的结果。时间到了。

如果你生前是个好人，有一天你将转世为虎鲸。

他看到一条黑影从上方游过，后面还跟着另一个影子。这些动物不理会他。正是，灰狼想道，我是你们的朋友。你们不打扰我。他当然知道，说这些动物根本没发现他，才是合理的解释。这些虎鲸不是任何人的朋友。它们早就不是它们自己了，而是被一个在冷酷无情上不逊于人类的物种所滥用了。

还是会重新恢复正常的。有一天。灰狼会变成一条虎鲸。还有比这更美的最后念头吗？他停止呼吸。

皮　克

"你是彻底疯了吗？"皮克的声音回响在隧道壁上。黎快步走在他前面。他不顾左脚踝的剧痛，想跟上她。她扔掉了冲锋枪，手里拿着她的手枪。

"你别烦我了，萨洛。"黎走向最近的扶梯。他们先后爬上上一层甲板。这里开始就是机密区。舰体内传来呜呜声和隆隆声。又一次爆炸。脚下猛烈摇晃、倾斜，他们不得不停下一会儿。看来有几块舱壁是再也抵不住水压了。独立号此刻倾斜得很厉害，他们不得不沿着通道向上跑。控制室的男男女女迎面向他们跑来。他们盯着黎，期望得到命令，但这位女司令只是大步往前走。

"别烦你？"皮克拦住她。他的吃惊被愤怒所取代。"你随便开枪杀人。你指使人去杀人。这是怎么回事？妈的，这是滥杀无辜！从来没有这样计划过，从来没有这样商量过！"

黎盯着他。她的脸非常平静，但蓝眼睛在闪烁。皮克从未在她眼睛里见过那样的闪烁。他霎时明白了，这位受过高等教育、多次得到嘉奖的女将军头脑绝对不正常。

"和范德比特商量过。"黎说道。

"和中情局？"

"和中情局的范德比特。"

"你和这个猪猡一样疯了？"皮克厌恶地噘起嘴唇，"真叫我作呕，朱迪斯。我们应该帮忙疏散这艘船。"

"另外还跟美国总统商量过。"黎补充道。

"绝不可能！"

"或多或少。"

"不可能！我不相信你！"

"他会同意的。"她从他身旁挤过。"现在请你给我让开。我们在浪费时间。"

皮克跟在她身后。"这些人没有做错事。你在拿他们的生命开玩笑。他们可是和我们有相同的目标啊！为什么我们就不能将他们关起来呢？"

"凡是不赞成我的，就是反对我。你连这个也没有记住吗，萨洛？"

"约翰逊并不反对你。"

"不对，他从一开始就反对。"她急转身，抬头看着他。"你是瞎了还是变傻了，嗄？你就看不见，如果美国不能主宰这场战役，会发生什么事吗？其他谁赢了，都意味着我们的失败。"

"但这不是为了美国！这事关全世界。"

"这世界就是美国！"

皮克盯着她。"你疯了。"他低语道。

"不，我是现实主义者，你是悲观主义者。请你照我说的去做。你受我指挥！"黎重新迈开步来。"现在快去。我们要完成一项任务。我必须抢在整艘船炸毁之前乘潜水艇下去。请你帮助我找到装有鲁宾的毒剂的那两颗鱼雷，然后你要逃就逃好了。"

斜 板

韦弗犹豫了一下，考虑她该往哪个方向，这时她听到了斜板上端的声音。黎和皮克消失了。可能正前往鲁宾的秘密实验室取毒剂。她跑向拐弯处，看到安纳瓦克和约翰逊相互搀扶着从斜板上走下来。

"利昂。"她叫道，"西古尔！"

她跑过去抱住他们。虽然她不得不把手臂用力伸得很长，但她迫切想将这两人紧紧抱住。特别是其中一位。她这样做时明显地太用力了，因为约翰逊呻吟了起来。她后退一步。"对不起……"

"皮肉伤罢了。"他揩去胡子里的血，"精神还好。发生什么事了？"

"你们怎么了？"

甲板在他们脚下抖动。长长的咯吱声从独立号舰体内传来。甲板继续向舰首方面微微倾斜。

他们匆匆互相做了报告。安纳瓦克显然对灰狼的死十分伤心。"谁知道这船出了什么事吗？"他问道。

"不知道，我们现在没空去想这个了。"韦弗回头望了望，"我想，我们必须同时处理两件事。阻止黎的下潜，同时想办法躲到安全的地方。"

"你是说她会执行她的计划吗？"

"她当然会执行。"约翰逊含糊地说道，仰起头来。

飞行甲板上传来噪声。他们听到螺旋桨的嗒嗒声。

"你们注意到没有？老鼠在离开船。"

"黎怎么了？"安纳瓦克不解地摇着头，"她为什么开枪打死了苏？"

"她也想杀我的。黎会杀掉每个阻止她的人。她从来没有思考过一个和平的解决方法。"

"但目的是什么呢？"

"无所谓了。"约翰逊说，"她的计划很可能变得非常紧迫。必须阻止她。不能让她把这东西带去。"

"对。"韦弗说道，"要由我们将它带下去。"

约翰逊似乎直到此时才注意到韦弗手里的盒子。他睁大眼睛。"这就是费洛蒙浓缩液吗？"

"对，苏的贡献。"

"好，但我们现在该怎么做？"

"这个嘛，我有个主意。"她犹豫着，"不清楚可不可行。我昨天就想到了，但好像不是很实际……刚刚发生了一些变化。"她解释给他们听。

"听起来不错。"安纳瓦克说道，"但必须动作快。原则上只有几分钟时间。一旦舰船沉了，我们就得找个没水的地方。"

"但我不清楚具体要怎么做才行。"韦弗承认道。

"我知道。"安纳瓦克指指斜板说，"我们需要十几支皮下注射器。这由我来负责。你们下去，准备好潜水艇。"他思考道，"我们需要……等等！你认为，你在实验室里可以找到某个……"

"对，我能找到。你想去哪里找注射器？"

"医院。"

上方传来的噪声更强了。他们看到一架直升机从右侧升降机的通道里钻出，贴着波浪飞走。机库甲板的钢板咯咯作响。整艘船开始变形了。

"要快点。"韦弗说道。

安纳瓦克凝视着她的眼睛。他们紧紧地对视了一会儿。见鬼，韦弗想道，为什么直到现在？

"你放心吧。"他说道。

疏　散

和独立号上的多数人不同，克罗夫相当清楚发生了什么事。舰体摄影机将发光球体的上升讯息传输到屏幕上。那颗球由胶状物组成，这一点是肯定的。爆炸时，它的内部钻出了气体。有可能是甲烷气体。

她从飞旋的气泡中央认出了一个熟悉的轮廓：飞向独立号的那东西曾经是一艘潜水艇。

一艘深飞，装配有鱼雷。

爆炸发生后，一切都乱作一团。尚卡尔头撞到支架，血流如注。克罗夫将他扶起，接着士兵们和技术人员们冲进作战情报中心，将他们领了出去。警报器沙哑的间歇声催着她往前，扶梯间里挤满了人，但独立号的人员似乎还控制着形势。一位军官迎住他们，带他们跑向舰尾的上行扶梯。

"由舰桥去飞行甲板上。"他说道，"快去。等候指挥。"

矮小娇弱的克罗夫使尽全力，将高大沉重却一脸茫然的尚卡尔推上扶梯。"快走，默里！"她喘着气。

尚卡尔双手颤抖着抱住扶杆，吃力地向上爬。"我想象的接触可从来不是这样的。"他咳嗽道。

"你是看错电影了。"她现在想吸根烟保持镇静。她担心起爆炸前几秒才点着的那支，它还冒着烟躺在作战情报中心里。真丢脸。为了一支烟她什么都肯付出！在这里的一切都完蛋之前，再吸上一支。有什么东西告诉她，他们的幸存机会并不怎么高。

不，她脑袋里想道。荒唐！我们并不依赖救生艇。我们有直升机！

她顿感轻松。尚卡尔爬上扶梯顶了，很多只手向他伸过来。克罗夫跟在他后面，心想，她刚刚经历的会不会正是人类百试不厌的联系方式——攻击，无情，致命。

士兵们进入舰桥内部。

嗨，异形小姐，她想道。还在迷恋太空中可能存在的高智慧生命吗？

"你有烟吗？"她问一名士兵道。

那人盯着她。"你脑袋还正常吧？你出去吧！"

布坎南

布坎南和二副、舵手一起站在舰桥上，不断接收最新状况的汇报，下达指令。他保持冷静沉着。看样子货舱和机房有一部分被炸毁了。货舱坏了他们还可以活，但机房受损显然导致燃料和液体系统的连锁反应，结果是接二连三的爆炸。系统先后瘫痪。船只的电力由一台马达驱动的发电机提供。为独立号供电的，除了两台LM2500汽涡轮机外，还有六台油电发动机，都一台接一台地故障。在车辆甲板和货物甲板下面的舱室里，大概是没有活口了。在他下达关闭舱门的指令的那一刹那，布坎南就将机房人员出卖给了死神，但他没时间去想这些了。现在必须疏散船上人员。他不敢说那下面还能稳固多久。撞击虽然是在舰中央，但他们无法阻止舰首那儿一部分货舱进水，使得独立号向前下沉。

船内进水太多了。在巨大的压力下，海水会涌向舰首，冲毁连接下一层甲板的舱门。如果舰尾的舱门再顶不住的话，整艘船就有浸满海水的危险。

布坎南不再去想这事会否发生。只是时间的问题。能不能安全度过危机，取决于他对形势的分析是否正确。接下来，他估计就要轮到实验室下面的车辆甲板和某些相邻的居住区了。唯一让他感到安慰的，是船上没有水兵。若在战时，船上肯定会有3000人，现在只有180名，待在较上层的甲板。

几台从作战情报中心将画面传输到舰桥上的屏幕坏了。布坎南头上方那部铅封红色电话的灯号在闪烁，紧急时可直通五角大厦。他的目光扫过眼前各种通信器材、航海仪器和地图桌。现在一样也用不上。

无用的废物。

飞行甲板上，撤离人员忙成一团，快步将人们从舰桥里带到飞行甲板上，领进已经启动螺旋桨的直升机。布坎南和飞行指挥中心简短交谈了几句，又透过舰桥的绿色玻璃望向外面。一架直升机已经升起，正迅速离开船。但不够快。当船首继续倾斜时，飞行甲板变成一条滑道。形势终会变坏的。

第三甲板

安纳瓦克没遇到几个人。他担心会撞在黎和皮克的手里，不过他们显然是往相反的方向去了。他忍着胸痛，上气不接下气地沿通道赶往医疗站。

医院孤零零的。没有安杰利和其他人的踪影。他进入几个摆满床铺的房间，最后才找到存放医疗器材的房间。里面仿佛发生过一场地震。柜门洞开，满地碎片在他脚下咯吱作响。他拉开每个抽屉，在满是碎片的橱柜中翻找，却连一支注射器都没找到。

那些该死的注射器在哪里？

当你就医时，它们通常在哪里？总是在某个抽屉里。这他很清楚。

在一个有许多抽屉的白色小柜里。

下方深处有隆隆声。低沉的呻吟声传了上来。钢板在弯曲。

安纳瓦克快步走进对面的房间。那里的一切也都碎了，但几张油漆过的小柜子似乎固定得死死的。他拉开来翻看，把里面的东西掏出来，终于在最后一个柜子里找到了他要的东西。他急忙抓起一打消毒包装的注射器，装进上衣口袋。现在得赶紧回去。

这是个多么滑稽的念头啊。

如果卡伦是对的，那么这就是个天才计划，要不，就是他们把事情完全想错了。她的建议似乎可信，同时又显得天真而不可行，特别是要克罗夫向海底发出精心策划的信息。另一方面……

克罗夫？她到底在哪里？珊曼莎·克罗夫，很久以前曾出现在他梦里，指点他前往努纳福特的路。

这时他听到咚的一声巨响，好像一只钟摔碎了。脚下继续倾斜。舰里有沉闷的哗哗声。水！

安纳瓦克问自己是不是还有时间从这里出去。然后他开始奔跑，什么都不再想了。

实验室

韦弗不知道等着她的会是什么。一想到要重新打开实验室的门，她就不舒服。可是，如果她想实施计划，实验室是唯一的机会。

地面在颤抖。脚下传来哗哗声和咕噜声。约翰逊呼吸沉重地倚在她身旁。"开始吧。"他说道。

韦弗看到按键区上方的红色紧急灯号在闪烁。黎果然在离去时按下紧急关闭键，将实验室封死。她输入一组数字，门滑开。水汹涌而至，淹没了他们的腿。房间里亮堂堂的，水冲过来，但没有流下斜板，而是聚在她的踝骨周围，上涨。韦弗突然知道了原因。独立号斜得太厉害了，水无法从斜板流向底层甲板。

她退回去。"我们得小心，这东西可能流到外面来。"

约翰逊望了一眼里面，看到破裂的水箱旁漂着两具死尸。他小心穿过涡流，走进大厅。韦弗跟在他身后。她先看到了高级安全实验室里的集装箱，看来尚未受损。她顿感轻松。她现在最不需要的就是被红潮毒藻污染。

舰尾方向的舱面只高出水面一点。而另一头就更高了。

"他们全死了。"韦弗低语道。

约翰逊眯起眼睛，"那儿！"

离士兵们不远的地方漂浮着另一具尸体。是鲁宾。

韦弗压抑下她的厌恶和害怕。"我们需要其中一具。"她说道，"随便哪一具。"

"那我们就必须走得更深。"

"对，没办法。"

她开始走。

"卡伦，小心！"约翰逊说。

她想转身，有东西从背后扑来。她双腿一滑，惊叫一声跌进水里，喘吁吁地浮上来，转身背朝下。

一位士兵站在那里，拿一把笨重黑色的枪指着她和约翰逊。"噢不，"他拖长声调说道，"噢，不。"

他的眼神中交织着害怕和疯狂。韦弗缓缓直起身，举起双手，让他能看到她的手掌心。

"噢不，"那人重复道。

他很年轻。韦弗估计他十九岁。他手里的枪在颤抖。他后退一步，目光在她和约翰逊之间梭巡。

"嗨。"约翰逊说道，"我们想帮助你。"

"你们把我们关在里面。"士兵说道，带着哭腔，好像他快要号啕大哭了。

"不是我们。"韦弗说道。

"你们把我们用……用这个……你们抛弃了我们。"

真麻烦。独立号在下沉，他们必须阻止黎，想办法弄到一具死尸来执行计划，现在还得应付这个惊惶失措的小伙子。

"你叫什么名字？"约翰逊直接问道。

"什么？"士兵的眼睛闪烁了一下。然后他抬起枪，对准约翰逊。

"不！"韦弗喊道。

约翰逊抬手示意一切正常。他直视着枪口，压低声音。"请告诉我们你的名字。"

士兵犹豫着。

"告诉我们你的名字，这很重要。"约翰逊以友善的牧师口吻重复道。

"麦克米伦。我是……我叫麦克米伦。"

韦弗渐渐明白了约翰逊的目的。让某人恢复常态的第一个方法，就是让他想起他是谁。

"好，麦克米伦，很好。你听着，我们需要你的帮助。这艘船在下沉。我们必须做个能够救我们大家的试验……"

"我们大家？"

"你有家庭吗，麦克米伦？"

"你为什么要问这个？"

"你家住在哪里？"

"波士顿。"小伙子的脸抽搐了几下，他哭了起来，"但波士顿……"

"我知道。"约翰逊恳切地说道，"你听着，我们还能想办法让一切恢复正常。包括在波士顿。但为此我们需要你的帮助。我们现在就需要！我们失去的每一秒，都有可能让你的家庭失去最后的机会。"

"请你帮助我们。"韦弗说道。

士兵的目光继续在他俩之间来回扫动。他大声抽泣，然后垂下了枪。"你们会带我们出去？"他问道。

"对。"韦弗点点头，"一言为定。"

我的天啊，你在讲什么呀，她想道。你什么都不能许诺。什么都不能。

黎

意外的是，秘密实验室一切正常。它比普通实验室高一层。满地碎玻璃，其余的似乎都一切没变。

有几台屏幕在闪烁。

"他将鱼雷管放在哪里？"黎考虑道。她把枪插回枪套，回头寻找。房间里空无一人。她以为在小高压箱里会看到蓝色闪光，但后来她想起来，鲁宾提到过，他成功测试过那种毒剂。她透过一只瞭望孔窥看。什么也没有。没有生物，没有闪烁。

皮克在实验桌和橱柜之间转悠。"这儿。"他叫道。

黎急步赶向他。一只架子倒了。许多细长的鱼雷形管子横竖交叉地堆在一起，每支不足一米长。他们一根一根地检查。有两根明显比其他的重，黎突然看到那些标记。鲁宾在旁边写了个防水标签。

"萨洛。"她兴奋地说道，"我们控制着新的世界秩序。"

"很好。"皮克紧张地回头张望。一根试管从桌子上滚下来，啪嗒摔碎了。警报还在长鸣。"那你就让我们赶紧将新的世界秩序从这里带出去吧。"

黎哈哈大笑。她将一根鱼雷管递给皮克，拿起另一根，跑出实验室来到走道上。

"五分钟后，我就会将这最非分的要求发射到冥府里去。萨洛，你就相信我吧！"

"你想跟谁下去？你相信米克还活着？"

"他是不是活着，我才不管。"

"我可以陪你。"

"谢谢，萨洛，你太慷慨了。你想干什么？在那下面对着我的耳朵嚎叫，因为我允许杀死那蓝色的黏状物吗？"

"你很清楚，这是两码事！这完全不同……"

他们到达扶梯间。有个人从另一侧，低着头向他们跑来。

"利昂！"

安纳瓦克抬起头，认出了她，立刻停住了。他们彼此很近，中间只隔着扶梯。

"朱迪斯。萨洛。"安纳瓦克盯着她，"真巧啊。"

真巧？可笑！这人真不善做作。黎在直视他眼睛的第一眼就看了出来，安纳瓦克什么都知道。

"你从哪儿来的？"她问道。

"我……我在找其他人……"

管他知道多少呢。他们没有时间好浪费了。也许他真的只是在寻找他的朋友，也许他有个什么计划。这都无关紧要。安纳瓦克挡在路上。黎伸手拔枪。

飞行甲板

当他们跑上飞行甲板时，克罗夫紧跟在尚卡尔身后，但她被拦下。"你等等。"有个穿制服的人说道。

"但我必须……"

"你在下一组。"

这期间已经有两架超级种马离开了飞行甲板。另两架等候在舰桥对面，前后紧挨地停放着。尚卡尔跟士兵和人们一起跑向一架直升机。庞大的飞行区仍在继续倾斜。它是那样大，让人感觉倾斜的好像不是舰船，而是汹涌的、白浪滔滔的大海。

"我们会再见的！"尚卡尔转身，向她叫道，"你乘下一架飞机离开。"

克罗夫目送他跑上斜梯，从超级种马的机尾下进入机舱。冷风抽打在她脸上。看样子疏散进行得还算有点秩序。这样也好。她只需要再忍耐一下。

她的目光扫来扫去。其他人都在哪里呢？利昂、西古尔、卡伦……他们都已经离船了吗？

一个令人安慰的想法。舱门在尚卡尔身后关上了。螺旋桨转动得更快了。

舰　体

在飞行甲板下方不到三十米处，涌入的海水顶着位于舰首货舱和下方船员下榻处的舱门。舱门抵抗着。只有一颗鱼雷漂浮在水里。潜水艇爆炸时它被炸到，但没爆开。这种事很少见，但却发生了。那颗鱼雷在一个浸满水的货舱中，掉进一个叶片栅。叶片栅有一半被扯坏了，在黑暗中旋转。鱼雷轻轻地滚来滚去，同时伴随着船身的倾斜，一厘米一厘米地向前滑去。

舱门抵抗着，叶片栅被压得咯吱呻吟。还固定着的地方，横撑都被高压压弯了。船壁的钢板出现细细的裂缝。一颗粗大的固定螺丝慢慢松落，拉出了螺身……

螺丝"砰"一声被拉出来了。

压力释放了。栅栏飞起，更多的螺丝飞出，船壁破了。鱼雷随一股冲力射出，直接冲向舰首的货舱，那儿什么东西都挤在一起，上面有一侧是水手的大型集体住房，另一侧是紧靠实验室下方、停置不用的车辆甲板。那是船上最敏感的接合部位。

鱼雷爆炸了。

第三甲板

"不。"皮克说道。他放下鱼雷，拿他的手枪指着黎，"你不能这

859

样做。"

黎端立不动。她的枪瞄准安纳瓦克。"萨洛,你的执拗快要让我受不了啦。"她低声呵斥道,"请你别表现得像个傻瓜似的。"

"放下武器。"

"见鬼,萨洛!我要把你送上军事法庭,我……"

"我数到三就开枪,朱迪斯。我发誓。你不可以再杀死任何人了。请你放下你的武器。一……二……"

黎喘口粗气,垂下拿枪的手臂。"好了,萨洛。好了。"

"扔掉它。"

"我们为什么不谈谈……"

"扔掉枪!"

黎的眼里浮现出一种无法描述的仇恨表情。枪啪的一声落在地上。

安纳瓦克望向皮克。"谢谢。"他说道,一步冲到扶梯间,钻了进去。黎听到他在下面继续奔跑。脚步声远去。她咒骂。

"朱迪斯·黎总司令,"皮克庄重地说道,"我因为你对自己的行为不能负责,取消你的指挥权。从现在起接受我的命令。你可以……"

恐怖的撞击。底下传来可怕的响声。舰船像架跌落的电梯般向前一沉。皮克摔倒了。他重重地摔在地上,一滚身,又重新站了起来。他的枪哪儿去了?黎在哪里?

"萨洛!"

他转过身来。黎跪在他面前,持枪对准他。

皮克呆住了。"朱迪斯。"他摇摇头,"你快……"

"傻瓜。"黎说着,按下了扳机。

飞行甲板

克罗夫摇摇晃晃,甲板倾斜得更厉害了。超级种马的螺旋桨旋转着,滑向停在它前面的直升机。它号叫着升空,想夺取高度,避开另一架直升机。

克罗夫停止了呼吸。不,她想道。这不可能。这绝对不可能。不可能发生在快要获救之前。

她听到了周围的叫声。人们跌倒、跑开。她被拽倒在地。她躺在地上,看到超级种马从停放着的直升机上方升起,看到一侧的门翼拂过另一架的梯子,挂住,然后那架飞行的巨物开始旋转。

种马失去了控制。她跳起身,惊慌地奔跑。

舰 桥

布坎南不敢相信他的眼睛。他一下子被抛摔在他的座位上,摔在这张配有舒服扶手和脚蹬的神奇舰长椅上。过去每个人都因为这张椅子而羡慕他,那是酒吧高脚椅、办公桌和柯克舰长(《星际旅行》的舰长)指挥椅的混合体,但它现在唯一的用处却是让布坎南的头在上面撞出血。舰桥上的一切都在乱飞。布坎南飘在空中,跌向侧窗,刚好来得及看到超级种马旋转着,慢慢倒向一侧。那东西挂得紧紧的!

"快离开这里!"他喊道。

飞机继续旋转。他周围的舰桥人员开始逃跑,不知所措地试图躲到安全的地方,而布坎南只能继续看着那架被挂牢的直升机歪倒得愈来愈厉害。它突然挣脱开来,向上升起。

布坎南喘不过气来。有一阵子看上去好像飞行员重新控制住了。然后他发现倾斜得太厉害了。30米长的直升机机尾斜冲向空中,驱动装置嚎叫得更大声了,随后超级种马螺旋桨又往前冲过来。

布坎南双手捂嘴,往后退缩。真可笑。他同样可以伸出双臂欢迎他的末日到来的。

超过33吨重的机身,加有9000公升的燃料,轰然撞进舰桥,转眼就将舰桥的前段变成了一座熊熊燃烧的地狱。所有窗户都碎了。火球呼啸着穿过上层建筑,内部设备烧焦,引起屏幕爆炸,炸飞了舱门,在扶梯间追上逃跑者，将他们烧成了灰烬，又沿着舰桥内部的通道继续蔓延。

飞行甲板

克罗夫为性命而奔跑。燃烧的废墟在她身旁塌落。她跑向独立号的舰尾。这期间船已经倾斜得那样厉害，她不得不登山似地跑，跑得上气不接下气。最近几年来她肺里吸进的尼古丁要比新鲜空气还多。事实上她一直以为有一天会死于肺癌的。

她绊倒了，在沥青上下滑。往上跑时，她看到了熊熊烈火中的舰桥前段。第二架直升机也在燃烧。尚未倒下的人们，有如活火炬般在甲板上奔跑。那景象真恐怖。然而她现在几乎没有机会从独立号的沉没中幸存下来，这个认知更为恐怖。

强烈的爆炸使得火球蹿升到舰桥上空。大火咆哮着怒吼着。夹杂着很大的声响，火星雨掉落在克罗夫的脚前。

尚卡尔在狱火中丧生了。她不想这样死去。

她跑，继续跑向舰尾，根本不清楚跑到那里后又能怎么办。

第三甲板

黎诋咒着。她将第一颗鱼雷挟在手臂下，但第二颗不知滚到哪儿去了。不是掉进扶梯间，就是沿着走道滚向了舰首。皮克，这个该死的混蛋！她跨过他的尸体，一边思考着一颗装有毒剂的鱼雷够不够。但那样一来她就只有一个机会。也许这一颗会失灵，也许它不能打开，将毒剂倒进水里。无论如何两颗更好。

她努力在通道里寻找。

突然上方传来一声巨响。这回船震动得更厉害了。她跌倒，仰面滑下走道。又发生什么事了？船腾空飞起！她必须从这里出去。这不仅是为了任务，深飞也得救她的性命。

鱼雷从她手臂下滑落了。

"妈的！"她伸手去抓，但它从她身旁滚走。如果里头装的是炸药，那它早就该爆炸了。但里面只有液体。不是炸药，而是液体，足以消灭一个智慧物种。

她张开手脚，试图支撑住。几秒钟后她安静了下来。她全身疼痛，好像有人用铁棒殴打过她似的。也许别人看不出她是五十岁的人了，但刚才她感觉像是百岁老人似的。她沿着墙站起身，掉头寻找。

第二颗鱼雷也不见了。她真想大叫。

涌进的水在下面发出声响，听起来近得令人不安。没有时间了。上面传来嘈杂的人声。

还有炎热。她愣住了。果然。愈来愈暖。她必须重新找到鱼雷。她坚决地离开墙，寻找起来。

实验室

当爆炸使实验室颤抖起来时，麦克米伦紧跟在他们身后，端着枪做好了射击准备。他们全都跌进了水里。当韦弗重新爬起来时，上方传来可怕的声响，好像有什么庞然大物被炸上了天。灯随即熄了。眼前顿时一片漆黑。"西古尔？"韦弗喊道。没有回音。"麦克米伦？"

"我在这儿。"

水漫到她的胸部。见鬼，祸不单行！他们都快走到一名士兵的尸体旁了。

什么东西轻碰她的肩头。她伸手去抓。一只靴子。她手里抓着一只靴子，靴筒里塞着一条腿。

"卡伦？"约翰逊的声音，很近。他们的眼睛渐渐适应了黑暗。紧接着红色紧急灯亮了，实验室笼罩在一种幽暗的恐怖气氛中。她看到约翰逊的头和肩影子似地从她身旁的水里钻出来。

"过来。"她叫道,"帮帮我。"

现在,隆隆声和哗哗声不只是从下面钻上来,也开始从上面落下来了。出什么事了?她突然感觉实验室里变暖了。约翰逊出现在她身旁。

"这是谁?"

"无所谓。我们一起抬。"

"我们得离开这里。"麦克米伦喘息道,"快。"

"好的,马上,我们……"

"快!"韦弗的目光落在他们身后远处的水里。

微弱的蓝色闪光。一道闪光。

她抓紧了死者的脚,艰难地朝着门的方向走去。约翰逊抓住了那人的手臂。会不会是个女人?他们到头来找到了奥利维拉吗?韦弗衷心希望,他们拖着的不是可怜的苏。她向前走,踩着了什么,那东西一滑,她整个人摔入水中。

她睁眼盯着黑暗中。有东西向她蜿蜒而来,很快地接近,看上去像条发光的长鳗。不,不是鳗。更像一条无头巨虫。那里还有更多这种东西。

她钻出水面。"快走。"

水面下可以见到发光的触须伸出来,现在至少有十几根。麦克米伦举起枪。韦弗感觉有什么沿着她的脚踝滑动,突然扯了起来。

紧接着更多的那种东西缠住她,沿着她往上爬。她扯不断。约翰逊扑过来,手指卡进触须和她的身体之间,但她好像被一条蟒蛇缠住了似的。

那东西在拖她。那东西?她在跟数十亿的东西搏斗。数百亿的单细胞生物。

"我拉不开。"约翰逊喘息道。

胶状物沿着她的胸部和脖子往上爬。韦弗又掉进了愈来愈亮的水里。触须背后有更大的东西挤上来。

那生物的主体部分。她使尽最后的力量钻出水面。"麦克米伦。"她含糊地说道。

士兵举起枪。

"你用枪一点用都没有。"约翰逊喊道。

麦克米伦突然变得非常镇静。他举起枪,瞄准那愈移愈近的大东西。"我用枪会有一点用的。"他说道。

麦克米伦开火,响起一连串的枪声。"炸弹总会有点用的!"

子弹钻进那生物体内。水花溅起。麦克米伦又射出一束,那东西碎片纷飞。一块块胶状物在他们的耳朵周围发出噼啪声。韦弗差点透不过气来。她一下子自由了,赶紧和约翰逊两个人发疯似的拖着那具尸体。水面下降,他们愈走愈快。当船彻底前倾之后,大部分水现在都积聚在实验室那边,门的位置几乎是干的了。舱面坡度很大,很难不滑倒,但他们突然只穿行在齐踝骨高的水里了。

他们将死者拖到斜板上。那里的水也回退了。韦弗忽然听到一声好像中断了的喊叫。

"麦克米伦?"她望进实验室里,"麦克米伦,你在哪里?"

闪光的生物重新聚集。碎片相互融合。触须一点都看不到了。那东西变成了扁形。

"关上门。"约翰逊叫道,"它还能出来。还有足够的水。"

"麦克米伦?"韦弗抱紧门框,继续盯着被照得发红的室内,还是看不到士兵。麦克米伦没能逃出来。

一根发光的细丝在接近。她跳回一步,关闭舱门。丝线加快速度,但这回它不够快。门关上了。

试　验

爆炸将扶梯室里的安纳瓦克吓了一跳,他被震得晕头转向,呼吸困难。膝盖在痛。他咒骂着。范德比特偏偏端中了自从海狸号坠毁以来一直给他带来很多麻烦的那个膝盖。

他发现许多扶梯间都塞住了。舰船斜得很厉害。唯一的道路是通过机库甲板的斜板，于是他跑回去，走另一条路往上，直到他爬得够高，可以去斜板上了。他爬得愈高，就愈热。上面出什么事了？这嘈杂不是好事。他跌跌撞撞来到机库甲板上，看到浓浓黑烟从敞开的门飘出。

他突然好像听到有人在呼救。他向机库走近几步。"有人吗？"他喊道。

视线很差。面对黑烟，天花板上昏黄的照明灯几乎不管用。但现在可以清楚听到呼救声了。

克罗夫的声音！

"珊？"安纳瓦克走进黑烟里。他倾听，但没再传出呼救声。"珊？你在哪儿？"

没有回音。

他又等了一会儿，然后转身跑上斜板。他这才发现斜板已经陡得像滑雪时的跳跃助跑斜坡了。他一弯腿，翻滚身体沙沙滑下去，祈求至少能有几根注射器不会摔破。他的骨头是否能完好无损，很值得怀疑。但既没折断也没破碎。他扑通掉进下方水里，水减缓了些许冲击力。他抖抖身子，四肢着地爬出去，看到不远处韦弗和约翰逊正将一具尸体拖向底层甲板。

舱面覆盖着薄薄的一层水。

人造水池！它通进走道。如果独立号继续倾斜，这个区域就会被彻底淹没。他们必须赶紧。

"我找到注射器了。"他喊道。

约翰逊抬起头来，"时间也差不多了。"

"这是谁？你们拖的是谁？"安纳瓦克费劲地爬起来，向他俩跑去。他瞟了一眼尸体。是鲁宾。

飞行甲板

克罗夫蹲在飞行甲板的尽头，一筹莫展地望着舰桥燃烧殆尽。

一个长得像巴基斯坦人的男子哆嗦着躺在她身旁。他一身厨师打扮。除了他俩之外，没有人想到逃到这里来，或是没有人成功逃到了这里。那人直喘大气，立起身来。

"你知道吗？"克罗夫说道，"这是智慧物种争执的结果。"

厨师盯着她，好像她是个怪物似的。

克罗夫叹口气。这地方下面就是右侧升降机的平台。那里有个通道通往机库甲板。她冲着里面喊过几声，但没人回答。她将随燃烧的船只沉没。

如果有救生艇，可能也没有多大用场。在航空母舰上，人们第一个想到能救人的是飞机。如果有救生艇，也需要有人将它们从固定处解开，放下水去。但能这么做的人都消失在烈火里了。

黑烟向他们飘来。讨厌的沥青烟雾。她不想在生命的最后时刻吸进这种东西。

"你有烟吗？"她问厨师。她想他一定以为她彻底疯了，但他掏出了一包万宝路和一个打火机。

"淡烟。"他说道。

"哦？因为健康吗？"克罗夫微笑道，在厨师给她点火时猛吸了一口，"很理智。"

费洛蒙

"我们把这东西注射到他的舌头下、鼻孔里、眼睛和耳朵里。"韦弗说道。

"为什么要注射在那里？"安纳瓦克问道。

"因为我想那里最容易流出来。"

"那就也给他注射到指甲下面。再加上脚趾甲。最好是到处都注射。愈多愈好。"

底层甲板空无一人，技术人员显然都逃走了。他们将鲁宾脱得只剩内裤，一切都进行得十分匆忙，约翰逊把注射器吸满浓缩的费洛蒙，递给安纳瓦克。注射器只有一支碰坏，其余都完好无损。鲁宾躺在人造堤坝上。那里的水只有几厘米高，但水在上升。为小心起见，特别将他头上一小块胶状物扔到位置较高的地方。他的耳朵里还黏着一点，安纳瓦克将它清理了出来。

"你们也可以注射在他的屁股里。"约翰逊说道，"我们的量足够。"

"你认为这管用吗？"韦弗怀疑地问道。

"他体内剩余的Yrr只有一点点，几乎不可能制造出相当于我们给他注射的这许多费洛蒙。如果它们中计的话，就会认为它们是来自他的。"约翰逊蹲下去，递给他们一把盛得满满的注射器，"谁要？"

韦弗心里升起厌恶感。

最后他们一齐动手。尽可能快速在鲁宾体内注进费洛蒙溶液，直到注进将近两公升。有可能近一半又重新流了出来。

"水上升了。"安纳瓦克说道。

韦弗倾听。舰上到处都在发出吱吱声和咕咕声。"也变暖了。"

"是的，因为甲板在着火。"

"行动吧。"韦弗抓起鲁宾的胳肢窝，将他拖起来。"我们要在黎出现之前办完。"

"黎？我想，皮克将她缴械了。"约翰逊说道。

安纳瓦克瞟他一眼，他们将鲁宾的尸体拖进底层甲板。"你信吗？你可是了解她的。不可能这么容易让她缴械的。"

第三甲板

黎暴跳如雷。她不停地跑上走道，冲进一扇扇敞开的门里寻找。

868

那颗该死的鱼雷肯定在什么地方！只是她没看对方向。它肯定就在她鼻子底下。"快找，你这头蠢牛。"她斥责自己，"太蠢了，连根鱼雷管都找不到。蠢牛。愚蠢的婊子！"

她脚下的舱面再次下沉。她踉跄地走着。又有舱壁破了。走道更斜了。独立号现在倾斜得如此厉害，海浪很快就有可能打上舰首的飞行甲板了。不可能持续多久了。

突然她看到了鱼雷。

它从一个敞开的门洞里滚了出来。黎发出一声胜利的欢呼，扑过去，抱住鱼雷，从走道往上跑向扶梯间。皮克的尸体半悬在那里儿。她拖出那具沉重的身躯，沿梯子往下，跳下最后的两米，抱紧栏杆，以免摔下。

第二颗鱼雷就在那里。

这下她情绪高亢起来了。剩下的易如反掌。她继续奔跑，发现事情没那么简单，因为有几个扶梯间被东西塞住了。清除它们需要花费太长的时间。那要怎么从这里出去呢？她必须返回。重新上去，回到机库甲板，从斜板走。

她抱住两颗鱼雷，像抱着她最珍贵的财产，迅速往上爬去。

安纳瓦克

鲁宾沉甸甸的。他们穿上潜水衣，合力将鲁宾拖上右侧码头。甲板上的情形十分荒谬。码头两侧像助跑斜坡一样竖起。木板地面撞击舰尾舱门的部位明显可见。水池里的水将四艘固定的橡皮艇抬了起来，正流进通往实验室的走道。安纳瓦克听着钢板的咯吱声，心想这结构到底还能承受重压多久。

三只潜水艇斜吊在天花板上。深飞二号移到了丢失的深飞一号的位置，另两条船被拴在一起。

"黎想乘哪艘下去的？"安纳瓦克问道。

"深飞三号。"韦弗说道。

他们检查操纵台的功能,试了试不同的开关。什么反应都没有。

"一定可以的。"安纳瓦克的目光扫过操纵台。"罗斯科维奇说过,底层甲板有一个专用的、独立的电路。"他俯身趴在操纵台前,仔细阅读上面的文字。"这个。这是将它放下去的功能。好,我要深飞三号。这样如果黎再现,就无法用它干什么坏事了。"

韦弗扳下机关,沉下去的却不是中间的潜水艇,而是前面的。

"你不能将深飞三号……"

"能,可能有什么机关,可我不熟悉。我以为它们是先后下去的。"

"无关紧要。"约翰逊不安地说道,"我们没有时间好浪费了。就坐深飞二号吧。"

他们等那只船升到码头的高度。韦弗跳过去,打开两个驾驶舱的顶盖。鲁宾的身体浸满了水和他们注射进去的东西,当他们将鲁宾拖上船时,感觉沉重得不可置信。他的头左右晃荡,眼睛混浊地盯着虚无。他们一起连拖带推,直到鲁宾扑通一声掉进副驾驶舱里。

这下好了。他的冰山。他早知道有一天会被它拉下去的。冰山会消融,他将沉到陌生海洋的底部……

去和谁会面呢?

韦 弗

"你别开,利昂。"

安纳瓦克吃惊地抬起头,"你这话什么意思?"

"我说得很明白。"鲁宾的一只脚还伸在外面。韦弗踹了它一下。她觉得这样粗暴地对待死者很可怕,尽管鲁宾是个叛徒。此刻他们无法虔诚。"我下去。"

"什么?为什么突然变卦?"

"因为这样更合适。"

"不，绝对不行。"他抓住她的肩，"卡伦，这有可能会丧命的，这是……"

"我知道会有什么结果。"她低声说道，"我们的机会都不是特别大，但你们的更大。你们乘船走，祝我好运，好不好？"

"卡伦，为什么？"

"你一定要听原因是不是？"

安纳瓦克盯着她。

"请允许我提醒一下，我们在浪费时间。"约翰逊催促道，"为什么你们不留在上面，让我下去呢？"

"不行。"韦弗坚定地望着安纳瓦克，"利昂知道我说的对。我用左手就能操纵深飞，在这方面我比你们优越。我曾经搭阿尔文号到达大西洋脊，数千米深。我比这里任何人都更熟悉潜水艇，而且……"

"胡说。"安纳瓦克叫道，"我同样能熟练驾驶这东西。"

"……另外那下面是我的世界。深深的蓝色海洋，利昂。自从我小时候起。——自从我十岁起。"

他张嘴想回答什么。韦弗将食指按在他的唇上，摇摇头。"我来开。"

"你来开。"他低语道。

"好了。"她回头看看，"你们开闸放我下去。我不清楚一旦闸门打开会发生什么事。也许Yrr会直接攻击我们，也许什么事都没有。我们往好处想吧。我下去之后，你们等个一分钟，只要形势许可，就乘第二只船逃走。不要跟着我。要紧贴海浪，设法远离船。我可能必须下潜很深。然后……"她停了一下，"哎呀，会有人将我们捞上来的，对不对？这东西上面有卫星发射器。"

"你需要两天两夜才能到达格陵兰海和斯瓦尔巴群岛。"约翰逊说道，"而燃料不够。会出事的。"

她的心情沉重起来。她迅速抱紧约翰逊，想起两人从设得兰群岛一起逃离海啸的情景。他们会再见的！

"勇敢的姑娘。"约翰逊说道。

然后她双手托起安纳瓦克的脸，在他唇上深深地、结实地吻了一口。她真想永远不再放开他。他们交谈得那样少，最适合他俩的事情也做得那样少……现在可别多愁善感啊。

"保重。"安纳瓦克低声说道，"最迟再过几天，我们又会重逢了。"

她一步跳进驾驶舱。深飞轻晃了一下。她趴下去，爬到正确的位置，操纵闭锁装置。两个圆盖缓缓落下，关闭。她扫一眼仪器。看样子一切正常。韦弗竖起大拇指。

活人的世界

约翰逊走近操纵台，打开闸，移动船只。他们眼看着深飞落下，钢门分开。黑暗的海洋出现了。没有什么钻进来。韦弗从里面打开固定装置，放开船只。它扑通落下，下沉。玻璃圆顶里的空气微光闪烁。颜色逐渐变淡，轮廓开始模糊，最后小船只剩下一个影子。

然后不见了。

安纳瓦克顿感一阵刺痛。

这个历史上的英雄角色已经分配好了，那是给死者的角色。你属于活人的世界。

灰狼！

也许你需要一个介质来告诉你鸟神看到的东西。

灰狼就是阿克苏克所说的介质。灰狼正确地解释了他的梦。冰山融化了，但安纳瓦克的道路不是通向深海，而是通向光明，通往活人的世界。

通往克罗夫。

安纳瓦克打了个哆嗦。当然！他怎能只顾忙着逞英雄，而忘了在独立号上等着他的任务呢？

"现在怎么办？"约翰逊问道。

"B计划。"

"什么意思？"

"我还得上去。"

"你疯了吗？去做什么？"

"我想找到珊。还有默里。"

"那里没有人了。"约翰逊说道，"可能全舰都已经疏散了。我最后一次见到他们时，他俩在作战情报中心里。有可能他们是最早飞出去的。"

"不。"安纳瓦克摇摇头，"至少珊不会。我听到她的求救声了。"

"什么？什么时候？"

"在我下来找你们之前……西古尔，我不想拿我的问题麻烦你，但我一生中无动于衷的次数太多了。发生了一些变化。我不再是那样的人了。你理解吗？我再也不能不管了。"

约翰逊微笑着。"不能，你不能这样做。"

"听着！我只试一次。这期间你把深飞三号放下，做出发的准备。只要我在接下来的几分钟里找到珊，我就回来，我们离开这儿。"

"万一你找不到她呢？"

"那还有深飞四号将我们大家从这里带出去。"

"好。"

"真的可以吗？"

"当然。"约翰逊摊开双手，"那你还在等什么？"

安纳瓦克犹豫着。他咬紧嘴唇。"如果我在五分钟后没有回到这里，你就一个人离开。明白吗？"

"我会等的。"

"不，你只等五分钟。最多五分钟。"

他们拥抱。安纳瓦克跑下码头。隧道通往实验室的地方，全都被淹了，但独立号似乎还保持着一定程度的稳定。最后这几分钟里船没有继续前倾。

还有多久呢，安纳瓦克想道。

水拍打着他的踝骨。他往里走，用自由式游了一段，脚踩到底时则涉水走了几米。在机库斜板附近，天花板倒向水面，但还有几米距离。安纳瓦克从关闭的实验室门旁游过，来到拐弯处，抬头往上看。这期间有些斜板变成了平地，有些变得更陡了。通向机库甲板的那一段斜板阴森森地突起。最上面飘着一团黑烟。他必须用四肢往上爬。尽管穿着潜水衣，他仍觉得冷。即使能够成功乘坐潜艇离开，也不能保证可以从这场灾难中幸存下来。

不。他必须活下来！他必须再见到卡伦·韦弗。他果断地往上爬。

比他想象的简单。斜板的钢板上有凸挡，用来挡住车辆和行进的海军。安纳瓦克的手指扣住凸挡。他一点点地往上爬，靴子蹬在横撑上，抓牢。愈向上温度愈高，他不冷了。黏糊糊的烟进入了他的肺。他爬得愈高，烟雾就愈浓。飞行甲板上又传来隆隆声。

开始起火时，克罗夫发出过呼救。如果她在起火时活了下来，现在也许还活着。

他气喘吁吁地爬上最后几米，吃惊地发现机库里的可见度比斜板上好。隧道里浓烟聚集，而这里，艇外升降机的通道形成了通风口，将烟雾吸进来同时又让它散开。这里像烤炉里一样又热又呛。安纳瓦克拿衣袖捂住口鼻，跑进机库甲板。

"珊！"他喊叫道。没有回音。他期待的是什么？期待她张开双臂向他跑来吗？"珊·克罗夫！珊曼莎·克罗夫！"

他一定是疯了。但疯了也比做活死人好。灰狼说得对。他像个活死人一样行走在这个世界上。这种疯狂实在好多了。

"珊！"

底层甲板

约翰逊单独一人。他坚信安德森打断了他几根肋骨。至少他感觉是这样。每动一下就疼得要命。当他们将鲁宾的尸体悄悄运进潜水艇时，他好几次都想大声喊叫，只是咬紧了牙关，不想成为累赘。

他感觉他的力量在渐渐散失。

他想起他舱室里的红酒。这是多大的耻辱啊！正好现在他想喝一杯。虽然这样治不好断裂的肋骨，但能让痛苦变得容易忍受些。哪怕是和自己干杯，因为除了他好像再没有一个会享受的人还活着了。他过去几星期里认识的那许多可爱和讨厌的人之中，根本没几个像他这样对美具有独特的灵性。

或许他就是一只恐龙。一只精品恐龙，他边想边将深飞三号降到码头的高度。

他喜欢这个。精品恐龙。他正是这样的。一个因为自己是个活化石而感觉享受的活化石。着迷于未来和过去，它们经常混在一起，让人经常根本不知道正生活在哪个时代，因为过去和未来同样鼓舞着幻想。

波尔曼……这个德国人会懂得欣赏一瓶优质葡萄酒的。其他就没有人了。苏·奥利维拉会感到有趣，同样地他也会为她端上超市里某种差强人意的饮料。灾难城堡里，有谁有这样高的品味，懂得欣赏一瓶美味的波美侯产的红酒呢？也许只有……

朱迪斯·黎。

他想最后一次不顾他的肋骨痛，跳上深飞，呻吟一声，膝盖哆嗦着站住了。然后他蹲下去，打开带有密封机械的活门，拔掉顶盖的闩子。顶盖慢慢升起，竖直。两个驾驶舱敞开在他眼前。

"全部上船。"他大喊道。

奇怪！在斜竖的底层甲板上，他独自一人待在潜水艇上。你永远不会知道人生的下一站将在何方。

朱迪斯·黎？

他宁可将这瓶酒倒进格陵兰海。为某些人保留它，也是对美的一种敬重。

黎

她上气不接下气地赶到机库甲板。黑烟笼罩了一切。她试图在烟雾中辨认出什么来，在那后面似乎有个人影在移动。

然后她听到了："珊！珊曼莎·克罗夫！"

那个喊叫的人是安纳瓦克吗？她犹豫了片刻。可是现在杀掉安纳瓦克还有什么用呢？舰首最后的舱门随时可能向海水让步。船可能断裂。一旦到了那一步，独立号会像块石头一样沉下去。

她跑向斜板，望进一个浓烟滚滚的洞里。她的胃开始痉挛。黎既不害怕也不觉得累，但她自问要怎么将两颗鱼雷弄下去。一旦再弄丢这些东西，它们会掉进黑暗的水里。

她将双脚横过来，一步一步侧身走下斜板。又暗又闷。最糟的是烟雾，她相信会在烟雾中窒息而亡。忽然她失去平衡，一屁股坐下去，双腿伸直，迅速下滑。她紧张地抱紧两颗鱼雷，感觉粗糙的甲板表面和横撑狠狠地敲打着她的腰椎，她翻着筋斗，看到黑色的水向她扑来。

水溅向四面八方。黎转了一圈，浮上来大口吸气。她没有放开鱼雷！

隧道墙里响起沉闷的哭声。她推身离开，悄悄游进建筑物，绕过弯角，朝底层甲板游去。水温正好，一定是从水池里流出来的。隧道里的灯灭了，但底层甲板有独立的供电系统。最前面更亮。走近时她认出了斜伸的码头，舰尾的密封活门此刻正威胁似的吊在人造水池上方，两艘潜水艇中有一艘悬吊到码头的高度。

两艘船？深飞二号不见了。约翰逊身穿潜水衣在深飞三号上来回走动。

飞行甲板

克罗夫再也受不了了。巴基斯坦厨师虽然有烟，但除此之外也帮

876

不上什么大忙。他哀叹着蹲在舰尾的船缘，无计可施。其实克罗夫自己也是，根本不知道接下来该怎么办。她不知所措地盯着熊熊的火焰。但她打从心底深处最痛恨的就是放弃这个念头。对于一个连续数年、数十年谛听太空，只希望接收到外来智能的信号的人来说，放弃的念头显得太荒唐了。它根本不合适。

突然一声巨响。一团巨大的火云在舰桥上方升起，像放鞭炮似的闪烁并噼啪作响。甲板猛地一抖，火苗立刻从地狱里向他们奔来。

厨师惊叫一声跳起来，大步后退，踉踉跄跄翻出了船板外。克罗夫想抓住他的手。那人保持了一秒钟的平衡，脸都吓歪了，摇摇晃晃，大叫着跌了下去。他的身体重重地落在斜立的舰尾活门上，然后弹了起来，从克罗夫的眼中消失。叫声中断。她听到啪咚一声，吓得从船板上退回。

她站在火焰中央。周围的沥青在燃烧。热得要命。只有舰右侧还未笼罩在火星雨之中。她第一次感到绝望和悲观从心中升起。形势毫无希望。她或许有办法拖延，但无法改变。

酷热逼得她后退。她跑向舰的右侧，那里是舰外升降机的连接部位。她该怎么办？

"珊？"

这下她产生幻觉了！有人在喊她的名字吗？不可能。

"珊曼莎·克罗夫！"

不，不是幻觉。有人在喊她的名字。

"这儿！"她叫道，"我在这儿！"

她睁大眼睛转头寻找。那声音从哪儿来的？飞行甲板上并没有人。后来她明白了。

她弯下身，小心不让自己跌下去。空气中充满烟灰，但她仍清楚看到了下面倾斜的舷外升降机平台。

"珊？"

"这儿！我在上面！"她使尽全力气喊叫。突然有人跑到平台上，仰起头来。

是安纳瓦克。

"利昂！"她喊道，"我在这儿！"

"我的天啊，珊。"他仰头盯着她，"等等，你待在那里，我来接你。"

"怎么接呀，小伙子？"

"我上来。"

"再也上不来了。"克罗夫叫道，"这里一切都烧红了。舰桥，飞行甲板，这里是一座燃烧的地狱，跟它相比好莱坞版本屁也不是。"

安纳瓦克激动地来回奔跑。"默里在哪儿？"

"死了。"

"我们必须离开，珊。"

"谢谢你提醒我。"

"你体育好吗？"

"什么？"

"你能跳吗？"

克罗夫盯着下面。体育好！我的天。她曾经体育很好。在香烟被发明之前的某段生命里。这里至少有8米高，也许是10米。更何况倾斜使平台变成了一个滑道。"我不知道。"

"我也不知道。你有更好的主意吗？"

"没有。"

"我可以开潜水艇带我们出去。"安纳瓦克伸出手，"快跳！我接住你。"

"算了，利昂。你最好让开。"

"别讲废话了。跳！"

克罗夫最后回望一眼。火焰临近了。它们在舔噬她，饥饿地窜来。她闭上眼睛又睁开。"我来了，利昂！"

底层甲板

见鬼，安纳瓦克哪儿去了？约翰逊蹲在轻轻摇晃的潜水艇上，望着下面。到现在为止，网关黑暗的水里还没浮上来什么看似Yrr亲自驾临的东西。何必来呢？何必进攻？它们只需要耐心等待，等这条船沉下去。最后Yrr还是征服了独立号。

五分钟到了。原则上他可以逃走了。那样还剩一只潜水艇，可以将安纳瓦克和克罗夫带出去。

尚卡尔呢？这样会有四个人。他不能离开。如果安纳瓦克带着克罗夫和尚卡尔回来，他们需要两条船。

他开始低声哼起马勒的第一交响曲。

"西古尔！"

约翰逊转过身。上身一阵刺痛，疼得他透不过气来。黎就站在船后的码头上，拿手枪对着他。她身旁放着两根细长的管子。

"请你下来，西古尔。请你别逼我开枪杀你。"

约翰逊抓住深飞系在上面的钢链。"为什么要逼你？我想，你喜欢这种事。"

"下来。"

"你想威胁我吗，朱迪斯？"他干笑着，思绪飞转。他得想办法稳住她。挑衅，恫吓，尽可能拖延，等安纳瓦克回来。"如果我是你，我就不会开枪，不然你的小小潜水艇就完蛋了。"

"你什么意思？"

"到时候你就会看到的。"

"你说。"

"说出来太无聊了。你过来，黎总司令。别这么扭扭捏捏。你开枪打死我，自己找出来吧。"

黎在犹豫。"你拿这条船怎么了？你这个该死的傻瓜。"

"你不知道吗？我可以告诉你。"约翰逊吃力地站起来，"甚至还能

879

帮你修好它，但在这之前你得先跟我解释解释。"

"没时间了。"

"是啊，多蠢啊。"

黎怒目瞪着他，垂下武器。"你问吧。"

"你已经知道问题了。——为什么？"

"你当真要问这个？"黎喘着粗气，"请你动动你那发达的大脑吧。你以为没有美国，世界还会存在吗？我们是剩余的唯一稳定因素。只有一种持续有效的模式，是对每个社会里的每个人都正确且绝对有效的，那就是美国式。我们不能允许全世界来解决Yrr的问题。我们不能允许联合国这么做。Yrr给人类造成了很大的损失，但也带来了庞大的知识。你想看到这知识落入谁的手里呢，西古尔？"

"落在能最妥善使用它们的人手里。"

"非常正确。"

"但我们大家都致力于此啊，朱迪斯！我们不是立场一致吗？我们可以和Yrr协商。我们可以……"

"你还不懂吗？我们不能跟它们协商。那不符合我们国家的利益。我们，美国，必须得到这个知识，而且还得想尽一切办法不让其他人得到。除了把Yrr从世界上消灭掉，没有别的选择。和平共处就等于是承认我们失败了，是人类的失败，是对上帝的信仰的失败、是对我们统治权的信赖的失败。而且和平共处最可怕的是，它会带来新的世界秩序。在Yrr面前，大家都是平等的。每个高科技国家都可以和它们交流。谁都想跟它们结盟，得到它们的知识，最后甚至有可能征服它们。——谁能做到这一步，就将继续统治这颗星球。"她向他走近一步，"你明白这意味着什么吗？海底的那个物种拥有一种我们至今做梦都不敢想的生物技术。只有通过生物途径才能跟它们结合，那么，这世界到处都可以完全合法地进行微生物试验。我们不允许这样。除了消灭Yrr，别无选择，没有对美国有利的选择！我们不能让任何人这么做，联合国的胆小鬼们也不行，每个流氓都在联合国里占有一席之位，拥有发言权。"

"你简直是疯了。"约翰逊说道，忍不住咳嗽起来，"你到底是怎样的人啊，黎？"

"我是一个热爱上帝的人……"

"你爱的是你的飞黄腾达！你是彻头彻尾的自大狂！"

"我爱的是我的国家！"黎叫道，"你以为什么？我知道我的信仰。只有美国能够拯救人类……"

"以便一劳永逸地确定角色的分配，是吗？"

"那又怎样？整个世界总是要求美国扮黑脸，而我们正在扮这个黑脸！这才正确！我们不能允许这世界相互分享Yrr的知识，所以我们必须消灭它们，保存这个知识。此后我们将主宰这颗星球的命运，没有哪个不喜欢我们的暴君和独裁者还能再次怀疑这一统治地位。"

"你打算做的，是消灭人类！"

黎咬牙切齿。"噢，这种没有理论依据的话，你们科学家竟能脱口而出。你们从不相信，我们能征服这个敌人，消灭它们就能解决我们的问题。你们只会发抖、抱怨，说灭绝Yrr会破坏这颗星球的生态系统。但Yrr已经在破坏它了！它们在灭绝我们！如果我们这样做可以长期身为统治物种，难道不该忍受一点对环境的破坏吗？"

"你是唯一想统治这里的人，你这个可怜的疯子。你想怎样统治虫子，阻止……"

"我们先毒死这个，再毒死另一个。只要Yrr不再挡路，我们就可以在海底为所欲为了。"

"你在毒杀人类！"

"你知道吗，西古尔？消灭人类也是一个机会。事实上，如果空间宽敞一点，对这颗星球也很有好处。"

黎眯起眼睛，"请你别再挡我的路。"

约翰逊纹丝不动。他抓紧钢链，缓缓地摇摇头。"这艘船无法使用。"他说道。

"我不相信。"

"那你就等着瞧吧。"

黎点点头，"我正在这么做。"她抬起握枪的手臂射击。约翰逊想躲。他感觉子弹射穿他的胸骨，带来一阵寒冷和疼痛。

混蛋开枪了。她向他开枪了。他的手指先后松开钢链。他迟疑着，想说什么，转身向前跌入驾驶舱中。

舰外升降机

在他看到克罗夫跳起的那一刻，安纳瓦克突然怀疑起这样是否可行。她在空中张开手脚，跳得太偏左了。他后退，冲向一旁，张开双臂，希望冲撞力不会将他俩推进海里去。她那么娇小，撞上他的威力却像一辆疾驶的公交车。

安纳瓦克仰面跌倒。克罗夫跌在他身上。他们一起沿斜面滑下去。他听到她在喊叫，还有他自己的喊叫。在他尽全力想用脚抵住地面的同时，后脑勺则在沥青上摩擦着。这是他今天第二次跟舰外升降机发生过节，他热切地希望这是最后一次——无论如何。

快到边缘时他们才停了下来。

克罗夫盯着他。"你还好吗？"她沙声问道。

"我好得不能再好了。"

克罗夫从他身上滚下，想爬起来，脸一扭，又跌倒了。"不行。"她说道。

安纳瓦克跳起来，"怎么了？"

"我的脚。右脚。"

他在她身旁跪下，抚摸她的踝关节。

克罗夫呻吟起来，"我想是断了。"

安纳瓦克停下来。是他的错觉，还是船刚刚又向前倾斜了一点？平台在滑轨里吱吱作响。"抱住我的脖子。"他扶克罗夫站起来。她至

882

少能用一条腿一跳一跳地走在他身旁。他们顺利来到机库里。这儿简直伸手不见五指。而且变得更陡了。

怎么从斜板下去呀，安纳瓦克想道。它一定变成最陡的悬崖了。

他突然感到怒火中烧。这里是格陵兰海。北方高纬地区。他来自北方高纬地区。一个因纽特人。百分之百的因纽特人！他生于北极，属于这里。但他肯定不会死在这里，克罗夫也不会。

"走。"他说道，"继续。"

深飞三号

黎跑向操纵台。她想，浪费太多时间了。我不应该跟约翰逊进行这种无意义的争执的。

她让深飞升起一点，悬在码头上方，直到靠近她的头顶为止。她看到两个空筒。火箭筒还在，但有两颗较小的鱼雷已取出，以便为装有毒剂的鱼雷腾出位置。好极了！深飞的武器装备仍然很可观。

她迅速将鱼雷塞进筒里，固定住。这个系统设计得完美无缺。鱼雷一发射，假设射进蓝色云团，一颗小炸弹就会使毒剂在高压下被射出来，分散到水里。其余的由Yrr自己来处理。这是整个计划中最出色的：Yrr一旦感染，就会在一场神奇的连锁反应中群体自我消灭。

鲁宾干得好。

最后她再次确认是否固定好，便让深飞返回闸上方，将它放下，直到它轻轻落在水面。没时间穿潜水衣了。她必须小心。她匆匆跑下梯子，跑向船，爬上去。深飞晃了一下。她的目光落进敞开的驾驶舱里，约翰逊躺在里面，一动不动，脸朝下。

这个固执的傻瓜。他为什么不能往旁边倒下，跌进网关里呢？现在她偏偏还得扔掉他的尸体。

她突然感到些许遗憾。她有点喜欢和欣赏过这个人。也许，在另一种情形下……

艇身一颤。不，太晚了，没时间扔掉他。事实上这也无关紧要。副驾驶的座位也能控制船，功能可以切换。她在水下还可以扔掉约翰逊。

某个地方的钢板大声裂了开来。

黎匆匆爬进潜水艇，关闭顶盖。她的手指滑过控制板。舱内充满低鸣声，一排排灯光和两个小屏幕亮了起来。全部系统都做好了准备。深飞平静地停在格陵兰海深绿色的水面上，准备穿过三米粗的网关下潜，黎感觉无比兴奋。

她终于还是成功了！

避难所

约翰逊坐在海边。面前的大海风平浪静，星辰密布。他多么渴望再回到那儿一次呀。他眺望着他的心灵地形，充满敬畏和幸福。他奇怪地体验自己没有身躯、没有冷暖的感觉。和平时有点不一样。他觉得，好像他本身就是海，是海对面的房屋，四周沉寂漆黑的森林，灌木丛中的声响，明月。他是所有这一切，所有这些东西都在他心里。

蒂娜·伦德。

多可惜呀。她不在这里，这是多么遗憾啊。他应该送她这片宁静的，这深深的安宁。但她死了。在大自然强烈反抗、沿着海岸如霉菌般侵袭发展的民族时，就那么被冲走了，就像一切被冲走一样，只有他视网膜上的这幅画面未被冲走。海洋是永恒的。这个夜晚不会结束。孤独过去后，将是舒适的虚无，自私者最终的享受。

他想要这样吗？他真的想要孤独吗？

为什么不呢？孤独有一系列异常珍贵的优点。你独享十分宝贵的时间。你倾听内心，听到惊人的东西。另一方面，通向孤独的边境在哪里呢？

他突然感到害怕。

害怕痛。那吞噬着他的胸膛，令他透不过气来。他霎时感觉到了冷。他开始颤抖。海洋里的星星被风吹成红色和绿色的灯光，发出电子的嗡嗡声。整个画面渐渐模糊，转为某种发光的、有棱角的东西，他不再坐在海边，大海没了，而是被挤在一个隧道里，一个柱筒中，一根管子里。

他的意识一下子返回了。你死了，他想道。

不，他没有完全死。但他感觉到，只剩几秒可活了。他躺在潜水艇内，正要将毒剂送下海，去用一桩更大的罪行来对付Yrr的罪行，如果存在Yrr的话——一桩谋害Yrr和人类的罪行。

闪烁在他眼前的，不再是星星，而是深飞的仪表板。它们在运转。他抬起目光，透过透明的圆顶，看到底层甲板的边缘正向上推移。他们在闸室里。

他以不可思议的意志力成功地转动头颅。他在相邻的座舱中认出了黎漂亮的身影。

黎。朱迪斯·黎开枪打死了他。差点打死。

船在往下沉。铆接在一起的钢板后退。他们马上就要出发了。那时候就没有什么东西、没有什么人能阻止黎将她那致命的毒剂释放进海里了。

不可以这样。

他将双手伸出，张开手指时，他出汗了。险些昏倒。操纵台在那里。他躺在驾驶舱里。黎将控制器切换到了她那边。她在副驾驶座位上操纵着船，但这是可以改变的。一按键，控制器就会换到他这边。

切换功能在哪里呢？

罗斯科维奇的主任技师凯特·安·布朗宁对他进行过培训。她训练得很彻底，他学得很认真。他对这种事感兴趣。深飞预示着一个深海下潜技术的新时代开始，约翰逊从一开始就对未来感兴趣。他知道这个功能在哪里！他也知道其他仪器的功能，知道要达到他所希望的结果，必须做些什么。他只需要回想。

你回想。他的手指像垂死的蜘蛛在键盘上爬行，沾满了血。他的血。

你回想呀！那儿。那个功能。在那旁边……

他没办法做更多了。生命在从他体内流失，但他还有最后的力量。那就足够了。驶进地狱吧，黎！

黎

朱迪斯·黎从圆顶里盯着外面。在她头顶不到几米处，是设着网关的钢壁。船缓缓落向海面。还有一米了，也许不到一米。她将发动螺旋桨，然后陡直俯冲，驶往一旁。如果独立号在接下来几分钟里沉没的话，她想尽量远离些。

她什么时候会遇上第一个Yrr群体呢？如果是比较大的群体，可能会有麻烦，这她知道，然而她无法想象它们究竟有多大。或许虎鲸也会袭击。遇到这两种情况，武器会为她射出一条路来。没有理由担心。

她必须等待蓝色云团。射出毒剂的最佳时机就在结合前的那一刻。

这些该死的单细胞生物会感到吃惊的。有趣的想法。单细胞生物会吃惊吗？

她忽然奇怪了起来。刚才仪表板上发生了什么变化？一盏小控制灯熄了，显示控制器在她旁边……

控制器！她失去了控制器！所有操纵功能都被切回了正驾驶那一侧。相反地，有一个灯号在闪烁，图形显示出四颗鱼雷，两支小的，两支较大的。

一支箭头在闪烁。

黎惊得长叹一声。她拿拳头捶打仪表板，想重新切回控制权，但射击命令仍无法取消。显示灯号在她水蓝色的眼里继续闪烁，并无情地倒数着：00.03……00.02……00.01……

"不！"

00.00

她的脸呆住了。

鱼 雷

约翰逊发射的鱼雷飞出箭筒，在水里穿行了将近三米，最后在网关的钢板上爆开。

巨大的压力波攫住了深飞。它砰地撞在后壁上。网关里激起一股巨大的水浪。当潜水艇还在翻滚时，第二支鱼雷又爆炸了。半个底层甲板飞上了天，声音震耳欲聋。一个火球冲天而起，而深飞，深飞里面的两个人和那有毒物，都彻底消失在其中，好像他们从未存在过一样。碎片砸进甲板、墙壁，砸坏了舰后的浮力箱，深飞转眼就浸满了水，数百吨的海水穿过那人造水池底部的焊接口涌入。

独立号的舰尾往下沉去。船身也开始迅速下沉。

逃 跑

当爆炸的冲击波掠过船身时，安纳瓦克和克罗夫已经来到斜板边缘。震动使他们摔倒。安纳瓦克被抛上空中转了一圈，看到斜板隧道上被烟雾熏黑的墙壁在旋转，随即头朝前地栽进黑色的深渊。克罗夫在他身旁边跌边转，然后从他的视线中消失。有槽的钢板撞着他的肩、背、胸和髋部，将皮肤从骨头上刮了下来。他站起来，又被一阵冲击波抓住，抛得转了一圈，以致有一瞬间他以为又被抛了回去。他耳中的噪声难以言喻，好像整艘舰船都在破碎。他继续不停地跌落，高高地划出弧形，又落进冒泡的水中沉了下去。

无情的漩涡立刻攫住他。他耳朵里哗哗作响，手脚胡乱拍打，一心只想离开漩涡，连上和下都分不清楚。独立号不是从舰首方向开始下沉的吗？怎么舰尾一下子就浸满了水呢？

底层甲板。它爆炸了。约翰逊！

什么东西打在他脸上。一只手臂。他伸手抓住，抱紧它，双腿踩水，但没有前进的感觉。他被抛得侧过身，又被拉了回去，被同时拉向各个方向。他的肺很痛，好像在呼吸液体的火似的。他忍不住咳嗽，感觉他在水下的8字形回旋滑道上发晕。

他的头突然浮出了水面。昏暗。

克罗夫也从他身旁浮上来。他还抱着她的手臂。她透不过气来，闭着眼吐水，又沉到水下。安纳瓦克将她拉回来。周围净是白沫和漩涡。他仰起头，看到他们位于斜板隧道的底部。拐向实验室的弯角和底层甲板所在的位置，洪水在翻腾。

水在上涨，冷得要命。直接来自海洋里的冰冷之水。他穿着潜水衣，暂时不会冻坏，但克罗夫身上没穿潜水衣。我们会淹死的，他想道。或者冻死。无论如何，都是完了。我们被困在这艘可怕舰船的腹内，它在进水。我们将和独立号一起沉没。

我们将死去。我将死去。

无名的恐惧向他袭来。他不想死。他不想结束。他热爱生活，他是那样爱它，他还有许多事情要弥补。他现在不能死。没有时间。下一回吧，但现在绝对不适合。

恐怖得难以忍受。

他又沉到了水下。有什么东西擦过他的头。不是特别硬，却将他往下按。安纳瓦克踩动双腿，挣脱出来。他奋力浮上去，看到了撞他的东西，心里一阵狂喜。

一艘橡皮艇从底层甲板里冲了出来。应该是爆炸的压力波将它冲掉了。它漂在冒泡的水面上，打着转，斜板隧道里的水愈涨愈高。一艘功能正常的橡皮艇，有着舷外发动机和防雨舱。可以坐八个人，对两个人来说绝对够大了，里面装满应急设备。

"珊！"他喊道。他看不见她。只有哗哗作响的黑色海水。

不，这样不行。刚才她还在我身边的。"珊！"

水继续上涨。一半以上的隧道都淹没了。他伸手抓住橡皮艇往上爬，回头寻找。不见克罗夫。

"不。"他吼叫道，"不，该死，不！"

他爬进橡皮艇里。艇身猛晃了一下。他四肢着地爬向另一侧，低头望进水里。

她在那儿！她半闭着眼睛漂在艇边。海浪冲打着她的脸。刚才艇身挡住了他的视线，所以看不见她。

珊的双手虚弱无力地动着。安纳瓦克弯下身去抓她的手腕。

"珊！"他对着她的脸喊道。

克罗夫的眼睫一跳。然后她咳嗽，吐出大口的水。安纳瓦克使劲拖她。他的手臂痛得那样厉害，让他以为他做不到，但意志告诉他，这是拯救珊曼莎·克罗夫的唯一办法。

回家时千万不要没有了她，他似乎在说，要不然你可以立即重新跳下水去。

他呻吟呜咽，嚎叫诅咒，又拉又拖，终于她突然上了船。

安纳瓦克仰身跌倒。他再也没有力气了。

别放松，内心的声音说道。你坐在橡皮艇里，这样还不够。你必须抢在大船将你带进海底之前出去。

橡皮艇愈转愈快，在上升的水柱顶上舞向机库甲板。再一下就要被冲进巨大的厅里了。安纳瓦克直起身，又立即跌倒了。也好，他想，那我们就爬吧。他用四肢爬向驾驶舱，拉着把手爬起来。他的目光落在仪器上。周围的小方向盘摆设得跟蓝鲨号差不多。一幅熟悉的画面。他应付得来。

他抬头观看。他们正冲向斜板上端。他抱紧，等待合适的时机。

突然间他们出了隧道。一道海浪将他们吐了出来，冲进机库，机库里现在也开始浸满水了。

安纳瓦克发动舷外发动机。

没反应。快，他想道。别装腔作势，你这破玩意儿！快转。

又没反应。快转啊！破玩意儿！破玩意儿！

发动机一下子轰隆响起来，橡皮艇冲了出去。安纳瓦克向后跌倒。他抓住驾驶舱里一根把手，拉着它返回舱里。他双手抱住方向盘。橡皮艇在机库里飞蹿，一个急转弯，全速冲向通往右侧平台的通道。

通道在他眼前萎缩。

他愈靠近，通道就愈矮。甲板进水的速度快得令人难以置信。水从下面、侧面涌进来，一道道灰色的波浪。转眼间机库八米的甲板高度只剩下四米了。

不到四米。三米。舷外发动机痛苦地嚎叫。不到三米。快！

他们像颗炮弹一样射出去。舱盖重重擦过通道表面，橡皮艇最后落在一道浪尖上，在空中悬了一会儿，啪一声重重落下。

大海汹涌。灰色怪物翻卷而来。安纳瓦克抱紧方向盘，指节都泛白了。他冲上下一道浪峰，跌进峰后的深渊，再重新冲上，跌下。然后他放慢了速度。慢点好。现在他看到海浪虽然高，但不是很陡。他将橡皮艇转了个一百八十度，听任涌来的下一道波浪托起，缓慢驶向前方。

那景象很恐怖。

灰蒙蒙的海里，独立号熊熊燃烧的舰楼冲向浓烟缭绕的天空。看起来有如大海中里一座火山爆发了。飞行甲板也已沉到水里，只有燃烧的废墟还在与不可逆转的命运抗争。他远远地驶离下沉的大船，但火焰的呼呼声仍不断传来。

他望着这一切，透不过气来。

"智慧生物。"克罗夫在他身旁钻出来，脸色苍白如纸，嘴唇发黑，不停颤抖着。她抓紧他的上衣，受伤的腿弯曲着。"它们净惹麻烦。"

安纳瓦克沉默不语。他们一起观看着独立号下沉。

第五章

接　触

寻找陌生的智慧就是寻找自己的智慧。

——卡尔·萨根

梦

醒醒!

我醒着。

你怎么知道?你的周围一片漆黑。你正飞向世界的最深处。你看到了什么?

什么也看不到。

你看到什么?

我看到我面前的仪器亮着两颗绿灯,显示出内外压、氧气存量、我下滑时的倾斜角度、燃料存量和速度。它测量水的成分,我看到了数据和表格;还有传感器测量艇外温度,我看到一堆数字。

你还看见什么?

我看到水中旋转的东西、探照灯照出的狂乱落雪、沉入深处的微小有机物。水里充满有机化合物,看起来有点混浊。不,是很混浊。

你看到的还是太多了。

难道你不想看到全部?

全部?

韦弗下潜了将近一千米,没有遭受攻击。既没有遇到虎鲸,也没遇到Yrr。深飞运作得无可挑剔。

她以椭圆弧线盘旋而下。不时有几条小鱼进入灯光照射处,又一闪而过。腐殖质在周围滚动。磷虾被照亮了，所有微小的甲壳类都只有一个白点大。多如繁星的微粒将所有光线反射回光源。

深飞的探照灯向前射出脏灰色的一团光，她已经紧盯那团光十分钟了。人工照亮的黑暗，再也照不亮什么东西的光芒。十分钟，这十分钟里她失去了速度感和时间感。每过几秒钟她就检查一下仪器，以便知道她的速度有多快、潜得多陡，又过了多久。

她可以依赖计算机。

她当然知道，正和她悄悄对话的，是自己的声音。那是所有经验的结晶，那是透过学习和观察所得的知识淬炼的成果，那是现有理解力的精华。同时，某种东西正从她体内和她对话，她之前并不知道有那东西，那东西正在提问、提议、让她困惑。

你能看到什么？

很少。

说很少还太夸张了。只有人类才会有这么荒唐的念头，在外在环境暗示某个感觉器官已不管用时，还如此依赖那器官。卡伦，无意冒犯你的装备，但一小束光线帮不了你。你的光线只是一道狭窄的隧道，一座监狱。解放你的意识吧。你想看到全部吗？

想。

那就关掉探照灯吧。

韦弗犹豫着。她是有这打算，她得关掉探照灯，好看到黑暗中的蓝光。但何时呢？她吓了一跳，她是多么依赖这可笑的光束啊。她牢牢抱着那光束太久了，就像在被子底下打开了手电筒。她依次关闭强烈的探照灯，最后只剩下仪器上的小灯。如细雨般的微粒从眼前消失了。

黑暗包围了她。

极地的水是蓝色的。在北极、北大西洋和部分南极，含叶绿素的生物太少了，无法将海水染绿。水面下几米处的蓝就像天空。就像一艘太空飞船里的航天员看着他熟悉的蓝色，离开地球愈远，那蓝就愈深，直到太空的黑暗最终将他吞没，潜水艇也以反方向沉向一个充满谜团的黑暗空间。实际上，无论朝上或朝下，都没有差别。这两种情况下，随着熟悉的地景渐渐远去，熟悉的知觉也渐渐消逝。首先是视觉，随后是重力感。海洋虽受地心吸力的法则所控制，但任谁处在上千米深的海底和一团漆黑中，都无从知道自己是正在往上或往下，你只能相信深度测量仪。无论是内耳或视觉都派不上用场。

韦弗将下沉速度调到了最大。深飞在短时间内穿越了这片颠倒的极地天空，光线很快就消失了。当深度测量仪显示出60米时，传感器仍可测出4%的海面光线，而此时她已经打开了探照灯。她是一个正努力用一盏灯照亮宇宙的女航天员。

醒醒吧，卡伦。

我醒着。

当然了，你还醒着，注意力专注，但你正做着不该做的梦。全人类都梦想着一个不存在的世界，然后被困在这白日梦里。我们活在分类表格和准则的世界中，不能接受自然的原本样貌。我们无法理解这世上的每样东西是如何相互缠绕、彼此连结的。我们做了分类、排列，将自己视为至高无上。为了理解事物，我们需要符号及神，然后声称它们是真实的。我们总相信眼见为凭，但我们一描述了事物，就无法理解它。即使我们睁大了双眼，我们仍是瞎子。卡伦，望向黑暗，看看地球深处躺着什么，那是黑暗。

黑暗是危险的。

绝对不是！大自然在我们的眼睛之外独立存在着，丰富多变！只有透过偏见的眼镜看，它才变得如此贫乏——因为我们用宜不宜人来评断它。我们总是只看见自己，即使在闪烁的屏幕中。在我们计算机和电视上，有任何画面展示了真实的世界吗？若我们总是需要透过样板去理解任何东西——“猫”和“黄色”等，那我们的知觉还能让我

895

们看见多样性吗？人类的大脑用这种标准来对抗变化万千，多么惊人，真是个了不起的计策，让人能理解无法理解的东西，但也付出了代价，生命都变得抽象了。最后出现一个理想的世界，在这个世界上，数十万的女性套用十个超级模特儿的标准外形，每个家庭有1.2个孩子，中国人平均寿命六十三岁，平均身高1.7米。我们是如此迷恋标准化，以致我们忽视了，正常出于异常，出自于差异。统计学的历史是一部误解的历史。它帮助我们进行概括，但它否认变化。它让我们疏远世界。

然而，统计也使我们彼此更接近了。

你真这么认为吗？

我们设法寻找一个和Yrr沟通的方法，不是吗？难道不是还取得了成功吗？我们有数学作为我们的共同点。

小心！这完全是两回事。在毕达哥拉斯定律中没有变异这回事儿。光速总是不变。在特定的环境中，数学公式就是正确、有效的。数学并不基于价值。数学公式不是什么住在洞穴或树上，那不是你可以抚摸的东西，也不会在受威胁时向你龇牙咧嘴。当然，我们可以透过数学和Yrr沟通，可我们因此就更了解对方了吗？数学使人们彼此更接近了吗？我们根据文化的演进来决定如何为这世界贴上标签，每个文化圈对世界都有不同的看法。因纽特人没有统称雪的字，只有数百个字描述不同种类的雪。新几内亚岛上的达尼人没有表示各种颜色的词汇。

你能看到什么？

韦弗盯着黑暗瞧。潜水艇继续平静地往下潜，角度60度，时速12节。她离海面已有1500米。深飞很安静，连机壳都没发出叽嘎声。米克·鲁宾躺在隔壁分离舱里。她尽量不去想他。带着一个死人穿越黑暗，感觉真奇怪。

一位死去的使者，背负着大家的所有希望。

突然，一道闪光。

Yrr？

不。是乌贼。她闯入了一大片乌贼群。那一瞬间，她像是置身海里的拉斯维加斯。在深海永恒的黑夜里，无论是花哨的衣服或恶俗的舞蹈都吸引不了异性，所以单身汉尽情展示身上的光。它们的发光器是小小的透明囊袋，开开合合，露出里头的发光细胞，让乌贼发出闪烁的暴雨，一场无声的深海喧闹。但它们不是为了向韦弗的潜水艇献殷勤。发出闪光的用意是吓唬。滚开，它们说道，发现恐吓无效时，便打开全部囊袋，围住潜水艇，发出闪烁的光。在这群乌贼中间有些较小的生物，浅色，有红色或蓝色的核，那是水母。

然后有什么东西加入了，韦弗看不到它，是她的声呐告诉她这件事。一大团浓密的东西。一开始她认为那一定是群什么东西，但Yrr会发光，而这东西就跟周围的海洋一样黑。那是长形的东西，一端笨重，渐渐收向另一端，愈来愈细。韦弗直直朝它前进。她将深飞升高一点，从那东西上方滑过，此时她突然醒悟那可能是什么东西。

鲸鱼必须喝水才能活下去。它们活在水中，所以，虽然那听来实在很荒谬，但鲸鱼确实有可能脱水，那概率就跟人类从船上跌落一样大。水母几乎完全由水组成，也就是淡水，乌贼也是如此，也提供了维持生命的液体，因此抹香鲸潜下来捕食乌贼和水母。它垂直下沉，沉到1000米、2000米，有时甚至到3000米的深度，在那里待上一个多小时，再返回水面十分钟，呼吸一下空气，然后再次下潜。

韦弗遇到了一条抹香鲸。一只动也不动的掠食者，视力绝佳。在这个深度，所有生物的视力都很好。

你能看到什么？你不能看到什么？

你走在一条街上，前面稍远处有位男子朝你走来，在他前方有位妇女牵着一条狗在散步。咔嚓，你拍了张照片，街上有多少个活着的生物？彼此间的距离又有多远？

四个。

不，更多。我看到树上还有三只鸟，因此是七个。男子在十八米远处，女的离我十五米，她的狗则只有十三米，它在她前面蹦蹦跳跳，套着狗圈。鸟儿在十米的高处坐着，彼此相距半米。

错！事实上，你没看到这整条路上挤着数十亿个生物。其中只有三个是人。一个是狗。除了那三只鸟还有另外我看不到的五十七只鸟坐在树上。树木本身也是生物，叶子和树皮里住着数不尽的小昆虫。鸟的羽毛里爬满了小虫，人类皮肤的毛孔里也是。那条狗的毛里聚集了五十只左右的跳蚤，十四只壁虱，两只苍蝇，肠胃里寄生了数千条微小的虫子，唾液里满是细菌。一个人类的身上也布满了细菌，这些生物彼此间的距离实际上是零。霉菌、细菌和病毒飘散在空气里，形成有机链，而人类也是有机链的一环，大家一起交织成一个超级有机体。大海里也是如此。

你是什么，卡伦·韦弗？

我是数公里内唯一的人类，除非你把鲁宾算进去。但他不再是生命了，他死了。

你是个微粒。

在数不清的不同微粒中，你仅是其中之一。你不同于其他任何人，就像任一细胞都不同于其他细胞。

所有东西总是会有些差异，你必须这样看待这个世界。一旦你知道自己是独一无二的，那么将自己视为一颗微粒，是不是令人安慰些？

一颗飘浮在时空之流的微粒。

深度测量仪闪了一下。

2000米。

十七分钟。我已经行驶十七分钟了。

是这只表告诉你的吗？

对。

要看透这个世界，你必须找到另一种方式看待时间。你必须能够回想，但你不能，人类已经目光短浅了200万年。人类这个物种在进化过程中，花了大部分时间在狩猎和采集上，所以我们的大脑变成了今天这个样子。对我们的祖先而言，所谓的未来也只不过是下一刻，而下一刻以后的任何东西都像遥远的过去一样朦胧、模糊。我们一度只活在当下，受繁殖的欲望所驱使。可怕的灾难被遗忘，或融入了神话。遗忘一度是进化带来的礼物，在今天却成了诅咒。我们的心灵仍受世俗所羁绊，不管往哪个方向看，充其量也仅能看到未来的几年。几个世代过去了，而我们遗忘、忽视、压抑了心灵。我们记不住过去，也没能从中学习，我们无法考虑未来。人类天生看不到整体，以及自己在其中扮演的角色。整个世界的回忆，我们不参与分享。

荒唐！这个世界没有回忆。人类有回忆，但这世界没有。讲这个星球有什么狗屁回忆，只是故作玄虚的废话。

你如此认为吗？Yrr记下了一切。Yrr就是回忆。

韦弗觉得头昏眼花。

她检查供氧状态。她的思绪翻腾。这次潜行似乎要变成一趟幻觉之旅了。

她的思绪在格陵兰海的黑暗中飞散向四面八方。

Yrr在哪儿？

它们就在这儿。

在哪里？

你会看到它们的。

你是在时间之流里飘荡的一颗微粒。

你和无数同类一同沉入宁静的深处，一滴冰冷的水，咸咸的，从热带北上进入不毛之地的极区，这趟磨耗的旅程使你疲惫而沉重。你被纳入格陵兰的深海盆地里，成为一大片水域中的一分子，异常冰冷沉重。你在格陵兰岛、冰岛和苏格兰间的海底山脉上方漂荡，从那儿出发，然后进入大西洋盆地。你不断前进，经过熔岩堆和沉积物，沉入无底深渊。你和其他水滴是一道强劲的水流。在纽芬兰附近，来自拉布拉多海的海水又加入了你们，他们没有你那么沉、那么冰冷。你继续朝百慕大前进，圆形的飞碟横越大海来和你相会，还有来自直布罗陀海峡的地中海漩涡也加入你们的队伍，它温暖、很咸。地中海、拉布拉多海、格陵兰海，这些所有海水混在一起，而你继续奋力南下，流过海洋深处。

你将见证地球如何自我创造。

你的道路带你沿着大西洋脊前行，那是中洋脊的一部分。中洋脊横跨了全部海洋，加起来有所有大陆那么大，排列起来有60000公里长，脊背上是一座座周期性喷发的火山。中洋脊高出海床3000多米，上方仍有许多水，不时将洋脊切开来。这些洋脊是地表破裂的证据，在脊背裂开之处，岩浆从地底下喷出，但在深海的压力下，熔岩并未喷散开来，而是缓缓渗出。枕状岩流往前推进，穿过洋脊中间，像个冒失、肥胖的孩子，不屈不挠将它们切开。

那是刚诞生的海床，还未成形。洋脊被切断了，慢慢地，慢到匪夷所思。熔岩将黑暗的海底照得红通通的，地面很烫。地震晃动了峡谷和两侧的山脊。熔岩在裂缝的边缘冷却了下来。在脊背以外的地方，地貌由较老的岩石组成，离脊背愈远，岩石就愈老、愈冷、愈厚，直到古老、冰冷、沉重的海床滑落无底的深谷。它在深海平原上蠕动，以山为装饰，上头覆盖着松软的沉积层。它朝西前往美国，向东走向欧洲和非洲，输送着过往的岁月，直到有一天它将自己推入陆地下方，深深潜入地幔，在软流圈的熔炉里融化，接着，数百万年后，再度变成红通通的熔岩，出现在洋脊上。

多么不同凡响的循环啊！

海底毫不疲倦地绕着地球移动，被地心的压力撕开，又被自己下潜部位的重量给拉动。这不停压、拉、拖的地质性阵痛和葬礼，捏出了地球脸形的轮廓。总有一日，非洲将和欧洲合并，将再度和欧洲合并！陆块正在移动，可却不是像破冰船穿过脆弱的冰层那样，而是在地壳上方消极地被拖着走，自从最早的盘古大陆罗迪尼亚在前寒武纪裂开之后，陆块就不停移动着。即使现在，她的碎片仍继续努力要重新会合，就像当初她们形成冈瓦纳古陆，然后最终变成泛古陆所做的那样，她们先是聚在一起，然后再度被分开。这个颠沛流离的家庭，有着1亿650万年的回忆，而最后将会只有一块完整的陆地，四周围绕着一座孤独的海洋。而此时，她们只能仰赖黏稠岩浆的流速，在地球表面上徘徊，直到彼此相遇。

你是一个微粒。

你只经历到这一切的瞬间。当大西洋海底被推动五厘米时，你已经晃过了一年。这次旅行让你看到一个地方，在那里，生活中没有太阳。熔岩迅速冷却，形成断层和裂隙。海水挤进多孔的新地底，往下流数公里深，最终来到地心滚热的岩浆层上方，然后向上折返，满载着滋养生命的矿物质和温暖。水被硫黄染黑，从房屋般高、烟囱状的物体中喷射出来，滚烫，但不沸腾。在这种深度，水到了350度都还不沸腾。它只是流淌，将丰富的营养分向四周，所供应的量比周围的水多上百倍。

这趟旅游航向未知的空间，将你带到异世界的边境前哨，在那个世界中，所有生物都不需仰赖阳光维生。那里定居着一堆堆一米长的虫子、像人类胳膊那么长的蚌类、一群群无眼的白蟹和鱼，而其中最重要的，则是细菌。就像地面上的绿色植物，以阳光滋养自身，并供应其他生物维生的能量，这些细菌也有相同功能，担任主要的生产者。但这些细菌不需要太阳，它们将硫化氢氧化。它们的生命泉源来自地球内部。它们以菌丛覆满海床，和虫子、蚌类及蟹类共生共存，同时间，其他蟹类和鱼类又和蚌类、虫子共生——一切都不需一丝丝阳光。

也许这颗星球上最古老的生物不是出现在星球表面，卡伦，而是这里，在这黑暗的海底。或许，在穿越大西洋深海的旅途中，你看到了真正的伊甸园。两种智慧物种中，Yrr绝对是较古老的，另一种继承了结实的土地，却失去他的摇篮。

想象一下，假如Yrr是被上帝选中的物种。

神的子民。

检查仪器的时间到了。

韦弗收回刚穿越非洲的思绪。她得专注于当下。她仿佛已经旅行了一百年。潜水艇前方不远之处，幽灵似的发光体从水中掠过，但那不是Yrr，而是一群微小的磷虾。不过，也有可能是小乌贼或其他什么东西，很难看清楚。

2500米深。

离海底还有1000米左右。她周围除了广阔的水域，什么都没有，但声呐突然开始急促地嘀嗒响起来。某种庞然大物正接近中。不，不只是接近，它直直朝她而来，而且体积巨大无比。一团坚硬的巨块，从上方直直沉落。韦弗隐约的不安变成了恐慌。那巨物靠得更近了，她转了个一百八十度的弯，迅速掠开。收音器将空洞诡异的响声传进深飞内部，那是一种幽灵似的嚎叫和呻吟，而且愈来愈响。韦弗想逃开，但好奇占了上风。她离那陌生物已经够远，看样子那生物也没有朝她追来的迹象。

如果那真是一种生物的话。

她再次转弯，降低速度迎上去。现在她和它一样高了，那未知的东西就在她正前方。漩涡拍打着深飞。

漩涡？

什么东西能有这么大？鲸鱼？可这东西有十条鲸鱼那么大，或百条，或者更多。

她打开探照灯。就在这一刻她发现，她离那东西比她所知的还要近。她可以看到那东西，就在光束的边缘。有一瞬间韦弗糊涂了，认不出她前方这表面光滑的物体是什么，或来自什么东西。它从她前方往下潜，某种发亮的东西在探照光里蓦地一闪。垂直粗黑的线，有一米长，后头接着一些曲线，看起来惊心触目地熟悉，当成文字形态来看时，它们是：

USS独……

她震惊得失声叫了起来。

声音飘散开来，没有一丝回声，使她意识到，她人正在密闭的舱室里与世隔绝。此时，那船正从她身旁往下沉落，她感到前所未有的孤独。她的思绪飞向安纳瓦克、约翰逊、克罗夫、尚卡尔和其他人身上。

利昂！

她目瞪口呆，难以置信。

飞行甲板的边缘闪了一下，又消失了。其余部位都藏在黑暗中，只看到空气漏出造成的气泡疯狂起舞。

然后漩涡拖着深飞一起往下。

不！

她手忙脚乱，想稳住潜水艇。该死的好奇心！她为什么不能离得远一些？控制板显示，潜水艇出问题了。韦弗跟拉力搏斗，将推力调到最大让潜水艇往上升。潜水艇挣扎、摇晃，尾随着独立号驶往它的坟墓。后来深飞终于证明了它的设计完美无瑕，它挣脱漩涡，向上浮去。

转眼间，一切又恢复正常，好像什么事都没发生过似的。

韦弗能够听到她的心跳，在她耳朵里嗡嗡响。心脏像一只活塞般把血液打进她的头里。她关闭探照灯，让深飞的头朝下，小心翼翼往下沉，继续飞往格陵兰海的海底。

经过一点时间，也许是几分钟，或只有几秒钟，她哭了。眼泪夺眶而出，她啜泣了起来。这意味着什么？她早就知道独立号会沉没，大家都知道，可怎么会这么快？

会，他们都知道，就是会这么快。

但她不知道利昂是不是还活着，或者西古尔是不是逃出来了。

她感到致命的孤独。

我要回去。

我要回去！

"我要回去！"

她泪流满面，嘴唇颤抖，开始怀疑她的使命有何意义。她没有见到Yrr，虽然她已经快到海底。她检查仪器。计算机安慰了她。它说，她已经航行了将近半小时，潜入2700米深。

半小时。她还要在这下面坚持多久？

你想看到全部吗？

什么？

你想看全部吗，小微粒？

韦弗抽抽鼻子。在想象中的黑夜奇幻异境里，那抽鼻声将人拉回现实。"爸爸？"她呜咽道。

冷静。你得保持冷静。

一颗微粒不会问还要多久时间。微粒只是移动或停下。它顺着造物的节奏，是万物顺从的仆人。这种执着的妄想是人类所独有的，人类有种终将招致毁灭的企图，想和自身的自然天性对抗，想将生存的时光独立框起来。Yrr对时间不感兴趣。打从细胞生出的那一刻起，它们的染色体里就装着时间。一切都在这儿：两亿年前，海洋板块和庞大的陆地结合，那就是今天的北美；6500万年前，格陵兰岛开始漂离欧洲；3600万年前，大西洋的地形特征已经成形，而西班牙还离非洲很远；接着，2000万年前，隔断北冰洋和大西洋的海底山脊往下沉，低到两座海洋足以交换彼此的水，而你也可以从格陵兰盆地一路南行，经过非洲，最后抵达南极。

你航向南极环极流，那是洋流的调车场，然后前往永不止息的海水循环。

你从寒冷出发，进入寒冷。

你或许仅是一颗微粒，但你也是一片浩瀚水域的一分子，那儿的水量足足比亚马孙河大八十倍以上。

你在海床上方流动，穿越赤道，经过南大西洋海底盆地，然后抵达南美洲最南角。在这儿，你的流动变得平稳安静。但离开合恩角之后，你进入了汹涌的漩涡。你跟跄着，跳跃着，被拉进一场暴动中，那暴乱就像胜利大道周围在中午用餐时间的交通状况，只是大上许多。南极环极流由西向东绕着这块白色大陆，像个巨大的搅拌器，运送、调度着世上所有的水。这不断绕圈的水流从不停歇，从不碰撞陆地。它不停地追逐自己。它带着八百条亚马孙河的水，将地球上的水都吸到体内，把洋流撕扯开来，然后再把它们混在一起，抹消它们的出身和身份。就在快到南极时，它将你冲上海面，你冷得直发抖。汹涌的浪花托着你往上，直到你再度缓缓下沉，搭上了环绕着极地的巨大旋转木马。

它载着你好一会儿，又将你丢下。

你继续在800米的深处向北漫游。这条环状的南极洋流是地球上所有海洋的补给处。有些水流入南大西洋的中间层，另一些进入印度洋，大多数进入太平洋，包括你。你紧紧贴着南美的西侧，一路流到了赤道，在那里，信风分开了水，热带的炙热使你变得温暖。你升到海面，被拖向西边，直直进入印度尼西亚的杂乱无章中：大大小小的岛屿、洋流、漩涡、浅滩和涡流，似乎不可能找到路穿过去。愈来愈南，你被拉着，越过菲律宾，经过婆罗洲和苏拉威西之间的马六甲海峡。你舍弃拥挤的龙目海峡，向东流去，绕过帝汶，这条更好的路线将你带向印度洋广阔的海域。

现在漂向非洲。

阿拉伯海温暖的浅滩让你吸满了盐分。你沿着莫桑比克南行，你的旅伴名为厄加勒斯河。你迫不及待想回到出生的海洋，所以愈流愈快，投入一场夺去许多水手生命的冒险中。你到达好望角，然后被丢了出来。有太多洋流在这里汇聚。南极星型广场星期五下午的大塞车已经近在眼前。不管你多么使劲，都无法前进一步。最后你离开主洋流，和其他微粒一起形成一道涡流，最后，你终于到达南大西洋。你和同类随着赤道洋流向西漂去，在巨大的涡流里旋转着，经过巴西和委内瑞拉，直到抵达佛罗里达，然后环状的水被强行分开了。

你来到了加勒比海，墨西哥湾流诞生地。你吸足了热带的阳光，开始北上前往纽芬兰，继续朝向冰岛，骄傲地漂在海面上，慷慨地将你的温暖分给欧洲，好像你有无穷无尽的热量似的。你没有意识到自己不知不觉变冷了。北大西洋的水蒸发了，把盐分留给你，你变重了，前所未有的重。突然间，你发现自己回到了格陵兰盆地，你旅程的出发处。

你已经旅行了一千年。

自从300万年前巴拿马地峡将太平洋和大西洋切开之后，水的微粒就走这条路。只有大陆的漂移才能影响这巨大的海洋输送带——我们曾如此推测。但现在，人类使气候失去了平衡。当两边阵营还在争论全球暖化会不会导致极冠融化，或使墨西哥湾暖流停下时，洋流已经停了下来。Yrr 拦下了它。它们拦下了微粒的旅行，终结了欧洲的温暖，它们对自命为上帝拣选之物种的未来喊停。一旦墨西哥湾暖流停了下来，会发生什么事，它们一清二楚，它们完全不像它们的敌人，后者从不知道自己的行为会带来何等后果，而未来会怎样，他们也无法想象，因为他们的基因里没什么回忆，他们无法看透在创造的逻辑上，结束即是开始，而开始同时也是结束。

一千年，小微粒。超过了十代人，而你绕了这世界一圈。

经过一千趟这种旅行，海床就将彻底更新一回。

更新了一百次，海床和海洋就将要消失，陆地将聚在一起或被拉扯开来，新的海洋将形成，世界的面容将发生变化。

在你旅行的一秒钟之内，简单的生命形态诞生了，然后死亡了。在毫微秒内，原子进行了交换。化学反应发生的时间更短。

人类在这一切当中的某个地方。

而Yrr，高于这一切。

具有意识的海洋。

你绕着这个世界旅行了一圈，看到过去的它，也看到现在的它。你成为这无尽循环的一部分，它没有开始，也没有结束，只有变化和继续。自从它诞生以来，这颗星球就不断地改变。每个有机体都是它的网的一部分，这网覆盖着它的表面，以食物链的网络将所有生命连结起来，谁也逃不开。简单的生物靠着复杂的生命形态生存下去，许多有机物永远消失了，另一些进化了，有些一直留着，并将永远住在这颗星球上，直到被太阳吞没。

人类在这一切当中的某个地方。

而Yrr，在这一切当中无所不在。

你能看到什么？

你能看到什么？

韦弗觉得很累，累得要命，好像她已经旅行了好多年。一颗疲累的小小微粒，悲伤且孤独。

"妈妈？爸爸？"

她不得不强迫自己盯着屏幕。

舱压，正常。氧气，正常。

倾斜度：零。

零？

深飞是水平的。她愣住了。霎时又清醒过来。速率器也显示零。

深度：3466米。

周围一片黝黑。

潜水艇不再下沉了。它已经抵达格陵兰盆地的底部。

她几乎不敢看表，怕会在那上面看到什么可怕的东西——或许表会告诉她，她已经在这里待了好几个小时，而她没有足够的氧气返回海面。但数字在数字显示器上平静地闪烁着，显示她才潜入海中三十五分钟。所以她没有暂时性失忆。她只是想不起来何时着陆，虽然她一切都操作正确。螺旋桨停止了，系统正常运作。现在她可以回家了。

紧接着，事情发生了。

群

一开始，韦弗以为是自己的幻觉。她看到远方有道蓝色的微光。那道幻影盘旋、升起，仿佛一阵深蓝色的灰尘从一只巨大的手掌上吹落，然后消失得无影无踪。

又是一闪，这回更近，面积更大。它没有消失，而是成弧状朝上移动，掠过了船，韦弗不得不抬头向上看。她看到的东西让她联想到一朵广阔的云。她说不出那云有多远、多大，但却让她觉得她到达了遥远的银河系边缘，而不是海底。

那蓝色开始变得模糊。有一会儿，她觉得它会变得更微弱，但她马上就醒悟那只是幻觉，因为这团云融入了更大的一朵云，并缓缓朝着船降落。

她突然明白了，如果她想把鲁宾丢出去，她就不能停在海床上。

她倾斜侧翼，发动螺旋桨。深飞贴着海底擦过，卷起沉积物，升了起来。闪电亮起，韦弗看到Yrr正在结合。

庞大无比的群。

四面八方都有蓝色白色的光线靠近。深飞此时被结合的云团吞了进去。韦弗知道，胶状物能缩成一种弹性特强的组织。她宁可不去想，若单细胞生物的肌肉紧紧包住她的潜水艇，会发生什么事。她眼前掠过拳头挤碎生蛋的画面。

她在海床上方十米。

这应该够了。

就是现在。

手指一按，就解决了一切。只要一不小心，只要手指因为紧张或害怕而发抖，开错了密闭舱，她转眼就会死去。在3500米的海底，压力为385个大气压。她的身体不见得会变形，但她肯定会丧失生命。

不过韦弗打开了正确的密闭舱。

在她的身旁，副驾驶舱的盖子直直向上升起，空气爆炸似地喷出，将鲁宾的身躯抬起了，推出了密闭舱。在舱盖打开的情况下，韦弗几乎无法操纵潜水艇，但她朝向前方加速，然后突然往下，终于将鲁宾弹射出去。他成了道黑影，漂在移近的光线前。不友善的环境压破了他的肌肉和器官、挤爆他的头颅、扯开他的骨头，将他的体液挤了出来。

光线无所不在。

鲁宾旋转的身躯被胶状物抓住，被丢向逃跑的潜水艇。那生物也从两侧袭来，同时从四面八方，从上面和下面。它将自己推向潜水艇，紧紧裹着鲁宾，固定住，韦弗吓得大叫……

船自由了。

Yrr撤走了，速度几乎和冲来时一样快。它远远地撤退了。假如有任何人类的情绪可以大致用来形容群的反应，那就是：惊慌。

韦弗知道自己在哭泣。

蓝色的光线仍包围着她。朦胧的光线急速蹿过巨大的胶状物，它像堵巨大无比的堡垒包围着船，延伸到她视线的尽头。她转过头，盯着鲁宾破碎的脸，仪表板上有朦胧的灯光照着他。他被收缩的胶状物压在圆顶上，黑暗的眼窝盯着潜水艇里面。他的眼球被水压碎了，黑色的液体渗出，然后死者的遗体慢慢漂开，进入黑暗里。他又成了一道影子，映在发亮的背景前，身躯旋转着，动作诡异，有如在异教的众神前献演一场笨拙、极其缓慢的舞蹈。

韦弗呼吸急促，她强迫自己镇定。换在别的环境下，她早就吐了，但她现在没有时间感伤。

环状物继续撤退，边缘朝上突出，黑暗从下面涌起。生物学家的遗体消失在黑暗之中。几乎是在同时，细长的触须从上方往下伸展，像原始森林里的藤蔓那么细。它们一起移动，目的很明显：找到鲁宾，开始摸他。韦弗看不到他的身体，但声呐显示他在那里。触须仔细地摸索，动作描绘出人体的轮廓。

触须尖里长出更细更小的触须，在摸索着向前移动之前，它们仔细抚摸身体每一个部位。有时它们保持不动，或长出分支。它们不时滑向彼此，互相交迭，像在进行一场无声的会议。到目前为止，韦弗只看过蓝色的Yrr，但这些触须却发出强烈的白光。那情况令人不由自主地认为，它们的动作经过精心编排，有如演出一场无声的芭蕾。突然间，韦弗听到远方传来她儿时的音乐，德彪西的《缓慢曲》，那悠扬的华尔兹是她父亲最喜欢的曲子。她吃了一惊，同时心神一畅，所有害怕顿时消失了。当然没有人会在海底演奏《缓慢曲》，但那曲子却非常适合此情此景。抑扬有致的音乐绝顶精妙，在这一刻韦弗只能感受到……

美。

她在美的幻影中找到她的父母。

韦弗抬起头看。

她的上方悬挂着一只闪闪发亮的蓝钟，高若天宇。

韦弗不相信神，但她得压抑自己，才不致语无伦次地祈祷。她想起克罗夫的警告，她提到我们将外星人想象成人形，提到我们描绘的他者只不过是自我的镜像，提到我们得更大胆地想象外星生命。也许克罗夫会憎恨这种光的纯洁性，或许她想要一种象征性不那么强的光，不是这些触手发出的圣洁白光。但光线就只是光线，它不代表任何东西。白色的光就像蓝光、绿光或红光，都是生物经常发出的颜色。这里的光不是神性的象征，只是一群受到刺激的Yrr细胞。撇开这些不谈，哪个和人类亲近的神会以触须的形式现身呢？

一切都再也回不去了，这念头几乎击垮了韦弗。对单细胞生物能否产生智能的争执，以及一些质疑，如细胞能够自我组织化是否代表它们是具有意识的生命，或仅是一种不寻常、形式精巧的拟态。而最后，Yrr甚至更胜一筹，它们以胶状物的魔鬼模样挥动触须，钻进独立号的船壳，并在布满恐惧的船舱室中赢得地盘。和它相比，赫·乔·韦尔斯的火星人看起来实在善良无害。但这一切，在这场奇异但同时也庄严绝伦的演出前都失去了意义。韦弗看见了，不需任何其他证明，她确实看到了一种发展成熟、非人类的智慧生命。

她抬头望着蓝色的圆顶，目光向上游移，直到她看到它的顶端，从那儿，有某样东西正缓缓落下，触须由它的下侧伸出。那是触须的根部，一个几乎是浑圆的形状，像月亮那么大。灰影掠过它白色的表面。

投影出复杂的图案，图案转眼间淡去。那是白底上的白影，亮光的和谐对比，一排排闪烁的点和线，待破解的密码，符号学者的飨宴。那让韦弗想到一台有生命的计算机，在内部和表面正在进行错综复杂的运算。

当那东西陷入思考时，韦弗在一旁看着，后来她醒悟过来，它是在思考周边的一切，为那巨型的胶状物，为那整片蓝色的穹苍，她终于明白那是什么了。

她找到了女王。

女王在进行接触。

韦弗简直不敢呼吸。巨大的水压压缩鲁宾体内的液体，同时将体液挤压出残骸。他遗体上注射费洛蒙的针孔处渗出化学物质，Yrr立即本能地产生反应，在一瞬间聚合完成。计划会不会成功，韦弗没把握。

可是，如果她是对的，群碰到鲁宾，一定会产生巴别塔式的困惑——区别在于，在巴别塔，人们虽然能辨识彼此，却无法理解；而现在正好相反，群理解了，却无法辨识。除了Yrr，之前从没有人发送或接收过这项借费洛蒙传递的讯息。集体试着辨认鲁宾，却徒劳无功。他的身体告诉它们，他显然是它们决定消灭的敌手，但这个敌手在说：结合。

鲁宾说：我是Yrr。

女王会怎么思考？她能识破这桩诡计吗？她知道鲁宾不是Yrr群体，他的细胞紧密生长在一起，且缺少接收器吗？他绝对不是Yrr仔细检查的第一个人。他身上的一切都表明他是它们的敌人。根据Yrr的逻辑，非Yrr的生物，不是遭到忽视，就是遭到攻击。问题是：Yrr可能与Yrr对立吗？

她能确定吗？

至少这一点韦弗非常确定，她知道，约翰逊、安纳瓦克和其他所有人都会同意。Yrr不互相残杀。当然，生病和有缺陷的细胞会被排出群，然后死亡机制启动，但这和人类身体排掉死皮没有多大区别。人们不会说这是身体细胞之间的争斗，因为它们共同组成一个生命。Yrr也是如此。它们有成亿上兆个，却又是同一个。就连有着不同女王的不同集体，也都属于同一个庞大存在，共有一份庞大的记忆，一个包围全地球的大脑，有能力做出错误的决定，但不懂得任何道德责任；容许存在个别想法，却不容任一个细胞享有特权。对内没有惩戒、战争。Yrr只分正常的和有缺陷，而有缺陷的就死。

但死的Yrr绝不会发出像这块人形肉块散发的费洛蒙讯息。这讯息告诉它们，这尸体不是敌人，而且是活的。

卡伦，别碰那只蜘蛛。

卡伦还小。她拿起一本书，想将一只蜘蛛打死。蜘蛛也很小，但犯了不可饶恕的罪：因为它生为蜘蛛。

为什么要打死它？

蜘蛛很丑。

情人眼里出西施。你为什么觉得蜘蛛丑？

好蠢的问题。蜘蛛为什么丑？因为它就是难看。它没有圆圆的大眼睛盯着你，它不可爱，不讨人喜欢，你还不能抚摸它，它的模样很怪，很邪恶，生来就该被打死的样子。

书飞落，蜘蛛变成一团泥。

后来，没过多久，卡伦后悔了。她坐在电视前看《蜜蜂玛雅》，上一集内容告诉她，蜜蜂是益虫。这一集也出现一只蜘蛛，它八条腿、目光呆滞，一副活该被书压扁的模样。可是那只蜘蛛突然张开无唇的小嘴，发出一种吱吱的童声。它没有像小女孩预期那样露出恐怖的威胁，一点也不。这只蜘蛛甜蜜可爱，是个惹人喜爱的小东西。

突然间她无法想象自己怎么能杀死蜘蛛。更严重的是，她杀死的蜘蛛将出现在她的梦里，用高音的童声控诉她。光是这么想就让卡伦惊恐难忍。她哭了起来。

那时她学会了尊重。

她还学会一些事，多年后在独立号上发展成一项理念：一个有高度智慧的物种如何回避欺瞒另一个智慧物种；可以争取时间，甚至增进彼此理解的理念。这项理念需要一个习惯将自己视为地球智能生命的模板，能谦抑自己，尽量化为Yrr。

这对自认是以上帝形象创造出来的人类来说，是何等不寻常的要求啊！

就看你对此怎么理解了。

在她的头顶飘着一轮有智慧的白月，它渐渐下沉。

它的触须包住鲁宾，他像个裹着胶质的木乃伊躯体，被拖往光中。它们将他拉入内部。女王仍然往深飞下降，比潜水艇要大好多倍。海里突然间不再黑暗。月亮开始包围潜水艇。一切都被照亮了。女王包住潜水艇，将它吸收入她的思想，白光在韦弗周围闪烁着。

韦弗再度感到害怕。她透不过气来。她必须制止发动推进器的冲动，虽然她渴望逃离这里。魔咒消散了，让位给现实的威胁，但她知道，推进器对抗不了这个弹性、坚韧的胶状物。它们或许会恼怒、发痒，或许满不在乎，但决不会因而撤退。想逃是没用的。

她感到船被抬了起来。

那生物能看到她吗？怎么看？韦弗毫无头绪。群没有眼睛，但谁说这样就看不见？

在独立号上人们会需要多得多的时间。

她热切地希望这胶质能透过玻璃圆顶感觉到她。希望女王禁不住诱惑打开盖子来触摸她。这样的接触不管是不是出于善意，都会终结一切。

女王不会这么做。她有智慧。

她？

多么快就落入了人类的思维方式啊。

韦弗忍不住笑出来。这一笑仿佛发出讯号，她周围的光幕透明起来。它们似乎向四面八方离去，她顿时明白，她称为女王的那生物在融化。光在流散、扩张，有那么不可思议的一瞬间，仿佛向她展示着年轻宇宙的星团。微细的白点在圆顶前起舞，如果它们是单细胞生物，它们真是相当大，约略豌豆大小。

然后深飞自由了，月亮重新结合，漂浮在她下方，被一块不停向四面八方伸展的深蓝色圆盘托着。女王一定将船抬起了相当一段距离。圆盘表面发生的事，韦弗只能用一个概念来形容：交通混乱。无数闪烁生物聚集在表面上。幻化而成的鱼群从胶质中浮出，身体闪烁着复杂的图案，汇合后又融回那物质内。远方仿佛有烟火，然后红点构成的焰火在潜艇前燃放，形状变幻不止，令人目不暇接。当它们往白色球体落下时，形状缓缓固定下来，但直到接触到女王，才露出真实本质。韦弗屏住气，它们不是小鱼，而是有着修长身躯与十条触手的巨型生物。

一条乌贼。体型有公交车那么大的乌贼。

女王送出一根亮丝，触及乌贼中央，光点便静止了。

发生什么事？

韦弗无法移转目光。在她眼前，浮游生物群像雪一样发亮，从下往上漂。一大群氛绿色的深海墨鱼游过，眼睛盯着柄。无尽延伸的蓝被一阵阵闪光照亮，旋即消失在韦弗视线所及之外。

她目不转睛。但突然间一切太过了。

她再也无法忍受。她注意到船又开始下沉，沉向闪闪发光的月亮，她害怕若再次靠近这个美得可怕、陌生得可怕的世界，她可能会永远无法离开。

不，不！

她迅速关闭敞开的机舱，将压缩空气打入。声呐显示目前距离海底一百米高，正在下沉。韦弗检查内压、氧气、燃料。没有故障，系统一切正常。她倾斜侧翼，发动推进器。她的水下飞机开始上升，起先缓慢，而后愈来愈快，逃离格陵兰海底的陌生世界，奋力飞向故乡的天空。

冲回地球。

韦弗有生以来从未在这么短的时间内经历过这么多种情感变化。突然有上千个问题飞掠过她的脑海。

Yrr 有城市吗？它们如何发展生物科技？刮擦声如何产生？她到底看到了这个异文明的什么？对方让她看到了什么？全部？或者什么都没有？她看到的是浮动城市吗？

或者只是哨站？

你能看到什么？你看到了什么？

我不知道。

精　神

上，下。上，下。无聊。

海浪抬起深飞，让它跌落。上下，上下。深飞停在海面上，自韦弗从海底起飞后，已过了好长一段时间。她感觉自己像被困在一架精神分裂的电梯里。上，下。上，下。海浪很高，而且间隔平均。浪头连续着，像堵单调的灰色峭壁，稳定地移动。

打开圆顶太危险了，深飞转眼就会灌满水。因此她就那么躺着，望着外面，希望大海平静下来。她还有一点燃料，不足以驶到格陵兰岛或斯瓦尔巴群岛，但至少足够驶到附近。一旦海面平静一点，她就继续前进，不管驶向哪里。

她还是不确定自己到底看到了什么。她仍不确定自己是否说服了那个海底的生物，关于人类和Yrr有一些共同点，哪怕那只是一点点气味。若真是如此，那么感情将战胜理性，人类就能多争取到一些时间了。就像一笔以善心、谨慎和行动偿还的贷款。总有一天，Yrr 会为了自己的出身、演化和生存而达成新的共识，而人类将会影响它们的决定。

韦弗不愿想太多。不去想西古尔·约翰逊，不想珊·克罗夫和默里·尚卡尔。不去想那些死者。不去想苏·奥利维拉、爱丽西娅·戴拉维、杰克·灰狼。不去想萨洛·皮克、杰克·范德比特、路德·罗斯科维奇，不想任何人，连朱迪斯·黎也不想。

不去想利昂，因为想就意味着害怕。

但她后来还是想了。

他们一个接一个出现，像是来参加一场晚会似的，在她的心里随意入座。

"是啊，我们的女主人十分迷人。"约翰逊说道，"但她竟然没买些好点的红酒，真是糟糕。"

"在一艘潜水艇里，你还指望什么？"奥利维拉反驳道，"潜水艇又没有葡萄酒地窖。"

"没有红酒，晚会就没什么乐趣了。"

"好了，西古尔。"安纳瓦克笑着说，"你应该心存感激了。她刚刚拯救了世界。"

"非常了不起。"

"等等，你说她拯救了？"克罗夫问道，"世界？"

他们陷入沉默，好像大家都不知道该如何回答。

"好吧，如果你问我。"戴拉维将嘴里的口香糖从一边推到另一边。"世界才不在乎这些咧。无论有没有人类，这个星球都照样在宇宙中旋转。我们只能拯救或毁掉自己的世界。"

"咳咳。"灰狼清了清喉咙。

安纳瓦克也加入谈话："空气适不适合我们呼吸，对大气层来说根本没有差别。如果人类灭绝，这种糟糕的价值体系也就跟着消失了，如此一来，一池冒泡的硫黄就跟阳光明媚的托菲诺一样，都没什么美丑可言。"

"说得好，利昂。"约翰逊赞同道，"我们畅饮谦卑的佳酿吧。人性反正是向下堕落，我认为，哥白尼将地球流放出了世界的中心，达尔文从我们的头上摘去了万物之冠，弗洛伊德又说人类受到潜意识的束缚。到最后我们至少还是这个星球上唯一文明的家伙——但现在Yrr要把我们赶尽杀绝。"

"上帝抛弃了我们。"奥利维拉激动地说。

"哎呀，也不尽然。"安纳瓦克反驳，"多亏卡伦为我们争取到缓刑。"

"可付出了多大的代价呀！"约翰逊拉长了脸，"我们之中有人非死不可。"

"噢，没人会怀念废物的。"戴拉维打趣道。

"别装得好像你不在乎似的。"

"你想怎么样？我觉得自己很勇敢。如果你在电影里看过这些故事的话，总是老人先死，年轻人幸存下来。"

"那是因为我们是猩猩。"奥利维拉冷冰冰地说道，"老的基因必须让位给更年轻更健康的，才能进行最完美的细胞复制。反过来就行不通。"

"连在电影里都不行。"克罗夫点点头，"如果老的幸存下来，年轻的死去，人们就会大嚷大叫，在大多数人眼里，那不是幸福结局。不可理喻，对不对？就连幸福结局这种极其浪漫的事也是生物学的必然结果。有谁提到自由意志？谁有烟？"

"没有葡萄酒，没有烟。"约翰逊恶毒地说道。

"你们必须以积极的角度看待此事。"尚卡尔温和的声音插进来，"Yrr是自然界的一桩奇迹。奇迹活得比我们长久。我的意思是，金刚、大白鲨，这些传奇的巨兽最后总是死去。人类发现它们的踪迹，以吃惊与赞叹的眼光看着它们，被它们的奇特所吸引，然后迅速射杀它们。这就是我们想要的吗？我们被刮擦声吸引，被Yrr的奇异与神秘所吸引——为什么？为了让它们从世界上灭绝吗？为什么我们就可以一直残杀世界上的奇迹呢？"

"好让男女英雄能抱在一起，生出一群鬼叫的孩子来。"灰狼吼道。

"说得对！"约翰逊拍拍胸脯，"那些没什么脑袋、没什么主见的人，唯一的优点就是年轻，可为了他们，睿智的老年科学家也不得不死去。"

"唷，谢啦。"戴拉维说道。

"我不是指你。"

"安静，孩子们。"奥利维拉伸手安抚两人，"变形虫、人猿、怪物、人类、自然界的奇迹……全没什么不一样，都是有机体，无须为此激动。如果把我们放在显微镜下观看，或用生物学的语言形容，我们就会马上变成另一种样子。男人和女人不过是雄性动物与雌性动物，个体的生活目标就是进食，我们不照顾自己的孩子，只是饲养他们……"

"性只是为了繁殖。"戴拉维热心地说道。

"完全正确。武装战争大量削减同类，然后，视军事配备等级而定，还能危及种族存续。我们不必再为自己愚蠢的行为负责，因为我们可以将一切推给天生的本能。"

"本能？"灰狼拿一只手臂揽住戴拉维，"我拿本能没辙。"

一声低笑像串通好似地传开来，然后又收了起来。

安纳瓦克犹豫着。"那好，我们再回头讨论幸福结局这件事……"

大家都望向他。

"你可以问，人类是否值得继续生存下去。但没有人类，只有人，一个个的人。这当中有许多人能列举一大堆好理由，说明他们为什么得活下去。"

"你为什么要继续活下去呢，利昂？"克罗夫问道。

"因为……"安纳瓦克耸耸肩，"很简单。因为我想为某个人活下去。"

"幸福结局。"约翰逊叹口气，"我就知道。"

克罗夫对着安纳瓦克微微一笑。"别跟我说你到头来还是爱上我了？"

"到头来？"安纳瓦克思考着，"对。我猜最后自己还是会恋爱。"

他们继续交谈，声音在韦弗的头脑里回响，直到消失在波涛声中。

爱做梦的人，她想道，你这个爱做梦的可怜人。

又剩她一个人了。

韦弗在哭。

大约一小时后，海面开始慢慢平静。又过一个小时，风力减弱了，波涛变小，变成延伸的丘陵。

三小时后她才敢打开圆顶。

锁"咔嗒"一声松了，盖子嗡嗡地升起，冰冷的空气包围了她。她盯着外面，看到远方有个东西浮上来，又消失在海浪中。不是虎鲸，比虎鲸大。它第二次浮出海面时，靠近了许多，有力的鲸尾叶突从水面升起。

一头座头鲸。

有好一会儿，她想着要关上顶盖。可和一只座头鲸的重量对抗有什么好处？她现在可以躺在驾驶舱里，或是坐直身子。如果那条鲸鱼不想让她活过接下来的几分钟，那么她也活不过。

座头鲸再次从起伏的灰色海水中浮起，身形巨大。它停在海面，紧贴船旁。它游得非常近，韦弗只要伸出手，就能摸到它镶满藤壶的头。鲸鱼侧过身体，用左眼打量了潜水艇里的小女人几秒钟。

韦弗和它互望。

它换了气，发出轰然巨响，然后潜下去，不激起一丝波浪。

韦弗紧紧靠着驾驶舱的侧边。

它没有攻击她。

她难以置信。她整个头都在震动，耳朵里嗡嗡作响。当她盯着水里时，震动声和嗡嗡声越来越大，却不是来自她的脑袋。噪音来自她的头上，就在她头顶正上方，震耳欲聋。韦弗抬起头。

直升机在水面上盘旋。

人们挤在打开的出口。有几名身穿制服的士兵，还有个人朝她挥动双手。他张大嘴巴喊着，拼命想盖过螺旋桨的嗒嗒声。

他早晚能办到，但此时还是拼不过直升机。

韦弗又哭又笑。

那是利昂·安纳瓦克。

终　章

摘自珊曼莎·克罗夫的《日记》

8月15日

一切都和过去不一样了。

一年前的今天，独立号沉没。我决定开始写日记，已经写了一年。看来人类总是需要某个具有象征性的日期，作为新事物的开始或结束。当然，有许多人会记下过去几个月发生的事件，但他们不会记录我的想法。我希望有一天我能从头回顾，并确保自己没有记错。

今天一大早我给利昂打了电话。当时我们有几种选择：烧死、淹死或冻死。他救了我的命两次。在独立号沉没之后，我比以往都更接近死亡：北极的海水浸透骨头、一只脚关节扭伤，不敢奢望能从海里获救。橡皮艇上有急救箱，但我怀疑我能不能只靠自己做好急救。雪上加霜的是，我还失去了知觉。直到今天我的大脑都拒绝回放最后这一幕。我记得我们跌下跳板，我最后的印象就是水。我在一家医院里醒来，体温过低，患有肺炎、脑震荡，并强烈渴望尼古丁。

利昂情况很好。他和卡伦现在住在伦敦。我们谈起已死去的人：西古尔·约翰逊，再也无法回到挪威的房子；苏·奥利维拉、默里·尚卡尔、爱丽西娅·戴拉维和灰狼。利昂想念他的朋友，特别是在今天这样的日子。我们人类就是这样，即使是怀念死者，也得选个特定的日期，一个暂时的支柱，好让我们存放悲伤，当我们下一回开启伤痛时，发现它比我们记忆中的模样要小得多。死亡最好还是留给死者，话题很快就转向活着的人。我最近碰到了格哈德·波尔曼，一个好人，友善又随和。我不知道如果我是他，我还会不会再踏入水里，但他认为，不可能有什么比发生在帕尔马岛上的事情更严重。他去潜了好几次水，想弄清大陆边坡毁损程度。没错，如今人们又可以潜水了。

就在独立号沉没之后，攻击果然停了下来。在那之前不久，SOSUS测量站记录到了刮擦声信号，整个海洋都能听到。救援队伍数小时后赶到火山岛，将波尔曼从水面下的岩缝里解救出来，他们没有遇到鲨鱼。鲸鱼一夜之间恢复正常，虫子也消失了，水母战队和其他有毒的动物也是，再也没有螃蟹入侵海岸，渐渐地，海洋的水泵又开始运作了，及时挽救我们免于陷入冰河期。波尔曼说，就连水合物都恢复了密度。时至今日，卡伦仍不知道她在格陵兰盆地底部到底看到了什么，但她的计划一定是奏效了。刮擦声信号及她和女王相遇发生在同一时间——深飞的计算机记录了卡伦何时打开顶盖扔出鲁宾的遗体，没过多久，恐怖就停止了。

或者，只是暂时停止了？

我们有善用我们的缓刑吗？

我不知道。欧洲从海啸浩劫中慢慢恢复。美国东部的传染病还在肆虐，但疫情减弱了，免疫药物开始生效。这些是好消息。与此相反的是，世界仍在迷惘退缩。我们该如何治疗伤痛呢？现有的宗教给不出答案，以基督教为例：亚当和夏娃早就让位给演化论了。教会别无选择，不得不承认，人类是蛋白质和氨基酸的产物。这些基督教都还算应付得来，关键是，上帝创造人类的动机是什么？至于祂是如何做的，怎样着手准备好让一切按部就班地发生，并不重要。爱因斯坦说过，上帝不掷骰子。祂执行的计划肯定会成功，祂绝对不会失手！

基督教也想跟上脚步，相信其他星球上住着智能生物。毕竟，只要上帝喜欢，祂还是可以继续创造，重复几次都可以。不用说，外星生物的形态与人类不一样，也是上帝计划中的一部分。神在祂的地球上创造了特定的环境，而人类则是这个环境里的完美物种。其他星球的环境不一样，外星生物的外形不同，也是理所当然。上帝并非真的按照自己的形象着手创造，而是取决于祂赐予创造物生命时，脑中想到的图像。

但这里头还是有问题：如果宇宙中果真散居着上帝创造的智慧生物，那么神子不就要降临在每颗星球上？这些外星物种是不是个个都身怀原罪，最后被救世主拯救呢？

我们可以反驳，上帝创造的物种不必非得背负原罪。情况可能有不同的发展。某颗偏远星球上的居民遵守上帝的律法，因此不需要救赎。只不过这就是问题所在：遵照上帝旨意生活的物种不就比人类更优秀了？这个物种证明自己比人类更该获得上帝的爱，因此上帝应该更偏爱这个物种。这样人类就成了二流作品，而且素行不良，已经因为恶贯满盈而被洪水淹过一回了。甚至可以讲得更夸张些：上帝创造的人类不是祂的杰作，祂搞砸了。祂无法阻止人类堕落、陷入原罪，因此，为了赎他们的罪，祂被迫牺牲自己的儿子。人类毫无节制，搞得上帝得以耶稣的鲜血来偿还。有哪个父亲能若无其事地做出这种决定呢？上帝一定是得出了这样的结论：人类是个失败品。

很快地，科学界就假设太空里有着成千上万的文明。要说太空里的物种都是道德高尚的模范生，听起来也不大可能，因此我们可以相信，至少还有其他物种背离正道，需要救世主。基督教只懂得教条与原则，对罪恶一无所知。一个人的罪有多重，根本无关紧要，关键是他从一开始就是有罪的。因此我们可以这么说：上帝不允许讨价还价。无论如何，违规就是违规。惩罚就是惩罚，救赎就是救赎。

因此，假设救世史已发生过多回，似乎很合理。但要是上帝找到其他方法来洗刷人类的罪恶，会如何呢？或许祂能想出一种新的补过方式，而不用让祂的儿子死去？基督教的教义面临一个问题：基督之死很痛苦，但却是不可避免的，因为上帝认为这是唯一的法子。但要是还有其他方法呢？如果祂牺牲自己的儿子，只是为了洗净一个星球上的物种

925

所犯下的罪，而不管其他星球，又怎么能说上帝绝不犯错？祂是否会后悔牺牲自己的儿子，因此尽力避免重蹈覆辙？崇拜一个并非全能的上帝，又有何意义呢？

事实是，只有外星文明都经历过耶稣受难，基督教才能承认外星文明的存在。否则，要么人类，要么上帝，肯定会出现瑕疵。可是，就连基督教义的捍卫者也不能要求宇宙爆炸时，同时也出现无数牺牲受难的基督，那么，还有什么想法能留下来？

人类在地球上的独特性。

上帝为人类创造了这个星球。作为上帝的子民，人类被托付的任务是征服地球。就算宇宙中有其他文明，就算其他智能生物造访地球，也无法改变事实：地球属于人类，其他智慧生物有自己的领地。在自己的星球上，每个智慧生物都是上帝所拣选的物种。

但此刻，最后的堡垒失陷了。Yrr毁灭了基督教的最后声明。不仅人类至高无上的统治权遭受质疑，上帝的计划也遭受质疑。要是我们说服自己，上帝在地球上创造了两个旗鼓相当的物种，那么Yrr要么经历过一次耶稣受难，不然就严格遵守着上帝的戒律。若以上皆非，那么，它们一定还未受过救赎，就犯了罪，如此一来，它们应当感受到上帝的震怒了。

不用说，Yrr并未遵守祂的戒律。一直以来，它们为了生物学的理由而犯了第五诫。这只能说明：一、上帝不存在；二、上帝不能控制，或者：三、上帝赞同Yrr的行为。那就意味着，我们跟远古的祖先一样，在妄想中徒费力气——我们根本就不是被拣选的子民！

基督教就在这种争论中摇摇欲坠，更别说是伊斯兰教和犹太教。每个宗教都在定义、分析和解释眼前发生的事情，而同时，它们的基础也正在崩解。随之崩解的还有凋零的经济，经济依赖上帝资本的程度，远超乎我们的想象。同时，总是教导人类要与其他生物和平共处的佛教和印度教，则吸引了众多信徒。秘教团体兴盛，并出现新的宗教运动，传统的部落信仰也开始风行。在古老的教派中，以摩门教最活力充沛，因为他们的上帝准备了许多个世界！但祂为什么在同一个摇篮里抚养两个孩子，连摩门教信徒也无法回答。

最近有个发展，一位天主教主教率领罗马代表团启程出航，向海里洒圣水，并命令魔鬼退散。这很不寻常：这个物种总是蔑视上帝定下的规则，也瞧不起祂的作品，现在却派出一个所谓虔诚的代表，去斥责敌人。我们忽视造物主的教诲，还胆敢厚着脸皮充当祂的律师。这就好像我们向上帝宣扬福音书，希望祂能因此饶恕我们。

世界在崩解。

这期间联合国撤销了美国的指挥权。徒劳之举。许多国家陷入无政府状态。举目四望，都是劫掠抢夺一片混乱。到处都有武装冲突。弱者袭击更弱的人，我们天性就不会怜悯他人，就像遵循动物本能的生物。凡躺在地上的，都成为猎物。掠夺持续恣意张狂。Yrr不仅破坏了我们的城市，也让我们的内心变得荒芜。我们在地球上游荡，再也不相信任何事。被抛弃的野蛮孩子试图寻找一个新的开始，却始终不改本性。

然而世上还是有希望，首先就是我们重新思考自己在这个星球上扮演的角色。人们试图理解生物的多样性，以便彻底清除阶级制度，体会大自然为一体的法则，看清万物之间的真正关系。毕竟，我们与自然的联系是我们继续生存下去的关键。人类可曾想过，一颗耗损枯竭的星球对后代会产生何等心理冲击？众所周知，其他物种的生存对人类的心智健康影响甚巨。我们的心灵渴望森林、珊瑚礁和丰饶的大海、洁净的空气、清澈的河流和海水。如果我们继续伤害地球、毁灭丰富的生物，我们就是在破坏一个复杂的系统，我们既无法解释，也取代不了这系统。被人类切掉的东西，再也无法复原。我们能放弃自然这巨大网络中的哪一部分而继续生存，谁能告诉我们？万物相连之钥，有赖大自然继续保持完整无缺。我们人类已经犯过一次错，逾越了规矩，差点被这张生物之网除名。此时，战火停了。不管Yrr会得出什么结论，我们都要尽全力让它们简洁明快地下决定。卡伦的计谋不会再次得逞。

今天，在沉没的周年，我翻开一张报纸读到：Yrr永远改变了世界。

它们真的改变了世界吗？

它们对我们的命运产生了重大的影响，但我们对它们几乎一无所知。我们以为自己认识它们的生物化学构造，可我们是真的了解吗？从那之后，我们就再也没见过它们。只有它们的信号在海洋里回响，我们的耳朵无法理解这些信号，因为那不是发给我们的。一团胶状物如何发出声响？又如何接收信号？这只是数百万个问题中的两个。只有我们可以解答。这是我们的责任。

也许人类进入另一层次演化的时间到了，好让我们原始的基因遗传与文明发展和谐一致。如果我们想证明，地球这个礼物我们受之无愧，就不应该研究Yrr，而该研究我们自己。我们活在摩天大楼和计算机之间，学会了否认自己的本性，只有回到我们的根源，才能踏上一个通往更美好未来的道路。

不，Yrr没有改变世界。它们向我们展示了世界的本来面目。

一切都不复以往了。不过，再想想，抽烟我倒是一直没停过。

我们都需要某种恒常不变的东西，你不觉得吗？

致　谢

洋洋洒洒近千页、又满载科学知识的书，通常要受许多聪明人的协助，本书也不例外。

我谨在此向他们致谢：

Uwe A. O. Heinlein教授，德国，美天旎生物技术公司，谢谢他关于Yrr和"会思考的基因"的理论，以及沉淀在美酒杯底的灵感；

Manfred Reitz博士，耶拿分子生物技术研究所，谢谢他关于外来生命的观点和许多Yrr的启发性的想法；

Hans-Jürgen Wischnewski，前内阁长，感谢他花三个小时概括了半世纪的经验和一场有着罂粟子蛋糕的愉快会面；

Clive Roberts，加拿大温哥华，海床船业公司常务董事，感谢他以专业身份和岳父的立场提供的建议——他在书里单纯地扮演他自己；

Bruce Webster，海床船业公司，感谢他的时间、耐性和对二十六个烦人问题的详细回复；

Gerhard Bohrmann教授，德国基尔，吉奥马研究中心、不来梅大学，感谢他的水合物专业知识，并成为本书的重要角色；

Heiko Sahling博士，不来梅大学，感谢他确认关于虫子的所有细节

929

和他的参与演出；

Erwin Suess教授，吉奥马研究中心，感谢他在一个阳光灿烂的午休时间提供的深海知识；

Christopher Bridges教授，德国，杜塞尔多夫大学，感谢他关于黝黑海底的详细描述；

Wolfgang Fricke教授，德国，汉堡-哈尔堡工业大学，感谢他耗费了非常有建设性的两天在崩坍的细节上；

Stefan Kruger教授，汉堡-哈尔堡工业大学，感谢他毫不厌倦地针对沉船细节指出错误；

Bernhard Richter博士，德国劳埃德船级社，感谢他在创作灾难的岭峰期所提供的电话援助；

Giselher Gust教授，汉堡-哈尔堡工业大学，感谢她敏锐的思考和关于洋流的点子；

Tobias Haack，汉堡-哈尔堡工业大学，感谢他在各类船只内部的脑力劳动；

Stefan Endres提供了赏鲸、印第安人和从小飞机上方跃过的大型哺乳动物信息；

Torsten Fischer，不来梅港的艾佛列-韦格纳研究院，谢谢他提供给我研究一艘科研船的机会；

Holger Fallei在干船坞里提供了一次北极星号的全面考察；

Dieter Fiege博士，德国法兰克福，森肯博格博物馆，谢谢他当了一天的虫子；

Björn Weyer，海军人员，感谢他协助通敌——当然只是在小说层面上；

Peter Nasse，提供十分珍贵的联系和长期的热心相助；

Ingo Haberkorn，柏林联邦刑侦厅，协助构思人类以外的犯罪行为时的危机处理；

Uwe Steen，科隆警察局公关部，协助构思在Yrr的时代中，人们会作何反应；

Dieter Pittermann，提供前往钻油平台的交通往来、有关特隆赫姆的科学知识和其他帮助；

Tina Pittermann，帮我建立起和她父亲的联系，以及向她奶奶借书，并耐心地等候我归还书；

Tina的奶奶，提供了参考用书；

Paul Schmitz，协助摄影，抛下音乐工作两年，他常怀坚定不移的信念：永远不老！

Jürgen Muthmann，为没耐心搭飞机的小说家介绍秘鲁渔业，尽管距离遥远，但我们心意相通；

Olaf Petersenn，我信赖的编辑，他让我懂得什么叫"删节"；

Helge Malchow，出版社负责人，感谢他信任和出版这部社史上最厚的书；

Yvone Eiserfey，谢谢她设计的德文版书封，显然她有认真读这本书；

Jürgen Milz，我的朋友、合伙人，感谢他的谅解，以及表演了在暴风雨的海上驾驶一艘小船的艺术。

谢谢出版社的全体人员！

特别要感谢我的父母Rolf和Brigitte，我真诚地感谢他们，他们永远在我身边，他们已经陪同我行驶过许多平静和凶恶的水域，在浓雾中仍旧知道如何把握航向。

在大自然的循环中，结束也就是另一个开始。按照这个美丽的逻辑，一场致谢的结束才是真正的序章。我所有的日子都开始、结束又重新开始于我所能盼望最美好的事物——我的爱。有人说莎宾娜是我的秘密编辑，另一些人干脆说她是我的好运道。两者都对。我的爱，我为你写下这本书。

图书在版编目（CIP）数据

群 /（德）弗兰克·施茨廷著；朱刘华，颜徽玲译
. -- 成都：四川人民出版社，2018.3
ISBN 978-7-220-10649-1

Ⅰ.①群… Ⅱ.①弗… ②朱… ③颜… Ⅲ.①科学幻
想小说—德国—现代 Ⅳ.① I516.45

中国版本图书馆 CIP 数据核字 (2017) 第 310412 号

四川省版权局
著作权合同登记号
图字：21-2017-702

Originally published in the German language as "Der Schwarm" by Frank Schätzing
Copyright © 2004, Verlag Kiepenheuer & Witsch GmbH & Co. KG, Cologne/ Germany
本简体中文版翻译由台湾野人文化股份有限公司授权。
本中文简体版由银杏树下（北京）图书有限责任公司独家出版。

QUN
群

著　　者	［德］弗兰克·施茨廷
译　　者	朱刘华　颜徽玲
选题策划	后浪出版咨询(北京)有限责任公司
出版统筹	吴兴元
编辑统筹	梅天明
特约编辑	赵　波
责任编辑	李淑云　熊　韵
装帧制造	墨白空间·张萌
营销推广	ONEBOOK

出版发行	四川人民出版社（成都槐树街 2 号）
网　　址	http://www.scpph.com
E – mail	scrmcbs@sina.com
印　　刷	天津东辰丰彩印刷有限公司
成品尺寸	143mm×210mm
印　　张	29.5
字　　数	836 千
版　　次	2018 年 7 月第 1 版
印　　次	2018 年 7 月第 1 次
书　　号	978-7-220-10649-1
定　　价	138.00 元